이화여자대학교 한국문화연구원 해제번역총서

근대 역사 교과서

2

| 저자 |

현채(玄采, 1856~1925)는 개화기의 사학자이자 교과서 편찬자이다. 호는 백당(白堂)이다. 1906년 이준·전덕기 등이 조직한 국민교육회(國民教育會)에 가입하여 계몽운동을 벌였다. 대한제국 말기 학부(學部)에 근무하면서 각급 학교의 교과서 형식으로 『중등교과 동국사략(中等教科東國史略)』(1906), 『유년필독(幼年必讀)』(1907) 등 많은 사서를 편찬하고, 『월남망국사(越南亡國史)』(1906) 등을 번역·간행하여 역사를 통한 애국계몽사상의 고취에 힘을 기울였다. 1908~1909년 통감부가 시행한 '교과용도서검정규정' 등에 따라 그가 편찬한 책들은 금서 처분을 받았다. 1910년 최남선·장지연 등과 함께 조선광문회(朝鮮光文會)를 창설하여 고전의 수집과 간행·보급에 힘을 기울였다.

| 역자 |

임이랑(林이랑)은 이화여자대학교 사학과를 졸업하고 동 대학원에서 석사학위를 받았다. 현재 동 대학원 박사과정을 수료하고 이화여대에서 강의하고 있다. 주요 논문으로는 「구한말 국사교과서에 나타난 대외인식 연구」, 「일제시기 신문으로 살펴본 비구니의 활동과 지위」 등이 있다.

이화여자대학교 한국문화연구원 해제번역총서

근대 역사 교과서 2

초판 인쇄 2011년 6월 20일 **초판 발행** 2011년 6월 30일
저자 현 채 **역자** 임이랑 **펴낸이** 박성모 **펴낸곳** 소명출판 **출판등록** 제13-522호
주소 서울시 서초구 서초동 1621-18 란빌딩 1층
전화 02-585-7840 **팩스** 02-585-7848 **전자우편** somyong@korea.com **홈페이지** www.somyong.co.kr

값 50,000원

ISBN 978-89-5626-571-1 94810
ISBN 978-89-5626-569-8 (세트)

이 책은 이화여자대학교의 '2010년 교내특성화사업'의 지원을 받아 출판되었습니다.

이화여자대학교 한국문화연구원 해제번역총서

근대 역사 교과서 2

중등교과 동국사략

임이랑

소명출판

발간사

이화여자대학교는 한국의 전문 근대교육기관의 선두주자로서, 한국학 연구에 대한 꾸준한 관심을 기울여 왔습니다. 본교가 2005년 이후 지속적으로 지원하고 있는 '한국학특성화사업'은 한국학 연구의 정체성 확립을 위한 새로운 연구방향을 모색하고자 하는 끊임없는 노력의 일환이라 하겠습니다. 이 사업의 결과물로 출간된 『고서해제』 1, 2권과 한국어 · 역사 · 현대문화 · 예술 분야의 국제화 교재들은 본교의 한국학특성화 사업이 '우리 것에 대한 학문적 성찰'이라는 수렴적 방향과 '우리 것의 세계화'라는 확장적 방향을 동시에 지향하고 있음을 잘 보여주고 있습니다.

한국학 연구자들에게 있어서 가장 절실한 연구의 동력은 새로운 자료의 발견과 그에 대한 해석에서 비롯된다고 알고 있습니다. 따라서 아직 학계에 보고되지 않은 자료를 소장하고 있다는 것은 그 자체로 한국학 연구 분야에서는 대단히 중요한 경쟁력이며, 그것의 발굴 및 해석의 선편을 이끄는 것은 곧 한국학 연구 역량을 획기적으로 확장시킬 수 있는 중요한 관건이 될 것입니다. 그런 의미에서 2010년 특성화사업의 결과로 『이화여자대학교 한국문화연구원 해제번역총서－근대 수신 교과서, 근대 역사 교과서』를 출간하게 된 것은 매우 기쁜 일입니다.

2010년 특성화사업은 본교 소장 고서의 특징적 자료군인 근대 귀중본을 대상으로 해제와 번역, 그리고 원문 영인을 동시에 진행하여 자료에 대한 학문적 접근성과 학술적 가치를 체계적으로 드러내주고 있습니다. 특히 그 중에서도 근대 교과서를 특징적으로 부각시킨 본 총서는 최근 한국학 연구 분야에서 매우 민감한 이슈로 떠오르고 있는 근대성 연구 분야에서 중요한 기초 자료를 제공하고 다양한 연구를 촉발시켜줄 것으로 기대합니다.

1년간의 짧은 사업기간에 알차고 내실 있는 성과를 만들어내기 위해 노력한 많은 분들의 수고가 있었습니다. "한국학 · 한국문화 교육의 국제화 사업단"의 단장으로서 본 사업을 실질적으로 기획하고 추진해주신 전혜영 전 원장님, 자료의 지원을 흔쾌히 해주신 문숙재 전 중앙도서관장님께 특별한 감사를 드립니다. 그리고 한국문화연구원의 모든 관계자 선생님들과 사업의 실무를 담당한 연구원들께도 고마운 마음을 전합니다. 또한 본교의 심화된 한국학 연구 역량을 확인시켜준 교내 번역위원님들과 본 사업에 참여하신 번역 · 교열위원 선생님들 한분 한분께 깊은 감사의 말씀을 전합니다.

앞으로도 "한국문화연구원 해제번역총서" 작업이 계속 순조롭게 진행되기를 바랍니다.

2011년 2월

이화여자대학교 총장

김선욱

서문

한국문화연구원－한국학·한국문화 교육의 국제화 사업단에서 추진한 2010년 특성화사업은 이화여대 중앙도서관 소장 근대귀중본 중에서 수신 및 역사 분야의 근대 교과서를 해제·번역·영인하는 것이다. 이는 이전 고서해제사업 과정에서 특히 그 가치를 높이 인정받아 후속 작업의 필요성이 강하게 제기되었던 본교 소장 근대자료를 최대한 활용하여 이를 체계적으로 정리할 수 있는 학술적 결과물을 만들고자 시도되었다.

2010년 3월 1일부터 시작된 2010년 특성화사업의 경과는 다음과 같다. 먼저 본교 소장 근대서 귀중본의 목록과 범주를 정리하고, 타교나 타 한국학 기관의 소장 및 해제 여부를 확인하는 기초 작업을 진행하였다. 다음 단계로 근대 초기의 시대적 전형성과 이데올로기적 영향력 면에서 학술적 중요성과 의의를 고려하여 근대서 귀중본 중 '수신·역사 교과서'류를 사업 대상으로 선정하였다. 이후 전문가를 초빙하여 본교에 소장된 '수신·역사 교과서' 자료의 가치와 의의에 대한 감수를 진행하고 그에 의거하여 사업대상 목록을 확정하였으며, 전문 집필진을 구성하여 번역과 해제를 진행하였다.

본 근대 교과서 해제 및 번역 사업은 이화여대 소장 귀중본 자료의 존재와 가치를 학계와 일반 대중 누구에게나 그 내용을 읽고 접할 수 있도록 직접 해제, 번역하고 뒤에 원문까지 영인하여 공간(公刊)한 것이다. 이는 자료의 학문적 인지도와 활용도를 높일 수 있는 가장 효율적인 방식이라고 자부하며, 더욱이 최근 들어 높아지고 있는 근대성 논의에 대한 학계의 높은 관심과 학제간적 연구 경향에 비추어 볼 때, 역사적 가치가 높은 근대 교과서를 해제하고 번역한 본 사업단의 결과물은 학계와 일반의 큰 관심과 반향을 불러일으키기에 충분하다고 판단된다.

『이화여자대학교 한국문화연구원 해제번역총서—근대 수신 교과서, 근대 역사 교과서』의 발간으로 본교에 소장된 귀중한 자료들이 지속적으로 소개되고 연구의 대상으로 주목을 받게 되길 바란다. 또한 본서가 한국의 개화기 및 근대의 역사, 문화적 자료에 관심을 갖고 있는 모든 분들과 학계의 연구자들께 작은 도움이 되었으면 한다. 그동안 본서의 발간을 위해 노력을 아끼지 않은 모든 관계자 여러분께 감사의 마음을 전한다.

2011년 2월

한국문화연구원 원장

최준식

근대계몽기 교과서 해제

허재영

1. 근대계몽기 교과서의 성격

교과서는 '교과용 도서(教科用圖書)'의 준말이다. 달리 말해 교과(教科) 운영을 전제로 교육용 재료를 모아 편찬한 책이 교과서이다. 교과서는 한 사회의 교육 이념을 반영할 뿐 아니라 그 사회의 구조 및 지식 발전 정도를 반영한다.

우리나라 최초의 근대식 교과서는 1895년 학부에서 편찬한 『국민소학독본』으로 알려져 있다. 이 시기 한성사범학교령, 소학교령이 공포되고 이에 따라 한성사범학교 규칙과 소학교 교칙이 만들어졌다. 학교령과 학교 규칙에서는 학교 운영에 필요한 교과를 제시하고 해당 교과에서 사용할 수 있는 교과서의 범위를 정해 놓았다.

학제 도입 초기의 교과서 개발은 『국민소학독본』, 『소학독본』, 『신정심상소학』과 같이 학부에 의해 편찬되었다. 그러나 편찬한 종수가 많지 않았고 보급도 활발하지 않았기 때문에 대부분의 학교에서는 『사민필지』(1886~1892년 사이 육영공원 교사였던 헐버트가 지은 지리서), 『서유견문』과 같은 서적이나 『고문진보』, 사서 등의 서적을 교과서로 사용하였다.

그러나 학제가 정비되고 교육에서 교과서가 중요한 의미를 갖게 됨에 따라 좀 더 체계적인 교과서 개발이 이루어지기 시작했다. 엄밀히 말하면 초기의 교과서는 학부 편찬의 교과서와 민간 차원의 저술이 공존했다. 학부대신이 인정한 교과서는 전통적인 한문 고전과 『사민필지』, 『서유견문』 같은 책들이었다. 그렇지만 통감시대에 이르러 교과서 편찬이나 보급 과정에서 학부의 역할이 커져갔는데 이 시대는 을사늑약 이후 일제의 식민 지배가 시작되던 시기로 '교과용 도서 검정 규정' 발포(1908.8)와 같은 교과서 통제가 강하게 이루어졌다. 근대계몽기의 교과서 변화를 두 시기로 나누어 그 특징을 표로 나타내면 다음과 같다.

근대계몽기 교과서 변천사

시기	특징	비고
제1기 (1895~ 1905)	근대식 학제 도입에 따른 교과서 개발기	○학부 편찬의 교과서 출현 ○개인 저술의 비교적 자유로운 교과서 출현 ○학부대신이 인정한 고전이나 개인 저술
제2기 (1906~ 1910)	통감시대 학정 잠식기의 교과서	○일본인의 학부 관여 및 교과서 편찬 간섭 ○학부 편찬 교과서를 일본에서 발행함(국어독본, 수신서 등) ○교과용 도서 검정 규정 발포와 교과서 검정 조사 사업 실행 ○일본문(日本文) 교과서 편찬 발행(일어독본, 이과서) ○검정 규정에 따른 검정 교과서의 내용 변질 ○기존의 교과서 가운데 국권회복이나 민지 계발과 무관한 교과서 만 인정 ○기존의 교과서 가운데 국권회복이나 민지 계발 등이 들어 있을 경우 불인정 도서로 규정

특히 통감시대 이후 학부의 교과서 편찬은 식민 지배를 전제로 하였기 때문에 이 시기 개발된 『보통학교학도용국어독본』(1907, 일본 도쿄의 대일본주식회사에서 인쇄), 『보통학교학도용일어독본』(1908, 일본 도쿄의 대창서점에서 인쇄), 『보통학교학도용수신서』(1908, 일본 도쿄의 삼성당서점에

서 인쇄)는 1910년 강제 병합 이후 병합과 관련된 사항을 수정한 정정본(이 정정본에서 국어는 '조선어'로, '일본어'는 '국어'로 책명을 바꾸었음)을 발행할 수 있었다. 이와 같이 통감시대 교과서 통제 정책으로 인하여 학부에서 인정하지 않은 교과서가 늘어났으며, 검인정을 통과한 교과서의 내용에도 적지 않은 변화가 일어났다. 교과용 도서 검정 규정 이후 해마다 실시된 '교과서 조사 사업'의 결과 1910년의 교과용 도서 가운데 학부 검정을 통과한 교과서는 33종 47책이었으며, 인정 교과는 40개 교과 305종이었다. 이에 비해 교과용 도서로 인정을 받지 못한 도서가 70종, 검정 무효 및 검정 불허가 교과용 도서가 13종이었는데 이들 도서의 대부분은 '수신, 국어, 역사' 관련 교과서였다.

이처럼 근대계몽기의 교과서는 근대식 학제 도입과 전개 과정, 근대 한국 사회의 구조와 역사성, 지식 수입 정도를 반영하는 중요한 자료라고 할 수 있다.

2. 근대계몽기 교과서의 양상과 특징

근대계몽기 교과서는 교과별로 다양한 양상과 특징을 보인다. 1895년 소학교령 발포 당시의 소학교 교과목은 '수신, 독서, 작문, 습자, 산술, 본국지리, 본국역사, 외국지리, 외국역사, 이과, 도화, 체조, 외국어'였는데, 이 가운데 '수신, 독서, 작문, 습자' 교과는 별도의 교과서를 편찬하지 않고 '독본(讀本)' 형태로 개발하였다. 『국민소학독본』(1895, 학부), 『소학독본』(1895, 학부), 『신정심상소학』(1895, 학부)은 모두 소학용 수신 및 독서를 전제로 개발한 교과서이다. 이들 독본류는 과별 편제를 원칙으로 하였으며, 전통적인 수신 윤리와 근대국가의 이념, 서구의 과학 사상, 우화를 중심으로 한 교훈적인 내용 등을 중심으로 하였다.

교과별 교과서의 편찬은 1905년 이후에 본격적으로 이루어졌다. 이 시기 수신과 교과서는 기존의 소학용 독본과는 달리 '수신교과서', 또는 '윤리학교과서'라는 책명을 사용하였다. 이 시기 수신교과서 개발은 대부분 민간 차원에서 이루어졌으며 대표적인 것으로 『윤리학교과서』(1906, 신해영), 『초등윤리학교과서』(1907, 안종화), 『녀자소학슈신서』(1907, 노병희), 『중등수신교과서』(1907, 휘문의숙), 『초등소학수신서』(1908, 유근), 『고등소학수신서』(1908, 휘문의숙), 『초등수신』(1909, 박정동) 등이 있다. 이들 교과서는 개인 저작물로 편제 방식은 과별 편제, 장절식 편제 등 다양한 방식을 취하였으며, 주요 내용은 전통적인 수신 윤리와 근대적 사회 이념 및 국가 윤리를 담고 있다. 다만 1908년 공포된 '교과용 도서 검정 규정' 이후의 교과서에서는 자주 독립을 전제로 한 근대국가 이념은 교과서 통제 정책에 따라 포함될 수 없었다. 이와는 별개로 학부에서 편찬한 『보통학교학도용수신서』(1909, 학부)는 식민 지배를 전제로 만들어진 교과서여서 내용 면에서 개인 저작물과는 차이가 있다. 이 교과서는 강제 병합 직후 일부 내용을 수정한 상태에서 재발행되었다.

역사과 교과서는 근대식 학제 도입 이후 꾸준히 발행되었다. 1895년 학교령 발포 이후 발행된 『조선역사』(1895, 학부), 『조선역대사략』(1895, 학부), 『동국역대사략』(1899, 학부), 『대한역대사략』(1899, 학부) 등은 기존의 역사 편제 방식을 바탕으로 사실 위주의 설명 방식을 취한 학부 편찬의 교과서이며, 『보통학교동국역사』(1899, 현채)는 개인 저작의 교과서이다.

1905년 이후의 역사 교과서 편찬은 을사늑약과 통감부 설치라는 시대 상황에서 개인 차원의 저술이 활발하게 이루어졌다. 이 시기 개인 저술의 교과서는 학교별 수준을 고려하여 '초등', '중등'을 구별하였으며, '본국역사'와 '외국역사'를 구분하여 편찬하였다. 『초등본국역사』(1909, 유근), 『초등대한역사』(1908, 조종만), 『초등대한역사』(1908, 정인호), 『초등본국역사』(1909, 안종화), 『초등대동역사』(1909, 박정동), 『초등본국역사』(1909, 홍사단), 『신찬초등역사』(1910, 유근) 등은 초등용 본국역사를 대상으로 한 교과서이며, 『중등교과 동국사략』(1905, 현채), 『신정동국역사』(1906, 원영의, 유근) 등은 중등용 교과서이다. 또한 초등과 중등을 구분하지 않았지만 『역사집략』(1905, 김택영), 『대동역사』(1905, 최경환), 『대동역사』(1905, 정교), 『보통교과 대동역사략』(1906, 국민교육회), 『대한력사』(1908, 헐버트, 오성근) 등이 편찬되기도 하였다. 외국역사를 대상으로 한 『만국사』(1906, 김상연), 『동양사교과서』(1908, 유옥겸), 『만국사물기원역사』(1909, 장지연), 『서양사교과서』(1910, 유옥겸) 등이 편찬되었다.

지리교과서는 주로 개인 차원에서 개발하였는데 본국지리교과서로는 『대한지지』(1899, 현채), 『대한신지지』(1907, 장지연), 『초등대한지지』(1907, 안종화, 유근), 『초등지리교과서』(1907, 국민교육회), 『최신 고등대한지지』(1909, 정인호), 『중등지문학』(1907, 윤태영), 『신찬지문학』(1907, 민대식), 『초학디지』(1906, 밀러) 등이 있으며, 외국지리교과서로는 『중등만국지지』(주영환, 노재연), 『만국지리』(1907, 황윤덕), 『초등만국지리대요』(1909, 안종화) 등이 있다.

산술, 교육학 등과 관련된 교과서도 다수 편찬되었다. 산술교과서에는 『정선산학』(1908, 남순희), 『신정교과 산학통편』(1908, 이명칠), 『중등교과 산술신서』(1908, 이상설), 『신식 산술교과서』(1908, 이상익) 등이 있으며, 교육학교과서로는 『간명교육학』(1908, 유옥겸), 『신찬 보통교육학』(1908, 김상연), 『보통교육학』(1910, 학부) 등이 있다. 그 밖의 박물학이나 위생학, 기하학, 법제와 경제, 광물, 잠업 등의 특수 분야의 교과서도 다수 편찬되었는데, 1909년(융희 3년) 3월 20일부터 1910년(융희 4년) 7월까지 학부에서 조사한 '교과서 조사 사업'의 결과를 바탕으로 할 때 근대계몽기에 개발 · 보급된 교과서는 대략 440종이 넘을 것으로 추산된다.

3. 이화여자대학교 소장본의 가치

지금까지 근대계몽기 교과서에 대한 기초 연구는 강윤호(1973), 박붕배(1987), 이종국(1992) 등을 통해 이루어져 왔다. 또한 한국교과서연구재단(2000)에서도 전수 조사의 차원에서 근대계몽기 교과서 목록을 작성한 바 있다. 그러나 전수 조사를 목표로 한 앞선 연구에도 불구하고 이 시기 교과서 발행이나 교과서 통제에 대한 체계적인 연구가 충분히 이루어지지는 못했다. 그 주된 이유 가운데 하나는 기초 조사의 차원에서 발행 교과서를 확보하는 일이 쉽지 않았기 때문이다.

이러한 상황에서 이화여자대학교 중앙도서관(이하 중앙도서관)에 소장되어 있는 근대계몽기 교과서는 매우 값진 자료적 가치를 지닌다. 중앙도서관과 이화여자대학교 한국문화연구원의 협력 하에 진행된 조사 결과 이 시기 교과서는 일제강점기를 포함하여 365종에 이른다. 이들 교과서를 교과별로 분류하면 국어 · 일어 · 문학 등의 '어학' 교과서 80종, '역사' 교과서 30종, '지리' 37종, '수신 · 소학 · 윤리서' 36종, '수학 · 산술' 32종, '물리 · 화학 · 과학' 29종, '동식물학' 15종, '생리 · 위생학' 11종, '경제학' 4종, '법학' 4종, '교육학 · 심리학' 6종, '농업 · 광업' 15종, '창가 · 음악' 22종, '가정 · 재봉' 18종, '도화 · 서법' 15종, '박물학 · 기타' 10종으로 나눌 수 있다.

근대계몽기 개발 · 보급되었던 교과서 가운데 이화여자대학교 소장본은 양적으로 방대할 뿐만 아니라 아직까지 학계에 알려지지 않은 것들이 상당수 포함되어 있으므로 이에 대한 체계적인 연구가 시급하다.

4. 번역의 의의

근대계몽기 교과서 연구는 교육학, 국어교육학, 국어학, 국문학, 역사학 등의 모든 분야에 걸쳐 중요한 의미를 갖는다. 교과서의 지식과 언어는 규범적인 성격을 지니므로 그 교과서가 제작된 시대의 사회와 문화를 가장 정확하게 드러내는 자료라고 할 수 있다.

지금까지 근대계몽기의 교과서 연구는 교과서 발행 실태 조사에 그

친 경우가 많았고 그나마 전수 조사의 차원에서 교과서의 제작 · 보급 과정을 파악하는 데도 소홀한 면이 있었다. 이와 같은 입장에서 이화여자대학교 소장본의 교과서를 체계적으로 정리하여 번역 · 소개하는 일은 근대계몽기의 문화 사상사를 이해하는 데 중요한 의미를 갖는다. 이 작업은 이 시기의 언어와 문화를 이해하는 실증적인 작업이 될 것이다.

이에 한국문화연구원에서는 이화여자대학교 중앙도서관 소장본 근대계몽기의 수신과와 역사과 교과서 가운데 교육사적 가치가 높은 것을 선별하여 우선적으로 번역을 하였다. 이번에 번역 · 소개하는 교과서는 다음과 같다.

교과	책명	저자 및 편자	발행 연도	출판사
수신 교과	초등여학독본(初等女學讀本)	이원경(李源競)	융희 2년(1908)	보문사(普文社)
	초등윤리학교과서(初等倫理學教科書)	안종화(安鍾和)	융희 1년(1907)	광학서포(廣學書鋪)
	초등수신교과서(初等修身教科書)	안종화(安鍾和)	융희 3년(1909)	광학서포(廣學書鋪)
	고등소학수신서(高等小學修身書)	휘문의숙(徽文義塾)	융희 1년(1907)	휘문관(徽文舘)
	초등소학수신서(初等小學修身書)	유근(柳瑾)	융희 2년(1908)	광학서포(廣學書鋪)
	보통교육 국민의범(普通教育國民義範)	진희성(陳熙星)	융희 2년(1908)	의진사(義進社)
	윤리학교과서(倫理學教科書)	신해영(申海永)	융희 2년(1908)	보성관(普成館)
	녀자소학슈신서	노병선(盧秉鮮)	융희 3년(1909)	박문서관(博文書館)
	초등수신서(初等修身書)	박정동(朴晶東)	융희 3년(1909)	동문사(同文社)

	보통교과수신서 (普通教科修身書)	휘문의숙 (徽文義塾)	융희 4년(1910)	휘문관(徽文館)
	중등수신교과서 (中等修身教科書)	휘문의숙 (徽文義塾)	광무 10년(1906)	휘문관(徽文館)
역사 교과	정선 만국사 (精選萬國史)	김상연 (金祥演)	광무 10년(1906)	황성신문사 (皇城新聞社)
	초등본국역사 (初等本國歷史)	안종화 (安鍾和)	융희 3년(1909)	광덕서관(廣德書館)
	초등대한역사 (初等大韓歷史)	정인호 (鄭寅虎)	융희 2년(1908)	옥호서림(玉虎書林)
	동양사 교과서 (東洋史 教科書)	유옥겸 (兪鈺兼)	융희 2년(1908)	우문관(右文館)
	보통교과 동국역사 (普通教科東國歷史)	현채 (玄采)	광무 3년(1899)	발행지, 발행자 불명
	중등교과 동국사략 (中等教科東國史略)	현채 (玄采)	광무 10년(1906)	중앙서관(中央書館)
	초등대한력사	조종만	융희 2년(1908)	한양서관
	보통교과 대동역사략 (普通教科大東歷史略)	미상	광무 10년(1906)	대한 국민교육회 (大韓國民教育會)

근대 역사 교과서 해제

강영심(이화여대 한국문화연구원)

1. 근대 교육제도의 도입과 역사 교과서 편찬

구한말은 문호를 개방한 조선이 봉건사회의 개혁을 통한 근대화와 제국주의 열강에 대한 국권수호 란 민족적 당면과제를 해결하려는 다양한 움직임이 모색되었던 시기였다. 당시의 지식인들은 개화운동→개화개혁운동→계몽운동의 맥을 이어가며 근대화와 자주독립을 목표로 민족운동을 전개하였다. 그 중 하나가 근대적 '교육'을 통한 자강운동이며 교육 중에서도 시대인식과 밀접하게 관련된 것이 다름아닌 역사교육이다. 특히 근대적 공교육제도가 출범한 이후 국권이 상실되는 1910년까지의 역사교육은 자국사인식은 물론 근대계몽기 새롭게 대두되는 국민, 국권의식의 형성과 더 나아가 민족의식과 민족정체성의 강화란 측면에서 중요한 문제였다.

또한 1895~1910년 사이에 역사교과목을 위해 편찬된 역사 교과서가 갖는 역사적 의의는 다른 어느 시기보다 크다. 그 이유는 조선후기에 저술된 실학사서 이후의 역사편찬은 바로 1895년의 관찬교과서에서 비롯되었기 때문이다. 일반적으로 사서는 그 시대적 인식 및 사상과 밀접한 관련 속에서 저술되었다는 점을 고려해 볼 때 이 시기에 편찬된 역사 교과서는 시대적 산물이자 당대 역사인식의 결정체라 할 수 있다. 따라서 대한제국시기에 간행된 22종의 국사교과서는 물론 외국 역사 교과서 12종 역시 이 분야 연구에 있어 상당히 중요한 자료임에 틀림없다. 더구나 1895~1910년의 한국사학은 중세사학에서 근대사학으로 발전하기 시작하는 시기이므로 더욱 그러하다.

이러한 격동기의 교육제도는 1894년 갑오개혁에서 새롭게 시작되었다. 사실 1894년 갑오개혁 이전 조선의 교육제도는 성균관, 사학, 향교, 서원 및 서당으로 구성되어 있었으며 고등교육은 성균관에서 담당하고 있었다. 그렇지만 당시 모든 교육기관은 과거(科擧)를 지상목표로 하여 자국사에 대한 학습은 외면한 채 사마천의 『사기(史記)』를 비롯한 『삼국지(三國志)』, 『한서(漢書)』, 『통감(統鑑)』, 『사략(史略)』 등 중국 역사를 읽고 가르치는 것이 역사교육의 실상이었다.

그런데 개항이후 1882년 조선정부는 미국과 조미수호통상조약를 체결한 이후 서양 여러 나라와 국교를 맺게 되면서 신교육의 필요를 절감하고 이를 담당할 교육기관의 설립을 서둘렀다. 그리하여 정부주도의 관립학교를 세우면서 교육의 내용도 변화되기 시작하였다. 그 외 배재학당, 이화학당 등의 근대식 사립학교도 설립되었으며 새로운 학교교육에 따른 교과과정 및 교과목들이 확정되었고 새로운 교과과정에 역사과목으로 세계역사, 각국역사 등이 개설되었던 것이다.[1]

이후 1894년 조선정부는 갑오개혁을 단행하면서 교육제도도 개혁

1 손인수, 『韓國開化教育研究』, 일지사, 1992, 28면.

하였다. 1894년 6월 조선시대의 학무(學務)를 담당하던 예조(禮曹)를 폐지하고, 학무아문(學務衙門)을 신설하여 교육제도의 주관부서를 정비하였으며, 과거제도를 폐지함으로써 신교육제도가 확립되기에 이르렀다. 또한 1895년 2월 고종은 자주독립과 내정개혁의 실시를 주요한 내용으로 하는 '교육조서(敎育詔書)'를 반포하여 교육입국(敎育立國)의 이상을 천명하였다. 고종은 교육조서반포 이후 교육담당 부서가 학무아문임에도 불구하고 내무아문에서까지 "인민은 먼저 본국사와 본국문(本國文)을 가르칠 것"[2]이라고 특별히 역사교육의 필요성에 대한 훈시를 통해 교육의 방향을 강조하고 있다. 이 조서는 교육에 의해 나라를 정립하겠다는 교육입국의 의지를 천명한 것으로, 근대식 학제를 성립시킬 수 있는 계기가 마련되었다.

드디어 1895년 4월에 교사양성을 목적으로 하는 한성사범학교관제(漢城師範學校官制)를 공포하였는데 이것이 우리나라 최초의 근대식 학교법규였다. 그 뒤 정부는 1895년 5월에 외국어학교 관제를 제정하고 외국어학교(外國語學校)를 설립하였다. 또한 1895년 학무아문이 학부로 재편된 후 1895년 7월 19일 '소학교령(小學校令)'을 공포하고 국고에 의해 서울의 수하동, 재동, 저동 등에 관립소학교를 설립하였으며, 이후 공립소학교와 사립소학교도 전국적으로 설립되어 비로소 초등교육이 가능해졌다. 뒤이어 1889년 4월 공포된 중학교관제에 의해 처음 중학교도 설립되었다.

앞서 1895년에 발표된 각급 학교령에는 학과정도표(교과과정표)도

---

2 『高宗實錄』, 33권, 1895.3월 초, 10일조.

포함되어 있으며 학과목 중에는 '본국역사(本國歷史)'란 과목의 국사교과와 '외국역사'가 역사교과에서 교수되도록 규정하고 있다.[3] 예컨대 한성사범학교에서는 본과(2년과정)의 역사과목은 '본국역사 및 만국역사'로, 속성과(6개월과정)는 '본국역사 및 만국역사대요'란 역사교과과정으로 개설되었다. 또한 관립외국어학교의 교과과정에서는 역사로 '본국역사'를 별도로 두어 자국사를 더 중시한 것이다. 관립소학교의 경우 3년의 심상과(尋常科)와 2~3년의 고등과로 구분된 수업연한 중 심상과에서는 역사로 '본국역사'(선택)를, 고등과에서는 '본국역사'(필수)와 '외국역사'(선택)가 역사과목으로 규정되었다. 그 외에 전통적인 고등교육기관인 성균관의 경학과(經學科)에서도 '본국 및 만국역사'가 교수되도록 경학과규칙을 발표하여 역사교육의 강화에 주력하였다. 그런데 1895년 4월 19일에 발표된 한성사범학교의 학생 모집광고에서는 속성과(速成科)의 입학시험 중 조선역사와 지리가 포함되어 그 과목의 비중을 짐작케 한다.

한성사범학교에서 제시한 '교과목과 교수내용 및 유의점'에 대한 조항 중 특히 본국역사에 관한 내용을 보면, 당시 국가에서 의도하였던 역사교육은 국민된 지조(志操)를 기르는 것, 즉 국민된 긍지를 지니고 국가발전에 대한 자신을 갖도록 함에 그 목적을 두었음을 간파할 수 있다.[4]

한편 민간에서 설립한 사학(私學)은 그 건학정신(建學精神)을 민족주의

---

3 개국 504년 7월 22일, 勅令 제145호 「小學校令」 제8~10조(官報 제119호); 동년 7월 24일, 學部令 제1호 「漢城師範學校規則」(官報 제121호); 동년 8월 9일, 學部令 제2호 「成均館經學院規則」(官報 제135호) 참조.

4 「漢城師範學校規則」 참조.

에 토대를 두고 있었기 때문에 거의 모든 학교에서 국사교육이 이루어졌다. 1898년에 설립된 광흥학교, 한성의숙은 물론 민영환(閔泳煥), 정교(鄭喬) 등이 발기한 흥화학교, 시무학교, 상업전문의 광성학교, 한성법학교, 보성학교 등과 지방 대다수의 사립학교에서 역사가 주요과목으로 교수되었을 뿐 아니라 입학시험의 시험과목 중에 본국사가 포함되었던 것이다. 그 외에 이화학당은 역사가 정규과목으로 개설되었고, 배재학당도 세계역사, 한국역사, 일본역사, 중국역사 등을 교수하였다.

이처럼 역사과목을 중요시한 교과과정은 1906년 통감부설치 후 통감정치의 통제 하에서 실시된 학제개편에 따라 변화를 겪게 되었다.

1906년 이후 개편된 역사과목의 교과과정은 본국역사와 외국역사의 구별을 없애 자국사 과목의 중요성을 희석시켰으며, 역사과목의 시간수도 축소하는 방향으로 왜곡 편성되었다. 우선 소학교를 개편해 4년제로 신설한 보통학교의 경우 역사과목으로 통합하여 자국사개념을 배제시켰다. 이러한 양상은 시간이 지날수록 더욱 강화되어 1909년의 학제 개편에서는 지리와 역사를 한 과목으로 통합시켜 '지리역사'로 명하여 역사과목의 독립성을 제거하였을 뿐 아니라 아예 주당 과목시간 배정도 없애버렸던 것이다. 즉, 보통학교 1, 2학년은 '본국역사 · 지리의 대요(大要)'를 3, 4학년은 '본국역사 · 본국 및 외국지리의 대요'라는 과목명은 두고 있으나 수업시간을 배정하지 않았던 것이다. 이러한 역사와 지리과목의 통합은 다른 학교에서도 동일하였다. 1908년에 신설된 고등여학교에서도 역시 '역사지리'과목에 1주당 1~2시간을 배정하였지만, 1909년의 개편에 따라 과목명만 남기고 그나마 교과시간을 배정하지 않았다.[5] 일제의 학제개편이 조선을 식민지화하는 과정에서 세계관, 시대관, 현실인식을 가르치는 역사과목과 민족의식을 강화하고 항일의식을 심어주는 자국사를 학교교육에서 의도적으로 제외시키려 했던 식민지교육방침의 일환이었음은 짐작하고도 남는다.

전술한 바대로 조선정부가 추진한 새로운 학제 및 교과과정이 정비되자 무엇보다도 각 과목의 교재편찬에 착수하였으며, 학부의 담당자를 중심으로 역사 교과서의 편찬도 서둘렀다. 그러나 당시의 상황은 근대교육을 주관해 갈 인적, 물적자원의 부족은 물론 교과서편찬의 경험이 없었을 뿐 더러 새로운 국사교육의 교재개발을 위한 본국역사에 대한 통사적 서술작업은 더욱 어려운 문제가 아닐 수 없었다. 그러므로 근대교과서 편찬의 경험이 있던 일본의 선례가 참작되거나 일인의 참여 하에 교과서편찬 작업이 진행된 것은 당시의 상황에서는 불가피한 선택이었다. 예컨대 1895년 5월 24일 외부(外部)에서 주일공사관에 사범학교 및 소학교 교과서 편찬참고용으로 일본의 각종 교과서를 보내줄 것을 훈령한 것이 그 중 하나다. 이후 편찬된 최초의 국어교과서인 『심상소학(尋常小學)』과 최초의 교육학 교과서 『신찬교육학(新撰教育學)』은 일본인의 협력과 참여로 비로소 만들 수 있었던 것이다. 이 시기 교육근대화를 위한 조선인의 주체적 역량이 부족한 데 더하여 일제의 침략적 간섭 하에 진행된 교육개혁은 출발부터 자주성을 크게 손상시키는 한계성을 지니고 있었다.[6]

---

5 「私立學校規則」 제2장 학과과정 및 교수시수 제10, 13, 14조. 강윤호, 『개화기의 교과용도서』, 교육출판사, 1973, 42~49면 참조.

6 박걸순, 「韓末 學部 편찬 사서와 그 역사인식」, 『충북사학』 5집, 2000.

교과서편찬사업의 주무부서인 학부는 1895년 3월에 교과용도서의 번역과 편찬 등을 담당할 편집국을 설치하고 교과서 편찬에 착수하였다. 마침내 1895년 10월경 최초의 관찬 역사 교과서 『조선역사(朝鮮歷史)』가 국한문 혼용체로 간행되었고, 이어 『조선역대사략(朝鮮歷代史略)』과 『조선략사(朝鮮略史)』가 편찬되었다.[7] 3책이 비슷한 시기에 출간된 점으로 미루어 보건대, 학부에서 『조선역사』와 『조선역대사략』을 간행하였지만 그 내용이 너무 어려워 초등학교 입문용으로 쉽게 풀어 서술한 『조선략사』를 편찬한 것으로 추측된다.

이후 학부는 이 사서를 보충하여 1899년에 『동국역대사략(東國歷代史略)』, 속간본인 『대한역대사략(大韓歷代史略)』 및 국한문혼용의 『보통교과 동국역사(普通教科東國歷史)』를 편찬하였다.

이 시기 이후의 역사 교과서는 학부보다는 일반인이나 계몽 단체에 의해서 간행되는 경향으로 전환되었다. 그런데 역사 교과서 편찬에서 나타난 변화는 편찬주체에 그치는 것이 아니라 역사 교과서의 서술방식이나 그 내용에도 나타나기 시작하였다. 즉 교과서 서술문체에서 순한문은 거의 사라지고 국한문 또는 순한글로 정착되었던 점이 주목된다. 또한 전근대적인 왕조중심의 편년체 서술을 하면서도 통사를 고대-중세-근대로 시대를 구분하여 기술하는 '신사체(新史體)'가 등장하고 있어 역사 서술 방법론상의 변화도 보인다.

그런데 조선정부의 의도 하에 진행되었던 교과서편찬사업은 1905년 을사조약체결이후 일제의 통감부가 설치되고 학제 개편이 본격화

---

7 金興洙, 「歷史教科書 및 歷史 圖書의 편찬과 內容」, 『韓國近代歷史教育研究』, 삼영사, 1990, 121면.

되면서 일제 주도의 교과서통제정책으로 전환되었다. 즉 1904년 제1차 한일의정서(韓日議定書)가 체결되고 1905년 제2차 한일협약(韓日協約)이 조인되어 학부참여관(學部參與官)이 부임하자 기존의 한국인위주 교육정책에서 자주적 성격이 크게 약화되었다. 특히 1905년 2월 일본정부의 추천으로 일인관리가 학부 고문관격인 학부참여관으로 임명되자 일본의 한국교육에 대한 간섭이 노골화되었다. 통감부는 1905년부터 학부 편집국을 일인 학부참여관의 지도 감독 하에 두고 교과서에 대한 일정한 제한을 두기 시작하였다. 우선 1906년 각급 학교령을 공포하고 여기에 각 학교의 '교과서사용규정'을 포함시켰다. 이시기 학부의 교과서정책은 교과용도서 번역, 편찬, 검정에 대한 통제가 주된 방향이었으며, 궁극적으로 조선을 강제로 병합할 경우를 전제로 한 성격의 조치였던 것이다.

뒤이어 통감부는 1908년 8월 '사립학교령(私立學校令)'과 '교과용도서검정규정(教科用圖書檢定規程)'을 발표하고 본격적으로 교과서 내용에 대한 간섭과 통제를 가하였다. 사립학교령에 의하면 사립학교를 설립할 때는 학부대신의 인가를 얻어야 하며 인가 신청시 교과용도서명도 제시하도록 규제한 것이다. 즉 '교과용도서검정규정'은 모든 교과용도서가 학부대신의 검정을 받도록 압박한 것이므로 사립학교에도 그대로 적용되어 사립학교의 교육이 통감부의 통제 하에 놓이게 되었다.

1910년 5월말의 교과용도서검정 상황을 보면 역사는 16부가 출원하여 6부만이 인가(불인가 3부, 조사 중 7부)되었으며, 인가상황도 역사는 19부가 출원하여 7부만이 인가되고 있어 큰 제약을 받고 있음을 알 수 있다. 1911년 말 검정된 교과서는 유옥겸의 『동양사교과서(東洋史教科

書)』, 『서양사교과서(西洋史教科書)』, 박정동의 『초등대동역사(初等大東歷史)』, 『초등본국략사(初等本國略史)』, 안종화(安鐘和)의 『초등본국역사(初等本國歷史)』, 유근(柳瑾)의 『신찬초등역사(新撰初等歷史)』로 국사교과서는 고작 4종에 불과하였다. 이는 모두 초등용으로 일제의 조선사왜곡 및 조선인우민화정책의 산물인 바, 특히 한일관계의 기술에서 일본의 우월성을 인정하고 일본이 조선의 근대화와 독립을 위해 노력하고 있다고 서술한 것이 공통된 특징이다. 불인가된 역사 교과서는 국사 9종과 세계사 12종 등 총 21종에 달하였다. 이로써 민족사서는 물론 학부, 문부성 및 일인이 편찬한 다수 도서까지 인가하지 않고 있는데 이는 강제병탄 이후 일제의 식민지배가 강경해져 감을 반영하는 것이다.

근대교육제가 시행된 1895년부터 1910년까지 편찬된 역사 교과서를 국사와 외국역사로 정리한 것이 아래의 표1과 표2이다.

표1 1895~1910년간 편찬된 국사교과서

	교과서명	편집자	연도	대상시대	체제	기타	책수
1	조선역사 (朝鮮歷史)	학부	1895	단군~조선	편년 국한문	최초의국사교과서, 최초국한문, 건국기원사용, 초등용	3권3책
2	조선역대사략 (朝鮮歷代史略)	학부	1895	단군~조선	편년 한문	고등용	3권3책
3	조선략사 (朝鮮略史)	학부	1895	단군~조선	신사체 국한문	1, 2를합쳐 쉽게 초등용	5권2책
4	동국역대사략 (東國歷代史略)	학부	1899	단군~고려	편년 한문	중(고)등용, 95년보다 정돈	6권3책
5	대한역대사략 (大韓歷代史略)	학부	1899	조선	편년 한문	중(고)등용	2권2책
6	보통교과 동국역사 (普通教科東國歷史)	학부	1899	단군~고려	편년 국한문	중등용 동국역대사략을 초등용으로, 문에 추가 역사총체적 파악 노력, 후일 중등교과동국사략의 기초됨	5권2책
7	역사집략 (歷史輯略)	김택영 (金澤榮)	1905	단군~고려	편년 한문	고등용, 관학 대표한 사찬	1권2책

8	대동역사 (大東歷史)	최경환 (崔景煥)	1905	단군~마한	편년 한문	독립협회 간행 (1896년 필사본을 출판)	5권2책
9	대동역사 (大東歷史)	정교 (鄭 喬)	1905	신라	편년 한문	중등이상, 독립협회 간행	12권4책
10	중등교과동국사략 (中等敎科東國史略)	현채 (玄 采)	1906	고대~조선	신사체 국한문	하야시의 『조선사』 역술, 사립중등용, 학부불인가	4권2책
11	보통교과 대동역사략 (普通敎科大東歷史略)	국민교육회	1906	단군~고려	편년 국한문	초등용, 계몽주의사서	7권1책
12	신정동국역사 (新訂東國歷史)	원영의 (元泳義), 유근(柳瑾)	1906	단군~고려	편년 국한문	초등용, 계몽주의사서	2권2책
13	초등대한역사 (初等大韓歷史)	정인호 (鄭寅琥)	1908	고대~조선	신사체	사립초등용, 학부불인가	1책
14	대한력ᄉᆞ(상)	헐버트, 오성근 (吳聖根)	1908	단군~고려	편년 한글	선교계 대동역사번역 교회나 선교계학교용	1책
15	초등본국역사 (初等本國歷史)	유근	1908	상고~조선	신사체 국한문	사립초등용, 학부인가	1책
16	초등대한력ᄉᆞ	조종만	1908	상고~조선	신사체 한글	초등용	1책
17	초등본국역사 (初等本國歷史)	안종화 (安鍾和)	1909	상고~조선	신사체 국한문	사립초등용, 학부검정	1책
18	초등본국략사 (初等本國略史)	홍사단	1909	단군~조선	신사체 국한문	사립초등용, 학부검정	2권2책
19	초등대동역사 (初等大東歷史)	박정동 (朴晶東)	1909	단군~조선	신사체 국한문	사립초등용, 학부검정	1책
20	대동청사 (大東青史)	황의돈 (黃義敦)	1909	단군~	신사체 국한문	북간도 명동학교교재	1책
21	신찬초등역사 (新撰初等歷史)	유근	1910	단군~조선	편년 국한문	사립초등용, 학부검정	3권3책
22	국조사 (國朝史)	원영의	1910	조선	편년 국한문	해외민족학교 교재용, 『신정동국역사』의 속편인 듯, 의병, 구국운동, 일제침략 기술	1책

표2 1895년~1910년 간 편찬된 외국 역사 교과서

교과서명	편집자	연도	교과서명	편집자	연도
만국략시(萬國略史) 상권	학부	1895	미국독립사(美國獨立史)	황성신문사 서양서일역본 번역	1899
중일략사론(中日略史論)	학부[韓譯]	1898	파란말년전사(波蘭末年戰史)	어용선(漁瑢善)	1899
태서신사(泰西新史)	학부	1897	만국사기(萬國史記)	학부	1905
아국략사(俄國略史)	학부	1897	중등동양사(中等東洋史)	유옥겸(兪鈺兼)	1908
중국략사론(中國略史編)	학부	1898	동양사교과서(東洋史敎科書)	유옥겸	1908
중동전기(中東戰記)	현채중역	1899	정선만국사(精選萬國史)	김상인	1908
애급근대사(埃及近代史)	황성신문사	1899	서양사교과서(西洋史敎科書)	유옥겸	1910

2. 근대 역사 교과서의 특징과 양상

구한말 역사 교과서는 그 편찬정책과 구성방식에 따라 크게 3시기로 나눌 수 있다. 제1기는 1895년~1904년까지 제2기는 1905년~1907년까지 제3기는 1908년~1910년까지로 구분해 볼 수 있다. 각 시기구분은 일제의 조선에 대한 지배력강화의 정도를 기준으로 하여 1905년 을사조약체결과 통감정치시행, 그리고 1907년 차관정치실시를 각 시기 구분의 분기점으로 설정하였다.

우선 역사 교과서 저술에 참여한 사람들을 살피면, 김택영, 현채와

같은 학부관리, 보성중학교 교사 원영의, 대한매일신보의 유근, 관립 소학교 교원 박정동, 독립협회의 정교, 흥사단, 국민교육회 등 인텔리 중산층으로서 민중계몽의 전위적 지도자들이었고, 실재 교단에서 교수한 경험이 있는 사람들이 많았고 언론에 관여했던 인사들의 결사가 주축이 되고 있음을 알 수 있다. 그 외 정인호와 조종만은 옥호서림(玉虎書林)과 한양서관(漢陽書館)을 각각 운영하던 출판사경영인이었으며 외국 역사 교과서의 저자로 법률역사교수인 유옥겸과 일본유학파 김상인을 꼽을 수 있다. 그러나 이들은 전문적이고 근대적인 역사교육을 받지 못했지만 학부, 혹은 출판사의 번역원으로 종사하는 과정에서 교과서 편찬의 중요성에 대한 자각을 계기로 저사(著史)에 참여한 경우가 많다. 따라서 이들의 역사인식과 서술에는 일정한 한계가 있다. 즉 일제침략의 본질을 간과하고 무비판적으로 식민사학을 수용한다든가 서술내용의 오류, 역사 서술 방법론상의 전근대성 등이 지적될 수 있을 것이다. 그 중 학부관리였던 김택영과 현채의 경우 저자의 학문적 기반에 따라 교과서의 성격이 결정되는 양상을 확인할 수 있다. 김택영은 전통적인 유학자의 입장에서 저술한 교과서 모두 한문본, 편년체로 정통론과 문헌고증을 중시한 역사인식에 입각해 중국연호를 고집하고 있어 전통적 역사 서술의 한계를 벗어나지 못하고 있다. 게다가 단군조선을 부인한 그가 근대적 역사방법론을 무리하게 도입하면서 일본학자의 식민사학을 수용해 한국사서술에 왜곡된 한국사상(韓國史像)을 덧입히는 전형(典型)이 되는 우를 범하고 말았다.

한편 현채는 역관출신으로 다양한 외국서적을 접할 수 있는 기회가 많아서인지 23종에 달하는 역, 저서를 출판하는 등 새로운 학문을 신속하게 받아들였다. 그 결과 김택영 보다는 앞서서 근대적 역사 서술 체제를 교과서편찬에 적용해 이후 역사 교과서편찬에 영향을 끼쳤던 인물이었다.

다음으로 각 시기별 교과서의 특징을 살펴보자. 제1기(1895~1904)의 국사교과서는 모두 6종으로 학부에서 만든 관찬사서였으며, 그 체제는 1종을 제외한 나머지 5종 모두가 편년체였다.(표1 참조) 교과서 모두가 단군에서 조선까지를 서술하였다. 물론 『보통교과 동국역사』는 고려까지 서술하였지만 원래 계획에서는 조선까지를 대상으로 하였던 것인데 고려까지 서술하고 중단되었다고 전해진다. 그 중 『조선역사』는 최초의 국한문 국사교과서였다는 점과 최초로 개국기원을 사용해 독립의식을 표현했으며 이후 교과서의 방향을 제시한 것에서 그 의의가 크다. 1899년에 간행된 『대한역대사략』에서 '대한'이라는 명칭이 처음 등장하였는데 이는 대한제국의 출범에 따른 변화라 보인다. 이후 제2기와 제3기에서 '대한'이 접두된 역사 교과서는 모두 이 책에서 그 제목을 취했다고 하겠다. 『보통교과 동국역사』에서는 단군조선의 위치를 격상시켜 단군조선에 대한 자주적 인식이 확대되는 서술로 변화하였다는 점이 주목된다.

이시기 외국 역사 교과서도 역시 다수가 학부에서 편찬되었으며 그 외 황성신문사가 출간한 책도 있었다. 최초의 책은 『만국략사 상권』 그 외 중국, 러시아, 이집트역사 및 미국의 독립을 다루고 있다. 대부분 약소국의 역사나 홍망사 및 제국주의 식민지가 된 나라의 역사를 다루고 있어, 당시 애국심을 기르고 국가를 지켜내야 한다는 정신을 고취시키려는 역사교육의 특성이 잘 드러나고 있다.

제2기(1905~1907)의 국사교과서는 제1기와 달리 사찬이 등장하였으며 1905년에 간행된 3종은 모두 한문본이었다. 전체 6종 중 현채의 『중등교과동국사략』은 일본의 하야시 다이스케[林泰輔]가 취한 시대구분법을 도입하여 통사를 태고(太古)—상고(上古)—중고(中古)—근세(近世)로 시대를 구분하여 기술하는 '신사체(新史體)'로 구성되었으며 나머지는 모두 편년체 서술이다. 서술대상 시기를 살피면 현채의 교과서를 제외한 5종은 단군—고려(신라)까지만 다룬 채 당대사를 제외시켜 당시 민족의 현실문제 해결을 외면했다고 비판받고 있다. 또한 『역사집략』은 일본의 식민사학을 무비판적으로 수용해 임나일본부설과 신공황후의 신라 침공설을 조선역사에 서술하여 식민사학의 전형이 되었다. 또한 현채의 『동국사략』은 일본국수주의 국학에 의해 서술한 하야시 다이스케의 『조선사』를 역술하였으니 제국주의적 식민사학의 역사인식으로 국사교과서를 구성한 모양새가 되었다. 뒤이은 제3기의 교과서 모두 이 『동국사략』의 체제를 따랐으니 그 영향을 짐작케 한다. 이 시기의 외국 역사 교과서는 학부에서 편찬된 『만국사기』로 동서양 만국의 고금역사를 국한문으로 편찬한 책으로 문명의 발달에 주안점을 두었다.

제3기(1908~1910)의 교과서는 일제의 교과서통제정책 하에서 편찬된 까닭에 민족적 의미나 자주성을 띤 내용을 담을 수 없다는 한계를 안고 간행된 것으로 대다수 사찬이었다. 초등용 교과서인 탓에 분량도 적고 간략하게 국한문으로 단군—조선까지 서술하면서도 대부분 강화도조약 이후의 역사적 사실은 다루지 않거나 소략하게 처리해 버려 역사 교과서의 역할을 소홀히 하고 있다. 이시기 교과서는 『동국사략』의 신사체인 태고—상고—중고—근세 등의 시기구분을 적용하는 경우가 일반적인 경향이다. 그중에서 정인호의 『초등대한역사』는 37종의 삽화와 2종의 역사지도를 삽입하여 학생들에게 시각자료를 제공한 특징적인 교과서였다. 또한 이 책은 다른 교과서와 달리 개항 이후의 시기에 대한 많은 분량을 할애하여 다양한 민족운동에 대한 기사와 반일조의 서술 등을 포함시켰으므로 이시기 유일하게 불인가판정을 받았던 국사교과서가 되었던 것이다.

제3기의 외국 역사 교과서는 앞선 시기와 달리 '동양사' 혹은 '서양사'교과서란 명칭을 채택하고 있어 일제의 교과서통제정책의 영향을 드러내고 그 내용에서도 역시 일본중심적인 성향이 강했다. 역사 서술 방식에서도 고대사—중세사—근세사라는 시대 구분을 채택하여 신사체를 도입했다는 점이 주목된다. 또한 중국 중심의 외국사에서 벗어나 인식의 대상을 확대하여 세계 각 지역의 여러나라를 대상으로 서술하였으며 문명사에 관한 내용이 많았다는 것은 근대문화에 대한 인식과 더불어 당대 지식인의 역사인식의 시야가 확대되고 있다는 것을 의미한다. 종래의 정치사, 제도사만이 아니라 대외관계사, 학술사, 종교사까지 서술하여 역사적 인식의 폭을 확대시킨 점은 특징적이다.

3 .이화여대 소장본 '근대 역사 교과서'의 가치와 번역의 의의

구한말의 역사인식을 대변하는 역사 교과서 중 이화여대 도서관에 소장된 책을 선별하여 각 시기의 대표적인 역사 교과서 9종을 번역 · 해제하였다. 제1기는 학부의 『보통교과 동국역사』, 제2기는 현채의 『중등교과동국사략』과 국민교육회의 『보통교과 대동역사략』을 선정하였다. 또한 제3기는 정인호의 『초등대한역사』, 조종만의 『초등대한력ᄉ』, 안종화의 『초등본국역사』 등 초등용 국사교과서와 유옥겸의 『동양사교과서』, 김상인의 『정선만국사』 등 외국 역사 교과서를 각각 선정하였다.

이화여자대학교 도서관에는 이번에 번역 · 해제되는 9권의 역사 교과서를 포함하여 다양한 종류의 구한말 근대교과서가 소장되어 있다. 개화기 이후 국민교육 체제가 확립되는 과정에서 기독교 선교사들이 설립한 사립선교학교와 민족학교가 차지하는 위치나 역할은 자못 컸다. 예컨대 기독교 선교사들이 중심이 되어 설립한 이화전문학교는 이화여자대학교로 발전하여 현재 우리나라 여성교육의 중심축 역할을 넘어서서 글로벌이화를 추구하며 세계 속의 여자교육의 메카로 발돋움하고 있다. 이같은 대학의 역할에 걸맞게 이화여대 도서관은 개화기와 대한제국기, 일제 식민지 통치기의 역사 교과서를 비롯해 각종 근대교과서 및 다양한 자료를 수집해서 장기간 소장하고 있어 좋은 자료의 보고로서의 역할을 평가받을 만하다.

이번에 번역되는 역사 교과서들은 물론 이화여대 도서관에만 소장되어 있는 것은 아니다. 그러나 이화여대 소장본은 보존 상태가 양호하여 이 분야 연구에 기초가 되는 양질의 자료로 활용될 충분한 가치가 있다고 판단된다. 그러므로 이번 번역대상으로 선정된 역사 교과서 이외에도 반드시 번역하고 연구해야 할 귀중한 자료들이 적지 않으므로 한국학 관련기관과 연구자들에게 문호를 개방하는 방안을 모색해 보는 것이 바람직하다.

근대 역사 교과서의 번역과 해제를 통하여 도서관에 소장된 중요한 역사 교과서 일부가 공개되어 이 분야에서의 연구와 역사교육분야에 교육 자료로 활용할 수 있게 되었다. 또한 이를 토대로 개화기와 근대의 교육에 관한 연구가 활성화되는 계기가 마련되었다는 점도 주목할 만한 성과다. 아울러 현재 우리가 해결해 나가야 할 난제들을 인식할 수 있는 준거는 물론 바람직한 대응방법을 찾아가는 데 좋은 참고 자료로서의 역할도 충실히 완수할 것이라 생각된다.

근대 역사 교과서 번역은 원문에 충실한 직역을 원칙으로 하면서도 현재 우리말 수준에서 이해할 수 있는 글로 다듬었다. 또한 현재의 관점에서 이해할 수 있도록 재해석하는 과정을 거쳤으므로 단순한 역사적 자료로서 과거 교과서를 확인하는 정도를 넘어서서 우리 역사교육의 좌표와 지향점을 찾는 과정에서도 중요한 시사점을 줄 것이다. 각 역사 교과서 번역자들의 문투를 존중하면서도 전문가들의 치밀한 감수 과정을 거쳤으므로 가독력이나 완성도 측면에서도 일정한 완결성을 갖추고 있는 점도 이번 번역본의 장점으로 꼽을 수 있다. 특히 교육현장의 역사 교사들이 적극적으로 수업자료로 활용하여 학생들이 이 교과서를 통해 구한말의 학생들과 혹시 당대의 지식인들과 대화하며 서로의 역사의식을 논할 수 있는 통로 역할을 해줄 수 있기를 기대한다.

참고문헌

손인수, 『韓國開化教育研究』, 일지사, 1981.

김홍수, 『韓國近代歷史教育研究』, 삼영사, 1990.

한기언, 『日帝의 教科書政策에 관한 研究』, 한국정신문화연구원, 1993.

조동걸 외, 『한국의 역사가와 역사학』, 창작과 비평사, 1994.

박걸순, 『韓國近代史學史研究』, 국학자료원, 1998.

김여칠, 「開化期 國史教科書의 歷史認識」, 단국대학교 박사학위논문, 1985.

홍영백, 「한말세계사 관계사서의 내용과 그 한계」, 『素軒南都泳博士華甲紀念史學論叢』, 1982.

조동걸, 「한말사서와 그의 계몽주의적 허실(상)」, 『한국독립운동사연구』 제1집, 독립기념관 한국독립운동사연구소, 1987.

조동걸, 「한말사서와 그의 계몽주의적 허실(하)」, 『한국학논총』 10, 국민대학교 한국학연구소, 1988.

중등교과 동국사략 해제

임이랑

1. 저자

현채(玄采, 1856~1925)는 자(字)가 백수(白受), 호(號)는 백당(白堂)이며, 대대로 역관을 배출한 천녕(川寧) 현씨 종가의 2대 독자로 태어났다. 18세가 되던 해인 1873년에 역과(譯科) 한학(漢學)에 급제하였고 1892년 부산항 감리서에서 번역관을 지냈다. 현채의 활동은 갑오개혁 이후에 두드러지는데, 통리교섭통상사무아문(統理交涉通商事務衙門), 이조(吏曹), 외무아문(外務衙門) 등 주로 외국과의 교섭과 관련된 부서에서 근무하다가 1895년 40세의 나이로 한성사범학교 부교관으로 부임하였다. 1898년에는 학부(學部)로 옮겨 편집국 위원과 학부주사로 재임하며 1907년 해임될 때까지 왕성한 저·역술 활동을 하였다.

현채는 『중등교과 동국사략』 외에도 『보통교과동국사략(普通教科東國史略)』과 『중국전기(中國全記)』, 『법국혁신전사(法國革新全史)』, 『만국사기(萬國史記)』, 『월남망국사(越南亡國史)』, 『로마사(羅馬史)』, 『유년필독(幼年必讀)』, 『유년필독석의(幼年必讀釋義)』, 『동서양역사(東西洋歷史)』 등을 편찬하여 역사 교과서 보급에 집중하였다. 현채는 다수의 역사 교과서

외에도 『최신고등소학이과서(最新高等小學理科書)』, 『식물학』, 『대한지지(大韓地誌)』 등 다른 학문 분야의 교과서도 함께 저술하여 명실공히 당대 교과서 편찬 작업에 선구적 역할을 하였다.

현채는 1907년 1월 학부에서 해직된 후 장지연(張志淵) 등과 광문사(廣文社)를 운영하여 다산(茶山)의 『목민심서』, 『흠흠신서』 등을 간행하는 한편, 애국계몽단체에도 적극 참여하여 1908년 8월 기호흥학회(畿湖興學會) 찬무부(贊務部)에 가입하였으며 9월에는 대한중앙학회(大韓中央學會) 평의원으로 선출되었다. 경술국치 이후에는 최남선 등과 광문회(光文會)를 통하여 고전간행에 힘썼다.

한편 현채는 지식인들과도 폭넓은 교류를 가졌는데, 장지연과 최남선 외에도 학부에서 함께 저술활동에 힘쓰던 김택영(金澤榮), 김윤식(金允植)과도 친밀하였다. 그러나 일제강점 이후 현채는 1915년 7월과 9월 『매일신보』에 7차례에 걸쳐 임나일본부설, 신공황후 삼한정벌설 등을 실어 한일 양국이 일가(一家)가 되었으므로 한일 간의 교류사를 알아야 한다는 것을 비롯하여, 청일 · 러일전쟁이 동양 평화를 위해 공헌하였다고 하는 등의 식민지배를 합리화하는 글을 싣기도 하였다. 1919년 이후에는 서화협회(書畵協會)에서 서예활동을 하였고, 1922년에는 조선사편수회에 참여하였다. 1925년 2월 5일에 자택에서 70세의 나이로 사망하였다.

2. 구성

이 교과서는 권1~권4까지 4책 2권으로 이루어져 있으며 총 여섯 부분으로 나뉘어져 있다. 권1에는 책의 서론 격인 '자서(自序)' 부분이 처음 등장하고 '태고사(太古史)'-'상고사(上古史)'가 차례로 이어진다. 권2에서는 '중고사(中古史)'를, 권3과 권4에서는 모두 '근세사(近世史)'를 다루었다. '태고사'는 단군부터 기자조선, 삼한까지를 다루고 '상고사'는 삼국의 성립부터 통일신라까지를 다루고 있다. '중고사'는 고려시대를, '근세사'는 조선시대를 다루는데 태조 이성계부터 임진왜란까지 '조선기 상(朝鮮記 上)'이라 하고 광해군 즉위부터를 '조선기 하(朝鮮記 下)'로 설정하여 서술하였다. 이 중 고려시대를 중고사라 규정하고 '고려태조의 창업과 성종의 정치' 이하 17장으로 서술한 면은 주목할 부분이다. 중고사라는 시대구분 용어를 적용하고 장을 나누어 서술한 것으로는 최초의 교과서이기 때문이다. 그리고 해당 각 권 맨 뒤에는 지역별 특산물이나 역대 왕도표, 역대일람표 등을 정리 · 수록하여 독자들의 이해를 도왔다.

이 책의 구성상 특징은 '갑오후 십년 기사' 등의 항목 설정을 통해 최근세에 해당하는 당시의 시대상을 포함시켰다는 점이다. 당시 많은 국사서들은 대부분 고려시대까지 다루는 경우가 많았는데, 당시로는 현대사라고 할 수 있을 대한제국사가 포함되어, 현채의 당대 인식을 엿볼 수 있다.

또한 이 책의 구성상 큰 특징은 국한문 혼용체로 서술된 신사체(新史體) 통사(通史)이며 전통적 편년체(編年體)에서 탈피하였다는 점이다. 역사적 사실을 발전적 인과관계로 파악하고 서술하기 시작한 것이다. 하지만 근대 사학의 전개라는 점에서 새로운 역사 서술 방법론의 도입이 곧 식민사학의 본격적 침투로 연결된다는 점에 유념해야 할 것이다.

3. 내용

잘 알려져 있듯이 현채의 『중등교과 동국사략』은 일본인 사학자 하야시 다이스케[林泰輔]의 『조선사(朝鮮史)』 7책(冊)을 역술한 것이다. 따라서 『중등교과 동국사략』의 내용상 특징은 『조선사』와 함께 보았을 때 더욱 뚜렷하다. 이러한 관점에서 살펴본 『중등교과 동국사략』의 특징을 간략히 정리하면 다음과 같다.

첫째, 단군조선을 독립된 장으로 설정하고 단군신화를 역사적 사실로 인정하였다는 점이다. 하야시의 『조선사』가 단군신화를 부정하고 있는 점을 감안하면 현채의 의식을 엿볼 수 있는 대목이다.

둘째, 현채는 단군조선을 명확히 인정하는 반면 위만에 대해서는 의도적으로 간략하게 처리하고 있는데, 이 또한 위만조선과 한사군의 설치를 길게 강조한 하야시와는 다르다. 현채가 위만을 약술 처리한 것은 단군—기자—삼한의 정통체계를 확립하기 위한 조처로 보인다.

셋째, 발해사를 비교적 상세히 다루어 고대사의 영역을 확대하였지만, 발해를 말갈족이 건국한 나라로 보는 한계점을 노출하였다.

넷째, 일본과의 관계사에 대해 주목하였다. 중국과의 관계에 비해 상대적으로 일본관계를 비중 있게 다루는 경향은 기존의 중국 중심적 역사관을 극복하고자 한 것으로 보인다.

다섯째, 왕조사나 정치사 위주의 서술에서 벗어나 상고사와 중고사 부분에서 제도, 교법, 문학, 기예, 산업, 풍속 등의 항목을 두어 종전의 역사 서술에서 중요하게 다루지 않았던 분야를 특색 있게 서술하였다.

여섯째, 고구려의 멸망이나 몽고의 고려침입, 임진왜란 등 국가 쇠퇴의 원인을 외적 요인이 아니라 내적 요인에서 찾고 있다는 점이다. 즉 국내 정치의 문란과 내분, 방비의 소홀 등으로 인하여 스스로 쇠퇴하였음을 강조하고 있다.

일곱째, 외침을 당하여 우리 민족의 항쟁을 강조하였다. 강감찬, 서희, 이순신, 권율 등의 행적과 전투 과정에 대하여 많은 지면을 할애하여 상술한 점은 우리 민족의 주체성을 강조한 것으로 보인다. 이러한 특징은 임진왜란의 의병활동상을 강조한 데서 두드러지는데, 『조선사』가 임진왜란이 거의 조선의 패망 직전까지 몰고 갔으나 명의 원조 덕분에 기사회생하였다고 서술한 점과 대조된다.

마지막으로 일본 제국주의의 성격을 명확히 인식하지 못하고 식민사관에 동조하는 한계를 보이기도 하였다. 임나일본부설에 대해서는 간략히 서술하기는 하였으나 그 입장을 일부 수용한 점이나, 청일전쟁을 한국독립을 위한 과정이라고 서술한 부분 등이 이에 해당한다.

이상과 같이 이 책은 식민사학의 수용이라는 한계가 있기는 하나, 민족의식을 고취하는 점들이 있어 당시 금서로 분류되어 발매금지처분을 받았다.

4. 가치

우선 이 책은 전통적 왕조중심의 연대기적 역사 서술에서 벗어나 근대적 역사 서술 체계를 도입했다는 점에서 사학사적 가치를 갖는다. 『중등교과 동국사략』의 사학사적 가치는 고대사의 영역을 확대하고 생활사적 측면까지 분류사적 관점으로 접근하여 종래 중국 중심의 역사관과 차별화를 시도하였다는 점에서도 부각된다.

그러나 『중등교과 동국사략』은 많은 한계점을 가지고 있어 비판의 대상이 되기도 한다. 일본 사학자 하야시의 『조선사』를 역술하는 과정에서 식민사학을 무비판적으로 수용하였으며 일본 제국주의의 실상을 제대로 파악하지 못했기 때문이다.

『중등교과 동국사략』은 또한 편년체를 벗어나 근대적 역서 서술 체계를 도입하기는 하였으나 종래의 유교적 사관을 완전히 탈피하지는 못하였다. 선덕여왕과 진덕여왕을 '왕(王)'이 아닌 '주(主)'로 표현한 점, 발해의 건국시기를 당나라의 책봉을 받은 때로 설정한 점, 조선시대 역대 왕들에 대해 극존칭을 하고 있는 점 등은 간과할 수 없는 특징이다. 이러한 점은 전통적 유교관념에서 자유로울 수 없었던 당시 지식인들이 근대적 가치를 수용하는 과정에서 표출된 과도기적 현상이라 할 수 있을 것이다.

이상과 같은 한계에도 불구하고 『중등교과 동국사략』은 당시 애국계몽사서로서의 성격도 함께 가지고 있었다. 앞서 살펴본 내용상의 측면에서도 그러하거니와, 1909년 통감부에 의해 치안 방해의 명목으로 발매금지되어 압수된 사례에서도 잘 드러난다. 당시 압수서적 9종 5천 767책 가운데 현채의 저서가 무려 4종 천 564책으로 전체 압수서적의 79.6%에 해당할만큼 현채의 교과서는 당시 통감부의 주목대상이었다.

현채의 『중등교과 동국사략』이 식민사학을 무비판적으로 수용한 부분이 분명히 있고 그것이 비판받아야 하는 것은 당연하다. 그러나 그렇다고 해서 『중등교과 동국사략』의 가치가 폄하되어서는 안된다. 즉 식민사학의 수용과 애국계몽사상 고취가 혼재되어 있고, 전통적 유교사관과 신사체의 방법론이 도입된 이 『중등교과 동국사략』이야말로 당대 지식인들의 현실인식과 역사인식의 단면을 그대로 보여주는 대표적 사료로 바라보아야 할 것이다.

차례

중등교과 동국사략(中等教科東國史略)

중등교과 동국사략 권1

중등교과 동국사략 권2

중등교과 동국사략 권3

중등교과 동국사략

|근대 역사 교과서 일러두기|

1. 번역의 저본은 이화여자대학교 중앙도서관 소장 『中等敎科東國史略』를 사용하였다.
2. 편차와 체제는 저본을 따랐다. 단 독자의 편의를 위하여 저본의 내용을 해치지 않는 범위에서 문장 길이를 조정하거나 문단을 나누었다.
3. 번역은 직역을 원칙으로 하되, 문맥이 통하는 자연스러운 현대역의 의의를 살리도록 하였다.
4. 맞춤법과 띄어쓰기는 '한글맞춤법통일안'을 따르는 것을 원칙으로 하였다.
5. 한글 표기를 원칙으로 하고, 고유명사나 이름, 관직, 지명, 기타 전문용어는 한자 또는 원어를 ( ) 안에 표기하였다. 반복되어 나올 경우에는 한글로만 표기하였다.
6. 연대는 원문에 있는 표기 방식을 살려 쓰되, '( )' 안에 서력 기년을 부기한다. 필요에 따라 한국 연호나 역조 임금의 즉위 기년을 환산하여 부기한다. 추정연도는 '[ ]'를 사용한다.
   예) 673년(문무왕 13)
7. 부호는 다음과 같이 구별하였다.
   ( ) : 음이 같은 한자 표기
   [ ] : 한글과 발음이 다른 한자 표기
   " " : 인용문, 대화
   ' ' : 재인용, 대화 안의 대화
   「 」 : 항목명, 편명, 조명, 논문명
   『 』 : 서명

|중등교과 동국사략 일러두기|

1. 본 교과서에 사용된 용어들은 현대 역사서에서 일반적으로 쓰는 용어들로 대체하였다. 그러나 필요하다고 생각되는 경우에는 [ ] 또는 ( )에 원어를 나란히 적었다.
   예) 수도[京城], 리델(리데루)
2. 중국과 관련된 고유명사의 경우에는 한자음을 그대로 표기하고 바로 뒤 ( ) 안에 한자를 달았다. 일본과 관련된 경우에는 일본 발음으로 표기하고 원어를 [ ]로 표기하였다. 서양과 관련된 경우에는 현대 용어로 대체하고 [ ] 또는 ( )로 원어를 표기하였다.
   예) 중국-이여송(李如松), 일본-도쿠가와 이에야스[德川家康], 서양-마테오 리치[利瑪竇]
3. 본문에 나오는 내용에 대하여 필요한 경우 각주로 보충설명을 하되, 가독성을 염두에 두어 그 양은 최소로 하였다. 또한 각주에 사용한 참고문헌은 일일이 밝히지 않았다.
4. 저자주는 본문에서 해당 부분 바로 옆에 작은 글씨로 병기하고, 저자의 보충설명은 ※표시로 구분하였다. 역자주는 각주로 처리하였다.
5. 용어 풀이는 국립국어원 홈페이지(http://www.korean.go.kr) 표준국어대사전에 의거하였다.

■ 중등교과 동국사략 자서(自序)

지난날 내가 학부(學部)에서 번역일을 하며 여러 부의 역사서를 편집하였는데, 번번이 체제가 서지 않아 독자들로 하여금 갈피를 잡지 못하게 하였으니, 뉘우치고 부끄러움이 더욱 심하였다.

일본인 하야시 다이스케[林泰輔]는 사학가이니, 특히 우리나라의 역사에 힘을 써서 『조선사(朝鮮史)』 7책(冊)을 저술하였는데, 삼국(三國)시대부터 조선에 이르기까지 모두 확실한 증거가 있고 또한 각 부문의 종류를 나누었으니, 사람들이 한번 읽으면 명료하였다. 실로 외국인이라 해서 편견을 가지고 볼 것이 아니니, 또한 여기에 이 책을 역술하였다.

아! 자기 나라에 살면서도 자기 역사에 능하지 못하여, 다른 사람이 대신 간섭하도록 하면서도 스스로 부끄러워하지 않게 되었으니, 이는 진실로 어떻게 된 것인가? 혹 말하기를, "일본인은 재주가 많아서 이와 같이 정밀하고 집요하게 파고든 것이다"라고 하니, 어찌 그렇겠는가? 이는 모르는 사람의 말이다. 지난 신라, 고구려, 백제 시대에 일본인은 야비(野狉)하고 우리는 문명을 이루었다고 어찌 말하지 않을 수 있겠는가? 그들은 의복과 거마(車馬)와 궁실(宮室)에서부터 문장과 제도와 각종 기예에 이르기까지 우리를 스승으로 삼고 우리를 모방하지 않음이 없었다. 오늘에 이르러서 우리에게 뽐내고 자랑하지만, 그들이 행하는 것이 우리로부터 나오지 않은 것이 없다.

또한 근세를 가지고 말한다면, 임진년(壬辰年)의 난리에 간과(干戈)는 땅에 가득하고 팔로(八路)는 다 함락되었으며 국세(國勢)의 위기가 한 줄기 터럭과 같았다. 그러나 오히려 사야가(沙也可)라는 사람이 있어 부하

3천을 거느리고 우리에게 귀화하여 우리 강토에서 분주히 싸워 8년을 수고하였으니, 우리를 위해 신하의 도리를 다하였다. 사야가는 일본의 장군인데 임진란 때 부하를 이끌고 와서 투항하여 말하기를, "동이(東夷)의 지역에 처해 있으니 오랫동안 한국의 문화를 사모하였다. 그런데 오늘의 토요토미 히데요시[豊臣秀吉]는 망령되게 군사를 일으켰다. 나는 마음속으로 그른 짓이라 생각하였으니, 원컨대 부하가 되어서 성스런 백성이 되고자 한다"고 하였다. 성명을 하사하기를 '김충선(金忠善)'이라 하였다. 도처에서 적군을 토벌하여 크게 승리하였고, 문집 3권이 세상에 전하는데, 모두 비분강개하는 옛적 장부의 기질이 있다. 이괄의 난 때 노장(老將)으로서 병졸을 인솔하고 왕을 보호하였다. 나이 80에 죽었다[卒]. 그 후로 후손이 번성하니, 지금 대구에 사는 자가 많다.

그가 그 당시 우리가 피폐하고 쇠미한 것을 어찌 모르고 그랬겠는가? 실제로는 우리의 문물(文物)과 전장(典章)이 저들보다 나은 것을 사모했기 때문이었다. 그러한즉 우리는 문명은 우수하되, 오직 미비(未備)한 것은 전쟁에 쓰는 무기일 뿐이라고 말할 수 있다. 그런데 어찌해서 지금은 문물까지 함께 남보다 못하게 되어 옛날의 면목(面目)을 회복하지 못한 채 우리를 야비하다고 말하게 하는가? 오히려 우리는 예전의 일본에도 미치지 못하고 일본의 문명은 우리의 옛날보다 크게 앞서가게 되었으니, 아! 진실로 어째서인가?

또한 일본은 천하에 이름을 날리니, 세상 사람들이 일본을 영국과 독일 등의 나라에 비견하는데 우리는 폴란드[波蘭], 이집트[埃及], 인도(印度)와 같은 나라가 되어 버렸다. 한 대륙에서 한 시대를 같이 살면서 하나는 용이 머리를 들고 호랑이가 달리는 것처럼 천하를 내려다보고, 또 하나는 거북이가 움츠리고 꿩이 엎드린 것처럼 수치스러워하며 주위를 보니, 그 득실(得失)과 영욕(榮辱)이 진실로 어떠한가?

오히려 남을 해치려는 마음이 아직 남아있고 완고하고 비루함이 습성을 이루어서 스스로 자신을 깨닫지 못하여 오래될수록 더욱 어지럽다. 정치는 부패하고 백성들은 어육(魚肉)이 되며 기강이 느슨해져 국맥(國脈)을 이미 상실하였으니, 시사(時事)를 다시 말할 수가 없게 되었다.

이에 오직 학문에 정진한다면 혹 이러한 상황을 회복하고 개선할 수 있으리라는 희망이 있을 것이다. 그러나 아직은 자라처럼 융통성이 없어 무언가 하려고 하면 꺼리고 싫은 것이 많다. 각국의 치란성쇠(治亂盛衰)에 대해서는 살피려고 하지 않을 뿐만 아니라, 우리 역사에 이르러서도 감히 이를 드러내어서 사람들에게 보이려하지 않는다. 또한 문득 말하기를, "역사라는 것은 나라가 망한 뒤에 바야흐로 쓸 수 있는 것이다. 그 나라 사람들이 함부로 말할 바가 아니다"라고 한다.

아! 만약 과연 그렇다면 일본은 2500년을 살아오면서 하나의 성(姓)으로 전하여 오면서 신기(神器)를 옮기지 않았으니, 만일 우리의 법으로써 말한다면 그들의 국사는 필경 세상에 나오는 날이 없었을 것이다. 여기에서 그치는 것이 아니라, 근년에 각국이 미래사를 번갈아 함께 내놓았으니 지난해에 러일전쟁[日俄戰爭]의 미래기(未來記)가 있었고, 또한 미일전쟁[日美戰爭]의 미래기가 있었으며, 각국의 사람들은 본국이 다른 나라에 미치는 것을 추측하고, 각국의 사정에 따라 미래기를 편성하였다 그 지혜를 부르지 않고 그 비밀을 누설하는 것이 능사가 되고 있다. 그리하여 사람의 폐부(肺腑)를 들추어내고 사람들의 음사(陰邪)를 뒤집으며 앞 사람을 징험하여 뒷사람을 근신하게 해서 그 국가를 보전하는 것이다.

우리 한국의 사적(事蹟)에 이르면 동양인들은 말할 것도 없이 그 대략을 알고 있을 뿐만 아니라. 유럽[歐巴] 각국의 역사가들도 여러 원본에 기재하지 않은 것이 없고, 서양인들이 파피루스[藍皮]에 기사를 기록하니, 비유하면 동양의 죽백(竹帛)과 같다 이를 자기 나라 사람들에게 보여주고 있다. 비록 우리는 지극히 꺼리는 일이거나 아주 사소한 기사일지라도 조금도 숨기지 않고 모든 단점을 버리고 장점을 취하는 것을 주된 일로 삼고 있다. 그런데도 우리는 스스로 눈을 가리고 스스로 마음을 닫으며, 자국사 또한 알지 못하면서 사람들을 향하여 우리의 모든 계보를 증명하겠다고 하니, 부끄러움이 어찌 이보다 심할 수 있으며 그 욕됨을 또한 어찌하겠는가?

옛날에 건문제(建文帝)의 아들이 어린 나이에 유폐되었다가 50년이 지난 뒤에 사면되어 나왔는데 머리는 모두 백발에 소와 말을 분별하지 못하였다. 그 이유를 묻자 말하기를, "하늘의 해도 보이지 않는데 하물며 다른 것이리오?"라고 하였으니, 500년이 지난 오늘날에도 그 말을 듣는 자는 모두 슬퍼한다. 명(明) 연왕(燕王) 체(棣)가 군사를 일으켜서 건문(建文)을 폐위하고 스스로 황제가 되었으니 이가 영락제(永樂帝)이다. 건문의 아들을 유폐할 때에 나이는 겨우 3세였으니, 그 후로 세 명의 제왕을 겪으면서 50년이 지난 뒤에 석방이 되었다 시험삼아 감히 우리의 모든 군자에게 묻나니, 이 제왕의 아들이 소와 말을 분별하지 못하는 것과 비교해서 얼마나 다르겠는가?

세계는 오대륙이 있는데 그 이름을 아는 자가 몇 사람밖에 없으니, 오대륙도 오히려 알지 못하는 자들이 어찌 그 안의 여러 나라와 각각의 강약의 형세를 알겠는가? 또한 외국이 어떠하다는 것은 말할 것도 없고, 바로 조국이 현재 어떠한 위치에 놓여 있는지에 대해서도 한 번도 추구하여 생각하지 않는다. 인민이 도탄에 빠졌으되 바로잡고 구원하지 않으며, 국권은 이미 추락했으되 회복할 것을 생각하지 않는다. 오직 사람을 대하면 곧 3, 4천 년 전의 진부한 고담(古譚)을 가지고 정론과 확의(確義)를 삼으려 한다. 또한 옛 성인들 말씀의 깊은 뜻은 알지 못하면서 문득 말하기를, "그 자리에 있지 않으면 그 정사를 의논하지 않는다"고 한다. 제비와 참새가 머무는 마루에 기둥과 들보가 모두 불타고 물고기와 자라가 울고 있는 솥에는 이미 도마가 놓여 있도다, 아아! 장차 어떤 면목으로 이 세계에 처할 것이며, 사람들을 향하여 무슨 말을 할 것인가? 스스로 재앙을 만드니 누가 다시 가련하게 여기겠는가! 두루 나라 안을 돌아보면 온통 모두 이러하니 슈타인[緗蘇]과 같은 인물을 만들기가 어려운 것이다. 슈타인[緗蘇丹]은 프로이센[普國](지금의 독일[德國])의 재상이니, 지금으로부터 101년 전에 프로이센이 프랑스 황제[法皇] 나폴레옹[拿破崙]에게 패하여 나라의 반을 떼어 주었다. 또한 프랑스[法國]의 군대가 와서 주둔한 숫자가 10만인데, 식량과 물자를 프로이센인들이 모두 제공하였다. 이에 나라가 망하게 되었는데, 슈타인이 현명한 관리를 임용하고 능히 군정(軍政)을 닦고 학교를 일으켰으니 그 후로 국민 모두가 적개심이 생겨 지금으로부터 37년 전 경오년(庚午年)(1870)에 프랑스를 대파하고 나폴레옹 3세를 사로잡아 그 도성에 들어가 배상금 20억을 받았다. 노련(魯連)이 이미 죽었으니, 누가 능히 그러한 뜻이 있어 우리가 편안하고 적절하게 돌아가겠는가.

또한, 한스러운 것은 사람이 되어서 누군들 자식이 없겠는가마는, 머리의 솜털이 아직 마르지 않고 품에서 우는 아이들이 내일이면 다시 어떤 모습을 짓겠는가? 우리들은 원래 좋은 것이 없어서 비록 오늘의 상황을 맞게 되었으니 어쩔 수 없다 할지 모르지만, 철모르는 어린아이들을 암흑의 세상으로 몰아넣어 남의 노예로 만들겠는가? 하늘을 우러러 한번 탄식하니 눈물이 스스로 흘러서 그치지 않는구나.

이에 우리나라의 여러 공(公)들이 부형(父兄)된 자에게 말하나니, "이제부터 청하노니 『통감(通鑑)』, 『사략(史略)』 등의 고서는 고각(高閣)에 모아놓고, 책을 끼고 다니는 어린아이들이 우리 한국사를 한 번 읽어

보게 한 뒤에 또한 만국사를 읽혀서 견문을 넓히고 정세를 인지하게 하며, 더욱이 병형농공(兵刑農工) 등의 실천사업에 힘쓰도록 하여 게으르지 않고 거칠지 않으며 마음을 다하여 나간다면 몇 년이 지나지 않아서 우리도 또한 옛날의 문화를 회복하고 엄연한 독립국의 면모를 갖추지 않겠는가? 그런 뒤에야 말 못하고 귀먹은 노년에 높은 상 북쪽 창에 편히 누워서 그 자손이 어떠한지를 들을 것이다." 또 말하노니, "반드시 세상이 바뀌기를 기다려 역사를 지을 것이다"고 한다면 감히 대답하지 못하겠거니와, 시험삼아 묻건대, 이때가 확실히 언제인가!

병오년(丙午年, 1906) 5월 13일 사동정사(篩洞精舍)에서 현채(玄采)는 스스로 서문을 쓰노라.

중등교과 동국사략 권1 목록

삼한(三韓)의 건국

마한(馬韓)

진한(辰韓)

변한(弁韓)

정치와 풍화

고구려(高句麗)

예(濊)

동북옥저(東北沃沮)

마한 풍속

변한, 진한 풍속

상고사(上古史)

삼국(三國)의 분립

신라(新羅)

태조(太祖) 박혁거세(朴赫居世)

석씨(昔氏), 왕통을 계승하다

유리(儒理), 관제를 정하다

국호를 계림(鷄林)이라 하다

고구려(高句麗) 동명성왕(東明聖王)

국호를 고구려라 하다

왕의 선위(禪位)가 시작되다

백제(百濟)

온조, 위례성(慰禮城)에 머물다

온조, 왕으로 즉위하다

수도를 한산(漢山)으로 옮기다

마한, 멸망하다

삼국의 중세

신라

김씨(金氏), 처음으로 왕위를 잇다

중세 군왕, 농사에 마음 쓰다

백제

고이왕(古爾王), 관직과 복색 등의 제도를 정하다

고구려

진대법(賑貸法)

동천왕(東川王), 수도를 평양으로 옮기다

삼국 쟁란(爭亂)과 신라의 발전

고구려, 백제를 침공하기 시작하다

백제 문주왕(文周王), 수도를 웅진(熊津)으로 옮기다

신라 문화, 두 나라보다 앞서다

지증왕(智證王) 때의 시법(諡法)

법흥왕(法興王), 연호(年號)를 세우다

진흥왕(眞興王), 연호를 3번 바꾸다

진평왕(眞平王), 연호를 바꾸다

여자가 왕통(王統)을 승계하기 시작하다

선덕(善德), 연호를 바꾸다

진덕(眞德), 연호를 바꾸다

고구려는 3면이 모두 한(漢)나라 강역과 접해 있다
고구려의 일본 관계
백제 근초고왕(近肖古王), 처음으로 일본과 교통하다
일본 사신, 탐라에 표류하여 정착하다
탐라, 일본에 토산물을 보내다
일본 진구황후(神功后), 신라를 해치다
신라 사신, 일본에 가다
신라의 통일
김유신(金庾信)
사람들이 화합하다
신라의 쇠망
김양상(金良相), 왕을 죽이고 스스로 왕위에 오르다
김명(金明), 왕을 죽이고 스스로 왕위에 오르다
신라의 쇠퇴와 혼란이 극심하다
왕건(王建), 즉위하다
견훤(甄萱), 경애왕(景哀王)을 죽이고 경순왕(敬順王)을 세우다
경순왕, 고려(高麗)에 항복하여 신라가 망하다
태봉(泰封)과 후백제(後百濟)
궁예(弓裔)
궁예, 나라를 세우고 불러 이르기를 태봉이라 하다
연호를 정하고 백관(百官)을 설치하다
태봉, 망하다
견훤

견훤, 후백제라 칭하다

견훤, 수차례 고려를 침공하다

후백제, 망하다

발해(渤海)

대조영(大祚榮), 진국왕(震國王)이라 칭하다

발해라 칭하기 시작하다

발해 관제

일본에 사신을 보내다

거란 아보기(阿保機), 흥하기 시작하다

발해, 망하다

제도

삼국 모두 군현제(郡縣制)이다

고구려 관제

백제, 관제를 정하다

신라, 관제 17등[官十七等]을 설치하다

지방정치

관작 제한

화랑(花郎)

처음으로 독서출신과(讀書出身科)를 제정하다

백관 봉록(俸祿)

병마정(兵馬政)

병법(兵法)

병기(兵器)

성책(城柵)

고구려, 율령(律令)을 처음으로 반포하다

신라, 율령을 처음으로 반포하다

율령전(律令典)에 박사(博士)를 두다

조세(租稅)

고구려 척(尺)

여러 종류의 제도

종교, 문학, 기예 등

유교(儒敎), 평양에 전해지다

고구려, 대학(大學)을 세우다

불교(佛敎), 고구려에 처음으로 전해지다

유불선(儒佛仙) 3교가 병행하다

박사(博士), 『논어(論語)』, 『천자문(千字文)』을 일본에 보내다

오경박사(五經博士)

불상(佛像)과 경론(經論)을 일본에 보내다

신라 불교

팔관법(八關法)

진흥왕, 삭발하고 왕비 역시 비구니가 되다

원효(元曉), 의상(義相), 도선(道詵)

세속을 도외시한 가르침

신라, 처음으로 국학(國學)을 세우다

고구려 역사(歷史)

대학박사(大學博士)

학술이 일본에 많이 전해지다
신라 문학(文學)
설총(薛聰), 이두(吏讀)를 만들다
최치원(崔致遠) 저서
독서출신과(讀書出身科)
천문역법(天文曆法)
누각(漏刻)
의술(醫術)
의박사(醫博士)
신라 가악(歌樂)의 시작
가야금(伽倻琴)
고구려, 백제 음악
악기
서법(書法)
회화
건축
도기(陶器)
주조(鑄造)
조각
직물[機織]
포백(布帛)
여러 종류의 공예
산업

농업

논[稻田]

방적(紡績)

잠상(蠶桑)

차(茶)

목축[畜牧]

사냥[田獵]

상업

화폐

풍속

부자 형제 관계

부모를 위하여 넓적다리를 베다

노비

고구려의 혼인

제1골(第一骨)은 제2골(第二骨) 여성들과는 혼인하지 않는다

혼례가 점차 정비되다

왕후(王后)는 동성(同姓)을 꺼리다

제천(祭天)과 산천신(山川神)

신라는 하늘과 땅에 제사하지 않다

고구려 상례(喪禮)

순장[殉死]

광개토왕(廣開土王), 비석을 세우다

신라 때의 순장

상복법(喪服法)

신라, 화장(火葬)을 처음으로 행하다

국왕, 사당을 세우다

신라 5묘(廟)

의복 제도

신라 공복(公服)

신라 관(冠)

신라, 당의 제도를 따라 관복(冠服)을 고치다

고구려 의제(衣制)

고구려 관(冠)

부인편발(夫人編髮)

신라 거마제도(車馬制度)

음식물[食物]

신라 옥사제도(屋舍制度)

잡기(雜技)

중등교과 동국사략 권1

한수(漢水) 현채(玄采)[1] 역술(譯述)

태고사(太古史)

단군조선(檀君朝鮮)

단군(檀君), 처음으로 나라를 세우다 단군의 이름은 왕검(王儉)이니 우리 동방에 처음으로 나라를 세우신 왕이다. 할아버지는 환인(桓因)이다. 아버지 환웅(桓雄)이 태백산(太白山)영변 묘향산 박달나무 아래에서 왕을 낳음에 성스러운 덕이 있어 나라사람들이 추대하여 왕으로 삼으니 지금으로부터 4239년 전(기원전 2333)광무10년으로 세면 대략 이와 같다이다.

국호를 조선(朝鮮)이라 하다 국호를 세워 이르기를 조선이라 하니 이는 국경이 동쪽에 있으며 아침 해가 뜨면 만물이 선명하다 함이다. 평양(平壤)에 수도를 세우고 비서갑(非西岬)의 여인을 세워 왕비로 책봉하였다. 나라의 경계를 정하였는데, 동쪽은 대해(大海)이고 서쪽은 중국 성경성

---

1 현채(玄采, 1856~1925) : 구한말 사학자이자 교과서 편찬자로, 호는 백당(白堂)이다. 1906년 이준(李儁) · 전덕기(全德基) 등이 조직한 국민교육회(國民教育會)에 가입하여 계몽운동을 벌였다. 대한제국 말기 학부(學部)에 근무하면서 『중등교과 동국사략(中等教科東國史略)』 외에 『유년필독(幼年必讀)』, 『월남망국사(越南亡國史)』 등 많은 사서를 간행하였다. 1910년 최남선(崔南善) · 장지연(張志淵) 등과 함께 조선광문회(朝鮮光文會)를 창설하여 고전의 수집과 간행 · 보급에 힘을 기울이기도 하였다.

(盛京省)과 황해(黃海)를 잇고 남쪽은 조령(鳥嶺)이고 북쪽은 중국 흑룡강성(黑龍江省)을 접하였다.

백성들로 하여금 편발개수(編髮盖首)[2]하도록 하며 강화(江華) 마니산(摩尼山)에 행차하여 하늘에 제사하고 왕자 세 명에게 명하여 성을 쌓으니, 이것이 곧 삼랑성(三郎城)이다.

구월산(九月山)으로 천도하다 문화 구월산으로 천도하고, 태자 부루(扶婁)를 중국의 하우씨(夏禹氏)[3] 도산회(塗山會)[4]에 보내어 각 나라와 옥과 비단으로 상견하였다.

그 후에 자손이 천여 년을 전하다가 기자(箕子)가 동쪽에서 온 후, 그 지위를 낮추어 부여(扶餘)로 천도하였으니 단군릉이 곧 지금의 강동군(江東郡)에 있다.

기자조선 왕들의 역대[箕王歷代]

태조(太祖) 문성왕(文聖王), 동쪽에서 오다 태조 문성왕의 성(姓)은 자(子)이고 이름은 서여(胥餘)이니 중국 상(商)나라 왕인 주(紂)의 숙부이다. 주가 무도하여 주(周) 무왕(武王)에게 멸망하였으므로 왕이 우리나라에 피해 왔는데 따르는 자가 5천 명이었다. 시(詩), 서(書), 예(禮)와 의무(醫巫), 음

---

2 머리를 땋고 머리에 모자나 관(冠), 수건 등을 덮는 것을 뜻한다.

3 하(夏)나라를 개국한 우임금을 가리킨다.

4 도산은 안휘성(安徽省) 회원현(懷遠縣)의 회하(淮河) 동안(東岸)의 산 이름이고, 도산회(塗山會)란 하나라 우왕(禹王)이 도산에서 제후들과 회맹(會盟)하였다는 것이다.

양(陰陽), 복서(卜筮)와 백공기예(百工技藝)가 모두 따라 왔으므로 나라 사람들이 세워 왕으로 삼으니 지금으로부터 3028년 전(기원전 1122)이다.

평양(平壤)을 수도로 하다 평양에 수도를 정하고 8조교(八條敎)[5]를 반포하고 왕수긍(王受兢)에게 사사(士師)를 제수하였다. 왕수긍은 덕행이 있는 사람이었으므로 나라 사람들이 그 정치에 교화되어 풍속이 순미하였다. 정전제(井田制)를 정하고 왕이 재위한 지 40년 만에 돌아가시니[崩] 수명이 93세였다.

관제를 고치다 그 후 장혜왕(莊惠王) 송(松)과 경로왕(敬老王) 순(洵)을 거쳐 공정왕(恭貞王) 백(伯)에 이르러는 관제를 고치고 공복(公服)을 정하였다. 문무왕(文武王) 춘(椿)은 율(律), 도(度), 형(衡)을 정하고 음력 정월로써 한 해의 처음을 맞게 하였다.

시위군[衛軍]을 설치하다 시위군을 설치하니 사졸(士卒)이 7천여 명이었다.

자모전(子母錢)을 주조하다 태원왕(太原王) 공(孔)과 경창왕(敬昌王) 장(莊)을 거쳐 흥평왕(興平王) 착(捉)은 자모전을 주조하였고 철위왕(哲威王) 조(調)는 말을 많이 길렀다. 선혜왕(宣惠王) 삭(索)은 친히 농사일에 힘쓰고, 민간의 총명하고 준수한 자들을 뽑아 육예(六藝)를 익히며 직언경(直言磬)

---

5 '팔조법금(八條法禁)' 혹은 '법금팔조(法禁八條)'라고도 한다. 고조선 사회의 법률이라고 할 수 있는데, 그 내용은 다음과 같다. 첫째, 사람을 죽인 자는 즉시 사형에 처한다. 둘째, 남에게 상해를 입힌 자는 곡물로써 배상한다. 남의 물건을 훔친 자는 데려다 노비로 삼는다. 단, 자속(自贖)하려는 자는 1인당 50만 전을 내야 한다.

을 매달아 억울한 일이 없게 하였다.

수군[水師]을 설치하다 의양왕(誼讓王) 사(師)는 토목 공사를 크게 벌여 백성이 곤궁하고 고통스러웠다. 문혜왕(文惠王) 염(炎)과 성덕왕(盛德王) 월(越)과 도회왕(悼懷王) 직(職)과 문열왕(文烈王) 우(優)와 창국왕(昌國王) 목(睦)을 거쳐 무성왕(武成王) 평(平)은 나이가 어린 까닭으로 태후가 정사를 처리하고 수군을 설치하며 배를 만들었다.

제(齊)나라, 노(魯)나라와 통상(通商)하다 정경왕(貞敬王) 궐(闕)은 제나라, 노나라에 상민(常民)을 보내어 물고기, 소금, 구리, 철을 쌀과 바꾸었다. 낙성왕(樂成王) 회(懷)를 거쳐 효종왕(孝宗王) 존(存)은 선우익(鮮于益)을 제나라에 보내어 환공(桓公) 강소백(姜小白)의 정치를 살피고 범장률(犯贓律)을 세웠다. 또 제나라 사신 공손각(公孫恪)을 예우하고 선비(鮮卑)서백리(西伯里)족의 추장 길리도두(吉利都頭)에게 상을 내렸다.

방사(方士)에게 현혹되다 천로왕(天老王) 효(孝)는 방사(方士)[6] 백일청(伯一淸)에게 현혹되어 흘골산(紇骨山)성천(成川)에 구선대(求仙臺)를 세우고 영선악(迎仙樂)을 연주하며 태청관(太淸觀)을 만들었다. 수도왕(修道王) 양(襄)은 간신(諫臣) 염서적(冉西赤)을 내치고 신산(神山)을 쌓고 큰 배 수십 척을 울릉도(鬱陵島)에 보내 신선(神仙)을 찾았다.

휘양왕(徽襄王) 하(遐)가 백일청을 죽이자 백성들이 서로 기뻐하였다.

---

6 신선의 술법을 닦는 사람을 뜻한다.

봉일왕(奉日王) 삼(參)의 시기에는 공손강(公孫康)이 왕의 유약함을 틈타 왕의 숙부 정(靜)을 죽이고는 왕을 별궁에 가두었다. 왕이 근심하고 분하여 죽자[崩] 하대부(下大夫) 남궁제성(南宮齊成)이 덕창왕(德昌王) 근(勤)을 받들어 세웠다. 공손강을 죽이고 현량(賢良)을 추천하여 간사함을 멀리하니 조정과 백성에서 그 덕을 칭송하였다.

일본 에조닌[蝦夷人],[7] 조공을 바치다 가성왕(嘉聖王) 삭(朔) 때에는 일본 에조닌들이 조공을 바쳤다.

동호(東胡), 쳐들어오다 영걸왕(英傑王) 려(藜)는 뇌물을 탐하는 수령을 삶아 죽였다. 중국 서북 경계의 동호(東胡)가 쳐들어오자 왕이 정예군 3천을 이끌고 나아가 벌하여 베어낸 머리가 천여 급에 넓힌 땅이 1천 리였다.

일성왕(逸聖王) 강(岡)을 거쳐 제세왕(濟世王) 혼(混)은 사람들의 밀무역을 금지하여 이웃 나라와의 분쟁이 사라졌다.

왕, 강화(江華)로 피하다 정국왕(靖國王) 벽(璧)을 거쳐 도국왕(導國王) 징(澄)은 우화충(宇和冲)이 반란을 일으켜 서북 36군(郡)을 함락시키자 강화에 피해 있다가 2년 후에 수도[京城]를 수복하였다.

혁성왕(赫聖王) 즐(騭)은 지방 아전과 백성의 옳고 그름을 살피고 연(燕)나라와 친분을 통하였다.

---

7 일본 홋카이도 지역에 거주하던 소수민족을 가리킨다. 아이누족이라고도 한다.

진개(秦介), 쳐들어오다 화라왕(和羅王) 습(謵)을 거쳐 설문왕(說文王) 하(賀)의 시기에는 연나라의 진개(秦介)가 요서(遼西)그 당시에 요서는 우리의 강토였다를 침범하니, 위문언(衛文言)을 시켜 3만여 명의 군사를 매복하였다가 연나라 군사를 대파하였다.

경순왕(慶順王) 화(華) 때에는 북호(北胡) 추장 액니차길(厄尼車吉)이 말 2백 필을 바치며 연나라를 치자고 청하니 병사 1만 명을 보내어 연의 상곡성(上谷成)을 쳐서 빼앗았다. 그 후에 화친하였다.

사신을 파견하여 주(周)에 보내다 가덕왕(嘉德王) 후(詡)는 연나라 왕 쾌(噲)의 무도함을 듣고 정벌하고자 하다가 대부(大夫) 예(禮)의 간언을 따라 그만두었다. 삼로왕(三老王) 욱(煜)은 왕림(王霖)을 주(周)에 보내 문답이 여류(如流)하였고, 현문왕(顯文王) 석(釋)은 현명하고 어진 선비 2백여 명을 뽑고 단군묘에 제사하였다.

장평왕(章平王) 윤(潤)은 북호가 조공을 바치지 않은 것에 노하여 친히 공격하다가 대패하여 이로부터 북호의 업신여김을 당하게 되었다. 종통왕(宗統王) 부(否)는 법률에 정통한 사람을 등용하여 도적을 잡았다.

위만(衛滿), 반역하다 애왕(哀王) 준(準)은 일꾼들을 진(秦)나라에 보내어 장성을 쌓았는데, 이는 그 강하고 난폭함을 두려워한 것이다. 한(漢) 패공(沛公)의 사신이 와 도움을 청하였으므로 군사 1만 명을 보내어 연에서 내려온 위만에게 서쪽 변방을 수비케 하였더니 위만이 반역하여 수도를 습격하였다. 왕이 금마군(金馬郡)지금의 부여(扶餘)으로 도망하여 국호를 고쳐 이르기를 마한(馬韓)이라 하니 지나온 세대가 41대요, 왕업을 이어온 세월이 929년이요, 지금으로부터 2100년 전(기원전 194)[8]의 일이다.

위만, 평양을 훔쳐 차지하다 위만이 평양을 차지하여 근처 소읍을 복속하더니 손자 우거(右渠)에 이르러 중국 한(漢) 무제(武帝) 유철(劉徹)에게 멸망하였으니 왕업을 이어온 세월이 87년이었다.

삼한(三韓)의 건국

마한(馬韓) 고조선 남부한강(漢江) 이남에 마한(馬韓), 진한(辰韓), 변한(弁韓)이 있어 이를 일러 삼한이라 하였다. 마한은 서부에 있었는데 북쪽으로는 황해를 접하고 남쪽으로는 일본을 마주하고 서쪽으로는 바다를 향하였다. 마한이 거느린 나라가 모두 50여 국이었는데, 큰 나라는 1만여 집이고 작은 나라는 수천 집이었다. 모두 합쳐 10여만 호로, 지금의 경기, 충청, 전라 3도의 땅이다. 애왕(哀王) 준(準)이 수천 명을 이끌고 와 머물더니

그 아들 무강왕(武康王) 탁(卓)부터 2백여 년간 혈통이 이어졌으니 즉 안왕(安王) 감(龕)과 혜왕(惠王) 식(寔)과 명왕(明王) 무(武)와 효왕(孝王) 형(亨)과 양왕(襄王) 섭(燮)과 원왕(元王) 훈(勳)과 계왕(稽王) 정(貞)을 거쳐 왕학(王學)에 이르러 백제에 멸망하였다.

8 위만조선의 성립과 애왕 준의 망명은 대체로 기원전 194년으로 본다. 따라서 원문의 '2110년 전'은 잘못이므로 바로잡았다.

진한(辰韓) 진한은 마한의 동쪽에 있으니 북쪽으로는 예(濊)강원도 강릉를 접하고 남쪽으로는 변한과 이웃하여 12국이 있었으니 오늘날 경상도 지역이다. 당시에 중국인들이 진(秦)의 고역을 피하여 마한으로 오자 마한이 동쪽 경계의 땅을 나누어 주었다. 이것이 곧 12국 중의 하나이고, 이로 인하여 이름 또한 진한(秦韓)이라 하였다. 항상 마한의 제도와 복식을 받아 자립하지 못하고 진한의 왕이 된 자는 모두 마한 사람이었다. 삼한 중에 서도 특히 지식이 발전하여 전화(錢貨)를 만들어 예, 마한, 일본과 무역하였다.

변한(弁韓) 변한은 진한의 남쪽에 있었으니 또한 12국이요 오늘날 경상도의 남쪽지역이다. 진한과 섞여 살았다.

정치와 풍화

고구려(高句麗) 태고 때에는 고조선의 경역(境域)이 광대하지 못하였으나 부락이 각각 나뉘어 왕래가 불편하였다. 기자왕이 동쪽에서 온 이후로 오로지 중국의 정치를 모방하였으나 고구려 이하는 습속(習俗)을 그대로 따르는 자가 많았다.

고구려 지역즉 평안도(平安道) 등지은 큰 산과 깊은 골짜기가 많은 까닭으로 농업이 적고, 힘써 경작하여 스스로 취하여 음식을 절약하였다. 깨끗한 것을 좋아하는 풍속이 있었으나 해질 무렵에는 남녀가 무리지어 노래하고 귀신을 좋아하였다.

예(濊) 예지금의 강원도 춘천(春川)는 고구려의 동종(同種)이다. 언어와 법속이 비슷하고 마(麻)를 재배하고 양잠을 했다. 산천에 각자 경계가 있어 서로 간섭하지 않고 동성(同姓)은 혼인하지 아니하며 꺼리는 것이 많아 질병 사망에 집을 옮겨 다녔다.

동북옥저(東北沃沮) 동북옥저지금의 함경도(咸鏡道)는 토지가 비옥하여 오곡이 풍성하였다. 사람들의 성질이 강인하고 용맹하여 비굴하지 않았다.

마한 풍속 마한 사람은 농사와 양잠을 알고 성곽이 없었다. 초야토실에 살고 오가는 사람들이 길을 양보하며 가무를 즐겼다. 장례에는 큰 새의 날개를 사용하니 그 뜻이 죽은자의 혼으로 하여금 하늘을 날으라 하는 것이었다.

변한, 진한 풍속 변한과 진한 사람은 풍속이 대략 같은데 성곽, 의복이 다 같고 언어와 거처가 서로 유사하였다. 오직 변한 사람들은 체격이 장대하고 모발이 아름답고 의복이 청결하였다. 무릇 고조선의 땅은 부락이 많았으나 그 후 고구려가 더욱 장대하여 고씨(高氏) 7백여 년 사직을 세웠다.

상고사(上古史)

삼국(三國)의 분립

신라(新羅) 중국 한(漢)나라가 고조선의 땅을 나누어 군현(郡縣)을 만들더니 이윽고 신라, 고구려, 백제 3국이 나란히 일어나 정족지세(鼎足之勢)를 이루었다. 그 중 먼저 일어난 것은 신라였다. 신라는 예로부터 진한(秦漢) 지역이었다. 조선과 진한의 유민들이 동해 빈산곡(濱山谷)에 흩어져 지냈으니, 바로 6부(部)이다.

태조(太祖) **박혁거세**(朴赫居世) 그 중 고허부(高虛部)의 우두머리 소벌공(蘇伐公)이 갓난아이를 하나 길렀는데 사람됨이 총명하였으므로 6부 사람들이 추대하여 왕으로 삼았으니 바로 박혁거세요 신라 태조다. 지금으로부터 1963년 전(기원전 57)의 일이다.

왕이 6부에 순행하여 농업과 양잠업을 권장하고 성곽과 궁실을 지었다. 변한이 와서 항복하고 동옥저는 좋은 말을 바쳤다.

석씨(昔氏)**, 왕통을 계승하다** 왕이 죽고[崩] 태자 남해(南解)가 즉위하니 또한 어질었다. 장녀를 석탈해(昔脫解)에게 시집보냈다. 왕의 병이 위독할 때에 태자 유리(儒理)와 사위 석탈해에게 일러 말하기를, "짐이 죽은 후에 박(朴), 석(昔) 두 성씨가 나이 많은 순서대로 즉위하라" 하였다. 유리가 왕의 명을 따라 탈해에게 왕위를 양보하다가 부득이하여 먼저 즉위하였다. 유리왕이 죽음에 임하여 신료들에게 경계하여 말하기를,

"탈해는 공명(功名)이 분명하고 뚜렷하여 짐의 두 아들이 미치지 못할 것이다. 여러 공들은 탈해를 받들어 추대하라" 하였다. 석씨가 비로소 왕통을 계승하였다.

유리(儒理), 관제를 정하다 유리왕 때에는 6부의 이름을 고치고 관제를 정하였다.

국호를 계림(鷄林)이라 하다 국호를 계림이라 하였다.[9] 파사왕(婆娑王)은 무기를 정비하고 성루(城壘)를 고치며 농업을 권장하고 공손하며 검소하였다. 백제 등 여러 나라가 모두 두려워 복종하였다.

일성왕(逸聖王)은 정사당(政事堂)[10]을 설치하고 민간에서 금은주옥(金銀珠玉)의 사용을 금하며 선왕의 유법(遺法)을 행하였다. 이렇듯 현군(賢君)이 뒤를 이어 나라의 근본이 튼튼하였다.

고구려(高句麗) 동명성왕(東明聖王) 신라 태조가 즉위한 지 21년(기원전 37)에 고구려 동명성왕 고주몽(高朱蒙)이 즉위하였다. 고구려는 고조선의 땅으로, 북쪽으로는 부여국(扶餘國)이 있었다. 주몽은 부여왕 금와(金蛙)의 아들인데, 골격과 외모가 기이하고 빼어나더니 주몽의 여러 형들이 주몽을 질투하여 죽이고자 하였다. 주몽이 두려워하여 졸본부여(卒本扶餘)평안도 성천(成川)에 이르렀다.

---

9 구림(鳩林)이라고도 하였다. 원래의 이름은 시림(始林)이었던 것을 알지가 거기서 탄생한 것을 계기로 시림의 이름을 바꾸어 계림(鷄林)이라 하고, 나라 이름도 역시 계림이라 하였다고 전해진다.

10 신라 초기에 신료들이 모여서 국사를 의논하던 일종의 정청(政廳)이다. 종래에는 궁실이 정청의 구실을 하였으나 이때 정사당이 설치됨으로써 이곳이 정청의 역할을 맡게 되었다.

국호를 고구려라 하다 비류강(沸流江) 상류에 도읍을 정하고 국호를 고구려라 하고 고(高)로써 씨(氏)를 칭하니 지금으로부터 1943년 전(기원전 37)이다.

주몽이 나라를 세운 뒤에 사방에서 와 따르는 자가 많았으므로, 이에 군사를 보내어 북옥저(北沃沮)를 멸하였다. 유리왕(琉璃王)은 선비(鮮卑)서백리(西伯里)를 항복시키고 한(漢)의 왕망(王莽)을 쳤다. 대무신왕(大武神王)은 부여왕을 공격하여 죽이고 한나라의 낙랑(樂浪)을 취하여 영토를 넓혀 위세가 더욱 강성하였다.

왕의 선위(禪位)가 시작되다 모본왕(慕本王)은 난폭하고 사나워 정사를 돌보지 않고 간언하는 신하를 죽이다가 신하 두로(杜魯)에게 살해되었다. 유리왕(瑠璃王)의 손자 궁(宮)을 세우니 이는 태조왕(太祖王)이다. 현명한 인재를 기용하고 마한, 선비와 함께 한(漢)을 공격하였다. 아우 수성(遂成)에게 왕위를 물려주니 왕의 선위가 여기서 시작되었다.

백제(百濟) 백제 왕 고온조(高溫祚)는 고구려 동명성왕 고주몽의 아들이다. 초에 주몽이 졸본부여에 이르러 그 곳 왕의 딸을 맞아 두 아들을 낳았는데, 장남은 비류(沸流)이고 차남은 온조(溫祚)라 하였다.

온조, 위례성(慰禮城)에 머물다 그러나 주몽이 북부여에 있을 때에 태어난 아들 유리(類利)를 태자로 삼았으므로 두 아들이 해를 당할까 두려워하여 오간(烏干), 마려(馬黎) 등 10명과 함께 남쪽으로 떠났다. 비류는 미추홀(彌鄒忽)지금의 인천(仁川)에 머물고, 온조는 하남(河南) 땅 위례성충청도 직산(稷

山) 또는 이르기를 경기도 광주(廣州) 남한산성(南漢山城)에 머물러 국호를 십제(十濟)라 칭하였다. 마한 왕이 동북 1백 리의 땅을 나누어 주었다.

온조, 왕으로 즉위하다 후에 비류가 죽자 그 신하들이 모두 위례로 돌아왔으므로, 이에 국호를 백제라 하였다. 그 계통이 고구려와 같이 부여에서 나왔으므로 씨를 부여(扶餘)라 하고 왕위에 즉위하였다. 고구려보다 늦기가 20년이고, 지금으로부터 1924년 전(기원전 18)이다.

수도를 한산(漢山)으로 옮기다 이때 낙랑(樂浪)과 말갈(靺鞨)신라 · 예맥 · 백제 3국 사이에 있는 나라이다이 수차례 쳐들어 왔으므로, 이에 한산(漢山)광주 남한산성으로 천도하여 위례 백성들을 이주시키고 성곽과 궁궐을 세웠다. 마한에 사신을 보내어 영토의 경계를 정하니 북쪽으로는 패수(浿水)황해도 평산(平山) 저탄(猪灘)에 이르고 남쪽으로는 웅천(熊川)충청도 공주(公州)을 경계로 하고, 서쪽으로는 큰 바다요 동쪽으로는 주양(走壤)춘천에 다다랐다.

마한, 멸망하다 정사에 힘써 왕이 즉위한 지 27년(9)에 마한을 멸하였다.

이후 다루왕(多婁王)과 기루왕(己婁王)을 거쳐 개루왕(蓋婁王)에 이르러는 음란한 풍류가 심하고 나라 안의 굶주린 백성들이 고구려로 유망하였다. 또 말갈과 낙랑이 쳐들어와 나라의 형세가 위태로웠다. 고구려는 다시 강성하여 이웃 네 나라를 병탄할 기세가 있었다. 이때에 삼국은 다 창업한 나라였는데 각기 영토를 넓히고자 서로 싸우다가 결국 피폐하게 되었다. 오직 백제는 다루왕 때에 수차례 신라 변경을 침범할 뿐이었다.

삼국의 중세

신라 아달라왕(阿達羅王)이 죽고[崩] 나라 사람들이 탈해왕의 손자 벌휴(伐休)를 세웠다. 왕이 총명하여 사람의 사악하고 정직함을 알았으므로 세상 사람들이 칭송하여 말하기를 성왕(聖王)이라 하였다. 조분왕(助賁王)에 이르러는 골벌국(骨伐國)경상도 영천군(永川郡) 왕이 와서 항복하고 감문국(甘文國)경상도 개녕(開寧)을 토벌하여 군현으로 만들었다. 첨해왕(沾解王)은 하량벌(河梁伐)경상도 상주(尙州)을 멸하고 남당(南堂)[11]에서 정무를 보았다.

김씨(金氏), 처음으로 왕위를 잇다 왕이 죽고 나라 사람들이 조분왕의 사위 김미추(金味鄒)를 세우니, 비로소 김씨가 신라의 왕이 되었다. 이로부터 왕통이 오래도록 김씨에게 돌아갔다. 왕이 친히 정치와 형벌을 살피고 백성들의 빈궁함을 진휼하였으며 신하와 백성의 수고를 생각하여 궁실을 짓지 않았다.

유례왕(儒禮王)과 기림왕(基臨王)은 다 조분왕의 후예로서 왕위를 이었고 내해(奈解)의 손자 흘해(訖解)가 대를 잇다가 죽자 이로부터 석씨의 혈통이 끊겼다.

중세 군왕, 농사에 마음 쓰다 대체로 신라의 중세는 여러 왕이 농사에 마음을 써 국력을 길렀다.

---

11 삼국 시대에, 부족 집회소가 발전하여 이루어진 중앙 관아를 뜻한다. 초기에는 회의와 행정 사무를 집행하던 곳이었으나 국가가 발전하여 행정 부문이 분리된 후로는 중대 회의가 열렸다.

백제 초고왕(肖古王) 이후에 혹 신라를 공격하기도 하고 또 말갈이 쳐들어와 오로지 전투에 종사하였다.

고이왕(古爾王), 관직과 복색 등의 제도를 정하다 고이왕(古爾王)은 사냥을 즐기고 또 관직과 복색 등을 제정하였다. 책계왕(責稽王)은 맥(貊)지금의 강원도 춘천의 병사에게 해를 당하였다. 분서왕(汾西王)은 낙랑 태수가 보낸 자객에게 죽음을 당하였다. 비류왕(比流王) 때에는 기근이 거듭되어 민생이 어려웠으며 계왕(契王)과 근초고왕(近肖古王)은 안정한 날이 없었다.

고구려 차대왕(次大王) 수성(遂成)이 우보(右輔) 고복장(高福章)과 태조왕(太祖王)의 아들을 모두 죽였다. 재상이었던 명림답부(明臨答夫)가 왕을 죽이고 왕의 동생인 백고(伯固)를 세우니 이를 신대왕(新大王)이라 하였다.

진대법(賑貸法) 왕의 아들 고국천왕(故國川王)은 처사 을파소(乙巴素)를 등용하여 대신과 종척의 질투를 돌아보지 않고 정사를 위임하였으므로 나라의 정치가 정비되고 흥기하였다. 또 사냥하다가 백성들의 옷과 음식이 곤고함을 보고 진대법을 만들었다.

왕이 죽었는데, 왕후 우(于)씨가 발상(發喪)을 하지 않고 왕의 동생 연우(延優)를 산상왕(山上王)으로 세웠으니, 이는 왕후가 연우와 더불어 사사로움이 있었던 것이다. 왕의 동생 발기(發岐)가 중국의 요동(遼東) 태수 공손도(公孫度)에게 군사를 청하여 연우를 치다가 죽었다. 왕이 우씨를 왕후를 삼았는데 이때에 을파소가 비록 정승의 지위에 있었으나 능히 잘못을 바로 잡지 못하였다.

동천왕(東川王), 수도를 평양으로 옮기다 동천왕은 중국의 위(魏)나라와 전쟁하다가 크게 패하여 평양에 성을 쌓아 그곳으로 수도를 옮기니 지금으로부터 1659년 전[12](247)이다. 왕이 이와 같이 쇠약하고 위태로웠으나 돌아가실 때에는 나라 사람들이 그 덕을 추모하여 매우 슬퍼하였으며 자살하는 신하들도 있었다. 다시 전하여 서천왕(西川王) 때에는 숙신씨(肅愼氏)만주 길림성가 쳐들어오자 왕이 아우 달가(達賈)를 보내어 정벌하고 그 추장을 죽였다. 이에 여러 부락이 두려워하였다. 아들 봉상왕(烽上王)은 숙부 달가(達賈)[13]와 아우 돌고(咄固)를 죽였다. 그 해 농사가 잘 되지 않아 백성들이 굶주렸으나 살피지 않고 궁실을 크게 수리하여 사람들의 처지가 어려웠으므로 국상(國相) 창조리(倉助利)가 왕을 폐하였다. 초에 봉상왕이 돌고를 죽일 때에 돌고의 아들 을불(乙弗)이 도망하였는데 이에 이르러 나라 사람들이 맞이하여 세우니 이는 미천왕(美川王)이다. 미천왕이 죽고 고국원왕(故國原王)이 뒤를 이어 즉위하였는데 변방에 더욱 일이 많아 전란이 끊이지 않았다.

삼국 쟁란(爭亂)과 신라의 발전

고구려, 백제를 침공하기 시작하다 고구려는 고국원왕(故國原王) 말년에 이르러 비로소 백제를 공격하였다. 백제 근초고왕(近肖古王)이 또한 정예 군사를 내어 싸우니, 고국원왕이 마침내 화살에 맞아 죽었다[崩]. 이로부

---

12 『삼국사기』에 따르면 원문의 '1650년 전'은 오기이므로 바로잡았다.
13 원문의 '달고(達固)'는 오기이므로 바로잡았다.

터 양국이 원수가 되어 서로 공격하였다. 광개토왕(廣開土王)이 수군을 친히 이끌고 백제 여러 성을 공격하여 함락하니 백제 아신왕(阿莘王)이 병마를 크게 모았으나 응하는 자가 적고 신라로 달아난 자가 많았다.

이와 같이 양국이 서로 싸우기를 50여 년에 해결을 보지 못하였다. 백제 개로왕(蓋鹵王)이 위(魏)나라에 사신을 보내어 고구려를 함께 치자 하였다. 이에 고구려 장수왕(長壽王)은 승려 도림(道琳)을 시켜 백제 왕을 권하여 궁실과 누각을 장엄하고 화려하게 짓도록 하여 백제의 국력이 피폐하게 되었다. 장수왕이 곧 정벌하여 성을 빼앗고 백제 왕을 죽였다.

백제 문주왕(文周王)**, 수도를 웅진**(熊津)**으로 옮기다** 개로왕의 태자 문주왕이 웅진(熊津)공주(公州)에 천도하였다. 신하 해구(解仇)가 나랏일을 마음대로 하다가 왕이 사냥 나간 틈을 타 죽이니 태자 삼근(三斤)이 즉위하여 해구를 죽였다. 동성왕(東城王)에 이르러는 더욱 미약하였는데, 고구려와 전쟁한 후로 문자왕(文咨王)이 다시 쳐들어왔다. 그러나 동성왕은 임류각(臨流閣)을 세우고 연못을 파고 동산을 만들었다. 또 궁궐 문을 닫아 간언하는 자들을 막더니 결국 신하 백가(苩加)에게 죽임을 당하였다. 태자 무령왕 (武寧王)이 즉위하여 백가를 베었다.

이로부터 성왕(聖王)에 이르기까지 고구려의 문자(文咨), 안장(安藏), 양원(陽原) 등 여러 왕과 전쟁을 치를 때에 성왕이 신라와 연합하여 고구려를 치고자 하였다. 그러나 신라 진흥왕(眞興王)이 따르지 않고 도리어 고구려와 통하였다. 성왕이 노하여 신라를 치다가 크게 패하여 한 필의 말도 돌아오지 못하였다.

신라는 탈해왕(脫解王) 때에 여러 차례 백제 다루왕(多婁王)을 공격하였고, 그 후 벌휴왕(伐休王)부터 미추왕(味鄒王)에 이르기까지 변경의 다툼이 있었다. 고구려와는 대체로 우호적 관계를 위주로 하였으므로 내물왕(奈勿王)은 조카 실성(實聖)을 고구려에 인질로 보내었다. 이런 연유로 고구려 광개토왕이 일본 병사를 격퇴하여 신라를 구하였다.

그 후 실성이 신라로 돌아와 왕이 되자 지난날 내물왕이 자기를 외국에 보내어 인질로 삼도록 한 일을 원망하여 내물의 아들 눌지(訥祗)를 죽이려고 하였다. 그러나 도리어 눌지에게 죽음을 당하였다. 눌지가 즉위하니 이때에 신라가 고구려의 변방 장수를 죽이고 또 백제를 도왔다는 이유로 서로 사이가 좋지 않게 되었다.

소지왕(炤知王)에 이르러는 고구려의 장수왕과 문자왕이 누차 북쪽 변방을 침략하므로 신라 왕이 백제와 합하여 고구려를 격파하였다. 또 고구려가 백제를 침략하면 신라가 또한 백제를 구원하였다. 그러나 진흥왕이 백제 성왕의 청을 따르지 않은 후부터 국교가 단절되어 진평왕(眞平王)과 선덕왕(宣德王) 때에도 전쟁이 사라지지 않았다.

무릇 당시 삼국이 서로 싸워 백성들의 목숨을 상하게 하고 국력을 소모하였으나 오직 영토를 싸워 뺏을 뿐이요, 시비곡직(是非曲直)이 없었다.

신라 문화, 두 나라보다 앞서다 삼국의 쟁란이 이와 같았으나 신라는 전쟁에 힘을 쓰지 않고 오직 내치(內治)에 마음을 썼으므로 문화의 진보가 다른 두 나라보다 앞서게 되었다.

지증왕(智證王) **때의 시법**(諡法) 지증왕 때에 비로소 시호를 붙이는 제도가 생겼다.

법흥왕(法興王), **연호**(年號)**를 세우다** 법흥왕은 율령을 널리 반포하여 행하고 관제를 정하며 연호를 세워 이르기를 건원(建元)이라 하였다.

진흥왕(眞興王), **연호를 3번 바꾸다** 진흥왕은 모든 제도에 불만한 것이 많으니 연호를 3번 고쳐 이르기를, 개국(開國), 홍제(鴻濟), 대창(大昌)이라 하였다.

진평왕(眞平王), **연호를 바꾸다** 진평왕은 연호를 고쳐 이르기를 건복(建福)이라 하였다. 관제가 더욱 정비되고 기강이 더욱 바로 되었다.

여자가 왕통(王統)**을 승계하기 시작하다** 왕이 죽은 후에 선덕(善德) · 진덕(眞德) 두 여왕[女主][14]이 대를 이었는데, 선덕은 진평왕의 장녀이다. 이는 여자가 왕통을 계승하는 처음이었다.

선덕(善德), **연호를 바꾸다** 연호를 고쳐 이르기를 인평(仁平)이라 하였다.

진덕(眞德), **연호를 바꾸다** 진덕여왕도 또한 진평왕의 여동생[女弟][15] 국반(國飯)의 딸이니 연호를 고쳐 이르기를 태화(太和)라 하였다. 이때 백제

---

14 원문에서 현채는 여왕을 '여주(女主)'라고 표현하였는데, 이때 '주(主)'는 왕에 대비하여 한 단계 격하시킨 것으로 보인다. 여기에서는 모두 '왕'으로 통일하였다.

15 진덕여왕은 진평왕의 동생인 국반갈문왕(國飯葛文王)과 월명부인(月明夫人)의 딸이다. 따라서 본문의 여제(여동생)이라는 표현은 저자의 오류인 것 같다.

의 공격을 수차례 당하였으나 오히려 좌절하지 않고 무열왕(武烈王)에 이르러는 국운이 더욱 강성하였다. 무릇 진평왕 이래로 중국의 수, 당 두 나라에 사신을 보내 환심을 얻어 고구려와 백제의 침범을 방어하고자 하였다. 이것이 곧 수, 당이 두 나라에 용병하는 선도(先導)가 되었다.

수(隋), 당(唐)의 침략

양광(楊廣), 쳐들어오다 수나라 문제(文帝) 양견(楊堅) 때에 고구려 영양왕(嬰陽王)이 말갈 병사를 이끌고 요서(遼西)만주(滿洲) 성경성(盛京省)를 공격하였는데 이때 요수(遼水) 동쪽은 고구려의 땅이었다. 양견이 크게 노하여 한왕(漢王) 양(諒) 등을 시켜 맞서 싸우게 하다가 요수가 크게 불어나 환군하였다. 영양왕도 또한 전쟁이 이어지고 화를 맺을까 염려하여 화친하였다.

견의 아들 양제(煬帝) 양광(楊廣)이 지금으로부터 1294년 전(612)[16]에 대군 1백30만을 징발하여 친히 이끌고 쳐들어와 요동성(遼東城)만주 성경성 요양주(遼陽州)을 포위하고 군사들을 압록강 서쪽에서 회합하였다. 영양왕이 대신(大臣) 을지문덕(乙支文德)을 보내어 거짓으로 항복하고 그 허실을 보려하였다. 대장 우중문(于仲文)이 을지문덕을 잡으려 하다가 이루지 못하자 대장 우문술(宇文述) 등과 함께 쫓아왔다. 을지문덕이 거짓으로 패하여 살수(薩水)지금의 안주(安州) 청천강(淸川江)로 유인하여 다다르니 평양성과의 거리가 30리였다.

16 『삼국사기』에 따르면 원문의 '1295년 전'은 오기이므로, 바로 잡고 번역하였다.

수나라 군사, 무너져 달아나다 을지문덕이 다시 거짓으로 항복하니 우문술 등이 평양성의 험준한 형세를 보고 곧 군사를 돌렸다. 이때 을지문덕이 군사를 내어 사방에서 공격하였다. 살수에 이르러 군사의 절반이 건넜을 때를 틈타 그 후미를 공격하였다. 이리하여 군사들이 모두 무너지고 흩어져 하룻낮 하룻밤 사이에 압록강에 이르렀으니 모두 4백 50리를 행군하였다.

수나라 황제 양광, 다시 고구려를 침략하다 이에 앞서 수나라 장군 내호아(來護兒)가 따로 강회(江淮) 수군을 이끌고 패수(浿水)를 건너 평양에 이르렀다가 고구려에 패하더니 우문술 등의 패배 소식을 듣고 군사를 이끌고 되돌아갔다. 초에 요동성에 이른 수나라 군사가 1백만 5천 명이었으나 살아 돌아간 자는 겨우 2천 7백 명이었고 쌓아둔 기계는 모두 잃어버려 없어졌다. 다음 해에 수 황제 양광이 다시 요동성을 공격하다가 힘이 다하여 빼지 못하다가 양현감(楊玄感)의 반란을 듣고 환군하였다.

당나라 황제 이세민(李世民)**, 고구려를 침략하다** 영양왕이 죽고[崩], 배다른 동생 영류왕(營留王)이 즉위하였다. 이때 수나라가 망하고 당나라가 대신하였다. 왕이 사신을 보내어 화친을 맺었으나 태종 이세민이 은밀히 공격하여 취할 마음이 있었다. 때마침 연개(泉蓋)음합(音合)소문(蘇文)이 왕을 죽이고, 왕의 조카 장(藏)을 세웠으니 이는 보장왕(寶藏王)이다. 연개소문이 나랏일을 마음대로 처리하여 신라로 가던 당나라의 사신을 잡아 가두자, 당 황제 이세민이 지금으로부터 1262년 전(644)에 군사들을 이끌고 신라, 백제, 해(奚)[17]내몽고(內蒙固) 동남경(東南境), 거란중국 직례성(直隸省) 동경(東境)으로 하여금 고구려를 치도록 했다. 대총관(大摠管) 이세적(李世勣) 등은 요수(遼水)를 건너고 대총관 장량(張亮) 등은 수군을 거느리고 바다를 건너 비하성(卑河城)만주 성경성 해성현(海城縣)에 있다을 습격하여 함락시켰다.

이세민이 또 친히 요서, 백암(白巖)만주 성경성 요양주 두 성을 빼앗고 또 나아가 안평(安平)성경성 개평주(盖平州)을 공격하니 고구려 북부의 고연수(高延壽)와 남부의 고혜진(高惠眞)이 와서 도왔다. 여기에 말갈의 무리를 합치자 진영의 형세가 40리에 걸쳤다. 이세민이 멀리 바라보고 크게 두려워하더니 싸운 지 여러 달 만에 고연수 등이 패하였다.

이세민, 안시성(安市城)에서 패하다 그러나 안시성주(安市城主) 양만춘(楊萬春)이 성을 잘 지켰으므로 이세민이 힘이 다하여 마침내 빼앗지 못하였다.

이세민, 군사를 돌리다 또 이세민의 눈을 활로 쏘아 적중하였으니 이세민이 병상에서 군사를 거느리고 돌아갔다. 처음 출병할 때에는 병사가 10만이요, 말이 1만 마리더니, 환군할 때는 겨우 천여 명이요, 또 죽은 말이 열에 일곱, 여덟이었다.

이세민이 패하여 돌아간 후로 연개소문이 더욱 당나라를 깔보았다. 당이 수차례 소부대를 보내어 강역을 침범하고 또 큰 나무를 벌채하여 배를 만들었는데, 이는 전날 육군이 뜻을 얻지 못하자 수로로 함께 공격하고자 함이었다. 그러나 이세민이 죽어[殂] 그 일이 중지되었다.

---

17 중국 동북지방에 거주하던 민족이다.

백제와 고구려의 멸망

백제, 신라를 하루도 빠짐없이 공격하다 백제는 위덕왕(威德王), 혜왕(惠王), 법왕(法王)이 모두 덕이 있는 정치로 인심을 유지하더니 무왕(武王)에 이르러는 교만하여 신라를 치지 않는 날이 없었다. 당이 사신을 보내어 군사를 거두라 하였으나 따르지 않고 더욱 업신여기며 욕심을 즐겼다.

의자왕(義慈王)은 교만하고 사치스러워 나랏일을 돌보지 않고 신라 변경을 침범하여 어지럽게 하였다. 또 고구려와 결속하여 신라가 당나라에 가는 것을 막았다. 이에 신라 무열왕(武烈王)이 김인문(金仁問)을 당나라에 보내어 백제를 함께 치자 하였다.

당나라 황제 이치(李治), 백제를 공격하다 의자왕 20년(660), 지금으로부터 1247년 전에 당 고종(高宗) 이치가 소정방(蘇定方)에게 명하여 수군·육군을 이끌고 내주(萊州)로부터 바다를 건너와 공격하였다. 무열왕이 또 태자 법민(法敏)과 대장 김유신(金庾信) 등을 보내 돕도록 하였다. 백제 장군 계백(階伯)이 맞서 싸우다가 당하지 못하고 죽었다. 당과 신라가 연합하여 도성을 포위하자 백제가 무리를 일으켜 맞서 싸웠으나 당 군사가 더욱 진격하였다. 이에 소정방에게 항복하니 소정방이 왕 이하 80여 명을 잡아 당으로 보냈다. 이로써 백제가 망하였다. 모두 5부(部), 37군(郡), 2백 성(城)에 76만 호(戶)가 있었다.

백제, 망하다 당이 그 지역에 5도독부(都督府)[18]를 설치하여 각 주현을 통할하고 백제 사람들을 뽑아 도독(都督), 자사(刺史), 현령(縣令)의 관직을 내렸다. 유인원(劉仁願)이 이를 전적으로 관장하였다. 백제가 시조왕 온조로부터 이때에 이르기까지 30명의 왕이 있었고, 678년 만에 망하였다.

복신(福信) 등, 군사를 일으키다 그 후에 종친 복신(福信) 등이 승려 도침(道琛)[19] 등과 도모하여 주류성(周留城)전주(全州) 서경(西境)을 거점으로 병사를 일으켰다.

일본에 간 왕자를 맞아들이다 이때 왕의 아들 부여풍(扶餘豊)이 일본에 인질로 가 있었는데, 그를 영입하여 왕으로 삼았다. 당나라 장군 유인궤(劉仁軌)를 웅진성공주에서 포위하였다. 때마침 부여풍이 복신을 미워하여 죽이고 고구려와 일본에 군사를 요청하였으나 신라와 당의 군사가 더욱 급박하게 공격하였다. 부여풍이 고구려로 달아나자 유인궤가 유인원을 대신하여 그 지역을 다스렸다. 당이 신라와 동맹하여 화친을 맺었으나 점차 신라가 그 지역을 차지하였다. 백제가 마침내 단절되었다.

당나라 황제 이치, 고구려를 공격하다 당 고종 이치가 이미 백제를 멸한 후 고구려 보장왕 20년(661)에 다시 거란과 대장 소정방 등을 보내어 길을 나누어 고구려를 쳤다. 신라 또한 회합하여 군량(軍糧)을 평양성에 보냈다. 그러나 바람과 눈이 몹시 차가웠으므로 당의 군사가 물러갔다. 5년 후에 연개소문(淵蓋蘇文)이 죽고[死] 아들 남생(男生)이 즉위하여 아우

---

18 당나라가 백제를 멸망시킨 후 백제 지역을 지배하기 위해 설치한 다섯 개의 도독부를 말한다. 명칭은 웅진(熊津)·마한(馬韓)·동명(東明)·금련(金漣)·덕안(德安)도독부이다. 이 중 중심이 된 것은 웅진도독부였다.

19 원문의 '도림(道琳)'은 오기이므로 바로잡았다.

남건(男建)과 권력을 다투었다.

남생이 국내성(國內城)평안도 의주(義州)에 있다가 당에 항복하였다. 당이 남생에게 향도관(嚮導官)을 제수하여 이세적(李世勣)의 군대를 따르게 하였다. 또 신라 군사와 유인원 등으로 하여금 이세적의 명을 받들게 하였다. 이세적이 부여만주 성경성 내의 성들을 빼앗고 다른 길로 나왔던 여러 군대가 모두 압록책(鴨綠柵)에 모여 고구려 병사를 패배시켰다.

보장왕(寶藏王), 당에 항복하다 평양성을 포위한 지 한 달여 만에 왕이 힘이 다하여 항복하자 당나라가 왕을 용서하였다. 평양에 안동도호부(安東都護府)[20]를 설치하고 설인귀(薛仁貴)에게 도호(都護)를 제수하였다. 설인귀는 원래 우리나라 사람인데, 조정의 인재 기용이 공정치 못한 연유로 당으로 돌아갔다. 고구려의 5부(部), 1백 7십 6성(城), 69만 호(戶)를 나누어 9도독부(都護府), 42주(州), 1백 현(縣)으로 정하니 고구려가 동명성왕부터 이에 이르기까지 모두 28왕, 705년이고 지금으로부터 1238년 전[21](668)이다.

고구려는 국력이 강성하여 상하가 일치한 때에는 당 태종 이세민의 신묘한 무예로도 오히려 패하여 돌아가더니 결국 골육이 상쟁하고 여러 사람의 감정이 서로 나빠져 멸망하였다. 그 원인은 교만하고 사치스럽고 나태하고 오만하여 이웃 나라의 호의를 잃은 까닭이다.

---

20 당나라가 고구려를 멸한 후 평양(平壤)에 설치했던 지방 행정 부서이다.

21 『삼국사기』에 따르면 고구려가 멸망한 것은 668년이다. 따라서 원문의 '1239년'은 오기이므로 바로잡았다.

가락(駕洛)과 임나(任那)와 탐라(耽羅)

가락 삼국이 정립될 때 지금으로부터 1864년 전[22](42)에 남쪽 지방에 한 나라가 있었으니 이르기를, 가락이라 하였다.

국호를 가야(伽倻)라 하다 그 나라의 초대왕은 김수로(金首露)였고 국호는 가야지금의 경상도 김해(金海)라 하였는데 후에 금관(金官)이라 고쳤다.

5가야 그 외 5명이 각기 5가야의 왕이 되었는데, 바로 아라가야(阿羅伽倻)경상도 함안(咸安), 고령가야(高寧伽倻)함창(咸昌), 성산가야(星山伽倻)성주(星州), 대가야(大伽倻)고령(高靈), 소가야(小伽倻)고성(固城)였다. 그 땅이 신라 서남쪽에 있으니 총칭 가락국이다.

수로왕이 성곽을 쌓고 궁실을 지으며 신라의 남쪽 지방을 습격하였다. 왕이 또 사리에 밝아 이웃 나라 간에 서로 다투어 비난하는 일이 발생하면 한마디로 결단을 내렸다. 그 후 거등왕(居登王)은 신라와 화친하여 구원을 청하였다.

좌지왕(坐知王)은 고용살이하는 여자를 취하고 그 무리를 총애하여 나랏일을 맡기다가 나라가 크게 소란해지자 그녀를 물리쳤다. 이때에 신라가 왕을 치고자 하다가 그 뉘우침을 보고 중지하였다.

가락, 신라에 항복하다 구형왕(仇衡王)은 신라의 여성과 결혼하였으나 신

---

22 『삼국유사』「가락국기」에 따르면 수로왕의 탄생과 즉위는 42년 3월 삼사일(三巳日)이다. 따라서 원문의 '1865년 전'은 오기이므로 바로잡았다.

라의 노여움을 불러 일으켜 북쪽 경계의 근심이 사라지지 않았다. 지금으로부터 1374년 전[23](532)에 신라에 항복하니 법흥왕(法興王)이 손님의 예로써 대우하고 그 나라를 금관국(金官國)으로 삼았다. 가락이 10왕, 490년 만에 망하였다.

대가야(大伽倻)는 또한 이르기를 임나라고도 한다 대가야는 또한 이르기를 임나라 하였다. 지금으로부터 1344년 전(562)에 신라 진흥왕이 그 지역을 멸하고 대가야로 삼았다. 대가야는 옛날에 소나갈질지(蘇那曷叱知)를 일본에 보내어 화친을 맺고 또 왕자 아라사(阿羅斯) 등이 일본에 갔다. 그 나라에 남가야(南伽倻)소가야 등 7국이 속하였으니, 총칭 임나라 하였다.

무릇 가락과 임나는 하나의 부락이었다. 국력이 미약하여 신라, 백제, 일본의 견제를 받았다.

탐라 탐라는 남해에 있는데 지금의 제주도이다. 전해지기를 양을나(良乙那), 고을나(高乙那), 부을나(夫乙那)라는 세 명의 신인(神人)이 사냥을 하며 지냈는데 일본에서 여인 세 명과 망아지와 송아지와 오곡의 씨앗을 보내왔다. 세 명이 여인 한 명씩을 취하고 오곡을 파종하고 망아지, 송아지를 길러 부유하게 되었다 한다.

백제 문주왕(文周王) 때에 토산물(方物)을 바치니 문주왕이 기뻐하여 관작을 제수하였다. 백제가 망한 후에 탐라국주(耽羅國主) 도동음율(徒冬音律)이 신라에 항복하여 속국이 되었다. 고려(高麗)가 신라를 대신하자 또 복종하다가 후에 그 판도(版圖)에 들어갔다.

23 『삼국사기』에 따르면 원문의 '1375년'은 오기이므로 바로잡았다.

중국[支那][24] 및 일본[25]과의 관계

고구려는 3면이 모두 한(漢)나라 강역과 접해 있다[26] 고구려는 중국과 관계가 매우 많아 살수(薩水) 이남은 지금으로부터 1863년 전(43), 한(漢) 광무(光武) 유수(劉秀) 때에 복속되었다. 고구려의 3면이 모두 한나라의 성(城)들과 서로 붙어 있는 까닭으로 서로 교전하여 이긴 적도 있고 진 적도 있었다. 산상왕(山上王) 때에는 한이 멸망하여 삼국시대[27]가 되었다. 동천왕(東川王) 때에는 위(魏)나라의 명제(明帝) 조비(曹丕)가 낙랑(樂浪), 대방(帶方) 등을 모두 빼앗아 차지하더니 왕 말년에 이르러 위나라 황제 조방(曹芳)이 관구검(毌丘儉) 등을 보내 공격하였다. 왕이 관구검에 맞서 싸웠으나 도리어 패하여 남옥저(南沃沮)만주 성경성 해성현로 달아났다. 이때 동부 사람 유유(紐由)가 위나라 군사에 거짓으로 항복하여 위나라 장수의 가슴을 찌르니 왕이 그 틈을 타 나라를 회복하였다.

그러나 환도성(丸都城)평안도 영원군 검산(劍山)은 전쟁을 겪어 머물러 지낼 수 없었으므로, 다시 평양에 성을 짓고 천도하였다. 그 후에 낙랑, 대방이 다시 고구려와 백제에 속하였다.

---

24 지나는 중국을 지칭한다. 일본에서 메이지 유신 이후 중화사상이 드러난 '중국' 대신 '지나'라는 호칭이 일반화된 이래 점차 쇠퇴해가는 중국을 경멸하거나 비하하는 표현으로 사용한 것이다. 개화기 일본의 문물을 수용하는 과정에서 일본의 영향을 받은 조선의 지식인들도 중국중심적인 세계관에서 탈피하려는 의도에서 중국을 '지나'로 표기하고 있다.

25 원래 '왜(倭)'로 불리었으나 현채는 이 책에서 '일본'으로 표기하였다. 일본인 하야시 다이스케[林泰輔]의 『조선사』를 역술하면서 영향을 받은 것으로 보인다.

26 원문 두주에는 누락되어 있으나 목차와 내용을 따라 상례대로 번역하였다.

27 후한이 몰락하는 2세기 말부터 위, 촉, 오가 세워져 서로 다투다가 서진이 통일을 이루는 3세기 후반까지를 가리키는 말이다.

고구려의 일본 관계 또 관계가 있는 나라는 일본이다. 지금으로부터 1500년 전쯤, 고구려 광개토왕이 신라와 백제를 구하고자 일본과 전쟁하였다. 장수왕은 일본에 사신을 보냈으나 국서(國書)가 방만하다 하여 관계를 끊더니 후에 다시 서로 사신을 보내 예방하였다. 보장왕은 우호를 나눈 일이 수차례 있었으나 국경이 북방에 있어 일본과 서로 거리가 먼 까닭으로 관계 또한 적어 백제, 신라와 같지 않았다.

백제 근초고왕(近肖古王), 처음으로 일본과 교통하다 백제는 지금으로부터 1550년 전(356), 근초고왕 때부터 일본과 우호를 나누었다. 아신왕(阿莘王)은 태자 전지(腆支)를 일본에 인질로 보냈는데 왕이 죽을 때에도 전지가 돌아오지 않았다. 태자의 둘째 아우 훈해(訓解)가 대신 나라를 다스리며 태자를 기다렸으나 막내 아우 책례(磔禮)가 훈해를 죽이고 스스로 왕이 되었다. 전지가 이 부음을 듣고 통곡하니 일본이 군사로써 호위하여 전지를 백제로 돌려보냈다. 태자가 백제에 돌아오자 나라 사람들이 책례를 죽이고 전지를 맞아 왕으로 세웠다.

그 후 개로왕(蓋鹵王)은 딸을 일본에 보내어 혼인을 맺었다. 무령왕 이후에는 여러 박사(博士)를 수차례 보냈다. 무왕은 태자 풍(豐)을 일본에 보냈는데 의자왕이 당나라에 사로잡힌 후 복신(福信) 등이 풍을 영입하여 왕으로 삼았다.

일본 사신, 탐라에 표류하여 정착하다 백제가 망한 다음 해에 일본 사신 츠모리노 키사[津守吉祥]가 당나라에 갔다가 일본으로 돌아가던 중 폭풍을 만나 탐라에 표착하였다.

탐라, 일본에 토산물을 보내다 탐라왕이 기뻐하여 아들 아파기(阿波岐)를 일본에 보내고 그 후 40년 동안 수차례 토산물[方物]을 보냈다.

일본 진구황후[神功后], 신라를 해치다 신라는 건국한 이래로 일본과의 교류를 시작하여 서로 옮겨 살았다. 지금으로부터 1880년 전(26)에 포공(匏公)은 일본인으로서 신라의 신료가 되었고 연오(迎烏)와 세오(細烏)는 신라인으로서 일본의 신료가 되었다. 또 변군(邊郡)의 전쟁이 많았는데, 그 후 일본 진구황후가 쳐들어오자 왕이 아우 미사흔(未欣斯)을 인질로 보냈다. 후에 사자(使者) 박제상(朴堤上)을 보내 데리고 왔다.

자비왕(慈悲王)은 일본을 막기 위해 고구려에 구원을 청하다가 이윽고 의심하여 그 병사를 죽였다. 고구려 장수왕이 와서 공격하자 왕이 임나에 구원을 청하였다. 진흥왕은 임나를 멸하여 일본과 사이가 벌어지기 시작했다. 진덕여왕은 김춘추(金春秋)를 일본에 보냈다.

신라 사신, 일본에 가다 이때에 신라가 강성하여 당나라 병사와 함께 백제를 병탄하고자 하였으므로 일본이 백제를 도와 군사를 보냈으나 결국 화친하였다. 신라가 통일한 후에는 예방하는 사신이 항상 오갔다. 경덕왕(景德王)과 혜공왕(惠恭王)[28] 때에는 사절의 왕래가 끊어졌다.

28 원문의 '공혜왕(恭惠王)'은 오기이므로 바로잡았다.

신라의 통일

김유신(金庾信) 신라가 당과 힘을 모아 백제, 고구려를 멸하자 당나라가 그 지역에 도독(都督) 등의 관리를 두었다. 이윽고 신라가 점점 백제의 땅을 취하고, 또 고구려의 반란하는 무리들을 받아 주었다. 당이 수차례 질책하였으나 신라 또한 복종치 아니하였다.

당 임금[唐主]이 노하여 유인궤(劉仁軌)를 보내어 공격하였으므로 왕이 거짓 사과하는 체하였으나 마침내 고구려 남쪽 국경까지 주군(州郡)을 설치하였다. 이는 무열왕과 문무왕 때에 김유신의 공이 커 마침내 통일의 위업을 이룬 것이다.

사람들이 화합하다 고구려와 백제가 신라보다 먼저 멸망한 것은 무엇 때문인가. 그 이유는 다름 아니라 신라가 사람들의 화합을 얻었기 때문이다. 군주가 어질어 백성을 사랑하고 신하는 나랏일에 충성을 다하며 그 법이 전쟁에서 죽은 자를 후하게 장사지내주었다. 뿐만 아니라 관직과 보상이 온 집안까지 미쳤으니 사람들이 모두 충성하고 절의를 숭상하였다. 전쟁에 나아가 죽기를 각오하였으니 고구려, 백제 사람들이 능히 미칠 바가 아니었다.

신라의 쇠망

김양상(金良相)**, 왕을 죽이고 스스로 왕위에 오르다** 경덕왕이 죽고[崩], 아들 혜공왕[29]이 즉위하자 이때 배반하는 무리가 다시 일어났다. 상대등(上大等)관명 김양상 등이 반역의 무리들을 토벌하고 다시 왕을 죽여 스스로 즉위하였으니 이는 선덕왕(宣德王)이다. 그 뒤를 이어 김경신(金敬信)이 즉위하니 이는 원성왕(元聖王)이다. 이때에 해충과 가뭄의 피해가 극심하여 백성들이 살아가기 어려웠다. 헌덕왕(憲德王)이 애장왕(哀莊王)을 죽이고 스스로 왕이 되었다.

후에 흥덕왕(興德王)이 즉위하여 궁핍한 백성을 진휼하고 효행을 장려하였다. 죽은 후에는 사촌 아우[堂弟] 균정(均貞)과 헌정(憲貞)의 아들 제륭(悌隆)이 왕위를 다투었다. 김양(金陽)이 균정의 아들 우징(祐徵) 등과 함께 균정을 받들었으나, 제륭의 무리인 김명(金明)이 균정을 죽이고 제륭을 왕으로 세웠으니 이는 희강왕(僖康王)이다.

김명(金明), 왕을 죽이고 스스로 왕위에 오르다 이에 우징이 화를 두려워하여 청해진(清海鎭)전라도 완도대사(大使) 장보고(張保皐)에게 의탁하였다. 김양 또한 청해진에 들어와 우징과 거사를 도모하고자 하였다. 이윽고 김명이 희강왕을 죽이고 스스로 왕이 되었다.

김양이 이 소식을 듣고 우징과 함께 청해진에서 군사를 일으키니 장보고가 군사 5천을 친구 정년(鄭年)에게 주어 김양을 돕도록 하였다. 김양이 밤낮으로 달려가 달벌구(達伐丘)경상도 대구에 도착하였다. 김명이 맞서 싸웠으나 우징이 한 번의 싸움으로 크게 이겨 김명을 참수하고 시호를 민애왕(閔哀王)이라 하였다. 우징이 즉위하니 이는 신무왕(神武

---

29 원문의 '공혜왕(恭惠王)'은 오기이므로 바로잡았다.

王)이다. 나라의 형세가 위태하였다가 다시 흥하였다.

문성(文聖), 헌안(憲安), 경문(景文), 헌강(憲康) 여러 왕 때에는 반역하는 자들이 누차 일어나므로 모두 주살하였다. 대체로 당시의 임금과 신하가 한가롭게 놀기를 좋아하여 금슬(琴瑟)을 연주하고 시를 지어 서로 칭찬하였으니 경계하고 두려워함이 없었다. 외면은 편안하나 안으로는 모두 부패하였다.

신라의 쇠퇴와 혼란이 극심하다 정강왕(定康王)이 여동생 진성여왕[眞聖主]에게 왕위를 물려주었다. 진성은 행실이 음란하여 아첨하는 자가 뜻을 얻으니 기강이 무너졌다. 비방한 자를 감옥에 가두고[30] 도적이 봉기하며 주와 군은 공물과 조세를 내지 않으니 나라의 씀씀이가 궁핍하여 신라의 쇠퇴와 혼란이 극에 달하였다. 효공왕(孝恭王) 때에 이르러는 강역이 나날이 줄어들었다.

왕건(王建), 즉위하다 경명왕(景明王) 2년(918), 지금으로부터 988년[31] 전에 고려의 왕건이 궁예(弓裔)를 대신하여 왕위에 즉위하니 나라의 위세가 더욱 강성하였다. 경명왕이 사신을 보내어 예방하였다.

견훤(甄萱), 경애왕(景哀王)을 죽이고 경순왕(敬順王)을 세우다 경애왕 때에는 후백제(後百濟)의 견훤이 갑자기 왕도에 난입하여 왕이 포석정에서 연회

30 당시 정치를 비방하는 글이 붙자 진성이 왕거인(王巨仁)이라는 사람을 감옥에 가둔 일을 말한다.

31 『삼국사기』에 따르면 왕건이 즉위한 것은 경명왕 2년(918)이다. 따라서 원문의 '989년 전'은 오기이므로 바로잡았다.

를 베풀며 놀다가 황급히 부인과 함께 성 남쪽의 이궁(離宮)으로 피했다. 시종 신료와 궁인 영관(伶官)이 모두 화를 당하였다. 견훤이 왕을 색출하여 강제로 자진하게 하고 왕후를 음욕하고 왕의 친척 아우인 김부(金傅)를 세웠다. 왕의 아우 효렴(孝廉)과 재상인 경영(景英)을 사로잡고 남녀 백공(男女百工)과 진귀한 보물과 무기를 취하여 돌아갔다. 고려 왕이 이를 듣고 사신을 보내어 위문하였다. 김부가 즉위하니 이는 경순왕이다. 왕이 사방의 토지를 모두 빼앗기고 국세가 미약하여 자립하지 못함을 보고 고려에 투항하고자 하였다. 왕의 아들이 홀로 옳지 않다 하며 이르기를 "충성스러운 신하와 의로운 선비들을 모아 죽음으로써 지키자" 하였으나 왕이 듣지 않고 고려에 서신을 보내어 항복을 청하였다.

경순왕, 고려(高麗)에 항복하여 신라가 망하다 고려 왕이 항복하는 서신을 받고 사신을 보내었으므로 왕이 백료(百僚)를 이끌고 왕도를 떠나니 아름다운 수레와 보배로 장식한 말들이 30리에 연이어 뻗쳤다. 개경송도에 들어서자 고려 왕이 교외에 나와 맞이하고 장녀 낙랑공주(樂浪公主)를 아내로 삼게 하였다. 신라국을 경주군(慶州郡)으로 고치고 식읍을 내렸다. 신라가 태조 박혁거세부터 이에 이르기까지 박씨는 10왕이고 석씨는 8왕이고 김씨는 38왕이니 합 56왕, 모두 합쳐 992년 만에 망하였다.

문무왕 때에 고구려와 백제를 멸하고 통일한 후로 268년이다. 신라에서 세대를 3대로 나누니 태조부터 진덕여왕까지 28왕은 상대(上代)라 하고, 무열왕부터 혜공왕까지 8왕은 중대(中代)라 하고, 선덕왕부터 경순왕까지 20왕은 하대(下代)라 하니, 국운의 오르내림과 정치의 성쇠가 대략 이와 같았다.

태봉(泰封)과 후백제(後百濟)

궁예(弓裔) 진성여왕 때에 이르러 군웅(群雄)이 사방에 봉기하였는데, 그 중 세력이 가장 큰 자는 궁예와 견훤이었다. 궁예는 헌강왕의 서자(庶子)였다. 담력이 있고 국가의 쇠약과 혼란을 틈타 북원(北原)강원도 원주(原州)의 도적 양길(梁吉)에게 의탁하여 토지를 빼앗았다.

후에 장군이라 자칭하였는데 군사의 세력이 매우 강성하였다. 이에 내외 관직을 설치하고 왕건과 왕건의 아버지 왕융(王隆)을 기용하였다.

궁예, 나라를 세우고 불러 이르기를 태봉이라 하다 진성여왕4년(890), 지금으로부터 1016년 전에 왕을 칭하고 국호는 태봉이라 하였다.[32]

연호를 정하고 백관(百官)**을 설치하다** 연호를 정하고 백관을 설치하며 철원(鐵原)강원도에 있다에 도읍을 정하니 여러 주(州)가 명망을 듣고 우러러 항복하였다. 군사력이 점점 강해지고 토지가 넓어져 전국의 3분의 2를 차지하였다.

궁예가 스스로 이르기를 미륵불이라 하고 머리에 금책(金幘)을 쓰고 몸에는 승려의 가사(袈裟)를 입었다. 외출할 때에는 소년 소녀가 번개(幡蓋)와 향화(香火)를 들고 인도하며 승도(僧徒) 2백여 명은 범패(梵唄)로 뒤를 따랐다. 또 불교 경전 20여 권을 저술하였는데 모두 요망한 이야기였다. 아내 강씨(康氏)의 간언을 미워하여 잔인하게 죽이고 교만함과 난폭함이 날로 심하였다.

32 『삼국사기』에 따르면 궁예가 국호를 태봉이라 칭한 것은 효공왕15년(911)이다.

태봉, 망하다 왕건이 처음에는 궁예의 신임을 받아 여러 주(州)를 얻고 관직이 모든 신료의 위였다. 비록 화를 근심하여 높은 지위를 좋아하지 않았으나 오직 신하들이 왕건을 추대하여 왕으로 삼고 국호는 고려(高麗)라 하였다. 궁예가 변을 듣고 놀라 부양(釜壤)강원도 평강(平康)으로 도망가다가 사람들에게 해를 당하니 궁예가 왕을 칭한지 17년 만에 망하였다.

견훤 견훤은 상주(尙州) 농가의 자식이다. 의지와 기개가 대범하고 지략이 있더니, 신라 말기에 도적들이 봉기하자 견훤이 망명하는 무리를 불러 모았다. 그 무리가 한 달 만에 5천에 이르자 무진주(武珍州)전라도 광주(光州)를 습격하여 취하고 스스로 즉위하여 왕이 되었다. 이는 진성여왕 6년(892)이니 1014년 전[33]이다.

견훤, 후백제라 칭하다 견훤이 국호를 후백제라 칭하고 관직을 마련하고 중국의 오(吳), 월(越), 후당(後唐)에 사신을 보내어 예방하였다. 또 고려와 좋은 관계를 맺었으나 견훤이 신라를 공격할 당시 신라가 고려에게 구원을 구하여 견훤을 적대하였으므로 이로부터 불화가 시작되었다. 마침내 인질을 교환하여 화친을 구하였는데 견훤의 사위 진호(眞虎)가 고려에 인질이 되었다가 병으로 죽었다.

견훤, 수차례 고려를 침공하다 견훤이 진호가 죽자 살해를 당한 것이라 의심하여 고려의 인질 왕신(王信)을 죽이고 다시 고려를 공격하였다. 또

33 『삼국사기』에 따르면 견훤이 무진주를 점령하여 스스로 왕이 된 것은 진성여왕 6년(892)이다. 따라서 원문의 '진성여왕 5년, 지금으로부터 1015년 전'은 오기이므로 바로잡았다.

신라 고울부(高鬱府)경상도 영천(永川)를 공격하고 불시에 왕도에 난입하여 경애왕을 죽이고 김부를 세웠다.

고려 왕이 신라를 돕고자 친히 정예 기병을 이끌고 공산(公山)경상도 경산(慶山) 동수(桐藪)에서 견훤을 공격하였으나 패하여 장수 신숭겸(申崇謙)과 김락(金樂)이 죽었다. 그 후 견훤이 서신을 보내 화친을 청하였으나 고려 왕이 회신을 보내 그 약속을 어긴 일과 왕을 죽인 죄를 질책하니 견훤이 다시 고려를 침공하였다. 고려의 장수가 혹은 항복하고 혹은 죽더니 고창군(古昌郡)경상도 안동(安東)을 포위했을 때 고려 왕이 유금필(庾黔弼)의 계략을 써서 견훤을 대파하였다. 이로부터 고려에 항복하는 군현이 더욱 많아졌다.

후백제, 망하다 견훤이 초에 넷째 아들 금강(金剛)을 사랑하여 왕위를 물려주었으니 장남 신검(神劍)이 견훤을 금산사(金山寺)전라도 금구(金溝)에 있다에 유폐하고 금강을 죽이고 스스로 왕이 되었다. 견훤이 달아나 고려에 이르니 왕이 지극한 예로 대하여 불러 이르기를 '상부(尙父)'라 존칭하고 식읍을 내렸다. 견훤이 거듭 신검을 토벌하라 하였다. 왕이 이에 대군을 보내어 공격하였는데 일선(一善)경상도 선산(善山)에서 신검을 대파하고 나머지 무리를 주살하였다. 신검은 귀명(歸命)한 까닭에 죽이지 않았다. 이로써 후백제가 망하니 견훤이 나라를 세운 지 45년이요, 신라가 멸망한 후 1년 만이었다.

발해(渤海)

대조영(大祚榮), 진국왕(震國王)이라 칭하다 신라가 통일한 후에 북방에 한 나라가 있었으니 이르기를 발해라 하였다. 발해는 본래 속말말갈(粟末靺鞨)말갈은 속말강에 사니 지금의 송화강이다이었는데 고구려의 북쪽에 있어 상고 초기부터 거듭 삼국을 침략하더니 고구려가 망한 후부터 남은 무리들이 점차 스스로 복종하여 그 지역을 아울렀다. 1193년 전(713)[34]에 이르러는 군장 대조영이 진국공(震國公)이라 칭하고 국세가 날로 번성하였다.

발해라 칭하기 시작하다 그 후에 대조영이 발해왕이 되니 이로부터 말갈의 호칭을 없애고 오로지 발해라 칭하였다. 그 후 왕 무예(武藝)와 인수(仁秀)[35]는 영토를 더욱 확장시켜, 그 땅이 남으로는 신라와 접하고 동으로는 바다에 이르고 서로는 거란과 이웃하였다. 5경(京) 15부(府) 62주(州)가 있었는데 바로 오늘날의 평안, 함경도 서경과 만주의 성경, 길림 2개의 성을 함께 차지하였다.

발해 관제 학생들을 당나라에 보내 문물과 제도를 배웠다. 정부는 대체로 당나라의 제도를 모방하여 선조성(宣詔省), 중대성(中臺省), 정당성(政堂省)이 있고 좌우상(左右相)과 좌우평장(左右平章) 등을 두었다. 무관은 좌우위대장군(左右衛大將軍) 등이 있었다. 복장은 자비(紫緋)와 천비(淺緋),

---

34 대조영이 진국을 세운 것은 698년이고, 당의 책봉을 받은 것이 713년인데, 713년을 발해(진국)의 시작으로 본 것이 특징이다.

35 원문의 '익수(益秀)'는 오기이므로 바로잡았다.

녹비(綠緋) 및 아홀(牙笏), 금은어(金銀魚)의 제도가 있었다.

일본에 사신을 보내다 무예왕은 1179년 전(727)에 영원장군(寧遠將軍)[36] 고인의(高仁義)를 일본에 보내어 피차 초빙하는 사신이 끊이지 않았다.

거란 아보기(阿保機), 흥하기 시작하다 이때 거란 태조 아보기가 서북방중국 직례성과 몽고 동부에서 일어나 자칭 천황왕(天皇王)이라 하고 신라 신덕(神德) 때에 사방을 병탄하였다. 신라 경애왕(景哀王) 때에는 부여성을 빼앗고 홀한성(忽汗城)만주 길림성을 포위하였으므로 발해왕 대인선(大諲譔)이 항복하였다.

발해, 망하다 아보기가 발해를 고쳐 동단국(東丹國)이라 칭하고 아들 돌욕(突欲)을 인황왕(人皇王)이라 하여 이곳을 억눌러 진정시켰다. 대조영이 왕을 칭한 지 14왕, 214년 만에 망하였다. 태자 대광현(大光顯)[37]과 장군 신덕(申德) 등이 남은 무리를 이끌었는데 고려로 도망한 자가 앞뒤로 수만 호가 되었다.

제도

삼국 모두 군현제(郡縣制)이다 정치는 삼국이 모두 군현제였다.

---

36 원문의 '솔원장군(率遠將軍)'은 오기이므로 바로잡았다.

37 원문의 '광대현(光大顯)'은 오기이므로 바로잡았다.

고구려 관제 고구려는 유리왕(瑠璃王) 22년(3), 1903년 전[38]에 대보(大輔)와 좌우보(左右輔) 등의 관직이 있어 정사를 관장하더니 태조왕(太祖王)은 좌우보를 고쳐 국상(國相)이라 칭하고 그 후에는 또 막리지(莫離支)라 개칭하니 이러한 것들이 모두 국정을 맡았다.

수도에는 내·동·서·남·북의 5부를 설치하였는데 이는 오랜 옛날의 제도이며 주현(州縣)은 60으로 나누었다. 큰 성에는 요좌(僚佐)가 있어 관청의 일을 나누어 관장하였다.

백제, 관제를 정하다 백제는 우보(右輔)와 좌장(左將)이 있어 군사 업무를 주관하였다. 고이왕(古爾王) 27년(260), 1646년[39] 전에 관제를 크게 정하여 좌평(佐平) 6명을 두고 왕명의 출납[宣納], 창고와 재정[庫藏], 예법과 의례[禮儀], 궁궐의 숙위(宿衛), 형벌과 감옥[刑獄], 지방의 군사[兵馬]에 관한 일을 각각 맡았다. 왕이 국내에 순행할 때 왕족이 국정을 맡는 것은 고구려와 백제가 모두 같았다.

신라, 관제 17등[官十七等]을 설치하다 신라는 유리왕(儒理王) 9년(32), 1874년 전[40]에 비로소 관제 17등을 설치하여 이벌찬(伊伐飡)과 이척찬(伊尺飡), 잡찬(匝飡) 등이 있었다. 후에 또 태대각간(太大角干)과 대각간(大角干)과 상대등(上大等)의 자리를 마련하였다. 직제는 대보가 있어 군국 정사를 담당하였는데 법흥왕과 진평왕 이후에 분담하는 제도가 점차 정비되어 병부(兵部), 조부(調部), 창부(倉部), 예부(禮部) 등 여러 관부를 설치하였다.

---

38 원문의 '1902년 전'은 오기이므로 바로잡았다.
39 원문의 '1643년'은 오기이므로 바로잡았다.
40 원문의 '1873년'은 오기이므로 바로잡았다.

지방정치 지방정치는 주, 군, 현을 나누어 주주(州主)이후 총관으로 고치고 또한 이르기를 도독이라 하였다와 군주(郡主)[41]와 현령(縣令)을 두었다. 왕이 나라 안 여러 곳을 두루 돌아다니면서 백성들의 마음을 위로하였다. 또 사신을 보내어 백성들의 질병과 괴로움을 물었다.

신라의 통일 이후에는 옛 법을 존중하여 행하는 중에 더욱 다듬어졌다. 경덕왕 16년(757), 1149년 전[42]에 비로소 9주를 설치하고 군현의 이름을 고쳤다. 군에는 태수(太守)가 있고 현에는 소수(小守)가 있었다. 또 패강(浿江) 이남은 9주에 편입하지 않고 집사(執事)와 시랑(侍郎) 등을 별도로 설치하여 진무(鎭撫)하였는데 이는 정부의 직할(直轄)이었다.

관작 제한 관직을 받는 데는 제한이 있어 대아찬(大阿飡) 이상은 진골(眞骨)에게 주었으니 바로 왕족이었고, 주주(州主)·군주(郡主) 등도 종척을 썼다.

화랑(花郎) 진흥왕 때에는 미남자를 장식하여 불러 이르기를 화랑이라 하였다. 그 무리가 도의로써 서로 연마하고 혹은 가무로 서로 즐겼다. 명망이 두터운 사람을 가려 썼으나 골품을 기준으로 기용하는 것은 옛날과 다름없었다. 그런 까닭에 재지인사 중에는 다른 나라로 가 공로를 세운 자가 많았다. 그 후에는 궁술로 사람을 선발하였다.

---

41 원문에는 '군주(軍主)'로 표기되어 있으나, 이는 오기이다. 이하에서 '군주(郡主)'로 바로잡았다.

42 『삼국사기』에 따르면 군현의 이름을 고치고 9주를 설치한 것은 경덕왕 16년(757)이다. 따라서 원문의 '경덕왕 15년, 1150년 전'은 오기이므로 바로잡았다.

처음으로 독서출신과(讀書出身科)를 제정하다 원성왕 4년(788) 1118년 전[43]에는 비로소 독서출신과[44]를 정하였으나 당나라에 유학한 자는 곧 벼슬에 나아가게 하였다.

백관 봉록(俸祿) 백관 봉록은 백제, 고구려는 공훈으로써 식읍을 내렸다. 신라는 문무왕(文武王)이 김유신에게 토지 5백 결을 하사하였고 그 후에 공의 많고 적음에 의하여 세봉조(歲俸租) 등에 차별이 두었다. 신문왕(神文王) 시기, 1219년 전[45]에는 문무관료에게 토지를 주었다. 신무왕(神武王) 시기에는 장보고의 식실봉(食實封)이 2천 호였고, 경순왕이 고려에 항복한 때에는 식읍이 8천 호에 세록(歲祿)이 1천 석이었다.

병마정(兵馬政) 내외병마는 삼국이 모두 중시하여 처음부터 1등관이 담당하고 왕이 간혹 친히 임하여 군사들을 점검하였다. 신라는 자비왕(慈悲王)이 좌우장군(左右將軍)을 설치하였고 법흥왕이 병부를 설치하고 진평왕이 시위부(侍衛府)를 설치한 후에야 제도가 더욱 갖추어졌다.

무릇 군호(軍號)는 23개가 있고 이를 통솔하는 자는 장군과 대감(大監)과 제감(弟監)과 소감(少監), 당주(幢主) 등이 있었다. 사람들을 징집하여 변경을 지키는 것은 3년으로 기한을 정하고 만일 국가에 사고가 많으면 교대 없이 6년마다 돌아갔다.

---

43 원문의 '1119년 전'은 오기이므로 바로잡았다.

44 독서삼품과(讀書三品科)라고도 하였다. 정해진 경전을 이해하는 정도에 따라 3등급으로 나누어 관리를 선발하던 제도이다.

45 『삼국사기』에 따르면 신문왕이 문무관료에게 토지를 나누어준 것은 신문왕 7년(687)의 일이다. 따라서 원문의 '1220년 전'은 오기이므로 바로잡았다.

병법(兵法) 통일 후에도 전쟁의 방비를 게을리하지 않아 문무왕 시기에는 설수진(薛守眞)이 6진법(六陣法)을 추진하였고 경덕왕과 혜공왕(惠恭王)[46]시기에는 김암(金巖)이 패구(浿口)를 진압할 때에 또한 이를 가르쳤다. 원성왕(元聖王) 때에는 무오(武烏)가 병법 15권을 바쳤다.

병기(兵器) 병기는 궁(弓), 전(箭), 도일(刀鈠), 삭(槊), 창(槍), 극(戟), 월(鉞), 포(砲), 노(弩), 고시(楛矢), 포차(砲車), 포석(抛石), 금갑(金甲), 조부(雕斧), 금휴개(金髹鎧), 명광개(明光鎧), 순적(盾的), 고취(鼓吹), 철질려(鐵蒺藜) 등이 있었다.

백제는 기치(旗幟)가 황색이고 고구려는 흑색 혹은 적색이었다. 신라는 금(衿)의 색깔로 대오(隊伍)를 나누었는데, 금은 휘직(徽織)이고 모양은 반달을 나타냈다.

성책(城柵) 삼국이 정립할 때에 성을 쌓고 책을 세웠다. 그 중 고구려 동천왕(東川王)은 1659년 전[47]에 평양성을 쌓았는데, 둘레는 2만 4천 5백 3십 9척에 높이가 13척이고 외성은 석축의 둘레가 8천 2백 척이며 토축은 2만 2백 척이었다. 이와 함께 높이가 32척이었다.

또 영류왕(營留王)은 1275년 전(631)에 장성(長城)을 쌓았는데 북으로는 부여성 동남쪽으로부터 시작하여 서남쪽으로는 바다에 이르기까지 천여 리나 되었다. 무릇 16년 만에 공사를 끝내니 그 공의 광대함을

46 원문의 '경공왕(景恭王)' 오기이므로 바로잡았다.

47 『삼국사기』에 따르면 고구려 동천왕이 평양성을 쌓은 것은 247년의 일이다. 따라서 원문의 '1660년 전'은 오기이므로 바로잡았다.

어찌 알겠는가. 고구려, 백제가 멸망하고 신라가 통일한 후에는 적국의 침범이 적었던 까닭으로 공비(功費)가 많지 않았다. 오직 헌덕왕(憲德王) 18년(826), 1080년 전[48]에 패강의 장성 3백리를 쌓았다.

고구려, 율령(律令)을 처음으로 반포하다 형제(刑制)는 고구려 소수림왕(小獸林王) 3년(373), 1533년 전에 비로소 율령을 널리 펴 행하였는데, 반역자는 화형에 처한 뒤 다시 목을 베고 재산을 몰수하며 그 가족들을 노비로 삼았다. 전쟁에서 패한 자, 살인자, 겁탈한 자는 사형에 처하고 도둑질한 자는 그 10배를 보상하게 하며 재산을 몰수하고 노비로 삼았다.

백제는 죄인의 허리를 베어 죽이던 요참(腰斬)과 처자식을 죽이는 등의 형벌이 있었고, 반역자는 재산을 몰수하여 가족까지 처벌하였다. 살인자는 노비 3명을 바치면 죄를 면하기도 하였으며, 관리의 뇌물수수와 도둑질에 대해서는 그 3배를 징수하여 종신토록 금고형에 처하였으니 그 법이 고구려보다 조금 관대하였다.

신라, 율령을 처음으로 반포하다 신라는 법흥왕 7년(520), 1386년 전에 비로소 율령을 반포하여 행하고 무열왕(武烈王)은 이를 참작하여 이방부(理方府)의 격식 60여 조를 정하였다. 그러나 혹 9족을 멸하고 먼 곳에 유배시키는 등의 형벌이 있었다. 오직 왕만이 친히 죄인들의 정상을 살펴 가벼운 죄는 용서하는 일이 여러 번 있었다. 또 태자를 즉위시킬 때와 큰 제사가 있으면 크게 사면하였다.

---

48 『삼국사기』에 따르면 헌덩왕이 패강에 성을 쌓은 것은 헌덕왕 18년(826)이다. 따라서 원문의 '헌덕왕 17년, 1081년 전'은 오기이므로 바로잡았다.

율령전(律令典)에 박사(博士)를 두다 통일 후에는 효소왕(孝昭王)이 율령전에 박사 6명을 두어 법률이 자못 발달하였다. 궁예가 왕을 자칭할 때에는 더욱 잔혹하여 철퇴로 때려죽이거나 아내의 하처(下處)를 불에 태워 죽이는 일도 있었다.

조세(租稅) 고구려는 모든 이의 세(稅)가 포 5필, 곡식 5석이었다. 유민은 3년에 한 번 세를 내되, 10명이 함께 고운 포[細布] 1필이었고, 조(租)는 모든 호가 1석, 7말 혹은 5말을 내도록 했다.

신라는 진평왕 6년(584), 지금으로부터 1322년 전에 조부(調府)에 영(令) 1명을 두어 공물과 조세를 관장하게 하니 그 징수하는 방법이 밭 1부(負)백 척(尺)이 1부이다부터 조 3되를 거두었다.

궁예 태봉 때에는 밭 1경(頃)100묘(畝)가 1경이고 1묘는 100보(步)이고 1보는 6척이다부터 조세 6석을 거두었다. 역호(驛戶)를 두고부터 명주실 3속(束)을 부여하자 많은 백성이 경작을 그만두고 떠돌아다녔으므로, 신라 제도가 이에 비하면 조금 관대하였다.

이외에 궁실을 수리하거나 성곽을 쌓는 등의 일에는 나라 안의 남녀를 징발하여 일을 부리는 것이 삼국 모두 같았다.

고구려 척(尺) 도량형의 제도는 아직 자세하지 않으나 오직 고구려 척은 현재와 대개 같았다.

여러 종류의 제도 그 외 신라의 자비왕이 수도의 방명(坊名)을 정하였다. 소지왕은 사방에 역참을 설치하고 나라에서 관리하고 이용하는 주요

도로들을 수리하였다. 법흥왕은 지방관이 가족을 데리고 부임하는 것을 허락하였다. 진덕여왕은 하정례(賀正禮)[49]를 정하고 문무왕은 구리로 백관과 주군(州郡)의 인장(印章)을 만들어 반포하였다. 애장왕은 공식(公式) 20여 조를 반포하여 행하였다. 이는 모두 정치에 힘써 국가 제도를 정한 것이다.

종교, 문학, 기예 등

유교(儒敎), 평양에 전해지다 종교는 삼국에 유교, 불교, 도교가 있었다. 유교는 기자왕[箕王]이 평양에 전하였으나 나라 안에 반포하지 못하였다.

고구려, 대학(大學)을 세우다 천년 후 고구려가 비로소 행하여 소수림왕 2년(372), 1534년 전에 대학을 세웠다.

불교(佛敎), 고구려에 처음으로 전해지다 이 해에 중국의 진(秦)나라 왕 부견(符堅)이 승려 순도(順道)를 파견하여 불상, 불경 등을 보내왔다. 왕이 그 책으로 자제들을 가르치니 불교의 전래가 여기에서 시작하였다.

유불선(濡佛仙) 3교가 병행하다 고국양왕(故國壤王)이 부처를 믿어 복을 구하였는데 후에 혜량(惠亮), 혜관(惠灌) 등의 명승이 나오자 불교가 더욱

49 하정례란 정월 초하루에 백관이 임금에게 새해 인사를 올리는 예식인데, 신라에서는 진덕여왕 5년에 시행하였다.

성행하였다. 영류왕 7년(624), 1282년 전에 당 고조(高祖) 이연(李淵)이 도사(道士)에게 명하여 천존상(天尊像)과 도법(道法)을 가지고 와서 노자(老子)를 강의하게 하였다. 왕이 사람들을 이끌고 이를 들었다. 다음 해에 당에 사람을 보내어 불교와 도교를 배우고 그 후에 자제를 보내어 국학(國學)에 들어가니 이에 유·불·선 3교가 함께 행하였다.

그러나 도교는 다른 두 종교보다 널리 퍼지지 못하였는데, 연개소문이 도교가 행해지지 않는 것을 근심하여 당에 사신을 보내어 도교의 법을 구하였다. 이는 3교가 정족(鼎足)같이 서게 함이었다. 당 태종 이세민이 도사 숙달(叔達) 등 8명을 보내와 도교를 행하였다.

박사(博士), 『논어(論語)』, 『천자문(千字文)』을 일본에 보내다 백제의 유교는 근초고왕 30년(375), 1531년 전[50]에 고흥(高興)에게 박사(博士)를 제수하였다. 후에 또 박사 왕인(王仁)으로 하여금 『논어』와 『천자문』 위종요찬(魏鍾繇撰)을 가지고 일본에 가도록 하니 일본의 문화가 이로부터 시행되었다.

오경박사(五經博士) 그 후 무령왕과 성왕 시기, 1360여 년 전에는 5경박사를 두었다. 침류왕 원년(384) 1522년 전에는 호승(胡僧) 마라난타(摩羅難陀)가 진(晋)나라에서 왔다. 왕이 그를 맞이하여 궁궐 안으로 모셔 예우하고 공경하였다. 다음 해에는 한산(漢山)에 절을 세우고 승려를 제도하니 불법(佛法)이 이때에 시작되었다.

---

50 『삼국사기』에 따르면 근초고왕이 고흥에게 박사를 제수한 것은 근초고왕 30년(375), 1531년 전의 일이다. 따라서 원문의 '근초고왕 29년, 1532년 전'은 오기이므로 바로잡았다.

불상(佛像)과 경론(經論)을 일본에 보내다 또 성왕은 중국 양(梁)나라에 사신을 보내어 열반경(涅槃經)의 주석서를 청하였다. 또 석가불(釋迦佛)의 금동상(金銅像)과 번개(幡蓋), 경론(經論)을 일본에 보내며 말하기를, "여러 종교 중에 가장 뛰어나 주공(周公)과 공자도 오히려 알지 못하였다" 하였다. 위덕왕도 또한 경전과 불상과 선사(禪師)를 일본에 보내기 여러 번이었다. 법왕은 살생을 금하고 불교를 장려하여 유교보다 10배가 되었다. 도교는 겨우 끊어지지 않을 뿐이었다.

신라 불교 신라는 본래 진한(秦漢)의 유망(流亡)한 사람들이었다. 유교는 자연히 전하였거니와 불교는 눌지왕(訥祗王) 시기 1480여 년 전에 사문(沙門) 묵호자(墨胡子)가 고구려에서 와 왕녀의 병을 위하여 기도하였다. 소지왕 때에는 아도(阿道)라 하는 자가 왔고 내전(內殿)에는 향을 피우고 수도하는 승려[焚修僧]가 있었다. 법흥왕은 불교를 크게 천명하여 여러 신하의 간언을 듣지 않고 도살을 금하였다.

팔관법(八關法) 진흥왕 초기, 1360여 년 전에는 고구려를 공격하다가 법사 혜량(惠亮)을 귀화시켜 승통(僧統)으로 삼고, 백좌(百座)의 강회(講會)[51]와 팔관법[52]즉 부살생(不殺生), 부투도(不偸盜), 부음일(不淫泆), 부망어(不妄語), 부음주(不飮酒), 부좌고대상(不坐高大床), 부착향화(不着香華), 부자악관청(不自樂觀聽), 관(關)은 폐(閉)인데 8가지 죄를 금폐함이다을 설치하였다. 또 승려 각덕(覺德)을 양나라에 보내 부처의 사리를 구해오니 이후부터 진(陳)나라와 수(隋)나라에 가서 교

51 많은 승려를 모아 놓고 국가의 평안을 기원하기 위하여 불경을 읽는 법회이다.
52 팔관회라고도 한다.

법을 구하는 자가 많았다.

진흥왕, 삭발하고 왕비 역시 비구니가 되다 진흥왕이 말년에는 머리를 삭발하고 승려의 옷을 입고 스스로 불러 이르기를 법운(法雲)이라 하였다. 왕후도 비구니가 되어 영흥사(永興寺)에 살았으므로 불교의 융성이 나날이 더해졌다.

선덕여왕은 더욱 불교를 장려하고 문무왕은 사람들이 재물과 땅을 절에 시주하는 것을 금하지 않았다.

원효(元曉), 의상(義相), 도선(道詵) 통일 후에는 국왕이 때때로 이를 존중하고 믿어 원효신라인이며 설총의 아버지와 의상원효와 동시대 사람이다. 북한산 부아악(負兒岳) 아래에 의상대(義相臺)가 있다과 도선신라 말기 사람인데 지금으로부터 1천 년 전 등 명승이 있었다.

세속을 도외시한 가르침 당시에 불교는 세속을 도외시한 가르침이라 하여 뜻이 있는 자는 유교의 도를 배웠다.

신라, 처음으로 국학(國學)을 세우다 신문왕 2년(682) 1224년 전[53]에 비로소 국학을 세운 뒤에 공자 및 여러 제자의 상(像)을 당나라에서 구해와 안치하였다. 경덕왕과 경문왕은 태학(太學)에 와 강설을 듣고 또 자제들을 당에 보내 유학하도록 하였으니 유교가 또한 성행하고 오직 도교는 세력이 심히 미약하였다.

53 원문의 '1223년 전'은 오기이므로 바로잡았다.

고구려 역사(歷史) 고구려의 문학은 소수림왕이 대학을 세워 자제를 가르치고 또 율령이 발달하였다. 역사는 국초부터 문자를 사용하여 시사(時事)를 기록하니 모두 1백 권이었다. 이를 『유기(留記)』라 이름하였다.

대학박사(大學博士) 영양왕 11년(600), 1306년 전[54]에 대학박사 이문진(李文眞)에게 명하여 『신집(新集)』 5권을 요약하여 정리하였다. 또 광개토왕비문과 을지문덕이 수나라 장군에게 보낸 시를 보면 당시의 문장과 시를 알 수 있겠다. 을지문덕의 시에 이르기를, "신책구천문(神策究天文)이요, 묘산궁지리(妙算窮地理)라 전승공기고(戰勝功既高)하니 지시원운지(知是願云止)라" 하였으니 동방의 시문이 여기에서 시작되었다.

대체로 고구려는 비록 상민과 천인의 집이라도 거리에 큰 집을 짓고 이름 하기를 국당(局堂)이라 하였는데, 자식들 중 미혼인 자를 보내어 책을 읽고 궁술을 연습하게 하였다.

학술이 일본에 많이 전해지다 백제는 고이왕 때에 문독(文督)이라는 관등이 있었는데 이는 문관이었다. 그러나 처음에는 문자로 일을 기록하지 않은 이유로 기록이 심히 정비되지 못하였다. 근초고왕 29년 이후 1520년 전쯤에 일본에 전한 학술이 많았다. 또 『백제기(百濟記)』, 『백제신찬(百濟新撰)』, 『백제본기(百濟本記)』 등의 책을 저술하였으나 고구려와 백제의 문학이 신라에 비하면 미치지 못할 것이 많았다.

---

54 원문의 '1305년 전'은 오기이므로 바로잡았다.

신라 문학(文學) 신라는 나라를 연 후 300년이 지난 첨해왕(沾解王) 시기, 1600년 전에 부도(夫道)라는 사람이 있었는데 글씨와 셈을 잘하였다. 그 후 300년을 거쳐 진흥왕 6년(545), 1361년 전[55]에 이르러 대아찬 김거칠부(金居柒夫) 등이 『국사(國史)』를 편찬하였다. 이때부터 문학이 크게 성하여 불교와 함께 융성하였다. 그 후 자제들이 당에 간 후로 풍교(風敎)가 거듭 영향을 받아 박람다예(博覽多藝)한 선비가 많았다.

설총(薛聰), **이두**(吏讀)**를 만들다** 무릇 신문왕이 국학을 세우고 경덕왕이 여러 박사를 둔 것은 모두 통일한 후였다. 신문왕 시기 1210년 전에는 설총이 학식이 풍부하여 글짓기를 잘 하였는데, 방언(方言)으로 문자를 만들어 아홉 가지의 유교 경전을 풀어 후학들을 가르치니 문학의 진보를 크게 도왔다. 또 관부의 명령을 적는 장부에 사용하는 문자를 만들었는데 후세에서 이르기를 이두(吏讀)음두(音斗)라 하였으니 이는 오로지 이서(吏胥)의 용무에 이바지하고자 한 것이다. 이두는 한자를 빌려 우리말의 성음(聲音)을 옮겨 베껴 관부 명령과 사람들의 고시 등에 이를 삽입하여 사용하였다.

최치원(崔致遠) **저서** 이외에 강수[任强首]와 최치원신라 헌강왕 때 사람이다. 지금으로부터 1천여 년 전은 모두 문학으로 당시 세상에 알려졌다. 최치원은 당에 유학하여 관직이 시어사내공봉(侍御史內供奉)에 이르렀다. 문명(文名)을 천하에 떨쳐 당나라 사람이 그 재능과 학식을 칭송하였다. 저술한 책은 『제

---

55 원문의 '1360년 전'은 오기이므로 바로잡았다.

왕연대력(帝王年代曆)』이 있고 또 『신당서(新唐書)』「예문지(藝文志)」에 최치원의 『사륙집(四六集)』 1권과 『계원필경(桂苑筆耕)』 20권을 실었다. 저서가 많기로는 상고시대에서 첫째였다.

독서출신과(讀書出身科) 원성왕 4년(788),[56] 1118년 전에 독서출신과를 정하였는데, 『춘추좌씨전(春秋左氏傳)』과 『예기(禮記)』, 『문선(文選)』을 읽으며 함께 『논어』, 『효경』에 밝은 자는 상품이 되었다. 오경, 삼사(三史)와 제자백가 등을 통달한 자는 등급을 뛰어넘어 높은 관직을 제수하였으니, 당시 학자들이 이들 전적(典籍)을 위주로 힘썼다.

천문역법(天文曆法) 신라의 선덕여왕은 첨성대(瞻星臺)를 만들었다. 백제는 역박사(曆博士) 왕보손(王保孫)과 천문, 역법 등의 책을 일본에 보냈다. 그 후 신라말에는 천문박사(天文博士)경덕왕 8년(749), 1157년 전와 사천대박사(司天大博士)혜공왕 15년(779), 1127년 전를 두었다.

누각(漏刻) 신라 성덕왕 17년(718), 1188년 전에 비로소 누각전(漏刻典)을 설치하였고 경덕왕은 그 관원을 증원하였다.

의술(醫術) 의술은 신라의 의인(醫人) 김파진(金波鎭), 한기무(漢紀武)실제 성왕 때 사람이다. 1540년 전와 고구려의 모치(毛治)실제 보장왕 때 사람이다. 1250년 전가 유명했는데, 모두 일본으로 보냈다.

---

56 『삼국사기』에 따르면 독서출신과가 설치된 것은 원성왕 4년(788)이다. 따라서 원문의 '원성왕 3년'은 오기이므로 바로잡았다.

의박사(醫博士) 또 백제 성왕 때는 의박사와 채약사(採藥師)와 주금사(呪禁師) 등이 있었다. 이 사람들은 모두 높은 관리였다는 점에서 당시 기술업을 존숭하였음을 알 수 있다. 또 고구려 서천왕 시기에는 온천에 목욕하여 질병을 치료하는 법이 있었다.

신라 가악(歌樂)**의 시작** 신라가 통일한 후 효소왕 원년(692), 지금으로부터 1214년 전에 국내 각처를 돌아다니며 홀아비와 홀어미, 부모 없는 어린아이와 늙어 자식 없는 사람들을 위문하였다. 백성의 풍속이 즐겁고 편안하여 비로소 도솔가(兜率歌)를 지었으니 이것이 가악(歌樂)의 시초이다. 후에 회악(會樂), 신열악(辛熱樂), 지아악(枝兒樂), 사내악(思內樂), 미지악(美知樂) 등이 있었다. 진흥왕 시기 1350여 년 전에는 옥보고(玉寶高)라 하는 사람이 지리산(地理山) 운상원(雲上院)에 들어가 거문고를 배우고 신조(新調) 30곡을 만들었는데, 그 제자가 모두 산에 들어가 나오지 않았다. 왕이 거문고 타는 법이 전해지지 못할까 염려하여 사람을 보내 그 비곡(秘曲)을 배우도록 하였더니 후에 거문고를 직업으로 하는 자가 곡을 만드는 일이 많았다. 음곡에는 두 조(調)가 있는데, 하나는 평조(平調)이고 또 하나는 우조(羽調)이니 합쳐 1백 8십 7곡이었다.

가야금(伽倻琴) 또 가야의 악사(樂師) 우륵(于勒)과 니문(尼文) 등은 장차 나라가 어지러워질 것을 알고 악기를 가지고 산으로 들어갔다. 진흥왕이 법지(法知), 계고(階告), 만덕(萬德) 세 사람에게 명하여 그 악기를 배우게 하니 이에 세 사람이 우륵의 12곡을 전수하였다. 또 이것을 축약하여 5곡이 되었는데 가야금이라 하였다.

고구려, 백제 음악[57] 고구려에서는 중국 진(晋)나라가 칠현금을 보내왔으나지금으로부터 1600년 전 그 타는 법을 몰랐는데 국상(國相) 왕산악(王山岳)진흥왕 시기 사람이다. 지금으로부터 1350년 전이 만드는 방법을 고쳤다. 또 백여 곡을 지어 연주할 때에 검은 학이 와서 춤을 추었으므로, 다시 명하여 이르기를 현학금(玄鶴琴)이라 하였다. 그 후 신라에 군사를 보낼 때에도 노래하고 춤추어 음악을 일으켰으니 일본에서도 고구려로부터 전해진 음악을 연주하였다. 백제도 악인(樂人)을 일본으로 보냈다.

악기 악기는 현금(玄琴), 가야금(伽倻琴), 비파(琵琶), 대금(大笒), 중금(中笒), 소금(小笒), 박판(拍板), 대고(大鼓)신라, 오현금(五絃琴), 필률(篳篥), 소고(簫鼓), 동루종(銅鏤鍾)고구려, 고각(鼓角), 공후(箜篌), 우지(竽篪), 적(笛), 슬제(瑟濟)백제 등이 있다. 고구려는 갈대를 불어 곡을 맞추는 자가 있었다.

서법(書法) 서법은 신라 승려 김생(金生)원성왕 시기 사람이다. 지금으로부터 1100여 년 전이 제일이었는데 예서(隷書), 행서(行書), 초서(草書)가 모두 입신(入神)의 경지였다. 그 서체 중 창림사(昌林寺) 비문은 원(元)나라 조맹부(趙孟頫)가 평하여 말하기를, "자획에 전형(典型)이 깊어 당나라 사람의 명각(名刻)이라도 이를 능가하지 못한다"고 하였다.

회화 회화는 승려 솔거(率居)진흥왕 때 사람이다. 지금으로부터 1300여 년 전가 늙은 소나무와 불상을 그리자 세상 사람들이 신의 그림이라 칭하였다. 백

57 원문에는 '동국사고구려백제악(東國史高句麗百濟樂)'라고 되어 있는데 이는 저자나 인쇄상의 오류로 보이며, 이에 '고구려 백제 음악'으로 번역하였다.

제는 양나라에 사신을 보내어 화가[畵師]를 청하였다. 고구려의 승려 담징(曇徵) 등은 일본에 가 그림을 가르쳐 주었다.

건축 성곽을 쌓고 절을 창건하는 일에는 삼국이 모두 힘을 썼는데 오직 백제의 진사왕(辰斯王)과 개로왕, 동성왕, 무왕은 궁실과 누각, 대사(臺榭)[58]를 세우기가 극히 웅장하고 화려하였다. 신라 진덕여왕의 첨성대는 돌을 쌓아 만들었는데 위는 둥글고 아래는 네모나며 높이가 여러 장(丈)이었다. 경문왕지금으로부터 1040년 전의 황룡사탑(皇龍寺塔)은 9층이고, 높이가 22장인데 그 기술이 모두 매우 공교하였다.

도기(陶器) 태고 때에 신라 태자 천일창(天日槍)미상이 일본에 갈 때에 옹기장이[陶人]가 있었다. 백제 개로왕 시기 1450년 전에 도장(陶匠) 고귀(高貴)가 또 그 만드는 법을 일본인에게 전수하였으나 아직 설채법(設彩法)을 몰랐다. 대체로 일본 고대에 분묘에서 파낸 조선 토기가 바로 이것이다.

주조(鑄造) 철제술은 삼국시대에 신라 진흥왕이 장육상(丈六像)을 황룡사에 주조하였는데 구리가 3만 5천 7근(斤)이고 도금이 1백 2량(兩)이었다. 백제의 성왕, 위덕왕은 불상과 노공(鑪工), 반공(盤工)을 일본에 보냈으니 그 기술이 매우 발달하였다. 신라는 통일 후에 수차례 큰 종을 주조하였다. 황룡사의 종은 길이가 1장(丈) 3촌(寸)에 두께가 9촌이고 무

---

58 둘레를 내려다보기 위하여 크고 높게 세운 누각(樓閣)이나 정각(亭閣) 따위를 말한다.

게는 49만 7천 5백 8십 1근(斤)이었다. 그 외 금동불상과 솥, 거울과 누금(鏤金) 그릇을 제작하였다.

조각 신라 지증왕은 나무로 사자 모양을 만들어 전함에 올렸다. 백제의 위덕왕은 불공(佛工)과 사공(寺工)을 일본에 보내니 조각이 모두 기묘하였다. 심지어 신라가 당에 보낸 만불산(萬佛山)[59]은 향나무와 주옥(珠玉)으로 조각하였는데 헤아릴 수 없는 불상과 누각 대전 등이 있었다. 또 자금(紫金) 종각(鐘閣)이 있으니 관렬(關捩)을 설치하여 소리를 내어 더욱 정교하였다.

직물[機織] 직물은 견백(絹帛), 청포(青布), 세포(細布), 종포(綜布), 금총(金總), 포(布) 능라금주(綾羅錦紬), 어아주(魚牙紬), 조하주(朝霞紬), 하금(霞錦)이 모두 아름다웠다. 또 신라 진덕여왕이 태평송(太平頌)[60]을 만들었는데 비단을 짜 무늬를 이루었다. 혜공왕 시기 1160년 전에는 5가지 무늬 양탄자의 한 치 사방의 넓이 내에는 가무기악(歌舞妓樂)과 열국산천(列國山川)이 있었다. 이들 물건은 아름답고 우아하기가 한 시대에 가장 뛰어났다.

포백(布帛) 신라의 포백은 10심(尋)을 1필(匹)이라 하였다. 문무왕 시기 1241년 전에는 길이 7보(步), 폭 2척(尺)을 한 필이라 하였다.[61]

---

59 신라 경덕왕이 당나라 대종(代宗)에게 선물했던 가산(假山)으로 된 공예품으로 알려져 있다.

60 치당태평송(致唐太平頌)을 뜻하는 말로써, 신라 진덕여왕이 당나라 고종에게 보낸 한시이다. 당의 태평성대를 기리는 내용의 작품으로 알려져 있다.

61 『삼국사기』에 따르면 문무왕 5년 665년에 "絹布는 옛날에는 10심(尋)을 1필로 하였는데 고쳐서 7보 2척을 1필로 하였다"는 기록이 보인다. 따라서 원문의 '1심(尋)을 1필로 하였다'는 내용과 '1160년 전'은 오기이므로 바로잡았다.

여러 종류의 공예 또 신라의 배를 만드는 기술자와 고구려의 가죽을 가공하는 자와 백제의 대장장이, 기와장이, 안장을 만드는 사람 등이 모두 그 만드는 법을 일본에 전수하였다. 또 백제는 옷을 잘 썼는데 금휴개(金髹鎧)의 제작이 특히 유명하다. 그 외 금(錦), 기(綺), 모(毛), 마(麻), 칠(漆), 철(鐵), 유(鍮), 와기(瓦器), 양(楊), 피(皮) 등을 감독하여 거느리는 각 관원이 있어 각자의 일을 관장하였다. 의복에는 계수금라(罽繡錦羅), 초나(草羅) 등에 금은주옥을 장식하니 그 당시 각종 공예가 융성함을 알 수 있겠다.

산업

농업 농업은 삼국 정부가 다 권장하였으나 신라는 특히 마음을 두어 농사에 해가 되는 것은 힘써 없앴다. 지증왕 3년(502), 지금으로부터 1404년 전[62]에 우경법(牛耕法)을 썼다.

논[稻田] 백제는 다루왕 6년(33), 지금으로부터 1873년 전에 남쪽의 주군(州郡)에 명을 내려 처음으로 논을 만들게 하였다. 신라, 백제 두 나라는 수륙에 모두 씨를 심었다. 백제는 항상 가뭄이 걱정이었는데 이는 땅의 형세가 그렇게 하도록 시킨 것이다. 경작법이 또한 신라에 미치지 못하고 고구려는 백제보다 또 아래가 되었다.

---

62 『삼국사기』에 따르면 우경법을 실시한 것은 지증왕 3년이다. 따라서 원문의 '지증왕 2년, 지금으로부터 1405년 전'은 오기이므로 바로잡았다.

방적(紡績) 길쌈하는 일은 신라 유리왕(儒理王) 9년(32) 지금으로부터 1874년 전[63]에 6부(部) 여자를 둘로 나누어 왕녀 두 명으로 하여금 부 안의 여자들을 이끌어 길쌈한 공을 살폈다.

잠상(蠶桑) 잠상은 신라와 백제가 다 권장하여 기적(機績)의 업이 점점 진보하였으나 그 왕성함에는 이르지 못하였다.

차(茶) 차는 신라 선덕여왕 시기, 지금으로부터 1260년 전에 있었다. 흥덕왕 3년(828) 지금으로부터 1078년 전에 대렴(大廉)을 당나라에 보내어 차나무 씨앗을 얻어 오자 왕이 지리산(智異山)경상도에 파종하여 점점 세간에 성행하였다.

목축[畜牧] 신라의 고귀한 사람은 소, 말, 돼지 등을 섬이나 산속에서 기르고, 먹을 때에는 활을 쏘아 죽였다. 그 외에도 목축을 하는 자가 많았다.

사냥[田獵] 고구려와 백제에는 사냥을 좋아하는 군왕이 많았다. 대체로 고대로부터 사냥으로 짐승류를 잡아 그 고기를 먹고 또 그 가죽을 입었던 까닭으로 남은 풍습이 아직 존재하였다. 그러나 불교를 행한 후로는 백제의 법왕(法王)이 살생을 금하고 민가에서 기르는 매와 새매까지 풀어주며 또 물고기 잡는 도구를 금지하여 사냥이 얼마간 쇠퇴하였다.

---

63 『삼국사기』에 따르면 길쌈을 한 것은 유리왕 9년이다. 따라서 원문의 '유리왕 13년, 지금으로부터 1870년 전'은 오기이므로 바로잡았다.

상업 상업은 신라 기림왕(基臨王) 시기 지금으로부터 1600년 전에 곡식으로 면(綿)을 사는 자가 있었다. 태종왕(太宗王) 시기 지금으로부터 1230년 전에는 나라 안이 태평하고 해마다 풍년이 들어 수도[京城]에서는 포 한 필의 가치가 조(租) 30석 혹은 50석이 되었다. 태봉 궁예 시기에는 기근과 전염병이 크게 돌아 가늘고 고운 포 한 필에 쌀 5되와 교환하였다.

화폐 화폐는 태고시대에 진한(辰韓)이 철화(鐵貨)를 만들어 교역하였다. 중고시대에 이르기까지 화폐가 전혀 없지는 않았으나 다만 유통이 활발하지 않았다. 신라는 소지왕 시기 지금으로부터 1400년 전에 시장을 설치하여 사방의 재화를 유통시켰다. 지증왕 시기, 지금으로부터 1390년 전에는 서울의 동쪽에 시장을 열고 이를 관장하는 관리를 두었다. 그러나 그 교류하고 판매하는 자는 대도(大都)의 부녀가 많았으므로 아직 발달을 보지는 못하였다

풍속

부자 형제 관계 상고의 풍속은 삼국이 각각 다른 점이 있으나 무릇 중국을 모방하는 것이 많았다.

그 풍속이 자식 된 자는 아버지의 명을 반드시 따르는 까닭으로 고구려 유리왕이 태자 해명(解明)에게 검을 주어 자살하게 한 일과 대무신왕의 태자 호동(好童)이 왕후의 모함을 당하여 칼에 엎어져 죽은 일이 있었다.

또 형제 숙질(叔姪) 간에 시기 · 쟁탈하는 습속이 있어 시조 동명성왕이 부여를 떠날 때에 형제가 시기하였고 대무신왕은 그 종조부와 조부 부여왕 대소(帶素)를 죽였다. 차대왕은 형 태조왕의 선위를 받았으나 오히려 아들 막근(莫勤), 막덕(莫德)을 죽이고 서천왕은 동생 일우(逸友)와 소발(素勃)을 죽였다. 봉상왕은 숙부 안국군(安國君)을 죽이고 또 아우 돌고(咄固)를 죽였으니 이는 모두 질투의 소치였다.

또 연개소문의 아들 남생, 남건 등 형제가 권력을 다투다가 남건이 형의 아들 헌충(獻忠)을 죽이니 윤상(倫常)의 어그러지고 어지러움이 또한 극심하였다.

부모를 위하여 넓적다리를 베다 신라는 효도와 우애를 상 내리고 늙은이를 위문하며 홀아비와 과부와 고아와 자식 없는 자들을 위로하며 도와주었다. 경덕왕은 향덕(向德)이 부모의 굶주림으로 인하여 넓적다리를 베어 먹인 이유로 조(租) 3백 곡(斛)과 집 한 채를 내려주고 비석을 세워 이 일을 기록하였다. 문무왕 때에는 사찬(沙飡) 여동(如冬)이 천둥에 벼락맞아 죽는 것을 보고 사람들이 이르되 어머니를 구타한 죄라 하였다. 그 일이 정리(正理)는 아니로되 정부에서 풍속 교화에 마음 썼음을 알 수 있다.

희강왕과 신무왕은 숙질이 다투어 싸웠으나 고구려에 이르러는 군신 간에 임금을 죽인 자가 적지 않고 절개를 지켜 죽은 자도 많았다. 삼국 중에 신라가 이런 일이 적었다.

노비 죄가 있는 자를 노비로 삼는 것은 태고부터 있어 삼국시대까지

행하되 고구려에는 수묘(守墓)한 사람을 전매(轉買)하는 풍속이 있었으므로 광개토왕이 이를 금지하였다. 신라에서도 미곡을 대여하였다가 상환치 못하는 자는 노비로 부렸는데, 이를 보면 죄인이 아니라도 노비가 되었다. 무릇 노비는 비천하여 일반 백성들과 나란히 서지 못하며 또 사람들이 스스로를 팔아 노비가 되는 것은 더욱 수치가 되었다.

고구려의 혼인 고구려의 혼인은 무릇 남녀가 서로 사랑하면서 즐거워한 후에 행하였는데, 그 예가 남자 집은 돼지와 술을 보낼 뿐이며 재산을 쓰지 않았다. 만일 재화를 받으면 사람들이 천하게 여겨 이르기를 "딸을 종으로 판 것이다" 하였다.

국왕은 여러 명의 부인을 아울러 취했는데 처음에는 차등이 심하지 않더니 후에 정후(正后)의 다음에 소후(小后)와 부인(夫人)이 있고 또 정부인(正夫人), 중부인(中夫人), 소부인(小夫人) 등의 구별이 있었다. 혹은 왕이 민간의 여성을 통하고 또 형님 왕의 비를 세워 왕후된 자도 있었다.

백제도 또한 왕이 신하의 처를 빼앗으며 혹은 잉태한 부인을 동생에게 주는 자도 있으니 그 예절이 부서지고 무너짐이 이와 같았다.

제1골(第一骨)은 제2골(第二骨) 여성들과는 혼인하지 않는다 신라는 왕족을 제1골이라 하고 그 다음 귀족은 제2골이라 하였다. 제1골은 모두 동족 중에서 형제의 딸과 고종, 이종 사촌 자매까지 혼인하고 제2골의 여자는 취하지 않으며 혹 취할지라도 시첩에 불과하였다. 무릇 중매를 기다려 혼인하는 것이 일반적이었으나 간혹 남녀가 상열하여 부부된 자도 있었다.

혼례가 점차 정비되다 통일한 후에는 그 예가 점차 정비되어 신문왕이 일길찬(一吉飡) 김흠운(金欽運)의 딸을 거둘 때에, 먼저 재신을 보내어 예를 갖추어 청한 후 또 폐물로 비단 15수레와 쌀, 술, 반찬, 그릇 1백 3십 5 수레와 조(租) 1백 5십 수레를 하사하였다. 또 대신을 보내어 김씨를 책봉함에 대신들이 각기 그 처와 귀부(貴婦) 60명을 이끌고 맞이해오니 좌우에 시종하는 자들이 매우 많았다.

왕후(王后)는 동성(同姓)을 꺼리다 소성왕(昭聖王)과 애장왕은 왕후의 즉위를 다른 나라에 널리 알림에 동성임을 숨겼다. 경문왕은 헌안왕의 딸을 거두어 영화부인(寧花夫人)이라 하고 그 동생은 차후(次后)라 하여 자매를 함께 맞아 들였다.

제천(祭天)과 산천신(山川神) 하늘과 산천신에 제사하는 것은 고구려, 백제, 신라가 모두 옛부터 행하였으나, 고구려는 가장 성하여 교외에서 하늘에 제사 지낼 때에는 돼지를 희생으로 바쳤다. 또 나라의 사직과 기자신에게도 제사하고 3월 3일에 낙랑(樂浪)의 언덕에 모여 사냥하였는데, 돼지와 사슴을 잡아 하늘과 산천에 제사 지냈다.

백제의 시조는 친히 천지께 제사하더니 이로부터 매년 네 철의 가운데 달[64]에 왕이 하늘과 5제(五帝)에게 제사 지냈다.

신라는 하늘과 땅에 제사하지 않다 신라는 정월 15일에 약밥으로 까마귀에게 제사를 지냈는데, 이는 소지왕 때에 까마귀가 편지를 물고와 왕이

---

64 四季인 봄 · 여름 · 가을 · 겨울의 가운데 달, 즉 음력 2 · 5 · 8 · 11월을 뜻한다.

화를 면하였으므로왕후가 승려와 통하여 왕을 죽이고자 하였는데 까마귀 편지를 보고 승려를 사살한 일이다 그런 까닭에 제사한 것이다. 또 귀신을 숭배하여 모든 산천 대처에는 제사하여 대, 중, 소제의 구별이 있었다. 선덕왕은 사직단을 세웠으나 백제, 고구려와 같이 하늘과 땅에 제사 지내지 않았다.

고구려 상례(喪禮) 고구려의 상례는 죽은 자를 집 안에 안치하였다가 3년 후에야 길일을 택하여 매장하였다. 고무악(鼓舞樂)을 만들고 장례가 끝나면 죽은자의 옷과 노리개, 거마(車馬)를 무덤 옆에 두어 장례에 모인 사람들이 모두 가져갔다.

순장[殉死] 또 따라 죽는 순장의 풍속이 행해져 동천왕이 죽을 때[崩]에는 무덤에 와 자살한 자가 많았다.

광개토왕(廣開土王), **비석을 세우다** 또 국왕과 국상의 무덤에는 수묘하는 민가를 두고 무덤 위에 비석을 세웠는데 이는 처음에는 없던 것이다. 광개토왕 시기에 비로소 조상과 선왕을 위하여 광대한 비석을 세웠다.

신라 때의 순장 신라는 왕이 죽으면 남녀 각 명이 따라 죽었는데 지증왕 때에 금하였다.

상복법(喪服法) 또 상복법을 정하였는데 모두 다 소복(素服)을 입었고 혹은 소리내어 슬피 울고 혹은 가무도 있으며, 수묘하는 민호를 두고 비석을 세우기가 고구려와 다르지 않았다.

신라, 화장(火葬)을 처음으로 행하다 문무왕은 부처의 설을 따라 유조(遺詔)로 화장을 하였으니 지금으로부터 1220년 전이다. 효성왕과 선덕왕은 모두 관(柩)을 태우고 뼈를 동해에 뿌렸는데 이는 상례의 제도가 크게 변한 것이다.

백제는 왕의 해골이라도 간혹 땅위에 드러내 두더니 개로왕이 고구려 승려 도림의 말을 듣고 석곽을 만들어 부왕의 뼈를 장사지냈다. 무릇 백제와 신라에서는 죽은 자를 싫어하며 부모, 형제, 부부라도 마주보지 아니하고 다른 사람으로 하여금 장사를 지내게 하였다.

국왕, 사당을 세우다 삼국의 왕이 선조를 위하여 사당을 세우되 고구려왕은 때때로 졸본(卒本)에 가서 시조에 제사하였다.

신라 5묘(廟) 신라는 왕이 즉위 후 2, 3년에 태조에 제사하여 곧 관례가 되었다. 소지왕은 나을(奈乙)태조 출생지에 신궁(神宮)을 설치하고 항상 제사하였다. 혜공왕은 비로소 미추왕과 무열왕과 문무왕을 제사하였다. 무릇 미추왕은 김씨의 시조이고 무열과 문무는 백제와 고구려를 평정한 큰 공덕이 있는 까닭으로 불천위가 되었다.

의복 제도 의복 제도는 백제는 고이왕 시기 지금으로부터 1640년 전에 궁제(宮制)를 정하여 6품 이상은 자복(紫服), 11품 이상은 비복(緋服), 16품 이상은 청복(青服)으로 하였다. 왕은 자대수포(紫大袖袍)와 청금고(青錦袴)를 입고 소피대(素皮帶)를 두르고, 오혁리(烏革履)를 신었다. 서인(庶人)은 비(緋), 자의(紫衣)를 입지 못했다. 부인의 옷은 두루마기[袍]와 같으나 소매[袖]가 별로 크지 않았다.

신라 공복(公服) 신라는 법흥왕 7년(520) 지금으로부터 1386년 전에 백관의 공복을 제정하여 태대각간(太大角干)부터 대아찬까지는 자의(紫衣)를, 아찬부터 급찬까지는 비의(緋衣)를, 대나마와 나마는 청의(靑衣)를, 대사(大舍)부터 선저지(先沮知)까지는 황의(黃衣)를 입었다.

신라 관(冠) 이찬 · 잡찬은 금관(錦冠)이고, 그 외는 비관(緋冠)과 조영(組纓)이었다.

신라, 당의 제도를 따라 관복(冠服)**을 고치다** 이는 진덕여왕 시기 지금으로부터 1257년 전에 당의 제도를 따라서 관복을 고치고 그 후 부인의 의복도 고쳤다.

백제의 경우 왕은 오라관(烏羅冠)에 금화(金花)로 장식하고 6품 이상은 은화(銀花)로 장식하였다.

고구려 의제(衣制) 고구려는 통수(筒袖)에 통이 큰 바지요, 소피대(素皮帶)에 황혁리(黃革履)였다. 왕은 오색 무늬의 옷을 입고 서인은 거친 털옷을 입었다. 부인은 치마 저고리에 초록빛을 더하였다.

고구려 관(冠) 왕은 백라관(白羅冠)에 금으로 장식하고, 귀인은 자라(紫羅)를 썼다. 그 다음은 비라(緋羅)를 쓰고 두 개의 새깃을 꽂고 금은으로 장식하였다. 서인은 변(弁)을 쓰며, 여자는 머리에 선귁(巾幗)을 썼으며,

팔에는 팔찌를 많이 하였다.

부인편발(夫人編髮) 백제 여자는 편발하여 머리 뒤에 얹었는데, 미혼녀는 한줄로 늘어뜨려 장식하고 기혼녀는 양쪽으로 나누었다. 신라는 화장[粉黛]을 하지 않고 또한 머리를 땋아 늘어뜨려 머리 둘레에 감고 다시 잡채(雜綵)와 진주로 장식하여 머리가 매우 길고 아름다워 4, 5척에 이르렀다.

이상은 모두 삼국시대에 행하였으나 진덕여왕 이래에는 면목을 일변하여 진골부터 평인까지는 복건(幞巾), 표의(表衣), 내의(內衣), 반비(半臂), 고(袴), 요대(腰帶), 표상(表裳), 내상(內裳)이었다. 남녀와 존비의 등급으로 인하여 한 가지 모양이 아니었는데, 흥덕왕 때에 외래 물건의 진기함을 숭상하고 토산품을 혐오하다가 존비의 차별이 점차 무너지므로 다시 엄금하였다.

신라 거마제도(車馬制度) 신라인은 도로에 다닐 때에 남자는 수레와 말을 타되, 여자는 오로지 말을 타고 진골부터 평민까지 차재(車材), 욕자(褥子), 좌자(坐子), 헌(幰), 낙망(絡網)이상은 수레에 쓰던 것과 안교(鞍橋), 좌자(坐子), 장니(障泥), 함(銜), 등(鐙)이상은 말에 사용하는 것 등에 남녀존비의 구별을 정하였다.

음식물[食物] 먹을거리는 대체로 곡류였으니, 방아, 절구, 맷돌로 쌀을 찧었다. 소, 말, 닭, 돼지, 물고기 등을 쓰며, 고구려는 좋은 술이 많고 백제는 양주공(釀酒工) 인번(仁番)을 일본에 보냈던 때도 있었다. 또 꿀과 우유를 썼다.

신라 옥사제도(屋舍制度) 신라는 옥사의 제도가 있어 진골은 집의 길이와 너비가 24척이었다. 6두품은 21척, 5품은 18척, 4품부터 백성까지는 15척을 넘을 수 없었다. 막새기와[唐瓦]를 덮지 않으며, 겹처마[飛簷]를 시설하지 못하고 금, 은, 유(鍮), 석(石), 백랍(白蠟), 오채(五采)로 장식하지 않았다. 계단돌은 갈지 않으며 발[簾]의 가장자리 테는 금(錦)·계수[繡]·능(綾)을 금지하였다. 그 외 담장문과 마굿간까지 그 크고 작음과 정밀하고 조밀함이 모두 존비귀천의 질서를 따라 어긋나지 못하였으니 이는 다 통일한 후의 일이다.

잡기(雜技) 이 시대에 행하는 잡기는 복무(卜巫), 관상(觀相)백제, 위기(圍碁), 투호(投壺)백제·고구려, 축국(蹴鞠)고구려·신라, 저포(樗蒲), 악삭(握槊), 농주(弄珠)백제 등이 있었다. 그 중 복무와 위기 등이 매우 성행하였다.[65]

65 복무와 관상은 점을 치는 행위이고, 위기는 바둑의 일종, 축국은 공치기, 저포는 윷놀이의 일종, 농주는 제기차기의 일종이다. 악삭은 주사위 놀이의 일종인 진삭(振槊)을 의미하는 듯하다.

■물산약표(物産略表)*

종류 지명	경기	충청	전라	경상	강원	함경	평안	황해
동물류	쇠가죽[牛皮], 쇠뼈[牛骨]	쇠가죽, 쇠뼈	쇠가죽, 쇠뼈, 말가죽[馬皮], 사슴가죽[鹿皮], 꿀[蜂蜜], 마른전복[干鮑]	쇠가죽, 쇠뼈, 표범가죽[豹皮], 말가죽, 사슴가죽, 꿀, 조기젓[鰲鮨]	쇠가죽, 쇠뼈, 호랑이표범가죽[虎豹皮], 웅담(熊膽), 노루사향[獐麝香], 꿀	웅담, 표범가죽, 노루사향, 대구어(大口魚), 명태(明太), 쇠가죽, 쇠뼈	꿀, 사향 쇠가죽, 쇠뼈 영양(羚羊)	쇠가죽, 쇠뼈, 꿀
식물류	인삼(人蔘)	인삼, 솜[綿]	우뭇가사리[天草], 김[甘海苔], 쌀[米], 보리[麥], 인삼	쌀, 보리, 김, 우뭇가사리, 인삼, 솜	인삼, 솜	다시마[昆布], 인삼	인삼	인삼, 솜
광물류	은(銀), 철(鐵)	철, 사금(砂金), 은	철, 주석, 사금, 은	사금(砂金), 철, 구리[銅], 수정(水晶)	사금, 철, 유황(硫黃), 납[鉛]	사금, 은, 철, 납구리[鉛銅]	철, 녹반(綠礬)	철
공예류	명주실[絲], 돗자리[茵席]	모시[苧], 두껍고 노란 명주[吐紬], 종이[紙]	목면(木綿), 모시, 부채[扇子], 둥근부채[團扇], 발[簾], 사기그릇[磁器], 종이	명주실, 명주[紬], 목면, 삼베[麻布], 돗자리[菌] 둥근 부채, 사기그릇			명주, 명주실, 삼	명주실

■역대일람(歷代一覽)

신라(新羅)							
왕호(王號)	성씨	이름	부친 및 항렬	모친	재위 년수	연령	후비(后妃)
혁거세거서간(赫居世居西干)	박(朴)		소벌공(蘇伐公)의 양자		60	73	알영부인(閼英夫人)
남해차차웅(南解次次雄)			혁거세의 적자	알영부인	20		운제부인(雲帝夫人)
유리이사금(儒理尼師今)			남해의 태자	운제부인	33		일지갈문왕(日知葛文王)의 딸
탈해이사금(脫解尼師今) 또는 토해(吐解)	석(昔)		다파나국(多婆那國)의 왕	여국왕(女國王)의 딸	23	85	아효부인(阿孝夫人), 남해의 맏딸

* 〈물산약표〉 이하 표에 나타난 원문상의 오류는 일일이 표기하지 않고 바로잡아 번역하였다.

파사이사금 (婆娑尼師今)	박		유리의 둘째아들		32		사성부인(史省夫人) 김씨(金氏), 허루갈문왕(許婁葛文王)의 딸
지마이사금 (祇摩尼師今) 또는 지미(祇味)			파사의 적자	사성부인 김씨	22		애례부인(愛禮夫人) 김씨, 갈문왕 마제(摩帝)의 딸
일성이사금 (逸聖尼師今)			유리의 맏아들		20		박씨, 지소례왕(支所禮王)의 딸
아달라이사금 (阿達羅尼師今)			일성의 맏아들	박씨	30		내례부인(內禮夫人) 박씨, 지마의 딸
벌휴이사금 (伐休尼師今) 또는 발휘(發暉)	석		구추(仇鄒), (탈해의 아들)	지진내례부인 (只珍內禮夫人) 김씨	12		
내해이사금 (奈解尼師今)			이매(伊買), (벌휴의 둘째 아들)	내례부인	34		석씨, 골정(骨正)의 딸
조분이사금 (助賁尼師今) 또는 제분(諸賁)			골정의 맏아들 (벌휴의 태자)	옥모부인 (玉帽夫人)김씨, 구도(仇道) 갈문왕의 딸	17		아이혜부인(阿爾兮夫人) 석씨, 내해의 딸
첨해이사금 (沾解尼師今)			골정의 둘째 아들	위와 같음	15		
미추이사금 (味鄒尼師今) 또는 미조(味照)	김 (金)		구도(仇道) (김알지(金閼智)의 5대손)	박씨, 갈문왕 이칠(伊柒)의 딸	22		광명부인(光明夫人) 석씨, 조분의 딸
유례이사금 (儒禮尼師今)	석		조분의 맏아들	박씨, 갈문왕 나음(奈音)의 딸	14		
기림이사금 (基臨尼師今) 또는 기구(基丘)			걸숙(乞淑) (조분의 아들)		12		
흘해이사금 (訖解尼師今)			우로(于老) (내해의 아들)	명원부인(命元夫人), 조분의 딸	46		
내물니사금 (奈勿尼師今) 또는 나밀(那密)	김		말구(末仇) (미추의 동생)	휴례부인(休禮夫人) 김씨	46		김씨, 미추의 딸
실성이사금 (實聖尼師今)			대서지(大西知) (김알지의 후손)	이리부인(伊利夫人) 석씨, 아간(阿干) 석등보(昔登保)의 딸	15		김씨, 미추의 딸
눌지마립간 (訥祇麻立干)			내물	보반부인(保反夫人) 김씨, 미추의 딸	41		김씨, 실성의 딸
자비마립간 (慈悲麻立干)			눌지의 맏아들	김씨, 실성의 딸	21		김씨, 서불한(舒弗邯) 미사흔(未斯欣)의 딸

소지마립간 (炤智麻立干) 또는 비처(毗處)			자비의 맏아들	김씨	21		선혜부인(善兮夫人), 이벌찬(伊伐湌) 내숙(乃宿)의 딸
지증왕(智證王)		지대로(智大路) 혹은 지도로(智度路) 또는 지철로(智哲老)	습보(習寶) (내물의 증손)	조생부인(鳥生夫人) 김씨, 눌지의 딸	14	79	연제부인(延帝夫人) 박씨, 이찬(伊湌) 등흔(登欣)의 딸
법흥왕(法興王)		원종(原宗)	지증왕의 맏아들	연제부인 박씨	26		보도부인(保刀夫人) 박씨
진흥왕(眞興王)		삼맥종(三麥宗) 혹은 심맥부(深麥夫)	입종(立宗) (법흥왕의 동생)	부인 김씨 법흥왕의 딸	36	43	사도부인(思道夫人) 박씨
진지왕(眞智王)		금륜(金輪) 또는 사륜(舍輪)	진흥왕의 둘째 아들	사도부인	3		지도부인(知道夫人)
진평왕(眞平王)		백정(伯淨)	동륜(銅輪) (진흥왕의 맏아들)	만호부인(萬呼夫人) 김씨(입종의 딸)	53		마야부인(摩耶夫人) 김씨, 갈문왕 복승(福勝)의 딸
선덕여왕 [善德女主]		덕만(德曼)	진평왕의 맏딸	마야부인 김씨	15		
진덕여왕 [眞德女主]		승만(勝曼)	국반(國飯) (진평왕의 동복아우)	월명부인(月明夫人) 박씨	7		
태종무열왕 (太宗武烈王)		춘추(春秋)	문흥왕(文興王) (진지왕의 아들)	문정태후(文貞太后) 김씨, 진평왕의 딸	7	59	문명왕후(文明王后) 김씨, 각찬(角湌) 김서현(金舒玄)의 딸
문무왕(文武王)		법민(法敏)	태종의 원자(元子)	문명왕후 김씨	20		자의왕후(慈儀王后), 파진찬(波珍湌) 선품(善品)의 딸
신문왕(神文王)		정명(政明) 자는 일소(日炤)	문무왕의 태자	자의왕후	11		김씨, 일길찬(一吉湌) 김흠운(金欽運)의 딸
효소왕(孝昭王)		이홍(理洪)	신문왕의 원자	신목왕후(神穆王后) 김씨	10	16	
성덕왕(聖德王)		융기(隆基) 후에 흥광(興光) 으로 고침	신문왕의 둘째 아들	위와 같음	35		김씨, 소판(蘇判) 김원태(金元泰)의 딸
효성왕(孝成王)		승경(承慶)	성덕왕의 둘째 아들	소덕왕후(炤德王后)	5		박씨
경덕왕(景德王)		헌영(憲英)	성덕왕의 셋째 아들	위와 같음	24		이찬(伊湌) 순정(順貞)의 딸
혜공왕(惠恭王)		건운(乾運)	경덕왕의 적자(嫡子)	만월부인(滿月夫人) 김씨, 서불한 의충(義忠)의 딸	15	22	신보왕후(新寶王后), 이찬 유성(維誠)의 딸

선덕왕(宣德王)		양상(良相)	개성왕(開聖王) 효방(孝芳) (내물 9세손)	정의태후(貞懿太后) 김씨, 성덕왕의 딸	5		구족부인(具足夫人), 각간(角干) 양품(良品)의 딸
원성왕(元聖王)		경신(敬信)	명덕대왕 (明德大王) 효양(孝讓) (내물 11세손)	소문태후(昭文太后) 박씨	14		김씨, 각간 신술(神述)의 딸
소성왕(昭聖王) 혹은 소성(昭成)		준옹(俊邕)	혜충대왕 (惠忠大王) 인겸(仁謙) (원성왕의 태자)	성목왕후(聖穆王后) 김씨, 신씨라고도 함	1		계화부인(桂花夫人) 김씨, 숙씨(叔氏)라고도 함. 대아찬(大阿飡) 숙명(叔明)의 딸
애장왕(哀莊王)		중희(重熙) 초명은 청명(淸明)	소성왕	계화부인 김씨	9	22	박씨
헌덕왕(憲德王)		언승(彦昇)	인겸	성목왕후 김씨	17		귀승부인(貴勝夫人) 정씨(貞氏), 각간 예영(禮英)의 딸
흥덕왕(興德王)		경휘(景徽) 초명은 수종(秀宗)	인겸	위와 같음	10		장화부인(章和夫人)김씨, 소성왕의 딸
희강왕(僖康王)		제륭(悌隆) 또는 제옹(悌顒)	익성대왕 (翼成大王) 헌정(憲貞) (원성왕의 손자)	순성태후(順成太后) 박씨	2		문목부인(文穆夫人), 갈문왕 충공(忠恭)의 딸
민애왕(閔哀王)		명(明)	선강대왕 (宣康大王) 충공 (원성왕의 손자)	선의태후(宣懿太后) 박씨	1		윤용왕후(允容王后)
신무왕(神武王)		우징(祐徵)	성덕대왕 (成德大王) 균정(均貞) (원성왕의 손자)	헌목왕후(憲穆王后) 박씨	7 개월		
문성왕(文聖王)		경응(慶膺)	신무왕의 태자	정계부인(貞繼夫人)	18		박씨
헌안왕(憲安王)		의청(誼淸) 또는 우청(祐淸)	균정	소명부인(昭明夫人), 선강왕(宣康王)의 딸	4		
경문왕(景文王)		응렴(膺廉), 응응(膺凝)으로 쓰기도 함	의공대왕 (懿恭大王) 계명(啓明) (희강왕의 아들)	광의왕태후 (光懿王太后) 박씨	14		문의왕비(文懿王妃) 김씨, 헌안왕의 딸
헌강왕(憲康王)		정(晸)	경문왕의 태자	문의왕후 김씨	11		의명부인(懿明夫人)
정강왕(定康王)		황(晃)	경문왕의 둘째아들		1		
진성여왕 [眞聖女主]		만(曼)	경문왕		10		

효공왕(孝恭王)		요(嶢)	헌강왕의 서자	의명왕태후(義明王太后) 김씨	15		이찬 예겸(乂謙)의 딸
신덕왕(神德王)	박	경휘(景暉)	선성대왕(宣聖大王) 예겸(乂兼) (아달라의 원손(遠孫))	정화왕후(貞和王后)	5		의성왕후(義成王后) 김씨, 헌강왕의 딸
경명왕(景明王)		승영(昇英)	신덕왕의 태자	의성왕후 김씨	7		
경애왕(景哀王)		위응(魏膺)	신덕왕	위와 같음	3		
경순왕(敬順王) 또는 효애(孝哀)	김	부(傅)	신흥대왕(神興大王) 효종(孝宗) (문성왕의 후손)	계아태후(桂蛾太后)	9		
고구려(高句麗)							
동명성왕(東明聖王)	고	주몽(朱蒙) 또는 추모(鄒牟)	부여왕(扶餘王) 금와(金蛙)	유화(柳花)	18	40	졸본부여(卒本扶餘) 왕의 딸
유리명왕(琉璃明王)		유리(類利) 혹은 유류(孺留)	동명왕의 원자	예씨(禮氏), 부여인	36		송씨(松氏), 다물후(多勿侯) 송양(松讓)의 딸
대무신왕(太武神王) 혹은 대해주류왕(大解朱留王)		무휼(無恤)	유리왕의 셋째 아들	송씨	28	41	
민중왕(閔中王)		해읍주(解邑朱)	유리왕		4		
모본왕(慕本王)		해우(解憂) 혹은 해애루(解愛婁)	대무신왕의 원자		5		부여인
태조왕(太祖王) 혹은 국조왕(國祖王)		궁(宮) 또는 어수(於漱)	재사(再思) (유리왕의 아들)	부여인	93	119	
차대왕(次大王)		수성(遂成)	재사	위와 같음	19	95	
신대왕(新大王)		백고(伯固) 혹은 백구(伯句)	재사		14	91	
고국천왕(故國川王) 혹은 국양(國襄)		남무(男武) 혹은 이이모(伊夷謨)	신대왕의 둘째아들		18		우씨(于氏), 제나부(堤那部) 우소(于素)의 딸
산상왕(山上王)		연우(延優) 또는 위궁(位宮)	신대왕		30		전 왕비 우씨
동천왕(東川王) 혹은 동양(東襄)		우위거(憂位居) 초명 교체(郊彘)	산상왕의 태자	주통촌(酒桶村) 출신의 산상왕 소비(小妃)	21		

중천왕(中川王) 혹은 중양(中襄)		연불(然弗)	동천왕의 태자		22		연씨(椽氏)
서천왕(西川王) 혹은 서양(西壤)		약로(藥盧)	중천왕의 둘째아들		22		우씨, 서부대사자(西部大使者) 수(漱)의 딸
봉상왕(烽上王) 또는 치갈(雉葛)		상부(相夫) 혹은 삽시루 (歃矢婁)	서천왕의 태자		8		
미천왕(美川王)		을불(乙弗) 혹은 우불(憂弗)	돌고(咄固) (봉상왕의 동생)		31		
고국원왕 (故國原王) 또는 국강상왕 (國岡上王)		쇠(釗) 초명은 사유(斯由)	미천왕의 태자	주씨(周氏)	40		
소수림왕 (小獸林王) 또는 소해주류왕 (小解朱留王)		구부(丘夫)	고국원왕		13		
고국양왕 (故國壤王)		이련(伊連) 또는 어지교(於只交)	고국원왕		8		
광개토왕 (廣開土王)		담덕(談德)	고국양왕의 원자		22		
長壽王(장수왕)		거련(巨璉)	광개토왕의 원자		78	98	
文咨明王 (문자명왕) 또는 명치호왕 (明治好王)		유운(維雲)	조다(助多) (장수왕의 아들)		28		
안장왕(安藏王)		홍안(興安)	문자명왕의 맏아들		12		
안원왕(安原王)		보연(寶延)	문자명왕		14		
양원왕(陽原王) 혹은 양강상호왕 (陽崗上好王)		평성(平成)	안원왕의 맏아들		14		
평원왕(平原王) 혹은 평강상호왕 (平崗上好王)		양성(陽成)	양원왕의 맏아들		31		
영양왕(嬰陽王) 또는 평양(平陽)		원(元) 또는 대원(大元)	평원왕의 맏아들		28		

영류왕(營留王)		건무(建武) 또는 성(成)	평원왕		24		
보상왕(寶藏王)		장(臧)	대양(大陽) (영류왕의 동생)		27		
백제(百濟)							
온조왕(溫祚王)	부여 (扶餘)		주몽왕의 둘째 아들	졸본부여왕의 딸	44		
다루왕(多婁王)			온조왕의 원자		49		
기루왕(己婁王)			다루왕의 원자		51		
개루왕(蓋婁王)			기루왕		38		
초고왕(肖古王) 또는 소고(素古)			개루왕		48		
구수왕(仇首王) 혹은 귀수(貴須)			초고왕의 원자		20		
고이왕(古爾王)			개루왕의 둘째 아들		52		
책계왕(責稽王)			고이왕		12		보과부인(寶菓夫人), 대방(帶方) 왕의 딸
분서왕(汾西王)			책계왕의 맏아들		6		
비류왕(比流王)			구수왕의 둘째 아들		40		
계왕(契王)			분서왕의 맏아들		2		
근초고왕 (近肖古王)			비류왕의 둘째 아들		29		
근구수왕 (近仇首王) 또는 길수(吉須)			근초고왕의 태자		9		
침류왕(枕流王)			근구수왕의 원자	아역부인(阿亦夫人)	1		
진사왕(辰斯王)			근구수왕의 둘째 아들		7		
아신왕(阿莘王) 혹은 아방(阿芳)			침류왕의 원자		13		
전지왕(腆支王) 혹은 직지(直支)		영(映)	아신왕의 원자		15		팔수부인(八須夫人)
구이신왕 (久爾辛王)			전지왕의 맏아들	팔수부인	7		
비유왕(毗有王)			구이신왕의 맏아들		28		

개로왕(蓋鹵王) 혹은 근개루(近蓋婁)		경사(慶司) 후에 여경(餘慶)으로 고침	비유왕의 맏아들		20		
문주왕(文周王) 혹은 문주(汶洲)			비유왕의 둘째 아들		2		
삼근왕(三斤王) 혹은 임걸(壬乞)			문주왕의 맏아들		2	15	
동성왕(東城王)		모대(牟大) 또는 말다(末多) 혹은 마모(摩牟)	곤지(昆支) (곤유왕(昆有王)의 아들)의 둘째 아들		22		신라 이벌찬 비지(比智)의 딸
무령왕(武寧王)		사마(斯摩) 혹은 여융(餘隆)	개로왕		22		
성왕(聖王)		명농(明穠)	무령왕		31		
위덕왕(威德王)		창(昌)	성왕의 원자		44		
혜왕(惠王)		계명(季明)	위덕왕의 둘째 아들		1		
법왕(法王)		선(宣) 혹은 효순(孝順)	혜왕의 맏아들		1		
무왕(武王)		장(璋)	법왕		41		
의자왕 (義慈王)		의자(義慈)	무왕의 원자		20		

■역대왕도표(歷代王都表)

건도(建都) 연대	왕도 이름	지금 이름	연수
조선기자(朝鮮箕子)	평양(平壤) 또는 왕검(王儉)	평안도(平安道) 평안부(平壤府)	900여 년
조선위만(朝鮮衛滿)	위와 같음		87
고구려 동명왕 원년	졸본부여(卒本扶餘)	평안도 성천부(成川府)	39
유리왕 22년	국내(國內) 위나암(尉那巖)	의주(義州)	206
산상왕 13년	환도(丸都) 또는 안촌홀(安寸忽)	영원(寧遠) 나검산(那劒山)	38
동천왕 21년	평양		91
고국원왕 12년	환도		1
고국원왕 13년	평양 동황성(東黃城)	평양 목멱산(木覓山)	84
장수왕 15년	평양		159
평원왕 28년	장안(長安)		83
위와 같음	평양		
			합계 705
백제 온조왕 원년	하남(河南) 위례(慰禮)	충청도 직산군(稷山郡)	13
온조왕 14년	한산(漢山)	광주(廣州)	375
근초고왕 26년	북한산(北漢山)	양주(楊州)	104
문주왕 원년	웅진(熊津)	공주(公州)	63
성왕 16년	사비(泗沘) 또는 남부여(南扶餘)	부여군(扶餘郡)	123
			합계678
신라 박혁거세 원년	진한(辰韓)	경상도 경주(慶州)	992

중등교과 동국사략 권2 목록

현종(顯宗), 남쪽으로 달아나다
거란, 다시 쳐들어오다
사신을 보내어 화친을 청하다
북쪽 경계에 관방(關防)을 설치하다
문종(文宗), 정치에 힘쓰다
송(宋)과 50년간 절연하다
거란, 국호를 고쳐 요(遼)라 하다
여진(女眞)의 역(役)
동여진(東女眞), 서여진(西女眞)
영가(盈歌)와 오아속(烏雅束)
윤관(尹瓘)과 오연총(吳延寵), 여진을 토벌하다
북계(北界) 9성(城)
9성을 여진에게 되돌려주다
여진의 아골타(阿骨打), 즉위하다
여진, 국호를 고쳐 금(金)이라 하다
예종(睿宗), 무(武)를 그만두고 문(文)을 정비하다
송, 금과 함께 요를 멸하다
예종, 송의 요구에 따르지 않다
이자겸(李資謙) 및 묘청(妙淸)의 변
이자겸, 인종(仁宗)을 세우다
김찬(金粲) 등, 이자겸을 제거하고자 하다
이자겸, 왕을 자신의 집으로 옮기다
이자겸을 영광(靈光)으로 유배하다

척준경(拓俊京)을 유배하다
음양화복설(陰陽禍福說)
묘청과 백수한, 사람들을 현혹하다
대화궁(大華宮)
묘청, 서경을 거점으로 반란을 일으키다
김부식(金富軾), 서경을 토벌하다
서경, 평정되다
음양화복설이 오히려 없어지지 않다
정(鄭), 이(李)의 흉역(凶逆)
정습명(鄭襲明), 약을 먹고 죽다
환관(宦官)이 조정의 관리가 되는 것이 이때부터 시작되다
정중부(鄭仲夫), 난을 일으키다
문신(文臣)의 관(冠)을 쓴 자는 모두 죽다
김보당(金甫當), 군사를 일으키다
이의민(李義旼), 의종(毅宗)을 죽이다
경계(庚癸)의 난
조위총(趙位寵), 군사를 일으키다
윤인첨(尹鱗瞻), 조위총을 죽이다
무신(武臣) 동수국사(同修國史)
최충헌(崔忠獻), 이의민을 죽이다
최씨(崔氏)의 전권(專權)
최충헌, 명종(明宗)을 유폐하다
도방(都房)

공민왕, 시해되다

이인임(李仁任), 우(禑)를 세우다

왕 우, 황음종자(荒淫縱恣)하다

명(明), 철령위(鐵嶺衛)를 세우다

최영(崔瑩)을 유배 보내다

우를 추방하다

우를 옮기고 창(昌)을 추방하다

북원(北元) 및 명의 관계

원 순종(順宗), 북으로 도망하다

명 태조, 황제의 자리에 즉위하다

북원과 단절하다

김의(金義)를 시켜 명나라 사신을 죽이다

명, 세송(歲送)을 요구하다

철령(鐵嶺) 이북의 강계(疆界) 분의(紛議)

요동을 공격하다

우리 태조(太祖), 회군(回軍)하시다

명, 철령위를 파하다

왜구(倭寇)

일본 무뢰도, 고려와 원의 빈해(濱海)를 침요하다

김일(金逸) 등을 일본에 보내다

후지 쓰네미츠[藤經光], 순천(順天)에 머물다

정몽주(鄭夢周)를 일본에 보내다

박위(朴葳), 쓰시마[對馬島]를 토벌하다

고려 멸망

사직이 장차 위태롭다

9신(九臣), 왕 창을 폐하고 공양왕(恭讓王)을 세우다

당파가 나뉘고 탄핵이 진행되다

삼군도총제부(三軍都摠制府)를 세우다

조영규(趙英珪), 정몽주를 죽이다

고려, 망하다

제도

관제(官制)

6부(六部)

관제가 원과 유사하다

지방 정치

향직(鄕職)

병제(兵制)

6위(六衛)

중방(重房)

도방(都房)

6위는 인원이 줄고 도방은 더욱 성하다

삼군도총제부(三軍都摠制府)

주현군(州縣軍)

수군(水軍)

둔전(屯田)

무학(武學)

병기(兵器)

석포(石砲)

화포(火砲)

목마(牧馬)

형법(刑法)

정몽주, 새로운 율(律)을 편찬하다

민사소송

전지(田地)의 종류

공전(公田)

사전(私田)

양전보법(量田步法)

전지(田地)의 등급

미속(米粟) 측량법

형(衡)

조세

일반 백성들의 조세 거두는 방법

공부(貢賦)

요역(徭役)

염세(鹽稅)

임시 과렴(科斂)

조세 감면

녹봉(祿俸)

전시과(田柴科)

공음전시(公蔭田柴)

녹봉

국초(國初) 토지의 수

공양왕 초기 6도(六道) 간전(墾田)의 수

학제(學制)

학교를 여러 주에 세우다

담학전(贍學錢)

과거(科擧)

흑책분홍(黑册粉紅)

관직의 제한

종교

유학(儒學)

12도(十二徒)

노장학(老莊學)을 금하다

성리학, 처음 시행되다

유학 저서

석전(釋奠)

불교(佛敎)

선종(禪宗)의 시작

천태종(天台宗)을 창시하다

불교가 나뉘어 교종(敎宗), 선종이 되다

성리학 융흥(隆興)의 영향

도교(道敎)

간전제(墾田制)

수차(水車)

잠상(蠶桑)

목면(木綿)

상업

화폐 연혁

처음으로 주전(鑄錢)을 사용하다

주전화(鑄錢貨)와 은병(銀甁)

물가가 쌀을 기준으로 삼다

외국 무역

풍속

환관(宦官), 처음으로 권세를 부리다

노비

노비(奴隷)의 배참(拜參)이 이로부터 시작하다

노비의 가치

노인을 존중하고 질병을 구휼하다

계사법(繼嗣法)

국왕의 배우자

고모와 자매 근속(近屬)이 왕후가 되다

동성(同姓)의 결혼을 금하다

국왕 외에 축첩(蓄妾)하는 자가 적다

관기(官妓)

혼인예폐(婚姻禮幣)

제사(祭祀)가 대, 중, 소로 나뉘다

천지(天地)와 사직(社稷)에 제사하다

왕의 상례(喪禮)

상복(喪服)

장례 사치

의복 제도

원의 풍속을 따라 변발(辮髮)을 시작하다

조복(朝服)

공복(公服)과 부인두발(夫人頭髮)과 복식(服飾)

음식

소와 말의 도살을 금하다

가옥

중등교과 동국사략 권2

한수(漢水) 현채(玄采) 역술

중고사(中古史)

고려(高麗) 태조의 창업과 성종(成宗)의 정치

왕건(王建), 즉위하여 국호를 고려라 하고 연호를 천수(天授)라 하다 고려 태조 왕건이 궁예의 장수가 되어 여러 주(州)를 정벌하고 위엄과 덕망이 날로 성하니 인심이 자연히 복종하고 궁예는 무도하기가 날로 심하였다. 이에 신라 경명왕 원년(917), 지금으로부터 989년 전광무10년으로 세면 대략 이와 같다에 왕건의 기장(騎將) 홍유(洪儒), 배현경(裵玄慶), 신숭겸(申崇謙), 복지겸(卜智謙) 등이 왕건의 사저에 이르러 추대코자 하였는데 왕건이 따르지 않았다. 부인 유씨(柳氏)가 급히 갑옷을 왕건에게 입히고 여러 장군이 옹립하여 나아가 왕위에 즉위하였다. 국호를 고려라 하고 연호를 세워 이르기를 천수라 하고 여러 신하들의 공을 논상(論賞)하였다.

수도를 송악(松岳)에 세우다 다음 해에 송악경기도 개성부에 수도를 정하여 궁궐을 창건하였다.

건국의 기초가 대략 정해지다 3성(省) 6관(官) 9사(寺)를 설치하고 시장을 세우고 방리(坊里)를 분별하고 5부(部)를 나누고 6위(衛)를 설치하고 조상들의 시호를 정하여 추존하니 건국의 기초가 대략 정해졌다.

신라(新羅), 항복하다 이때 궁예가 죽고 신라도 더욱 미약하여 드디어 와서 항복하니 이는 태조가 즉위한 지 18년(935) 만이고 지금으로부터 971년 전[69]이다. 이에 앞서 후백제 견훤이 신라 서울에 들어가 신라 왕을 시해하였는데 왕이 듣고 견훤을 공격하다가 대패하였다. 그 후 수차례 교전하여 운주(運州)지금의 충청도 공주에서 유금필이 견훤을 패배시키니 이로부터 웅진 이북 여러 성이 복종하였다.

후백제(後百濟)를 평정하다 견훤이 또한 도망해 오자 왕이 친히 견훤의 아들 신검이 아버지를 가둔 죄를 물어 이를 평정하였다. 이에 나라 안에 다시 왕명을 거스를 자가 없었다.

정계(政誡)와 백료계(百寮誡) 왕이 신하들에게 절의를 장려하여 정계(政誡) 1권과 백관에게 훈계하는 백료계(百僚誡) 8편을 제작하여 안팎에 반포하여 알렸다. 또 주(州)와 부(府)의 호칭을 고치고 공신각(功臣閣)을 세워 삼한공신(三韓功臣)을 동쪽과 서쪽 벽에 그렸다.

훈요(訓要) 또 대광(大匡) 박술희(朴述熙)에게 훈요 10편을 내렸다. 글 중

---

69 원문의 '972년'은 오기이므로 바로잡았다.

에 이르되 나라를 있게 한 것은 부처의 힘이라 하여 불사(佛事)를 말하기 더욱 많았다. 그 까닭으로 후세 여러 왕의 불교 숭배가 바로 여기에서 시작되었다. 왕의 기개와 도량이 크고도 깊고 너그럽고 후하여 세상을 구할 도량과 재간이 있었으니 500년의 업을 열게 된 것이 우연한 일이 아니었다.

아들 혜종(惠宗)은 대광 왕규(王規)가 무고하기를 왕의 두 아우 요(堯)와 소(昭)가 역모를 꾀한다 하였으나, 왕이 동생들의 억울함을 알고 더욱 인정이 후하게 대하였다. 왕규가 또 왕을 죽이고자 하므로 왕이 몰래 거처를 옮겨 화를 면하였으나 이로부터 의심하여 꺼리는 마음이 많아 안팎이 근심하고 두려워하였다.

정종(定宗)은 일찍이 내란[70]을 평정하여 종묘와 사직이 흔들리지 않았다. 광종(光宗)은 시호를 세워 이르기를 광덕(光德)이라 하였다. 초반의 다스림이 볼만한 것이 있으니, 과거법을 세워 후대 사람들이 경쟁하여 발전하는 풍토를 열었다. 그러나 점차 사치를 행하였으며 말년에는 참소를 믿어 훈신과 공로가 많은 장수들을 죽여 없앴다.

혜종(惠宗) 이후 4대가 겨우 성업(成業)을 보존하다 그런 까닭으로 경종이 즉위할 때에는 옛 신하 중 생존자가 겨우 40여 명이었다. 이에 참서(讖書)를 불태워 무고를 방지하고, 세상에 나오지 못하고 지체된 인재들을 발탁하며 조(租)와 조(調)를 줄이니 안팎이 크게 기뻐하였다. 그러나 만년에는 탐악(耽樂)을 일삼고 장사(莊士)를 멀리하고 소인배들을 가까이 하

70 '왕규의 난'을 뜻한다.

여 정사와 교화가 또한 쇠퇴하였다. 무릇 혜종 이후로 이에 이르러 모두 4대에 모든 일이 처음 시작되고 군왕이 또 때때로 덕을 잃어 겨우 그 이루어진 업을 지킬 뿐이었다.

성종의 여러 정치 성종은 즉위 후에 관제를 정하고 언로(言路)를 열며 12목(牧)을 설치하고 3성(省), 6조(曹), 7사(寺)를 정하였다. 효자를 칭송하여 세상에 널리 알리고 현명한 인재를 위문하며 수령(守令)을 독려하였다. 주와 현에는 학사(學舍)를 운영하고 전장(田莊)를 공급하여 문학을 장려하고 종묘와 사직을 세우고 10도(道)를 정하고 12군(軍)을 설치하여 모든 법도와 정치가 크게 성하여 볼만한 것이 있으니 태조의 업이 이에 이르러 완비되었다.

최승로(崔承老)의 상소 또 최승로는 상소 수천 건을 올려 조종(祖宗)의 잘잘못을 열거하고 당시 임금의 정치 득실(得失)까지 언급하였으니 항소(抗疏)로써 절실하게 직언한 것이다.

서희(徐熙), 할지론(割地論)[71]을 배척하다 서희는 거란이 침입했을 때에 할지론을 비판하여 적의 진영에 가서 대등한 예를 갖추고 논쟁하였다. 모두 당시의 현인이며, 성종의 다스림을 도왔다.

71 서경(西京) 이북의 땅을 떼어서 거란에게 주고, 황주로부터 절령까지 땅을 그어서 국경으로 삼자고 하던 논의이다.

강조(康兆)의 난과 거란 관계

모후 섭정 성종이 죽고 목종(穆宗)이 즉위하자 어머니 천추태후(千秋太后)가 섭정하였다. 태후가 외족 김치양(金致陽)과 통하여 합문통사사인(閤門通事舍人)을 내려 정권을 잡게 하고, 태후는 중간에서 권세를 부려 친당(親黨)이 나란히 집권하였다. 이때 왕은 후계자가 없고 태조의 여러 자손은 모두 죽어 오직 대량군(大良君) 순(詢)만이 있었다. 태후가 대량군을 싫어하여 억지로 출가하게 하고 김치양에게서 얻은 사생아를 세우고자 하였는데, 왕의 병이 있음을 알고 그 모략이 더욱 급박하였다.

강조를 부르다 왕이 채충순(蔡忠順) 등을 불러 황보유의(皇甫兪義)에 명하여 대량군 순을 맞도록 하고 서북면도순검사(西北面都巡檢使) 강조를 불러 지키도록 하였다.

이때에 조정과 민간이 흉흉하여 왕이 이미 죽었다는 소문이 돌자 강조가 군사를 일으켜 나라의 어지러움을 다스리고자 하였다. 군사 5천을 이끌고 평주(平州)황해도 평산군에 이르렀다가, 왕이 아직 죽지 않았음을 듣고 매우 놀랐다. 그러나 그 기세를 멈추기가 어려워 드디어 왕을 폐하고 대량군을 맞아 세우고자 하였는데, 이때 황보유의가 이미 대량군을 모시고 와 즉위하였으니 이는 현종(顯宗)이다.

강조, 목종(穆宗)을 시해하다 강조가 곧 목종을 폐하고 김치양 부자를 죽이고 태후와 그 무리를 귀양 보내더니 마침내 목종을 죽였다. 신하와 백성들이 통분하였으나 현종은 이를 알지 못하고 강조에게 이부상서

참지정사(吏部尙書參知政事)를 제수하고 오직 연등(燃燈)과 팔관회(八關會)팔관은 불가(佛家)의 8계(戒)에만 빠져 지냈다. 거란의 성종(聖宗)이 이 일을 듣고 군사를 일으켜 쳐들어와 죄를 물었다.

거란, 낙타를 보내다 거란은 태조 때에 사신을 보내어 화호를 맺고자 낙타 50마리를 보내왔다. 태조가 이르되 "거란이 발해를 이유 없이 멸망시킴이 무도하다" 하여 그 사신을 섬으로 귀양 보내고 낙타는 만부교(萬夫橋) 아래에 묶어 굶겨 죽였다. 이로부터 사이가 벌어지기 시작하였다.

거란 소손녕(蕭遜寧), 쳐들어오다 성종 12년(993), 지금으로부터 913년 전[72]에 거란의 동경(東京)만주 성경성 요양주 심양 유수(留守) 소손녕이 쳐들어왔는데, 이유는 고려가 자기들의 영토를 침해한다 함이었다. 왕이 박양유(朴良柔), 서희(徐熙), 최량(崔亮) 등을 보내어 방어하도록 하였다. 왕이 또 친히 서경(西京)평안도 평양에 행차하여 장차 안북부(安北府)평안도 안주로 나가고자 하였다. 이때 소손녕 군사의 위세가 강성하여 고려의 선봉을 손에 넣었다.

서경(西京) 이북을 거란에게 나누어 주고자 하다 조정이 서경 이북을 나누어 주고자 하였으나 서희가 힘써 간언하고 거란 진영으로 가 소손녕과 대등하게 예를 갖추어 굴복하지 않았다. 마침내 화의를 정하고 소손녕이 철수하였으니 당시에 만일 서희가 없었으면 서경 이북이 고려의 소유가 아니었을 것이다.

---

72 원문의 '914년 전'은 오기이므로, 바로잡았다.

거란, 강조에게 죄를 묻다 목종이 강조에게 죽임을 당한 후 현종 원년(1010) 지금으로부터 896년 전[73]에 거란 왕[主] 성종(聖宗)이 보병과 기병 40만을 이끌고 불러 이르기를 의군천병(義軍天兵)이라 하였다. 강조의 죄를 묻는다 하고 압록강을 건너 흥화진(興化鎭)평안도 의주(義州) 속현을 포위하자 현종이 강조와 안소광(安紹光)에게 명하여 방어하라 하였다. 강조가 통주(通州)평안도 선천(宣川)에 출병하다가 거란 군사에게 죽임을 당하였다. 거란 군사가 서경으로 진격하자 왕이 중랑장(中郎將) 지채문(智蔡文)을 보내어 도우라 하였다.

지채문이 이르러 항복하는 자를 죽이고 문을 닫아 굳게 지키다가 달아나 되돌아가서 서경의 패배 소식을 왕에게 알렸다.

현종(顯宗), 남쪽으로 달아나다 강감찬(姜邯贊) 등이 왕을 권하여 남행하였다. 이때 거란 병사가 서경을 공격하였으나 빼앗지 못하고 다른 길로 수도[京城]에 진입하여 궁묘를 불태우고 민가를 탕진하였다. 왕이 거란 진영에 하공진(河拱辰)을 보내어 화친을 청하고 드디어 나주(羅州)로 달아났다. 거란왕[主]이 그 추격하기 어려움을 듣고 또 양규(楊規) 등에게 수차례 패한 터였으므로, 압록강을 건너 되돌아갔다.

왕도 또한 도읍으로 돌아와 거란에 사신을 보내어 군사를 돌린 두터운 뜻에 감사하였다. 거란이 왕의 친조(親朝)를 요구하였으나 왕이 따르지 않았는데 거란이 흥화(興化), 통주(通州), 용주(龍州)평안도 용천(龍川), 철주(鐵州)평안도 철산(鐵山) 등 6성(城)을 찾고 또 통주 등을 공격하였다.

---

73 원문의 '897년 전'은 오기이므로 바로잡았다.

거란, 다시 쳐들어오다 이에 곽원(郭元)을 송(宋)에 보내어 도움을 청하였다. 후에 거란의 소손녕이 다시 쳐들어오자 강감찬과 강민첨(姜民瞻)이 나아가 방어하였는데, 응화진에서 거란병사를 대파하였다. 또 구주(龜州)에서 그 돌아가는 군사를 공격하여 낙타와 말과 무기들을 획득하기가 헤아릴 수 없었다. 거란의 돌아가는 군사가 겨우 수천이 되었다.

사신을 보내어 화친을 청하다 거란과 교전한 이래로 이와 같이 승첩이 없지는 않았으나, 마침내 대적하지 못함을 알고 사신을 보내어 화친을 청하였다.

북쪽 경계에 관방(關防)을 설치하다 덕종(德宗) 시기에는 거란에 내란이 있었으므로 화친을 단절하였다. 북경에 관방[74]을 두었는데 압록강이 바다로 흘러드는 곳에서부터 시작하여 정변(靜邊)함경도 고원(高原), 화주(和州)함경도 영흥(永興)에 이르니 길이가 천여 리였다. 그것은 돌로 성을 쌓아 만들었는데, 높이와 두께가 각 25척(尺)이었다. 정종(靖宗) 초에 거란이 성을 쌓는 것을 책망하다가 마침내 우호를 나누는 것이 옛날과 같아졌다.

문종(文宗), 정치에 힘쓰다 문종은 이를 계승하여 정치에 마음을 두고 절약과 검소를 숭상하며 형옥을 살폈다. 최제안(崔齊顔), 최충(崔沖)과 함께 시정의 득실을 논하고 군사에 관한 일을 계획하며 관리의 성실함과 태만을 자세히 조사하여 증거를 세웠다. 백성의 질병과 고통을 위문하여 나라가 부유하고 시대가 태평하였다.

---

74 변방의 방비를 위하여 설치하는 요새를 뜻한다.

송(宋)과 50년간 절연하다 당시에 중국 송나라 인종(仁宗) 조정(趙禎)이 나라를 잘 다스리고 뛰어난 인물들이 배출되었으니 왕이 우러러 사모하였다. 그러나 현종 때에 거란과 화호(和好)한 이후부터는 송과 50년을 절연하였다.

거란, 국호를 고쳐 요(遼)라 하다 또 거란이 국호를 고쳐 요라 하였다. 고려가 이에 요와 송 사이에서 모두 화호(和好)하였다. 그 후에 송이 여진(女眞)과 함께 요를 공격하여 멸하니 여진이 더욱 강성하여 북방에서 영웅이라 칭하였다.

여진(女眞)의 역(役)

동여진(東女眞), 서여진(西女眞) 여진은 고려 동북쪽에 있으니 지금의 함경도 동북 경계 및 만주의 길림성과 흑룡성 지역이며 바로 말갈의 유종(遺種)이다. 흑룡강 동쪽에 사는 자들은 동여진이요, 서쪽에 사는 자들은 서여진이라 하였다. 성종 시기 지금으로부터 920년 전 이래로 혹은 토산물을 바치며 혹은 변경을 침략하여 어지럽히다가 문종 시기에는 그 부족이 와서 복종하는 자가 많았다.

영가(盈歌)와 오아속(烏雅束) 숙종(肅宗)시기 지금으로부터 810년 전쯤에는 동여진의 추장 영가와 오아속이 연이어 최고로 강대하였다. 그러나 고려는 그 조종(祖宗)의 소출(所出)이라 하여 신하로서 예속되기를 심히 삼갔다. 우연히 그 내란으로 기병(騎兵)을 보내어 정주(定州)함경도 덕원(德源) 관문 밖에 이르자 변방 관리가 모반한다 하고 조정에 알렸다. 이에 임간(林幹) 등에게 명하여 공격하였으나 크게 패하였다. 다시 윤관(尹瓘)을 명하여 치다가 패하니, 왕이 분노하여 서약서를 만들고 군사를 일으키고자 하다가 죽었다[崩].

윤관(尹瓘)과 오연총(吳延寵), 여진을 토벌하다 예종(睿宗)이 즉위하여 정치에 힘쓰고 고과(考課)를 행하며 직언을 구하였다. 또 선왕의 유지를 이어 즉위한 다음 해인 지금으로부터 799년 전[75]에 윤관에게 원수(元帥)를 제수하고 오연총에게 부원수(副元帥)를 제수하여 군사 17만을 이끌고 토벌 대파하니 목을 베기 5천 급(級)이었다.

북계(北界) 9성(城) 땅의 경계를 나누고 정하여 영주(英州)길주(吉州), 복주(福州)단천(端川), 웅주(雄州)길주(吉州)내, 길주, 함주(咸州)함흥와 공험진(公嶮鎭)회령(會寧)이니 함경도 내에 함께 있다에 성을 쌓고, 공험진에 비석을 세웠다. 또 의주(宜州)덕원(德源)와 통태(通泰)와 평융(平戎)에 성을 쌓고 불러 이르기를 북계 9성이라 하였다. 남쪽 지방의 백성들을 이주시켜 고구려 옛 땅을 모두 회복하였다.

9성을 여진에게 되돌려주다 여진이 그 거처를 잃고 보복하고자 여러 해를 계속하여 싸움을 걸어왔다. 윤관과 오연총이 맞서 대대적으로 공격하

---

75 『고려사』에 따르면 고려 예종 2년은 1107년이다. 따라서 원문의 '800년 전'은 오기이므로 바로잡았다.

여 크게 이겼다. 그러나 고려 군사도 손실이 자못 많고 또 9성이 멀어 수차례 군사를 일으킴에 안팎이 시끄럽고 수선하였다. 여진도 또한 전쟁을 괴롭게 여겨 화친을 청하였으므로, 이에 전쟁 도구와 재물과 군량을 내지로 들여오고 그 성을 철폐하여 9성을 여진에게 돌려주었다.

여진의 아골타(阿骨打), 즉위하다 그 후 여진은 오아속의 동생 아골타가 즉위하니 침착하고 용맹스럽고 또 병사(兵事)에 밝아 나라의 세력이 나날이 강성하였다.

여진, 국호를 고쳐 금(金)이라 하다 예종 10년(1115), 지금으로부터 791년[76] 전에 국호를 고쳐 이르기를 금이라 하고 황제를 칭하였다. 그 뜻이 원대하여 고려에 화친을 구하니 고려가 금, 요 두 나라와 모두 수호하여 틈이 생기지 않았다.

예종(睿宗), 무(武)를 그만두고 문(文)를 정비하다 왕이 초기에는 영토를 넓히고자 하였으나 점차 군사를 쓰기 어렵다는 것을 알고는 무비(武備)를 그치고 문사(文事)를 닦았다. 외로운 노인을 돌보아 위로하고 학교를 세워 일으키고 유신(儒臣)들과 육예(六藝)를 강론하여 맑고 평온한 다스림을 이루었다. 이때에 송 휘종(徽宗) 조길(趙佶)이 왕에게 대성악(大晟樂)을 보내왔으므로 왕이 이자량(李資諒)을 보내 사례하였다. 당시 금나라의 영토가 고려와 접경하고 있으므로 휘종 조길이 이자량을 타일러

76 원문의 '792년'은 오기이므로 바로잡았다.

금나라 사람을 불러 오라 하였다. 이자량이 금나라의 강하고 교묘함을 말하고 돌아갔다.

송, 금과 함께 요를 멸하다 때마침 또 송나라 의사(醫師)가 고려에 왔으므로 왕이 다시 금나라와는 사귈 수 없다고 말하였다. 그러나 휘종 조길이 듣지 않고 바닷길을 따라 금과 조약하여 요나라를 멸하다가 후에는 휘종 조길과 흠종(欽宗) 조환(趙桓)이 금에 사로잡혔으니, 금의 국세가 날로 강성하게 되었다.

예종, 송의 요구에 따르지 않다 송이 고려를 권하여 군사를 일으켜 금을 치라하고, 또 양응성(楊應誠)을 보내어 휘종, 흠종 두 황제를 맞이하라 하였다. 그러나 고려가 모두 따르지 않았다.

이자겸(李資謙) 및 묘청(妙淸)의 변

이자겸, 인종(仁宗)을 세우다 예종이 죽은 후[崩], 태자 해(楷)가 어려 왕의 여러 아우들이 분수에 넘치는 것을 바라므로 이자겸이 태자를 봉립하였으니 이는 인종이다. 이자겸은 인종의 외할아버지이다. 예종 말년 지금으로부터 780여 년 전쯤부터 전횡을 방자히 하더니 이에 이르러 중서령(中書令)이 되어 더욱 권력을 부리며 따르지 않는 자는 유배를 보내어 권세가 온 나라에 진동하였다.

또 딸을 왕에게 바쳐 족속이 모두 요직에 있게 되니, 당시의 이름난 신하도 혹 아첨하여 따르며 차례를 좇아 권력을 잡는 자도 있었다. 이자겸이 또 지군국사(知軍國事)가 되고 싶어서 왕에게 청하되 자신의 집으로 와서 책서(策書)를 달라 하므로 왕이 자못 싫어하였다.

김찬(金粲) 등, 이자겸을 제거하고자 하다 때마침 내시지후(內侍祗侯) 김찬과 녹사(綠事) 안보린(安甫麟) 등이 왕의 뜻을 알고 동지추밀원사(同知樞密院事) 지녹연(智祿延)과 모의하여 이자겸을 제거하고자 하였다. 이때에 척준경(拓俊京)이 이자겸에게 붙어 문하시랑평장사(門下侍郎平章事)가 되고 아우 척준신(拓俊臣)이 더욱 권세를 부렸으니 이에 병사를 이끌고 궁에 들어가 척준신을 죽였다.

이자겸과 척준경 등이 크게 놀라 재추(宰樞)와 백료(百僚)를 집으로 불러 모았다. 척준경이 군졸을 소집하여 궁문을 부수고 불을 지르니 잠시만에 불길이 내침(內寢)에 미쳤다. 왕이 가까운 신료 10여 명을 인솔하고 산호정(山呼亭)에 이르러는 해를 입을까 두려워하여 이자겸에게 선위하고자 하였다. 그때 평장사(平章事) 이수(李壽)가 강하게 반대하여 일이 중지되었다.

이자겸, 왕을 자신의 집으로 옮기다 이 일로 이자겸이 왕을 자기 집으로 옮겼는데 좌우가 모두 이자겸의 무리였다. 왕은 음식과 동정이 자유롭지 못하여 우울하고 무료하였다. 이자겸이 독약을 올렸으나 왕후가 거짓으로 땅에 넘어져 그 약을 엎질러 화를 면하였다. 얼마 지나지 않아 척준경이 이자겸과 틈이 생겼으므로 왕이 내의(內醫) 최사전(崔思全)을 시켜 척준경에게 은밀히 인도하여 왕실에 좋은 일을 하라 회유하였다.

이자겸을 영광(靈光)으로 유배하다 이윽고 이자겸이 병사를 일으켜 궐을 범하였으므로 척준경이 왕을 모시고 빠져나가 이자겸의 무리를 공격하였다. 이자겸을 영광군에 유배하고 그 자손과 무리는 원지에 유배하였다.

척준경(拓俊京)을 유배하다 이윽고 척준경이 또한 공을 믿고 점차 발호(跋扈)하니 이로 인하여 예전의 죄를 질책하여 암타도(巖墮島)영광군(靈光郡)에 유배하였다. 이에 이씨의 난이 완전히 진정되었으나 왕이 또 묘청(妙淸)과 백수한(白壽翰) 등의 음양화복설에 현혹되어 다시 서경의 변에 이르게 되었다.

음양화복설(陰陽禍福說) 음양화복의 설은 신라 승려 도선이 단초를 열어 숙종이 남경즉 한양을 세우고 예종이 용언(龍堰)의 신궁[77]을 창건하였으나 그 해로움이 오히려 적었는데 묘청에 이르러는 그 화가 매우 심하였다.

묘청과 백수한, 사람들을 현혹하다 묘청은 서경 승려이다. 일관(日官) 백수한이 묘청을 사사(師事)하여 두 사람이 음양비술로써 민중을 현혹하였다. 정지상(鄭知常)이 또한 그 설을 믿었다. 묘청 등이 왕께 글을 올려 말하기를, "서경의 임원역(林原驛)은 음양가들이 말하는 대화세(大華勢)이므로 이곳에 도읍을 세우면 천하를 병탄하여 금나라도 와서 항복할 것이다" 하였다.

---

77 용언궁(龍堰宮)은 고려 예종(睿宗) 때 도참설에 의하여 서경 용언 지리에 세운 궁궐로 용덕궁(龍德宮)이라고도 한다.

대화궁(大華宮) 대화궁을 임원(林原)에 지으니 왕이 수차례 서경에 행차하였다. 묘청, 백수한이 큰 떡 안에 끓인 기름을 채워 대동강(大同江)에 가라앉히니 점점 기름이 나와 수면에 뜨자 오색구름과 같았다. 이에 신룡(神龍)이 침을 토하였다 하면서 백관들에게 표문을 올려 하례할 것을 청하였다. 왕이 이를 험시(驗視)하여 그 거짓됨을 알았으나 오히려 묘청에 대한 신뢰는 약해지지 않았다. 임원개(任元凱)와 임완(林完) 등이 죽일 것을 청하였으나 허락하지 않았다.

묘청, 서경을 거점으로 반란을 일으키다 묘청이 또 왕의 서경 행차를 청하여 반역을 꾀하고자 하므로 왕이 듣지 않았다. 인종 13년(1135), 지금으로부터 771년 전[78]에 묘청 등이 유참(柳旵), 조광(趙匡) 등과 함께 서경을 점거하여 반역하였다. 유수(留守)의 원료(員僚)와 병마사를 가두고 절령(岊嶺)황해도 봉산(鳳山)의 길을 차단하며 여러 성의 병사들을 징발하였다. 국호를 천위(天爲)라 하고 연호를 세웠다.

김부식(金富軾), 서경을 토벌하다 조정이 평장사 김부식 등에게 명하여 토벌하라 하였다. 김부식이 군사를 파견하여 근신(近臣) 김안(金安), 정지상, 백수한 등을 죽이고 성주(成州)평안도 성천, 연주(漣州)평안도 개천(价川)를 경유하여 안북부(安北府)에 이르렀다. 요연(僚椽)을 서경에 보내어 알아듣도록 타이르자 조광이 이에 묘청과 유참을 죽이고 윤첨(尹瞻) 등을 시켜 조정에 바쳤다. 그러나 조정이 도리어 윤첨 등을 감옥에 가두었으므로 유광이 듣고 다시 반역하였다.

---

78 원문의 '772년 전'은 오기이므로 바로잡았다.

서경, 평정되다 김부식이 힘을 다하여 공격한 지 다음 해에 패배시키고 유광 등을 죽이니 서경이 비로소 평정되었다. 왕의 성격이 자애로우나 우유부단하여 전에는 이자겸의 난이 있고 후에는 묘청의 화를 초래하였다. 오직 학문을 좋아하고 스승을 공경하며 절약과 근검을 숭상하고 연회와 놀이를 절제하며 관아를 줄이고 송, 금 양국의 교의(交誼)를 잃지 않았던 까닭에 변경이 오래도록 무사하였다.

음양화복설이 오히려 없어지지 않다 음양화복의 설로 인하여 서경의 변을 겪었으나 그 설이 마침내 사라지지 않아 의종, 고종, 공민왕, 공양왕에 이르기까지 때때로 술사(術士)를 신용하였으니 이는 인심에 차츰 물들었던 까닭이다.

정(鄭), 이(李)의 흉역(兇逆)

정습명(鄭襲明), 약을 먹고 죽다 인종 말년, 지금으로부터 760여 년 전쯤에 공예왕후 임씨가 둘째 아들을 사랑하여 태자를 바꾸고자 하였다. 시독(侍讀) 정습명이 진심으로 보호하여 태자 현(晛)이 폐위되지 않고 왕위를 계승하니 이는 의종(毅宗)이다. 이때에 정습명이 승선(承宣)으로서 인종의 임종할 때의 부탁을 받고 강력한 말로 잘못된 것을 바로잡았다. 왕이 처음에는 정습명을 꺼려 제멋대로 하지 못하더니 후에 참소를 믿어 파직시키자 정습명이 독을 먹고 죽었다.

환관(宦官)이 조정의 관리가 되는 것이 이때부터 시작되다 왕이 이로부터 마음대로 음탕한 행동을 하여 대성간관(臺省諫官)의 말을 듣지 않고 환관 정함(鄭諴)을 권지합문지후(權知閤門祇候)로 임명하여 모든 벼슬아치들을 억압하였다. 환관이 조정의 관리가 되는 것이 여기에서 시작하였다. 왕이 또 대궐 동쪽에 이궁을 세워 연못에 언덕과 정자를 꾸미고 이름난 꽃과 괴석을 모아 크고 아름답기가 극심하였다. 여러 신하들과 시문을 지으며 밤낮으로 술 마시며 노래를 부르고 이곳저곳을 돌아다녔다. 또 도교와 불교를 숭배하여 재초(齋醮)[79]와 유행(遊幸)의 비용이 매우 많이 들었다. 아첨하는 무리들이 백성들을 박해하여 이 비용을 공급하였으나 조정 신하들 중에 간언하는 자가 없었다. 많은 신하들이 언제나 사물을 보면 상서로운 길조라 하고 설날 아침에는 신하가 왕께 바쳐야 할 하표(賀表)를 왕이 친히 대신 지었다.

정중부(鄭仲夫), 난을 일으키다 임종식(林宗植)과 한뢰(韓賴)의 무리가 또 시문을 지어 아첨하며 사람들을 깔보고 무사(武士)들을 모질게 학대하였으니, 왕이 행차할 때에 음식을 주지 않아 때때로 얼어 죽는 자가 있었다. 의종 24년(1170), 지금으로부터 736년 전[80]에 대장군 정중부 등이 반역을 꾀하여 왕이 보현원(普賢院)에 행차할 때에 산원(散員) 이의방(李義方), 이고(李高) 등과 함께 난을 일으켰다.

문신(文臣)의 관(冠)을 쓴 자는 모두 죽다 먼저 임종식, 이복기(李復基), 한뢰 등

79 도교식의 제사를 뜻한다.
80 원문의 '737년 전'은 오기이므로 바로잡았다.

을 죽이고 무릇 문관(文冠)을 쓴 자는 나이의 많고 적음을 막론하고 모두 죽였으니, 주검이 쌓이기가 산과 같았다. 왕이 두려워하여 정중부를 불러 난을 그치라 하는데 정중부가 답하지 않고 왕을 환궁시켰다가 다시 거제(巨濟)경상도로 추방하였다.

김보당(金甫當), 군사를 일으키다 왕의 아우 호(晧)를 맞아 세우니 이는 명종(明宗)이다. 금나라에 사신을 보내 전왕이 병 때문에 왕위를 물려주었다고 보고하였다. 금 세종(世宗)이 왕위를 빼앗은 것인지를 의심하여 순문사(詢問使)를 보내와 따져 물었다. 이때에 동북면병마사(東北面兵馬使) 김보당이 군사를 일으켜 정중부와 이의방을 토벌하여 전왕을 복위한다 하고, 장순석(張純錫), 유인준(柳寅俊)을 남로병마사(南路兵馬使)로 삼았다. 장순석 등은 거제에 있던 전왕을 받들고 경주로 나와 웅거했다. 그러나 안북도호부(安北都護府)에서 김보당이 붙잡혀 국문을 당하여 죽었다. 그때 김보당이 죽음에 임하여 이르기를, "문신들이 모두 모반에 참여하였다" 하였다. 이에 대대적으로 조정의 신하들을 죽였으니 이전에 화를 면했던 자가 지금에 이르러 모두 죽었다.

이의민(李義旼), 의종(毅宗)을 죽이다 또 장군 이의민은 정중부의 명을 받고 경주로 가 왕의 등골뼈를 부러뜨려 죽이고는 곤원사(坤元寺) 북쪽 연못에 던졌다.

경계(庚癸)의 난 무릇 정중부의 난이 경인년(庚寅年)에 일어나고 김보당의 군사는 계사년(癸巳年)에 일어났던 까닭으로 이를 일러 경계의 난이라 하였다. 문신의 재앙이 이와 같은 적이 없었고 그 후 3경(京), 4도호(都護), 8목(牧)으로부터 군현과 관역(館驛)에까지 아울러 무인을 썼다. 대체로 의종이 사치를 좋아하여 미술의 발달이 이때를 제일이라 칭하지만 그 마지막의 비참한 화가 이와 같았다.

조위총(趙位寵), 군사를 일으키다 그 후 또 서경유수(西京留守) 조위총이 군사를 일으켜 정중부와 이의방을 토벌하고자 하여 동북 서쪽 경계에 격문을 전달하였다. 절령(岊嶺) 이북 40여 성이 모두 호응하였으므로 평장사 윤인첨(尹鱗瞻)이 3군을 이끌고 서경을 공격하였다. 윤인첨이 절령에서 패하여 돌아오고 서경 병사들이 수도[京都]를 향하였다.

윤인첨(尹鱗瞻), 조위총을 죽이다 이의방이 노하여 병사를 내어 대파하고 이때를 틈타 대동강까지 쫓다가 도리어 서경 병사에게 패하였다. 다시 윤인첨으로 하여금 서경을 공격하여 포위하게 한 지 2년 만에 조위총이 식량이 떨어졌다. 그러자 조위총은 금나라에 사신을 보내 절령 이북의 40여 성이 모두 복종하겠다 하고 구원을 청하였다. 그러나 금나라 왕[主]이 이를 불허하고 사신을 잡아 압송하였다. 윤인첨 등이 드디어 서경을 공격하여 조위총을 죽였다.

이보다 앞서 이의방은 정중부 아들 정균(鄭筠)에게 죽임을 당하였다. 정중부는 문하시중(門下侍中)이 되어 더욱 발호(跋扈)하고 가동(家僮)과 문객(門客)이 모두 그의 세력에 의지하여 방자하게 전횡하였다. 정균과 송유인(宋有仁) 등이 안팎으로 권세를 부려 흉악무도하였다. 이에 장군 경대승(慶大升)이 토벌하고자 하였으나 힘이 미약하여 일어나지 못하였다. 때마침 정균이 공주(公主)에게 장가들고자 하므로 왕이 근심하였는데 경대승이 밤에 입궁하여 정균을 바로 잡고 또 정중부와 송유인 등을 잡아 죽였다.

무신(武臣) 동수국사(同修國史) 그러나 왕은 유약하여 몸과 마음이 편한 것을 좋아하고 놀기를 일삼아 정치에는 신경 쓰지 않았다. 또 분경(奔競)[81]이 풍속을 이루어 뇌물이 공공연히 성행하며 환관이 임금의 권력을 휘둘러 조정을 어지럽히기가 의종 때보다 더욱 심하였다. 또 무신의 뜻을 따라 상장군(上將軍) 최세보(崔世輔)를 동수국사로 삼아 왕을 죽인 죄를 감싸주었다. 또 이의민이 난을 일으킬까 두려워하여 막중한 권한을 주었으니 이의민이 더욱 탐학하고 여러 자식들도 또한 횡폭하였다.

최충헌(崔忠獻), 이의민을 죽이다 이에 장군 최충헌이 이의민을 죽여 삼족을 멸하고 그 노예와 무리에 복종하는 자를 모두 죽였다. 이로부터 최씨의 위세와 권력이 날로 성하고 왕실은 더욱 쇠약하였다.

최씨(崔氏)의 전권(專權)

최충헌, 명종(明宗)을 유폐하다 최충헌이 이의민을 죽인 후에 두경승(杜景升) 등을 유배시켰다. 또 명종을 창악궁(昌樂宮)에 유폐하고 그의 동생 민(旼)을 맞아 세웠으니 이는 신종(神宗)이다. 지금으로부터 709년 전

81 벼슬을 얻기 위하여 엽관 운동을 하던 일을 뜻한다.

(1197)의 일이다. 최충헌의 동생 최충수(崔忠粹)가 또한 전횡하고 방자하여 딸을 태자비로 삼으려 하였다. 최충헌이 그만둘 것을 권하다가 듣지 않자 드디어 병사를 다스려 서로 공격하여 최충수를 죽였다. 최충헌이 삼중대광수대위상주국(三重大匡守大尉上柱國)이 되었다.

도방(都房) 최충헌이 이미 원망하는 가문들이 많아 변이 있을까 우려하여 문무사(文武士)와 군졸 중에 용맹하고 힘센 자로 하여금 집에 숙직하게 하였는데 불러 이르기를 도방이라 하였다. 그가 출입할 때에 당번이 호위하기가 마치 전쟁터에 나아가는 것과 같았다. 정치 권력을 모두 쥐어 뇌물을 불러 거두고 관작을 사고 파니 당시의 명류인 금의(琴儀), 이규보(李奎報), 이공노(李公老), 최자(崔滋) 등이 모두 미연히 따랐다.

신종이 죽고[崩] 아들 희종(熙宗)이 즉위하자 최충헌에게 수태사문하시랑 동중서문하평장사(守太師門下侍郎 同中書門下平章事)를 제수하니 그 옹립한 공로에 상을 내린 것이었다. 신하의 예로 대하지 않고 은문상국(恩門相國)이라 칭하며 진강후(晋康候)로 봉하였다. 최충헌이 책사(册使)와 신료들을 불러 자신의 집에서 잔치를 베풀었는데, 그 유막(帷幕), 화과(花果), 성기(聲伎)의 성대함이 삼한이 생긴 이래 신하의 집에서는 없었던 정도였다. 왕이 최충헌으로 인하여 즉위하였으므로 그의 제어를 받아 헛된 지위를 지킬 뿐이었으니 겉으로는 예우가 심중하나 실제로는 감내하지 못하였다. 내시(內侍) 왕준명(王濬明) 등이 왕을 위하여 승병(僧兵)을 일으켜 최충헌을 죽이고자 하다가 일이 실패하였다. 최충헌이 왕을 원망하여 강화(江華)경기도로 폐출하고 태자는 인천(仁川)경기도으로 추방하였다. 명종의 아들 정(貞)을 세우니 이는 강종(康宗)이요, 오래 지나지 않아 강종이 죽었으므로 최충헌이 고종(高宗)을 세웠다.

최충헌, 4명의 왕을 세우고 2명의 왕을 폐하다 당시에 최충헌이 나라를 전횡한지 오래 되었는데, 황음무도하여 국사를 돌보지 않았다. 거란 군사가 쳐들어 왔으나 업신여기어 준비하지 않았던 까닭으로 적의 기세가 더욱 강성하였다. 최충헌이 처음에 군인 출신으로 나라의 권력을 잡아 높은 관리들을 죽이고 해를 끼치기가 정중부, 이의방보다 심하였으니, 곧 옹립한 왕이 4명이요 왕을 폐하기가 2번이었다. 그러나 강조와 정중부와 같이 왕을 죽인 일은 없었다. 최충헌이 죽은 후에 아들 최우(崔瑀)가 뒤를 이어 최충헌이 차지한 공·사 전토를 각기 그 주인에게 돌려주고 벼슬이 없는 가난한 선비들을 뽑아 인심을 수습하였다. 드디어 참지정사 병부상서(參知政事兵部尙書)가 되어 또 정방(政房)을 사저에 두고 문사(文士)를 선발하여 이에 귀속하니 불러 이르기를 필암적(必闍赤)몽고 관명인데 고려에서도 사용하였다이라 하였다.

몽고(蒙古), 쳐들어오다 이에 앞서 고려가 몽고와 결호하였는데 그 후 몽고가 대거 쳐들어왔다. 최우가 왕을 협박하여 강화로 옮기니 이때에 나라가 평온한 지 오래되어 사람들이 강화로 옮기고 싶어하지 않았다. 그러나 최우를 두려워하여 말하는 자가 없었는데, 홀로 야별초(夜別抄) 지유(指諭) 김세충(金世冲)이 최우를 질책하였으므로 최우가 김세충을 죽였다. 이때에 나라가 많이 어려웠으나 최우는 오직 주연을 열어 노는 것을 방자하게 하였다. 왕과 재추(宰樞)에게 잔치를 베푸니 기명(器皿), 찬선(饌饍)과 현가(絃歌), 고취(鼓吹)가 극성하였다.

최우의 아들 최항(崔沆)이 뒤를 이어 추밀원부사(樞密院副使)가 되었다가 다시 문하시중(門下侍中)으로 승진하여 살리고 죽임을 또한 마음대로 하니 사적인 감정이 있는 자를 난당(亂黨)이라 모함하였다. 몽고가 사신을 보내어 왕을 수도[京都]에 돌려보내라 하였으나 최항이 듣지 않았다. 사람들이 최항이 나라를 그르칠 것을 걱정하였는데 과연 몽고가 쳐들어와 주(州)와 군(郡)이 거의 도멸하였다.

최의(崔竩)를 죽이다 최항이 죽을 때에 아들 최의를 선인열(宣仁烈)과 유능(柳能)에게 부탁하여 가업을 잇게 하였다. 최의가 젊고 세상 물정에 어두워 현명한 선비를 예우하지 않고 용렬하고 경박한 무리들을 가까이 신임하였다. 또 대사성(大司成) 유경(柳璥), 별장(別將) 김인준(金仁俊) 등과 서로 사이가 좋지 않더니 유경과 김인준이 도령낭장(都領郎將) 임연(林衍) 등과 도모하여 최의를 죽이고 정권을 왕께 돌려드렸다. 무릇 왕이 재위한 지 오래였으나 권신의 제어를 받아 자유롭지 못하다가 이에 이르러 신하들에게 잔치를 베푸니 극히 기뻐하였다.

몽고와 수호하다 이에 앞서 최씨가 권력을 차지하여 왕이 환도하지 못하게 하고 또 강화하지 않았다는 이유로 몽고 군사가 수차례 쳐들어오다가 최의가 죽은 후에야 비로소 수호하였다. 왕이 죽자[崩] 태자 전(倎)이 몽고로부터 돌아와 즉위하니 이는 원종(元宗)이다.

김인준(金仁俊)을 임용하다 이에 최씨 4대에 걸쳐 굳게 뿌리 박힌 화가 사라지고, 김인준은 공을 세워 시중(侍中)을 제수받고 해양후(海陽侯)로 봉해졌다.

김인준을 죽이다 이로부터 김인준의 가신과 여러 아들이 권세를 믿고 횡폭 방자하였다. 이때에 임연이 김인준과 사이가 벌어졌다. 또 왕이 김인준을 미워하여 임연을 시켜 김인준을 죽이고 그 여러 아들과 일당을 모두 죽였다.

임연(林衍), 폐립하다 임연이 김인준을 죽이고 세력이 조정과 민간에 기울었으나, 오히려 환관 김경(金鏡), 최은 등이 자기를 해할까 두려워하여 모두 죽였다. 시중(侍中) 이장용(李藏用)을 핍박하여 완강하게 왕의 동생인 안경공(安慶公) 창(淐)을 세우고 왕을 협박하여 별궁으로 옮겼다. 이때에 태자 심(諶)이 몽고로부터 돌아오다가 이 변을 듣고 다시 몽고로 돌아갔다. 몽고가 흑적(黑的)을 보내어 폐립한 일을 질책하였으므로 임연이 두려워하여 대답할 바를 알지 못하였다. 이윽고 왕이 몽고에 가니 임연이 폐립한 일을 누설할까 두려워하여 아들 임유간(林惟幹)에게 따르게 하였다. 그러나 몽고가 모든 사실을 알았으므로 임연이 근심하여 등에 등창이 발병하여 죽었다. 또한 왕이 귀국할 때 먼저 상장군(上將軍) 정자여(鄭子璵)를 보내 나라 사람들에게 타일러 옛 수도에 도읍하라 하니 임연의 아들 임유무(林惟茂)가 듣지 않았다. 홍문계(洪文系) 등이 삼별초(三別抄)좌우별초 및 신의군(神義軍)와 함께 임유무를 죽이자 나라 사람들이 크게 기뻐하고 옛 수도를 회복하였다.

삼별초(三別抄) 삼별초는 원래 성 안을 다니며 난폭을 막는 자들이었다. 그러나 최우 때부터 권신의 손톱과 어금니(爪牙)가 되어 김준(金俊)이 최의를 죽일 때와 임연이 김준을 죽일 때와 홍문계가 임유무를 죽일 때 모두 그 힘을 빌렸다.

이에 이르러 장군 배중손(裵仲孫), 노영희(盧永禧) 등이 또 삼별초를 이끌고 강도(江都)강화를 점거하여 반역하였으므로 추밀원부사 김방경(金方慶)이 토벌하였는데 적이 진도(珍島)전라도로 달아나 형세가 매우 왕성하였다. 김방경이 다시 몽고 원수(元帥) 흔도(忻都) 등과 함께 힘을 합하여 적을 대파하였다. 적장 김통정(金通精)이 남은 무리를 이끌고 탐라에 숨어 들어가 험난한 지형을 믿고 더욱 날뛰어 수차례 빈해지(濱海地)를 침략하였다. 김방경이 마침내 토벌하여 평정하니 최충헌이 권력을 마음대로 부린 이래 80년 동안에 국왕은 한갓 빈자리를 지키다가 이에 비로소 왕권이 복고되었다.

무릇 정중부, 이의민의 흉악한 반역과 최씨와 김, 임 두 씨의 전횡과 방자함이 다 무신 발호의 소치요 지금에 이 화를 없애는 것이 또한 몽고의 힘이었다. 이에 내부의 우환이 겨우 사라졌으나 외부의 근심이 더욱 커져 왕실이 그 권력을 보존하지 못하고 마침내 몽고의 전제(專制)를 받게 되었다.

몽고의 침략과 일본의 역(役)

성길사한(成吉思汗), 황제에 즉위하다 몽고는 중국 북부에서 일어났다. 희종(熙宗) 2년(1206), 지금으로부터 700년 전[82]에 태조 철목진(鐵木眞)이 알

82 원문의 '701년 전'은 오기이므로, 바로잡았다.

난하(斡難河)외몽고 북경 위에서 황제의 자리에 즉위하니 불러 이르기를 성길사한이라 하였다.

금산(金山), 금시(金始) 두 왕자가 대요(大遼)라 칭하다 세력이 사방에서 크더니 고종 3년(1216), 지금으로부터 690년 전[83]에 거란의 잔당인 금산, 금시 두 왕자가 옛 요를 회복하고자 하삭(河朔)의 백성들을 협박하여 대요라 칭하였다. 몽고가 가서 토벌하였다.

두 왕자, 쳐들어오다 이에 두 왕자가 동쪽으로 향하여 군사 9만을 거느리고 압록강을 건너 의주(義州), 삭주(朔州) 등을 패배시키고 서경에 이르러 대동강을 건넜다. 다시 서해도(西海島)로부터 나아가 장단(長湍), 원주(原州), 충주(忠州), 명주(溟州)강원도 강릉를 침략하고, 또 바꾸어 함주(咸州)함경도 함흥에 들어가 여진 땅에 이르니 병사의 세력이 다시 떨쳤다. 다시 멀리 쫓아 고주(高州)함경도 고원, 화주(和州)함경도 영흥를 치고, 예주(豫州)함경도 덕원를 함락하니 처음에는 병마사(兵馬使) 김취려(金就礪) 등이 이를 막았다. 그러나 당시에 날래고 용감한 병사는 최충헌 부자가 차지하였고 관군이 모두 늙어 전쟁을 감당하지 못하니 적의 기세가 더욱 거세었다.

몽고, 와서 도와주다 고종 5년(1218)에 몽고 원수(元帥) 합진(哈眞)이 동진(東眞)당시에 금나라의 포선(蒲鮮) 만노(萬奴)가 요동을 점거하여 불러 이르기를 동진이라 하였다과 합세하여 와서 도왔다. 원수 조충(趙沖)과 김취려가 몽고·동진 군사와 연합하여 이를 토벌하였다.

---

83 원문의 '691년 전'은 오기이므로, 바로잡았다.

몽고와 강화하다 이로부터 몽고와 화친을 맺어 사신이 오면 곧 나라의 선물이라 하여 물품과 재화를 주었다.

몽고, 금나라 사람들에게 피해를 당하다 그 후 몽고 사신 저고여(著古與)가 고려에 왔다가 귀국하는 길에 금나라 사람에게 해를 당하였다. 몽고인이 이르되, "고려가 사신을 죽였다" 하였다.

살례탑(撒禮塔), 쳐들어오다 그리고 살례탑을 시켜 철주(鐵州)를 함락하고 구주(龜州)를 포위하였으니, 병마사(兵馬使) 박서(朴犀)와 분도장군(分道將軍) 김경손(金慶孫)이 이를 토벌하였다. 몽고가 또 평주(平州)평산에서 수도[京城]로 이동하고 다시 충주, 청주(淸州)를 향하니 지나간 곳이 모두 잔멸하였다. 이에 토산물을 후하게 주고 또 사신을 보내어 다른 뜻이 없음을 변명하였다. 그러나 최우는 왕을 협박하여 강화로 옮기고 그 난을 피하였으니 몽고가 더욱 거세게 침략해 왔다. 이에 왕족 영령공(永寧公) 준(綧)을 왕자라 속여 몽고에 인질로 보내었다.

그 후 몽고가 또 군사를 보내어 왕의 환도를 강요하였으나 최우의 아들 최항과 최의가 연달아 집권하며 육지로 나오는 것을 불가(不可)라 하였다. 몽고 원수 야굴(也窟)과 차라대(車羅大) 등이 수차례 핍박하였으나 결국 다 듣지 않았다. 이에 백성들이 죽음을 당한 자가 많아 그 수를 헤아리기 어려웠다.

쌍성총관(雙城摠管) 조휘(趙暉) 등이 드디어 화주(和州)영흥 이북의 땅으로써 몽고를 따랐으니, 몽고가 화주에 쌍성총관을 설치하였다. 또 최의가 죽자 태자 전(倎)을 몽고에 보내어 황제를 알현하고 강화성을 무너뜨렸다. 고종이 죽은 후에 태자가 돌아와 즉위하였으니 이는 원종(元宗)이다.

몽고 홀필열(忽必烈), 즉위하다 이 해, 즉 지금으로부터 646년 전[84]에 몽고 세조 홀필열이 즉위하였다. 이후부터 몽고의 압제를 받고 간사한 무리가 또한 그 사이를 오가며 몽고의 이름으로 토산물을 요구하여 자신의 욕심을 채우며, 혹 몽고 왕(王)을 권하여 일본 정벌을 청하는 자도 있었다. 고려는 이로부터 몽고의 명을 따라 배를 만들고 군사들을 조련하여 일본과의 싸움에 자못 힘썼다.

일본은 고려 초부터 통상(通商)으로 왕래할 뿐이었고 사신의 교류가 없었다. 고종과 원종 시기에 일본의 변민이 주현(州縣)을 침략하였으므로 이에 사신을 보내어 수호하고 변방 약탈을 금하라 하였다. 그러나 그 우환이 오히려 멈추지 않았다.

몽고, 사신을 일본에 보냈으나 도착하지 못하고 돌아오다 원종 7년(1266),[85] 지금으로부터 640년 전에 몽고가 병부시랑(兵部侍郞) 흑적(黑的) 등에게 국신사(國信使)를 제수하여 일본으로 보낼 때, 왕이 추밀원부사 송군비(宋君斐)를 향도관(嚮導官)으로 임명하였다. 흑적이 거제도에 가다가 풍랑을 두려워하여 귀환하니, 송군비는 흑적을 따라 큰 파도의 위험함을 몽고에 말하였다.

---

84 홀필열(쿠빌라이)이 즉위한 것은 대체로 1260년으로 알려져 있으므로 이는 646년 전의 일로 보아야 한다. 따라서 원문의 '647년 전'은 오기이므로 바로잡았다.

85 『고려사』에 따르면 원종이 국신사를 일본에 보낸 것은 원종 7년의 일이다. 따라서 원문의 '원종 8년'은 오기이므로 바로잡았다.

반부(潘阜), 일본에 사신으로 가다 몽고가 다시 흑적을 보내어 전하기를 왕에게 일본을 권하여 입조(入朝)하게 하라 하였다. 이에 왕이 기거사인(起居舍人) 반부를 명하여 몽고의 칙서와 고려의 국서를 싸가지고 일본에 보내었으나 그 뜻을 모두 전달하지 못하였다.

몽고, 국호를 원(元)으로 고치다 이에 몽고가 고려로 하여금 전쟁 준비를 더욱 손질하게 하였다. 이윽고 몽고가 국호를 고쳐 이르기를 원이라 하고, 나라의 위세가 날로 강성하였다.

흔도(忻都)와 홍다구(洪茶丘), 일본을 공격하다 원종 14년(1273)[86]에 원나라가 도원수(都元帥) 흔도와 우부원수(右副元帥) 홍다구 등을 시켜 일본을 공격하였다. 고려는 도독사(都督使) 김방경(金方慶), 추밀원부사 김신(金侁), 상장군 김문자(金文庇)를 보내 전쟁을 도왔으니, 몽(蒙)·한(漢)군이 2만 5천 명이고, 고려군이 8천 명이고, 전함이 9백 척이었다. 합포(合浦)창원 마산포에서 출발하여 일본 쓰시마, 이키시마[壹岐]와 히젠[肥前], 치쿠고[筑後]의 연해를 치다가 큰 태풍을 만나 군사를 돌리고, 김신은 익사하였다.

이때 원종이 죽고[崩] 태자 거(昛)가 즉위하니 이는 충렬왕(忠烈王)이다. 왕이 태자 때부터 원나라에 가서 원 세조의 딸을 아내로 맞았다. 그 후 수차례 원나라에 가 그 뜻을 받들어 모시며, 배를 주조하고 군사를 파견하여 일본을 정벌하고자 하였다.

---

86 『고려사』에 따르면 여-몽 연합군의 1차 원정은 원종 14년의 일이다. 따라서 원문의 '원종 15년'은 오기이므로 바로잡았다.

정동행중서성(征東行中書省) 이때에 원이 이미 송을 멸망시키고 그 기세를 타 사방을 병탄코자 하여 고려 땅에 정동행중서성을 설치하였다. 왕에게 명하여 군무(軍務)를 일으켰다.

흔도와 홍다구, 다시 일본을 치다 정동원수 흔도와 우승(右丞) 홍다구 등을 명하여 몽·한 및 고려 군사 4만과 전함 9백 척을 이끌고 합포에서 출발하였다. 고려의 첨의중찬(僉議中贊) 김방경이 따랐다.

원의 우승(右丞) 범문호(范文虎)는 따로 강남(江南) 군사 10여 만과 전함 5백 척을 이끌고 강남중국 강소성에서 출발하니 전체 군사가 14만여 명이었다. 일본 해안에 진입하여 함께 싸우기 매우 힘쓰더니 때마침 태풍이 크게 일어나 전함이 뒤집혀 가라앉고 남은 군사가 달아나 돌아갔다. 이는 충렬왕 7년(1281), 지금으로부터 625년[87] 전이다.

원(元) 황실의 전제(專制)

동녕부(東寧府) 고종과 원종 시기, 지금으로부터 676년 전부터 636년 전까지 모두 40년 동안 원이 고려를 침범하고 학대하기가 심하였다. 화주에는 이미 쌍성총관을 설치하였고 원종대에는 최탄(崔坦)이 서경평양을 원에 부속하였고 군사를 청하여 진무(鎭撫)하라 하였다.

87 원문의 '626년 전'은 오기이므로 바로잡았다.

고려 북부, 원의 소유가 되다 원이 이때에 서경을 내속하고자 하여 불러 이르기를 동녕부라 하고, 자비령절령을 구획하여 경계를 지으니 이로부터 고려 북부가 완전히 원에 속하게 되었다. 원이 또 달로화적(達魯花赤)을 고려에 보내어 국정을 간섭하고 군량을 거두며 부녀를 데려가기를 그치지 않았다. 충렬왕은 수차 원에 왕래하였고 매를 기르는 응방(鷹坊)을 설치하여 사냥을 일삼았다.

합단(哈丹), 쳐들어오다 원의 역적 합단이 쳐들어와 철령(鐵嶺)을 거쳐 교주도(交州道) 양근(楊根)경기도을 함락하였다.

충렬왕(忠烈王), 강화도로 피하다 왕이 강도(江都)강화로 피난하고 원에 군사를 요청하니 원이 나만알대왕(那蠻歹大王)과 설도간(薛闍干) 등을 보내왔다. 이에 곧 원과 힘을 합쳐 합단을 패배시켰다. 왕이 태자 원(謜)에게 전위하였는데 이는 충선왕(忠宣王)이다. 충선왕이 즉위한 지 오래 지나지 않아 원 성종(成宗) 철목이(鐵木耳)가 이르되, "충선이 구장(舊章)을 고쳤다" 하여 충렬왕으로 하여금 복위하게 하였다.[88] 왕이 또 소인배들을 가까이 하고 연회와 주악을 탐하며, 정사를 돌보지 않았다.

활리길사(闊里吉思), 옛 풍속을 바꾸다 원이 활리길사에게 정동행성평장사(征東行省平章事)를 제수하여 고려 정치를 살피게 하였다. 활리길사가 옛 풍

---

88 구장이란 옛 제도와 문물 혹은 옛 법령과 규칙을 뜻하는 말이다. 충선왕은 즉위 후 정치 사회 전반에 걸친 대대적인 개혁을 감행하였는데, 특히 고려관제를 복구한 관제개혁은 원나라를 불편하게 하였고, 따라서 티무르의 말은 옛 고려의 제도로 고쳤다는 불만의 표시라고 이해하면 좋겠다.

속을 바꾸다가 백성들과 관계가 원만하지 못하여 그만두고 돌아왔다.

이때에 전왕(前王) 충선은 원에 있었는데 오기(吳祁), 석천보(石天補), 송린(宋璘) 등이 왕의 부자(父子)를 이간질하였다. 좌중찬(左中贊) 홍자번(洪子藩) 등이 오기를 잡아 원에 압송하였으나 왕은 오히려 전왕의 귀국을 저지하였다. 또 계국대장공주(薊國大長公主)충선의 왕후를 서흥후(瑞興侯) 전(典)과 재혼하도록 하였다. 이때에 원 성종이 죽자[殂], 전왕이 성종의 조카 애육여발력팔달(愛育黎拔力八達)과 도모하여 무종(武宗) 해산(海山)을 옹립하였다. 이로부터 애육여발력팔달의 뜻을 따라 왕을 경수사(慶壽寺)에 옮기고 왕의 측근들을 파면하고 서흥후 전을 죽이니 왕은 두손을 놓고 바라볼 뿐이요 국정이 모두 전왕에게 돌아갔다. 이윽고 왕이 죽고 전왕이 원에서 돌아와 즉위하니 바로 충선왕이다. 충선왕이 태자 때부터 원에 있으면서 조정의 일에 참여하였으나 즉위 후 본국(本國)에 있는 것을 좋아하지 않았다. 수년 후에 곧 충숙왕(忠肅王)에게 전위하고 또 연안군(延安君) 고(暠)를 태자라 하였다. 항상 연경에 머물러 명류학사와 더불어 교유하였다.

충선왕(忠宣王), 토번(吐藩)에 유배되다 이때에 원 인종(仁宗) 애육여발력팔달이 죽고[殂], 영종(英宗) 석덕팔랄(碩德八剌)이 즉위한 후, 충선왕이 환관 임백안독고사(任伯顔禿古思)고려인이 원나라에 벼슬한 자의 참소를 당하여 토번 사길(思吉)중국 서장(西藏)에 유배당하였다. 최성지(崔誠之), 이제현(李齊賢) 등이 갖은 방법으로 구원을 청하여 타사마(朶思麻)서장로 양이(量移)하니 토번에 있은 지 4년 만이었다. 태정제(泰定帝) 야손철목아(也孫鐵木兒)가 즉위한 후, 연경의 사저에 돌아와 죽었다[崩].

충선왕이 토번에 있을 때에 충숙왕이 원에 고하기를, 찬성사(贊成事) 권한공(權漢功) 등이 상왕 때부터 권력을 탐하고 뇌물을 받은 죄가 있다 하였다. 그리하여 권한공 등에게 장형(杖刑)과 유형(流刑)의 벌을 내렸다. 그런 까닭에 권한공이 충숙왕을 원망하여 원나라에 글을 올려 왕을 폐하고 충선왕 태자 고(暠)를 세우고자 하였다. 유청신(柳淸臣) 등은 또 정동행성을 세우고 국호를 없애 원의 내지와 같기를 청하다가 이루지 못하였다.

그러나 왕은 뒤숭숭하여 즐겁지 않았으므로 태자 정(禎)에게 전위하니 이는 충혜왕(忠惠王)이다. 왕이 또 놀이와 사냥을 좋아하니 원 황제[主]가 충숙왕으로 하여금 다시 복위케 하였다. 그러나 이로부터 왕이 정사에 게을러 교외로 출사(出舍)하고 총애하는 박청(朴靑) 등에게 나라 일을 위임하였다. 충혜왕은 지난날 원나라 승상(丞相) 연첩목아(燕帖木兒)와 친하였다. 이때 태보(太保) 백안(伯顔)이 연첩목아의 전횡을 미워하여 왕까지 박대하다가 연첩목아와 충숙왕이 죽자 충혜왕의 즉위를 저지하고 충선왕의 태자 고를 세우려 하였다.

충혜왕(忠惠王), 게양현(揭陽縣)에 유배되어 죽다 이에 태자 고가 정승 조적(曹頔) 등과 도모하여 왕궁을 습격하다가 패하여 죽자 충혜왕이 즉위하였다. 왕이 또 황음무도하여 소인배들이 제멋대로 날뛰고 충직한 인사를 내쳤다. 원이 대경(大卿) 타적(朶赤)을 시켜 왕을 잡아 게양현중국 광동성 조주(潮州)에 유배하니 한 사람도 따르는 자가 없고 힘들고 괴로움이 있었다. 악양현(岳陽縣)중국 호남성 악주(岳州)에 이르러 죽었으나[崩] 나라 사람들이 아무도 슬퍼하지 않았다.

충목왕과 충정왕은 모두 어린 나이에 왕위를 이어 왕후가 정권을 장악하였고 강윤충(康允忠), 신예(辛裔), 전숙몽(田淑夢), 정사도(鄭思度) 등이 권세를 부렸다. 충정이 또 광혹무도하였으므로 이를 폐하고 충혜의 동복 아우 전(顓)을 세우니 이는 공민왕(恭愍王)이다.

원의 정치가 어지러워 호걸이 사방에서 일어나다 공민왕이 지금으로부터 555년 전에 즉위하여 정사에 힘썼다. 이때에 원의 정치가 쇠란하여 호걸이 사방에 일어나므로, 승상 탈탈(脫脫)이 고우(高郵)를 공격하였다. 왕이 승상 유탁(柳濯)과 염제신(廉悌臣)을 명하여 군사 2천여 명을 이끌고 전투를 도왔으나 왕은 원에 굽히지 아니하였다. 당시에 기철(奇轍), 노책(盧頙), 권겸(權謙) 등이 모두 원 황실과 혼인으로 친척이 되어 큰 권력을 잡자 본국을 업신여겨 반역을 도모하였다. 이에 왕이 모두 죽였다. 정동행성이문소(征東行省理問所)를 없애고 옛 관제를 복원하였다.

파사부(婆娑府)를 공격하다 인당(印璫)과 강중경(姜仲卿)에게 서북면병마사(西北面兵馬使)를 제수하고 서북 지방을 토벌하라 하였다. 인당이 압록강을 건너 파사부만주 성경성 봉천부를 공격하여 패배시켰다.

쌍성(雙城)을 함락하다 유인우(柳仁雨)에게 동북병마사(東北兵馬使)를 제수하여 쌍성을 함락하였다.

함주(咸州) 이북을 수복하다 함주 이북의 여러 진(鎭)을 수복하자 원이 단사관(斷事官) 살적한(撒迪罕)을 보내어 질책하였다. 이에 인당을 베어 사과하니 이는 원의 쇠란을 틈타 국권을 회복하고자 하다가 이루지 못함이요, 또 그 쇠란의 여파가 고려에게 해를 끼침이 많았다.

홍두군(紅頭軍), 쳐들어오다 홍두군유복통(劉福通)이 군사를 일으킬 때 홍건을 머리에 둘렀던 까닭이다이 원에서 일어났는데, 군사의 위세를 크게 떨쳐 드디어 압록강을 건너 의주(義州), 정주(靜州), 인주(麟州)평안도 의주에 속한 여러 주의 여러 주를 함락하였다. 서북면부원수(西北面副元帥) 안우(安祐)와 상장군 이방실(李芳實) 등이 공격하여 쫓았다. 그 후 군사(軍師) 반성(潘城), 사유(沙劉), 관선생(關先生) 등이 십여만 무리를 이끌고 삭주와 니성(泥城)평안도 창성(昌城)을 침략하고, 절령의 책(柵)을 부수었다.

공민왕(恭愍王), 남행하다 왕이 태후를 받들고 남행하여 복주(福州)경상도 안동로부 상주(尙州)에 이르니 적군이 드디어 수도[京城]를 함락하였다.

정세운(鄭世雲) 등, 홍적(紅賊)을 평정하다 총병관 정세운이 안우, 이방실, 김득배(金得培) 등 여러 장수를 인솔하고 수도[京城]를 포위하여 사유, 관선생 등을 베고 수도를 수복하였다.

김용(金墉), 정세운을 죽이다 그러나 평장사 김용이 정세운을 투기하고 또 안우 등이 공이 있음에 총애가 있을까 두려워하여 안우에게 왕의 명령이라고 속이며 명하기를 정세운을 죽이라 하였다. 또 안우와 이방실, 김득배를 죽였다.

당시에 국가의 화가 변경의 침요뿐 아니라 원의 납합출(納哈出)이 심양만주 성경성 봉천부을 점유하여 행성승상(行城丞相)이라 칭하고 북변을 침략하기에 이르렀다. 우리 태조 고황제[89]께서 이를 격파하였다.

김용을 죽이다 이에 앞서 최유(崔濡)가 본국에 죄를 지어 원으로 달아나 승상 삭사감(搠思監)과 환관 박불화(朴不花)를 아첨하여 섬겼다. 또 김용에게 내통하게 하여 왕을 폐하고 덕흥군(德興君) 탑사첩목아(塔思帖木兒)충선왕 서자를 세우고자 하였다. 때마침 왕이 상주에서 돌아와 성남(城南) 흥왕사(興王寺) 행궁에 있었는데, 김용이 그 무리를 보내어 행궁을 포위하였다. 밀직사(密直司) 최영(崔瑩)과 부사 우제(禹磾)와 지도첨의(知都僉議) 안우경(安遇慶) 등이 수도로부터 행궁에 도착하여 적을 토평하고 김용을 죽였다.

그러나 원은 덕흥군을 왕으로 인정하고 최유가 병사 1만 5천을 거느리고 오니, 최영과 안우경 등이 또 격파하였다. 삭사감과 박불화가 유배된 후에 원이 최유를 압송해 왔으므로 곧 죽였다.

원, 날로 쇠퇴하여 관계가 점차 멀어지다 후에 원이 더욱 쇠하여 고려와 관계가 점차 멀어졌다. 명 태조 주원장이 연경에 들어서니 원 황제[主]가 북쪽으로 달아났다. 고려가 이로부터 원의 압제를 면하니 충렬왕으로부터 원의 굴레를 쓴 지 백여 년이었다. 국왕은 원의 딸과 혼인하여 왕래가 끊이지 않았고 혹은 연경에 오래 머물러 한 나라의 정교(政教)와 호령(號令)과 왕을 폐하고 세움이 모두 그 명을 따랐다. 간사한 무리가 또 그 사이를 왕래하여 아들이 아버지를 헐뜯고 신하가 임금을 참소하여 조용한 날이 없었으니 이를 이르기를 원실(元室)의 전제시대(專制時代)라 하였다.

---

89 태조 이성계를 뜻한다.

신씨(愼氏)의 흉역과 계위(繼位)

편조(遍照), 사부(師傅)가 되어 국정을 맡다 공민왕이 재위한 지 오래되자 세신대가(世臣大家)의 기만과 폐단이 많음을 미워하시어 승려 편조를 등용하고 사부라 칭하였다. 편조가 그 사람됨이 총명하고 말을 잘하였다. 국정을 맡기자 편조가 권세를 잡은 지 30일 만에 훈구 대신들을 참소, 폄훼하여 이공수(李公遂), 경천흥(慶千興) 등을 파면하고 허유(許猷), 변광수(邊光秀), 홍인계(洪仁桂) 등을 유배 보내었다. 무릇 자기에 부합하지 않는 자는 모두 중상모략하였으니 잔혹한 정치의 불길이 매우 거세었다.

편조, 성을 고쳐 신돈(辛旽)이라 이름하다 편조가 또 성명을 고쳐 이르기를 신돈이라 하고 삼중대광영도첨의(三重大匡領都僉議)를 제수받았다. 간관(諫官) 정추(鄭樞)와 이존오(李存吾) 등이 쫓아 내기를 청하였는데, 왕이 크게 노하여 정추와 이존오를 벌하였다. 이로부터 재신과 대간이 모두 신돈에게 부합하여 내외 모든 권력이 신돈에게 돌아가니 신돈의 교만함이 날로 심하였다. 왕이 신돈의 집에 걸어가 신돈과 나란히 꿇어 앉으니 군신의 예가 없었다. 또 신돈의 출입시에는 그 호위병이 임금이 타던 수레와 같았다.

이때에 왕이 후사가 없었으므로 신돈이 왕을 설득하여 문수회(文殊會)를 설치하여 아들 얻기를 구하였다. 신돈이 처음에는 불도를 닦는 행위로 왕의 신뢰를 받았으나 후에는 첩을 많이 들여 음란함과 방자함이 날로 심하였다. 또 위복(威福)을 행하여 은혜와 원수를 반드시 갚으며 세가대족(世家大族)을 죽이니 그의 무리가 조정에 가득했다.

신돈을 죽이다 그러나 왕의 성품이 시기심이 많아 심복 대신이라도 그 권력이 성하면 반드시 죽였으므로, 신돈이 왕의 질투를 두려워하여 왕을 죽이고자 하다가 일이 누설되었다. 왕이 이때에 신돈을 수원에 유배하였다가 죽이고, 그 무리를 멸하고 경천흥 등을 소환하였다.

공민왕, 시해되다 이에 앞서 왕이 왕후 노국공주(魯國公主)가 죽은[崩] 후부터 매우 슬퍼하여 병이 되었다. 공주를 위하여 영전(影殿)을 세우니 장엄함과 아름다움이 비할 수 없었다. 또 소년 한안(韓安), 홍륜(洪倫) 등을 총애하였는데 홍륜 등으로 하여금 여러 비(妃)를 욕보여 자식이 생기기를 바랐다. 익비(益妃)가 임신을 하자 사통한 자를 죽여 비밀을 지키고자 하였다. 이때 환관 최만생(崔萬生)에게 이 계획을 누설하다가 도리어 최만생과 홍륜 등에게 시해를 당하였다.

이인임(李仁任), 우(禑)를 세우다 신돈이 죽을 때에 왕이 그 아들 모니노(牟尼奴)를 궁중에 들이며 수시중(守侍中) 이인임에게 맡겨 말하기를 "짐이 신돈의 집에 갔다가 그 여종을 사랑하여 생긴 것이다" 하였다. 이름을 내려 이르기를 우라 하고, 강녕부원대군(江寧府院大君)으로 봉하여 백문보(白文寶), 전녹생(田祿生) 등을 사부로 삼았다. 왕이 시해를 당하자 이인임이 백관을 이끌고 우를 세웠다.

왕 우, 황음종자(荒淫縱恣)하다 우가 처음에는 자못 배움에 뜻을 두더니 점차 자라면서 유희를 일삼았다. 백군녕(白君寧) 등이 간언하였으나 받아들이지 않고 부녀들을 빼앗으며 나가놀기 일쑤요, 사냥에 빠져 광혹함이 날로 심하였다. 당시에 기근이 거듭 닥치고 왜구가 끊이지 않았는데, 오히려 연회를 마음대로 벌리고 여러 비들을 들여 사치스러우니 국고가 고갈되었다. 3년치 공물을 미리 거두었으나 오히려 부족하였으므로 따로 더 거두어들였는데 그 황음종자함이 말로 하기 어려웠다.

명(明), 철령위(鐵嶺衛)를 세우다 초에 이인임이 우를 도와 옹립한 후로 친당(親黨)이 안팎에 포진하여 그 위세를 휘둘렀다. 최영(崔瑩)과 우리 태조가 그 행실에 분노하여 함께 이인임을 제거하고 최영은 문하시중(門下侍中)이 되고 태조는 수문하시중(守門下侍中)이 되었다. 또 명이 철령위를 세울 때에철령 이북을 관할함이니 즉 성경성 철령현이다 우가 최영의 말을 받아들여 조민수(曺敏修)와 우리 태조로 하여금 요동을 공격하게 하여 군사들이 압록강을 건넜다.

최영(崔瑩)을 유배 보내다 우리 태조께서 여러 원수(元帥)들과 함께 수도로 회군하시어 명을 공격하는 것이 옳지 않음을 논하였다. 또 최영을 축출하라 하셨는데, 우가 받아들이지 않았다. 이에 성을 포위하고 곽충보(郭忠輔) 등이 최영을 색출하여 고봉현(高峰縣)경기도 교하(交河)에 유배하였다.

우를 추방하다 이윽고 왕 우를 강화로 추방하였다. 이에 태조께서 조민수와 의논하여 왕씨의 후손을 세우고자 하셨다. 조민수가 이인임이 천거 발탁한 은혜를 생각하여 판삼사사(判三司事) 이색(李穡)과 도모하여 우의 아들 창(昌)을 세웠다. 창은 이인임의 친족, 이씨의 출신이었다. 창이 즉위 후에 간관이 상소하여 조민수를 유배하고 이인임의 자손을 가두고 최영을 죽였다.

우를 옮기고 창(昌)을 추방하다 이때에 우는 칩거하여 은밀히 곽충보로 하여금 태조를 해하고자 하였으나, 곽충보가 도리어 태조께 고하였다. 이에 우를 강릉(江陵)강원도에 있다에 옮기고 창은 강화로 추방하여 서인으로 삼으니 왕 우가 즉위 때부터 이에 이르기까지 모두 14년이었다. 신씨가 다른 성으로써 왕위를 계승하였는데 공민왕이 우를 자기 아들이라 하여 당시의 신하와 백성들이 모두 받들어 세웠던 것이니, 또한 예사로운 보통의 왕위 찬탈과는 같지 않았다. 그러나 황음종자하여 고려의 국운을 막은 일은 그 죄가 매우 컸으므로 공양왕(恭讓王)이 즉위하여 우, 창이 모두 죽었으니 어찌 당연한 일이 아니겠는가.

북원(北元) 및 명의 관계

원 순종(順宗), 북으로 도망하다 공민왕 17년(1368), 지금으로부터 539년 전에 중국의 원 순종(順宗) 타환첩목이(妥歡帖睦爾)가 북쪽으로 도망하여 상도(上都) 개평부(開平府)중국 직례성 선화부(宣化府)로 갔다.

명 태조, 황제의 자리에 즉위하다 명 태조 주원장이 황제의 자리를 교체하고 사신을 보내와 알렸다. 왕이 명에 사신을 보내어 등극을 축하하였다.

북원과 단절하다 또 동녕부원종(元宗) 때에 원이 평양을 내속하여 동녕부라 하였다를 공격하여 북원과 단절하였다. 명이 또 관복(冠服), 악기, 서적을 보내오고 함께 과거의 정식(程式)을 보내오니, 고려가 복색을 바꾸고 자제를 보내어 입학하여 3년에 한 번 조빙하는 약속을 따랐다.

김의(金義)를 시켜 명나라의 사신을 죽이다 또 공민왕이 시해를 당하고 왕 우가 즉위하자 이인임이 나라를 주물러 명과 단절하고자 하였다. 이는 명이 선왕의 시해당한 이유를 물으면 자기가 문책을 당할까 두려워한 것이다. 이에 북원과 화친을 맺어 그 화를 늦추고자 하였으니, 김의를 명하여 명의 사신 채빈(蔡斌) 등을 길에서 죽이고 김의는 북원으로 달아났다. 또 북원에 사신을 보내 선왕의 죽음을 알리고, 북원의 사신을 불러 이인임과 지윤(池奫)이 맞이하였으나, 김구용(金九容), 이숭인(李崇仁), 정도전(鄭道傳), 정몽주(鄭夢周) 등이 극력히 간언하여 그 사신을 돌려보냈다.

명, 세송(歲送)을 요구하다 초에 북원이 공민왕의 죽음을 듣고 심양왕(瀋陽王)의 손자 탈탈불화(脫脫不花)를 세우고자 하였는데, 우가 즉위하자 사신을 원에 보내어 인사하였다. 이윽고 국론이 다시 변하여 명에 사신을 보내니 명이 사신을 죽인 일과 또 속인 것이 많음을 책망하며 매년 금 1백 근(斤), 은 1만 냥, 양마(良馬) 1백 마리, 세포(細布) 1만 필을 요구하였다. 이에 사신을 보내어 전날 명나라 사신을 죽인 것은 본국의 지시가 아니었다 해명하였다. 또 세송물(歲送物)이 수차례이되 그 양이 감소한다고 책망하므로 이에 말 5천 마리, 금 5백 근, 은 오백 냥, 포 5만 필을 보냈다.

철령(鐵嶺) 이북의 강계(疆界) 분의(紛議) 명 황제가 또 고려가 북원에 복종함을 의심하였다. 정몽주를 보내어 그 노여움을 풀고 세송물은 양과 말

50마리로 정하였다. 또 명이 가은(價銀)을 보내와 말을 사가더니 그 후 고려가 보내는 말들이 노하(駑下)하였다. 또 명은 철령 이북이 본래 원에 속했던 지역이므로 이곳을 요동에 복속시켜 관할하겠노라 하였다. 이에 우가 최영과 의논하여 5도의 성을 수리하고, 여러 원수를 서북에 보내어 방비하였다. 또 명에 사신을 보내 철령 이북 공험진에 이르기까지 고려의 강계를 정하고자 하였다.

요동을 공격하다 이때에 명이 요동에 철령위를 세웠다. 최영이 우를 권하여 요동을 공격하게 하니, 우리 태조께서 그 불가함을 간언하였으나 불납하였다. 우가 평양에 행차하여 최영에게 팔도도통사(八道都統使)를 제수하고, 조민수는 좌군(左軍)을 인솔하고 우리 태조께서는 우군(右軍)을 인솔하시니 좌우군이 3만 8천여 명이었다. 평양에서 출발하여 압록강을 건너 위화도(威化島)압록강 중(中)에 이르니 큰 비가 쏟아져 죽는 병졸이 많았다. 좌우군장이 글을 올려 군사를 돌리기를 청하였으나 우가 듣지 않았다.

우리 태조(太祖), 회군(回軍)하시다 이에 태조께서 여러 원수와 함께 회군하시니, 우가 급히 수도[京城]로 돌아갔다. 태조께서 수도에 이르러 우를 폐하고 창을 세웠다.

명, 철령위를 파하다 명이 철령 이북 강계의 일에 대하여 고려의 말에 일리가 있다 하여 철령위를 철수하였다. 고려가 사신을 보내어 우가 손위(遜位)한 일과 또 최영이 요동을 공격한 죄로 죽였음을 말했다. 명이

답하되 "공민왕이 시해당한 후에 다른 성이 왕위를 계승하는 것은 삼한의 왕업을 시키는 좋은 모습이 아니다" 하였다. 이에 태조께서 또 창을 폐하고, 공양왕을 세웠다. 후에 윤이(尹彛), 이초(李初) 등이 명에 가서 말하되, "태조가 인친(姻親)을 세우고, 또 명을 공격하고자 한다" 하였다. 그러나 명이 무고라는 것을 알고 윤이, 이초 등을 벌하였다.

왜구(倭寇)

일본 무뢰도, 고려와 원의 빈해(濱海)를 침요하다 일본이 몽고와의 전쟁 이래로 상호 왕래가 끊기더니 충정왕 2년(1350), 지금으로부터 556년 전[90]에 이르러 고성(固城)경상도, 죽림(竹林)경상도 거제에 있다을 쳐들어온 후로부터 누차 변경을 침략하였다. 이는 일본 해적인데, 모두 왜적(倭賊)이라 칭하였다.

이때 일본은 남북 양조가 병립하여 전쟁이 끊이지 않았던 까닭으로 일본 진서군(鎭西郡)의 무뢰도가 고려와 원의 빈해를 침략하였으나, 그 사실을 일본 조정이 알지 못했고 또 능히 금지할 힘도 없었다. 공민왕 초에 내부소윤(內府少尹) 김휘남(金暉南)으로 하여금 방어하게 하였으나 김휘남이 맞서 싸우지 못하고 서강(西江)송도 예성강(禮成江)으로 도망하였다. 이에 도성은 병력으로 경계하고 사람들이 가담하였다. 이로부터 매년 그 화를 당하였으므로, 여러 장수를 명하여 맞서 방어하라 하였다. 왕은 오직 토목에 전념하니, 이에 서정(庶政)이 피폐하고 해이하며 곳간이 텅 비게 되었다. 또 병기와 갑주가 녹슬어 싸워 지키는 준비가

90 원문의 '557년 전'은 오기이므로 바로잡았다.

없고 군사들은 관망하여 나아가 싸우는 사람이 없었다.

김일(金逸) 등을 일본에 보내다 공민왕이 이때 김일 등을 일본에 보내어 해적을 막으라 하였다. 장군 아시카가 요시미츠[足利義滿]가 답하기를, "일본에 남북 양조가 병립하여 분란이 그치지 않으므로 이를 막을 수가 없다" 하였다. 여러 장수들이 수차례 패전하자 왕이 분노하여 친히 5군을 인솔하고 출병하였으나 패하였다. 왕 우 초반에 판전객사사(判典客寺事) 나흥유(羅興儒)에게 통신사를 제수하고 일본에 보내어 해구를 막으라 하였다. 그러나 아시카가 요시미츠가 음모가 있는지 의심하여 감옥에 가두었다. 때마침 고려 승려 양유(良柔)가 일본에 있어 첩자가 아님을 증명하자 나흥유가 돌아왔다.

후지 쓰네미츠[藤經光],[91] 순천(順天)에 머물다 이때에 일본인 후지 쓰네미츠라는 자가 고려에 투항해와 순천전라도에 머물렀다. 전라도 원수 김선치(金先致)가 죽이려고 하자 후지 쓰네미츠가 무리를 인솔하여 돌아갔다. 이로부터 더욱 격노하여 침략할 때에 부녀와 갓난아이와 어린 아이들을 남김없이 도살하니 전라와 양광(楊廣)의 바다와 가까운 주군(州郡)이 숙연히 텅 비게 되었다.

정몽주(鄭夢周)를 일본에 보내다 왕이 조사민(趙思敏), 목충(睦忠) 등 여러 장수를 보내 방어하였으나 그 피해가 날로 심하였다. 또 강화도를 침략

91 원문의 '등원경광(藤原經光)'은 오기이므로 바로잡았다.

하니 수도가 크게 흔들렸다. 최영과 우리 태조께서 누차 싸워 이겼으나 그 우환이 오히려 멈추지 않았다. 이에 대사성(大司成) 정몽주를 일본에 보내어 화친을 이루고 해적을 막으라 하였다. 정몽주가 극렬히 인교(隣交)의 이해득실을 설명하니, 진서탐제(鎭西探題)의 직에 있던 이마가와 사다요[今川貞世]가 정몽주를 후대하고 포로들을 송환하였다. 승려 신홍(信弘)을 보내어 왜구를 사로잡게 하였으나 제어할 힘이 없었다.

그러나 일본이 당시에 침략한 곳은 오직 서남쪽 변경이요 동북변은 피해당한 곳이 적었으므로, 이에 동강(東江)경기도 풍덕(豊德), 서강(西江)에 진(鎭)을 설치하고 군영을 지켰으니 서로(西路)의 방어가 점차 밀집되었다. 왜적이 다시 강릉, 홍천(洪川), 회양(淮陽)모두 강원도 변경에서 날뛰다가, 또 나아가 함주, 홍원(洪原), 북청(北青)모두 함경도을 휘저으니 여러 장수들이 싸워 모두 패하였다. 당시에 왜적의 우환이 날로 심하였으나 조정은 방략이 없고 오직 안팎의 불교 사찰에 진병(鎭兵)하는 법석(法席)[92]을 마련할 뿐이었다. 우리 태조께서 왜구를 대파하신 후에야 적의 기세가 점차 약해졌다.

박위(朴葳), 쓰시마[對馬島]를 토벌하다 그러나 그 후 경상도, 전라도 등지가 왜구의 소굴이 되어 침범하기를 그치지 않았다. 이에 해도원수(海道元帥) 정지(鄭地)가 글을 올려 이키시마[壹岐]와 쓰시마 두 섬을 멸하여 오래도록 변방의 우환을 없애고자 하였다. 왕 창 때에 이르러 경상도 원수 박위를 명하여 전함 1백 척을 인솔하고 쓰시마를 정벌하니 이는 정

---

92 설법(說法), 독경, 강경(講經), 법화 따위를 행하는 자리를 뜻한다.

지의 책략을 쓴 것이다. 대체로 왜구가 닿은 곳은 남쪽 변방의 주현이 더욱 심하여 인기척이 끊기고 서쪽은 해서(海西), 패강(浿江)부터 동북은 홍원, 북청 경계까지 그 화를 당하여 위태롭게 고려의 전 영토를 유린하였다. 고려의 쇠망 원인을 열거하면 왜구가 그 첫 번째가 되었다.

고려 멸망

사직이 장차 위태롭다 왕 우가 황음광망하여 인군(人君)의 덕이 없고 왜구는 더욱 날뛰어 국력이 피폐하여 사직이 장차 위태로웠다. 그러나 또 요동을 정벌하고자 하여 대군을 파견하였다가 우리 태조께서 회군하신 후로 천하의 인심이 모두 떠났다.

9신(九臣), 왕 창을 폐하고 공양왕(恭讓王)을 세우다 우가 이에 강화에 칩거하며 태조를 해하고자 하였으므로, 태조께서 심덕부(沈德符), 지용기(池湧奇), 정몽주, 설장수(偰長壽), 성석린(成石璘), 조준(趙浚), 박위, 정도전 등과 의논하여 우를 옮기고 창을 폐하였다. 다시 신종(神宗)의 먼 자손 요(瑤)를 세웠으니 이는 공양왕이다. 나라의 형세가 이에 이르자 다시 회복할 길이 없었다.

당파가 나뉘고 탄핵이 진행되다 왕이 또 나약하여 오직 울기만 할 뿐이었다. 즉위 초에 간관의 말로 조민수를 폐하여 서인으로 삼고 이숭인(李崇仁) 등을 유배하고 우와 창을 죽였다. 신, 왕, 두 성씨가 경질할 때에 당파가 나뉘어 신하들이 서로 다투고 혹은 시폐(時弊)를 논하여 정법을 의논하니 탄핵이 빈번하였다. 이에 옥사의 화가 만연하여 장상대신을 혹은 유배하거나 혹은 죽였다. 그러나 왕은 오직 부처만을 신봉하여 선행을 닦았으니 나라의 어지러움이 변하지 않아 곳간이 비고 정사가 문란하였다.

삼군도총제부(三軍都摠制府)를 세우다 이에 삼군도총제부를 세워 중외의 군사를 통괄하게 하고 우리 태조에게 도총제사(都摠制使)를 제수하였다. 배극렴은 중군총제사(中軍總制使), 조준은 우군총제사, 정도전은 좌군총제사였다. 왕이 태조를 깊이 의지하고 신뢰하였다. 태조께서 병으로 사직하였으나 문무의 큰 권력이 이미 태조께 돌아가 위엄과 덕망이 날로 성하였다.

조영규(趙英珪), 정몽주를 죽이다 이에 정도전, 남은(南誾), 조준, 윤소종(尹紹宗) 등이 태조를 추대할 뜻이 있었다. 그러나 정몽주가 충의로써 스스로 떨쳐 승상이 된 후에 윤소종, 남은, 정도전 등을 축출하고 태조를 해하고자 하였다. 이에 태조께서 조영규를 명하여 길에서 정몽주를 때려죽였다.

고려, 망하다 사헌부(司憲府)와 도평의사사(都評議使司)가 또 상소하여 정몽주의 무리 설장수, 이무(李茂), 우현보 등 수십 명을 유배하여 왕씨에 뜻있던 자를 모두 제거하였다. 이에 수문하시중 배극렴 등이 왕태후 정비 안씨의 교지로 왕을 폐하여 원주(原州)에 추방하고 이로써 고려가 망하였다. 무릇 태조가 신라 경순왕의 항복을 받은 때부터 지금까지 왕씨가 32명의 왕, 442년간이요, 왕 우와 왕 창 2대를 합하면 모두 475

년이었다. 무릇 고려 사대부 사이에 변론 탄핵이 성행하여 진퇴출척이 이때에 심한 것이 없으니 이는 당시에 송의 학문이 유행하여 학자들이 그 풍습에 물든 까닭이었다.

제도

관제(官制) 태조 초에 신라와 태봉의 제도를 참고하여 쓰고 또 3성(省), 6관(官), 9사(寺), 6위(衛)를 설치하니 이는 당의 제도를 모방한 것이다.

6부(六部) 성종(成宗)은 제작(制作)이 일신하여 각 관직은 일정하게 맡아보는 사무가 있고 자리에는 정원이 있어 제도가 크게 갖추어졌다. 즉 내사문하성(內史門下省), 어사도성(御事都省), 삼사(三司), 중추원(中樞院), 이부(吏部), 병부(兵部), 호부(戶部), 형부(刑部), 예부(禮部), 공부(工部), 어사대(御史臺), 국자감(國子監) 등이 있었다. 후에 문종(文宗), 예종(睿宗)이 점점 증원하였으나 대체로 성종의 옛 제도를 답습하였다. 귀천을 분별하고 노력과 능력에 순서를 정하는 데는 품(品), 작(爵), 훈(勳), 계(階)의 4등급이 있어 질서가 더욱 정연하였다.

관제가 원과 유사하다 충렬왕 때에 관제 중에 원과 비슷한 점을 고쳤다. 충선왕 때에는 부자(父子)가 서로 어지럽게 바꾸어 관제가 문란하였다. 첨의(僉議), 밀직(密直) 등 도평의사(都評議司)에서 국정에 참여한 자가 6, 70명이었다. 6부는 아무 쓸모없는 셈이 되어 정령(政令)이 행해지지 않았다. 공민왕은 20년 동안에 4번 관제를 고쳤는데 구제도와 신제도의 번폐가 극심하였다.

지방 정치 태조 23년(940)에 비로소 여러 주(州), 부(府), 군(郡), 현(縣)의 이름을 고쳤다. 성종은 10도(道)로 나누어 주, 현을 정하고 12주 절도사(節度使)를 세우고 수령(守令)을 두었는데 당시 조직은 민정과 군무를 둘로 나누지 못하였다. 현종은 절도사를 폐하고 5도호(都護)와 75도(道)의 안무사(按撫使)를 두었다가 이윽고 안무사를 폐하고 4도호와 8목(牧)을 설치하고 이후부터는 모두 4경(京), 8목, 15부(府)에 129군(郡), 335현(縣), 29진(鎭)이 되었다. 문종 때에는 서경, 동경, 남경, 유수, 부유수 등을 두고 대중도호부(大中都護府), 대도독부(大都督府), 제목(諸牧), 방어진(防禦鎭), 지주군(知州郡)에는 사(使), 부사(副使) 등이 있고 현(縣)에는 현령(縣令)이, 진(鎭)에는 진장(鎭將)이 있었다. 그 외 병마사, 안무사, 안렴사(按廉使), 권농사(勸農使) 등이 있어 군무를 다스리고 백성들의 질병 고통과 수령의 전최(殿最)[93]를 살폈다. 간혹 수도[京城]에 머물며 멀리서 영할(領轄)하거나 혹은 다른 관리가 겸임하기도 하였다.

향직(鄕職) 호장(戶長), 부호장(副戶長), 병정(兵正), 부병정(副兵正) 등의 관직이 있어 현종 때에 그 제도가 자못 정해졌다. 또 태조가 신라의 항복을 받은 후, 경주에 심관(審官)을 두고 부호장 이하 관직을 설치하였다. 충숙왕 때에 이 무리가 공전을 널리 독점하여 민호(民戶)를 숨기는 폐단이 있자 이를 파하였다.

---

93 고려 · 조선시대에, 관찰사가 각 고을 수령의 치적을 심사하여 중앙에 보고하던 일이다.

병제(兵制) 병제는 6위(衛)를 두니 위에는 상장군(上將軍), 대장군(大將軍)이 있어 여러 령(領)을 거느리고 각 령에는 장군(將軍)이 있어 군(軍)을 거느리니 하나의 령에 각 1천 명이었다.

6위(六衛) 도부(都府)를 세우고 6위를 합하니 42도부, 4만2천 명이었다. 또 응양(鷹揚), 용호(龍虎) 2군을 설치하여 각각 상장군, 대장군을 두었으니 6위의 위에 있어 서로 합치지 않고 또 상호 견제하여 국가의 수호병이 되었다.

숙종 때에 여진이 원수를 지으려 하였으므로 병사들을 훈련했는데 별무반(別武班)을 두어 문무산관(文武散官), 이서(吏胥), 상인, 천인, 승려들까지 예속하였다. 무릇 말을 가진 자는 신기군(神騎軍)이라 하고, 없는 자는 신보군(神步軍), 도탕군(跳盪軍)이라 칭하였다.

중방(重房) 의종 때에는 2군과 5위의 장군들이 함께 모여 일을 의논하니 불러 이르기를 중방이라 하였다. 지난날 서로 합하지 않았던 자들을 합쳐 권력이 모이게 하니 이로부터 무신이 강하다가 상장군 정중부, 이의민의 난에 중방의 권력이 더욱 무거웠다.

도방(都房) 최충헌이 권력을 잡을 때에는 문무 관리와 한량 군인들 중에 용기와 힘이 있는 자를 뽑아 그 집에 숙직하게 하니 불러 이르기를 도방이라 하였다.

6위는 인원이 줄고 도방은 더욱 성하다 용맹한 무사를 모두 최충헌 부자가 차지하여 거란 침략 때에 정숙첨(鄭叔瞻)이 5군을 이끌고 나가 방어한다 하였으나 그 실제는 다 늙은자들 뿐이었다. 또 조충(趙沖)이 거란을 패배시킬 때도 최충헌이 질투하여 그 공을 기록하지 않으니 이로부터 6위의 군사는 점점 인원이 줄고 도방의 병력은 더욱 성하였다.

그 후 김인준과 임연이 사람들의 분노로 인하여 최씨를 죽였으나 왕실이 스스로 다스린 것이 아니었던 까닭에 권신 하나를 제거하면 또 다른 권신이 나타났다. 또 원종이 복위할 때에 원의 군사를 빌려 임연을 없앤 후에야 권신의 화가 겨우 사라졌으나 삼별초의 난이 일어나고 또 여러 차례 변란을 거치면서 부위병(府衛兵)도 더욱 모자라게 되어 왕궁의 호위가 더욱 적었다.

삼군도총제부(三軍都摠制府) 공민왕 이후에는 각 도에 원수(元帥)가 있고 또 도원수(都元帥), 상원수(上元帥), 부원수(副元帥), 지병마사(知兵馬使), 절도사(節度使) 등이 있어 명령이 다양한 출구로 나아가니 군정이 통일되지 못하였다. 왕실도 총람권(總攬權)이 없으나 오히려 견제하더니 공양왕에 이르러 삼군도총제부를 세우고 모든 원수의 인장을 거두어 우리 태조에게 삼군도총제사(三軍都摠制使)를 제수하였다. 이로부터 병권이 하나로 돌아가고 6위의 이름이 없어져 마침내 국가가 망하였다.

주현군(州縣軍) 주현군이 각처에 산재하였는데 양계(兩界), 6도(道)의 명칭이 있어 어수선하였으나 모두 6위에 속하였다.

수군(水軍) 수군은 태조 때에 정리하여 여러 섬의 이익을 거두었다. 현종은 과선(戈船)을 만들어 명구진(溟口鎭)에 정박시켜 동북의 해적을 막았다. 원종은 전함병량도감(戰艦兵糧都監)을 설치하여 몽고가 일본을 칠 때에는 그 전함을 고려에서 마련하였다. 왕 우는 경기 좌우도의 군인을 추첨하여 기선군(騎船軍)이라 하고, 동서쪽 강에서 왜구를 막았다. 공양왕은 박인우(朴麟祐)에게 양광좌우도수군도만호(楊廣左右道水軍都萬戶)를 제수하였다.

둔전(屯田) 둔전은 현종 때, 지금으로부터 890년 전에 가주(嘉州)평안도 가산(嘉山)에 세운 후, 각 도에 본떠 행하였다. 공민왕 때에 권세가문이 차지하여 군수자금으로 쓰지 못하였다.[94]

무학(武學) 무학은 심히 완전하지 못하여 정종(靖宗) 때에 이르되 『김해병서(金海兵書)』는 무략요결(武略要訣)이라 하여 각 한 본씩을 연변주진(沿邊州鎭)에 하사하였다. 예종 때에는 무학생 17명을 두더니 인종은 유명무실하다 하여 파하였다.

그 후 공민왕 초에 이색이 무과를 설치하고자 하다가 행하지 못하였고 공양왕 때에 비로소 무과를 설치하여 병서와 무예에 정통한 자를 등용하였다.

병기(兵器) 당시에 병기는 궁(弓), 노(弩), 도(刀), 검(劍) 등이 있었다. 박

94 둔전은 변경이나 군사 요지에 주둔한 군대의 군량을 마련하기 위하여 설치한 토지이다. 군인이 직접 경작하는 경우와 농민에게 경작시켜 수확량의 일부를 거두어 가는 두 가지 경우가 있었다.

원작(朴元綽)이라는 사람이 더욱 병기에 마음 써 덕종 때에는 수질노(繡質弩)를 만들고 또 팔우노(八牛弩)와 24종류의 병기를 변방 성에 두기를 청하였다. 정종 때에는 수질 9궁노를 만드니 극히 신비롭고 교묘하였으므로 동서 변방의 진(鎭)에 설치하였다.

후에 궁노의 씀씀이가 더욱 많아져 문종 때에도 노수전(弩手箭) 6만 척과 차노전(車弩箭) 3만 척을 서북로에 보냈다. 또 여러 차례 수질 9궁노를 사용하여 궁술을 연습하니 그 전(箭)에는 대우전(大羽箭), 류엽전(柳葉箭), 편전(片箭) 등이 있고 그 중 편전이 더욱 뛰어난 무기였다.

석포(石砲) 박원작이 또 덕종 때에 뇌등석포(雷騰石砲)를 만들었는데 이는 상고제와 마찬가지로 틀을 사용하여 돌을 쏘았다. 인종 때에 김부식이 서경을 공격할 때에 화구(火具) 500여 석(石)을 만들어 조언(趙彦)이 만든 석포로 투방(投放)하자 그 화염이 번개와 같고 그 불은 바퀴와 같아 화기(火氣)가 더욱 세었다.

화포(火砲) 화약을 쓰기는 왕 우 때에 최무선(崔茂宣)이 원의 화약 제조 기술자(焰焇匠) 이원(李元)에게 배워 화포를 만들고 화통도감(火㷁都監)을 설치하니 왜구의 배를 불태우는 것이 이로부터 시작되었다.

목마(牧馬) 말을 기르는 것은 군사상 긴요하여 여러 목장을 용양(龍驤), 농서(隴西) 이하 10여 곳에 두었다. 의종은 축마요식(畜馬料式)을 정하여 말을 기르는 일에 힘썼는데 후에 말을 여러 섬에 방목하니 탐라가 매우 번성하였다.

원이 고려를 압제할 때에는 탐라가 원에 내속되었고 또 국가에 변고가 많아 말이 부족하였다. 충렬왕이 마축자장별감(馬畜滋長別監)을 설치하였으나 그 번식이 충분하지 못하여 그 후에는 백관과 승려들에게 전투용 말을 내도록 하였다.

형법(刑法) 고려의 정치가 대체로 당의 제도를 근본으로 하니, 형법은 더욱 모방하여 행한 것이 많아 옥관령(獄官令)과 명례(名例), 위금(衛禁) 이하 12율(律)이 있고 그 형법은 태(笞), 장(杖), 도(徒), 유(流), 사(死)[95]가 있으며 이에 부속한 자는 다 감속당면법(減贖當免法)이 있었다.

대체로 형률이 당률은 5백 조인데 고려는 69조요, 이외에 따로 옥관령 2조를 덧붙였을 뿐이다. 그 번잡함을 덜고 간이함을 취하여 시의(時宜)에 맞도록 했겠으나 그 조목이 자세하지 않아 취하고 버린 것의 시비를 논단하기 어렵다. 유형(流刑) 중 2천 리, 3천 리라 하는 부분은 고려 지방이 협소하여 실상과 맞지 않으므로 빈 말임을 알 수 있다.

정몽주, 새로운 율(律)을 편찬하다 그 후 또 법도와 기강이 점차 해이하여 폐단이 더욱 심하였으므로 왕 우 때에는 원의 『지정조격(至正條格)』을 따르게 하고 전법사(典法司)는 또 『대명률(大明律)』과 『의형이람(議刑易覽)』을 참작하여 다시 정하고자 하였다. 정몽주가 『대명률』과 『지정조격』과 본조 법령을 취하여 우리나라 법령을 상호 참작하고 헤아려 새 법전을 편찬하였다. 그러나 이 해에 고려가 망하여 사용하지 못하였다.

95 태는 볼기형, 장은 곤장형, 도는 징역형, 유는 귀양형, 사는 교형과 참형을 뜻한다.

대체로 고려의 법률이 당을 모방하였으나 태조가 불교를 좋아하여 자비로써 근본을 삼는 까닭으로 때때로 악을 너그럽게 헤아리고 폭력을 은혜롭게 용서하여 기강이 부진하고 무신이 발호하였다. 명종, 고종 이래에는 권신이 계속 일어나 고변을 당한 자를 죄를 불문하고 곧 물에 던져 형정(刑政)이 크게 무너졌다. 그러나 당시에 조목이 심히 간소하여 사람이 자의로 법을 행하여 관엄(寬嚴)이 크게 달랐다.

민사소송 민사소송은 대부분 사전(私田)의 토지분쟁과 양천(良賤)의 신분관련 송사였다. 수령과 안렴사에게 녹을 주고 혹 경관(京官)에 월고(越告)하거나 혹 유사(有司)에 송사하지 않고 직접 대내(大內)와 도당(都堂)에 가는 것을 금지하였다.

전지(田地)의 종류 당시에 전지의 종류를 들면 공음전(功蔭田), 구분전(口分田), 공해전(公廨田), 영업전(永業田), 과전(科田) 등 명목이 있으니 이를 이르되 전시과(田柴科)라 하였다.

공전(公田) 관리에게 주었다가 죽으면 공공에 반납하는 것을 공전이라 하고 조세를 내지 않았다.

사전(私田) 신민(臣民)이 사유한 것은 사전이라 하였다.

양전보법(量田步法) 전지를 측량할 때에는 1장(丈)을 파(把)라 하고, 10파를 속(束)이라 하고, 10속을 부(負)라 하고, 1백 부를 결(結)이라 하니 이는 신라 이래 옛 제도였다. 문종 23년(1069), 지금으로부터 837년 전[96]에 양전보법을 정하였다.

※ 전(田) 1결은 사방 33보(步)요, 2결은 방 47보요, 3결은 방 57보 3분(分)이요, 4결은 방 65보요, 5결은 방 73보 8분이다. 전 6결은 방 80보 8분이요, 7결은 방 87보 4분이요, 8결은 방 90보 7분이요, 9결은 방 99보요, 10결은 방 104보 3분이다.

이때에 6촌(寸)을 1분(分)이라 하고, 10분을 1척(尺)이라 하고, 6척을 1보(步)라 하고 100보를 1결(結)이라 하였다. 보(步)와 부(負)는 음이 서로 같다 그러나 부속(負束)의 명칭이 마침내 없어지지 않고 명종 때에 또한 그 수를 사용하였다.

전지(田地)의 등급 또 전지의 등급을 정할 때에 불역(不易)[97]한 땅을 상전(上田)이라 하고, 일역(一易)[98]한 땅은 중전(中田)이요, 재역(再易)[99]한 땅은 하전(下田)이라 하였다. 산전(山田) 가운데 불역전(不易田) 1결(結)은 평전(平田)[100] 1결에 해당하고 일역전(一易田)은 2결이 평전 1결에 해당하고 재역전은 3결이 평전 1결에 해당하는 것으로 하였다.

미속(米粟) 측량법 미속을 측량하는 방법은 10작(勺)이 1홉[合]이요, 10홉

96 원문의 '838년 전'은 오기이므로 바로잡았다.
97 해마다 경작하는 것이다.
98 한 해씩 교대로 경작하고 묵히는 것이다.
99 2년간 묵히고 한 해는 경작하는 것이다.
100 평야 지대의 토지(전답)이다.

이 1되[升]요, 10되가 1말[斗]이요, 15말은 소곡(小斛)이요, 20말은 대곡(大斛)이라 하였다. 정종(靖宗) 때에는 매년 봄 · 가을로 관가나 개인들이 사용하는 저울, 섬, 말, 되, 평미레[平木], 장목(長木)을 검사하였다. 문종 7년(1053), 지금으로부터 854년 전에 관곡법(官斛法)을 정하였다.

※ 미곡(米穀)은 1척 2촌이요, 패조곡(稗租斛)은 1척 4촌 5분이요, 말장곡(末醬斛)은 1척 3촌 9분이요, 대소두곡(大小豆斛)은 1척 9분이니 이 네 가지는 길이, 너비, 높이가 모두 같았다.

공민왕 때에 여러 도의 향리가 조세를 거둘 때에 사사롭게 큰 말[大斗]을 만들어 더 받아내니, 이에 고을의 원들에게 지시하여 중앙과 지방, 국가 기관과 개인 집들의 말의 크기를 같도록 하였다.

형(衡) 형은 근(斤), 량(兩), 목(目), 도(刀), 전(錢), 분(分) 등의 명칭이 있었다. 현종이 권형(權衡)을 정하였으나 그 제도가 자세하지 않더니 충렬왕이 원의 제도를 따랐다.

조세 조세 제도는 대략 두 종류로 구별하니 태조가 태봉의 가혹한 정치를 없애고 신라 제도를 회복함에 전(田) 1부(負)부터 조 3되를 거두었다. 성종은 공전의 조는 4분의 1을 취하고 수한전(水旱田)으로 인하여 등급이 있었다.

일반 백성들의 조세 거두는 방법 왕 우 때에 조준의 논의로 공사조(公私租)를 거두었으니, 1결에 쌀 20말로 정하여 민생을 안정시켰다. 공양왕은 수전 1결에 현미 30말이요, 한전(旱田)에는 잡곡 30말이었다.

공부(貢賦) 또 공부라 함은 각종 물품을 공물로 바치는 것이다. 광종 때, 지금으로부터 940년 전쯤에 그 액(額)을 정하였으나 그 다소를 알 수 없더니 그 후 소가죽, 힘줄, 뿔, 중포(中布), 순포(純布), 면주(綿紬)를 평포(平布)로 환산하여 대신 바치도록 하였다. 또 많고 적음을 정하였으나 항상 횡렴이 많았다. 선종(宣宗) 때, 지금으로부터 810여 년 전에는 잡세(雜稅)라 하는 것이 있어 밤과 잣은 큰 나무에 3되, 중축되는 나무에 2되, 작은 나무에 1되씩을 바치게 하였다. 그 외 옻[漆]과 마전(麻田) 등에 세가 있었다. 충혜왕 때에는 산세(山稅)가 있어 솔씨[松子]를 바치더니 그 후에 산택세(山澤稅)를 거두기 점차 과중하다가 공민왕이 경감하였다.

요역(徭役) 무릇 백성들은 16세를 정(丁)이라 하여 국역에 복종하다가 60세에 면역하였다. 이를 위해 주군(州郡)에서는 해마다 호구(戶口)를 계산하였는데, 양민과 천민의 노비 등의 호적을 구분하여 호부(戶部)에 올린 후 그 호적에 근거하여 사역(使役)하였다. 사람 수의 많고 적음을 기준으로 9등급으로 나누고 부역을 정하였다. 우왕 때에 외방민도 경중법을 따라 대·중·소 3등급으로 나누어 중호는 두 집이 한 명을 내었고, 소호는 세 집이 한 명을 내었다.

이상 조세, 공부, 요역은 곧 당나라의 조(租), 용(庸), 조(調)의 종류이니 토지와 사람과 가옥에서 나온 것이다.

염세(鹽稅) 그 외 염세 등은 국가 쓰임에 가장 큰 것이었으되, 충렬왕 때에 비로소 염세별감(鹽稅別監)을 여러 도에 파견하였다. 충선왕은 정부에 염창(鹽倉)을 세워 백성들이 관청으로 와서 포(布)를 바치고 소금을 받도록 하였다. 또한 사사롭게 판매한 자는 엄죄하니 당시에 여러 도에서 소금 값으로 받은 베는 한 해에 4만 필이었다. 공민왕 때에는 염호(鹽戶)가 흩어져 도망하였으니, 백성들이 조세를 낼 뿐이요 소금을 받지 못하기 10년이 되었다.

임시 과렴(科斂) 나라에 큰 일이 있어 용도가 부족하면 금, 은, 포, 면, 쌀, 콩 등을 군신과 백성에게 임시로 과세하여 비용을 충당하였다. 원의 압제를 받은 이래로 국신(國贐)을 보조하며 군량을 보충하기 여러 번에, 모두 백성에게서 취하기 그침이 없었다.

조세 감면 오직 즉위와 또 왕의 행차 때에 홍수와 가뭄과 벌레와 서리의 재해 등으로 인하여 조세를 감하고 요역을 면제하기가 여러 번이었으므로 백성들도 쉬는 날이 있었다.

녹봉(祿俸) 녹봉은 다양한 제도가 있어 문무백관으로부터 부(府)에 소속된 군인들이나, 아직 관직을 가지지 않은 무인들까지 등급을 따라 토지를 주고 또 등급에 따라 땔나무를 베어 낼 땅을 주었으니 이러한 토지 제도를 전시과(田柴科)라고 하였다

전시과(田柴科) 태조 때에는 토지를 나눌 때에 그 관직의 높고 낮음은

논하지 않고 성품과 행동의 선악과 공로의 대소를 참작하여 주었다. 경종은 현직 관원과 산관(散官)[101]의 각 품(品)의 전시과를 제정하였는데, 다만 인품(人品)으로 등급을 정하였다.

목종과 문종은 18과를 정하니 제도가 크게 갖추어져 그 전시(田柴)를 죽은 후 반납하도록 하였다. 오직 부병은 60세에 환납하고 70세 이후에는 구분전(口分田) 5결을 주고 또 군인 전사자의 처와 또 5품 이상의 유녀(遺女) 미혼자는 5결 혹은 8결을 주었다.

공음전시(公蔭田柴) 이외에 또 공음전시는 자손과 사위, 조카, 양자까지 전하고 또 공해전시(公廨田柴)는 주, 현, 부, 군, 관, 역 등의 직분전(職分田)이 되었다.

녹봉 이상은 다 토지로 주는 것이요, 이 외에 미속(米粟)으로 주는 것이 있으니 이는 곧 녹봉이다. 문종 때, 지금으로부터 850년에 그 법이 크게 갖추어지고 인종이 다시 정하니 안으로는 후비, 공주, 종친, 백관부터, 밖으로는 3경, 주, 부, 현까지 모두 녹이 있어 많은 자는 3~4백 석부터 적은 자는 4~5석에 이르렀다.

국초(國初) **토지의 수** 전시과의 제도가 태조부터 시작하여 수대 후에 점차 정비되니 이는 국초의 전수가 대략 80만 결이었으므로 이로써 공급하였다. 후에 수수법(收授法)이 점차 무너지고 강탈하는 풍속이 대행

101 일정한 직무 없이 관리의 등급만 가지고 있는 관리를 뜻한다.

하여 이미 벼슬하는 자와 이미 혼인한 자도 한인(閑人)의 토지를 받았다. 군대[行伍]에 들어가지 않는 자도 군전(軍田)을 받고, 아버지는 아들에게 사사로이 주어 아들이 반납하지 않았던 까닭으로 허와 실이 분명하지 않아 혹 3백 결을 받은 자가 그 실제는 입추지(立錐地)가 없었다.

공양왕 초기 6도(六道) **간전**(墾田)**의 수** 공양왕 초에 조준 등이 건의하여 사전을 개혁하고자 하였으나, 세신 대가들이 모두 원하지 않았다. 이때 6도 간전의 수가 50만 결뿐이었다. 이로써 상공(上供)과 녹봉 군료(軍料) 등을 정하였는데 이윽고 혁명이 일어나 제대로 정돈하지 못하였다.

녹봉은 문종 때에 세입 쌀, 조, 보리가 모두 13만 9천 7백여 석이었다. 등급에 따라 공급하고 서경관리들의 녹봉은 서경의 대창(大倉)과 서해도의 세량(稅粮)으로 공급하고 외관(外官)들의 녹봉은 좌창(左倉)과 외읍(外邑)으로 공급하였다. 고종, 원종 이후에는 곳간이 고갈되어 녹을 주기 어려웠으므로 드디어 기현(畿縣)에서 녹과전(祿科田)을 공급하여 보충하였다. 공민왕 이후에는 왜구로 인하여 조운이 다니지 못함에 재상의 녹봉도 겨우 수 곡(斛)이요, 7품 이하는 베만 공급하였다.

학제(學制) 학제는 신라가 망하기 전에 태조가 서경에서 학교를 세워 정악(廷顎)에게 서학박사(書學博士)를 제수하였다. 따로 학원(學院)을 만들어 6부 생도를 모아 교수하고, 아울러 의학과 복학 두 과목을 병설하였다. 성종은 경학박사(經學博士), 의학박사(醫學博士) 각 한 명씩을 20목(牧)에 설치하고 국자감(國子監)을 만들어 전장(田庄)을 주며 수서원(修書院)시직을 저장하여 지금의 도서관과 같은 것이다을 세워 학문을 장려하였다, 그러나 오히려 성하지 못하더니 문종 때에 12도(徒)견하(見下)가 흥기한 이후, 사학(私學)이 최고로 왕성하였다. 예종은 국학에 양현고(良賢庫)를 세워 인재를 양성함에 학사(學舍)를 널리 세우고 유학 60명과 무학 17명을 두었다. 명유를 선발하여 학관박사(學官博士)라 하였다. 인종에 이르러는 학식(學式)을 정하니,

※ 국자학생 3백 명, 대학생 3백 명, 사문학생 3백 명이요, 무릇 잡로(雜路)[102]와 장인(工), 상인(商), 악공(樂) 등 천한 일을 하는 자와 대공친(大功親)[103] · 소공친(小功親)[104] 간에 혼인한 자와 가정 도덕(家道)이 바르지 아니한 자와 악역(惡逆)의 죄를 저지른 자와 천향부곡인(賤鄕部曲人)의 자손과 자기 스스로 죄가 있는 자는 입학을 불허하였다. 또 국자학 중에 율학, 서학, 산학은 8품 이하 자손 및 서인과 7품 이상 아들 중에 자기가 원한다면 입학을 허락하였다.

국자학과 대학과 사문학에 다 박사와 조교를 두고 경(經)을 나누어 교수하고 율서와 산학은 다만 박사를 두었다. 무릇 경서는 『주역』, 『서전』, 『주례』, 『의례』, 『예기』, 『모시』, 『춘추』, 『효경』, 『논어』 등과 산술 및 시무책을 익히고 여유로울 때에는 책을 학습하였다.

학교를 여러 주에 세우다 인종은 또 여러 주에 조서를 내려 학교를 세워 학생을 두었다. 이는 성종 때에 박사를 12목에 두었으나 학교가 아직 세워

102 천문, 의학, 음악 등 기술자를 뜻한다.
103 4촌 형제, 시집간 고모, 시집간 누이 등의 친척을 말한다. 대공이란 아홉 달 입는 상복를 뜻한다.
104 증조 부모, 6촌 형제, 5촌 숙질 등 친척을 말한다. 소공이란 다섯 달 입는 상복을 뜻한다.

지지 않은 까닭이다. 그 후 국학생도가 2백 명에 불과하니 이는 비용을 살핀 것이었다. 원종은 동서학당을 세우고 각기 별감을 두어 가르쳤다.

담학전(贍學錢) 충렬왕은 당시 유사(儒士)들이 오직 과거를 위한 문장만을 익히고 경사를 통달한 자가 적다하여 최옹(崔雍) 등 7명에게 경사교수(經史教授)를 제수하고 국학에 대성전(大成殿)을 새로 세웠다. 이때 안유가 건의하여 국학의 담학전지금의 학교 기본금과 같다을 설치하고 또 서적을 중국 강남에서 구해와 여러 일이 자못 정비되니 수업하는 학생이 수백 명이 되었다.

충선왕은 또 박사 유임(柳衍)을 강남에 보내어 경적 1만 8천 권을 구해 왔다. 원이 또 송비각(宋秘閣)의 소장 서적 4천 3백 7십 1책을 보내 왔다. 공민왕 때에는 국학과 12도 동서학당을 정비하고 그 외 중앙과 지방의 학교를 수리하고 이색이 대사성을 겸하니 학도가 점점 많아졌다.

공양왕도 또한 유학 교수관을 경중 5부 및 각도에 설치하여 학업을 장려하였다. 무릇 12도는 본래 사학이었으나 이때에는 국학과 동서학당이 병립하여 모든 과거를 응하는 자는 먼저 도중에 따르며 배웠으니 정부에서 이를 정중히 대우하였다.

과거(科擧) 과거로 선비를 선발하는 것은 광종 9년(958), 지금으로부터 948년 전[105]에 중국 후주인 쌍기(雙冀)의 말을 채용하여 처음 세웠다. 그 법이 당의 제도를 써서 과목은 제술(製述)[106]즉 진사, 명경(明經)[107]의 두 과

105 원문의 '949년 전'은 오기이므로 바로잡았다.
106 글 짓는 것. 또는 그것을 과목으로 하는 과거의 약칭이다.

가 있었다. 그 외 의학과 복학, 지리(地理),[108] 율학, 서학, 산학, 삼례(三禮),[109] 삼전(三傳)[110]이 있었는데 각기 그 전문 과목에 대하여 시험 치고 출신(出身)[111]을 주었다. 비록 이름 있는 경대부(卿大夫)라 할지라도 과거시험을 치지 않으면 벼슬에 나갈 수 없었다. 그 방법으로는 친시(親試),[112] 복시(覆試),[113] 감시(監試),[114] 봉미(封彌),[115] 전시(殿試),[116] 삭시(朔試)[117] 등의 이름이 있었다. 광종 때부터 공양왕 때까지 진사가 대략 6천 명이요, 명경이 4백 4십 명이요, 의학·복학과 명법, 병서, 산학, 삼례, 삼전 등은 목종 때까지 5~6명, 많으면 2~30명에 이를 뿐이었다.

과거 외에 유일현량(遺逸賢良)의 천거가 있고 또 문음(門蔭), 남반(南班),[118] 잡로(雜路)의 선서승천(選敍陞遷)의 길이 있었다. 처음에는 사람을 골라 뽑는 방법이 자못 바르더니 고종 때에 최우가 정방(政房)을 사저에 둔 후부터 뇌물이 행하여 사람을 뽑는 방법이 무너졌다. 충렬왕 이후에는 국비가 부족하여 사람들이 은과 조를 내어 관직을 제수함에, 납부한 바의 많고 적음에 따라 차제를 정하니 이는 쇠퇴하는 시기

---

107 유학, 경전(儒學經傳)에 밝은 것. 또는 그것을 과목으로 하는 과거의 약칭이다.
108 음양 풍수설(陰陽風水說)을 시험 과목으로 하는 과거이다.
109 『주례(周禮)』, 『의례(儀禮)』, 『예기(禮記)』를 시험 과목으로 하는 과거이다.
110 『춘추(春秋)』의 주해서인 『좌전(左傳)』, 『공양전(公羊傳)』, 『곡량전(穀梁傳)』을 시험 과목으로 하는 과거이다.
111 벼슬에 나갈 수 있는 자격이다.
112 임금이 몸소 과거장에 나와 시험 성적을 살피고 급제자를 정하던 일. 또는 그 시험이다.
113 과거볼 때 처음 시험에 합격한 사람을 다시 시험쳐 보는 것이다.
114 국자감에서 진사를 뽑던 시험이다.
115 공평함을 기하기 위해 수험자의 이름을 봉하여 답안을 제출하던 과거 방식이다. 원문의 '封彌'는 오기인 듯 하다.
116 복시(覆試)에서 선발된 사람에게 임금이 친히 보이던 과거를 뜻한다.
117 매월 초하루마다 실시하던 것이다.
118 고려 때에 액정국(掖庭局)과 내시부(內侍府) 등의 벼슬아치들은 동서 양반에 속하지 않았으므로 이를 남반이라 하였다.

의 어지러운 정치였다.

흑책분홍(黑冊粉紅) 또 과목의 문란이 더욱 심하여 흑책과 분홍이라는 비난이 있었다. 흑책이라 함은 충숙왕 때에 벼슬 임명 비준서가 내려갈 적에 담당자가 주(朱)와 묵(墨)을 가지고 마음대로 고쳐서 분간할 수 없게 만들었던 까닭으로 이르기를 흑책정사(黑册政事)라 하였다. 흑책은 즉 아이들이 글씨 연습을 하는 첩(帖)이다. 분홍이라 함은 우왕 때에 세력가문의 유치 아동이 등과함에 당시 사람들이 일러 말하되 분홍이라 하였으니 그 아이들이 분홍 옷을 입은 까닭이었다. 고려의 업이 여기에서 쇠하였다.

관직의 제한 과거로 사람을 등용함이 위의 글과 같으나 응하는 자는 사대부의 아들이었다. 신분이 미천한 자는 참여치 못하고 또 관직에 제한이 있어 전리(電吏), 장수(杖首), 문복(門僕) 등의 자손은 제술, 명경업에 오른 자가 5품을 제한으로 하고, 의학, 복학, 지리, 산술의 업은 7품이 제한이 되었다. 혹 대소 공친(功親)에 혼인하여 낳은 자손과 기술자와 상인과 악공의 자손은 공이 있더라도 다만 물건을 하사하고 벼슬길은 금하였으니 그 제도가 때에 따라 같지 않으나 한미한 자는 그 영달의 길이 어려웠다. 고려 500년의 제도를 통하여 살펴보면 그 초에는 당제를 모방한 것이 열에 일곱 여덟이었다. 충렬왕 이후는 혹 원나라의 제도를 의거한 것이 있으니 그 사이에 득실이해가 없지는 않으나 고려가 당 제도를 따라한 것은 대체로 옛 법을 인습할 뿐이었다.

종교

유학(儒學) 유학이 그 초에는 왕성하지 않더니 성종 11년(992), 지금으로부터 914년 전[119]에 이르러 힘써 주공과 공자의 가르침을 일으키고, 부자자효(父慈子孝)와 형우제공(兄友弟恭)의 유풍을 알리고자 하여 경학박사를 12목에 설치하였다. 문종 때에는 최충이 9개의 서재(齋)를 만들어 여러 생도를 교육하였는데 사람들이 그들을 최공의 학도라고 불렀다.

12도(十二徒) 그 외 유신이 학도를 세운 것이 모두 11개였으니 세상 사람들이 이르되 12도라 칭하였다. 그 중 조충의 무리가 가장 성하여 이르되 해동공자(海東孔子)라 하였다. 또 국자감에 대해서는 공자상에 재배하고 칭하여 말하기를 백왕사(百王師)라 하였다. 예종은 학생을 송나라에 보내고 또 청연각(淸讌閣), 보문각(寶文閣)에서 학사와 함께 경적을 강론하고, 학교를 세우고 생원을 두어 예악으로 풍속을 이루었다.

노장학(老莊學)을 금하다 인종은 학생들의 노장학을 금하고 호부상서(戶部尙書)에게 5전(典)으로 백성들을 가르치게 하며 여리동추(閭里童稚)에게는 『논어』와 『효경』을 나누어 하사하고 유신들은 경전을 강론하였다. 이는 유학이 가장 성한 때요 그 후에는 학문이 행하지 않는 것은 아니로되, 모두 사부(詞賦)와 문장업에 지나지 않았다. 충렬왕 때에 안유가 충군, 효친과 형우, 제공의 도를 강론하였다.

---

119 원문의 '915년 전'은 오기이므로 바로잡았다.

성리학, 처음 시행되다 충렬왕이 또 대성전을 만들어 유학이 다시 흥하였으나 성리학을 배우는 자가 아직 없었다. 충숙왕 때에 백신정(白頤正)이 원나라에 가 성리학을 수양하고 귀국하였으므로, 이제현(李齊賢), 박충좌(朴忠佐) 등이 그 학문을 따랐다. 또 권부(權溥)가 건백(建白)하여 주자의 『사서집주(四書集註)』를 간행하고 우탁(禹倬)은 『정씨역전(程氏易傳)』에 밝아 생도들을 가르치니 성리학이 비로소 행하였다. 그 후에 이색, 윤택(尹澤), 권근(權近), 이인복(李仁復)의 무리가 배출되니 이색은 대사성으로 생원을 증원하고, 또 김구용(金九容), 정몽주, 박상충(朴尙衷), 박의중(朴宜中), 이숭인 등이 관학을 겸하여 학자가 모여드니 성리학이 더욱 성하였다. 그 중에 도덕과 학문이 일대에 유명하기는 이색, 정몽주요, 정몽주의 이론이 더욱 인의(人意)를 초월하니유학자들이 감복하였다.

유학 저서 또 그 충의대절이 당시의 풍기를 더욱 장려하였다. 오직 애석한 것은 당시에 유학 저서가 겨우 윤언신(尹彦頤)의 『역해(易解)』와 권근의 『입학도설(入學圖說)』, 『오경천견록(五經淺見錄)』에 불과하다는 점이다.

석전(釋奠) 국학에서는 문선왕(文宣王) 묘를 세우고 매년 봄, 가을 2번 중삭(仲朔),[120] 상정일(上丁日)[121]에 석전을 행하였다. 또 안회(顔回) 이하 72명과 좌병명(左兵明) 이하 23명을 배향하였다. 본국 사람 중 배향하는 자는 오직 신라의 최치원과 설총 두 사람 뿐이었다. 그 의식

120 각 계절의 가운데 날. 음력으로 2월, 5월, 8월, 11월을 이른다.
121 음력으로 매달 첫째 드는 정(丁)의 날이다.

절차는 국왕이 친히 제사하고 제주(祭酒), 사업(司業), 박사(博士)가 헌관(獻官)이 되었다. 여러 주와 현에서도 지방장관이 주재하여 석전을 행하고 유학으로 국교를 만들어 존숭하였다.

불교(佛教) 불교는 태조가 깊이 신봉하여 즉위 초에 천축국(天竺國) 법사(法師) 마후라(摩睺羅)와 실리전일라(啞哩嚩日羅)가 왔으므로 왕이 의절을 갖추어 영접하였다. 또 나라가 있는 것은 부처의 힘이라 하여 훈요를 저술하면서 불사(佛事)를 많이 칭송하였다. 연등(燃燈)에 팔관설(八關說)불가(佛家)의 8가지 계(戒)이 있고, 성종은 승려들을 국사(國師), 왕사(王師)라 하였다. 덕종은 보살계(菩薩戒)를 받고 그 후 여러 왕도 도량(道場)을 세우고 사원에 행차하고 승려에게 시반(施飯)하는 일이 매우 많았다. 또 인종은 묘청, 백수한의 말을 들어 관정도량(灌頂道場)[122]을 상안전(常安殿)에 세우더니 원종이 즉위할 때에도 관정례(灌頂禮)[123]를 행하였다. 충선왕은 관정도량을 세웠다.

선종(禪宗)**의 시작** 성종은 사문(沙門) 30여 명을 송항주(宋杭州)중국 절강성에 보내니 영명사(英明寺) 지각선사(知覺禪師)에게 수학하여 『종경록(宗鏡錄)』을 가지고 돌아왔다. 이것이 선종의 시작이었다.

천태종(天台宗)**을 창시하다** 또 문종이 그 아들 후(煦)와 탱(竀)을 축발(祝髮)

122 관정례를 행하는 불교적 장소이다.
123 계(戒)를 받거나 일정한 지위에 오른 수도자의 정수리에 물이나 향수를 뿌리는 일, 또는 그런 의식을 뜻한다.

하여 승려가 되었다. 후가 총명하고 지혜로워 비로소 화엄(華嚴)을 연구하였다. 또 유교 저술들을 섭렵하다가 송에 들어가 그 법을 구하더니 귀국할 때에는 석전(釋典)과 경서(經書)를 요동에서 구하여 간행하고 천태종을 창시하였다. 그 죽음[歿]에 대각국사(大覺國師)를 추사하니, 이에 불교가 더욱 흥하여 번성하였다.

불교가 나뉘어 교종(敎宗), 선종이 되다 그 후 왕자 중에 승려가 되는 것이 역대의 항례가 되었다. 당시에 행해지던 불교는 교종천태종, 선종자은종, 조계종의 구별이 있다이 있으나 교종은 선종을 미치지 못하였다.

성리학 융흥(隆興)의 영향 고려 일대(一代)에는 불교가 더욱 성한 세대였으니, 공양왕 때 지금으로부터 516, 7년쯤 전에 송 유학인 성리학이 성행하여 사대부 간에 때때로 불교[佛氏]를 배척하는 자가 잇따라 생겼다. 결국 근세 초조선[本國] 초에는 불교를 모조리 쓸어버렸다. 고려 말에 불교가 쇠퇴할 뿐 아니라 조정 사대부의 풍습과 상제례까지 모두 바뀌어 그 영향이 매우 컸다.

도교(道敎) 도교는 예종 때, 지금으로부터 800년 전에 원나라가 처음 천존상(天尊像)을 옥촉정(玉燭亭)에 안치하고 매월 초제(醮祭)하였다. 의종은 승려 수백 명을 모아 항상 재초(齋醮)함에 비용이 많이 들었으니 그 도가 크게 행하지는 않았으나 또한 매우 성하였다.

문학과 기예

문학 문학은 광종 9년(958), 지금으로부터 948년 전[124]에 쌍기(雙冀)의 뜻을 채용하여 과거로 선비들을 모은 후로 문풍이 점차 홍하였으나 실속은 없고 겉만 화려하여 실덕(實德)이 쇠하였다. 성종은 학교를 세우고 학원을 설치하더니 현종이 남행한 후로 크게 떨치지 못하였다.

문학이 성하여 일어하다 문종 때에 최충이 사문(斯文)을 일으켜 그 학문이 9경(九經), 3사(三史)[125]에 또 시와 예를 익혀 과거를 응하는 자가 모두 학도 중에 있었다. 이에 문학이 왕성하였다.

문운(文運)의 일대 재앙 또 인종, 숙종, 예종은 군신 회연(會宴)에 시를 지었다. 의종 때는 그 풍속이 더욱 성하여 경조부박한 김돈중(金敦中), 한뢰 등과 창화감음(唱和酣飮)하다가 군인들의 분노를 불러 왕을 시해하고 문관의 관모를 쓴 자는 모두 죽였으니 문학의 실속 없이 겉만 화려한 폐단이 이와 같음에 곧 문운의 일대 재앙이었다. 그 후 이규보, 금의(琴儀), 이공노(李公老), 유승단(兪升旦) 등은 시를 잘 지었고 문장에 능숙한 자들이었다. 그러나 당시 학자는 대체로 승도(僧徒)를 따라 장구(章句)를 익히니 그 풍속을 알 수 있다. 충렬, 충선은 모두 문학을 좋아

---

124 원문의 '949년 전'은 오기이므로 바로잡았다.

125 9경(九經)은 중국 고전인 아홉 가지의 경서로, 『주역(周易)』, 『시경(詩經)』, 『서경(書經)』, 『예기(禮記)』, 『춘추(春秋)』, 『효경(孝經)』, 『논어(論語)』, 『맹자(孟子)』, 『주례(周禮)』를 뜻한다. 3사(三史)는 중국의 세 가지 역사책으로 『사기(史記)』, 『한서(漢書)』, 『후한서(後漢書)』를 가리킨다.

하였는데, 충선은 연경에서 만권당(萬卷堂)이라는 독서당을 갖추었다. 염복(閻復), 요수(姚燧), 조맹부(趙孟頫), 우집(虞集) 등과 함께 서사(書史)를 연구함에 이재현이 그 사이에서 주시(周施)하였으니, 문명(文名)이 가장 성하였다.

충혜왕은 과거 응시자로 하여금 율시 1백 수를 암송하고 『소학』, 『오성자운(五聲字韻)』에 통달한 자로 시험에 응시하도록 하였다. 충목왕은 이백과 두보의 시를 살펴보자 하였으나, 근신들이 정치에 도움이 되지 않는다 하여 받들어 모시지 않았다. 따라서 당시에 시부(詩賦)를 천시했다는 사실도 알 수 있다. 공민왕 이후는 학자가 연이어 배출함에 그 중 정도전, 윤소종, 권근 등은 더욱 쟁쟁한 사람이었다. 문장과 제작(制作)이 살펴볼 만한 것이 매우 많으니 그 융성함이 중엽 이전에 미칠 바가 아니었다.

역사 그러나 고려 일대에 저술에 힘써 일부 서적을 완성한 것은 겨우 수십 종에 불과하였다. 역사에는 김부식의 『삼국사기』가 저명하나, 오히려 자국을 폄하하고 업신여겨 비루하다는 비웃음을 벗어나기가 어렵다.

시문 시문은 혹은 온아(溫雅)하고, 혹은 호건(豪健)하여 각기 장단점이 있으나 이규보, 이숭인, 이색, 정몽주 등의 문집이 후세에 더욱 행하였다.

서적 인쇄 발행 서적을 인행(印行)하기는 성종 시기, 지금으로부터 910여 년 전에 대장경을 간각하였으니 송본(宋本)과 거란본을 구하여 교합하여 후세에서 이를 고려본이라 칭하였다.

장경(藏經) 고려본(高麗本) 오늘날 장경간본이 이보다 잘 만들어진 것이 아직 없고, 그 후 정종 때에는 최호(崔顥) 등이 『양한(兩漢)』과 『당서(唐書)』를 간행하고 또 비서성(秘書省)에서 『예기(禮記)』와 『모시(毛詩)』[126]의 정의(正義)를 새로 간하였으나 성행하지 못하였다.

문종 때에는 서경유수가 말하기를 진사, 명경 등의 취업(就業)할 서적이 모두 돌려가며 베낀 것이라 문자가 어그러지고 어긋났다 하였다. 이에 비각(秘閣)의 9경(經), 『한서(漢書)』, 『진서(晉書)』, 『당서(唐書)』, 『논어(論語)』, 『효경(孝經)』, 『자사(子史)』와 제가문집(諸家文集) 그리고 의(醫), 복(卜), 지리(地理), 율(律), 산(算) 등 여러 서적을 인쇄하여 각 1본씩을 여러 학원에 두었다. 그 후에는 누차 여러 주현에서 의서, 역사 등을 인쇄하였다. 또 선종 때에는 서적 4천 권을 요, 송과 일본에 구해 와 간행하였다. 그러나 이는 다 나라에서 한 것이요, 민간에서는 간행함이 없고 중국 서적을 번각(飜刻)할 뿐이었다. 명종은 최유청(崔惟淸)의 『소찬(所撰)』, 『이한림집주(李翰林集注)』와 『유문사실(柳文事實)』을 보고 가상하여 판(板)에 새겼다. 이것이 우리나라 사람이 편집한 것을 간행하는 시초였다.

활자인판(活字印板) 활자인판은 이보다 조금 뒤이지만, 공양왕 때 지금으로부터 516~517년 경에 서적원(書籍院)을 두고 주자(鑄字)로 서적을 인행하였다.

천문역상(天文曆象) 천문역상은 천한 기술이라 하여 배우는 자가 적었

126 『시경(詩經)』을 달리 이르는 말이다.

다. 원종 때에 천문을 아는 자에게 대학박사를 제수하니 사람들이 모두 비웃었다. 그런 까닭에 그 기술이 진보하지 못하였다.

역법(曆法) 역법은 당나라의 선명력(宣明曆)을 채용하여 고려 초부터 1백 년을 넘어 감에 그 기술이 이미 정착하였고, 당에서는 여러 차례 역법을 고쳤으므로 고려는 옛 것을 행하다가 문종 때에 역(曆)을 짓는 자들이 많으니, 곧 십정력(十精曆)태사(太史) 김성택(金成澤)과 칠요력(七曜曆)이인현(李仁顯)과 견행력(見行歷)한위행(韓爲行)과 둔갑력(遁甲曆)양원호(梁元虎)과 태일력(太一曆)김정(金正)들이었다. 그 법이 미상이나, 대체(大體)에는 발명한 것이 많았다.

의술(醫術) 의술은 태조 초에 서경에 학교를 창립하여 의술과 정복 두 업을 설치하고 성종은 의학박사 각 1명을 12목에 두어 유학과 함께 장려하였으나 당시에 일반인들은 병이 나도 의사[醫]를 보지 않고 약도 또한 없어 죽는 자가 많았다.

의술이 송(宋)**에서 전래되다** 문종 때에 의약을 송에서 구하였다. 숙종 때에 송이 『신의보구방(神醫普救方)』을 보내오고 또 송 의관(醫官) 모개(牟介) 등이 의생들을 가르쳤다. 예종 때에 태자가 송에 서신을 보내어 대방맥(大方脈), 창종과(瘡腫科) 등의 의원을 요청하여 송이 양종립(楊宗立) 등 7명을 보내왔으니 당시 의술이 모두 송에서 전래하였다.

인종은 시선식(試選式)을 정함에 의업은 『소문경(素問經)』, 『갑을경(甲乙經)』 등을 사용하여 상고 서적과 크게 다르지 않고 겨우 2, 3종을 늘였다. 충렬왕 때, 지금으로부터 610여 년 전에는 원 세조 홀필열이 의

관을 요구하였는데, 설경성(薛景成)이 가서 효험이 있자 상을 후하게 받았으니 그 의술의 정밀함을 알 수 있다. 공양왕 말에는 의약인 중에 녹봉이 많고 관직이 높은 자들이 많았다.

음악 음악은 아악, 당악, 속악 3종을 함께 썼다.

아악(雅樂) 성종 때에는 교(郊), 사(社), 종묘에 아악을 쓰고, 예종은 송 휘종이 보낸 대성악(大晟樂)을 태묘에 올리고 구실등가(九室登歌)의 악장을 새로 만들었다. 명종 때에는 악공들이 도피하여 음악이 뒤섞여 어수선하였다. 공민왕은 여러 차례 악장을 만들고 명 태조가 또 편종(編鐘), 편경(編磬)을 보내니 이에 태상악공(太常樂工)을 보내어 음악을 익혔다. 대체로 송, 명에서 전래한 것을 다 아악이라 하였다.

당악(唐樂) 당악은 예종 이전, 지금으로부터 800년 전에 중국에서 전한 것이다. 그러나 본국에서도 개정하였고 그 중 북포동완사(北暴東頑詞)가 있는데, 북은 거란이요 동은 일본이다. 그 곡이 사전(史傳)에 보이는 것은 헌선도(獻仙桃), 수연장(壽延長), 오양선(五羊仙), 포구락(抛毬樂) 등이니 모두 40여 곡이다.

속악(俗樂) 속악은 즉 우리의 음악이니 그 곡이 동동(動動), 서경, 대동강, 오대산송도에 있다 등 24곡이다. 또 삼국의 속악도 있으나 다 비속한 말[俚語]을 쓴다. 고려 음악을 알고자 하면 이 세 가지를 제외할 수 없다.

악기 무릇 당악과 속악에는 춤의 대오는 검은 옷을 입고 악관은 주황색 옷이요 기녀는 단장(丹粧)하였다. 그 악기는 아악에는 종(鐘), 경(磬), 금(琴), 슬(瑟), 소(簫), 저(笛), 생(笙), 고(鼓) 등을 사용하였다. 당악에는 방향(方響), 통소(洞簫), 저(笛), 아쟁(牙箏), 대쟁(大箏), 교방고(敎坊鼓)를 사용하고 속악에는 현금(玄琴), 가야금(伽倻琴), 대금(大琴), 아박(牙拍), 무애(無㝵), 무고(舞鼓), 해금(嵇琴), 중금(中笒)을 사용하였다. 필률(觱篥), 비파(琵琶), 장고(杖鼓), 박(拍) 등은 아악과 속악에서 공용하였다.

서법(書法) 서법에 정밀한 것이 역대에 불핍하였으나 예종 때에는 홍관(洪灌)이 신라 김생(金生)의 서체를 모방하고 고종 때에 곽예(郭預)는 서법이 가늘면서도 힘이 있어 일가를 이룸에 당시 세상 사람들이 흡연히 따라 하였다. 그 외 요극일(姚克一), 문공유(文公裕), 문극렴(文克謙)과 승려 탄연(坦然), 영업(靈業)과 이지명(李知命), 기홍수(寄洪壽), 한수(韓修), 유공권(柳公權)은 다 일대 명수였다. 공민왕은 서화가 모두 신묘한 경지에 이르렀다.

도화(圖畵) 인종 때에 이영(李寧)이 이준이(李俊異)를 따라 화법을 배우고 송나라에 갔다. 이에 휘종이 왕가훈(王可訓), 진덕지(陳德之), 전종인(田宗人), 조수종(趙守宗)에게 이영의 화법을 배우게 하였으므로 그 신묘한 솜씨를 알 수 있다. 의종이 이영으로 하여금 내각의 회사(繪事)를 주관하게 하였고 이영의 아들 이광필(李光弼)이 또한 명화로 명종의 총애를 받았다.

명종이 또한 그림이 정밀하고 더욱 산수에 신묘하며 이광필 및 고유방(高惟訪)과 함께 회화를 일삼고 정무를 돌아보지 않았다. 또 일러 말하기를, "이광필은 삼한도화(三韓圖畵) 중에 절필(絶筆)이다. 국가에 광영이 있다" 하니 그 사랑함을 알 수 있다. 또 당시 공신은 당(堂)을 지어 그 형상을 벽에 그리고 또 국학의 벽과 문선왕묘의 좌우 복도에 72현과 23현을 그린 일이 있었으니 회화의 긴밀함을 알 수 있다.

건축 의종 때, 지금으로부터 750년 전쯤에 정각(亭閣)을 세우니 금벽(金碧)이 선명하였다. 공민왕 때에는 원나라의 목수 원세(元世)를 제주에서 불러 와 영전(影殿)을 영건하니, 모두 당시 건축 중에 가장 장엄하고 화려한 것이었다. 또 금, 은, 놋쇠, 구리로 궁궐 건물의 크고 작은 문을 장식하였다. 또 기명(器皿)을 만들었다.

또 자하배(紫霞盃)와 오색 유리잔과 금자기(金磁器)가 극히 정교하였다. 자하배는 오색 유리인데, 이를 만든 자가 많았다. 나전기(螺鈿器)는 문종 때부터 있었으나 원종 때에는 전함조성도감(鈿函造成都監)을 두고 그 외 붓, 먹, 종이 등은 더욱 정밀하고 질이 좋아 외국 사람들이 칭찬하였다.

산업

농업 농학을 권장하기는 태조 이래로 모두 힘썼으니, 혹 병기를 거두어 농기를 만들고 병란과 기근 때에는 종자와 농량(農粮)을 백성에게 주며 혹 관우(官牛)를 빌려주어 농경을 도왔다. 초기에는 지방관으로

하여금 권농사(勸農使)를 겸하게 하더니 후에는 수량(輸粮), 권농(勸農), 농무도감(農務都監) 등의 관청을 세웠다.

간전제(墾田制) 또 광종 때, 지금으로부터 940년 전쯤에는 간전식(墾田式)을 정하였다. 진전(陳田)을 바꾸어 개간한 사람은 사전은 초년 추수를 온전히 주고 2년 뒤에야 비로소 땅 주인과 반으로 나누었다. 공전은 3년 동안은 전부 주고 4년 뒤부터 조세를 납부하였다. 예종 때에는 3년 이상 진전을 개간하여 수조한 것은 2년 동안은 소작인에게 전부 주고 3년 뒤에 땅주인과 반으로 나누며 그 외 1년 진(陳), 2년 진이 모두 규법이 있어 많이 권장하였다.

수차(水車) 공민왕 때, 지금으로부터 550년 전쯤에 백문보(白文寶)가 중국법을 따라 행하여 수차를 만들어 쓰니 이 역시 농무상의 일 진보였다.

잠상(蠶桑) 잠상은 현종 때, 지금으로부터 880년 전 쯤에는 여러 도·주·현에 뽕나무의 묘목을 나누어 주었는데, 정호(丁戶)에게는 20뿌리요 백정(白丁)[127]은 15뿌리를 밭머리에 심도록 하였다. 인종, 명종, 공민왕은 뽕나무, 밤나무, 옷나무(漆), 닥(楮)나무, 삼나무(麻), 잣나무, 배나무, 대추나무, 과일나무 등을 심게 하였다.

목면(木綿) 목면은 우왕 때, 지금으로부터 530년 전쯤에 문익점(文益漸)

---

127 관직 없는 평민을 뜻한다.

이 원나라에 사신으로 갔다가 목화의 씨를 가지고 돌아오니 그의 외삼촌 정천익(鄭天益)이 이를 심은 후에 점차 번식하였고 취자거(取子車)와 소사거(繅絲車)[128]는 모두 정천익이 창시하였다.

상업 상업은 목종 때, 지금으로부터 900년 전쯤에 경시서(京市署)가 있어 시전(市廛)을 관장하였다. 숙종은 주전관(鑄錢官)을 세워 화폐를 통용하였고, 또 이르되 사민(四民)의 전업(專業)이 나라의 근본인데 서경은 상업을 알지 못한다 하여 이에 유수관(留守官)을 시켜 매일 시장과 상점들을 감시하여 상인들로 하여금 모두 매매교환을 장려하여 이익을 얻도록 하였다.

또 수도에는 좌우감무(左右監務)를 두고 거리의 양쪽에는 각자 점포를 두었다. 주, 현들에 명령하여 미곡(米穀)을 내어 주식점(酒食店)을 열고 무역을 허락하였다. 왕 우 때에는 개성의 물가가 뛰어올라 상인들이 이익을 놓고 다투었으므로 경시서로 하여금 물가를 잡도록 하였는데, 도장을 주어 찍도록 하고 그 도장이 없는 자는 죽였다. 공양왕 때에는 사(紗), 라(羅), 능(綾), 단(緞), 초자(綃子), 면(綿), 포(布) 등의 길이와 무게에 따라 세금을 징수하였다.

화폐 연혁 또 상업의 성쇠는 화폐 유통에 시험하는 것이다. 오늘날 그 연혁을 살피니 고려 초에는 화폐제도가 없고 오직 굵은 포를 사용하였다.

---

128 모두 물레의 한 종류이다.

처음으로 주전(鑄錢)을 사용하다 성종 때, 지금으로부터 920년 전쯤에 비로소 주전을 사용하였다. 목종은 굵은 포를 금하여 오로지 주전을 사용하게 하였다. 그러나 당시 백성들은 이것이 불편하다 하여 오직 차, 술, 식미(食味) 등 음식점에서 사용할 뿐이었다.

주전화(鑄錢貨)와 은병(銀甁) 그 외 교역은 토산물을 사용하고 숙종은 주전관을 세워 전화(錢貨)해동통보(海東通寶)와 은병은 1근으로 만드니 본국 땅모양을 본떠 세속에서 이르기를 활구(濶口)라 하였다을 주조하고 각 처에 점포를 열어 전화를 사용하는 이익을 알게 하였다.

충렬왕 때에는 쇄은(碎銀)[129]을 사용하고 또 원나라로부터 온 지원보초(至元寶鈔)와 중통보초(中統寶鈔)를 보급하여 행하였다. 충혜왕은 새로운 소은병(小銀甁)을 사용하여 오종포(五綜布) 15필에 해당하게 하고 옛 은병을 금하였다. 공민왕 때에는 은병도 날로 변하여 구리가 되고, 포도 날이 갈수록 그 새가 굵어져서 포 모양을 이루지 못하였다. 그 후에 동전(銅錢)삼한중보, 삼한통보, 동국통보, 동국중보 등 여러 종이다이 또 행하더니 공양왕 때에는 동전, 은병이 함께 없어지고 오직 오종포만을 사용하였으나 그 포가 더욱 거칠어 매우 불편하였다. 여러 사람들이 말하되, 거친 포를 금하고 종이돈 저폐(楮幣)를 만들어 오종포와 겸행하라 하였으나, 결국 행하지 못하였다.

물가가 쌀을 기준으로 삼다 이상의 역대 정황을 살피니 화폐 유통의 주요

129 쇄은이란 부스러기 은으로 만든 화폐이다. 당시 은병에 구리를 섞는 자들이 생기자 이를 금하기 위해 사용하도록 정했다.

함이 화폐와 포에 없고, 미속(米粟)에 있었다. 그런 까닭으로 당시 물가라 하는 것이 오로지 쌀로 계산하여 쌀의 분합취산(分合聚散)에 편리하기를 위주로 하고 포와는 관계가 적었다.

외국 무역 외국과 무역은 매우 미미하여 일정한 조규가 없었으나 오직 국사(國使) 왕래에 토산물을 가지고 무역하기는 송, 요, 금, 원과 일본이 모두 그러하였고 상민(商民)의 사사로운 왕래도 역시 있었다.

풍속

환관(宦官), 처음으로 권세를 부리다 당시에 사민(士民)은 계급이 매우 많아 사인(士人)은 명망 있는 집안으로 서로 높이니 류(柳), 최(崔), 김(金), 이(李) 4성(姓)을 귀족이라 칭하고, 미천한 자는 영달치 못하였다. 환관과 노비를 경시하여 환관은 궁중에 사역하고 관직에 간여하지 못하더니 의종 때에 비로소 권력을 얻었다. 제국공주가 여러 명을 원나라에 보내어 은총을 받았으므로 사람들이 흠모하여 아버지와 형이 아들과 동생을 궁(宮)하는 자가 있고 또 혹 분노하여 자기의 세(勢)를 자르는 자도 있었다. 임백안독고사(任伯顏禿古思)와 방신우(方臣祐), 이대순(李大順), 고용진(高龍晋)[130] 등은 원에 있으면서 위복을 휘두르고 도리어 왕[君]을 무고하여 화를 당한 자도 있었다.

130 원문의 '고용보(高龍普)'는 잘못이므로 바로잡았다.

노비 노비는 세월이 흐름에 따라 많아졌는데 사족에서 대대로 사역하는 자는 사노비라 하고, 관아주군(官衙州郡)에서 사역하는 자는 공노비라 하였다. 노비가 양인과 통혼하지 못하고 8대 중에 노비가 있는 자는 벼슬을 얻지 못하여 큰 공이 있어도 재물만 줄 뿐이요, 관작은 주지 않았다.

노비의 배참(拜叅)이 이로부터 시작하다 고종 때에는 최항(崔沆)이 인심을 모으고자 가노(家奴) 이공주(李公柱)를 별장(別將)으로 삼고, 섭장수(聶長壽)를 교위(校尉)로 삼았다. 최의(崔竩)는 또 이공주를 낭장(郎將)으로 삼았으니 노비의 배참이 이로부터 시작하였다. 그러나 충렬왕 때에는 원나라 사신이 왕을 권하여 노비법을 개혁하되 부모 중 한 사람이 양인이면 양인이 되는 것을 허용하라 하였는데, 왕이 그 불편함을 말하여 일이 중지되니 옛 풍속을 바꾸기 어려움이 이와 같았다.

노비의 가치 대저 노비 중에 종류가 있어 투속(投屬)한 자와 선왕이 하사한 자와 사람이 무역(貿易)한 자는 재물과 같아서 매매하였다. 성종 때에는 종의 나이가 15세 이상, 60세 이하일 때는 몸값으로 포 1백 필로, 15세 이하, 60세 이상일 때는 50필로 하였다. 여종의 나이가 15세 이상, 50세 이하일 때는 1백 2십 필이었다. 공양왕 때에는 혹 소, 말과 바꾸었으니, 노비 2, 3명에 말 1 마리가 해당하였다. 또 권세가나 불당 혹은 신사(神祠)에 시납하며 그 대우가 매우 잔혹하여 병이 있어도 의사를 불러 치료하지 않고 사후에는 늘 장사지내지 않아 짐승들의 먹이가 된 자도 있었다.

광종 때에는 노비를 안검(按檢)하여 주인을 배반하고 윗사람을 능멸하는 풍속을 금하였다. 신종 때에는 노비가 상취(相聚)하여 각기 주인을 죽이고 노비문서를 태우고자 하니 그 속박을 벗고자 함은 인정에 본래 그러한 것이다. 그러나 고려사에 이르기를, "고려[東國]에 노비법이 내외를 엄하게 하고, 귀천을 구별하니 예의가 이에서 비롯한다" 하여 고대부터 습관이 되어 학사대부라도 비판하여 논하는 자가 없었다.

노인을 존중하고 질병을 구휼하다 노인을 존중하고 질병을 구휼하는 것을 정부에서 힘썼으니 남녀 나이 80세 이상과 고치기 어려운 병에 걸린 자는 술과 음식, 다과, 포백 등을 하사하였다. 혹은 구정(毬庭)에서 잔치를 베풀며 혹은 시정(侍丁)[131]을 주고 혹은 조(租)를 하사하였다. 이는 순박하고 인정이 두터운 풍속이었다.

계사법(繼嗣法) 계사법은 정종 때에 백성들이 후사를 세울 때를 당하여 적자가 없으면 적손이오, 적손이 없으면 동복 아우[同母弟]요, 동복 아우가 없으면 서손(庶孫)을 세우고, 또 만일 남손이 없으면 여손을 세웠다. 문종 때에는 인후(人後)된 자가 형제의 아들이 없으면 다른 사람의 3세 이전 기아(棄兒)를 수양하게 하되 만일, 자기의 자손이나 형제의 아들이 있는 자로서 성이 다른 아이를 데려다 키우거나, 또 삼촌이나 손자뻘 되는 아이를 양자로 삼는 것을 금지하였다.

국왕의 배우자 국왕의 배우는 왕후 외에 부인(夫人), 귀비(貴妃), 숙비(淑妃) 등이 있더니 정종 이후에는 궁주(宮主), 원주(院主), 옹주(翁主)의 칭호가 있었다.

131 나이든 부모를 봉양하기 위해 군역을 면제받은 자를 뜻한다.

고모와 자매 근속(近屬)이 왕후가 되다 무릇 왕족은 지극히 귀하니 신하들과 통혼하지 못한다 하여 왕씨들이 스스로 상통하여 짝을 지었다. 가장 기이한 것은 고(姑), 제(娣), 매(妹)의 가까운 친족들이 왕후가 된 자가 있었다는 점이니 광종의 대목후(大穆后)와 덕종의 경성후(敬成后)와 문종의 인평후(仁平后)는 모두 자매였다. 그러나 이를 꺼리어 외가의 성을 칭하였다.

동성(同姓)의 결혼을 금하다 원나라의 압제를 받은 후에는 원실의 딸들을 아내로 맞았다. 충선왕은 명족 15가문을 추려 왕실과 통혼하기를 정하고 종친문부의 동성혼취를 금하였다. 이에 앞서 숙종 때에 공친(功親)의 혼인을 금하였다. 의종은 당고, 종제매, 당질, 여형, 손녀의 상혼을 금하니 동성혼취를 금지함이 여기에서 시작하였다.

국왕 외에 축첩(蓄妾)하는 자가 적다 국왕 외에는 모두 일부일처요, 아들이 없어도 축첩하는 자가 적었다. 또 남자가 이유 없이 처를 버리는 자를 벌하고 처첩이 마음대로 개가하는 자는 유죄(流罪) 혹은 도죄(徒罪)에 처했다. 사대부 가문의 부녀는 재가가 매우 적었다.

관기(官妓) 당시에 관기가 자못 많았는데 상류사회 사람들이 때때로 이들을 총애하였다. 왕 우의 때에는 옹주가 된 관기도 있었다. 또 충혜왕은 서모(庶母)를 욕보이고 신하의 처를 간통하였다. 공민왕은 가까운 신하들로 하여금 여러 비를 음오(淫汚)하게 하였다. 왕 우는 사람들의 처첩을 간음하여 음란함과 무례함이 말로 하기 어려웠다. 그러나 중엽 이래로 외적의 침략을 당하여 부녀가 죽음을 당할지라도 욕을 당하지 않은 자가 많았으니 그 수절정정(守節貞正)함을 알 수 있다.

혼인예폐(婚姻禮幣) 혼인례는 충렬왕 때에 태자 원(謜)이 원나라의 진왕의 딸을 맞을 때, 백마 81마리를 납폐하고 원 태후와 진왕에게 각 백마 81마리를 보내었다. 왕 우가 안숙로(安淑老)의 딸을 맞을 때에는 폐포(幣布)가 7천 5백 필이고 백금이 1천 5백 냥이었다. 또 그 외 물건들도 이와 같았으니 그 융성을 알 수 있다.

제사(祭祀)**가 대, 중, 소로 나뉘다** 국가제사는 대, 중, 소의 구별이 있어 환구(圜丘), 방택(方澤), 사직(社稷), 태묘(太廟), 별묘(別廟), 경령전(景靈殿), 여러 능을 대사(大祀)라 하였다. 선농(先農), 선잠(先蠶), 문선왕 묘는 중사(中祀)라 하였다. 풍(風), 우(雨), 뇌(雷), 성(星) 등을 소사(小祀)라 하였다.

천지(天地)**와 사직**(社稷)**에 제사하다** 천, 지, 사직의 사례(祀禮)는 성종 때에 이르러 환구에서 제천하여 곡식으로 빌었다. 태조를 배향하고 또 사직을 세워 그 뜻이 상밀(詳密)하였다. 현종은 비로소 지기(地祇)와 방택(方澤)에 제사하였다.

다른 나라 고사(故事)는 천, 지, 산, 천을 궁궐 뜰에서 제사하며 문종은 친히 구정(毬庭)에서 제사하였다. 그 외 기우(祈雨), 기설, 양재(禳災)는 역대가 모두 행하였다.

왕의 상례(喪禮) 왕의 상례는 당나라의 풍속을 모방하고 일정한 의절이 없어 임시 행사하고, 오직 태조는 원릉(園陵)제도에 한(漢), 위(魏)의 고사(故事)를 따랐다.

상복(喪服) 상복은 오복제도가 있어 3년상을 입더니 경종, 순종, 숙종, 예종, 인종은 모두 유조를 내려 날(日)로 달(月)을 바꾸었다. 명종이 돌아가실 때[崩]에는 종실, 백관과 사서인(士庶人)이 모두 3일 복상하고, 오직 장례도감(葬禮都監)이 장일(葬日)까지 입었다. 신종이 죽었을 때에는 26일을 감하여 14일로 정하고 성종은 6품 이하가 부모상에 백일 후에 출사하게 하였다. 충렬왕은 사졸이 상을 당한 지 50일 후에 종군하게 하였다.

공민왕 6년(1357), 지금으로부터 490년 전[132]에 이색 등이 청을 올려 3년상을 행하게 하였다. 그러나 대체로 백관이 백 일 만에 옷을 벗는 것은 옛날과 같았다. 공양왕은 복제를 다시 정하니 부모상은 28개월에 비로소 길복(吉服)을 입고 3년 내에 취부(娶婦)와 연음(宴飮)을 불허하고 오직 군관은 3년상을 없앴다.

장례 사치 고려 일대(一代)의 3년상은 그 제도를 세웠을 뿐이고, 상례를 후하게 치르기를 대신들의 상을 치를 때 종종 관(官)으로 그 장례를 다스리고 시호(謚號)를 내리며, 또 부의(賻儀)가 많았다. 곧 목종의 내사령(內史令) 서희는 포 1천 필과 보리 3백 석, 쌀 5백 석 등이요, 고종 때 최우의 처는 금, 은, 수를 놓은 비단으로 감실을 장식하였다. 왕후 왕씨가 돌아가셨을 때[崩]에는 최우가 관곽(棺槨)을 바쳤는데 금박으로 장식

132 원문의 '550년 전'은 오기이므로 바로잡았다.

하니 당시 장례의 사치스러움을 알 수 있다.

인종 때에는 부모상에 유탕하게 놀고 유골은 절에 두었다가 수년 후에 비로소 장례하였다. 공양왕 때에는 화장(火葬)이 성행하였으니 당시에 불교가 융성했기 때문이다.

의복 제도 의복은 고려 초에 신라제도를 따르더니 광종 때에 비로소 백관공복을 정하여 존비상하의 등위가 분명하였다. 의종은 조종의 헌장(憲章)과 당제를 따라 옛날과 지금의 예를 상세히 정함에 왕의 면복(冕服)과 백관(百官)의 관복(冠服)까지 모두 갖추었다.

원의 풍속을 따라 변발(辮髮)을 시작하다 충렬왕은 개체변발(開剃辮髮)로 원의 풍속을 따라 호복을 이어받기가 거의 1백 년이었다. 명이 흥한 후, 공민왕과 왕후 및 군신이 면복, 장복(章服)을 비로소 정하여 의관문물이 점차 바뀌었다. 왕 우에 이르러 호복을 개혁하였다.

조복(朝服) 국초에는 정조(正朝)와 하절일(賀節日)에 왕이 자황포(柘黃袍)를 착용하더니 의종은 자황포(赭黃袍)와 치황색(梔黃色) 옷을 입었다. 충렬왕이 다시 황포(黃袍)를 입으며 공민왕 때에는 상홀(象笏), 붉은 띠, 검은 띠, 초라(綃羅)를 고쳐 시신(侍臣) 이외의 동서반(東西班) 5품관 이하는 목홀(木笏)과 각띠 그리고 명주나 모시로 만든 조복을 입었다.

공복(公服)과 부인두발(夫人頭髮)과 복식(服飾) 백관의 공복은 광종 때에 원윤(元尹) 이상은 자삼(紫衫)이요, 중단경(中壇卿) 이상은 단삼(丹衫)이요, 이외에 비삼(緋衫), 녹삼(綠衫)이 있었다. 현종 때에는 자, 비, 녹, 심청(深青), 천벽(天碧)의 다섯가지로 정하였다.

부인은 머리카락을 오른쪽으로 드리우고, 나머지는 아래로 내려뜨려 강라(絳羅)로 묶었다. 잘 꾸밀 때에는 가사(袈裟)를 검은 비단으로 만들어 머리에 써 얼굴을 가렸다. 노의(露衣)와 첨립(簷笠)은 사대부 여성들의 외출복이 되었다.

음식 음식은 보통 쌀밥에 생선국을 먹었고 빈민은 도토리[橡]나 조[粟]를 먹었다.

소와 말의 도살을 금하다 소고기, 말고기는 여러 차례 금하여 심지어 소를 도살한 자는 살인과 동일시하였다. 공민왕 때에는 금살도감(禁殺都監)을 설치하니 이는 소, 말이 농사에 관련 있는 까닭이다.

가옥 가옥은 태조 때 도선의 비기에 이르되 산이 적은 땅에는 높은 누각을 세우고 산이 많은 땅에는 단층의 집을 만들어야 한다. 만일 높은 누각을 세우면 쇠퇴와 손실을 부른다 하였으니, 이에 이 설에 근거하여 궁궐과 민가에서 모두 고옥을 금하였다. 그러더니 성종 때에는 제한이 없어 재력이 있는 자는 대옥을 지으며, 충렬왕 때에는 3층각을 만들고 충혜왕 때에는 신청(申青)이라 하는 사람이 큰 누각을 세우니 벽에는 금화(金畵)를, 기둥에는 주휴(朱髹)를 썼다. 대체로 정원 안에는 벽돌을 깔고 마루 위에는 자리를 깔아, 오를 때에 신발을 벗는 것을 예의라 하였다.

서민들의 가옥은 초가집이니 기와를 얹은 것이 열에 두세 집이었다. 또 벚나무 껍질을 쓴 것도 있었다. 충선왕 때에는 부유한 사람이 선의문(宣義門) 내에 기와집을 짓고 또 5부의 민가가 기와를 쓰니 그 기와집의 많음을 알 수 있다.

■역대일람(歷代一覽)

고려(高麗)							
왕호(王號)	성씨	이름(名字)	부친 및 항렬	모친	재위연수	연령	후비(后妃)
태조(太祖)	왕	건(建) 자 약천(若天)	금성태수(金城太守) 륭(隆)의 맏아들	위숙왕후(威肅王后) 한씨	26 (신라 멸망 후 9)	67	신혜왕후(神惠王后) 류씨, 이중대광(二重大匡) 천궁(天弓)의 딸
혜종(惠宗)		무(武) 자 승건(承乾)	태조의 맏아들	장화왕후(莊和王后) 오씨(吳氏), 다련군(多憐君)의 딸	2	34	의화왕후(義和王后) 임씨(林氏), 대광(大匡) 희(曦)의 딸
정종(定宗)		요(堯) 자 천의(天義)	태조의 둘째 아들	신명왕후(神明王后) 유씨, 증태사내사령(贈太師內史令) 긍달(兢達)의 딸	4	27	문공왕후(文恭王后) 박씨, 삼중대광(三重大匡) 영규(英規)의 딸
광종(光宗)		소(昭) 자 일화(日華)	태조의 셋째 아들	위와 같음	26	56	대목왕후(大穆王后) 황보씨(皇甫氏), 태조의 딸
경종(景宗)		주(伷) 자 장민(長民)	광종의 맏아들	대목왕후 황보씨	6	27	헌숙왕후(獻肅王后) 김씨, 신라 경순왕의 딸
성종(成宗)		치(治) 자 온고(溫古)	대종(戴宗) 욱(旭) (태조의 일곱째 아들)의 둘째 아들	선의왕후(宣義王后) 류씨	16	38	문덕왕후(文德王后) 유씨, 광종의 딸
목종(穆宗)		송(誦) 자 효신(孝伸)	경종의 맏아들	헌애왕후(獻哀王后) 황보씨, 대종의 딸	12	30	선정왕후(宣正王后) 류씨, 종실 홍덕원군(弘德院君) 규(圭)의 딸
현종(顯宗)		순(詢) 자 안세(安世)	안종(安宗) 욱(旭) (태조의 아들)	효숙왕후(孝肅王后) 황보씨	22	40	원공왕후(元貢王后) 김씨, 성종의 딸
덕종(德宗)		흠(欽) 자 원량(元良)	현종의 맏아들	원성태후(元成太后) 김씨	3	19	경성왕후(敬成王后) 김씨, 현종의 딸
정종(靖宗)		향(享) 자 신소(申炤)	현종의 둘째 아들	위와 같음	12	32	용신왕후(容信王后) 한씨, 증문하시중(贈門下侍中) 조(祚)의 딸
문종(文宗)		휘(徽) 초휘 서(緖) 자 촉유(燭幽)	현종의 셋째 아들	원혜태후(元惠太后) 김씨, 시중(侍中) 은부(殷傅)의 딸	37	65	인평왕후(仁平王后) 김씨, 현종의 딸
순종(順宗)		훈(勳) 초명 휴(烋) 자 의공(義恭)	문종의 맏아들	인예태후(仁睿太后) 이씨, 시중중서령(侍中中書令) 자연(子淵)의 딸	4개월	37	정의왕후(貞懿王后) 왕씨, 종실 평양공(平壤公) 기(基)의 딸

선종 (宣宗)		운(運) 초명 증(蒸) 자 계천(繼天)	문종의 둘째 아들	위와 같음	11	46	사숙태후(思肅太后) 이씨, 공부상서(工部尙書) 석(碩)의 딸
헌종 (獻宗)		욱(昱)	선종의 원자	사숙태후 이씨	1	14	
숙종 (肅宗)		옹(顒) 초명 희(熙) 자 천상(天常)	문종의 셋째 아들	인예태후(仁睿太后) 이씨	10	54	명의태후(明懿太后) 유씨, 문하시중(門下侍中) 홍(洪)의 딸
예종 (睿宗)		우(俁) 자 세민(世民)	숙종의 맏아들	명의태후 유씨	17	45	경화왕후(敬和王后) 이씨, 선종의 딸
인종 (仁宗)		해(楷) 초명 구(構) 자 인표(仁表)	예종의 맏아들	순덕왕후(順德王后) 이씨, 조선국공(朝鮮國公) 자겸(資謙)의 딸	24	38	공예태후(恭睿太后) 임씨(任氏), 중서령(中書令) 원후(元厚)의 딸
의종 (毅宗)		현(晛) 초명 철(徹) 자 일승(日升)	인종의 맏아들	공예태후 임씨	24	47	장경왕후(莊敬王后) 김씨, 종실 강릉공(江陵公) 온(溫)의 딸
명종 (明宗)		호(晧) 초명 흔(昕) 자 지단(之旦)	인종의 셋째 아들	위와 같음	27	72	광정태후(光靖太后) 김씨, 위와 같음
신종 (神宗)		탁(晫) 초명 민(旼) 자 지화(至華)	인종의 다섯째 아들	위와 같음	7	61	선정태후(宣靖太后) 김씨, 위와 같음
희종 (熙宗)		영(韺) 초명 덕(悳) 자 불피(不陂)	신종의 맏아들	선정태후 김씨	7	57	성평왕후(成平王后) 임씨, 종실 영인후(寧仁侯) 진(禛)의 딸
강종 (康宗)		오(祦) 초명 정(貞) 자 대수(大華)	명종의 맏아들	광정태후(光靖太后) 김씨	2	62	사평왕후(思平王后) 이씨, 의방(義方)의 딸
고종 (高宗)		철(瞮) 초명 질(晊) 자 대명(大明) 또는 천우(天佑)	강종의 맏아들	원덕태후(元德太后) 류씨, 종실 신안후(信安侯) 성(珹)의 딸	46	68	안혜태후(安惠太后) 류씨, 희종의 딸
원종 (元宗)		식(植) 초명 전(倎) 자 일신(日新)	고종의 맏아들	안혜태후 류씨	15	56	순경태후(順敬太后) 김씨, 장익공(莊翼公) 약선(若先)의 딸
충렬왕 (忠烈王)		거(昛) 초명 심(諶)	원종의 맏아들	순경태후 김씨	34	73	제국대장공주(齊國大長公主), 이름 홀도로게리미실 (忽都魯揭里迷失), 원(元) 세조(世祖)의 딸

충선왕 (忠宣王)		장(璋) 초명 원(謜) 자 중앙(仲昻) 몽고휘 익지예보화 (益智禮普化)	충렬왕의 맏아들	제국대장공주	5	51	계국대장공주(薊國大長公主), 보탑실련(寶塔實憐), 원 진왕(晉王) 감마랄(甘麻剌)의 딸
충숙왕 (忠肅王)		도소(燾小) 자 의효(宜孝) 몽고휘 아자눌특실리 (阿剌訥忒失里)	충선왕의 둘째아들	의비(懿妃) 야속진(也速眞), 몽고녀	17 복위 8	46	복국장공주(濮國長公主), 역력진팔라(亦憐眞八剌), 영왕(營王) 야선첩목아 (也先帖木兒)의 딸
충혜왕 (忠惠王)		정(禎) 몽고휘 보탑실리 (普塔失里)	충숙왕의 맏아들	명덕태후(明德太后) 홍씨, 부원군(府院君) 규(奎)의 딸	1 복위 5	30	덕녕공주(德寧公主), 역련진반(亦憐眞班), 원 진서무정왕(鎭西武靖王) 초팔(焦八)의 딸
충목왕 (忠穆王)		흔(昕) 몽고휘 팔사마타아지 (八思麻朶兒只)	충혜왕의 맏아들	덕녕공주	4	12	
충정왕 (忠定王)		저(㫝) 몽고휘 미사감타아지 (迷思監朶兒只)	충혜왕의 서자	희비(禧妃) 윤씨(尹氏)	3	15	
공민왕 (恭愍王)		전(顓), 초명 기(祺) 몽고휘 백안첩목아 (伯顔帖木兒)	충숙왕의 둘째 아들	명덕태후 홍씨	23	45	노국대장공주(魯國大長公主), 보탑실리(寶塔失里), 원 종실 위왕(魏王)의 딸
王禑 (왕우)	신 (辛)	소(小) 자 모니노(牟尼奴)	공민왕	반야(般若)	14	25	근비(謹妃) 이씨, 판개성부사(判開成府事) 림(琳)의 딸
王昌 (왕창)			우	근비(謹妃) 이씨	1	10	
恭讓王 (공양왕)	왕	요(瑤)	정원부원군 (定原府院君) 균(鈞)	복령궁주(福寧宮主) 이씨	3	50	순비(順妃) 노씨(盧氏), 창성군(昌城君) 진(稹)의 딸

■고려 왕도표(高麗王都表)

건도(建都) 연대	왕도 이름	지금 이름	연수
고려 태조 19년	개주(開州)	경기도(京畿道) 개성부(開城府)	296
고종 19년	강도(江都)	강화부(江華府)	37
원종 11년	개성(開城)		20
충렬왕 16년	강도		2
충렬왕 18년	개경(開京)	개성부	90
왕 우 8년	한양(漢陽)	한성부(漢城府)	1
왕 우 9년	송경(松京)	개성부	7
공양왕 2년	한양		1
공양왕 3년	송경		1
			합계 456

중등교과 동국사략 권3 목록

종학(宗學)을 세우고 의악(儀樂)을 정하시다
천문역상(天文曆象)의 여러 기구들을 제작하시다
관찬 서적
궁궐 안에 국문국(國文局)을 설치하시다
정치
형옥(刑獄)을 살피시다
조세
녹과를 나누어주는 방식을 제정하다
경국대전(經國大典)의 기초를 닦다
명(明)과의 관계
일본과의 관계
쓰시마를 토벌하다
삼포조약[對馬島條約]을 정하다
북쪽 변방 야인(野人)과의 교섭
4군(四郡)을 설치하다
6진(六鎭)을 설치하다
북쪽 변방의 경략(經略)이 세밀히 정해지다

세조(世祖) 정난(靖難)
세종이 돌아가시고[崩] 문종(文宗)이 즉위하시다
문종이 돌아가시고 단종(端宗)이 즉위하시다
홍윤성(洪允成), 김종서(金宗瑞)를 죽이다
세조, 영의정 겸 내외병마도통사(內外兵馬都統使)에 제수되다
세조, 보위(寶位)에 오르시다

성삼문(成三問) 등이 단종의 복위를 도모하다가 이루지 못하고 죽다

단종을 노산군(魯山君)으로 강등하여 봉하다

금성대군(錦城大君), 상왕의 복위를 도모하다가 죽다

노산군, 돌아가시다[崩]

노산군을 복위하여 묘호가 단종이다

세조가 호탕하고 인품이 뛰어나 포부가 있다

신숙주(申叔舟), 야인(野人)을 정벌하다

이시애(李施愛)의 난

이시애의 난을 평정하다

어유소(魚有沼) 등, 건주위(建州衛)를 쳐 이만주(李滿住)를 죽이다

대전(大典)의 제정

세조의 문치(文治)

『경국대전(經國大典)』을 편수하다

세조께서 예종(睿宗)께 왕위를 전하시고 『경국대전』이 완성되다

예종이 돌아가시고[崩] 성종(成宗)이 즉위하시다

『경국대전』을 안팎에 반포하다

『대전속록(大典續錄)』을 반포하다

『오례의(五禮儀)』가 완성되다

이전(吏典)의 관제는 동반(東班)과 서반(西班)이다

동반 경직(京職)

동반 외직(外職)

서반 경직

서반 외직

호전(戶典)

예전(禮典)

병전(兵典)

형전(刑典)

공전(工典)

성종, 풍속의 교화에 마음 쓰시다

성세가 극에 달하여 장차 쇠퇴하는 시기

사화[士林의 禍]와 외교(外交)

성종이 돌아가시고[崩] 연산(燕山)이 즉위하다

무오사화(戊午士禍)

갑자사화(甲子士禍)

부관참시

연산, 음란하고 잔인하다

연산, 폐위되고 중종(中宗)이 즉위하시다

연산의 폐정을 혁파하다

김정(金淨) 등, 폐비 신씨(愼氏)의 복위를 청하여 다툼이 시작되다

조광조(趙光祖)를 크게 신임하다

기묘사화(己卯士禍)

남곤(南袞) 등, 조광조를 참소하다

조광조를 죽이다

신묘 3간(辛卯三奸)

정유 3흉(丁酉三凶)

중종, 돌아가시다[崩]

인종(仁宗), 즉위하시다

명종(明宗), 즉위하시다

모후가 수렴청정하시고 윤원형(尹元衡)이 국정을 맡다

외척의 전권(專權)이 처음 시작되다

윤원형과 윤임(尹任)의 알력

윤임 등을 죽이다

일시에 명사들이 죽고 귀양가다

윤원형, 20년간 권력을 휘두르다

이황(李滉)의 관작(官爵)을 삭탈하다

이황의 학문

도학(道學)이 강성하다

불교를 배척하다

명종, 돌아가시다[崩]

선조(宣祖), 즉위하시다

붕당(朋黨)의 점행

선조의 초반 정치

북방 관계

야인을 정벌하다

야인, 경원부(慶源府)를 침입하여 함락하다

일본 관계

삼포의 난[三浦亂]

왜구, 전라도를 침범하다

비변사(備邊司)의 제도를 정하다

팔번선(八幡船)

임진왜란[壬辰亂]

임진년(壬辰年) 이전의 국내 사정

도요토미 히데요시[豊臣秀吉]가 소 요시토시[宗義智]를 보내어 조선의 길을 빌려 명을 치겠다 하다

황윤길(黃允吉), 김성일(金誠一) 등, 일본을 방문하다

정황을 명나라에 알리다

방어책을 논하다

명의 내부 사정

고니시 유키나가[行長], 가토 기요마사[淸正] 등이 군사를 이끌고 바다를 건너다

정발(鄭撥), 전사하다

송상현(宋象賢), 해를 당하다

고니시 유키나가, 가토 기요마사, 구로다 나가마사[長政]가 3로(三路)로 쳐들어오다

3로 방어

충주(忠州)가 함락되고 신립(申砬)이 죽고 이일(李鎰)이 도주하다

왕자들을 여러 도에 나누어 보내고 근왕병(勤王兵)을 모으다

선조, 파천(播遷)하다

왕, 개성(開城)에 이르다

3로 적병, 모두 한양[京城]에 입성하다

왕, 평양에 이르다

명에 구원을 청하다

유극량(劉克良), 전사하다

왕, 평양을 출발하다

가토 기요마사, 함경도에 입성하다

왕, 의주(義州)에 이르다

조승훈(祖承訓), 병사를 이끌고 와서 돕다

조승훈, 요동으로 환군하다

두 왕자, 인질이 되다

이순신(李舜臣), 적군을 대파하다

거북선[龜船]

3도 군사, 무너지다

각지 의병(義兵)

곽재우(郭再祐)

이치대첩(梨峙大捷)

행주대첩(幸州大捷)

한산도대첩(閑山島大捷)

조헌(趙憲)의 7백 의병과 승려 영규(靈圭)

박진(朴晋)의 비격진천뢰(飛擊震天雷)

이정암(李廷馣), 연안(延安)을 지키다

정문부(鄭文孚), 적병을 대파하다

진주(晋州), 함락되다

의병 이유

조승훈의 패보가 명나라 조정에 이르러 크게 놀라다

유세(遊說)할 자를 모집하니 심유경(沈惟敬)이 응하다

심유경, 고니시 유키나가와 화의를 논의하다

송응창(宋應昌), 경략(經略)을 제수받다

이여송(李如松), 동정제독(東征提督)을 제수받다

삼협군(三脇軍), 압록강을 건너다

심유경, 내왕하다

이여송, 평양을 포위하여 급박하다

고니시 유키나가, 한양[京城]으로 달아나다

이여송, 벽제관(碧蹄館)에서 패하다

강화의 논의가 다시 일어나다

적군, 경상도로 퇴주하다

7조약을 정하다

왕이 화의를 기뻐하지 않다

도요토미 히데요시, 명의 사신을 만나다

화의에 실패하다

일본, 다시 쳐들어오다

명 형개(邢玠)와 양호(楊鎬), 조선을 돕다

원균(元均), 패하여 죽다

남원(南原), 함락되다

전주(全州) 역시 함락되다

적군, 소사평(素沙坪)에서 대패하다

적병, 경상도 남쪽 지역까지 퇴주하다

양호, 한양[京城]으로 돌아오다

양호, 파직되다

만세덕(萬世德), 병사를 4로로 나누다.

사천(泗川), 패하다

도요토미 히데요시, 죽다

이순신, 전사하다

일본 도쿠가와 이에야스[德川家康], 환군을 명하다

도쿠가와 이에야스, 강화하고자 하다

화의가 비로소 이루어지다

기유조약(己酉條約)

중등교과 동국사략 권3

한수(漢水) 현채(玄采) 역술

근세사(近世史)

조선기(朝鮮記) 상(上)

태조(太祖) 태조 고황제(高皇帝)께서 성은 이씨(李氏)요 휘(諱)는 단(旦)이요 자(字)는 군진(君晋)이요 초휘(初諱)는 성계(成桂)요 자(字)는 중결(仲潔)이요 호(號)는 송헌(松軒)이니 전주 사람이다. 환조(桓祖)의 차남이요 고려 충숙왕(忠肅王) 4년(1335), 지금으로부터 572년 전 을해(乙亥)에 영흥(永興) 흑석리(黑石里)에서 태어나셨다. 재위 7년이요 상왕의 자리에 있으신 것은 10년이요 수명이 74세였다.

사대조의 계보[四祖世譜] 목조(穆祖)의 휘는 안사(安社)이니 고려에 벼슬하여 지의주(知宜州)가 되셨다.

익조(翼祖)의 휘는 행리(行里)이니 덕원(德源) 동전사(東田社)에서 태어나셨다.

도조(度祖)의 휘는 춘(椿)이니 함흥(咸興) 송두리(松頭里)에서 태어나셨다.

환조(桓祖)의 휘는 자춘(子春)이니 도조의 둘째 아들이다. 고려에 벼슬하여 영록대부판장작감사(榮祿大夫判將作監事) 삭방도만호(朔方道萬戶)가 되셨다.

태조의 위엄과 덕망 태조 고황제(高皇帝)께서 타고난 용모가 뛰어나게 훌륭하고 정신과 풍채의 재기가 두드러지게 드러나시며, 활 쏘는 기술에 특히 뛰어나 위망이 날로 유명하였다. 이때에 고려 왕 우가 광폭함이 날로 심하여 민간의 부녀를 탈취하며 나가 놀기 일쑤요, 연회와 풍악을 탐하였다. 이인임(李仁任)의 무리인 임견미(林堅味), 염흥방(廉興邦) 등이 권세를 마음대로 부리니 내정(內政)이 날로 어지럽고 왜구는 날로 강해져 8도가 모두 그 화를 입었다. 나라의 형세가 위태로웠다.

태조, 황산(荒山)에서 왜구를 대파하시다 태조께서 양광전라경상도도순찰사찬성사(楊廣全羅慶尙道 都巡察使贊成事)가 되시어 황산전라도 운봉현(雲峯縣) 내에서 왜구를 대파하였다. 이로부터 국력이 점차 강해지고 그 후 위화도(威化島)에서 회군하시어 최영(崔瑩)을 유배 보냈다.

지금으로부터 514년 전[133] 임신년(壬申年)(1392) 가을, 7월 16일 병신(丙申)에 왕께서 배극렴(裵克廉), 조준(趙浚), 정도전(鄭道傳) 등 여러 신하의 추대에 응하여 송도(松都) 수창궁(壽昌宮)에서 보위에 오르시니 춘추(春秋)가 58세였다. 국호를 정하여 이르기를 조선(朝鮮)이라 하고 현량(賢良)과 유일(遺逸)을 등용하여 직언을 구하며 과거고과법(科擧考課法)을 정

133 원문의 '515년 전'은 오기이므로 바로잡았다.

돈하였다. 수도를 한양(漢陽)에 정하여 종묘와 사직을 세웠다. 도성을 쌓은 지 5년 만에 완성하였으므로 곧 도읍을 옮기시어 성균관(成均館)과 문묘(文廟)를 세우셨다. 정도전, 하륜(河崙)으로 하여금 『경국원전(經國元典)』, 『속전(續典)』을 편찬하게 하여 개국의 규모를 정하고 법도의 제작을 시작하였다. 그러나 당시는 초창기였으므로 오직 단서를 열었을 뿐이고 그 실제는 수세대 후에 모든 제도가 정돈되었다.

또 개국공신이자 종친인 익안대군(益安大君) 방의(芳毅)태조의 셋째 아들와 조준 등 39명을 책훈(策勳)하고 나라 안을 8도(道)로 나누니 이르기를 경기(京畿), 충청(忠淸), 전라(全羅), 경상(慶尙), 강원(江原), 황해(黃海), 평안(平安), 함길(咸吉)이라 하였다.

정도전(鄭道傳)의 난 이때에 방번(芳蕃)태조의 7번째 아들과 방석(芳碩)태조의 8번째 아들은 신덕왕후(神德王后) 강씨(康氏)의 소생이었는데 신의왕후(神懿王后) 한씨(韓氏)가 죽고[崩] 강씨가 중전의 자리에 있으셨다. 정도전과 남은(南誾) 등이 방석에게 부합하여 여러 왕자를 모해하고자 하였으므로, 지안산군사(知安山郡事) 이숙번(李叔蕃)이 군사를 이끌고 와 정도전과 남은을 죽였다. 방번, 방석이 또한 해를 당하였다. 이는 당시 태종께서 개국의 대업을 도와 이루신 연유로 여러 신하들이 방석을 미워하여 의거한 것이다.

태조, 정종(定宗)께 왕위를 물려주시다 이에 태조께서 정종께 왕위를 물려주시고 상왕(上王)이 되셨다.

공신(功臣)들의 사병(私兵)을 혁파하다 이때에 고려 말의 남은 풍속을 이어받아 여러 공신이 각기 사병을 소유하였으므로 권근(權近)의 뜻을 따라 모두 혁파하였다.

정종, 태종(太宗)께 왕위를 물려주시다 왕께서 재위하신 지 2년 만에 태종께 왕위를 물려주셨다.

상왕(上王)의 죽음과 태종의 정치 상왕께서 태종 8년(1408)에 돌아가시니 왕의 시호를 강헌(康獻)이라 하였다. 태종께서는 신문고(申聞鼓)를 설치하여 백성들의 뜻과 소통하셨다. 8도 주군(州郡)을 정하고 호패(號牌)를 만들어 백성들에게 출입시에 지니도록 하였으니 이는 호구(戶口)를 명확히 하고자 함이었다. 이 법은 고려 공양왕 때에 잠시 시행한 적이 있었다.

돈녕부(敦寧府)를 설치하다 외척 봉군제를 없애고 돈녕부를 설치하여 태종의 후사가 아니면 군으로 봉해지지 못했다.

부녀의 재가(再嫁)를 금하다 부녀의 재가를 금지하고 서얼(庶孼) 자손이 현직(顯職)에 나가지 못하는 제도를 정립하였다. 감옥에 오랫동안 가두는 일을 경계하고 군사 시설 전반을 갖추고 농업을 장려하며 굶주림을 진휼하였으니, 정치가 점차 정돈되었다.

학문을 장려하다 왕께서 학문을 장려하시어 사학(四學)[134] 중동남서(中東南西)을 설치하였다. 친히 문신을 시험하시고 알성과(謁聖科)를 설치하였다.

변계량(卞季良)은 문형(文衡)[135]을 담당하였다.

주소(鑄所)를 설치하여 활자인(活字印)을 주조하고 서적을 발행하다 더욱 후세에 대업이 되는 것은 전적(典籍)을 널리 전하는 것이라 하였다. 이에 태종 3년(1403), 지금으로부터 503년 전[136]에 주자소(鑄字所)를 설치하고 이직(李稷), 박양명(朴錫命) 등으로 하여금 구리 활자 수십 만 개를 제작하여 서적을 간행하도록 하였다. 이는 오로지 조선인의 창의며 타인을 모방함이 아니었다.

참서(讖書)를 불태우다 또 상고(上古)로부터 도참(圖讖)을 믿는 풍속이 있어 이씨 창업도 여러 가지의 참언(讖言)이 있었다. 왕이 매우 싫어하여 이르시기를, "이것은 대중을 현혹한다" 하여 모두 불태우셨다. 승려와 무당이 비를 기도하는 행위를 금지하였다.

태종, 세종(世宗)께 왕위를 물려주시다 왕이 동궁 제(禔)태종의 장남가 방종하였으므로 광주로 추방하니 양녕군(讓寧君)이 되었다. 18년에 세종태종의 셋째 아들께 왕위를 물려주셨다.

---

134 조선시대 중앙(漢城府)의 각 부(部)에 설치된 관립교육기관으로, 사부학당(四部學堂)이라고도 한다. 나라에서 세운 중학(中學), 동학(東學), 남학(南學), 서학(西學), 네 곳의 학교로서 종6품의 아문(衙門)으로 중등 정도의 교육을 실시하였다.

135 대제학(大提學)을 달리 이르는 말이다.

136 원문의 '504년 전'은 오기이므로 바로잡았다.

세종의 치적

세종, 문치(文治)를 힘써 행하시다 세종께서는 현명하시어 학문을 좋아하고 더욱 문치에 힘쓰시니 경연(經筵)을 열어 논사(論思)를 받아들이셨다. 즉위 2년(1420), 지금으로부터 486년 전[137]에 집현전(集賢殿)을 세워 고금의 경적(經籍)을 모으시고 학자들로 하여금 경전과 고서를 토론하여 고문(顧問)을 갖추었다.

문신들에게 긴 휴가를 주어 책을 읽게 하다 대제학(大提學) 변계량에게 명하여 하여금 젊은 문신 중 재행(才行)이 뛰어난 자에게 긴 휴가를 주어 책을 읽게 하셨다.

※ **호당(湖當)** 긴 휴가 때 책을 읽는 것은 세조 때에 혁파되었다가 성종 때 다시 설치되었다. 또 세종 때에 산사에서 독서케 하시더니 성종께서는 다시 용산(龍山) 동호승지(東湖勝地)를 택하여 서당(書堂)을 세우시고 이름하기를 호당이라 하였다. 문학사(文學士)가 빈번히 여기에서 배출되니 당시 사람들이 큰 영예로 알았다.

종학(宗學)을 세우고 의악(儀樂)을 정하시다 종학종친을 가르치는 것이다을 세우시고 오례의(五禮儀)를 정하였다. 박연(朴堧)에게 명하여 정대업(定大業),[138] 보태평(保太平),[139] 발상(發祥)[140] 등의 음악을 만들었다. 박연이 음악을 아

137 원문의 '487년 전'은 오기이므로 바로잡았다.
138 종묘에서 조선의 역대 왕들의 제사를 지낼 때 연주되는 음악의 하나이다.

는 것은 당시 세간에서 비할 자가 없었다.

천문역상(天文曆象)의 여러 기구들을 제작하시다 왕이 또 천문(天文)에 관심이 많아 천문역상의 학문에 힘썼다. 정초(鄭招)와 정인지(鄭麟趾) 등을 명하여 크고 작은 간의(簡儀)[141]와 혼천의(渾天儀)와 해시계인 앙부일구(仰釜日晷)와 일성정시의(日星定時儀)[142]와 물시계 자격루(自擊漏)를 만들었다. 또 구리로 측우기(測雨器)를 만들어 각 도(道)에 배포하여 강우량을 측정하고 역관(曆官)을 마니산(摩尼山)강화과 백두산(白頭山)과 한라산(漢拏山)제주 등에 보내어 북극의 고도를 측량하였다.

관찬 서적 관찬 서적은 수십 종이니 즉 『치평요람(治平要覽)』 등『명황계감(明皇誡鑑)』, 『칠정내외편[政內外篇]』,[143] 『용비어천가(龍飛御天歌)』, 『오례의(五禮儀)』, 『삼강행실(三綱行實)』, 『농사직설(農事直說)』, 『경서음해(經書音解)』, 『역대병요(歷代兵要)』, 『사륜전집(絲綸全集)』, 『칠정주내외편(七政籌內外篇)』, 『역상집(曆象集)』, 『무원록(無冤錄)』, 『자치통감훈의(資治通鑑訓義)』, 『효행록(孝行錄)』이 있다. 『고려사(高麗史)』는 세종이 돌아가신 다음 해에 완성하였으나 사실은 세종께서 정인지에게 명하여 편집한 것이다. 모두 1백 3십 9권인데, 고려 500년 사적(事蹟)을 세밀히 알 수 있다.

궁궐 안에 국문국(國文局)을 설치하시다 당시에 문학과 기술이 이와 같이 진

---

139 종묘제례악무 중 왕의 문덕(文德)을 기리는 악무(樂舞)이다.
140 조상의 공덕을 각기 당대에 일어난 상서로운 일을 내용으로 칭송한 노래를 뜻한다.
141 천체(天體)의 운행과 현상을 관측하던 기계이다.
142 조선 세종 19년(1437)에 만든 시계이다. 밤낮으로 시각을 잴 수 있도록 만들어, 만춘전(滿春殿), 서운관(書雲觀), 함경도 병영(兵營), 평안도 병영에 각각 하나씩 두었다.
143 『칠정산내외편(七政算內外篇)』의 오기로 보인다

보함에 이에 문자를 새로 만들고자 하였다. 무릇 조선에는 신라 설총이 만든 이두(吏讀)음두(音斗)라 하는 것이 있었으나 이는 한문을 의지하여 쓴 것에 불과하였다. 또 고대에 만든 것이라 당시 널리 쓰이기에는 적합하지 않았다. 세종 28년(1446), 지금으로부터 460년 전[144]에 국문국을 궁궐 안에 설치하시고 정인지, 신숙주(申叔舟), 성삼문(成三問) 등을 명하여 자음 모음 28자를 만들고 초성, 중성, 종성의 3성을 합하여 글자를 만드니 즉 오늘날의 국문(國文)이다. 그 후 중종(中宗)『훈몽자회(訓蒙字會)』를 저술할 때부터 정종(正宗)『정음통석(正音通釋)』을 저술할 때까지는 27자를 사용하더니 오늘날에는 25자를 통용한다. 당시에 한림학사(翰林學士) 황찬(黃瓚)이 요동에 유배되어 있었는데 세종께서 성삼문 등을 명하여 황찬을 만나보게 하고 음운(音韻)을 물어본 것이 열 세 번이었다. 대체로 이 국문은 문자가 썩 잘되고 묘하여 나라 발전에 크게 힘을 발휘하니 실로 세계 문자상에 전무한 두드러진 일이다.

정치 정치상으로 보면, 비로소 백관(百官)의 윤대(輪對)를 설비하시고, 절의(節義)에 힘쓰고, 효도와 우애를 가르치고 또 현명한 인재를 찾으셨다.

형옥(刑獄)을 살피시다 형옥을 더욱 살피시어 억울함이 없게 하였다. 매로 등을 때리는 태배법(笞背法)을 없애고 최치운(崔致雲)을 명하여『무원록(無冤錄)』을 주석(注釋)하고 율문(律文)을 강해(講解)하였다. 그 중 더욱 크고 훌륭한 덕이 있으니, 지난날에는 주인이 노비를 죽이면 시비를

144 원문의 '461년 전'은 오기이므로 바로잡았다.

불문하고 오직 주인만 감싸 비호하였는데 세종께서 아랫사람들에게 알리시기를, "노비가 비록 천하나 하늘의 백성되기는 다른 사람과 다름없으니 결코 죄없는 자를 함부로 죽이지 못한다" 하시며 심히 이를 경계하셨다. 이는 이전 왕들이 미치지 못한 바이다.

조세 조세는 국초에 수치를 정하였으나 고려 말의 어지러움이 계속되어 분명하게 정리되지 못하였다. 세종 19년(1437), 지금으로부터 469년 전[145]에 여러 신하들과 함께 토론을 거듭하여 이를 정하였다. 그 법이 경상 · 전라 · 충청의 3도는 상등(上等)이라 하고, 경기 · 강원 · 황해의 3도는 중등(中等)이고, 함길즉 함경도 · 평안의 2도는 하등(下等)으로 하였다. 또 그 3등급의 도(道) 중에도 다시 3등급으로 나누었다.

※ 상등급 도의 상전(上田) 1결에는 20두(斗)요, 중전(中田)은 18두요, 하전(下田)은 16두요, 중등급 도의 상전 1결에는 18두요, 중전은 16두요, 하전은 14두요, 하등급 도의 상전 1결에는 16두요, 중전은 14두요, 하전은 12두였다. 결은 고려 때부터 행한 명칭이니 1결은 폭이 58척이고 길이가 35척이니 즉 2천 3십 방척(方尺)2무(畝)는 4보(步)정도이다이다.

세종 26년(1443)[146]에 전제상정소(田制詳定所)를 설치하고 진양대군(晋陽大君)즉 세조(世祖), 하연(河演), 박종우(朴從愚), 정인지로 하여금 전(田)을 6등

145 원문의 '470년 전'은 오기이므로 바로잡았다.

146 『조선왕조실록』에 따르면 전제상정소를 설치한 것은 세종 25년의 일이다. 따라서 원문의 '세종 26년'은 오기이므로 바로잡았다.

급으로 나누고 연(年)도 6등급[147]으로 나누었다. 세종 30년(1448)에는 8도의 전품(田品)을 개정함에 대신을 보내어 관찰하게 하였다. 또 권농조(勸農詔)를 하사하고 『농사직설(農事直說)』을 편찬하여 민정(民政)에 힘쓰셨다.

녹과를 나누어주는 방식을 제정하다 또 녹과를 나누어주는 방식[頒祿式]을 제정하였다. 정1품부터 종9품까지 18과(科)로 나누어 봄 · 여름 · 가을 · 겨울 4계절마다 쌀, 콩, 보리, 명주, 베, 저화(楮貨) 등을 주었는데, 이를 녹과(祿科)라 하였다.

경국대전(經國大典)[148]의 기초를 닦다 또 『경국원전』, 『속전』의 뒤를 이어 『경제육전(經濟六典)』을 구상하여 후일 『경국대전』을 완성할 기초를 정하였다.

명(明)과의 관계 다른 나라와의 관계는 명 태조 주원장(朱元璋) 이래로 사절이 왕래함에 말 1만 마리를 보냈다. 또 매년 금은기명(金銀器皿)을 보내다가 세종 11년(1429)에는 매년마다 보내는 일을 면하였다.

일본과의 관계 일본에는 고려 말부터 왜구가 변경을 침범하였으므로 태조께서 해항(海港)의 요해처(要害處)에 만호(萬戶)와 수군처치사(水軍處置使)를 두었다. 이로부터 왜구의 우환이 점차 사라졌다. 세종 6년(1397)에 박돈지(朴敦之)를 보내어 수호하였다. 태종 때에는 일본 아시카가

147 '9등급'의 오기로 보인다.

148 원문의 『경제대전(經濟大典)』은 오기로 보이므로, 『경국대전』으로 번역하였다.

요시미츠[足利義滿]가 서신을 보내와 대장경을 구해갔다. 이로부터 사절이 왕래하였으나 변경 해안의 해적은 노략질을 그치지 않았다.

또 태조 5년(1396), 지금으로부터 510년 전[149]에 일본의 이키시마[一岐]와 쓰시마[對馬島]를 토벌하였고 정종 원년(1399)에도 쓰시마를 토벌하였다. 세종 원년(1419), 지금으로부터 487년 전[150]에는 왜선(倭船)이 중국으로 향한다 하면서 황해도로 와 먹을 것을 구하였다. 이때에 태종께서 선위하였으나 오히려 병권을 잡으신지라, 유정현(柳廷顯), 박은(朴訔), 조말생(趙末生), 허조(許稠) 등과 더불어 쓰시마를 모조리 멸하고자 하시었다.

쓰시마를 토벌하다 조말생은 병조판서(兵曹判書)였는데 홀로 이 뜻을 찬성하여 이에 유정현, 이종무(李從茂)를 명하여 병선 2백 7십 7척에 군사 1만7천여 명을 파견하여 쓰시마를 토벌하였다. 쓰시마 사람들이 불의에 공격을 당하여 패하다가 후에 쓰시마 도주(島主) 소 사다모리[宗貞盛]와 규슈[九州]의 여러 종족들이 힘을 합쳐 맞서 싸웠다. 전쟁이 드디어 멈추었다.

삼포조약[對馬島條約]을 정하다 그러나 그 후 세종께서 화친을 구하는 것이 좋은 방법이라 하여 세종 25년(1443)에 통신사(通信使) 변중문(卞仲文)과 서장관(書狀官) 신숙주(申叔舟)를 보냈다. 또 이예(李藝)를 쓰시마로 보내어 사다모리와 통교조약을 정하였다. 그 조약은 경상도의 3포웅천 제

149 원문의 '511년 전'은 오기이므로 바로잡았다.
150 원문의 '506년 전'은 오기이므로 바로잡았다.

포, 동래 부산, 울산 염포를 열어 소 사다모리가 해마다 배 50척을 보내오게 하고, 혹 일이 있으면 따로 특송선(特送船)을 보내도록 하였다. 이외에도 일본 각국 제후가 혹 한두 척의 배를 보내오고자 한다면 반드시 도주[宗氏]의 문인(文引)을 받은 후, 조선이 접대한다 하였다. 이로부터 쓰시마 도주가 대대로 조선을 오가는 일을 담당하고 교제가 옛날을 회복하였다.

북쪽 변방 야인(野人)과의 교섭 북쪽 변방 야인과의 교섭은 세종 때에 점차 많아졌는데 야인은 여진 땅의 속칭이다. 즉 명의 건주위(建州衛), 모련위(毛憐衛)이니 건주위는 평안도에 경계하고 모련위는 함길도에 접하였다. 초기에 건주위의 파저강(婆猪江)만주 동가강(佟家江) 야인이 요동을 치다가 도망하여 조선 국경에 들어오므로 왕이 모두 사로잡아 명에 압송하였다. 이로부터 야인이 원망하여 여러 차례 변경을 침범하더니 세종 15년(1433)에 야인 이만주(李滿住)가 4백기(騎)를 이끌고 쳐들어왔다. 이에 최윤덕(崔潤德)에게 평안도도절제사(平安道都節制使)를 제수하고 오명의(吳明義)는 선봉이 되어 이만주를 공격하였다. 오명의는 오연총(吳延寵)의 후손이었는데 이만주를 공격하여 승리하고 그 공으로 최윤덕에게 우의정(右議政)을 제수하였다. 이미 야인과 화친하였으나 세종 17년(1435)에 또 수차례 여연(閭延)지방을 침범하였는데 여연은 함길도에 속하였다.

4군(四郡)을 설치하다 왕이 여연을 다시 평안도에 속하게 하고 무창(茂昌), 우예(虞芮), 자성(慈城)과 함께 4군을 압록강 남쪽에 설치하여 서북 변방을 방비하였다.

함길도는 고려 때에 여진을 정벌하여 북계9성을 쌓았으나 너무 멀어 지키기가 어려웠으므로 돌려주었는데, 태조 때에는 두만강까지 남기지 않고 다 가졌다. 태종께서는 부령(富寧) 이북을 버렸더니 세종 16년(1434)에는 사람들의 의견을 물리치고 김종서(金宗瑞)를 등용하여 함길도관찰사(咸吉道觀察使)의 벼슬을 내려 북방의 땅을 개척하고 남쪽 지방의 도민을 이주케 하였다.

6진(六鎭)을 설치하다 세종 19년(1437) 지금으로부터 469년 전[151]에 6진경원(慶源), 경흥(慶興), 온성(穩城), 종성(鍾城), 회령(會寧), 부령(富寧)을 설치하여 그 지역을 모두 회복하였다.

북쪽 변방의 경략(經略)이 세밀히 정해지다 두만강을 따라 장성을 축조하고 강 안쪽의 땅 중에 성 밖에 있는 것을 야인에게 주니 이로부터 함길도가 오래도록 조선의 소유가 되어 북쪽 변방을 다스리고 경영함이 세밀하게 정해졌다.

왕이 안으로는 정치를 정돈하고 학예를 일으키며 외부로는 명과 더욱 화목하였다. 일본과는 한 차례 토벌하였으나 그 후 통교조약을 정하여 화호를 도모하였다. 북쪽 지방에는 영토를 개척하여 방어의 방책을 정하였다. 재위 32년 동안에 좋은 결과를 매우 많이 이루었으니 세상 사람들이 칭하되 해동요순(海東堯舜)이라 하였다. 재상 황희(黃喜), 허조 등이 모두 왕의 대업을 보좌하였다.

151 원문의 '470년 전'은 오기이므로 바로잡았다.

세조(世祖) 정난(靖難)

세종이 돌아가시고[崩] 문종(文宗)이 즉위하시다 세종이 돌아가시고 문종이 즉위하시니 너그럽고 인자하며 효도와 우애가 있으시고 학문을 좋아하며 선비를 사랑하셨다. 동궁에 있으신 지 20여 년 동안 선왕(先王)을 많이 도왔다. 즉위하셔서는 언로(言路)를 열고 문무를 사랑하여 기르시니 신민(臣民)이 모두 잘되기를 바라고 기대하였다.

문종이 돌아가시고 단종(端宗)이 즉위하시다 재위하신 지 겨우 2년 만에 돌아가시고 단종이 뒤를 이어 즉위하셨는데, 나이가 12세였다. 당시에 종실이 강성했던 까닭에 문종께서 돌아가실 적에 특히 영의정(領議政) 황보인(皇甫仁)과 우의정(右議政) 김종서를 명하여 어린 임금을 보필하라 하셨다. 성삼문(成三問), 박팽년(朴彭年), 하위지(河緯地), 신숙주, 이개(李塏), 유성원(柳誠源) 등도 또한 부탁을 받들어 좌우로 협력하여 도왔다. 이때에 세조와 안평대군(安平大君) 용(瑢)이 모두 단종의 숙부였는데 문하의 식객들이 스스로 와서 복종하는 자들이 많았다. 그러나 용에게는 문인재사(文人才士)뿐이었다.

홍윤성(洪允成), 김종서(金宗瑞)를 죽이다 세조께서는 권람(權擥)과 한명회(韓明澮)를 신임하시어 어지러운 세상을 평정하고 잘 다스릴 계획에 부지런히 힘썼는데 김종서를 죽이지 않으면 큰 일이 이루어지지 않을 터였다. 이에 홍윤성을 명하여 김종서의 집에 가서 그를 때려죽였다. 다시 황보인, 조극관(趙克寬) 등 여러 사람을 죽이고 드디어 황보인, 김종

서, 안평대군 등의 죄를 고하여 좌의정 정인지의 논의로 안평대군을 사사(賜死)하였다.[152]

세조, 영의정 겸 내외병마도통사(內外兵馬都統使)에 제수되다 세조께서 영의정이 되시어 내외병마도통사로 군국(軍國)의 중요한 일을 겸하시니 단종께서 이르시되 "그 공이 주공(周公)과 같다" 하시어 조서(詔書)를 내리셨다. 세조와 정인지, 한명회 등 36명의 정난공(靖難功)을 기록하셨다.

세조, 보위(寶位)에 오르시다 세조께서 위엄과 권세가 날로 성하여 마침내 단종 3년(1455), 지금으로부터 451년 전[153] 에 보위에 오르셨다. 무릇 이 일은 권람과 정인지가 찬성한 것이다.

성삼문(成三問) 등이 단종의 복위를 도모하다가 이루지 못하고 죽다 이때에 단종이 상왕(上王)이 되시어 수강궁(壽康宮)에 머물렀다. 성삼문이 아버지 성승(成勝)과 박팽년, 이개, 하위지, 유성원, 김질(金礩), 유응부(兪應孚) 등과 함께 상왕을 복위코자 하다가 계획이 미처 이루어지지 못하였다. 김질이 고변하여 성삼문 등 6명의 신하가 주살 당하고 성삼문의 아버지 성승이 또한 죽고 그 외 연루된 자가 수십 명이었다.

단종을 노산군(魯山君)으로 강등하여 봉하다 이에 상왕을 강봉하여 노산군이라 하고, 영월(寧越)강원도에 살게 하였다.

---

152 '계유정난(癸酉靖難)'에 대한 내용이다.
153 원문의 '452년 전'은 오기이므로 바로잡았다.

금성대군(錦城大君), 상왕의 복위를 도모하다가 죽다 당시에 금성대군 유(瑜)세종의 6째 아들가 순흥(順興)에 귀양살이를 하다가 부사(府使) 이보흠(李甫欽)과 도모하여 노산을 세우려 하였다. 그러나 결국에는 그 계획이 발각되어 죽었다.

노산군, 돌아가시다[崩] 이때 이미 노산군이 비참하게 돌아가셨다[崩].

노산군을 복위하여 묘호가 단종이다 그 후 200여 년이 지나 숙종(肅宗)대에 이르러 6신(臣)의 관작을 회복하고 또 노산군을 복위하였으니 묘호가 단종이다.

세조가 호탕하고 인품이 뛰어나 포부가 있다 세조께서 나라를 다스린 사업은 북방 4군에 백성들이 적어 수비하기 어려우므로 백성들을 철수시켰다. 또 야인을 불쌍히 여기고 도와 오로지 평화를 위주로 삼았다. 왕의 천성이 호탕하고 인품이 뛰어나 나라를 다스리는 웅도(雄圖)가 있으시고 더욱 활쏘기와 말타기에 뛰어나셨다. 무학(武學)에 마음을 써 친히 병서(兵書)『오위진법(五衛陣法)』, 『병장설(兵將說)』, 『병법대지(兵法大旨)』, 『유장편(諭將篇)』를 편찬하였다. 오위도총부(五衛都摠府)를 세워 군무를 일임하고 병조(兵曹)에 예속시키지 않았다. 문·무신 중 뛰어나고 특별한 자는 계급의 차례를 밟지 않고 벼슬에 등용하셨다.

신숙주(申叔舟), 야인(野人)을 정벌하다 신숙주를 황해평안양도체찰사(黃海平安兩道體察使)로 임명하여 북벌의 준비를 시작하였다. 세조 5년(1459)에 모련위(毛憐衛)의 낭복아합(浪卜兒哈)이 회령(會寧)에서 근처의 장군과 분쟁하였으므로, 이에 유인하여 죽였다. 또 변흔(邊衅)을 열어 신숙주를 강원함길도체찰사(江原咸吉都體察使)로 임명하고 파저강의 야인을 정벌하였다.

이시애(李施愛)의 난 세조 12년(1466)에 길주(吉州)사람이자 전(前) 회령부사(會寧府使)였던 이시애가 아우 이시합(李施合)과 함께 반역하였다. 함흥 이북의 주(州), 군(郡)이 수령(守令)을 죽이고 서로 향응(響應)하여 그 위세가 매우 성하였다. 이에 귀성군(龜城君) 준(浚)에게 4도함길, 강원, 평안, 황해도총사(四道都摠使)를 제수하였다. 허종(許琮)은 절도사(節度使)였고 강순(康純), 어유소(魚有沼), 남이(南怡) 등은 대장(大將)이었다.

이시애의 난을 평정하다 수만 명의 병사를 이끌고 전쟁에 나아가 홍원(洪原), 북청(北靑)에서 적병을 대파하였다. 이시애가 힘이 다하여 야인에게 달아났으나, 야인이 포박하여 바치니 군사들 앞에서 목을 베었다. 이에 적의 무리가 평정되었다.

어유소(魚有沼) 등, 건주위(建州衛)를 쳐 이만주(李滿住)를 죽이다 이때에 명나라 건주위의 이만주가 반란을 일으켰다. 명이 토벌하자 또한 조선이 양쪽에서 공격하였다. 어유소, 남이 등이 함길도로부터 바로 건주위를 토벌하여 압록강을 건너 구선부(九獮府)의 여러 산채를 격파하였고 이만주와 그 아들 고납합타비랄(古納哈打肥剌) 등을 베었다. 세조께서 이와 같이 군대의 위력을 북쪽 변방에서 빛내어 세종의유업을 실추시키지 않았다.

대전(大典)의 제정

세조의 문치(文治) 세조께서 웅무(雄武)하실 뿐 아니라 문치에도 크게 뜻을 두어 민정을 살피고 형옥(刑獄)을 삼갔다. 양전(量田)을 행하고 관제를 고치며 휴일에는 학문을 익히고 도(道)를 논하였다. 역리(易理)를 더욱 통달하여 친히 『주역구결(周易口訣)』을 제작하고 여러 학자들로 하여금 논하게 하였다. 서적을 간행하고 학문을 장려하였다.

『경국대전(經國大典)』을 편수하다 또 태조, 세종 이래로 경국원전과 속전의 편집이 완성되지 못하였으므로 이에 상정국(詳定局)을 열고 최항(崔恒), 김국광(金國光), 한계희(韓繼禧) 등으로 하여금 회통(會通)을 짐작하야 만세성법(萬世成法)을 만들고자 하였다. 이에 다시 『경국대전』을 편수하였으나 왕이 재위하신 지 13년에 완성치 못하고 돌아가셨다.

세조께서 예종(睿宗)께 왕위를 전하시고 『경국대전』이 완성되다 세조께서 돌아가실 적에 예종께 전위하시니 예종 원년(1469)에 『경국대전』 6권이 완성되었다. 예종이 즉위한 지 1년 만에 돌아가셨다. 이때 병조판서 남이와 영의정 강순이 유자광(柳子光)의 모함을 당하여 죽고 이조정랑(吏曹正郎) 민수(閔粹)는 『세조실록』을 고치니 사초(史草)를 고쳐 죄를 받았다.

예종이 돌아가시고[崩] 성종(成宗)이 즉위하시다 대전(大典)이 세상에 널리 알려지기 전에 예종이 돌아가시자[崩], 후계자가 어렸으므로 정희왕후(貞熹王后)세조의 왕비 윤씨께서 성종을 세웠다. 성종은 세조의 손자이자 덕종

(德宗)의 차남이다. 덕종은 성종때 추숭(追崇) 유년하신 까닭으로 왕후께서 수렴청정하시다가 성종 7년(1476)에 환정(還政)하셨다.

『경국대전』을 안팎에 반포하다 성종 초에 『경국대전』이 만들어졌으나 거칠고 엉성한 곳이 많았으므로 다시 최항(崔恒) 등에게 명하여 수정한 후에 나라 안팎에 반포하였다. 대전은 즉, 이, 호, 예, 병, 형, 공의 6전(六典)이다. 대체로 당나라의 6전(六典)과 명나라의 회전(會典) 등을 본떠 손익을 짐작하여 나라 풍속에 부합하고자 함이었다.

『대전속록(大典續錄)』을 반포하다 그러나 오히려 미진하여 이극증(李克增), 어세겸(魚世謙) 등을 명하여 다시 『대전속록』 1권을 편찬하였다. 성종 24년(1493)에 반포하여 행하였다.

『오례의(五禮儀)』가 완성되다 또 『오례의』는 세종, 세조 때에 이미 찬수하였으나 미비한 곳이 많았으므로 신숙주, 강희맹(姜希孟) 등을 명하여 완성하였다. 조선의 제도 문물이 이에 크게 정비되었다. 이는 태조 이래 정법(政法)을 모아 대성한 것이니 후세에서 받들어 표준으로 만든 것이요, 조선 500년 정치의 골수가 되었다.

이전(吏典)의 관제는 동반(東班)과 서반(西班)이다 이전의 관제는 크게 동서 양반(兩班)으로 나뉘는데, 동반은 문관이고 서반은 무직이다. 양반에 또 경관(京官)과 외관(外官)의 구별이 있었다.

동반 경직(京職) 동반의 경관직은 곧 중앙 정부의 중요한 것이니 의정부(議政府)는 백관(百官)을 총괄하고 정사를 다스리며 음양을 이해하고 방국(邦國)을 경영하였다. 의금부(義禁府)는 왕명을 받들어 중죄인을 국문하고 그 다음으로 이조(吏曹)관리의 선발 임용과 훈봉과 고과를 담당하고, 호조(戶曹)호구(戶口), 조세 및 재정을 담당하고, 예조(禮曹)예악과 제사와 연향과 조빙과 학교와 과거를 담당하고, 병조(兵曹)병무를 담당하고, 형조(刑曹)법률과 소송 및 노비를 담당하고, 공조(工曹)산택(山澤)과 공장(工匠)과 영선(營繕)[154]과 도야(陶冶)[155]를 담당했다의 6조가 있어 각기 행정 일부를 나누어 담당하니 즉 고려의 6부와 같았다. 그 외 사헌부(司憲府)시정을 논하고 백관을 적발하고 살피며 풍속을 바로하고 억울함을 달래고 분수에 넘치는 행위를 금했다, 승정원(承政院)왕명을 출납했다, 사간원(司諫院)은 모두 요직이었다.

동반 외직(外職) 동반의 외직은 즉 지방관이다. 8도에 주(州), 부(府), 군(郡), 현(縣)의 구별이 있고 도에 관찰사(觀察使)감사(監司)가 있고 주·부(州·府)에 부윤(府尹), 목사(牧使), 도호부사(都護府使)가 있었다. 군(郡)에는 수(守), 현(縣)에는 령(令)과 감(監)이 있었는데 관찰사는 각 도에 1명뿐이고 부윤 이하는 지방 구획의 많고 적음으로 인하여 정해진 수가 없었다.

서반 경직 서반 경직의 최고는 중추부(中樞府)인데, 중추부는 오직 문무 당상관(堂上官)중에 실직(實職)이 없는 사람이다. 실권이 없으며 5위도총부(五衛都摠府)는 즉 5위의흥위(義興衛), 용양위(龍讓衛), 호분위(虎賁衛), 충좌위(忠佐衛), 충무위(忠武衛)의 군무를 담당하여 전국 병사가 모두 이에 나누어 속하였

---

154 건축물 따위를 신축하고 수선함을 뜻한다.
155 도공(陶工)과 주물공(鑄物工), 또는 도기(陶器)를 만드는 일과 주물(鑄物)을 만드는 일이다.

다. 그 다음으로는 내금위(內禁衛)숙위(宿衛)와 배호(陪扈)[156]를 담당하고, 훈련원(訓鍊院)군사의 시재(試才)와 학예를 담당하고, 익위사(翊衛司)세자의 배위(陪衛)[157]를 담당했다 등이 있었다.

서반 외직 외직은 각도병마사(各道兵馬使) 이하 여러 관직이 있었는데 그 정원도 또한 일정치 않았다. 동반과 서반을 동일하게 나란히 칭하지만, 서반의 절도사 이하는 관찰사 혹 목사 등의 겸임한 자가 많았으니 그 실제는 서반이 동반에 미치지 못하였다.

호전(戶典) 호전에는 호적, 양전, 녹과, 여러 전관둔전(官屯田),[158] 원전(院田),[159] 진부전(津夫田)[160]류, 직전(職田),[161] 전택(田宅), 농상(農桑), 수세(收稅) 등의 규정이 있다.

예전(禮典) 예전에는 과거, 의장(儀章), 학교성균관, 사학(四學), 사간원, 상복, 의주(儀注), 혼가(婚嫁), 관부문자(官府文字)의 식(式)이 있다.

병전(兵典) 병전에는 무관의 배치와 무과, 병선, 군기, 구목(廐牧)[162] 등의 일이 있다.

---

156 임금이나 높은 사람을 모시고 따라가는 일이다.
157 세자가 나들이할 때에 그를 모시고 따르던 일이다.
158 지방관청의 운영경비를 조달하기 위해 설정하였던 토지이다.
159 조선 시대에, 각 원(院)에 나누어 주어 그 소출로 각 원의 경비를 충당하게 하던 토지이다.
160 조선시대 전국 강가의 크고 작은 나루(津)에 배속되어 있던 도선부(度船夫)에게 지급된 토지이다.
161 관리에게 토지를 지급하고 그 수입을 가지고 생활하도록 만든 제도이다.
162 소나 말을 먹여 기르는 것, 또는 그런 곳을 뜻한다.

형전(刑典) 형전에는 23목(目)결옥일한(決獄日限), 수금(囚禁), 추단(推斷), 금형(禁刑), 남형(濫刑), 위조(僞造), 휼수(恤囚), 도망(逃亡), 백정단취(白丁團聚), 포도(捕盜), 장도(贓盜), 원악향리(元惡鄕吏), 은전대용(銀錢代用), 죄범준계(罪犯準計), 고존장(告尊長), 금제(禁制), 소원(訴冤), 정송(停訟), 천첩(賤妾), 천처첩자녀(賤妻妾子女), 공천(公賤), 사천(私賤), 천취비산(賤娶婢産) 69조가 있는데 애초에 『대명률(大明律)』을 근본으로 만들었다.

공전(工典) 공전에는 교로(橋路), 영선(營繕), 원우(院宇), 재식(栽植), 철장(鐵場)이니 무릇 관부에 속한 백공(百工)이 모두 이에 기재되었다. 이상은 대전의 대강을 추린 것이며 이로써 당시의 제도가 구비되었다.

성종, 풍속의 교화에 마음 쓰시다 또 성종께서 천성이 총명하시고 학문을 좋아하며 특히 풍속의 교화에 마음을 쓰셨다. 치민관리(治民官吏)를 중시하고 대간(臺諫)을 숭장(崇奬)하시며 적전(籍田)을 친경하시고 왕비가 친잠하시고, 태학(太學)에 행차하시고태학에 행차함은 태종 이래로 행하셨으나 성종에 이르러 더욱 많이 하시고 후세에 성례(成例)가 되었다, 궁중에서 양로연(養老宴)을 개최하시고, 외읍(外邑)의 신하들을 명하여 나이든 자들에게 잔치를 베풀게 하셨다. 존경각(尊經閣)을 만들고 양현고(養賢庫)를 설치하고 홍문관(弘文館)을 열고 호당(湖當)을 세우시고 성균관과 향학(鄕學)에 토지를 내려주시고 경사(經史)를 찍어 여러 도(道)에 반포하셨다. 학사를 명하여 여러 책『여지승람(輿地勝覽)』, 『동국통감(東國通鑑)』, 『동문선(東文選)』, 『악학궤범(樂學軌範)』, 『제왕명감(帝王明鑑)』, 『후비명감(后妃明鑑)』을 편집하고 학문을 장려하였다. 또 현명한 인재를 등용하여 사기를 진작한 까닭으로 한꺼번에 인재가 배출되었다.

이에 문화가 번성하여 한없이 넓은 태평기상이 강성한 운에 달하였으나 국초 이래로 장물죄를 범한 관리를 엄히 다스려 자손을 금고(禁錮)하더니 성종 때에는 정사가 너그럽고 후덕하여 뇌물이 점행하였다.

성세가 극에 달하여 장차 쇠퇴하는 시기 왕이 또 종친과 연회를 하실 때 기악(妓樂)을 갖추어 후래에 연산군(燕山君)의 황음(荒淫)하는 습성을 시작하였으니 성종 재위 25년 간은 성세가 극에 달하여 장차 쇠퇴하는 때였다.

사화[士林의 禍]와 외교(外交)

성종이 돌아가시고[崩] 연산(燕山)이 즉위하다 성종께서 돌아가시고 연산군이 즉위하였다. 당시는 선왕이 인재를 애양하고 풍절(風節)을 격려한 뒤였으므로 뛰어난 선비가 자못 모이더니 불행히 액운을 수차례 만나게 되었는데 그 첫째는 무오사화(戊午士禍)요, 둘째는 갑자사화(甲子士禍)이다.

무오사화(戊午士禍) 초에 김일손(金馹孫)이 사관(史官)이 되어 지난날 이극돈(李克墩)이 전라감사(全羅監司) 시절에 선왕의 상(喪)을 당하여 서울에 진향(進香)할 때 기녀를 데리고 간 것을 기록하였다. 또, 세조 때의 일과 스승 김종직(金宗直)의 조의제문(弔意帝文)을 함께 기록하였다. 그 후 이극돈이 당상관이 되어 이 사초를 보고는 대노하여 이를 물리치고자 하였다. 이때 유자광이 간사한 재주가 있어 이극돈과 관계를 맺고 또 윤필상(尹弼商)이 힘을 보태어 대옥(大獄)을 일으켰다. 이극돈 등이 무고하기를 김종직의 조의제문은 세조를 기척(譏斥)하였으니 김일손의 악행은 곧 김종직의 지회(指誨)라 하면서 김종직의 문인 및 관계가 있는 자를 일망타진코자 하였다. 이때에 연산이 또 스스로 이르기를 "매사에 자유롭지 못함은 학사 무리의 소행이다"라고 하여 유자광 등의 계책을 따라 김종직은 이미 죽었으므로 곧 부관참시(剖棺斬屍)하였다. 김일손 및 권경유(權景裕)를 죽이고 이목(李穆), 허반(許磐) 등 이하는 모두 쫓아 보내니 죄를 당한 지명인사(知名人士)가 수십 명강겸(姜謙), 표연말(表沿沫), 홍한(洪瀚), 정여창(鄭汝昌), 무풍부정총(武豊副正摠), 강경서(姜景敍), 이수공(李守恭), 정희량(鄭希良), 정승조(鄭承祖), 이종준(李宗準), 최부(崔溥), 이주(李胄), 김굉필(金宏弼), 조위(曹偉), 박한주(朴漢柱), 임희재(任熙載), 강백진(姜伯珍), 유연수(柳延秀), 이계맹(李繼孟), 강흔(姜渾)이었다. 그 일이 연산 4년(1498) 무오(戊午), 지금으로부터 408년 전[163]인 까닭에 무오사화라 하였다.

갑자사화(甲子士禍) 무오사화 이후 수년 뒤에 또 갑자사화가 있었다. 처음에 연산의 생모 윤씨성종의 왕후가 교만 방자하고 투기하여 불손한 일이 많았다. 성종께서 사사하시니 연산이 생모가 비명에 죽었음을 원통하게 여겨 10년(1504)갑자(甲子)에 추숭하여 왕후라 하였다. 또 당시 폐위되어 죽을 적에 논의에 참여한 사람들에게 죄를 내려, 윤필상(尹弼商), 이극균(李克均), 성준(成浚), 이세좌(李世佐), 권주(權柱), 김굉필, 이주(李胄) 등 수십 명을 죽였다.

부관참시 한치형(韓致亨), 한명회, 정창손(鄭昌孫), 어세겸(魚世謙), 심회(沈

163 원문의 '409년 전'은 오기이므로 바로잡았다.

澮), 이파(李坡), 정여창(鄭汝昌), 남효온(南孝溫) 등은 이미 죽었으므로 부관참시하고 자제와 동족은 함께 찬류도배(竄流徒配)[164]함에 참혹하고 사나움이 미치지 않는 곳이 없었다. 이는 무오사화보다 더욱 격렬하였는데 대체로 연산의 이 일은 모두 임사홍(任士洪) 등이 인도한 것이다.

연산, 음란하고 잔인하다 연산이 음란하고 잔혹하여 재차 사화를 일으키자 현인 군자가 점차 줄어들었으니 더욱 교만 방자하였다. 내시 김자원(金子猿)이 기밀을 전담하고 여러 악행을 종용하여 여러 도에 기악(妓樂)을 두고 불러 이르기를 운평(運平)이라 하였다. 3백 명을 선발하여 궐내에 들이며 지과흥청(地科興淸)근입(近入)한 자, 천과흥청(天科興淸)경행(經幸)한 자 등의 명목을 붙였다. 또 채홍준사(採紅駿使), 채청사(採靑使)를 여러 도에 보내어 미녀와 좋은 말을 가려내었다. 성균관은 유희(遊戲)하는 곳이 되고 홍문관(弘文館)을 중지시키고 사간원을 뜯어 고치고 경연을 폐지하고 사복시(司僕寺)와 장악원(掌樂院)을 증설하고 음학무도함이 날로 심하여 종묘와 사직이 장차 위급하였다.

연산, 폐위되고 중종(中宗)이 즉위하시다 이에 연산 12년(1506), 지금으로부터 400년 전[165]에 전 이조참판 성희안(成希顔), 지중추(知中樞) 박원종(朴元宗), 이조판서 유순정(柳順汀) 등이 서로 도모하여 자순태후 윤씨(慈順太后 尹氏)성종의 계후의 조서로 왕을 폐하였다. 연산군이라 하고 교동(喬桐)에 옮긴 후 성종의 차남 진성대군(晋城大君)이 즉위하시니 바로 중종이다. 이

164 찬류는 귀양살이란 뜻이고, 도매는 도형(徒刑)에 처한 뒤에 귀양을 보낸다는 뜻이다.
165 원문의 '401년 전'은 오기이므로 바로잡았다.

에 박원종, 유순정, 성희안, 유자광유자광은 죄인이었으나 반정 때에 공이 있어 참훈(叅勳)하였다 등 백여 명이 정국공신(靖國功臣)이 되었다.

연산의 폐정을 혁파하다 중종께서 연산의 폐정을 혁파하고 유교의 도를 숭상하시며 문치에 전념하여 숨은 인재를 찾고 풍속의 교화를 진작하였다. 처음에 중종이 즉위할 때에 부인 신씨를 왕후로 봉하였더니 지난날 부친인 신수권(愼守勤)이 권세를 빙자하고 교만 방종하였으므로 박원종 등이 폐위 시에 신수권을 죽였다. 이에 후환이 있을까 염려하여 영상(領相) 유순(柳洵)과 좌상(右相) 김수동(金壽童) 등이 왕께 아뢰고 신씨를 폐하여 사저에서 손위(遜位)하였다. 신씨가 곤위(坤位)에 있으신 지 8일 만이었다.

김정(金淨) 등, 폐비 신씨(愼氏)의 복위를 청하여 다툼이 시작되다 다시 장경왕후(章敬王后) 윤씨를 세웠으나 10년 만에 윤씨가 죽었으므로 김정(金淨), 박상(朴祥) 등이 상소하여 폐비 신씨를 복위하여 무고하게 폐위된 억울함을 바로 잡으라 하였다. 대사간(大司諫) 이행(李荇)과 대사헌(大司憲) 권민수(權敏手) 등이 이를 사론이라 하며 반대하고 김정 등을 감옥에 가두라 청하였다. 영의정 유순과 좌의정 정광필(鄭光弼) 등이 도와서 화해하였으나 김정 등이 마침내 벼슬이 강등되고 유배되었다. 이로부터 조정 이론의 다툼이 시작되었다.

조광조(趙光祖)를 크게 신임하다 이때에 중종이 조광조를 깊이 신임하였는지라, 지극한 다스림의 도를 일으켜 풍속을 바로하고 현량과(賢良科)를 설치하고 향약법(鄕約法)을 시행하고 소학(小學)의 가르침을 일으켰다. 김식(金湜), 김정(金淨), 이자(李耔), 김구(金絿) 등 여러 인재를 등용하고 조광조는 부제학(副提學)을 거쳐 대사헌에 이르렀다.

기묘사화(己卯士禍) 때마침 전 목사 김우증(金友曾)이 사림을 무고 훼손한 일로 취조를 받았다. 조광조가 김우증을 끝까지 다스리려 하지 않자 과격하고 예리한 무리들이 서정(庶政)을 빨리 고치고자 하여 조광조 등의 우유부단함을 탄핵하였다.

남곤(南袞) **등, 조광조를 참소하다** 이때에 예판 남곤과 도총관(都摠管) 심정(沈貞) 등이 청의(淸議)에 받아들여지지 않음을 원망하여 조광조 일파의 틈을 엿보았다. 조광조가 또 왕께 청하여 정국공신 중에 후하게 평가되어 올라간 자 70여 명을 가려내어 삭제하고자 하였다. 왕이 처음에는 듣지 않았으나 여러 신하들의 강청으로 부득이 따랐다. 이에 남곤 등이 다양한 유언비어로 왕의 마음을 움직여 이르기를, "조정의 권력과 인심이 모두 조씨에게 돌아갔다" 하였다. 또 이르기를, "조광조 등이 서로 붕당을 짓고 자기편을 두둔하여 국론이 전도하고 조정이 날로 그릇되다" 하며 백방으로 참소하여 조광조 등을 죽이고자 하였다. 영상 정광필과 좌상 안당(安瑭) 등이 극렬하게 간언하였으나 듣지 않으시고 곧 조광조 등을 감옥에 가두었다. 또 조광조 및 김정, 김식, 김구 등 수십 명윤자임(尹自任), 박세희(朴世熹), 박훈(朴薰), 기준(奇遵), 이장곤(李長坤), 김안국(金安國), 김정국(金正國), 한충(韓忠), 구수복(具壽福), 김세필(金世弼), 유운(柳雲), 유용근(柳庸謹), 최숙생(崔淑生), 신상(申鏛)을 내쫓고 귀양을 보냈다

조광조를 죽이다 이에 성균관 유생 이약수(李若水), 신명인(申命仁) 등 천여 명이 상소하여 그 원통함을 호소하였다. 이로 말미암아 헐뜯는 입들이 더욱 거세어져 정광필, 안당도 또한 파직시키고 남곤, 이유청(李惟淸)이 좌·우상이 되고 김전(金銓)은 영상이 되어 현량과를 혁파하고 조광조는 사사하고 그 나머지는 유배하였다. 이것이 기묘사화이다.

신묘 3간(辛卯三奸) 이후로 남곤, 심정 등이 조정을 제멋대로 휘두를 때에 김안로(金安老)는 이조판서였다. 정사를 어지럽혀 풍덕(豊德)으로 유배되었다가 남곤이 죽자 정광필이 대신하여 영상이 되었다. 이때에 심정, 이항(李沆), 김극핍(金克愊) 등이 권세를 부렸으므로 김안로가 다시 등용되기를 꾀하여 세자인종를 보호한다는 명목으로 소환을 얻어낸 후, 정사에 참여하여 심정, 이항을 죽이고 김극핍을 물리쳤다. 심정, 이항, 김극핍은 세상 사람들이 칭하되 신묘 3간이라 하였다. 이는 중종 26년(1531) 신묘였다.

정유 3흉(丁酉三凶) 김안로가 신묘 3간을 제거하였으나 사람됨이 간사하고 교활하였다. 또 시를 짓고 그림을 잘 그리는 재주가 있어 처음에는 이언적(李彦迪), 박소(朴紹) 등을 따랐다. 또 정광필을 쫓아내고 자신의 무리들을 끌어들여 조정에 포진하니 허항(許沆), 채무택(蔡無擇) 등이 주구가 되어 누차 대옥(大獄)을 일으킴에 종친과 공경대신을 죽이거나 쫓아내고 생살여탈을 주물러 그 기세가 심히 거세었다. 참판 윤안인(尹安仁)문정왕후(文定王后)의 숙부이 문정왕후중종의 계후께 고하여 왕께 아뢰니 왕이 이에 윤안인을 시켜 김안로 등을 죽이라 하셨다. 윤안인이 대사헌 양연(梁淵)과 의논하여 김안로와 허항, 채무택을 사사하였다. 이때가 중종 32년(1537) 정유인 까닭에 정유 3흉이라 하였다.

중종, 돌아가시다[崩] 그 후 중종께서 크게 뉘우치고 후회하여 유배한 사람들을 수서(收敍)하였다. 또 숨은 인재 수십 명을 기용하셨다. 그러나 정치의 대강이 마침내 진수(振修)되지 못하고 즉위하신 지 39년 만에 돌아가셨다.

인종(仁宗), 즉위하시다 중종이 돌아가신 후에 인종이 즉위하여 8개월 만에 돌아가셨다[崩].

명종(明宗), 즉위하시다 명종이 즉위하시니 이때 나이가 12살이었다.

모후가 수렴청정하시고 윤원형(尹元衡)이 국정을 맡다 모후 문정왕후 윤씨가 수렴청정하시고 윤원형이 국정을 맡았다. 윤원형은 문정황후의 동생이다. 지난날 인종 때에 공조참판을 발탁하여 내렸는데, 대간(大諫) 송인수(宋麟壽) 등이 논핵하여 그 관자(官資)를 빼앗더니 이때에 이르러 다시 국정에 참여하였다.

외척의 전권(專權)이 처음 시작되다 처음에 태종께서 외척의 발호를 방지하셨다. 그 후 성종이 즉위하실 때에 정희왕후(貞熹王后)가 수렴청정을 하였으나 외척의 권력이 많지 않았다. 명종이 즉위해서는 모후와 외척의 권력이 강성하였다.

윤원형과 윤임(尹任)의 알력 윤원형의 형 윤원로(尹元老)는 흉험한 사람이었으므로 좌상 유권(柳灌) 등이 아뢰어 남해(南海)전라도로 귀양을 보내었다. 초에 윤원형과 윤임인종 모후 장경왕후(章敬王后)의 동생이 중종 말년부터 편을 나누어 서로 다투었다. 당시 사람들이 이르되 대윤(大尹)윤임, 소윤(小尹)윤원형이라 하였다.

윤임 등을 죽이다 이때에 이르러 예조참판 윤원형이 그 무리 정순명(鄭順明)지중추, 이기(李芑)병판, 임백령(林百齡)호판, 허자(許磁)공판 등과 함께 형판 윤임과 유권, 유인숙(柳仁淑)이판 등을 죽이고자 하였다. 이에 충순당(忠順堂)문정왕후의 궁에 무고하여 말하기를, "윤임이 원래 다른 뜻이 있어 계림군(桂林君) 류(瑠)성종의 3째 아들, 계성군(桂城君) 순(恂)의 양자와 봉성군(鳳城君) 완(岏)중종의 8째 아들 두 사람 중 한 사람을 옹립하고자 하고, 유권과 유인숙도 또한 형적(形迹)이 있다" 하니 문정왕후가 곧 윤임 등을 사사하였다.

일시에 명사들이 죽고 귀양가다 김명윤(金明胤)의 밀계(密啓)로 인하여 계림군과 봉성군을 죽였다. 또 이덕응(李德應)을 국문(鞫問)하여 이휘(李煇), 나숙(羅淑)을 무고하였다. 이로부터 없는 죄를 만들고 모함을 꾸미는 일이 더욱 심하여 일시에 명사가 죽거나 귀양을 갔다. 이것이 을사년(乙巳年)인종 원년부터 정미년(丁未年)명종 2년까지 거의 1백 명이었다. 권발(權撥), 이언적(李彦迪), 백인걸(白仁傑), 정희등(鄭希登), 박광우(朴光佑), 김저(金儲), 송희규(宋希奎), 유희춘(柳希春), 김난상(金鸞祥), 이언침(李彦忱), 민기문(閔起文), 곽순(郭恂), 이림(李霖), 이휘(李輝), 정욱(鄭郁), 이중열(李中悅), 나식(羅湜), 나숙(羅淑), 노수신(盧守愼) 등.

윤원형, 20년간 권력을 휘두르다 이에 윤원형, 이개, 정순명, 임백령, 김명윤(金明胤) 등이 모두 훈공을 기록하니 인심이 분노하고 한단하였다. 그러나 문정왕후를 두려워하여 감히 말할 자가 없었다. 이때에 명종께서도 윤원형의 위압을 두려워하다가 이량(李樑)을 뽑아 등용하여 대적하게 하였다. 그러나 이량이 또한 권력을 탐하여 그 기세가 거세었으니 윤원형과 경쟁하고 화를 일으키므로, 부제학 기대항(奇大恒)의 말을 따라 이량을 찬수하였다. 윤원형이 승진하여 재상의 자리에 오르니 생살여탈의 권한을 주무르기가 20년이었다. 문정왕후(文定王后)[166]가 돌아가신 후[崩], 관작을 삭탈당하고 고향에 돌아가 죽었다.

이황(李滉)의 관작(官爵)을 삭탈하다 지난날 을사사화 때 이황도 또한 관작을 삭탈 당하였는데, 이기의 조카 이원록(李元祿)이 이기에게 힘써 간언하였다. 임백령도 역시 이르기를, "이황의 근신(謹愼)은 세상 사람들이 모두 아는 바라, 이 사람을 죄하면 전날 죄를 당한 자들도 모두 기만하다 할 것이다" 하여 곧 직첩(職牒)을 환수[167]하였다.

이황의 학문 이황의 자는 경호(景浩)요 호는 퇴계(退溪)이니 경상도 진보(眞寶) 사람이다. 깊이 성리학을 수학하고 몸소 실천하여 정주(程朱)[168]의 본질을 얻으니, 곧 조선 500년에 제일의 유종(儒宗)[169]이었다.

166 원문에는 '文宗王后'로 표기되어 있으나, 이는 오기이므로 바로잡았다.
167 직첩이란 조정에서 내리는 벼슬아치의 임명장을 뜻하고, 직첩환수란 죄를 지은 벼슬아치에게서 빼앗았던 직첩을 도로 내주던 일을 뜻한다.
168 송나라의 유학자 정호(程顥)·정이(程頤) 형제와 주희를 아울러 이르는 말이다.
169 유학에 통달한 권위 있는 학자를 일컫는 말이다.

도학(道學)이 강성하다 무릇 정주학(程朱學)이 고려 때부터 행해졌는데 말년에 정몽주가 도학과 기절로 나타내더니, 조선에 이르러 더욱 강성하였다. 유명한 사람으로는 김굉필한훤당(寒暄堂), 정여창(鄭汝昌)일두(一蠹), 조광조정암(靜菴), 이언적회재(晦齋), 이이(李珥)율곡(栗谷), 성혼(成渾)우계(牛溪) 등이 있고, 그 중 이황은 특히 진유(眞儒)[170]라 칭하였다. 이에 장옥(場屋) 안의 인사가 노장(老莊)의 말을 쓰면 배척하여 쫓아내고 또 육왕(陸王)[171]의 말도 언급하지 못하였으니 점점 정주의 의견과 같지 않으면 모두 배척하였다. 이러한 학풍은 학문에 극히 협애(狹隘)하였으나 그 학문의 강성함이 고려시대에 비할 바가 아니었다.사화도 또한 이로 인하여 여러 차례 일어난 것이다.

불교를 배척하다 고려 말부터 유교가 흥하여 강성할 때에 불교의 배척이 심하더니 조선 초에도 그 풍속이 있었다. 그러나 그런 중에 오히려 세종은 내불당(內佛堂)[172]을 창건하시고 세조는 대장경을 인쇄하여 원각사(圓覺寺)를 세웠다. 성종은 대전(大典) 중에 도첩제를 엄하게 하여 사찰이 빈 곳이 많더니, 이에 불교가 정부와 학자의 배척으로 인하여 더욱 쇠퇴하였다. 명종 때에 승려 보우(普雨)가 궁중의 신임을 받고 크게 불교를 확장하여 선종과 교종의 양종(兩宗)을 세우고, 선과(禪科)를 설립하였다. 성균관 유생들이 상소하여 보우를 죽이고자 하였으나 듣지 않자 여러 유생이 성균관을 비우고 떠났다. 왕이 이에 승지와 사관

---

170 참된 선비, 유도(儒道)를 참되게 체득한 유학자(儒學者)를 뜻한다.
171 중국 남송의 육상산과 명나라 왕양명의 학문 경향을 계승하는 학파이다.
172 조선 시대에, 세종이 경복궁 안에 지은 불당(佛堂)이다. 세종 30년(1448)에 만들었다.

을 보내어 유생들을 타일렀다. 또 보우를 제주에 귀양보냈다가 죽이고, 양종 선과(兩宗禪科)를 없애니 불교의 쇠퇴함을 알 수 있겠다.

명종, 돌아가시다[崩] 이미 명종께서 윤원형이 죽은 후에 을사사화로 희생된 여러 신하들의 억울함을 살펴 노수신(盧守愼), 유희춘(柳希春) 등의 억울함을 풀어주고자 하였다. 그러나 오래지 않아 돌아가시니 재위하신 지 22년 만이었다.

선조(宣祖), 즉위하시다 왕의 병이 위독하였으나 세자는 이미 죽어[薨] 후사가 정해지지 않았다. 영상 이준경(李浚慶)이 왕을 뵈었는데 왕이 이미 말을 하지 못하시므로 인순왕후(仁順王后) 심씨명종의 왕후께서 왕의 뜻을 전하셨다. 이에 이준경이 덕흥군(德興君) 초(岹)중종의 7째 아들의 셋째 아들을 맞이하여 세웠는데 바로 선조이다. 인순왕태후께서 수렴청정하시다가 오래 지나지 않아 환정하셨다.

붕당(朋黨)의 점행 후에 이준경이 죽을 때[卒] 유소(遺疏)를 올려 조정 신료들로 인한 붕당의 점행을 말했다. 왕이 신하들에게 그 상소를 보이며 말하기를, "누가 붕당인가" 하셨다. 이로부터 사람들의 평판이 흉흉하되 이준경이 사림을 해친다 하여 관작을 추탈하고자 하였다. 그런데 수년 후 자연 동서인의 당론이 일어나 상호 배제하다가 후일 큰 폐해를 열게 되었다.

선조의 초반 정치 선조께서 즉위하신 후에 이황과 이이 등을 등용하여 학문을 강론하고 정치를 논하며 남곤의 관작을 추탈하였다. 또 을사 사화 이래의 억울함을 풀어 관작을 복원하고 탁용(擢用)하며, 윤원형, 이기, 정순명, 임백령 등의 훈적(勳籍)을 삭제하였다. 이와 같이 수십 년의 억울함을 달래어 인심을 위로하였으나 폐정이 쇄신되지 못하였는데 이는 사화가 여러 번 일어나 당시 인재를 살육한 까닭이었다.

북방 관계 외교상으로는 현저한 공적을 보지 못하였다. 북방 관계를 보면, 성종 때 어유소(魚有沼)를 영안북도절도사(永安北道節度使)로 임명하여 방비하다가 성종 10년(1479), 지금으로부터 427년 전[173]에 명의 말을 따라 건주위 야인을 협공(夾功)할 때, 어유소가 만포진(滿浦鎭)강계(江界)의 서쪽, 압록강기슭에 이르러 얼음이 녹자 건너지 못하고 돌아왔다. 왕이 어유소의 죄를 다스리고, 다시 좌의정 윤필상(尹弼商)을 시켜 야인을 정벌하고 그 포로들을 명으로 압송하였다.

야인을 정벌하다 성종 22년(1491)에는 야인이 영안도(永安道)를 침략하여 그 진영의 장군을 죽이니, 관찰사 허종(許琮)을 시켜 2만 군사를 이끌고 토벌하였다. 왕이 또 관방(關防)에 유의하여 여러 도성을 쌓으시고 병사를 대열(大閱)하였으니 세종, 세조의 남긴 모범이 있었다. 중종, 명종 때에는 야인이 변경에 출몰하였다. 곧 군대를 보내어 몰아서 쫓아냈으나, 만포 첨사(僉使) 심사손(沈思遜)이 야인을 죽일 때에는 출병하지 못하였다.

173 원문의 '352년 전'은 오기이므로 바로잡았다.

야인, 경원부(慶源府)를 침입하여 함락하다 선조 초에는 야인의 추장 니탕개(尼湯介)가 6진에 출몰하였는데, 왕이 관록을 주어 후하게 접대하였다. 선조 16년(1583)에 이르러는 변방 장수의 어루만져 다스리는 일이 실의(失宜)하니 니탕개가 드디어 이웃의 부락들을 이끌고 쳐들어와 경원부함경도를 함락하였다. 이에 오운(吳沄), 박선(朴宣)에게 조방장(助防將)을 제수하여 용맹한 병사 8천을 이끌고 가서 돕게 하였다. 정언신(鄭彦信)은 도순찰사(都巡察使)요, 이용(李戡)은 남병사(南兵使)였다. 경기 이하 5도의 병사를 파견하니 나라가 태평한 지 오래였다가 갑자기 이 싸움이 있자 촌리의 곡소리가 가까이에 들렸다. 이윽고 은성부사(穩城府使) 신립(申砬)이 가서 구원하여 야인을 대파하고 김의현(金義賢)부령부사(富寧府使), 신상절(申尙節)첨사 등과 함께 두만강을 건너 그 부락을 습격하고 돌아왔다. 그러나 그 후에도 야인의 근심은 끊이지 않았다.

일본 관계 성종께서 신숙주의 유언을 따라 일본과 화친을 잃지 않으니 이형원(李亨元) 등을 명하여 서폐(書幣)를 쓰시마에 보냈다. 그러나 그 후에는 사신을 보내지 않고 오직 일본의 사신이 오면 접대할 뿐이었다.

삼포의 난[三浦亂] 중종 5년(1510) 경오(庚午) 지금으로부터 396년 전, 쓰시마 도주 소 요시모리[宗義盛]가 조선에서 사신을 받아주지 않자 노하였다. 이에 소 모리히로[宗盛弘]를 시켜 군사 3백 명을 인솔하고 삼포에 거류하는 일본인들과 합세하여 부산과 제포를 침략하였다. 부산첨사 이우증(李友曾)을 죽이고 제포첨사 김세균(金世均)을 잡아들이고 웅천(熊川), 동래(東萊)를 포위하여 웅천성을 함락하니 일이 순식간에 일어났다. 조정이 크게 놀라 안윤덕(安潤德)에게 도체찰사를 제수하고 황형(黃衡), 유담년(柳聃年)은 방어사(防禦使)를 제수하여 토평하였다. 이를 이르되 삼포의 난 또 이르기를 경오의 변[庚午變]이라 하였다. 이로부터 쓰시마와의 교류가 끊어졌다.

중종 7년(1512)에 다시 쓰시마와 화친하고 쓰시마에게 세유선(歲遣船) 50척을 감해주어 25척이 되었다. 삼포에 거류민을 없애고 다만 부산에 왜관(倭館)을 세워 사신접대소를 만들었다. 그러나 중종 말에는 서남 연해지에 침략이 매우 심하였으므로 웅천 바다에 가덕(加德), 천성(天城) 등의 진(鎭)을 설치하였다. 이때에 쓰시마 사람이 사량(蛇梁)경상도을 침입하여 교통이 끊어지더니 명종 2년(1547)에 조약을 정하였다.

왜구, 전라도를 침범하다 그러나 명종 20년(1565)에는 왜선 70여 척이 전라도를 침범하여 달량(達梁)을 함락하였다. 병사 원적(元績)과 장흥부사(長興府使) 한온(韓蘊)을 죽이고 영암군수(靈巖郡守) 이덕견(李德堅)을 포로로 잡고 살인과 약탈이 매우 많았다. 이에 이준경에게 도순찰사를 제수하고 김경석(金景錫), 남치근(南致勤)에게 방어사를 제수하여 토벌하니 전주부윤(全州府尹) 이윤경(李潤慶)이 힘써 싸워 대파하였다.

비변사(備邊司)의 제도를 정하다 이 해에 비로소 비변사또 이르기를 비국(備局)의 제도를 정하여 안팎의 군국기무를 모두 거느리니 이는 변방의 경계를 방비함이었다.

비변사라는 이름은 중종 때부터 시작되었으나 직권(職權)의 중요함은 이때에 시작하였고 후에 오로지 국정을 담당하여 의정부 실권을 쥐게 되었다.

팔번선(八幡船) 당시에 일본 서남쪽 지방 사람들이 중국 연해를 침략하기 끊이지 않았다. 그 중 팔번기(八幡旗)를 꽂은 배가 더욱 강성하니 전라도의 왜적은 모두 이 무리였다.[174] 이와 같이 여러 가지 어지러움이 있었으나 조선이 아시카가 요시미츠와는 교제를 끊지 않고 서로 선물을 주고 받는 예가 있었다. 아시카가 요시미츠가 쇠퇴한 후에 교류가 또한 단절되어 임진왜란[壬辰亂]이 일어났다.

임진왜란[壬辰亂]

임진년(壬辰年) **이전의 국내 사정** 선조 초에 동인, 서인의 논의가 처음 시작되어 붕당의 풍속이 행해질 뿐 아니라 기강이 점차 무너지고 무비(武備)가 없어져 사람들이 점차 태만하고 게을러졌다. 성혼과 이이 등이 누차 상소하여 당시의 폐단을 논하였다. 이이는 또 병사 10만도성 2만, 각도 1만씩을 양성하여 완급(緩急)을 갖추고자 하였다. 그러나 유성룡(柳成龍)이 말하되 태평한 시기에 성학(聖學)이 우선할 일이요 군려(軍旅)는 급하지 않다 하여 그 말을 배척하니 조정의 모든 신하들이 부응하였다. 비록 북쪽 지방의 위급한 신호가 이때에 있었으나, 모두 눈앞의 무사함에 친숙해져 병사(兵事)에 유의치 아니하였다. 이때에 또 충직한 인사가 물러가고 인빈(仁嬪) 김씨(金氏)가 권세를 부리니 영상 이산해(李山海)가 형 이공량(李公諒)과 함께 표리로 상응하였다. 이에 인심이 크게 무너지고 요동과 일본으로 가 투신하는 자들이 많았다.

---

174 당시 왜구들이 타고 다니던 해적선을 팔번선이라 하였다.

도요토미 히데요시[豊臣秀吉]**가 소 요시토시**[宗義智]**를 보내어 조선의 길을 빌려 명을 치겠다 하다** 일본은 도요토미 히데요시가 나라 안을 소탕하고 패권을 장악하였다. 이에 조선에 길을 빌려 명을 공격하고자 하였으니, 선조 22년(1589) 지금으로부터 317년 전[175]에 소 요시토시를 보내와 그 일을 청하였다.

황윤길(黃允吉)**, 김성일**(金誠一) **등, 일본을 방문하다** 소 요시토시가 보빙사(報聘使)를 초대하여 일본에 함께 가고자 하므로, 조선의 논의가 뒤섞여 어지러웠다. 마침내 이덕형(李德馨)과 유성룡의 뜻을 따라 세조 23년(1590)에 황윤길을 통신사로 제수하고, 김성일을 부사(副使)로 제수하고 허성(許筬)을 서장관(書狀官)으로 보내어 종의지와 함께 일본을 방문하게 하였다. 도요토미 히데요시가 답서(答書) 중에 우리를 협박하여 명을 치고자 하였다. 세조 24년(1591)에 황윤길 등이 돌아왔다. 황윤길과 허성이 모두 이르기를 "수길의 눈빛이 빛나고, 담력과 지략이 있으니 필연 대거 쳐들어올 것이다" 하되, 김성일은 홀로 이르기를 "그들이 만만히 쉽게 오지 않을 것이니 염려할 것이 없다" 하였다. 의논하던 자들이 혹은 황윤길을 따르고, 혹은 김성일을 따르니, 대체로 김성일은 동인이요, 황윤길은 서인인 까닭으로 각기 각 당을 변호한 것이다. 왕이 김성일에게 사신의 일을 잘하였다 하여 관자(官資)를 올리고, 점차 방비를 없앴다. 군관 황진(黃進)이 김성일의 기망한 죄를 논하여 죽이기를 청하였다.

---

175 원문의 '318년 전'은 오기이므로 바로잡았다.

정황을 명나라에 알리다 왕이 또 이 상황을 명에 알리고자 하니 대사헌 윤두수(尹斗壽)는 말하기를, "이 일이 명과 관련이 있으니 속히 통지함이 옳다" 하였고, 영상 이산해는 말하기를, "이를 고하면 일본과 사통한 것이 되니 후일을 기다림이 옳다" 하였다. 유성룡과 김수(金睟) 등은 이산해의 말과 같고유성룡이 후에 황윤길의 말을 따르다, 황정욱(黃廷彧)참판, 유근(柳根), 박동현(朴東賢) 등은 윤두수의 말을 따랐다. 왕이 한응인(韓應寅)을 시켜 명에 통지하였다.

방어책을 논하다 이윽고 일본이 군사를 움직였음을 듣고 조정이 크게 놀라 방어책을 의논하였다. 김수, 이광(李洸), 윤선각(尹先覺)에게 경상, 전라, 충청감사(監司)를 제수하고, 이순신(李舜臣)정읍현감(井邑縣監)은 좌의정 유성룡의 천거로 전라 좌수사(左水使)를 제수하여 장비를 갖추고 성지(城池)를 수리하였다. 또 신립(申砬)과 이일(李鎰)은 당시 무장 중에 명예가 있는 사람이니, 각지에 나누어 보내 변방의 방비를 순시하였다. 그러나 안팎이 안일함을 탐하고 백성들은 노역을 꺼려 원성이 각 도마다 가득하며 군읍은 대부분 겉치레로 죄를 피할 뿐이었다.

명의 내부 사정 이때에 명 신종(神宗) 주익균(朱翊鈞)이 재위하였다. 처음에는 장거정(張居正), 척계광(戚繼光)이 장상(將相)이 되고 변방의 일에 극진히 마음을 썼다. 그러나 후에 점차 정사에 태만하고 비빈을 사랑하며 연회에 심취하였으니 임금과 신하가 거리를 두지 않아 기강이 더욱 무너졌다. 때마침 명나라 사람 진신(陳申)은 유구(琉球)에 있고 허의후(許儀後)는 일본 사츠마(薩摩)에 있어 각기 조선 사정을 명에 보고하였다. 이에 명이 조선을 책망하되 일본 향도(嚮導)가 되어 쳐들어온다 하였으므로, 한응인을 보내어 그 무고함을 변명하고 병환(兵患)의 위급함을 통지하였다. 명이 걱정하지 않고 오직 연해를 명하여 수비를 엄하게 하였다.

고니시 유키나가[行長]**, 가토 기요마사**[淸正] **등이 군사를 이끌고 바다를 건너다** 도요토미 히데요시가 조선이 자신의 말을 듣지 않자 선조 25년(1529) 임진(壬辰), 지금으로부터 377년 전[176]에 고니시 유키나가[小西行長], 가토 기요마사[加藤淸正], 구로다 나가마사[黑田長政], 시마즈 요시히로[島津義弘], 고바야카와 다카카게[小早川隆景] 등에게 20만 군사를 이끌고 바다를 건너게 하였다. 또 따로 구키 요시타카[九鬼嘉隆]와 도도 다카도라[藤堂高虎] 등은 수군 9천여 명과 전함으로써 해상응원을 준비하였다.

정발(鄭撥)**, 전사하다** 고니시 유키나가 등이 부산에 상륙하여 부산을 공격하니, 첨사 정발이 전함을 격침하고 군사와 백성을 인솔하여 성첩(城堞)을 지켰다. 적이 성을 포위하기 백 바퀴요, 포발이 비와 같았다. 정발이 맞서 싸우다가 화살이 다 떨어져 총탄에 맞아 죽었다.

송상헌(宋象賢)**, 해를 당하다** 적이 동래를 공격하자 부사 송상현이 경내의 군사와 백성으로 지키다가 반나절 만에 성이 함락하였다. 송상현이 조복(朝服)을 입은 채 의자에 앉아 움직이지 않았다. 적이 사로잡고자 했으므로, 송상현이 화첨(靴尖)으로 막다가 드디어 해를 당하였다. 적이 그 뜻에 감동하여 남문 밖에 장례하였다.

---

176 본문의 '315년 전'은 오기이므로 바로잡았다.

고니시 유키나가, 가토 기요마사, 구로다 나가마사[長政]가 3로(三路)로 쳐들어오다 적이 부산에서 한양[京城]으로 진격하니, 모두 3갈래 길이었다. 중로(中路)는 부산에서 조령(鳥嶺)과 충주를 지나 한양에 도착하니, 이는 보통의 선로(線路)였다. 동로(東路)는 기장(機張), 울산(蔚山)에서 죽령(竹嶺)을 지나 충주에서 중로군과 합하였다. 서로(西路)는 김해(金海)에서 추풍령(秋風嶺)을 지나 청주, 죽산(竹山)을 거쳐 한양에 도달하였다. 고니시 유키나가는 중로로, 가토 기요마사는 동로로, 구로다 나가마사는 서로로 진군하였다.

3로 방어 이에 날마다 변방의 보고가 도착하였다. 조정이 급히 이일(李鎰)에게 순변사(巡邊使)를 제수하여 중로로 보내고, 좌방어사 성응길(成應吉)은 동로로 보내고, 우방어사 조경(趙儆)은 서로로 보냈다. 조방장 유극량(劉克良)과 변기(邊璣)는 죽령과 조령을 지키고 도체찰사 유성룡과 부사 김응남(金應南)은 장수들을 검독(檢督)하였다. 그러나 이미 급보가 끊이지 않으니 도성이 크게 흔들렸다. 이에 신립에게 도순변사를 제수하고 종사(從事) 김여물(金汝岉)과 중병(重兵)을 인솔하게 하였다. 이일은 그 뒤를 따랐는데 상주(尙州)에 이르러 고니시 유키나가에게 패하고 충주로 환군하였다. 이때에 신립이 충주에 이르러 조령을 지키고자 하다가 이일의 패보를 듣고 크게 놀라 충주로 퇴각하였다.

충주(忠州)가 함락되고 신립(申砬)이 죽고 이일(李鎰)이 도주하다 이때에 동로군 가토 기요마사는 용궁하(龍宮河)를 건너고, 중로군 고니시 유키나가는 문경(聞慶)에서 합세하여 진군하였다. 신립이 조령에 이르러 형세를 살피니, 김여물이 조령에서 적을 맞아 싸우고자 하였다. 이에 신립이 말리며 말하기를, "그들은 보병이고 우리는 기병이니 광야에서 철기(鐵騎)로 쫓는 것이 옳다" 하고 충주에서 돌아와 강을 뒤로 하고 진(陳)을 쳤다. 이때에 적이 이르되 조령이 험준하므로 지키는 병사가 있을까 두려워하여 여러 번 정탐하였다. 이윽고 군사가 없음을 알고 충주를 공격하여 함락시켰다. 죽은 시체가 강을 덮었으니, 신립이 김여물과 함께 죽고 이일은 도주하였다. 무릇 조령은 자연적으로 요새를 이루어 험준하고 좁은데 오히려 지키지 아니하여 적병의 함부로 날뜀이 이와 같았다.

왕자들을 여러 도에 나누어 보내고 근왕병(勤王兵)을 모으다 왕이 각 도의 군사를 징발하여 한양(京城)을 도우라 하였다. 신료 중에는 근왕(勤王)한다는 핑계로 군사를 일으켜 처첩과 함께 돌아오는 자도 있으며, 또 성패를 관망하며 한양으로 가 돕지 않았다. 도성의 사람들이 오직 신립의 승전보를 기다리다가 신립이 패하여 죽었다는 소식이 도착하고, 이일이 또 계진(啓陳)하되 적이 조석간에 서울로 들어온다 하였다. 왕이 급히 종친 대신을 불러 의논하시고 각 도에 왕자를 나누어 보내어 근왕병을 소집하였다. 임해군(臨海君) 진(珒)큰 아들을 함경도에 보내고 순화군(順和君) 보6째 아들는 강원도에 보내고 우상 이양원(李陽元)과 도원수(都元帥) 김명원(金命元)을 체류하여 수도를 수비케 하였다.

선조, 파천(播遷)하다 왕이 광해군 혼(琿)과 함께 궁궐을 나오시니 뒤따르는 신료는 대신 이산해, 유성룡, 윤두수와 도승지 이항복(李恒福) 등 이하 백여 명이었다. 이때에 음산한 비가 내리고 캄캄하였는데, 밤 중에 여행길에 오르니 비가 크게 내려 그 곤란함을 말로 하기 어려웠다. 왕이 이미 출궁하시자 난민이 먼저 장예원(掌隷院)과 형조를 불태웠는데 이는 공사 노비문서가 있기 때문이었다. 또 궁성을 불태우고 내탕고(內帑庫)[177]를 헐어 재물을 약취하고 궁실창경궁, 창덕궁, 경복궁을 불태우니 역대의 보기(寶器)와 문서가 잿더미가 되었다.

왕, 개성(開城)에 이르다 왕이 개성에 이르자 대간 김찬(金瓚) 등이 이산해와 김공량(金公諒)의 죄를 논하여 베고자 하였다. 또 인빈(仁嬪) 김씨를 말하거늘, 왕이 이산해를 내쫓고, 유성룡에게 영상을 제수하고 최흥원(崔興源), 윤두수에게 좌우상을 제수하였다. 대간이 또 유성룡을 탄핵하니 이에 유성룡을 파직하였다. 애통조(哀痛詔)를 내려 8도 의병을 모집하였다.

이때 김공량이 오히려 부중(府中)에 있었으니 사람들이 모여들어 대호훤양(大呼喧攘)하고 돌을 던졌으므로 김공량이 곧 도망하였다. 당시 인심의 어지럽게 흩어짐이 이와 같았다.

3로 적병, 모두 한양[京城]에 입성하다 고니시 유키나가와 가토 기요마사 등이 충주에서 신립을 이기고 3로 군사가 모두 한양으로 향하였다. 이양원, 김명원 등이 성을 지키지 못할 것을 알고 도망가니 성 안에 방어할 자가 한 사람도 없었다. 고니시 유키나가와 가토 기요마사, 구로다 나가마사 등이 줄지어 한양에 들어왔다.

---

177 왕실의 재물을 넣어 두던 창고이다.

왕, 평양에 이르다 이때에 왕이 개성에 있었다. 병사를 보내어 임진(臨津)을 지키더니 한양이 함락되었다는 소식을 듣고 급히 출발하여 평양에 도착하였다.

명에 구원을 청하다 신료들을 불러 의논하니, 대헌(大憲) 이항복이 명에 도움을 청하자 하였다. 좌상 윤두수가 말하기를 "오늘날에 임진을 지킴에 3남(南)과 북도(北道)의 병사가 또한 와서 도울 것이니, 만일 명에 도움을 청했다가 그 위력으로 횡포를 더하면 다시 명의 유린을 당할 것이다" 하였다. 결국 이항복의 뜻을 따라 명에 도움을 청하였다.

유극량(劉克良), 전사하다 이때에 김명원이 임진에 이르니 왕이 한응인으로 하여금 서북 지방의 병사들을 이끌고 가 회합하게 하였다. 또 신할(申硈)에게 대장(大將)을 제수하여 임진을 지키라 하였다. 때마침 김명원이 여러 장수들을 진탄(津灘)에서 사열하니 방비가 점차 완성되었다. 적병이 남쪽 연안에 이르러 건너지 못하다가 9일째에 홀연히 물러나 도망가며 우리를 꾀어내니, 신할이 쫓고자 하였다. 부원수(副元帥) 유극량이 죽령에서 와 경거망동하지 말라 하자 신할이 군사들의 마음을 저해한다 하고 죽이고자 하였다. 유극량이 어쩔 수 없이 먼저 건너니 신할이 대군으로써 뒤를 따랐다. 군사들이 다 건널 때쯤에 적의 복병이 나와 신할을 죽였다. 유극량이 일이 끝났음을 알고 말에서 내려 땅에 앉아 말하기를, "여기가 나의 죽을 곳이다" 하고 적을 쏘다가 화살이 다 떨어져 죽었다. 적이 곧 강을 건너 서쪽으로 향했다.

왕, 평양을 출발하다 곧이어 적병이 또 대동강에 나아가 위협하니 정철(鄭澈)이 평양을 나갈 뜻을 주장하고 신하들도 또한 북도(北道)로 피난가고자 하였다. 윤두수, 유성룡은 평양을 지키고자 하다가 드디어 북도로 향하니, 윤두수, 김명원, 이원익(李元翼)으로 하여금 평양을 지키게 하였다. 왕이 평양에서 출발하여 숙천(肅川), 안주(安州)로부터 영변(寧邊)에 이르렀다.

가토 기요마사, 함경도에 입성하다 이때 적병은 수도[京城]를 함락한 후, 길을 나누어 각 도를 침략하니, 가토 기요마사가 철령(鐵嶺)을 지나 함경도에 들어왔다. 왕이 그 소식을 듣고 다시 길을 바꾸어 박천(博川)에서 의주(義州)로 향하시고 평양은 윤두수와 김명원 등이 수비하였다. 고니시 유키나가 등이 왕성탄(王城灘)의 얕은 곳으로 대동강을 건너니, 윤두수 등이 무기를 연못에 빠뜨리고 도망하였다. 이에 평양도 또한 무너졌다.

왕, 의주(義州)에 이르다 왕이 박천에 이르러 군국(軍國)의 일을 광해군에게 위임하여 임시적 편의로 일을 처리하게 하였다. 곧이어 평양의 패전 소식이 도착하니 광해군은 영변으로 향하고 왕은 용천(龍川)을 지나 의주 용만관(龍灣館)에 이르렀다. 이때에 명의 원군이 도착하지 않았으니, 누차 요동에 사신을 보내어 구원을 청하였다.

조승훈(祖承訓), 병사를 이끌고 와서 돕다 당시에 명의 기강이 해이할 뿐 아니라 영하(寧夏)감숙성 내 전 부총병(副總兵) 발배(哱拜)가 반역하였으므로 총병관(總兵官) 이여송(李如松)이 협서군(陝西軍)을 이끌고 토벌하니 서북

변방의 일이 많았다. 그러나 조선이 매우 절박하게 도움을 청하였으므로 명의 조정 신하들의 논의가 일치되지 않았다. 홀로 병부상서 석성(石星)이 구원을 주장하여 부총병 조승훈에게 요동 군사 5천을 인솔하고 곽몽징(郭夢徵), 대조변(戴朝弁), 사유(史儒) 등과 함께 조선을 돕게 하였다. 조승훈은 요동의 사납고 날랜 장수이니, 북노(北虜)를 토벌한 전공(戰功)이 있어 매우 교만하였다.

조승훈, 요동으로 환군하다 때마침 평양에 있던 적장 고니시 유키나가가 중화(中和)에 가 성을 쌓자 평양의 군사가 줄어들었으므로 조선 척후병이 조승훈에게 알렸다. 이에 조승훈이 평양으로 진격하니 비바람이 회명(晦暝)하였다. 싸운 지 한참 지나서 사유와 대조변은 죽고 조승훈은 요동으로 환군하였다.

두 왕자, 인질이 되다 지난날에 근왕병을 모집하고자 하여 임해군은 함경도에 가고 순화군은 강원도에 있다가 적군이 오는 것을 듣고 북도로 전향하더니 회령(會寧)함경도에 이르러 두 대군과 종신(從臣) 황정욱(黃廷彧), 황혁(黃赫) 등 수십 명이 모두 가토 기요마사에게 잡혔다.

이순신(李舜臣), 적군을 대파하다 이와 같이 전쟁이 시작된 후부터 이때까지 육군은 모두 패하였다. 그러나 오직 전라좌수사 이순신은 원균(元均)경상 우수사, 이억기(李億祺)전라 우수사 등과 함께 거제 바다에 있었는데, 어영담(魚泳潭)광양(光陽)현감이 수로향도(水路嚮導)가 되어, 거북선[龜船]으로써 적의 수군장 와키자카 야스하루[脇坂安治]를 대파하였다. 이때에 적병이 끊임없이 바다를 건너오니 경상도좌수사 원균이 이순신에게 구원을 청하였다. 이순신이 수군(舟師)으로 나아가, 옥포(玉浦)에서 적선 30여 척을 대파하고 또 노량(露量)에서 그 배를 불사르니 적이 모두 익사하였다. 이 전투에 이순신이 왼쪽 어깨에 총을 맞았으나, 오히려 종일 전투를 감독하고 격려하다가 전투가 끝날 때에 비로소 칼끝으로 그 탄환을 빼냈다. 군중이 그제서야 알았다.

거북선[龜船] 거북선은 이순신이 창조한 것이다. 만든 방법을 보면, 배 위에 널빤지를 펴기가 거북의 등과 같고 위에 십자(十字)의 미세한 길이 있어 아군이 통행하게 하였고, 그 나머지는 모두 칼과 송곳을 늘어놓아 꽂았다. 앞에는 용머리를 만들어 입이 총구멍이 되고, 뒤는 거북의 꼬리이니 꼬리 밑에 총구멍이 있었다. 또 좌우에 각기 총구멍 6곳이 있고 사람들이 그 아래에 숨어 4면으로 발포하니 진퇴종횡에 민첩하고 빠르기가 날아가는 새와 같았다. 또 『이충무공전서(李忠武公全書)』에 기록한 바 전라좌수영과 통제영(統制營)에 있는 두 그림에 보이되, 보호갑판제가 있으니 곧 철판으로써 배를 싸는 것이다. 서력 1883년지금으로부터 24년 전에 영국 해군 기록에 이르기를, "고려의 전선(戰船)은 철판으로 배를 둘러싸기 거북이 등딱지와 같아 일본의 목조 병선을 격파하였으니 세계의 최고 철갑선은 실로 조선인이 창조하였다" 하였다.

3도 군사, 무너지다 이때에 전라순찰사 이광(李洸)과 방어사 곽영(郭嶸)과 경상순찰사 김수(金睟)와 충청순찰사 윤국형(尹國馨) 등의 병사가 8만이었다. 용인(龍仁) 광교산(光敎山)에 이르러 아침을 먹을 때 적병이 빠르게 공격해왔다. 충청 군사가 먼저 무너지고 나머지 무리가 잇따르니 이광 등이 본도(本道)로 환군하였다. 이순신이 본영으로부터 진군하여 당포(唐浦)에 이르자 적장이 대함을 타고 왔으므로 통전(筒箭)으로 쏘아 죽이고 드디어 분격 대파하였다. 이윽고 전라우수사 이억기(李億祺)가 주사로써 내회(來會)하여 적을 당항(唐項)과 영등포(永登浦) 등지에서 공격하여 모두 크게 이겼다. 이로부터 군세가 크게 떨쳤다.

각지 의병(義兵) 또 이연암(李延馣)의 연안(延安)황해도전투와 권율(權慄)의 이치(梨峙)전라도 진산군(珍山郡)전투와 행주(幸州)경기도 고양현전투는 모두 조선군이 크게 승리하였다. 또 김시민(金時敏)이 진주성(晋州城)을 고수하여 적장 호소카와 타다오키[細川忠興]과 모리 히데모토[毛利秀元]를 대파하였다. 그 외 각지에서 의병이 봉기하였는데 곽재우(郭再祐), 조헌(趙憲), 정인홍(鄭仁弘), 김천일(金千鎰), 고경명(高敬命), 정문부(鄭文孚) 이하가 모두 당시의 명장이었다. 고경명과 김천일은 호남, 곽재우와 정인홍은 영남, 조헌은 호서에서 각각 의병을 일으켰다.

곽재우(郭再祐) 곽재우는 적이 바다를 건널 때에 가재를 모두 팔아 재무(材武)를 갖추고 군사 수천을 모았다. 적이 조령 오른쪽으로 들어왔으므로 곽재우가 강 상류에 왕래하여 동서로 초격(勦擊)할 때 항상 적은 수로 많은 수를 공격하여 응변(應變)이 무궁하였다. 홍의(紅衣)를 입고 적진에 출입할 때 번쩍하기가 날아가는 새와 같아 탄환이 맞지 않았다. 적이 이르되 천강홍의장군(天降紅衣將軍)이라 하고 서로 경계하여 해치지 못하니 이로 말미암아 농작이 옛날과 같았다.

이치대첩(梨峙大捷)[178] 이때에 적이 금산(錦山)에서 웅치(熊峙)를 지나 전주로 들어가고자 하였다. 김제군수(金堤郡守) 정담(鄭湛)이 맞서 싸우다 죽으니 적도 또한 조금 쉬었다. 이윽고 적이 또 대거 이치를 침범하니 전라절제사 권율이 전투를 감독하고 격려함에 동복현감(同福縣監) 황진(黃進)이 나무를 의지하고 적을 쏘니 백발백중이었다. 싸우기 한나절에 적병이 크게 무너져 시체가 벌판을 덮고 유혈이 강을 이루었다. 이날에 황진이 총을 맞아 교전이 잠시 그쳤으나 권율이 군사를 더하여 크게 이기니 이를 이르되 이치대첩이라 한다.

행주대첩(幸州大捷) 권율이 또 만여 군사를 이끌고 양천강(陽川江)을 건너 고양(高陽) 행주에 진을 치니 창의사(倡義使) 김천일(金千鎰)이 강화로부터 해안에 출진(出陣)하고 그 외 각 군이 멀리서 응원하였다. 이때에 서북의 적이 모두 수도[京城]에 모여 형세가 더욱 거세었는데 전라도병이 오는 것을 듣고 적이 좌우 날개로 나누어 진군하였다. 권율이 장수들을 모아놓고 말하기를, "적의 선봉이 매우 빨라 우리의 세가 적을 막아내지 못할 것이니 오직 죽음으로 나라에 보은하자" 하고 아군을 독려하여 결사 항전하였다. 권율이 친히 마실 것을 지니고 목마른 군사들에게 마시게 하며 묘시(卯時)부터 유시(酉時)까지 교전하였다. 적이 세 전투에서 불리하였으므로 갈대로 아군의 성책을 불태우니 성 안이 물로 넘쳤다. 권율이 또 모든 장수들을 독려하여 힘껏 싸우니 적이 대패하여 쌓인 시체가 산적하였다. 대등하게 싸울 때에 활과 화살이 다

178 원문의 '梨峴大捷'은 오기이므로 바로잡았다

떨어지더니 충청수사 정걸(丁傑)이 활과 화살 두 척을 보내와 군대 안이 힘입어 사용하였다. 이 싸움을 이르되 행주대첩이라 한다.

한산도대첩(閑山島大捷) 이때에 적이 수군(舟師)을 대규모로 보내어 호남으로 진격하였다. 이순신이 이억기와 함께 고성(固城) 바다로 나가다가 견내량(見乃梁)에서 적을 만났다. 해항(海港)이 얕고 좁아 용병하지 못하여 큰 바다로 유인하고자 하였다. 여러 장수들로 하여금 거짓으로 패하는 체하니 적이 과연 승세를 타고 추격해 와 한산도 앞바다에 이르렀다. 이순신이 회군하여 적함 70여 척을 무찔러 죽이니 성혈(腥血)이 바다에 넘쳐났다. 또 적의 구원병을 안골포(安骨浦)에서 쳐부수어 그 배 40척을 불태우니 이 날 죽은 적병이 9천 명이었다. 적이 이때에 패한 무리를 이끌고 금산으로 퇴각하므로 초토사(招討使) 고경명이 군사 7천과 방어사 곽영과 함께 가서 공격하다가 이기지 못하여 모두 적에게 죽었다. 고경명의 아들 고종후(高從厚) 또한 부사(赴死)하였다.

조헌(趙憲)의 7백 의병과 승려 영규(靈圭) 의병장 조헌이 의승 영규와 함께 금산의 적을 공격하였다. 처음에 조헌이 군사 1천 6백 명을 모으고 영규가 승군으로써 회합하여 청주로 진격하였다. 이윽고 조헌이 금산의 적이 강성함을 듣고 급습하고자 하였으나, 전라감사 허욱(許頊)과 충청감사 권율이 모두 말렸다. 이에 조헌이 노하여 군사 7백여 명을 선발하여 금산으로 향하였다. 영규가 말하기를, "관군이 도우러 오면, 그때 함께 치자" 하였다. 조헌이 울며 말하기를, "지금 상께서 어디 계시는가? 임금이 욕을 당하면 신하는 죽는 것이다. 성패와 예리하고 둔함을 알 바 아니다" 하고, 북을 울리며 진군하였다. 영규가 말하기를 "아공(我公)으로 하여금 혼자 죽게 할 수 없다" 하고 곧 진을 합쳐 금산성에 다다랐다. 적이 조헌 군대의 후속 지원부대가 없음을 알고 군사를 모두 모아 출격하므로 조헌이 하명하여 말하기를, "오늘은 오직 죽음뿐이다" 하니, 장졸이 모두 응하였다. 싸우기 한참이 지나 화살이 다 하고 적이 급습하므로, 조헌이 막중(幕中)에 앉아 움직이지 않고 명고독전(鳴鼓督戰)하기가 앞과 같으니 장졸들이 빈손으로 격투하여 한 사람도 이탈하는 자가 없고 모두 조헌과 더불어 죽었다. 이때에 적이 비록 조헌을 이겼으나 사상자가 또한 많고 또 군관이 연달아 도착할까 두려워하여 방읍(傍邑)의 주둔병을 철수하여 환군하였다. 호남이 다시 완전하였다.

박진(朴晋)의 비격진천뢰(飛擊震天雷) 또 경상병마절도사 박진은 안강현(安康縣)에 주둔하여 경주에 있던 적을 엿볼 때, 박진이 대포 하나를 자체 제작하니 이름하기를 비격진천뢰라 하였다. 밤에 성 밖으로 나아가 적진에 투입하니 적이 그 제작을 알지 못하고 모여들어 살폈다. 이윽고 대포가 안에서 폭발하여 소리가 천지를 흔들고 철의 파편이 성쇄하여 쓰러져 죽은 자가 20여 명이었다. 적이 놀라고 무서워하여 다음날 성을 버리고 도주하였으므로 박진이 경주에 입성하여 곡식 만여 석을 얻었다. 무릇 철포는 고려 때부터 있었으나 근세로 말하면 임진왜란 때에 이 대포가 있으니, 곧 세계에 뛰어난 것이다. 이순신의 거북선과 같이 아주 오랜 세월 동안 처음 만들어 보유하였다.

이정암(李廷馣), 연안(延安)을 지키다 또 적장 카이[甲斐], 도요토미 히데요시, 구로다 나가마사 등이 연안을 공격하므로, 초토사 이정암이 비분강개하여 사람들에게 맹세하고 성을 지켰다. 적이 밤낮으로 와 공격하여 날아다니는 탄환이 비와 같으니, 이정암이 수비하는 사람들로 하여금 응전치 아니하고 적이 성을 기어 올라오기를 기다렸다가 적을 쏘도록 하니 백발백중이었다. 적이 풀섶으로 참(塹)을 메우고 성을 오르고자 하므로 등불을 던져 불을 질러 맞섰다. 서로 양보하지 않고 팽팽히 맞선 지 4일 만에 적이 갖은 방법으로 공격하다가 힘이 다하자 쌓인 시체를 불태우고 퇴각하였다. 이정암이 추격하여 죽이거나 사로잡은 자가 매우 많았다. 당시 바다 서쪽의 도(道) 하나가 모두 적에게 함락 당하였으나, 홀로 연안이 보존된 까닭으로 서쪽으로는 향재(行在)[179]에 도달하고 남쪽으로는 호서(湖西)를 통하여 성문(聲聞)이 끊이지 않았다. 적이 또 진주를 포위하니 그 병사가 수만이요, 성을 지키는 군사는 겨우 3천이었다. 목사 김시민(金時敏)이 기치(旗幟)를 많이 벌려놓고 가짜 병사를 만들고 화구(火具), 활, 포, 돌 등으로 맞서 싸운 지 5일 동안에 기묘한 계책으로 방어하니 적이 포위망을 풀고 물러갔다.

정문부(鄭文孚), 적병을 대파하다 북도평사(北道評事) 정문부는 길주(吉州)에서 적병을 대파하였다. 초에 북인 국세필(菊世弼)이 경성(鏡城)에서 반역하니 북쪽 경계의 성들이 어울려 호응하였다. 경성 사람들이 정문부를 의병장으로 추대하자 이에 정문부가 강문우(姜文佑)와 함께 국세필

179 왕이 멀리 떠났을 때 임시로 머무는 거처인 행재소(行在所)를 뜻한다.

을 유인하여 잡았다. 이로 인하여 국세필이 예전처럼 병사를 거느리도록 해주고, 남북주(南北州)에 격문을 전하여 3천여 명을 얻었다. 이에 이르러 장차 적을 친히 공격하니 국세필을 죽여 군사들에게 호령하였다. 회녕인이 또한 국경인(鞠景仁)을 베어 성의를 표하니 국경인은 지난날 두 왕자를 잡아 적에게 항복한 자였다. 이에 정문부가 명천(明川)으로 진군하여 그 성을 회복하니 가토 기요마사가 길주에서 이를 듣고 출병하여 사방에서 공격하였다. 정문부가 귀로를 요격(邀擊)하여 6백 급(級)을 베고, 길주로 나아가 포위하였다. 이때 경원부사(慶源府使) 오응태(吳應台)가 병사를 일으키니 회녕인 오윤적(吳允迪), 오준례(吳遵禮), 신세준(申世俊) 등이 모두 백의종군하였다. 이때에 가토 기요마사는 정문부에게 곤란하게 되자 길주를 버리고 도망하여 타이라 히데이에[平秀家]와 함께 남하하였다. 정문부가 6진을 순행하며 반역의 무리를 불러 위로하니 북도가 다시 완전하였다.

진주(晋州), 함락되다 적이 진주를 함락시키고 창의사(倡義使) 김천일(金千鎰)은 전사하였다. 초에 김천일이 의병 수천을 이끌고 수원(水原)에 주둔하였는데, 적이 해상으로 물러나자 다시 남하하여 진주를 수비하였다. 맞서 싸운 지 9일 만에 대소(大小)합쳐 백여 합이었다. 적을 죽이기 매우 많았으나 적은 수로 많은 수를 대적하지 못하여 결국 성이 함락되었다. 김천일이 병사 최경회(崔慶會)와 황진 및 복수장(復讐將) 고종후(高從厚) 등과 함께 북향재배하고 강에 뛰어들어 죽자, 김해부사(金海府使) 이종인(李宗仁)과 거제현령(巨濟縣令) 김준민(金俊民) 등이 또한 따라 죽었다. 성 안의 사람들이 강에 분투(奔投)하여 죽은 자가 7만이었다. 임진왜란이 일어난 이래에 함락되어 패한 참혹함이 이와 같은 적이 없었다. 적이 진주를 점거하니 이때 관기 논개(論介)가 적의 장수와 촉석루(矗石樓)에서 놀며 즐기다가 적장을 안고 강으로 뛰어들어 죽었다.

또 유생 김덕령(金德齡)은 광주(光州)에서 병사를 일으켰다. 김덕령이 신력이 있어 용맹하고 날래기가 날아가는 새와 같았다. 전쟁 이래 의병 수백 둔(屯)이 모두 패하였다. 김덕령이 장사(壯士) 최담령(崔聃齡) 등과 함께 5천여 명을 모아 지휘하고 부획(部劃)하였는데 후에 간신에게 무고를 당하여 원통하게 죽으니 지금까지도 세상 사람들이 분노하고 한탄한다.

의병 이유 무릇 조선이 태종과 세종 이래로 교육을 행하여 인재가 없는 것이 아니요 또 충군 애국하는 인사가 없는 것도 아니지만, 그러나 기강이 퇴폐하고 군정(軍政)이 해이하며 사람들은 모두 문약(文弱)함이 흘렀다. 따라서 애초에 적병이 파죽지세로 평양까지 이른 것인데, 급기야는 헛되이 세월을 보내며 날짜만 끈 후에야 각처에서 의병이 봉기하였다. 그러나 이는 오로지 유생의 창도였다. 군사상의 지식은 부족하되 적개심이 매우 컸다.

조승훈의 패보가 명나라 조정에 이르러 크게 놀라다 지난날 명이 조승훈의 패배 소식을 듣고 크게 놀라 큰 상을 걸기를, 조선을 회복하는 자가 있으면 은 1만 냥에 백작(伯爵)으로 봉하여 세습하게 한다 하였으나 응하는 자가 없었다.

유세(遊說)할 자를 모집하니 심유경(沈惟敬)이 응하다 석성은 처음에 구원을 주장하였으나 막상 계책이 없었다. 이에 말하기를 "영하(寧夏)지역이 아직 평정되지 않았으니 이를 내버려두고 왜(倭)에만 전념하는 것은 좋은 방법이 아니다" 하였다. 이에 유세로써 군대를 도울 사람을 구하였는데 심유경이 응모하였다. 심유경은 시정무뢰배였다. 이때에 심가왕(沈嘉旺)이 일본으로부터 도망하여 돌아오니 그 사정과 형세를 알았다. 심유경이 이에 심가왕에게 자문을 얻고 석성을 설득하였다. 석성이 크게 기뻐하여 심유경에게 신기삼영유격장군(神機三英遊擊將軍)을 제수하고 평양에 보내 고니시 유키나가를 설득하게 하였다.

심유경, 고니시 유키나가와 화의를 논의하다 심유경이 고니시 유키나가에게 뇌물을 보내고 봉공에 대한 의견과 화호의 편리함을 말하였다. 고니시 유키나가가 말하기를, "화호를 원하면 조선의 5도(道)를 일본에 할양하고 또 명의 사신을 일본으로 보내라" 하였다. 심유경이 약속하되 본국에 돌아가 50일 내에 결정한다 하고 평양 서북에 목표(木標)를 세워 일본인은 밖으로 나가지 못하고 조선인은 안으로 들어가지 않는다 하였다. 명이 비록 심유경을 보내었으나 구원병을 보낼 뜻이 없었다. 지난날 왕이 평양을 떠날 때에 이덕형을 요동에 보내자 유격장군(遊擊將軍) 사유(史遊) 등이 오더니 왕이 의주에 이르러는 다시 정곤수(鄭崑壽)를 명에 보내어 군사를 청하였다. 정곤수가 명에 이르러 병부(兵部)에 정문(呈文)[180]하고 문밖에서 서서 울기 여러 날이었다.

180 하급 관아에서 동일한 계통의 상급 관아로 올리는 공문이다.

송응창(宋應昌), 경략(經略)을 제수받다 석성이 감동하여 눈물을 흘리며 말하기를, "진정(秦庭) 7일의 곡이 이에 넘지 못한다" 하고, 명 황제에게 조선이 명을 대신하여 전쟁을 당한 상황을 말하였다. 이에 송응창에게 경략을 제수하였다.

이여송(李如松), 동정제독(東征提督)을 제수받다 이때에 영하가 평정되자 이여송이 돌아왔으므로 다시 이여송에게 동정제독을 제수하였다. 이여송은 이성량(李成樑)의 아들이요, 그 조상은 조선 함경도 사람이었다.

삼협군(三脇軍), 압록강을 건너다 초에 송응창이 요동에 이르자 조선이 계속해서 급박함을 알렸으나 이여송이 도착하지 않아 진군하지 않았다. 이여송이 온 후에 군대를 나누어 3협으로 하고 부총병 양원(楊元), 이여백(李如栢), 장세작(張世爵)은 대장이 되었다. 병사 4만 3천여 명으로 압록강을 건너 선조 26년(1593) 계사(癸巳), 지금으로부터 313년 전[181]에 이여송이 평양으로 진군하니 조선의 도원수도 병사를 인솔하고 따랐다.

심유경, 내왕하다 이에 앞서 고니시 유키나가 등이 심유경이 기한을 어기는 것을 보고 의심하여 성을 공략할 장비를 대대적으로 정비하였다. 이윽고 심유경이 와서 명 황제가 화친을 허락하였고 또 인질을 보낸다 하였다. 또 명에서 사신을 보낼 것이라 하였다. 심유경이 요동으로 돌아오니, 이여송이 심유경을 죽이고자 하였다. 참군(叅軍) 이응식

181 원문의 '314년 전'은 오기이므로 바로잡았다.

(李應軾)이 방책을 말하기를, "심유경을 빌려 왜를 속이고 이로 인하여 왜를 습격함이 옳다" 하였다. 이에 심유경을 군중(軍中)에 구류하니 강화의 일이 마침내 끊어졌다.

이여송, 평양을 포위하여 급박하다 그러나 고니시 유키나가가 투항한 김순량(金順良) 등 40여 명을 간첩으로 만들어 각지 사정과 형세를 보고받았다. 그러다가 병사(兵事)가 탄로할까 염려하여 김순량 등을 죽인 후로는 명의 군대가 와도 알지 못하고 오직 화의를 믿었다. 명의 사신이 온다 하니 이때에 또 고니시 유키나가의 군대는 1만 5천뿐이요, 명의 군사는 이보다 몇 배가 되었다. 이여송이 곧 평양을 포위하여 공격이 급박하니 고니시 유키나가가 외곽을 버리고 내성에 들어와 사상자가 더욱 많고 원군도 오지 않았다.

고니시 유키나가, 한양[京城]으로 달아나다 고니시 유키나가 등이 항거하지 못하고 밤중에 대동강을 건너 한양으로 달아났다.

이여송, 벽제관(碧蹄館)에서 패하다 이여송이 평양에 입성하자, 이로부터 적을 경시하는 마음이 생겼다. 개성에 이르러 남병(南兵)을 체류하고 친히 벽제관파주(坡州) 남쪽에 나아가 적장 고바야카와 다카카게[小早川隆景], 다치바나 무네시게[立花宗茂] 등과 싸우다가 대패하였다. 이에 이여송이 퇴군하고자 하였으므로 유성룡, 유홍(兪泓) 등이 말렸다. 그러나 이여송이 마침내 두려워하여 개성으로 환군하고 다시 북쪽으로 퇴군하고자 하였다. 때마침 떠도는 말이 있어 이르기를, "가토 기요마사가 함경도에서 양덕(陽德), 맹산(孟山)을 거쳐 평양을 공격해올 것이다" 하였다. 이여송이 이에 왕필적(王必迪)을 체류시켜 개성을 지키게 하고 평양으로 회군하였다. 후에 권율의 행주대첩을 듣고 회군한 것을 후회하였다.

강화의 논의가 다시 일어나다 초에 송응창, 이여송이 강화를 기뻐하지 않아 심유경을 죽이고자 하였다. 평양 전투 후에는 더욱 교만하다가, 벽제관 패배에 크게 기가 꺾여 심유경을 보내 화의하고자 하였다. 적병은 평양에서 패한 후, 식량이 결핍하고 군기가 꺾여 강화설이 다시 일어났다.

적군, 경상도로 퇴주하다 이시다 미쓰나리[石田三成] 등이 심유경의 말을 도요토미 히데요시에게 보고하였다. 도요토미 히데요시도 또한 식량의 부족함을 근심하여 화친하고자 하였으므로, 한양과 각지에 주재한 여러 장수들에게 명하여 급히 경상도 남쪽 지역으로 퇴군하라 하였다. 이여송이 한양에 바로 들어서니 유성룡이 이여송을 권하여 적병을 쫓으라 하였다. 그러나 이여송이 추격할 뜻이 없다가 일본 병사가 멀리 가자 비로소 문경(聞慶)까지 쫓다가 환군하였다. 적병은 울산 서생포(西生浦)로부터 동래, 웅천, 거제까지 모두 18둔(屯)을 세우고 성을 축조하고 참을 팠다. 또한 조선 백성들에게 그 틈에서 경종(耕種)하게 하여 오랫동안 머물 방책으로 환도(還渡)하지 않았다.

7조약을 정하다 이윽고 명의 심유경, 서일관(徐一貫), 사용재(謝用梓)가 강화 사신으로서 일본의 명호옥(名護屋)에 이르렀다. 도요토미 히데요시가 이시다 미쓰나, 고니시 유키나가 등으로 하여금 화약 조항 7조를 정하여 심유경에게 주었다. 그리고 나이토 조안[內藤如安]을 시켜 심유경과 함께 명으로 가 그 뜻을 체결하도록 하였다. 조선의 두 왕자와 황정욱 등을 돌려보냈다.

왕이 화의를 기뻐하지 않다 이때에 왕이 한양의 수복을 보시고 평양에서 돌아오셨다. 명이 계요총독(薊遼總督) 고양겸(顧養謙)에게 조선을 통치하게 하고, 송응창, 이여송을 소환하였다. 오직 유정(劉綎)이 병사 1만여 명을 거느리고 주둔하였다. 이때에 왕이 화의를 기뻐하지 않아 명에 사신을 보내 화의를 믿을 수 없음을 말하였다. 명이 참장(叅將) 호택(胡澤)을 보내와 그 일을 변명하니 이정암, 성혼, 유성룡 등은 화의를 주장하고, 유영경(柳永慶), 이이첨(李爾瞻), 정인홍(鄭仁弘)은 이를 배척하여 서로 논쟁하였다. 그러나 화의가 구차히 이루어져 명이 이종성(李宗誠)과 양방형(楊方亨)에게 정 · 부사를 제수하여 심유경과 함께 일본에 보냈다. 이종성이 겁을 내 부산에서 달아나 돌아왔다. 명이 다시 양방형에게 정사를 제수하고 심유경은 부사가 되니, 조선은 부득이하여 돈녕도(敦寧都) 정황신(正黃愼)에게 정사를 제수하고 수행하도록 하였다. 이에 가토 기요마사와 고니시 유키나가가 앞뒤로 철병하였다.

도요토미 히데요시, 명의 사신을 만나다 도요토미 히데요시가 명의 사신 양방형 등을 오사카[大坂]에서 만났다. 명나라 고명(誥命)에 이르되, "당신을 일본 국왕으로 봉하고 또 땅을 나누고 여자를 바치라" 하였다. 도요토미 히데요시가 그 말의 전후가 다름에 노하였다. 또 조선은 두 왕자가 돌아갔거늘 왕자가 와서 감사를 표하지 않고 낮은 관리를 보냈다

하여 황신(黃愼)을 꾸짖었다.

화의에 실패하다 화의가 거의 이루어질 뻔하다가 다시 실패하였다. 무릇 이 일은 심유경과 고니시 유키나가가 구차하게 성사하고자 하여 사절의 왕복으로 세월을 공허하게 보낸 지 4년이었다. 피차 사정이 어긋나 마침내 화의가 성립되지 못하였으니 이때 왕은 황신의 사명이 이루어지지 않았음을 기뻐하였다.

일본, 다시 쳐들어오다 화의가 실패하자, 선조 30년(1597) 정유(丁酉), 지금으로부터 309년 전[182]에 일본이 다시 가토 기요마사 등으로 하여금 군사 14만여 명을 보내 침략하였다.

명 형개(邢玠)와 양호(楊鎬), 조선을 돕다 왕이 급히 명에 통지하니 명이 형개에게 총독을 제수하고 양호는 경략이 되고 마귀(麻貴)는 총병관(總兵官)이요, 양원(楊元), 오유충(吳惟忠), 우백영(牛伯英), 진우충(陳愚衷) 등을 인솔하고 조선으로 와서 도왔다. 이때 조선은 복수군(復讐軍)[183]을 창설하고 병사를 8도에 모집하였다. 성윤문(成允門), 권응수(權應銖)는 경주에 있고 김응서(金應瑞)는 의령(宜寧)에 있고 원균은 주사를 인솔하고 한산도에 주둔하였다.

원균(元均), 패하여 죽다 원균이 지난날에 이순신을 모함하고 통제사를

182 원문의 '310년 전'은 오기이므로 바로잡았다.
183 임진왜란 때 임시로 조직한 군대로, 적에게 부모, 형제, 처자를 잃어버린 사람들로 조직하였다.

대신 맡아 이순신의 약속을 변경하니 군졸이 원망하고 분노하여 명령이 행해지지 못하였다. 적장 도도 다카토라[藤堂高虎]와 와키자카 야스하루[脇板安治] 등에게 패하여 죽었다.

남원(南原), 함락되다 무릇 이때에 적군의 진로는 이전의 싸움과 크게 달라 우키타 히데이에[浮田秀家]와 모리 히데모토[毛利秀元]는 고니시 유키나가, 가토 기요마사를 선봉으로 삼고 길을 나누어 경상도 남쪽 지방으로부터 전라도 남원을 포위하여 수륙양군이 서로 합하게 하였다. 남원은 명나라의 부총병 양원과 조선의 이복남(李福男)전라병사, 오응정(吳應鼎)순천부사, 임현(任鉉)남원부사, 김경로(金敬老)조방장, 신호(申浩)별장 등이 방어하여 지켰는데, 적군이 진공하여 성을 함락하니 양원만 겨우 면하고 이복남, 오응정 등이 모두 죽었다.

전주(全州) 역시 함락되다 이때 진우충(陳愚衷)이 전주에 있었는데 양원이 급박함을 알렸으나 원군을 내지 않다가 남원의 함락 소식을 듣고 크게 두려워하여 도주하니, 전주 역시 함락되었다. 이로부터 경기 지역이 크게 흔들려 도민이 흩어졌다. 명나라 군사는 수도를 후퇴하여 수비하였는데 한강의 험준함을 의지하였다.

적군, 소사평(素沙坪)에서 대패하다 이때 양호가 평양에 머물며 진군하지 않다가 이에 이르러 비로소 수도에 들어와 부총병 해생(解生), 우백영, 양등산(楊登山) 등으로 하여금 직산(稷山)충청도을 수비하게 하였다. 구로다 나가마사 등이 공격해왔으나 소사평에서 대패하였다.

적병, 경상도 남쪽 지역까지 퇴주하다 이에 앞서 도요토미 히데요시가 명나라 병사의 강한 힘을 두려워하였다. 또 날씨가 점차 추워졌으므로 이에 병사들로 하여금 경상도 남쪽 지역으로 퇴각하게 하였다. 가토 기요마사는 울산에 주둔하고 고니시 유키나가는 순천에 주둔하고 시마즈 요시히로[島津義弘]는 사천(泗川)에 주둔하니 그 길이가 6, 7백리 해안에 연하였다. 명나라 병사가 더욱 득세하여 진개는 수도에 머물고 양호, 마귀는 3협병 4만여 명을 인솔하여 남쪽으로 행군하였다. 도원수 권율이 잇따라 경주에서 회합하니 드디어 울산을 공격하였다. 이때에 울산은 가토 기요마사가 주둔한 곳이었는데, 성 안에 양식이 부족하여 궁곤함이 더욱 심하였다.

양호, 한양[京城]으로 돌아오다 다음 해에 구로다 나가마사 등이 와서 도우니 양호 등이 이에 포위를 풀고 한양으로 돌아왔다.

양호, 파직되다 이때에 명나라 찬화주사(贊畫主事) 정응태(丁應泰)가 명 황제에게 양호의 20여 가지 죄를 탄핵하여 양호가 파직되었다. 정응태가 또 조선이 양호를 돕는 것에 노하여 명 황제에게 무고하기를 조선이 일본과 교통한다 하였다. 왕이 누차 사신을 보내어 그 무고함을 변명하였다.

만세덕(萬世德), 병사를 4로로 나누다 양호가 파직된 후에 만세덕이 대신 왔다. 10만의 병사를 4로로 나누어 마귀는 동로를 맡아 가토 기요마사를 담당하고, 동일원(董一元)은 중로를 맡아 시마즈 요시히로를 담당하고 유정(劉綎)은 서로를 맡아 고니시 유키나가를 담당하고 진린(陳璘)은 수로(水路)를 맡아 전투를 준비하였다. 조선의 각 도 방어사는 모두 명의 군사를 따랐다. 이윽고 마귀가 가토 기요마사를 이기지 못하고 유정은 고니시 유키나가와 거짓으로 화친하여 그를 생포하고자 하였으나 이루지 못하였다.

사천(泗川), 패하다 동일원은 사천의 적진을 공격하다가 시마즈 요시히로에게 패하여 진주로 도망쳤다. 이로부터 명나라 사람들이 시마즈 요시히로를 어렵게 여기고 꺼리었으니 사신을 보내어 화의를 구하였다.

도요토미 히데요시, 죽다 그러나 이때 도요토미 히데요시가 이미 죽고 유언으로 회군하라 하였다. 이에 적군이 점차로 철수하여 돌아갔다. 명나라 병사가 사천의 패배를 징계하여 출병하지 않고 오직 진린은 이를 듣고 기뻐하였다. 이윽고 화의가 변하니 이순신이 등자룡(鄧子龍)과 함께 고니시 유키나가와 시마즈 요시히로 등 돌아가는 군사를 기다렸다가 공격하였다.

이순신, 전사하다 무릇 이순신은 지난날 원균이 패한 후로 다시 통제사가 되어 진도에서 스가 마사가게[管正陰]를 죽였다. 또 능히 적은 수로 많은 수를 이기더니 이때에 적병을 노량에서 대파하다가 결국 전사하였다.

일본 도쿠가와 이에야스[德川家康], 환군을 명하다 그 후에 일본 도쿠가와 이에야스가 왜군들에게 명하여 환군하였다.

도쿠가와 이에야스, 강화하고자 하다 다음해부터 소 요시토시를 보내 강화하였다. 도쿠가와 이에야스가 도요토미 히데요시를 대신하여 막부(覇府)를 열 때에는 소 요시토시가 더욱 간절히 화친을 구하였다. 또 말하기를 "강화를 허하지 않으면 다시 전쟁의 화가 있을 것이다" 하였다. 선조 37년(1604) 갑진(甲辰), 지금으로부터 302년 전[184]에 승려 유정(惟政)[185]을 일본에 보내어 정황을 탐색하였다. 유정이 사로잡힌 남녀 3천여 명을 이끌고 돌아왔으나 오히려 화해하지 못하였다.

화의가 비로소 이루어지다 유영경이 영상이 되어 범릉적(犯陵賊)임진에 성종과 중종의 릉을 도굴하였다을 보내와 죽인 후에 화의가 비로소 이루어졌다. 39년(1606) 병오(丙午), 지금으로부터 300년[186] 전에 첨지(僉知) 여우길(呂祐吉)에게 회답사(回答使)통신사를 겸하여 개칭하였다를 제수하여 일본에 보내니 화의가 비로소 이루어졌다.

기유조약(己酉條約) 통상조약에 대해서는 광해군 원년(1609) 기유(己酉), 지금으로부터 297년 전[187]에 비로소 정하니 이를 이르되 기유조약이라 하였다. 이때에 조선이 일본에 대하여 원한이 이미 심하였으니, 복수할 생각이 간절하였으나 기력이 없어 거사치 못하였다. 도요토미 히데요시가 임진년에 침략한 까닭으로 임진왜란이라 하고, 전쟁이 일어난 지 8년 동안 전국이 유린을 당하였다. 무릇 조선이 개국 이래로 성종 때까지 100년 동안은 점점 진보하더니 그 후 100년 동안은 기강

---

184 원문의 '303년 전'은 오기이므로 바로잡았다.
185 원문의 '유정(唯政)'은 오기이므로 바로잡았다.
186 원문의 '301년 전'은 오기이므로 바로잡았다.
187 원문의 '298년 전'은 오기이므로 바로잡았다.

과 풍속이 차례로 부패하고 무너졌다. 또 이 대란을 당함에 기근과 돌림병이 횡행하여 굶어죽은 시체가 길에 가득하니 실로 전에는 없던 대참화였다. 명은 수십만 병사를 잃고 수백만 군자금을 소모하였으나 마침내 승산이 없고 다만 조선을 위하여 노력함이 컸다 이를지라. 이로부터 적병이 철회한 후 선조 33년(1600)까지 명나라 군사가 주둔하여 때때로 위압과 폭정을 가하였다. 또 그들의 식량을 공급하기가 곤란하여 자못 싫어하고 괴롭게 여겼다. 그러나 임진왜란 구원의 은혜를 감격하여 명이 망한 후까지 잊지 않았다. 무릇 도요토미 히데요시가 이름 없는 군사를 일으켜 이웃 나라를 유린하여 100년이 걸려도 풀 수 없는 원수를 맺었다. 명은 심지어 조선을 구하다가 결국 나라 백성들이 함께 곤란하여 몇 해 지나지 않아 나라가 망하였다.

■본조일람(本朝一覽)

조선(朝鮮)							
왕호(王號)	성씨	이름(名字)	부친 및 항렬	모친	재위연수	연령	후비(后妃)
태조고황제(太祖高皇帝)	이	단(旦) 자 군진(君晋) 초휘 성계(成桂) 초자 중결(仲潔) 호 송헌(松軒)	환조(桓祖)의 셋째 아들	의혜왕후(懿惠王后) 최씨, 정효공(靖孝公) 한기(閑奇)의 딸	7	74	신의고황후(神懿高皇后) 한씨, 안천부원군(安川府院君) 경(卿)의 딸 신덕고황후(神德高皇后) 강씨, 상산부원군(象山府院君) 윤성(允成)의 딸
정종(定宗)		경(曔) 초명 방과(芳果) 자 광원(光遠)	태조의 둘째 아들	신의황후(神懿皇后) 한씨	2	63	정안왕후(定安王后) 김씨, 월성부원군(月城府院君) 천서(天瑞)의 딸
태종(太宗)		방원(芳遠) 자 유덕(遺德)	태조의 다섯째 아들	위와 같음	18	56	원경왕후(元敬王后) 민씨, 여흥부원군(驪興府院君) 제(霽)의 딸
세종(世宗)		도(祹) 자 원정(元正)	태종의 셋째 아들	원경왕후 민씨	32	54	소헌왕후(昭憲王后) 심씨, 청천부원군(青川府院君) 온(溫)의 딸
문종(文宗)		향(珦) 자 휘지(輝之)	세종의 맏아들	소헌왕후 심씨	2	39	현덕왕후(顯德王后) 권씨, 화산부원군(花山府院君) 전(專)의 딸
단종(端宗)		홍위(弘暐)	문종	현덕왕후 권씨	3	17	정순왕후(定順王后) 송씨, 여량부원군(礪良府院君) 현수(玹壽)의 딸
세조(世祖)		유(瑈) 자 수지(粹之)	세종의 둘째 아들	소헌왕후(昭憲王后) 심씨	13	52	정희왕후(貞熹王后) 윤씨, 파평부원군(坡平府院君) 번(璠)의 딸
덕종(德宗)		장(暲) 초명 숭(崇) 자 원명(原明)	세조의 맏아들	정희왕후 윤씨		20	소혜왕후(昭惠王后) 한씨, 서원부원군(西原府院君) 확(確)의 딸
예종(睿宗)		황(晄) 자 명조(明照) 초자 평보(平甫)	세조의 둘째아들	정희왕후 윤씨	1	20	장순왕후(章順王后) 한씨, 상당부원군(上黨府院君) 명회(明澮)의 딸 안순왕후(安順王后) 한씨, 청천부원군(淸川府院君) 백륜(伯倫)의 딸
성종(成宗)		혈(娎)	덕종의 둘째아들	소혜왕후 한씨	25	38	공혜왕후(恭惠王后) 한씨, 상당부원군 명회의 딸 정현왕후(貞顯王后) 윤씨, 영원부원군(鈴原府院君) 호(壕)의 딸
연산군(燕山君)		융(㦕)	성종의 맏아들	폐비 윤씨	11		부인 거창(居昌) 신씨, 영의정 승선(承善)의 딸

중종(中宗)		역(懌) 자 낙천(樂天)	성종	정현왕후 윤씨	39	57	단경왕후(端敬王后) 신씨, 익창부원군(益昌府院君) 수근(守勤)의 딸 장경왕후(章敬王后) 윤씨, 파원부원군(坡原府院君) 여필(汝弼)의 딸 문정왕후(文定王后) 윤씨, 파산부원군(坡山府院君) 지임(之任)의 딸
인종(仁宗)		호(峼)	중종의 맏아들	장경왕후 윤씨	1	31	인성왕후(仁聖王后) 박씨, 금성부원군(錦城府院君) 용(墉)의 딸
명종(明宗)		환(峘) 자 대양(對陽)	중종의 둘째 아들	문정왕후 윤씨	22	34	인순왕후(仁順王后) 심씨, 청릉부원군(青陵府院君) 강(鋼)의 딸
선조(宣祖)		연(昖) 초명은 균(鈞)	덕흥대원군 (德興大院君) (중종의 아들)의 셋째 아들	하동부대부인 (河東府大夫人) 정씨, 영의정 세호(世虎)의 딸	41	57	의인왕후(懿仁王后) 박씨, 반성부원군(潘城府院君) 응순(應順)의 딸 인목왕후(仁穆王后) 김씨, 연흥부원군(延興府院君) 제남(悌男)의 딸
광해군 (光海君)		혼(琿)	선조의 둘째 아들	공빈(恭嬪) 김씨	14		부인 문화(文化) 유씨, 판윤(判尹) 자신(自新)의 딸
원종(元宗)		부(琈)	선조의 다섯째 아들	인빈(仁嬪) 김씨		40	인헌왕후(仁獻王后) 구씨, 능안부원군(綾安府院君) 사맹(思孟)의 딸
인조(仁祖)		종(倧) 자 화백(和伯) 호 송창(松窓)	원종의 맏아들	인헌왕후 구씨	27	55	인렬왕후(仁烈王后) 한씨, 서평부원군(西平府院君) 준겸(浚謙)의 딸 장렬왕후(莊烈王后) 조씨, 한원부원군(漢原府院君) 창원(昌遠)의 딸
효종(孝宗)		호(淏) 자 정연(靜淵) 호 죽오(竹梧)	인조의 둘째 아들	인렬왕후 한씨	10	41	인선왕후(仁宣王后) 장씨, 신풍부원군(新豊府院君) 유(維)의 딸
현종(顯宗)		연(棩) 자는 경직(景直)	효종	인선왕후 장씨	15	34	명성왕후(明聖王后) 김씨, 청풍부원군(淸風府院君) 우명(佑明)의 딸
숙종(肅宗)		돈(焞) 자 명보(明普)	현종	명성왕후 김씨	46	60	인경왕후(仁敬王后) 김씨, 광성부원군(光城府院君) 만기(萬基)의 딸 인현왕후(仁顯王后) 민씨, 여양부원군(驪陽府院君) 유중(維重)의 딸 인원왕후(仁元王后) 김씨, 경은부원군(慶恩府院君) 김주신(金柱臣)의 딸
경종(景宗)		윤(昀) 자 휘서(輝瑞)	숙종의 맏아들	대빈(大賓) 장씨, 영의정 형(炯)의 딸	4	37	단의왕후(端懿王后) 심씨, 청은부원군(青恩府院君) 호(浩)의 딸 선의왕후(宣懿王后) 어씨, 함원부원군(咸原府院君) 유구(有龜)의 딸

영조(英祖)		금(昑) 자 광숙(光叔) 호 양성헌(養性軒)	숙종의 넷째 아들	숙빈(淑嬪) 최씨, 영의정 효원(孝元)의 딸	52	83	정성왕후(貞聖王后) 서씨, 달성부원군(達城府院君) 종제(宗悌)의 딸 정순왕후(貞純王后) 김씨, 오흥부원군(鰲興府院君) 한구(漢耉)의 딸
진종(眞宗)		행(緈) 자 성경(聖敬)	영조의 맏아들	정빈(靖嬪) 이씨		10	효순왕후(孝純王后) 조씨, 풍릉부원군(豐陵府院君) 문명(文命)의 딸
장조(莊祖)		선(愃) 자 윤관(允寬) 호 의재(毅齋)	영조의 둘째 아들	영빈(暎嬪) 이씨		28	헌경의황후(獻敬懿皇后) 홍씨, 영풍부원군(永豐府院君) 봉한(鳳漢)의 딸
정조(正祖)		산(祘) 자 형운(亨運) 호 홍재(弘齋)	장조의 둘째 아들	헌경의황후 홍씨	24	49	효의선황후(孝懿宣皇后) 김씨, 청원부원군(清原府院君) 시묵(時默)의 딸
순조(純祖)		공(玜) 자 공보(公寶) 호 순재(純齋)	정조의 둘째 아들	수비(綏妃) 박씨, 충헌공(忠獻公) 준원(準源)의 딸	34	45	순원숙황후(純元肅皇后) 김씨, 영안부원군(永安府院君) 조순(祖淳)의 딸
문조(文祖)		대(旲) 자 덕인(德寅) 호 경헌(敬軒)	순조	순원숙황후 김씨		22	신정왕후[神貞翼皇后] 조씨, 풍은부원군(豐恩府院君) 만영(萬永)의 딸
헌종(憲宗)		환(奐) 자 문응(文應) 호 원헌(元軒)	문조	신정왕후 조씨	15	23	효현왕후(孝顯王后) 김씨, 영흥부원군(永興府院君) 조근(祖根)의 딸 효정황후(孝定皇后) 홍씨, 익풍부원군(益豐府院君) 재룡(在龍)의 딸
철종(哲宗)		변(昪) 자 도승(道升) 호 대용재(大勇齋)	전계대원군 (全溪大院君) 광(壙, 장조의 손자)의 셋째 아들	용성부대부인 (龍城府大夫人) 염씨, 영의정 성화(成化)의 딸	14	33	철인왕후(哲仁王后) 김씨, 영은부원군(永恩府院君) 문근(汶根)의 딸
금상대황제 (今上大皇帝)		희(熙), 초명 재황(載晃) 자 성림(聖臨) 호 성헌(誠軒)	흥선대원군 (興宣大院君) 하응(昰應, 장조의 증손)의 둘째 아들	여흥부대부인 (驪興府大夫人) 민씨, 유수(留守) 치구(致久)의 딸			명성황후(明成皇后) 민씨, 여성부원군(驪城府院君) 치록(致祿)의 딸

중등교과 동국사략 권4 목록

만주의 아민(阿敏) 등, 쳐들어오다

왕, 강화(江華)로 파천하시다

만주와 더불어 맹세하여 말하기를, 형제국이라 하다

왕, 한양으로 돌아오다

만주 몽고 패륵(貝勒)들이 만주 태종 황태극에게 존호를 올리다

만주 사신과 그 친서를 거절하다

만주 태종(太宗), 황제의 자리에 즉위하고 국호를 청(淸)이라 하다

청 태종, 쳐들어오다

인조, 남한산성(南漢山城)으로 가다

청나라 군사, 남한산성을 포위하다

여러 도(道)의 군대가 모두 패하다

강화성, 함락되다

인조, 강화(講和)하시다

척화신(斥和臣)을 심양(瀋陽)에 보내다

3학사(三學士)

청의 압제를 받다

청에 불복하다

청을 도와 명을 치다

다시 청을 도와 명을 치다

청 태종이 죽고[崩] 세조가 즉위하다

청 세조, 북경(北京)으로 천도하다

인조가 돌아가시고[崩] 효종(孝宗)이 즉위하시다

효종, 청을 치고자 하다

왕이 송시열(宋時烈)과 이완(李浣)을 깊이 신임하시다

청을 도와 러시아(羅禪)를 치다

효종이 돌아가시고(崩) 현종(顯宗)이 즉위하시다

명, 기울어 망하다

북벌의 뜻이 행해지지 못하다

청, 쌀을 보내 기근을 구휼하다

문화와 당쟁

당쟁이 서원(書院)에서 시작되다

서원의 남설을 금하고 사원(祠院)을 헐다

허준(許浚)의 의술

한호(韓濩)의 서법

역법(曆法)

정두원(鄭斗源), 서양 서적과 기계를 발전시키다

시헌력(時憲曆)을 시행하다

화폐

상평통보(常平通寶)

백성들이 전(錢)의 편리함을 알다

광산채굴을 금하다

동인(東人), 서인(西人) 당파가 시작되다

남인(南人), 북인(北人)

대북(大北), 소북(小北)

중북(中北), 육북(肉北), 골북(骨北)

청서(淸西), 공서(功西)

노서(老西), 소서(少西)

청남(淸南), 탁남(濁南)

경신대출척(庚申大黜陟)

노론(老論), 소론(少論)

남인, 크게 쓰이다

김수항(金壽恒)을 죽이다

박태보(朴泰輔)를 죽이다

송시열을 죽이다

남구만(南九萬), 영상(領相)이 되다

남인의 정치를 고치다

동궁대리(東宮代理)

숙종(肅宗)이 돌아가시고[崩] 경종(景宗)이 즉위하시다

연잉군(延礽君), 동궁으로 책봉되다

동궁 청정

임인옥(壬寅獄)

경종이 돌아가시고 영조(英祖)가 즉위하시다

노론을 등용하다

이인좌(李麟佐), 병사를 일으키다

사인(士人)이 조정의 정치를 논하고 상소하는 것을 금하다

영조의 정치

법전이 찬집되다

『대전통편(大典通編)』

영조, 정조(正祖)대에 서적을 찬집하다

대원군, 대정(大政)에 협찬(協贊)하다
종친이 과거에 나아가고 조정의 정치에 간섭함을 허하다
출척(黜陟)을 크게 행하다
경복궁(景福宮)을 중건하다
신궁(新宮)으로 이어하다
제도 대개혁
서원(書院)을 훼철하고 서원의 유생들을 내쫓다
당파를 불구하고 사람을 쓰다
서양[歐米]과 청 및 일본과의 관계
천주교(天主教) 전래 원인
사신이 서양 서적을 구하는 것을 막고 서양 서적을 불태우다
천주교 신자[西教徒]를 박해[鋤治]하다
프랑스[佛國] 선교사, 처음으로 한양[京城]에 들어오다
천주교 신자를 많이 죽이다
천주교 신자 수천 명을 대대적으로 죽이다
프랑스함대[佛艦], 쳐들어오다
프랑스군[佛軍], 패하여 달아나다
척화비(斥和碑)를 종로(鐘路)에 세우다
독일, 프랑스, 미국 3국 사람들이 묘소를 도굴하다
미국 함대[米艦]를 포격하다
천주교 신자 20여만 명을 죽이다
민씨, 중전이 되다
대원군, 실세하다

교빙(交聘)이 처음 끊어지다

일본 군함을 포격하다

일본수호조규(日本守護條規) 12조를 맺다

중국[支那], 조선이 속국이 아님을 공고하다

원산(元山)과 인천(仁川)을 개항하다

서광범(徐光範), 김옥균(金玉均)을 일본에 보내다

임오군변(壬午軍變)

일본공사관을 습격하다

어윤중(魚允中), 청나라 군대를 빌리다

대원군을 호송하다

이홍장(李鴻章)의 말을 듣다

수구당(守舊黨)과 독립당(獨立黨)

김옥균의 난

일본군이 와 호위하고 경우궁(景祐宮)으로 파천하다

청나라 군사가 궁에 들어오다

김옥균과 박영효(朴泳孝), 일본으로 도망가다

일본 화의가 이루어지다

천진조약(天津條約)이 이루어지다

영국, 거문도(巨文島)를 점거하다

영국, 거문도를 반환하다

러시아[露國], 조약을 정하다

친러의 논의가 시작되다

러시아 육로통상조약을 정하다

미국, 독일, 이탈리아, 프랑스가 조약을 맺다

동학당(東學黨)의 난, 일어나다

청에 도움을 청하다

청군, 아산(牙山)에 상륙하다

일본 역시 출병하다

일본군, 궁중에 난입하다

군국기무소(軍國機務所)를 세우다

청 · 일, 양국 선전포고서

일본군, 평양을 함락하다

청 · 일, 화의를 논의하다

새로운 관제를 정하다

대원군 집정을 파하다

청 · 일 양국, 강화조약을 정하다

조선의 독립을 정하다

부록 갑오년(甲午年) 이후 10년 기사

근세사(近世史)

조선기(朝鮮記) 하(下)

만주(滿洲)의 침략과 강화

선조(宣祖)가 돌아가시고[崩] 광해(光海)가 즉위하다 선조께서 재위 41년(1608)에 돌아가시고 둘째 아들 광해군 혼(琿)이 즉위하니 이 사람은 선조께서도 그 끝이 좋지 못할 것을 아셨다. 이때 선조께서 유조를 내리고자 대신들을 부르시니 이원익(李元翼), 이덕형, 이항복 등이 들었는데, 이미 돌아가셨다. 이때 광해는 동궁이었으나 왕이 원래 좋아하지 않으시고 또 만년에 영창대군 의(㼁)가 태어난 까닭으로 유영경이 의를 옹립코자 하였다. 또 이이첨, 정인홍은 자기들이 배척되자 선조를 원망하다가 이산해(李山海)와 도모하여 왕위를 광해에게 전하고자 하였으므로 왕이 노하여 곧 귀양을 보냈다. 그러나 곧 왕이 갑자기 돌아가시어[暴崩] 이이첨과 정인홍이 유배지로 가기도 전에 사면되니 바깥 사람들이 말하기를 왕이 독을 먹었다 하였다

만주 애친각라씨(愛親覺羅氏) 광해군 때에 만주의 관계가 더욱 빈번하였다. 이에 앞서 만주에서 애친각라씨또는 애신각라(愛新覺羅)가 흥기함에, 태

조 노이합적(努爾哈赤) 등이 점점 강성하여 여러 부락을 병탄하였다. 임진왜란 초에 조선에 사신을 보내와 도울 뜻을 말하였다. 선조께서 후환이 있을까 우려하여 유성룡으로 하여금 변방 장수에게 깨우치게 하여 완곡한 말로 사양하여 돌려보냈다.

명나라 양호(楊鎬), 만주를 치다 그 후 노이합적이 더욱 강성하였다. 광해 8년(1616), 지금으로부터 290년 전[188]에 황제의 자리에 즉위하고 점점 명나라의 변경을 침범하였다. 11년(1619)에 명 신종이 요동경략(遼東經略) 양호를 시켜 병사 24만을 심양(瀋陽)봉천성(奉天省) 봉천부(奉天府)에 결집하고 길을 나누어 만주를 치도록 하였다. 이때 조선에 병사를 청하였다.

강홍립(姜弘立), 명을 도와 만주를 치다가 패하다 광해가 참판 강홍립에게 5도 평안, 황해, 경기, 충청, 전라 도원수를 제수하고 평안병사(平安兵使) 김경서(金景瑞)는 부원수를 제수하여 병사 2만여 명을 인솔하고 가서 돕게 하였다. 이윽고 명의 북로군이 모두 패하고 관전(寬甸)으로부터 나아가 명 남로장(南路將) 유정(劉綎), 교일기(喬一琦)와 합세하였고 강홍립과 김경서 등도 또한 부찰야(富察野)만주 홍경(興京) 남쪽에서 만주군에게 패하였다.

강홍립, 만주에 항복하다 유정, 교일기와 김응하(金應河)선천(宣川)군수, 오직(吳稷)오른쪽 선봉 등은 전사하고 강홍립과 김경서는 만주에 항복하였다. 무릇 이 일은 강홍립이 출발할 때 광해의 밀지로 형세를 보고 향배를 정한 까닭이었다. 또 만주에서는 투항한 장수를 여러 차례 우리에게

---

188 원문의 '291년 전'은 오기이므로 바로잡았다.

보내어 화호를 청하였다. 명이 이르기를 조선이 만주와 사통하였다 하였으므로, 이에 사신을 보내어 변명하였다. 또 만주에 대해서는 전혀 강화한 것은 아니었으나 혹 분노를 살까 두려워하여 심양과 요동을 공격하여 함락할 때에도 명을 돕지 않았다. 오직 우유부단한 정책으로 명과 만주 사이에 있었다.

광해의 실정과 실덕 또 광해군은 초에 형 임해군(臨海君) 진(珒)을 배제하고 즉위하니 무릇 진은 사납고 막된 까닭으로 폐하였으나, 광해도 또한 실정과 실덕이 매우 많았다. 광해가 즉위 초에 진을 죽이고자 반역을 도모한다 무고하여 교동(喬桐)에 유배하였다. 정인홍, 이이첨은 진을 죽이고자 하고 이원익, 이항복은 전은설(全恩說)을 주장하였다. 결국 이원익 등은 역적을 보호한다 하여 죄를 당하고 진은 사사하였다. 또 이이첨은 영창대군 의(㼁)가 인목대비[仁穆太后] 김씨선조의 계후, 의의 모후 측에 있음을 꺼려 죽이고자 하였다. 이에 박응서(朴應犀)를 시켜 고변하기를, "연흥부원군(延興府院君) 김제남(金悌男)인목대비의 아버지이 영창대군을 옹립하고자 한다" 하였다. 의는 선조께서 깊이 사랑하였으므로 7신(臣)유영경, 한응인, 신흠(申欽), 허성(許筬), 박동량(朴東亮), 서성(徐渻), 한준겸(韓浚謙)에게 부탁하셨던 것이다.

영창대군(永昌大君) 의(㼁)를 죽이다 이에 광해가 김제남을 잡아 죽이고, 의는 강화에 추방하였다가 죽이니 이때 나이가 7세였다. 7신 이하 연루자가 매우 많았다.

인목대비[太后], 서궁(西宮)에 유폐하다 이이첨이 또 인목대비를 폐하고자 하였으므로, 기자헌(奇自獻)영상, 이항복, 정홍익(鄭弘翼) 등이 극력히 간언하였다. 이에 이이첨이 여러 신하들과 종친 1천여 명을 꾀어 각기 의견을 개진하라 하니, 사람들이 이이첨을 두려워하여 폐출을 주장하며 간혹 따르지 않는 자도 있었다. 이에 기자헌, 이항복 등을 멀리 귀양 보내고, 대비의 존호를 삭제하여 서궁에 유폐하고 또 해하고자 하였으나 대비가 겨우 면하였다. 그 외 큰 옥사를 일으키기 수차례요 죽이고 유배 보내는 일이 날로 많았다. 또 풍수설을 믿어 토목을 일으키고 관직을 제수할 때 은(銀)의 많고 적음을 보고 고하의 관직을 주니, 이에 뇌물이 성행하였다. 상궁 김개시[金氏]가 권세를 부려 궁궐이 엄하지 않아 요행의 길을 크게 열었다.

조정이 날로 어지러워지다 이때에 이이첨이 나라의 권세를 훔쳐 멋대로 쓰고, 대북(大北), 소북(小北)의 두 당(黨)이 서로 다투어 조정의 정치가 어지러웠다. 윤선도(尹善道) 등이 이이첨을 탄핵하였으나 광해가 듣지 않자 더욱 혼란스럽고 무도하였다.

이귀(李貴) 등, 의병을 일으켜 광해를 폐위하다 이에 이귀, 신경진(申景禛), 심기원(沈器遠), 김자점(金自點) 등이 서로 도모하여 김류(金瑬)를 대장으로 삼고 의병을 일으켰다. 광해의 아우 정원군(定遠君)원종(元宗)의 아들, 인조(仁祖)을 추대하고자 하다가 일이 누설되어 고변하는 자가 있었다. 이에 김자점이 뇌물을 바치고 김상궁과 인연을 맺으니 광해가 김상궁의 말을 듣고 그 고변을 받아들이지 않았다. 의병이 곧 일어나 궁에 들어왔다.

광해가 놀라 도망하고, 조정 관료과 호위 군사들 또한 도망하여 흩어졌다. 이귀 등이 광해를 잡아와 옥새를 인목대비께 드리니 대비가 36가지 죄를 헤아려 광해를 죽이고자 하다가 이루지 못하였다.

인조(仁祖), 즉위하시다 다시 대비의 명으로 인조를 세우니 때는 광해 15년(1623)이었다. 인조께서 즉위하시어 광해를 강화에 추방하고 전조(前朝)의 원망과 억울함을 풀어 이이첨, 정인홍 등 수십 명을 죽였다. 그 외 귀양보낸 자와 벼슬을 빼앗고 쫓아낸 자가 수백 명이었다.

폐립의 이유 무릇 광해가 임진왜란 후를 당하여 여러 정치를 고쳐 새로하지 않고 정사가 부패하여 결국 폐립에 이르렀다. 또 서인은 북인의 틈을 타 세력을 만회하였다. 이귀 등이 초에는 종사를 편안히 하고 민생을 구한다 하다가 공훈이 이미 이루어진 후에는 죄인의 가산과 기복(器服)을 적몰(籍沒)하여 각기 나누어 주었으니 이 어찌 죄과가 아니겠는가. 그런 까닭에 이해(李澥)[189]는 이 의거에 참여하였으나 깊이 후회하여 종신토록 자폐(自廢)하였다.

정사공신(靖社功臣)으로 기록하다 또 의병을 일으켰던 당시의 부분과 계략은 모두 이괄(李适)의 공이었다. 그러나 김류 등 50명은 정사공신에 기록하고 김자점, 심기원(沈器遠)은 1등이 되었으나, 오직 이괄만은 2등에 편입되었으므로 이괄이 이로부터 불평하였다. 이때에 북쪽 변방의 근

---

189 원문의 '李瀣'은 오기이므로 바로잡았다.

심이 있었으니, 장만(張晩)에게 도원수를 제수하여 부(府)를 평양에 열고 이괄은 평안병사겸 부원수로 영변에 주둔하게 하니 이괄이 더욱 앙심을 품어 은밀히 다른 꾀를 모았다.

이괄(李适), 반란하다 인조 2년(1624) 갑자(甲子), 지금으로부터 282년 전[190]에 드디어 부하 병사 1만 2천여 명과 투항한 왜인 1백 3십 명을 인솔하고 남쪽을 향하니, 한명연(韓明璉)귀성부사(龜城府使) 등이 따랐다. 장만은 비록 원수였으나 병력이 미약하여 능히 맞서 방어하지 못하였다.

인조, 공주(公州)로 파천하다 이에 적군이 더욱 나아가 벽제파주 남쪽에 이르니 인조께서 공주충청도로 옮기셨다. 이괄 등이 수도[京城]를 차지하였다.

이괄을 죽이다 이윽고 장만이 정충신(鄭忠信)안주방어사(安州防禦使), 이서(李曙)경기감사 등과 협력하여 이괄의 병사를 안령(鞍嶺)경성 북부에서 대파하였다. 이괄, 한명연 등이 도망하여 이천(利川)에 이르렀는데, 부장(部將) 기익헌(奇益獻) 등이 이괄, 한명연을 죽여 머리를 행재소에 바쳤다.

왕, 수도로 돌아오시다 이에 왕이 수도로 돌아오셨다. 한명연의 아들 한윤(韓潤) 등은 만주로 도망하였다.

만주 태종(太宗), 즉위하다 만주는 인조 4년(1626)에 태조 애친각라 노이합

190 원문의 '283년 전'은 오기이므로 바로잡았다.

적이 죽고[殂] 아들 황태극(皇太極)이 즉위하니 이는 태종이다. 태종이 한윤의 말을 따라 패륵(貝勒)종친의 작호 아민(阿敏)과 제이합랑(濟爾哈郞) 등으로 하여금 조선 및 모문룡(毛文龍)을 도모하라 하였다. 모문룡은 명나라의 총병이었다. 이에 앞서 진영을 단도(椵島)평안도 철산에 있다에 세우고 의주, 철산 및 신미도(身彌島)평안도 선천(宣川) 남부에 있다에 왕래하여 조선과 의각지세(犄角之勢)를 이루어 만주를 견제하였다.

만주의 아민(阿敏) 등, 쳐들어오다 인조 5년(1627)에 아민 등이 병사 3만여 명을 이끌고 압록강을 건너와 의주부윤 이완(李莞)을 죽였다. 또 병사를 나누어 철산(鐵山)을 격파하고 모문룡을 단도로 내쫓았다. 또 곽산(郭山), 정주(定州)를 공격하여 박유건(朴有健)곽산군수, 김진(金搢)정주목사을 사로잡고, 기협(奇協)선천부사을 죽였다. 또 멀리 쫓아 청천강을 건너 안주를 포위하니 목사 김준(金浚)과 병사 남이흥(南以興) 이하 죽은 자가 매우 많았다.

왕, 강화(江華)로 파천하시다 왕이 장만에게 도원수를 제수하여 방어하라 하셨다. 장만이 평산(平山)에 이르니 평안감사 윤훤(尹暄)이 안주성 함락을 듣고 평양을 버리고 도망하였다. 이에 만주의 조정이 크게 흔들렸으므로, 왕이 김상용(金尙容)에게 유도대장(留都大將)을 제수하여 수도[京城]를 지키게 하였다. 영의정 윤방(尹昉)과 우의정 오윤겸(吳允謙)과 함께 묘사주(廟社主)를 받들고 강화로 파천하셨다.

만주와 더불어 맹세하여 말하기를, 형제국이라 하다 평양이 무너지니 성안의 관민이 모두 도망하였다. 아민이 드디어 대동강을 건너 중화(中和)에 주둔하고 7조를 서술하여 조선이 만주를 해한다 책망하였다. 이때 수도는 백성들이 무너져 흩어지고 김상용은 어고(御庫)와 여러 창고에 불을 지르고 강화로 도망하였다. 아민이 수도에 입성하고자 하였으나 여러 패륵이 따르지 않아 평산에 주둔하였다. 이에 부장 유흥조(劉興祚)로 하여금 강화에 보내어 화의를 말하게 하였다. 왕이 어쩔 수 없이 종친 원창령(原昌令) 의신(義信)을 왕의 동생이라 하고 유흥조와 함께 평산에 이르러 토산물[方物]을 뇌물로 주고 화친을 구하였다. 패륵 악탁(岳託)이 아민에게 일러 말하길, "조선 왕과 맹세한 후에 군사를 돌리는 것이 옳다" 하였다. 이에 원창령을 억류하고 유흥조를 다시 강화에 보내니 왕이 이에 단을 쌓고 백마와 흑우를 바쳐 하늘에 제사하고 만주의 형제국이라 맹세하였다. 만주군이 돌아갈 때, 아민은 자기가 더불어 맹세하지 않았다 하여 방종하게 약탈하고 돌아가다가 평양에 이르러 또 원창령과 동맹하였다. 병사를 의주와 진강(鎭江)만주 구련성(九連城)에 체류시키고 그 나머지는 돌아가니, 조선이 원창령으로 하여금 아민을 따라 만주에 가도록 하였다.

왕, 한양으로 돌아오다 왕이 비로소 한양으로 돌아오셨다. 후에 왕이 사신을 만주에 보내어 의주의 진병(鎭兵)을 철수하라 하시니 이에 만주가 그 병사를 철수하고 의주를 우리에게 반환하였다. 이때 사신 김상헌(金尙憲)은 북경(北京)에 있다가 본국의 어려움을 듣고 명에 구원을 청하였다. 명나라가 요동 순무(巡撫) 원숭환(袁崇煥)으로 하여금 출병하라 하였으나 일이 미치지 못하였다. 이윽고 일본도 도쿠가와 이에야스[德川家康]가 사신을 보내어 조선을 돕겠다 하였으나 또한 사절하여 받지 않았다. 이로부터 조선이 만주의 압제를 당하여 만주가 명을 칠 때에는 병선(兵船)을 징수하였다. 또 형제의 맹세를 바꾸어 상하국의 약속을 맺고자 하며, 세폐(歲幣)를 색출하기가 많았다. 조선이 분노하고 통한해하여 간혹 만주를 치고자 하는 일이 있어 평화가 장차 파괴되었다.

만주 몽고 패륵(貝勒)들이 만주 태종 황태극에게 존호를 올리다 때마침 만주에서는 만주, 몽고의 여러 패륵이 태종을 권하여 존호를 칭하라 하였다. 인조 14년(1636) 병자(丙子), 지금으로부터 270년 전[191]에 또 호부승정(戶部承政) 마복탑(馬福塔)마부달(馬夫達), 승정 영아이대(英俄爾岱)용골대(龍骨大)를 시켜 왕후 한씨의 상에 조문하게 하였다.

만주 사신과 그 친서를 거절하다 만주 8화석(和碩), 패륵과 몽고 49패륵이 우리에게 서신을 보내어 권하되 황태극에게 존호를 권진하라 하였다. 왕이 그 사신을 보지 않으시고 또 패륵의 서신을 받지 않았다. 장령(掌令) 홍익한(洪翼漢) 및 관학 유생이 상소하여 그 사신을 베어 죽이고 그 서신을 태우소서, 하니 영아이대가 그 형세의 위험함을 보고 급히 민가의 말을 빼앗아 타고 도망쳤다. 왕이 사람을 쫓아 보내어 답서를 주고 또 8도에 유시를 내려 만주를 배척하여 절교하였다.

만주 태종(太宗), 황제의 자리에 즉위하고 국호를 청(淸)이라 하다 영아이대가 그 유시를 내린 명령서를 탈환하여 태종 황태극에게 바쳤다. 태종이 모

---

191 원문의 '271년 전'은 오기이므로 바로잡았다.

든 패륵 대신과 회의하였는데, 무리가 다 조선의 결의를 깨닫고 조선을 공격하자 하였다. 이때 태종은 관온인성황제(寬溫仁聖皇帝)의 존호를 받고 국호는 청이라 하고, 모든 패륵과 대신이 삼궤구고두례(三跪九叩頭禮)[192]를 행하였다. 마침 조선 사신 나덕헌(羅德憲) 춘신사(春信使), 이곽(李廓) 회계사(回啓使)이 심양에 있었는데도 하반(賀班)에 불참하였으므로, 청나라 사람들이 나덕헌을 온갖 방법으로 구욕(毆辱)하였으나 결국 따르지 않았다. 태종이 이르기를, "이는 우리로 하여금 사신을 죽이고 맹세를 위배하였다는 명분을 씌우고자 함이다" 하고, 곧 용서하여 돌려보냈다. 이때 사신을 보내 그 부당함을 책망하며 이르기를, "죄를 후회하거든 자제를 인질로 보내라. 그렇지 않으면 군사를 일으켜 날을 정해 국경을 넘겠다" 하였다. 그러나 조선이 그 말을 듣지 않을 뿐 아니라 나덕헌, 이곽 등이 만주의 서신을 받아들고 왔다 하여 유배를 보냈다. 홀로 이조판서 최명길(崔鳴吉)이 화의를 주창하니 부교리(副校理) 오달제(吳達濟)와 교리(校理) 윤집(尹集)이 상소하여 그 죄를 통론하였다. 만주를 배척하는 기염이 조야에 진동하였다.

청 태종, 쳐들어오다 이에 청 태종이 예친왕(禮親王) 대선(代善)과 예친왕(睿親王) 다이곤(多爾袞)과 예친왕(豫親王) 다탁(多鐸)과 패륵 악탁과 호격(豪格), 두도(杜度) 등을 이끌고 군사 10만을 파견하여 쳐들어왔다. 예친왕 다탁을 명하여 선봉 마복탑으로 하여금 직접 수도[京城]를 공격하라 하니 의주부윤 임경업(林慶業)이 백마산성(白馬山城)을 쌓아 막아 지켰다.

192 세번 무릎 꿇고 아홉 번 머리를 조아리는, 여진족이 천자를 배알할 때 행하는 의식이다.

마복탑이 그 준비를 알고 다른 길을 따라 10여 일 만에 도달하였다. 이판 최명길과 동중추 이경직(李景稷)이 성 밖에 나가 맞이하며 병사를 일으킨 이유를 물었다. 또 연회를 베풀어 군사들을 위로하니 이는 곧 원병(援兵)하는 계획이었다. 왕이 그 사이를 틈타 윤방(尹昉), 김상용(金尙容)으로 하여금 묘사주(廟社主)를 봉하고 또 빈궁과 왕자봉림, 인평를 호위하여 강화로 이동하였다.

인조, 남한산성(南漢山城)으로 가다 왕이 강화로 파천코자 하시다가 청의 선봉이 가까이 닥치니 이에 급히 남한산성경기도 광주으로 갔다. 또 모든 도에 조서를 내려 근왕병(勤王兵)을 모집하고 명에 급박함을 알렸다. 성을 지키며 외부의 도움을 기다리고자 할 때, 청 태종이 선봉의 뒤를 따라 대신(大臣) 담태(譚泰) 등을 시켜 수도로 들어서니 그곳의 병사들이 맞서 싸우지 못하였다.

청나라 군사, 남한산성을 포위하다 드디어 한강을 건너 다음해 정축년(丁丑年)(1637), 지금으로부터 268년 전[193]에 남한산성을 포위하였다.

여러 도(道)의 군대가 모두 패하다 이때 명은 도적들로 곤란을 겪던 터라 조선을 구원할 힘이 없었다. 겨우 등래(登萊) 총병 진홍범(陳洪範)으로 하여금 수군을 이끌고 도우러 왔으나 바람의 형세가 불리하여 배를 띄우지 못하였다. 각 도의 감사와 병사는 좌시하고 나아간 자는 또 패하

---

193 원문의 '271년 전'은 오기이므로 바로잡았다.

였다. 충청감사 정세규(鄭世規)는 금천(衿川)광주에서 전군이 함몰하고 경상좌병사 허완(許完)과 우병사 민영(閔栐)은 쌍령(雙嶺)광주에서 패하여 죽었다. 전라병사 김준룡(金俊龍)은 광교산(光敎山)광주 서남부에서 싸워 청나라 장수 액부양고리(額駙揚古里)를 죽였으나 또한 무너져 흩어지고 평안감사 홍명구(洪命耈)는 금화(金化)강원도에서 전사하고 부원수 신경원(申景瑗)은 철옹(鐵甕)평안도에서 사로잡혔다. 이때 남한산성은 양식이 부족하여 사졸이 굶주리고 추위에 떨었으니 여러 겹으로 포위된 지 40여 일 만에 함락되었는데, 그 참상은 이루 말하기 어려웠다. 이에 왕이 홍서봉(洪瑞鳳) 등을 보내어 화호를 청하니 청 태종이 왕이 직접 맹세하기를 요구하고 또 패맹대신(敗盟大臣) 2, 3명을 포박하여 보내라 하였다.

강화성, 함락되다 이에 앞서 강화에는 빈궁과 왕자 외에 여러 신하들의 처자가 많이 피난해 있었다. 판윤 김경징(金慶徵)은 검찰사(檢察使)가 되고 이민구(李敏求)는 부검찰(副檢察)이요, 유수(留守) 장신(張紳)은 주사대장(舟師大將)으로 막아 지켰다. 청 태종이 8기군(八旗軍)으로 하여금 작은 배 80척을 만들어 예친왕 다이곤을 명하여 강화를 공격하게 하였다. 이때 김경징은 험한 지세를 믿고 방비를 세우지 않았으며 아울러 술에 빠져 지냈으니 청나라 병사가 바다를 건널 때에 군이 싸우지 않고 스스로 무너졌다. 김경징, 이민구, 장신 등이 다 작은 배를 타고 도망하고 빈궁과 왕자와 군신의 처자 2백여 명이 포로로 잡혔고, 대신 김상용 이하 많은 수가 죽었다.

인조, 강화(講和)하시다 이때 남한산성 안에서는 강화성이 함락되었음을 듣고 모두 담력을 잃었다. 왕이 또 대사가 그르쳤음을 아시고 김류와 최명길 등의 말을 따라 한강 동쪽 연안 삼전도(三田渡)에 나아가 청 태종을 만나 화친을 이루었다. 청 태종이 이에 동궁과 봉림대군을 인질로 억류하고 강화의 포로들을 모두 돌려보내고 여러 도의 병사들을 거두어 심양현재 만주 성경성 봉천부으로 환군하였다.

척화신(斥和臣)을 심양(瀋陽)에 보내다 왕이 한양에 돌아와 장신, 김경징을 참수하였다. 또 척화수모신(斥和首謀臣) 홍익한(洪翼漢)과 윤집, 오달제 세 명을 심양에 보냈다.

3학사(三學士) 청나라 사람들이 이 세 명 신하가 끝내 청에 불복하자 미워하여 죽이니 이는 곧 우리나라의 유명한 3학사이다. 이때에 도사(都事) 오방언(吳邦彦)은 3학사와 함께 척화하다가 일이 끝났음을 보고 강에 투신하여 죽었다. 무릇 오방언의 할아버지 오응정(吳應鼎)은 임진왜란에 전사하고, 아버지 오직(吳稷)은 병자호란[滿洲戰] 때 죽어 한 가문의 3대가 모두 나랏일에 죽었다.

청의 압제를 받다 무릇 만주와의 전쟁이 겨우 3개월 만에 종결되었다. 이는 당시에 조선이 임진왜란 직후였고 명나라 또한 쇠약하여 구원할 힘이 없었을 뿐 아니라 청 태종의 용병술이 신속했던 까닭이다. 조선이 이로부터 청나라 압제를 받아 매년 사신을 보내고 특산물[方物]을 보냈다.

청에 불복하다 그 힘이 대적키 어려워 외면은 복종하였으나 청은 오랑캐[胡夷]라 하여 마음속으로는 기쁘게 따르지 않았다. 또 일의 형세에 부득이 하여 청을 도와 명을 쳤으나 무릇 명은 임진왜란의 도움 이래로 그 은혜를 감격하였으므로 지금에 청병을 따라 가나 그 실제는 백방으로 저해하였다.

청을 도와 명을 치다 초에 청 태종이 환군할 때에 패자(貝子) 석탁(碩託)과 명나라 항장(降將) 공유덕(孔有德), 경중명(耿仲明) 등에게 명하여 가도를 공격하게 하였다. 또 조선에 병사를 징발하게 하니 왕이 부득이하여 평안병사 유림(柳琳)에게 수장(首將)을 제수하고 의주부윤 임경업에게 부장(副將)을 제수하여 전함을 이끌고 청군을 도왔다. 임경업이 이 일을 관장하여 가도 도독 심세괴(沈世魁)에게 은밀히 알렸으므로 성이 함락하여도 섬 중에 화를 면한 자가 많았다.

다시 청을 도와 명을 치다 그 후에 청이 또 명의 금주위(錦州衛)를 공격하였다. 왕이 평안병사 임경업에게 주사상장(舟師上將)을 제수하고 황해병사 이완(李浣)은 부장(副將)이 되어 전함 1백 2십 척과 병사 6천과 공미(貢米) 1만 포를 운수(運輸)하고 또 싸우는 일을 도우라 하였다. 임경업 등이 석성도(石城島)에 이르러 회오리바람을 만났다 하고 은밀히 배 3척을 등주(登州)에 보내어 명과 소식을 통하였다. 또 요동만에 들어서는 명나라 배와 맞닥뜨리니 임경업이 부득이하여 화살에는 화살촉을 없애고 대포에는 탄환을 쓰지 않아 양쪽 군사의 사상자가 없게 하였다. 명 의종(毅宗)이 밀지로 칭찬하여 격려하였다.

이에 앞서 조선의 해로가 막히고 끊어져 명과 통하지 않았다. 영상 최명길이 임경업과 은밀히 도모하여 승려 독보(獨步)를 명에 보내어 그 뜻의 진실함을 알렸다. 청나라 사람이 그 일을 알고 최명길과 임경업을 잡아 보내라 하였다. 이에 최명길은 심양에 가 유폐당하고 임경업은 중도에 도망하여 명나라로 갔다. 그 외 황일호(黃一皓), 최일효(崔一孝) 등은 다 당시의 조선 인사로 나랏일을 위하여 진력하였다.

청 태종이 죽고[崩] **세조가 즉위하다** 그러나 청은 태종이 죽고 세조 복임(福臨)이 즉위하여 세력이 더욱 강성하였다.

청 세조, 북경(北京)**으로 천도하다** 북경을 평정하고 그 지역에 천도하였으므로 왕이 사신을 보내어 치하하였다. 청이 이에 동궁과 봉림대군과 잡아 가두었던 대신 김상헌, 이경여(李敬輿), 이명한(李明漢), 최명길 등을 풀어 보냈다.

인조가 돌아가시고[崩] **효종**(孝宗)**이 즉위하시다** 그러나 동궁은 돌아온 후에 돌아가셨으므로[薨], 효종이 동궁이 되었다. 왕이 재위 27년(1649)에 돌아가시니 효종이 즉위하셨다.

효종, 청을 치고자 하다 효종께서 심양에 억류되어 인질이 되셨으니 청에게 당한 굴욕을 매우 부끄러워하였다. 즉위 후에 설욕하고자 하셨으니 일본의 틈이 있다 하시며 성지(城池)를 수리하고 기계를 정비하여 은밀히 계획하였다. 김자점이 청에 누설하니 청이 사신을 보내어 힐책하고 영상 이경석(李景奭)을 의주에 유배하였다.

왕이 송시열(宋時烈)과 이완(李浣)을 깊이 신임하시다 그러나 효종께서는 의기가 꺾이지 않았다. 송시열(宋時烈), 송준길(宋浚吉) 등이 또한 병사를 쓸 것을 권하였으므로 왕이 깊이 송시열과 이완을 신임하였다. 송시열에게는 초구(貂裘)[194]를 하사하고 이완에게는 어갑주를 하사하시어 북벌할 때에 공용(供用)하게 하였다.

또 이완에게 훈련대장을 제수하여 군사를 대열하기 여러 번이요, 융복(戎服)의 옷소매가 장활하다 하여 협소하게 하였다. 승려는 쌀 3석을 내고 공경(公卿)부터 서사(庶士) 중에 요역이 없는 자는 베 한 필을 내어 양병 자금을 충당하였다. 내구(內廐)에 좋은 말을 길러 이름하기를 벌대총(伐大驄)이라 하고, 혁사(革射)를 고쳐 기사(騎射)라 하며, 금군(禁軍)을 증원하였으니 백방으로 청을 치고자 하셨다. 사인(士人) 중에도 왕의 북벌의 뜻을 듣고 장토(庄土)를 팔아 전투용 말을 갖추고 융복을 준비하여 종군하고자 하는 자가 적지 않았다. 불행히 왕이 재위 10년(1659) 만에 돌아가시어[崩] 그 실행을 보지 못하였다. 또 이때 청은 세조가 재위함에 나라의 힘이 날로 성하니 조선의 힘으로 복수하기 어려웠다. 그러나 후대에서 왕의 큰 뜻이 이루어지지 못함을 통석하였다.

청을 도와 러시아[羅禪]를 치다 효종이 이와 같이 청의 원수를 보복하고자 하였으나 또한 청의 말을 따라 효종 5년(1654)에 우후(虞候) 변급(邊岌)으로 하여금 나선(羅禪)을 흑룡강변(黑龍江邊)에서 공격하였다. 9년(1658)에도 또한 북우후(北虞候) 신류(申瀏)로 하여금 나선을 치도록 하니 나선은

---

194 담비의 모피로 만든 갖옷을 말한다.

즉 러시아[露西亞]다. 십수 년 전부터 흑룡강에 출몰하였으므로, 지금에 두 번 가서 공격하여 러시아 장군 스테파노프[壽道磐]를 죽였다. 이와 같이 청을 위하여 힘을 다하였으나 그 실제는 다 외면뿐이요 마음으로 복종한 것은 아니었다.

효종이 돌아가시고[崩] 현종(顯宗)이 즉위하시다 효종이 돌아가시고 현종이 즉위하였다.

명, 기울어 망하다 현종 2년(1661), 지금으로부터 245년 전[195]에 영명왕(永明王)이 사로잡히니 명의 사직이 완전히 기울었다.

북벌의 뜻이 행해지지 못하다 그러나 조선이 명을 사모하고 청을 미워하는 마음이 없어지지 않아 현종께서도 항상 병비(兵備)에 유의하여 효종의 유업을 이었다. 그러나 성실하며 인정이 두텁고 어질고 너그러운 성질로 크게 행하지 못하였다. 또한 오삼계(吳三桂)가 운남(雲南)에서 병사를 일으켜 중원(中原)이 소란스러울 때에도 나석좌(羅碩佐)가 상소하기를 의병을 보내어 오삼규와 함께 합세하여 임진년의 은혜를 갚고 병자년의 치욕을 설욕하소서 하였으나 결국 이루지 못하였다.

청, 쌀을 보내어 기근을 구휼하다 숙종(肅宗) 즉위 초에 윤휴(尹鑴)가 북벌할 뜻을 주창하였으나 영상 허적(許積)이 후환을 염려하여 행하지 않았다.

---

195 원문의 '231년 전'은 오기이므로 바로잡았다.

숙종 30년(1704) 갑신(甲申), 지금으로부터 202년 전[196]은 명 의종(毅宗)이 사직에 몸을 바친 지 60년째였다. 이에 금원(禁苑)에서 제사하고 대보단(大報壇)[197]을 설치하여 신종(神宗)에게 제사하였다. 당시에 기근이 이어지고 붕당의 다툼이 날로 심하여 북벌의 뜻이 스스로 멈추었다. 기근이 들자 청나라 강희제(康熙帝) 현엽(玄曄)이 쌀 수만 석을 보내와 자못 이웃을 근심하는 정을 보였다. 그러나 영조, 정조 때까지도 오히려 마음으로 복종하지 않고 오직 표면으로 복종하니 조선인이 명·청 2대 간에 마음 씀을 알 수 있겠다.

문화와 당쟁

당쟁이 서원(書院)에서 시작되다 임진왜란과 정묘·병자호란이 있을 때에 당파의 분쟁이 점차 성행하니 무릇 당파의 분쟁은 서원에서 일어난 것이다. 서원이라 함은 선유(先儒)의 유적(遺跡)에 심취하여 제사함에, 그 무리 중 명망이 있는 인사를 뽑아 그 일을 주관하고 여유가 있을 때에는 경전을 연구하고 도의를 강습하였다. 후에 드디어 조정의 정치를 의논하여 모두 정부의 제배(除拜)가 사람들의 바람에 합치지 못하면 곧 의론이 들끓더니 이를 이르되 청의(淸議)라 하였다. 대신과 종척도 또한 이 청의를 두려워하여 절조(節操)를 갈고 닦더니 후에는 사사로운 원한으로 서로 공격하여 당파의 어지러운 다툼이 되었다.

---

196 원문의 '203년 전'은 오기이므로 바로잡았다.
197 조선 시대에, 명나라의 태조·신종·의종을 제사 지내던 사당이다.

서원의 남설을 금하고 사원(祠院)을 헐다 지난날 중종 때에 풍기(豊基)경상도군수 주세붕(周世鵬)이 선유 안유(安裕)고려인의 옛 거처에 백운동서원(白雲洞書院)을 세웠는데 그 후 점차 쇠락하였다. 명종 5년(1550), 지금으로부터 356년 전[198]에 이황이 감사 심통원(沈通源)에게 말하여 조정에서 편액(扁額)을 하사하여 말하기를 서원이라 하였다. 또 3대전(大全) 등을 나누어 내리니 이는 서원의 시작이요, 그 후 점점 각 도에 흥하였다. 숙종 때에 이르러는 더욱 많아져 재위 46년 동안에 세워진 것이 1백 5십여 개가 되니 곧 경상도에 있는 것이 70개였다. 효종, 현종, 숙종 이래로 누차 서원을 남설하는 것을 금하다가 영조 17년(1741), 지금으로부터 165년 전[199]에는 사원(祠院)향현(鄕賢)을 제사하는 곳이니 후에 이르러 서원이 되었다 3백여 곳을 훼철하였다. 그러나 당시의 풍기가 전혀 억압되지 않고 그 서원의 발흥을 따라 학문과 의론이 함께 성하였다.

허준(許浚)의 의술 선조 때에 허준이 의술이 유명하여 서술한 『동의보감(東醫寶鑑)』이 중국과 일본에서도 다 번각(翻刻)하니 곧 세상에 유익한 책이었다.

한호(韓濩)의 서법 한호호는 석봉(石峯)의 서법은 명나라 왕세정(王世貞)이 평하여 말하기를, "목마른 말이 샘에 뛰어들고, 성난 사자가 돌을 도려내는 것과 같다" 하니 곧 500년 제일의 솜씨였다.

---

198 원문의 '357년 전'은 오기이므로 바로잡았다.
199 원문의 '166년 전'은 오기이므로 바로잡았다.

역법(曆法) 세종께서 천문역상의 학문을 좋아하시어 옛 법을 강습하셨다.

정두원(鄭斗源)**, 서양 서적과 기계를 발전시키다** 인조 때에는 정두원이 명에서 돌아올 때 서양인 로드리게즈[陸約翰]마테오리치[利瑪竇]의 친구가 준 『치력연기(治曆緣起)』 1권, 『천문략(天文略)』 1권, 마테오리치의 『천문서(天文書)』 1권을 가져 왔다. 또 이와 함께 자명종 등을 발전시켰다. 정두원이 이외에도 서양 화포 및 지도 『직방외기(職方外記)』, 『서양풍속기(西洋風俗記)』 등 여러 권을 가지고 돌아왔다.

시헌력(時憲曆)**을 시행하다** 인조 22년(1644) 지금으로부터 262년 전[200]에는 관상감(觀象監) 제조(提調) 김육(金堉)이 연경(燕京)에 사신으로 갔다가 서양인 아담 샬[湯若望]의 시헌력이 전대보다 발전함을 들었다. 이에 여러 책을 구입하여 돌아가 그 법을 시행하고자 하였다. 관상감관(觀象監官) 김상범(金尚範)등이 극력 강구하여 10년이 걸렸다. 효종 4년(1653), 지금으로부터 253년 전[201]에 김육의 뜻이 시행되니, 이에 서양의 천문학이 비로소 전하여 옛 법이 점차 변하였다. 그 후 숙종, 영조 간에 역법을 개수하다가 근세에 이르러는 심히 바뀌지 않았다.

화폐 화폐는 조선 초 태종 때에 저화(楮貨)를 만들고 세조 때에는 전화(箭貨)를 만들었으나, 제대로 통용되지 못하였다. 또 조선통보(朝鮮通寶)

---

200 원문의 '263년 전'은 오기이므로 바로잡았다.
201 원문의 '254년 전'은 오기이므로 바로잡았다.

라 하는 전화(錢貨)는 주조한 시대가 미상이나 이수광(李睟光)의 말을 근거하니 국초에 주조하였다 한다. 무릇 통화(通貨)의 주요한 것으로는 율, 포에 지나지 않고 선조, 광해 때에 주전(鑄錢)의 뜻이 일어났으나 행해지지 않았다.

상평통보(常平通寶) 인조 11년(1633), 지금으로부터 273년 전[202]에 호판 김기종(金起宗)의 말을 따라 상평통보를 주조하였다. 이론(異論)이 있어 파하였으되 상평통보가 실로 이에서 기원하였다. 그 후 김육이 연경으로부터 돌아와 전화(錢貨)를 사용하기를 청하였다. 효종 2년(1651) 지금으로부터 255년 전[203]에 훈련도감에서 주전하여 서로(西路)와 그 외 지방에서 행하다가 7년(1656)에 이르러 또 파하고 오직 해성 근방에 행하였다. 숙종 4년(1678), 지금으로부터 228년 전[204]에 이르러 영상 허적과 좌상 권대운(權大運)의 뜻을 따라 평안도 감영과 병영에서 주전하고 또 개인적인 주조를 엄금하였다.

백성들이 전(錢)의 편리함을 알다 이후부터 공조(工曹), 개성부, 상평청(常平廳), 훈련도감, 총융청(摠戎廳) 등 여러 관청에 명하여 연속으로 주조하고 백성들도 또한 편리함을 알아 사방에 유통하여 오늘날까지 이르렀다. 무릇 주전의 원료는 구리와 은을 사용하는데, 구리는 일본에서 사들이고 은은 연경에서 유래하였다. 그러나 때때로 부족하여 이론(異論)

202 원문의 '274년 전'은 오기이므로 바로잡았다.
203 원문의 '256년 전'은 오기이므로 바로잡았다.
204 원문의 '229년 전'은 오기이므로 바로잡았다.

이 누차 일어났다. 이에 이를 단연히 행하지 못하고 또 무역의 제한을 근거하여 주조를 남발하는 걱정이 없게 하였다.

광산채굴을 금하다 세종 때에 금과 은은 본국이 생산하는 바가 아니라 하여 명의 징색하는 폐를 막고 이로부터 내지의 금은채굴을 금하였다. 그 후 광해 때에 은을 채굴하였으나 심히 많지 않았다. 영조 때에도 또한 금하며 또 취련법(吹鍊法)이 정밀하지 못하여 드디어 폐하였다. 무릇 광산을 열면 다른 나라들이 넘본다 하여 항상 금제하였고 주전의 원료 또한 다른 나라에 도움을 받았다.

동인(東人), 서인(西人) 당파가 시작되다 조선에 서원이 발흥하자 인지(人智)가 진보하더니 이에 질투하고 편루한 성질이 함께 일어나고 당파가 나뉘어 서로 다투니 이는 자연한 형세였다. 당파의 명목이 나누어지기는 선조 8년(1575) 을해(乙亥), 지금으로부터 331년 전[205]에 동인, 서인의 논의가 시작되었다. 초에 사인(舍人) 심의겸(沈義謙)이 진사(進士) 김효원(金孝元)의 권문 출입함을 천하게 여기고 김효원은 심의겸이 외척명종의 왕비인 인순왕후의 동생됨으로 가히 쓰지 못하리라 하였다. 이로부터 두 집안이 서로 배척하니 심의겸은 정동(貞洞)서에 살고 김효원은 낙산(駱山) 아래동에 사는 이유로 동인, 서인이라 하였다. 이이가 두 사이를 조제(調劑)하여 진정시키고자 하였으니, 왕께 고하여 두 사람을 지방관으로 보임하였으나 시론이 더욱 어울리지 못하였다. 이이도 또한 향리로

205 원문의 '332년 전'은 오기이므로 바로잡았다.

돌아가니 이에 선비의 무리가 둘로 나뉘어 동서를 지목하여 그 중에 들어가지 않은 자가 없었다.

남인(南人), **북인**(北人) 초에 서인이 세력을 얻었다. 즉 박순(朴淳)은 영상이요, 이이는 병판 및 이판이었다. 이이가 자못 중립을 주창하였으나 그 실제는 서인을 도왔다. 그 후에는 동인이 최고로 성하였다. 이때 정여립(鄭汝立)은 이이를 사사(師事)하여 서인이 되었다가 후에 동인으로 들어가 반역으로 죽으니 동인의 세가 점차 줄었다. 그 후 동인이 또 나뉘어 남인, 북인이 되고 서로 알력하다가 임진왜란이 멈추고 외환이 점차 사라진 후에는 어지러운 다툼이 더욱 심하였다.

대북(大北), **소북**(小北) 유성룡남이 파직된 후에 북인대북, 소북이 점점 성하다가 또 나뉘어 대북, 소북이 되었다. 성혼서과 정철(鄭澈)서은 최영경(崔永慶)북을 억울하게 죽였다 하여 그 관작을 삭탈하였다. 이에 헐뜯는 말들이 크게 일어나고 온 조정이 떠들썩하였다. 정인홍대북, 유영경소북 등이 다시 권세를 부려 사당(私黨)의 분쟁이 급급하였다.

중북(中北), **육북**(肉北), **골북**(骨北) 광해 때에는 이이첨이 나라의 권력을 잡아 대북의 우두머리로 사당(私黨)을 널리 심었다. 소북 박승종(朴承宗), 유희분(柳希奮) 등과 서로 경쟁하였다. 대북이 나뉘어 중북, 육북, 골북이 되고 소북이 나뉘어 청소북(淸小北), 탁소북(濁小北)이 되었다.

청서(淸西), **공서**(功西) 대체로 이이가 죽은 후[卒] 광해 말까지 합쳐 40년 동안에 다소 변동이 있기는 하나, 동인이 세력을 점한 때에도 서인은 인조를 도와 반정한 공으로 비로소 뜻을 얻었다. 이에 서인도 나뉘어 청서, 공서가 되었다.

노서(老西), **소서**(少西) 또 나뉘어 노서, 소서가 되었다.

청남(淸南), **탁남**(濁南) 효종 후에는 서인과 남인의 분쟁이 최고로 성하였다. 효종이 돌아가실 때에 혹은 자의대비[慈懿太后][206]인조계후 조씨의 복제(服制)와 혹은 영릉(寧陵)효종 천봉(遷奉)하는 일에 조신과 유생의 의론이 분분하여 멈추지 않았으니 이는 다 남인이 서인 송시열 등과 반대할 뿐이었다. 숙종 초에 이르러 송시열을 유배한 후에 허적이 영상이 되더니 이윽고 권대운(權大運), 허목(許穆)이 좌우상이 되어 남인이 크게 뜻을 얻었다. 유명천(柳命天)이 탄핵하기를 이옥(李沃)이 송시열을 아첨하여 섬겼다 하여 이옥이 유배되었다. 그 후로 각을 세워 서로 다투어 드디어 청남, 탁남이 생겼다. 청남이라 함은 좌상 권대운 이하의 의론이 준격(峻激)한 것이오, 탁남이라 함은 영상 허적 이하의 온화설을 주장하는 것이다. 또 권대운 등이 송시열을 죽이고자 할 때에 허적과 민희(閔熙) 등이 듣지 않았다. 이에 청남의 무리 허목이 허적을 제거한 후에야 그 하고자 한 바를 이룬다 하고 상소하였는데 허적이 권력을 휘두르고 사사로이 당파를 지은 일과 귀척(貴戚)을 맺어 나라를 그르치고 백성을 해한 죄를 논하였다. 왕이 이르되 이는 권대운, 이옥의 지추(指

206 장렬왕후(莊烈王后)를 자의대비(慈懿大妃)라고도 한다.

嗾)라 하여 권대운, 이옥, 이봉징(李鵬徵) 등을 멀리 유배하고 허적을 더욱 우대하였다. 후에 전횡이 심하고 당의 무리가 성세함을 미워하여 허적의 사직을 허하였다. 이원정(李元禎), 윤휴, 민종도(閔宗道), 오정위(吳挺緯) 등을 멀리 유배하고 점점 서인을 인용하여 김수항(金壽恒)이 영상이 되니 남인의 세력이 비로소 쇠하였다.

경신대출척(庚申大黜陟) 이에 앞서 인평대군(麟坪大君) 요(㴭)인조의 3째 아들의 아들 복창군(福昌君) 정(楨)과 복선군(福善君) 남(柟)이 남인과 교류하고 궁녀를 범하다가 유배되더니 오래 지나지 않아 용서받고 돌아왔다. 허적의 아들 허견(許堅)이 또 이정, 이남과 통하여 부궤(不軌)를 도모하다가 이에 이르러 일이 누설되었으므로, 이정, 이남, 허견 등을 죽였다. 이에 허적, 윤휴 등도 죽음의 화를 입고 김석주(金錫胄), 김익훈(金益勳) 등 수 명은 보사훈(保社勳)에 기록되어 서인이 크게 등용되었다. 민정중(閔鼎重), 김석주는 좌우상이 되고 청남, 탁남은 등용되지 못하였으니 이는 숙종 6년(1680) 경신(庚申), 지금으로부터 226년 전[207]의 대출척이라 한다.

노론(老論), **소론**(少論) 서인이 남인을 대신한 후에 송시열을 귀양 중에 불러들이니 명망이 일세를 기울여 실로 국가의 큰 원로였다. 그러나 그 의론이 사람들의 마음에서 불렴(不厭)하니 젊은 후배들이 점점 사이가 나빠지는 자가 있었다. 초에 김익훈이 좌상 김석주의 뜻을 이어 김

---

207 원문의 '227년 전'은 오기이므로 바로잡았다.

환(金煥)을 시켜 허새(許璽), 허영(許瑛)의 변을 고하게 함에 일이 자못 의아하였다. 조지겸(趙持謙), 한태동(韓泰東) 등이 김익훈의 죄를 청하고 송시열은 김익훈을 변명하여 구원하니 조지겸, 한태동 등과 각을 세워 대립하였다.

이에 김석주가 조지겸과 한태동의 직을 파하고 또 오도일(吳道一)과 박태유(朴泰維)를 원읍으로 옮겼다. 이때 송시열은 치사(致仕)하여 봉조하(奉朝賀)가 되고 태조께 묘호를 올릴 뜻을 올리니 박세채(朴世采)가 먼저 반대하였다. 무릇 박세채와 윤증(尹拯)은 초에 송시열 문하에 있다가 윤증의 부친 윤선거(尹宣擧)가 예를 논할 때 송시열이 따르지 않았다. 그런 까닭으로 윤증이 박세채와 함께 송시열을 반대한 것이다. 송시열이 또한 향리로 돌아가자 이로부터 조정의 논의가 나뉘어 송시열을 주로 하는 것은 노론이요, 윤증·박세채를 주로 하는 것은 소론이 되었다.

남인, 크게 쓰이다 그러나 요직에 있는 자는 모두 서인이요, 숙종이 소의장씨(昭儀張氏)를 총애하고 또 동평군(東平君) 항(杭)인조의 아들 숭선군(崇善君) 징(澂)의 아들을 아끼시기 과도하였다. 박세채이판, 남구만(南九萬)영상, 여성제(呂聖齊)우상 등이 간언하다가 남구만, 여성제는 멀리 유배되었다. 장씨가 경종(景宗)을 낳자 곧 동궁으로 책봉하니 남용익(南龍翼)이판, 유상운(柳尙運)호판, 윤지완(尹趾完)병판, 최규서(崔奎瑞)대간, 김수흥(金壽興)영상 등이 빨리 책봉하는 것을 간언하였는데, 왕이 듣지 않고 장씨를 희빈(禧嬪)으로 책봉하였다. 송시열이 상소하여 동궁 책봉을 논하니 왕이 그 명호(名號)가 이미 정해졌는데도 상소하는 것을 노여워하였다. 이현기(李玄紀), 남치훈(南致熏), 윤빈(尹彬) 등이 이때를 틈타 격하게 권하니 이에 송시열은 제주에 유배당하고 김수흥은 파직되고 목내선(睦來善), 김덕원(金德遠)이 좌우상이 되어 이로부터 남인이 다시 크게 쓰였다.

김수항(金壽恒)을 죽이다 오도일(吳道一), 홍치상(洪致祥), 이사명(李師命), 이익(李翊), 김익훈(金益勳), 이이명(李頤命), 김만중(金萬重), 남용익(南龍翼), 민정중(閔鼎重) 등이 혹은 파직되거나 혹은 유배당하고 김수항은 유배지에서 사사되니, 이에 서인의 세력이 모두 사라졌다.

박태보(朴泰輔)를 죽이다 숙종께서 장희빈을 총애하시어 동궁을 책봉하신 후 왕후 민씨를 폐위하였다. 영상 권대운, 목내선, 김덕원 이하 20명이 모두 간언하였다. 이우정(李宇鼎), 이만원(李萬元), 강선(姜銑), 이식(李湜) 등은 벼슬을 빼앗기고 유배당하였다. 이때 서인은 산지(散地)에 머물다가 민씨 왕후의 폐위 소식을 듣고 오두인(吳斗寅), 박태보(朴泰輔), 이세화(李世華) 등 80여 명이 상소하여 간쟁하였다. 왕이 노하여 정두언, 박태보, 이세화 등을 친국하셨다. 상소문의 초고는 박태보가 지은 것이었는데, 국문을 당할 때 비분강개하여 더욱 그 옳지 않음을 말하니 왕이 더욱 노하여 형신(刑訊)[208]이 극엄하였다. 그러나 박태보가 조금도 굴복하지 않았다. 오두인과 함께 유배지로 가다가 길에서 죽고 그 외 상소한 자는 모두 쫓아냈다. 왕이 민씨를 폐하여 서인으로 삼고 장씨를 왕후의 자리에 올렸다.

208 형장(刑杖)으로 죄인의 정강이를 때리던 형벌이다.

송시열을 죽이다 이에 앞서 송시열이 왕의 뜻을 거스른 후로부터 남인의 공격이 더욱 심하여 누차 죽이기를 청하더니 이에 이르러 사사하였다. 민암(閔黯), 이수징(李壽徵), 이현기, 허적, 오정창(吳挺昌) 등은 관작을 회복하고 김석주 등의 보사훈(保社勳)을 삭탈하였다. 무릇 왕비를 폐하고 동궁을 봉한 일에 남인이 죄를 당한 자가 없지는 않았으나 이로 인하여 서인 영수(領袖)를 죽이고 크게 세력이 신장하였다.

남구만(南九萬), 영상(領相)이 되다 이후부터 5년간은 오로지 남인이 국정을 장악하더니 왕이 점점 왕비를 폐위한 일을 후회하여 남인의 거동을 좋아하지 않았다. 마침 서인 김춘택(金春澤), 한중혁(韓重爀) 등이 폐비를 다시 세우고자 하다가 일이 누설되었다. 우상 민암이 대옥을 일으켜 반대의 무리를 제거하고자 하였으나 왕이 민암 등을 파직하고 남구만소론에게 영상을 제수하였다. 그 외 신여철(申汝哲), 윤지완(尹趾完), 유상운(柳尙運) 등을 임용하고, 드디어 폐후 민씨를 복위하였다. 장씨의 옥새[璽綬]를 거두고 빈의 옛 관작을 내렸다.

남인의 정치를 고치다 또 송시열, 김수항의 관작을 추복하고 오두인, 박태보의 녹봉을 보냈다. 또 권대운, 목내선, 김덕원 등을 유배 보내고 민암, 이의징(李義徵)을 죽여 남인의 정치를 고쳤다.

동궁대리(東宮代理) 이때 희빈 장씨의 아우 장희재(張希載)가 지난날 희빈에게 서신을 보낼 때, 그 말에 폐후 민씨께 간섭함이 있었다. 이에 국문하니 시론이 모두 장희재를 죽이고자 하였다. 남구만, 윤지완이 이르되 화가 동궁에 미친다 하여 그 죄를 용서하고자 하였다. 후에 장희재의 노비가 무고사(巫蠱事)[209]를 고하였으므로, 남구만이 또 궁치(窮治)하지 않고 장희재를 멀리 유배하였다. 그 후 왕후 민씨가 돌아가신[崩] 후에 희빈의 무고사가 또 발각되었다. 이에 왕이 희빈을 사사하고 또 장희재와 그 외 관계가 있는 궁인과 무녀를 죽이고 그 족당을 멀리 유배 보내니 이때는 노론이 정권을 잡았다.

이에 장씨를 관대히 용서하고자 하던 사람을 죄하니, 영상 최석정(崔錫鼎)을 물리치고, 남구만, 유상운(柳尙運) 등도 공격을 당하여 마침내 유배당하였다. 곧이어 임부(林溥)와 이잠(李潛)이 상소하여 동궁에 불리함을 말하니 이는 노론을 해하고자 함이었다. 이에 모두 국문을 당하여 죽었으나 최석정은 다시 조정에 들어 영상이 되어 오래 국정을 집권하였으니 마침내 권력을 희롱하고 당의 무리를 심어 탄핵을 피하였다. 이여(李畬)가 대신하여 영상이 되었다. 숙종 43년(1717)에는 왕이 동궁으로 하여금 정사를 대리케 하시니 영추(領樞) 윤지완이 역쟁(力爭)하고 또 좌상 이이명의 독대함을 논하나 왕이 다 받아들이지 않았다. 윤지완을 척파하고 이신명, 조태채(趙泰采) 등을 신임하여 그 권력이 결국 노론에게 돌아갔다.

숙종(肅宗)이 돌아가시고[崩] 경종(景宗)이 즉위하시다 왕이 재위 46년(1720)에 돌아가시니 경종이 이어 즉위하셨다. 숙종께서 정치에 마음 쓰셨으나 당시에는 예의(禮儀)의 사소함에 사로잡혀 다양한 논의가 조야에 비등

---

209 장희빈이 무당을 시켜 인현왕후를 저주하는 굿을 벌인 일이다.

하였다. 붕당의 다툼이 더욱 심하여 그 초에는 서인과 남인이 알력이 가장 심했는데 하나의 붕당이 처음 정권을 장악하다가 수 년 후에는 또 반대당이 권력을 잡아 변질이 더욱 빨랐다. 남구만이 영상이 된 후로부터 20여 년간은 서인이 항상 요지에 있어 노·소론의 분쟁으로 세월을 헛되이 보내었다.

연잉군(延礽君)**, 동궁으로 책봉되다** 경종이 즉위하시니 조중우(趙重遇) 등이 상소하여 희빈의 명호를 정하고자 하였다. 윤지술(尹志述)은 이신명이 지어 바친 숙종 묘지문에 궐누(闕漏)가 있다 하여 조정의 논의가 분연하였다. 이때 왕이 병이 있어 왕자가 탄생하기를 바라시더니 정언(正言) 이정소(李廷熽)의 상소로 인하여 영상 김창집(金昌集), 좌상 이건명(李健命), 판중추(判中樞) 조태채 등과 의논하여 왕의 아우 연잉군영조을 동궁으로 책봉하였다.

동궁 청정 또 집의(執義) 조성복(趙聖復)의 상소로 인하여 동궁으로 하여금 청정하게 하였다. 소론이 반대하였으니 사직(司直) 유봉휘(柳鳳輝)가 동궁 책봉을 배척하여 논하고 우상 조태구(趙泰耉)는 대리를 비판하였다. 최석정좌참찬, 조태억(趙泰億)호참(戶叅), 이광좌(李光佐)사직(司直), 박태항(朴泰恒)부사직(副司直) 등도 잇따라 논쟁하였는데 승지(承旨) 김일경(金一鏡)은 김창집을 논척하기가 가장 심하였다. 경종이 드디어 김창집, 이건명, 조태채, 이신명영중추(領中樞) 등을 멀리 유배 보내고 조태구는 영상을 제수하고 최규서(崔奎瑞), 최석정은 좌우상을 제수하였다.

임인옥(壬寅獄) 이때 궁인과 환관이 동궁을 모해하고자 하다가 이루지 못하였다. 목호룡(睦虎龍)이 또 상변(上變)하되 이신명을 추대한다 하였다. 이에 이신명, 김창집, 이건명, 조태채가 역모를 꾀하였다 하여 죽고, 백망(白望), 정인중(鄭麟衆), 김용택(金龍澤), 이천기(李天紀) 등 수십 명을 죽이거나 유배보냈다. 그 외 연루되어 죄를 당한 자가 매우 많으니 이를 이르되 임인옥이라 하였다. 목호룡은 부사훈(扶社勳)에 기록하였다. 소론이 요직에 있어 노론을 공격하여 그 당을 축출하고 그 시설(施設)을 고쳤다.

경종이 돌아가시고 영조(英祖)가 즉위하시다 경종이 재위 4년(1724)에 돌아가시고[崩] 동궁이 즉위하시니 곧 영조다. 즉위 초에 유봉휘(柳鳳輝), 이광좌, 조태억에게 정승을 제수하였다. 유학(幼學) 이의연(李義淵) 등이 상소하여 왕성하게 소론을 공격하고 소론은 또 노론을 배척하였다. 왕이 당파의 폐단을 깊이 살폈는데, 이의연과 김일경(金一鏡)이 양당 중에 편집이 가장 심했으므로 국문하였다. 김일경이 목호룡과 동정(同情)의 자취가 있었으므로 드디어 목호룡을 국문하니 마침내 죽었다.

노론을 등용하다 왕이 이때 김일경을 벌하고 또 그 붕당 이천해(李天海), 윤취상(尹就商), 이사상(李師尙)을 죽이고 유봉휘, 이광좌, 조태억 등을 유배 보내고, 김창집, 이신명, 이건명, 조태채의 관직을 회복하였다. 그 외 임인옥에 억울하게 죽은 사람은 관작과 녹봉을 주고 정호(鄭澔), 민진원(閔鎭遠), 이관명(李觀命)에게 재상을 제수하여 노론을 크게 등용하였다. 곧이어 다시 이광좌, 조태억에게 재상을 제수하고 정호, 민진원을 축출하였다.

이인좌(李麟佐), 병사를 일으키다 영조 4년(1728), 지금으로부터 178년 전[210]에 김일경의 남은 무리 이인좌가 충청도에서 거병하여 종친 밀풍군(密豊君) 탄(坦)을 추대한다 하였다. 정희량(鄭希亮)은 경상도에서 거병하여 이를 돕고 평안병사 이사성(李思晟)과 금군별장 남태징(南泰徵)이 안팎으로 호응하였다. 충청병사 이봉상(李鳳祥)과 영장(營將) 남연년(南延年)을 습격하여 죽이고 북쪽으로 진격하여 안성(安城)에 이르렀으므로 병판 오명항(吳命恒)에게 도순무사(都巡撫使)를 제수하여 토평하였다.

후에 동궁의 무고사로 인하여 이인좌의 남은 무리 정사효(鄭思孝) 등을 죽이고 또 이광좌(李光佐)를 파직하고 조태구, 유봉휘 등 관작을 추탈하였다. 영조 31년(1755)에 윤취상(尹就商)의 아들 윤지(尹志)와 이하징(李夏徵) 등이 역모를 꾀하므로 모두 죽이니 경종 이래 수십 년간에 당쟁이 끊이지 않았다.

사인(士人)이 조정의 정치를 논하고 상소하는 것을 금하다 이로부터 사인이 조정의 정치를 의논하는 것을 금하였으니 풍속과 교화에 관한 것과 또 선사(先師)에 관계하지 않은 것은 금하였다. 또 노론 · 소론의 분쟁을 조정하였으나 그 실효가 없고 오직 정치와 학문상에 불만한 것이 있었다.

영조의 정치 영조께서 현명하시어 절약과 검소를 숭상하고, 사치를 금하며 농업과 양잠을 권하고, 전조(田租)를 감하고, 소나무 남벌을 금하고, 균역법(均役法)을 시행하고, 노비의 공(貢)을 파하고, 무격음사(巫覡淫祠)를 금하였다. 또 학문을 권하고, 절의를 장려하고, 충량과(忠良科)를

---

210 원문의 '179년 전'은 오기이므로 바로잡았다.

설립하고, 더욱 형옥(刑獄)에 마음 쓰시어 압슬(壓膝), 전도주뢰(剪刀周牢), 낙형(烙刑), 자자(刺字), 난장(亂杖), 난문(亂問) 등의 혹독한 법을 없앴다. 전가사변(全家徙邊)[211]을 고쳐 장(杖), 도(徒)가 되고, 신문고법을 다시 만들어 백성들의 억울함이 없게 하였다.

법전이 찬집되다 영조의 손자 정조께서 즉위하시어 농사를 장려하고 굶주림을 진휼하며 충신 자손을 채용하였다. 또 『흠휼전칙(欽恤典則)』을 만들어 형구제(形具制)에 더욱 유의하셨다. 『경국대전』은 세조 때에 이미 정하였으나 연혁과 손익이 있었다. 성종은 『속록』이 있고 중종은 『후속록』이 있고 숙종은 『수교집록(受敎輯錄)』과 『전록통고(典錄通考)』가 있으나 다 각각 1권[書]이 되어 불편하였다. 이에 영조께서는 김재노(金在魯) 등을 명하여 『속대전(續大典)』 등을 짓더니, 원전과 속전의 편질(篇帙)이 또한 달랐다.

『대전통편(大典通編)』 그런 까닭에 정조께서 다시 김치인(金致仁) 등에게 명하여 통합하여 1편(篇)으로 만들고 또 증보하여 『대전통편』이 되니 이로부터 자못 면목(面目)이 일변하였다.

영조, 정조(正祖)대에 서적을 찬집하다 영조, 정조께서 모두 학문을 좋아하시어 유신들로 하여금 여러 서적을 찬집하였다. 영조는 『숙묘보감(肅廟寶鑑)』, 『조감(祖鑑)』, 『소학훈의(小學訓義)』, 『춘관지(春官志)』, 『속병장도설(續兵將圖說)』, 『속오례의(續五禮儀)』,

---

211 죄인과 죄인의 가족들을 일괄적으로 변방으로 보내 거주케 하는 형이다.

『속오례의보(續五禮儀補)』, 『상례보편(喪禮補編)』, 『국조악장(國朝樂章)』, 『감란록(勘亂錄)』, 『천의소감(闡義昭鑑)』, 『동언해(同諺解)』, 『문헌비고(文獻備考)』, 『황화집(皇華集)』, 『속광국지경록(續光國志慶錄)』 등을 편찬하셨다. 정조는 『병학통(兵學通)』, 『명의록(明義錄)』, 『명의록언해(明義錄諺解)』, 『속명의록(續明義錄)』, 『속명의록언해(續明義錄諺解)』, 『국조보감(國朝寶鑑)』, 『규장각지(奎章閣志)』, 『추관지(秋官志)』, 『전율통편(典律通編)』, 『일성록(日省錄)』, 『일득록(日得錄)』, 『갱장록(羹墻錄)』, 『문원보불(文苑黼黻)』, 『동문휘고(同文彙考)』, 『규장전운(奎章全韻)』, 『존주휘편(尊周彙編)』, 『결송유초(決訟類抄)』, 『무예도보통지(武藝圖譜通志)』, 『악통(樂通)』, 『주서백선(朱書百選)』, 『협길통의(協吉通義)』 등이 있다.

또 스스로 지은 것이 매우 많으니 무릇 유생과 학사의 편저가 이 시기에 가장 성행하였다 한다.

조선 제2의 진흥 또 조선의 문화는 성종 때에 이르러 지극히 발달하고 그 후 쇠하였다가 일본 침략과 만주 침략을 당한 후로 더욱 미진하더니 숙종 때에 점차 회복하였다. 영조, 정조 때에 이르러 다시 강성한 지경에 도달하니 이는 실로 제2의 진흥이었다.

영조, 동궁을 책봉하다 영조께서 재위하신 지 52년(1776)에 돌아가시니[崩] 이씨 역대 이래로 가장 오랫동안 임금의 자리에 계셨던 것이다. 여러 대군이 모두 일찍 죽자[卒], 영조[212]께서 장조황제(莊祖皇帝)추숭 영조의 아들의 둘째 아들을 동궁으로 책봉하시니 동궁이 매우 총명하였다. 영조께서 매우 사랑하시어 말씀하시길, "오늘날의 시세(時勢)는 흡사 북송

212 원문에는 '정조(正祖)'로 나와 있으나 이는 오기이므로 바로잡았다.

(北宋) 때와 같아 희풍(熙豐)의 무리가 틈을 엿보니 네가 경계하라" 하셨다. 일면에는 당파의 알력이 심하고 일면에는 문화의 진보가 날로 성하여 과연 북송과 비슷하였다. 그러나 그 당파의 분쟁으로 참혹, 잔학함은 송보다 더욱 심하였다.

동궁 청정 영조께서 동궁에게 청정하게 하시자 좌상 홍인한(洪麟漢)이 꺼려하였다. 홍인한은 홍봉한(洪鳳漢)동궁의 외조부의 아우이다. 그러나 탐욕스럽고 난폭하며 무식하여 동궁께서 천하게 보았더니 그런 까닭에 동궁을 원망하였다. 이때 정후겸(鄭厚謙)영조의 외손이요, 일성위(日城尉) 치달(致達)의 아들이 궁중에서 위복을 휘두르므로 홍인한이 정후겸과 힘을 모아 동궁을 해하고자 하였다. 그러나 계략이 행하지 못하고 동궁이 청정하였다.

정조 황제가 즉위하시다 또 심상운(沈翔雲)이 홍인한, 정후겸 등에게 붙어 동궁의 보좌들을 일망타진하고자 하다가 심상운이 유배당하고 동궁이 즉위하시니 곧 정조 황제이다. 정조께서 즉위 후에 홍인한과 정후겸을 죽이고 그 무리 홍상간(洪相簡), 홍계능(洪啓能)을 죽이고 유배보냈다.

홍국영(洪國榮)에게 대장을 제수하다 또 왕이 동궁으로 있으실 때에 위해와 핍박이 날로 심하였으므로, 궁료(宮僚) 홍국영과 이진형(李鎭衡) 등이 백방으로 보호하였다. 이에 특별히 숙위소(宿衛所)를 세우고 홍국영에게 대장을 내려 금군을 인솔하고 숙직하게 하였다.

세도(世道)의 시초 아울러 홍국영에게 정권을 부여하시니 이것이 세도의 시초였다. 무릇 세도라 함은 우리나라의 속어이니, 곧 정권을 장악한다 함이다. 모든 신료와 민간 정황을 듣는데 대저 인주(人主)가 직접 서정(庶政)을 접하면 임금의 권력이 점점 약해질까 두려워하여 이에 세도를 두어 아뢰도록 한 것이다. 그런 까닭에 사람이 말단이라도 실권을 잡으면 제상 이하가 다 그의 명을 듣고 군국기무와 백관상주(百官狀奏)도 모두 세도에게 물은 후에 왕께 아뢰었다. 왕이 또한 세도인에게 자문하여 결정하는 까닭에 그 위복(威福)과 여탈(與奪)이 모두 이 사람에게 있었다. 따라서 한 나라가 세도가를 받들기가 신과 같았다.

홍국영, 폐출되다 홍국영이 세도를 잡자 권세를 휘두르기 정후겸보다 심하였다. 그런 까닭에 세상 사람이 대(大)후겸이라 칭하였다. 이윽고 홍국영이 폐출되고 그 후에 드디어 외척이 세도를 잡았다.

정치실권이 항상 이서(吏胥)에게 있다 정조 때에는 전조의 남은 풍속을 계승하여 노론이 항상 세력을 얻었으나 선현을 추숭하고 치제(致祭)와 관리를 증원함은 당파를 불문하였다. 이때 왕이 침실에 이름 붙이시기를, 탕탕평평실이라 하시니 이는 인재를 발탁하시며 또 보합(保合)과 조정(調停)을 힘쓴 것이다. 그러나 그 폐단이 오히려 사라지지 않았으니 무릇 당파의 다툼이 선조 이래로 끊어지지 않았고 이로 인하여 대신(大臣)의 경질이 빈번한 까닭에 정치실권은 이서에게 있었다. 조종(操縱)과 신축(伸縮)이 그 손에서 나오고 뇌물절도가 또 횡행하여 폐해가 자못 많더니 외척이 세도를 잡은 후로 폐해가 다시 증가하였다.

대원군(大院君), 당파를 불구하고 사림(士林)을 등용하다 그러나 당시에 또 서원과 당파의 해가 병행하였다. 흥선대원군(興宣大院君)이 집권할 때에는 대북은 이미 몰살하였으나, 오히려 노론, 소론, 남인, 소북 4당이 있는 가운데 노론이 가장 성하고, 그 다음은 소론과 남인이요 소북은 미약하였다. 대원군이 서원을 훼철하고 유생을 축출하며 당파를 불구하고 사람을 등용하니 이로부터 오래된 당파의 명목이 태반이나 줄었다.

외척(外戚)과 종친(宗親)의 병권(秉權)

정조가 돌아가시고[崩] 순조(純祖)가 즉위하시다 태종께서 외척의 우환을 깊이 염려하여 예방이 심하였다. 그 후 명종이 나이가 어리므로 모후가 1차 청정하여 외척으로 병권한 자가 있으나 그 후에는 큰 해가 많지 않았다. 영조 만년에 척신의 집권을 경계하였으나 당시에 오히려 그 차츰 나아감이 있었다. 그 후 정조가 재위하신 지 24년(1800)에 돌아가시고 순조께서 즉위하시니 나이가 11세였다. 지사(知事) 김조순(金祖淳)이 정조의 유조를 받아 어린 왕[主]을 보필함에, 정순왕후(貞純王后) 김씨 영조의 왕비께서 청정하셨다. 곧이어 김조순의 딸이 왕비가 되시고 정순왕후께서는 수년 후에 정권을 돌려주셨으나 이로부터 외척이 점점 권세를 부렸다.

이에 앞서 장조(莊祖)의 아들 은언군(恩彥君) 인(裀)이 김귀주(金龜柱)의 무고로 인하여 죽었다. 그 후 김귀주를 역모죄로 추시(追施)함에 징토(徵討)와 주살(誅殺)을 행하였다. 또 지금으로부터 95년 전[213](1811)에 관서지방의 도둑 홍경래(洪景來)가 무리를 모아 정주성(定州城)을 점거하고 사방으로 침략하였다. 이에 이요헌(李堯憲)에게 순무사를 제수하여 토벌하니 적의 세력이 심히 창궐하여 다음해 겨우 평정하였다. 이는 다 외척붕당의 폐해로 말미암은 것이다.

동궁, 대리하시다 순조 27년(1827)에 왕이 동궁을 명하여 정사를 대리케 하셨다. 동궁이 인자하고 총명하시고 학문을 좋아하여 현군이라 칭하였으나 4년 만에 돌아가셨다[薨].

순조가 돌아가시고[崩] 헌종(憲宗)이 즉위하시다 왕이 부득이 다시 청정하시다가 돌아가셨다. 이에 헌종순조의 손자요 동궁의 아들이다이 즉위하시어 동궁을 추존하여 익종(翼宗)이라 하셨다. 모후 조씨(趙氏)[214]께서 왕대비[皇太后]가 되시니 이때는 순조 34년(1834)이었다.

순원왕후[純元皇后], 수렴청정하시다 헌종께서 즉위하실 때에 나이가 8세였다. 순원왕후 김씨순조의 왕비께서 또한 청정하신 지 6년 만에 철렴하셨다. 그러나 정권이 항상 모후와 외척에게 있었다.

헌종, 돌아가시다 헌종께서 재위 15년(1849)에 돌아가시니[崩] 수명이 겨우 23세였다. 후사가 없었으므로 순원왕후께서 대신을 모아 계통을 의논하였다. 영상 정원용(鄭元容)이 전계군(全溪君) 광(壙)영조의 손자 은언군 인

---

213 홍경래의 난은 1811년(순조 11) 음력 12월 18일 발생하여 1812년(순조 12) 음력 4월 19일 진입되었다. 따라서 원문의 '96년 전'은 오기이므로 바로잡았다.

214 신정왕후 조씨를 뜻한다. 조대비라고도 한다.

의 아들의 셋째 아들을 영입코자 하고, 좌상 권돈인(權敦仁)은 도정(都正) 이하전(李夏銓)을 세우고자 하여 논의가 정해지지 않았다. 이윽고 정원용이 순원왕후의 내지를 받들어 철종(哲宗)을 강화에서 영입하여 세웠다. 당시에 전계군은 이미 죽고[卒] 집안이 매우 가난하여 친히 밭을 갈고 신발을 짜다가 정원용이 와서 맞이함을 보고 온 집안이 놀라 감히 길에 오르지 못하였다. 정원용이 왕후의 뜻을 받들어 맞아 세우니 이는 철종이다.

철종(哲宗), 즉위하시다 철종이 즉위하시어 전계군을 추봉(追封)하여 대원군(大院君)이라 하였다. 김문근(金汶根)의 딸이 왕비가 되시고 김문근은 영은부원군이 되어 대정(大政)을 협찬(協贊)하고 순원왕후께서 청정하시니 나랏일을 김문근에게 결정하게 하였다. 김문근의 조카 김병국(金炳國)은 훈련대장(訓鍊大將)이요 김병학(金炳學)은 대제학(大提學)이요 김병기(金炳冀)는 좌찬성(左贊成)이요 외질 남병철(南秉哲)은 승지였다.

김씨의 권세가 내외를 기울이다 김씨의 권력이 내외를 기울이고 남씨도 또한 권력이 있었는데 이윽고 김병기가 남병철에게 전라감사를 제수하니 이는 둘 사이에 질투가 있음이라. 그러나 남병철이 다시 들어 직제학(直提學)이 됨에 여러 김씨와 불화하였으나 오직 김문근이 세도의 주인이던 까닭으로 철종의 대가 끝나도록 김씨가 정권을 잡고 남병철도 또한 영화로운 자리를 잃지 않았다.

여러 김씨가 다투고 동궁은 정해지지 않다 철종께서 5남 6녀를 낳으셨으나 모두 일찍 죽고[卒] 오직 1녀뿐이었다.박영효에게 시집보내었다 종족(宗族) 중에 현명한 자를 택하여 동궁으로 책봉하고자 하니 여러 김씨가 쟁변하여 의논이 정해지지 않았다. 마침 모반하는 자가 있다 하였는데 그 일이 이하전에게 연루되었다. 이에 주모자는 온 몸을 찢어 죽이고[車裂] 이하전은 사사하였다. 무릇 이하전은 지난날 권돈인이 맞아 세우고자 했던 까닭으로 일이 이에 미친 것이니, 세상 사람들이 억울하다 하였다.

중국[支那] **국난의 영향** 이때 중국에서는 영국과 프랑스가 연합하여 북경을 공격하니 청나라 병사가 대패하여 문종(文宗) 혁저(奕詝)가 열하(熱河)로 도망하였다. 조선이 이 일을 듣고 크게 놀라 혹은 상소하기를 이웃 나라의 전쟁과 천주교신도의 이도(異圖)와 프랑스 병사의 내습 등이 눈앞의 우환이니 속히 이 일을 강구함이 가하다 하였다. 이윽고 러시아[露國]가 만주 동부 수천 리 땅을 할취(割取)하니 이에 조선과 두만강을 사이에 두고 경계가 상접하였다. 이로부터 외척대신 등이 크게 두려워하여 곧 침략을 당할까 염려하였으나 권세의 쟁탈은 여전하였다.

철종, 돌아가시다 철종이 재위하신 지 14년(1863)에 돌아가셨으나[崩] 후사가 없었다.

지금의 왕께서 즉위하여 익조(翼祖)의 황통을 계승하다 이에 신정왕후[神貞翼皇后] 조씨문조 익제의 왕후께서 모든 대신과 회의하시어 흥선군(興宣君)하응(昰應)의 둘째 아들을 맞아 세워 익조의 황통을 잇게 하시니 곧 지금 대황제 폐하이시다.

신정왕후[神貞皇后], 수렴(垂簾)하시다 신정왕후께서 옥좌 뒤에서 수렴하시고 국정을 함께 들으시니 이때 왕의 나이가 12세요, 지금으로부터 43년 전,[215] 계해년(癸亥年, 1863)이었다.

대원군을 불신례(不臣禮)로 대우하다 왕이 즉위하시니 조후(趙后)신정왕후는 대왕대비가 되시고 홍후(洪后)는 왕대비가 되시고 김후(金后)는 대비였다. 이에 흥선군을 봉하여 대원군이라 하고 모부인(母夫人) 민씨는 부대부인(府大夫人)이요 흥선군의 사저는 불러 이르기를 운현궁(雲峴宮)이라 하였다. 신정왕후께서 조서를 내리시어 대원군을 불신례(不臣禮)로 대하고 왕이 매월 초에 한 번 운현궁에 가서 뵈온다 하니 이는 정사에 참견하지 못하게 함이었다.

대원군, 대정(大政)에 협찬(協贊)하다 곧이어 조두순(趙斗淳)이 논박하니 다시 조후(趙后)가 조명(詔命)을 내려 말하기를 "뒤를 이은 왕이 어리고 국사가 어려움이 많으니 대원군이 대정을 협찬하고 그 의절(儀節)은 여러 대신과 같으나 오직 왕 앞에 추배(趨拜)와 칭명(稱名)[216]이 없도록 하라" 하였다. 또 명하여 조정의 많은 관리들로 하여금 대원군의 지휘를 들으라 하고 또 3군영(三軍營)의 병용(兵勇)을 뽑아 호위하며 남여(藍輿)[217]를 타고 궐문에 들게 하였다. 이에 정권이 오로지 대원군에게 돌아와 김씨의 권세가 점점 약해졌다.

---

215 원문의 '44년 전'은 오기이므로 바로잡았다.
216 추배칭명은 예절을 갖추어 허리를 굽히고 나아가 절을 하고 이름을 아뢴다는 뜻이다.
217 의자와 비슷하고 뚜껑이 없는 작은 가마로, 승지나 참의 이상의 벼슬아치가 탔다.

종친이 과거에 나아가고 조정의 정치에 간섭함을 허하다 또 조선은 고래로부터 종친이 과거에 나가지 못하고 또 조정의 정치에 간섭하지 못하였다. 그러나 지난날 세조께서 즉위 전에 영의정이 되셨고, 그 후에는 귀성군 준세종의 손자이 장상(將相)을 겸하였으나 준이 죽은[誅] 후에 막아 금하는 것이 더욱 엄밀하더니 대원군에 이르러 실로 파격이 되었다.

출척(黜陟)을 크게 행하다 대원군이 정권을 장악하자 조관(朝官)을 크게 변경하였다. 조두순에게 영의정을 제수하고 김병학은 우의정이요 이의익(李宜翼), 정기세(鄭基世), 김세균(金世均)은 이, 병, 호3조(三曹)의 판서가 되었다. 또 이승보(李升輔)는 선혜당상(宣惠堂上)이요 이경하(李景夏)는 훈련대장이요 이장렴(李漳濂)은 금위대장(禁衛大將)이요 이경우(李景宇)는 어영대장(御營大將)이요 이방현(李邦鉉)은 총융사(總戎使)요 신명순(申命純)은 우포도대장(右捕盜大將)이 되었다.

경복궁(景福宮)을 중건하다 대원군이 새로운 사업을 세우고자 하여 경복궁을 중건하니 경복궁은 태조 때에 영건한 것이다. 임진왜란 때에 불에 타 헌종이 중건하고자 하다가 공사비가 거대하였으니, 이에 내탕(內帑)을 사축하여 수백만 냥에 미쳤다. 이때에 이르러 대원군이 그 뜻을 이루고자 하여 중수하는 명령을 내렸는데, 전(田) 1결에 전(錢) 백문(文)으로 치고, 이르기를 결두전(結頭錢)이라 하였다. 이경하에게 영건도감제조(營建都監提調)를 제수하여 그 일을 맡겼으나 신궁이 완성되기 전에 재력이 이미 부족하였다. 이에 백성들에게 돈을 내도록 하였으니, 이름하기를 원납(願納)이라 하였다. 마침내 신궁이 완성되었으므로, 다시 6조 아문(衙門)과 여러 관사(官舍)를 고쳤다.

신궁(新宮)으로 이어하다 대황제께서 즉위하신 지 4년 만에 이어(移御)하셨다.

제도 대개혁 대원군이 국정을 일신코자 하여 크게 제도를 고치니 비변사를 폐하고 3군부(軍府)를 신설하여 현임 장상(將相)으로 하여금 겸임케 하였다. 강화부(江華府)를 승급하여 진무영(鎭撫營)이라 하고, 장용(壯勇)을 모아 별효사(別驍士)라 하여 진무영에 속하게 하였다. 함경도 북변에 무산(茂山), 후주(厚州) 등 4군을 설치하고 백성들을 이주시켜 개척하며, 또 무신이 가마 타는 것을 금하고 공사(公私) 출입에 모두 말을 타도록 하였다. 또 만주에서 말을 사들여와 부민(富民)으로 하여금 한두 마리씩 기르게 하였다. 『대전회통』을 수정하여 정조 이래의 교식(教式)을 보충하여 편집하였다. 『춘관통고(春官通考)』 1천여 권을 교정하여 본조의 옛 일을 찬집하고 의복의 제도를 고치고 관기 창기의 풍속을 교정(矯正)하였다.

서원(書院)을 훼철하고 서원의 유생들을 내쫓다 대원군이 빈곤하게 자라 일반 백성의 사정을 잘 알았으므로 서원의 폐단이 많고 유생이 발호하여 백성들을 침학한다 생각했다. 이에 명을 내려 각도의 서원을 훼철하고 서원의 유생들을 축출함에 따르지 않는 자는 죽인다 하였다. 사족 등이 크게 놀라 궐문에 이르러 울며 탄식하는 자가 수만 명이 되었다.

이윽고 간언하는 자가 있어 말하기를, "선현의 제사를 존숭하여 사기(士氣)를 배양할 것이니 서원훼철령을 거두어 들이라" 하였다. 대원군이 대노하여 말하기를, "백성들에게 해되는 일은 비록 선유(先儒)가 다시 살아와도 내가 용서하지 아니하겠는데 하물며 서원은 선유를 제사한다 하고 도적의 근거지가 된 것이니, 어찌 용인하겠는가" 하였다. 그리고 드디어 형조와 한성부의 병졸을 명하여 궐문에 모인 유생을 강외로 쫓아보내고 각 도 서원 1천여 곳을 일시에 훼철하였다. 또 밀사를 8도에 파견하여 사족의 백성을 해치는 자는 그 신상에 죄를 주고 그 재산을 적몰하니, 이에 사족과 유생의 발호하는 기습(氣習)이 일변하였다.

당파를 불구하고 사람을 쓰다 또 당시에 노론, 소론, 남인, 소북의 4당이 있었으나 대원군이 당파를 불구하고 사람을 기용하였다. 이에 4당의 이름은 있으되 실은 구습이 태반이나 변하였다.

또 그 외 원래 충훈인(忠勳人) 자손의 신포(身布)를 면제하던 법을 폐하여 모두 납포하게 하였다. 또 8도 감사를 명하여 사족의 조세 흠결(欠缺)을 거두게 하고, 지방 관리의 뇌물을 금하여 심한 자는 종로에서 결장(決杖)하였다. 무릇 대원군의 행정이 잘한 것과 못한 것이 서로 간여하여 티와 옥이 뒤섞여 득실이 반반이었다. 강의과결(剛毅果決)한 까닭으로 엄한 것이 또한 심하고 뒷일을 염려함이 거의 없었다. 그런 까닭에 고로 영(令)이 행하여 금하면 그쳤으니 이는 다만 내정에만 그러할 뿐 아니라 외국에 대하여도 또한 그러하였다.

서양[歐米]과 청 및 일본과의 관계

천주교(天主教) 전래 원인 조선이 서양 각국과 관계가 생긴 일을 말하자면 초에는 천주교의 전파였다. 이에 그 교도를 살육하기 수차례요 심지어 서양인과 교전함도 모두 대원군의 결심이었다.

조선 천주교의 시작은 미상이다. 대체로 중국 명나라 말기에 서양인 마테오리치[利瑪竇]가 중국에 있을 때에 조선 사신이 중국에서 돌아와 서양인의 학술, 공예를 매우 칭찬하며 상소하였는데, 그 근원이 여기에서 일어났다.

그 후 정조 때에 이가환(李家煥), 이승훈(李承薰), 정약종(丁若鍾) 등은 모두 당시의 명유(名儒)로, 다만 그 종교에 오염되었다 하여 죽임을 당했다. 정약용(丁若鏞)은 정약종의 아우였는데 조사를 당하여 불복하다가 강진(康津)에 유배되었다. 정약용은 총오(聰悟)가 아주 뛰어나 구류백가(九流百家)에 통달하지 않은 바가 없었는데 경제학에 특히 심취하여 조선 500년에 제일의 명유라 하였다.

사신이 서양 서적을 구하는 것을 막고 서양 서적을 불태우다 이로부터 천주교[西教]가 점차 행하더니 정조 10년(1786), 지금으로부터 120년 전[218]에 천주교의 해를 받을까 두려워하여 연경에 가는 사신에게 거듭 말하여 그 책을 구하지 못하게 하였다. 15년(1791)에는 서양 서적을 불태우고 천주교를 믿는 자는 혹은 벌을 내리고 혹은 타일러 금제하였다.

---

218 원문의 '121년 전'은 오기이므로 바로잡았다.

천주교 신자[西敎徒]를 박해[鋤治]하다 순조 원년(1801), 지금으로부터 105년 전에는 천주교가 크게 자만하였다. 이에 진력으로 박해하여 여러 도(道)로 하여금 매달 중요한 사건들을 왕에게 알리도록 하였다. 이때 황사영(黃嗣永)이라 하는 사람이 천주교를 깊이 믿어 청나라 소주(蘇州) 사람 주문모(周文謨)에게 세례를 받았다. 이에 외국의 힘으로 역모를 꾀한다 칭하고 주문모를 죽였다.[219] 대체로 이들은 모두 중국으로부터 다시 전하고 유럽[歐洲] 선교사가 조선에 들어온 것은 그 후 헌종 때였다.

프랑스[佛國] 선교사, 처음으로 한양[京城]에 들어오다 헌종 초, 지금으로부터 72년 전 이래로 프랑스 천주교의 신부 3명이 의주 지방에서 한양에 몰래 들어와 선교에 종사하였다. 또 조선 소년 3명을 중국 마카오[澳門]에 보내어 유학하게 하니 신도가 점차 많아졌다.

천주교 신자를 많이 죽이다 조정이 크게 증오하여 헌종 5년(1839), 지금으로부터 67년 전[220]에 프랑스 신부 3명과 신도 1백 5십여 명을 죽였다. 그러나 그 후에 교사(敎師) 등이 오히려 천신만고를 범하고 와 선교한 자가 끊이지 않았다. 지난날, 마카오에 유학하던 최아무개(崔某)는 헌종 말에 돌아와 국문(國文)으로 여러 종류의 교서(敎書)를 번역하여 인쇄, 반포하였다. 철종 때에는 더욱 증가하여 2만 명에 달하였다.

---

219 '신유박해'에 대한 설명이다. 이 사건과 관계되어 중국인 신부 주문모가 처형되고, 이로 인하여 이른바 '황사영 백서' 사건이 일어났다.

220 원문의 '68년 전'은 오기이므로 바로잡았다.

천주교 신자 수천 명을 대대적으로 죽이다 지금 황제폐하 때에는 궁내 유모 박씨와 승지 남종삼(南鍾三)과 홍봉주(洪鳳周), 이신규(李身逵) 등이 천주교를 받들어 믿었다. 남종삼은 프랑스 신부[教師] 베르뇌 주교[張敬一] 등을 그 집에 불러들였다. 마침 러시아[魯國] 군함 1척이 원산(元山)에 와 통상을 요구하므로 남종삼 등이 좋은 기회가 왔다 하고 대원군께 말하기를 영국·프랑스와 사귀어 러시아를 방어하소서, 하였다. 대원군이 거짓으로 허락하고 심복을 보내어 그 정황을 탐지하니 남종삼이 그의 집에 외국인을 숨겨 놓은 것을 알고는 곧 좌포청(左捕廳)에 명하여 남종삼, 홍봉주, 이신규 등과 프랑스인들을 체포하여 학살하였다. 또 국내 신도 수천 명을 잡아 죽였다.[221]

프랑스함대[佛艦], 쳐들어오다[222] 지금으로부터 42년 전 병인년(丙寅年, 1866)에 프랑스인 리델(리데루)이 도망하여 충청도 내포(內浦)에서 영국배를 타고 청나라 지부(芝罘)를 거쳐 천진(天津)에 있는 프랑스 해군 제독 로즈[盧濟]에게 고하였다. 이에 로즈가 중국 주재 대리공사 벨로네(페로네)의 명으로 군함 7척에 육전대(陸戰隊) 6백 명을 인솔하고 와서 강화도를 함락하였다. 유수(留守) 이인기(李寅夔)와 통진부사(通津府使) 이공렴(李公濂)은 성을 버리고 도망하고 전 판서 이시원(李是遠)은 약을 마시고 죽으니 이에 조야가 대진하였다.

프랑스군[佛軍], 패하여 달아나다 대원군이 8도에 격문을 전달하여 군인을

221 '병인박해(丙寅迫害)'에 대한 설명이다.
222 '병인양요(丙寅洋擾)'에 대한 내용이다.

징발하고 이경하에게 순무사를 제수하여 수도[京城]에 부(府)를 열고 먼저 중군(中軍) 이원희(李元熙)와 천총(千摠) 양헌수(梁憲洙) 등을 보내어 방어하였다. 이때 프랑스군이 강화도 본영을 점거하고 매일 유격대를 내어 각 지방을 노략질하였다. 양헌수가 강계정포(江界精砲) 5천을 인솔하고 정족산성(鼎足山城)강화에서 프랑스 병사를 대파하니 프랑스 병사의 사상자가 과반이었다. 프랑스 장군이 크게 꺼리어 곧 성을 불지르고 중국으로 도망하였다.

척화비(斥和碑)를 종로(鐘路)에 세우다 대원군이 돌비석을 종로에 세워 말하기를, "서양 오랑캐[洋夷]가 침범함에 싸우지 않으면 화해할 수밖에 없고, 화해를 주장하면 나라를 파는 것이 된다" 하니 이는 오래도록 양인과 화해하지 말라는 뜻이다. 또 묵공(墨工)을 명하여 묵면(墨面)에 이상의 12자[223]를 새겨 찍었다. 더욱 무비를 정비하고 거포를 만들고 초대를 연해 각처에 쌓더니 그 후 임오군변(壬午軍變) 후에 훼철하였다.

독일, 프랑스, 미국 3국 사람들이 묘소를 도굴하다 후에 독일, 프랑스, 미국 3국 사람들이 공모하여 아산만(牙山灣)으로 상륙하여 덕산(德山)충청도의 대원군 선묘(先墓)를 도굴하다가 이루지 못하고 가니 이로부터 대원군이 더욱 천주교 신자를 증오하여 신자들을 더 죽였다.[224]

미국 함대[米艦]를 포격하다[225] 프랑스가 쳐들어온 지 2년 후 무진년(戊辰年,

---

223 12글자란, '양이침범(洋夷侵犯) 비전칙화(非戰則和) 주화매국(主和賣國)'이다.
224 '오페르트 도굴사건'(1868)에 대한 설명이다.

1868)에 미국 함대 1척이 평양 대동강에 도착하였으므로 평양 군민들이 엄습하여 그 배를 불태우고 선수(船手)를 죽였다. 이때 미국은 이미 일본과 조약을 맺었고 후에 또 조선을 개화한다는 의론이 점차 성하다가 드디어 중국 주재공사 로우[魯]와 또 아시아함대사령장관[亞細亞艦隊司令長官] 로저스[路子周]로 하여금, 군함 5척을 인솔하고 일본 나가사키[長崎]이 시기 나가사키는 미국 함대의 근거지였다에서 출발하여 강화에 들어가게 하였다. 측량선이 한강을 거슬러 올라가니 이는 무역조약을 맺고자 함이었다.

대원군이 진무중군(鎭撫中軍) 어재연(魚在淵)을 명하여 광성진(廣城津)에서 대파하고 또 그 2척을 격파하였으나 결국 미국 병사의 습격을 당하여 아군이 패하여 도망하였다. 어재연이 수십 명을 죽이고 전사하니 이때 미국 함대의 병력이 아주 적어 더 나아가 범하지 못하였으므로 조약을 상의(商議)하지 못하고 중국 지부(芝罘)로 군사를 돌렸다. 이는 8년 신미(辛未, 1871), 지금으로부터 35년 전[226]이다.

천주교 신자 20여만 명을 죽이다 대원군이 재차 프랑스, 미국 두 나라 군함을 물리치고, 이로부터 서양을 업신여기기 더욱 심하였다. 또 천주교 신자를 죽이니 정권을 잡은 지 10년 사이에 죽은 천주교 신자가 20여만 명이라 한다.

민씨, 중전이 되다 대원군의 세력이 내외에 진동하기 10년이 되더니, 그 후에 민씨와 알력이 생겼다. 초에 폐하 즉위 3년(1866), 지금으로부터

225 '신미양요(辛未洋擾)'에 대한 내용이다.

226 원문의 '36년 전'은 오기이므로 바로잡았다.

40년 전[227]에 후비를 세우고자 하니 부대부인의 동생 민승호(閔升鎬)가 친족 민치록(閔致祿)에게 출계(出繼)하였다. 민치록의 딸이 서사(書史)를 통달하여 성예(聲譽)가 있으셨으므로 대원군이 신정왕후께 천거하여 민씨를 맞아 세우니 즉 명성황후(明成皇后)이다. 부친을 추봉하여 여흥부원군(驪興府院君)이라 하였다.

대원군, 실세하다 그 후 6, 7년에 정사가 문란하여 백성들의 원망이 많았다. 이에 민승호, 조영하(趙寧夏) 등이 왕께 친정(親政)할 것을 아뢰어 청하였다. 때마침 최익현(崔益鉉) 등이 대원군의 실정한 일을 통론하였으므로 대원군이 노하여 우의정 박규수(朴珪壽)와 의논하였는데 박규수가 또한 환정(還政)을 권하였다. 대원군이 노하여 덕산에 가 머물렀으므로 왕이 곧 맞아 들이셨으나 정권은 이미 민씨에게 돌아가 대원군의 세력이 모두 사라졌다. 또 대원군이 실세하자 일본과도 비로소 조약을 맺었다.

교빙(交聘)이 처음 끊어지다 일본이 지금으로부터 300년 전에 도쿠가와 이에야스가 집정 초부터 조선과 오래도록 사빙(使聘)을 통하더니, 일본이 서양 여러 나라들과 강화한 후에는 조선이 일본을 의심하여 교빙의 의(儀)가 처음 끊겼다. 일본이 유신 초에 소 시게마사[宗重正]로 하여금 국서를 가지고 와 구호(舊好)를 회복하고자 하였다.

이때 대원군이 그 서사(書辭)와 인장이 전과 다름을 꾸짖어 받아들이지 않고 이전에는 관백(關白)이 서계(書契)로써 우리 예조판서와 왕복하더니 지금에는 일본이 말하되

---

227 원문의 '41년 전'은 오기이므로 바로잡았다.

왕정이 복고되었다 하고 종중정이 가지고 온 국서 중에 일본 황제 및 칙서 등의 구절이 있었다. 따라서 대원군이 전날의 수계와 같이 고쳐 오라 하여 받지 않은 것이다 그 후에 또 사신을 보내 쓰시마의 무역선을 파하고 관리를 부산에 주재시켰다. 대원군이 다시 말하되 부산에 있는 일본 관리의 복장이 전과 다르니 이는 오랑캐에게 제도를 받았기 때문이라 하고당시 일본 관리가 양복을 입었다 더욱 가볍게 깔보았다. 또 8도에 포고하여 일본과 절교한다 하니, 이로부터 일본이 말하되 조선에 무력을 쓰지 아니하면 이 일을 분별할 수 없겠다 하여 소위 정한론(征韓論)이 분분하다가 결국 출병하지 못하였다.

대원군이 이미 실세하고 민규호(閔奎鎬)와 민영익(閔泳翊)이 연달아 집정하자 수호할 뜻으로 동래부사를 일본에 보냈다. 곧이어 경상, 충청, 전라 3도 유생의 상소로 인하여 다시 대원군을 청하여 집권하게 되었으나 대원군의 세력이 크지 못하여 전날과 같이 일본을 배척하지는 않았다. 그러나 이로 인하여 조약이 미처 이루어지지 못하였다.

일본 군함을 포격하다 대황제 13년(1876) 병자, 지금으로부터 30년 전[228]에 일본의 군함 운양호(雲揚號)가 중국으로부터 돌아가다가 한강 입구에 정박하고 함장 이노우에 요시카[井上良馨]가 거룻배를 타고 한강을 거슬러 올라가자 강화도의 수병이 포격하였다. 일본 병사가 응전하여 영종도(永宗島) 포대를 빼앗고 그 성을 불태우고 돌아갔다.

일본수호조규(日本守護條規) 12조를 맺다 일본이 구로다 기요타카[黑田淸隆]

---

228 원문의 '31년 전'은 오기이므로 바로잡았다.

에게 전권대사(全權大使)를 내리고 이노우에 카오루[井上馨]는 부사가 되어 우리나라에 왔다. 이에 전날에 국서를 거절함과 또 운양호 포격 일을 힐문하였다. 이에 판중추부사(判中樞府事) 신헌(申櫶)과 도총부부총관(都總府副總管) 윤자승(尹滋承)에게 이 일을 의논하라 하였다. 대원군이 수호설을 힘써 배척함에, 영의정 이최응(李最應)과 좌의정 김병국(金炳國)과 지중추부사(知中樞府事) 홍순목(洪淳穆) 등이 모두 그 말을 따르고 홀로 우의정 박규수와 역관 오경석(吳慶錫) 두 명이 대다수의 뜻을 배척하고 왕성히 통교의 이익을 말하였다. 이에 왕이 일본의 요청을 따라 수호조규 12조를 체결하였다.

중국[支那]**, 조선이 속국이 아님을 공고하다** 조선이 오래도록 청의 압제를 받아 자못 속국례를 지켰다. 그런 까닭에 지난날 프랑스 선교사를 죽일 때에 프랑스가 청을 향하여 힐책하였다. 이때 청은 소란이 계속 이어져 나라의 운명이 매우 어지럽고 어려웠으므로 이에 답하되, 조선은 청의 속국이 아니라 하였다. 그 후 미국의 군함을 포격할 때에도 미국이 또한 청에 죄를 물으니 청이 또 답하되, 조선의 전쟁 선포와 강화권은 조선이 스스로 행한다 하였다. 이에 청이 서양 각 나라에 대하여 조선이 청의 속국이 아님을 공언하였다. 그 후 청이 일본에 대하여 말하기도 또한 미국과 같았다. 이에 이르러 일본이 해외 각국과 수호조약을 맺을 때 조선이 독립을 세계에 공언하였다.

원산(元山)**과 인천**(仁川)**을 개항하다** 이후로 조약에 의거하여 부산 외에부산은 300년 전부터 개항지 원산과 인천 두 항을 열었다.

서광범(徐光範), **김옥균**(金玉均)**을 일본에 보내다** 수신사(修信使) 김홍집(金弘集)을 일본에 보내어 인교(隣交)를 고치니 일본이 하나부사 요시모토[花房義質]를 공사로 내려 보내자 교제가 점차 긴밀하였다. 또 일본의 육군 중위 호리모토 레이조[掘本禮造]를 초빙해와 위병들이 훈련을 받게 하고 김옥균, 서광범을 일본에 보내어 그 학예와 시정을 관찰하였다. 그러나 조정의 인사들이 일본을 꺼려하여 이만손(李萬孫), 최익현, 홍재학(洪在鶴) 등이 더욱 통론하였다. 또 대원군은 실권한 후에 항상 개화당(開化黨)을 좋아하지 않으시더니 때마침 외척의 시정이 탐폭하였으므로 백성들이 다시 대원군의 복정을 바랐다.

임오군변(壬午軍變) 고종 19년(1882), 지금으로부터 24년 전[229] 임오년(壬午年)에 병졸의 양식을 주지 않은 지 여러 달이었다. 이에 병졸이 난을 일으켰으니, 이최응, 민겸호(閔謙鎬), 김보현(金輔鉉) 등 여러 대관을 죽이고 드디어 궁궐을 범하여 왕후를 죽이고자 하였으나 왕후께서 이미 옷을 갈아입고 충주로 파천하였다.

일본공사관을 습격하다 난병(亂兵)이 다시 일본공사관을 습격하니 공사 하나부사 요시모토가 인천으로 도망하다가 다시 난병의 습격을 만났다. 월미도(月尾島)로 나가 영국 측량선을 타고 나가사키[長崎]로 가니 일본이 병함 수척으로 하나부사 요시모토를 호위하고 다시 조선으로 와서 힐책하였다. 이유원(李裕元), 김홍집에게 하나부사 요시모토와 담변(談辨)하게 하였다. 때마침 대원군이 청에 잡히고 조정의 뜻이 갑자기

229 원문의 '25년 전'은 오기이므로 바로잡았다.

변하여 결국 규약 6조와 수호 속약 2조를 정하고 보상금 15만원을 내고 난당을 죽이고 수신사 박영효를 보내어 다시 수호하였다. 무릇 이 난이 대원군이 관계가 있다는 이유로 청에 호송하고 이 난을 이르되 임오군변이라 하였다.

어윤중(魚允中), 청나라 군대를 빌리다 임오군변 초에 대원군이 군국대소기무를 결정하여 위권이 다시 성하였다. 이때 어윤중이 청에 있다가 그 병력을 빌려 내란을 다스렸다.

대원군을 호송하다 이에 앞서 청이 조선 일에 주목하다가 난이 일어난 후로부터 정권이 다시 대원군에게 돌아감을 보고 곧 마건충(馬建忠), 정여창(丁汝昌), 오장경(吳長慶) 등에게 군사를 주어 조선으로 보내고 이에 대원군을 호송하여 직례(直隸) 보정부(保定府)에 안치하도록 하였다. 더욱 내치와 외교를 간섭하여 조선을 압제하니 이는 지난날 조선이 자주국이라 함을 후회하여 옛 권한을 회복하고자 함이었다.

이홍장(李鴻章)의 말을 듣다 이에 민태호(閔台鎬), 민영익(閔泳翊) 등이 정무를 담당하고 통리아문(統理衙門)을 신설하여 내외(內外)가 되니 내아문(內衙門)에는 독일인[獨國人] 묄렌도르프[穆麟德]를 고문관으로 삼고 외아문(外衙門)에는 청나라인 마건상(馬建常)을 초빙하니 이는 다 이홍장의 말을 들은 것이다. 오장경과 원세개(遠世凱) 등 여러 장수들은 병사 3천을 이끌고 한양[京城] 안팎에 주둔하였다. 후에 모두 그 직(職)을 떠났으므로 내정이 섬자 그 굴레를 벗었으나 병권과 외교는 청이 의연히 지켰다.

수구당(守舊黨)과 독립당(獨立黨) 임오군변 이후로 국세가 다시 일변하여 수구당과 독립당 두 개가 있었다. 수구당은 청에 친부(親附)하고자 하여 만주 조정의 인사가 태반이나 속하였고 독립당은 일본과 조약을 체결하고자 하였다. 박영효, 김옥균, 서광범(徐光範), 홍영식(洪英植) 등이 일본에 가 문물의 진보와 세계의 대세를 보고 청의 간섭이 과도함에 분노하였다. 이에 일본을 의뢰하여 조선의 독립을 지키고자 하였다. 김옥균과 박영효 등이 귀국하여 여러 차례 시정을 통론하였으나 그 말이 행하지 못하였다.

김옥균의 난 이에 서광범, 홍영식과 서재필(徐載弼), 변수(邊燧), 신복모(申福模) 등이 21년 갑신년(甲申年, 1884), 지금으로부터 22년 전[230] 에 우정국(郵政局)의 축하연을 기회로 자객으로 하여금 수구당 민영익을 찔러 상처를 입히면서 난이 일어났다. 김옥균, 박영효가 곧바로 궁에 들어가 아뢰기를 정병이 난을 일으켜 민씨를 죽인다 하였다.

일본군이 와 호위하고 경우궁(景祐宮)으로 파천하다 이로 인하여 일본공관에 도움을 구하니 일본 공사 다케조에 신이치로[竹添進一郎]가 병사 1중대를 인솔하고 와 왕을 위협하여 경우궁에 파천하였다. 또 일병이 호위하며 민영목(閔泳穆), 민태호, 한규직(韓圭稷), 윤태준(尹泰駿), 이조연(李祖淵), 조영하(趙寧夏) 등을 죽이니 이는 다 수구당이었다. 이에 중요한 관직은 독립당이 맡게 되니 무릇 이 당의 말은 내치를 수정(修整)하고 독립국의 체면을 보유하고자 한다 하였다.

---

230 원문의 '23년 전'은 오기이므로 바로잡았다.

청나라 군사가 궁에 들어오다 그러나 이때 형세가 크게 변하였으므로 이에 박영효는 강화에 피하여 일본에 도움을 구하고자 하였다. 김옥균 등은 속히 환궁하시기를 청하여 의논이 일치되지 않다가 환궁하신 후에는 청나라 병영군사마(兵營軍司馬) 원세개가 병사를 이끌고 궁중에 들어오니 성문 안의 조선병이 크게 호응하여 함께 일본군사를 공격하였다. 일본군이 막아내지 못하여 인천으로 도망하고 박영교(朴泳教)박영효의 형와 홍영식은 인천으로 도망하다가 청나라 군사에게 죽음을 당하였다. 이로부터 영의정 이하 여러 관료들이 다시 수구당이 되었으니 곧 민응식(閔應植), 민영환(閔泳煥), 민영준(閔泳駿) 등이었다.

김옥균과 박영효(朴泳孝), 일본으로 도망가다 김옥균, 박영효 등은 다 일본에 도망하니 이를 이르되 갑신 김옥균난이라 한다.

일본 화의가 이루어지다 이 난이 일본의 부추김이라 하여 서상우(徐相雨)에게 전권대신을 제수하여 일본에 죄를 묻고자 하였다. 일본이 이미 외무경(外務卿) 이노우에 카오루[井上馨]로 하여금 전권대사를 내고(來誥)하였다. 이에 좌의정 김홍집으로 하여금 담판하여 보상금 13만 냥을 내어 화의를 이루고 수신사 서상우와 부사 묄렌도르프를 일본에 보냈다.

천진조약(天津條約)이 이루어지다 일본이 또 이르되 청병군 이 난에 한양에 거류한 일본인민과 부녀를 해쳤다 하여 이토 히로부미[伊藤博文]를 시켜 천진에서 담변(談辨)하였다. 마침내 청·일 양국이 한양의 주둔군을 철수하고 장래 조선에 일이 있어 양국 중에 출병하게 되면 피차 공문서를 주고 받아 알린다 하였다. 이는 곧 천진조약이요 즉 22년 을유년(乙酉年, 1885), 지금으로부터 21년 전[231]이다.

이후부터 청나라는 군대를 철수하였다. 그러나 원세개가 조선통상사무전권위원(朝鮮通商事務全權委員)이 되어 한양[京城]에 머물며 은밀히 내치와 외교를 간섭하기가 이전과 다를 바 없었다. 또 당시는 두 차례 내란 직후였고, 또 흉년과 전염병이 이어져 도적이 대낮에도 횡행하고 난민이 사방에 봉기하였다. 정권은 다시 외척에게 돌아가 피차 권세를 다투고 사리를 도모하여 국세가 더욱 부진하였다.

영국, 거문도(巨文島)를 점거하다[232] 이때를 당하여 청 · 일 양국 외에 또 영국, 러시아 각국 외교상에 다양한 문제가 있었다. 영국은 20년 계미년(癸未年, 1883), 지금으로부터 23년 전[233]에 이미 조약을 맺었다. 그러나 그 후 중앙아시아 경계일로 분의(紛議)가 나온 후부터 영 · 러 양국이 장차 교전하였다. 22년 을유년(乙酉年, 1885), 지금으로부터 21년 전[234]에 영국이 러시아에 대하여 공수상(攻守上)에 관계가 있었다. 이에 돌연 함대를 파견하여 거문도를 점거하고 포대를 쌓았다. 거문도는 곧 3산(山)의 섬인데, 3개의 산이 서로 둘러싸고 그 사이에 항구가 전라도 흥양현(興陽縣)에 속하며 남해의 요지이다.

---

231 원문의 '22년 전'은 오기이므로 바로잡았다.
232 이른바 '거문도 사건'에 대한 내용이다. 영국의 동양함대가 러시아의 조선진출과 남하정책을 미리 봉쇄하기 위해 1885년 3월 1일부터 약 2년간 거문도를 불법 점령한 사건이다.
233 원문의 '24년 전'은 오기이므로 바로잡았다.
234 원문의 '22년 전'은 오기이므로 바로잡았다.

영국, 거문도를 반환하다 이때 조선은 한마디도 하지 않고 오직 러시아가 청을 향하여 그 허가 여부를 물었다. 청이 정여창을 보내니 군함 3척을 이끌고 일본 나가사키에 이르러 영국함대사령장관을 만나 그 불법을 힐책하였다. 그러자 영국이 그 말을 따라 섬을 버리니 청이 또 러시아를 향하여 훗날 거문도를 점령치 못함을 약속하고 맹약으로써 영국에 보였다. 이로 인하여 24년 정해년(丁亥年, 1887), 지금으로부터 19년 전[235]에 영국이 마침내 거문도 점령을 파하여 조선에 반환하였다.

러시아[露國], 조약을 정하다 러시아는 철종 11년 경신(庚申年, 1860), 지금으로부터 46년 전[236]에 영 · 프 동맹군이 청을 핍박할 때를 당하여 만주 수천리 땅을 청나라에 할취하였다.[237] 이로부터 국경의 영토가 조선과 상접하더니 그 후에 조선에 와 통상을 요구하다가 이루지 못하였다. 또한 청나라 이홍장이 묄렌도르프를 천거하여 조선 고문관이 되자 묄렌도르프가 러시아에 의지하여 일을 처리하고자 하였다. 이에 러시아가 주청공사 베베르[韋貝]에게 전권위원으로 임명하여 조선에 와 통상조약을 정하니 이는 21년 갑신(甲申, 1884), 지금으로부터 22년 전[238]이다.[239] 베베르가 주한공사로 수도[京城]에 내주(來駐)하였다.

친러의 논의가 시작되다 갑신정변 이후로 정권이 수구당에게 돌아갔다.

---

235 원문의 '20년 전'은 오기이므로 바로잡았다.
236 원문의 '47년 전'은 오기이므로 바로잡았다.
237 1860년 청나라는 제2차 아편전쟁으로 인하여 베이징조약을 체결하였다. 그 결과 청나라는 러시아에 외만주지역을 넘겨주었다.
238 원문의 '23년 전'은 오기이므로 바로잡았다.
239 '한 · 러 수호통상조약'을 뜻한다.

그러나 외국에 머물던 자가 의논하여 말하기를, "청에는 기대지 못할 것이요 일본은 원망이 있으니 러시아와 친하는 것이 옳다" 하였다. 이에 러시아와 결호하고자 하였다. 22년 을유(乙酉, 1885)에는 대원군이 청에서 돌아왔다.

러시아 육로통상조약을 정하다 이때 러시아가 점차 세력을 키워 공사 베베르가 육로무역을 열고자 하자 묄렌도르프가 또한 도왔다. 청나라 이홍장이 그 이익과 손해를 논하고 또 묄렌도르프를 청에 소환하니 그 뜻이 이루어지지 못하였다. 다시 미국인 데니[恭爾]가 왔는데 이 역시 이홍장의 천거였으나 이 두 사람이 청나라를 위해 한 일이 없었다. 데니는 수도[京城]에 이르러 곧 『청한론(淸韓論)』을 저술하여 청 조정의 시설과 원세개의 행위를 비판하고 또 조선은 러시아를 의지하여 독립하는 것이 옳다 하였다. 베베르가 이 기회를 틈타 25년 무자(戊子, 1888), 지금으로부터 18년 전[240]에 러시아와 육로통상조약을 청하고 다음 해에 경흥시(慶興市)함경도를 열었다.

미국, 독일, 이탈리아, 프랑스가 조약을 맺다 이외 미국[亞米利駕]과 독일(獨逸)과 이탈리아[伊太利], 프랑스[佛蘭西] 등 각국이 모두 점차로 조약을 체결하였다. 이와 같이 안팎으로 사건이 많았으나 외척이 오래도록 정권을 잡고 당시에 박영효, 김옥균 등은 일본에 있었다. 고종 31년 갑오(甲午, 1894), 지금으로부터 12년 전[241]에 자객 이일직(李逸稙), 홍종우(洪鍾宇) 등

240 원문의 '19년 전'은 오기이므로 바로잡았다.
241 원문의 '13년 전'은 오기이므로 바로잡았다.

이 김옥균 등을 죽이고자 함에 박영효는 면하고 김옥균은 홍종우에게 속아 상해(上海)에서 피살되었다. 이에 청이 군함 위원호(威遠號)로 시체를 송환하였으니 곧 팔다리를 찢고 사방에 효시(梟示)하였다.

동학당(東學黨)의 난, 일어나다 이때를 당하여 전라도에 동학당의 난이 일어났다. 동학당은 40년 전부터 일파가 단결하더니 지금에 이르러는 국정이 나날이 그릇되고 탐관오리가 전횡하며 외세가 또 침입하였으므로 이에 거사코자 하였다. 난민이 부화(附和)하여 형세가 더욱 성하였으므로 홍계훈(洪啓薰)에게 양호초토사(兩湖招討使)를 제수하여 토벌하다가 이기지 못하고 전주가 함몰되었다.

청에 도움을 청하다 이에 원세개와 의논하여 청의 원군을 요청하였다. 또 한쪽은 더욱 발병하여 순변사(巡邊使) 이원회(李元會)를 충청도에 보내어 동학당의 북상을 대비하게 하였다.

청군, 아산(牙山)에 상륙하다 이때 이홍장이 원세개의 청을 따라 제독 엽지초(葉志超), 섭사성(聶士成)으로 하여금 병사를 이끌고 아산에 상륙하고 소리내어 말하기를, "속국 조선에 내란이 있음에 그 청을 따라 병사를 움직인다" 하고 일본에 이 뜻을 통지하였다.

일본 역시 출병하다 이에 일본이 답하되 조선이 청의 속국이 아니라 하고 또한 조선에 출병하였다. 이때 동학당이 청 · 일 대군이 오는 것을 듣고 크게 두려워하여 무너져 흩어지고 전주가 회복되었다. 그러나 무릇 동학당이 일어난 것은 폐정의 연고였으므로 만일 그 폐정을 혁신하지 아니하면 화란이 끊이니 않을 터였다. 이에 일본이 청을 권하여 조선의 내정을 개혁하고자 하니 청이 듣지 않았다. 일본공사 오토리 게이스케[大鳥圭介]가 개혁안 5조를 조선에 권고하니 조정의 논의가 분분하였다. 곧 폐하께서 교정청(校正廳)을 궁중에 세우시고 영의정 심순택(沈舜澤)과 좌의정 조병세(趙秉世) 등에게 총재(總裁)를 제수하고 당상 십수 명을 두고 외척 신료들을 파직하여 개혁의 단서가 처음 열렸다.

일본군, 궁중에 난입하다 그러나 이홍장, 원세개가 종중지시(從中指示)함으로 인하여 국면이 갑자기 변하고 일본군의 철회를 요구하였다. 이에 일본이 혼자 힘으로 부지할 방책을 결정하여 직접 병력을 궁내에 들이고 오토리 게이스케는 일본의 본의를 전달하였다. 원세개가 형세의 잘못됨을 알고 본국으로 도망하고 외척도 모두 도망하였다.

군국기무소(軍國機務所)를 세우다 이에 대원군이 내외정무를 전적으로 관할하였으니 군국기무소를 세우고 우의정 김홍집은 총재가 되어 폐정 개혁에 종사하였다. 또 일본 군사는 아산에 있는 청나라 군사를 공격하고자 하였으므로 여단장(旅團長) 오오시마 요시마사[大島義昌]가 출병하였다.

청 · 일, 양국 선전포고서 이때 청은 군함을 아산에 보내어 풍도(豊島) 부근에서 일본 함대와 개전하였다. 양국이 함께 선전포고서를 공포함에 청은 이미 제독 위여귀(衛汝貴)와 좌보귀(左寶貴) 등을 시켜 북방에 진병하여 평양을 점령하였다. 대동강의 험한 요지를 차지하여 진을 치자 방어가 엄하였다. 또 아산의 패장 엽지초가 와서 회동하였다.

일본군, 평양을 함락하다 일본은 야마가타 아리토모[山縣有朋]가 정청제일군사령관(征淸第一軍司令官)이 되어 노즈 미치츠라[野津道貫]와 오오시마 요시마사 등을 시켜 평양을 함락하였다. 또 일본 함대는 청의 함대를 해양도(海洋島) 부근에서 격파하여 해륙이 상응하였으니 제1군은 압록강을 건너 구련(九連), 봉황(鳳凰) 등 여러 성을 빼앗았다. 오오야마 이와오[大山巖]는 제2군을 이끌고 요동(遼東) 화원(花園) 입구에서 상륙하여 여순(旅順) 입구를 함락하였다. 양군이 협력하여 우장(牛莊)과 전장대(田莊臺)를 나아가 취하였다. 또 따로 해륙으로 나란히 위해위(威海衛)를 공격하여 함락하고 청나라 북양(北洋) 함대를 궤멸하였다. 전군이 장차 직례성(直隷省)을 치고자 하였다.

청 · 일, 화의를 논의하다 이에 청이 이홍장을 일본에 보내어 화의를 의논하였다.

새로운 관제를 정하다 이에 앞서 조선이 군국기무소를 세우고 새로운 관제를 정하였으니 의정부 이하에 내무, 외무, 군무, 법무, 농상무, 학무, 공무의 7아문을 세우고 김홍집은 의정부 총리대신을 맡았다. 또 일본에는 청나라를 대하여 공수상조의 맹세를 약속하였으나 평양 군사는 이미 청나라 군에 속하였고 이외에 또 청군과 내통하는 자가 많았다. 이에 청일 양국의 평양 승패로 향배를 정하고자 하여 신관제가 이름만 있고 그 실이 없었다. 이때 동학당이 다시 봉기하여 일본군을 물리친다 하고, 조정은 평양이 함락한 후에도 붕당의 알력과 폐정이 고쳐지지 못하였다.

대원군 집정을 파하다 이에 일본이 내무대신 이노우에 카오루를 전권공사로 임명하여 오토리 게이스케를 대신하였다. 이노우에 카오루가 수도[京城]에 이르러 왕께 아뢰니 대원군의 집정함을 파하고 개혁 20조를 고하였다. 이때 외척이 오히려 권력을 부리다가 모두 사퇴하고 이노우에 카오루의 말을 따라 동짓날에 독립기초를 세움과 또 개력신정 등의 일을 종묘에 서고(誓告)하시고 박영효는 내무대신으로 총리대신이 되었다. 이윽고 박영효와 김홍집의 두 파가 있고 또 전날 외척의 분쟁이 있어 내정이 어수선하였으니 적년숙폐(積年宿弊)를 쉽게 고쳐 없애지 못하였다.

청·일 양국, 강화조약을 정하다 이때 청·일 양국은 이미 강화조약[242]을 정하였다.

조선의 독립을 정하다 제1조가 곧 청이 조선의 독립을 확인한다 하였다. 이로부터 조선이 온전히 청의 속박을 벗고 독립국이 되니 이는 32년 을미(乙未, 1895), 지금으로부터 11년 전[243]이다.

부록 갑오년(甲午年) 이후 10년 기사 청일전쟁[日淸戰爭]은 온전히 한국 독립

---

242 '시모노세키 조약'(1895)에 대한 설명이다.
243 원문의 '12년 전'은 오기이므로 바로잡았다.

을 뿌리 박고자 한 것이다. 따라서 한국이 또 일본의 뜻에 감동하였다. 그런데 의외에 간섭이 과도하고 권고에 힘써 이노우에 카오루가 정무 간섭과 그 외 제도법률 등을 한꺼번에 시행하니 이것은 한인의 감정을 부르는 일이었다. 이에 배일당(排日黨)이 러시아 공사 베베르와 상통하더니 곧 미우라 고로[三浦梧樓]가 와서 다시 을미 8월의 사변이 있었다. 이로부터 한국 조정의 원한이 더욱 심하고 일본이 일대 오욕을 스스로 취하였다.

이에 배일당 영수 이범진(李範晉)이 러시아 공사 베베르와 도모하여 왕이 러시아 공사관에 파천하시고 주륙(誅戮)을 대대적으로 행하였다. 그 후 일절 권력이 모두 베베르에게 돌아가고 일본이 러시아의 압제를 당하였다.

그 후 일본이 러시아의 신황제 니콜라이[尼古喇] 2세즉 지금의 러시아 황제 대관식에 야마가타 아리토모를 러시아 수도에 보냈다. 이에 일 · 러 협상이 이루어지니 이는 일본이 전쟁을 피하고자 함이었다. 이로부터 러시아 사신이 먼저 일본 군제를 폐하고 재정고문이었던 영국인 브라운[柏卓安]을 해고하고 재정경제기관을 장악하고자 하였다. 곧이어 러시아를 증오하는 미국파가 출현하고 또 독립협회(獨立協會)가 탄생하였다. 이는 자주독립과 애국, 충군으로 주의(主義)를 정하고 법령, 군대, 재정을 자국이 관리한다 하여 국내외의 동정을 일으켰다. 이에 러시아가 다시 한국 조정을 협박하지 못하고 마지윤(馬之允)이 대신 와 오로지 퇴보를 위주로 하고 따로 청나라를 향하여 방략을 청구하였다.

지난날 청일전쟁에 러시아가 요동반도의 일에 참여한 후, 여순과 대련만을 조차(租借)하고 동청철도(東淸鐵道)를 부설하였다. 또 북청요란(擾亂北淸)청국단비사(淸國團匪事)을 틈타 만주 여러 요지에 출병, 점거하였다. 또 러시아가 홀로 청나라와 교섭하여 만주의 철도, 광산과 토지독점권을 얻고자 하였으므로 이에 일 · 영 · 미 3국과 이 · 오 · 독이 모두 청에 말하여 그 조약을 파기하라 하였다. 일본은 또 전투를 준비하니 러시아가 두려워하여 급히 조약을 철회하였다.

그 후 임인년(壬寅年, 1902)에 영 · 일[日英] 양국이 동맹을 이루어 시국이 일변하니 그 조약은 곧 한청[淸韓] 양국의 독립을 인정하여 온전히 침략하지 않는다는 것이었다. 또 이는 러시아가 만주에서 자유 망동하지 못하게 하는 것이었다. 그러나 러시아가 프랑스와 동맹하고 청나라를 향하여 말하기를 만주에 있는 러시아 군사는 18개월 사이에 철수하여 물러난다 하였다. 그 후 병사를 북한 경계 위로 이주하고 여순 요새를 축조하며 만 · 한 경계를 더욱 위압하였다. 또 급히 알렉세예프[亞歷詩厚]를 러시아령 동아시아태수[露領東亞細亞太守]로 임명하고 극동의 러시아 행정, 외교와 태평양함대 및 그 외 군대총지휘권을 부여하여 더욱 만 · 한 국경에 증병하였다. 계묘년(癸卯年, 1903) 9월 후에는 감히 한국 주권을 침해하여 용암포(龍巖浦) 문제가 일어나며 압록강 상에 경보가 빈번히 전하였다. 이에 일 · 미 양국이 한국 조정을 향하여 압록강 개방을 요구하였다. 만주 문제가 점차 확대되어 일본공사 구리노 신이치로[栗野慎一郎]는 러시아 조정에 제의하여 말하기를 "청, 한 양국의 독립과 영토를 보전하고 또 양국의 상공업을 균등하게 하고 러시아는 일본이 한국에서 우월한 이익을 승인하고 일본은 러시아가 만주에서 철도경영에 특수한 이익을 승인하고 한국의 개혁으로 조언과 조력은 일본이 전권한다" 하였다. 러시아 조정이 항거하여 말하기를, "만주 연안은 전혀 일본과 무관하여 한국에서도 일본이 군사전략상으로 사용치 못한다" 하였다.

당시에 일본이 한편으로는 러시아와 교섭하고 한편으로는 청을 향하여 만주 개방 조약을 정하였다. 이에 러시아가 태평양함대로 여순 입구에서 시위하며 육군을 남만주에 집합하여 만·한 국경상에서 전쟁 준비를 정비하였다. 무릇 이 일이 서로 고집하며 맞서기를 여러 해에 광무 7년(1903) 계묘(癸卯) 12월 12일 이르러는 답하기를, 일본이 만주와는 상관이 없고 러·일[日露] 협상은 오직 한국에 있다 하였다. 이는 그 욕심이 만주를 병탄하여 각국의 권리와 특권을 빼앗고자 함이었다. 이에 일본이 12월 말부터 전비를 가다듬고 다음 해 2월 5일에 군사동원령을 전하고 외상(外相) 고무라 쥬타로[小村壽太郎]가 러시아 공사 로젠[魯齊人]을 거절하여 러·일의 국교가 이를 따라 단절되었다. 일본함대는 2월 8일에 여순 입구 밖에서 러시아 함대를 포격하고 2월 10일에 일본 천황의 선전포고서가 발표되니 양국의 위태로운 형국이 대체로 이와 같았다.

부록

용어해설

|부록 일러두기|

1. 부록의 용어 설명은 독자의 이해를 돕기 위해 한국문화연구원에서 일괄 정리한 것이다.
2. 시대구분(사망 10년 전을 기준)은 다음과 같이 규정한다.
  –고대 및 나말려초 : 고구려 / 백제 / 신라 / 발해 / 신라 말 · 고려 초 / 신라 말기
  –고려 : 고려 전기(개국~1170) / 고려 후기(1170~1350) / 고려 말기(1350~1392) / 고려 말 · 조선 초(고려, 조선에 걸쳐 있을 경우)
  –조선 : 조선 전기(개국~1592) / 조선 후기(1592~1876) / 개화기(1876~1910) / 일제강점기(1910~)
  –개화기 · 일제강점기 : 양쪽 시대 모두에 걸쳐 있는 경우로 한 왕조의 전 · 후기처럼 연속성이 있는 시기가 아니기 때문에, 개화기와 일제강점기를 모두 제시한다.
3. 중국 왕조의 인물인 경우
  –기본적으로 국명 뒤에 '나라'를 붙였으며, 뒤에 수식어가 붙지 않을 때는 '나라'를 제외한다.
  –원은 1271년 이전은 몽골, 그 이후는 원나라로 표기한다.
  –나라 이름이 2글자 이상(후금, 후당, 동진 등)일 경우는 '나라'를 넣지 않는다.
4. 인명 · 관직명 · 지명 등의 한자 병기는 한 항목 별로 처음에만 병기한다.
  –바로 아래 항목이라도 별개의 항목이면 한자를 다시 병기한다.
5. 관직 중 한자를 병기하지 않은 경우
  –신라의 관등, ㅇㅇ도관찰사('ㅇㅇ道都觀察使'는 한자 병기), ㅇ조판사, 영의정, 우의정, 좌의정, 상대등.
6. 인명 중 한자를 병기하지 않은 경우
  –모든 왕호 : 신라 宣德王(善德王은 '선덕여왕'으로 통일), 고려 定宗 · 靖宗, 모든 추존왕은 제외한다.
  –정몽주, 김부식, 최영, 묘청, 김유신, 송시열, 조광조, 이성계, 왕건, 견훤, 궁예, 최충헌, 이자겸, 이황, 이이, 주몽, 대조영, 이순신, 흥선대원군, 장보고, 김옥균, 박지원, 서희, 연개소문, 정도전, 원효, 최치원, 이완용, 공자, 김춘추, 정약용
7. 사건명 중 한자를 병기하지 않은 경우
  –임진왜란, 병자호란, 정유재란, 갑오개혁, 임오군란, 을미사변, 갑신정변, 을사조약, 청일전쟁, 러일전쟁, 위화도회군, 동학운동, 아관파천
8. 몇 째 아들 표기는 장남, 제2남, 제3남 순으로 한다.
9. 관직명, 지명, 인명을 나열할 때 가운데 방점을 사용한다.
10. 아버지나 할아버지, 아들이 유명한 경우가 아니면, 가계 설명은 삭제한다.
11. 관직명의 띄어쓰기 원칙은 다음과 같이 한다.
  –관청+관직(예 : 이조전랑), 지역+관직(예 : 평주판관) 등의 구조일 때는 모두 붙인다.

| 인명 |

각덕(覺德, 생몰년미상) : 중국에 건너가 법(法)을 구한 신라 최초의 승려이다. 540년(진흥왕 1)에 법을 구하러 양(梁)나라로 건너가 여러 곳을 다니며 스승들을 찾아 가르침을 받았다. 도학(道學)이 더욱 높아지자, 549년(진흥왕 10) 양나라 사신과 함께 최초로 부처님 사리(佛舍利)를 가지고 귀국하였는데, 이것이 한국에 들여온 최초의 불사리이다.

강감찬(姜邯贊, 948~1031) : 고려 전기의 명장이다. 본관은 금주(衿州), 초명은 은천(殷川)이다. 983년(성종 2) 문과에 장원으로 급제하여 예부시랑이 되었다. 거란이 10만 대군을 이끌고 쳐들어왔을 때 서북면행영도통사(西北面行營都統使)로 상원수(上元帥)가 되어 홍화진(興化鎭)에서 적을 무찔렀으며 달아나는 적을 구주(龜州)에서 크게 격파하였다.

강겸(姜謙, ?~1504) : 조선 전기의 문신이다. 본관은 진주, 자는 겸지(謙之)로, 1480년(성종 11) 식년문과(式年文科)에 병과(丙科)로 급제하였다. 1485년 호조좌랑(戶曹佐郞)으로 재임할 때 백성을 제대로 돌보지 않은 경기도 내의 수령들을 적발하였다. 1504년 갑자사화(甲子士禍)가 일어나자 연산군의 어머니 윤씨의 폐위에 가담하였다는 이유로 처형당하였다.

강경서(姜景敍, 1443~1510) : 조선 전기의 문신이다. 본관은 진주, 자는 자문(子文), 호는 초당(草堂)이다. 1477년(성종 8)에 식년문과(式年文科)에 병과(丙科)로 급제한 후 정자(正字)가 되었다. 무오사화(戊午士禍) 때 김종직(金宗直)의 문하생이라는 이유로 회령(會寧)에 장류(杖流)되었다가 1500년에 풀려나왔다. 문집에 『초당집(草堂集)』이 있다.

강문우(姜文佑, 생몰년미상) : 조선 전기의 문신이다. 본관은 진주, 자는 여익(汝翼)이다. 화담(花潭) 서경덕(徐敬德)의 문하에서 수학하였으며, 1558년(명종 13) 무오별시(戊午別試)에 병과(丙科) 3위로 급제하였다. 관직은 만호(萬戶)를 거쳐 교서관교리(校書館校理)에 이르렀다. 임진왜란 때에는 경성(鏡城)을 수복할 당시 선두에 서서 항거하는 국세필(鞠世弼)을 위협하여 병사(兵使)의 인(印)을 회수하였으며, 왜적을 공격하는 데 공을 세우기도 하였다.

강민첨(姜民瞻, ?~1021) : 고려 전기의 장군으로, 본관은 진주이다. 목종 때 문과에 급제하였으나 지기(志氣)가 있고 강과(剛果)하여 주로 전공을 통하여 입신하였다. 영일(迎日) 등지에 쳐들어온 동여진을 격퇴하고 거란의 소배압(蕭排押)이 10만 대군으로 쳐들어오자 강감찬의 부장으로 출전하여 홍화진(興化鎭)에서 격파하였으며, 거란군이 개경으로 쳐들어가자 이를 추격하여 자산(慈山)에서 크게 이겼다.

강백진(姜伯珍, 생몰년미상) : 조선 전기의 문신이다. 본관은 신천(信川), 자는 자온(子韞), 호는 무명재(無名齋)로, 김종직(金宗直)의 문하생으로 있었다. 1477년(성종 8)

10월 함안군수로 나가 선정을 베풀어 가자(加資)되었다. 무오사화(戊午士禍)에 연루되어 평안도 정주(定州)로 유배되어 봉수(烽燧)의 야역(夜役)을 하였다. 1504년 능지처참되고 1506년(중종 1) 대사간(大司諫)에 추증되었다.

강선(姜銑, 1645~?) : 조선 후기의 문신이다. 본관은 진주, 자는 자화(子和)이다. 정언(正言) · 지평(持平) 등을 지내던 중 1680년(숙종 6) 경신대출척(庚申大黜陟)이 일어나 벼슬이 삭탈되었다. 1689년 기사환국(己巳換局)으로 다시 교리(校理)에 등용되어 판결사(判決事) · 동부승지(同副承旨)를 역임하였다. 1694년 갑술환국(甲戌換局) 때 다시 파직되었다가 후에 재등용되어 형조판서 · 강원도관찰사 등을 지냈다.

강수(强首, ?~ 692) : 신라의 유학자 · 문장가이다. 태종무열왕 · 문무왕 · 신문왕의 3대에 걸쳐 문장으로 이름을 떨쳤으며, 특히 외교 문서에 능하여 삼국 통일에 크게 공헌하였다.

강순(康純, 1390~1468) : 조선 전기의 무신이다. 본관은 신천(信川), 자는 태초(太初)이다. 음보(蔭補)로 무관에 등용되어 1450년(세종 32) 조전절제사(助戰節制使), 1456년(세조 2) 의주목판사(義州牧判使)를 지냈다. 1467년 이시애(李施愛)의 난을 평정한 공으로 적개공신(敵愾功臣) 1등에 신천부원군(信川府院君)으로 봉해졌다. 1468년 영의정에 올랐으나 반란을 꾀하였다는 유자광(柳子光)의 무고에 몰려 사형당하였다.

강윤충(康允忠, ?~1359) : 고려 후기의 문신이다. 천예(賤隷) 출신으로 호군(護軍)이 되어 낭장(郎將) 백유(白儒)의 처를 강간하였다가 섬에 장류(杖流)되었다. 조적(曺頔)의 난 때 왕을 시종한 공으로 1342년(충혜왕 복위3) 1등공신에 올라 밀직부사(密直副使) · 첨의평리(僉議評理) 등을 거친 뒤 충목왕 때 찬성사(贊成事)에 올랐다. 1356년(공민왕 5) 호군 임중보(林仲甫)의 반란음모에 연루되어 동래현령(東萊縣令)으로 좌천되었다가 3년 뒤 살해되었다.

강조(康兆, ?~1010) : 고려 전기의 무신이다. 1009년(목종 12) 천추태후(千秋太后)가 외척 김치양(金致陽)과 더불어 정변을 일으키자, 대량원군(大良院君)을 현종으로 옹립하고 목종을 시해하였다. 현종 즉위 후 중대사(中臺使)가 되었고, 이듬해 거란의 성종이 목종을 시해한 데 대한 문죄라는 명목으로 40만 대군으로 침입해 오자 행영도통사(行營都統使)가 되어 30만의 군사로 통주(通州)에서 싸우다 사로잡혔다.

강종(康宗, 1211~1213) : 고려의 제22대 왕(재위 1211~1213)이다. 자는 대수(大華), 명종의 장남이고, 어머니는 광정태후(光靖太后) 김씨, 비는 원덕태후(元德太后) 유씨이다. 1171년(명종1) 관례(冠禮)를 올리고, 1173년 왕세자에 책봉되었다. 1197년 최충헌에게 쫓기어 부왕과 함께 강화도로 유배되었다가, 희종을 폐한 최충헌에게 옹립되어 왕위에 올랐다.

강중경(姜仲卿, ?~1356) : 고려 후기의 무신이다. 공민왕이 원나라에 있을 때 시종하였고 기철(奇轍) 일파를 숙청할 때 공을 세웠다. 압록강 서쪽에 있는 원나라 소속의 8참(八站)을 빼앗는 임무를 맡았으나 주정을 부리다 살해되었다.

강혼(姜渾, 1464~1519) : 조선 전기의 문신이다. 본관은 진주, 자는 사호(士浩), 호는 목계(木溪), 시호는 문간(文簡)이다. 1483년(성종 14) 생원시(生員試)에 장원급제하였다. 1498년(연산군 4) 무오사화(戊午士禍) 때 김종직(金宗直)의 문인이라는 이유로 장류(杖流)되었으나, 얼마 뒤 풀려나와 문장과 시로써 연산군의 총애를 받았다. 1506년 중종반정에 참여하여 정국공신(靖國功臣) 3등으로 진천군(晋川君)에 봉해졌다.

강홍립(姜弘立, 1560~1627) : 조선 후기의 무신이다. 본관은 진주, 자는 군신(君信), 호는 내촌(耐村)이다. 1589년(선조 22) 진사가 되고, 1605년 진주사(陳奏使)의 서장관(書狀官)으로 명나라에 다녀왔다. 명나라의 원병으로 5도도원수(五道都元帥)가 되어 후금을 쳤으나 대패하였다. 후에 후금에 투항하였으나 억류생활을 하였다.

강희맹(姜希孟, 1424~1483) : 조선 전기의 문신이다. 본관은 진주, 자는 경순(景醇)이다. 세종의 이질(姨姪)이고, 화가 강희안(姜希顔)의 동생이다. 1447년(세종 29) 별시문과(別試文科)에 장원급제하여, 종부시주부(宗簿寺主簿)로 벼슬을 시작하였다. 남이(南怡)의 옥사사건을 해결한 공로로 익대공신(翊戴功臣) 3등에 책봉되었다. 문집에 『금양잡록(衿陽雜錄)』이 있다.

강희제(康熙帝, 1654~1722) : 청나라의 제4대 황제(재위 1661~1722)이다. 중국 역대 황제 중 재위기간이 61년으로 가장 길다. 삼번(三藩)의 난을 평정하여 진정한 중국 통일을 완성하였다. 그의 치세에 청나라는 재정적 · 내정적으로 안정되었으며, 대외적으로는 중국의 영토를 크게 확장하였다. 국내외 정치에서의 성공은 문화에도 반영되어 중국 최대의 유서(類書)인 『고금도서집성(古今圖書集成)』의 편찬과 『강희자전(康熙字典)』의 출판을 비롯하여 많은 서적을 편찬하였다.

개로왕(蓋鹵王, ?~475) : 백제의 제21대 왕(재위 455~475)이다. 이름은 여경(餘慶), 초명은 경가(慶可)이다. 고구려의 첩자 도림(道琳)의 꾀에 빠져 국가재정을 낭비하고 왕족 중심의 집권체제를 추구하여 백제 내부의 결속력을 약화시켰다. 고구려 장수왕의 침입을 받아 죽었다.

개루왕(蓋婁王, ?~166) : 백제의 제4대 왕(재위 128~166)이다. 기루왕(己婁王)의 아들로, 132년 북한산성을 쌓았다. 165년 신라에서 아찬 길선(吉宣)이 반역을 꾀하다 실패하자, 그의 망명을 받아들이고 신라에 돌려주지 않아 두 나라 사이에 싸움이 벌어지는 등 반목이 생겼다.

거등(居登, 생몰년미상) : 거등왕과 동일인물이다. → 거등왕

거등왕(居登王, 생몰년미상) : 금관가야의 제2대 왕(재위 199~259)이다. 수로왕(首露王)의 아들이며, 어머니는 허씨(許氏), 비는 천부경(泉府卿) 신보(申輔)의 딸 모정(慕貞)이다. 금관가야의 제3대왕인 마품왕(麻品王)이 그의 아들이다.

거칠부(居柒夫, ?~579) : 신라 진흥왕 때의 재상이다. 내물왕의 5세손으로, 아버지는 이찬 물력(勿力)이다. 대아찬으로서 『국사(國史)』를 편찬하여 파진찬의 관등을 받았다. 상대등으로 군국정사(軍國政事)를 총괄하였다.

견훤(甄萱, 867~936) : 후백제의 제1대 왕(재위 900~935)이다. 전주견씨(全州甄氏)의 시조이고, 본성은 이(李)이며, 아자개(阿慈介)의 아들이다. 관제를 정비하고, 중국과 국교를 맺었으며, 궁예의 후고구려와 충돌하며 세력 확장에 힘썼다. 후에 왕위 계승 문제로 장남 신검(神劍)에게 유폐를 당하였으나 탈출해 고려 왕건에게 투항하였다. 왕건에게 신검 토벌을 요청하여 후백제를 멸망시켰다.

경대승(慶大升, 1154~1183) : 고려 후기의 무신으로 본관은 청주이다. 1179년(명종 9) 정중부(鄭仲夫) 등을 제거하고 실권을 장악하였다. 도방(都房)을 설치하고 문관과 무관을 고루 등용하여 무신의 난으로 와해된 조정의 질서를 회복하려 하였으나, 30살의 나이로 병사하였다.

경덕왕(景德王, ?~765) : 신라의 제35대 왕(재위 742~765)으로 이름은 헌영(憲英)이다. 왕권강화를 위해 한화정책(漢化政策)을 근간으로 하는 제도개혁을 단행하였다.

경명왕(景明王, ?~924) : 신라의 제54대 왕(재위 917~924)이다. 성은 박씨, 이름은 승영(昇英)으로 아버지는 신덕왕이다. 후삼국이 정립하여 패권을 다투던 때에 재위, 후당에 구원을 청하였으나 실패하였다. 고려 태조 왕건의 도움으로 견훤의 침공을 격퇴하는 등의 전과도 올렸으나, 국세를 떨치지 못하고 죽었다.

경문왕(景文王, ?~875) : 신라의 제48대 왕(재위 861~875)으로 이름은 응렴(膺廉·凝廉)이다. 신라 쇠퇴기에 빈번히 일어나는 중앙귀족의 모반과 지방 반란 평정에 힘썼다. 당나라에 사신을 파견, 긴밀한 유대를 맺었다. 황룡사탑을 수축하였다. 재위 중 천재지변이 많아 백성이 곤궁하였다.

경복흥(慶福興, ?~1380) : 고려 말기의 재상이다. 본관은 청주, 초명은 천흥(千興), 시호는 정렬(貞烈)이다. 기철(奇轍) 숙청의 공으로 1등공신이 되었다. 1363년(공민왕 11) 최유(崔濡)가 덕흥군(德興君)을 추대하여 군사 1만 명을 이끌고 침입하자, 서북면도원수(西北面都元帥)가 되어 이순(李珣)·최영·안우경(安遇慶) 등과 함께 이를 물리치고 좌시중(左侍中)이 되었다. 신돈 집권 때 그를 제거하려다가 발각되어 유배되었다가, 신돈 주살 후 다시 좌시중(左侍中)이 되었다.

경성왕후(敬成王后, ? ~1086년) : 고려 덕종의 비이다. 성은 김씨이고 본관은 경주이다. 현종과 그 비인 원순숙비(元順淑妃) 김씨의 유일한 딸로, 남편인 덕종과는 이복 남매간이다. 1034년(덕종 3) 2월에 왕비에 책봉되었으나, 그해에 남편 덕종이 사망하였다. 덕종과의 사이에 소생은 없었다.

경성후(敬成后, ? ~1086년) : 경성왕후 김씨와 동일인물이다. → 경성왕후

경순왕(敬順王, ?~978) : 신라의 제56대 왕(재위 927~935)으로, 신라 최후의 왕이다. 성은 김씨이고 이름은 부(傅)이며, 문성왕(文聖王)의 6대손이다. 재위 때 후백제의 침공과 약탈로 국가의 기능이 마비되었다. 고려에 귀부하기로 결정하고, 고려 태조에게 항복하였다. 태조로부터 유화궁(柳花宮)을 하사받았으며, 그의 딸인 낙랑공주(樂浪公主)를 아내로 맞고 정승공(政承公)에 봉해졌다. 경주의 사심관에 임명,

고려시대 사심관제도의 시초가 되었다.

경애왕(景哀王, ?~927) : 신라의 제55대 왕(재위 924~927)으로 이름은 위응(魏膺)이다. 아버지는 신덕왕이며 경명왕의 아우이다. 경명왕 때 이찬으로서 상대등이 된 뒤, 신라 말 혼란기에 즉위하였다. 왕건 · 견훤 등의 세력에 눌려 국왕다운 위엄을 떨치지 못하였다. 927년 포석정(鮑石亭)에서 연회를 하다가 견훤의 습격을 받고 자살하였다.

경종(景宗, 955~981) : 고려의 제5대 왕(재위 975~981)이다. 이름은 유(伷), 자는 장민(長民)이며, 광종의 장남으로 어머니는 대목왕후(大穆王后) 황보씨이다. 976년에는 전시과(田柴科)를 제정하였으며, 977년에는 과거를 재개하였다. 뒤에 정치를 등한히 하고 음탕한 생활에 빠져 소인과 사귀기를 좋아하고, 군자를 멀리하였다.

경천흥(慶千興, ?~1380) : 경복흥과 동일인물이다. → 경복흥

계국대장공주(薊國大長公主, ?~1315) : 고려 충선왕의 비이다. 이름은 보탑실련(寶塔實憐)으로, 원나라의 진왕(晉王) 카말라[甘麻剌]의 딸이며 충선왕 즉위와 함께 왕비에 올랐다. 고려 출신의 조비(趙妃)를 질투하여 이를 원 황실에 모함하자, 원나라에서는 충선왕과 공주를 원나라로 불러들이고 왕위를 다시 충렬왕에게 돌려주었다. 충선왕이 무종 옹립의 공으로 1308년 다시 왕위에 오르자 1313년 충선왕과 함께 고려에 돌아왔다. 그 후 원나라에 들어가 그곳에서 죽었다.

계림군(桂林君, ?~1545) : 이유와 동일인물이다. → 이유

계백(階伯, ?~660) : 백제의 장군이다. 나당연합군이 백제를 공격하자 군사 5,000명을 이끌고 출전하여 황산벌에서 신라 김유신의 군대와 맞서 네 차례나 격파하였다. 이후 관창(官昌)의 죽음으로 사기가 오른 신라군의 총공격 때 전사하였다.

계왕(契王, ?~346) : 백제의 제12대 왕(재위 344~346)이다. 제10대 분서왕의 장남인데 나이가 어린 탓에 비류왕이 왕위에 올랐고, 그의 사후 즉위하였다. 자질이 강직하고 용감하며 기사(騎射)에 능하였다. 즉위 3년 만에 죽었다. 왕위는 비류왕의 아들 근초고왕이 계승하였다.

고경명(高敬命, 1533~1592) : 조선 전기의 문인 · 의병장이다. 본관은 장흥, 자는 이순(而順), 호는 제봉(霽峰) · 태헌(苔軒)이다. 1552년(명종 7) 진사가 되었으며, 1558년 식년문과(式年文科)에 장원급제하였다. 임진왜란이 일어나자 격문을 돌려 6,000여 명의 의병을 담양에 모아 진용을 편성하였다. 금산싸움에서 왜군과 싸우다가 전사하였다. 좌찬성(左贊成)에 추증되었다. 문집에 『제봉집(霽峰集)』, 저서에 『유서석록(遊瑞石錄)』 등이 있다.

고국원왕(故國原王, ?~371) : 고구려의 제16대 왕(재위 331~371)이다. 이름은 사유(斯由) · 쇠(釗)이고 미천왕의 아들이다. 국강상왕(國岡上王)이라고도 한다. 314년(미천왕 15) 태자로 책봉되고, 즉위하자 평양성을 증축하였으며 국내성을 수리하였다. 모용황(慕容皝)에게 미천왕의 시체를 빼앗기고, 왕모 주씨(周氏)와 왕비가 납치되었으나 조공으로 찾아왔다. 백제 공격에 패하고, 371년 침입한 백제 근초고왕

과 평양성에서 싸우다가 죽었다.

고국천왕(故國川王, ?~197) : 고구려의 제9대 왕(재위 179~197)이다. 이름은 남무(男武)이며 신대왕의 제2남으로, 대신들의 추대를 받아 왕위에 올랐다. 국양왕(國襄王)이라고도 한다. 184년 한나라 요동태수(遼東太守)의 침입을 막아 싸워서 대승하였다. 을파소(乙巴素)를 국상으로 등용하여 진대법(賑貸法)을 실시하는 등 현정을 베풀었다.

고납합(고나하[古納哈], ?~1468) : 조선 전기 만주에 있던 여진족의 족장이다. 이만주(李滿住)의 아들로 세조 때 조선에 귀순하였다. 조선 · 여진이 반명(反明)세력을 형성할 것을 우려한 명나라의 압력으로, 조선이 여진과의 손을 끊자 여진족의 국경 침입이 많아졌다. 조선의 강순(康純) · 남이(南怡) 등이 올미부(兀彌府) 건주위(建州衛)요새를 공격하자, 대항하다 죽었다.

고복장(高福章, ?~147) : 고구려의 문신으로, 123년(태조왕 71) 우보(右輔)가 되었다. 146년 태조왕의 동생 수성(遂成)이 왕위를 빼앗으려 하자, 이에 반대하였다. 이때문에 수성이 차대왕으로 즉위한 이듬해 왕에게 살해되었다.

고연수(高延壽, ?~645) : 고구려 말기의 장군이다. 645년 당 태종이 고구려를 침략하여 요동성을 함락하고 안시성을 포위하자, 당시 북부욕살(北部褥薩 : 뒤의 都督과 같은 벼슬)인 그는 남부욕살인 고혜진(高惠眞)과 함께 고구려와 말갈 연합군 15만 명으로 안시성 구원에 노력하였다. 태종의 유인작전에 빠져 참패하자 투항하였다.

고유방(高惟訪, 생몰년미상) : 고려 인종 · 의종 · 명종 때의 화가이다. 궁정작화기관인 도화원(圖畵院)의 화가였던 것으로 추정된다. 『고려사』에 의하면 당대의 화가였던 이광필(李光弼)과 함께 명종의 총애를 받았다고 한다. 전해지는 작품은 없다.

고이왕(古爾王, ?~286) : 백제의 제8대 왕(재위 234~286)이다. 국가체제를 정비하고 왕권을 강화하여 국가 기반을 확립하였다. 관제를 마련하였고, 강력한 중앙집권체제로 발전시켰다. 신라의 변방을 침범하여 영토 확장에도 진력하여, 건국 태조와 같은 업적을 남겼다.

고종(高宗, 1192~1259) : 고려의 제23대 왕(재위 1213~1259)이다. 이름은 철(瞮), 초명은 진(瞋) · 질(晊)이며 자는 대명(大明) · 천우(天祐)이다. 재위 기간에 거란 · 몽골 등 북방민족의 침입을 받았다. 몽골의 침입으로 강화에 천도하여, 28년간 항쟁하였다. 팔만대장경 조판, 유학 장려 등 문화적 업적을 남겼다.

고종후(高從厚, 1554~1593) : 조선 중기의 의병장이다. 본관은 장흥, 자는 도충(道冲), 호는 준봉(準峰), 시호는 효열(孝烈)이다. 1570년(선조 3) 진사가 되고, 1577년 별시문과(別試文科)에 급제하여 현령에 이르렀다. 임진왜란 때 아버지 고경명(高敬命)을 따라 의병을 일으키고 금산싸움, 진주성수비전 등에 참전하였다.

고주몽(高朱蒙, BC 58~BC 19) : 고구려 동명성왕과 동일인물이다. → 동명성왕

고혜진(高惠眞, 생몰년미상) : 고구려의 장수이다. 당 태종이 고구려를 침입하여 안시성

을 포위 공격하자, 고구려에서는 고혜진과 고연수(高延壽)에게 방어하게 하였다. 그러나 당 태종의 계략에 빠져 대패하고 자진 항복하였다. 이때 당 태종은 항복한 고구려의 연합군인 말갈군 3,300명을 구덩이에 묻어 죽였고, 고연수에게는 홍려경(鴻臚卿), 고혜진에게는 사농경(司農卿)의 벼슬을 주었다.

고흥(高興, 생몰년미상) : 백제 근초고왕 때의 학자이다. 박사(博士)라는 직함을 가지고 『서기(書記)』를 편찬하는 등 유학(儒學)과 관련된 분야에서 활동한 것으로 전해질 뿐, 구체적인 행적은 알 수 없다.

공민왕(恭愍王, 1330~1374) : 고려의 제31대 왕(재위 1351~1374)이다. 이름은 전(顓)이고 초명은 기(祺)이며, 호는 이재(怡齋)·익당(益堂)이다. 원 배척운동을 통해 몽골풍, 원 연호·관제를 폐지하고, 쌍성총관부(雙城摠管府)를 폐지하여 영토를 회복하였다. 신돈을 등용하여 개혁 정치를 펼쳤다.

공손강(公孫康, ?~221) : 후한 말기~위나라 초기의 장군이다. 요동으로 도망해 온 장수 원상(袁尙)을 죽여 조조에게 바치고 양평후(襄平侯) 좌장군(左將軍)의 벼슬을 받았다. 고구려 산상왕을 격파하여 환도성(丸都城)으로 도읍을 옮기게 하고 대방군(帶方郡)을 설치하는 한편 한(韓)·예(濊)도 토벌하였다.

공손도(公孫度, ?~204) : 공손탁과 동일인물이다. → 공손탁

공손탁(公孫度, ?~204) : 후한 말기의 세력가이다. 요동태수(遼東太守)가 되어 고구려·오환(烏丸·烏桓)을 쳐서 세력을 넓히고, 스스로 요동후 평주목(遼東侯平州牧)이라 칭하였다.

공양왕(恭讓王, 1345~1394) : 고려의 제34대 왕(재위 1389~1392)으로, 고려시대 최후의 왕이다. 이름은 요(瑤)이고 신종(神宗)의 7대손이며, 정원부원군(定原府院君) 왕균(王鈞)의 아들이다. 이성계는 위화도회군 뒤에 창왕을 즉위시켰으나, 음모를 꾀하였다는 이유로 그를 폐위시키고 공양왕을 즉위시켰다. 이성계에게 실권을 빼앗겼으며, 정몽주가 살해된 후 덕이 없고 어리석다는 이유로 폐위당하였다.

공유덕(孔有德, ?~1652) : 청나라의 무장으로 요양(遼陽 : 랴오양) 출신이며, 시호는 무장(武壯)이다. 명나라 모문룡(毛文龍)의 부하였으나, 모문룡 사후, 산동성(山東省 : 산둥성)에서 난을 일으켜 청나라에 귀순하여 도원수(都元帥)가 되었고, 1636년에 왕작(王爵)을 받았다. 이자성(李自成)의 농민군 등 명나라의 잔당을 토벌한 공으로 정남왕(定南王)에 책봉되었다.

곽순(郭恂, 1502~1545) : 조선 전기의 문신이다. 자는 백유(伯瑜), 호는 경재(警齋)로, 1528년(중종 23) 식년문과(式年文科)에 급제하였다. 인종 즉위 후 소윤(小尹)과 대윤(大尹) 간의 세력 투쟁이 첨예화되어 시국이 어지러워지자 벼슬을 버리고 운문산(雲門山)에 들어갔다. 그러나 1545년(명종 즉위년) 을사사화(乙巳士禍)에 연루되어 장살(杖殺)되었다.

곽영(郭嶸, 생몰년미상) : 조선 후기의 무신이다. 임진왜란 때 전라도방어사로서 용인·

금산 등지에서 일본군과 싸웠으나 모두 패하여 사헌부(司憲府)로부터 졸장이라는 탄핵을 받았다. 호위대장으로서 왕비가 수안에 머물 때 경호하였다.

곽예(郭預, 1232~1286) : 고려 후기 문신이다. 1263년(원종4) 첨사부녹사(詹事府錄事)가 되어 홍저(洪貯)와 함께 일본에 건너가 왜구의 침범을 중지시킬 것과 잡혀간 고려인의 송환을 요구하였다. 충렬왕 때 우부승지(右副承旨)·좌승지 국자감 대사성 문한학사(左承旨國子監大司成文翰學士) 등을 거쳤다. 문장과 글씨에 뛰어났다.

곽원(郭元, ?~1029) : 고려 전기의 문신이다. 본관은 청주이고, 996년(성종 15) 문과에 급제하였다. 1019년(현종 10) 송나라에 사신으로 가서 거란의 계속되는 고려 침입을 전하고 구원을 요청하였으며, 돌아와서 형부시랑(刑部侍郎)·우간의대부(右諫議大夫)·한림학사(翰林學士) 등을 지냈다. 그 뒤 산기상시(散騎常侍)로 등용되어 다시 거란에 다녀왔다.

곽재우(郭再祐, 1552~1617) : 조선 후기의 의병장이다. 1592년(선조 25) 4월 14일 임진왜란이 일어나 왕이 의주(義州)로 피난하자 같은 달 22일 제일 먼저 의령(宜寧)에서 수십 명의 사람들을 모아 의병을 일으켰다. 또한 성주목사(星州牧使)에 임명되어 악견산성(岳堅山城) 등 성지를 수축하였다.

곽충보(郭忠輔, ?~1403) : 고려 말·조선 초의 무신이다. 위화도에서 회군하여 최영의 군대를 격파하고 최영을 붙잡아 유배하였으며 우왕을 폐위하고 창왕을 세웠다. 그 뒤 폐위된 우왕이 김저(金佇), 정득후(鄭得厚)와 함께 이성계를 암살할 것을 부탁하자 도리어 이성계에게 밀고하였다.

구수복(具壽福, 1491~1535) : 조선 전기의 문신이다. 본관은 능성(綾城), 자는 백응(伯凝), 호는 병암(屛菴)·수재(睡齋)이다. 1514년(중종 9) 사가독서(賜暇讀書)를 하였고, 1516년 식년문과(式年文科)에 을과(乙科)로 급제하였다. 이조정랑(吏曹正郞)으로 재직하던 기묘사화(己卯士禍) 때 직소(直所)에 있으면서 심정(沈貞) 등으로부터 북문을 열라고 협박당하였으나 이를 거절하였기 때문에 사화가 일어난 뒤 삭직되었다.

구형왕(仇衡王, 생몰년미상) : 금관가야의 제10대 왕(재위 521~532)으로, 금관가야의 마지막 왕이다. 구해왕(仇亥王)이라고도 한다. 겸지왕(鉗知王)의 아들이자, 각간(角干) 김무력(金武力)의 아버지이며, 김유신의 증조부(曾祖父)이다. 532년(법흥왕 19) 신라에 항복하여 상등(上等)의 벼슬과 가락국을 식읍(食邑)으로 받았다.

국경인(鞠景仁, ?~1592) : 조선 전기의 반역자이다. 전주에 살다가 회령(會寧)에 유배되었고, 후에 회령부(會寧府) 아전(衙前)으로 들어가 치부(致富)하였으나, 조정에 원한을 품고 있었다. 회령부 아전으로 임진왜란 때 무리를 모아 반란을 일으켰다. 피난 와있던 왕자 임해군(臨海君)·순화군(順和君)을 포박, 왜장 가토[加藤]에게 넘겨주었다. 유생 신세준(申世俊)·오윤적(吳允迪) 등에게 참살 당하였다.

국반(國飯, 생몰년미상) : 신라의 왕족이다. 제26대 진평왕의 동복아우이며, 진덕여왕의 생부이다. 국분(國芬)·국기안(國其安)이라고도 한다. 579년(진평왕 즉위년)에 진안갈문왕(眞安葛文王)으로 증직되었다.

국세필(菊世弼, ?~1592) : 조선 전기의 반란자 · 역신(逆臣)이다. 선조 때 회령부(會寧府)의 아전으로 있으면서 조카 국경인(鞠景仁)과 함께 조정에 원한을 품고 있다가 임진왜란이 일어나자 무리를 모아 반란을 일으켰다. 회령에 피난 중이던 두 왕자 임해군(臨海君)과 순화군(順和君)을 포박하여 왜장 가토 기요마사[加藤淸正]에게 넘겨주었다. 그 후 회령의 유생(儒生)에게 붙잡혀 참살당하였다.

궁예(弓裔, ?~918) : 후고구려의 제1대왕(재위 901~918)이다. 성은 김이고, 몰락한 진골귀족의 후예로, 신라의 제47대 헌안왕 또는 제48대 경문왕의 아들이라고도 한다. 898년(효공왕 2) 양길(梁吉)을 타도하고 송악(松岳)을 근거로 자립하여 고구려의 부흥을 표방하고, 다시 901년에 후고구려를 건국하여 스스로 왕이라 칭하였다. 그러나 전제군주로서 횡포가 심하였고, 신숭겸(申崇謙) 등이 왕건을 추대하자 도망가다 피살되었다.

권겸(權謙, ?~1356) : 고려 말기의 역신(逆臣)이다. 본관은 안동이다. 충숙왕 초 사복시부정(司僕寺副正)을 지내고 1321년(충숙왕 8) 우대언(右代言)을 거쳐 민부전서(民部典書)가 되었다. 1352년(공민왕 1)에는 복안부원군(福安府院君)으로서 원나라에 가서 딸을 황태자에게 바치고, 원나라의 태부감태감(太府監太監)의 벼슬을 얻었다. 공민왕의 배원정책으로 기철(奇轍)과 함께 난을 일으켰다.

권경유(權景裕, ?~1498) : 조선 전기의 문신이다. 본관은 안동, 자는 군요(君饒) · 자범(子汎), 호는 치헌(癡軒)이다. 1495년(연산군 1) 연산군의 폭정이 심해지자 외직을 청하여 제천현감(堤川縣監)이 되었다. 사관직에 있을 때, 김일손(金馹孫)과 함께 스승 김종직(金宗直)의 「조의제문(弔義帝文)」을 사초에 실은 일로 1498년(연산군 4) 무오사화(戊午士禍) 때 아들 권연(權沇) · 김일손 등과 함께 사형되었다. 도승지(都承旨)에 추증되었다.

권근(權近, 1352~1409) : 고려 말 · 조선 초의 문신 · 학자이다. 호는 양촌(陽村)이며 시호 문충(文忠)이다. 친명정책을 주장하였으며, 조선 개국 후, 사병 폐지를 주장하여 왕권확립에 큰 공을 세웠다. 길창부원군(吉昌府院君)에 봉해졌으며, 대사성(大司成) · 세자좌빈객(世子左賓客) 등을 역임하였다. 문장에 뛰어났고, 경학(經學)에 밝아 사서오경의 구결을 정하였다. 문집에 『양촌집(陽村集)』, 저서에 『입학도설(入學圖說)』 · 『사서오경구결(四書五經口訣)』 · 『동현사략(東賢事略)』 등이 있다.

권대운(權大運, 1612~1699) : 조선 후기의 문신이다. 본관은 안동, 자는 시회(時會), 호는 석담(石潭)이다. 1642년(인조 20) 진사가 되고, 지평(持平) · 헌납(獻納) · 이조정랑(吏曹正郎) · 응교(應敎) · 사간(司諫)을 역임하고 승지(承旨)가 되었다. 숙종 때 예조판서 · 병조판서 · 우의정으로 각각 승진하였다. 남인의 중심적 인물로 처신하였으며, 1689년(숙종 15) 기사환국(己巳換局)으로 영의정에 등용되었고 서인 영수 송시열을 사사하게 하였다.

권돈인(權敦仁, 1783~1859) : 조선 후기의 문신이다. 본관은 안동, 자는 경희(景羲), 호는 과지초당노인(瓜地草堂老人)·이재(彛齋)이다. 1812년(순조 12) 증광문과(增廣文科)에 병과(丙科)로 급제하였다. 우의정·좌의정·영의정을 지냈으며, 원상(院相)으로 잠시 국정을 맡기도 하였다. 철종 때 경의군(敬義君)을 진종(眞宗)으로 추존(追尊)하고, 위패를 영녕전(永寧殿)으로 옮길 때, 헌종을 먼저 모시도록 주장해 파직된 후 부처되어 죽었다. 뒤에 신원되었다.

권람(權擥, 1416~1465) : 조선 전기의 문신이다. 본관은 안동, 자는 정경(正卿), 호는 소한당(所閑堂), 시호는 익평(翼平)이다. 1450년(문종 즉위년) 식년문과(式年文科)에 장원급제하였고, 1453년(단종 1) 계유정난(癸酉靖難) 때 정난공신(靖難功臣) 1등으로 우부승지(右副承旨)에 특진하였다. 1463년 부원군(府院君)으로 진봉되었다.

권민수(權敏手, 1466~1517) : 조선 전기의 문신이다. 본관은 안동, 자는 숙달(叔達), 호는 퇴재(退齋)이다. 1494년(성종 25) 별시문과(別試文科)에 병과(丙科)로 급제하여 홍문관정자(弘文館正字)·부수찬(副修撰)을 지냈다. 부수찬으로 있을 때 연산군의 후원관사(後苑觀射)를 논한 일이 화근이 되어 1504년(연산군 10)의 갑자사화(甲子士禍) 때 원지(遠地)로 유배되었다.

권발(權撥, 1478~1548) : 조선 전기의 문신·학자이다. 본관은 안동, 자는 중허(仲虛), 호는 충재(沖齋)이다. 1496년(연산군 2) 진사에 합격하고, 1507년(중종 2) 문과에 급제하였다. 그 뒤 예문관검열(藝文館檢閱)·홍문관수찬(弘文館修撰)·부교리(副校理)·사간원정언(司諫院正言) 등을 역임하였고, 직신(直臣)으로 이름을 떨쳤다. 1547년(명종 2) 정미사화(丁未士禍)에 연루되어 유배되었으며, 이듬해 유배지에서 죽었다.

권부(權溥, 1709~1778) : 조선 후기의 학자이다. 본관은 안동, 자는 계응(季凝), 호는 수곡(樹谷)이다. 처음에는 과공(科工)에 전념하였으나, 1728년(영조 4) 이인좌(李麟佐)의 난으로 곧은 뜻을 가진 사람들이 출세할 수 없음을 알고는 영달의 뜻을 버리고 오직 학문에만 정진하였다. 경사(經史) 외에 음양·성력(星曆)·의방·술수에까지 일가견을 가졌으며, 문집에 『수곡집(樹谷集)』이 있다.

권율(權慄, 1537~1599) : 조선 전기의 명장이다. 본관은 안동, 자는 언신(彦愼), 호는 만취당(晩翠堂)·모악(暮嶽)이다. 1582년(선조 15) 식년문과(式年文科)에 병과(丙科)로 급제하였다. 금산군 이치(梨峙)싸움, 수원 독왕산성(禿旺山城)전투, 행주대첩 등에서 승리하였다. 임진왜란 7년 간 군대를 총지휘한 장군으로 전공을 세웠다.

권응수(權應銖, 1546~1608) : 조선 후기의 무신이다. 본관은 안동, 자는 중평(仲平), 호는 백운재(白雲齋)이다. 1583년(선조 16) 별시무과(別試武科)에 급제하여, 훈련원부봉사(訓練院副奉事)로 북변수비에 종사하였다. 1592년 임진왜란 당시 고향에 돌아가 의병을 모집하여 영천성(永川城)을 탈환하고 병마우후(兵馬虞侯)가 되었다. 경주성 탈환전, 문경 당교(唐橋)싸움 등에 참전하였다.

권의(權宜, 생몰년미상) : 고려 충렬왕 때 문신이다. 경상도안렴사(慶尙道按廉使)로 나가서 많은 재물을 빼앗고 포악한 짓을 하여 파면되었다. 그 후 정랑(正郎)에 임명되었으나, 안렴사 시절 기생 때문에 정연(鄭延)을 죽인 사건이 드러나 다시 해도(海島)로 유배되었다.

권주(權柱, 1457~1505) : 조선 전기 문신이다. 도승지(都承旨)를 거쳐 충청도관찰사를 지냈고, 이어 중추부동지사(中樞府同知事)가 되어 정조사(正朝使)로 명나라에 다녀와 경상도관찰사가 되었다. 1504년(연산군 10) 갑자사화(甲子士禍)가 일어나자 앞서 성종이 윤비를 폐위시키고, 이어 사사할 때 사약을 가지고 갔다 하여 그 죄로 평해(平海)로 유배되었으며, 이듬해 교살되었다.

권한공(權漢功, ?~1349) : 고려 후기의 공신이다. 충숙왕 초 삼사사(三司使) · 찬성사(贊成事)를 지냈으며, 충선왕이 양위한 후 원나라에 가서 만권당(萬卷堂)에서 이제현(李齊賢)과 함께 독서하며 문명을 떨쳤다. 도첨의정승(都僉議政丞)에 이르고, 예천부원군(醴泉府院君)에 봉해졌다. 문집에 『일재일고(一齋逸稿)』가 있다.

귀성군(龜城君, 1441~1479) : 이준과 동일인물이다. → 이준

근초고왕(近肖古王, ?~375) : 백제의 제13대 왕(재위 346~375)이다. 비류왕의 제2남으로 태어났으며 4세기 중반에 백제를 크게 발전시킨 왕이다. 369년경 남부지역의 영토를 대대적으로 넓히는 한편 고구려의 고국원왕이 2만 대군을 이끌고 쳐들어오자 치양(雉壤 : 황해도 배천)에서 맞아싸워 5,000여 명을 죽이거나 사로잡는 전과를 거두었고 왕권을 강화시켰으며, 백제의 정치 · 경제 · 문화적 기반을 튼튼히 하였다.

금강(金剛, ?~935) : 후백제 왕 견훤의 제4남이다. 935년에 견훤이 금강에게 왕위를 선위하려고 하자 그의 형 신검(神劍) · 양검(良劍) · 용검(龍劍) 등이 이를 시기하였다. 이에 신검은 양검 · 용검 등과 함께 반란을 일으켜, 견훤을 금산사(金山寺)에 가두고 금강을 살해한 뒤 즉위하였다.

금성대군(錦城大君, 1426~1457) : 조선 전기의 왕족이다. 세종의 제6남으로 이름은 유(瑜)이며 어머니는 소헌왕후(昭憲王后) 심씨, 단종의 숙부이며 세조의 동생이다. 성삼문(成三問) 등 사육신(死六臣)의 단종복위운동이 실패하자, 이에 연루되어 순흥에 안치, 그곳에서 다시 순흥부사 이보흠(李甫欽)과 함께 단종의 복위를 꾀하다가 기천(基川) 현감의 고변으로 사사되었다.

금와왕(金蛙王, 생몰년미상) : 고구려 동명성왕 신화에 나오는 동부여의 왕이다. BC 1세기에 활동한 것으로 보이며, 그의 행적은 고구려 시조인 동명성왕의 신화를 전하고 있는 『삼국사기』 · 『삼국유사』, 그리고 이규보(李奎報)의 「동명왕편(東明王篇)」에 전해지고 있다.

금의(琴儀, 1153~1230) : 고려 후기 문신이다. 본관은 봉화, 자는 절지(節之), 초명은 극의(克儀)이다. 왕의 즉위에 대한 책명사의 접대에 공을 세워 첨서추밀원사(簽書樞密院事) · 좌산기상시(左散騎常侍) · 한림학사승지(翰林學士承旨)에 올랐다. 수태보 문하시랑동중서문하평장사 이부판사(守太保門下侍郎同中書門下平章事吏部判事)로 치

사하였다. 문장에도 뛰어나 『한림별곡(翰林別曲)』에는 금학사(琴學士)로 되어 있다.

기대항(奇大恒, 1519~1564) : 조선 전기의 문신이다. 본관은 행주, 자는 가구(可久), 시호는 정견(貞堅)이다. 1546년(명종 1) 식년문과(式年文科)에 을과(乙科)로 급제하여 1563년 부제학(副提學)에 올랐다. 권신 이량(李樑)이 사화를 일으켜 새로 등용된 사류들을 숙청하려 하자, 심의겸(沈義謙)과 협의하여 이량의 죄상을 폭로하였다. 아울러 이를 묵살하려던 사헌부(司憲府)의 죄도 탄핵하여 이량 일당을 모두 귀양보내고, 대사헌(大司憲)에 기용되었다.

기루왕(己婁王, ?~128) : 백제의 제3대 왕(재위 77~128)이다. 다루왕의 장남으로, 30년(다루왕 3) 태자에 책봉되었다. 77년 왕이 된 뒤 85년에는 신라의 변방을 공략하였으며, 105년(기루왕 29)에는 신라에 사신을 파견하여 화친을 맺었다. 125년 말갈(靺鞨)의 침입을 받은 신라에 원병을 보냈다.

기림왕(基臨王, ?~310) : 신라의 제15대 왕(재위 298~310)이다. 성은 석(昔)이고 이찬 걸숙(乞淑)의 아들, 조분왕의 손자이다. 원래 칭호는 기림이사금(基臨尼師今)으로, 기립왕(基立王)이라고도 한다. 300년 일본과 수교하고, 노령자와 빈민들을 구제하는 등 선정을 베풀었다.

기익헌(奇益獻, 생몰년미상) : 조선 후기의 반장(叛將)이다. 천얼(賤孼) 출신이나, 동지중추부사(同知中樞府事) 이문빈(李文賓)의 사위가 되었다. 광해군 때 갑산(甲山)군수를 지내고, 1624년(인조 2) 이괄(李适)의 난 때 부하 장수가 되어 가담하였다. 안현(鞍峴)에서 관군에게 대패하자 도망하였다가 이수백(李守白)과 모의하여 이천 묵방리(墨坊里)에서 이괄의 목을 베어 조정에 바침으로써, 죽음을 면하고 진도에 유배되었다.

기자헌(奇自獻, 1562~1624) : 조선 후기의 문신이다. 본관은 행주, 자는 사정(士靖), 호는 만전(晩全), 초명은 자정(自靖)이다. 1582년(선조 15) 성균관에 입학, 1590년 증광문과(增廣文科)에 병과(丙科)로 급제하였다. 대사헌(大司憲)이 되고 우의정·좌의정으로 승진하였다. 선조가 세자 광해군을 폐하고 영창대군(永昌大君)을 후계자로 삼으려 하자, 강력히 반대하여 광해군을 즉위시키는 데 공헌하였다. 대북의 전횡이 지나치자 사직하였다가 중추부판사(中樞府判事)에 전임되었다.

기준(奇遵, 1492~1521) : 조선 전기 문신이다. 본관은 행주, 자는 자경(子敬), 호는 복재(服齋)·덕양(德陽), 시호는 문민(文愍)이다. 1514년(중종 9) 별시문과(別試文科)에 응시하여 병과(丙科)로 급제하였다. 이조판서에 추증되었으며, 기묘명현(己卯名賢)의 한 사람으로 온성(穩城)의 충곡서원(忠谷書院), 아산(牙山)의 아산서원(牙山書院), 종성(鍾城)의 종산서원(鍾山書院), 고양(高陽)의 문봉서원(文峰書院) 등에 각각 배향되었다. 문집에 『복재문집(服齋文集)』, 저서에 『무인기문(戊寅記聞)』·『덕양일기(德陽日記)』 등이 있다.

기철(奇轍, ?~1356) : 고려 후기 권세가이다. 본관은 행주이고, 몽골식 이름은 바엔부카[伯顔不花]이다. 누이동생인 기황후가 원 순제의 황후가 되어 태자를 낳자, 기황후와 원나라를 등에 업고 권세를 부렸다. 원나라의 세력이 약화되자 친원파 권겸(權謙)·노책(盧頙) 등과 결탁하여 친척과 심복들을 요직에 앉혀 세력 기반을 구축하였다. 배원정책을 쓴 공민왕이 즉위한 뒤, 반란을 꾀하다 권겸과 함께 주살되었다.

기협(奇協, 1572~1627) : 조선 후기 문신이다. 본관은 행주, 자는 여인(汝寅)이다. 1601년(선조 34) 식년문과(式年文科)에 병과(丙科)로 급제, 검열(檢閱)·부수찬(副修撰)·병조좌랑(兵曹佐郞)·교리(校理) 등을 지냈다. 황해도관찰사가 되었고, 정묘호란이 일어나자 선천(宣川)부사로서 능한산성(陵漢山城)에서 싸우다가 전사하였다.

기홍수(奇洪壽, 1148~1209) : 고려 후기의 무신이다. 본관은 행주, 자는 태고(太古), 시호는 경의(景懿)이다. 1194년(명종 24) 추밀원부사(樞密院副使)를 지내고 1197(신종 즉위년)에 참지정사 판병부사(參知政事判兵部事)를 지냈다. 1203년(신종 6) 벽상삼한삼중대광(壁上三韓三重大匡)·문하시랑동중서문하평장사(門下侍郞同中書門下平章事)를 지내고, 이부판사(吏部判事)로 임명되었으나 사양하고 물러났다.

김경(金鏡, ?~1268) : 고려 후기의 환관이다. 1268년(원종 9) 최씨의 무신정권을 무너뜨리고 집권한 해양공(海陽公) 김준(金俊)이 국정을 함부로 하여 왕이 꺼려함을 보고, 추밀부사(樞密副使) 임연(林衍)과 모의하여 김준을 제거하였다. 그러나 신변이 불안해진 임연이 보낸 야별초(夜別抄)에 의해 살해되었다.

김경로(金敬老, ?~1597) : 조선 전기의 무신이다. 남원 출생으로 무과에 급제하고 뒤에 당상관이 되었으며, 1587년(선조 20) 경성판관(鏡城判官)이 되어 두만강변 야인을 소탕하는 데 공을 세웠다. 임진왜란 때 군사의 규합과 군량조달 등에 힘썼으며 해주와 전라도 방어를 맡았다. 정유재란이 일어나자 전주 방어를 맡았고 왜군에게 포위된 남원을 구하려다 성이 함락되자 전사하였다.

김경서(金景瑞, 1564~1624) : 조선 후기의 무신이다. 본관은 김해, 자는 성보(聖甫)이다. 무과에 급제하여 1588년(선조 21) 감찰(監察)이 되었으나 파직되었다. 임진왜란 때 다시 기용, 평양 방위전에서 대동강을 건너려는 적을 막고 명나라 이여송(李如松)의 군대와 함께 평양성을 탈환하였다. 명나라가 후금을 치기 위하여 원병요청을 하자 출전하였고, 후금 군대에 항복하여 포로가 되었다가 적의 정세를 기록하여 고국에 보내려다 처형되었다.

김경석(金景錫, 생몰년미상) : 조선 후기의 무신으로 의주목사(義州牧使)·김해부사(金海府使)를 거쳐 사은부사(謝恩副使)로 명나라를 다녀왔다. 전라도수군도절제사(全羅道水軍都節制使)로 흑산도(黑山島)의 왜적을 토벌하였으나 파직되었고, 삼포왜란(三浦倭亂) 때 전라우도방어사(全羅右道防禦使)로 복직되어 공을 세웠으나 다시 탄핵을 받아 파직되었다. 뒤에 사면되어 진향사(進香使)로서 명나라에 다녀왔다.

김경손(金慶孫, ?~1251) : 고려 후기의 장군이다. 본관은 경주, 초명은 운래(雲來)이다. 몽골이 침입하자 결사대 12명을 거느리고 분전 격퇴하였고 뒤이어 구수(龜州)의 몽골군도 물리쳤다. 적도(賊徒)들을 규합하여 백적도원수(百賊都元帥)라고 자칭하며 세력을 떨치던 이연년(李延年)과 싸워 그를 죽이고 패주시켰다.

김경신(金敬信, ?~798) : 신라 원성왕과 동일인물이다. → 원성왕

김경징(金慶徵, 1589~1637) : 조선 후기 문신이다. 본관은 순천(順天), 자는 선응(善應)이다. 1623년(인조 1) 인조반정 때의 공으로 정사공신(靖社功臣) 2등에 책록되고 순흥군(順興君)에 봉해졌다. 병자호란 때 강도(江都)검찰사로 부임하였으나, 강화가 함락되자 수비 실패를 이유로 대간(臺諫)에게 탄핵을 받아 사사되었다.

김공량(金公諒, 생몰년미상) : 조선 후기 문신이다. 본관은 수원이고 선조의 후궁 인빈(仁嬪) 김씨의 오빠이다. 좌의정 정철(鄭徹)이 세자 책봉을 주장하자 영의정 이산해(李山海)와 결탁하여 정철의 주장이 인빈 김씨의 소생 신성군(信城君)을 해치려는 음모라고 인빈 김씨를 통해 선조에게 고하게 하였다. 이로 인해 1608년(광해군 즉위년) 하옥되었다가 광해군의 명으로 풀려났으며, 인조가 즉위한 뒤 품계가 강등되었다.

김굉필(金宏弼, 1454~1504) : 조선 전기의 성리학자이다. 본관은 서흥(瑞興), 자는 대유(大猷), 호는 사옹(蓑翁)·한훤당(寒暄堂), 시호는 문경(文敬)이다. 『소학』에 심취하여 '소학동자'라 자칭하였다. 1498년 무오사화(戊午士禍)가 일어나자 평안도 희천(熙川)에 유배되었는데, 그곳에서 조광조를 만나 학문을 전수하였다.

김구(金絿, 1488~1534) : 조선 전기의 문신·서예가이다. 본관은 광산, 자는 대유(大柔), 호는 자암(自庵)·삼일재(三一齋), 시호는 문의(文懿)이다. 글씨에 뛰어나 조선 전기의 4대 서예가의 한 사람으로 꼽힌다. 서울 인수방(仁壽坊)에 살았으므로 그의 서체를 인수체(仁壽體)라고 한다.

김구용(金九容, 1338~1384) : 고려 말기의 학자이다. 본관은 안동, 자는 경지(敬之), 호는 척약재(惕若齋), 초명은 제민(齊閔)이다. 공민왕 때 16세로 진사에 합격, 그 뒤 문과에 급제하여 덕녕부주부(德寧府主簿)를 거쳐 민부의랑 겸 성균관직강(民部議郎兼成均館直講)이 되었다. 정몽주·박상충(朴尙衷)·이숭인(李崇仁) 등과 성리학을 일으켰고, 척불숭유의 선봉이었다. 사장(詞章)을 잘하였으며, 『동문선』에 8편의 시가 전한다.

김국광(金國光, 1415~1480) : 조선 전기 문신이다. 본관은 광산, 자는 관경(觀卿), 호는 서석(瑞石), 시호는 정정(丁靖)이다. 1441년(세종 23) 식년문과(式年文科)에 급제, 승문원정자(承文院正字)를 거쳐 판관(判官)·지평(持平)을 지냈다. 1467년(세조 13) 이시애(李施愛)의 난이 일어나자 적절한 조치로 난을 평정하고 적개공신(敵愾功臣) 2등에 책록, 좌찬성(左贊成)이 되고 광산부원군(光山府院君)에 봉해졌다. 건주위(建州衛)정벌에도 공을 세워 군공(軍功) 3등에 책록되었다.

김귀주(金龜柱, 1740~1786) : 조선 후기 문신이다. 본관은 경주이고 영조의 계비인 정순왕후(貞純王后)의 오빠이다. 증광문과(增廣文科)에 급제하여 홍문관부교리(弘文館副校理)에 임명되었으며, 강원도관찰사·좌승지(左承旨) 등을 두루 역임하였다. 당시 왕세손이었던 정조의 외조 홍봉한(洪鳳漢)을 모함하여 왕세손의 지위를 위협

하였다. 이때부터 시파(時派)·벽파(僻派)의 대립이 싹트기 시작하여 벽파의 영수로서의 지위에 올랐다.

김극핍(金克愊, 1472~1531) : 조선 전기의 문신이다. 본관은 광산, 자는 자성(子誠), 시호는 정평(靖平)이다. 1489년(성종 20) 진사에 합격, 1498년(연산군 4) 식년문과(式年文科)에 병과(丙科)로 급제하여 검열(檢閱)로 등용되었다. 교리(校理)·동부승지(同副承旨)·한성부윤(漢城府尹)·공조판서 등을 거쳐 좌참찬(左參贊)으로 있을 때, 허흡(許洽)·권예(權輗)·김안로(金安老) 등에게 몰려났으며, 그 울분으로 병사하였다. 사림파와 대립하여 많은 비난을 받았다.

김기종(金起宗, 1585~1635) : 조선 후기 문신이다. 자는 중윤(仲胤), 호는 청하(聽荷)이고 시호는 충정(忠定)이다. 1624년(인조 2) 이괄(李适)의 난 때 도원수(都元帥) 장만(張晩)의 종사관(從事官)으로 공을 세워 진무공신(振武功臣) 2등에 책록되고 영해군(瀛海君)에 봉해졌고, 뒤에 호조판서가 되었다. 편저에 『서정록(西征錄)』이 있다.

김난상(金鸞祥, 1507~1570) : 조선 전기 문신이다. 본관은 청도, 자는 계응(季應), 호는 병산(缾山)이다. 1528년(중종 23) 사마시(司馬試)를 거쳐 1537년 식년문과(式年文科)에 을과(乙科)로 급제하였으며, 그 후 검열(檢閱)로 등용되었다. 선조 초에 응교(應敎)·직제학(直提學) 등을 거쳐 대사성(大司成)이 되었다.

김덕령(金德齡, 1567~1596) : 임진왜란 때의 의병장이다. 본관은 광산, 자는 경수(景樹), 시호는 충장(忠壯)이다. 의병을 정돈하고 선전관(宣傳官)이 된 후, 권율(權慄)의 휘하에서 의병장 곽재우(郭再祐)와 협력하여 여러 차례 왜병을 격파하였다. 생애와 도술을 묘사한 작자·연대 미상의 전기 소설 『김덕령전(金德齡傳)』이 있다.

김덕원(金德遠, 1634~1704) : 조선 후기 문신이다. 본관은 원주, 자는 자장(子長), 호는 휴곡(休谷)이다. 1666년 경안도찰방(慶安道察訪)으로서 문과중시(文科重試)에 을과(乙科)로 급제하였다. 전적(典籍)·지평(持平)·관찰사, 형조·호조판서 등을 역임하고, 사은부사(謝恩副使)로 청나라에 다녀왔다. 중추부영사(中樞府領事)가 되었으며, 폐비 민씨복위운동을 반대하여 제주에 유배, 해남에 이배되었다가 풀려났다.

김돈중(金敦中, ?~1170) : 고려 전기 문신이다. 본관은 경주이고 중서령(中書令) 김부식의 아들이다. 1170년 정중부(鄭仲夫)가 보현원(普賢院)에서 난을 일으켜 많은 문신들이 살해당하자, 도망하여 감악산(紺獄山)에 숨었으나 자신의 종자(從者)의 밀고에 의하여 잡혀 죽었다.

김득배(金得培, 1312~1362) : 고려 말기의 문신이다. 본관은 상주, 호는 난계(蘭溪)이다. 1351년 공민왕이 즉위하자 우부대언(右副代言)이 되었으나, 무고를 받아 파면되었다. 강릉대군(江陵大君 : 공민왕)을 따라 원나라에 갔고 홍건적 침입으로 의주·정주·인주 등이 함락되자 이를 방어하였다. 서경을 탈환하여 적을 압록강 밖으로 격퇴하였으며 홍건적이 다시 침입하자 개경을 수복하였다.

김락(金樂, ?~927) : 고려의 개국공신으로, 시호는 장절(壯節)이다. 918년(태조 1) 고려가 개국되자 2등공신에 책록되고, 927년 7월 원보(元甫) 재충(在忠)과 함께 대량성(大良城 : 합천)을 공략하여 후백제의 장군 추허조(鄒許祖) 등을 사로잡았다. 그해 공산(公山)에서 견훤과 싸우다가 태조가 포위되자, 대장 신숭겸(申崇謙)과 함께 구하고 전사하였다.

김류(金瑬, 1571~1648) : 조선 후기의 문신이다. 본관은 순천, 자는 관옥(冠玉), 호는 북저(北渚), 시호는 문충(文忠)이다. 인조반정 때 정사(靖社) 1등공신에 책록되었으며, 이조판서 · 좌의정 · 도체찰사(都體察使) · 영의정 등을 역임하면서 인조 초 · 중반의 정국을 주도하였다.

김만중(金萬重, 1637~1692) : 조선시대의 문신 · 소설이다. 본관은 광산(光山), 자는 중숙(重叔), 호는 서포(西浦), 시호는 문효(文孝)이다. 1671년(현종 12) 암행어사가 되었다. 전문 한글인 『구운몽(九雲夢)』으로 숙종 때 소설문학의 선구자가 되었으며, 한글로 쓴 문학이라야 진정한 국문학이라는 국문학관을 피력하였다. 그 외 『사씨남정기(謝氏南征記)』 · 『서포만필(西浦漫筆)』 등의 작품이 있다.

김명(金明, ?~839) : 신라 민애왕과 동일인물이다. → 민애왕

김명윤(金明胤, 1488~1572) : 조선 전기 문신이다. 본관은 광산, 자는 회백(晦伯)이다. 윤원형(尹元衡)과 함께 을사사화(乙巳士禍)를 일으킨 주역으로, 윤임(尹任)이 봉성군(鳳城君) 이완(李岏)을 추대하여 왕위를 엿본다고 무고하여 광평군(光平君)에 봉해졌고, 개성유수(開城留守) · 형조참판(刑曹參判) · 평안도관찰사 · 중추부동지사(中樞府同知事) · 호조참의(戶曹參議) · 우참찬(右參贊) 등을 두루 역임하였다.

김문근(金汶根, 1801~1863) : 조선 후기 문신이다. 본관은 안동, 자는 노부(魯夫), 시호는 충순(忠純)이다. 1841년(헌종 7) 음보로 가감역(假監役)이 된 뒤 현감을 지냈다. 금위대장(禁衛大將) · 총융사(摠戎使) · 훈련대장(訓練大將) 등의 요직을 맡아 제2차 안동김씨 세도의 중심인물이 되었고, 돈령부영사(敦寧府領事)에 이르렀다. 영의정에 추증되었다.

김방경(金方慶, 1212~1300) : 고려 후기의 명장이다. 본관은 안동, 자는 본연(本然)이다. 감찰어사(監察御史)를 거쳐 1248년(고종 35) 서북면병마판관(西北面兵馬判官)으로 있을 때, 몽골의 침입으로 주민들과 위도(葦島)에 들어가 농사를 짓게 하였다. 삼별초(三別抄)의 난을 평정하고 원나라가 일본을 정벌할 때 참전하였으나 두 번 다 태풍과 전염병으로 실패하고 돌아왔다.

김벽(金碧, 1510~1599) : 조선 전기 유학자이다. 본관은 연안(延安), 자는 화가(和可), 호는 만은(晩隱)이다. 1543년(중종 29) 진사시(進士試)에 합격한 뒤 창릉참봉(昌陵參奉)이 되었으나 부임한 지 1년 만에 고향으로 돌아와 학문에 전념하였다. 그의 행적이 관찰사(觀察使)에 의해 조정에 알려져 죽은 후, 통정대부(通政大夫)에 증직하였다.

김병국(金炳國, 1825~1905) : 개화기의 문신이다. 본관은 안동, 자는 경용(景用), 호는 영어(穎漁), 시호는 충문(忠文)이다. 강화도조약에 대한 고종의 자문에 사태를 보

아 정책을 강구하자는 중도적 입장을 취하였다. 『조선책략(朝鮮策略)』에 따라 연미국론(聯美國論)을 주장하며, 미국과의 수교에 찬성하였다.

김병기(金炳冀, 1818~1875) : 조선 후기의 권신이다. 본관은 안동, 자는 성존(聖存), 호는 사영(思穎), 시호는 문헌(文獻)이다. 홍선대원군이 집정하자 한직에 머물다가, 다시 요직에 등용되어 좌찬성(左贊成)에 이르렀다. 안동김씨 세도가 한창일 때 초야에 있던 홍선대원군과 교유하여, 뒷날 안동김씨 일파가 대부분 제거되었을 때에도 관직에 계속 머무를 수 있었다.

김병학(金炳學, 1821~1879) : 조선 후기 문신이다. 본관은 안동, 자는 경교(景敎), 호는 영초(穎樵), 시호는 문헌(文獻)이다. 1853년(철종 4) 정시문과(庭試文科)에 병과(丙科)로 급제, 장령(掌令)·사간(司諫)이 되었다. 홍선대원군과 가까웠으므로 이조판서, 뒤에 좌의정으로 승진되었다. 실록총재관(實錄總裁官)으로 『철종실록』을, 찬집소총재관(纂集所總裁官)으로 『대전회통(大典會通)』을 각각 완성하였다.

김보당(金甫當, ?~1173) : 고려 후기의 문신이다. 본관은 영광이다. 1171년(명종 1) 우간의대부(右諫議大夫)로서 재상 최윤의(崔允儀) 등을 탄핵하다가 동북면병마사(東北面兵馬使)로 좌천됨에 따라 1173년 전왕 의종을 세운다는 기치 아래 군사를 일으켰다. 관군에게 패하여 처형당할 때 문신으로서 이 모의에 가담하지 않은 자가 없다고 말하여, 많은 문신이 죽음을 당하였다.

김보현(金輔鉉, 1826~1882) : 조선 후기 문신이다. 본관은 광산, 자는 공필(公弼), 호는 난재(蘭齋), 시호는 문충(文忠)이다. 1848년(헌종 14) 증광문과(增廣文科)에 을과(乙科)로 급제, 대교(待敎)가 되었다. 이조참의(吏曹參議)·부제학(副提學)을 거쳐, 규장각직제학(奎章閣直提學)이 되고, 우승지(右承旨)·개성부유수(開城府留守)를 지냈다. 홍선대원군에 의해 추방된 뒤, 곧 척족 민씨일파가 되어 형조·이조의 판서, 선혜청당상(宣惠廳堂上)을 지냈다.

김부식(金富軾, 1075~1151) : 고려 전기의 문신·학자이다. 본관은 경주, 자는 입지(立之), 호는 뇌천(雷川), 시호는 문열(文烈)로, 신라 왕실의 후예이다. 인종의 명령을 받아 『삼국사기(三國史記)』를 편찬하면서 체재(體裁)를 작성하고 사론(史論)을 직접 썼으며, 1145년에 완성하였다. 호부상서 한림학사승지(戶部尙書翰林學士承旨)를 지냈고 묘청 등의 서경천도세력이 난을 일으키자 원수로서 3군(軍)을 지휘하며 난을 제압하였다.

김개시(金介屎, ?~1623) : 조선 광해군 때의 상궁이다. 미모는 아니나 민첩하고 꾀가 많아 광해군의 총애를 받았다. 이를 배경으로 국정에 관여하여, 권신 이이첨(李爾瞻)과 쌍벽을 이룰 정도로 권력을 휘둘렀다. 매관매직을 일삼는 등 그 해독이 컸다.

김상범(金尙範, ?~1655) : 조선 후기의 관인이다. 1646년(인조 24)에 김육(金堉)이 사은사(謝恩使)로 북경에 다녀오면서 예수회 선교사 샬(J. A. Schall : 湯若望)이 지은 시헌역법(時憲曆法)을 가져오자 그와 함께 연구하였다. 1651년(효종 2) 김육이 그를 북경에 보내어 천문 역수(曆數) 점후(占候) 따위를 맡아보던 관아인 흠천감(欽天監)에서 더 깊이 배워 온 결과, 1653년부터 시헌역법이 조선에서 시행되게 되었다.

김상용(金尙容, 1561~1637) : 조선 후기 문신이다. 본관은 안동, 자는 경택(景擇), 호는 선원(仙源)·풍계(楓溪), 시호는 문충(文忠)이다. 1590년 증광문과(增廣文科)에 급제하여 검열(檢閱)에 등용되었으며, 상신(相臣) 정철(鄭徹), 판서 김찬(金瓚)의 종사관(從事官)으로 있었다. 글씨에 뛰어났는데, 그 서체는 이왕체(二王體 : 王羲之와 王獻之의 글씨체)를 본뜨고 전(篆)은 중체(衆體)를 겸하였다.

김상헌(金尙憲, 1570~1652) : 조선 후기 문신이다. 본관은 안동, 자는 숙도(叔度), 호는 청음(淸陰)·석실산인(石室山人)이다. 정묘호란이 일어났을 때 진주사(陳奏使)로 명나라에 갔다가 구원병을 청하였고, 돌아와서는 후금과의 화의를 끊을 것과 강홍립(姜弘立)의 관직을 복구하지 말 것을 강력히 주장하였다. 대표적인 척화신으로서 추앙받았다.

김생(金生, 711~791) : 신라의 명필이다. 자는 지서(知瑞)이고 별명은 구(玖)이다. 일생을 서예에 바쳤으며, 예서·행서·초서에 능하여 '해동의 서성(書聖)'이라 불렸고, 송나라에서도 왕희지(王羲之)를 능가하는 명필로 이름이 났다. 그의 필적은 유일한 서첩『전유암산가서(田遊巖山家序)』외에『여산폭포시(廬山瀑布詩)』·『낭공대사비(朗空大師碑)』에 전한다.

김석주(金錫胄, 1634~1684) : 조선 후기의 문신이다. 본관은 청풍(淸風), 자는 사백(斯百), 호는 식암(息庵), 시호는 문충(文忠)이다. 1657년(효종 8) 진사가 되고 현종 때 제2차 예송이 일어나자, 남인 허적(許積) 등과 결탁하여 송시열 등의 산당을 숙청하였다. 음험한 수법으로 남인의 타도를 획책하여 같은 서인의 소장파로부터 반감을 사 서인이 노론·소론으로 분열한 원인의 하나가 되었다.

김선치(金先致, 1318~1398) : 고려 말기의 무신이다. 본관은 상주(尙州)이며, 1342년(충혜왕 복위3) 낭장(郎將)으로 전라도도순문사(全羅道都巡問使) 유탁(柳濯)을 따라 왜구를 격퇴하고, 뒤에 호부낭중(戶部郎中)에 올랐다. 공민왕 때 홍건적(紅巾賊)을 물리쳐 1등공신에 책록되었다.

김성일(金誠一, 1538~1593) : 조선 전기의 정치가·학자이다. 본관은 의성, 자는 사순(士純), 호는 학봉(鶴峯)이다. 일본에 파견되었다가 돌아와 일본이 침입하지 않을 것이라고 보고하여 임진왜란을 무방비로 맞이하게 되었다. 임진왜란이 일어나자 파직되었다.

김세균(金世均, 1812~1879) : 조선 후기의 문신이다. 본관은 안동, 자는 공익(公翼), 호는 만재(晩齋), 시호는 문정(文貞)이다. 1834년(순조 34) 진사가 되고, 1841년(헌종 7) 정시문과(庭試文科)에 을과(乙科)로 급제하였다. 1873년 왕명에 의하여『기년아람(紀年兒覽)』을 속집(續輯)하였으며, 뒤에 강원도관찰사·함경도관찰사 등을 거쳐, 수원유수(水原留守)를 지냈다.

김세충(金世沖, ?~1232) : 고려 후기의 문신이다. 야별초지유(夜別抄指諭)로 있으면서, 1232년(고종 19) 몽골 침략의 방어책으로 강화도에 도읍을 옮기자는 최우(崔瑀)의 주장에 대하여, 천도를 정면으로 반박하며 송도 사수를 주장하였다. 그러나 대세에 역행하는 자라 하여 최우(崔瑀)에 의하여 참형(斬刑)을 당하였고, 천도는 실행되었다.

김세필(金世弼, 1473~1533) : 조선 전기의 문신이다. 본관은 경주, 자는 공석(公碩), 호는 십청헌(十淸軒)·지비옹(知非翁)이다. 1495년(연산군 1) 사마시(司馬試)를 거쳐, 식년문과(式年文科)에 병과(丙科)로 급제하였다. 1504년 갑자사화(甲子士禍)에 연루되어 유배되었다가 중종반정으로 풀려나와 여러 관직을 지냈다. 기묘사화(己卯士禍) 때 조광조가 사사되자, 중종의 과오를 규탄하다가 유춘역(留春驛)에 장배(杖配)되었다. 1522년에 풀려났으나, 고향으로 내려가 후진을 교육하였다.

김수(金睟, 1547~1615) : 조선 후기의 문신이다. 본관은 안동, 자는 자앙(子昂), 호는 몽촌(夢村), 시호는 소의(昭懿)이다. 1573년(선조 6) 알성문과(謁聖文科)에 병과(丙科)로 급제하였으며, 예문관검열(藝文館檢閱)을 지냈다. 임진왜란 초기에 계책을 세워 왜적과 대처하지 못하고 적병을 피하여 도망갔다는 비난을 받았다. 1592년 한성부판윤(漢城府判尹)이 되었으며, 중추부지사(中樞府知事)·우참찬(右參贊)·호조판서를 지낸 뒤 중추부영사(中樞府領事)에 이르렀다.

김수동(金壽童, 1457~1512) : 조선 전기의 문신이다. 본관은 안동, 자는 미수(眉叟), 호는 만보당(晩保堂), 시호는 문경(文敬)이다. 1504년(연산군 10) 갑자사화(甲子士禍) 때 연산군의 신임을 받아 정헌대부(正憲大夫)에 가자(加資)되었다. 중종반정에 참여하였으며 1510년(중종 5) 영의정에 올랐다. 연산군의 폭정으로부터 많은 문신들을 구하였으며 청렴을 지켰다.

김수로(金首露, 42~199) : 금관가야 수로왕과 동일인물이다. → 수로왕

김수항(金壽恒, 1629~1689) : 조선 후기의 문신이다. 본관은 안동, 자는 구지(久之), 호는 문곡(文谷), 시호는 문충(文忠)이다. 효종·현종 때 여러 관직을 지내고, 제2차 예송이 일어나 남인이 주장한 기년설(朞年說)이 채택되자 벼슬을 내놓았다. 그 후 숙종 때 영의정이 되었으나, 1689년(숙종 15) 기사환국(己巳換局)으로 남인이 재집권하게 되자 진도에 유배되었다가 사사되었다.

김수흥(金壽興, 1626~1690) : 조선 후기의 문신이다. 본관은 안동, 자는 기지(起之), 호는 퇴우당(退憂堂)·동곽산인(東郭散人), 시호는 문익(文翼)이다. 효종·현종 때 여러 관직을 지냈다. 1674년(숙종 즉위년) 영의정으로 자의대비(慈懿大妃) 복상문제를 정할 때, 남인의 기년설(朞年說)에 대해 대공설(大功說)을 주장하다가 부처될 뻔하였다. 1689년 남인이 집권하자 장기(長鬐)에 유배되었다가 죽었다.

김시민(金時敏, 1681~1747) : 조선 후기의 문신·학자이다. 성리학에 밝았고, 고시체(古詩體)에도 독자적인 경지에 이르렀다. 영조 시절 여러 관직을 지내며, 낭천(狼川)현감 때 선정을 베풀어 읍민들이 거사비(去思碑)를 세웠으며, 진산군수 재직 시

에는 문교진흥에 힘써 군민들이 사당을 세워 그 덕을 기렸다.

김식(金湜, 1482～1520) : 조선 전기의 문신 · 학자이다. 본관은 청풍(淸風), 자는 노천(老泉), 호는 사시(沙西) · 동천(東泉) · 정우당(淨友堂), 시호는 문의(文毅)이다. 사림파의 대표적 인물 중 한 사람이다. 기묘8현(己卯八賢)의 한 사람으로 조광조 등과 도학소장파를 이루어, 왕도정치의 실현을 위해 미신 타파 · 향약 실시 · 정국공신위훈(靖國功臣僞勳) 삭제 등의 개혁정치를 폈다.

김신(金侁, ?～1274) : 고려 후기의 무신이다. 1273년 상장군(上將軍)으로 사신이 되어 원나라에 다녀왔다. 이듬해 원나라가 일본을 정벌할 때 추밀원부사(樞密院副使)로, 도독사(都督使) 김방경(金方慶) 아래에서 좌군사(左軍使)가 되어 이키[壹岐]섬 · 쓰시마[對馬島]섬을 토벌하였다. 이어 규슈[九州]의 지쿠젠[筑前] 해안에 상륙하여 많은 적을 살해하였으나, 폭풍우를 만나 전함의 대부분이 침몰하여 익사하였다.

김안(金安, ?～1135) : 고려시대의 문신으로 초명은 찬(粲)이다. 1126년(인종 4) 이자겸(李資謙)을 제거하고자 거사하였으나 실패하고 유배되었다. 후에 묘청의 술수에 넘어가 왕에게 그를 극력 추천하고 성인으로 받들게 하였다. 1135년(인종 13) 묘청의 난에 가담한 죄로 김부식에게 참살되었다.

김안국(金安國, 1478～1543) : 조선 전기의 문신 · 학자이다. 본관은 의성, 자는 국경(國卿), 호는 모재(慕齋), 시호는 문경(文敬)이다. 김굉필(金宏弼)의 문인으로 사림파의 학통을 계승하였다. 대사간(大司諫) · 공조판서 · 경상도관찰사 등을 지내며 성리학의 실천 · 보급에 주력하였으며 향촌민들을 교화시키는 데 힘썼다. 이후 예조판서 · 대사헌(大司憲) · 병조판서 등의 요직을 두루 거쳤다.

김안로(金安老, 1481～1537) : 조선 전기의 문신이다. 본관은 연안(延安), 자는 이숙(頤叔), 호는 희락당(希樂堂) · 용천(龍泉) · 퇴재(退齋)이다. 1519년 기묘사화(己卯士禍) 때는 조광조 등과 함께 유배되었다. 잦은 권력 남용으로 탄핵을 받고 유배되기도 하였으나 다시 기용되었다. 정적에 대해서 공포정치를 한 끝에, 문정왕후(文定王后)의 폐위를 도모하다가 체포되어 사사되었다. 허항(許沆) · 채무택(蔡無擇)과 함께 정유3흉(丁酉三凶)으로 일컬어진다.

김양(金陽, 808～857) : 신라의 왕족으로, 자는 위흔(魏昕)이다. 흥덕왕이 죽은 뒤 김균정(金均貞)과 김제륭(金悌隆)이 왕위 쟁탈전을 벌이자 김균정을 돕다가 실패하였다. 839년 김균정의 아들 김우징(金祐徵), 장보고 등과 함께 군사를 동원하여 왕을 시해하고 김우징을 신무왕으로 추대하였다. 신무왕이 죽은 후 문성왕을 옹립하였다.

김양상(金良相, ?～785) : 신라 선덕왕과 동일인물이다. → 선덕왕

김여물(金汝岉, 1548～1592) : 조선 전기의 충신이다. 본관은 순천, 자는 사수(士秀), 호는 피구자(披裘子) · 외암(畏菴), 시호는 장의(壯毅)이다. 1567년(명종 22) 20세로 진사(進士)가 되고, 1577년(선조 10) 알성문과(謁聖文科)에 장원급제하였다. 임진왜란 때 신립(申砬)과 함께 충주 방어에 나섰다가, 적군을 막지 못하여, 탄금대(彈

琴臺)에서 신립과 함께 물에 투신 자결하였다.

김옥균(金玉均, 1851~1894) : 조선 후기의 문신이다. 본관은 안동, 자는 백온(伯溫), 호는 고균(古筠) · 고우(古愚)이다. 1872년(고종 9) 알성문과(謁聖文科)에 장원급제하고, 1874년 교리(校理) · 정언(正言)을 지냈다. 개화통상론자 박규수(朴珪壽)의 영향으로 개화사상을 받아들여 박영효(朴泳孝) · 서광범(徐光範) · 홍영식(洪英植) 등과 개화사상을 발전시켰다. 1882년 3차례의 일본 방문으로 메이지[明治]유신을 목도하고 귀국한 뒤 승정원우부승지(承政院右副承旨) · 참의교섭통상사무(參議交涉通商事務)에 이어 이조참의(吏曹參議) · 호조참판(戶曹參判) · 외아문협판(外衙門協辦) 등의 요직을 거쳤다. 1884년 근대 부루주아혁명을 지향하였던 개화파의 지도자로 갑신정변을 주도하였으나 실패하여 일본으로 망명하였다. 1894년 중국 상하이에서 자객 홍종우(洪鍾宇)에게 살해되었다. 저서에 『기화근사(箕和近事)』 · 『치도약론(治道略論)』 · 『갑신일록(甲申日錄)』가 있다.

김용(金鏞, ?~1363) : 고려 말기의 정치가로, 본관은 안성이다. 공민왕이 세자로 원나라에 갔을 때 시종한 공으로 대호군(大護軍)에 올랐다. 자신의 권세를 위해 온갖 패륜을 저질렀다. 공민왕을 시해하려다 발각되어 사지가 찢기는 극형을 받고 처형되었다.

김용택(金龍澤, ?~1722) : 조선 후기의 학자이다. 본관은 광산, 자는 덕우(德雨), 호는 고송헌(孤松軒)이다. 대제학(大提學) 김만중(金萬重)의 손자이며 좌의정 이이명(李頤命)의 사위로, 이이명의 천거로 벼슬길에 올랐다. 1722년(경종 2) 신임사화(辛壬士禍) 때 포의(布衣)로서, 목호룡(睦虎龍)의 고변으로 역모혐의를 받아 고문 끝에 죽었다. 1802년(순조 2) 신원되고 집의(執義)에 추증되었다.

김우증(金友曾, 생몰년미상) : 조선 전기의 무신이다. 본관은 청풍(淸風), 자는 희여(希輿)이다. 무과에 급제하여 선전관(宣傳官)을 지내었고, 1504년(연산군 10)에 명천(明川)현감이 되었을 때 갑자사화(甲子士禍)로 귀양 온 인물을 대접한 일로 연산군의 진노를 사서 장배(杖配)되었다. 정주목사(定州牧使) · 첨지중추부사(僉知中樞府事)를 지내고, 1742(영조 18)에 병조판서에 증직되었으며 청평군(淸平君)에 추증되었다.

김유신(金庾信, 595~673) : 신라의 장군이다. 본관은 김해이며, 가야국의 시조 김수로왕(金首露王)의 12대손이다. 소정방(蘇定方)이 이끈 당나라군과 연합하여 백제를 멸망시켰다. 당나라군과 함께 고구려 정벌에 나서 여러 번 실패하였으나 결국 성공하였다. 이후, 당나라 군사를 축출하는 데 힘써 한강 이북의 고구려 땅을 수복해 삼국통일의 기반을 다져 놓았다.

김육(金堉, 1580~1658) : 조선 후기의 문신이다. 본관은 청풍(淸風), 자는 백후(伯厚), 호는 잠곡(潛谷), 시호는 문정(文貞)이다. 1605년(선조 38) 진사시(進士試)에 급제하고 이후 성균관에서 공부하였다. 17세기 후반의 개혁 정치가로 당시의 내외 상황이 처한 위기를 대동법(大同法) 실시, 수차 사용, 화폐 통용, 역법의 개선 등의 구체적인 방법으로 극복하려 하였다.

김응남(金應南, 1546~1598) : 조선 전기의 문신이다. 본관은 원주, 자는 중숙(重叔), 호는 두암(斗巖), 시호는 충정(忠靖)이다. 1568년(선조 1) 증광문과(增廣文科)에 을과(乙科)로 급제하여 선조 때 여러 관직을 역임하고, 임진왜란으로 평안도로 피란하는 선조를 호종하였다. 이후 우의정, 좌의정이 되었다. 정유재란 때에는 안무사(按撫使)로 영남에 내려가 풍기에서 병을 얻어 관직을 사퇴하였다.

김응서(金應瑞, 1564~1624) : 김경서와 동일인물이다. → 김경서

김응하(金應河 1580~1619) : 조선 후기의 무신이다. 본관은 안동, 자는 경의(景義), 시호 충무(忠武)이다. 명나라가 건주위(建州衛)를 치기 위해 원병요청을 하자 참전하였다. 명나라 유정(劉綎)이 패하여 자결하자 수만 명의 후금군을 맞아 싸우다가 중과부적으로 패해 전사하였다.

김의(金義, 생몰년미상) : 고려 말 · 조선 초의 무신이다. 본관은 경주로, 밀직부사(密直副使)를 거쳐 1374년(공민왕 23) 밀직사동지사(密直司同知事)가 되었다. 이성계가 조선을 건국하자 개국공신(開國功臣)으로 추앙되어 평안도관찰사로 부임하였으나, 고려조 때 명나라 사신을 살해한 사실로 난처해진 조정에서 변방 수비를 소홀히 하였다는 이유로 유배하였다.

김익훈(金益勳, 1619~1689) : 조선 후기의 문신이다. 본관은 광산, 자는 무숙(懋叔), 호는 광남(光南), 시호는 충헌(忠獻)이다. 1680년 경신대출척(庚申大黜陟)을 일으켜 남인을 숙청하는 주동역할을 하고, 훈척의 세력으로서 송시열 등과의 협력관계를 바탕으로 병권을 장악하고 정국을 주도하였다. 기사환국(己巳換局)으로 남인이 정권을 잡자, 유배되었다가 고문을 당한 끝에 죽었다.

김인문(金仁問, 629~694) : 신라의 장군 · 외교가이다. 자는 인수(仁壽)이고 태종무열왕의 제2남이며 문무왕의 아우이다. 신라의 장군 · 외교가로 당나라에 파견되어 나당연합군 조직에 성공해 소정방(蘇定方)과 연합하여 백제 · 고구려를 멸망시켰고 당나라에 머물렀다.

김인준(金仁俊, ?~1268) : 김준과 동일인물이다. → 김준

김일(金逸, 생몰년미상) : 고려 말기의 문신이다. 1366년(공민왕 15) 검교중랑장(檢校中郎將)으로 있으면서 금적사(禁敵使)가 되어 일본에 가, 무로마치[室町]막부를 상대로 해적을 금압(禁壓)하라고 3년 동안이나 교섭을 계속하였으나, 성과를 거두지 못하고 돌아왔다. 1368년 그가 돌아올 때 일본에서는 승려 본토[梵盪]와 본류[梵鏐]를 보빙사(報聘使)로 파견하여 답례하였다.

김일경(金一鏡, 1662~1724) : 조선 후기의 문신이다. 본관은 광산, 자는 인감(人鑑), 호는 아계(丫溪)이다. 1687년(숙종 13) 진사가 되고, 1702년 식년문과(式年文科)에 장원급제하였다. 1721년 노론정권이 경종의 병약함을 이유로 세제의 대리청정을 실시하려는 것을 반대하며 노론 탄압에 앞장서, 노론 4대신을 사사하고 노론 수백 명을 살해 · 추방시켰다. 영조 때 노론의 재집권으로 유배되고, 참형되었다.

김일손(金馹孫, 1464~1498) : 조선 전기의 학자 · 문신이다. 본관은 김해, 자는 계운(季雲), 호는 탁영(濯纓), 시호는 문민(文愍)이다. 1486년(성종 17)에 생원이 되고, 같은 해 식년문과(式年文科)에 급제하였다. 1498년(연산군 4) 무오사화(戊午士禍)로 사형에 처해졌으며, 이로 인해 새로 등장한 신진 사림은 집권층인 훈구파에 의해 거세되었다. 중종반정 후 신원되고, 도승지(都承旨)로 추증되었다.

김자점(金自點, 1588~1651) : 조선 후기의 문신이다. 본관은 안동, 자는 성지(成之), 호는 낙서(洛西)이다. 성혼(成渾)의 문인으로 이귀(李貴) 등과 인조반정을 성공시켰으며, 이후 출세가도를 달렸다. 효종이 즉위하고 송시열 등 사림세력의 등용으로 북벌론이 대두되자 위협을 느끼고 청나라에 누설하였다. 이후 유배되었다가 아들 김익(金釴)의 역모사건이 발생하자 처형되었다.

김저(金儲, 1512~1547) : 조선 전기의 문신이다. 본관은 경주, 자는 학광(學光), 시호는 충민(忠愍)이다. 1539년(중종 34) 별시문과(別試文科)에 을과(乙科)로 급제한 뒤 1545년 을사사화(乙巳士禍)에 휘말려 심한 고문을 당하고, 함경남도 삼수(三水)에 유배되었다가 이듬해 사약을 받았다. 선조 초에 관작이 복권되었으며, 훗날 이조판서에 추증되었다.

김전(金銓, 생몰년미상) : 조선 후기의 문신으로, 본관은 청풍(清風)이다. 병자호란 때 남한산성의 상황을 알기 위해 남한산성으로 가는 도중에 청나라 병사를 만나 순국하였다.

김정(金淨, 1486~1520) : 조선 전기의 문신이다. 본관은 경주, 자는 원충(元冲), 호는 충암(冲菴), 시호는 문간(文簡)이다. 1504년(연산군 10) 사마시(司馬試)에 합격하고, 1507년(중종 2) 문과에 장원급제하였다. 중종 때 여러 관직을 거쳐 대사헌(大司憲) · 형조판서 등을 역임하며, 조광조와 함께 미신 타파 · 향약 시행 등에 힘썼다. 기묘사화(己卯士禍) 때에 제주에 안치되었다가 사사되었다.

김정국(金正國, 1485~1541) : 조선 전기의 문신 · 학자이다. 본관은 의성, 자는 국필(國弼), 호는 사재(思齋) · 팔여거사(八餘居士), 시호는 문목(文穆)이다. 중종 때 기묘사화(己卯士禍)로 삭탈관직되었다가 복관되어 전라감사(全羅監司)가 되고, 뒤에 병조참의(兵曹參議) · 공조참의(工曹參議) · 형조참판(刑曹參判) 등을 지냈다. 김굉필(金宏弼)의 문인으로, 시문이 당대에 뛰어났고 의서에도 조예가 깊었다.

김제남(金悌男, 1562~1613) : 조선 후기의 문신이다. 본관은 연안(延安), 자는 공언(恭彦), 시호는 의민(懿愍)이다. 선조의 장인으로 1585년(선조 18) 사마시(司馬試)에 합격, 1594년 의금부도사(義禁府都事) · 공조좌랑(工曹佐郎)을 거쳐 연천현감을 역임하였다. 1602년 딸이 선조의 계비인 인목왕후(仁穆王后)가 되자 연흥부원군(延興府院君)으로 봉해졌다. 1613년 인목왕후의 소생 영창대군(永昌大君)을 추대하려 한다는 이이첨(李爾瞻) 등의 무고를 받고 사사되었다.

김조순(金祖淳, 1765~1832) : 조선 후기의 문신이다. 본관은 안동, 자는 사원(士源), 호는 풍고(楓皐), 시호는 충문(忠文)이다. 1785년(정조 9) 정시문과(庭試文科)에 병과(丙科)로 급제하였다. 정조 때 여러 관직을 역임하였으며, 1802년(순조 2)에 딸이 순조의 비로 책봉되면서, 안동김씨 세도정치의 기틀이 마련되었다. 정조의 신임이 두터웠으며, 정조가 작고하자 어린 순조를 도와 국구(國舅)로서 30년간이나 보필하였다.

김종서(金宗瑞, 1383~1453) : 조선 전기의 문신이다. 본관은 순천, 자는 국경(國卿), 호는 절재(節齋), 시호는 충익(忠翼)이다. 1433년 야인들의 침입을 격퇴하고 6진(六鎭)을 설치하여 두만강을 경계로 국경선을 확정하였다. 수양대군(首陽大君)에 의하여 1453년 두 아들과 함께 집에서 격살되고 대역모반죄라는 누명까지 쓰고 효시됨으로써 계유정난(癸酉靖難)의 첫 번째 희생자가 되었다. 1746년(영조 22)에 신원되어 복권되었다.

김종직(金宗直, 1431~1492) : 조선 전기의 성리학자 · 문신이다. 본관은 선산, 자는 계온(季昷) · 효관(孝盥), 호는 점필재(佔畢齋), 시호는 문충(文忠)이다. 영남학파의 종조이며, 그가 생전에 지은 「조의제문(弔義帝文)」이 그가 죽은 후인 1498년(연산군 4) 무오사화(戊午士禍)가 일어나는 원인이 되었다. 그는 부관참시(剖棺斬屍)를 당하였으며, 많은 제자가 죽음을 당하였다.

김준(金俊, ?~1268) : 고려 후기의 무신이다. 초명은 인준(仁俊)으로, 최우(崔瑀)의 신임을 얻어 전전승지(殿前承旨)를 거쳐 별장(別將)으로 최항(崔沆)을 섬겼다. 최의(崔竩)를 살해하여 최씨의 무단정치를 타도하고 왕권을 회복시키는 공을 세웠으나, 그의 외교정책이 원종의 미움을 받자 임연(林衍) 일파에게 살해되었다.

김준룡(金俊龍, 1586~1642) : 조선 후기의 무신이다. 본관은 원주, 자는 수부(秀夫)이고, 시호는 충양(忠襄)이다. 1608년(선조 41) 무과에 급제하여 선전관(宣傳官)이 되었다. 병자호란 때 청 태조의 사위 등 많은 적을 베었으나 아군의 손실도 많아, 그로 인해 모함을 당하기도 하였다.

김준민(金俊民, ?~1593) : 조선 전기의 무신이다. 1583년(선조 16) 함북병마절도사(咸北兵馬節度使) 이제신(李濟臣)과 함께 군관(軍官)으로 출전하여 호족(胡族)을 정벌하였다. 1592년 임진왜란 때에는 왜군인 모리 데루모토[毛利輝元]의 부대를 격파하였다. 다음해 김천일(金千鎰)의 밑에서 진주성(晋州城)의 동문을 고수하려고 악전고투하다가 전사하였다.

김진(金搢, 1585~?) : 조선 후기의 문신이다. 본관은 광산, 자는 기중(記仲), 호는 추담(秋潭) · 훈재(訓齋) · 영재(詠齋)이다. 1610년(광해군 2) 생원시(生員試)에 합격하였다. 광해군 때 정언(正言) 등의 관직을 지냈으며, 정묘호란 때 정주목사(定州牧使)로 능한산성(陵漢山城)싸움에서 대장으로 항쟁하다가 포로가 되었다. 1630년(인조 8) 송환되어 예안현감이 되었으나 항복하였다는 죄목으로 탄핵을 받았다. 그 뒤 고향에서 학문 연구에만 전심하였다.

김질(金礩, 1422~1478) : 조선 전기의 문신이다. 본관은 안동, 자는 가안(可安), 호는 쌍곡(雙谷), 시호는 문정(文靖)이다. 1456년(세조 2) 성삼문(成三問) 등과 단종복위의 거사를 꾀하다가, 동지들을 배반하고 세조에게 고변하여, 사육신(死六臣)사건을 일으켰다. 영의정 한명회(韓明澮)·신숙주(申叔舟) 등과 함께 원상(院相) 세력을 형성하였으며, 『경국대전(經國大典)』 편찬에도 참여하였다.

김찬(金粲, ?~1135) : 고려 전기의 무신이다. 1126년(인종 4) 내시지후(內侍祗侯)로서 인종의 측근에서 왕을 보필하였는데, 이때 이자겸(李資謙)과 척준경(拓俊京)을 제거하려다 실패하여 멀리 유배되었다. 그러나 곧 이자겸이 실각되자 전중내급사(殿中內給事)로 복직되고 마침 수도 개경의 정국이 어수선한 틈을 타 왕으로 하여금 묘청을 성인(聖人)으로 받들게 하였다. 1135년 묘청이 서경반란을 일으킬 때 모의에 가담하였다는 죄로 김부식에 의하여 참살되었다.

김찬(金瓚, 1543~1599) : 조선 전기의 문신이다. 본관은 안동, 자는 숙진(叔珍), 호는 눌암(訥菴), 시호는 효헌(孝獻)이다. 1567년(명종 22) 진사가 되고, 식년문과(式年文科)에 급제하였다. 임진왜란 때 선조의 파천을 반대하였으며, 일본과 강화회담을 벌일 때 공을 세웠다. 1596년(선조 29) 돈령부지사(敦寧府知事)를 거쳐 우참찬(右參贊)이 되었다. 경제문제에 밝고 외교적 수완이 능숙하였다.

김창집(金昌集, 1648~1722) : 조선 후기의 문신이다. 본관은 안동, 자는 여성(汝成), 호는 몽와(夢窩), 시호는 충헌(忠獻)이다. 1684년 공조좌랑(工曹佐郞)으로 있을 때 정시문과(庭試文科)에 급제하였다. 기사환국(己巳換局) 때 부친이 사사되자 은거하였다. 후에 영의정까지 올랐으나, 경종 때 왕세제의 대리청정을 주장하다가 소론파의 반대로 대리청정이 취소되자 관직에서 물러났다. 이어 신임사화(辛壬士禍)가 일어나 유배되었다가 사사되었다.

김천일(金千鎰, 1537~1593) : 조선 전기의 문신·의병장이다. 본관은 언양, 자는 사중(士重), 호는 건재(健齋)·극념당(克念堂), 시호는 문열(文烈)이다. 임진왜란 때 나주에 있다가 고경명(高敬命) 등과 함께 의병을 일으켰다. 왜적에게 점령된 수도에 결사대를 잠입시켜 싸우고, 명나라 제독 이여송(李如松)의 군대를 도왔으며, 진주성을 사수하다가 성이 함락되자 남강에 투신 자결하였다.

김춘택(金春澤, 1670~1717) : 조선 후기의 문신이다. 본관은 광산, 자는 백우(伯雨), 호는 북헌(北軒), 시호는 충문(忠文)이다. 예학(禮學)의 태두인 김장생(金長生)의 직계 후손으로 서인 노론의 중심가문 출신이며, 김만중(金萬重)이 그의 작은할아버지이다. 1701년(숙종 27) 희빈(禧嬪) 장씨가 주술로 인현왕후(仁顯王后)를 저주하였다는 혐의로 사사되는, 이른바 '무고(巫蠱)의 옥사'로 부안에 유배된다. 1706년 세자를 모해한다는 무고로 죄가 가중되어 제주에 옮겨졌다. 그러나 조금도 기개가 꺾이지 않고, 우국애군의 충정에서 직언하였다.

김취려(金就礪, ?~1234) : 고려 후기의 장군이다. 본관은 언양, 시호는 위열(威烈)이다. 음관(蔭官)으로 정위(正尉)에 임명되어 동궁위(東宮衛)를 거쳐 장군으로서 북동국경을 진압한 후 대장군(大將軍)이 되었다. 거란이 의주·삭주·영주 등지로 침입해 그곳을 근거지로 삼으려 하자 그들을 크게 무찔렀다. 강동성(江東城)을 근거로 저항을 계속하는 거란군을 몽골군·동진군(東眞軍)과 연합하여 일소하고 한순(韓恂)·다지(多知)의 반란을 평정하였다.

김치양(金致陽, ?~1009) : 고려 전기의 권신이다. 목종의 어머니 헌애왕후(獻哀王后) 황보씨의 외척이다. 목종이 즉위하고 천추태후(千秋太后 : 헌애왕후)의 총애로 권력 남용과 횡포가 심하였으며, 목종까지 살해하려 하였다. 1009년 강조(康兆)의 정변으로 현종이 즉위하자 아들과 함께 처형되었다.

김치인(金致仁, 1716~1790) : 조선 후기의 문신이다. 본관은 청풍(淸風), 자는 공서(公恕), 호는 고정(古亭), 시호는 헌숙(憲肅)이다. 1747년(영조 23) 생원이 되고, 이듬해 춘당대문과(春塘臺文科)에 장원급제, 전적(典籍)·정언(正言)·지평(持平) 등을 지냈다. 1772년 당파를 조성하였다는 죄로 유배되었다가 풀려났다. 1785년(정조 9) 『대전통편(大典通編)』 편찬사업을 총괄하고, 다음해 영의정으로 재기용되고, 정조의 명으로 당쟁조정에 힘썼다.

김통정(金通精, ?~1273) : 고려 후기의 반장(叛將)이다. 삼별초(三別抄)의 장수로 있을 때 강화에서 개경으로 환도가 결정되자 이에 반대하여 진도를 거점으로 몽골과 고려에 저항하였다. 토벌군에게 패하자 나머지 병력을 이끌고 탐라로 들어가 성을 쌓고 항전하였다.

김홍집(金弘集, 1842~1896) : 조선 후기의 문신이다. 본관은 경주이며, 박규수(朴珪壽) 문하에서 수학하였다. 임오군란·갑신정변 등이 일어났을 때 나라의 일을 살폈으며, 청일전쟁 후에 갑오개혁을 단행하였다. 을미사변 후 일본의 압력에 의한 개혁을 실시하다가, 의병들의 규탄을 받고 내각이 붕괴되었으며, 그도 난도들에게 살해되었다.

김환(金煥, ?~1689) : 조선 후기의 문신이다. 1680년(숙종 6) 경신환국(庚申換局)으로 서인이 집권하자, 서인의 과격파로서 활약하였다. 1682년 기패관(旗牌官)·한수만(韓壽萬) 등과 함께 이덕주(李德周)·허새(許璽)·허영(許瑛)·최정현(崔鼎鉉) 등 남인이 복평군(福平君)을 왕으로 추대하는 역모를 꾸민다고 무고하였다. 이 공으로 자헌대부(資憲大夫)에 올랐다. 뒤에 무고가 밝혀져, 1689년 기사환국(己巳換局)으로 참형되었다.

김흠운(金欽運, ?~655) : 신라의 화랑이다. 고구려와 백제의 동맹군이 변방 33성을 빼앗자 출전하여, 백제 땅 양산에 진을 치고 조천성(助川城)을 공략하려다가 백제 군의 내습으로 전사하였다.

나덕헌(羅德憲, 1573~1640) : 조선 후기의 무신이다. 본관은 나주, 자는 헌지(憲之), 호는 장암(壯巖), 시호는 충렬(忠烈)이다. 1603년(선조 36) 무과에 급제, 2년 뒤 선전관(宣傳官)이 되었다. 이괄(李适)의 난 때 안현(鞍峴)싸움에서 공을 세우고, 사신으로 여러 차례 후금의 심양에 다녀왔다.

나석좌(羅碩佐, 1652~1698) : 조선 후기의 지사(志士)이다. 본관은 안정(安定), 자는 중보(仲輔)이다. 현종에게 오삼계(吳三桂) 등 명왕조 부흥세력과 합세하여 병자호란을 설욕하자는 내용의 상소를 올렸으나 뜻을 이루지 못하였다.

나숙(羅淑, ?~1546) : 조선 전기의 문신이다. 본관은 안정(安定), 자는 선원(善源)이다. 1524년(중종 19) 별시문과(別試文科)에 병과(丙科)로 급제, 이듬해 병조좌랑(兵曹佐郞)이 되었다. 외척 윤원로(尹元老)를 탄핵한 일로 을사사화(乙巳士禍) 때 유배되었다. 을사명현(乙巳名賢)의 한 사람이다.

나흥유(羅興儒, 생몰년미상) : 고려 공민왕(재위 1351~1374) 때의 무신이다. 본관은 나주, 호는 중순당(中順堂)이다. 고려와 중국 지도를 만들고 여러 왕조의 흥망과 국토 변천 · 연혁을 자세히 기록하여 왕에게 바쳤다. 통신사(通信使)로 일본에 건너가 왜구 출몰을 금하도록 요구하다 간첩 혐의로 구속되었다.

낙랑공주(樂浪公主, 생몰년미상) : 고려 태조의 장녀이자 신라 경순왕의 아내이다. 신란궁부인(神鸞宮夫人)이라고도 한다. 경순왕이 고려에 항복하자 공주를 그의 아내로 삼게 하였다.

남건(男建, 생몰년미상) : 고구려 말기의 재상이다. 연개소문의 제2남으로, 천남건(泉男建)이라고도 한다. 665년(보장왕 24) 아버지가 죽자 형 연남생(淵男生)을 몰아내고 막리지(莫離支)가 되었다. 그러나 연남생이 구원을 요청한 당나라에 의해 당으로 끌려가 유배되었다.

남곤(南袞, 1471~1527) : 조선 전기의 문신이다. 본관은 의령, 자는 사화(士華), 호는 지정(止亭) · 지족당(知足堂)이다. 호조 · 병조 · 이조판서 등을 지냈다. 주청사(奏請使)로 명나라에 다녀왔으며, 기묘사화(己卯士禍)를 꾸며 신진사류(新進士類)를 숙청하였다.

남구만(南九萬, 1629~1711) : 조선 후기의 문신이다. 본관은 의령, 자는 운로(雲路), 호는 약천(藥泉) · 미재(美齋), 시호는 문충(文忠)이다. 1651년(효종 2) 사마시(司馬試)를 거쳐, 1656년 별시문과(別試文科)에 을과(乙科)로 급제하였으며, 서인으로서 남인을 탄핵하였다. 우의정 · 좌의정을 거쳐 영의정까지 지냈다. 기사환국(己巳換局) 후에는 유배되기도 하였다. 문집에 『약천집(藥泉集)』이 있다.

남병철(南秉哲, 1817~1863) : 조선 후기의 문신 · 과학자이다. 본관은 의령, 자는 자명(子明) · 원명(原明), 호는 규재(圭齋) · 강설(絳雪) · 구당(鷗堂) · 계당(桂塘), 시호는 문정(文貞)이다. 박학하고 문장에 뛰어났으며, 수학과 천문학에 탁월하여 수륜(水輪) · 지구의(地球儀) · 사시의(四時儀)를 만들었다.

남연년(南延年, 1653~1728) : 조선 후기의 문신이다. 본관은 의령, 자는 수백(壽伯), 시호는 충장(忠壯)이다. 1728년(영조 4) 이인좌(李麟佐)의 난 때 청주영장 겸 토포사(淸州營將兼討捕使)로 있다가 역도들에게 살해되었다. 난이 평정된 후에 좌찬성(左贊成)으로 증직되고, 청주 표충사(表忠祠)에 위패가 봉안되었다. 시문집에 『남충장공시고(南忠壯公詩稿)』가 있다.

남용익(南龍翼, 1628~1692) : 조선 후기의 문신이다. 본관은 의령, 자는 운경(雲卿), 호는 호곡(壺谷), 시호는 문헌(文憲)이다. 1646년(인조 24) 진사가 되고, 2년 후 정시문과(庭試文科)에 급제하였다. 통신사(通信使)의 종사관(從事官)으로 일본에 다녀왔으며 예조판서 · 이조판서 등을 지냈다. 기사환국(己巳換局) 이후 유배지에서 세상을 떠났다.

남은(南誾, 1354~1398) : 고려 말 · 조선 초의 문신이다. 본관은 의령, 시호는 강무(剛武)이다. 공민왕 때 문과에 급제하고, 우왕 때 사직단직(社稷壇直)이 되었다가 삼척(三陟)에서 왜구를 격퇴한 공으로 사복시정(司僕侍正)이 되었다. 이성계의 위화도회군에 동조하여 후에 이성계 일파로 활약하였다. 조선 개국에 공을 세웠다 하여 개국(開國) 1등공신에 책록되었다.

남이(南怡, 1441~1468) : 조선 전기의 무신이다. 본관은 의령, 시호는 충무(忠武)이며 태종의 외증손(外曾孫)이다. 1457년(세조 3) 약관의 나이로 무과에 장원, 세조의 지극한 총애를 받았다. 이시애(李施愛)의 난 때 우대장(右大將)으로 이를 토벌하였고 서북변의 건주위(建州衛)를 정벌하였다. 공신의 대우를 받았고 병조판서에까지 올랐으나, 역모의 의심을 받아 처형되어 젊은 나이에 생을 마쳤다.

남종삼(南鍾三, 1817~1866) : 조선 후기의 천주교 순교자이다. 러시아의 세력이 침투해 들어오자 선교사를 통해 영국 · 프랑스와 교섭하여 러시아의 세력을 꺾는 대신 천주교를 공인받으려고 대원군과 면담하려고 하였다. 그러나 대원군의 태도가 돌변하여 병인박해(丙寅迫害) 때 처형되었다.

남치근(南致勤, ?~1570) : 조선 전기의 무신이다. 본관은 의령, 자는 근지(勤之)이다. 1528년(중종 23) 무과에 장원하였고 명종 초에 함경도병마절도사(咸鏡道兵馬節度使) · 중추부동지사(中樞府同知事)를 역임하였다. 1552년(명종 7) 왜구의 침입을 막지 못한 제주목사(濟州牧使) 김충렬(金忠烈)의 후임으로 부임하여 이를 격파하였다. 전라도순변사(全羅道巡邊使) · 한성부판윤(漢城府判尹), 경기 · 황해 · 평안 3도토포사(三道討捕使) 등을 지내고 의적 임꺽정[林巨正]을 잡아 죽였다.

남치훈(南致熏, 1645~1716) : 조선 후기의 문신이다. 본관은 의령, 자는 훈연(熏然), 호는 지산(芝山)이다. 1678년(숙종 4) 증광문과(增廣文科)에 급제하여 검열(檢閱)이 되고 1681년(숙종 7)에 홍문관록(弘文館錄)에 올랐다. 기사환국(己巳換局) 때는 소북파로 송시열을 탄핵하였다.

남태징(南泰徵, ?~1728) : 조선 후기의 무신이다. 본관은 의령이다. 훈련도정이 되었으나, 소론이라 하여 파직당하였다가 정미환국(丁未換局)으로 포도대장(捕盜大將)으로 복직되었다. 이인좌(李麟佐)와 정희량(鄭希亮) 등이 청주에서 반란을 일으켰을 때, 서울에서 호응하기로 하였다는 죄로 일당과 함께 참형을 당하였다.

남해왕(南解王, ?~24) : 신라의 제2대 왕(재위 4~24)이다. 박혁거세의 장남으로 박혁거세의 뒤를 이어 즉위하였다. 6년에 시조의 능을 조영하였고, 8년에 석탈해(昔脫解)가 뛰어난 인물임을 알고 그를 사위로 삼았으며, 10년에 그를 대보(大輔)에 임명하여 정사를 맡겼다. 사릉원(蛇陵園)에 장사지냈다.

남효온(南孝溫, 1454~1492) : 조선 전기의 문신으로, 생육신(生六臣) 중 한 사람이다. 단종의 생모인 현덕왕후(顯德王后)의 능을 복위시키려고 상소를 올렸으나 저지당하였으며 그 일로 갑자사화(甲子士禍) 때는 부관참시(剖棺斬屍)를 당하였다. 주요저서에 『육신전(六臣傳)』·『추강집(秋江集)』 등이 있다.

내물왕(奈勿王, ?~402) : 신라의 제17대 왕(재위 356~402)이다. 성은 김씨로 각간 말구(末仇)의 아들이고, 어머니는 휴례부인(休禮夫人) 김씨이며, 비는 미추왕의 딸인 보반부인(保反夫人) 김씨이다. '마립간'이라는 왕의 칭호를 처음 사용하였다. 이때부터 신라에서 한자를 사용하기 시작하였으며 김씨가 왕위를 세습하였다.

내호아(來護兒, 생몰년미상) : 수나라의 수군사령관이다. 612년(영양왕 23)에 수 양제가 대군을 이끌고 고구려를 침략할 때, 내호아를 수군의 최고지휘관으로 삼고 산동성(山東省) 등주(登州)에서 대동강구(大同江口)로 진격하여 평양성에 이르게 하였다.

노국대장공주(魯國大長公主, ?~1365) : 고려 공민왕의 비이다. 원나라의 황족인 위왕(魏王)의 딸로, 이름은 보탑실리(寶塔實里)이다. 1349년(충정왕 1) 원나라에서 공민왕과 결혼하였다. 1351년 12월 공민왕과 함께 귀국하였고 공민왕은 그 달에 즉위하였다. 1365년(공민왕 14)에 난산(難産)으로 죽었다.

노산군(魯山君, 1441~1457) : 조선 단종과 동일인물이다. → 단종

노수신(盧守愼, 1515~1590) : 조선 전기의 문신·학자이다. 본관은 광주, 자는 과회(寡悔), 호는 소재(蘇齋)·이재(伊齋)·암실(暗室)·여봉노인(茹峰老人)이다. 을사사화(乙巳士禍) 때 이조좌랑(吏曹佐郞)에서 파직되어 귀향살이를 하였다. 선조 즉위 후에는 우의정·좌의정을 거쳐 영의정에 올랐다. 문집에 『소재집(蘇齋集)』이 있다.

노영희(盧永禧, 생몰년미상) : 고려 후기의 무신이다. 야별초지유(夜別抄指諭)였으나, 1270년(원종 11) 장군 배중손(裵仲孫)과 함께 삼별초(三別抄)를 이끌고 강화도에서 난을 일으켜 승화후(承化侯) 왕온(王溫)을 왕으로 추대하고 관부(官府)를 설치하여, 몽골에 항거하였다. 추토사(追討使) 김방경(金方慶)에게 쫓겨 진도에서 항거하다가, 몽골군과 합세한 김방경의 공격에 섬멸되었다.

노이합적(누르하치[努爾哈赤], 1559~1626) : 청나라의 제1대 황제(재위 1616~1626)이다. 성은 아이신줴뤄[愛新覺羅]이다. 여진의 대부분을 통일하여 한(汗)의 지위에 올라 국호를 후금이라 하였는데 이는 명나라에 큰 위협이었다. 명나라와의 싸움 중 병사하였지만 그가 확립해 놓은 기초 위에 아들 홍타이지[皇太極]가 대업을 완수하였다.

노책(盧頙, ?~1356) : 고려 후기의 세도가이다. 평양공(平陽公) 왕현(王昡)의 딸 경녕옹주(慶寧翁主)와 결혼하여, 충목왕 때 좌정승(左政丞)이 되고 경양부원군(慶陽府院君)에 책봉되었다. 1355년(공민왕 4) 딸이 원나라 태자비가 되자 원나라 집현전학

사(集賢殿學士)로 임명되어 권세를 부렸으나, 기철(奇轍)·권겸(權謙) 등과의 역모가 탄로나 주살되었다.

눌지왕(訥祗王, ?~458) : 신라의 제19대 왕(재위 417~458)이다. 성은 김씨로, 눌지마립간이라고도 한다. 아버지는 제17대 내물왕이며, 제18대 실성왕의 딸을 비로 맞았다. 자신을 해치려는 실성왕을 제거하고 왕위에 올랐다. 우차법(牛車法)을 제정하였으며 백제와 공수동맹(攻守同盟)을 맺어 고구려를 공격하였다.

니콜라이[尼古喇, 1868~1918] : 본명은 Aleksandrovich Nikolai Romanov로, 러시아의 마지막 황제 니콜라이 2세(재위 1894~1917)이다. 적극적인 극동진출로 러일전쟁을 초래하여 국내에서는 혁명이 일어났으며 1917년 2월혁명으로 제정(帝政)이 붕괴되었다.

다루왕(多婁王, ?~77) : 백제의 제2대 왕(재위 28~77)이다. 시조 온조왕의 원자(元子)이다. 38년 흉년이 들자 양조(釀造)를 금지하였고, 여러 차례 침입해 온 북방의 말갈족을 격퇴하였으며, 56년 우곡성(牛谷城)을 쌓아서 말갈족의 침입에 대비하였다. 한편 신라와도 자주 충돌하였으며, 66년 신라의 와산성(蛙山城)을 점령하는 등 영토를 넓혔다.

단종(端宗, 1441~1457) : 조선의 제6대 왕(재위 1452~1455)이다. 이름은 홍위(弘暐)이다. 문종의 아들로 어린 나이에 즉위하여 숙부인 수양대군(首陽大君)에게 왕위를 빼앗기고 상왕이 되었다. 이후 단종복위운동을 하던 성삼문(成三問) 등이 죽임을 당하자 서인(庶人)으로 강등되고 결국 죽임을 당하였다.

달가(達賈, ?~292) : 고구려의 왕족으로, 봉상왕의 숙부이다. 280년(서천왕 11) 고구려에 침범한 숙신(肅愼 : 여진)을 격파하여 민가 600여 호를 부여 남쪽으로 옮기고 큰 부락 6, 7개소를 복속하였으며 숙신의 부락들을 통할하였다. 그 공으로 안국군(安國君)에 봉해지고 아울러 숙신과 양맥의 여러 촌락을 통솔하게 되었다. 백성들의 신망이 높아지자 292년 이를 시기한 봉상왕에 의하여 죽음을 당하였다.

당 고조(高祖) 이연(李淵)(566~635) : 당나라의 제1대 황제(재위 618~626)이다. 이름은 이연(李淵)이며 자는 숙덕(叔德)이다. 617년에 중국 각지에서 반란이 터지자 반란에 가담하여 봉기하였다. 이연은 수나라의 수도인 장안으로 들어가서 수 양제를 제위에서 물러나게 하고, 황태손인 양유(楊侑 : 恭帝)를 황제로 세웠으며 자신은 수의 대승상(大丞相)이 되었다. 수 양제의 암살소식을 듣고, 형식상의 선양을 받아 당나라를 건국하였다.

당 고종(高宗) 이치(李治, 628~683) : 당나라의 제3대 황제(재위 649~683)이다. 당 태종 이세민(李世民)의 제9남으로, 이름은 치(治)이고 자는 위선(爲善)이다. 655년 측천무후(則天武后)를 황후로 맞아들인 뒤부터는 무후가 점차 권력을 잡았으며, 33세 때 병세가 심해진 뒤로는 정사가 무후에게 맡겨졌다. 당나라 초기의 전장(典章)제도를 모두 마무리지었으며, 백제·고구려 등 여러 나라를 멸망시켜 당의 영토는 최대에 이르렀다.

당 태종 이세민(李世民)(599～649) : 당나라의 제2대 황제(재위 626～649)이다. 당나라를 수립하고 군웅을 평정하여 중국 통일하였다. 공정한 정치로 후세 제왕의 모범이 되었다. 그러나 좋은 후계자를 두지 못하였고, 만년의 고구려 친정 실패 등으로 그가 죽은 뒤에는 정권이 동요하게 되었으며, 마침내 측천무후(則天武后)가 실권을 장악하게 되었다.

대각국사(大覺國師) 의천(義天, 1055～1101) : 고려 전기의 승려 · 왕족이다. 자는 의천, 이름은 후(煦), 시호는 대각(大覺)으로, 고려 제11대 왕 문종의 제4남이다. 교선일치(敎禪一致)를 역설하며 천태종(天台宗)을 개창하였다. 저서에 『신편제종교장총록(新編諸宗敎藏總錄)』·『석원사림(釋苑詞林)』, 문집에 『대각국사문집(大覺國師文集)』 등이 있다.

대렴(大廉, 생몰년미상) : 신라의 반신(叛臣)으로, 벼슬은 아찬이다. 768년(혜공왕 4) 형인 일길찬 대공(大恭)과 함께 반란을 일으켜 33일간 궁궐을 포위하였으나 왕군(王軍)에게 패하여 9족(九族)이 몰살당하였다.

대목후 황보씨(大穆后 皇甫氏, 생몰년미상) : 고려 광종의 비이다. 태조 왕건의 제3녀이며, 고려 제5대 경종의 어머니이다. 956년(광종 7) 광종이 노비안검법(奴婢按檢法)을 만들어 노예제도의 폐풍(弊風)을 시정하려 할 때, 노예들이 그 주인을 멸시하고 배반하는 일이 자주 일어났으므로, 이 법의 실시를 중지할 것을 건의하였으나 뜻을 이루지 못하였다.

대무신왕(大武神王, 4～44) : 고구려의 제3대 왕(재위 18～44)이다. 이름은 무휼(無恤)이며, 유리왕의 제3남이다. 14년(유리왕 33) 태자로 책봉되어 군국정사(軍國政事)를 맡아보다가 유리왕이 죽은 뒤 즉위하였다. 22년(대무신왕 5) 동부여를 공격하여 대소왕(帶素王)을 죽이고, 26년(대무신왕 9) 개마국(蓋馬國)을 쳐서 이를 병합하여 국토를 살수(薩水) 이북까지 확대하였다.

대소(帶素, ?～22) : 동부여의 마지막 왕이다. 금와왕(金蛙王)의 장남으로, 6명의 동생들과 함께 주몽을 시기하여 몰아내고 아버지를 이어 왕위를 계승하였다. BC 7년(고구려 유리왕) 고구려에 볼모를 요구, 거절당하자 5만의 군사로 고구려를 공격하였으나 실패하였다. 22년(대무신왕 5) 고구려의 공격으로 피살되고 동부여는 멸망하여, 고구려에 병합되었다.

대인선(大諲譔, 생몰년미상) : 발해의 제15대왕(재위 906～926)으로, 마지막 왕이다. 925년 12월 거란의 야율아보기(耶律阿保機 : 요 태조)가 대군을 이끌고 침입, 부여부(扶餘府)를 점령하고 다음해 수도 홀한성(忽汗城 : 東京城)을 공격하자 항복하였다. 그는 포로로 잡혀가고, 발해는 15대 228년 만에 멸망하였다.

대조변(戴朝弁, 생몰년미상) : 임진왜란 당시 명나라의 장수이다. 조선 측의 요청으로 원군 3,000명을 이끌고 온 명나라 부총병(副摠兵) 조승훈(祖承訓)을 따라 조선에 왔다가 평양성(平壤城)전투에서 전사하였다.

대조영[高王, ?~719] : 발해의 제1대왕(재위 698~719)으로, 발해를 건국하였다. 고구려가 멸망한 뒤 당나라의 고구려 유민 분산정책에 따라 가족과 함께 요하(遼河) 서쪽의 영주(營州) 지방으로 이주하였다. 698년 지금의 길림성(吉林省 : 지린성) 돈화현(敦化縣 : 둔화현) 지역인 동모산(東牟山)에 도읍하여 나라를 세우고 왕이 되어 국호를 진(震 : 振)이라 하였다가 713년에 발해로 국호를 바꾸었다.

덕종(德宗, 1016~1034) : 고려의 제9대 왕(재위 1031~1034)이다. 자는 원량(元良), 이름은 흠(欽)이며 현종의 장남이다. 압록강구부터 동해안의 도련포(都連浦)까지 천리장성을 축성하게 하여 동여진인과 거란인들의 투항이 속출하였다. 국자감시(國子監試)를 실시하고 왕가도(王可道)를 감수국사(監修國史)로, 황주량(黃周亮)을 수국사(修國史)로 삼아 현종 때 시작한 국사편찬사업을 완성하였다.

덕흥군(德興君, 생몰년미상) : 왕혜와 동일인물이다. → 왕혜

데니[德尼爾, 생몰년미상] : 본명은 Owen N. Denny로, 조선 후기의 미국인 외교고문이다. 묄렌도르프(Möllendorf : 穆麟德)의 후임으로 청나라에서 파견되어 고종의 고문이 되었다. 1885~1890년까지 한국에 머무르면서 러시아공사 베베르(Veber)와 합작하여 청나라에 대항하는 행동을 취하였다. 이로 말미암아 청국의 리훙장[李鴻章]의 노여움을 사서 청나라로 소환되어 갔다.

도동음율(徒冬音律, 생몰년미상) : 탐라국주(耽羅國主)이다. 백제의 좌평(佐平)이 되었다가 백제가 멸망한 후 662년(문무왕 2)에 신라에 항복하여, 탐라를 신라의 속국이 되게 하였다.

도림(道琳, 생몰년미상) : 고구려의 승려이다. 장수왕의 첩자로 백제에 들어가 바둑으로 개로왕의 신임을 얻고 백제의 내정을 살피는 동시에 개로왕을 설득하여 토목공사를 크게 일으켜 재정과 민생을 곤궁에 빠뜨린 뒤, 장수왕 63년(475) 왕으로 하여금 백제를 쳐서 한성을 함락하고 개로왕을 죽이게 하였다.

도선(道詵, 827~898) : 신라 말기 동리산문(桐裏山門)의 승려이다. 풍수지리설을 체계화시킨 풍수지리설의 대가로, 특히 태조 왕건의 탄생을 예언하였으며 도선의 비보사탑설(裨補寺塔說)은 「훈요십조」 가운데도 명시되어 있어 후대에 많은 영향을 끼쳤다.

도조(度祖, 생몰년미상) : 조선 태조 이성계의 할아버지이며 익조(翼祖 : 李行里)의 아들이다. 이름은 춘(椿)이고, 어릴 때 이름은 선래(善來)이다. 후처인 조씨가 조휘(趙暉)의 손녀이므로 처가의 정치세력을 이용하려는 목적과 농업과 목축에 편리한 점 때문에 의주에서 화주(和州 : 함흥)로 옮겼다. 이것은 후계자 쟁탈전을 일으키는 계기가 되었다. 능은 함흥에 있는 의릉(義陵)이다.

독보(獨步, 생몰년미상) : 조선 중기의 승려이다. 일찍이 묘향산(妙香山)에 들어가 불도를 닦고, 명나라 도독(都督) 심세괴(沈世魁) 휘하에 있다가 그가 죽자 좌도독(左都督) 홍승주(洪承疇) 밑으로 들어갔다. 병자호란 후 명나라에 사신으로 건너가 청나라 군사의 한양(漢陽) 함락을 전하였다. 이후 명나라가 망하자 북경(北京 : 베이징)

에 잡혀가 옥고를 치렀는데 귀국 후에도 모함을 받아 울산에 유배되었다.

돌고(咄固, ?~293) : 고구려의 왕족이다. 아버지는 서천왕이고, 봉상왕의 동생이다. 봉상왕으로부터 의심을 받아 죽임을 당하였다.

동명성왕(東明聖王, BC 58~BC 19) : 고구려의 제1대왕(재위 BC 37~BC 19)이다. 『삼국사기』에 따르면 동부여의 금와왕이 데려 온 하백(河伯)의 딸 유화(柳花)가 낳은 알에서 주몽이 나왔다고 한다. 금와왕의 장자 대소(帶素) 등 일곱 왕자 및 여러 신하들이 시기해 죽이려 하자, 유화 부인의 뜻을 따라 화를 피하여 졸본부여(卒本扶餘)로 남하하여, BC 37년 나라를 세워 국호를 고구려라 하고, 성을 고(高)라 하였다.

동일원(董一元, 생몰년미상) : 명나라 말기의 장수이다. 정유재란 때 조선에 파병되었으나 사천전투에서 시마즈 요시히로[島津義弘]와 싸우다가 대패하였다. 이후 동일원의 제2남 동대순(董大順)이 조선으로 귀화하여 광천동씨(廣川董氏)의 시조가 되었다.

동천왕(東川王, 209~248) : 고구려의 제11대 왕(재위 227~248)이다. 이름은 우위거(憂位居), 초명은 교체(郊彘)로 산상왕의 아들이며. 동양왕(東襄王)이라고도 한다. 위나라와 우호적인 관계로 지내며 위나라를 도와 공손연(公孫淵) 세력을 멸망시켰다. 위나라와 국경을 접하게 되면서 압력이 거세져 서안평(西安平)을 선제공격하였으나, 유주자사(幽州刺史) 관구검(毌丘儉)의 반격으로 환도성(丸都城)이 함락되어 북옥저로 피난하고 평양성으로 일시 천도하였다.

동평군(東平君) **항**(杭, 생몰년미상) : 이항과 동일인물이다. → 이항

두경승(杜景升, ?~1197) : 고려 후기의 장군이다. 만경두씨(萬頃杜氏)의 시조이며 배운 것은 없으나 뛰어난 용기로 공학군(控鶴軍)으로 뽑혔다. 1170년 정중부(鄭仲夫)의 난 때 크게 활약하였고, 1173년(명종 3) 김보당(金甫當)의 난을 평정하였다. 그 공으로 장군이 되었고 서북면병마부사(西北面兵馬副使)가 되었다. 이듬해 조위총(趙位寵)이 난을 일으키자 평정하여 삼한후벽상공신(三韓後壁上功臣)이 된 뒤, 이의민(李義旼)과 함께 문하시중(門下侍中)으로 승진하였다.

등자룡(鄧子龍, 1527~1598) : 명나라의 장수이다. 정유재란 때 일본군과 싸우고 있던 이순신을 돕기 위해 명나라의 절강에서 파견된 수군도독 진린(陳璘)의 휘하 장수이다. 마지막 전투인 노량해전(露梁海戰) 때 이순신이 빌려준 판옥선 2척 중 1척에 휘하 군사들과 타고 일본군과 전투를 벌이다가, 일본군의 습격을 받아 전사하였다. 당시 70세의 노장이었다고 전한다.

로우[魯, 1828~1894] : 본명은 Frederick Ferdinand Low로, 미국인이다. 1871년 신미양요(辛未洋擾) 당시 주청미국공사로 전권을 위임받아, 조선 개항을 위해 조선 원정을 단행하였다.

로저스[路子周, 1812~1882] : 본명은 John Rodgers로, 미국의 군인이다. 남북전쟁에 참가하였고, 1870년 아시아 함대사령관이 되자 이듬해 한국에 통상을 요구하기 위해 침입하였다. 이 사건이 신미양요(辛未洋擾)이다.

로즈[盧濟, 생몰년미상] : 본명은 Pierre Gustave Roze로, 프랑스의 군인이며, 병인양요(丙寅洋擾)의 주동자다. 병인박해(丙寅迫害)를 피해 한국을 탈출한 신부 리델(Ridel)에게 진상을 듣고 군함 3척을 이끌고 물치도 앞바다에 정박하여, 군함 2척을 서강까지 보냈다 퇴거하였다. 다시 7척의 군함을 거느리고 강화도에 포격을 가하였으나 양헌수(梁憲洙)에게 패하자 강화성에 불을 지르고 철수하였다.

마건상(馬建常, 생몰년미상) : 청나라 말기의 문관이다. 1882년 정부기구가 개편된 후 리훙장[李鴻章]의 추천을 받아 조선에 와서 내무아문(內務衙門)의 후신인 통리군국사무아문(統理軍國事務衙門)의 참의(參議)가 되었다. 후에 참찬(參贊)에 승진하여 나라의 기무(機務)와 권리를 장악하고 내정을 간섭하였다.

마건충(馬建忠, 1845～1899) : 청나라 말기의 양무파 관료이다. 인도와 조선에서 외교교섭에 종사하였고 임오군란 때에는 흥선대원군을 중국에 연행하는 일 등을 맡았다. 철도부설, 이금(釐金) 감면에 의한 상공업 발전을 주창하였다.

마귀(麻貴, 생몰년미상) : 명나라의 장수이다. 1597년(선조 30) 정유재란 때, 명나라가 파견한 조선 원병의 제독으로 군사를 거느리고 들어왔다. 그해 12월 도산성(島山城)을 포위 공격하였으나 적장 구로다 나가마사[黑田長政]가 이끄는 일본군에게 패하여 후퇴하였다. 1598년(선조 31) 동래(東萊)로 내려가 도산성을 공격하였으나 성과를 올리지 못하고, 일본군의 철수로 귀국하였다.

마라난타(摩羅難陀, 생몰년미상) : 백제에 최초로 불교를 전하였다는 인도의 승려이다. 384년(침류왕 1)에 진(晉)나라를 거쳐 백제에 들어와 불법(佛法)을 크게 전파하였다. 이때부터 백제에 불교가 시작되었다. 그에 관한 상세한 기록은 남아있지 않다.

마려(馬黎, 생몰년미상) : 백제 건국설화에 등장하는 10신(臣)가운데 한 사람이다. 비류(沸流)·온조(溫祚) 형제가 고구려로부터 남하할 때 동행하였다. 정착지를 선정할 때에는 미추홀(彌鄒忽)에 정착하려는 비류를 말리는 한편 하남위례성(河南慰禮城)에 도읍할 것을 청하였다. 백제 건국 후에는 온조를 보좌하였다.

막근(莫勤, ?～148) : 고구려의 왕족이다. 태조왕의 장남으로, 148년(차대왕 3) 4월에 숙부인 차대왕이 보낸 사람에 의해 죽임을 당하였다.

만력제(萬曆帝, 1563～1620) : 명나라의 제14대 황제(재위 1572～1620)이다. 초기에는 장거정(張居正)을 등용하여 일조편법(一條鞭法)을 시행하는 등의 내정 개혁을 추진하여 '만력중흥(萬曆中興)'이라고 불리는 사회의 발전을 가져왔다. 하지만 장거정이 죽은 뒤 친정을 하면서 황제의 역할과 정무를 내팽개치는 '태정(怠政)'을 하여 명나라에 정치적 혼란을 가져와 멸망으로 이끌었다.

만세덕(萬世德, 생몰년미상) : 명나라의 무인(武人)이다. 1597년(선조30)의 정유재란 때, 명나라의 경리(經理)로서 조선을 열성적으로 도와주었다. 경리는 지금의 참모(參謀)와 같은 직책인데, 만세덕은 양호(楊鎬) 대신으로 같은 해 12월 경리로 임명되었다. 그는 끝까지 조선에 머무르면서 왜군을 격퇴하는 데 전력을 다하였다.

명나라 의종(毅宗, 1611～1644) : 명 숭정제와 동일인물이다. → 숭정제

명림답부(明臨答夫, 67～179) : 고구려의 재상이다. 165년(신대왕 1) 왕제(王弟) 백고(伯固)를 신대왕으로 옹립하였다. 이듬해 패자(沛者)로 승진되고, 고구려 최초의 국상(國相)이 되어 정치 · 병권을 도맡았다. 172년 현도태수(玄菟太守) 경림(耿臨)의 침입을 받자, 지구전 끝에 책략으로 좌원(坐原 : 遼寧省)에서 격파하여, 왕으로부터 좌원 · 질산(質山)을 식읍으로 받았다.

명종(明宗, 1534～1567) : 조선의 제13대 왕(재위 1545～1567)이다. 이름은 환(峘), 자는 대양(對陽)이다. 중종의 제2 적자(嫡子)이자 인종의 아우로, 어린 나이에 즉위하여 어머니인 문정왕후(文定王后)가 수렴첨정하였다. 문정왕후의 동생인 윤원형(尹元衡)이 을사사화(乙巳士禍)를 일으켰으며 문정왕후 사후, 선정을 펼치려 노력하였다.

명태조 주원장(朱元璋, 1328～1398) : 명나라의 제1대 황제(재위 1368～1398)이다. 홍건적에서 두각을 나타내어 각지 군웅들을 굴복시키고 명나라를 세웠다. 동시에 북벌군을 일으켜 원나라를 몽골로 몰아내고 중국의 통일을 완성하여, 한족(漢族) 왕조를 회복시킴과 더불어 중앙집권적 독재체제의 확립을 꾀하였다.

모니노(牟尼奴, 1365～1389) : 고려 우왕과 동일인물이다. → 우왕

모문룡(毛文龍, 1576～1629) : 명나라 말기의 무장으로 호는 진남(振南)이다. 1605년 무과에 급제, 처음에는 요동의 총병관(摠兵官) 이성량(李成梁) 밑에서 유격활동을 하였다. 누르하치[奴兒哈赤]가 요동을 공략하자 왕화정(王化貞)의 휘하로 들어갔다. 후에 좌도독(左都督)에 임명되었으며, 전횡을 일삼다가 살해되었다.

모본왕(慕本王, ?～53) : 고구려의 제5대 왕(재위 48～53)이다. 이름은 해우(解憂) · 해애루(解愛婁)이며 대무신왕의 아들로, 민중왕의 뒤를 이어 즉위하였다. 한나라 북평(北平) 등을 공격하였으나, 요동태수 채동(蔡彤)의 제의로 화친을 맺었다. 성품이 포악하고 정사를 돌보지 않아, 백성들의 원성을 들었다.

모치(毛治, 생몰년미상) : 고구려 보장왕의 시의(侍醫)이다. 650년(보장왕 9) 고토쿠[孝德] 천황이 연호를 하쿠치[白雉]로 고칠 때 일본으로 건너가 백제의 부여풍, 신라의 시학사 등과 함께 개원의식에 참석하고 돌아왔다.

목내선(睦來善, 1617～1704) : 조선 후기의 문신이다. 본관은 사천, 자는 내지(來之), 호는 수옹(睡翁) · 수헌(睡軒)이며 허목(許穆)의 문인이다. 경신대출척(庚申大黜陟) 때 남인이라 하여 삭직되었다. 우참판 · 우의정을 거쳐, 기사환국(己巳換局) 때 서인 제거에 앞장서서 좌의정이 되었으나, 갑술환국(甲戌換局)으로 유배되었다. 글씨에 능하였다.

목조(穆祖, ?～1274) : 조선 태조 이성계의 고조부로, 이름은 안사(安社)이다. 고종 때 지의주사(知宜州事)를 지내면서 선정을 베풀어 명망이 높았다. 원나라에 귀화하여, 남경 오천호(南京五千戶)의 다루가치[達魯花赤]가 되어 여진을 다스렸다. 조선 개국 후 목조에 추증되었고 능은 덕릉(德陵 : 咸興)이다.

목종(穆宗, 980~1009) : 고려의 제7대 왕(재위 997~1009)이다. 경종의 장남이며, 이름은 송(誦)이고 자는 효신(孝伸), 시호는 선양(宣讓)이다. 관리 봉급제도인 전시과(田柴科)를 개정하고 학문을 장려하는 등 치적이 많았으나, 후계자 문제로 강조(康兆)에게 피살되었다.

목충(睦忠, 생몰년미상) : 고려 말기의 무신으로, 본관은 사천이다. 복주(福州)로 피난가는 공민왕을 호종하여 2등공신에, 개경을 수복한 공으로 1등공신에 책록되었다. 조전병마사(助戰兵馬使)·밀직사동지사(密直司同知事) 등을 지냈다.

목호룡(睦虎龍, 1684~1724) : 조선 후기의 지관(地官)이다. 본관은 사천으로, 신임사화(辛壬士禍)의 빌미를 제공하였다. 1722년(경종 2) 소론에 가담하여, 노론의 김창집(金昌集) 등이 경종 시해를 역모하였다고 고변하였다. 이에 4대신을 비롯한 노론이 숙청되었다.

묄렌도르프[穆麟德, 1848~1901] : 본명은 Paul George von Möllendorff로, 개화기에 민씨 척족세력의 지지를 얻고 활약한 독일인 고문이다. 1869년 청나라의 세관리(稅關吏)로 일하다가, 리훙장[李鴻章]의 추천으로 조선의 통리아문참의(統理衙門參議)·협판(協辦)을 역임하면서 외교와 세관업무를 맡았다. 외교와 재정분야에서 활동하였으나 당오전 발행으로 조선 경제의 어려움을 가중시켰다. 정치적으로 개화파와 대립하였다.

묘청(妙清, ?~1135) : 고려 전기의 승려이다. 정심(淨心)이라고도 하며 서경 출생이다. 검교소감(檢校少監) 백수한(白壽翰)을 통하여 근신들과 접촉하여, 도참설(圖讖說)을 이용하여 중앙정계에 진출하였다. 서경 천도를 주장하였으나 개경 중신들의 반대로 좌절되었다. 이에 반란을 일으켰으나 부하에게 살해되었고 반란군은 김부식이 이끄는 관군에게 섬멸되었다.

무강왕(武康王, 생몰년미상) : 고조선의 왕으로, 이름은 탁(卓)이다. 재위 중 위만(衛滿)에게 왕위를 빼앗기고 남쪽으로 망명하였다. 이후의 행적에 관해서는 명확히 기록된 바가 없다.

무령왕(武寧王, 462~523) : 백제의 제25대 왕(재위 501~523)으로, 이름은 사마(斯摩)·융(隆)이다. 웅진으로 천도 후 혼란한 백제를 안정시키고 왕권을 강화하였다.

무열왕(武烈王, 604~661) : 신라 태종무열왕과 동일인물이다. → 태종무열왕

무오(武烏, 생몰년미상) : 신라 관원으로, 관등은 대사이다. 786년(원성왕 2) 『병법(兵法)』 15권·『화령도(花鈴圖)』 2권을 저술하여 왕에게 바쳤다. 그 뒤 굴압(屈押 : 황해도 금천군 강음)현령이 되었다.

무왕(武王, ?~641) : 백제의 제30대 왕(재위 600~641)이다. 이름은 장(璋)이며 어릴 때는 서동(薯童)이라 불리었다. 법왕의 뒤를 이어 즉위하였는데 신라와 자주 충돌하였고, 고구려 남진을 견제하였다. 수나라에 조공을 바치고, 친당책을 썼으며, 일본에 서적·불교를 전달하였다. 토목공사 등 낭비와 군대 동원으로 국력이 많이 소모되었다.

무왕(武王, ?~737) : 발해의 제2대 왕(재위 719~737)이다. 고왕 대조영의 아들로, 연호를 인안(仁安)이라 하였다. 일본과 수교하여 사신 왕래와 문물교환을 자주 하는 한편, 나라 안에서는 무력을 양성하여 흑수말갈(黑水靺鞨)을 공격하였다. 발해를 배신한 아우 대문예(大門藝)를 당나라가 받아들이자, 당나라 등주(登州)를 공격하기도 하였다.

무왕(武王, ?~BC 1043?) : 주나라를 건국한 왕으로, 성은 희(姬)이고 이름은 발(發)이다. 주 문왕 희창(姬昌)의 제2남이므로 중발(仲發)이라고도 한다. BC 1046년 서쪽 제후들을 규합하여 상나라를 멸망시키고 호경(鎬京)으로 도읍을 옮기고 봉건제도를 실시하였다.

무제(武帝, BC 156~BC 87) : 전한(前漢)의 제7대 황제(재위 BC 141~BC 87)이다. 이름은 유철(劉徹), 자는 통(通)이며 묘호는 세종(世宗), 시호는 효무황제(孝武皇帝)이다. 유학을 바탕으로 국가를 다스렸으며 해외 원정을 펼쳐 흉노 · 위만조선 등을 멸망시켜 당시 중국 역사상 가장 넓은 영토를 만들어 전한의 전성기를 열었다. 한반도에 한사군 또는 한군현을 설치하기도 하였다.

무풍정(茂豊正, ?~1504) : 이총과 동일인물이다. → 이총

묵호자(墨胡子, 생몰년미상) : 고구려의 승려이다. 신라의 일선군(一善郡)에서 굴을 파고 살다가 신라 공주의 병을 고쳐주어 왕으로부터 불법을 펼치도록 허락받았다. 한국인으로는 불교경전을 처음 배워온 아도(阿道)와 동일인이라는 설이 있다.

문공유(文公裕, ?~1159) : 고려 전기의 문신이다. 본관은 남평(南平)이다. 시어사(侍御使)로서 묘청의 도참설에 현혹된 인종에게 간하다가 좌천되었다. 의종 때 서북면 병마사(西北面兵馬使) · 병부상서(兵部尙書) 등을 지냈다. 글씨에 능하여 『묘향산 보현사 창사비명(妙香山普賢寺創寺碑銘)』이 남아 있다.

문무왕(文武王, 626~681) : 신라의 제30대 왕(재위 661~681)이다. 성은 김, 이름은 법민(法敏)으로, 태종무열왕의 장남이다. 나당연합군으로 660년에 백제, 668년에 고구려를 멸망시켰다. 676년 당나라 세력을 몰아내고 삼국통일을 완수하였다.

문성왕(文聖王, ?~857) : 신라의 제46대 왕(재위 839~857)으로, 신무왕의 아들이다. 당시는 신라의 쇠퇴기로 왕위를 둘러싼 귀족들의 다툼이 심하였는데, 문성왕 재위 기간 동안 장보고의 반란을 비롯한 많은 모반이 일어났다.

문익점(文益漸, 1329~1398) : 고려 후기의 학자 · 문신이다. 본관은 남평(南平), 자는 일신(日新), 호는 삼우당(三憂堂), 시호는 충선(忠宣)이다. 공민왕 때 좌정언(左正言)으로 서장관(書狀官)이 되어 이공수(李公遂)를 따라 원나라에 갔다가 돌아오면서 붓대 속에 목화씨를 감추어 가져왔다. 장인 정천익(鄭天益)과 함께 면화 재배에 성공하였다.

문자왕(文咨王, ?~519) : 고구려의 제21대 왕(재위 491~519)이다. 장수왕의 손자로, 이름은 나운(羅雲)이다. 497년 신라 우산성(牛山城), 512년에 백제 가불성(加弗城) · 원산성(圓山城)을 점령하였다. 백제 · 신라의 연합작전으로 일진일퇴를 거듭하기

도 하였다.

문정왕후 윤씨(文定王后 尹氏, 1501~1565) : 조선 중종의 계비이자 명종의 어머니이다. 본관은 파평(坡平)이다. 명종 즉위 후 수렴청정을 하였다. 남동생 윤원형(尹元衡)이 권력을 쥐고 대윤(大尹)이라고 하는 윤임(尹任) 일파를 몰아내는 을사사화(乙巳士禍)를 일으켰다. 숭유배불을 무시, 불교중흥을 도모하였다.

문종(文宗, 1019~1083) : 고려의 제11대 왕(재위 1046~1083)이다. 이름은 휘(徽), 자는 촉유(燭幽), 시호는 인효(仁孝)이다. 공음전시법(功蔭田柴法)·양전보수법(量田步數法)·삼심제(三審制) 등 법률을 제정하여 내치에 힘썼으며, 학문과 서도를 좋아하였다. 불교를 신봉하였고, 유학도 장려하였다. 동여진의 침입을 토벌하고, 송나라의 선진문화를 수입하였다. 고려시대 중 가장 찬란한 문화황금기를 이룩하였다.

문주왕(文周王, ?~477) : 백제의 제22대 왕(재위 475~477)으로, 개로왕의 아들이다. 475년(개로왕 21) 고구려의 침입 때 신라의 원군을 이끌고 왔으나, 백제는 패퇴한 뒤였다. 즉위 후 웅진으로 천도하고, 국방에 힘을 쏟았다. 476년 탐라국(耽羅國)으로부터 조공을 받기도 하였으나, 나중에 병관좌평(兵官佐平) 해구(解仇)에게 실권을 빼앗겨 결국 해구의 하수인에게 살해되었다.

미사흔(未斯欣, ?~433) : 신라의 왕족으로 내물왕의 제3남이다. 402년(실성왕 1) 신라가 일본과 강화를 맺자, 일본에 볼모로 잡혀갔다. 418년(눌지왕 2) 박제상(朴堤上)의 꾀로 일본에서 도망하였고, 이때 왕과의 우의를 찬양한 노래가 「우식곡(憂息曲)」이다. 박제상의 은혜에 보답하기 위해 그의 둘째 딸과 결혼하였다.

미천왕(美川王, ?~331) : 고구려의 제15대 왕(재위 300~331)이다. 이름은 을불(乙弗)·우불(憂弗)로, 국토 확장에 진력하였다. 현도군(玄菟郡)을 공격하여 요동 서안평(西安平)을 점령하고 313년 낙랑군을 멸망시켰다. 314년에는 대방군을 정벌하여 영토로 삼았다.

미추왕(味鄒王, ?~284) : 신라의 제13대 왕(재위 262~284)이다. 성은 김이며 이름은 미조(未照)·미소(未召)로, 구도(仇道)의 아들이며 김알지(金閼智)의 6대손이다. 조분왕의 사위로 왕위에 올랐다. 267년과 283년 백제가 봉산성(烽山城)·괴곡성(槐谷城)을 각각 공격해왔으나 모두 격퇴하였다. 농업을 장려하는 등 내치(內治)에도 힘썼다. 대릉(大陵 : 竹長陵)에 장사지냈다.

민겸호(閔謙鎬, 1838~1882) : 조선 후기의 척신(戚臣)이다. 본관은 여흥(驪興), 자는 윤익(允益), 시호는 충숙(忠肅)이다. 민씨 세도의 일원으로 형조·병조·이조·예조판서 등을 지냈다. 군무사 경리당상(軍務司經理堂上)으로 신식 군대인 별기군(別技軍)을 창설하였다. 임오군란을 강압적으로 진압시키려다 살해되었다.

민규호(閔奎鎬, 1836~1878) : 조선 후기 척신(戚臣)이다. 본관은 여흥(驪興), 자는 경원(景園), 호는 황사(黃史)·사호(賜號)·지당(芝堂)이다. 홍선대원군 실각 후 고종이 친정하자 예조판서·이조판서·무위영도총제(武衛營都摠制) 등을 지냈다. 척신의 대표격으로 국정을 거의 도맡았다. 홍선대원군의 통상수교거부정책에 반대하며 개국론을 내세웠다. 글씨에 능하였다.

민기문(閔起文, 1511~1574) : 조선 전기의 문신이다. 본관은 여흥(驪興), 자는 숙도(叔道), 호는 역암(櫟菴)이다. 신진사류로 문명을 떨쳤다. 자기 문하로 끌어들이려는 우의정 김안로(金安老)의 권유를 거절하였다가, 1535년(중종 30) 장옥(張玉) 등과 국정을 문란시킨 죄목으로 덕산(德山)에 유배되었다. 후에 명종 때 사예(司藝)로 기용되었으며, 선조 때 시독관으로 『명종실록』 편찬에 참여하였다. 대사간(大司諫) · 직제학(直提學) · 우승지(右承旨) 등을 지냈다.

민수(閔粹, 생몰년미상) : 조선 전기의 문신이다. 본관은 여홍(驪興)으로, 1459년(세조 5) 식년문과(式年文科)에 급제하여 검열(檢閱)이 되었다. 1469년(예종 1) 『세조실록』을 편찬할 때 사초(史草)에 대신들의 비행을 직필(直筆)한 데 대한 후환이 두려워 강치성(康致誠) 등과 이를 삭제한 죄로 제주도에 유배되어 관노(官奴)가 되었다.

민승호(閔升鎬, 1830~1874) : 조선 후기의 척신(戚臣)이다. 명성황후(明成皇后)의 오빠이며 호조참판(戶曹參判) · 형조판서 · 병조판서 등을 지냈다. 홍선대원군 실각 후, 적극적으로 국정에 참여하여 민씨 일문의 거두로서 큰 세도가가 되었다. 선물로 위장한 폭약을 풀다가 횡사하였다.

민암(閔黯, 1636~1694) : 조선 후기의 문신이다. 본관은 여홍(驪興), 자는 장유(長孺), 호는 차호(叉湖)이다. 1668년(현종 9) 별시문과(別試文科)에 급제하여, 지평(持平) · 함경도관찰사를 지냈다. 1691년 우의정이 되었고, 1694년 갑술환국(甲戌換局) 때 대정(大靜)에 유배되었다가 사사되었다.

민애왕(閔哀王, ?~839) : 신라의 제44대 왕(재위 838~839)이다. 이름은 김명(金明)이며 원성왕의 증손이자 대아찬 김충공(金忠恭)의 아들이다. 838년 시중(侍中) 김이홍(金利弘) · 배훤백(裵萱伯) 등과 함께 희강왕을 협박하여 자살하게 하고 스스로 왕이 되었다. 민애왕 즉위 후, 김우징(金祐徵)이 장보고의 힘을 빌려 쳐들어오자, 패하여 병사들에게 살해되었다.

민영(閔栐, ?~1637) : 조선 후기의 무신이다. 병자호란 때 경상우도병마절도사(慶尙右道兵馬節度使)로서 척화를 주장하고, 남한산성으로 올라오던 중 쌍령(雙嶺)전투에서 전사하였다. 1701년(숙종 27) 신료들의 건의에 따라 정려(旌閭)가 세워졌고, 1756년(영조 32) 좌의정 김상로(金尙魯)의 건의로 충장(忠壯)이라는 시호가 내려졌다.

민영목(閔泳穆, 1826~1884) : 조선 후기의 문신이다. 이조판서 · 한성부판윤(漢城府判尹) 등을 지냈으며, 1883년 독판교섭통상사무(督辦交涉通商事務)로 조 · 미수호통상조약과 인천일본조계조약 등을 체결하였다. 박문국당상(博文局堂上)으로 『한성순보(漢城旬報)』를 발간하였다. 갑신정변 때 개화당에게 살해되었다.

민영익(閔泳翊, 1860~1914) : 개화기 · 일제강점기의 문신이다. 본관은 여홍(驪興)으로, 명성황후(明成皇后)의 친정 조카이다. 1883년 친선사절 보빙사(報聘使)로 미국에 파견되어 각종 근대 시설을 도입하는 데 영향을 끼치는 등 개화기 개화업무를 이끌었다. 갑신정변을 계기로 김옥균 등 개화파와 반대 입장에 섰으며, 판의금부사(判義禁府事)·선혜청당상(宣惠廳堂上) 등 고급관료를 지냈다. 고종의 폐위음모사선에 연루되었을 때와 을사조약 체결 이후 각각 상해(上海 : 상하이) 등지로 망명하였다.

민영준(閔泳駿, 1852~1935) : 민영휘와 동일인물이다. → 민영휘

민영환(閔泳煥, 1861~1905) : 개화기의 문신·순국지사로, 본관은 여흥(驪興)이다. 1877년(고종 14) 5세의 어린 순종을 가르치는 동몽교관(童蒙教官)에 임명되고, 1878년 대과(大科)에 민씨 척족의 후광을 입고 장원급제하여 초고속 승진을 시작하였다. 예조판서·병조판서·형조판서 등을 지냈다. 일본의 내정간섭을 비판하다 이미 대세가 기운 것을 보고 자결하였다. 1962년 대한민국 건국공로훈장중장(건국훈장 대한민국장)이 추서되었다.

민영휘(閔泳徽, 1852~1935) : 개화기·일제강점기의 문신이다. 본관은 여흥(驪興), 초명은 영준(泳駿), 자는 군팔(君八), 호는 하정(河汀)이다. 갑신정변을 진압하고 동학운동 때 청군의 지원을 요청하였다. 임오군란 때 탐관오리로 유배되었다. 중추원의장(中樞院議長)·헌병대사령관(憲兵隊司令官) 등을 지냈으며, 국권피탈 후 일본정부의 자작이 되었다. 천일은행(天一銀行)과 휘문학교(徽文學校)를 설립하였다.

민응식(閔應植, 1844~?) : 조선 후기의 척신(戚臣)이다. 임오군란 때 자택을 명성황후(明成皇后)의 피신처로 제공하였다. 민태호 등과 함께 수구파의 중심이 되어, 위안스카이[袁世凱] 세력을 배경으로 개화파 타도에 힘썼다. 김옥균을 살해하려 하였으나 실패하였으며, 갑오개혁 때 유배되었다.

민정중(閔鼎重, 1628~1692) : 조선 후기의 문신으로 서인 계열이다. 본관은 여흥(驪興), 자는 대수(大受), 호는 노봉(老峯), 시호는 문충(文忠)이다. 이조·공조·호조·형조판서를 역임하였다. 1675년 남인이 득세하자 장흥부(長興府)에 유배되었다가 후에 좌의정이 되었다. 기사환국(己巳換局)으로 유배되어 죽었다.

민종도(閔宗道, 1633~?) : 조선 후기 때의 문신이다. 본관은 여흥(驪興), 자는 여증(汝曾)이다. 1662년(현종 3) 증광문과(增廣文科)에 병과(丙科)로 급제하여 한림학사(翰林學士)가 되었다. 1664년 봉교(奉教)를 거쳐, 이듬해 지평(持平)·정언(正言) 등을 역임하였다. 1666년 문과중시(文科重試)에 병과(丙科)로 급제하였고, 1674년 병조참지(兵曹參知)가 되었다.

민진원(閔鎭遠, 1664~1736) : 조선 후기의 문신으로, 인현왕후(仁顯王后)의 오빠이다. 전라도관찰사 때 서원이 난립되자 이를 막았다. 『숙종실록』·『경종실록』 등의 편찬에 참여하였다. 좌의정·영중추부사(領中樞府事)에 이르렀고, 노론의 영수로서 활약하였다. 문장과 글씨에 능하였다. 『단암주의(丹巖奏議)』 등 저서가 있다.

민치록(閔致祿, 1799~1858) : 조선 후기의 문신으로, 명성황후(明成皇后)의 아버지이다. 본관은 여흥(驪興), 시호는 효정(孝貞)이고, 첨정(僉正)을 지냈다. 죽은 후 1866년(고

종 3) 딸이 왕후로 책봉됨으로써 영의정 · 여성부원군(驪城府院君)에 추증되었다.

민태호(閔台鎬, 1834~1884) : 조선 후기의 척신(戚臣)이다. 본관은 여흥(驪興), 자는 경평(景平), 호는 표정(杓庭), 시호는 충문(忠文)이다. 어영대장(御營大將) · 무위도통사(武衛都統使) · 대제학(大提學) 등을 지냈다. 왕가의 외척으로 사대당의 대표적 인물로서 활약하였다. 갑신정변 때 민영목(閔永穆) · 조영하(趙寧夏) 등과 함께 살해되었다. 글씨에 능하였다.

민희(閔熙, 1614~1687) : 조선 후기의 문신이다. 본관은 여흥(驪興), 자는 호여(皥如), 호는 설루(雪樓) · 석호(石湖), 시호는 문충(文忠)이다. 1650년(효종 1) 증광문과(增廣文科)에 급제하여, 지평(持平) · 장령(掌令) 등을 거쳐 한성부윤(漢城府尹), 1677년(숙종 3) 우찬성(右贊成) · 우의정, 1680년 좌의정에 이르렀다. 이 해 경신대출척(庚申大黜陟)으로 관작이 삭탈되고 유배되었으나 후에 풀려났다. 1689년 기사환국(己巳換局) 때 신원되었다.

밀풍군(密豊君, ?~1729) : 이탄과 동일인물이다. → 이탄

박광우(朴光佑, 1495~1545) : 조선 전기의 문신이다. 본관은 상주, 자는 국이(國耳), 호는 필재(蓽齋) · 잠소당(潛昭堂), 시호는 정절(貞節)이다. 재령(載寧)군수 때 문장이 능하여 원접사(遠接使)를 수행하였다. 사간(司諫)이 되었으나 을사사화(乙巳士禍)로 투옥되어 도배(徒配)되었다가 죽었다. 이조판서에 추증되었다.

박규수(朴珪壽, 1807~1876) : 조선 후기의 문신 · 개화사상가이다. 박지원의 손자로 본관은 반남(潘南), 자는 환경(瓛卿), 호는 환재(瓛齋) · 환재거사(瓛齋居士)이다. 개화파 형성에 결정적인 역할을 하였다. 1875년 최익현(崔益鉉) 등의 척화 주장을 물리치고, 일본과의 수교를 주장하여, 강화도조약을 맺게 하였다. 문집에 『환재집(瓛齋集)』·『환재수계(瓛齋繡啓)』가 있다.

박돈지(朴敦之, 1342~미상) : 고려 말기의 문신으로, 일명 계양(啓陽)이라고도 한다. 1360년(공민왕 9)에 문과에 급제하여 1374년에 관직이 문하사인(門下舍人)에 이르렀다. 고려 말 우왕 때 다시 발탁되어 비서감(秘書監)을 지냈다. 1388년(창왕 즉위년) 명나라 신년 축하 사절단인 하정사(賀正使)의 한 사람으로 이색(李穡) · 이숭인(李崇仁) · 김사안(金士安) 등과 함께 명나라의 수도인 남경(南京)에 다녀왔다.

박동량(朴東亮, 1569~1635) : 조선 후기의 문신이다. 본관은 반남(潘南), 자는 자룡(子龍), 호는 오창(梧窓) · 기재(寄齋) · 봉주(鳳洲)이다. 형조판서 · 의금부판사(義禁府判事) 등을 지냈다. 계축옥사(癸丑獄事) 때 대북파가 조작한 유릉(裕陵 : 懿仁王后의 능) 저주사건이 무고임을 알면서도 시인하여, 인목대비(仁穆大妃)가 유폐생활을 하도록 한 죄로 유배되었다. 좌의정에 추증되었다. 저서 『기재사초(寄齋史草)』와 그림 『농가풍경도(農家風景圖)』 등이 있다.

박동현(朴東賢, 1544~1594) : 조선 전기의 문신이다. 본관은 반남(潘南), 자는 학기(學起), 호는 활당(活塘)으로 이이와 성혼(成渾)을 스승으로 모셨다. 홍문관수찬(弘文館修

撰) 및 응교(應敎) 등 삼사(三司) 언관직(言官職)과 이조정랑(吏曹正郞)·사간(司諫)을 지냈다. 경연을 자주 열 것을 주장하여 받아들여졌다. 활발한 언론활동을 하였다.

박불화(朴不花, 생몰년미상) : 원나라에서 환관을 지낸 고려 사람으로, 몽골식 이름은 티무르부카[帖木兒不花]이다. 원나라의 제2황후인 기황후와 고향이 같았던 까닭에 동지추밀원사(同知樞密院事)를 거쳐 영록대부 자정원사(榮祿大夫資政院使)에 올랐다. 1364년 기황후를 부추겨 공민왕을 폐위하고 덕흥군(德興君) 왕혜(王譓)를 왕으로 세우려는 계책을 꾸몄으나 실패하였다.

박상(朴祥, 1474~1530) : 조선 전기의 문신이다. 본관은 충주, 자는 창세(昌世), 호는 눌재(訥齋), 시호는 문간(文簡)이다. 1496년(연산군 2) 진사가 되고, 1501년 식년문과(式年文科)에 급제하여 교서관정자(校書館正字) 등을 지냈다. 16세기 호남지역 사림을 대표하는 인물이며 문장가로 이름을 떨쳐 당대의 사가(四家)로 칭송을 받았다. 문집에 『눌재집(訥齋集)』이 있다.

박상충(朴尙衷, 1332~1375) : 고려 말기의 학자·문신이다. 본관은 반남(潘南), 자는 성부(誠夫), 시호는 문정(文正)이다. 신진유생으로서 친명파에 가담하여 이인임(李仁任) 등 친원파에 대항하였다. 경사(經史)·역학에 밝고 문장이 뛰어났다. 『사전(祀典)』을 썼다.

박서(朴犀, 생몰년미상) : 고려 후기의 무신으로, 본관은 죽산(竹山)이다. 1231년(고종 18) 서북면병마사(西北面兵馬使) 재임 시 몽골 장수 살리타[撒禮塔]가 구주(龜州)를 공격해 오자, 삭주분도장군(朔州分道將軍) 김중온(金仲溫) 등과 함께 1개월에 걸친 격전 끝에 물리쳐 구주성을 사수하였다. 이후 문하평장사(門下平章事)에 이르렀다.

박선(朴宣, 생몰년미상) : 조선 후기의 무신이다. 1583년(선조 16) 이탕개[尼湯介]의 난 때 조방장(助防將)으로 참여하여 공을 세웠다. 1587년 전라좌수사(全羅左水使)에 임명되었다. 1618년 안처인(安處仁)·안후인(安厚仁) 형제의 무고로 국문을 받았으나 보방(保放)되었다.

박세채(朴世采, 1631~1695) : 조선 후기의 문신이다. 본관은 반남(潘南), 자는 화숙(和叔), 호는 현석(玄石)·남계(南溪), 시호는 문순(文純)이다. 그의 탕평론은 황극탕평설(皇極蕩平說)로 구체화되었으며, 영조·정조 대에 이르러 탕평책을 시행할 수 있는 중요한 기반을 제공하였다. 주요 저서인 『동유사우록(東儒師友錄)』을 통해 조선 시대 성리학자의 계보를 정리하였다.

박세희(朴世熹, 1491~1530) : 조선 전기의 문신이다. 본관은 상주, 자는 이회(而晦), 호는 도원재(道源齋)이다. 1514년(중종 9) 별시문과(別試文科)에 장원으로 급제하였고, 1517년에 정언(正言)에 임명된 후 이조좌랑(吏曹佐郞)·홍문관응교(弘文館應敎) 등을 역임하고, 1519년에 사간(司諫)이 되었다. 같은 해 좌부승지(左副承旨)가 되었으나 기묘사화(己卯士禍)가 일어나자 조광조의 일파에 연루되어 강계에 유배되어 그곳에서 죽었다.

박소(朴紹, 1493~1534) : 조선 전기의 문신이다. 본관은 반남(潘南), 자는 언주(彦胄), 호는 야천(冶川), 시호는 문강(文康)이다. 중종 때 수찬(修撰) 등을 지냈다. 조광조 등 신진사류와 더불어 왕도정치 구현을 위해 힘썼다. 김안로(金安老) 등 훈구파의 탄핵으로 파면되어 경상도 합천에서 학문에 전념하였다. 영의정에 추증되었다.

박순(朴淳, 1523~1589) : 조선 전기의 문신 · 학자이다. 본관은 충주, 자는 화숙(和叔), 호는 사암(思菴), 시호는 문충(文忠)이다. 명종 때 우의정 · 좌의정에 이어 선조 때 영의정으로 14년간 재직하였다. 동서 당쟁 속에서 이이 · 성혼(成渾)을 편들다 서인으로 지목되어, 탄핵을 받고 은거하였다. 시 · 문 · 서에 모두 뛰어났다. 『사암문집(思菴文集)』이 있다.

박술희(朴述熙, ?~945) : 고려 전기의 무신이다. 면천박씨(沔川朴氏)의 시조로, 시호는 엄의(嚴毅)이며 대승(大丞) 득의(得宜)의 아들이다. 18세 때 궁예의 호위병이 되고, 뒤에 태조를 섬기면서 대광(大匡)이 되었다. 태조가 혜종을 태자로 책봉하는 데 도왔다.

박승종(朴承宗, 1562~1623) : 조선 후기의 문신이다. 본관은 밀양, 자는 효백(孝伯), 호는 퇴우당(退憂堂), 시호는 숙민(肅愍)이다. 광해군 때 우의정 · 좌의정 · 영의정에 오르고 밀양부원군(密陽府院君)에 봉해졌다. 윤인(尹訒) 일당이 인목대비(仁穆大妃)를 죽이려 할 때 죽음을 무릅쓰고 저지하고 폐모론에 반대하였다. 인조반정 때 자결하였다.

박양유(朴良柔, 생몰년미상) : 고려 전기의 문신이다. 시호는 광익(匡益)이다. 993년(성종 12) 거란의 소손녕(蕭遜寧)이 봉산군(蓬山郡)을 공략하자, 상군사(上軍使)로 북계에서 이를 막았다. 서희를 보내어 거란을 설복시켜 강동6주를 얻고, 소손녕(蕭遜寧)을 철병하게 하였다. 뒤에 예폐사(禮幣使)로 거란에 들어가, 조공(朝貢)할 것을 통고하였다.

박연(朴堧, 1378~1458) : 조선 전기의 문신 · 음률가(音律家)이다. 본관은 밀양(密陽), 자는 탄부(坦夫), 호는 난계(蘭溪), 시호는 문헌(文獻)이다. 세종 당시 불완전한 악기 조율(調律)의 정리와 악보 편찬의 필요성을 상소하여, 자작한 12율관(十二律管)에 의거해 음률의 정확을 기하였다. 고구려의 왕산악(王山岳), 신라의 우륵(于勒)과 함께 한국 3대 악성(樂聖)으로 추앙되고 있다. 시문집 『난계유고(蘭溪遺稿)』 · 『가훈(家訓)』이 있다.

박영효(朴泳孝, 1861~1939) : 개화기 · 일제강점기의 정치가이다. 본관은 반남(潘南)이고 철종의 부마가 되었으나 3개월 만에 부인인 영혜옹주(永惠翁主)와 사별하였다. 유대치(劉大致)를 중심으로 김옥균 · 홍영식(洪英植) · 서광범(徐光範) 등 개화당 요인들과 결속하여 정치적 혁신을 주창하였다. 일본 세력을 이용하여 청나라의 간섭과 러시아의 침투를 억제하는 데 주력하였으며, 1884년 갑신정변을 주도하였다. 저서에 『사화기략(使和記略)』이 있다.

박원작(朴元綽, 생몰년미상) : 고려 전기의 무신이다. 1032년(덕종 1) 상사봉어(尙舍奉

御)로 있으면서 왕에게 진언하여 혁거(革車)·수질노(繡質弩)·뇌등석포(雷騰石砲) 등의 성능이 좋은 신무기를 제작하여 국토방위에 공을 세웠다. 서면병마도감사(西面兵馬都監使)로 있을 때는 수질9궁노(繡質九弓弩)를 개발하기도 하였다.

박원종(朴元宗, 1467~1510) : 조선 전기의 무신이다. 본관은 순천, 자는 백윤(伯胤), 시호는 무열(武烈)이다. 무술에 뛰어나서 음보(蔭補)로 무관직에 기용되었다. 선전내승(宣傳內乘)·동부승지(同副承旨)·중추부지사(中樞府知事) 등을 지냈다. 중종반정에 주도적 역할을 하여 정국공신(靖國功臣) 1등에 책록되었다.

박위(朴葳 ?~1398) : 고려 말·조선 전기의 문신이다. 본관은 밀양이다. 처음에 우달치[迂達赤 : 임금의 신변 호위]로 등용되었다가 김해부사(金海府使)로 승진하였다. 요동정벌 때 이성계를 도와 위화도에서 회군하여 최영을 몰아내고 쓰시마 적선을 불태웠다. 이성계와 함께 창왕을 폐하고 공양왕을 옹립하였다. 조선 건국 후, 양광도 절도사로 왜구를 물리쳤으며, 제1차 왕자의 난 때 피살당하였다.

박은(朴訔, 1370~1422) : 고려 말·조선 전기의 문신이다. 본관은 반남(潘南), 자는 앙지(仰止), 호는 조은(釣隱), 시호는 평도(平度)이다. 조선 개국 후 두 차례의 왕자의 난 때 공을 세워 좌명공신(佐命功臣) 3등에 책록되고 반남군(潘南君)에 봉해졌다. 의금부판사(義禁府判事) 때 신장(訊杖)의 정수(定數)를 1차에 30으로 정하여 합리적 형정제도를 시행하였다. 우의정·좌의정 등을 지냈다.

박응서(朴應犀, ? ~1623) : 조선 후기 강변7우(江邊七友)의 한 사람이다. 영의정 박순(朴淳)의 서자로, 같은 명문의 서자인 심우영(沈友英)·서양갑(徐羊甲)·허홍인(許弘仁)·박치의(朴治毅)·이경준(李耕俊)·김경손(金慶孫) 등과 강변7우를 자처하며 여주(驪州)의 강가에 무륜당(無倫堂)을 짓고 시주(詩酒)를 나누며 교유하였다. 광해군 때 이들이 조령(鳥嶺)의 은(銀)상인 살해로 검거되자, 이이첨(李爾瞻) 등의 꾐으로 허위 자백해 계축옥사(癸丑獄事)가 일어났다.

박의중(朴宜中, 1337~1403) : 고려 말·조선 초의 문신이다. 본관은 원래 밀양(密陽)으로 문의박씨(文義)의 시조이다. 자는 자허(子虛), 호는 정재(貞齋), 초명은 실(實), 시호는 문경(文敬)이다. 우왕 때 명나라 사신으로 철령위 철폐를 교섭하여 이루었다. 공양왕 때 대두한 한양 천도설에 반대하였다. 태조 때 『고려사』 수찬에 참여하였으며, 성리학에 밝았고 문장이 우아하였다. 문집에 『정재집(貞齋集)』이 있다.

박인우(朴麟祐, 생몰년미상) : 고려 말·조선 초의 무관이다. 본관은 밀양, 호는 초암(草庵)·지정(芝亭)으로, 사마양시(司馬兩試)에 합격하였다. 3정(三丁)을 1호(一戶)로 편성하여 수군(水軍)을 편성하는 법을 만들었고, 고려가 망하자 '불사이군(不事二君)'의 뜻으로 초막을 짓고 은거하였다.

박제상(朴堤上, 363~419) : 신라 눌지왕 때의 충신이다. 이름이 모말(毛末) 혹은 모마리질지(毛麻利叱智)로 기록되어 있기도 하다. 고구려와 왜에 건너가 볼모로 잡혀 있던 왕제들을 고국으로 탈출시켰으나 왜국 군에게 잡혀 유배되었다 살해당하였다.

박종우(朴從愚, ?~1464) : 조선 전기의 무신이다. 본관은 운봉(雲峰), 시호는 성렬(成烈)이다. 1419년(세종 1) 태종의 딸인 정혜옹주(貞惠翁主)와 결혼하여 운성군(雲城君)에 봉해지고 이듬해 자헌대부(資憲大夫)에 승진되었다. 호조판서 · 이조판서 · 좌찬성(左贊成) 등을 지냈다. 계유정난(癸酉靖難)에 가담하여 정난공신(靖難功臣) 1등에 녹훈되었다.

박진(朴晋, ?~1597) : 조선 전기의 무신이다. 본관은 밀양, 자는 명보(明甫), 시호는 의열(毅烈)이다. 임진왜란 초기 왜적과 싸운 장수 가운데 두드러진 인물 중 한 명이다. 1589년(선조 22) 심수경(沈守慶)의 천거로 등용되어 선전관(宣傳官)을 거쳐 밀양부사(密陽府使)가 되었다. 임진왜란 때 경상좌도병마절도사(慶尙左道兵馬節度使)로서 공을 세워 가선대부(嘉善大夫)에 봉해졌다. 전라 · 황해도의 병마절도사(兵馬節度使)를 거쳐 참판(參判)에 이르렀고, 좌찬성(左贊成)이 추증되었다.

박청(朴靑, 생몰년미상) : 고려 말기의 무신이다. 일명 송(松)이라고도 한다. 천한 집안의 출신이었는데, 사냥매를 잘 다루어 충숙왕에게 총애를 받았다. 충숙왕과 충혜왕이 모함을 받아 원나라에 소환될 때 호종한 공으로 1등공신이 된 후, 왕의 총애를 믿고 권세를 부렸다. 당시 세도가들인 신청(申靑) · 이청(李靑)과 함께 '삼청(三靑)'이라 불렸다.

박충좌(朴忠佐, 1287~1349) : 고려 말기의 문신이다. 본관은 함양, 자는 자화(子華), 호는 치암(恥庵), 시호는 문제(文齊)이다. 전라도안렴사(全羅道按廉使) · 내서사인(內書舍人) · 밀직제학(密直提學) · 개성부윤(開城府尹) · 찬성사(贊成事) 등을 지냈다. 성품이 온후하고 검소한 대신으로 이름났다.

박태보(朴泰輔, 1654~1689) : 조선 후기의 문신이다. 본관은 반남(潘南), 자는 사원(士元), 호는 정재(定齋), 시호는 문열(文烈)이다. 예조좌랑(禮曹佐郎) · 교리(校理) · 이조좌랑(吏曹佐郎) · 호남의 암행어사 등을 역임하였다. 기사환국(己巳換局) 때 서인을 대변하여 인현왕후(仁顯王后)의 폐위를 강력히 반대하다 모진 고문을 당한 뒤 유배 도중 죽었다. 문집 『정재집(定齋集)』, 편서 『주서국편(周書國編)』, 글씨 「예조참판박규표비(禮曹參判朴葵表碑)」 · 「박상충비(朴尙衷碑)」 등이 있다.

박태유(朴泰維, 1648~1746) : 조선 후기의 문신이다. 본관은 반남(潘南), 자는 사안(士安), 호는 백석(白石)이다. 같은 서인인 어영대장(御營大將) 김익훈(金益勳)이 남인을 무자비하게 숙청한 데 반발하여 이를 탄핵하다 좌천되었다. 그 뒤 복직되었으나 취임하지 않고 호조판서 등을 비판하고 처벌할 것을 주장하였다. 명필로도 이름이 높아 「김응하비문(金應河碑文)」 등의 글씨를 남겼다.

박태항(朴泰恒, 1647~1737) : 조선 후기의 문신이다. 본관은 나주, 자는 사심(士心)이다. 경종 때 소론으로 세제(영조) 책봉을 주장하는 노론을 적극 탄핵, 신임사화(辛壬士禍) 때 노론을 몰아내는 데 큰 몫을 하였고 영조 때 정미환국(丁未換局)으로 소론이 기용되었을 때 형조판서가 되었다.

박팽년(朴彭年, 1417～1456) : 조선 전기의 문신이다. 본관은 순천, 자는 인수(仁叟), 호는 취금헌(醉琴軒)이며, 시호는 충정(忠正)이다. 사육신(死六臣)의 한 사람이다. 집현전학사(集賢殿學士)로 여러 가지 편찬사업에 종사하였고, 단종 복위를 도모하다 김질(金礩)의 밀고로 탄로되어 체포되어 고문으로 옥중에서 죽었다. 문장과 글씨에 뛰어났으며, 글씨에 『취금헌천자문(醉琴軒千字文)』이 있다. 묘는 서울 노량진 사육신묘역(死六臣墓域)에 있다.

박한주(朴漢柱, 1459～1504) : 조선 전기의 문신이다. 본관은 밀양, 자는 천지(天支), 호는 우졸재(迂拙齋)이며 김종직(金宗直)의 문인이다. 연산군 때 간관(諫官)이 되어 왕의 실정(失政)을 극간(極諫)하고, 노사신(盧思愼)·임사홍(任士洪)을 탄핵하였다. 1504년(연산군 10) 갑자사화(甲子士禍) 때 서울에서 능지처참되었다. 중종반정 후 도승지(都承旨)가 추증되고, 대구의 남강서원(南岡書院)·함안의 덕암서원(德巖書院)에 배향되었다. 문집에 『우졸재집(迂拙齋集)』이 있다.

박혁거세(朴赫居世, BC 69～AD 4) : 신라의 시조(재위 BC 57～AD 4)이다. 박씨의 시조로 이름은 혁거세, 왕호(王號)는 거서간(居西干)이며 비는 알영부인(閼英夫人)이다. 고조선의 유민이 지금의 경상도 지방 산곡 간에 흩어져 살면서 형성한 여섯 마을의 왕으로 국호를 서라벌(徐羅伐)이라 하였다. 6부를 순행하면서 백성에게 농잠을 권면하였다. AD 4년 73세로 죽자 담엄사(曇嚴寺) 북쪽의 사릉(蛇陵)에 장사지냈다.

박훈(朴薰, 1484～1540) : 조선 전기의 문신이다. 본관은 밀양, 자는 형지(馨之), 호는 강수(江叟), 시호는 문도(文度)이다. 감찰(監察)·공조좌랑(工曹佐郞)·사헌부지평(司憲府持平)·장령(掌令)·동부승지(同副承旨) 등을 지냈다. 기묘사화(己卯士禍)로 조광조 등과 연좌되어 유배되었고 관직에 있을 때 가는 곳마다 치적을 올렸으나 간신들의 질시로 심한 비방을 받았다. 청주 신항서원(莘巷書院)에 배향되었다.

반부(潘阜, 1230～?) : 고려 후기의 문신으로, 거제반씨(巨濟潘氏)의 시조이다. 자는 군수(君秀), 호는 해려재(海旅齋)이다. 통상화친을 요구하는 원나라 황제 조서와 고려의 국서를 가지고 사신으로서 일본에 갔으나 답서도 받지 못하고 돌아왔고, 원나라 사신 흑적(黑的)을 인도하여 일본에 갔으나 입국을 거절당하였다. 원나라의 제1차 일본정벌 때 출전하였다.

발기(發岐, ?～197) : 고구려의 왕족이다. 신대왕의 아들이며 고국천왕의 동생이다. 197년 고국천왕이 세자가 없이 죽자, 동생 연우(延優 : 山上王)와 왕위쟁탈전을 벌이다가 패하여 요동으로 도망하였다. 태수 공손탁(公孫度)에게 군사를 빌려 본국의 산상왕을 치다가, 다시 패하자 자결하였다.

발배(哱拜, 생몰년미상) : 1592년 명나라 만력제 때 난을 일으킨 자로서 이여송(李如松)에 의해 진압되었다. 발배의 난을 비롯한 일련의 국가 불안정은 명나라 몰락의 원인이 되었다.

방신우(方臣祐, ?～1343) : 고려 말기의 환관이다. 자는 소공(小公)이며 상주(尙州) 중모

(中牟) 출신이다. 원나라 수원황태후(壽元皇太后)와 태정황후(泰定皇后)의 총애를 받아 여러 관직을 지냈다. 고려를 원나라의 일개 성(省)으로 편입시키려는 논의가 있자, 그 불필요함을 역설하여 철회시켰다.

배극렴(裵克廉, 1325~1392) : 고려 말 · 조선 초의 무신이다. 본관은 경산, 자는 양가(量可), 호는 필암(筆菴) · 주금당(晝錦堂), 시호는 정절(貞節)이다. 고려 때 진주와 상주의 목사(牧使) · 합포진첨사(合浦鎭僉使) 등을 지냈다. 이성계 휘하에 들어가 위화도회군을 단행하였고 공양왕을 폐하고 이성계를 추대하여 개국공신(開國功臣) 1등에 책록되었다.

배중손(裵仲孫, ?~1271) : 고려 후기의 장군이다. 1270년(원종 11) 삼별초(三別抄) 반몽봉기의 지도자이다. 김방경(金方慶)에게 쫓겨 진도에서 항거하다가, 몽골군과 합세한 김방경의 공격에 섬멸되었다.

배현경(裵玄慶, ?~936) : 고려 초의 무신이다. 초명은 백옥삼(白玉衫 : 白玉三), 시호는 무열(武烈)이다. 왕건을 추대하여 궁예를 몰아내고 고려를 세우게 하였다. 후삼국을 통일하는 데 공을 많이 세워 1등공신으로 녹훈되었다. 경주배씨의 시조이다.

백가(苩加, ?~501) : 백제 동성왕 때의 귀족이다. 동성왕을 살해하고, 가림성을 근거로 반란을 일으켰다. 새로 즉위한 무령왕의 공격을 받고 항복하였지만 죽음을 당하였고, 그 시체는 백강(白江)에 던져졌다.

백고(伯固, 89~179) : 고구려 신대왕과 동일인물이다. → 신대왕

백군녕(白君寧, 생몰년미상) : 고려 말기의 문신이다. 조준(趙浚) 등과 교우를 맺으며 우왕의 폐위와 왕씨의 부흥을 꾀하였다.

백망(白望, 생몰년미상) : 신임사화(辛壬士禍)에서 희생된 조선 경종대의 문신이다.

백문보(白文寶, 1303~1374) : 고려 말기의 문신이다. 본관은 직산(稷山), 자는 화보(和父), 호는 담암(澹菴) · 동재(動齋), 시호는 충간(忠簡)이다. 중국 송나라의 십과취사(十科取士 : 과거에 10과를 두는 제도) 제도를 도입하도록 주청하고 승려의 허가제를 실시하게 하였다. 환안도감(還安都監)이 설치되자 이를 주관하였다.

백수한(白壽翰, ?~1135) : 고려 전기의 일관(日官)이다. 1128년(인종 6) 검교소감(檢校少監)으로 서경에 파견되자, 묘청의 제자가 되어 서경천도를 주장하다가, 김부식 등의 반대로 뜻을 이루지 못하였다. 1135년 서경에서 묘청이 반란을 일으키자, 이를 토벌하러 출진하던 김부식에 의하여 정지상(鄭知常) · 김안(金安) 등과 함께 참살되었다.

백안독고사(빠이옌투구스(伯顔禿古思), ?~1323) : 원나라에 들어간 고려 출신 환관이다. 충선왕을 지지하던 원 인종이 죽자, 영종에게 참소하여 원한을 품고 있던 충선왕을 토번에 귀양보냈다. 그의 참소가 더 심해지자 화근을 막기 위하여 1323년 사형에 처하였다.

백인걸(白仁傑, 1497~1579) : 조선 전기의 유학자이다. 본관은 수원, 자는 사위(士偉), 호는 휴암(休庵), 시호는 충숙(忠肅) · 개시(改諡) · 문경(文敬)이며, 조광조의 제자

이다. 선조 때 직제학(直提學)·이조참판(吏曹參判)·대사간(大司諫)·대사헌(大司憲)을 거쳐 공조참판(工曹參判)으로서 동지경연사(同知經筵事)·동지의금부사(同知義禁府事)를 겸임하였다. 대사헌(大司憲)이 되어 권신 등의 비위를 논핵(論劾)하다가 사임하였다. 청백리로 뽑혀 기록되었다.

벌휴왕(伐休王, ?~196) : 신라의 제9대 왕(재위 184~196)이다. 벌휴이사금(伐休尼師今)·발휘왕(發暉王)이라고도 한다. 탈해왕의 손자이며 각간 구추(仇鄒)의 아들이다. 처음으로 좌우군주의 군직을 신설하였고 소문국(召文國)을 정벌하였으며 주·군을 순행하여 민정을 살폈다. 백제와 자주 충돌하여 국경분쟁을 일으켰다.

범문호(范文虎, 생몰년미상) : 고려 후기 원나라의 장군이다. 1281년(충렬왕 7) 원나라의 제2차 일본정벌 때 원나라 홍다구(洪茶丘) 및 우승(右丞) 실도(實都)와 합세하여 10만 대군으로 이키[壹岐]섬·히라가[平賀]섬 등지에서 싸우다가 태풍으로 많은 군사를 잃고 패하였다.

법왕(法王, ?~600) : 백제의 제29대 왕(재위 599~600)이다. 이름은 선(宣)·효순(孝順)이며 혜왕의 장남이자 무왕의 아버지이다. 재위년이 불과 2년이었으므로, 특별한 치적은 없다. 다만 불교를 독실하게 믿어 살생을 금하고, 민가에서 기르는 매를 모두 방생하게 하였으며, 사냥 도구는 모두 수거하여 소각하였다고 한다. 왕흥사(王興寺)를 창건하기 위해 노력하였지만 뜻을 이루지 못하였다.

법지(法知, 생몰년미상) : 신라의 악사이다. 주지(注知)라고도 하며, 관등은 대나마이다. 552년(진흥왕 13) 왕명에 따라 가야국으로부터 투항해 온 우륵(于勒)에게 노래를 전수받았다.

법흥왕(法興王, ?~540) : 신라의 제23대 왕(재위 514~540)이다. 왕위에 오르자 시법(諡法)을 제정하고, 517년 병부(兵部)를 설치하였다. 520년 율령(律令)을 반포하여 백관(百官)의 공복(公服)을 제정하였으며 521년 양나라와 국교를 열었다. 군사제도를 정비하였으며 불교를 공인하여 신라가 중앙집권적 국가 체제를 갖추도록 하였다.

변계량(卞季良, 1369~1430) : 고려 말·조선 초 문신이다. 본관은 밀양, 자는 거경(巨卿), 호는 춘정(春亭), 시호는 문숙(文肅)이다. 진덕박사(進德博士)·사헌부시사(司憲府侍史)·성균관학정(成均館學正)·예문관응교(藝文館應敎)·직제학(直提學)·예조우참의(禮曹右參議)·예문관제학(藝文館提學)·대제학 예조판서(大提學禮曹判書) 참찬, 판우군 도총제부사(判右軍都摠制府事)를 지냈다. 대제학 재임 시 외교문서를 거의 도맡아 지었고 『태조실록』 편찬하였으며 『고려사』 개수에 참여하였다.

변광수(邊光秀, 생몰년미상) : 고려 말기의 무장이다. 1364년(공민왕 13) 왜구가 침입하였을 때 출전하였지만 아군이 포위당하자 바라만 보다 후퇴하였다. 공조전서(工曹典書)를 지냈고 후에 신돈의 무고로 삼척에 유배되었다.

변급(邊岌, 생몰년미상) : 조선 후기의 무신이다. 1654년(효종 5) 함경도병마우후(咸鏡道兵馬虞候)로 있을 때, 청나라 군사를 도와 나선정벌에 출전하여 러시아군을 격파하였다.

전라도수군절도사(全羅道水軍節度使)·충홍도수군절도사(忠洪道水軍節度使)를 지냈다.

변수(邊燧, 1861~1892) : 개화기의 정치가이다. 본관은 원주, 자는 한명(漢明), 호는 소천(小泉)이며, 미국에서 사용된 한글 이름은 벤수이다. 교토[京都]에서 양잠술과 화학을 공부하였고 미국 메릴랜드농과대학(메릴랜드대학) 농과에 입학해 한국인 최초의 미국대학 졸업생이 되었다. 갑신정변 때에는 일본군의 출동을 교섭하고, 연경당(演慶堂)의 경비를 맡았으나 정변의 실패로 일본으로 망명하였다.

보우(普雨, 1509~1565) : 조선 전기의 승려이다. 호는 허응당(虛應堂)·나암(懶菴)이다. 선(禪)·교(敎) 양종을 부활시키고 나라의 공인을 받은 사찰을 지정하게 하였으며, 과거에 승과(僧科)를 두게 하는 등 많은 활약을 하였다. 억불정책(抑佛政策)에 맞서 불교를 부흥시키려고 하였으나, 정부 정책은 그의 죽음 직후 종전으로 되돌아갔다.

보장왕(寶藏王, ?~682) : 고구려의 제28대 왕(재위 642~668)으로, 고구려의 마지막 왕이다. 이름은 장(臧)이며, 영류왕의 아우인 태양왕(太陽王)의 아들이다. 영류왕을 시해한 연개소문의 추대를 받아 왕위에 올랐다. 나당연합군의 침공으로 고구려가 멸망하자 당나라로 압송되었다. 고구려 부흥을 도모하다 사천성(四川省 : 쓰촨성)에 유배되었다.

복선군(福善君, ?~1680) : 이남과 동일인물이다. → 이남

복신(福信, ?~663) : 백제의 무장이다. 의자왕의 사촌동생이며, 무왕의 조카이다. 660년(의자왕 20) 나당연합군이 공격해 오자 임존성(任存城)에서 항전하였고, 백제가 망하자 승려 도침(道琛)과 함께 주류성(周留城)에서 부흥 운동을 일으켰다. 왕자 부여풍(夫餘豐)을 옹립하여 당군에 막대한 손해를 주었으나 내분이 생겨 도침을 살해한 뒤 부여풍에게 죽임을 당하였다.

복지겸(卜智謙, 생몰년미상) : 고려의 개국공신·기병대장이다. 초명은 사괴(砂瑰)·사귀(沙貴), 시호는 무공(武恭)이며, 면천복씨(沔川卜氏)의 시조이다. 태봉의 마군(馬軍) 장수로 있다가 궁예가 횡포해져서 민심을 잃자 배현경(裵玄慶)·신숭겸(申崇謙)·홍유(洪儒) 등과 함께 궁예를 몰아내고 왕건을 추대하여 고려를 세우게 하였다. 그 뒤 장군 환선길(桓宣吉)·임춘길(林春吉)의 역모도 평정하는 등 큰 공을 세웠다.

복창군(福昌君, ?~1680) : 이정과 동일인물이다. → 이정

봉림대군(鳳林大君, 1619~1659) : 조선 효종과 동일인물이다. → 효종

봉상왕(烽上王, ?~300) : 고구려의 제14대 왕(재위 292~300)이다. 이름은 상부(相夫)·삽시루(歃矢婁)이며 치갈왕(雉葛王)이라고도 한다. 서천왕의 태자이다. 명신 창조리(倉助利)를 국상에 등용하여 연나라 모용외(慕容廆)의 침입을 격퇴하기도 하였으나, 차츰 사치와 방탕을 일삼아 결국 폐위되어 자결하였다.

봉성군(鳳城君, ?~1547) : 이완과 동일인물이다. → 이완

부견(苻堅, 338~385) : 전진(前秦)의 제3대 왕(재위 357~385)이다. 태학을 정비하고 학

문을 장려하였으며, 농경을 활발히 일으켰다. 특히 한인학자 왕맹(王猛)의 보필로 국세를 크게 떨쳤고 전연(前燕)과 전량(前涼)을 멸하였다. 전진의 위세는 동쪽 고구려로부터 서쪽 타림분지 남서부의 호탄(Khotan)에까지 미쳤다.

부도(夫道, 생몰년미상) : 신라의 관리이다. 신라 6부의 하나인 한지부(漢祇部) 출신으로, 집이 가난하였으나 아첨하지 않았으며, 문서 작성과 산술에 뛰어나 251년(첨해왕 5) 아찬이 되어 물장고(物藏庫)의 사무를 맡아보았다.

부루(夫婁, 생몰년미상) : 동부여(東扶餘)의 시조이다. 늙도록 아들이 없어 근심하다가 곤연(鯤淵)에서 큰 돌 밑에 있는 아이를 얻어 이름을 금와(金蛙)라 짓고, 그가 성장하자 태자로 삼았다. 그 뒤 재상 아란불(阿蘭弗)의 권고에 따라 해모수(解慕漱)를 피하여 도읍을 동해에 가까운 가섭원(迦葉原)으로 옮기고 국호를 동부여라 하였다. 죽은 후 금와가 왕위를 계승하였다.

부여풍(夫餘豊, 생몰년미상) : 백제 풍왕과 동일인물이다. → 풍왕

분서왕(汾西王, ?~304) : 백제의 제10대 왕(재위 298~304)이다. 책계왕의 장남으로, 어려서부터 총명하고 외모가 준수하였으며, 부왕의 뒤를 이어 즉위하였다. 304년(분서왕 6) 낙랑군(樂浪郡)의 서현(西縣)을 공격하여 이를 점령하였으나, 그해 낙랑군의 태수가 보낸 자객에게 살해되었다.

비류(沸流, ?~BC 18?) : 고구려의 건국시조인 주몽의 아들이자 백제의 건국시조인 온조(溫祚)의 형으로 전한다.

비류왕(比流王, ?~344) : 백제의 제11대 왕(재위 304~344)이다. 제6대 구수왕의 제2남으로, 제10대 분서왕이 죽자 그의 아들이 아직 어려서 비류가 신민(臣民)의 추대를 받아 즉위하였다. 오랫동안 민간에서 생활하였으므로 서민의 실정을 잘 알아 선정을 베풀었다. 특히 자활할 수 없는 자에게는 곡식을 1인당 3섬씩 주었다.

산상왕(山上王, ?~227) : 고구려 제10대 왕(재위 197~227)이다. 이름은 연우(延優)·이이모(伊夷模)로, 제8대 신대왕의 아들이며, 제9대 고국천왕의 동생이다. 고국천왕 사후 왕후 우씨(虞氏)에 의해 왕위에 올랐다. 서울을 환도(丸都)로 옮기고, 한나라 평주의 하요(夏瑤)가 1,000여 호를 거느리고 와서 항복하자 그들을 받아들였다.

살례탑(살리타[撒禮塔], ?~1232) : 몽골의 장수이다. 몽골 사신 차고여[札古與 : 著古與]가 고려인에게 살해된 것으로 의심해 공격해 왔으나 패하였다. 다시 군대를 정비하여 개경 성의문(省義門) 밖까지 침공하자 고려에서 사신을 보내어 강화하였다. 다루가치[達魯花赤]를 남겨 두고 돌아갔다가 처인성(處仁城)에 파견되어 있을 때 피살되었다.

삼근왕(三斤王, ?~479) : 백제의 제23대 왕(재위 477~479)이다. 즉위 뒤 나이가 어려 정사 일체를 좌평(佐平) 해구(解仇)에게 맡겼다. 478년(삼근왕 2) 해구가 은솔(恩率) 연신(燕信)과 대두성(大豆城)에서 반란을 일으키자 해구를 격살하고 연신이 고구려로 도망치자 그 처자를 잡아 웅진 거리에서 참수하였다.

서광범(徐光範, 1859~1897) : 개화기의 정치가 · 관료로, 호는 위산(緯山)이다. 고급 관료의 양반 자제로 태어나, 일찍이 일본 · 미국 · 유럽 등 선진 문물을 접하고 근대화 사상이 강하였다. 수구정권을 타도하고 근대화된 정부를 세우려고 갑신정변을 일으켰다가 실패하여 망명생활을 하였다. 후에 귀국하여 김홍집(金弘集) 내각에서 활약하였다.

서상우(徐相雨, 1831~?) : 조선 후기의 문신이다. 본관은 달성(達城), 자는 은경(殷卿), 시호는 문헌(文憲)이다. 미 · 영 양국과의 수호통상조약 체결에 종사관(從事官)이 되었고 갑신정변에 따른 문제로 일본과 협상을 벌였다. 한 · 러밀약설에 대한 진상을 해명하기 위해 천진(天津 : 톈진)에 다녀왔으며 영국에 거문도 점령을 항의하고 그 철수를 요구하였다.

서성(徐渻, 1558~1631) : 조선 후기기의 문신이다. 본관은 달성(達城), 자는 현기(玄紀), 호는 약봉(藥峯), 시호는 충숙(忠肅)이다. 임진왜란 · 이괄(李适)의 난 · 정묘호란 때 각각 왕을 호종하였다. 병조정랑(兵曹正郞) · 직강(直講) · 5개도의 관찰사 · 판중추부사(判中樞府事) · 형조판서 · 병조판서 등을 지냈다.

서재필(徐載弼, 1864~1951) : 개화기 · 일제강점기의 독립운동가이다. 본관은 대구, 호는 송재(松齋)이다. 박영효(朴泳孝) · 김옥균 · 홍영식(洪英植) · 서광범(徐光範) 등 개화파의 일원으로 갑신정변을 일으켰으나 실패하자 일본을 거쳐 미국으로 망명하여 의사가 되었다. 귀국 후 『독립신문』을 발간하고 독립협회(獨立協會)를 결성하였다.

서천왕(西川王, ?~292) : 고구려의 제13대 왕(재위 270~292)이다. 이름은 약로(藥盧) · 약우(若友)로, 중천왕의 제2남이다. 숙신(肅愼)이 내침하자 이를 격퇴하고 단로성(檀盧城) 등 여러 성을 빼앗았고 반란을 도모한 동생 일우(逸友) · 소발(素勃) 등을 주살하였다.

서희(徐熙, 942~998) : 고려 전기의 외교가 · 문신이다. 960년(광종 11) 문과에 급제하여 광평원외랑(廣評員外郞)에 이어 내의시랑(內議侍郞)이 되었다. 거란의 내침 때 서경 이북을 할양하고 강화하자는 안에 극력 반대하여, 자진해서 국서를 가지고 적장 소손녕(蕭遜寧)과 담판을 벌여 거란군을 철수시켰다. 그 후 여진을 몰아내고 지금의 평북 일대의 국토를 완전히 회복하였다.

석성(石星, ?~1597) : 명나라의 문신이다. 자는 공신(拱宸)이고, 호는 동천(東泉)이다. 병부상서(兵部尙書)를 지냈고, 임진왜란 때는 원군을 조선에 파병하여, 일본과의 화의를 추진하였다.

석천보(石天補, 생몰년미상) : 고려 후기의 근신이다. 본관은 충주로, 벼슬이 좌복야(左僕射)에 이르렀으며, 아버지 석주(石胄) · 동생 석천경(石天卿)과 함께 왕의 총애를 받았다. 왕의 환심을 얻기 위해 각 도의 관비나 무당 중 인물이 곱거나 음악에 재주가 있는 자들을 뽑아 올리게 하였다. 아버지 · 동생과 함께 원나라로 끌려가 안서(安西 : 안시)에 유배되었다.

석탈해(昔脫解, ?~80) : 신라 탈해왕과 동일인물이다. → 탈해왕

선덕여왕(善德女王, ?~647) : 신라 최초의 여왕으로 제27대 왕(재위 632~647)이다. 이름은 덕만(德曼)이다. 선정을 베풀어 민생을 향상시켰고 구휼사업에 힘썼으며 분법 등 당나라의 문화를 수입하였다. 첨성대(瞻星臺) · 황룡사 구층탑(黃龍寺九層塔)을 건립하는 등의 업적을 남겼다.

선덕왕(宣德王, ?~785) : 신라의 제37대 왕(재위 780~785)이다. 이름은 양상(良相)으로, 내물왕의 10대손이다. 혜공왕 때 이찬 김지정(金志貞)이 반란을 일으켰는데 이를 진압하였고, 난 중에 왕이 죽자 즉위하였다. 당나라에 조공을 바쳤고 검교태위 계림주자사 영해군사 신라왕(檢校大尉鷄林州刺史寧海軍使新羅王)의 봉작을 받았다.

선조(宣祖, 1552~1607) : 조선의 제14대 왕(재위 1567~1608)이다. 어렸을 때의 이름은 균(鈞)이었으나 후에 연(昖)으로 바꾸었다. 처음에는 많은 인재를 등용하여 국정 쇄신에 노력하였고 여러 전적(典籍)을 간행해 유학을 장려하였다. 후에 정치인들의 분열로 당파가 나타나 당쟁 속에 정치기강이 무너져 혼란을 겪었다. 재위 후반에 임진왜란이 발발하고, 건주야인(建州野人 : 여진족)의 침입도 받았다.

설경성(薛景成, 1237~1313) : 고려 후기의 의원이다. 대대로 의업(醫業)에 종사하는 집안 출신이다. 처음에 상약의좌(尙藥醫佐)가 되고, 내외직을 거쳐 군부총랑(軍簿摠郞) · 동지밀직사사(同知密直司事) · 첨의사사(僉議司事) 등을 역임하였다. 충렬왕의 병을 고치고, 원 세조 쿠빌라이와 성종의 병을 고쳐 유명해졌다.

설수진(薛秀眞, 생몰년미상) : 신라 문무왕(재위 661~681) 때의 군사전략가이다. 6두품 출신일 것으로 짐작되며, 관등은 아찬에까지 올랐다. 진법(陣法)을 연구하여 특히 당나라의 이정(李靖)이 제갈량(諸葛亮)의 8진법에 의거하여 만든 6진병법(六陣兵法 : 六花陣法이라고도 함)에 조예가 깊었다. 이 병법은 대진(大陣)이 소진(小陣)을 싸고, 대영(大營)이 소영(小營)을 싸며 곡절(曲折) 상대하는 진법이었다.

설인귀(薛仁貴, 613~683) : 당나라 태종과 고종 때 활약한 장수이다. 고구려 정벌에 공을 세웠을 뿐 아니라 안동도호부(安東都護府)의 도호(都護)로서 한반도 침략 정책을 총지휘하였다.

설장수(偰長壽, 1341~1399) : 고려 말 · 조선 전기의 문신이다. 원래 위구르 사람으로, 1359년(공민왕 8) 아버지 설손(偰遜)을 따라 귀화하였다. 조선 개국에 참가하여 9공신의 한 사람이 되었는데 정몽주의 일당으로 몰려 귀양갔다. 조선 초 태조에 의해 등용되어 복직되고 전후 8차에 걸쳐 명나라에 사신으로 다녀왔다.

설총(薛聰, 생몰년미상) : 신라의 학자로, 원효의 아들이다. 강수(强首) · 최치원과 함께 신라의 3대 문장가로 꼽힌다. 이두를 집대성하였다.

성삼문(成三問, 1418~1456) : 조선 전기의 문신 · 학자이다. 세종 때 『예기대문언두(禮記大文諺讀)』를 편찬하고 한글 창제를 위한 음운 연구를 하여, 정확을 기한 끝에 훈민정음을 반포케 하였다. 세조가 단종을 몰아내고 왕위에 오르자 단종의 복위를

협의하였으나, 김질(金礩)의 밀고로 체포되어 처형되었다. 사육신(死六臣) 중 한 사람이다.

성석린(成石璘, 1338~1423) : 고려 말 · 조선 초의 문신이다. 1357년(공민왕 6) 문과에 급제한 후 학유(學諭) · 전리총랑(典理摠郞)을 지냈다. 신돈과 대립하였고 왜구가 침입하자 적을 격퇴하였다. 이성계 등과 함께 공양왕을 내세웠으나, 조선이 개국하자 이색(李穡) · 우현보(禹玄寶) 일파로 추방되었다.

성승(成勝, ?~1456) : 조선 전기의 무신으로, 사육신(死六臣) 성삼문(成三問)의 아버지이다. 무과에 급제한 후, 1440년(세종 22) 경상도병마절제사(慶尙道兵馬節制使), 1446년 중추원부사(中樞院副使)가 되었다. 명나라 사신의 송별연에서 운검(雲劍)을 쥐게 되는 것을 기회로 세조를 치고 단종을 복위시키려 하였으나, 운검을 치우라는 세조의 명으로 거사가 어려워져 미루었다가 결국 거사가 탄로나 처형되었다.

성왕(聖王, ?~554) : 백제의 제26대 왕(재위 523~554)이다. 이름은 명농(明穠)으로, 『일본서기(日本書紀)』에는 성명왕(聖明王)이라고도 기록되어 있다. 웅진에서 사비성(泗沘城)으로 천도하고 국호를 남부여(南夫餘)로 변경하였다. 지방통치조직 및 정치체제를 개편하여 왕권을 강화하고 대외적으로는 양나라 및 일본과 우호적인 관계를 유지하였다.

성윤문(成允門, 생몰년미상) : 조선 후기의 무신이다. 임진왜란 때 함경북도병마절도사(咸鏡北道兵馬節度使) · 경상우도병마절도사(慶尙右道兵馬節度使) · 경상좌도병마절도사(慶尙左道兵馬節度使) · 제주목사(濟州牧使) 등을 지내며 여러 차례 전공을 세웠다. 1601년(선조 34) 수원부사(水原府使)를 거쳐 충청도수군절도사(忠淸道水軍節度使) · 평안도병마절도사(平安道兵馬節度使) 등을 지냈다.

성응길(成應吉, 생몰년미상) : 조선 전기의 무신이다. 무과에 급제한 뒤 여러 관직을 거쳐 1563년(명종 18) 사복시판관(司僕寺判官)이 되었고, 순천부사(順天府使) · 전라병사(全羅兵使) · 좌방어사(左防禦使)를 지냈다. 임진왜란 때 방어사 심희수(沈喜壽)의 종사관(從事官)으로 활약하고, 요동에 들어가 원병을 요청하는 한편 명나라 장수 접대 등에 공로가 많다 하여 호성공신(扈聖功臣)에 거론되었으나 책록되지 못하였다.

성종(成宗, 1457~1494) : 조선의 제9대 왕(재위 1469~1494)이다. 이름은 혈(娎), 시호는 강정(康靖)이고, 세조(世祖)의 손자, 추존왕(追尊王)인 덕종(德宗)의 아들이다. 세종 · 세조의 치적을 기반으로 문화정책을 폈다. 숭유억불 정책을 철저히 시행하였고 『경국대전』과 이를 보충한 『대전속록(大典續錄)』을 간행하였다. 조선 전기의 문물제도는 성종 때 거의 완성되었다고 할 수 있다.

성종(聖宗, 971~1031) : 요나라의 제6대 황제(재위 982~1031)이다. 이름은 융서(隆緖), 시호는 문무대효선황제(文武大孝宣皇帝)이다. 그의 치세 동안 정치조직과 군사조직을 정비해 굳건한 중앙집권 체제를 확립하였다. 발해를 치고 티베트계의 탕구트 및 서역의 위구르 등 여러 나라를 조공하게 하였으며 송나라와 사절의 교환과 무역이 활발해졌다.

성준(成浚, 1436~1504) : 조선 전기의 문신이다. 대사간(大司諫) · 사헌부장령(司憲府掌令) · 대사헌(大司憲) · 이조판서 · 우참찬(右參贊) · 우의정 · 좌의정 · 영의정 등을 지냈고, 영안북도절도사(永安北道節度使)로 도내에 침입한 야인을 토벌하였다. 연산군 때 시폐10조(時弊十條)를 주청하였고, 갑자사화(甲子士禍) 때 성종 비의 폐위와 사사에 관여한 죄로 교살당하였다.

성혼(成渾, 1535~1598) : 조선 전기의 문신 · 학자이다. 동서 분당기 때 서인과 정치노선을 함께 하였고, 이이와 함께 서인의 학문적 원류를 형성하였다. 그의 학문은 이황과 이이의 학문을 절충하였다는 평가가 있으며 소론학파의 사상적 원류가 되었다는 견해도 있다.

성희안(成希顔, 1461~1513) : 조선 전기의 무신이다. 1480년(성종 11) 생원이 되고 1485년 별시문과(別試文科)에 급제하여 정자(正字)를 지냈다. 1504년(연산군 10) 이조참판 겸 부총관(吏曹參判兼副摠官) 때 양화도(楊花渡) 놀이에서 왕의 횡포를 풍자한 시를 지어 바침으로써 미움을 사 무신직(武臣職)에 좌천되었다. 중종반정을 일으켜 연산군을 폐하는 데 공을 세웠다.

세조(世祖, 1417~1468) : 조선의 제7대 왕(재위 1455~1468)이다. 이름은 유(瑈), 자는 수지(粹之), 시호는 혜장(惠莊)이다. 세종의 제2남으로, 1428년(세종 10) 수양대군(首陽大君)에 봉해졌다. 무인세력을 휘하에 두고 야망의 기회를 엿보다가, 1453년(단종 1) 10월 무사들을 이끌고 김종서(金宗瑞)를 살해한 뒤 사후에 왕에게 알렸다. 왕명으로 중신들을 소집하여 영의정 황보인(皇甫仁) · 이조판서 조극관(趙克寬) · 찬성(贊成) 이양(李穰) 등을 궐문에서 죽이고 좌의정 정분(鄭苯) 등을 유배시켰다.

세종(世宗, 1397~1450) : 조선의 제4대 왕(재위 1418~1450)이다. 태종의 제3남으로, 이름은 도(裪), 자는 원정(元正), 시호는 장헌(莊憲)이다. 조선의 독립적이고 독창적인 문화를 일으키기 위해 노력하여 훈민정음을 창제하고 측우기(測雨器) 등의 과학 기구를 제작하여 백성들의 생활에 실질적으로 도움이 되는 문화를 일으켰다. 4군6진을 개척하여 국토를 확장하고 쓰시마[對馬島]섬을 정벌하는 등 정치 · 경제 · 문화면에서 훌륭한 치적을 쌓았다.

세종(世宗, 1123~1189) : 금나라의 제5대 황제(재위 1161~1189)이다. 전대의 행정상의 과오를 시정하고, 국내에서는 관리의 숙정, 재정의 긴축에 힘쓰는 한편, 여진족에 대하여는 보호정책을 취하였다. 여진족이 중국에 이주한 뒤에 중국인에게 경제적인 압박을 받거나 토지를 빼앗기거나 하는 일이 없도록 토지를 정리하여 나누어 주고 여진어를 장려하였다.

소나갈질지(蘇那曷叱知, 생몰년미상) : BC 1세기경에 일본에 사자로 다녀온 가야의 관리이다. 새 깃털 모양의 관을 쓴 변진(弁辰) · 가야 계통의 수장을 나타내는 별명으로 풀이되기도 한다.

소발(素勃, ?~286) : 고구려의 왕족으로서 서천왕의 동생이다. 286년 같은 왕제(王弟)인 일우(逸友)와 더불어 병을 핑계삼아 온천으로 가서 무리를 규합하여 반란을 꾀하던 중, 국상(國相)으로 임명한다는 부름에 유인되어 죽임을 당하였다.

소벌공(蘇伐公, 생몰년미상) : 신라 초기의 씨족장이다. 서라벌 6촌 중 돌산고허촌(突山高墟村)의 촌장이었다. 『삼국사기』에서는 나정(蘿井)에서 알과 혁거세를 처음으로 발견한 것이 소벌공이라 한다.

소성왕(昭聖王, ?~800) : 신라의 제39대 왕(재위 799~800)이다. 이름은 준옹(俊邕)이며, 원성왕의 태자인 김인겸(金仁謙)의 아들이다. 태자인 김인겸이 왕위에 오르기 전에 요절하자 왕세손으로서 왕위를 계승하여 즉위하였으나, 재위 1년 7개월 만에 승하하였다. 이후부터 신라에서는 왕위 쟁탈전이 심해졌다.

소손녕(蕭遜寧, 생몰년미상) : 요나라의 장수이다. 이름은 덕(德) 또는 항덕(恒德)이다. 993년 군대를 이끌고 고려를 침공하였으나 서희와의 담판으로 강화(講和)를 한 뒤 철군하였다.

소수림왕(小獸林王, ?~384) : 고구려의 제17대 왕(재위 371~384)이다. 소해주류왕(小解朱留王)이라고도 하며 이름은 구부(丘夫)이다. 전진(前秦)으로부터 불교를 도입하고, 태학을 설립하였으며 율령을 반포하는 등 국가 체제를 정비하여 5세기 고구려 전성기의 기틀을 마련하였다.

소의 장씨(昭儀 張氏, ?~1701) : 희빈 장씨와 동일인물이다. → 희빈 장씨

소정방(蘇定方, 592~667) : 당나라의 무장이다. 이름은 열(烈), 자는 정방(定方)이며 하북(河北 : 허베이) 출생이다. 당 태종 때 동·서돌궐을 항복시켜 중앙아시아 여러 나라를 모두 안서도호부(安西都護府)에 예속시켰다. 나당연합군 대총관으로 신라군과 함께 백제를 멸망시키고 고구려 평양성을 공격하였으나 전세가 불리해지자 철군하였다.

소지왕(炤知王, ?~500) : 신라의 제21대 왕(재위 479~500)이다. 487년 나을(奈乙)에 신궁을 세웠고, 각 지방에 우편역을 설치하고 월성으로 옮겨 거주하였다. 495년 고구려가 백제의 치양성(雉壤城)을 포위 공격하자 원병을 보내 이를 구하였고, 그에 대한 보복으로 이듬해 고구려가 우산성(牛山城)을 침공하자 신라는 고구려군을 이하(泥河) 상류에서 격파하였다.

솔거(率居, 생몰년미상) : 신라의 화가이다. 황룡사(黃龍寺) 벽에 그린 〈노송도(老松圖)〉에 새들이 앉으려다가 부딪쳐 떨어졌다는 일화가 있다. 그 밖에도 분황사(芬皇寺)의 〈관음보살상〉, 진주 단속사(斷俗寺)의 〈유마거사상(維摩居士像)〉 등을 그렸다고 한다. 신화(神畵)라고 하였다 하나 전하지는 않는다.

송군비(宋君斐, 생몰년미상) : 고려 후기의 관인이다. 1255년(고종 43) 몽골의 제6차 침입 때 입안산성(笠巖山城)전투에서 대승을 거두었다. 1270년(원종 11) 직문하성사(直門下省事)로 재임 중 마지막 무신집권자 임유무(林惟茂)가 제거될 때 그와 한편으로 몰려 처형되었다.

송린(宋璘, ?～1307) : 고려 후기의 근신이다. 충렬왕 때 왕유소(王惟紹) 등과 함께 국정을 장악하고 충렬왕과 원나라에 가 있는 충선왕 사이를 이간질하였다. 1307년 충선왕이 귀국하여 실권을 잡자 처형되다.

송상현(宋象賢, 1551～1592) : 조선 전기의 문신이다. 1570년(선조 3) 진사에, 1576년 별시문과(別試文科)에 급제하여 경성판관(鏡城判官) 등을 지냈다. 임진왜란이 일어나 왜적이 동래성(東萊城)에 육박하자 항전하였으나 함락되자 조복(朝服)을 갈아입고 단정히 앉은 채 적병에게 살해되었다. 충절에 탄복한 적장은 시를 지어 제사를 지내 주었다. 이조판서 · 찬성(贊成)이 추증되고, 동래(東萊)의 안락서원(安樂書院)에 제향되었다.

송시열(宋時烈, 1607～1689) : 조선 후기의 문신 · 학자이며, 노론의 영수이다. 본관은 은진(恩津), 자는 영보(英甫), 호는 우암(尤庵) · 화양동주(華陽洞主), 시호는 문정(文正)이다. 1633년(인조 11) 생원시(生員試)에 장원급제하였다. 주자학의 대가로 이이의 학통을 계승하여 기호학파(畿湖學派)의 주류를 이루었다. 4단7정(四端七情)이 모두 이(理)라 하여 일원론적 사상을 발전시켰고, 예론에도 밝았다. 주요 저서에는 『송자대전(宋子大全)』 등이 있다.

송유인(宋有仁, ?～1179) : 고려 전기의 무신으로, 정중부(鄭仲夫)의 사위이다. 인종 때 음보(蔭補)로 산원(散員)이 되었다. 이어 태자부지유(太子府指諭)를 거쳐 위장군(衛將軍)에 올랐다. 대장군(大將軍) · 형부상서(刑部尙書) · 수사공 상서복야(守司空尙書僕射) · 문하시랑평장사(門下侍郎平章事) · 동중서시랑평장사 병부판사(同中書侍郎平章事兵部判事) 등을 지냈다.

송응창(宋應昌, 1536～1606) : 명나라의 장수이다. 임진왜란 때 이여송(李如松)과 함께 명나라 2차 원군의 총사령관으로 참전하였다. 조선의 김응서(金景瑞)와 함께 제4차 평양전투에서 평양성을 탈환하였으나, 이여송이 벽제관(碧蹄館)전투에서 대패하자 명나라 요동으로 가 형식상으로 지휘를 하였다. 이후 육군과 수군에게 전쟁물자를 지원해 주었고 전쟁 후 병이 들어 70세의 나이로 죽었다.

송인수(宋麟壽, 1499～1547) : 조선 전기의 문신이다. 본관은 은진(恩津), 자는 미수(眉叟), 호는 규암(圭庵), 시호는 문충(文忠)이다. 1521년(중종 16) 별시문과(別試文科)에 급제하여 정자(正字)를 지내고 1523년 사가독서(賜暇讀書)하였다. 형조참판(刑曹參判) 때 동지사(冬至使)로 명나라에 다녀온 뒤 대사성(大司成)이 되어 유생들에게 성리학을 강론하였다. 성리학의 대가로 선비들로부터 추앙받았다. 청주 신항서원(莘巷書院) 등에 배향되었다. 문집에 『규암집(圭庵集)』이 있다.

송준길(宋浚吉, 1606～1672) : 조선 후기 문신 · 학자이다. 본관은 은진(恩津), 자는 명보(明甫), 호는 동춘당(同春堂), 시호는 문정(文正)이다. 송시열 등과 함께 북벌 계획에 참여하였으며 서인에 속해 분열된 서인 세력을 규합하는 데 힘썼다. 학문적으로는 송시열과 같은 경향의 성리학자로서 특히 예학에 밝고 이이의 학설을 지지하였으며, 문장과 글씨에도 뛰어났다.

송희규(宋希奎, 1494~1558) : 조선 전기의 문신이다. 본관은 야로(冶爐), 자는 천장(天章), 호는 야계산옹(倻溪散翁)이다. 별시문과(別試文科)에 병과로 급제하고 흥해(興海)군수 · 장령(掌令) · 상주목사(尙州牧使) · 집의(執義) 등을 거쳐 예빈시정(禮賓寺正)이 되어, 그해 문과중시(文科重試)에 급제하고 대구부사(大邱府使)가 되었다. 문집에 『야계문집(倻溪文集)』이 있다.

숙달(叔達, 생몰년미상) : 당나라의 도사(道士)이다. 고구려의 억불양도(抑佛揚道) 정책에 따라 고구려에 초빙되어 불사(佛寺)에 도관(道觀)을 차리고 도교를 포교하여 전성시대를 이루었다고 한다.

숙종(肅宗, 1054~1105) : 고려의 제15대 왕(재위 1095~1105)이다. 자는 천상(天常), 초명(初名)은 희(熙), 이름은 옹(顒)이며 시호 명효(明孝)이다. 문종의 제3남이고 순종의 아우이다. 주전관(鑄錢官)을 두고 은병과 해동통보(海東通寶)를 주조하여 통용하게 하였다. 불교를 신봉하여 많은 불회(佛會)를 열었으며 평양에 기자(箕子)의 무덤을 만들고 묘사를 세웠다.

숙종(肅宗, 1661~1780) : 조선의 제19대 왕(재위 1674~1720)이다. 자는 명보(明譜), 휘는 순(焞)으로 현종의 아들이고 어머니는 명성왕후(明聖王后) 김씨이다. 대동법(大同法)을 전국에 실시하여 실효를 거두었으며 임진왜란 · 병자호란 이후 계속된 토지사업을 추진하여 완결을 보았다. 주전(鑄錢)을 본격적으로 실시해 상평통보(常平通寶)를 주조하고 중앙관청 및 지방관청 등에 통용하도록 하였다. 영토 회복 운동을 전개하였고 금위영(禁衛營)을 추가로 설치하여 5영(五營) 체제를 완결하였다.

순원왕후(純元王后, 1789~1857) : 조선 순조의 비이고 익종(翼宗)의 생모, 헌종의 조모이다. 본관은 안동으로, 영안부원군(永安府院君) 김조순(金祖淳)의 딸이다. 15년 만에 헌종이 죽고, 철종이 즉위한 후에도 계속 수렴청정을 하였으며 김문근(金汶根)의 딸을 철종비로 맞아들임으로써 안동김씨의 세도가 절정에 이르게 하였다.

순화군(順和君, ?~1607) : 이보와 동일인물이다. → 이보

신검(神劍, ?~936) : 후백제의 제2대 왕(재위 935~936)으로 견훤의 장남이다. 부왕을 금산사(金山寺)에 유폐하고 아우인 금강(金剛)을 죽인 다음 왕위에 올라 대왕이라 칭하였다. 견훤이 탈출하여 왕건에게 귀순하고 함께 공격해오자 일선군(一善郡)에서 맞아 싸웠으나 패배하였다. 왕건은 반역의 이유가 능환(能奐)과 두 아우의 권유 때문이라 하여 신검을 용서하였다.

신경원(申景瑗, 1581~1641) : 조선 후기의 무신이다. 본관은 평산, 자는 숙헌(叔獻)으로, 1605년(선조 38) 무과에 급제하여 선전관(宣傳官)에 등용되었다. 이괄(李适)의 난 때 패퇴한 관군을 수습하여 안현(鞍峴)싸움에서 반군을 무찔렀고 평안 · 황해 · 함경 · 강원 등 4도의 부원수(副元帥)로 청나라 침공에 대비하였다. 병자호란 때 포로가 되었으나 화의 후 송환되었다.

신경진(申景禛, 1575～1643) : 조선 후기의 문신이다. 본관은 평산, 자는 군수(君受), 시호는 충익(忠翼)으로, 김장생(金長生)의 문하에서 수학하였다. 음보(蔭補)로 선전관(宣傳官)에 등용되었으며, 경원부사(慶源府使)·벽동(碧潼)군수를 지낸 후 사임하였다. 광해군의 무도한 정치에 불만을 품고, 김류(金瑬)와 반정을 협의한 데 이어 이귀(李貴)·최명길(崔鳴吉) 등과 거사를 모의하였다. 박원종(朴元宗)의 천거로 효성령별장(曉星嶺別將)이 된 것을 기회로 인조반정 반정군의 선봉장으로 활약하여 정사공신(靖社功臣)이 되었다. 공조참의(工曹參議)·병조참지(兵曹參知)·병조참판(兵曹參判)을 역임하였다.

신대왕(新大王, 89～179) : 고구려의 제8대 왕(재위 165～179)이다. 재사(再思)의 아들이며, 태조왕과 차대왕의 동생이다. 172년 현도군(玄菟郡) 태수 경림(耿臨)이 침략하자 명림답부(明臨荅夫)를 보내 대파하였고, 제2남 남무(男武)를 태자로 삼아 왕위 부자상속의 기틀을 마련하였다.

신돈(辛旽, ?～1371) : 고려 말기의 승려이다. 자는 요공(耀空), 법명은 편조(遍照)이다. 이름 돈(旽)은 집권 후에 정한 속명이며, 법호는 청한거사(淸閑居士)이다. 공민왕의 신임을 받아 정치계에 들어와 관작을 받고 개혁정책을 펼쳤으나, 처첩을 거느리고 주색에 빠져 비난이 높아졌다. 역모를 획책한다는 투서로 인해 수원에 유폐되었다가 1371(공민왕 20)년에 처형되었다.

신류(申瀏, 1619～1680) : 조선 후기의 무신이다. 본관은 평산으로, 여러 차례 문과에 응시하였으나 낙방하고, 1645년(인조 23) 무과에 합격하여 1655년(효종 6) 훈련원부정 겸 내승(訓練院副正兼內乘)이 되었다. 청나라의 나선정벌에 참가하였고 가선대부(嘉善大夫)·김해부사(金海府使)·경상좌도병마절도사(慶尙左道兵馬節度使)·황해도병마절도사(黃海道兵馬節度使)·삼도수군통제사(三道水軍統制使)·포도대장(捕盜大將) 등을 지냈다.

신명순(申命純, 1798～1870) : 조선 후기의 무신이다. 본관은 평산, 자는 경명(景明), 시호는 정무(貞武)이다. 1820년(순조 20) 음보(蔭補)로 선전관(宣傳官)에 등용되던 해에 무과에 급제하였다. 경상우도병마절도사(慶尙右道兵馬節度使)·형조판서·총융사(摠戎使)·한성부판윤(漢城府判尹)·좌포도대장(左捕盜大將) 등을 지내다가 의금부판사(義禁府判事)·도총관(都摠管)을 거쳐 지돈녕부사 겸 지삼군부사(知敦寧府事兼知三軍府事)·중추원지사(中樞院知事)가 되었다.

신명인(申命仁, 1492～?) : 조선 전기의 문인이다. 본관은 평산, 자는 영중(榮仲), 호는 구봉(龜峰)·송정(松亭)·풍류광객(風流狂客) 등이다. 기묘사화(己卯士禍)가 일어나자 성균관 유생 1,000여 명을 이끌고 광화문에 나가 조광조와 그의 스승 김식(金湜) 등 사림파의 구명을 상소하였다.

신무왕(神武王, ?～839) : 신라의 제45대 왕(재위 839)이다. 성은 김씨이고 이름은 우징(祐徵)으로, 아버지는 원성왕의 손자인 김균정(金均貞)이다. 흥덕왕이 죽어 희강왕이 왕위를 탐내자 아버지를 왕으로 추대하여 싸웠으나 패배하였다. 이듬해 장보고에게로 가서 은신하고, 4월 장보고의 지원을 받아 대군을 이끌고 경주로 쳐들어가 민애왕을 죽이고 왕위에 올랐으나 같은 해 7월에 병사하였다.

신문왕(神文王, ?~692) : 신라의 제31대 왕(재위 681~692)으로, 문무왕의 장남이다. 국학(國學)을 창설하여 학문을 장려하였으며 9주(九州)를 정비하였고 서원소경(西原小京)을 설치하고 봉성사(奉聖寺)·망덕사(望德寺)를 창건하였다. 항복한 고구려 유민에게도 벼슬을 주었으며, 녹읍을 폐지하고 조를 주기로 개정하였다.

신복모(申福模, ?~1886) : 개화기 무관이다. 1884년(고종 21) 갑신정변 때 전위영(前衛營)의 병졸 40여 명을 이끌고 금호문(金虎門) 밖에서 매복 대기하고 있다가 우정국 사건이 발생하면 급거 입궐할 민태호(閔台鎬)·조영하(趙寧夏) 등 대신들을 저격하려는 계획을 세웠다. 뜻은 이루지 못하였으나 개화당 집권 3일천하를 이룩하는 데 중요한 역할을 하였으며 개화당 정부가 무너지자 참살되었다.

신상(申鏛, 1680~1530) : 조선 전기의 문신이다. 본관은 평산, 자는 효은(孝恩), 호는 은휴와(恩休窩), 시호는 충정(忠貞)이다. 1498년(연산군 4)에 진사시(進士試)에 합격하였고, 1503년 세자책봉을 기념한 별시문과(別試文科)에서 병과(丙科)로 급제하였다. 곧 예문관검열(藝文館檢閱)을 거쳐 승정원주서(承政院注書)가 되고 춘추관 편수관(春秋館編修官)을 겸해『연산군일기』편찬에 참여하였다.

신세준(申世俊, 생몰년미상) : 조선 후기의 의병장으로, 함경북도 회령(會寧) 출신이다. 임진왜란 때 함경도에 침입한 왜적에게 임해군(臨海君)과 순화군(順和君) 두 왕자를 잡아 넘겨준 국경인(鞠景仁) 등 반역의 무리를 처단한 공으로 절충장군(折衝將軍)에 임명되었다.

신숙주(申叔舟, 1417~1475) : 조선 전기의 문신이다. 본관은 고령, 자는 범옹(泛翁), 호는 희현당(希賢堂)·보한재(保閑齋), 시호는 문충(文忠)이다. 영의정을 지냈으며 4차례 공신의 반열에 올랐던 인물이다. 핵심적인 정치지도자였으며, 세조의 수양대군(首陽大君) 시절부터 관계가 깊어 사육신(死六臣)과 생육신(生六臣)을 추앙하는 정치논리 상황에서 비판의 대상이 되기도 하였다.

신숭겸(申崇謙, ?~927) : 고려 초의 무신으로, 평산신씨(平山申氏)의 시조이다. 궁예를 폐하고 왕건을 추대하여 고려 개국의 대업을 이루었다. 공산에서 견훤의 군대에게 태조가 포위되자 그를 구하고 전사하였다.

신여철(申汝哲, 1634~1701) : 조선 후기의 무신이다. 본관은 평산, 자는 계명(季明), 시호는 장무(莊武)이다. 효종이 북벌을 위하여 훈척의 자제들에게 무예를 닦게 하자 유생들을 이끌고 무술을 익혔다. 충청도수군절도사(忠淸道水軍節度使)·삼도수군통제사(三道水軍統制使)·평안도병마절도사(平安道兵馬節度使)·병조참판(兵曹參判)·형소판서·훈련대장(訓練大將) 등을 역임하였다.

신예(辛裔, ?~1355) : 고려 후기의 간신이다. 충혜왕 때 좌정언(左正言)·지신사(知申事)

를 거쳐 첨의평리(僉議評理)가 되었다. 충목왕 때 왕이 어렸으므로, 원나라 환관이자 매제(妹弟)인 고용보(高龍普)를 등에 업고 취성부원군(鷲城府院君)에 봉해져 국권을 좌우하며 횡포를 부렸다. 이때 세상에서는 그를 가리켜 신왕(辛王)이라 하였다.

신정왕후(神貞王后, 1808~1890) : 추존왕 익종(翼宗)의 정비(正妃)이며 헌종의 어머니이다. 풍은부원군(豊恩府院君) 만영(萬永)의 딸이다. 1819년(순조 19) 세자빈에 책봉되고, 1834년 아들 헌종이 즉위하자 왕대비가 되었으며, 1857년 대왕대비로 진봉되었다. 흔히 조대비(趙大妃)로도 불린다.

신종(神宗, 1048~1085) : 북송(北宋)의 제6대 황제(재위 1068~1085)이다. 이름은 조욱(趙頊)이고 영종의 장남이다. 요나라와의 싸움에서 하동(河東)의 경계지를 양보하였으며, 서하의 원정에서도 크게 패하자 실의 속에 죽었다.

신할(申硈, 1548~1592) : 조선 전기의 무신이다. 본관은 평산으로, 충장공(忠莊公) 신립(申砬)의 동생이다. 명종 때 무과에 급제하여 경상도좌병사(慶尙道左兵使)를 지냈고, 임진왜란 때 임진강 전투에서 왜적과 싸우다 순절하였다.

신헌(申櫶, 1810~1888) : 조선 후기의 무신이며 외교가이다. 본관은 평산, 자는 국빈(國賓), 호는 위당(威堂), 초명은 관호(觀浩), 시호는 장숙(壯肅)이다. 1864년(고종 1) 형조·병조·공조판서를 역임하였으며, 1866년 병인양요(丙寅洋擾) 때에는 총융사(摠戎使)가 되어 강화의 염창(鹽倉)을 수비하였다. 난이 끝난 후 좌참찬 겸 훈련대장(左參贊兼訓練大將)을 지냈고, 수뢰포(水雷砲)를 제작한 공으로 가자되었다.

신호(申浩, ?~1432) : 조선 전기의 문신이다. 1401년(태종 1) 형조전서(刑曹典書)를 지내고, 1405년(태종 5) 풍해도도관찰사(豊海道都觀察使)로 있을 때 부자들의 곡식을 거두어 굶주린 백성을 진휼하였다. 다음 해 그의 상언(上言)으로 보다 실용적인 청색방의(靑色防衣)가 각 도 지방군의 군복으로 제정되었다.

신흠(申欽, 1566~1628) : 조선 후기의 문신이다. 본관은 평산, 자는 경숙(敬叔), 호는 현헌(玄軒)·상촌(象村)·현옹(玄翁)·방옹(放翁), 시호는 문정(文貞)이다. 어릴 때 이제민(李濟民)에게 학문을 배웠다. 동인의 배척을 받았으나 선조의 신망을 받았다. 뛰어난 문장력으로 대명 외교문서의 제작, 시문의 정리, 각종 의례문서 제작에 참여하였다. 정주학자(程朱學子)로 이름이 높다. 1651년(효종 2)에 인조 묘정에 배향되었다.

심기원(沈器遠, 1587~1644) : 조선 전기의 공신·관인이다. 본관은 청송, 자는 수지(遂之)이다. 병자호란 뒤 권력을 잡은 최명길(崔鳴吉)에 동조하면서 김자점(金自點) 중심의 세력과 대립하였는데, 역모로 처형됨으로써 이후 김자점이 권력을 독점하는 계기가 되었다.

심덕부(沈德符, 1328~1401) : 고려 말·조선 초의 문신이다. 본관은 청송, 자는 득지(得之), 호는 노당(蘆堂)·허강(虛江), 시호는 정안(定安)이다. 조선의 개국공신이며 세종의 장인인 심온(沈溫)의 아버지이다. 위화도회군 후 삼사판사(三司判事)가 되고, 안사공신(安社功臣)을 거쳐 청성군충의백(靑城君忠義伯), 1392년 조선 개국 후에는 청성백(青城伯)에 봉해졌다.

심사손(沈思遜, 1493~1528) : 조선 전기의 무신이다. 본관은 풍산, 자는 양경(讓卿)이다. 1523년(중종 18) 비변사낭관(備邊司郎官)으로 서북면의 야인(野人)을 정벌하고, 1525년 경상우도의 암행어사로 나갔다. 1528년 중종의 특명으로 만포진 첨절제사(滿浦鎭僉節制使)로서 야인을 방어하다 그들에게 살해되었다.

심상운(沈翔雲, 1732~1776) : 조선 후기의 문신이다. 본관은 청송, 자는 봉여(鳳汝)이다. 영조 때 국정을 좌지우지하던 정후겸(鄭厚謙)의 사주를 받아, 당시 세손이었던 정조를 제거하려다가 실패하고 주살되었다.

심순택(沈舜澤, 1824~1906) : 조선 후기의 문신이다. 본관은 청송, 자는 치화(穉華), 시호는 문충(文忠)이다. 1884년 우의정, 그 후 좌의정을 역임하였다. 갑신정변이 실패한 뒤 영의정이 되어 청·일의 강대국 사이에 끼인 조선의 정치적 고비를 여러 번 겪었다.

심유경(沈惟敬, ?~1597) : 임진왜란 때 조선에서 활약한 명나라 사신이다. 원래 상인이었는데, 1592년 임진왜란 때 조승훈(祖承訓)이 이끄는 명나라 군대를 따라 조선에 들어왔다. 평양성에서 왜장 고니시 유키나가[小西行長]와 만나 화평을 협상하였다. 1596년 일본에 건너가 도요토미 히데요시[豊臣秀吉]를 만나 협상을 진행하였으나 매국노로 몰려 처형되었다.

심의겸(沈義謙, 1535~1587) : 조선 전기의 문신이다. 본관은 청송, 자는 방숙(方叔), 호는 손암(巽菴)·간암(艮菴)·황재(黃齋)이다. 명종의 비인 인순왕후(仁順王后)의 동생이다. 1580년(선조 13) 예조참판(禮曹參判)이 되었다가 함경도관찰사로 전직하였다. 정인홍(鄭仁弘)의 탄핵을 받았으나 이이의 변호로 무사하였고, 1584년 이이가 죽은 후 동인이 득세하자 파직되었다. 벼슬은 병조판서에 이르렀고, 청양군(青陽君)에 습봉(襲封)되었다. 나주의 월정서원(月井書院)에 제향되었다.

심정(沈貞, 1471~1531) : 조선 전기의 문신이다. 본관은 풍산, 자는 정지(貞之), 호는 소요정(逍遙亭), 시호는 문정(文靖)이다. 1502년(연산군 8) 별시문과(別試文科)에 급제하였고, 1506년 중종반정에 참여하여 정국공신(靖國功臣) 3등으로 화천군(花川君)에 봉해졌다. 1518년 한성부판윤(漢城府判尹)·형조판서에 올랐다가 조광조 일파의 탄핵으로 파직되었다. 정국공신도 삭탈되자 원한을 품고 남곤(南袞)·홍경주(洪景舟) 등과 기묘사화(己卯士禍)를 일으켜 사림파를 모조리 숙청하였다.

심통원(沈通源, 1499~?) : 조선 전기의 문신이다. 본관은 청송, 자는 사용(士容), 호는 욱재(勖齋)이다. 1537년(중종 32) 별시문과(別試文科)에 장원하였고, 벼슬이 대사헌(大司憲)·한성부판윤(漢城府判尹)·공조판서·예조판서·우찬성(右贊成)·좌찬성(左贊成)·이조판서·우의정을 거쳐 1564년 좌의정에 이르고 기로소(耆老所)에 들어갔다. 이듬해 왕의 외척인 윤원형(尹元衡) 등과 권력을 남용하여 뇌물을 받은 죄로 삼사(三司)의 탄핵을 받고 사직, 1567년(선조 즉위년) 관직이 삭탈되었다.

심회(沈澮, 1418~1493) : 조선 전기의 문신이다. 본관은 청송, 자는 청보(淸甫), 시호는 공숙(恭肅)으로, 세종 비 소헌왕후(昭憲王后)의 동생이다. 1471년(성종 2) 좌리공신(佐理功臣) 2등으로 청송부원군(青松府院君)에 봉하여진 뒤 사직하였다. 성종대에 윤비(尹妃 : 연산군의 생모)의 책봉을 알리는 주문사(奏聞使)로 명나라에 다녀오고, 1504년 갑자사화(甲子士禍) 때 윤비 폐출과 관련되어 연산군에 의하여 관작이 추탈되었다가 후에 신원되었다.

쌍기(雙冀, 생몰년미상) : 후주(後周)에서 고려에 귀화한 학자이다. 956년(광종 7) 후주의 시대리평사(試大理評事) 재임 시 사신 설문우(薛文遇)를 따라 고려에 와서 신병 때문에 체류하다 귀화하여 원보 한림학사(元補翰林學士)가 되었다. 958년 당나라 관리임용제도를 따라 과거제도를 창설하게 하고 여러 차례 지공거(知貢擧)가 되었다. 이것이 한국 과거제도의 효시이다.

아골타(아구다[阿骨打], 1068~1123) : 금나라의 제1대 황제(재위 1115~1123)이다. 여진 완옌부[完顔部]의 족장으로, 1115년 중국의 정복왕조인 금나라를 건국하였다. 1120년 북송(北宋)과 동맹을 맺고 요나라를 협공하여 1122년 중경(中京)과 연경(燕京)을 점령함으로써 요나라를 실질적으로 멸망시켰다.

아달라왕(阿達羅王, ?~184) : 신라의 제8대 왕(재위 154~184)이다. 아달라이사금(阿達羅尼師今)이라고도 하며, 일성왕의 장남이다. 157년 처음으로 감물(甘勿) · 마산(馬山)의 두 현을 두고 죽령(竹嶺)의 길을 열었다. 165년 아찬 길선(吉宣)이 모반하였다가 백제로 달아나자 그의 송환을 요구하였으나, 백제에서 응하지 않아 두 나라의 사이가 나빠졌다.

아도(阿道, 생몰년미상) : 신라에 불교를 처음 전한 고구려의 승려이다. 아두(阿頭)라고도 한다. 신통력이 있어 성국공주(成國公主)의 병을 고쳐주었으며, 강(講)을 할 때마다 하늘에서 묘화(妙花)가 비 오듯 하였다고 전한다.

아신왕(阿莘王, ?~405) : 백제의 제17대 왕(재위 392~405)이다. 아방왕(阿芳王) · 아화왕(阿華王)이라고도 한다. 치세기간에 광개토왕이 영도하는 고구려의 남하정책에 대응하기 위하여 부심하였고, 397년 태자 전지(腆支)를 일본에 볼모로 보내어 일본과 화친을 맺은 후, 이듬해 쌍현성(雙峴城)을 쌓고 403년에는 신라를 공략하였다.

안경공(安慶公, 생몰년미상) : 왕창과 동일인물이다. → 왕창

안당(安瑭, 1460~1521) : 조선 전기의 문신이다. 본관은 순흥, 자는 언보(彦寶), 호는 영모당(永慕堂), 시호는 정민(貞愍)이다. 1480년(성종 11) 성균시(成均試)에, 이듬해 친시문과(親試文科)에 병과(丙科)로 급제하여 사관(史官)이 되었고, 1499년(연산군 5) 사성(司成)이 되어 『성종실록』 편찬에 참여하였다. 중종 때 호조 · 병조 · 공조 판서 등을 거쳐 좌의정에 올랐다. 기묘사화(己卯士禍)에 화를 입게 된 유신들을 구하려다 파직되었고, 신사무옥(辛巳誣獄)으로 사사되었다.

안보린(安甫鱗, ?~1126) : 고려 전기의 내시이다. 1126년(인종 4) 척신 이자겸(李資謙)

일파를 제거하기 위해 내시지후(內侍祗候) 김안(金安)·동지추밀원사(同知樞密院事) 지녹연(智祿延) 등과 함께 거사하였다. 그러나 이자겸과 척준경(拓俊京) 등의 기민한 대응으로 거사가 실패로 돌아가 피살당하였다.

안소광(安紹光, ?~1017) : 고려 전기의 무신이다. 동주(洞州) 토산현(土山縣) 출신으로 무관의 집안에서 태어났다. 체격이 크고 모습이 비범하였으며 힘이 세었다. 1010년(현종 1) 거란이 침입해오자 행영도병마사(行營都兵馬使)가 되어 행영도통사(行營都統使) 강조(康兆) 등과 함께 나아가 막았으나 패하였다. 후에 벼슬이 상서우복야(尙書右僕射)에 이르렀다.

안숙로(安淑老, ?~1394) : 고려 말·조선 초의 문신이다. 공양왕 때 관직이 밀직사사(密直司事)에 이르렀다. 1388년(우왕 14)에 그의 딸이 우왕의 비인 현비(賢妃)가 되었다. 1390년(공양왕 2) 동지밀직사사(同知密直司事)의 자격으로 연왕(燕王 : 명 태조의 작은 아들 棣)을 방문하였다. 조선 개국 후 벼슬은 평양부윤(平壤府尹)을 거쳐 봉익대부(奉翊大夫) 서북면도순문찰리사(西北面都巡問察理使)에 이르렀다.

안우(安祐, ?~1362) : 고려 말기의 무신으로, 본관은 탐진(耽津)이다. 1352년(공민왕 1) 군부판서(軍簿判書)로서 최영 등과 함께 조일신(趙日新)의 난을 평정하였다. 기철(奇轍)을 주살하였고 서북면부원수(西北面副元帥)로서 의주·정주·고선주(古宣州)에서 홍건적을 소탕하였다. 참지정사(參知政事)를 거쳐 상원수(上元帥)가 되어 재차 침입한 홍건적을 무찔렀다.

안우경(安遇慶, ?~1372) : 고려 말기의 무신이다. 1359년(공민왕 8) 홍건적의 침입 때 안우(安祐) 등과 함께 이를 격퇴하였다. 1361년 홍건적의 재침입 때도 개경 탈환전에 참여하여 적을 섬멸하고 1등공신이 되었다. 흥왕사(興王寺)에서 공민왕을 죽이려던 김용(金鏞) 일당을 진압하였다. 덕흥군(德興君)을 내세워 쳐들어온 최유(崔濡) 휘하의 원군을 몰아냈고 왜구 방어에도 큰 공을 세웠다.

안유(安裕, 1243~1306) : 안향과 동일인물이다. → 안향

안윤덕(安潤德, 1457~1535) : 조선 전기의 문신이다. 본관은 광주(廣州), 자는 선경(善卿), 시호는 익혜(翼惠)이다. 연산군 때 도승지(都承旨)·예조참판(禮曹參判)을 지냈다. 중종반정 이후 한성부좌윤(漢城府左尹)이 되고 삼포왜란(三浦倭亂)을 평정하여 한성부판윤(漢城府判尹)·형조판서를 지냈으며 호조·공조의 판서를 거쳐 좌참찬(左參贊)에 올랐다.

안장왕(安藏王, ?~531) : 고구려의 제22대 왕(재위 519~531)이다. 이름은 흥안(興安)으로, 문자왕의 장남으로 태어나 498년(문자왕 7)에 태자로 책봉되었다. 문자왕이 죽은 뒤 왕위에 올랐다. 남북조의 양나라와 북위(北魏)로부터 지위를 인정받았다. 아울러 양국과 조공 무역관계를 유지하여 전대에 이미 확립되었던 대중국 양면외교 정책을 실시하였다.

안평대군(安平大君, 1418~1453) : 조선 전기의 왕족이다. 세종의 제3남이며, 이름은 용

(瑢), 자는 청지(淸之), 호는 비해당(匪懈堂)·낭간거사(琅居士)·매죽헌(梅竹軒)이다. 둘째 형 수양대군(首陽大君)에 의해 죽임을 당하였다. 서예와 시문(詩文)·그림·가야금 등에 능하고 특히 글씨에 뛰어나 당대의 명필로 꼽혔다. 유필로 「세종대왕영릉신도비(世宗大王英陵神道碑)」가 전한다.

안향(安珦, 1243~1306) : 고려 후기의 유학자이다. 초명을 유(裕)라고 부르다가 향(珦)으로 개명하였다. 본관은 순흥, 자는 사온(士蘊), 호는 회헌(晦軒)이다. 조선에 들어와 문종과 이름이 동일하자, 이를 피하여 초명인 유로 다시 고쳐 불렀다. 회헌이라는 호는 만년에 송나라의 주자(朱子)를 추모하여 그의 호인 회암(晦庵)을 본따 지은 것이다. 우리나라에 주자성리학을 처음 전한 사람으로 알려져 있다.

애육여발력팔달(愛育黎拔力八達, 1285~1320) : 원 인종과 동일인물이다. → 인종

애장왕(哀莊王, 788~809) : 신라의 제40대 왕(재위 800~809)이다. 성은 김씨, 이름은 청명(淸明)·중희(重熙)이다. 소성왕과 계화부인(桂花夫人) 김씨 사이의 장남이다. 태종무열왕과 문무왕의 묘당(廟堂)을 세우고 해인사(海印寺)를 창건하였으며 일본과 우호를 증진하였다. 숙부 김언승(金彦昇)의 반란 때 살해되었다.

양규(楊規, ?~1011) : 고려 전기의 무신이다. 제2차 거란침입 때 크게 활약하였다. 거란 성종의 군사에게 흥화진(興化鎭)이 포위되자 완강히 저항하였고, 무로대(無老代 : 義州 남쪽)·이수(梨樹)·석령(石嶺)·여리참(餘里站) 등지에서 거란군을 기습하여 잡혀가는 백성 1만여 명을 구하였다. 애전(艾田)에서 김숙흥(金叔興)과 함께 거란군과 싸우다 전사하였다.

양길(梁吉, 생몰년미상) : 신라 말기의 반란자로, 양길(良吉)이라고 쓰기도 한다. 출신에 대해서는 알려진 바가 없다. 전국에서 초적(草賊)이 일어났을 때 북원(北原)에서 봉기 세력을 이끌었고 강원도 일대에 세력을 떨쳤다. 그러나 궁예에게 습격당하여 패하고 휘하세력이 궁예에게 흡수되었다.

양녕대군(讓寧大君, 1394~1462) : 조선 전기의 왕족이다. 이름은 제(褆), 자는 후백(厚伯), 시호는 강정(剛靖)으로, 태종의 장남이며 세종의 형이다. 세자로 책봉되었으나 궁중생활에 잘 적응하지 못하여 폐위되고, 그 뒤 전국을 누비며 풍류를 즐겼다. 시·서에 능하였다.

양만춘(楊萬春, 생몰년미상) : 고구려 보장왕 때 안시성(安市城)의 성주(城主)이다. 정사에는 이름이 전하지 않고, 송준길(宋浚吉)의 『동춘당선생별집(同春堂先生別集)』과 박지원(朴趾源)의 『열하일기(熱河日記)』 등 야사에만 나온다. 연개소문이 정변을 일으켰을 때 끝까지 싸워 성주의 지위를 유지하였으며, 당 태종이 침공하였을 때도 당나라군을 물리쳤다.

양연(梁淵, 1485~1542) : 조선 전기의 문신이다. 본관은 남원(南原), 자는 거원(巨源), 호는 설옹(雪翁)이다. 중종 때 공조참판(工曹參判)·대사헌(大司憲)·좌승지(左承旨)·병조판서·이조판서·우찬성(右贊成)·좌찬성(左贊成)·판중추부사(判中樞

府事) 등을 역임하였다. 재상 윤임(尹任)과 가까운 사이였으며 훈구파의 중심으로 사림파를 배척하는 활동을 많이 하였다.

양원왕(陽原王, ?~559) : 고구려의 제24대 왕(재위 545~559)이다. 양강상호왕(陽崗上好王)·양강왕(陽崗王)이라고도 한다. 동위(東魏)·북제(北齊) 등에 조공하여 친선을 도모하고 백암성(白巖城)·신성(新城 : 撫順) 등을 중수하였다. 돌궐의 침입을 격퇴하였으나 신라·백제에게 한강 유역을 잃었다.

양유(良柔, 생몰년미상) : 고려 출신으로 일본에 귀화한 승려이다. 1375년(우왕 1) 전객시판사(典客寺判事)가 되어 자청하여 통신사(通信使)로 일본에 건너가 왜구 출몰을 금하도록 요구하다 간첩 혐의로 구속된 나흥유(羅興儒)의 석방을 도와주었다.

양헌수(梁憲洙, 1816~1888) : 조선 후기의 무신이다. 본관은 남원(南原), 자는 경보(敬甫)이다. 이항로(李恒老)의 문인으로 무예를 익혔으며, 1848년(헌종 14) 무과에 급제하여 선전관(宣傳官)이 되었다. 병인양요(丙寅洋擾) 때 프랑스 함대를 대파하였고, 보수적인 척화론자로서 형조와 공조판서를 거쳐 지삼군부사(知三軍府使)가 되었다.

양현감(楊玄感, ?~613) : 수나라의 반신(叛臣)이다. 권신 양소(楊素)의 아들로 예부상서(禮部尙書)에 올랐으나 수 양제의 제2차 고구려 침공 때 려양(黎陽 : 리양)에서 반란을 일으키고 패하여 자살하였다.

양호(楊鎬, ?~1629?) : 정유재란 때 조선에 온 명나라 말기의 군인이다. 하남성(河南省 : 허난성) 출생이다. 정유재란 때 울산에서 벌어진 도산성 전투에서 패하였는데 이를 승리로 보고하였다 들통이 나 파면되었다. 청나라가 명나라를 침략하자 요동(遼東 : 랴오둥) 등을 경략하였으나 셔르후 전투에서 크게 패하였다.

어세겸(魚世謙, 1430~1500) : 조선 전기의 문신이다. 본관은 함종(咸從), 자는 자익(子益), 호는 서천(西川), 시호 문정(文貞)이다. 1468년 남이(南怡) 등 반역을 도모한 자들을 주살하여 익대공신(翊戴功臣)에 봉해지고 예조참판(禮曹參判)에 올랐다. 외교관으로 명나라에 다녀오면서 『오륜서(五倫書)』 등 귀중한 책을 들여왔고 우의정을 거쳐 좌의정에 올랐다.

어영담(魚泳潭, 1532~1594) : 조선 전기의 무장이다. 본관은 함종(咸從), 자는 경유(景游)이다. 여러 진관(鎭管)의 막료로 있으면서 해로를 익혔다. 임진왜란이 일어나자 이순신 휘하에서 수로향도(水路嚮導)로 활약하여 옥포해전·합포해전·당항포해전·율포해전 등에서 공적을 세웠다.

어유소(魚有沼, 1434~1489) : 조선 전기의 무신이다. 본관은 충주, 자는 자유(子游), 시호는 정장(貞莊)이다. 1456년(세조 2) 무과에 장원으로 급제하여 사헌부감찰(司憲府監察)이 되었다. 이시애(李施愛)의 반란을 진압하였고 명나라가 건주위(建州衛)를 공격할 때 이를 도와 크게 공을 세웠다. 그 뒤 오위장(五衛將)·함경북도절도사(咸鏡北道節度使)·영안북도절도사(永安北道節度使)·평안도순찰사(平安道巡察使)·병조판서 등을 지냈다.

어윤중(魚允中, 1848~1896) : 개화기의 문신이다. 1881년(고종 18) 일본에 파견된 조사시찰단의 단장으로 일본의 문물제도를 시찰하였고, 1882년 청나라와 조·청상민수륙무역장정(朝淸商民水陸貿易章程)을 체결하였다. 갑오개혁 때에는 탁지부대신(度支部大臣)으로 재정개혁을 주관하였다. 경제개혁을 통해 부국강병을 이루고자 하였던 조선 후기 최고의 재정전문가이다.

어재연(魚在淵, 1823~1871) : 조선 후기의 무장이다. 본관은 함종(咸從), 자는 성우(性于)이다. 1841년(헌종 7) 무과에 급제하여 1864년(고종 1) 장단부사(長湍府使)를 거쳐 1866년에 공충도병마절도사(公忠道兵馬節度使)가 되었다. 병인양요(丙寅洋擾)와 신미양요(辛未洋擾) 때 강화도 광성진(廣城鎭)을 수비하였다.

여성제(呂聖齊, 1625~1691) : 조선 후기의 문신이다. 본관은 함양, 자는 희천(希天), 호는 운포(雲浦), 시호는 정혜(靖惠)이다. 숙종 때 의금부판사(義禁府判事)·병조판서·이조판서를 지낸 뒤 우의정을 거쳐 영의정에 올랐다. 인현왕후(仁顯王后) 폐위의 반대상소가 받아들여지지 않자 울분으로 발병하여 죽었다.

여우길(呂祐吉, 1567~?) : 조선 후기의 문신이다. 본관은 함양(咸陽), 자는 상부(尙夫), 호는 치계(稚溪, 痴溪)이다. 1591년(선조 24) 별시문과(別試文科)에 급제하였다. 전적(典籍)으로 사신이 되어 명나라에 다녀왔고 충청도병마절도사(忠淸道兵馬節度使)·밀양부사(密陽府使) 등을 역임하였다. 광해군 때는 진위사(陳慰使)로 명나라에 다녀온 뒤, 공홍도관찰사에 올랐다.

연개소문(淵蓋蘇文, ?~665?) : 고구려 말기의 장군 겸 재상으로, 천개소문(泉蓋蘇文)이라고도 한다. 죽은 해는 『삼국사기』에 666년(보장왕 25)으로 기록되어 있으나 그의 아들 연남생(淵男生)의 묘지명인 「천남생묘지명(泉男生墓誌銘)」에 의하면 665년에 죽었다고 한다. 쿠데타를 일으켜 보장왕을 세우고 절대 권력을 행사하였다. 연개소문은 외교 면에서 대당강경책(對唐强硬策)을 전개하였으며, 백제와 연합하여 신라를 공격하기도 하였다.

연산군(燕山君, 1476~1506) : 조선의 제10대의 왕(재위 1494~1506)이다. 이름은 융(㦕)이고 성종의 장남이다. 많은 신진 사류를 죽이는 무오사화(戊午士禍)를 일으키고 생모 윤씨의 폐비에 찬성하였던 윤필상(尹弼商) 등 수십 명을 살해하였다. 또한 경연(經筵)을 없애고 사간원(司諫院)을 폐지하는 등 비정(秕政)이 극에 달하여 결국 중종반정에 의해 폐왕이 되었다.

염제신(廉悌臣, 1304~1382) : 고려 말기의 재상이다. 본관은 서원(瑞原), 자는 개숙(愷叔), 시호는 충경(忠敬)이며 아명(兒名)은 불노(佛奴)이다. 충목왕 때 도첨의평리(都僉議評理)·찬성사(贊成事), 공민왕 때 영도첨의(領都僉議)·서북면도통사(西北面都統使) 등을 역임하고 우왕 때 삼사영사(三司領事)·문하부영사(門下府領事)를 거쳐 곡성부원군(曲城府院君)에 진봉되었다.

염흥방(廉興邦, ?~1388) : 고려 말기의 권신이다. 공민왕 때 지신사(知申事)로 홍건적을 대파하여 제학(提學)에 올랐고 도병마사(都兵馬使)로서 탐라 · 목호(牧胡)의 난을 진압하였다. 매관매직을 자행하고 토지와 노비를 강탈하는 등의 행패로 이성계 등에 의해 처형되었다.

영규(靈圭, ?~1592) : 조선 전기의 승병장(僧兵將)이다. 속성은 박씨, 본관은 밀양이며, 호는 기허(騎虛)이다. 계룡산(鷄龍山) 갑사(甲寺)에 출가하여 휴정(休靜)대사의 고제(高弟)로 공주 청련암(青蓮庵)에서 수도하였으며 선장(禪杖)으로 무예를 익혔다. 임진왜란이 일어나자 승병을 모아 의병장 조헌(趙憲)과 함께 청주를 수복하고 금산에 이르러 일본군과 격전 끝에 순국하였다.

영녕공(永寧公, 1223~1283) : 왕준과 동일인물이다. → 왕준

영류왕(營留王, ?~642) : 고구려의 제27대 왕(재위 618~642)이다. 이름은 건무(建武) · 건성(建成)으로, 평원왕의 차남이며 영양왕의 이복동생이다. 동북쪽의 부여성으로부터 동남쪽 바다에 이르는 천리장성의 축조를 시작하면서 연개소문에게 역사(役事)의 감독을 맡겼으나, 그의 반역으로 살해되었다.

영명왕(永明王, 1625~1662) : 남명(南明)의 유왕(遺王 : 재위 1647~1662)으로 계왕(桂王) 또는 영력제(永曆帝)라고도 한다. 명나라 말의 혼란기에 유적(流賊) 장헌충(張獻忠)이 호남(湖南 : 후난)의 형주(衡州)를 공격하였을 때, 아버지인 계왕 주상영(朱常瀛)과 함께 광서(廣西 : 광시)로 탈출하였다. 그 후 왕으로 옹립되었으나, 청군의 공격으로 계림(桂林 : 구리인) · 남령(南寧 : 난닝) · 미얀마 등으로 피신하였고 운남(雲南 : 윈난)에서 죽었다.

영양왕(嬰陽王, ?~618) : 고구려의 제26대 왕(재위 590~618)이다. 이름은 원(元) · 대원(大元)으로, 평양왕(平陽王)이라고도 한다. 태학박사(太學博士) 이문진(李文眞)에게 명하여 『신집(新集)』 5권 등을 만들게 하였고 명장 을지문덕(乙支文德)을 시켜 살수(撒水)에서 수나라군을 섬멸하는 등 수나라의 침공을 막아냈다.

영조(英祖, 1694~1776) : 조선의 제21대 왕(재위 1724~1776)이다. 이름은 금(昑), 자는 광숙(光叔)이며, 숙종이 양성(養性)이라는 헌호(軒號)를 내렸다. 탕평정책을 시행하여 붕당의 대립을 완화하였고 여러 차례 사치풍조 금단의 조치를 내렸다. 『농가집성(農歌集成)』을 보급하고 균역법(均役法)을 시행하였으며 청계천을 준설하고 신문고(申聞鼓)를 설치하는 등 많은 업적을 남겼다.

영종(英宗, 1303~1323) : 원나라 제5대 황제(재위 1320~1323)이다. 본명은 시디발랄[碩德八剌]로, 원나라 제4대 황제 인종의 장남이다. 중국 문화를 보호하여 중국의 역사 기록에서는 높이 평가되고 있다.

영창대군(永昌大君, 1606~1614) : 조선의 왕족이다. 이름은 의(㼁)이고, 인목왕후(仁穆王后)의 소생이다. 선조의 14왕자 중 막내이며, 유일한 정궁(正宮)의 자식이다. 광해군이 왕위에 오르자 서인(庶人)으로 강등되고 만 8세의 나이에 강화부사(江華府使) 정항(鄭沆)의 손에 죽임을 당하였다.

영화부인(寧花夫人, ?~870) : 신라 제48대 경문왕의 제1비이다. 제47대 헌안왕의 맏딸로 경문왕과의 사이에서 헌강왕 · 정강왕 · 진성여왕을 낳았다.

예종(睿宗, 1079~1122) : 고려의 제16대 왕(재위1105~1122)이다. 이름은 우(俁), 자는 세민(世民), 시호는 문효(文孝)로, 숙종의 태자이며 명의왕후(明懿王后)의 소생이다. 윤관(尹瓘)에게 여진을 경략하게 하여 9성을 쌓았다. 학교를 세우고 국학(國學)에 양현고(養賢庫)를 설치하는 등 학문을 진흥시켰다.

오간(烏干, 생몰년미상) : 비류(沸流) · 온조(溫祚) 형제가 고구려를 떠나 남하할 때 마려(馬黎) 등 열 신하가 함께 수행하였는데, 그 가운데 한 사람이다. 온조가 백제를 세우는 데 공헌을 하였다.

오경석(吳慶錫, 1831~1879) : 조선 후기의 역관(譯官) · 서화가이다. 3 · 1운동 때 33인의 한 사람인 오세창(吳世昌)의 아버지이다. 금석학(金石學)에 관심이 많았고 전서(篆書)를 잘 썼으며 그림에도 일가를 이루었다. 편서(編書)에 『삼한금석록(三韓金石錄)』이 있다.

오기(吳祁, ?~BC 381) : 전국시대의 군사 지도자 · 정치가이다. 위나라 사람으로, 공자의 제자인 증자(曾子) 밑에서 공부한 적이 있다. 군대를 이끄는 데 재능을 보였으며 노나라 · 위나라 · 초나라를 섬겼다.

오달제(吳達濟, 1609~1637) : 조선 후기의 문신이다. 인조 때 병조좌랑(兵曹佐郎) · 정언(正言) · 부교리(副校理) 등을 지냈다. 병자호란 때 청나라와의 화의를 극력 반대하였고, 인조가 항복한 뒤 적장의 심문에 굴하지 않아 죽임을 당하였다. 병자호란 3학사의 한 사람으로 꼽힌다.

오도일(吳道一, 1645~1703) : 조선 후기의 문신이다. 본관은 해주, 자는 관지(貫之), 호는 서파(西坡)이다. 1673년(현종 14) 정시문과(庭試文科)에 급제하고 1680년(숙종 6) 지평(持平) · 부수찬(副修撰), 1683년 지제교(知製敎), 1687년 승지(承旨)가 되어 자파(自派)를 옹호하다가 파직되었다. 숙종 때, 부제학(副提學) · 도승지(都承旨) · 대사헌(大司憲)을 거쳐 이조참판(吏曹參判) · 공조참판(工曹參判) · 대제학(大提學) · 병조판서 등을 역임하였다.

오두인(吳斗寅, 1624~1689) : 조선 후기의 문신이다. 본관은 해주, 자는 원징(元徵), 호는 양곡(陽谷), 시호는 충정(忠貞)이다. 숙종 때, 경기도관찰사 · 공조판서 · 형조판서 등을 지냈다. 인현왕후(仁顯王后) 민씨 폐위에 반대하는 상소를 올려 유배 도중 죽었다.

오명항(吳命恒, 1673~1728) : 조선 후기의 문신이다. 본관은 해주, 자는 사상(士常), 호는 모암(慕菴) · 영모당(永慕堂), 시호는 충효(忠孝)이다. 이조좌랑(吏曹佐郎) · 승지(承旨) · 관찰사 등을 역임한 후 사직하였다가 정미환국(丁未換局)으로 소론이 등용되자 이조와 병조의 판서를 지냈다. 이인좌(李麟佐)의 난 때 공을 세웠고 우찬성(右贊成)에 이어 우의정에 올랐다.

오방언(吳邦彦, 1588~1637) : 조선 후기의 무신이다. 본관은 해주, 자는 길보(吉甫), 호는 순풍정(順風亭)이다. 1617년(광해군 10) 무과에 급제하여 선전관(宣傳官)을 거쳐 도총부도사(都摠府都事)가 되었다. 병자호란 때 남한산성에서 싸우다가 순절하였다.

오삼계(吳三桂, 1612~1678) : 명 말 · 청 초의 무장이다. 자는 장백(長白) · 월소(月所)이며 요동(遼東 : 랴오둥) 출생이다. 유적(流賊) 이자성(李自成)이 북경(北京 : 베이징)을 함락시키자 청군과 결탁해 베이징을 탈환하였고, 청나라의 중국 본토 진출에 중대한 역할을 함으로써 평서왕(平西王)에 봉하여졌다. 중국 전토 평정에도 앞장서 3번(三藩) 중 하나가 되었고 후에 '3번의 난'을 일으켰으나 실패하였다.

오아속(우야슈[烏雅束], 1061~1113) : 여진 완옌부[完顔部]의 족장으로, 중국의 정복왕조인 금나라를 건국한 태조 아구다[阿骨打]의 형이다. 12세기 초반 여진 부족들을 통합하고 고려와 화약을 체결하여 금나라 건국과 요나라 공략의 기반을 닦았다. 금나라가 건국된 뒤에 강종(康宗)의 묘호를 받았다.

오연총(吳延寵, 1055~1116) : 고려 전기의 문신이다. 본관은 해주, 시호는 문양(文襄)이다. 송나라에 사신으로 갔다가 희귀본 『태평어람(太平御覽)』을 구해 가지고 왔다. 한림학사(翰林學士) · 승지(承旨) 등을 지냈고, 여진을 소탕하여 상서좌복야(尙書左僕射) · 참지정사(參知政事)가 되었다.

오운(吳沄, 1540~1617) : 조선 후기의 문신이다. 본관은 고창, 자는 태원(太源), 호는 죽유(竹牖) · 죽계(竹溪)이다. 명종 때 충주목사(忠州牧使), 성균관사성(成均館司成) 등을 지냈고 임진왜란과 정유재란 때 전공을 세워 통정대부(通政大夫)에 올랐다. 이후 판결사(判決事), 경주부윤(慶州府尹), 공조참의(工曹參議) 등을 지냈다.

오유충(吳惟忠, 생몰년미상) : 임진왜란 때의 명나라 장수이다. 1593년 파병 당시 우군유격장군(右軍遊擊將軍)이었다. 제4차 평양전투 때 앞장서 적의 총탄을 맞았음에도 불구하고 군사들을 독려하여 사기를 높혔다.

오윤겸(吳允謙, 1559~1636) : 조선 후기의 문신이다. 본관은 해주, 자는 여익(汝益), 호는 추탄(楸灘) · 토당(土塘), 시호는 충정(忠貞)이다. 광해군 때 호조참의(戶曹參議) · 우부승지(右副承旨) 등을 역임하고 선현들의 문묘종사와 폐모론(廢母論)에 반대하여 탄핵을 받았다. 중추부동지사(中樞府同知事)로서 명나라에 다녀왔으며 인조 때 형조와 예조판서 · 우의정 등을 거쳐 영의정에 올랐다.

오응정(吳應鼎, 1548~1597) : 조선 전기의 무신이다. 본관은 해주, 자는 문중(文仲), 호는 완월당(翫月堂)이다. 1596년(선조 29) 경기방어사 겸 수원부사(京畿防禦使兼水原府使)로 있던 중 반대 세력의 모함에 의하여 파직되어 고향에 은거하였다. 1597년 정유재란 때 전라도우방어사(全羅道右防禦使)에 임명되어 두 아들 오욱(吳稶) · 오동량(吳東亮)과 더불어 남원성을 방어하다가 성이 함락되자 화약에 불을 질러 세 부자가 함께 폭사하였다.

오응태(吳應台, 생몰년미상) : 조선 후기의 무신으로, 본관은 해주이다. 임진왜란 발발 초기인 1592년 함경도 경원부사(慶源府使)로 재직 중에 의병장 정문부(鄭文孚)와 함께 왜군을 대파하여 중군장(中軍將)이 되었다. 이후 회령부사(會寧府使)를 거쳐 북병사(北兵使)로 임명되었고, 정유재란 때 전라도병마절도사(全羅道兵馬節度使)와 전주부윤(全州府尹)을 겸임하며 남원성전투에서 활약하였다.

오정위(吳挺緯, 1616～1692) : 조선 후기의 문신이다. 본관은 동복(同福), 자는 군서(君瑞)·서장(瑞章), 호는 동사(東沙)이다. 현종 때 호조·형조·공조의 판서 등을 지냈고 숙종 초에 남인이 강경·온건 양파로 갈릴 때 강경론을 지지하였다. 이후 예조판서를 거쳐 우참찬(右參贊)에 이르렀다.

오정창(吳挺昌, 1634～1680) : 조선 후기의 문신이다. 본관은 동복(同福), 자는 계문(季文)이다. 남인계로서 1674년(숙종 즉위년) 복제문제로 남인이 득세하자 순조롭게 출세하여 예조판서에 이르렀으나 1680년 경신환국(庚申換局) 때 정원로(鄭元老)의 옥사에 연루되어 사사되었다.

오직(吳稷, 1574～1619) : 조선 후기의 문신이다. 본관은 해주, 자는 사형(士馨), 호는 삼송정(三松亭)이다. 1619년(광해군 11) 명나라의 요청으로 후금을 치기 위해 출정하였다가 승산이 없자 적진에 뛰어들어 수많은 적을 죽인 후에 자결하였다. 인조 때 선무원종(宣武原從) 1등공신에 책록되고, 충렬사(忠烈祠)에 배향되었다.

옥보고(玉寶高, 생몰년미상) : 신라의 거문고 대가이다. 지리산의 운상원(雲上院)에서 50년 동안 거문고의 기법을 닦고 30여 곡의 새로운 가락을 지어 신라에 거문고가 널리 퍼지게 하였다. 작품에는 『상원곡(上院曲)』·『중원곡(中院曲)』 등이 있다.

온조왕(溫祚王, ?～28) : 백제의 제1대왕(재위 BC 18～AD 28)으로, 고구려 시조 동명성왕의 제3남이다. 하남의 위례성(慰禮城)에 도읍을 정하고 국호를 십제(十濟)라 하였다. 얼마 뒤 동복형인 비류(沸流)가 죽고 그 백성들이 위례성에 모여들자 국호를 백제로 고치고, 동명왕묘(東明王廟)를 세워 제사를 지냈다.

왕건(王建, 877～943) : 고려 태조와 동일인물이다. → 태조

왕규(王規, ?～945) : 고려 초기의 권신으로, 본관은 광주(廣州)이다. 두 딸이 태조의 제15비와 제16비가 되었다. 혜종을 죽이고 외손자 광주원군(廣州院君)을 왕으로 세우려고 하였으나 실패하였다. 혜종이 죽고 정종(定宗)이 즉위하자 난을 일으켰는데, 태조의 종제(從弟) 왕식렴(王式廉)의 개입으로 실패하고 참살당하였다.

왕망(王莽, BC 45～AD 23) : 전한(前漢) 말기의 정치가이며 신(新)나라(8～24)의 건국자이다. 자는 거군(巨君)이고 산동(山東 : 산둥) 출신이다. 갖가지 권모술수를 써서 최초로 선양혁명(禪讓革命)에 의하여 전한의 황제권력을 찬탈하였다. 이상적인 나라를 세우기 위해 개혁정책을 펼치기도 하였지만, 그 정책들이 모두 실패해 대내외적 혼란을 가중시켰다. 유수(劉秀 : 후한 광무제)가 거병한 후, 부하에게 살해당하였다.

왕보손(王保孫, 생몰년미상) : 백제 제26대 성왕 때의 역박사(曆博士)이다. 중국계 백제인으로 추정된다. 백제에서 일본으로 학자와 기술자들을 파견할 때, 역박사가 되

어 같은 역박사인 왕도량(王道良)과 의박사(醫博士) 나솔(奈率) 왕유릉타(王有陵陀)·채약사(採藥師) 시덕(施德) 반량풍(潘量豊)·악인(樂人) 시덕 삼근(三斤) 등과 함께 일본에 가서 백제의 선진문물을 전파하였다.

왕산악(王山岳, 생몰년미상) : 고구려 말기의 음악가이다. 거문고를 제작하였으며 또한 거문고 연주의 대가이다. 진(晉)나라 사람이 칠현금(七絃琴)을 고구려에 보냈는데, 당시 고구려 사람들은 이것이 악기인 줄은 알았지만, 연주하는 법을 몰랐다고 한다. 이에 나라에서는 칠현금을 다룰 수 있는 사람을 구하였는데, 당시 제이상(第二相)으로 있던 왕산악이 칠현금을 개량하여 새로운 악기를 만들고 100여 곡을 지어 연주하였다.

왕수긍(王受兢, 생몰년미상) : 기자조선의 사사(士師)이다. 사사란 군통솔자 또는 재판관이라고도 하지만, 토지와 민사(民事)를 맡아보았던 사공(司空)의 이칭인 것 같다. 그의 후손들 중 신라왕의 신하가 된 인물도 있었으나 왕수긍에 대한 기록은 신빙성에 의문이 남아있다.

왕신(王信, ?~926) : 태조 왕건의 사촌동생이다. 925년(태조 8) 고려와 후백제의 전투에서 화친의 목적으로 견훤의 외조카 진호(眞虎)와 교환되어 후백제에 인질로 갔다가 이듬해 진호가 병으로 죽자 견훤에 의해 살해되었다.

왕융(王融, 생몰년미상) : 고려 전기의 관인이다. 광종 때부터 성종 때까지 지공거(知貢擧)가 되어 12차례나 과거를 주관하였다. 글솜씨가 뛰어나 왕의 조서와 비문 등을 찬하였다.

왕인(王仁, 생몰년미상) : 일본에서 활동한 백제의 학자이다. 경서(經書)에 통달하였으며 왕과 신하들에게 유교경전과 역사를 가르쳤고, 그의 자손들은 대대로 가와치[河內] 지역에 살면서 관청에서 기록하거나 문서 다루는 일을 보았다고 전한다.

왕준명(王濬明, 생몰년미상) : 고려 후기 관인이다. 1211년(희종 7) 내시낭중(內侍郎中)으로 재임 중 왕의 명령을 받고 참정(參政) 우승경(于承慶)·추밀(樞密) 사홍적(史弘績)·장군 왕익(王翊) 등과 함께 무신집권자 최충헌을 제거하려고 하다가 실패하여 유배되었다.

왕창(王淐, 생몰년미상) : 고려 제23대 고종의 아들이다. 처음에는 안경후(安慶侯)에, 다시 1253년(고종 40) 안경공으로 봉하여졌다. 1253년, 1257년 두 차례에 걸쳐 몽골에 들어가 몽골군의 철수를 요구하였으나 실패하였다. 1269년(원종 10) 임연(林衍) 등에 의하여 등극하였으나 왕의 폐립에 대한 몽골의 힐책으로 폐위되었다.

왕혜(王譓, 생몰년미상) : 고려 제26대 충선왕의 제3남으로, 몽골식 이름 타스티무르[塔思帖木兒]이다. 한때 중이 되었다가 1351년(충정왕 3) 원나라에 건너가 원 순제에게 아첨하여 왕에 책봉되었다. 그 후 기황후·최유(崔濡)·김용(金鏞) 등과 공모하여 1364년(공민왕 13) 요양성(遼陽省)의 군대 1만 명을 거느리고 본국에 침입하였으나 최영·이성계 등에게 패하여 원나라로 되돌아갔다.

요극일(姚克一, 생몰년미상) : 신라의 서예가이다. 벼슬은 시중 겸 시서학사(侍中兼侍書學士)를 지냈다. 구양순(歐陽詢)의 필법을 터득하였고, 필력이 힘찼으며 김생(金生)에 버금가는 명필이었다. 『삼국사기』에는 665년(문무왕 5) 삼랑사(三郎寺)의 고비(古碑)를 썼다고 기록되어 있다.

우거왕(右渠王, ?~BC 108) : 고조선의 마지막 왕으로, 위만(衛滿)의 손자이다. 철기문화를 바탕으로 한 강력한 군사력으로 주변국과 한나라의 중계무역을 독점하였다. 이에 위협을 느낀 한 무제가 수륙군을 이끌고 침입하자 싸움을 벌였으나, 주화파(主和派)인 이계상(尼谿相) 삼(參)이 보낸 자객에게 살해되었다.

우륵(于勒, 생몰년미상) : 신라의 음악가이다. 대가야 가실왕의 뜻을 받들어 12현금(絃琴 : 가야금)을 만들고 이 악기의 연주곡으로 12곡을 지었다. 국원(國原)에 살며 대내마 계고(階古)와 법지(法知) 등에게 가야금 · 노래 · 춤을 가르쳤다.

우문술(宇文述, ?~616) : 수나라의 장군으로 본래 선비족 출신이다. 북주(北周)를 섬겨 벼슬이 상주국(上主國)에 이르고, 589년 수 문제 때에 진(陳)나라를 평정하였다. 605년 양제가 즉위하자 허국공(許國公)에 봉해졌다. 612년 수 양제의 제2차 고구려 원정 때 우중문(于仲文)과 함께 30만 육군을 이끌고 평양 부근까지 쳐들어왔다. 그러나 을지문덕(乙支文德)에게 살수(撒水)에서 크게 패하고 돌아가 평민으로 떨어졌다가, 후에 다시 등용되었다.

우제(禹磾, 생몰년미상) : 고려 후기의 관인으로, 본관은 단양이다. 홍건적을 물리친 공으로 기해격주홍적(己亥擊走紅賊) 1등공신에, 개경을 수복한 공으로 수복경성(收復京城) 2등공신에, 흥왕사(興王寺)의 난을 평정한 공으로 흥왕토적(興王討賊) 1등공신에 각각 봉해졌으며, 벼슬이 찬성사(贊成事)에 이르렀다.

우중문(于仲文, 545~613) : 중국 수나라의 장군이다. 북주(北周)에서 행군총관(行軍摠管)을 지냈으며, 수나라에 들어가 행군원수(行軍元首)가 되었다. 612년 수 양제의 제2차 고구려 원정 때 우문술(宇文述)과 함께 30만 대군을 이끌고 쳐들어왔으나, 살수(撒水)에서 을지문덕(乙支文德)에게 패하고 돌아갔다.

우집(虞集, 1272~1348) : 원나라의 시인이다. 자는 백생(伯生)이고 호는 도원(道園) · 소암(邵庵)이다. 학문소인 규장각(奎章閣)을 창설하고 그 시서학사(侍書學士)가 되어 신임받았다. 당시(唐詩)의 박력을 계승하여 명시(明詩)의 당시 존중의 원류를 이룩한 시인이다. '원시4대가(元詩四大家)'의 으뜸으로 일컫는다. 주요 저서에는 『도원학고록(道園學古錄)』 등이 있다.

우탁(禹倬, 1262~1342) : 고려 후기의 유학자이다. 본관은 단양, 자는 천장(天章) · 탁보(卓甫), 호는 백운(白雲) · 단암(丹巖)이며 '역동선생(易東先生)'이라 불렸다. 감찰규정(監察糾正) 때 충선왕이 숙창원비(淑昌院妃)와 밀통한 것을 알고 이를 극간한 뒤 벼슬을 내놓았다. 경사(經史)와 역학(易學)에 통달하였다.

우현보(禹玄寶, 1333~1400) : 고려 말 · 조선 초의 문신이다. 본관은 단양, 자는 원공(原

功), 시호는 충정(忠靖)이다. 우왕 때 밀직대언(密直代言)·삼사좌사(三司左使) 등을 지내고 공양왕 때 삼사판사(三司判事)를 지냈다. 제2차 왕자의 난 때, 반란 소식을 이방원(李芳遠)에게 알린 공으로 추충보조공신(推忠輔祚功臣)이 되었다.

원균(元均, 1540~1597) : 조선 전기의 무신이다. 본관은 원주, 자는 평중(平仲)이다. 임진왜란이 일어나자 옥포해전·합포해전·당포해전·당항포해전·율포해전·한산도대첩·안골포해전·부산포해전 등에서 이순신과 함께 일본 수군을 무찔렀다. 이순신이 파직당하자 수군통제사(水軍統制使)가 되었다. 칠천해전에서 일본군의 교란작전에 말려 전사하였다.

원성왕(元聖王, ?~798) : 신라의 제38대 왕(재위 785~798)이다. 본명은 김경신(金敬信)이다. 유교정치를 지향하여 788년 독서삼품과(讀書三品科)를 두어 인재를 등용하였다. 독서삼품과는 국학(國學) 학생을 대상으로 치러졌던 일종의 졸업시험으로, 유교경전의 해석능력에 따라 학생들의 등급을 나누었으며 이 성적은 곧 관리임용으로 연결되었다. 790년 김제(金堤) 벽골제(碧骨堤)를 증축하여 농사를 장려하였다.

원숭환(袁崇煥, 1584~1630) : 명나라 말기의 장군이다. 자는 원소(元素)이고, 호는 자여(自如)이다. 후금(後金)의 침략에 맞서 요동 방어에 공을 세웠지만 모반의 누명을 쓰고 처형되었다.

원적(元績, ?~1555) : 조선 전기의 무신이다. 을묘왜란(乙卯倭亂) 때 전라도병마절도사(全羅道兵馬節度使)로서 달량포(達梁浦)에 침입한 왜적과 싸우다가 성이 함락되어 전사하였다. 이미 죽었으나, 한 도(道)의 주장(主將)으로서 성급히 적에게 항복하여 사기를 떨어뜨렸다는 이유로 가산이 몰수되었다.

원종(元宗, 1219~1274) : 고려 제24대 왕(재위 1259~1274)이다. 이름은 식(禃), 초명은 전(倎), 자는 일신(日新), 시호 순효(順孝)로, 고종의 장남이다. 1259년(고종 46) 강화를 청하기 위하여 표(表)를 가지고 몽골에 갔다가, 고종이 죽자 1260년에 귀국하여 즉위하였다. 개경으로 환도하려다가 1269년 임연(林衍)에 의해 폐위되었고, 원나라의 문책으로 다시 복위되었다. 원나라에서 매빙사(妹聘使)가 오자 결혼도감(結婚都監)을 설치하여 원성을 샀다.

원효(元曉, 617~686) : 신라의 승려이다. 속성은 설(薛), 법명은 원효, 아명은 서당(誓幢)·신당(新幢)이다. 일심(一心)과 화쟁(和諍) 사상을 중심으로 불교의 대중화에 힘썼다. 『대승기신론소(大乘起信論疏)』·『법화경종요(法華經宗要)』 등 수많은 저술을 남겨 불교 사상의 발전에 크게 기여하였다.

위덕왕(威德王, ?~598) : 백제의 제27대 왕(재위 554~598)이다. 이름은 창(昌)이며 성왕의 장남이다. 웅천성을 침공한 고구려군을 격퇴하였고 신라와 자주 싸웠으며, 진(陳)·북제(北齊) 등과 친선을 유지하였다. 일본 쇼토쿠[聖德]태자의 스승인 아좌태자(阿佐太子)는 그의 아들이다.

위만(衛滿, 생몰년미상) : 위만조선의 창건자이다. 연나라의 부장으로 있다가, 혼란기에 1천여 명을 이끌고 고조선의 준왕에게 거두어 줄 것을 요청하였다. 그 뒤 세력을 키워 왕위를 빼앗고 도읍을 왕검성(王儉城)에 정하였다.

유경(柳璥, 1211~1289) : 고려 후기의 공신이다. 본관은 문화(文化), 자는 천년(天年)·장지(藏之)이다. 1258년(고종 45) 최의(崔竩)를 죽이고 최씨의 무단정치를 종식하게 하였다. 이 공으로 좌우위상장군 겸 우부승선(左右衛上將軍兼右副承宣)에 올랐고, 그 뒤 여러 요직을 거쳤다. 문장에 뛰어나 신종·희종·강종·고종 등 4대의 실록편찬에 참여하였고, 많은 인재가 그의 문하에서 배출되었다.

유공권(柳公權, 778~865) : 당나라의 정치가·서예가이다. 자는 성현(誠懸)이며, 왕희지(王羲之)의 서체를 익혀 기초를 닦은 다음, 여러 명필의 서체를 연구하여 각체(各體)에 모두 능하였다. 안진경(顔眞卿)의 뒤를 이어 당의 해서(楷書)를 집대성하였다.

유관(柳灌, 1484~1545) : 조선 전기의 문신이다. 본관은 문화(文化), 자는 관지(灌之), 호는 송암(松庵)이다. 1543년 평안도관찰사가 되어 하삼도(下三道) 백성들을 평안도 지방으로 이주시키는 일을 지휘하였다. 어린 명종이 즉위하자 원상(院相)이 되어 서정(庶政)을 총관하였으나, 을사사화(乙巳士禍)로 서천으로 유배되어 가던 도중 과천에서 사사되었다.

유극량(劉克良, ?~1592) : 조선 전기의 무장이다. 연안유씨(延安劉氏)의 시조이며 자는 중무(仲武), 시호는 무의(武毅)이다. 임진왜란이 일어나자 조방장(助防將)으로 죽령(竹嶺)을 수비하였으나 패배하였다. 이어 임진강(臨津江)의 적을 방어하다가 전사하였다.

유근(柳根, 1549~1627) : 조선 중기의 문신이다. 본관은 진주, 자는 회부(晦夫), 호는 서경(西坰)·고산(孤山)이다. 1592년(선조 25) 임진왜란이 일어나자 의주까지 선조를 호종하여 이조참판(吏曹參判)에 오르고, 1593년 도승지(都承旨)로 경성안무사(京城安撫使)를 겸하여 전란에 시달린 백성들을 위문하였다. 한성부판윤(漢城府判尹)·경기도관찰사·예조판서 등을 지냈으며 시문에 뛰어났다.

유금필(庾黔弼, ?~941) : 고려 초의 무장으로, 평산유씨(平山庾氏)의 시조이다. 골암진(鶻岩鎭)에 침입한 북번(北蕃)들을 평정하였고 연산진(燕山鎭)에 침입한 백제 장군 길환(吉奐)을 죽였다. 조물군(曹物郡)에서 견훤을 무찌르고 청주에서 후백제군에게 대승을 거두었다. 936년(태조 19) 후백제를 정벌하여 멸망시켰다.

유능(柳能, ?~1258) : 고려 후기의 문신으로, 본관은 전주이다. 최항(崔沆)이 죽기 전에 선인렬(宣仁烈)과 함께 불러 최의(崔竩)를 잘 보살펴줄 것을 부탁하였다. 보문각대제(寶文閣待制)로 최의(崔竩)를 아첨으로 섬겨 권세를 누리다가, 1258년(고종 45) 6월 김준(金俊)이 최의를 주살할 때 함께 참살되었다.

유담년(柳聃年, ?~1526) : 조선 전기의 문신이다. 본관은 문화(文化), 시호는 무양(武襄)이다. 경상도우방어사(慶尙道右防禦使)로서 삼포왜란(三浦倭亂)을 평정하여 경상우도관찰사 겸 병마절도사(慶尙右道觀察使兼兵馬節度使)가 되었다. 그 뒤, 병조판서 · 공조판서 · 함경도관찰사 · 좌참찬(左參贊) · 평안도관찰사 등을 거쳐 한성부 판윤(漢城府判尹)이 되었다.

유례왕(儒禮王, ?~298) : 신라의 제14대 왕(재위 284~298)이다. 성은 석(昔)으로, 조분이사금의 장남이고 어머니는 갈문왕(葛文王) 내음(奈音)의 딸 박씨이다. 286년 백제와 수교하였고, 287년부터 왜인의 침입이 잦아 변경이 매우 시끄러웠다. 293년 사도성(沙道城)을 개축하고 사벌주(沙伐州)의 호민 80여 가를 옮겼다. 297년 이서국(伊西國)이 금성(金城)에 침입하자 격퇴하였다.

유리왕(琉璃王, ?~18) : 고구려의 제2대 왕(재위 BC 19~AD 18)이다. 이름은 유리(類利) · 유류(儒留) · 주류(朱留)로, 유리명왕(瑠璃明王)이라고도 한다. 부여로부터 아버지 동명성왕을 찾아 고구려에 입국하여 태자로 책립되었고, 동명성왕에 이어 즉위하였다. 계비인 치희(雉姬)를 그리는 『황조가(黃鳥歌)』를 짓기도 하였다. 3년에 도읍을 홀본(忽本)에서 국내성(國內城)으로 옮겼다.

유리왕(儒理王, ?~57) : 신라의 제3대 왕(재위 24~57)이다. 성은 박씨이고, 노례이사금(弩禮尼師今)이라고도 한다. 남해차차웅이 죽자 덕망이 높은 매제 탈해(脫解)에게 왕위를 양보하다가, 군신(群臣)들의 추대로 즉위하였다. 28년에 『도솔가(兜率歌)』를 지었으며, 32년 6부(六部)의 이름을 고치고 이(李) · 최(崔) · 손(孫) · 정(鄭) · 배(裵) · 설(薛)의 성씨를 내렸다.

유림(柳琳, 1581~1643) : 조선 후기의 무신으로, 자는 여온(汝溫)이다. 병자호란 때에 평안도절도사(平安道節度使)로서 청군의 침입을 막고 남하하는 청군을 추격하여 크게 무찔렀다. 1641년(인조 19)에 청나라의 요청으로 명나라를 칠 때는 원군을 이끌고 출병하였다.

유명천(柳命天, 1633~1705) : 조선 후기의 문신이다. 본관은 진주, 자는 사원(士元), 호는 퇴당(退堂)이다. 기사환국(己巳換局)으로 정권이 뒤바뀌자 공조판서에 중용되고 다시 예조판서로 옮겨 홍문관제학(弘文館提學)을 겸임하였다. 이후 판의금부사(判義禁府事) · 판중추부사(判中樞府事) 등 요직을 거쳤다. 1694년 갑술환국(甲戌換局) 때 지난날 김기문옥사(金起門獄事)에 임금을 오도하였다는 죄목으로 파직된 후, 다시 등용되지 못하도록 명이 내려졌다.

유봉휘(柳鳳輝, 1659~1727) : 조선 후기의 문신이다. 본관은 문화(文化), 자는 계창(季昌), 호는 만암(晩庵)이다. 세제(世弟 : 영조)의 대리청정이 실현되자 이를 철회시키고 노론을 실각시켰다. 영조가 즉위하고 좌의정에까지 제수되었으나 노론의 탄핵으로 유배되어 그곳에서 세상을 떠났다. 소론 강경파로서 노론 집권 후 신원되지 못하였다.

유상운(柳尙運, 1636~1707) : 조선 후기의 문신이다. 본관은 문화(文化), 자는 유구(悠久), 호는 약재(約齋) · 누실(陋室)이다. 서인이 분당되자 소론에 속하였으며, 1701년(숙종 27) '무고(巫蠱)의 옥사'가 일어나 장희빈까지 연루되자 세자의 생모를 사사할 수 없다고 주장하다가 파직되었다. 1702년 직산에 유배되었다가 1705년에 복직되었다.

유성룡(柳成龍, 1542~1607) : 조선 후기의 문신 · 학자이다. 본관은 풍산, 자는 이현(而見), 호는 서애(西厓), 시호는 문충(文忠)으로 이황의 문인이다. 임진왜란 때 도체찰사(都體察使)로서 군무를 총괄하였고, 이순신 · 권율(權慄) 등 명장을 등용하였다. 화기 제조, 성곽 수축 등 군비 확충에 노력하였으며 군대 양성을 역설하였다.

유성원(柳誠源, ?~1456) : 조선 전기의 문신으로, 사육신(死六臣)의 한 사람이다. 본관은 문화(文化), 자는 태초(太初), 호는 낭간(琅玕)이다. 집현전학사(集賢殿學士)로 세종의 총애를 받았고 문종 때 대교(待敎) 등을 지냈다. 성삼문(成三問) 등과 단종의 복위를 모의하다가 탄로나자 자결하였다.

유순(柳洵, 1441~1517) : 조선 전기의 문신이다. 본관은 문화(文化), 자는 희명(希明), 호는 노포(老圃)이다. 부제학(副提學) · 형조참판(刑曹參判)을 지내고, 1498년(연산군 4) 무오사화(戊午士禍)로 한때 파직되었다가 호조판서 · 우의정 · 좌의정을 거쳐 영의정에 올랐다. 시부(詩賦)에 뛰어나 왕명을 받고 서거정(徐居正) 등과 『연주시격(聯珠詩格)』을 한글로 번역하였다.

유순정(柳順汀, 1459~1512) : 조선 전기의 문신이다. 본관은 진주, 자는 지옹(智翁)이다. 1506년(중종 1) 중종반정에 공을 세우고 정국공신(靖國功臣) 1등에, 이과(李顆)의 옥사를 다스려 정난공신(靖難功臣) 1등에 책록되었다. 1509년 좌의정에 오르고 삼포왜란(三浦倭亂)이 일어나자 직접 경상도도원수(慶尙道都元帥)로 출정하여 난을 평정하였다.

유승단(兪升旦, 1168~1232) : 고려 후기의 문신으로, 본관은 인동(仁同)이다. 『명종실록』 편찬에 참여하였으며 참지정사(參知政事)로 재직 시 강화도 천도에 대한 논의가 일자, 종사를 버리고 구차하게 숨어 세월을 보내면서 백성들을 도탄에 빠트리는 일이라고 반대하였다.

유영경(柳永慶, 1550~1608) : 조선 후기의 문신이다. 본관은 전주, 자는 선여(善餘), 호는 춘호(春湖)이다. 북인이 대북 · 소북으로 분당될 때 소북파의 영수가 되었고, 남이공(南以恭)과의 불화로 탁소북(濁小北)으로 분파하였다. 선조 말 영창대군(永昌大君)을 세자로 옹립하려 하였으나 광해군 즉위 후 대북 일파의 탄핵을 받고 죽었다.

유용근(柳庸謹, 1485~1528) : 조선 전기의 문신이다. 본관은 진주, 자는 규복(圭復)이다. 식년문과(式年文科)에 병과(丙科)로 급제하여 홍문관(弘文館)의 정자(正字) · 전한(典翰) · 승정원승지(承政院承旨)를 거쳤다. 함경도병마절도사(咸鏡道兵馬節度使)에 특임되었으나, 조광조 일파로 지목되어 기묘사화(己卯士禍) 때 진원(珍原)에 유배되었다.

유운(柳雲, 1485~1528) : 조선 전기의 문신이다. 본관은 문화, 자는 종룡(從龍), 호는 항재(恒齋) · 성재(醒齋)이다. 원래 사림파와 정치적 노선을 달리하여 그들로부터 배척을 받기도 하였으나 사림파의 진출에 도움을 주었다. 기묘사화(己卯士禍) 때 남곤(南袞)에 의해 대사헌(大司憲)이 되었으나, 도리어 사림파의 인물됨을 높이 평가하고 적극적으로 그들을 보호하다 파직되었다.

유유(紐由, ?~244) : 고구려 동천왕 때의 용사(勇士)이다. 고구려 5부의 하나로 추정되는 동부(東部) 출신이다. 고구려가 계속적인 위나라 군대의 공세로 심각한 위기에 봉착하자 유유는 밀우(密友)와 함께 위군의 진영에 가서 항복을 청하는 척하면서 위의 지휘관을 살해하고 함께 죽음으로써, 고구려가 위군에 대한 일대 반격을 가하여 위군을 패주시키는 계기를 만들었다.

유응부(兪應孚, ?~1456) : 조선 전기의 문신으로, 사육신(死六臣)의 한 사람이다. 본관은 기계(杞溪), 자는 신지(信之)·선장(善長), 호는 벽량(碧梁)이다. 세조에 반대하여 명나라 사신을 초대하는 연회장소에서 세조를 살해하는 임무를 맡았으나, 김질(金礩)의 배신으로 실패하였다. 후에 세조 반대세력으로 잡혀 고문을 당하고 처형되었다.

유인숙(柳仁淑, 1485~1545) : 조선 전기의 문신이다. 본관은 진주, 자는 원명(原明), 호는 정수(靜叟)이다. 1519년(중종 14) 기묘사화(己卯士禍)에 연좌되어 투옥되었다가 석방되었으나, 1521년 또다시 신사무옥(辛巳誣獄)에 연루되어 관직을 삭탈당하였다. 1537년 복직되어 여러 관직을 지냈으나, 1545년(명종 즉위년) 을사사화(乙巳士禍)에 휩쓸려 사사되고, 이듬해 역모죄로 부관참시(剖棺斬屍)되고 효수되었다.

유인우(柳仁雨, ?~1364) : 고려 말기의 무신이다. 99년간이나 원나라에 빼앗겼던 쌍성총관부(雙城摠管府)를 탈환할 때 밀직부사(密直副使)로서 동북면병마사(東北面兵馬使)가 되어 대호군(大護軍) 공부보(貢夫甫)·종부령(宗簿令) 김원봉(金元鳳)·강릉도존무사(江陵道存撫使) 이인임(李仁任)과 함께 나아가 싸웠다. 이자춘(李子春) 부자의 내응을 얻어 총관부를 함락하고 그 일대를 수복하였다.

유자광(柳子光, 1439~1512) : 조선 전기의 문신이다. 본관은 영광, 자는 우복(于復)이다. 1468년(예종 즉위년) 남이(南怡)가 역모를 꾀한다고 무고하여 남이·강순(康純) 등을 숙청하고 익대공신(翊戴功臣) 1등에 책록되었다. 1498년(연산군 4) 무오사화(戊午士禍)를 일으킴으로써 수많은 충신이 죽거나 축출 유배되었다. 중종반정이 일어나자 의거에 참여하여 이번에는 정국공신(靖國功臣) 1등에 무령부원군(武靈府院君)으로 봉해졌다. 다음 해 대간(臺諫)·홍문관(弘文館) 등이 들고 일어나 탄핵하여 훈작이 취소되고 유배되었다.

유정(惟政, 1544~1610) : 조선 후기의 승려이다. 본관은 풍천(豊川)이고, 속성은 임(任), 호는 사명당(泗溟堂 : 四溟堂)·송운(松雲)·종봉(鍾峯)이다. 임진왜란 때 승병을 모집하여 서산대사(西山大師) 휴정(休靜)의 휘하에서 왜군과 싸웠다. 평양을 수복하고 도원수(都元帥) 권율(權慄)과 의령에서 왜군을 격파하였으며, 정유재란 때 울산의 도산(島山)과 순천 예교(曳橋)에서 전공을 세웠다. 1604년(선조 37) 일본으로 건너가 강화를 맺고 조선인 포로 3,000여 명을 인솔하여 귀국하였다.

유정(劉綎, ?~1619) : 명나라 무장으로, 자는 성오(省吾)이다. 임진왜란이 일어나자 원병을 이끌고 참전하고 정유재란 때 남원에서 졌다는 소식이 전해지자 전세를 확인한 뒤 돌아갔다가 대군을 이끌고 와서 도와주었다. 조선·명나라 연합군이 후금 군사와 싸운 부차(富車)싸움에서 전사하였다.

유참(柳旵, ?~1135) : 고려 전기의 반역자이다. 왕조 질서의 재편을 뜻하는 서경천도계획이 개경 귀족세력의 완강한 반대로 실패하자, 1135년(인종 13) 묘청·조광(趙匡) 등과 더불어 서경에서 반란을 일으켰다. 정부군이 출동하고, 평주판관(平州判官) 김순부(金淳夫)가 조서를 가지고 입성하여 반란군을 설유(說諭)할 때, 변심한 부하 조광에 의해 묘청과 함께 살해되었다.

유청신(柳淸臣, ?~1329) : 고려 후기의 역관(譯官)·재상이다. 시호는 영밀(英密)이다. 장군·대장군(大將軍)·밀직승선(密直承宣)·감찰대부(監察大夫) 등 요직을 역임하였다. 원나라에 있을 때 왕위를 노리는 심양왕(瀋陽王) 왕고(王暠)에게 가담하여 반역행위를 하였으나 뜻을 이루지 못하자 두려워 귀국하지 못하고 원나라에서 죽었다.

유탁(柳濯, 1311~1371) : 고려 말기의 대신이다. 본관은 고흥, 자는 춘경(春卿)이다. 감문위대호군(監門衛大護軍)이 된 뒤, 여러 관직을 거쳐 고흥군(高興君)에 책봉되었다. 원나라로부터 합포만호合浦萬戶)로 임명되기도 하였다. 원나라가 홍건적을 정벌할 때 공을 세웠다. 1371년(공민왕 20) 신돈이 주살되자 그와 관련되었다는 무고를 받아 교수형을 당하였다.

유홍(兪泓, 1524~1594) : 조선 전기의 문신이다. 본관은 기계(杞溪), 자는 지숙(止叔), 호는 송당(松塘)이다. 1587년(선조 20) 명나라에 사신으로 가서 종계변무(宗系辨誣)에 관한 명나라의 오해를 풀리게 하고 돌아왔다. 종계변무란 조선 개국 초부터 선조 때까지 약 200년간, 이성계를 이인임(李仁任)의 아들로 잘못 기록한 명나라의 기록들을 정정해 달라고 주청한 사건이다. 1592년 임진왜란이 일어나자 선조를 호종하였으며, 1594년 왕비를 호종하였다.

유희분(柳希奮, 1564~1623) : 조선 중기의 문신으로 본관은 문화(文化), 자는 형백(亨伯), 호는 화남(華南)이다. 광해군의 처남으로 그의 일문이 요직을 차지하였다. 이이첨(李爾瞻) 등과 함께 소북의 유영경(柳永慶) 일파를 숙청한 뒤 정권을 장악하였다. 임해군(臨海君)·영창대군(永昌大君) 등을 죽이는 데 가담하였고, 인목대비(仁穆大妃)를 폐위시키려고 하는 등 횡포를 자행하였다. 1623년 인조반정 때 참형을 당하였다.

유희춘(柳希春, 1513~1577) : 조선 전기의 문신이다. 본관은 선산, 자는 인중(仁仲), 호는 미암(眉巖)이다. 1547년(명종 2) 정미사화(丁未士禍)에 연루되어 제주도에 유배되고, 1567년 선조가 즉위하자 사면되어 직강 겸 지제교(直講兼知製敎)에 재등용되었다. 경사(經史)와 성리학에 조예가 깊어 『미암일기(眉巖日記)』 외 많은 저서를 남겼으며 16세기 호남사림을 대표하는 인물로 손꼽힌다.

윤관(尹瓘, ?~1111) : 고려 전기의 명신·명장이다. 본관은 파평(坡平), 자는 동현(同玄)이다. 여진을 정벌하다 실패하자 별무반(別武班)을 창설하여 군대를 양성하고, 여진 정벌군의 원수로 9성을 쌓아 침범하는 여진을 평정하였다. 그 뒤 여진은 9성의 환부와 강화를 요청하였고 조정은 9성을 지키기 어렵다 하여 여진에게 돌려주었다.

윤국형(尹國馨, 1543~1611) : 윤선각과 동일인물이다. → 윤선각

윤두수(尹斗壽, 1533~1601) : 조선 후기의 문신이다. 본관은 해평(海平), 자는 자앙(子仰), 호는 오음(梧陰)이다. 1590년(선조 23) 종계변무(宗系辨誣)의 공으로 광국공신(光國功臣) 2등에 책록되고, 선조의 왕세자 책봉 문제로 서인 정철(鄭澈)이 화를 입자 이에 연루되어 회령 등에 유배되기도 하였다. 임진왜란이 일어나자 기용되어 선조를 호종하여 어영대장(御營大將)이 되고 우의정·좌의정에 올랐다.

윤방(尹昉, 1563~1640) : 조선 후기의 문신이다. 본관은 해평(海平), 자는 가회(可晦), 호는 치천(稚川)이다. 1618년(광해군 10) 인목대비(仁穆大妃)를 폐위하자는 정청(政廳)에 불참하고 사직하였다가, 인조반정으로 예조판서에 등용되었다. 정묘호란이 일어나자 왕을 강화에 호종하였으며, 병자호란 때는 묘사제조(廟社提調)로서 신주를 모셨다.

윤빈(尹彬, 1630~?) : 조선 후기의 문신이다. 본관은 남원, 자는 자문(子文)이다. 1682년(숙종 8) 군수로 증광문과(增廣文科)에 을과(乙科)로 급제하고, 이듬해 사헌부장령(司憲府掌令), 1685년 사간원사간(司諫院司諫)을 역임하였다. 1689년 기사환국(己巳換局) 때 송시열을 두둔하다가 숙종의 진노를 사서 국문을 받고 해남에 유배되었으며, 뒤에 풀려나와 사간원정언(司諫院正言)을 거쳐 이조참의(吏曹參議)에 이르렀다. 이조참판에 추증되었다.

윤선각(尹先覺, 1543~1611) : 조선 후기의 문신이다. 본관은 파평(坡平), 자는 수천(粹天)이다. 임진왜란이 일어나자 왜적을 맞아 싸우다가 패전하여 삭직되었으나, 후에 충청도순변사(忠淸道巡邊使)·판결사(判決事)·중추부동지사(中樞府同知事) 등을 거쳐, 비변사당상(備邊司堂上)이 되어 임진왜란 뒤의 혼란한 업무를 수습하였다.

윤선거(尹宣擧, 1610~1669) : 조선 후기의 학자이다. 본관은 파평(坡平), 자는 길보(吉甫)이다. 성리학의 대가였으며, 예론에도 정통하였다. 절친한 송시열과 윤휴(尹鑴)가 학문으로 대립하자 중립을 취하였다. 죽은 뒤 아들 윤증(尹拯)이 송시열에게 아버지의 묘갈(墓碣)을 청탁하였으나 무성의하자, 서인이 노·소론으로 분파된 원인이 되었다.

윤선도(尹善道, 1587~1671) : 조선 후기의 문신·시인이다. 본관은 해남, 자는 약이(約而)이다. 치열한 당쟁으로 일생을 거의 벽지의 유배지에서 보냈으나, 경사(經史)에 해박하고 의약·복서·음양·지리에도 통하였으며, 특히 시조에 뛰어나 정철(鄭澈)의 가사와 더불어 조선시가에서 쌍벽을 이루고 있다. 문집에 『고산유고(孤山遺稿)』가 있다.

윤소종(尹紹宗 1345~1393) : 고려 말·조선 초 문신이다. 본관은 무송(茂松), 자는 헌숙(憲叔), 호는 동정(桐亭)이다. 1388년(우왕 14) 이성계의 위화도회군 때 동문 밖에

나가 『곽광전(霍光傳)』을 바쳐서, 우왕을 폐하고 다른 왕(王)씨를 왕으로 추대할 것을 암시하였다. 1392년 조선이 개국되자 병조전서(兵曹典書)로서 『고려사』 수찬에 참여하였다.

윤안인(尹安仁, 1440~1538) : 조선 전기의 문신이다. 본관은 파평(坡平), 자는 달지(達之)로, 문정왕후(文定王后)의 종숙(從叔)이다. 관찰사와 참판(參判)을 지냈다. 1536년(중종 31) 예조참판(禮曹參判)에 올랐고, 1537년 당시 크게 세력을 떨치던 김안로(金安老)를 공격하여, 축출하는 데 앞장섰다. 같은 해 병조참판(兵曹參判)과 이조참판(吏曹參判)을 지냈다.

윤원로(尹元老, ?~1547) : 조선 전기의 문신으로, 본관은 파평(坡平)이다. 중종의 계비인 문정왕후(文定王后)의 오빠이다. 왕실의 외척으로서 권세를 잡고, 김안로(金安老)·윤임(尹任) 등과 다투다가 파직되어 유배되기도 하였다. 1546년(명종 1) 동생 윤원형(尹元衡)과 대결하다 탄핵을 받고, 파직 유배되어 사사되었다.

윤원형(尹元衡, ?~1565) : 조선 전기의 문신이다. 본관은 파평(坡平), 자는 언평(彦平)이다. 소윤(小尹)의 영수이며 중종의 계비인 문정왕후(文定王后)의 동생이다. 을사사화(乙巳士禍)의 공으로 공신으로 책록되었으며, 1547년(명종 2) 정미사화(丁未士禍)를 계기로 대윤(大尹)의 잔당을 모두 숙청하였다. 1565년 문정왕후가 죽자 권세가 위축되기 시작하였고, 조강지처 김씨를 독살하였다는 죄가 알려지면서 첩인 정난정(鄭蘭貞)과 도망가다 음독자살하였다.

윤이(尹彛, 생몰년미상) : 고려 말기의 역신(逆臣)이다. 본관은 파평(坡平), 초명은 사강(思康)이다. 한때 출가하였다가 뇌물수수죄를 범하고 명나라로 도망하여 이름을 이(彛)라고 바꾸었다. 1390년(공양왕 2) 명나라에 이성계 등을 무고함으로써, 고려에서는 이와 관련한 대규모의 옥사가 일어났다. 명나라에서도 이를 무고로 판정함으로써 율수현(栗水縣)으로 유배되었다.

윤인첨(尹鱗瞻, 1110~1176) : 고려 전기의 문신이다. 본관은 파평(坡平), 자는 태조(胎兆)이다. 1174년(명종 4) 조위총(趙位寵)의 난이 일어나자 3군(三軍)의 원수가 되어 싸웠으나 자비령에서 패하였다가 다시 서경을 쳐서 1176년에 평정하였다. 그 공으로 추충정난광국공신 상주국 감수국사(推忠靖亂匡國功臣上柱國監修國史)에 올랐다.

윤임(尹任, 1487~1545) : 조선 전기의 문신이다. 본관은 파평(坡平), 자는 임지(任之), 시호는 충의(忠義)로, 중종비 장경왕후(章敬王后)의 오빠이다. 1543년(중종 38)부터 그를 대윤(大尹), 중종의 계비 문정왕후(文定王后)의 동생인 윤원형(尹元衡)을 소윤(小尹)이라 불렀다. 1545년(명종 즉위년) 소윤은 을사사화(乙巳士禍)를 일으켜 정적인 대윤 일파를 숙청하였는데, 이때 아들 3형제와 함께 사사되었다. 1577년(선조 10) 신원되었다.

윤자승(尹滋承, 1815~?) : 조선 후기의 문신이다. 본관은 파평(坡平), 자는 중무(仲茂)이다. 1876년 한일수호조규 때 접견대신(接見大臣) 신헌(申櫶)의 부관으로, 일본과 국교를 맺고 조선이 개항하게 되는 조약 교섭의 실무진으로 활약하였다. 그 후 예문관(藝文館)과 홍문관(弘文館)의 제학(提學)을 맡아보았고, 병조판서의 일을 잠시 담당하기도 하였다.

윤자임(尹自任, 1488~1519) : 조선 전기의 문신이다. 본관은 파평(坡平), 자는 중경(仲耕)이다. 별시문과(別試文科)에 3등으로 급제하고, 박사(博士)·정언(正言)·부수찬(副修撰)·교리(校理)·지평(持平)·장령(掌令)·집의(執義) 등 삼사(三司)의 청요직을 두루 역임하였다. 향약 보급, 현량과(賢良科) 실시, 위훈(僞勳) 삭제 등 삼사를 중심으로 한 사림의 입장을 실천시키는 데 핵심인물로 활약하였다.

윤증(尹拯, 1629~1714) : 조선 후기의 문신이다. 본관은 파평(坡平), 자는 자인(子仁)이다. 송시열의 주자학적 조화론과 의리론만으로는 변모하는 정국을 바로잡을 수 없다고 비판하였다. 이러한 사상은 그를 따르던 소론 진보세력들에 의해 꾸준히 전승 발전되어 노론일당 전제체제 하에서 비판 세력으로 자리를 굳혔다.

윤지(尹志, 1688~1755) : 조선 후기의 문신이다. 본관은 함안, 자는 사심(士心)이다. 나라와 노론을 비방하는 글을 나주의 객사에 붙인 나주벽서(羅州壁書)사건의 주모자로, 소행이 발각되어 전라도관찰사 조운규(趙雲逵)에 잡혀 서울로 압송되었다. 즉시 국왕의 직접 심문을 받고 아들 윤광철(尹光哲)·이하징(李夏徵)·박찬신(朴纘新) 등과 함께 처형되었다.

윤지술(尹志述, 1697~1721) : 조선 후기의 유생이다. 본관은 칠원(漆原), 자는 노팽(老彭), 호는 북정(北汀)이다. 1715년(숙종 41) 노론의 권상하(權尙夏)가 소론의 상소로 삭직되자, 권상하의 신구를 상소하였다. 1721년 신임사화(辛壬士禍) 때 소론의 탄핵으로 사형되었다.

윤지완(尹趾完, 1635~1718) : 조선 후기의 문신이다. 본관은 파평(坡平), 자는 숙린(叔麟), 호는 동산(東山)이다. 1675년(숙종 1) 당쟁의 폐해와 송시열의 신구(伸救)를 건의하다 남인의 탄핵으로 삭직되었다. 서인과 남인의 집권에 따라 관직에 등용되고 관직을 잃고 유배되기도 하였다.

윤집(尹集, 1606~1637) : 조선 후기의 문신이다. 본관은 남원, 자는 성백(成伯), 호는 임계(林溪)·고산(高山)이다. 병자호란 때 화의를 적극 반대한 척화론자로 오달제(吳達濟)·홍익한(洪翼漢)과 함께 청나라에 잡혀가서 고문을 받았으나 끝내 굴하지 않고 심양(瀋陽 : 선양) 서문 밖에서 사형되었다.

윤첨(尹瞻, ?~1135) : 고려 전기의 문신이다. 1135년(인종 13) 서경 분사대부경(分司大府卿)으로 있던 중 묘청의 난에 가담하였다. 묘청과 유참(柳旵) 등이 참살당한 뒤 항복의사를 전하기 위해 김부식에게 갔다가 하옥되었고, 조광(趙匡) 등이 다시 반역하자 이들을 회유하려 하였으나 피살되었다.

윤취상(尹就商, ?~1725) : 조선 후기의 문신으로, 본관은 함안이다. 소론의 정치적 입장을 취하여, 경종이 즉위한 후에는 한성좌윤(漢城左尹)·병조참판(兵曹參判)·형조판서 등을 지내면서 노론세력을 제거하는 데 앞장섰다. 1724년 노론이 지지한 영조가 즉위하자 소론의 영수인 김일경(金一鏡)의 세력으로 지목되어 파직된 후에 처형되었다.

윤태준(尹泰駿, 1839～1884) : 조선 후기의 문신이다. 본관은 파평(坡平), 자는 치명(稚命), 호는 석정(石渟)이다. 임오군란 때 명성황후(明成皇后)를 보호하여, 여주를 거쳐 충주로 피난하였다. 1884년 갑신정변이 일어나자 개화파 윤경순(尹景純)에게 살해되었다.

윤택(尹澤, 1289～1370) : 고려 후기의 문신이다. 본관은 금주(錦州), 자는 중덕(仲德)이다. 연경(燕京)에 머물던 충숙왕으로부터 왕자 강릉대군(江陵大君 : 공민왕)을 뒷날 왕으로 받들라는 부탁을 받았다. 1348년 충목왕이 죽자 중서성에 글을 올려 강릉대군(江陵大君 : 공민왕)을 후계왕으로 세우려 하였다. 1349년 충정왕이 즉위하자 광양감무(光陽監務)로 좌천되었다.

윤필상(尹弼商, 1427～1504) : 조선 전기의 문신이다. 본관은 파평(坡平), 자는 양좌(陽佐)이다. 세종 때부터 연산군 때에 이르기까지 여러 관직에 올랐으나, 1504년(연산군 10) 갑자사화(甲子士禍) 때 연산군의 생모윤씨의 폐위를 막지 못하였다는 죄로 진도에 유배되어 사약을 받았다.

윤훤(尹暄, 1573～1627) : 조선 후기의 문신이다. 본관은 해평(海平), 자는 차야(次野)이다. 1627년 정묘호란(인조 5)이 일어나자 부체찰사(副體察使)로 적과 싸웠으나, 안주(安州)를 빼앗기고, 평양에서 철수하여 성천(成川)으로 후퇴하였다. 전세를 불리하게 한 죄로 의금부(義禁府)에 투옥되어 사형을 받았다.

윤휴(尹鑴, 1617～1680) : 조선 후기의 학자 · 문신이다. 본관은 남원, 자는 희중(希仲)이다. 오가작통사목(五家作統事目) · 지패법(紙牌法)을 실시하고 세법(稅法)의 개혁을 시도하였으나 실패하였고, 문란한 군정을 바로잡기 위해 상평창(常平倉) · 호포법(戶布法)을 실시하도록 하였다. 또 비변사(備邊司)를 폐지하고 체부(體府)를 신설하여 북벌에 대비하게 하였으나 결과가 나빠 모두 폐지되었다.

은언군(恩彦君, 1755～1801) : 이인과 동일인물이다. → 이인

을불(乙弗, ?～331) : 고구려 미천왕과 동일인물이다. → 미천왕

을지문덕(乙支文德, 생몰년미상) : 고구려의 명장이다. 612년(영양왕 23) 수나라의 우중문(于仲文) · 우문술(宇文述)이 113만여 명의 수륙양군(水陸兩軍)으로 고구려를 침범하자, 후퇴작전을 이용하여 적군을 지치게 만든 다음, 거짓 항복을 하여 후퇴하는 수나라 군을 살수(撒水)에서 공격하였다.

을파소(乙巴素, ?～203) : 고구려의 재상이다. 압록곡(鴨淥谷) 좌물촌(左勿村) 출신이다. 신하들의 반대에도 불구하고 고국천왕의 신임을 받았으며, 정교(政敎) · 상벌(賞罰)을 명백히 하였다. 진대법(賑貸法)을 실시하는 등 태평성대를 이룩하였다.

의자왕(義慈王, ?～660) : 백제의 제31대 왕(재위 641～660)이다. 의자(義慈)는 그의 이

름으로, 왕의 시호가 없다. 재위 초기에는 친히 신라를 공격하여 신라에 큰 타격을 주고 국위의 만회에 힘썼으나, 만년에는 사치와 향락에 빠져 나당연합군의 침공을 맞았으며, 끝내 항복하였다.

의종(毅宗, 1127~1173) : 고려의 제18대 왕(재위 1146~1170)이다. 이름은 현(晛), 초명은 철(徹), 자는 일승(日升), 시호는 장효(莊孝)이며, 인종의 장남이다. 1170년 정중부(鄭仲夫)·이의방(李義方) 등이 난을 일으켜 폐위되었으며, 거제도로 쫓겨났다. 1173년(명종 3) 김보당(金甫當)의 복위운동이 실패하자 계림에 유폐되었다가 살해되었다.

이가환(李家煥, 1742~1801) : 조선 후기의 문신이자 학자로 본관은 여주이고 자는 정조(廷藻)이다. 남인 중 청남 계열의 지도자로 부상하였으나 반대파에서 천주교 신봉 사실을 집중 공격하였다. 결국 1801년(순조 1) 벽파(僻派)가 중심이 되어 시파(時派)를 숙청하고 천주교를 탄압할 때 체포되어 옥사하였다.

이개(李塏, 1417~1456) : 조선 전기의 문신으로, 사육신(死六臣)의 한 사람이다. 본관은 한산(韓山)이며 자는 청보(淸甫)·백고(伯高)이다. 1441년(세종 23) 저작랑(著作郎)으로 『명황계감(明皇戒鑑)』의 편찬에 참여하였고, 훈민정음의 창제에도 참여하였다. 1456년(세조 2) 성삼문(成三問)·박팽년(朴彭年) 등과 단종의 복위를 꾀하다가 발각되어 처형되었다.

이건명(李健命, 1663~1722) : 조선 후기의 문신이다. 본관은 전주, 자는 중강(仲剛), 호는 한포재(寒圃齋)·제월재(霽月齋)이다. 숙종 때 여러 관직을 지냈으나 신임사화(辛壬士禍)로 나로도(羅老島)에 유배되었다가 참수당하였다. 1724년(영조 즉위)에 신원되었다.

이경석(李景奭, 1595~1671) : 조선 중기의 문신이다. 본관은 전주, 자는 상보(尙輔), 호는 백헌(白軒)이다. 청나라의 침략으로 인한 위기에서 국가를 구하는 데 큰 공을 세웠으나, 송시열 등 명분을 앞세우는 인물들에 의해 삼전도비문(三田渡碑文) 작성과 같은 현실적인 자세가 비판받기도 하였다. 그의 이념과 정책은 숙종대의 소론으로 연결되었다.

이경여(李敬輿, 1585~1657) : 조선 중기의 문신이다. 본관은 전주, 자는 직부(直夫), 호는 백강(白江)·봉암(鳳巖)이다. 1623년 인조반정으로 부교리(副校理)에 오르고 1636년(인조 14) 병자호란이 일어나자 왕을 남한산성에 호종하였다. 1642년 배청파(排淸派)로 청나라 연호를 쓰지 않았다는 밀고를 당하여 심양(瀋陽 : 선양)에 끌려가 억류되었다가, 이듬해 우의정이 되기도 하였다.

이경우(李景宇, 1801~?) : 조선 후기의 무신이다. 본관은 전주, 초명은 경순(景純), 자는 운서(雲瑞)이다. 선천부사(宣川府使)를 거쳐 전라우도수군절도사(全羅右道水軍節度使) 등을 역임한 뒤, 1849년(헌종 15) 어영대장(御營大將)에 이어 1852년(철종 3) 훈련대장(訓練大將)에 임명되었다. 그 뒤 총융사(摠戎使)·좌포도대장(左捕盜大將)을 여러 차례 역임하였다.

이경직(李景稷, 1577～1640) : 조선 중기의 문신이다. 본관은 전주, 자는 상고(尙古), 호는 석문(石門)이다. 1622년(광해군 14) 가도에 주둔한 명나라 장수 모문룡(毛文龍)을 상대하는 임무를 수행하였으며, 병자호란 때에도 초기에 최명길(崔鳴吉)을 따라 청군의 부대로 찾아가 진격을 늦춤으로써 국왕을 피신시키는 등 주로 청나라 장수를 상대하는 일을 맡았다.

이경하(李景夏, 1811～1891) : 개화기의 무신이다. 본관은 전주, 자는 여회(汝會)이다. 훈련대장 겸 좌포도대장(訓練大將兼左捕盜大將) · 금위대장(禁衛大將) · 형조판서 · 한성부판윤(漢城府判尹) · 강화부유수(江華府留守) · 어영대장(御營大將) 등을 지냈다. 임오군란의 책임을 지고 파면되어 고금도(古今島)에 유배되었다.

이계맹(李繼孟, 1458～1523) : 조선 전기의 문신이다. 본관은 전의(全義), 자는 희순(希醇), 호는 묵곡(墨谷) · 묵암(墨巖)이다. 1517년(중종 12) 명나라에 갔을 때 『대명회전』에 이인임(李仁任)과 그 아들 이단(李旦 : 李太祖)이 네 왕(王)을 살해하였다고 잘못 기록된 것을 발견하고 귀국하여 보고하였다.

이고(李高, ?～1171) : 고려 전기의 무신이다. 정중부(鄭仲夫) · 이의방(李義方) 등과 함께 무신의 난을 주모하였다. 1171년(명종 1) 1월에 정권을 독차지하기 위해 거짓으로 제서(制書)를 꾸미고, 태자의 관례(冠禮)를 계기로 이의방을 제거하려다가 죽임을 당하였다.

이공렴(李公濂, 생몰년미상) : 조선 말기의 무신이다. 1866년(고종 3) 프랑스의 로즈(P. G. Rose) 제독이 군함 3척을 거느리고 경기도 남양만(南陽灣)에 나타나자 통진부사(通津府使)로 임명되었다. 같은 해 9월 병인양요(丙寅洋擾) 때 60여 명의 프랑스군이 정찰을 위해 통진부로 진군하자 싸우지 않고 도망하여, 파직되고 귀양살이를 하다가 풀려났다. 1871년에 전라좌도수군절도사(全羅左道水軍節度使)에 임명되었다.

이공수(李公遂, 1308～1366) : 고려 말기의 문신이다. 본관은 익산, 시호는 문충(文忠)이다. 1363년(공민왕 12) 원나라에서 공민왕을 폐위시키고 덕흥군(德興君)을 왕으로 삼자 원나라에 사신으로 가서 공민왕의 복위를 위해 노력하였으며, 공민왕이 복위되자 고려로 돌아왔다. 신돈이 정권을 잡으면서 그를 시기하여 파면시키자 덕수현(德水縣)에 별장을 짓고 남촌선생(南村先生)이라 자칭하면서 풍류를 즐겼다.

이공주(李公柱, 생몰년미상) : 고려 후기의 무신이다. 1257년(고종 44) 최의(崔竩)가 집정하여 횡포와 탐학을 일삼자, 이듬해 대사성(大司成) 유경(柳璥) · 별장(別將) 김준(金俊) 등과 함께 최의와 그 일당을 주살하였다. 4대 60여 년에 걸친 최씨의 무인정권을 종식시키고 왕정(王政)을 회복하였다. 1262년(원종 3) 유경 · 박희실(朴希實) 등과 함께 위사공신(衛社功臣)에 올랐다.

이곽(李廓, 1590～1665) : 조선 후기의 무신이다. 본관은 전주, 자는 여량(汝量)이다. 신장이 8척이나 되고 음성이 큰 종소리 같았으며 힘이 장사였다. 이괄(李适)이 난을 일으키자, 도원수(都元帥) 장만(張晩)의 군에 들어가 선봉이 되어 적을 격파하는

데 공을 세우고, 자산부사를 거쳐 부총관이 되었다.

이관명(李觀命, 1661~1733) : 조선 후기의 문신이다. 본관은 전주, 자는 자빈(子賓), 호는 병산(屛山)이다. 숙종 때 여러 관직을 거치다가, 1722년(경종 2)에 아우 이건명(李健命)이 노론으로 신임사화(辛壬士禍) 때 처형되자 이에 연좌되어 유배되었다. 1725년(영조 1)에 풀려나와 우의정에 이어 좌의정에 올랐다.

이괄(李适, 1587~1624) : 조선 후기의 무신이다. 본관은 고성, 자는 백규(白圭)이다. 인조반정을 성공하게 하였고 후금과의 국경 분쟁이 잦자 성책을 쌓고 국경을 경비하였다. 아들 이전(李旃)이 공신들의 횡포로 인한 시정의 문란을 개탄한 것이 과장되어 반역의 무고를 받자, 공신들에 대한 적개심이 폭발하여 난을 일으켰다. 서울 입성 이틀 뒤 관군에 참패하여 평정되었다.

이광(李洸, 1541~1607) : 조선 후기의 문신 · 학자이다. 본관은 덕수(德水), 자는 사무(士武), 호는 우계산인(雨溪散人)이다. 1592년 임진왜란이 일어나자 전라도관찰사로 발탁되었으며, 관군을 이끌고 북상하여 왜적과 맞서 싸웠으나 용인싸움에서 참패하였다. 이 패전을 이유로 대간(臺諫)의 탄핵을 받고 파직되어 백의종군하고, 유배되었다가 석방되었다.

이광좌(李光佐, 1674~1740) : 조선 후기의 문신이다. 본관은 경주, 자는 상보(尙輔), 호는 운곡(雲谷)이다. 1727년(영조 3) 실록청총재관(實錄廳總裁官)이 되어 『경종실록』 · 『숙종실록』 「보유편」의 편찬을 맡았으며, 영조에게 탕평을 상소하여 당쟁의 폐습을 막고자 하였다.

이귀(李貴, 1557~1633) : 조선 후기의 문신이다. 본관은 연안(延安), 자는 옥여(玉汝), 호는 묵재(默齋)이다. 1623년 김류(金瑬)와 함께 광해군을 폐하고 선조의 손자 능양군(綾陽君 : 인조)을 추대하였다. 병조판서 · 이조판서 등을 지냈으며, 정묘호란 때 왕을 강화도에 호종하였다. 사후 영의정에 추증되었다.

이규보(李奎報, 1168~1241) : 고려 후기의 문신이다. 본관은 여주, 자는 춘경(春卿)이다. 호탕 활달한 시풍(詩風)은 당대를 풍미하였으며, 특히 벼슬에 임명될 때마다 그 감상을 읊은 즉흥시가 유명하다. 몽골군의 침입을 진정표(陳情表)로써 격퇴한 명문장가였다. 시 · 술 · 거문고를 즐겨 삼혹호선생(三酷好先生)이라 자칭하였으며, 만년에 불교에 귀의하였다. 저서에 『동국이상국집(東國李相國集)』 · 『국선생전(麴先生傳)』 등이 있으며, 작품으로 「동명왕편(東明王篇)」등이 있다.

이극균(李克均, 1437~1504) : 조선 전기의 문신이다. 본관은 광주(廣州), 자는 방형(邦衡)이다. 중추부동지사(中樞府同知事)로 사은부사(謝恩副使)가 되어 명나라에 다녀왔다. 이조판서 때 야인을 정벌하였으며 중추부판사(中樞府判事) 때 경상우도의 지도를 만들었다.

이극돈(李克墩, 1435~1503) : 조선 전기의 문신이다. 본관은 광주(廣州), 자는 사고(士高), 호는 사봉(四峯)이다. 좌리공신(佐理功臣) 4등으로 광원군(廣原君)에 봉해졌다. 성절사(聖節使)·주청사(奏請使)로 명나라에 다녀왔으며 무오사화(戊午士禍)를 일으켰다. 이후 병조판서가 되었다가 69세의 나이로 사망하였다.

이극증(李克增, 1431~1494) : 조선 전기의 문신이다. 본관은 광주(廣州), 자는 경위(景撝), 시호는 공장(恭長)이다. 이조정랑(吏曹正郎)·사인(舍人) 등을 지냈다. 익대공신(翊戴功臣) 2등으로 광천군(廣川君)에 봉해졌다. 우참찬(右參贊)으로 정조사(正朝使)가 되어 명나라에 다녀오고 벼슬이 의정부좌참찬(議政府左參贊)으로 숭정대부(崇政大夫) 판중추부사(判中樞府事)에 이르렀다.

이기(李芑, 1476~1552) : 조선 전기의 문신이다. 본관은 덕수(德水), 자는 문중(文仲), 호는 경재(敬齋)이다. 을사사화(乙巳士禍) 때 대윤(大尹) 윤임(尹任)의 세력을 꺾어 보익공신(保翼功臣) 1등으로 풍성부원군(豊城府院君)에 봉해졌다. 윤원형(尹元衡)과 함께 을사사화의 원흉(元兇)이다.

이남(李柟, ?~1680) : 조선 후기의 왕족이다. 인조의 손자로, 인평대군(麟坪大君)의 제2남이다. 일찍이 사은사(謝恩使)·동지사(冬至使)·변무사(辨巫使) 등으로 여러 번 청나라에 다녀왔다. 경신대출척(庚申大黜陟) 때 역모를 꾀하였다는 무고를 받아 유배되어 죽었다.

이노우에 가오루[井上馨, 1836~1915] : 일본의 정치가로 나가토노쿠니[長門國]에서 출생하였다. 조선정부에 운요호[雲揚號]사건에 대한 책임을 추궁하여 한일수호조약을 체결하였고 1884년(고종 21) 진권대사로 내한하여, 갑신정변 처리를 위한 한성조약(漢城條約)을 체결하였다. 내무대신(內務大臣)·대장대신(大藏大臣) 등을 지냈다.

이대순(李大順, 생몰년미상) : 고려 후기의 환관으로, 본관은 태안이다. 충렬왕 때 환관으로 원나라에 들어가 세조의 총애를 받아 권세를 얻었다. 원 황제의 명을 사칭하고 행패를 부려 재산을 모았고, 형 이공세(李公世)와 동생 이공보(李公甫)를 고위관직에 등용하게 하였다. 또 전라도에 파견된 낭장(郞將) 백응구(白應丘)가 자신이 차지한 집을 빼앗자, 황제의 명이라고 하여 유배보내는 등 횡포를 부렸다.

이덕응(李德應, ?~1545) : 조선 전기의 문신이다. 본관은 성주, 자는 계윤(季潤)이다. 인종 즉위 후 왕의 총애를 받아 춘추관(春秋館)의 기사관(記事官)으로 있다가 인종의 임종(臨終)을 지켰다. 명종의 즉위로 소윤(小尹)이 정권을 잡게 되자 역모로 몰려 처형되었다.

이덕형(李德馨, 1561~1613) : 조선 후기의 문신이다. 본관은 광주(廣州), 자는 명보(明甫), 호는 한음(漢陰)이다. 남북인의 중간 노선을 지키다가 뒤에 남인에 가담하였다. 이항복(李恒福)과 절친한 사이로 기발한 장난을 잘하여 많은 일화를 남겼다. 문집에 『한음문고(漢陰文稿)』가 있다.

이량(李樑, 1519~1563) : 조선 전기의 문신이다. 본관은 전주, 자는 공거(公擧)이다. 명종 후반에 국왕의 신임을 바탕으로 정유길(鄭惟吉)·고맹영(高孟英) 등과 당여(黨與)를 만들고 세력을 확대하였다. 윤원형(尹元衡)·심통원(沈通源)과 더불어 삼흉

(三凶)으로 지칭되었다.

이림(李霖, ?~1546) : 조선 전기의 문신이다. 본관은 함안, 자는 중망(仲望)이다. 명종이 즉위하면서 을사사화(乙巳士禍)가 일어나자 소윤(小尹) 윤원형(尹元衡) 일파로부터 모함을 받아, 대윤(大尹) 윤임(尹任)·유관(柳灌) 등과 함께 곤장을 맞고 의주에 유배되었다.

이만원(李萬元, 1651~1709) : 조선 후기 문신이다. 본관은 연안(延安), 자는 백춘(伯春), 호는 이우당(二憂堂)이다. 1678년(숙종 4) 증광문과(增廣文科)에 병과(丙科)로 급제하여 검열(檢閱)·정언(正言) 등을 역임하였다. 이후 여러 관직을 거쳐 1700년 충청도관찰사가 되었으며 이어서 공조참판(工曹參判)·이조참판(吏曹參判)을 역임하였다. 연릉군(延陵君)에 봉해지고, 1796년(정조 20) 청백리에 뽑혔다.

이명한(李明漢, 1595~1645) : 조선 후기의 문신이다. 본관은 연안(延安), 자는 천장(天章), 호는 백주(白洲)이다. 1643년(인조 21) 척화파로 심양(瀋陽 : 선양)에 억류되었다. 1645년 명나라에 자문(咨文)을 썼다 하여 청나라에 재차 잡혀갔다 풀려나와 예조판서에 올랐다. 성리학에도 밝았고, 시와 글씨에도 뛰어났다. 문집에 『백주집(白洲集)』이 있다.

이목(李穆, 1471~1498) : 조선 전기의 문신이다. 본관은 전주, 자는 중옹(仲甕), 호는 한재(寒齋)이다. 윤필상(尹弼商)을 탄핵하다가 공주에 부처(付處)되었다. 영안도평사(永安道評事) 등을 지냈고 무오사화(戊午士禍) 때 사형을 당하였으며, 후에 이조판서에 추증되었다.

이무(李茂, ?~1409) : 고려 말·조선 초의 문신이다. 본관은 단양, 자는 돈부(敦夫), 시호는 익평(翼平)이다. 조선 건국 후 중추원사(中樞院使)를 지냈고 사은사(謝恩使)로 명나라에 다녀왔다. 김사형(金士衡)·이회(李薈) 등과 『혼일강리역대국도지도(混一疆理歷代國都之圖)』를 편찬하였다.

이문진(李文眞, 생몰년미상) : 고구려의 태학박사(太學博士)이다. 600년(영양왕 11)에 왕명으로 기존에 전해 오던 역사책인 『유기(留記)』 100권을 편집하여 『신집(新集)』 5권을 만들었으나 전해지지 않고 있다.

이민구(李敏求, 1589~1670) : 조선 후기의 문신이다. 본관은 전주, 자는 자시(子時), 호는 동주(東洲)·관해(觀海)이다. 문장이 뛰어나고 사부(詞賦)에 능하였다. 강도검찰부사(江都檢察副使)·경기우도관찰사 등을 지냈다. 문집에 『동주집(東洲集)』, 저서에 『독사수필(讀史隨筆)』 등이 있다.

이방번(李芳蕃, 1381~1398) : 태조의 제7왕자로 시호는 장혜(章惠)이다. 태조의 의중에 세자 후보로 지목되고 있었으나, 중신들의 추천으로 이방석(李芳碩)이 세자가 되었다. 제1차 왕자의 난 때 조준(趙浚) 등에게 살해되었다. 무안대군(撫安大君)에 추봉되었으며, 1437년(세종 19) 세종은 제5왕자 광평대군(廣平大君)을 왕명으로 입사(立嗣)시켜 그의 대를 잇게 하였다.

이방석(李芳碩, 1382~1398) : 조선 태조의 제8왕자이다. 1392년(태조 1) 정도전 등의 추대로 세자에 책봉되었다. 1398년(태조 7) 신의왕후(神懿王后) 한씨 소생의 이복형들이 불만을 품고 일으킨 제1차 왕자의 난으로 유배되는 도중 동모형(同母兄)인 이방번(李芳蕃)과 함께 이방원(李芳遠 : 태조) 일당에게 살해되었다. 의안대군(宜安大君)에 추봉되었다

이방실(李芳實, ?~1362) : 고려 후기의 무신으로, 본관은 함안이다. 대호군(大護軍)으로 선성(宣城)에서 다루가치[達魯花赤] 노연상(魯連祥) 부자를 진압하였고, 압록 · 서경 사이와 풍주(豊州)에서 홍건적을 물리쳤다. 1361년(공민왕 10) 홍건적에 패하여 개경을 빼앗겼으나 수복하고 많은 적을 도륙하였다.

이방의(李芳毅, ?~1404) : 조선 태조의 제3남이다. 시호는 안양(安襄)으로 신의왕후(神懿王后) 한씨 소생이다. 1398년(태조 7) 제1차 왕자의 난과 1400년(정종 2) 제2차 왕자의 난에 아우 이방원(李芳遠)을 보좌해 정사공신(定社功臣) 1등과 좌명공신(佐命功臣) 2등에 각각 책록되고, 정1품 대광보국숭록대부(大匡輔國崇祿大夫)에 올랐다. 정종의 묘정(廟庭)에 배향되고, 마한공(馬韓公)에 추봉되었다.

이범진(李範晉, 1852~1910) : 개화기의 친러파 정치가 · 외교관이다. 본관은 전주, 자는 성삼(聖三)이다. 아관파천을 단행하여 친일파를 몰아내고 친러파 내각을 조직하였다. 1910년 국권피탈 후 이듬해 1월 13일 자결하였다.

이보흠(李甫欽, ?~1457) : 조선 전기의 문신이다. 본관은 영천(永川), 자는 경부(敬夫), 호는 대전(大田)이다. 1443년(세종 25) 사은사(謝恩使)의 서장관(書狀官)으로 명나라에 다녀왔으며, 문종 때에는 장령(掌令)을 지냈다. 단종의 복위를 꾀하다 발각되어 사형당하였다. 후에 이조판서에 추증되었다.

이복기(李復基, ?~1170) : 고려 전기의 문신이다. 의종 말에 지어사대사(知御史臺事)를 지냈다. 성품이 간사하여, 아부하지 않던 지추밀원사(知樞密院事) 서순(徐淳)을 좌복야판비서성사(左僕射判秘書省事)로 좌천시키는 등 자신이 미워하는 자를 탄핵하였다. 왕의 측근으로 총애를 받았으나 무신의 난 때 살해되었다.

이복남(李福男, ?~1597) : 조선 전기의 무신으로, 본관은 우계(羽溪)이다. 남원부사(南原府使) · 전라도병마절도사(全羅道兵馬節度使) 등을 역임하였으며, 정유재란이 일어나자 남원성에서 일본군과 싸우던 중 김경로(金敬老) · 신호(申浩) 등과 함께 전사하였다. 1715년(숙종 41년)에 충장(忠壯)의 시호가 내려졌다.

이봉상(李鳳祥, 1676~1728) : 조선 후기의 무신이다. 본관은 덕수(德水), 자는 의숙(儀淑), 시호는 충민(忠愍)으로, 이순신의 5대손이다. 포도대장(捕盜大將) · 훈련원도정(訓練院都正) · 삼도수군통제사 겸 경상우도수군절도사(三道水軍統制使兼慶尙右道水軍節度使) · 총융사(摠戎使) · 한성부우윤(漢城府右尹) · 훈련대장(訓練大將) 등을 지냈다. 이인좌(李麟佐)의 난 때 충주에서 난군에게 살해되었다.

이부(李琈, 1580~1619) : 조선의 왕족으로, 추존왕 원종(元宗)이다. 조선 선조와 인빈

김씨 사이에서 태어났으며 인조의 아버지이다. 정식 시호는 원종공량경덕인헌정목장효대왕(恭良敬德仁憲靖穆章孝大王)이며 명나라로부터 공량(恭良)의 시호를 받았다. 명나라로부터 시호를 받은 마지막 왕이기도 하다.

이붕징(李鵬徵, 1666~1753) : 조선 후기 유학자이다. 본관은 광주(廣州), 자는 성운(聖運)이다. 학문으로 이름이 널리 알려져, 수직(壽職 : 매해 정월에 80세 이상의 官員이나 90세 이상의 백성에게 恩典으로 주던 벼슬)으로 첨지중추부사(僉知中樞府事)에 제수되었다.

이사명(李師命, 1647~1689) : 조선 후기의 문신이다. 본관은 전주, 자는 백길(伯吉), 호는 포암(蒲菴)이다. 시재(詩才)가 뛰어나 김창흡(金昌翕)과 명성을 다투었다. 서인으로, 경신대출척(庚申大黜陟)에 가담하여 보사공신(保社功臣) 2등에 책록되었다. 형조판서 · 병조판서 등을 지냈으나 기사환국(己巳換局) 이후 참형당하였다.

이사상(李師尙, 1656~1725) : 조선 후기의 문신이다. 본관은 전주, 자는 성망(聖望)이다. 전라도관찰사 · 대사성(大司成) · 도승지(都承旨) 등을 지냈으며 신임사화(辛壬士禍)에서 소론을 도와 큰 역할을 하였다.

이사성(李思晟, ?~1728) : 조선 후기의 무신이다. 평안도관찰사로 있을 때 이인좌(李麟佐)의 난에 가담하여 총융사(摠戎使) 김중기(金重器) · 금군별장(禁軍別將) 남태징(南泰徵) 등과 통모하고 서울로 쳐들어갈 계획을 세웠으나, 사전에 탄로나 체포된 후 처자식과 함께 처형되었다.

이산해(李山海, 1539~1609) : 조선 후기의 문신이다. 본관은 한산(韓山), 자는 여수(汝受), 호는 아계(鵝溪) · 종남수옹(綜南睡翁)이다. 종계변무(宗系辨誣)의 공으로 광국공신(光國功臣)에 책록되었다. 서화(書畵)에 능하여 문장8가(文章八家)라 불리웠다. 문집에 『아계유고(鵝溪遺稿)』가 있다.

이색(李穡, 1328~1396) : 고려 말기의 문신 · 학자로, 삼은(三隱) 가운데 한 사람이다. 본관은 한산(韓山), 자는 영숙(穎叔), 호는 목은(牧隱)이다. 정방(政房)을 폐지하고, 3년상을 제도화하였으며, 성리학 발전에 공헌하였다. 우왕의 사부였다. 위화도회군 후 창왕을 즉위시켜 이성계를 억제하려 하였다. 조선 태조가 한산백(韓山伯)에 책봉하였으나 사양하였다.

이서(李曙, 1580~1637) : 조선 후기의 무신이다. 본관은 전주, 자는 인숙(寅叔), 호는 월봉(月峰)이다. 인조반정 때 광해군을 내쫓고 인조를 세웠으며, 수어사(守禦使)로서 남한산성을 수축하였다. 병자호란 때 남한산성에서 적군을 막다가 진중(陣中)에서 병사하였다. 산수(算數)에 밝았고 독서를 즐겼으며 효심도 지극하였다.

이성계(李成桂, 1335~1408) : 조선 태조와 동일인물이다. → 태조

이세적(李世勣, 594~669) : 이적과 동일인물이다. → 이적

이세화(李世華, 1630~1701) : 조선 후기의 문신이다. 본관은 부평(富平), 자는 군실(君實), 호는 쌍백당(雙栢堂) · 칠정(七井)이다. 인현왕후(仁顯王后)의 폐위 때 상소를

올린 것이 문제가 되어 유배되었다. 갑술환국(甲戌換局)으로 다시 등용되어 인현왕후 복위의 실무를 담당하였다.

이수공(李守恭, 1464~1504) : 조선 전기의 문신이다. 본관은 광주(廣州), 자는 중평(仲平)이다. 무오사화(戊午士禍) 때 난언(亂言 : 弔義祭文)을 알고도 고하지 않은 죄로 유배되었고, 갑자사화(甲子士禍) 때 폐비 윤씨의 묘를 이장할 당시에 도감(都監)의 설치를 반대한 죄로 참살되었다.

이수광(李睟光, 1563~1628) : 조선 후기의 문신이다. 본관은 전주, 자는 윤경(潤卿), 호는 지봉(芝峰)이다. 임진왜란 때 함경도지방에서 큰 공을 세웠다. 주청사(奏請使)로 연경(燕京)에 내왕하며 『천주실의(天主實義)』 등을 들여와 한국 최초로 서학을 도입하였다. 『지봉유설(芝峯類說)』을 지어 서양과 천주교 지식을 소개하였다. 이조판서 등을 지냈고, 영의정에 추증되었다.

이숙번(李叔蕃, 1373~1440) : 조선 전기의 문신으로, 본관은 안성(安城)이다. 안산군지사(安山郡知事) 때 이방원(李芳遠)을 도와 제1차 왕자의 난에 공을 세웠고, 1400년(정종 2) 박포(朴苞)의 난, 1402년(태종 2) 조사의(趙思義)의 난을 진압하였다. 병조판서 · 좌참찬(左參贊) · 찬성(贊成) 등을 지내고 안성부원군(安城府院君)에 봉해졌다. 공이 큰 것에 자만하다가 탄핵 받아 유배되었다. 『용비어천가』 편찬에 참여하였다.

이순신(李舜臣, 1545~1598) : 조선 후기의 무신이다. 본관은 덕수(德水), 자는 여해(汝諧), 시호는 충무(忠武)이다. 임진외란 때 일본군을 물리치는데 큰 공을 세운 명장이다. 명량대접에서 13척의 함선으로 133척을 적군을 물리치는 등 활약을 펼쳤다. 노량해전에서 일본군과 혼전을 벌이다 유탄에 맞아 전사하였다. 무인으로서뿐만 아니라 시문(詩文)에도 능하여 『난중일기』와 시조 · 한시 등 여러 편의 뛰어난 작품을 남겼다.

이숭인(李崇仁, 1347~1392) : 고려 말기의 학자이다. 본관은 성주, 자는 자안(子安), 호는 도은(陶隱)이다. 삼은(三隱) 가운데 한 사람이다. 밀직제학(密直提學)으로 정몽주와 함께 실록을 편수하였다. 친명 · 친원 양쪽의 모함을 받아 여러 옥사를 겪었으며, 조선 개국 때 정도전의 원한을 사 살해되었다. 문장에 뛰어났으며 문집에 『도은집(陶隱集)』이 있다

이승훈(李承薰, 1756~1801) : 조선 천주교 사상 최초의 영세자(領洗者)이다. 본관은 평창, 자는 자술(子述), 호는 만천(蔓川), 세례명은 베드로이다. 사제대행권자로서 주일 미사와 영세를 행하며 전도를 하였다. 두 번의 배교(背敎)와 복교(復敎)를 반복하며 결국은 순교하였다.

이시애(李施愛, ?~1467) : 조선 전기의 무신으로, 길주 출생이다. 북방민 회유정책으로 중용되었으나 세조가 북방민 등용을 억제하고 중앙집권 체제를 강화하자 반란을 일으켰다. 반란이 실패하자 체포되어 참형을 당하였다.

이시원(李是遠, 1790~1866) : 조선 후기의 문신이다. 본관은 전주, 자는 자직(子直), 호

는 사기(沙磯)이다. 승지(承旨)·형조판서·대사헌(大司憲)·이조판서 등을 지냈다. 병인양요(丙寅洋擾) 때 아우 이지원(李止遠)과 함께 자결하였다. 철종이 유일하게 신임한 신하라고도 한다. 학문과 정치의 많은 자료를 편집, 이건창(李建昌)의 『당의통략(黨議通略)』 저술의 기반을 마련하였다.

이식(李湜, 1458~1489) : 조선 전기의 왕족이다. 본관은 전주, 자는 낭옹(浪翁), 호는 사우정(四雨亭)으로, 세종의 손자이다. 시인으로서 작품을 많이 남겼으며 서울의 모습을 다정하게 표현하고 있다. 문집에 『사우정집(四雨亭集)』이 있는데, 조선 초기 한시 연구에 귀중한 자료이다.

이신규(李身逵, 1793~1868) : 조선 후기의 천주교인이다. 본관은 평창, 세례명은 도마이다. 이승훈(李承薰)의 아들이며, 어머니는 정약용의 누이이다. 1801년(순조 1)에 아버지가 순교하자 인천으로 이사하여 교리 전파에 힘을 쏟았다. 1868년(고종 5)에 체포되어 서소문 밖 형장에서 순교하였다.

이약수(李若水, 1486~1531) : 조선 중기의 학자이다. 본관은 광주(廣州), 자는 지원(止源), 호는 우천(牛泉)이다. 기묘사화(己卯士禍)가 일어나 조광조가 유배되자, 소두(疏頭)로서 성균관의 유생 150여 명과 함께 광화문 밖에 모여 조광조의 억울함을 호소하였다가 왕의 노여움을 사서 의금부(義禁府)에 갇혔다. 1521년(중종 16) 경상도 평해(平海)로 유배되었다가 10년 만인 1531년에 충청도 예산으로 옮겨져 그곳에서 죽었다.

이양원(李陽元, 1533~1592) : 조선 전기의 문신이다. 본관은 전주, 자는 백춘(伯春), 호는 노저(鷺渚)·남파(南坡)이다. 종계변정(宗系辨正)의 공로로 한산부원군(漢山府院君)에 봉해졌다. 임진왜란 때 해유치(蟹踰峙)에서 신각(申恪) 등의 군사와 합세하여 승리한 공로로 영의정이 되었다. 왕이 요동(遼東 : 랴오둥)으로 건너가 내부(內附)하였다는 풍설에 통탄하여 8일간 단식 끝에 피를 토하며 분사(憤死)하였다.

이억기(李億祺, 1561~1597) : 조선 전기의 무신이다. 본관은 전주, 자는 경수(景受)이다. 경흥(慶興)·온성부사(穩城府使)를 역임하면서 북방의 경비에 만전을 기하였고 임진왜란 때 당항포·옥포 등지에서 크게 승리하였다. 이순신이 원균(元均)의 참소로 하옥되자 무죄를 변론하였고 칠천량 싸움에서 전사하였다.

이언적(李彦迪, 1491~1553) : 조선 전기의 문신이다. 본관은 여주, 호는 회재(晦齋)·자계옹(紫溪翁), 자는 복고(復古)이다. 기(氣)보다 리(理)를 중시하는 주리적(主理的) 성리설을 주장하였다. 이는 이황에게 계승되어 영남학파의 중요한 성리설이 되었으며, 조선 성리학의 한 특징을 이루었다. 「일강십목소(一綱十目疏)」는 그 정치사상을 대표한다.

이언침(李彦忱, 1507~1547) : 조선 전기의 문신이다. 본관은 연안(延安), 자는 중부(仲孚)이다. 예문관검열(藝文館檢閱)·성균관전적(成均館典籍)·사간원정언(司諫院正言)·헌납(獻納)·사헌부지평(司憲府持平) 등을 역임하였다. 1545년(인종 1) 장령(掌令)으로 있다가 사임하고, 명종이 즉위하자 순창군수(順昌郡守)로 나갔다. 1547년(명종 2) 서천에 유배되자 우울하게 지내다 죽었다.

이여(李畬, 1645~1718) : 조선 후기의 문신이다. 본관은 덕수(德水), 자는 치보(治甫), 호는 수곡(睡谷) · 포음(浦陰)이다. 인현왕후(仁顯王后) 복위 시 형조참판(刑曹參判)으로 발탁되어 중궁복위 교명문(中宮復位敎命文)을 지었다. 대사헌(大司憲) · 한성부판윤(漢城府判尹) · 경기감사(京畿監司) · 이조판서 등을 지냈고, 의금부판사(義禁府判事)로 신사옥사(辛巳獄事)를 처결하였다. 좌의정 · 영의정에 올랐다. 문집에 『수곡집(睡谷集)』이 있다.

이여송(李如松, 1549~1598) : 명나라의 장수이다. 자는 자무(子茂), 호는 앙성(仰城)이며 철령(鐵嶺) 출신이다. 조선 출신인 이영(李英)의 후손이며, 임진왜란 당시 명나라의 2차 원병을 이끌고 참전하였다.

이영(李寧, 생몰년미상) : 고려 전기의 화가로, 본관은 전주이다. 그림에 뛰어나 인종 · 의종의 총애를 받고 내합(內閤)의 그림에 관한 모든 일을 주재하였다. 인종 때 추밀사(樞密使) 이자덕(李資德)을 따라 송나라에 가서, 송 휘종의 명으로 『예성강도(禮成江圖)』를 그려 바치고 포상을 받았다.

이예(李藝, 1373~1445) : 고려 말 · 조선 초의 무신 · 외교관이다. 본관은 학성(鶴城), 호는 학파(鶴坡), 시호는 충숙(忠肅)이다. 통신사(通信使)로 삼도(三島)에 왕래하며 포로 송환에 공을 세웠으며, 이종무(李從茂)를 도와 쓰시마 왜적 소탕에도 공을 세웠다. 일본을 40여 차례나 왕래하면서 포로송환, 무역 등의 실무를 담당하였다.

이옥(李沃, ?~1409) : 고려 말 · 조선 초의 문신이다. 본관은 양성(陽城)이다. 좌상시(左常侍)로 있을 때 조민수(曺敏修) 등과 함께 창왕을 옹립하려다가 이성계 일파에 의해 폐출되었으나, 이성계가 장수가 되었을 때는 그 휘하에서 활동하였다.

이완(李莞, 1579~1627) : 조선 후기의 무신이다. 본관은 덕수(德水), 자는 열보(悅甫)이며, 이순신의 조카이다. 임진왜란 때 이순신을 도와 공을 세웠다. 1598년(선조 31) 노량해전에서는 이순신의 전사를 알리지 않고 병사를 독려하여 대승을 거두는 데 기여하였다. 정묘호란 때 적군이 의주를 포위하자 역전분투 끝에 순국했다.

이완(李浣, 1602~1674) : 조선 후기의 무신이다. 본관은 경주, 자는 징지(澄之), 호는 매죽헌(梅竹軒)이다. 1654년(효종 5) 한성부판윤(漢城府判尹), 1655년 공조판서, 1656년 형조판서 · 훈련대장(訓練大將) · 지중추부사(知中樞府事)를 맡으며 북벌 기회를 엿보았으나 효종의 별세로 북벌계획이 중지되었다. 현종이 즉위하자 1663년(현종 4) 형조판서, 1664년 공조판서 · 훈련대장(訓練大將)에 재임하면서 병조판서에 올랐으나 사양하고 은퇴하였다.

이요헌(李堯憲, 1766~1815) : 조선 후기의 문신이다. 본관은 전주, 자는 계술(季述), 호는 소소옹(笑笑翁)이다. 홍경래(洪景來)의 난 때 양서순무사(兩西巡撫使)에 발탁되어 평안도 일대를 석권한 반란군의 기세를 꺾고 반란을 평정한 공으로 원훈의 호가 내려졌으나 사양하였다. 병조판서 · 한성부판윤(漢城府判尹) · 금위대장(禁衛大將) 등을 거쳐 형조판서에 이르렀다.

이우정(李宇鼎, 1635~1692) : 조선 후기의 문신이다. 본관은 전주, 자는 중백(重伯)이다. 판의금부사(判義禁府事) · 예조판서를 거쳐 수어사(守禦使)가 되었다. 수어사 재임 시, 전에는 300호였던 남한산성에 1,000여 호가 밀집하여 있어서 유사시에 물자가 부족할 것을 염려하여 입성자(入城者)를 제한할 것을 주장하였다. 1692년(숙종 18) 사신으로 청나라에 갔다가 그곳에서 죽었다.

이원(李元, 생몰년미상) : 고려 전기의 장군이다. 1010년(현종 1) 강조(康兆)가 목종을 폐하고 현종을 즉위시킨 것을 구실로 거란 성종의 군대가 침입하자, 도순검사(都巡檢使) 양규(楊規)의 휘하로 출전하였다. 김훈(金訓) · 김계부(金繼夫) 등과 함께 좌우기군장군(左右奇軍將軍)이 되어 완항령(緩項嶺 : 평안북도 창성)에 복병하였다가 공격하여 거란군의 진격을 한때 막았다.

이원록(李元祿, 1514~1574) : 조선 전기의 문신이다. 본관은 덕수(德水), 자는 정서(廷瑞)이다. 숙부 이기의 횡포를 말려 이황 등 많은 선비들을 구해주고 유림의 신망을 얻었다. 명종 때 이기의 전횡을 비난한 것이 알려져 장류되었다가 이황 등의 상소로 풀려났다. 사인 · 공조참의 등을 지냈다.

이원익(李元翼, 1547~1634) : 조선 후기의 문신이다. 본관은 전주, 자는 공려(公勵), 호는 오리(梧里)이다. 우의정 · 영의정 등을 지냈다. 선조 때 대동법(大同法) 실시를 건의하여 실시하게 하였고, 불합리한 조세제도를 시정하였다. 안주목사(安州牧使) 때 군병방수제도(軍兵防水制度)를 개혁하고 복무를 2개월로 단축하여 법제화시켰다. 문장에 뛰어났고, 남인에 속하였다.

이원정(李元禎, 1622~1680) : 조선 후기의 문신이다. 본관은 광주(廣州), 자는 사징(士徵), 호는 귀암(歸巖)이다. 대사헌(大司憲) · 이조판서 · 홍문관제학(弘文館提學)을 지냈으며, 호조판서로 있을 때 도체부(都體府)의 설치와 조세제도의 개선, 인재 양성을 위해 힘썼다.

이원회(李元會, 1827~?) : 개화기의 무신이다. 본관은 광주(廣州), 호는 중곡(中谷)이다. 1881년(고종 18) 조사시찰단(朝士視察團)의 참획관(參劃官)으로 일본에 가서 총포 · 선박 등 주로 육군조련(陸軍操鍊) 관계 분야를 시찰하고 돌아왔다. 1894년 동학농민운동이 일어나자 양호순변사(兩湖巡邊使)가 되어 전주를 수복하였다. 저서에 『일본육군조전(日本陸軍操典)』이 있다.

이원희(李元熙, 생몰년미상) : 조선 후기의 무신이다. 본관은 덕수(德水), 자는 선장(善長)이다. 병인양요(丙寅洋擾) 때 프랑스의 로즈 제독이 군함 7척을 거느리고 물치도 앞바다에 침입하자 총융중군(摠戎中軍)으로 양화진(楊花津)에 진을 치고 통진(通津) · 부평 등의 연안을 순찰 · 경비하였다.

이유(李瑠, ?~1545) : 조선 전기의 왕족이다. 자는 언진(彦珍)이며, 성종의 제3남 계성군

(桂城君) 이순(李恂)의 양자이다. 명종 즉위 후 문정대비(文定大妃)가 수렴청정하자, 소윤(小尹) 일파가 대윤(大尹) 일파를 제거한 을사사화(乙巳士禍) 때 "윤임(尹任)이 인종 사망 당시, 계림군을 추대하려 하였다"고 모함하여 참수되었다.

이유원(李裕元, 1814~1888) : 조선 후기의 문신이다. 본관은 경주, 자는 경춘(景春), 호는 귤산(橘山) · 묵농(墨農)이다. 『대전회통(大典會通)』 편찬 총재관(總裁官)을 지냈고, 흥선대원군 실각 후 영의정에 올랐다. 주청사(奏請使)로 청나라 방문 후 인천 개항을 주장하였으나 수구파의 공격을 받았다. 전권대신으로 일본의 하나부사 요시모토[花房義質]와 제물포조약에 조인하였다.

이유청(李惟淸, 1459~1531) : 조선 전기의 문신이다. 본관은 한산(韓山), 자는 직재(直哉)이다. 기묘사화(己卯士禍) 때 우의정으로 있으면서 조광조 등 신진 사림들을 축출하는 데 공을 세워 한원군(韓原君)에 봉해진 이후 좌의정에 올랐으며, 영중추부사(領中樞府事)가 되어 궤장(几杖)을 받고 기로소(耆老所)에 들었다.

이윤경(李潤慶, 1498~1562) : 조선 전기의 문신이다. 본관은 광주(廣州), 자는 중길(重吉), 호는 숭덕재(崇德齋)이다. 아들 이중열(李中悅)이 대윤(大尹) 윤임(尹任)의 일파로 몰려 사사되자 관작이 삭탈되었다. 1555년(명종 10) 을묘왜변(乙卯倭變) 때 완산부윤(完山府尹)으로서 왜구를 섬멸하고, 완산성을 고수한 공으로 전라도관찰사로 특진하였다. 도승지(都承旨) · 병조판서 등을 지냈다.

이의민(李義旼, ?~1196) : 고려 후기의 무신이다. 본관은 정선으로, 아버지는 소금장수, 어머니는 옥령사(玉靈寺)의 노비였다. 천민 출신으로 기골이 장대하여 경군(京軍)에 편입되었고, 수박(手搏)을 잘 하여 의종의 총애를 받아 별장(別將)이 되었다. 무신의 난에 가담하였고 의종 복위 음모와 조위총(趙位寵)의 난을 평정하였다. 경대승(慶大升)이 죽은 후 무신 최고 집권자가 되었다. 후에 최충헌에게 살해되었다.

이의방(李義方, ?~1174) : 고려 후기의 무신으로, 본관은 전주이다. 무신의 난을 일으켰고 이고(李高)가 정권을 마음대로 하려 하자 그를 제거하고 정권을 장악하였다. 중방(重房)을 강화하고 지방관에 하급 무신을 임명하여 그들을 회유하는 정책을 실시하였다.

이의연(李義淵, 1692~1724) : 조선 후기의 문신이다. 본관은 전주, 자는 방숙(方叔), 호는 유시재(有是齋) · 유시당(有是堂)이다. 임창(任敞) · 윤지술(尹志述)과 함께 신임3포의(辛壬三布衣)라 불린다. 신임사화(辛壬士禍)를 일으킨 소론의 주동자를 축출하라는 상소를 하여 국청(鞫廳)에서 신문을 받던 중 옥사하였다. 정조 8년(1784)에 통정대부 이조참의(通政大夫吏曹參議)에 가증(加贈)되었고 충장공(忠壯公)이라는 시호를 받았다.

이의익(李宜翼, 1794~?) : 조선 후기의 문신이다. 본관은 광주(廣州), 자는 문약(文若)이다. 1862년(철종 13) 삼절연공행(三節年貢行)의 정사(正使) 자격으로 청나라에 다녀왔다. 1863년 고종 즉위 후 흥선대원군의 신임을 얻어 1864년(고종 1) 예조판서,

이듬해 이조판서로 중용되었고 1866년에는 경기도관찰사가 되었다. 말년에 기로소(耆老所)에 들어갔다.

이의징(李義徵, ?~1695) : 조선 후기의 무신으로, 본관은 전주이다. 1679년(숙종 5) 음보(蔭補)로 진안현감(鎭安縣監)이 되고 치적을 쌓아 2년 뒤 암행어사 오도일(吳道一)의 추천으로 왕으로부터 상작(賞爵)을 받았다. 그후 공조판서 · 훈련대장(訓練大將)으로 통진(通津) 문수산(文殊山) 일대를 답사하고 축성의 필요성을 건의해 실현하였다. 의금부지사(義禁府知事) · 훈련대장(訓練大將)이 되었다가 갑술환국(甲戌換局)으로 사사되었다.

이이(李珥, 1536~1584) : 조선 전기의 학자 · 정치가이다. 본관은 덕수(德水), 자는 숙헌(叔獻), 호는 율곡(栗谷) · 석담(石潭), 시호는 문성(文成)이다. 아버지는 사헌부감찰(司憲府監察)을 지낸 이원수(李元秀)이고, 어머니는 사임당(師任堂) 신씨이다. 호조 · 이조 · 형조 · 병조판서 등을 지냈다. 선조에게 시무6조(時務六條)를 바치고, 십만양병설 등 개혁안을 주장하였다. 동인 · 서인 간의 갈등 해소에 노력 하였다. 저서에 『성학집요(聖學輯要)』· 『격몽요결(擊蒙要訣)』· 『기자실기(箕子實記)』 등이 있다.

이이첨(李爾瞻, 1560~1623) : 조선 후기의 문신이다. 본관은 광주(廣州), 자는 득여(得輿), 호는 관송(觀松) · 쌍리(雙里)이다. 선조 때 대북의 영수로서 광해군이 세자에 적합하다고 주장하였다고, 광해군 즉위 후 조정에서 소북파를 숙청하였다. 영창대군(永昌大君)을 죽게 하고 김제남(金悌男)을 사사시켰으며, 폐모론을 주장하여 인목대비(仁穆大妃)를 유폐시켰다. 인조반정 뒤 참형되었다.

이익(李瀷, 1681~1763) : 조선 후기의 실학자이다. 본관은 여주(驪州), 자는 자신(子新), 호는 성호(星湖)이다. 실용적인 학문을 주장하며 평생을 학문연구에만 몰두하여 『성호사설(星湖僿說)』과 『곽우록(藿憂錄)』 등 수많은 책을 저술하였다. 그의 혁신적인 사고는 정약용 등에게 이어져 더욱 계승 발전되었다.

이인복(李仁復, 1308~1374) : 고려 말기의 문신이다. 본관은 성주, 자는 극례(克禮), 호는 초은(樵隱), 시호는 문충(文忠)이다. 원나라 제과(制科)에 급제하여 벼슬을 받고 돌아왔다. 1352년(공민왕 1) 조일신(趙日新)의 난을 평정하였고, 왕에게 신돈을 멀리하도록 간하였다. 흥안부원군(興安府院君)에 진봉되었으며, 삼사판사(三司判事)를 거쳐 검교시중(檢校侍中)이 되었다. 『고금록(古今錄)』· 『금경록(金鏡錄)』을 편수하였고, 문집에 『초은집(樵隱集)』이 있다.

이인임(李仁任, ?~1388) : 고려 말기의 문신이다. 본관은 성주, 시호는 황무(荒繆)이다. 공민왕 때 서북면도통사(西北面都統使)로 원나라의 동녕부(東寧府)를 정벌하였고, 광평부원군(廣平府院君)에 책봉되었다. 공민왕 사후 우왕을 추대하였다. 정권을 잡고 친원정책을 취하여 친명파를 추방하고, 전횡을 일삼았다.

이인좌(李麟佐, ?~1728) : 조선 후기의 무신이다. 본관은 전주, 본명은 현좌(玄佐)이다. 비밀리에 소론파를 규합하여 1728년(영조 4)에 정희량(鄭希亮)과 함께 군사를 일으켜 밀풍군(密豊君) 이탄(李坦)을 추대하고, 청주를 함락하였다. 안성에서 도원수(都元帥) 오명항(吳命恒)에게 대패하여 죽산으로 도피하였다. 결국 한양으로 압송되었고 대역모반죄로 군기시(軍器寺) 앞에서 능지처참되었다.

이일(李鎰, 1538~1601) : 조선 전기의 무신이다. 본관은 용인, 자는 중경(重卿), 시호는 장양(壯襄)이다. 니탕개(尼湯介)가 침입하자 이를 격퇴하였고 임진왜란 때 명나라 원병과 협공하여 평양을 수복하였다. 서울 탈환 후 훈련도감(訓練都監)이 설치되자 좌지사(左知事)로서 군대를 훈련하였다.

이일직(李逸稙, 생몰년미상) : 개화기의 자객이다. 1892년(고종 29) 갑신정변의 주역인 김옥균과 박영효(朴泳孝)를 암살하기 위해 명성황후(明成皇后) 일파에 의해 일본에 파견되었다. 1894년 김옥균을 죽이고 박영효(朴泳孝)를 살해하고자 하였으나 사전에 발각되어 일본 경찰에 인계되어 재판을 받은 후 조선으로 송환되었다. 돌아와서 법부(法部)의 검사(檢事)와 형사국장을 지냈는데, 재직 중 뇌물수수와 공금 횡령 혐의로 제주도에 종신 유형에 처해졌다.

이자(李耔, 1480~1533) : 조선 전기의 문신 · 학자이다. 본관은 한산(韓山), 자는 차야(次野), 호는 음애(陰崖) · 몽옹(夢翁) · 계옹(溪翁)이다. 형조판서 · 우참찬(右參贊) 등을 지냈다. 조광조 등 기호사림의 급진적 정치개혁을 따르지 않고 훈구파와 사림파의 중도적 정치노선을 걸었다. 기묘사화(己卯士禍) 후 음성에 퇴거하여 학문에 힘썼다. 저서에 『음애일기(陰崖日記)』 등이 있다.

이자겸(李資謙, ?~1126) : 고려 전기의 문신이다. 본관은 인주(仁州)이다. 1122년 예종이 죽자 자신의 사위인 연소한 태자(인종)를 즉위하게 하였으며, 다른 외척이 생길까 두려워 자신의 제3녀와 제4녀를 인종의 비로 삼게 하였다. 권세와 총애를 독차지하여 자기 생일을 인수절(仁壽節)이라 하였고, 매관매직과 수뢰로 축재하였다. 1126년(인종 4) 이자겸과 척준경(拓俊京)의 사이가 벌어진 것을 기회로 척준경을 회유해, 이자겸 일당을 제거하는데 성공하였다. 그해 유배지에서 사망한다.

이자량(李資諒, ?~1123) : 고려 전기의 문신이다. 본관은 인주(仁州)로, 이자겸(李資謙)의 동생이다. 형부상서추밀원사(刑部尙書樞密院使) · 중서시랑평장사(中書侍郞平章事) 등을 지냈으나, 한때 원관(院館)을 짓고 향리와 백성의 땅을 빼앗은 일로 서해도안찰사(西海道按察使) 최기우(崔奇遇)의 탄핵을 받아 면직된 적도 있었다.

이자춘(李子春, 1315~1361) : 조선 태조 이성계의 아버지이다. 함경도 쌍성(雙城) 지방에서 세력을 떨치며 원나라의 천호(千戶)로 있다가 고려 조정에 내알(來謁)하여 소부윤(少府尹)이라는 벼슬을 받고 총관부(摠管府)를 함락시켜 함주(咸州) 이북의 땅을 회복하였다. 함경도지방을 다스리다가 죽었다. 1411년(태종 11) 시호를 연무성환(淵武聖桓)대왕, 묘호를 환조(桓祖)라 하였다. 능은 함흥(咸興)의 정릉(定陵)이다.

이잠(李潛, ?~1593) : 조선 전기의 무신이다. 본관은 철성(鐵城), 자는 사소(士昭), 호는 자암(紫巖)이다. 임진왜란 때 진주성(晋州城)이 왜적의 공격으로 위태롭다는 소식에 주위의 만류를 뿌리치고 진주성으로 달려가 충청도병마절도사(忠淸道兵馬節度使) 황진(黃進)을 도와 싸우다가 성의 함락과 함께 전사하였다. 병조참의(兵曹參議)에 증직되고, 진주의 충민사(忠愍祠)에 배향되었다.

이장곤(李長坤, 1474~?) : 조선 전기의 문신 · 학자이다. 본관은 벽진(碧珍), 자는 희강(希剛), 호는 학고(鶴皐) · 금헌(琴軒) · 금재(琴齋) · 우만(寓灣)이다. 김굉필(金宏弼)의 문인이다. 학문과 무예를 겸비한 인물로 중종의 신임을 받았다. 여진족 침입 격퇴에 공을 세웠고, 대사헌(大司憲) · 이조판서 · 좌찬성(左贊成) 등을 지냈다. 기묘사화(己卯士禍)에 참여하였으나, 처형에는 반대하였다. 문집에 『금헌집(琴軒集)』이 있다.

이장렴(李漳濂, 생몰년미상) : 조선 후기의 무신이다. 본관은 전주, 자는 제경(霽卿)이다. 홍선대원군에게 신임을 얻어 진무사(鎭撫使)가 되었고, 1866년(고종 3) 병인양요(丙寅洋擾)로 한때 함락되었던 강화부의 유수(留守)가 되어 혼란해진 민심을 수습하였으며, 후에 금위대장(禁衛大將)에 올랐다.

이장용(李藏用, 1201~1272) : 고려 후기의 문신이다. 본관은 인주(仁州), 자는 현보(顯甫), 초명은 인기(仁祺)이다. 몽골에 가서 해동현인(海東賢人)이라는 칭찬을 받았다. 감수국사(監修國史)로 신종 · 희종 · 강종의 3대 실록을 편찬하고, 태자대사(太子大師) · 문하시중(門下侍中)이 되었다. 불서를 연구하였고, 경사(經史) · 음양 · 의약 · 율력에 밝았으며, 문장에 능하였다. 저서에 『선가종파도(禪家宗派圖)』 등이 있다.

이적(李勣, 594~669) : 당나라의 무장이다. 본성이 서씨(徐氏)였으나 당 고조에게 이씨 성을 하사받았다. 이름도 세적(世勣)에서 태종의 이름 세민(世民)의 '世'자를 피하여 뺐다. 당 태종에게 발탁되어 당나라 대제국건설에 공헌하였다. 고구려를 원정하기도 하였다.

이정(李楨, ?~1680) : 조선 후기의 왕족이다. 인조의 손자로, 인평대군(麟坪大君)의 장남이다. 1680년(숙종 7)의 경신대출척(庚申大黜陟) 때 아우 복선군(福善君)이 남인 허견(許堅) 등의 추대를 받고 역모를 꾀한다는 서인 과격파 김석주(金錫冑) 등의 무고로 복선군 · 복평군(福平君) 두 아우와 함께 역모죄로 유배된 후 사사되었다.

이정소(李廷熽, 1674~1736) : 조선 후기의 문신이다. 본관은 전주, 자는 여장(汝章), 호는 춘파(春坡)이다. 연잉군(延礽君)을 왕세제로 책봉하는 데 앞장섰다가 소론의 공격을 받고 유배되었다. 연잉군이 영조로 즉위하자 풀려나 승지(承旨)와 병조참판(兵曹參判)을 지냈다.

이정암(李廷馣, 1541~1600) : 조선 전기의 문신이다. 본관은 경주, 자는 중훈(仲薰), 호는 사류재(四留齋) · 퇴우당(退憂堂) · 월당(月塘)이다. 임진왜란 때 황해도 의병을 모아 활약하였고, 황해도초토사(黃海道招討使)가 되어 연안에서 포위된 왜군 3,000여 명을 격파하였다. 선무공신(宣武功臣) 2등으로 월천부원군(月川府院君)에 추봉되었고, 좌의정에 추증되었다. 저서에 『상례초(喪禮抄)』 등이 있다.

이제현(李齊賢, 1287~1367) : 고려 말기의 문신 · 학자이다. 본관은 경주, 자는 중사(仲

思), 호는 익재(益齋) · 역옹(櫟翁) · 실재(實齋)이다. 원나라와의 관계에서 부당한 처사를 해결하는 등 활약하였다. 당대의 명문장가이며 정주학(程朱學)의 기초를 확립하였다. 조맹부(趙孟頫) 서체를 도입하여 유행시켰다. 문집에 『익재집(益齋集)』, 저서에 『효행록(孝行錄)』 · 『역옹패설(櫟翁稗說)』 등이 있다.

이조연(李祖淵, 1843~1884) : 조선 후기의 문신이다. 본관은 연안(延安), 자는 경집(景集), 호는 완서(翫西), 시호는 충정(忠貞)이다. 1880년(고종 17) 수신사(修信使)를 수행하여 일본을 시찰하였고, 1882년 사은 겸 진주사(謝恩兼陳奏使) 조영하(趙寧夏)의 종사관으로 청나라에 다녀왔다. 친군영좌감독(親軍營左監督) · 참의교섭통상사무(參議交涉通商事務) · 예조참판(禮曹參判) 등을 지냈다. 1884년 갑신정변 때 살해되었다.

이존오(李存吾, 1341~1371) : 고려 말기의 문신이다. 본관은 경주, 자는 순경(順卿), 호는 석탄(石灘) · 고산(孤山)이다. 1366년(공민왕 15) 우정언(右正言)으로 있을 때 신돈의 횡포를 보고 이를 탄핵하다가 왕의 노여움을 샀다. 신돈의 권력 남용을 풍자한 시 1수를 비롯하여 3수의 시조가 고시조집 『청구영언(靑丘永言)』에 실려 있다. 문집에 『석탄집(石灘集)』이 있다.

이종무(李從茂, 1360~1425) : 고려 말 · 조선 초의 무신이다. 본관은 장수(長水), 시호는 양후(良厚)이다. 왜구를 격파하였고 그 공으로 정용호군(精勇護軍)이 되었다. 제2차 왕자의 난에 공을 세웠으며 쓰시마[對馬島]섬을 정벌하였다. 그 후 찬성사(贊成事)가 되었으나 불충한 김훈(金訓) 등을 정벌군에 편입시켰다는 탄핵을 받고 삭직되었다.

이종성(李宗誠, 1692~1759) : 조선 후기의 문신이다. 본관은 경주, 자는 자고(子固), 호는 오천(梧川)이다. 경상도 암행어사로 활약하였고, 홍문관부제학(弘文館副提學)으로 양역의 폐해를 상소하였다. 영조의 탕평책을 반대하다가 파직되었으나 재기용되어 영의정까지 올랐다. 성리학에 밝았고 문장, 글씨에 뛰어났다. 문집에 『오천집(梧川集)』이 있다.

이종인(李宗仁, ?~1593) : 조선 전기의 무신이다. 본관은 전주, 자는 인언(仁彦)이다. 이제신(李濟臣)의 반란을 평정하였고 북방 수비에 수차례 공을 세웠다. 1593년(선조 26) 진주성이 왜적에게 포위되자 성을 방어하며 끝까지 용전하였으나 성이 함락되자 적병을 양팔에 한 명씩 끼고 남강(南江)에 뛰어들어 순국하였다.

이종준(李宗準, ?~1499) : 조선 전기의 문신 · 학자이다. 본관은 경주, 자는 중균(仲鈞), 호는 용재(慵齋) · 용헌(慵軒) · 부휴자(浮休子) · 상우당(尙友堂) · 태정일민(太庭逸民) · 장륙거사(藏六居士)이다. 성종 때 의성현령(義城縣令)으로 있으면서 『경상도지도(慶尙道地圖)』를 제작하였다. 무오사화(戊午士禍) 때 이사중(李師中)의 시를 써 붙인 죄로 사형되었다. 시문과 서화에 능하였으며 부제학(副提學)이 추증되었다. 경광서원(鏡光書院) · 백록리사(栢麓里祠)에 배향되었다. 문집에 『용재유고(慵齋遺稿)』가 있다.

이주(李胄, ?~1504) : 조선 전기의 문신이다. 본관은 고성, 자는 주지(胄之), 호는 망헌

(忘軒)이다. 1498년(연산군 4) 정언(正言)으로 있다가 무오사화(戊午士禍) 때 진도에 유배되고 이어 1504년(연산군 10) 갑자사화(甲子士禍) 때 사형되었다. 성당의 품격을 갖춘 시문으로 명성을 떨쳤다. 문집에 『망헌집(忘軒集)』이 있다.

이준(李浚, 1441～1479) : 조선의 왕족으로, 귀성군이라고도 한다. 세종의 제4남인 임영대군(臨瀛大君)의 제2남이다. 1465년(세조 11) 과거에 급제하고, 1468년 영의정에 임명되었다. 1470년(성종 1) 최세호(崔世豪)가 귀성군이 왕의 재목이라고 한 것을 정인지(鄭麟趾)가 역모로 엮어서, 최세호는 죽임을 당하고, 귀성군은 유배를 가게 된다. 훗날 충무(忠武)의 시호를 받았다.

이준경(李浚慶, 1499～1572) : 조선 전기의 문신이다. 본관은 광주(廣州), 자는 원길(原吉), 호는 동고(東皐)·남당(南堂)·양와(養窩)·홍련거사(紅蓮居士)이다. 우의정·좌의정·영의정 등을 지냈고, 선조 즉위 후 원상(院相)을 지냈다. 사화로 억울한 피해를 당한 사람들을 서용 또는 신원하였다. 죽을 때 붕당이 있을 것을 예언한 내용의 유소를 올려 규탄받았으나, 뒤에 동서분당이 실제 일어나 예언이 적중하였다.

이준이(李俊異, 생몰년미상) : 고려 전기의 문인화가이다. 궁중의 내관직(內官職)으로 내전숭반(內殿崇班)을 지냈다. 예종·의종 연간의 대표적 화원(畫員)이었던 이령(李寧)이 어렸을 적에 그에게 그림을 가르쳤다. 이령이 본격적으로 활약하기 전에 궁궐 내의 회사(繪事)를 주관하였던 것으로 추정된다.

이중열(李中悅, 1518～1547) : 조선 전기의 문신이다. 본관은 광주(廣州), 자는 습지(習之), 호는 과재(果齋)이다. 을사사화(乙巳士禍)에 연루된 이휘(李輝)를 변호하다가 파직되고 사사되었다. 학문이 뛰어나 이황에게 크게 촉망을 받았고 유희춘(柳希春)등과 교유가 깊었다. 선조 때 신원되었다. 저서에 『을사전문록(乙巳傳聞錄)』이 있다.

이지명(李知命, 1127～1191) : 고려 후기의 문신이다. 본관은 한산(韓山), 자는 낙수(樂叟), 시호는 문평(文平)이다. 명종 때 한림학사(翰林學士)·승지(承旨)·서북면병마사(西北面兵馬使)·태자소부(太子少博)를 거쳐 정당문학(政堂文學)이 되었다. 문장·덕행이 뛰어나 수차례 동지공거(同知貢擧)·지공거(知貢擧)를 역임하였고, 시부·서예에 능하고 초서·팔분체(八分體)를 잘 썼다.

이직(李稷, 1362～1431) : 고려 말·조선 초의 문신이다. 본관은 성주, 자는 우정(虞庭), 호는 형재(亨齋)이다. 이성계를 도와 조선 개국에 공헌하였고, 제2차 왕자의 난 때 이방원(李芳遠)을 도왔다. 주자소(鑄字所)를 설치하여 동활자 계미자(癸未字)를 만들었다. 1412년(태종 12) 성산부원군(星山府院君)으로 진봉되고 세종 때 영의정·좌의정을 지냈다. 문집에 『형재시집(亨齋詩集)』이 있다.

이진(李珒, 1574～1609) : 조선 중기의 왕족이다. 선조의 장남이며, 광해군의 형이다. 임진왜란 때 함경도로 피난하였을 때, 왜장 가토 기요마사[加藤清正]에게 포로가 되었다가 풀려났다. 1608년(광해군 즉위년) 일부 대신들과 명나라에서 왕으로 즉위시킬 것을 주장하자 이를 불안해 한 광해군에 의해 영창대군(永昌大君)·김제남

(金悌男)과 함께 역모죄로 몰려 진도에 유배되어 사사되었다.

이진형(李鎭衡, 1723~1781) : 조선 후기의 문신이다. 본관은 전주, 자는 평중(平仲), 호는 남곡(南谷)이다. 왕의 각별한 총애를 받아 벼슬이 참판(參判)에 이르러서도 몸가짐은 가난한 선비처럼 하였다. 경사(經史)에 정통하였고, 음양술수(陰陽術數)와 병법에도 조예가 깊었다.

이천기(李天紀, ?~1722) : 조선 후기의 문신이다. 본관은 전주이고, 노론계 문신인 김춘택(金春澤)의 사위이다. 1720년 경종 즉위 후 김창집(金昌集)·이이명(李頤命)·이건명(李健命)·민진원(閔鎭遠) 등 노론 4대신과 함께 연잉군(延礽君)을 왕세제로 세우고 대리청정을 하게 하려다가 소론의 공격을 받아 역적으로 몰려 처형되었다. 식견이 높고 성품이 강직하였다.

이초(李初, 생몰년미상) : 고려 말기의 무신이다. 명나라의 힘을 빌려 이성계를 제거하려고 명 명제에게 무고하였다. 이 사실이 당시 명나라에 간 사신에 의해 알려져 국내에서 크게 옥사가 일어나 이색(李穡)·우현보(禹玄寶) 등이 옥에 갇혔다. 뒤에 무고 사실의 근거 없음이 밝혀져 그는 명나라에 유배되었다.

이총(李摠, ?~1504) : 조선 전기의 문신이다. 자는 백원(百源), 호는 서호주인(西湖主人)·구로주인(區鷺主人)이며, 태종의 증손으로 무풍부정(茂豊副正)에 봉해졌다. 1498년(연산군 4) 무오사화(戊午士禍) 때 유배되고 1504년 갑자사화(甲子士禍) 때 부자가 처형되었다. 청담파(淸談派)의 중심인물로 시문에 능하고 필법에 뛰어났다.

이최응(李最應, 1815~1882) : 조선 후기의 문신이다. 본관은 전주, 자는 양백(良伯), 호는 산향(山響)이다. 흥선대원군 이하응(李昰應)의 형이다. 통상수교거부정책에 반대하여 흥선대원군과 반목하였으며, 흥선대원군 실각 후 영의정이 되었다. 통리기무아문총리대신(統理機務衙門總理大臣)으로 개화정책을 추진하였으나, 유림의 반대로 사직하였다. 임오군란 때 살해되었다.

이탄(李坦, ?~1729) : 조선 인조의 장자인 소현세자(昭顯世子)의 증손이다. 1723년(경종 3) 사은사(謝恩使), 1726년(영조 2) 사은 겸 동지사(謝恩兼冬至使)로서 청나라에 다녀왔다. 1728년 소론의 이인좌(李麟佐)가 반란을 일으킬 때 그를 왕으로 추대하였는데, 난이 평정되자 자결하였다.

이파(李坡, 1434~1486) : 조선 전기의 문신이다. 본관은 한산(韓山), 자는 평중(平仲), 호는 송국재(松菊齋)·소은(蘇隱)이다. 『동국통감』 편찬에 참여하였고, 『삼국사절요』를 찬진(撰進)하였다. 평안도관찰사·중추부동지사(中樞府同知事)·예조판서·좌참찬(左參贊)·우찬성(右贊成)·좌찬성(左贊成) 등을 지냈다. 성리학에 밝고 문장이 뛰어났다

이하전(李夏銓, 1842~1862) : 조선 후기의 왕족이다. 본관은 전주로, 완창군(完昌君) 이시인(李時仁)의 아들이다. 헌종이 죽자 왕위계승권자 후보 물망에 올랐으나 좌절하였고, 철종이 즉위한 후 감시와 미움을 받았다. 돈령부참봉(敦寧府參奉) 등을 지냈다.

왕으로 추대 받아 모반하였다는 이재두(李載斗)의 무고로 유배되어 사사되었다.

이하징(李夏徵, 1686～1755) : 조헌 후기의 역신(逆臣)으로, 본관은 한산(韓山)이다. 수관문제(輸款問題)로 동래(東萊)에 유배되었고, 나주벽서(羅州壁書)사건을 일으킨 윤지(尹志)와는 사우관계(死友關係)를 맺었다. 왕이 친국을 할 때 윤지의 아비지인 윤취상(尹就商)의 역적행위를 부인하다가 왕의 노여움을 얻어 유배되었다가 주살되었다.

이항(李沆, 1586～1637) : 조선 후기의 무신이다. 본관은 함평(咸平), 시호는 경무(景武)이다. 1618년(광해군 10) 무과에 급제하였다. 1623년(인조 1) 인조반정 때 훈국장관(訓局將官)으로 공을 세워 당상관에 오르고 정사공신(靖社功臣) 3등에 책록되었으며, 함녕군(咸寧君)에 봉해졌다. 그 후 함경도 · 평안도의 병마절도사(兵馬節度使) 등 주로 북변의 병사를 지냈으며, 병자호란 때 도성 구원에 늦게 출동하였다는 죄로 유배되었다.

이항복(李恒福, 1556～1618) : 조선 후기의 무신이다. 본관은 경주, 자는 자상(子常), 호는 백사(白沙) · 필운(弼雲) · 청화진인(淸化眞人) · 동강(東岡) · 소운(素雲)이다. 권율(權慄)의 사위로, 1580년(선조 13) 알성문과(謁聖文科)에 병과(丙科)로 급제하였다. 좌의정 · 영의정을 지냈고, 오성부원군(鰲城府院君)에 진봉되었다. 임진왜란 때 선조의 신임을 받았으며, 전란 후에는 수습책에 힘썼다. 문집에 『백사집(白沙集)』, 저서에 『북천일록(北遷日錄)』 · 『사례훈몽(四禮訓蒙)』이 있다.

이행(李荇, 1478～1534) : 조선 전기의 문신이다. 본관은 덕수(德水), 자는 택지(擇之), 호는 용재(容齋) · 청학도인(靑鶴道人)이다. 갑자사화(甲子士禍) 때 폐비 윤씨의 복위를 반대하다가 유배되었다. 기묘사화(己卯士禍) 후 우의정에 올라 대제학(大提學)을 겸하였다. 『신증동국여지승람』을 찬진(撰進)하였으며 문장에 뛰어나고 글씨와 그림에도 능하였다. 문집에 『용재집(容齋集)』이 있다.

이현기(李玄紀, 1637～1704) : 조선 후기의 문신이다. 본관은 전주, 자는 원방(元方), 호는 졸재(拙齋)이다. 우부승지(右副承旨) 재직 중에 원자정호(元子定號) 문제와 관련하여 숙종의 처사가 잘못이라 간한 송시열의 주장을 반박하는 상소를 올려 송시열이 제주도로 귀양가게 하였다.

이형원(李亨元, ?～1479) : 조선 전기의 문신이다. 본관은 광주(光州), 자는 가연(可衍) · 예경(禮卿)이다. 사헌부집의(司憲府執義) 때는 직언이나 상소를 많이 올려 정책 결정에 큰 영향을 미쳤으며, 홍문관제학(弘文館提學) 때 일본에 사신으로 떠났다가 도중에 풍토병을 얻어 되돌아오는 길에 죽었다.

이황(李滉, 1501～1570) : 조선 전기의 학자 · 문신이다. 본관은 진성(眞城), 호는 퇴계(退溪) · 도옹(陶翁) · 퇴도(退陶) · 청량산인(淸凉山人)이다. 이기호발설(理氣互發說)이 사상의 핵심이다. 영남학파를 이루었고, 이이의 제자들로 이루어진 기호학파와의 대립하는 등 동서 당쟁과도 관련되었다. 도산서원(陶山書院)을 설립하여 후진양성과 학문연구에 힘을 쏟았다.

이휘(李輝, ?~1594) : 조선 전기의 왕족이다. 본관은 전주, 자는 사미(士美)이다. 임진왜란 때 오위도총부도총관(五衛都摠府都摠管)으로서 도성의 수비를 맡았고, 도성이 함락되자 의주에 달려가 왕을 호종하였다. 효성과 우애가 지극하여 왕실의 모범이 되었다.

익안대군(益安大君, ?~1404) : 이방의와 동일인물이다. → 이방의

익조(翼祖, 생몰년미상) : 조선 태조 이성계의 증조부로, 이름은 이행리(李行里)이다. 아버지의 뒤를 이어 벼슬을 받았다. 뒤에 여진족의 기습을 피하여 함경도 경흥(慶興) 지방에 도피하였다가, 후에 고향인 덕원(德源)으로 돌아왔다. 1394년 익왕(翼王)으로 추존되었고, 후에 다시 익조의 존호를 받았다.

익종(翼宗, 1809~1830) : 조선 제23대 순조의 세자이다. 자는 덕인(德寅), 호는 경헌(敬軒)이다. 1812년(순조 12) 왕세자에 책봉되었으며, 조만영(趙萬永)의 딸을 맞아 혼인을 하고 헌종을 낳았다. 1827년 대리청정을 하여, 현재(賢材)를 등용하고 형옥(刑獄)을 신중하게 하는 등 치적에 힘썼으나 대리청정 4년 만에 죽었다. 헌종이 즉위한 뒤에 익종으로 추존되었다.

인당(印瑭, ?~1356) : 고려 후기의 장군으로, 교동인씨(喬桐印氏)의 시조이다. 서북면영만호(西北面令萬戶) 때 자연도(紫燕島)·삼목도(三木島)에 침입한 왜구를 이권둔(李權屯)과 함께 서강(西江)에서 막았다. 1354년(공민왕 3) 석성부원군(碩城府院君)에 책봉되고 내란이 일어난 원나라에 원군으로 갔다가 돌아와 전라도만호(全羅道萬戶)로서 왜구를 무찔렀다. 이듬해 정남만호(征南萬戶)로 원나라 군대와 홍건적을 격퇴하였다.

인목대비(仁穆大妃, 1584~1632) : 조선 선조의 계비이다. 본관은 연안(延安)으로, 연흥부원군(延興府院君) 김제남(金悌男)의 딸이며 영창대군(永昌大君)의 어머니이다. 19세에 왕비가 되었다. 광해군이 즉위하자 아들 영창대군과 부친 김제남이 사사되고 폐서인되었다. 인조반정으로 복권되었다.

인조(仁祖, 1595~1649) : 조선의 제16대 왕(재위 1623~1649)이다. 자는 화백(和伯), 호는 송창(松窓)이다. 광해군 때의 중립정책을 지양하고 반금친명 정책을 썼다. 난국 속에서도 군제를 정비해 총융청(摠戎廳)·수어청(守禦廳) 등을 신설하였으며, 북변 방위와 연해 방위를 위하여 여러 곳에 진을 신설하였다. 그의 치세에 『황극경세서(皇極經世書)』·『동사보편(東史補編)』 등의 서적도 간행되었고, 송시열·송준길(宋浚吉) 등의 대학자·대정치가가 배출되기도 하였다.

인종(仁宗, 1515~1545) : 조선의 제12대 왕(재위 1544~1545)이다. 자는 천윤(天胤), 휘는 호(峼), 시호는 영정(榮靖)이며 중종의 장남이다. 기묘사화(己卯士禍)로 폐지되었던 현량과(賢良科)를 부활하고 조광조을 신원하는는 등 어진 정치를 행하려 하였으나, 병약하여 포부를 펴지 못한 채 30세에 죽었다. 능은 효릉(孝陵)이다.

인종(仁宗, 1010~1063) : 북송의 제4대 황제(재위 1022~1063)이다. 이름은 조정(趙禎)으로 진종의 제6남이고, 어머니는 이신비(李宸妃)이다. 중앙집권적 관료지배가 안정되고, 과거 제도도 정비되었다. 사마광(司馬光) 등의 명신이 정치를 맡았고, 주돈이(周敦頤)·정명도(程明道)·정이천(程伊川) 등의 유학자도 나와서 '경력(慶曆)의 치'라는 북송의 최전성기를 맞았다.

인종(仁宗, 1285~1320) : 원나라의 제4대 황제(재위 1311~1320)이다. 본명은 아유르바르와다[愛育黎拔力八達]로, 세조 쿠빌라이의 손자 다르마바라[答剌麻八剌]의 제2남이다. 어머니는 유력부족인 곤기라트[弘吉剌] 출신의 다기[答己]이다. 한문화(漢文化)와 지식인·유학자를 우대하고 과거제도를 부활시켜 정복왕조로서의 성숙함을 보여 주었다.

인평대군(麟坪大君, 1622~1658) : 조선 제16대 인조의 제3남이다. 이름은 요(㴭), 자는 용함(用涵), 호는 송계(松溪)이다. 1650년(효종 1) 이후 4차례에 걸쳐 사은사로 청나라에 다녀왔다. 제자백가에 정통하였으며, 병자호란의 국치를 읊은 시가 전해진다. 서예와 그림에도 뛰어났다. 문집에 『송계집(松溪集)』, 저서에 『산행록(山行錄)』 등이 있다.

일성왕(逸聖王, ?~154) : 신라의 제7대 왕(재위 134~154)이다. 유리왕의 장남으로 비는 지소례왕(支所禮王)의 딸이다. 말갈족의 침입을 자주 받아 국력의 소모가 심하였는데, 농사를 장려해 제방을 수축하고 전지를 개간하는 등 농정에 진력하였다. 또 민간에서 금은주옥 등 사치품의 사용을 금지하였다.

일우(逸友, ?~286) : 고구려의 왕족으로, 서천왕의 동생이다. 286년(서천왕 17) 같은 왕제(王弟)인 소발(素勃)과 더불어 병을 핑계삼아 온천으로 가서 무리를 규합하여 반란을 도모하던 중, 국상(國相)으로 임명한다는 서천왕의 부름에 유인되어 죽음을 당하였다.

임간(林幹, 생몰년미상) : 고려 전기의 무신이다. 시호는 정평(貞平)이다. 1097년(숙종 2) 추밀원지사(樞密院知事)·삼사판사(三司判事)를 지내고, 1102년 판서북면병마사 겸 중군병마사(判西北面兵馬使兼中軍兵馬使)가 되었다. 1104년 판동북면행영병마사(判東北面行營兵馬事) 때 정주성(定州城)에서 여진을 맞아 싸우다가 패전하여 파직되었다. 예종 때 문하시랑평장사(門下侍郞平章事)로 복직하고, 1112년(예종 7) 은퇴했다.

임견미(林堅味, ?~1388) : 고려 말기의 무신이다. 본관은 평택이다. 1361년(공민왕 10) 나주도도병마사(羅州道都兵馬使) 때 홍건적의 난이 일어나자 왕을 호종하여 1등공신이 되었다. 1370년(공민왕 19) 원나라 동녕부(東寧府) 토벌에 부원수(副元帥)로 참전하였고 1374년 제주 목호(牧胡)의 난이 일어나자 부원수로 토벌에 나섰다. 매관매직을 자행하고 토지와 노비를 강탈하는 등의 행패로 이성계 등에 의해 처형되었다.

임백령(林百齡, ?~1546) : 조선 전기 문신이다. 본관은 선산, 자는 인순(仁順), 호는 괴마

(槐馬)이다. 1545년(명종 즉위년) 호조판서 때 소윤(小尹)에 가담하여 대윤(大尹)을 제거한 을사사화(乙巳士禍)를 일으켰다. 그 공으로 위사공신 1등에 숭선부원군(崇善府院君)으로 책봉되었다.

임백안독고사(任伯顔禿古思, ?~1323) : 원나라 백안독고사와 동일인물이다. → 백안독고사

임사홍(任士洪, 1445~1506) : 조선 전기의 문신이다. 본관은 풍천(豊川), 자는 이의(而毅)이다. 왕가의 딸과 결혼하여 배경이 든든하였고 글씨도 자타가 인정하는 당대 최고였다. 연산군의 생모 윤비(尹妃)가 폐비(廢妃)되어 사사된 내력을 연산군에게 알려 1504년(연산군 10) 갑자사화(甲子士禍)를 일으키게 하였다. 1506년 중종반정(中宗反正)이 일어나자 추살(推殺)되고 이어 부관참시(剖棺斬屍)되었다.

임연(林衍, ?~1270) : 고려 후기의 권신으로, 본관 진주(鎭州)이다. 1268년(원종 9) 김준(金俊)을 제거하였다. 이어 원종을 폐하고 안경공(安慶公) 왕창(王淐)을 즉위시킨 뒤 교정별감(敎定別監)이 되어 정치·군사의 실권을 장악하였다. 그러나 몽골의 위협에 안경공을 폐위시키고 원종을 복위시켰다. 원종이 개경 환도를 약속하고 귀국하자, 몽골에 끝까지 항전하려 하였으나 병으로 죽었다.

임완(林完, 생몰년미상) : 송나라에서 고려로 귀화한 문신이다. 인종이 설치한 서적소(書籍所)의 고문이 되었으며, 국자사업지제고(國子司業知制誥)를 지냈다. 1135년(인종 13) 묘청이 민심을 현혹시키고 대화궁(大花宮)을 세우기 위해 백성들을 괴롭힌다고 왕에게 처형을 상소하였다.

임원개(任元凱, 1089~1156) : 임원후와 동일인물이다. → 임원후

임원후(任元厚, 1089~1156) : 고려 전기 문신이다. 본관은 장흥, 초명은 원애, 시호는 문정(文忠)이다. 인종의 비이며 의종의 모후(母后)인 공예태후(恭睿太后)의 아버지이다. 묘청의 난이 일어나자 중군원수(中軍元帥)로 김부식과 이를 토벌하였다. 1137년(인종 15) 동덕좌리공신(同德佐理功臣)이 되었으며, 서경유수(西京留守)·문하시랑평장사(門下侍郎平章事)·감수국사(監修國史) 등을 지냈다.

임유간(林惟幹, 생몰년미상) : 고려 후기의 간신이다. 본관은 진주(鎭州)로, 임연(林衍)의 아들이다. 아버지가 권신 김준(金俊)을 죽이고 권력을 잡자 승선(承宣)이 되었고, 이듬해 태자가 원나라에 입조(入朝)할 때 시종하였다. 원나라에 아부하기 위해 갖가지 방법으로 백성을 수탈하였다고 전해진다.

임유무(林惟茂, ?~1270) : 고려 후기의 무신이다. 본관은 진주(鎭州), 임연(林衍)의 아들이다. 몽골에 있던 원종이 개경으로 환도하라는 명령을 내리자 환도하지 못하게 막고 야별초(夜別抄)를 교동(喬桐)에 주둔하게 하여 몽골병에 대비하였으나 살해되었다. 그를 마지막으로 무신정권은 몰락하고 왕정복구와 개경환도가 이루어졌다.

임종식(林宗植, ?~1170) : 고려 전기의 문신이다. 평소에 의종의 총애를 믿고 무신들에게 무례하게 굴어 무신들로부터 원망을 샀다. 우부승선(右副承宣)·좌부승선(左副

承宣)을 지냈고 의종이 장단(長湍)에 있는 보현원(普賢院)에서 벌인 연회에 수행하였다가 정중부(鄭仲夫)가 주도하여 무신의 난을 일으켰을 때, 견룡행수(牽龍行首) 이의방(李義方)과 이고(李高)에게 살해되었다.

임해군(臨海君, 1574~1609) : 이진과 동일인물이다. → 이진

임현(任鉉, 1549~1597) : 조선 전기의 문신이다. 본관은 풍천(豊川), 자는 사애(士愛), 호는 애탄(愛灘)이다. 임진왜란이 일어나자 강원도도사(江原道都事)로 기용되어 춘천에서 왜적을 대파하였고, 그 공로로 회양부사(淮陽府使)에 올랐다. 정유재란 때 남원부사(南原府使)로 분전하다가 전사하였다.

임희재(任熙載, 1472~1504) : 조선 전기의 문신이다. 본관은 풍천(豊川), 자는 경여(敬輿), 호는 물암(勿菴)이다. 승문원정자(承文院正字)를 지냈으며 갑자사화(甲子士禍)가 일어나자 무오사화(戊午士禍) 때 죽은 이목(李穆)의 붕당으로 지목되어 참수되었다. 아버지나 다른 형제들과 달리 성품이 곧고 권력을 멀리한 것으로 알려져 있다.

장거정(張居正, 1525~1582) : 중국 명나라 때의 정치가이다. 자는 숙대(叔大), 호는 태악(太岳), 시호는 문충(文忠)이다. 대외적으로는 몽골인의 남침을 막았고, 이성량(李成梁)에게 동북지방 건주위(建州衛)를 토벌하게 하였으며, 서남지방 광서(廣西 : 광시)의 야오족[搖族] · 좡족[壯族]을 평정하였다. 대내적으로는 대규모의 행정정비를 단행, 궁정의 낭비를 억제하고, 황하(黃河 : 황허)의 대대적인 치수공사를 완성시켰다.

장경왕후 윤씨(章敬王后 尹氏, 1491~1515) : 조선 중종의 제1계비이다. 본관은 파평(坡平), 시호는 장경(章敬)으로, 윤여필(尹汝弼)의 딸이다. 1506년(중종 1) 중종반정으로 궁에 들어왔다. 1515년 세자(인종)를 낳은 후 산후병(産後病)으로 죽었다. 휘호는 숙신명혜(淑愼明惠)이며, 후에 선소의숙(宣昭懿淑)으로 가상(加上)되었다. 능은 고양에 있는 희릉(禧陵)이다.

장만(張晩, 1566~1629) : 조선 후기 문신이다. 본관은 인동(仁同), 자는 호고(好古), 호는 낙서(洛西), 시호는 충정(忠定)이다. 1607년(선조 40) 함경도관찰사로 누르하치의 침입을 경고하여 그 방어책을 세우도록 상소하였다. 1610년(광해군 2) 다시 함경도관찰사가 되자 방비대책의 시급성을 역설하였고, 중추부동지사(中樞府同知事)로 호지의 지도를 그려 바쳤다.

장보고(張保皐, ?~846) : 신라의 무장이다. 궁복(弓福) · 궁파(弓巴)라고도 한다. 해적들의 인신매매를 근절시키려고 해로의 요충지 청해(淸海)에 진(鎭)을 설치하고 청해진대사(淸海鎭大使)로 해적을 완전 소탕하였다. 840년(문성왕 2) 일본에 무역사절을, 당나라에 견당매물사를 보내어 삼각무역을 하였다.

장수왕(長壽王, 394~491) : 고구려의 제20대 왕(재위 412~491)으로 이름은 거련(巨連 : 巨璉)이며, 광개토왕의 장남이다. 도읍을 국내성(國內城)에서 평양으로 옮기고 적극적으로 남하정책을 추진하여 광활한 영토를 차지하였다.

장순석(張純錫, ?~1173) : 고려 후기의 무신이다. 1173년(명종 3) 동북면병마녹사(東北面兵馬錄事)로 재임 중 동북면병마사(東北面兵馬使) 김보당(金甫當)과 함께 난을 일으켜 무신정권을 몰아내고 의종을 복위시키려 하였으나 실패하였다. 난을 진압하기 위해 이의민(李義旼)이 온다는 소문에 자기들에게 해가 끼칠까 두려워한 경주사람들에 의해 살해당하였으며, 결국 의종복위운동도 실패로 돌아갔다.

장신(張紳, ?~1637) : 조선 후기의 문신이다. 본관은 덕수(德水)로, 우의정을 지낸 장유(張維)의 동생이다. 인조반정에 참여하였으며 황해도관찰사·수원부사(水原府使)·평안도관찰사 등을 역임하였다. 병자호란 때 강화유수(江華留守)로서 강화도를 지키지 못한 죄로 나라의 명을 받고 자진하였다.

장희재(張希載, ?~1701) : 조선 후기의 무신이다. 본관은 인동(仁同)으로, 경종의 생모인 희빈 장씨의 오빠이다. 장희빈이 숙종의 총애를 독점하자 총융사(摠戎使)로 승진하였다. 인현왕후(仁顯王后)가 복위한 뒤 장희빈과 함께 인현왕후를 해하려는 모의를 하다가 발각되었다.

전녹생(田祿生, 1318~1375) : 고려 말기의 문신이다. 본관은 담양(潭陽), 자는 맹경(孟耕), 호는 야은(埜隱)이다. 충혜왕 때 문과에 급제하여, 제주사록(濟州司錄)·전교시교감(典校寺校勘)을 지냈다. 경상도도순문사(慶尙道都巡問使)·동지공거(同知貢擧)·대사헌(大司憲)을 거쳐 1373년(공민왕 22) 정당문학(政堂文學)으로서 강녕대군(江寧大君 : 우왕)의 사부가 되었으며, 이듬해 개성부사(開城府使)·문하평리(門下評理) 등을 지내고 추충찬화보리공신(推忠贊化輔理功臣)이 되었다. 문집에 『야은일고(埜隱逸稿)』가 있다.

전숙몽(田淑夢, 생몰년미상) : 고려 후기의 문관이다. 충목왕의 사부로 1344년(충목왕 즉위년) 충목왕이 8세로 왕위에 오른 뒤 국자좨주에 임명되어 국자감시(國子監試)를 주관하였다. 고용보(高龍普)의 처남인 신예(辛裔) 등과 더불어 권세를 부리다가 당시 섭정이던 덕녕공주(德寧公主)에 의해 동래(東萊)로 유배되었다.

정강왕(定康王, ?~887) : 신라의 제50대 왕(재위 886~887)이다. 이름은 황(晃)이고 경문왕의 제2남이다. 형인 헌강왕이 후사 없이 죽자 그 뒤를 이어 즉위하였다. 887년 황룡사(黃龍寺)에 백고좌(百高座)를 베풀어 청강하였으며, 이찬 김요(金蕘)의 반란을 평정하였다. 887년 7월 재위 2년 만에 죽으면서 누이동생 만(曼 : 진성여왕)에게 전위하였다.

정걸(丁傑, 1514~1597) : 조선 전기의 무신이다. 본관은 영광(靈光), 자는 영중(英中), 호는 송정(松亭)이다. 임진왜란이 일어나자 이순신과 함께 옥포해전·한산도대첩·부산포해전 등에 참가하여 많은 공을 세웠다. 행주대첩과 서울 탈환작전에 참가하였다.

정곤수(鄭崑壽, 1538~1602) : 조선 후기의 문신이다. 본관은 청주, 자는 여인(汝仁)이다. 황해도관찰사로 나가 기근을 잘 극복하여 서천군(西川君)에 봉해졌고 이어 병조참판(兵曹參判)·이조참판(吏曹參判)·대사간(大司諫)을 거쳐 임진왜란 때 우승지(右承旨)로서 선조의 서행에 호종하였다. 돈령부지사(敦寧府知事)로서 진주사(陳奏使)가 되어 명나라에 가서 구원병을 요청하고 돌아왔다. 호종의 원훈으로 책록되었다. 문집에 『백곡집(栢谷集)』이 있다.

정광필(鄭光弼, 1462~1538) : 조선 전기 문신이다. 본관은 동래(東萊), 자는 사훈(士勛), 호는 수부(守夫), 시호는 문익(文翼)이다. 1492년(성종 23) 식년문과(式年文科)에 을과(乙科)로 급제하여 홍문관(弘文館)에 등용되었고, 1504년(연산군 10) 갑자사화(甲子士禍) 때 왕에게 극간(極諫)을 하여 유배되었다. 중종반정으로 부제학(副提學)에 복직된 후, 이조참판(吏曹參判)·예조판서·대사헌(大司憲)을 거쳤다. 1510년(중종 5) 삼포왜란(三浦倭亂)을 수습한 뒤 우의정·좌의정을 거쳐 영의정에 올랐다.

정균(鄭筠, ?~1179) : 고려 전기의 무신이다. 본관은 해주로, 정중부(鄭仲夫)의 아들이다. 무신의 난 이후 병부상서(兵部尙書)·서경유수(西京留守)에 오르고, 조위총(趙位寵)의 난을 평정하였다. 이때 함께 출전한 이의방(李義方)을 죽이고 부자가 정권을 마음대로 휘두르다가 경대승(慶大升)에게 살해되었다.

정기세(鄭基世, 1814~1884) : 조선 후기의 문신이다. 본관은 동래(東萊), 자는 성구(聖九), 호는 주계(周啓)이다. 판의금부사(判義禁府事)·형조판서·병조판서·한성부판윤(漢城府判尹)·예조판서 등을 역임하였다.

정년(鄭年, 생몰년미상) : 신라의 무장이다. 장보고와 함께 당나라에 건너가 무예로 이름을 떨치다 귀국하여 청해진대사(淸海鎭大使)로 있는 장보고에게 의탁하였다. 838년(민애왕 1) 장보고의 군사 5,000명을 거느리고 아찬 김우징(金祐徵)을 도와 관군을 무찌르고 그를 신무왕으로 세우는 데 공을 세웠다. 장보고의 뒤를 이어 청해진을 지켰다.

정담(鄭湛, ?~1592) : 조선 전기의 의병이다. 본관은 영덕, 자는 언결(彦潔)이다. 임진왜란이 일어나자 의병을 모집하여, 금산을 거쳐 전주를 공략하려는 왜군을 웅치(熊峙)에서 육탄전으로 방어하다 전사하였다.

정도전(鄭道傳, 1342~1398) : 고려 말·조선 초의 문신·학자이다. 본관은 봉화, 자는 종지(宗之), 호는 삼봉(三峰)이다. 이성계를 도와 조선을 건국하였으며 나라의 기틀을 다지는 역할을 하였다. 유학(儒學)의 대가로 개국 후 군사·외교·행정·역사·성리학 등 여러 방면에서 활약하였고, 척불숭유(斥佛崇儒)를 국시로 삼게 하여 유학의 발전에 공헌하였다. 제1차 왕자의 난 때 이방원(李芳遠)에게 피살되었다. 문집에 『삼봉집(三峰集)』, 저서에 『경제문감(經濟文鑑)』 등이 있다.

정두원(鄭斗源, 1581~?) : 조선 후기 문신이다. 본관은 광주(光州), 자는 정숙(丁叔), 호는 호정(壺亭)·풍악산인(楓嶽山人), 시호는 민충(敏忠)이다. 진주사(陳奏使)로 명나라에 갔다가 귀국할 때 홍이포(紅夷砲)·천리경·자명종 등 서양의 기계와 마테오 리치의 『천문서(天文書)』·『직방외기(職方外紀)』 등의 서적을 가져왔다. 강원도관찰사 · 개성부유수(開城府留守)와 중추부지사(中樞府知事)를 지냈다.

정몽주(鄭夢周, 1337～1392) : 고려 말기의 문신 · 학자이다. 본관은 연일(延日), 자는 달가(達可), 호는 포은(圃隱), 시호는 문충(文忠)이다. 의창(義倉)을 세워 빈민을 구제하고 유학을 보급하였으며, 성리학에 밝았다. 개성에 5부 학당과 지방에 향교를 세워 교육진흥을 꾀하였으며, 법질서의 확립을 기하고 외교와 군사면에도 깊이 관여하여 국운을 바로잡으려 했으나 이성계 일파의 손에 최후를 맞이하였다. 시문에도 뛰어나 시조 「단심가(丹心歌)」 외에 많은 한시가 전해지며 서화에도 뛰어났다.

정문부(鄭文孚, 1565～1624) : 조선 후기 문신이다. 본관은 해주, 자는 자허(子虛), 호는 농포(農圃), 시호는 충의(忠毅)이다. 임진왜란 때 회령(會寧)의 국경인(鞠景仁) 등이 반란을 일으켜 적군에 투항하자 의병대장이 되어 경성(鏡城)을 수복하였다. 이어 회령으로 진격하여 두 왕자를 왜군에게 넘겨준 국경인의 숙부 국세필(國世弼)을 죽이고 반란을 평정하였다.

정발(鄭撥, 1553～1592) : 조선 전기의 문신이다. 본관은 경주, 자는 자고(子固), 호는 백운(白雲), 시호는 충장(忠壯)이다. 1579년(선조 12) 무과에 급제하여 임진왜란 때는 부산진첨절제사(釜山鎭僉節制使)로서 부산에 상륙한 왜군을 맞아 싸우다 전사하였다. 좌찬성(左贊成)에 추증되고, 동래(東萊)의 안락서원(安樂書院)에 배향되었다.

정사도(鄭思度, 1318～1379) : 고려 후기 문신이다. 본관은 연일(延日), 초명은 양필(良弼), 시호는 문정(文貞)이다. 동지밀직(同知密直)으로서 합포(合浦)를 지킬 때 군사 · 행정에 업적을 남겼으나 최영의 제거를 꾀하는 신돈을 반대하여 파직되었다가 다시 복직되어 동북면상원수 도순문사(東北面上元帥都巡問使)를 거쳐 우왕 때 지문하성사(知門下省事) · 정당문학(政堂文學) · 지서연사(知書筵事) · 평리상의(評理商議)를 역임하였다.

정사효(鄭思孝, 1665～1730) : 조선 후기의 문신이다. 본관은 온양(溫陽)이다. 1728년(영조 4) 전라도관찰사로 재임 중 이인좌(李麟佐)의 난에 가담한 혐의로 체포되어 국문을 받다가 죽었다.

정세규(鄭世規, 1583～1661) : 조선 후기의 문신이다. 본관은 동래(東萊), 자는 군칙(君則), 호는 동리(東里), 시호는 경헌(景憲)이다. 병자호란이 일어나자 군사를 이끌고 포위당한 남한산성을 향해 진격하다가 용인싸움에서 패하였다. 1654년(효종 5) 이조판서로 강화도를 시찰한 뒤 여러 진을 설치하여 방비를 튼튼히 하였으며, 형조판서를 지낸 후 은퇴하였다.

정세운(鄭世雲, ?～1363) : 고려 후기의 무장이다. 본관은 광주(光州)이다. 공민왕을 따라 원나라에 다녀와 대호군(大護軍)에 승진하고 1352년 공민왕이 즉위하자 공신에 책록되었다. 기철(奇轍)을 주살하였고, 홍건적의 침입으로 개경이 함락되고 왕이 피난할 때 호종하였다. 총병관(摠兵官)이 되어 20만 대군으로 홍건적을 물리치고 서울을 탈환하였다.

정숙첨(鄭叔瞻, 생몰년미상) : 고려 후기의 문신이다. 본관은 하동으로, 최우(崔瑀)의 장인이다. 일찍부터 관직에 올랐으나 1194년(명종 24) 이금대(李金大)의 무고로 유배되었다. 이후 추밀원지주사(樞密院知奏事)로 있으면서 최충헌의 암살을 막기도 하였다. 1217년(고종 4) 최충헌의 살해 음모사건에 연루되어 하동으로 유배되었다.

정순왕후 김씨(貞純王后 金氏, 1745~1805) : 조선 영조의 계비이다. 본관은 경주이며, 오흥부원군(鰲興府院君) 김한구(金漢耉)의 딸이다. 1800년 순조가 11세로 즉위하자 신료들의 요청을 받아들이는 형식으로 수렴청정을 실시하였다. 국정을 주도하여 조정의 주요 신하들로부터 개인별 충성서약을 받았고, 정조의 장례가 끝나자마자 사도세자(思悼世子)에게 동정적이었던 시파(時派)인물들을 대대적으로 숙청하였다. 민생문제의 해결을 위해 비변사(備邊司) · 관찰사 · 수령(首領) 등 통치 질서의 확립을 강조하였다.

정습명(鄭襲明, ?~1151) : 고려 전기 문신으로, 본관은 연일(延日)이다. 향공(鄕貢)으로 문과에 급제하여, 인종 때 국자사업(國子司業) · 기거주(起居注) · 지제고(知制誥)를 역임하였으며 인종의 신임을 얻어 승선(承宣)에 올랐다. 한림학사(翰林學士)에 이어 추밀원지주사(樞密院知奏事)를 지냈다. 선왕의 유명을 받들어 의종에게 거침없이 간함으로써 왕의 미움을 산 것으로 전해진다.

정승조(鄭承祖, 생몰년미상) : 조선 전기의 문신이다. 본관은 경주, 자는 술이(述而)이다. 김종직(金宗直)의 문인으로 1494년(성종 25) 갑인별시(甲寅別試) 병과(丙科) 1위로 문과에 급제하여, 감찰(監察)을 거쳐 검열(檢閱)에 재직 중이던 1498년(연산군 4)에 무오사화(戊午士禍)로 곽산(郭山)에 유배되었다. 1501년(연산군 7) 풀려나와 은퇴한 후로는 학문연구로 일생을 보냈다.

정악(廷顎, 생몰년미상) : 고려 전기의 교육자이다. 930년(태조 13) 태조가 서경에 행차하여 학교를 처음 설치할 때, 서학박사(書學博士)에 임명되어 서경에 머물며 학원(學院)을 창건하여 6부(六部)의 생도를 모아 가르쳤다. 태조가 비단을 내려 상을 주고 곡식 백 석을 내려 그 이자로 학교를 계속 운영하도록 하였다.

정약종(丁若鍾, 1760~1801) : 조선 후기의 학자 · 천주교 순교자이다. 본관은 나주, 세례명은 아우구스티노이다. 정약용의 셋째 형으로 가톨릭 신자가 되었다. 1795년(정조 19) 이승훈(李承薰)과 함께 청나라 신부 주문모(周文謨)를 맞아들이고 한국 최초의 조선천주교 회장을 지냈다. 신유박해(辛酉迫害) 때 서소문 밖에서 순교하였다.

정언신(鄭彦信, 1527~1591) : 조선 전기 문신이다. 본관은 동래(東萊), 자는 입부(立夫), 호는 나암(懶庵)이다. 니탕개(尼湯介)가 쳐들어오자 우찬성(右贊成)으로서 도순찰사(都巡察使)를 겸하여 이순신 · 신립(申砬) · 김시민(金時敏) · 이억기(李億祺) 등 쟁쟁한 무관들을 막하로 거느리고 적을 격퇴하였다.

정여립(鄭汝立, 1546~1589) : 조선 전기의 문신 · 사상가이다. 본관은 동래(東萊), 자는 인백(仁伯)이다. 정권을 잡기 위해 대동계(大同契)를 조직하고 도참설을 퍼뜨려 모반을 꾀하다가 탄로나자 도주하여 자살하였다.

정여창(丁汝昌, ?~1895) : 청나라 말기의 군인이다. 안휘성(安徽省 : 안후이성) 여강(廬江 : 廬江) 출생이다. 반청 무장집단인 염당군(捻黨軍)을 토벌하고 조선에서 임오군란이 일어났을 때 흥선대원군을 연행하였다. 청일전쟁이 일어나자 황해에서 싸웠으나 패하고 일본군의 양면공격이 치열해지자 항복하였다.

정여창(鄭汝昌, 1450~1504) : 조선 전기 문신·학자이다. 본관은 하동, 자는 백욱(伯勗), 호는 일두(一蠹)이다. 성리학의 대가로서 경사(經史)에 통달하고 실천을 위한 독서를 주로 하였다. 『용학주소(庸學註疏)』·『주객문답설(主客問答說)』·『진수잡저(進修雜著)』 등의 저서가 있었으나 무오사화(戊午士禍) 때 부인이 태워 없앴다.

정욱(鄭郁, ?~1545) : 조선 전기의 문신이다. 본관은 광주(光州), 자는 종주(從周)이다. 중종 때 대교(待敎)·봉교(奉敎)·병조좌랑(兵曹佐郞)·공조정랑(工曹正郞) 등을 지냈으며, 명종 즉위 후 을사사화(乙巳士禍)에 연루되어 유배되었다가 사사되었다.

정원군(定遠君, 1580~1619) : 이부와 동일인물이다. → 이부

정원용(鄭元容, 1783~1873) : 조선 후기 문신이다. 본관은 동래(東萊), 자는 선지(善之), 호는 경산(經山), 시호는 문충(文忠)이다. 중추부영사(中樞府領事)·총호사(摠護使) 등을 지내고 궤장(几杖)을 하사받았다. 1863년(철종 14) 철종이 승하하자 원상(院相)이 되어 고종이 즉위할 때까지 정사를 맡아 보았으며, 이듬해 실록청총재관(實錄廳總裁官)으로 『철종실록』의 편찬을 주관하였다.

정인지(鄭麟趾, 1396~1478) : 조선 전기의 문신·학자이다. 본관은 하동, 자는 백저(伯雎), 호는 학역재(學易齋), 시호는 문성(文成)이다. 조선 초기의 대표적인 유학자로 세종~문종 대에는 문화 발전에, 단종~성종 대에는 정치 안정에 기여한 것으로 평가받는다.

정인홍(鄭仁弘, 1535~1623) : 조선 전기 문신이다. 본관은 서산, 자는 덕원(德遠), 호는 내암(來庵)이다. 임진왜란 때 합천에서 의병을 모아 성주에서 왜병을 격퇴하여 영남의병장의 호를 받았다. 대사헌(大司憲)에 승진하였고, 중추부동지사(中樞府同知事)·공조참판(工曹參判)을 역임하였으며 인목대비(仁穆大妃)를 폐위하여 서궁에 유폐시키고 영의정에 올랐다.

정자여(鄭子璵, ?~1276) : 고려 후기의 무신이다. 몽고어에 능통하여 역어도감녹사(譯語都監錄事)를 지냈다. 1269년 세자(충렬왕)가 원나라에 입조하자 대장군(大將軍)으로서 호종하였으며, 1271년(원종 12) 관노 숭겸(崇謙)·공덕(功德) 등이 난을 일으키려고 모의하였을 때 그 진압에 공을 세웠다.

정조(正祖, 1752~1800) : 조선의 제22대 왕(재위 1776~1800)이다. 이름은 산(祘), 자는 형운(亨運), 호는 홍재(弘齋)이다. 과거제도 개선을 위해 대과(大科)는 규장각(奎章閣)을 통해 국왕이 직접 관장하여 많은 폐단을 없앴다. 전제(田制) 개혁에도 뜻을 두어 조선 초기의 직전법에 대해 큰 관심을 보였다. 규장각 제도를 일신하여 왕정

수행의 중심기구로 삼았다.

정종(定宗, 923~949) : 고려의 제3대 왕(재위 945~949)이다. 이름은 요(堯), 자는 의천(義天), 시호는 문명(文明)이다. 정적을 제거하며 왕위에 올랐다. 서경으로 천도하려 하였으나 개경 세력의 반발과 백성의 원성으로 실패하였다. 거란 침입에 대비하기 위해 광군을 조직하였으며 불교 중흥에 힘썼다.

정종(靖宗, 1018~1046) : 고려의 제10대 왕(재위 1034~1046)이다. 이름은 형(亨), 자는 신조(申照), 시호는 용혜(容惠)이다. 현종의 제2남이며, 덕종의 동생이다. 거란 침입 이후 북방 민족의 침입에 대비하여 1044년 천리장성을 완성시켰다. 예성강의 병선 180척으로 군수물자를 운반하여 서북계 주진(州鎭)의 창고에 보관하게 하는 등 국방 정책에 힘을 기울였다.

정종(定宗, 1357~1419) : 조선의 제2대 왕(재위 1398~1400)이다. 이름은 경(曔), 자는 광원(光遠), 초명은 방과(芳果)이며 태조의 2남이다. 제1차 왕자의 난이 수습된 뒤 왕위에 올랐으며, 재임 2년 후 보위를 이방원(李芳遠)에게 양위한 후 상왕으로 물러났다.

정중부(鄭仲夫, 1106~1179) : 고려 전기의 무신으로, 본관 해주이다. 무신의 차별에 불만을 품고 왕의 보현원(普賢院) 거둥 때 문신을 죽이고 정권을 장악하였다. 참지정사(參知政事)·중서시랑평장사(中書侍郎平章事), 문하평장사(門下平章事), 서북면 판사, 행영병마 겸 중군병마판사 등을 지냈다. 1179년(명종 9) 같은 무신인 경대승(慶大升)에게 일가족이 몰살되었다.

정지(鄭地, 1347~1391) : 고려 말기의 무신이다. 본관은 하동, 초명은 준제(准提), 시호는 경렬(景烈)이다. 순천·낙안·영광·광주·담양·남원·남해 관음포(觀音浦)에서 왜적을 대파하였고 요동 정벌 때 이성계의 위화도회군에 동조하였다.

정지상(鄭知常, ?~1135) : 고려 전기 문신이다. 본관은 서경, 호는 남호(南湖), 초명은 지원(之元)이다. 수도를 서경으로 옮길 것과 금나라를 정벌하고 고려의 왕도 황제로 칭할 것을 주장하였다. 1135년(인종 13) 묘청의 난 때 이에 관련된 혐의로 김부식에게 참살되었다. 시에 뛰어나 고려 12시인의 한 사람으로 꼽혔다. 저서로는 『정사간집(鄭司諫集)』이 있다.

정창손(鄭昌孫, 1402~1487) : 조선 전기 문신이다. 본관은 동래(東萊), 자는 효중(孝中), 시호는 충정(忠貞)이다. 『고려사』·『세종실록』·『치평요람(治平要覽)』 편찬에 참여하였다. 1468년(예종 즉위년) 남이(南怡)·강순(康純)의 옥사를 처리하여 익대공신(翊戴功臣) 3등에 책록되었고, 1469년 원상(院相), 1471년(성종 2) 좌리공신(佐理功臣) 2등에 책록되었으며 궤장(几杖)을 하사받았다.

정철(鄭澈, 1546~1593) : 조선 전기의 문신·시인이다. 본관은 연일(延日), 자는 계함(季涵), 호는 송강(松江)이다. 『관동별곡(關東別曲)』 등을 지은 당시 가사문학의 대가로서, 윤선도(尹善道)와 함께 한국 시가사상 쌍벽으로 일컬어진다. 창평(昌平)의 송강서원(松江書院), 연일군의 오천서원(烏川書院) 별사(別祠)에 배향(配享)되었다. 문집으로 『송강집(松江集)』·『송강가사(松江歌辭)』·『송강별추록유사(松江別追錄遺詞)』, 작품으로 시조 70여 수가 전한다.

정초(鄭招, ?~1434) : 조선 전기의 문신이다. 본관은 하동, 자는 열지(悅之)이다. 공조판서·이조판서를 거쳐 대제학(大提學)을 지냈으며, 천문학과 역법 등 자연과학에도 능통하였고, 『농사직설(農事直說)』을 편찬하였다. 역사와 천문에 밝아 1431년(세종 13) 왕명으로 『회례문무악장(會禮文武樂章)』을 편찬하였고, 간의대(簡儀臺) 제작에 필요한 고전을 수집하여 1433년 이천(李蕆)과 함께 혼천의(渾天儀)를 만들었다.

정추(鄭樞, 1333~1382) : 고려 후기의 문신이다. 본관은 청주, 자는 공권(公權), 호는 원재(圓齋)이다. 1353년(공민왕 2) 익재(益齋) 이제현(李齊賢)을 지공거(知貢擧)로 한 과거에 급제한 이후 예문관검열(藝文館檢閱) 및 여러 관직을 거쳐 좌사의대부(左司議大夫)에 올랐다. 이어 성균관대사성(成均館大司成)을 거쳐 정당문학(政堂文學)에 임명되었다가 고려 멸망 10년 전인 1382년(우왕 8)에 병사하였다.

정충신(鄭忠信, 1576~1636) : 조선 후기의 무신이다. 본관은 금성(錦城), 자는 가행(可行), 호는 만운(晩雲)이다. 임진왜란 때 권율(權慄) 휘하에서 종군하였고 만포첨사(滿浦僉使)로 국경을 수비하였다. 이괄(李适)의 난 때 황주·서울 안현(鞍峴)에서 싸워 이겼다. 정묘호란 때 부원수(副元帥)가 되고 조정에서 후금과 단교하려는 데 반대하여 유배되었다.

정함(鄭諴, 생몰년미상) : 고려 전기의 환관이다. 1157년(의종 11) 권지합문지후(權知閤門祗侯)에 임명되어 재상과 간관(諫官)에게 임명장에 서명하기를 강요하였으나 결국 뜻을 이루지 못하였다. 의종의 측근으로 계속 성장하여 왕광취(王光就)·백자단(白子端) 등과 함께 권세를 휘둘렀다.

정호(鄭澔, 1648~1736) : 조선 후기 문신이다. 본관은 연일(延日), 자는 중순(仲淳), 호는 장암(丈巖)이다. 『숙종실록』 편찬에 참여하다가 신임사화(辛壬士禍)로 유배되었다. 1725년(영조 1) 풀려나와 우의정이 되고, 사화로 사사된 노론 4대신의 신원을 상소하였으며, 좌의정을 거쳐 영의정이 되었다. 일생을 노론의 선봉으로 활약하였고, 글씨와 시문에 뛰어났다.

정홍익(鄭弘翼, 1571~1626) : 조선 전기 문신이다. 본관은 동래(東萊), 자는 익지(翼之), 호는 휴옹(休翁)·휴헌(休軒)·휴암(休菴)이다. 세자시강원문학(世子侍講院文學)이 되고, 수찬(修撰)·응교(應敎) 등을 거쳐 1612년(광해군 4) 성천부사(成川府使)를 역임하고, 동지사(冬至使)로 명나라에 다녀왔다. 이듬해 폐모론을 반대하여 유배되었다. 문집에 『휴옹집(休翁集)』이 있다.

정후겸(鄭厚謙, 1749~1776) : 조선 후기 문신이다. 본관은 연일(延日), 자는 백익(伯益)이다. 세손(정조)이 대리청정을 하게 되자 홍인한(洪麟漢) 등과 이를 극력 반대하여, 유언을 퍼뜨려 세손의 비행을 조작하는 한편 심상운(沈翔雲)을 시켜 세손을 보호하는 홍국영(洪國榮)을 배척하는 등 세손을 모해하려고 하였다.

정희등(鄭希登, 1506～1545) : 조선 전기의 문신이다. 본관은 동래(東萊), 자는 원룡(元龍), 호는 백우(百愚)이다. 수찬(修撰)·교리(校理)·헌납(獻納) 등 청요직을 지냈으며, 을사사화(乙巳士禍) 때 소윤(小尹)이 대윤(大尹)을 제거하려 하자 극력으로 반대하였다가 유배되어 가던 도중에 죽었다.

정희량(鄭希亮, ?～1728) : 조선 후기 반란자이다. 본관은 초계(草溪), 본명은 준유(遵儒)이다. 소론의 호응을 얻어 밀풍군(密豊君) 이탄(李坦)을 추대하여, 왕통을 바로 세워야 한다는 명목으로 이인좌(李麟佐) 등과 반란을 일으켰다.

정희량(鄭希良, 1469～?) : 조선 전기 문신이다. 본관은 해주, 자는 순부(淳夫), 호는 허암(虛庵)이다. 1497년(연산군 3) 대교(待敎) 때 왕에게 경연(經筵)에 충실할 것과 신하들의 간언을 받아들일 것을 상소하여 왕의 미움을 샀다. 갑자년에 큰 사화가 일어날 것을 예언하였다고 한다. 시문에 능하고 음양학에 밝았으며 문집에 『허암집(虛庵集)』이 있다.

정희왕후 윤씨(貞熹王后 尹氏, 1418～1483) : 조선 세조의 비이다. 본관은 파평(坡平)이다. 덕종·예종 및 의숙공주(懿淑公主) 등 2남 1녀를 낳았다. 1468년 예종이 19세로 즉위하자 수렴청정을 하게 되었는데, 이는 조선시대에 처음 있는 일이며, 성종 즉위 후에도 계속 7년 동안 섭정하였다.

제(齊) 환공(桓公) 강소백(姜小白, ?～BC 643) : 춘추시대 제나라의 군주(재위 BC 685～BC 643)이다. 포숙아(鮑叔牙)의 진언으로 관중(管仲)을 재상으로 기용한 뒤 패자(覇者)의 자리를 확고히 하여 춘추5패(春秋五覇)의 한 사람이 되었다.

조경(趙儆, 1541～1609) : 조선 후기의 무신이다. 본관은 풍양(豊壤), 자는 사척(士惕), 시호는 장의(莊毅)이다. 임진왜란이 일어나자 경상우도방어사(慶尙右道防禦使)가 되어 황간(黃澗)·추풍(秋風)에서 싸웠으나 패배하였다. 그 뒤 금산(金山)에서 왜군을 격퇴시키고 상처를 입었으며, 행주싸움에서 대승하였다.

조광(趙匡, ?～1136) : 고려 전기의 반란자이다. 묘청의 부하로 함께 난을 일으켰으나 세가 불리해지자 묘청을 죽였으며, 토벌군에 의해 서경이 함락되자 분신자살하였다.

조광조(趙光祖, 1482～1519) : 조선 전기의 문신이다. 본관은 한양, 자는 효직(孝直), 호는 정암(靜庵)이다. 조선 중종 때 사림의 지지를 바탕으로 도학정치(道學政治)의 실현을 위해 적극적으로 활동하였다. 천거를 통해 인재를 등용하는 현량과(賢良科)를 주장하여 사림 28명을 선발하였으며 중종을 왕위에 오르게 한 공신들의 공을 삭제하는 위훈(僞勳) 삭제 등 개혁정치를 서둘러 단행하였다. 기묘사화(己卯士禍)가 일어나 능주로 귀양갔으며 한달만에 사사되었다.

조극관(趙克寬, ?～1453) : 조선 전기의 문신으로, 본관은 양주(楊州)이다. 형조참판(刑曹參判)에 기용되고 함길도관찰사에 보직되어 야인의 침입을 막아 전공을 세웠다. 1451년(문종 1) 중추부동지사(中樞府同知事)로 함경도 일내의 방수(防戍) 대책을 건의하여 성곽을 보수 신축하고, 군사 훈련을 강화하여 국방 경비에 진력하였다.

조두순(趙斗淳, 1796～1870) : 조선 후기 문신이다. 본관은 양주(楊州), 자는 원칠(元七), 호는 심암(心庵)이다. 『헌종실록』 편찬에 참여하고 『동문휘고(同文彙考)』 찬집당상(纂輯堂上)을 역임하였다. 총재관(總裁官)이 되어 삼정(三政)의 개혁에 주력하고, 조대비와 홍선대원군의 신임을 얻어 국정에 참여하였다. 영의정에 올라 삼군부(三軍府)를 부활시켰으며, 경복궁 영건도감(景福宮營建都監)의 도제조(都提調)를 겸하고 『대전회통(大典會通)』을 간행하였다.

조말생(趙末生, 1370～1447) : 조선 전기의 문신이다. 본관은 양주(楊州), 자는 근초(謹初)·평중(平仲), 호는 사곡(社谷)·화산(華山)이다. 함길도관찰사로 부임해서는 여진족 방어에 힘썼고, 경상·전라·충청 3도의 도순문사(都巡問使)로 나가서는 축성 사업을 벌였다.

조맹부(趙孟頫, 1254～1322) : 원나라의 화가·서예가이다. 서예에서 왕희지(王羲之)의 전형에 복귀할 것을 주장하고 그림에서는 당·북송의 화풍으로 되돌아갈 것을 주장하였다. 그림은 산수·화훼·죽석·인마 등에 모두 뛰어났고, 서예는 특히 해서·행서·초서에 능하였으며, 당시 복고주의의 지도적 입장에 있었다.

조민수(曹敏修, ?～1390) : 고려 말기의 무신이다. 본관은 창녕이다. 요동정벌군 좌군도통사(左軍都統使)로 출정한 뒤 위화도에서 이성계와 회군하여 우왕을 폐하고 창왕을 세우는 데 큰 역할을 하였다.

조병세(趙秉世, 1827～1905) : 개화기의 문신·순국열사이다. 을사조약이 체결되자 국권회복과 을사5적(乙巳五賊)의 처형을 주청하기 위하여 고종을 만나려 하였으나 일본군의 방해로 거절당하였다. 조약의 무효와 을사5적의 처형 등을 연소(聯疏)하다가 일본군에 의해 해산당하고 표훈원(表勳院)에 연금되었다.

조분왕(助賁王, ?～247) : 신라의 제11대 왕(재위 230～247)이다. 본래의 칭호는 조분이사금(助賁尼師今)이며, 제귀왕(諸貴王)이라고도 한다. 성은 석(昔)으로, 벌휴왕의 손자, 갈문왕(葛文王) 골정(骨正)의 아들이다. 231년 이찬 우로(于老)를 시켜 감문국(甘文國)을 정복하여 군(郡)으로 만들었고, 233년 왜구가 침입하자 다시 우로를 시켜 격퇴하였으며, 236년 골벌국(骨伐國)의 항복을 받았다.

조사민(趙思敏, ?～1378) : 고려 말기의 무신이다. 1363년(공민왕 12) 대호군(大護軍) 때 홍건적을 몰아내고 개경을 수복한 공으로 1등공신에 책록되었고, 여러 관직을 받았다. 1377년(우왕 3) 원수(元帥)로 왜구를 격파하였다.

조성복(趙聖復, 1681～1723) : 조선 후기의 문신이다. 본관은 풍양(豊壤), 자는 사극(士克), 호는 퇴수재(退修齋)이다. 집의(執義) 재임 때 양역의 폐단을 지적하는 등 제도의 개선에 관심을 보였으며, 왕세제의 대리청정을 요구하는 소를 올려 신임사화(辛壬士禍)의 단초가 되었다.

조승훈(祖承訓, 생몰년미상) : 명나라 말기의 요동 부총병(副摠兵)이다. 임진왜란 당시 명 우군부총병(右軍副摠兵)으로 3000명의 군사를 데리고 1차 원병 사령관으로 참전하였다. 그러나 제2차 평양 전투에서 일본군의 매복술에 크게 패하였고 이후 겨우 수십 기의 병사만 데리고 요동으로 돌아갔다. 그러다가 제4차 평양 전투에서 부총병으로 참전하여 승리하였다.

조언(趙彦, 생몰년미상) : 고려 말기의 무신이다. 우왕 초기에 개성윤(開城尹)이 되었고, 1388년(우왕 14) 왜구가 크게 창궐하자 자혜부윤(慈惠府尹)으로 있으면서 밀직부사(密直副使) 최칠석(崔七夕)과 함께 남도(南道)에 나가 방어하였다. 1390년(공양왕 2) 당시 윤이(尹彝)가 중랑장 이초(李初)와 함께 명나라의 힘을 빌려 시중(侍中) 이성계를 제거하려고 모의하였다가 적발된 이른바 이초(彝初)의 옥(獄)에 연루되어 투옥되었다.

조영규(趙英珪, ?~1395) : 고려 말 · 조선 초의 무신이다. 수차례에 걸쳐 왜구 토벌전에 참전하고 이성계가 세력을 구축하는 데 신진세력의 무장으로 크게 활약하였다. 이방원(李芳遠)과 모의하여 정몽주를 살해하고 이성계를 추대하여 조선 개국에 공을 세웠다.

조영하(趙寧夏, 1845~1884) : 조선 후기 문신이다. 본관은 풍양(豊壤), 자는 기삼(箕三), 호는 혜인(惠人)이다. 전권대신이 되어 조 · 미, 조 · 영, 조 · 독 수호통상조약을 체결하였다. 임오군란의 주동자 색출과 흥선대원군의 납치를 실현하여 민씨세력이 재집권하도록 하였다.

조위(曹偉, 1454~1503) : 조선 전기의 문신 · 학자이다. 본관은 창녕, 자는 태허(太虛), 호는 매계(梅溪), 시호는 문장(文莊)이다. 도승지(都承旨) · 충청도관찰사 · 중추부동지사(中樞府同知事) 등을 지냈다. 성리학의 대가로서 당시 사림 간에 대학자로 추앙되었고, 김종직(金宗直)과 함께 신진사류의 기수였으며, 글씨도 잘 썼다.

조위총(趙位寵, ?~1176) : 고려 후기의 문신이다. 정중부(鄭仲夫) · 이의방(李義方) 등이 정변을 일으키자 절령 이북 40여 성의 호응을 얻어 난을 일으켰다. 중앙군의 총공세로 위기에 처하자 금나라에 사신을 보내 원병을 요청하였으나 실패하여, 서경이 함락된 뒤 처형되었다.

조적(曹頔, ?~1339) : 고려 후기의 역신(逆臣)이다. 원나라 영종에게 충숙왕을 무고하여 국새를 빼앗게 하였으며, 충숙왕을 계속해서 비난하여, 심양왕(瀋陽王)에게 선위(禪位)하도록 하는 데 성공하였으나, 이조년(李兆年) 등의 반대로 취소되었다. 선왕 충숙왕이 복위하자 밀직지사(密直知事) · 찬성사(贊成事)를 거쳐 첨의좌정승(僉議左政丞)에 승진하였다.

조준(趙浚, 1346~1405) : 고려 말 · 조선 초의 문신이다. 본관은 평양, 자는 명중(明仲), 호는 우재(吁齋) · 송당(松堂), 시호는 문충(文忠)이다. 고려 말 전제개혁(田制改革)을 단행하여 조선 개국의 경제적인 기반을 닦고, 이성계를 추대하여 개국공신이 되었다. 제1차 왕자의 난 전후로 이방원(李芳遠)의 세자책봉을 주장하였으며, 태종을 옹립하였다. 토지제도에 밝은 학자로 『경제육전(經濟六典)』을 편찬하였다.

조중우(趙重遇, 생몰년미상) : 조선 후기 유생이다. 1721년(경종 즉위년)에 왕의 생모로 폐서인이 된 희빈 장씨의 작위를 회복시켜 달라는 상소를 올렸다. 그러자 승지(承旨) 홍치중(洪致中) · 한중희(韓重熙) 등이 부당하다는 반대 상소를 올렸고, 조중우를 처벌하라는 주장이 사헌부(司憲府) 등에서 제기되었다. 빗발치는 상소 때문에 유배를 결정하고, 결국 조중우는 옥중에서 맞아죽었다.

조지겸(趙持謙, 1639~1685) : 조선 후기의 문신이다. 본관은 풍양(豊壤), 자는 광보(光甫), 호는 우재(迂齋) · 구포(鳩浦)이다. 사간(司諫) 때 서인 김익훈(金益勳)이 남인의 모반사건을 허위조작하여, 남인을 해치려 하자 이를 탄핵하여 처단할 것을 주장하였다. 그 때 서인의 송시열이 김익훈을 비호하자, 재차 송시열을 공박하여 노론 · 소론으로 분당됨으로써 소론의 중심인물이 되었다.

조충(趙沖, 1171~1220) : 고려 후기의 문신이다. 본관은 횡천(橫川), 자는 담약(湛若), 시호는 문정(文正)이다. 거란족이 침입하자 출정하여 염주(鹽州)에서 거란족을 격퇴하였고, 서북면병마사(西北面兵馬使)로서 인주(麟州)에 침입한 여진족을 대파하였다. 이후 몽골군과 연합하여 거란군이 있는 강동성(江東城)을 공격하여 항복하게 하였다.

조태구(趙泰耉, 1660~1723) : 조선 후기의 문신이다. 본관은 양주(楊州), 자는 덕수(德叟), 호는 소헌(素軒) · 하곡(霞谷)이다. 소론의 영수로서 노론과 대립하던 중, 노론 4대신의 주청으로 세제의 대리청정이 실시되자 이를 반대하여 대리청정을 환수시켰다. 이어 노론 4대신을 역모죄로 몰아 사사하게 한 뒤 영의정에 올랐다.

조태억(趙泰億, 1675~1728) : 조선 후기의 문신이다. 본관은 양주(楊州), 자는 대년(大年), 호는 겸재(謙齋) · 태록당(胎祿堂), 시호는 문충(文忠)이다. 호조참판(戶曹參判) 때 세제(영조)의 책봉과 대리청정을 반대하여 철회시켰다. 신임사화(辛壬士禍)를 일으켜 노론을 거세하고 정권을 잡았으며, 영조가 즉위하자 즉위의 반교문(頒敎文)을 작성하였고, 벼슬이 좌의정에 이르렀다.

조태채(趙泰采, 1660~1722) : 조선 후기의 문신이다. 본관은 양주(楊州), 자는 유량(幼亮), 호는 이우당(二憂堂), 시호는 충익(忠翼)이다. 공조판서 · 이조판서를 거쳐 우의정에 올랐다. 노론 4대신의 한 사람으로 세제(영조) 책봉을 건의하여 실현시켰고 대리청정하게 하였으나 소론의 반대로 철회되자 사직하였다. 소론의 사주를 받은 목호룡(睦虎龍)의 고변으로 진도에 귀양간 뒤 사사되었다.

조헌(趙憲, 1544~1592) : 조선 전기의 문신 · 의병장이다. 본관은 백천(白川), 자는 여식(汝式), 호는 중봉(重峯) · 도원(陶原) · 후율(後栗), 시호 문열(文烈)이다. 임진왜란이 일어나자 옥천에서 의병을 일으켜 영규(靈圭) 등 승병과 합세하여 청주를 탈환하였다. 이어 전라도로 향하는 왜군을 막기 위해 금산전투에서 분전하다가 의병들과 함께 모두 전사하였다. 뛰어난 학자로, 기발이승일도설(氣發理乘一途說)을 지지하여 이이의 학문을 계승 발전시켰다.

조휘(趙暉, 생몰년미상) : 고려 후기의 반역자로 본관은 한양(漢陽)이고 용진현(龍津縣)

출생이다. 고종 때 동북면에 침입한 몽골병을 인도하여, 철령 이북의 땅을 몽골이 차지하게 한 뒤 투항하였다. 몽골이 화주에 쌍성총관부(雙城摠管府)를 설치하자 총관이 되어 수차례 북변의 성읍을 침입하여 주민에게 피해를 주었다.

좌지왕(坐知王, ?~421) : 금관가야의 제6대 왕(재위 407~421)이다. 아버지는 5대 이시품왕이며, 어머니는 사농경(司農卿) 극충(克忠)의 딸 정신부인(貞信夫人)이다. 즉위한 뒤 용녀(傭女)와 혼인을 하고 그녀의 척당을 관리로 등용하니 나라 안이 소란하여졌다. 이 틈을 타서 신라가 가야를 치려고 모의하였다. 이때 박원도(朴元道)의 충고로 용녀를 귀양보내고 정치를 바로잡아 백성을 편안하게 하였다.

주세붕(周世鵬, 1495~1554) : 조선 전기의 문신 · 학자이다. 본관은 상주, 자는 경유(景遊), 호는 신재(愼齋) · 손옹(巽翁) · 남고(南皐), 시호 문민(文敏)이다. 사림자제들의 교육기관으로 백운동서원(白雲洞書院)을 세워 서원의 시초를 이루었다. 서원을 사림의 중심기구로 삼아 향촌의 풍속을 교화하려는 목적으로 재정을 확보하고 서원에서 유생들과 강론하였다. 이후 이황의 건의로 소수서원(紹修書院)의 사액을 받아 공인된 교육기관이 된 뒤 풍기사림의 중심기구로 자리잡았다.

중종(中宗, 1488~1544) : 조선의 제11대 왕(재위 1506~1544)이다. 연산군 시대의 폐정을 개혁하였으며, 조광조 등의 신진 사류를 중용하여 왕도정치를 시도하였다. 그러나 지나치게 이상적인 개혁방법이 훈구파의 반발을 초래하여 기묘사화(己卯士禍)를 일으켰고, 신진사류를 숙청하였다. 이후 신사무옥(辛巳誣獄) · 삼포왜란(三浦倭亂) 등으로 정국은 혼미를 거듭하였다.

지녹연(智祿延, ?~1126) : 고려 전기의 무신이다. 본관은 봉주(鳳州)이다. 1104년(숙종 9)에 여진을 정벌한 공으로 전중시어사(殿中侍御史)가 되었고, 1120년(예종 15) 서북면병마사(西北面兵馬使)에 올랐다. 이자겸(李資謙)과 척준경(拓俊京)을 제거하고자 하였으나 조급한 거사로 뜻을 이루지 못하였다.

지용기(池湧奇, ?~1392) : 고려 말기의 문신이다. 본관은 충주이다. 요동정벌 때 안주도부원수(安州道副元帥)로서 우군도통사(右軍都統使) 이성계의 지휘하에서 위화도 회군에 가담하였다. 이성계와 함께 공양왕을 세워 문하찬성사(門下贊成事)에 임명되었고, 중흥공신(中興功臣)의 호를 받았다.

지윤(池奫, ?~1377) : 고려 말기의 무신이다. 본관은 충주이다. 무녀(巫女)의 소생으로서 처음 군졸에서 출발하였으나, 점차 무공을 세워 공민왕 말년에는 판숭경부사(判崇敬府事)가 되었다. 우왕 때에는 문하찬성사(門下贊成事) · 판판도사사(判版圖司事)가 되어 재상에 올랐는데, 친원정책을 비판하는 임박(林樸) · 정도전 · 박상충(朴尙衷) 등을 탄압하였다.

지증왕(智證王, 437~514) : 신라의 제22대 왕(재위 500~514)이다. 국호를 신라로 바꾸고 왕호를 개정하였다. 순장법 폐지, 우경법(牛耕法) 시행, 상복 제도 제정, 주군현(州郡縣) 정비 등을 통해 신라가 중앙집권적 국가 체제를 갖추는 데 초석을 마련하였다.

진덕여왕(眞德女王, ?~654) : 신라의 제28대 왕(재위 647~654)이다. 이름은 승만(勝曼)이고, 진평왕의 동생인 갈문왕(葛文王) 국반(國飯)의 딸이며 어머니는 월명부인(月明夫人) 박씨이다. 여왕을 반대하는 반란세력을 진압하고 당나라와의 친교를 돈독히 하였으며 삼국통일의 기틀을 마련하였다.

진린(陳璘, 생몰년미상) : 임진왜란에 참전한 명나라 수군의 도독이다. 조선 수군에 대한 멸시와 행패가 심하여 이순신과 마찰을 일으켰으나, 이순신이 세운 전공을 본인에게 양보하자 두사람의 관계가 호전되어 전투에 적극적으로 임하였다. 노량해전에서 이순신과 공동작전을 펼쳐 공적을 세웠다.

진사왕(辰斯王, ?~392) : 백제의 제16대 왕(재위 385~392)이다. 근구수왕의 제2남이며 침류왕의 동생이다. 고구려를 쳐 도곤성(都坤城)을 함락시키고 200명을 사로잡았으나, 고구려 광개토왕의 침입으로 10여 성을 잃고, 이를 탈환하려고 구원에 출전하였다가 병사하였다.

진성대군(晉城大君, 1488~1544) : 조선 중종과 동일인물이다. → 중종

진양대군(晋陽大君, 1417~1468) : 조선 세조와 동일인물이다. → 세조

진평왕(眞平王, ?~632) : 신라의 제26대 왕(재위 579~632)으로, 진흥왕의 손자이다. 여러 차례에 걸친 고구려의 침공에 대항하였고, 수·당과 수교하여 고구려의 침공을 꾀하였다. 관청을 신설하고 내정의 충실을 도모하였으며, 불교를 진흥시켰다.

진호(眞虎, ?~926) : 후백제가 고려에 보낸 볼모로 후백제왕 견훤의 외생(外甥)이다. 925년 왕건이 조카 왕신(王信)과 볼모로서 교환되었는데, 이듬해 4월 갑자기 죽었다. 그의 죽음 이후, 후백제와 고려는 본격적인 전쟁 상황으로 접어들게 되었다.

진흥왕(眞興王, 534~576) : 신라의 제24대 왕(재위 540~576)이다. 성은 김씨, 이름은 삼맥종(彡麥宗)·심맥부(深麥夫)이다. 백제 점령하의 한강 유역 요지를 획득하였고, 백제 성왕을 사로잡아 죽였다. 이어 대가야를 평정하였고, 새로 개척한 땅에 순수비를 세웠다. 화랑제도를 창시하는 등 군사적·문화적으로 실력을 길러 삼국통일의 기반을 닦았다.

차대왕(次大王, 71~165) : 고구려의 제7대 왕(재위 146~165)이다. 이름은 수성(遂成)으로, 태조왕의 동생이다. 태조왕이 연로하여 정권을 탐내다가 태조왕의 양위를 받아 왕의 자리에 올랐다. 그러나 횡포와 학정을 일삼아, 백성들의 원성을 듣다가 시해당하였다.

창조리(倉助利, 생몰년미상) : 고구려의 국상(國相)이다. 296년(봉상왕 5) 전연(前燕)의 모용외(慕容廆)가 침입하자 왕에게 고노자(高奴子)를 추천하여 신성 태수(新城太守)를 삼게 하여서 모용 외를 격퇴시켰다. 흉년이 들었는데도 왕이 왕족세력 제거와 왕권 강화에 열을 올리며 사치와 연락만 일삼자, 거사하여 왕을 폐위시키고 을불(乙弗 : 미천왕)을 왕으로 세웠다.

책계왕(責稽王, ?~298) : 백제의 제9대 왕(재위 286~298)이다. 고이왕의 아들로 위례

성(慰禮城)을 쌓았으며, 고구려가 대방(帶方)을 침공할 때 군사를 보내 고구려를 쳤다. 고구려의 침략에 대비해 아단성(阿旦城)과 사성(蛇城)을 쌓았다. 298년 한인(漢人)이 맥인(貊人)과 함께 침입하자, 맞서 싸우다 전사하였다.

척계광(戚繼光, 1528~1588) : 중국 명나라 말기의 장수이다. 자는 원경(元敬), 호는 남당(南塘) · 맹제(孟諸), 시호는 무의(武毅)이다. 왜구의 침입을 물리치는 데 큰 공을 세웠으며, 『기효신서(紀效新書)』 등의 병서(兵書)를 남겼다.

척준경(拓俊京, ?~1144) : 고려 전기 무신이다. 곡산척씨(谷山拓氏)의 시조이다. 이자겸(李資謙)과 함께 인종을 폐위하고자 대궐에 침입하였다 왕의 권유로 뜻을 바꾸어 이자겸을 잡아 귀양 보내고 공신이 되었다. 이후 세도를 마구 부리다가 탄핵을 받고 유배되었으며 복권되었으나 곧 죽었다.

척준신(拓俊臣, ?~1126) : 고려 전기의 관인으로, 본관은 곡산(谷山)이다. 1107년(예종 2) 윤관(尹瓘)이 여진을 정벌할 때 형인 척준경(拓俊京)과 함께 참전하여 공을 세웠다. 1126년(인종 4) 이자겸(李資謙)과 척준경(拓俊京)을 제거하고자 군사를 일으킨 내시 김찬(金粲)과 안보린(安甫鱗) 등에게 살해되었다.

천추태후(千秋太后, 964~1029) : 헌애왕후(獻哀王后) 황보씨의 다른 이름이다. 고려 태조 왕건의 손녀로, 경종의 비이며, 목종의 생모이다. 목종이 즉위한 뒤에 천추태후로 불리며 전권을 행사하였으나, 강조(康兆)의 정변으로 권력을 빼앗기고 유배되었다.

철목이(티무르[鐵木耳], 1336~1405) : 중앙아시아 티무르제국의 건설자(재위 1369~1405)이다. 해마다 사방으로 원정하여 코라즘(Khwarezm)을 병합하였고 동차가타이 한국(汗國)을 복종시켰으며 카르토왕조를 멸망시키고 인도에 침입하여 델리(Delhi)를 점령하였다. 학자 · 문인을 보호하고 산업을 장려하기도 하였다.

철목진(테무진[鐵木眞], 1155~1227) : 몽골 징기스칸과 동일인물이다. → 징기스칸

철종(哲宗, 1831~1863) : 조선의 제25대 왕(재위 1849~1863)이다. 1844년(헌종 10) 가족과 함께 강화에 유배되었다가 1849년 궁중에 들어와 헌종의 뒤를 이어 즉위하였다. 1852년부터 친정을 시작하였으나 정치에 어둡고, 외척인 안동김씨 일파의 전횡으로 삼정(三政)의 문란이 극에 달하였다.

첨해왕(沾解王, ?~261) : 신라의 제12대 왕(재위 247~261)이다. 형인 조분왕이 후사 없이 죽자 그 뒤를 이어 즉위하였다. 249년 사량벌국(沙梁伐國)을 공략하여 이를 신라에 병합하였으며, 같은 해에 왜국의 침공을 받기도 하였다. 255년 9월에 백제가 침입하자 일벌찬 익종(翊宗)을 시켜 괴곡(槐谷) 서쪽에서 맞아 싸우게 하였으나, 도리어 익종이 전사하였다.

청 태종(太宗, 1592~1643) : 청나라의 제2대 황제(재위 1626~1643)이다. 이름은 홍타이지[皇太極]이며 시호는 문황제(文皇帝)로, 태조 누르하치[奴兒哈赤]의 제8남이다. 내몽골을 평정하여 대원전국(大元傳國)의 옥새를 얻고 국호를 대청(大淸)이라 고쳤다. 문관(文館) · 육부(六部)의 설치 등 조직정비에 힘썼고, 청나라의 기초 확립

에 공적이 컸다.

최경회(崔慶會, 1532~1593) : 조선 전기의 문신이다. 본관은 해주, 자는 선우(善遇), 호는 삼계(三溪)·일휴당(日休堂), 시호는 충의(忠毅)이다. 1567년(명종 22) 식년문과(式年文科)에 급제하여 영해군수(寧海郡守)가 되었다. 1592년 임진왜란이 일어나자 의병장이 되어 금산·무주 등지에서 왜병과 싸워 크게 이겼다. 이듬해 경상우도병마절도사(慶尙右道兵馬節度使)로 승진하였으나, 6월 제2차 진주성 싸움에서 9일 밤낮을 싸우다가 전사하였다.

최규서(崔奎瑞, 1650~1735) : 조선 후기의 문신이다. 본관은 해주, 자는 문숙(文叔), 호는 간재(艮齋)·소릉(少陵)·파릉(巴陵), 시호는 충정(忠貞)이다. 1689년(숙종 15) 대사간(大司諫)이 되었으며 이듬해 희빈 장씨의 왕비 책봉에 반대하였다. 1721년(경종 1) 소론의 영수로서 우의정이 되었다. 노론 4대신들이 건의하여 세제의 대리청정이 실시되자 이를 반대하여 철회시켰다. 1728년(영조 4) 이인좌(李麟佐) 등이 밀풍군(密豊君) 이탄(李坦)을 추대하여 반란을 일으켰다는 정보를 입수해 알림으로써 난을 진압하였다.

최담령(崔聃齡, 생몰년미상) : 조선 후기의 의병이다. 본관은 전주, 자는 기수(奇叟), 호는 병암(屛巖)이다. 1592년(선조 25)에 임진왜란이 일어나자 충용장(忠勇將) 김덕령(金德齡)과 함께 일어나 격문(檄文)을 돌려 의병 수천 명을 모았다. 또한 집안의 재산을 털어서 군수 물자를 보급하였다.

최량(崔亮, ?~995) : 고려 전기의 문신이다. 본관은 경주, 시호는 광빈(匡彬)이다. 광종 때 문과에 급제하여 공문박사(攻文博士)가 되었다. 성종의 잠저(潛邸) 시절 그의 사우(師友)였으므로 성종이 즉위하자 특채되었다. 993년(성종 12) 문하시랑(門下侍郎)으로 하군사(下軍使)가 되어 북계에서 거란을 방어하였다. 그 후 내사시랑 겸 민관어사 동내사문하평장사감수국사(內史侍郎兼民官御事同內史門下平章事監修國史)가 되었다.

최만생(崔萬生, ?~1374) : 고려 말기의 환관이다. 1374년(공민왕 23) 익비(益妃)가 자제위(子弟衛)에 속한 홍륜(洪倫)과 정을 통하여 임신한 사실을 공민왕에게 알렸다. 이에 공민왕은 사건의 누설을 막기 위해 홍륜 등을 죽이려고 하였다. 최만생(崔萬生)은 홍륜·권진(權瑨) 등과 짜고 밤중에 침전에 들어가 왕을 살해하였으나, 이튿날 일당들과 함께 효수되었다.

최명길(崔鳴吉, 1586~1647) : 조선 후기의 문신이다. 본관은 전주, 자는 자겸(子謙), 호는 지천(遲川), 시호는 문충(文忠)이다. 인조반정에 참여한 반정공신이다. 병자호란 때 강화를 주관하여 인조의 신임을 얻었다. 이후 대명·대청 외교를 맡고 개혁을 추진하면서 국정을 주도하였다. 명나라와의 비공식적 외교관계가 발각되어 1643년(인조 21) 청나라에 끌려가 수감되기도 하였다. 그의 사상과 정책은 주화론으로 요약할 수 있으나 양명학에도 큰 호감을 보였다.

최무선(崔茂宣, ?~1395) : 고려 말·조선 초의 발명가이다. 본관은 영주(永州 : 永川)이다. 왜구가 창궐하자 화약제조법의 필요성을 절감하여, 원나라에서 제조법을 배워 화약을 만들었다. 1380년(우왕 6) 왜구가 대거 침입하였을 때 진포(鎭浦)에서 화포(火砲)·화통(火㷁) 등을 처음으로 사용하여 왜선 500여 척을 전멸시켰다.

최부(崔溥, 1454~1504) : 조선 전기의 문신이다. 본관은 탐진(耽津), 자는 연연(淵淵), 호는 금남(錦南)이다. 1487년(성종 18) 추쇄경차관(推刷敬差官)으로 제주에 갔으나 이듬해 부친상을 당해 돌아오던 중 풍랑으로 중국 절강성(浙江省 : 저장성) 영파(寧波 : 닝보)에 표류하였다. 반년 만에 한양에 돌아와 왕명을 받고 『표해록(漂海錄)』을 썼다. 수차(水車 : 踏車)의 제작과 이용법을 배워와 후일 충청도 지방의 가뭄 때 큰 도움을 주었다. 1504년(연산군 10) 갑자사화(甲子士禍) 때 참형을 당하였다.

최사전(崔思全, 1067~1139) : 고려 전기의 의관이다. 본관은 탐진(耽津), 자는 휼세(恤世), 시호는 장경(莊景)이다. 탐진최씨(耽津崔氏)의 시조이다. 이자겸(李資謙)의 난 때 척준경(拓俊京)을 설복하여 이자겸을 제거하게 하여 병부상서(兵部尚書)에 추충위사공신(推忠衛社功臣)이 되었다. 후에 문하시랑평장사(門下侍郞平章事)에 이르렀다. 인종의 묘정에 배향되었다.

최석정(崔錫鼎, 1646~1715) : 조선 후기의 문신·학자이다. 본관 전주, 자는 여시(汝時)·여화(汝和), 호는 존와(存窩)·명곡(明谷), 시호는 문정(文貞), 초명은 석만(錫萬)으로, 최명길(崔鳴吉)의 손자이다. 1697년(숙종 23) 우의정에, 1699년 좌의정과 홍문관대제학(弘文館大提學)을 겸하였다. 『국조보감(國朝寶鑑)』의 속편과 『여지승람(輿地勝覽)』증보 편찬을 지도하였다. 1701년 영의정으로 장희빈의 처형을 반대하다 유배되었으나 곧 풀려났다. 소론의 영수로 많은 파란을 겪으면서도 8번이나 영의정을 지냈고, 당시 배척받던 양명학을 발전시켰다.

최성지(崔誠之, 1265~1330) : 고려 후기의 문신이다. 본관은 전주, 자는 순부(純夫), 호는 송파(松坡)이다. 충선왕이 원나라에서 오랫동안 귀국하지 않자 권한공(權漢功) 등과 뇌물을 받는 등 관리선용권을 남용하다가 투옥되었다. 일부 고려인들이 고려를 원나라의 한 성(省)으로 하자고 선동하자 원나라에 그 득실을 진정하여 논의를 중지케 하였다. 그가 원나라에서 배워온 역수(易數)의 학은 그 뒤 고려 학계에 큰 공헌을 하였다고 평가받는다.

최세보(崔世輔, ?~1193) : 고려 후기의 무신이다. 미천한 출신으로 문맹(文盲)이었다. 금군(禁軍)의 대정(隊正)으로서 유시(流矢)의 변에 혐의를 받고 유배되었다. 정중부(鄭仲夫) 등의 난으로 무신이 득세하자 복직하여, 문하시랑평장사(門下侍郞平章事)·병부판사(兵部判事)·상장군(上將軍)·동수국사(同修國史)를 지냈다.

최숙생(崔淑生, 1457~1520) : 조선 전기의 문신이다. 본관은 경주, 자는 자진(子眞), 호는 충재(忠齋)이다. 1492년(성종 23) 식년문과(式年文科)에 급제하였다. 1504년(연산군 10) 응교(應敎)로 있을 때 갑자사화(甲子士禍)로 신계(新溪)에 유배되었다가 중종반정으로 풀려났다. 1508년(중종 3) 문신정시(文臣庭試)에 장원을 하여 대사간(大司諫)·대사헌(大司憲)을 역임하고 1518년 우찬성(右贊成)에 올랐으나 이듬해 기묘사화(己卯士禍)로 파직되었다.

최승로(崔承老, 927~989) : 고려 전기의 재상이다. 본관은 경주, 시호는 문정(文貞)이다. 982년(성종 1) 사회개혁 및 대중국관의 시정 등에 대한 시무책 28조(時務策二十八條)를 올려 고려 왕조 기초 작업에 큰 역할을 하였다. 12목(牧)을 설치하고 목사(牧使)를 파견하여 중앙집권적 체제를 갖추도록 하였다.

최영(崔瑩, 1316~1388) : 고려 말기의 명장·충신이다. 1359년(공민왕 8) 홍건적이 서경을 함락하자 이방실(李芳實) 등과 함께 이를 물리쳤다. 1361년에도 홍건적이 창궐하여 개경까지 점령하자 이를 격퇴하여 전리판서(典吏判書)에 올랐다. 이후에도 흥왕사(興王寺)의 변, 제주 목호(牧胡)의 난을 진압하였으며, 1376년(우왕 2) 왜구가 삼남지방을 휩쓸자 홍산에서 적을 대파하였다. 1388년 명나라가 철령위(鐵嶺衛)를 설치하려하자, 요동정벌을 계획하고 출정하였으나 이성계의 위화도회군으로 좌절되었다.

최영경(崔永慶, 1529~1590) : 조선 전기 학자이다. 본관은 화순, 자는 효원(孝元), 호는 수우당(守愚堂)이다. 당대 저명한 성리학자로서 전정경의(專精敬義)를 학문의 근본으로 삼았고, 학문이란 구설(口舌)과 문장(文章)에서 떠나 실생활에 적응하고 실천해야 한다고 주장하였다.

최옹(崔雍, ?~1292) : 고려 후기의 문신이다. 본관은 동주(東州), 자는 대화(大和)로, 최영의 조부이다. 고종 때 문과에 급제하여 대관승(大官丞)을 거쳐 이부원외랑(吏部員外郎)이 되었으며, 경사(經史)에 밝아 충렬왕이 즉위하기 전 태손(太孫)으로 있을 때부터 가르쳤으며, 국자감(國子監)에서 후학을 지도하였다.

최우(崔瑀, ?~1249) : 고려 후기의 권신이다. 본관은 우봉(牛峰), 시호는 광렬(匡烈)로, 이름을 후에 이(怡)로 개명하였다. 1219년(고종 6) 추밀원부사(樞密院副使)로 아버지 최충헌의 뒤를 이어 집권하였다. 개경의 황라성(隍羅城)을 수축하는 등 몽골의 침입에 대처하였다. 1225년 정방(政房)을 설치하여 인사권을 장악하였고 도방(都房)을 확장하였다. 몽골의 침공 소식에 강화천도를 단행하여 성을 쌓아 대비하였다. 1243년 국자감(國子監)을 수축하였으며 사재를 동원하여 대장경판 재조를 완성케 하였다.

최윤덕(崔潤德, 1376~1445) : 조선 전기의 무신이다. 본관은 통천(通川), 자는 백수(伯修)·여화(汝和), 호는 임곡(霖谷)이다. 쓰시마[對馬島]섬을 정벌하였으며, 압록강 유역 여연(閭延)에 침입한 여진족 이만주(李滿住)를 물리치고 여연·자성(慈城)·무창(茂昌)·우예(虞芮)에 4군을 설치하였다.

최의(崔竩, ?~1258) : 고려 후기의 무신이다. 본관은 우봉(牛峯)이다. 최씨 무신정권의 마지막 집권자로, 최항(崔沆)의 아들이다. 처음에는 민심을 얻기 위해 노력하였으나, 조정대신들의 지지를 얻지 못하고 어지러운 정사를 거듭하다가 김준(金俊)·유경(柳璥) 등에게 살해되었다.

최익현(崔益鉉, 1833~1906) : 개화기의 문신이다. 1868년(고종 5) 경복궁 중건과 당백전(當百錢) 발행에 따르는 재정의 파탄 등을 들어 흥선대원군의 실정(失政)을 상소하여 관직을 삭탈당하였다. 이후 일본과의 통상조약과 단발령에 격렬하게 반대하였다. 1905년 을사조약이 체결되자 항일의병운동의 전개를 촉구하며 의병을 모았다. 그러나 순창에서 패하여 쓰시마[對馬島]섬에 유배되었다.

최자(崔滋, 1188~1260) : 고려 후기의 문신이다. 본관은 해주, 자는 수덕(樹德), 초명은 종유(宗裕)·안(安), 호는 동산수(東山叟), 시호는 문청(文淸)이다. 국자감학유(國子監學諭) 때 재능을 인정받아 문한(文翰)을 맡았으며, 권신 최우(崔瑀)의 신임을 얻었다. 고종 때 사간원정언(司諫院正言)을 거쳐 상주목사(尙州牧使)가 되어 선정을 베풀었다. 충청도와 전라도의 안찰사(按察使)를 지냈고 벼슬이 판이부사(判吏部事)까지 이르렀다. 시문에 특히 뛰어났다. 문집에 『보한집(補閑集)』 등이 있다.

최제안(崔齊顔, ?~1046) : 고려 전기의 문신이다. 1020년(현종 11) 천령절(千齡節)을 하례하기 위하여 거란에 다녀왔다. 1043년(靖宗 9) 문하시랑 동내사문하평장사 판상서호부사(門下侍郎同內史門下平章事判尙書戶部事)가 되었으며, 뒤에 태사문하시중(太師門下侍中)을 지냈다. 병화(兵火)로 소실되었던 「훈요십조(訓要十條)」를 최항(崔沆)의 집에서 발견하여 왕에게 바쳐서 그것이 후세에 전해졌다.

최충(崔沖, 984~1068) : 고려 전기의 문신이다. 본관은 해주, 자는 호연(浩然), 호는 성재(惺齋)·월포(月圃)·방회재(放晦齋), 시호는 문헌(文憲)이다. 문장과 글씨에 능하여 해동공자(海東孔子)로 불렸다. 1013년(현종 4) 국사수찬관(國史修撰官)으로 태조에서 목종까지의 7대(代) 실록 편찬에 참여하였다. 1047년(문종 1) 법률관들에게 율령을 가르쳐 고려 형법의 기틀을 마련하였다. 농번기의 공역 금지 등을 상소하여 시행하였고, 동여진를 경계하여 국방을 강화하였다. 벼슬에서 물러나 송악산 아래 서당을 열고 많은 인재를 배출하였는데 이를 문헌공도(文憲公徒)라 하였다.

최충수(崔忠粹, ?~1197) : 고려 후기의 무신이다. 본관은 우봉(牛峰)이다. 형 최충헌과 함께 이의민(李義旼)을 죽이고 권력을 장악하고 자기 딸을 태자비로 삼으려다 형 최충헌과 충돌하여 결국 살해되었다.

최충헌(崔忠獻, 1149~1219) : 고려 후기의 무신이다. 본관은 우봉(牛峰), 초명은 난(鸞), 시호는 경성(景成)이다. 1196년(명종 26) 권신 이의민(李義旼)을 죽이고 정권을 장악하였다. 이어 평량공(平涼公) 왕민(王旼)을 신종으로 앉히고 최씨 무단정권을 확립하였다. 1198년(신종 1) 만적(萬積)의 난을 토벌하고 군사권·인사권을 장악하였다. 이어 신변 보호 차원에서 도방(都房)을 설치하였으며, 교정도감(敎定都監)을 설치해 무신정권의 중앙기관으로서 국정 전반을 감독하게 하였다.

최치운(崔致雲, 1390~1440) : 조선 전기의 문신이다. 본관은 강릉, 자는 백경(伯卿), 호는 경호(鏡湖)·조은(釣隱)이다. 1433년(세종 15) 평안도절제사(平安道節制使) 최윤덕(崔潤德)의 종사관(從事官)으로 야인 정벌에 공을 세웠다. 1439년 공조참판(工曹參判) 때 계품사(計稟使)로 명나라에 가 야인 회유에 관해 논의하는 등 수차례 사신으로 명나라에 왕래하였다. 『무원록(無寃錄)』을 주석하였고, 율문(律文)을 강해하는 등 형옥(刑獄)에 대한 왕의 자문에 응하였다.

최치원(崔致遠, 857~?) : 신라의 학자이다. 경주최씨(慶州崔氏)의 시조이며, 자는 고운(孤雲)·해운(海雲)이다. 879년 황소(黃巢)의 난 때 고변(高駢)의 종사관(從事官)으로서 「토황소격문(討黃巢檄文)」의 초고를 작성하여 문장가로서 이름을 떨쳤다. 885년(헌강왕 11년) 신라로 돌아온 뒤에는 894년(진성여왕 8) 왕에게 시무책(時務策)을 올려 정치 개혁을 추진하였다.

최탄(崔坦, 생몰년미상) : 고려 후기의 역신(逆臣)이다. 1269년(원종 10) 임연(林衍)이 원종을 폐하고 안경공(安慶公) 왕창(王淐)을 세운 것을 구실로 한신(韓愼)·이연령(李延齡) 등과 함께 난을 일으켰다. 서경을 비롯한 북계 54성과 자비령 이북의 황해도 6성을 탈취하여 몽골에 귀부하였다. 원나라 세조는 자비령 이북 지역을 동녕부(東寧府)라 하여 이를 몽골에 내속시키고 최탄을 동녕부총관(東寧府摠管)으로 삼았다. 동녕부는 1290년(충렬왕 16)에야 고려에 반환되었다.

최항(崔沆, ?~1257) : 고려 후기의 권신이다. 본관은 우봉(牛峰), 초명은 만전(萬全)이다. 승려 생활을 하다가 환속하여 1249년(고종 36) 아버지 최우(崔瑀)가 죽자 정권을 이어받았다. 시기심이 많아 전 추밀원부사(樞密院副使) 주숙(周肅)·계모 대씨(大氏) 등을 죽이고 많은 이들을 유배보냈다. 집권 초에는 각 지방의 별공(別貢)과 어량(魚梁 : 선박세)을 면제하고 교정도감(教定都監)을 개혁하는 등 인심을 얻으려고 애썼으나 점차 사치와 향략에 젖어들었다.

최호(崔顥, 생몰년미상) : 고려 전기의 학자이다. 1042년(靖宗 8) 동경부유수(東京副留守)로 왕명에 의하여 판관(判官) 나지열(羅旨說)·사록(司錄) 윤렴(尹廉)·장서기(掌書記) 정공간(鄭公幹)과 함께 『한서(漢書)』·『당서(唐書)』를 새로 출판하였다.

최흥원(崔興源, 1529~1603) : 조선 전기의 문신이다. 본관은 삭녕(朔寧), 자는 복초(復初), 호는 송천(松泉), 시호는 충정(忠貞)이다. 1568년(선조 1) 증광문과(增廣文科)에 급제하였다. 부평부사(富平府使) 때인 1578년 감독 소홀로 효릉(孝陵) 정자각(丁字閣) 보수일을 지키지 못하여 파직되었다가 다시 승지(承旨)로 복직하였다. 이후 영의정이 되었으며, 임진왜란 때 세자(광해군)를 강계(江界)까지 배종한 뒤 의주에서 왕을 하였고, 그 공으로 호성공신(扈聖功臣) 2등에 추록(追錄)되고 청백리에 녹선되었다.

충렬왕(忠烈王, 1236~1308) : 고려의 제25대 왕(재위 1274~1308)이다. 원 세조의 강요로 일본 정벌을 위한 동로군(東路軍)을 2차례에 걸쳐 파견하였으나 실패하였다. 원나라의 지나친 간섭과 왕비의 죽음 등으로 정치에 염증을 느껴 왕위를 선위하였으나 7개월 만에 복위해야 하였다. 음주 가무와 사냥으로 소일하며 정사를 돌보지 않다가 재위 34년 만인 1308년 죽었다.

충선왕(忠宣王, 1275~1325) : 고려의 제26대 왕(재위 1298, 1308~1313)이다. 초명은 원(謜), 이름은 장(璋), 자는 중앙(仲昻)으로, 충렬왕의 아들이다. 1298년 왕위에 오르자 정방(政房)을 폐지 등 관제를 혁신하고 권신들의 토지를 몰수하였으며 원나라에 대해서도 자주적인 태도를 취하였다. 그러나 7개월 만에 폐위되었다가 1308년 충렬왕이 죽자 다시 왕위에 올랐다. 정치에 싫증을 느껴 원나라로 가 전지(傳旨)로써 국정을 처리하였으나 그 와중에도 각염법(榷鹽法)을 제정하여 사원과 권문세가의 소금 독점에 의한 폭리를 막았다.

충숙왕(忠肅王, 1294~1339) : 고려의 제27대 왕(재위 1313~1330, 1332~1339)이다. 초명은 도(燾), 휘는 만(卍), 자는 의효(宜孝), 시호는 의효(懿孝)로, 충선왕의 제2남이다. 1313년 왕위에 올랐으나 심양왕(瀋陽王) 왕고(王暠)가 왕위를 노리고 그를 헐뜯어, 5년간 연경에 체류해야 하였다. 1325년 귀국하였으나 눈과 귀가 멀어 정사를 못 돌본다는 조적(曺頔) 일당의 거짓 고발 때문에 정사에 더 염증을 느껴 1330년 태자 정(禎 : 충혜왕)에게 왕위를 넘기고 원나라에 갔다. 충혜왕이 폐위되자 1332년 복위하였으나 정사는 잘 돌보지 않았다.

충정왕(忠定王, 1337~1352) : 고려의 제 30대 왕(재위 1349~1351)이다. 이름은 저(胝)로, 충혜왕의 서자이다. 1349년 충목왕을 이어 즉위하였다. 외척들의 세도 정치와 왜구의 잦은 침입으로 국정이 문란해지자 충목왕의 후계자로 함께 물망에 올랐던 강릉대군(江陵大君 : 공민왕)에게 민심이 쏠렸다. 1351년 윤택(尹澤)·이승로(李承老) 등은 충정왕 폐위를 원나라에 요청하였다. 공민왕이 즉위하자 강화도로 추방되었다가 다음해 독살되었다.

침류왕(枕流王, ?~385) : 백제의 제 15대 왕(재위 384~385)이다. 근구수왕의 장남이다. 즉위하자 중국 진(晉)나라에 조공을 바쳤으며, 호승(胡僧) 마라난타(摩羅難陀)가 백제에 왔을 때 이를 왕궁에 영접하였다. 이것이 백제에서 불교 전래의 시초이며, 백제에서는 이때부터 불법(佛法)을 시행하였다. 385년 한산(漢山)에 절을 창건하였고 9개월 후에 사망하였다. 동생인 진사왕이 왕위를 계승하였다.

탄연(坦然, 1070~1159) : 고려 전기의 승려·서예가이다. 속성은 손(孫), 호는 묵암(默庵)이고 시호는 대감(大鑑)이다. 왕사를 지냈으나 곧 은퇴하고 선교(禪敎) 중흥에 이바지하였다. 서예에 뛰어나 명필가로도 이름을 떨쳤다. 작품에 「청평사문수원중수비(淸平寺文殊院重修碑)」가 있다.

탈탈(脫脫, 생몰년미상) : 원나라 말기의 승상이다. 고려 후기 문신인 강천유(姜千裕)의 여동생이 그의 애첩으로, 강천유는 탈탈을 등에 업고 고려에서 권세를 누렸다.

탈해왕(脫解王, ?~80) : 신라의 제4대 왕(재위 57~80)이다. 원래의 칭호는 탈해이사금(脫解尼師今)으로, 성은 석(昔)이다. 시림(始林)을 계림(鷄林)이라 개칭하여 국호로 정하고 주주(州主) · 군주(郡主) 등의 관직을 새로 만들었다. 77년 황산진(黃山津)에서 가야와 싸워 크게 이겼다.

태정제(泰定帝, 1276~1328) : 원나라의 제6대 황제(재위 1323~1328)이다. 이름은 예순테무르[也孫鐵木兒]이다. 1302년 카말라[甘麻剌]가 죽자 예순테무르가 진왕(晋王)을 계승하고 몽골 고원의 유목민 여러 부족을 통솔하였다. 그는 측근 다울라트샤[倒剌沙]를 재상으로 기용하여, 원나라 중기의 혼란기 속에서 비교적 장기인 5년간 재위하였다. 묘호는 진종(眞宗)이다.

태조(太祖, 877~943) : 고려의 제1대 왕(재위 918~943)이다. 본관은 개성, 자는 약천(若天), 이름은 건(建), 시호는 신성(神聖)이다. 궁예의 휘하에서 견훤의 군사를 격파하였고 정벌한 지방의 구휼에도 힘써 백성의 신망을 얻었다. 고려를 세운 후, 수도를 송악(松嶽)으로 옮기고 불교를 호국신앙으로 삼았으며 신라와 후백제를 합병하여 후삼국을 통일하였다.

태조(太祖, 1335~1408) : 조선의 제1대 왕(재위 1392~1398)이다. 본관은 전주, 자는 중결(仲潔), 호는 송헌(松軒)이다. 우군도통사(右軍都統使)로서 요동정벌을 위해 북진하다가 위화도에서 회군하여 우왕을 폐하였다. 막강한 권력으로 전제개혁(田制改革)을 단행하였고 신진세력의 경제적 토대를 구축하여 조선을 세우고 도읍을 한양으로 옮겨 초기 국가의 기틀을 다졌다.

태조왕(太祖王, 47~165) : 고구려의 제6대 왕(재위 재위 53~146)이다. 유리왕의 손자이며, 왕족인 고추가(古鄒加) 재사(再思)의 아들이다. 국조왕(國祖王)이라고도 한다. 동옥저(東沃沮)를 정벌하는 등 영토를 넓혔으며 중앙집권적 형태로 체제를 정비하여 실질적인 국가의 면목을 갖추기 시작하였다.

태종무열왕(太宗武烈王, 604~661) : 신라의 제29대 왕(재위 654~661)이다. 성은 김씨, 이름은 춘추(春秋)이며, 진지왕의 손자인 이찬 김용춘(金龍春 : 金龍樹)의 아들이다. 김유신 등에게 5만 명의 군사를 주고 당나라 군사와 연합하여 백제를 멸망시켰다. 당의 율령제도를 모방한 관료체계를 정비하고 구서당(九誓幢)이라는 9개 군단(軍團)을 설치하는 등 왕권을 확립하였다.

파사왕(婆娑王, ?~112) : 신라의 제5대 왕(재위 80~112)이다. 성은 박씨로, 유리왕의 제2남이다. 가야가 마두성(馬頭城)을 포위 공략하자 이를 물리쳤고, 음집벌국(音汁伐國) · 실직국(悉直國) · 압독국(押督國) 등 세 나라를 합병하여 국세를 넓힌 데 이어 비지국(比只國) · 다벌국(多伐國) · 초팔국(草八國) 등을 합병하는 등 현군으로서 추앙을 받았다.

편조(遍照, ?~1371) : 신돈과 동일인물이다. → 신돈

포선만노(蒲鮮萬奴, ?~1233) : 대진국(大眞國)의 왕(재위 1216~1233)이다. 처음에 금나라에서 벼슬하여, 거란의 야율유가(耶律留哥)가 금나라를 배반하고 몽골과 내통해 요동(遼東 : 랴오둥)에 의거하자 야율유가 토벌을 명령받았다. 그러나 그는 동경

(東京 : 遼陽)을 근거지로 독립하여 국호를 대진국, 연호를 천태(天泰)라 하였다. 그의 세력은 상당히 넓게 미쳤으나, 1233년 몽골군의 포로가 되었고 결국 대진국도 멸망하였다.

표연말(表沿沫, ?~1498) : 조선 전기의 문신이다. 본관은 신창(新昌), 자는 소유(少游), 호는 남계(藍溪)이다. 1495년(연산군 1) 응교(應敎)로 춘추관편수관(春秋館編修官)이 되어 『성종실록』의 편찬에 참여하였고, 폐비 윤씨의 추숭(追崇)을 반대하였다. 소릉(昭陵 : 문종비 顯德王后陵) 추복(追復)에 관한 사실을 사초(史草)에 적은 것과 김종직(金宗直)의 행장(行狀)을 미화해 썼다는 이유로 무오사화(戊午士禍) 때 유배 도중 죽었으며, 갑자사화(甲子士禍) 때 부관참시(剖棺斬屍)되었다가 뒤에 신원되었다.

풍왕(豊王, 생몰년미상) : 백제 의자왕의 아들이다. 631년(무왕 32)부터 일본에 볼모로 가 있었는데, 백제가 멸망한 후, 백제의 장군 복신(福信) · 도침(道琛)의 부흥운동으로 왕에 추대되었다. 주류성(周留城)을 근거로 적에게 많은 피해를 주었으나, 내분으로 도침이 복신에게 피살되자 복신을 살해하고 고구려로 도망갔다. 그러나 고구려가 망하자 당나라 군사에게 붙잡혀 유배되었다.

하공진(河拱辰, ?~1011) : 고려 전기의 문신으로, 진주하씨(晉州河氏)의 시조이다. 1009년(목종 12) 중랑장(中郞將)을 거쳐 상서좌사낭중(尙書左司郞中)으로 강조(康兆)의 정변에 가담하였다. 거란이 고려를 침범하자 적진에 들어가 현종의 친조(親朝)와 자신의 볼모를 조건으로 철병(撤兵)을 교섭하여 성공하였다. 이후 거란에서 탈출하려다 발각되어 친국(親鞠)을 당하며 회유를 받았으나 끝내 거절하여 살해되었다.

하륜(河崙, 1347~1416) : 고려 말 · 조선 전기의 문신이다. 본관은 진주, 자는 대림(大臨), 호는 호정(浩亭), 시호는 문충(文忠)이다. 1400년(정종 2) 제2차 왕자의 난에도 이방원(李芳遠)을 도왔다. 이첨(李詹)과 함께 『동국사략(東國史略)』을 편수하였고, 춘추관영사(春秋館領事)로 『태조실록』 편찬을 지휘하였다.

하연(河演, 1376~1453) : 조선 전기의 문신이다. 본관은 진주(晉州), 자는 연량(淵亮), 호는 경재(敬齋) · 신희옹(新稀翁), 시호는 문효(文孝)이다. 1423년(세종 5) 대사헌(大司憲)으로서 조계종(曹溪宗) 등 불교 7종파를 선종(禪宗) · 교종(敎宗)으로 통합하고 사사(寺社) 및 사전(寺田)을 줄일 것을 건의하여 실시하게 하였다. 문종이 대자암(大慈庵)을 중수하려고 하자 이를 반대하였다. 편저로 『경상도지리지(慶尙道地理誌)』 · 『진양연고(晉陽聯藁)』 등이 있다.

하위지(河緯地, 1412~1456) : 조선 전기의 문신이다. 본관은 진주(晉州), 자는 천장(天章) · 중장(仲章), 호는 단계(丹溪) · 연풍(延風)으로, 사육신(死六臣)의 가운데 한 사람이다. 집현전직전(集賢殿直殿)에 등용되어 수양대군(首陽大君)을 보좌하여 『진설(陣說)』의 교정과 『역대병요(歷代兵要)』의 편찬에 참여하였다. 침착하고 과묵한 청백리로 성삼문(成三問) 등과 단종 복위를 꾀하다가 실패하여 거열형(車裂刑)에 처해졌다.

한계희(韓繼禧, 1423～1482) : 조선 전기의 문신이다. 본관은 청주, 자는 자순(子順), 시호는 문정공(文靖公)이다. 예종이 즉위 후 남이(南怡)의 옥사(獄事)를 처결하여 익대공신(翊戴功臣) 3등에 책록되었고 서평군(西平君)에 봉해졌다. 기내훈구파(畿內勳舊派)에 속하는 유학자로 세조의 신임이 두터웠고, 『경국대전』 편찬에 참여하였다.

한규직(韓圭稷, 1845～1884) : 조선 후기의 무신이다. 명성황후(明成皇后)의 총애를 받고 어영대장(御營大將) · 혜상국총판(惠商局總辦) · 의금부지사(義禁府知事) 등을 지냈다. 내정 개혁을 추진하는 개화파를 탄압하고, 박영효(朴泳孝)가 지휘하던 군병까지 흡수하여 개화파의 제거 대상인물에 올랐다. 갑신정변 때 살해되었다.

한뢰(韓賴, 생몰년미상) : 고려 전기의 문신이다. 이복기(李復基) · 임종식(林宗植) 등과 함께 의종의 총애를 받았다. 1170년(의종 24) 의종이 보현원(普賢院)에 행차 도중 5병수박희(五兵手博戲)를 하게 하자 대장군(大將軍) 이소응(李紹膺)의 빰을 쳐서 불만에 가득찬 무신들을 자극하는 계기가 되었다. 그 결과 무신의 난이 발발하여 이고(李高)에 의하여 죽음을 당하였다.

한명회(韓明澮, 1415～1487) : 조선 전기의 문신이다. 본관은 청주, 자는 자준(子濬), 호는 압구정(狎鷗亭) · 사우당(四友堂)이다. 계유정난(癸酉靖難) 때 수양대군(首陽大君)을 도와 왕위에 등극하는 데 공을 세웠다. 사육신(死六臣)의 단종 복위운동을 좌절시키고, 그들을 살해하는 데 가담하였다. 병조판서로 있으면서 북방의 수비를 견고하게 하는데 공을 세웠다. 딸인 성종비 공혜왕후(恭惠王后)가 세상을 떠나자 권세가 추락하기 시작하여, 1474년(성종 5)에 관직이 삭탈되었다. 압구정에서 노년을 보내다 사망하였다.

한수(韓修, 1333～1384) : 고려 말기의 문신 · 서예가이다. 본관은 청주, 자는 맹운(孟雲), 호는 유항(柳巷), 시호는 문경(文敬)이다. 충정왕과 공민왕 때 필도치[必闍赤 : 무신정권에 속한 文士]가 되었다. 신돈을 경계해야 한다고 공민왕에게 밀계(密啓)하여 예의판서(禮儀判書)로 전직되었으나, 신돈이 죽은 후 다시 기용되었다. 식견이 뛰어나고 글을 잘 썼다고 전해진다. 글씨로는 「노국대장공주묘비(魯國大長公主墓碑)」 등이 있다.

한안(韓安, ?～1374) : 고려 말기의 반역자로, 본관은 청주이다. 미소년으로 자제위(子弟衛)에 속하여 공민왕의 총애를 받았으나, 여러 비를 강제로 욕보여 궁중에 추문을 일으켰다. 자제위(子弟衛)의 홍륜(洪倫)이 익비(益妃)와 통하여 잉태하게 한 사실이 밝혀지자 공민왕을 시해하고, 그 후 참형을 당하였다.

한온(韓蘊, ?～1555) : 조선 전기의 무신이다. 본관은 청주, 자는 군수(君粹), 시호는 충의(忠毅)이다. 1555년(명종 10) 장흥부사(長興府使)로 있을 때 을묘왜변(乙卯倭變)이 일어나자, 전라도병마절도사(全羅道兵馬節度使) 원적(元績) 등과 함께 달량포에서 왜적과 싸우다 전사하였다.

한응인(韓應寅, 1554～1614) : 조선 후기의 문신이다. 본관은 청주, 자는 춘경(春卿), 호는 백졸재(百拙齋)・유촌(柳村), 시호는 충정(忠靖)이다. 종계변무(宗系辨誣)의 공으로 광국공신(光國功臣) 2등에, 정여립(鄭汝立) 사건을 고변한 공로로 평난공신(平亂功臣) 1등에 각각 책록되었다. 선조로부터 유교7신(遺敎七臣)의 한 사람으로 영창대군(永昌大君)의 보호를 부탁받았으며, 계축옥사(癸丑獄事)에 연루되어 관작이 삭탈당하였다가 후에 신원되었다.

한준겸(韓浚謙, 1557~1627) : 조선 후기의 문신이다. 본관은 청주, 자는 익지(益之), 호는 유천(柳川), 시호는 문익(文翼)이다. 동부승지(同副承旨) 때 중국 명나라 도독을 도와 마초(馬草)와 군량 보급에 힘썼다. 선조로부터 영창대군(永昌大君)의 보필을 요청받은 유교7신(遺敎七臣)의 한 사람으로, 계축옥사(癸丑獄事)에 연좌되어 충주에 귀양갔다가 여주에 이배(移配)되었다.

한중혁(韓重爀, ?~1697) : 조선 후기의 문신이다. 본관은 청주이다. 1694년(숙종 20) 이시회(李時檜)・김춘택(金春澤) 등과 함께 폐위된 인현왕후(仁顯王后)의 복위운동을 꾀하였다가 민암(閔黯)의 고변으로 투옥되었다. 이어 갑술환국(甲戌換局)이 일어나 사형을 면하였으나, 1697년 환국을 꾀하여 조정에 해를 끼쳤다는 탄핵을 받아 장살(杖殺)되었다.

한충(韓忠, 1486~1521) : 조선 전기의 문신이다. 본관은 청주, 자는 서경(恕卿), 호는 송재(松齋), 시호는 문정(文貞)이다. 직제학(直提學)・동부승지(同副承旨)・좌승지(左承旨)를 역임하고, 기묘사화(己卯士禍) 때 조광조와 교유가 있었다 하여 거제도에 유배되었다. 신사무옥(辛巳誣獄)에도 연루되어 의금부(義禁府)에 투옥되었다가 장살(杖殺)당하였다. 뒤에 신원되고 이조판서가 추증되었다.

한치형(韓致亨, 1434~1502) : 조선 전기의 문신이다. 본관은 청주, 자는 통지(通之), 시호는 질경(質景)이다. 형조판서・공조판서・호조판서・대사헌(大司憲)・우의정을 지냈다. 좌의정이 되어 무오사화(戊午士禍)에 김일손(金馹孫) 등을 처형하게 하고, 영의정 승진 후 연산군의 폭정을 충간하다가 왕의 미움을 받았다. 갑자사화(甲子士禍)에 추죄되어 부관참시(剖棺斬屍)되었고 일가가 몰살당하였다.

한태동(韓泰東, 1646~1687) : 조선 후기의 문신이다. 본관은 청주, 자는 노첨(魯瞻), 호는 시와(是窩)이다. 교리(校理) 때 서인이 남인을 발본색원하려고 남인 역모설을 조작하자, 같은 서인의 조지겸(趙持謙) 등과 그 간계를 폭로하고 처형을 주장하여 다음해 파직되었다. 연소하였으나 소론의 거두였다.

한호(韓濩, 1543~1605) : 조선 후기의 서예가이다. 본관은 삼화(三和), 자는 경홍(景洪), 호는 석봉(石峯)・청사(淸沙)로, 한석봉으로 더 잘 알려져 있다. 김정희(金正喜)와 쌍벽을 이루는 서예가이며 해(楷)・행(行)・초(草) 등 각 서체에 모두 능하였다고 한다. 「서경덕신도비(徐敬德神道碑)」・「행주승전비(幸州勝戰碑)」 등 비문이 주로 남아 있다.

합진(호진[哈眞], 생몰년미상) : 몽골의 장수이다. 호지키[哈只吉]・호치키[哈赤吉]・호진

[合臣]·호칭[河稱]이라고도 한다. 1218년(고종 5) 고려에 들어와 거란을 친 뒤, 조충(趙冲)과 공부세수(貢賦歲輸)의 조약을 체결하였고 김양경(金良鏡)과 형제국이 될 것을 약속하였다. 또 고려와 연합으로 강동성(江東城)의 거란병을 쳐서 항복시키고, 포로가 되었던 고려 사람들을 보내왔다.

해구(解仇, ?~478) : 백제의 반란자이다. 476년(문주왕 2) 병관좌평(兵官佐平)이 되어 내신좌평(內臣佐平) 곤지(昆支)를 살해하고 정권을 장악하였으며, 문주왕을 살해하고 삼근왕을 즉위하게 하였다. 이후 은솔(恩率) 연신(燕信)과 함께 대두성(大豆城)을 본거지로 반란을 일으켰다가 덕솔(德率) 진로(眞老)에게 패하여 살해되었다.

해명(解明, BC 12~AC 9) : 고구려의 왕족으로, 유리왕의 태자이다. 힘이 세고 용맹하여 이웃 황룡국(黃龍國)의 왕이 보낸 강한 활을 맨손으로 꺾어보내 고구려를 가볍게 보지 못하게 하였다. 그를 시기한 유리왕이 자결할 것을 명하자 땅에 창을 거꾸로 꽂아놓고는 달리는 말에서 뛰어내려 찔려 죽었다.

허견(許堅, ?~1680) : 조선 후기의 역신(逆臣)이다. 본관은 양천(陽川)이다. 영의정이면서 남인의 영수인 아버지 허적(許積)의 배경을 믿고 황해도에서 수천 그루의 재목을 도벌하여 집을 짓고, 유부녀를 욕보이는 등 갖은 비행을 저질렀다. 1680년(숙종 6) 복창군(福昌君)·복선군(福善君)·복평군(福平君) 등과 역모를 꾀한다는 김석주(金錫胄)의 고변으로 주살되었다. 이 삼복(三福)사건으로 남인이 실각하였다.

허목(許穆, 1595~1682) : 조선 후기 학자·문신이다. 본관은 양천, 자는 문보(文甫)·화보(和甫), 호는 미수(眉叟)이다. 사상적으로 이황·정구(鄭逑)의 학통을 이어받아 이익에게 연결시킴으로써 기호남인의 선구이며 남인 실학파의 기반이 되었다. 전서(篆書)에 독보적 경지를 이루었다고 알려져 있다. 문집 『기언(記言)』·역사서 『동사(東事)』 등을 편집하였다.

허반(許磐, ?~1498) : 조선 전기의 문신이다. 본관은 양천(陽川), 자는 문병(文炳)이다. 『성종실록』 편찬이 시작되면서, 사관(史官) 김일손(金馹孫)의 사초(史草) 가운데 김종직(金宗直)의 「조의제문(弔義帝文)」이 수록되어 있음이 밝혀져 무오사화(戊午士禍)가 일어나자, 김일손(金馹孫)·이목(李穆)·권오복(權五福)·권경유(權景裕) 등과 함께 참형되었다.

허새(許璽, ?~1682) : 조선 후기의 유생이다. 1682년(숙종 8) 서인 김석주(金錫胄)·김익훈(金益勳)의 사주를 받은 김환(金煥)·한수만(韓壽萬)으로부터 역모를 꾀한다는 무고를 받고 국문 끝에 사형당하였다. 1689년 기사환국(己巳換局)으로 남인계가 정권을 잡은 뒤 신원되었다.

허성(許筬, 1548~1612) : 조선 후기의 문신이다. 본관은 양천(陽川), 자는 공언(功彦), 호는 악록(岳麓)·산전(山前)이다. 통신사(通信使)로 일본에 다녀온 후 김성일(金誠一)이 침략우려가 없다고 하자, 그에 반대하여 침략 가능성을 직고하였다. 임진왜란이 일어나자 자청하여 군병모집에 진력하였다. 이조판서에 이르렀으며 이름난 문장가로 성리학에도 통달하였고 글씨에도 뛰어났다.

허완(許完, 1569～1637) : 조선 후기의 무신이다. 본관은 양천(陽川), 자는 자고(子固), 시호는 충장(忠莊)이다. 25세 때 무과에 급제하였고, 수군통제사(水軍統制使) 이순신 휘하에 들어가 이순신에게 능력을 인정받았다. 경상좌도병마절도사(慶尙左道兵馬節度使)로 있을 때 병자호란이 일어나자 1만여 군사를 이끌고 북상하였다. 1637년(인조 15) 광주(廣州) 쌍령(雙嶺)에서 적과 대전하다 패하여 많은 군사가 죽자 자결하였다. 병조판서에 추증되었다.

허욱(許頊, 1548～1618) : 조선 후기의 문신이다. 본관은 양천(陽川), 자는 공신(公愼), 호는 부훤(負暄), 시호는 정목(貞穆)이다. 임진왜란 때 승장(僧將) 영규(靈圭)와 함께 의병장 조헌(趙憲)을 도와 청주 탈환에 공을 세워서 충청도관찰사에 올랐다. 병조참판(兵曹參判)·호조판서 등을 거쳐, 이조판서가 되었고 이후 우의정·좌의정까지 승진하였다.

허유(許猷, 생몰년미상) : 고려 말기의 문신이다. 1341년(충혜왕 복위2) 강릉대군(江陵大君 : 공민왕)을 따라 연경(燕京)에 가서 숙위(宿衛)하였고, 1351년(공민왕 즉위년) 통례문판관(通禮門判官)으로 서북면찰방(西北面察訪)이 되어 왜구를 방어하였다. 홍건적의 난 때 개성을 탈환하고 공민왕을 호종한 공으로 1등공신에 책록되어 양천군(陽川君)에 봉해졌으나 신돈의 전횡을 비난하다가 유배되었다.

허자(許磁, 1496～1551) : 조선 전기의 문신이다. 본관은 양천(陽川), 자는 남중(南仲), 호는 동애(東厓)이다. 예조판서를 거쳐 우참찬(右參贊)·공조판서를 지냈다. 대사헌(大司憲)이 된 후 윤원형(尹元衡) 등과 함께 소윤(小尹)으로서 대윤(大尹)인 윤임(尹任)을 제거하는 데 가담하였다. 위사공신(衛社功臣) 3등에 책록되고 양천군(陽川君)에 봉해졌다.

허적(許積, 1610～1680) : 조선 후기의 문신이다. 본관은 양천(陽川), 자는 여차(汝車), 호는 묵재(默齋)·휴옹(休翁)이다. 호조판서·병조판서를 지냈고, 우의정·좌의정을 거쳐 영의정까지 올랐다. 효종비 인선왕후(仁宣王后)가 죽은 후 자의대비(慈懿大妃)의 제2차 복상문제에서 기년설(朞年說)을 주장하여 채택되고, 송시열의 처벌 문제에서 온건론을 펴 탁남(濁南)의 영수가 되어 집권자가 되었다.

허조(許稠, 1369～1439) : 조선 전기의 문신이다. 본관은 하양(河陽), 자는 중통(仲通), 호는 경암(敬菴)이다. 조선개국 후 태조·정종·태종·세종의 네 임금을 섬기며 법전을 편수하고 예악제도를 정비하는 등 국가의 기틀을 닦는 데 공을 세웠다. 벼슬은 좌의정에 이르렀으며, 청백리로 명망이 있었다.

허종(許琮, 1434～1494) : 조선 전기의 문신이다. 본관은 양천(陽川), 자는 종경(宗卿)·종지(宗之), 호는 상우당(尙友堂), 시호는 충정(忠貞)이다. 문무에 모두 뛰어나 내직으로는 예조판서·이조판서 등을 거쳐 우의정에 이르렀으며, 외직으로는 함길도경차관(咸吉道敬差官)·북정도원수(北征都元帥) 등을 지내며 국경의 경비를 튼튼히 하였다. 의학에도 밝아 서거정(徐居正) 등과 함께 『향약집성방(鄕藥集成方)』을 언해하였다.

허준(許浚, 1537~1615) : 조선 후기의 의학자이다. 본관은 양천(陽川), 자는 청원(淸源), 호는 구암(龜巖)이다. 선조와 광해군의 어의를 지냈으며, 1610년(광해군 2)에 조선 한방의학의 발전에 기여한 『동의보감』을 완성하였다.

허항(許沆, ?~1537) : 조선 전기의 문신이다. 본관은 양천(陽川), 자는 청중(淸仲)이다. 1524년(중종 19) 별시문과(別試文科)에 병과(丙科)로 급제하였다. 부제학(副提學)·동부승지(同副承旨)를 지냈고, 김안로(金安老)가 재집권하자 대사헌(大司憲)에 이르렀다. 간신 김안로의 일당이 되어 옥사(獄事)를 일으키고 무고한 사림을 죽여 김안로·채무택(蔡無擇) 등과 함께 정유3흉(丁酉三兇)으로 일컬어진다.

헌강왕(憲康, ?~886) : 신라의 제49대 왕(재위 875~886)이다. 이름은 김정(金晸)이며 경문왕과 문의왕후(文懿王后)의 제2남이다. 문치에 힘썼으며, 당나라 희종에 의해 신라왕에 책봉되었다. 880년 처용무(處容舞)가 크게 유행하였으며, 서울의 민가는 모두 기와로 덮고 숯으로 밥을 짓는 등 사치와 환락의 시대가 이룩되어 이때부터 신라는 쇠퇴기에 접어들었다.

헌덕왕(憲德王, ?~826) : 신라의 제41대 왕(재위 809~826)이다. 이름은 김언승(金彦昇)으로, 소성왕의 동생이다. 난을 일으켜 조카인 애장왕을 죽이고 즉위하였다. 제방을 수리하여 농사를 장려하였으며 친당(親唐)정책에 힘썼다. 김헌창(金憲昌)의 난을 평정하고, 김헌창의 아들 김범문(金梵文)의 모반을 진압하였다. 패강(浿江)에 장성 약 3백리를 쌓기도 하였다.

헌안왕(憲安, ?~861) : 신라의 제47대 왕(재위 857~860)이다. 이름은 김의정(金誼靖)·김우정(金祐靖)이다. 859년 전국에 흉년이 들자 백성의 구원에 힘썼고, 제방을 쌓아 농사를 장려하였다. 후사가 없어 왕족 김응렴(金膺廉 : 경문왕)을 맏사위로 삼아 그에게 왕위를 물려주었다. 능은 경주 공작지(孔雀趾)이다.

헌종(憲宗, 1827~1849) : 조선의 제24대 왕(재위 1834~1849)이다. 이름은 환(奐), 자는 문응(文應), 호는 원헌(元軒)이다. 8세에 즉위하여 순조의 비 순원왕후(純元王后)가 수렴청정하며 많은 천주교 신자를 학살하였는데, 천주교인의 적발 방법으로 오가작통법(五家作統法)을 적용하였다. 친정(親政) 이후에도 삼정(三政)의 문란과 국정의 혼란으로 민생고가 가중되었다.

현종(顯宗, 1641~1674) : 조선의 제18대 왕(재위 1659~1674)이다. 이름은 연(棩), 자는 경직(景直)으로, 효종의 아들이다. 효종의 상례(喪禮)시 인조의 계비인 자의대비(慈懿大妃)의 복상문제(服喪問題)에 서인의 기년설(朞年說)을 채택하였고, 어머니 인선왕후(仁宣王后)가 죽자 2차 복상문제에서 남인의 기년설을 채택하였다. 재위 중 남인과 서인의 당쟁이 계속되어 국력이 쇠퇴해졌다.

혜공왕(惠恭王, 758~780) : 신라의 제36대 왕(재위 765~780)이다. 이름은은 김건운(金

乾運)이다. 경덕왕의 장남으로 어린 나이에 왕위에 올라 태후가 섭정하였으며, 재위기간동안 왕당파와 귀족세력 간의 대립이 지속되었다. 김지정(金志貞)이 일으킨 반란의 과정에서 살해되었으며, 혜공왕의 죽음으로 귀족중심의 신라 하대가 시작되었다.

혜관(惠灌, 생몰년미상) : 고구려의 승려로, 일본 삼론종(三論宗)의 개조이다. 수나라에 건너가 가상사(嘉祥寺)의 길장(吉藏)에게 삼론종의 종지(宗旨)를 배우고 귀국 후 625년(영류왕 8)에 왕명으로 일본에 건너가 나라[奈良]의 겐코사[元興寺]에 머물며 불법을 설하였다.

혜량(惠亮, 생몰년미상) : 신라에 귀화한 고구려 승려이다. 고구려의 국력을 정탐하러 왔던 신라의 이찬 거칠부(居柒夫)를 재빨리 귀국하게 함으로써 체포를 면하게 하였다. 551년(진흥왕 12) 나제동맹군이 고구려를 칠 때 거칠부를 따라 신라에 귀화하였고, 진흥왕의 명으로 승통(僧統)이 되어 처음으로 백좌강회(百座講會)·팔관회(八關會)를 주재하였다.

혜왕(惠王, ?~599) : 백제의 제28대 왕(재위 598~599)으로, 이름은 계(季)이다. 형인 위덕왕의 뒤를 이어 즉위하였다가, 이듬해 죽었다. 헌왕(獻王)이라고도 한다. 황해의 무역기지를 고구려와 신라에게 빼앗기고, 수나라의 중국통일로 중국에 있던 백제의 해상 무역기지들이 힘을 잃는 등 나라의 힘이 약해진 상태에서 즉위하여 1년 만에 왕위에서 물러나고 말았다.

혜종(惠宗, 912~945) : 고려의 제2대 왕(재위 943~945)이다. 이름은 무(武), 자는 승건(承乾), 시호는 의공(義恭)이다. 태조 왕건의 장남으로 즉위 후, 이복동생 요(堯 : 정종)·소(昭 : 광종)와 왕규(王規)의 왕권 다툼 속에서 곤란을 겪었다.

호동(好童, ?~32) : 고구려 대무신왕의 아들이다. 32년(대무신왕 15) 낙랑태수(樂浪太守)의 딸인 공주와 사랑을 언약하고 공주로 하여금 적군의 침입을 알린다는 자명고(自鳴鼓)를 찢게 하여 낙랑을 정벌하였으나 그가 태자가 되는 것을 시기한 원비(元妃)의 참소와 공주에 대한 사랑의 번민으로 자살하였다고 한다.

홀필열(쿠빌라이[忽必烈], 1215~1294) : 몽골 제국의 제5대 칸(재위 1260~1294)이다. 징기즈 칸의 손자이며, 묘호는 세조이다. 국호를 원으로 고치고 대도(大都)를 도읍으로 정하였다. 남송을 멸망시키고 중국을 통일하였으며, 고려·버마·일본 등지에 침공하였다. 넓은 영토를 차지한 대제국을 완성하여 원나라의 전성시대를 이루었다. 한때 고려와 연합하여 일본을 정복하려 하였으나 두 차례 모두 태풍으로 실패하였다.

홍경래(洪景來, 1771~1812) : 조선 후기 평안도에서 일어난 홍경래의 난의 최고 지도자이다. 그가 이끈 군사력과 봉기 이념에 한계는 있었지만, 기층사회에서 성장한 인물로서 대규모의 항쟁을 주도한 점에서 높이 평가된다.

홍계능(洪啓能, ?~1776) : 조선 후기의 문신이다. 본관은 남양(南陽), 호는 신계(莘溪)이다. 1750년(영조 26) 우의정 정우량(鄭羽良)의 천거로 등용되어 1758년(영조 34) 자의(諮議)가 되었다. 풍산홍씨(豊山洪氏) 일파가 시파(時派)를 이루어 세손(정조)을 보호하려 하자 벽파(僻派) 홍인한(洪麟漢)과 더불어 세손의 즉위를 반대하였다가, 정조가 즉위하자 하옥되어 옥사하였다.

홍계훈(洪啓薰, ?~1895) : 조선 후기의 무신이다. 본관은 남양(南陽), 초명은 재희(在羲), 자는 성남(聖南), 호는 규산(圭珊)이다. 동학농민운동이 일어나자 동학군을 무찌르고 전주를 탈환하여 그 예봉을 꺾고, 유길준(兪吉濬) 등과 협력하여 박영효(朴泳孝) 타도에 나섰으나 이듬해 을미사변 때, 광화문을 지키다가 피살되었다.

홍관(洪灌, ?~1126) : 고려 전기의 문신 · 서예가이다. 본관은 남양(南陽), 자는 무당(無黨), 시호는 충평(忠平)이다. 김생(金生)의 필법을 본받은 명필이다. 1102년(숙종 7) 집상전(集祥殿)의 문액(門額)을 썼으며 회경전(會慶殿) 병풍에 『서경(書經)』의 「무일편(無逸篇)」을 썼다. 예종의 명으로 『편년통재속편(編年通載續編)』을 완성하였고 김부일(金富佾) · 박승중(朴昇中)과 함께 음양이서(陰陽二書)를 논변하였다.

홍국영(洪國榮, 1748~1781) : 조선 후기의 문신 · 세도정치가이다. 본관은 풍산, 자는 덕로(德老)이다. 사도세자(思悼世子)를 죽이는 데 주도적 역할을 한 벽파(僻派)들이 세손(정조)까지 해하려고 음모를 꾀하자 이를 막아 세손에게 깊은 신임을 얻었다. 정조를 즉위시키는 데 진력하여 도승지(都承旨)에 올라 누이동생을 빈(嬪)으로 들여보내 세도정권을 이루고 갖은 횡포와 전횡을 일삼았다.

홍규(洪奎, ?~1316) : 고려 후기의 문신이다. 본관 남양(南陽), 초명 문계(文系), 시호 광정(匡定)이다. 충숙왕비 명덕태후(明德太后)의 아버지이다. 원나라에서 돌아오는 왕을 권신인 처남 임유무(林維茂)가 배척하려 하자 삼별초(三別抄)의 힘을 빌려 그를 죽였다. 충렬왕이 양가의 규수를 뽑아 원나라에 보내려 할 때 딸의 머리를 깎게 한 사건으로 귀양갔으며 딸은 마침내 원나라 사신 아고대(阿古大)에게 바쳐졌다.

홍다구(洪茶丘, 1244~1291) : 원나라에 귀화한 고려 무장이다. 본관은 남양(南陽), 본명은 준기(俊奇)이다. 고려에 들어와 봉주(鳳州)에 둔전총관부(屯田摠管府)를 설치하였고, 삼별초(三別抄)의 난을 토벌하였다. 원나라가 일본 정벌을 계획하자 조선(造船) 공사를 가혹하게 독촉하였고, 제2차 일본정벌 때 태풍으로 군사를 잃고 돌아갔다.

홍륜(洪倫, ?~1374) : 고려 후기의 총신(寵臣)이다. 본관은 남양(南陽)이다. 1372년(공민왕 21)에 설치된 자제위(子弟衛)에 소속되어 왕의 좌우에서 보필하였다. 1374년 익비(益妃)와 정을 통하여 임신하자, 공민왕은 사건의 누설을 막기 위해 홍륜 등을 죽이려고 하였다. 이에 최만생(崔萬生) 등과 공모하여 왕을 죽이고, 다음날 주살되었다.

홍명구(洪命耈, 1596~1637) : 조선 후기의 문신 · 의사(義士)이다. 본관은 남양(南陽), 자는 원로(元老), 호는 나재(懶齋), 시호는 충렬(忠烈)이다. 인조반정 후에 등용되어 우승지(右承旨) · 대사간(大司諫) · 평안도관찰사가 되었고, 병자호란이 일어나자 적군 수백 명을 살상하고 전사하였다.

홍문계(洪文系, ?~1316) : 홍규와 동일인물이다. → 홍규

홍봉주(洪鳳周, ?~1866) : 조선 후기의 천주교 순교자이다. 세례명은 토마스로, 부모 모두 기해박해(己亥迫害) 때 순교한 천주교 집안 출신이다. 1865년(고종 2) 러시아의 국경 침입 사건으로 계기로, 국내 천주교 신부를 통해 프랑스·영국과 조약을 맺어 러시아를 방비하자는 방아책(防俄策)을 흥선대원군에게 제시하였으나, 오히려 병인박해(丙寅迫害)를 초래하였다. 1866년 서소문 밖에서 참수되어 순교하였다.

홍봉한(洪鳳漢, 1713~1778) : 조선 후기의 문신이다. 본관 풍산, 자는 익여(翼汝), 호는 익익재(翼翼齋), 시호는 익정(翼靖)이다. 영조 때 노론의 영수였으며 사도세자(思悼世子)의 장인이다. 사도세자의 죽음으로 몰고간 장본인으로 지목되었다. 영조가 사도세자에게 시호를 내리자 세자의 죽음을 초래하게 한 김구주(金龜柱) 일당을 탄핵하여, 정적인 벽파(僻派) 탄압에 이용하였다. 벽파의 책동으로 세손(정조)을 해하려 할 때 이를 막다가 삭직되기도 하였다.

홍상간(洪相簡, 1745~1777) : 조선 후기의 문신이다. 본관은 남양(南陽)이다. 1766년(영조 42) 진사로서 정시문과(庭試文科)에 을과(乙科)로 급제한 뒤 수찬(修撰)·부교리(副校理)·부수찬 겸 문학(副修撰兼文學)·헌납(獻納)·필선(弼善) 등을 역임하였다. 1773년 사가독서(賜暇讀書)하고, 1775년 특별히 가자(加資)되어 승지(承旨)가 되어 홍문관(弘文館)에서 지냈다. 1777년(정조 1) 홍인한(洪麟漢)이 정조를 시해하려다 주살된 옥사에 연루되어 고문을 받고 죽었다.

홍서봉(洪瑞鳳, 1572~1645) : 조선 후기의 문신이다. 본관은 남양(南陽), 자는 휘세(輝世), 호는 학곡(鶴谷), 시호는 문정(文靖)이다. 병자호란이 일어나자 최명길(崔鳴吉)과 함께 화의(和議)를 주장하였고 영의정·좌의정을 지냈다. 소현세자(昭顯世子)가 급사하자 봉림대군(鳳林大君 : 효종)의 세자책봉을 반대하고 세손으로 적통(嫡統)을 잇도록 주장하였으나 용납되지 않았다.

홍순목(洪淳穆, 1816~1884) : 조선 후기의 문신이다. 본관은 남양(南陽), 자는 희세(熙世), 호는 분계(汾溪)이다. 수구 강경파의 거두로 흥선대원군의 통상수교거부정책을 지지하였다. 미국공사와 로저스 제독이 통상교섭을 요구하자 강경히 척화를 주장하며 대항하였다. 임오군란으로 흥선대원군 재집권 시 관제를 개혁하였고, 총리군국사무(總理軍國事務)가 되어 당오전(當五錢)을 주조하게 하였다.

홍영식(洪英植, 1855~1884) : 조선 후기의 문신이다. 본관은 남양(南陽), 자는 중육(仲育), 호는 금석(琴石), 시호는 충민(忠愍)이다. 개화파의 중진으로, 신설된 우정국(郵征局)의 총판(總辦)이 되어 그 개국 축하연 때 갑신정변을 일으켜 신정부를 조직하였다. 그러나 청나라의 개입으로 신정부가 무너지자 대역죄로 처형되었다.

홍유(洪儒, ? ~ 936) : 고려 전기의 무신이다. 고려 개국공신 가운데 한 명으로, 초명은 술(術 : 述)이다. 회인홍씨(懷仁洪氏)의 시조이며 태조의 제26비 의성부원부인(義城府院夫人) 홍씨의 아버지이다. 무장 출신임에도 불구하고 언변과 논리가 매우

뛰어났다고 한다. 폭군 궁예를 몰아내기 위한 거사를 일으킬 당시 태조를 설득하여 혁명을 완수하고 그를 임금으로 옹립한 장본인이다.

홍윤성(洪允成, 1425~1475) : 조선 전기의 문신이다. 본관은 회인(懷仁), 자는 수옹(守翁), 호는 영해(領海), 시호는 위평(威平)이다. 수양대군(首陽大君)을 도와 정난공신(靖難功臣) 2등에 녹선되었고, 세조 즉위 후 예조참의(禮曹參議)·경상우도절제사(慶尙右道節制使)를 역임하였다. 1460년(세조 6) 모련위(毛憐衛)에 침입한 여진족을 토벌하여 숭정대부(崇政大夫)에 올랐으며, 우의정·좌의정에 이어 영의정에 올랐다.

홍익한(洪翼漢, 1586~1637) : 조선 후기의 문신이다. 본관은 남양(南陽), 자는 백승(伯升), 호는 화포(花浦)·운옹(雲翁)이다. 병자호란이 일어나자 척화론(斥和論)을 폈으나, 남한산성에서 왕이 화의하자 심양(瀋陽 : 선양)에 잡혀가 굽히지 않고 죽음을 당하였다. 이에 적들이 감탄하여 '삼한삼두(三韓三斗)'의 비(碑)를 세웠다.

홍인계(洪仁桂, ?~1390) : 고려 말기의 무신이다. 1365년(공민왕 14) 판사(判事)로 재직 중, 신돈이 사부(師傅)가 되어 국정을 장악하고 최영 등을 축출할 때 순흥(順興)에 귀양갔다. 1390년(공양왕 2) 명나라에서 돌아온 조반(趙胖)에 의하여 보고된 윤이(尹彝)·이초(李初)의 고변에 연루되어 순군옥(巡軍獄)에 갇혀 옥사하였다.

홍인한(洪麟漢, 1722~1776) : 조선 후기의 문신이다. 본관은 풍산, 자는 정여(定汝)이며, 사도세자(思悼世子)의 장인인 홍봉한(洪鳳漢)의 동생이다. 전라도관찰사·대사헌(大司憲)·우의정·좌의정 등을 지냈다. 벽파(僻派)에 가담하여 정조의 즉위를 반대하였다. 정조가 즉위하자 유배되었고, 위리안치(圍籬安置)되었다가 사사되었다

홍자번(洪子藩, 1237~1306) : 고려 후기의 문신이다. 본관은 남양(南陽), 자는 운지(雲之), 시호는 충정(忠正)이다. 1278년(충렬왕 4) 밀직사지사(密直司知事)가 되어 왕을 따라 원나라에 갔으며, 원나라의 일본 정벌을 위한 전함의 수조(修造)를 담당하였다. 충렬왕과 충선왕 사이를 이간시킨 오기(吳祈)·석천보(石天輔)를 잡아서 원나라에 보내는 등 왕의 부자(父子)를 화해시키는 데 노력하였다.

홍재학(洪在鶴, 1848~1881) : 조선 후기 유생·지사(志士)이다. 본관은 남양(南陽), 자는 문숙(聞叔)이다. 1880년(고종 17) 수신사(修信使) 김홍집(金弘集)이 『조선책략(朝鮮策略)』을 왕에게 올려 개혁정책이 적극성을 띠게 되자, 이에 격분하여 상경하여 척외(斥外)를 상소하였다.

홍종우(洪鍾宇, 1854~1913) : 개화기·일제강점기의 수구파 정객이다. 본관 남양(南陽)이다. 조선인 최초로 프랑스에 유학하여 법률을 공부하였다. 갑신정변에 실패하고 일본에 망명해 있던 김옥균과 함께 상해(上海 : 상하이)로 갔으며 그곳에서 김옥균을 암살하였다.

홍치상(洪致祥, 생몰년미상) : 조선 후기의 문신이다. 1571년(선조 4) 춘추관편수관(春秋館編修官)으로 『명종실록』을 수찬하는 데 참여하였다. 1599년 장단부사(長端府使)가 되어 정사를 잘 돌보지 못한다는 탄핵으로 파직되었다. 그 뒤, 강화부사(江華

府使)를 거쳐 1601년 장령(掌令)·좌통례(左通禮)·군자감정(軍資監正)을 역임하였고, 1605년 봉상시정(奉常寺正)·성균관전적(成均館典籍)을 역임하였다.

홍한(洪瀚, 1451~1498) : 조선 전기의 문신이다. 본관은 남양(南陽), 자는 온진(蘊珍), 호는 이와(頤窩)이다. 사헌부지평(司憲府持平)·사간원헌납(司諫院獻納)·홍문관응교(弘文館應敎), 부제학(副提學) 등을 지냈다. 1498년(연산군 4) 이조참의(吏曹參議)에 올랐으나 같은 해 일어난 무오사화 때 장류(杖流)에 처해져 유배지인 경흥(慶興)으로 귀양 가던 도중 사망하였다.

환조(桓祖, 1315~1361) : 이자춘과 동일인물이다. → 이자춘

황보유의(皇甫兪義, ?~1042) : 고려 전기의 문신이다. 천추태후(千秋太后)와 사통한 김치양(金致陽)이 그 사생아를 왕위에 앉히려는 음모를 꾸미자 낭장(郎將) 문연(文演) 등과 함께 대량원군(大良院君 : 현종)을 맞아들여 즉위하게 하였다. 이후 어사대부에 올라 왕가도(王可道)와 함께 개경의 나성(羅城)을 축조하였다.

황보인(皇甫仁, ?~1453) : 조선 전기의 문신이다. 본관은 영천, 자는 사겸(四兼)·춘경(春卿), 호는 지봉(芝峰), 시호는 충정(忠定)이다. 평안·함길도체찰사(平安咸吉道體察使)가 된 후 10년 동안 절제사(節制使) 김종서(金宗瑞)와 함께 6진(六鎭)을 개척하였다. 영의정이 되어 문종의 고명(顧命)을 받들어 단종을 보좌하다가 계유정난(癸酉靖難)에 김종서와 함께 수양대군(首陽大君)에게 살해되었다.

황사영(黃嗣永, 1775~1801) : 조선 후기의 천주교 신자이다. 본관은 창원, 자는 덕소(德召), 세례명은 알렉산데르이다. 신유박해(辛酉迫害) 때 제천 배론[舟論] 산중으로 피신하여 토굴 속에서 '백서'를 작성하였다. 여기에는 베이징 주교에게 조선 천주교 박해의 실상을 알리고 도움을 구하는 내용이 담겨 있었다. 이 밀서가 발각되어 황사영은 사형에 처해지고 천주교 박해도 한층 가혹해졌다.

황윤길(黃允吉, 1536~?) : 조선 전기의 문신이다. 본관은 장수(長水), 자는 길재(吉哉), 호는 우송당(友松堂)이다. 통신사(通信使)로 일본에 파견되어 도요토미 히데요시[豊臣秀吉]를 접견하고 귀국하였다. 부사(副使) 김성일(金誠一)의 보고와 서로 상반되게 일본의 내침에 대비하여야 할 것이라고 복명하였으나, 당시 조정은 동인 세력이 강성하였으므로 서인인 그의 의견은 묵살되었다. 1592년(선조 25) 그의 예견대로 임진왜란이 일어나자 선조는 그의 말을 좇지 않았음을 후회하였다고 전한다.

황일호(黃一皓, 1588~1641) : 조선 후기의 문신이다. 본관은 창원, 자는 익취(翼就), 호는 지소(芝所)이다. 1636년(인조 14) 사헌부장령(司憲府掌令)이 되었을 때 병자호란이 일어나자 인조를 호종하여 남한산성에 들어갔다. 독전어사(督戰御使)로 불화살을 이용하여 전공을 세웠으며, 척화를 주장하였다.

황정욱(黃廷彧, 1532~1607) : 조선 후기의 문신이다. 임진왜란 때 왕자 순화군(順和君)을 배종하던 중 왜군에게 붙잡혀 왜장으로부터 선조에게 항복 권유의 상소문을 쓰라고 강요받았다. 이에 거부하였으나, 왕자를 죽인다는 위협에 아들 황혁(黃赫)이

대필하였다. 이 일로 동인의 탄핵을 받고 유배되었다.

황진(黃進, 1550~1593) : 조선 전기의 무신이다. 본관은 장수(長水), 자는 명보(明甫), 호는 이술당(峨述堂), 시호는 무민(武愍)이다. 일본의 내침을 예언하였고 임진왜란이 일어나자 용인 · 진안(鎭安) · 안덕원 · 이치(梨峙) · 진주성 등에서 싸웠다.

황태극(皇太極, 1592~1643) : 청 태종과 동일인물이다. → 청 태종

황형(黃衡, 1459~1520) : 조선 전기의 무신이다. 본관은 창원, 자는 언평(彦平), 시호는 장무(莊武)이다. 삼포왜란(三浦倭亂) 때 전라좌도방어사(全羅左道防禦使)로 제포(薺浦)에서 전공을 세우고 경상도병마절도사(慶尙道兵馬節度使)에 임명되었다. 그 후 도총관(都摠管) · 훈련원지사(訓練院知事)를 거쳐 함경도 변경에서 야인이 반란하자 이를 진압하였다.

황희(黃喜, 1363~1452) : 조선 전기의 문신이다. 본관은 장수(長水), 자는 구부(懼夫), 호는 방촌(厖村), 초명은 수로(壽老), 시호는 익성(翼成)이다. 고려가 망하자 두문동(杜門洞)에 은거하였으나, 이성계의 부름을 받아 다시 벼슬길에 나가 여러 주요 관직을 두루 거쳤다. 인품이 원만하고 청렴하여 백성들로부터 존경을 받은 것으로 알려져 있으며, 시문에도 뛰어나 몇 수의 시조 작품도 전해진다.

효공왕(孝恭王, ?~912) : 신라의 제52대 왕(재위 897~912)이다. 진성여왕이 죽자 즉위하였다. 궁예에게 패서도(浿西道) · 한산주(漢山州) 관내의 30여 성을 빼앗기고, 남서쪽의 땅을 견훤에게 빼앗겼으며, 북쪽의 땅을 또 궁예에게 빼앗겨 신라의 영토는 날로 축소되어 감에도 환락의 세월을 보냄으로써 후삼국을 탄생케 하였다.

효소왕(孝昭王, ?~702) : 신라의 제32대 왕(재위 692~702)이다. 이름은 김이홍(金理洪) · 김이공(金理恭)이다. 모든 관제를 정비하였고, 당 · 일본 등과 수교하였으며, 좌 · 우이방부(左右理方府)를 좌 · 우의방부(左右議方府)로 고쳤다. 송악성(松嶽城) · 우잠성(牛岑城)을 축조하고, 서시전(西市典)과 남시전(南市典)을 설치하여 창부(倉府)를 두었다.

효종(孝宗, 1619~1659) : 조선의 제17대 왕(재위 1649~1659)이다. 이름은 호(淏), 자는 정연(靜淵), 호는 죽오(竹梧), 시호는 명의(明義)이다. 병자호란으로 청나라에서의 8년간 볼모생활 중 그 설욕에 뜻을 두어, 즉위 후 은밀히 북벌계획을 수립하였다. 그러나 북벌의 기회를 얻지 못하고, 청나라의 강요로 러시아 정벌에 출정하였다. 대동법(大同法)을 실시하였고, 상평통보(常平通寶)를 화폐로 유통시키는 등 경제 시책에 업적을 남겼다.

훈해(訓解, 생몰년미상) : 백제의 왕족으로, 아신왕의 둘째 아우이다. 405년(아신왕 14)에 임금이 죽었는데, 이때 태자 전지왕은 일본에 인질로 잡혀있었다. 이에 훈해가 섭정을 하며 태자의 환국을 기다렸는데, 동생 설례(碟禮)가 훈해를 죽이고 스스로 임금이 되었다.

흔도(忻都, 생몰년미상) : 원나라의 무장이다. 홀돈(忽敦)이라고도 한다. 고려에 주둔하

고 있던 몽골 군의 지휘관으로, 1271년(원종 12) 고려 장군 김방경(金方慶)과 함께 탐라에서 삼별초를 평정하였다. 고려 · 원나라 연합으로 일본정벌에 나섰으나 태풍으로 실패하였다.

흘해왕(訖解王, ?~356) : 신라의 제16대 왕(재위 310년~356)이다. 기림왕이 아들 없이 죽자 왕으로 추대되었다. 312년 왜왕의 아들과 아찬 급리(急利)의 딸을 혼인시켜 화친을 꾀하기도 하였다. 『삼국유사』에 백제와 충돌을 벌인 기록이 있다.

흥덕왕(興德王, ?~836) : 신라의 제42대 왕(재위 826~836)이다. 이름은 김경휘(金景徽), 초명은 수종(秀宗) · 수승(秀升)으로, 원성왕의 손자이고 헌덕왕의 동생이다. 대아찬 김우징(金祐徵)을 시중(侍中)에 임명하여 정사를 맡기고, 장보고를 청해진대사(淸海鎭大使)로 삼아 해적의 침입을 막게 하였다. 이때 차의 재배가 전국적으로 성행하였으며, 복색제도(服色制度)를 고치고 백성들에게 사치를 금하였다.

흥선대원군(興宣大院君, 1820~1898) : 조선 후기의 왕족 · 정치가이다. 고종의 즉위로 대원군(大院君)에 봉해지고 섭정이 되었다. 당파를 초월한 인재등용, 서원 철폐, 법률제도 확립으로 중앙집권적 정치기강을 수립하였다. 그러나 경복궁 중건으로 백성의 생활고가 가중되고 쇄국정치를 고집함으로써 국제관계가 악화되고 외래 문명의 흡수가 늦어졌다는 평가도 받고 있다. 임오군란 · 갑오개혁 등으로 은퇴와 재집권을 반복하였다.

희강왕(僖康王, ?~838) : 신라의 제43대 왕(재위 836~838)이다. 이름은 김제륭(金悌隆) · 김제옹(金悌顒)이다. 흥덕왕이 후사 없이 죽자, 삼촌인 김균정(金均貞)과 왕위 다툼을 하다가 균정을 살해하고 즉위하였다. 김명(金明)과 김이홍(金利弘)이 반란을 일으켜 측근자를 살해하자 스스로 목을 매어 자결하였다.

희빈 장씨(禧嬪 張氏, ?~1701) : 조선 숙종의 빈(嬪)이다. 본관은 인동(仁同), 본명은 장옥정(張玉貞)이다. 왕자 윤(昀 : 경종)을 낳아 세자에 봉해지자 희빈에 올랐다. 이후 인현왕후(仁顯王后)가 폐출되고 왕비가 되었으나 이를 후회한 숙종이 다시 인현왕후를 복위시켜 장씨를 희빈으로 강등시켰다. 1701년(숙종 27) 인현왕후가 죽자 희빈 장씨의 저주가 원인이라고 지목되어, 숙종으로부터 자결을 명령받아 죽음을 당하였다.

희종(熙宗, 1181~1237) : 고려의 제21대 왕(재위 1204~1211)이다. 이름은 영(韺)이다. 왕 즉위의 공으로 권신 최충헌을 문하시중(門下侍中) · 진강군개국후(晉康郡開國侯)에 봉하였으나 횡포가 심하자 그를 죽이려다 실패하였고, 폐위되어 강화(江華)로 쫓겨났다. 이후 복위 음모가 있다는 무고로 유배되어 죽었다.

|지명|

가도(椵島) : 평안북도 철산군 가도리에 딸린 섬으로, 피도(皮島)라고도 한다. 철산반도 남단에서 약 4㎞ 떨어진 곳에 있다.

가락(駕洛) : 가야국(加耶國)을 가리킨다. → 가락국

가락국(駕洛國) : 기원 전후부터 562년까지 낙동강 하류지역에 있던 여러 국가의 총칭 또는 그 지역에 위치한 각 국가들의 명칭이다. 가야는 『삼국지(三國志)』 동이전(東夷傳)에 나오는 변한(弁韓) 12국에서 발전하였다. 『삼국유사』 기록은 대략 3세기 중반 이후에 변한지역의 12개국 가운데 일부 국가들이 가야연맹체를 형성하면서 가야라는 명칭을 사용하였음을 반영한 것이다.

가주(嘉州) : 평안북도 박천군 가산면 · 양가면 지역의 고려시대 행정구역이다. 본래 고구려 땅이었다가 발해의 영토가 되었으며 발해 멸망 후 여진족이 점령하였는데, 고려 초기에 이곳에 신도군(信都郡)을 설치하였다. 1413년(태종 13) 가산군(嘉山郡)이 되었다가 1914년 일제강점기에 박천군(博川郡)에 편입되었다.

감문국(甘文國) : 삼한시대에 지금의 경상북도 김천시 개령면 지역에 있던 소국이다.

강동군(江東郡) : 평양직할시 북동부에 있는 군이다. 강동이란 지명은 대동강(大同江)의 동쪽을 의미한다. 북쪽은 평안남도 평성시 · 성천군, 동쪽은 회창군, 남쪽은 황해북도 연산군, 서쪽은 삼석구역 · 승호구역과 경계를 이룬다.

강진(康津) : 전라남도 남서해안에 있다. 삼국시대에 백제의 도무군(道武郡)과 동음현(冬音縣)이 이 지역에 설치되었으며, 신라의 통일 이후 757년(경덕왕 16)에 도무군을 양무군(陽武郡)으로, 동음현은 탐진현(耽津縣)으로 개칭하였다. 고려시대 청자의 중요한 생산지였으며, 1417년(태종 17)에 도강현과 탐진현을 합쳐서 강진현으로 만들었다.

강회(江淮 : 장화이) : 중국 양자강(揚子江 : 양쯔강) 중하류와 회하(淮河 : 화이허) 유역을 가리킨다.

개경(開京) : 고려의 왕도(王都)였던 개성을 가리킨다. 960년(광종 11)에서 995년(성종 14)까지는 개성의 이름이었고, 그 뒤에는 별칭이 되었다. 태조 때 설치한 서경(西京 : 평양), 성종 때 설치한 동경(東京 : 경주)과 함께 주요한 세 도시라는 뜻의 3경(三京)이라고 불리기도 하였다.

건주위(建州衛) : 1403년 명나라 영락제(永樂帝)가 만주의 남쪽에 살고 있는 여진족을 누르기 위하여 설치한 위(衛)이다. 위는 원래 군대의 연대 정도를 가리키는 말이었는데, 이를 국외에 설치하게 되면서 그 부대가 주둔하는 부락의 명칭이 되었다.

게양현(揭陽縣) : 지금의 중국 광동성(廣東省 : 광둥성) 조주(潮州 : 차오저우)이다. 고려 충혜왕이 원나라 순제의 명으로 게양현으로 유배형을 받은 일이 있다.

견내량(見乃梁) : 경상남도 거제시 사등면 덕호리와 통영시 용남면 장평리를 잇는 거제

대교의 아래쪽에 위치한 좁은 해협이다. 임진왜란 때 한산해전의 주요 배경이자, 현재는 거제대교와 신거제대교가 걸쳐 있는 곳이다.

경원(慶源) : 함경북도의 북단에 있는 군이다. 온성군과 함께 한국에서 가장 위도가 높은 지역이며, 남서쪽으로 종성군, 북쪽으로 온성군, 남쪽으로 경흥군과 각각 접하고, 동쪽으로 두만강을 끼고 중국 동북지방의 혼춘현(琿春縣 : 훈춘현)과 마주보고 있다.

경주(慶州) : 경상북도 남동단에 위치하고 있다. 신라의 왕도였으며, 935년(태조 18) 신라가 고려에 항복하자 경순왕의 식읍이 되었다. 고려시대 내내 여러 군현을 영속한 큰 읍으로서의 면모를 유지하였으며, 12세기 후반 무신 집권기에서는 신라부흥운동이 일어나기도 하였다.

경흥(慶興) : 함경북도 북동부의 두만강 하구에 위치하고 있는 군이다. 동쪽은 두만강을 경계로 하여 중국 동북지방 및 연해주(沿海州), 서쪽은 종성군, 북쪽은 경원군, 남쪽은 동해에 면하고 있다. 옛날 이 지방에는 숙신(肅愼)·읍루(挹婁)·예맥(濊貊)·말갈(靺鞨)·부여(夫餘) 등 여러 부족 국가가 흥망하였고, 삼국시대에는 고구려의 영역이었다.

고령가야(古寧伽倻) : 가야연맹체의 한 나라로, 이 이름은 가야인들이 원래부터 사용한 것이 아니다. 『삼국사기』 지리지에 따르면 처음 이 지역을 점령한 신라가 고동람군(古冬攬郡)이라고 하였다가, 경덕왕이 지명을 한자식으로 고칠 때 고령군(古寧郡)으로 바꾸었으며, 고려 때 다시 함녕군(咸寧郡)으로 고쳤다고 한다. 대체로 지금의 경상북도 상주시 함창읍을 중심으로 하고 있다.

고우(高郵 : 가오유) : 중국 강소성(江蘇省 : 장쑤성) 중서부에 있는 도시이다. 고보호(高寶湖 : 가오바오호)의 남동쪽 기슭에 인접하여 대운하 연안에 자리한 도시로, 수나라 이후 미곡 수송의 중계지로 발달하였다. 마르코 폴로의 『동방견문록(東方見聞錄)』에 그 번영상이 소개되어 있다. 대운하를 통하여 쌀·밤 따위를 베이징 쪽으로 운송한다.

고울부(高鬱府) : 경북 영천군 임고면 일대에 있던 삼국시대의 행정구역이다. 신라 초에 절야화군(切也火郡)이었다가, 경덕왕 때 임고(臨皐)라 하였으며, 고려 초에 도동(道同)과 임천(臨川)의 2현을 합하여 영주(永州)로 고쳤다.

고주(高州) : 발해 지방행정구역 62주(州) 중의 하나이다. 현재 그 위치가 어디인지는 정확하게 알려져 있지 않다.

고창군(古昌郡) : 지금의 경상북도 안동시 지역이다. 삼한시대 변진(弁辰) 24개국 중 기저국(已沙國)과 불사국(不斯國)이 이곳에 비정되고 있다. 이들 국가의 행방은 알 수 없고, 3세기 중엽 이전에 신라의 영역에 들어가 고타야군(古陀耶郡)이 설치되었다. 757년(경덕왕 16)에 고창군(古昌郡)으로 고쳐졌고, 고려시대인 930년(태조 13)에는 안동부(安東府)로 개칭되어 승격되었다.

골벌국(骨伐國) : 삼한시대 변한(弁韓)의 여러 나라 가운데 하나이다. 골화국(骨火國)·골벌소국(骨伐小國)이라고도 한다. 발굴된 유물로 미루어 보아, 경상북도 영천시 금호읍을 중심으로 한 화산면·신령면 일대에 자리잡았던 작은 왕국으로 추정된다. 이 지역에서 출토된 각종 청동기 유물은 이 소왕국이 주변 국가와 물물교환을 가실 만큼 정치·문화적으로 발전하였음을 대변한다.

공험진(公嶮鎭) : 고려 윤관(尹瓘)이 개척한 9성(九城) 가운데 하나이다. 오늘날의 함경도는 갈라전(曷懶甸)이라 하여 국초부터 동여진이 살면서 고려와 우호관계를 맺었는데, 완안부(完顔部)가 북만주에서 부족을 통일하고 이곳을 위협하였다. 고려는 윤관을 보내 갈라전을 점령하고 9성을 축성하였으며, 1108년(예종 3) 공험진에 방어사(防禦使)를 설치하고 비(碑)를 세워 경계를 표시하였다.

곽산(郭山) : 곽주와 동일하다. → 곽주

곽주(郭州) : 평안북도 정주군 곽산면의 옛 이름이다. 고려 초에는 장리현(長利縣)이었는데, 994년(성종 13)에 서희가 외교담판으로 수복한 강동6주(江東六州)의 하나로 곽주라 하였다. 1914년 행정구역 개편에 따라 정주군으로 흡수되었다.

광교산(光敎山) : 경기도 수원시 장안구 상광교동에 있는 산으로, 수원시의 진산이다.

광성진(廣城津) : 인천광역시 강화군 불은면에 있는 나루터이다. 이곳에는 광성진(廣城鎭)이 있었는데, 이는 강화해협을 지키는 중요한 요새로 강화12진보(江華十二鎭堡) 가운데 하나이다. 고려가 몽골의 침략에 대항하기 위하여 강화도로 천도한 후에 돌과 흙을 섞어 해협을 따라 길게 쌓은 성이다.

교주도(交州道) : 고려시대 지방행정구역인 5도(道) 가운데 하나이다. 춘천을 중심으로 한 지금의 강원도 영서지역이다.

구련성(九連城 : 주롄청) : 중국 요녕성(遼寧省 : 랴오닝성) 단동(丹東 : 단둥) 북동 15km 지점에 있는 취락이다. 험준한 산악지역인데, 이러한 지형을 이용하여 금나라 때 간노(幹魯 : 젠루)가 이곳에 9성(九城)을 쌓고 고려와 싸웠다. 명나라 때에는 병영이 줄지어 있어 구련성이라고 불렀다. 명·청 시기에 국경을 건널 때 양국사절이 꼭 거쳐야 하는 조선과의 통상 요지였다.

구월산(九月山) : 황해남도 은율군과 안악군 경계에 있는 산이다. 본래 이름은 궁홀산(弓忽山)이었으나 후에 궐산(闕山)이라 하다가 다시 현재의 이름으로 개칭하였다고 한다. 단군이 도읍을 옮긴 아사달산(阿斯達山)이 바로 이 산이라는 설이 있다.

구주(龜州) : 평안북도 구성 지역의 옛 지명이다. 원래 고구려의 만년군(萬年郡)인데, 994년(성종 13) 강동6주의 하나가 되었다. 1019년(현종 10) 고려에 침입한 거란군을 강감찬이 크게 격파한 구주대첩으로 유명하다.

국내성(國內城) : 고구려의 두 번째 수도이다. 고사(古史)에 "주몽이 부여에서 난을 피하여 졸본(卒本)에 이르렀다"고 하였는데, 졸본은 고구려의 첫 번째 수도인 흘승골성(紇升骨城)이다. 3년(유리왕 22)에 수도를 국내성으로 옮겼는데, 그 위치는 대체로 길림성(吉林省 : 지린성) 집안현(輯安縣 : 지안현)에 있는 성터라는 설이 가장 유력하다.

금관가야(金官伽倻) : 6가야 가운데 지금의 경상남도 김해 지역에 있던 가야국이다. 본가야(本伽倻)라고도 한다. 수로왕 이래 491년간 계속되다가, 532년(법흥왕 19) 신라에게 멸망하였다.

금마군(金馬郡) : 전라북도 익산군의 옛 이름이다. 백제의 시조 온조(溫祚)가 마한을 병합하고 이곳을 금마저(金馬渚)라 하였으며, 경덕왕 때 금마군(金馬郡)으로 개칭되어 옥야현(沃野縣)을 영속시켰았다. 1344년(충혜왕 복위5) 원 순제의 황후 기씨(奇氏)의 외향이라 하여 익주(益州)로 승격되었다.

금산(錦山) : 경상남도 남해군 상주면에 있는 산이다. 원래는 신라의 원효가 이 산에 보광사(普光寺)라는 절을 세웠던 데서 보광산이라 하였다. 고려 후기에 이성계가 이 산에서 100일기도 끝에 조선왕조를 개국하여, 그 영험에 보답하는 뜻으로 산 전체를 비단으로 덮었다 하여서 금산이라고 부르게 되었다.

금산사(金山寺) : 전라북도 김제시 금산면 모악산(母岳山)에 있는 대사찰이다. 『금산사사적(金山寺事蹟)』에 의하면 600년(무왕 1)에 창건되었다고 하며, 경덕왕대 진표(眞表)가 중창을 이룩하여 대찰의 면모를 갖추었다고 한다. 1069년(문종 23) 혜덕왕사(慧德王師)가 대가람(大伽藍)으로 재청하고, 그 남쪽에 광교원(廣教院)이라는 대사구(大寺區)를 증설하여 창건 이래 가장 큰 규모의 대도량(大道場)이 되었다.

길주(吉州) : 함경북도 남부에 있는 군이다. 북쪽으로 화성군·어랑군, 동쪽으로 명천군·화대군, 남쪽으로 김책시·화대군, 서쪽으로 양강도(량강도) 백암군 및 함경남도 단천시와 접한다. 1107년(예종 2) 윤관(尹瓘)이 여진족을 쫓아낸 후 670칸에 이르는 긴 성을 쌓고 길주라고 하였다.

김제군(金堤郡) : 전라북도 중앙부의 서쪽에 위치한다. 삼한시대에는 마한의 영토였는데, 백제가 마한을 병합한 뒤 벽골군(碧骨郡)으로 바뀌었고, 경덕왕 때 이를 김제군으로 바꾸었다.

김해(金海) : 경상남도 동남부에 있는 시이다. 가야국 500년의 옛 서울이다.

낙랑(樂浪) : 낙랑군과 동일하다. → 낙랑군

낙랑군(樂浪郡) : 한사군(漢四郡) 가운데 청천강 이남 황해도 자비령(慈悲嶺) 이북 일대에 있던 행정 구역이다. 전한 무제가 BC 108년에 위만조선(衛滿朝鮮)을 멸망시키고 설치한 뒤, 여러 번 변천을 거듭하다가 313년(미천왕 14)에 고구려에 병합되었다.

남옥저(南沃沮) : 오늘날의 함흥 일대를 중심으로 함경남도 중북부 일원에 존재하였던 고대 읍락집단의 총칭이다. 함경북도 북부 및 간도지역의 북옥저와 대비한 명칭으로, 본래는 북옥저와 함께 옥저로 불리던 집단의 일부였다. 남으로 동예(東濊)와 접하고 서로는 낙랑군(樂浪郡)과 잇닿아 동예와 함께 낙랑군의 지배와 간섭을 받았으며 후에 고구려에 복속되었다.

남한산성(南漢山城) : 경기도 광주시 중부면 산성리 남한산에 있는 조선 시대의 산성이다. 북한산성(北漢山城)과 더불어 서울을 남북으로 지키는 산성 가운데 하나로, 신라 문무왕 때 쌓은 주장성(晝長城)의 옛터를 활용하여 1624년(인조 2)에 축성하였다.

달량(達梁) : 지금의 전라남도 해남군 북평면 남창리 일대이다. 1555년(명종 10) 을묘왜변(乙卯倭變) 때 이 곳 달량진(達梁鎭)에 왜구가 내습하였으나 격퇴한 일이 있다.

대가야(大伽倻) : 6가야 가운데 지금의 경상북도 고령 지역에 있던 가야국이다. 『삼국사기』 지리지에는 시조 이진아시왕(伊珍阿豉王)으로부터 도설지왕(道設智王)까지 16대 520년간 존속하였다고 하나 확실하지 않다. 한때 6가야의 맹주였으나 562년 신라에 멸망하였다. 정치적으로는 삼국보다 발전하지 못하였지만, 문화적으로는 가야금을 제작하고 음악을 정리하는 등 높은 문화수준을 보유하였다.

대련(大連 : 다롄) : 중국 요녕성(遼寧省 : 랴오닝성) 요동(遼東 : 랴오둥)반도 남단부에 있는 도시이다. 청나라 때는 청니와(靑泥窪 : 칭니와)라고 불렀으며, 청일전쟁 후 러시아가 조차(租借)하여, 작은 어촌이었던 곳에 항만을 건설하였다.

대방(帶方) : 중국 한나라가 설치한 군현(郡縣)으로, 지금의 한강 이북 경기도 지방과 자비령(慈悲嶺) 이남의 황해도 지방이었을 것으로 짐작된다. 이 지역은 고조선에 복속된 진번국(眞番國)의 땅이었다. 고조선이 멸망된 뒤 한 무제가 한사군(漢四郡) 중 하나인 진번군을 두었는데, 진번군은 곧 낙랑군에 통합되었다. 그 후 후한(後漢) 헌제 건안년간(建安年間 : 196~220)에 낙랑군 소속의 땅 중 남쪽 일부를 떼어서 대방군을 설치하였다.

대화궁(大華宮) : 평안남도 대동군 부산면 임원역(林原驛)에 지은 고려시대의 궁궐이다. 묘청이 서경 임원역의 지리가 산과 수가 합쳐 길격(吉格)을 이룬다는 화혈(花穴)이 있기 때문에 그 곳에 궁궐을 세우면 금나라도 항복해오고 천하를 다스릴 수 있다고 주청하자 1128년(인종 6) 8월 인종은 서경으로 가서 임원역지에 궁궐을 신축할 명당을 잡게 하고, 공사에 착수하였다. 다음해 공사가 끝나자 이를 대화궁이라 하였다.

덕원(德源) : 함경남도 문천 · 원산 지역의 옛 지명이다. 본래 고구려의 천정군(泉井郡) 또는 어을매(於乙買)였는데, 문무왕 때 신라에 예속시켰으며, 경덕왕 때 정천군(井泉郡)으로 고치고 탄항관문(炭項關門)을 쌓았다. 고려 초에 용주(湧州)라 칭하였고, 뒤에 의주(宜州)라 개칭하였다. 1413년(태종 13) 의천(宜川)으로, 1437년(세종 19) 덕원군으로 고쳤다.

동래(東萊) : 신라 경덕왕 이래 부산광역시의 옛 이름이다. 1973년 양산군에 병합되면서 소멸된 행정구역명이다.

동복현(同福縣) : 전라남도 화순군 동복면 지역의 통일신라~조선시대 지명이다. 백제 때에는 두부지현(豆夫只縣)이라 하다가 삼국통일 후 경덕왕 때 이 이름으로 고쳐, 고려 · 조선시대로 이어졌다. 1914년 화순 · 능성(綾城) 두 군과 합하여 화순군이 되었다.

동옥저(東沃沮) : 부여 계열 예맥족(濊貊族)의 부족사회이다. 옥저는 임둔(臨屯)의 옛 땅인 낙랑동부도위(樂浪東部都尉) 소관인 부조현(夫租縣)의 후신으로 지금의 함흥 일대를 중심으로 자리 잡았다. 30년 낙랑동부도위가 철폐되면서 56년 경 고구려에 신속(臣屬)하게 되었다

동진(東眞) : 금나라의 요동선무사(遼東宣撫使) 포선만노(蒲鮮萬奴 : ?~1233)가 요동에서 세운 대진(大眞)이 두만강 유역으로 쫓겨오면서 불리게 된 이름이다.

두만강(豆滿江) : 백두산 남동쪽 사면에서 발원하여 나진선봉직할시 선봉군 우암리에서 동해로 흐르는 강이다.

등래(登萊) : 중국 산동(山東 : 산둥)에 있던 등주(登州)와 내주(萊州)를 가리킨다.

등주(登州) : 함경남도 안변군의 고려시대 행정구역이다. 삼국시대에는 고구려 영토로 비열홀군(比列忽郡) 또는 천성군(淺城郡)이라고 하였다. 1895년(고종 32)에 군으로 승격하였으며 1914년에 학포군(鶴浦郡)·영풍군(永豊郡)을 합병하여 안변군이 되었다.

만포(滿浦) : 나진선봉시 선봉군 굴포리와 홍의리 사이에 있는 호수이다. 한때 두만강이 흐르던 만입부였으나, 두만강 물길이 동쪽으로 이동함에 따라 해안운반물이 쌓여 만입구가 막혀 호수가 되었다.

만포진(滿浦鎭) : 평안북도 강계군 만포읍에 있었던 국경의 요충지이다. 중국의 집안(集安 : 지안)과 마주하고 있었으며 압록강 남안에 위치하였다. 일제시대에는 세관 지서나 수비대가 놓여 있어 1920년 경 만주에서 활동하는 항일유격대가 이곳을 자주 공격하였다.

맥(貊) : 상고시대에 강원도 지방에 있던 나라이다.

맹산(孟山) : 평안남도 북동부에 위치하고 있는 군이다. 북쪽은 영원군, 동쪽은 함경남도 요덕군, 남쪽은 신양군, 서쪽은 덕천시·북창군과 접한다. 원래 고구려의 영토였으나 한때 발해에 점령되어 여진족이 살았다. 1261년(원종 2) 안주현(安州縣)의 속현(屬縣)으로 편입되었으며, 1290년(충렬왕 16) 철성(鐵城)으로 부르고 성주를 파견하였다. 1415년(태종 15) 현감(縣監)을 두고 맹산이라 고쳤다가, 1895년(고종 32)에 군이 되었다.

명천(明川) : 함경북도 남동부 동해 연안에 있는 군이다. 동쪽은 동해에 면하고 서쪽은 길주군, 남쪽은 화대군, 북쪽은 화성군과 접한다.

모련위(毛憐衛) : 명나라가 여진을 누르기 위하여 동북지방에 설치한 위소(衛所)이다. 1405년 여진의 우량하족[兀良哈族]이 명나라의 초무(招撫)에 응하여 입조(入朝)하자 설치하였다.

무산(茂山) : 함경북도 중부 내륙지대에 있는 군이다. 동쪽은 부령군과 청진시 부윤구역·송평구역, 서쪽과 남서쪽은 연사군과 접하며 남쪽은 경성군, 북동쪽은 회령시와 접하고 북서쪽은 두만강을 사이에 두고 중국과 마주한다.

무진주(武珍州) : 신라의 광역 행정구역인 9주(九州) 5소경(五小京)의 한 주로, 영역은 전라남도 일대이다. 주치(州治)는 지금의 광주광역시이고 15개 군 43개 현이 소속되어 있으며 직접 관할하는 현은 3개이다.

무창(茂昌 : 우창) : 중국 호북성(湖北省 : 후베이성) 무한(武漢 : 우한)에 있는 구(區)로, 옛 이름은 강하(江夏) 또는 악저(鄂渚)이다. 일찍이 우한 3진(三鎭)의 하나로 알려졌으나, 1950년 한양(漢陽 : 한양) · 한구(漢口 : 한커우)와 합병해서 우한시가 되었다. 삼국시대에는 오나라의 손권(孫權)이 점거하였던 이름난 고을이다.

문경(聞慶) : 경상북도 서북부에 위치하고 있는 시이다. 북쪽으로 충청북도 단양군 · 제천시 · 충주시, 동쪽으로 예천군, 남쪽으로 상주시, 서쪽으로 충청북도 괴산군과 접한다. 156년(아달라왕 3) 신라에 의해 계립령로(鷄立嶺路 : 문경새재 북쪽)가 개통되었다고 한다. 이는 신라 지배집단이 남하 이동하는 과정에서 이 지역을 통과하였다는 것을 말해준다.

미추(彌鄒) : 미추홀과 동일하다. → 미추홀

미추홀(彌鄒忽) : 지금의 인천광역시 지역이다.

박천(博川) : 평안북도의 남부에 있는 군이다. 북쪽은 태천군, 동쪽은 영변군, 서쪽은 운전군과 접하며 남쪽은 청천강을 사이에 두고 안주시와 마주한다. 고려시대 북계(北界)에 해당하는데, 993년(성종 12) 강동6주(江東六州)를 수복한 뒤 이곳의 방어를 굳건히 하기 위해 995년에 방어사(防禦使)를 두었다.

백마산성(白馬山城) : 평안북도 피현군 백마산 고지에 있는 고구려시대의 산성이다. 내성과 외성으로 이루어져 있으며, 고구려 때에 쌓은 우마성벽도 일부 남아 있다. 내성은 강감찬이 쌓은 것으로, 1646년(인조 24) 부윤(府尹) 임경업(林慶業)이 다시 쌓았다. 외성은 1753년(영조 29) 부윤 남태기(南泰耆)가 처음으로 돌로 쌓았는데 동서북 3면이 낮고 평평하다. 병자호란 때에 임경업이 이 곳을 근거로 하여 싸운 곳으로 유명하다.

백암(白巖) : 고구려시대 서부지방의 주요 방위성(防衛城)으로 요동성에서 동쪽으로 22.8km 거리에 있었다. 지리적으로 요하(遼河) 유역에 위치하여 고구려와 당나라의 국경지대에 있었다. 백암이라는 지명의 유래는 '백'이 밝다 · 크다는 의미를 가지므로 '큰산'이 된다. 평야지역의 구릉을 배경으로 발달된 지명으로 보인다.

벽제관(碧蹄館) : 경기도 고양시 벽제역(碧蹄驛)에 있던 조선시대 객관(客館)이다. 벽제역은 고양시에 있었는데, 중국 사신이 서울에 들어오기 하루 전에 반드시 벽제역의 객사에 유숙하였다. 그리하여 벽제역의 객사를 곧 벽제관이라 하였다.

보현원(普賢院) : 강원도 춘천시 북산면 청평리에 있는 고려시대의 절터이다. 973년(광종 24) 승려 영현(永玄)이 창건하여 이름을 백암선원(白巖禪院)이라 하였다. 이후 보현원 · 문수원(文殊院)으로 불려오다 조선 명종 때 보우(普雨)가 절을 크게 중건하고 이름을 청평사(淸平寺)라 개칭하였다.

복주(福州) : 지금의 경상북도 안동의 옛 이름이다. 신라시대에 고창군(高昌郡)이었는데, 태조 왕건의 통일전쟁 당시 왕건에게 귀부하여 경상도 지역에서 후백제 세력을 약화시키는 데 공헌을 하였다 하여 안동부(安東府)로 승격되었다. 이후 1308년(충렬왕 34) 복주목으로 개편되었다.

봉황(鳳凰) : 중국 요녕성(遼寧省 : 랴오닝성) 애하(叆河) 유역에 있던 성으로, 고구려시대에는 오골성(烏骨城)이라 하였다. 이 성은 압록강 하류의 안동시(安東市 : 지금의

丹東市) 동북방 약 20여㎞ 지점에 위치한다.

부령(富寧) : 함경북도 중부에 있는 군이다. 북쪽은 회령시, 동쪽은 청진시 청암구역, 남쪽은 청진시 송평구역 · 나남구역, 서쪽은 무산군과 접한다. 삼국시대에는 고구려에, 고구려 멸망 후에는 발해에 속하였다. 발해 멸망 후에는 말갈족이 흩어져 살았으며, 1107년(예종 2) 윤관(尹瓘)이 9성(九城)을 쌓았을 때에도 이곳까지는 고려의 힘이 미치지 못하였다가, 공민왕 말엽에 수복하였다.

부양(釜壤) : 오늘날 강원도(북한) 평강군 지역이다.

부여(夫餘) : BC 2세기경부터 494년까지 존속한 예맥족계의 나라이다. 토지가 광활하고 농업을 하기에 적합한 지금의 북만주 농안(農安 : 눙안) · 장춘(長春 : 창춘) 일대에서 농업을 주로 하면서 궁실(宮室) · 성책(城柵) · 창고 · 감옥 등을 갖추었던 나라이다.

부여성(扶餘城) : 부여와 고구려의 성으로 현재의 중국 길림성(吉林省 : 지린성) 농안(農安 : 눙안)으로 비정된다. 고구려 말기에 세워진 천리장성의 북쪽 끝이 부여성이었다. 667년(보장왕 26) 부여성은 당나라에 의해 주변 40여개 성과 함께 함락되었고, 668년 안동도호부(安東都護府)에 편입되었다.

북원(北原) : 통일신라시대에 둔 5소경(五小京)의 하나이다. 지금의 강원도 원주시에 설치하였던 행정 구역으로, 678년(문무왕 18)에 두었다가 경덕왕 때 북원경으로 고쳤다.

북청(北靑) : 함경남도 북동부에 있는 군이다. 동쪽으로 동해, 서쪽으로 신흥군 · 홍원군에 접하고, 남쪽으로 신포시에 면한다. 원래는 옥저(沃沮)의 땅으로 오래도록 여진족(女眞族)의 거주지였으나 1356년(공민왕 5)에 수복되었다.

비류강(沸流江) : 평안남도 신양군과 은산군을 흐르는 대동강의 지류이다.

삭주(朔州) : 평안북도 북부에 있는 군이다. 본래 영새현(寧塞縣)이라 하였다가 1018년(현종 9) 삭주로 고쳐 방어사(防禦使)를 두고 뒤에 부(府)로 승격하였다. 고려시대 천리장성이 지나가는 국방의 요새였다.

살수(薩水) : 청천강의 옛 이름이다.

삼랑성(三郎城) : 인천광역시 강화군 길상면에 있는 연대 미상의 산성이다. 단군의 세 아들이 쌓았다는 전설이 있어 이름을 삼랑산성(三郎山城) 혹은 정족산성(鼎足山城)이라고도 한다.

삼전도(三田渡) : 서울 송파구 삼전동에 있던 한강 상류의 나루로, 1439년(세종 21)에 신설되었다. 당시 서울과 광주의 남한산성을 이어주는 나루로서, 종9품의 도승(渡丞)을 두어 이를 관리하였다.

상도(上都) : 원나라의 도성 가운데 하나로, 내몽골 자치구 도론노르(Dolonnor)의 북서 36km에 있다. 1256년 쿠빌라이가 유병충(劉秉忠)에게 명하여 축성하였으며, 개평부(開平府)라 명명하고 여기에서 즉위하였다. 1625년에 대도(大都 : 北京)가 완성된 이후는 황제의 피서를 위한 여름 수도가 되었다. 1358년에 홍건적의 난에 의하여 타버리고 원나라의 멸망과 함께 없어졌다.

상주(尙州) : 경상북도의 서북부에 있는 시이다. 속리산 · 남장사(南長寺) · 화달리(化達里) 삼층 석탑 따위가 있다.

서경(西京) : 고려시대 3경(三京) 가운데 하나인 평양이다. 당나라 세력이 물러간 통일신라시대 이래 크게 황폐되자, 고려는 건국 초부터 황해도 지방의 백성을 옮겨 살게 하는 등 그 재건에 힘썼다. 처음에는 평양대도호부(平壤大都護府)로 삼았다가 성종 때 3경제도가 이루어지면서 왕도인 개경 외에 경주를 동경, 평양을 서경이라 하고 여기에 유수지사(留守知事)를 두었다.

서경(西京) : 발해 5경(五京) 가운데 하나이다. 신주(神州) · 환주(桓州) · 풍주(豊州) · 정주(正州)의 4주가 딸려 있었다. 이곳의 압록강구는 당나라로 들어가는 조공도(朝貢道)의 기점을 이루었고, 수도인 상경 용천부(上京龍泉府)를 잇는 교통의 요지였다. 그 중심지는 임강(臨江) · 통구(通溝) 등의 설이 있으나 임강일 가능성이 많다.

서비(西鄙) : 평안도 국경 지대인 서쪽의 변방이다. 야인(野人) 등이 침범하여 인명을 살상하고 사람과 우마를 노략질하는 일이 계속되었던 지역으로 주목되었다.

서생포(西生浦) : 울산광역시 울주군 서생면 서생리에 있다. 임진왜란 때 가토 기요마사[加藤清正]에 의해 축조되었던 서생포 왜성(倭城)으로 유명하다.

서해도(西海道) : 고려시대에 지금의 황해도 지역에 둔 행정 구역이다. 995년(성종 14) 10도제(十道制)를 실시할 때 관내도(關內道)에 소속되었다가, 1018년(현종 9)에 서해도로 개편되었다.

성경성(盛京省) : 지금의 요녕성(遼寧省 : 랴오닝성)이다. 중국 동북지방 남부의 성으로 약칭하여 요(辽 : 랴오)라고 부른다. 성도(省都)는 심양(沈阳 : 선양)이다. 동쪽으로 압록강을 사이로 북한과 인접하여 있다.

성산가야(星山伽倻) : 6가야 가운데 지금의 경상북도 성주 지역에 있던 가야국이다. 벽진가야(碧珍伽耶)라고도 한다. 성산이라는 지명은 원래 757년(경덕왕 16)에 일리군(一利郡)을 개칭하여 생긴 것이다. 따라서 성산가야라는 명칭은 적어도 경덕왕대 이후의 신라 하대에 쓰인 것이라고 할 수 있다.

소가야(小伽倻) : 6가야 가운데 지금의 지금의 경상남도 고성에 있던 가야국이다. 532년(법흥왕 19) 신라에 병합됨으로써 멸망하였다.

소사평(素沙坪) : 직산(稷山) 북쪽에 있다. 정유재란 때인 1597년(선조 30) 9월에 명의 해생(解生) · 양등산(揚登山) 등이 이곳에서 왜장 구로다 나가마사[黑田長政]의 군사와 싸웠다. 이 전투는 평양 · 행주의 싸움과 더불어 임진왜란 중 육전(陸戰) 삼대첩(三大捷)의 하나이다.

소주(蘇州 : 쑤저우) : 중국 강소성(江蘇省 : 장쑤성) 남부 태호(太湖 : 타이후) 동쪽 기슭에 있는 풍광이 아름다운 상업도시이다. 역사적인 도시로, 일찍이 춘추전국시대에 오나라의 국도로 발전하였고, 그 뒤 역대에 걸쳐 주변 지역의 행정 중심지로 중시되어 왔다.

송악(松城) : → 송악군

송악군(松岳郡) : 오늘날 북한에 위치한 개성의 옛 지명이다. 4C 후반에서 5C 중반까지 백제가 강성할 때 약 1세기 동안은 백제에 속하였다가 555년(진흥왕 16)에 신라가 정복하여 신라 영토가 되었다. 신라시대에 처음 송악군으로 개칭되었으며, 늦어도 7세기부터는 송악(松岳)으로 불렸다. 통일신라 말기에는 궁예가 도읍으로 정하였다.

숙천(肅川) : 평안남도 평원군에 병합된 조선 후기의 행정구역이다. 고구려 때 평원군이었으며, 고려시대에 진국성(鎭國城)을 이축(移築)하고 통덕진(通德鎭)으로 고쳤다. 983년(성종 2) 숙주(肅州)로 승격하였고, 1416년(태종 16) 숙천으로 고쳐 도호부(都護府)로 승격하였다가, 1895년(고종 32) 숙천군이 되었다.

순흥(順興) : 경상북도 영주 지역의 옛 지명이다. 본래 고구려의 급벌산군(及伐山郡)이었는데 신라 경덕왕이 굉산군(肱山郡)으로 고치어 삭주(朔州)의 영현으로 하였다. 고려 940년(태조 23) 흥주(興州)로 개칭하였고, 조선 1413년(태종 13) 순흥도호부로 승격하였다.

신미도(身彌島) : 평안북도 선천군 남쪽 해상에 있는 섬이다. 1620년경 명나라의 유장(遺將) 모문룡(毛文龍)이 회명(回明)의 근거지로 삼았으며, 그 뒤 조선의 임경업(林慶業)이 병자호란의 치욕을 씻고자 훈련을 했던 곳이다.

심양(瀋陽 : 선양) : 중국 요녕성(遼寧省 : 랴오닝성)에 있다. 동북지방 최대의 도시로 이 지방의 정치 · 경제 · 문화 · 교통의 중심지이다. 한나라 때에는 요동군(遼東郡)에 속하였고, 뒤에 고구려의 영토에 속해 있다가 다시 당나라의 지배하에 들어가서 심주(瀋州)가 되었다. 그 후 발해에 속하였다. 청나라 때에는 1644년에 베이징으로 수도를 옮기기 전까지, 약 20년 간 수도이기도 하였다.

아라가야(阿羅伽倻) : 6가야 가운데 지금의 경상남도 함안 지역에 있던 가야국이다. 원래 변한 12국의 하나인 안야국(安邪國)이었다. 4세기 말경까지 구야국(狗邪國 : 금관가야)과 함께 전기 가야연맹의 양대 세력을 이루었다.

아산만(牙山灣) : 경기도 평택시와 충청남도 아산시 · 당진군 사이에 있는 만이다. 한국에서 조석의 차가 가장 크다. 만 안에는 간석지가 넓게 형성되어 안성평야 · 예당평야가 펼쳐진다. 만으로 흘러드는 안성천(安城川)의 하구에는 아산만방조제, 삽교천(揷橋川)의 하구에는 삽교천방조제가 각각 건설되었다.

악양현(岳陽縣) : 신라시대에 경상남도 하동군 악양면과 화개면에 있던 지역이다. 변한시대에는 낙노국(樂奴國)의 영역이었고, 가야시대에 대사(帶沙)에 부속되었다. 악양면 일대에는 범포(帆浦), 화개면에는 합포(陜浦)가 있었다.

안강현(安康縣) : 경상북도 경주시 북서쪽 안강읍의 옛 이름이다. 신라 초기에는 비화현(比火縣)이었으나 경덕왕 때 안강현(安康縣)으로 고쳤으며, 1949년 동쪽 지역에 위치하는 강동면 일부를 통합하여 안강읍으로 승격하였다. 1995년 1월 행정구역 개편으로 경주시에 편입되었다.

안골포(安骨浦) : 경상남도 진해시 웅동동에 있었던 포구이다. 남해연안에 위치하여 있으며, 석성(石城)으로 둘러싸여 있는 수군(水軍)의 진영이 있던 곳이다. 임진왜란 당시 1592년(선조 25) 7월에 이순신이 한산도에서 왜선을 격파한 뒤 그들을 구원하러 오는 원군을 이곳에서 격퇴하였다.

안령(鞍嶺) : 고려시대 여진족이 살던 함경도 지역에 설치됐던 행정 구역이다. 1108년(예종 3) 윤관(尹瓘)이 여진족을 몰아낸 후 이곳을 안령군영주방어사(安嶺軍英州防禦使)로 삼았다. 이듬해 이 지역을 여진족에 돌려주었다가, 다시 공민왕 때에 되찾아 공양왕 2년(1390)에 길주(吉州)에 합쳤다. 이곳이 지금의 어느 지역인지는 알 수 없다.

안시성(安市城) : 삼국시대에 고구려와 당나라의 경계에 있던 산성이다. 당시 인구가 10만 명 정도였던 고구려 영지로, 고구려가 요하(遼河) 유역에 설치하였던 방어성들 가운데 전략적으로 요동성(遼東城) 다음으로 중요한 곳이었다. 668년 고구려 멸망 후에는 검모잠(劍牟岑)을 중심으로 한 고구려부흥운동의 요동 지역 중심지가 되었으나, 671년 7월 당나라 군대에 함락되었다.

안주(安州) : 발해의 지방행정구역인 62주(六十二州) 가운데 하나이다. 발해는 전국을 5경(五京) 15부(15府) 62주(六十二州)의 행정구역으로 나누었다. 안주는 러시아의 연해주(沿海州) 지역에 설치한 안변부(安邊府)에 속해 있었으며, 안변부의 수주(首州)였다. 위치는 연해주의 동해에 면한 해안지역에 있었고, 그 속현(屬縣)은 밝혀지지 않았다.

양광도(楊廣道) : 고려시대 지방행정구역인 5도(五道) 가운데 하나로, 양주(楊州)와 광주(廣州)에서 비롯된 명칭이다. 지금의 경기도 남부 · 강원도 일부 · 충청도의 대부분을 차지하는 지역이다.

양덕(陽德) : 평안남도 남동부에 있는 군이다. 동쪽은 함남 영흥군 · 고원군 · 문천군, 서쪽은 성천군, 남쪽은 황해 곡산군, 북쪽은 맹산군에 접한다.

양천강(陽川江) : 경기도 김포시 공암진(孔巖津) 근처를 흐르는 강이다.

여연(閭延) : 자강도 자성군 압록강 연변에 있던 조선 전기의 행정구역이다. 1416년(태종 16) 함길도 갑산부(甲山府)의 여연촌에 소훈두(小薰豆) 서쪽 땅을 떼어 지금의 중강진(中江鎭) 부근에 여연군을 설치하고 평안도로 이관하였다. 이로써 갑산 이서의 압록강 남쪽이 모두 우리의 영역이 되었다.

연(燕) : 춘추시대의 제후국이자 전국시대의 전국7웅(戰國七雄) 가운데 하나이다. 강역은 동쪽으로 조선에 이르고, 남쪽으로 역수(易水)까지 2천여 리에 달하였다. 군사력은 갑병 수십만과 전차 700승, 말 6천 필을 낼 수 있었으나 기원전 222년 형가(荊軻)의 진시황 암살이 실패한 후 진나라의 공격으로 멸망하였다.

연경(燕京) : 북경(北京 : 베이징)의 옛 이름이다. BC 1000년 경 연나라의 수도인 계(薊)가 오늘날 베이징이 있는 곳에 건립되었다. 연나라의 멸망 이후 계속해서 진(秦) · 한, 그리고 진(晋)왕조가 이곳에 지방 현을 설립하였다. 그 이후로 금나라 때는 중도대흥부(中都大興府), 원나라 때는 대도(大都), 명나라·청나라 때는 북경으로 바뀌어도, 계속 연경으로 불리게 된다.

연변주진(沿邊州鎭) : 중국 길림성(吉林省 : 지린성) 동부에 있는 자치주이다. 조선 말기에 우리나라 사람들이 이주하여 개척한 곳으로, 주민의 3분의 1 이상이 조선족이다. 1952년 자치구가 설립되었다가 1955년에 자치주로 바뀌었다.

연안(延安) : 황해도 연백군 일원의 옛 지명이다. 고구려 때 동음홀(冬音忽) 또는 고염성(鼓鹽城)이라 부르다가 신라시대에 해고군(海皐郡)으로 바꾸었다. 고려에서는 염주(鹽州)·영응현(永膺縣)·복주(復州)·석주(碩州)·온주(溫州) 등으로 고쳐 불렀고, 1310년(충선왕 2)에 연안으로 고쳤다. 1413년(태종 13)에 연안도호부(延安都護府)가 되었다.

염포(鹽浦) : 울산의 울산만(蔚山灣)에 개설한 조선시대의 개항장(開港場)이다. 1418년(태종 18)에 개설되어 왜관(倭館)을 두어 도박왜인(到泊倭人)을 머물게 하였다. 염포에 상륙하여 서울로 올라가는 왜인은 언양(彦陽)·경주·안동 등을 거쳐 가도록 정하여 염포는 좌로(左路)의 시발지가 되었다.

영변(寧邊) : 평안북도 남동부에 있는 군이다. 북쪽은 운산군, 동쪽은 구장군, 남동쪽은 평안남도 개천시, 남쪽은 평안남도 안주시, 서쪽은 태천군·박천군과 접한다.

영안도(永安道) : 조선 시대에 함경도를 이르던 말로 영길도(永吉道)를 고친 것이다. 한반도 북동부에 있는 도이다.

영암군(靈巖郡) : 전라남도 서남해 쪽에 있는 군이다. 동쪽은 장흥군, 남쪽은 해남군·강진군, 북쪽은 나주시와 접한다. 삼한시대에는 마한에, 삼국시대에는 백제에 속하여 월내군(月奈郡)이라 하다가 통일신라시대에 영암군이 되었다. 995년(성종 14) 낭주군(朗州郡)이라 개칭하였다가 다시 1096년(현종 9) 영암군이 되었다.

영월(寧越) : 강원도 남부에 있는 군이다. 북쪽으로 정선군·평창군, 서쪽으로 횡성군·원주시, 남쪽으로 충청북도 제천시·단양군 및 경상북도 영주시·봉화군, 동쪽으로 강원도 태백시에 접한다. 본래 고구려의 내생군(奈生郡)이었는데, 신라 경덕왕 때 내성현(奈城縣)으로 고치고, 고려에 들어와서 영월로 고쳐서 원주의 속현(屬縣)으로 하였다. 1372년(공민왕 21)에 군으로 승격시켜 충청도 관할에 두었다가 1389년(공양왕 1) 강원도에 이관되었다.

영종도(永宗島) : 인천광역시 중구에 있는 섬이다. 백제에서 조선 중기까지 자연도(紫燕島)로 불리던 이 섬에 영종이란 이름이 붙은 것은 숙종 때로, 주변에 북도와 용유도(龍遊島)를 거느리고 있다고 하여 영(領)자로 하였다. 동쪽에 인천을 머리에 이고 서쪽에 신불도(薪佛島)가 양 옆을 받치고 있다[示]하여 '宗' 자를 사용해서 긴 마루의 뜻을 가진 영종이라 부르게 되었다.

영주(英州) : 함경북도 길주군 지역에 있었던 고려시대의 행정구역이다. 고려시내의 국경지역으로 1108년(예종 3) 윤관(尹瓘)이 여진족을 몰아내고 몽라골령(蒙羅骨領)

아래에 성을 쌓아 안령군영주방어사(安嶺軍英州防禦使)를 두었다. 1109년에 성을 헐고 이 지역을 여진에게 내주었다가 공민왕 때 다시 찾아 1390년(공양왕 2) 길주에 병합하였다.

영흥(永興) 흑석리(黑石里) : 함경남도에 있으며, 조선 태조 이성계가 태어난 곳이다.

예국(濊國) : 강릉 지역에 있었던 초기국가이다. 어떤 성격의 정치 · 사회집단인지는 자세히 알 수 없지만, 『삼국지(三國志)』의 기록을 통해서 살펴보면 군장사회(君長社會)였을 것으로 추정된다. 『삼국지』의 기록은 동예(東濊)에 대한 것이지만, 강릉 지역의 예국도 동예(東濊)와 비슷한 상황이었을 것으로 추정된다.

옥포(玉浦) : 경상남도 거제시에 있는 포구이다. 지형이 복잡한 거제도의 북지산맥(北地山脈) 동쪽에 있으며, 옥포만에 연하여 있다. 이러한 지형적 특징 때문에 조선시대에는 진영(鎭營)이 설치되어 있어 군사상 중요 지역으로 여겨왔던 곳이다. 임진왜란 당시 이순신이 왜군과 싸워 이긴 곳으로도 유명하다.

온성(穩城) : 함경북도 최북단에 있는 지역이다. 두만강을 따라 북조선과 중국의 접경지대에 있다. 두만강을 건너면 중국의 길림성(吉林省 : 지린성)의 연변(延邊 : 옌볜) 조선족 자치주가 나온다. 남서쪽은 회령시, 남동쪽은 경원군에 접한다. 과거 고구려 · 발해의 영토였고, 발해가 거란에게 무너진 이후 수세기 동안 요 · 금 · 원 등 여러 이민족의 통치하에 놓여 있었다가, 원 · 명 교체기에 수복되었다.

요동(遼東) : 중국 요하(遼河 : 랴오허)의 동쪽 지방이라는 의미로, 지금의 요녕성(遼寧省 : 랴오닝성) 동남부 일대를 일컫는다. 우리나라와 지리적으로 매우 가깝고, 특히 중국으로 가는 중요한 육상 통로이기 때문에 각종 외교 사절과 상인들의 왕래가 빈번하게 이루어지기도 하였다. 그 중요성 때문에 오래 전부터 이곳의 영유권을 놓고 우리나라와 중국, 그리고 북방 민족 간의 다툼이 치열하게 벌어지기도 하였다.

요동만(遼東灣) : 중국 발해(渤海 : 보하이해) 북쪽의 만이다. 요동반도(遼東半島 : 랴오둥반도)에 의하여 황해(黃海)와 격리되고, 수심은 가장 깊은 곳도 30m 내외에 불과하다. 만의 북쪽으로 요하(遼河 : 랴오허)를 비롯한 대능하(大凌河 : 다링허) · 소능하(小凌河 : 샤오링허) 등 하천이 흘러들고, 그 어귀에 간석지가 발달되어 있다.

요동성(遼東城) : 만주 요양(遼陽 : 랴오양) 부근에 있었던 고구려시대의 성이다. 요동수(遼東水) 기슭에서 가장 험하고 견고했던 고구려의 요새이다. 612년(영양왕 23)과 613년 수나라의 1 · 2차 고구려침입 때 맹렬히 공격하였으나, 성의 방어가 워낙 튼튼하여 함락할 수 없었다고 한다. 645년(보장왕 4) 당 태종이 고구려를 침입하였을 때 함락되었다.

요서(遼西) : 요하(遼河 : 랴오허) 서쪽 일대의 지역을 통틀어 이르는 말이다.

요양(遼陽 : 랴오양) : 중국 요녕성(遼寧省 : 랴오닝성) 심양(瀋陽 : 선양)의 서남쪽에 있는 도시이다. 한나라 때부터 만주 지방의 중요한 도시였으며, 1621년~1625년에는 청 태조 누루하치가 도읍으로 삼았다.

용만관(龍灣館) : 조선시대 대중국 사행로에 설치한 객사(客舍)로, 의주(義州)에 있었다. 임진왜란 당시에 임금이 의주로 피난하게 되자 용만관은 임시로 국사를 처리하는 장소가 되었으며, 명나라 장수나 사신의 영접은 주로 여기에서 이루어졌다.

용암포(龍巖浦) : 평안북도 용천군 부내면 압록강 하구에 있었던 포구이다. 본래는 조그마한 촌락에 불과하였으나 러일전쟁 전에 러시아가 이곳을 점거하여 병영과 창고를 설치하는 등 우리나라를 침략하기 위한 거점으로 삼은 뒤부터 급속히 발전하였다.

용주(龍州) : 발해의 지방행정구역인 62주(六十二州) 가운데 하나이다. 발해는 전국을 5경(五京) 15부(十五府) 62주(六十二州)의 행정구역으로 나누었다. 용주는 발해의 수도인 상경 용천부(上京龍泉府)의 수주(首州)였으므로, 용주의 수현(首縣)인 영녕현(永寧縣)과 함께 수도의 중심지역에 설치되었을 것으로 짐작된다.

우예(虞芮) : 평안북도 자성 지역의 옛 지명으로, 폐4군(廢四郡)의 하나이다. 본래 여연부(閭延府)의 우예보(虞芮堡)였는데, 조선 초기에 처음으로 만호(萬戶)를 두었으며 1443년(세종 25) 4군을 설치할 때 유파(楡坡)·조명간(趙明干)·소우예(小虞芮) 및 자성군의 태일(泰日) 등을 합쳐 군을 설치하였다. 1455년(세조 1) 4군을 폐할 때 주민들을 강계(江界)로 옮겼다.

우장(牛莊 : 뉴좡) : 중국 요녕성(遼寧省 : 랴오닝성) 남부에 있는 진(鎭)이다. 해성시(海城市 : 하이청시) 서쪽 20km 지점에 있으며 남쪽으로는 발해(渤海 : 보하이해), 북쪽으로는 요하(遼河 : 랴오허)에 맞닿는다.

운남(雲南 : 윈난) : 중국 남부, 운귀고원(雲貴高原 : 윈구이고원)의 서남부에 있는 성(省)이다. 미얀마·라오스·베트남 등과 국경을 이루는 교통 요충지이다. 양잠을 하고, 쌀·콩·차 등을 재배하며, 주석·대리석이 풍부하다.

운주(運州) : 평안북도 중앙부에 있는 군이다. 동쪽과 남쪽은 영변군, 서쪽은 창성군·태천군, 북쪽은 초산군에 접한다.

웅주(雄州) : 길주의 옛 이름이다. → 길주

웅진(熊津) : 충청남도 공주시의 옛 이름이다. 475년부터 538년까지 63년간 백제의 수도였다. 고구려의 침략으로 한강 유역의 위례성(慰禮城)에서 밀려나 수도를 웅진으로 옮겼다가, 538년(성왕 16) 수도를 다시 사비로 옮겼다.

웅천(熊川) : 경상남도 진해 지역의 옛 지명이다. 본래 신라의 웅지현(熊只縣)이었는데, 경덕왕 때 웅신(熊神)이라 고쳤고, 조선 문종 때에 웅천으로 고치어 현감(縣監)을 두었다. 1510년(중종 5)에는 왜구를 평정하였다고 하여 도호부(都護府)로 승격되었으나 뒤에 현으로 복구되었다. 남해안 지방의 요충지로 발달한 지역이다.

웅천(熊川) : 지금의 충청남도 공주의 옛 이름이다. 백제 웅진시기의 수도로, 백제를 점령한 신라는 686년(신문왕 6)에 웅천주(熊川州)를 설치하고 도독(都督)을 파견하였다. 757년(경덕왕 16)에는 웅천주를 웅주(熊州)로 고쳤다.

웅치(熊峙) : 전라북도 진안과 전주 사이에 있는 고개로, 임진왜란 때 싸움터였다.

원각사(圓覺寺) : 현재 서울특별시 종로구 종로2가 탑골공원 자리에 있던 사찰이다. 흥복사(興福寺)라는 이름으로 고려시대부터 내려온 고찰이었는데, 조선 태조 때 조계종(曹溪宗)의 본사가 되었다가 후에 폐지되었다. 1464년(세조 10) 중건하고 원각사라 하였으며, 이때 대종(大鐘)도 함께 만들었다.

위례성(慰禮城) : 백제의 초기 왕성이다. 역사 기록에는 위례성과 하남위례성(河南慰禮城)이라는 이름이 함께 나오는데, 흔히 한강 북쪽에 처음 만든 왕성을 위례성 혹은 하북위례성이라 부르고, 한강 남쪽에 새로 지은 왕성은 하남위례성이라 불렀다고 풀이한다. 하북위례성은 북한산 동쪽 기슭으로 비정되는데 확실하지 않고, 하남위례성은 몽촌토성으로 비정된다. 한편,『삼국유사』에서는 지금의 충청남도 천안시 직산면으로 비정하였다.

위해위(威海衛 : 웨이하이이) : 중국 산동성(山東省 : 산둥성) 연태(煙臺 : 옌타이) 지구에 있는 항구도시이다. 명나라 초에 왜구를 방어하기 위하여 이곳에 위소(衛所)를 설치하였기 때문에 웨이하이웨이라고 하였으며, 청 때 위소를 폐지한 후에도 이 명칭이 계속 쓰였다.

위화도(威化島) : 평안북도 신의주시 상단리와 하단리에 딸린 섬이다. 1388년(우왕 14) 5월 요동정벌 때 우군도통사(右軍都統使) 이성계가 이곳에서 회군을 단행함으로써 조선을 여는 역사적 계기를 이룩한 곳이다. 조선시대에 들어와 어적(於赤)・검동(黔同) 두 섬과 함께 3도(三島)라 하여 농민을 이주시켜 경작하게 하였다.

의주(義州) : 발해의 지방행정구역인 62주(六十二州) 가운데 하나이다. 발해는 전국에 5경(五京) 15부(十五府) 62주(六十二州)를 설치하여 지방을 통치하였는데, 의주는 철리부(鐵利府)에 속하였다.

의주(宜州) : 함경남도 덕원(德源)에 두었던 고려 성종 때의 행정구역이다. 고구려 때의 천정군(泉井郡)을 통일신라 때 정천군(井泉郡)으로 고치고, 고려 초에 용주(湧州)라 하였다가 성종 때 의주로 고쳤다. 조선 태종 때는 의천(宜川), 세종 때는 덕원으로 고쳐 군을 두었다.

자비령(慈悲嶺) : 황해도 황주군・봉산군・서흥군 경계에 있는 고개이다. 고려시대 역신 최탄(崔坦)이 난을 일으켜 서경을 비롯한 북계(北界) 54성과 자비령 이북 6성을 가지고 몽골에 귀순하여, 이곳을 동녕부(東寧府)라 칭함으로써 1270년(원종 11)~1290년(충렬왕 16)까지 자비령이 고려와 원의 국경이 되었다.

자성(慈城) : 평안북도 최북단 압록강 상류의 남부에 위치하는 군이다. 1433년(세종 15)에 여연(閭延)과 강계(江界)의 중간지점인 자작리(慈作里)에 성을 쌓고 자성군을 설치하였다. 여연・무창(茂昌)・우예(虞芮)와 함께 설치된 4군 가운데 하나인데, 이들 군은 모두 교통이 매우 불편하여 국토방위나 주민보호가 대단히 어려워, 1455년(단종 3) 먼저 여연・무창・우예의 3개 군을 폐지하고 4년 후에는 자성군마저 철폐하였다. 이들을 폐4군(廢四郡)이라 부른다.

장단현(長湍縣) : 경기도 장단군의 고려시대 행정구역이다. 본래는 고구려의 장천성현(長淺城縣)인데, 야야현(耶耶縣) 또는 야아현(夜牙縣)이라고도 하였다. 통일신라의 경덕왕 때 장단현(長湍縣)으로 이름을 고쳤으며, 1001년(목종 4) 단주(湍州)로 승격하였다가 1018년(현종 9) 다시 강등하여 장단현으로 고쳤고, 그 후 여러 차례의 변천을 거쳤다.

장흥부(長興府) : 전라남도 장흥군의 고려시대 행정구역이다. 장흥부는 원래 백제의 오차현(烏次縣)이었는데, 신라 경덕왕 때에 오아현(烏兒縣)으로 고쳐 보성군(寶城郡)의 영현(領縣)으로 삼았다가 고려 시대에는 정안현(定安縣)이 되었다.

절령(岊嶺) : 자비령과 같다. → 자비령

정동(貞洞) : 서울 중구에 있는 동이다. 조선시대 태조의 계비 신덕왕후(神德王后) 강씨의 능인 정릉(貞陵)이 현재의 정릉동으로 옮겨가기 전에 있었던 것에 연유하여 정동이라 하였다. 덕수궁을 비롯해서 개화기의 역사적 사건의 현장이 많은 곳이다.

정족산성(鼎足山城) : 삼랑산성과 같다. → 삼랑산성

정주(靜州) : 평안북도 의주 지역의 옛 지명으로, 위화도와 마주하고 있었다. 본래 고려의 송산현(松山縣)이었는데, 1033년(덕종 2)에 토성을 쌓고 정주진(靜州鎭)이라 하였다. 의주 남쪽의 국경 방어지역으로 인주(麟州) · 영주(靈州)와 함께 백마산성(白馬山城)의 외곽 군사기지의 구실을 하였다. 지금의 고성면 지역으로 추정된다.

정주(定州) : 평안북도의 남서 해안에 위치하는 군이다. 원래 고구려 땅인 데 여진의 거주지가 되었다가, 1231년(고종 18) 몽골군이 쳐들어 왔을 때 병마사(兵馬使) 박서(朴犀)가 잘 싸운 공으로 정원대도호부(定遠大都護府)로 승격되었다. 1811년(순조 11) 홍경래(洪景來)의 난 당시, 반란군이 관군과 4개월 동안 치열한 공방을 하다 진압된 정주성이 유명하다.

제포(薺浦) : 조선시대 경상남도 진해시 웅천동에 있었던 개항장이다. 군사적 요지로 웅천과 창원을 방어하고 마산포의 해상운송을 돕는 역할을 하였다. 1443년(세종 25)에 계해조약(癸亥條約)으로 부산포 · 제포 · 염포의 3포(三浦)에 왜선(倭船)의 내왕 및 왜인의 체류를 허가하였다.

조령(鳥嶺) : 경상북도 문경시 문경읍과 충청북도 괴산군 연풍면 사이에 있는 고개이다. 새재 · 문경새재라고도 한다. 조선시대까지만 해도 서울과 동래(東萊) 사이를 연결하는 교통로였고, 군사적으로도 요충지였다.

졸본부여(卒本夫餘) : 고구려를 달리 이르는 말이다. 부여의 일족이 졸본에 도읍하여 세운 나라라는 의미이다.

종성(鍾城) : 함경북도 북동부에 있는 군이다. 동쪽은 경원군, 남쪽은 경흥군 · 부령군 · 회령군, 북쪽은 온성군에 접하고, 서쪽은 두만강을 국경으로 하여 중국의 간도(間島 : 젠다오) 지방과 마주한다.

주류성(周留城) : 삼국시대 백제의 성으로, 백제가 멸망한 뒤 부흥운동의 본거지가 되었던 곳이다. 660년(의자왕 20) 백제의 의자왕이 나당연합군에게 항복하자 백제 부흥운동이 산발적으로 일어났는데, 점차 흑치상지(黑齒常之)·복신(福信)이 웅거한 임존성(任存城)과 도침(道琛)이 이끄는 주류성을 중심으로 부흥운동세력이 통합되었다.

주양성(走壤城) : 강원도 춘천시 소양동에 있는 산성으로, 봉의산성(鳳儀山城)의 다른 이름이다. 고려시대에 거란 및 몽골과 전쟁을 겪는 동안 수차례의 전투를 치른 격전지였다. 임진왜란 때에는 강원도 조방장(助防將) 원호(元豪)의 진성(鎭城) 구실을 하였다.

죽령(竹嶺) : 충청북도 단양군 대강면과 경상북도 영주시 풍기읍 경계에 위치한 고개이다. 죽령재·대재라고도 하며, 158년(아달라왕 5)에 처음 길을 열었다.

죽산(竹山) : 경기도 안성 지역의 옛 지명이다. 본래 백제의 개차산(皆次山)이었는데 고구려의 장수왕이 이곳을 점령하여 개차산군으로 하였고, 신라 때 경덕왕이 개산군(介山郡)으로 고쳤다. 고려 초에는 죽주(竹州)라고 하였다. 차령산맥 북쪽의 군사·교통 요지였으며, 이 지역에 위치한 좌찬역(佐贊驛)과 분행역(分行驛)은 삼남 지방을 잇는 중요한 역이었다.

중화(中和) : 평안남도의 남부에 있는 군이다. 원래 고구려의 가화압(加火押)인 데 고려 초에 서경에 소속되었다가, 임진왜란 때 군민의 공이 컸으므로 부(府)로 승격되었다. 1895년(고종 32) 군이 되었다.

지부(芝罘 : 치푸) : 연태(煙臺 : 옌타이)의 옛 이름으로, 중국 산동성(山東省 : 산둥성) 산둥반도의 북쪽 연안에 있는 도시이다. 1858년에 천진(天津 : 톈진)조약에 의하여 개항되었으며, 천연의 양항(良港)으로 발해만(渤海灣 : 보하이만)에 위치한 군사상의 요지이다.

직산(稷山) : 충청남도 천안 지역의 옛 지명이다. 지명의 유래는 이곳의 지형이 높아 천수답(天水畓)이 많고 가뭄으로 피[稷]가 무성하여 피산이라 칭하던 것이 직산으로 바뀐 것이다. 차령산맥 북부의 교통요지로 염고현(鹽高峴)을 통하여 남쪽의 천안으로 연결되고, 아산·안성·죽산 등으로 연결되는 도로가 발달하였다.

천성진(天城鎭) : 부산광역시 가덕도 부근에 있던 진영(鎭營)이다. 1510년(중종 5) 삼포왜란(三浦倭亂) 이후 이곳에 진영을 설치하고 군사를 두어 지키자는 논의가 있었다. 1544년에 사량진왜변(蛇梁鎭倭變)이 일어나자 방어의 필요성을 절실히 깨닫게 되어, 바다 쪽으로 돌덩이를 채워 병선을 보호하는 시설과 함께 진보(鎭堡)를 세우고 수군을 주둔시켰다. 처음에는 가덕진 소속이었으나 천성진으로 승격되었다.

천진(天津 : 톈진) : 중국 북부에 위치하는 시이다. 화북(華北 : 화베이) 지구의 발해만(渤海灣 : 보하이만)에 인접해 있다. 금나라와 원나라 때는 '직고(直沽 : 즈구)'라고 불렸으며, 수상 운송의 요지이다.

천축국(天竺國) : 고대 중국에서 인도 또는 인도 방면을 부르던 호칭이다. 『후한서』 서역전(西域傳)에 "천축국은 일명 신독(身毒). 월지(月氏)의 남동쪽 수 천리에 있다"고한 것이 최초인데, 이 호칭은 위(魏)·진(晉) 남북조(南北朝) 때 널리 이용되었다.

철령(鐵嶺) : 함경남도 안변군과 강원도 회양군의 경계에 있는 고개이다. 고려 초까지 이 관문의 북쪽에는 여진족이 발호하였으며, 이 고개는 북방 호족(胡族)을 방위하는 일선으로 중시하였다.

철옹(鐵甕) : 함경남도 영흥군에 있는 고려시대의 산성이다. 영흥에서 서쪽으로 210리 떨어진 개마고원 지대에 있다. 고려 성종 때에 거란과 여진족의 침입에 대비하고 북쪽으로 진출하기 위하여 진(鎭)을 설치하고 튼튼한 성벽을 구축하였는데, 자연적인 절벽을 이용하여 사방이 깎아지른 듯한 위에 성벽을 쌓아서, 마치 쇠솥이나 단지 모양을 하였기 때문에 쇠처럼 견고하다고 붙여진 속명(俗名)이다.

철주(鐵州) : 평안북도 철산군의 옛 지명이다. 동쪽은 선천군, 북쪽은 의주군, 서쪽은 용천군에 접하고, 남쪽은 황해에 면해 있다. 고대에는 낙랑군(樂浪郡)과 고구려의 영향 하에 있었을 것으로 보이나 기록에 전하는 것이 없다. 993년(성종 12) 서희의 활약으로 강동6주(江東六州)를 수복한 후 고구려의 영토가 되었다.

청해진(淸海鎭) : 장보고가 해상권을 장악하고 중국·일본과 무역하던 곳이다. 장보고는 군사 1만 명을 이끌고 중국과 일본 해로의 요해처인 청해에 진(鎭)을 설치하고 그를 중심으로 서남 해안의 해상권을 장악하였다. 또한 당시에 성행하던 중국의 해적을 소탕하는 한편, 중국과 일본 사이에 끼어들어 동방무역의 패권을 잡게 되었다.

타사마(朶思麻) : 중국 감숙성(甘肅省 : 깐쑤성)에 있는 지역으로, 고려 충선왕의 유배지였다.

토번(吐蕃) : 중국의 서남 지역에 있었던 나라로, 오늘날의 서장(西藏), 티베트이다. 그 계통은 서강(西羌)에서 나왔는데, 섭종롱찬(葉宗弄贊) 재위 시에 인도와 교통하고 또 당 태종과 화호(和好)하여 양국의 문물을 받아들여서 크게 번창하였다.

통주(通州) : 평안북도 선천군의 옛 이름이다. 고구려시대에 안화군(安化郡)으로 불리면서 역사무대에 처음으로 등장하였으며, 발해 전성시대에는 압록부(鴨綠府)에 소속되었을 것으로 추정된다. 993년(성종 12) 거란의 1차 침입 때 서희의 활약으로 수복된 강동6주(江東六州) 가운데 하나이다. 당시 통주의 치소(治所)는 동림성(東林城)이었다.

파저강(婆猪江) : 압록강의 지류로, 동가강(佟佳江 : 퉁자장)이라고도 한다. 중국 요녕성(遼寧省 : 랴오닝성) 환인현(桓仁縣 : 환런현)을 흐르는 강이다. 강 유역은 고구려의 발상지로 북부여(北夫餘)에서 남하한 고구려족이 환런 지방을 근거지로 삼아 나라의 기틀을 다졌다고 한다.

패수(浿水) : 고조선 때, 요동과 경계를 이루던 강으로 지금의 청천강·압록강 또는 요서지방의 대릉하(大凌河)로 보는 설이 있으나 정설은 없다. 삼국시대에 들어와서도 패수라는 명칭은 계속 쓰였는데, 지금의 예성강으로 생각된다. 이 패수는 또한 패하(浿河)·패강(浿江)으로 기록되어 있기도 하다. 한편 735년(성덕왕 34)에 당나라가 정식으로 신라의 영유권을 공인한 이른바 '패강 이남의 땅'의 패강은 지금의 대동강을 가리키는 것 같다.

평산(平山) : 황해도 남동쪽에 있는 군이다. 고구려 때에는 대곡군(大谷郡)이라 하였으며, 748년(경덕왕 7) 대곡성을 수축하였다. 782년(선덕왕 3)에는 패강진(浿江鎭)으로 승격되었고, 이듬해부터 군주(軍主)가 두어져 예성강 이북, 대동강 이남지역을 관할하는 중심지가 되었다. 패강진 관하의 10여 주현이 궁예(弓裔)에게 항복한 904년부터 평주(平州)로 부르게 되었다. 1413년(태종 13)에 평산으로 바꾸고 도호부(都護府)로 승격하였다.

풍기(豊基) : 경상북도 영주군의 한 읍이다. 군의 북서부에 위치하며 부근은 큰 분지로 『정감록(鄭鑑錄)』에서의 10승지(十勝地)의 제일이라 일컫는 곳이다. 신라 때의 기목진(基木鎭)인데 고려 초에 기주(基州)라 고치고, 조선시대 때 현감(縣監)을 두었다. 문종 때에 풍기로 고치면서 군으로 승격되었다가 1914년 영주군에 합쳐졌다.

한산(漢山) : 백제의 두 번째 도읍지였던, 지금의 경기도 광주(廣州)의 옛 읍과 남한산성(南漢山城)을 말한다. 5년(온조왕 14)에 이곳으로 옮겼다.

한산도(閑山島) : 경상남도 통영시 한산면에 있는 섬이다. 한산면의 본섬으로, 면을 이루는 29개 유인도 · 무인도 가운데 가장 크다. 통영시 남동쪽에 있으며, 시에서 뱃길로 2㎞ 정도 떨어져 있다. 동쪽에는 비산도(飛山島) · 송도(松島) · 좌도(佐島)가 있고, 남쪽에는 추봉도(秋峰島)가 있다.

함길도(咸吉道) : 지금의 함경남 · 북도의 옛 이름이다. 1413년(태종16)에 영길도(永吉道)를 고친 이름이다. 뒤에 다시 영안도(永安道)로 고쳤다가 1510년(중종 4)에 함경도로 고쳤다.

함주(咸州) : 함경남도 중부에 위치한 군이다. 원래 고구려 땅으로, 고구려가 망한 후에는 오랫동안 여진족의 할거지가 되었다. 1107년(예종 2) 윤관(尹瓘) · 오연총(吳延寵) 등이 여진족을 쫓아내고 함주대도독(咸州大都督)을 두어 진동군(鎭東軍)이라 하였다.

합포(合浦) : 경상남도 마산시 합포 지역의 옛 지명이다. 1274년(원종 15)에 원나라 세조가 명령하여 합포에 정동행성(征東行省)을 설치하여 일본을 정벌하도록 하였다. 조선 시대에는 경상도에서 세곡을 운반하는 가장 큰 포구였다.

홍원(洪原) : 함경남도 중부 해안지대에 있는 군이다. 이성계가 조선 건국 전에 원나라 장수 나하추[納哈出]와 싸워 이겼던 달단동(韃靼洞) 전적지가 있다.

홍천(洪川) : 강원도 중서부에 위치하는 군이다. 원래 고구려의 벌력천현(伐力川縣)인데, 신라 때에는 녹효(綠驍)라 고쳐 삭주(朔州)의 영현(領縣)이 되었다가, 1018년(현종 9)에 홍천으로 고쳤다.

화주(和州) : 함경남도 영흥 지역의 옛 지명이다. 원래 남옥저의 땅으로 고구려가 장령진(長嶺鎭)을 설치하였으며 박평군(博平郡)이라고도 하였다. 고려 초에 화주로 바꾸었다. 1258년(고종 45) 원나라의 쌍성총관부(雙城摠管府)에 들었다가 1278년(충렬왕 4) 고려의 땅이 되었다. 이곳은 고려의 국경지역으로 고려시대부터 거란·동진(東眞)·몽골의 침입을 끊임없이 받았던 곳이었다. 조선시대에는 태조의 외향(外鄕)이어서 대도호부(大都護府)를 두었다.

환도성(丸都城) : 중국 길림성(吉林省 : 지린성) 집안현(集安縣 : 지안현)에 있는 고구려의 성이다. 3년(유리왕 22) 국도를 국내성(國內城)으로 옮기면서 위나암성(尉那巖城)이라는 이름으로 처음 축조하였다. 2세기 후반에는 공손씨(公孫氏) 세력의 위협이 점차 증가하는 가운데 198년(산상왕 2) 전면적으로 다시 축조되어 임시 왕성이 되었고, 명칭도 환도성으로 바뀌었다.

황산(荒山) : 전라북도 남원시에 있는 산이다. 고려 말 이성계가 왜구를 크게 물리친 황산대첩의 현장이었다. 예로부터 운봉분지는 교통의 요충지로서 전략적으로 중요하였던 지역이었는데, 황산은 덕두산(德頭山)과 함께 남원 동부에서 서부로 넘어오는 외적을 막았던 목이었다.

회양(淮陽) : 강원도(북한)에 있는 군이다. 고구려 때의 각련성군(各連城郡)이며, 신라 경덕왕 때 연성군(連城郡)으로 개명하였고, 고려 초에 이물성(伊勿城)이라 하였다. 995년(성종 14)에 교주(交州)로 개칭하였다. 1308년(충렬왕 34)에는 철령을 잘 방어한 공로로 회주목(淮州牧)으로 승격되었고 10년(충선왕 2)에 회양으로 개명하여 부(府)로 되었다.

횡천(橫川) : 강원도 횡성군의 옛 이름이다.

흑룡강성(黑龍江省 : 헤이룽장성) : 중국 북동단에 있는 성이다. 약칭하여 '흑(黑 : 헤이)'라고도 부르며, 성도(省都)는 합이빈(哈尓濱 : 하얼빈)이다. 중국 북동쪽의 변방에 있으며, 흑룡강(黑龍江 : 헤이룽강)·우수리강을 사이로 러시아와 마주보고 있다. 서주(西周)시대에는 숙신(肅愼)의 영토였으며, 한나라 때는 읍루(挹婁)와 부여의 영토였다.

흥양현(興陽縣) : 전라남도 고흥군 지역의 옛 지명이다. 고려 초에는 고이부곡(高伊部曲) 또는 묘부곡(猫部曲)이라 하였다가, 1285년(충렬왕 12)에 고흥현(高興縣)으로 승격되었다. 1395년(태조 4)에 보성군 조양현(兆陽縣)에 합속되었다가, 1397년에 진(鎭)을 설치하였고, 1441년(세종 23) 보성군의 남양현(南陽縣) 등을 분할 편입하여 흥양현(興陽縣)으로 개편되었다.

흥왕사(興王寺) : 경기도 개풍군 덕적산(德積山)에 있었던 사찰이다. 1067년(문종 21) 정월에 낙성되었다. 몽골의 침입으로 완전히 소실되었다가 그 뒤 여러 차례 중창하였으나 완벽하지 못하였다. 공민왕 때에는 이 절에서 왕을 시해하려는 음모가 벌어지기도 하였다. 조선시대에 들어서 폐허가 되었다.

흥화진(興化鎭) : 평안북도 의주군 위원면 지역에 설치되었던 고려 시대의 성보(城堡)이다. 993년(성종 12) 개척되기 시작한 강동6주(江東六州) 가운데 하나로, 995년에 축조되었다. 대중국 관계에서 군사상·교통상의 요충지였으므로 거란의 끈질긴 반환요구의 대상이 되었으며, 여러 차례에 걸쳐 그들의 침공을 받기도 하였다.

관직명

각간(角干) : 신라시대의 최고 관등(官等)이다. 이벌찬(伊伐湌)·이벌간(伊伐干)·우벌찬(于伐湌)·각찬(角粲) 등 다른 이름이 많으며, 처음에는 주다(酒多)라고 하였다. 진골(眞骨)만이 할 수 있는 벼슬로, 공복(公服) 색깔은 자색(紫色)이다.

감무(監務) : 고려시대에 지방의 군현(郡縣)에 파견한 관직이다. 성종 때 12목(十二牧)에 지방관을 파견하면서 정비되기 시작한 고려 전기 지방제도는 현종 때 일단락되었으나, 실제로는 수령을 파견하지 못한 속군현(屬郡縣)이 많이 존재하였다. 이에 1106년(예종 1) 중앙에서 정식으로 관리를 설치하지 못하였던 속군현과 향(鄕)·소(所)·부곡(部曲)·장(莊)·처(處) 등에 감무를 파견하였다.

감사(監司) : 조선시대 각 도(道)의 으뜸 벼슬이다. 그 지방의 경찰권·사법권·징세권 등 행정상의 절대적인 권한을 가진 종2품 벼슬로, 도관찰출척사(都觀察黜陟士)를 1466년(세조 12)에 고친 것이다.

경략(經略) : 1728년(영조 4) 이인좌(李麟佐)의 난 때 임시로 두었던 벼슬이다.

경사교수(經史敎授) : 고려시대에 국자감(國子監) 학생들에게 경(經)·사(史)를 가르치던 관리이다. 당시의 유생들이 과거를 위한 문장만을 익힘으로써 경·사를 소홀히 한 것을 바로잡기 위하여 1280년(충렬왕 6) 김제(金磾)·최옹(崔雍)·방유(方維) 등 7명을 임명한 것이 그 시초이다.

경학박사(經學博士) : 고려시대 지방 관민(官民)의 자제를 교육하기 위하여 둔 교수직이다. 987년(성종 6) 경학박사를 12목(十二牧)에 파견하여 관민의 자제 중에서 우수한 사람을 가르치게 하였다.

관상감제조(觀象監提調) : 조선시대 예조(禮曹)에 속하여 천문(天文)·지리(地理)·역수(曆數)·기후 관측·각루(刻漏) 등을 맡아보던 관아인 관상감의 관직명이다. 제조는 잡무와 기술계통 기관에 겸직으로 임명되었던 고위 관직으로, 그 관청의 일을 지휘·감독하였다.

관찰사(觀察使) : 조선시대 각 도에 파견된 지방 행정의 최고 책임자이다. 고려의 안렴사(按廉使)·안찰사(按察使)의 후신으로, 조선 초기에는 도관찰출척사(道觀察黜陟使)·안렴사 등으로 불렸다. 관찰사로 굳어진 것은 1466년(세조 12)이다. 주된 업무는 임금을 대신하는 지방 장관으로 도내의 군사와 행정을 지휘 통제하는 것이다.

교리(校理) : 조선시대 집현전(集賢殿)·홍문관(弘文館)·승문원(承文院)·교서관(校書館) 등에 둔 5품 관직이다. 정원은 관청에 따라 달라서 교서관에는 1명을 두었으나, 집현전·홍문관·승문원에는 2명씩 배정하였다. 1420년(세종 2) 세종이 집현전을 재건하면서 정원도 2명으로 늘어나고 기능도 강화되었으나, 집현전이 폐지되면서 교리도 없어졌다.

교위(校尉) : 고려시대 북계(北界)·동계(東界) 등 양계의 주현군(州縣軍)에 소속된 무관직이다.

국상(國相) : 고구려 초기의 최고관직이다. 주요 국사를 논의하고 결의한 제가회의(諸加會議)의 의장으로, 중요한 국사를 평의 · 의결하는 기능을 가졌다. 166년(신대왕 2) 종전의 좌우보(左右輔)를 고쳐 국상이라 하고 명림답부(明臨答夫)를 처음으로 국상에 임명하였다.

국신사(國信使) : 고려시대 송과의 외교 관계 시, 국가 간의 신뢰를 표하기 위해 신물(信物) 등을 가지고 오가던 사신(使臣)이다.

군관(軍官) : 조선시대 중앙과 지방의 군사기관에 소속되어 군사관계의 일을 맡아본 무관이다. 전기에는 각 도의 주진(主鎭) · 거진(巨鎭) · 제진(諸鎭)에 배치되어 진장(鎭將)을 수행 보좌하고 군사를 감독하는 지방군의 중추적 존재였다.

군사(軍師) : 신라시대에 유력한 지방의 실력자에게 주어진 관직이다. 7세기 초에 고구려 · 백제와의 항쟁이 치열해지자 지방민을 중심으로 하는 군단을 조직하면서 설치된 것으로 추측된다. 관등(官等)은 외위(外位) 제2등인 술간(述干)과 제3등인 고간(高干)으로 촌주(村主)와 함께 지방 최고의 관등이다.

군수(郡守) : 신라시대에는 군에 태수(太守)를 두었고, 고려시대에는 군지사(郡知事)를 두었다. 조선 전기에는 고려시대와 마찬가지로 지군사(知郡事)라 하였으나, 1466년(세조 12) 군수로 개칭하였다.

군주(郡主) : 신라의 행정구역 가운데 주(州)의 행정 · 군정(軍政)을 관장하던 장관이다. 원래 신라의 주는 행정조직상으로 군사조직과 밀접한 관계가 있었으므로 군주는 행정뿐만 아니라 군사도 통할하였다.

권농사(勸農使) : 고려시대 농업권장 · 재해농민 구제 등의 업무를 관장하기 위해 파견한 지방관직이다. 1173년(명종 3) 처음으로 권농사를 두고 지방 7도(七道)의 안찰사(按察使)와 5도(五道)의 감창사(監倉使)가 이를 겸하게 하였으며, 1255년(고종 42)에는 전임(專任)의 권농사를 각 도에 파견하였다.

금군별장(禁軍別將) : 조선 후기에 국왕의 친병(親兵)을 통솔한 무관직이다. 국왕의 친병을 실제로 통솔하는 중요한 자리였기 때문에, 각 군문(軍門)의 중군(中軍)과 평안도병마사(平安道兵馬使) · 통제사(統制使) 등을 역임한 자 가운데에서 포도대장(捕盜大將)과 각 영문(營門)의 대장이 합의하여 천거하면 국왕이 이를 임명하였다.

금위대장(禁衛大將)금위대장(禁衛大將) : 조선 후기 5군영(五軍營) 가운데 하나인 금위영(禁衛營)의 주장(主將)이다. 처음에는 병조판서(兵曹判書)가 겸임하였는데, 1754년(영조 30)에 겸직제를 없애고 종2품인 무신에게 대장을 전임하도록 하였다. 비변사(備邊司)의 당상관(堂上官)을 겸하였다.

급찬(汲湌) : 신라 17관등(十七官等)의 제9등으로, 급벌간(級伐干) · 급벌찬(級伐湌)으로도 불리운다. 6두품(六頭品) 신분층이 차지한 제6 · 7 · 8 · 9관등의 최하위로, 신라 관리계급의 중간계급이며, 5두품(五頭品)이 차지했던 바로 아래 대나마(大奈麻)와는 큰 차이가 있다. 비색(緋色)의 공복(公服)으로 그 신분을 표시하였다.

기거사인(起居舍人) : 고려시대 중서문하성(中書門下省)에 속한 관직이다. 기거랑(起居郎)과 같이 국왕에 대한 간쟁과 봉박(封駁)을 담당한 간관(諫官)의 역할 뿐만 아니라 왕의 일상생활의 행적을 기록하였다.

나마(奈麻) : 신라의 17관등(十七官等)의 제11등으로, 나말(奈末)·내마라고도 한다. 32년(유리왕 9)에 두었다는 설도 있으나, 520년(법흥왕 7) 율령제정 때 둔 것이 더 확실하다. 중나마(重奈麻)에서 7중나마(七重奈麻)까지 7계급이 있다.

남병사(南兵使) : 조선시대 무관의 종2품 관직이다. 원래 이름은 남도병마절도사(南道兵馬節度使)로 함경도 북청(北青)의 남병영(南兵營)에 주재하였다. 그 밑에 우후(虞候)·방어사(防禦使)·첨절제사(僉節制使)·동첨절제사(同僉節制使)·만호(萬戶)·절제도위(節制都尉) 등을 두었으며, 고종 말기까지 존속하였다.

낭장(郎將) : 고려·조선시대의 무관직이다. 고려시대는 정6품으로서 2군(二軍) 6위(六衛)에 속하였으며, 1령(領)에 2~5명씩 배속되었다. 조선 태조 때는 6품관으로서 의흥친군(義興親軍)의 10위(十衛)에 속하였다.

내무아문(內務衙門) : 1894년(고종 31) 갑오개혁 때 설치된 중앙내무행정 관청이다. 1894년 6월 군국기무처(軍國機務處)의 의안에 따라 궁내부(宮內府)와 의정부(議政府)로 나누고 의정부 아래 내무(內務)·외무(外務)·탁지(度支)·법무(法務)·학무(學務)·공무(工務)·군무(軍務)·농상아문(農商衙門) 등 8개 아문을 설치하였다. 그중 내무아문은 지방행정을 총괄하는 부서로서 이조(吏曹)·제중원(濟衆院)·내무부(內務府)의 직무를 포함하였다.

내사령(內史令) : 고려 전기 내사문하성(內史門下省)의 종1품 관직이다. 982년(성종 1)에 문하부(門下府)의 내의령(內議令)을 고친 이름이다. 1061년(문종 15)에 중서령(中書令)으로, 1275년(충렬왕 1)에는 도첨의령(都僉議令)으로 고쳤다.

내시(內侍) : 고려시대 숙위(宿衛) 및 근시(近侍)의 일을 맡아본 관원이다. 처음에는 재예(才藝)와 용모에 뛰어난 자 20명 내외로 제한하였으나, 점차 권문세가의 자제 또는 시문(詩文)·경문(經文)에 능통한 문과 출신으로 임명하였다.

녹사(錄事) : 고려시대 각 관청에 속한 7~8품 벼슬로, 행정실무를 담당하였다.

단사관(斷事官) : 원나라의 관직명이다. 원나라가 수립된 이후에 중서성(中書省)·추밀원(樞密院)·어사대(御史臺)를 제외한 모든 관서에 설치되어 관할 행정 전반에 결정권을 지니고 있었다.

당상관(堂上官) : 조선시대 관리 중에서 문신은 정3품 통정대부(通政大夫), 무신은 정3품 절충장군(折衝將軍) 이상의 품계를 가진 자이다. 왕 앞에 나아가 시험을 치르고 왕에 의해 직접 성적이 매겨지는 전시(殿試)를 포함하는 문과와 무과를 통과하여 진출한 문신과 무신만이 맡을 수 있었고, 원칙적으로 기술관이나 환관 등은 임명될 수 없었다.

당주(幢主) : 신라시대 군사조직의 기본단위인 당(幢)의 지휘자이다. 진평왕 이후 지방 행정과 군대조직이 분화되어 군사적 기능은 중앙군단으로 이양되면서 군대지휘관으로서의 당주로 분리되고, 지방관으로서의 기능은 군태수(郡太守)로 분리되었다.

대각간(大角干) : 신라 17관등(十七官等)의 제1등인 각간(角干) 위에 둔 관등이다. 660년(태종무열왕 7) 백제를 정복한 뒤 장군들에게 논공행상(論功行賞)을 할 때 김유신이 특히 공로가 많다 하여 각간 위에 새로이 대각간을 만들어 내렸다. 그 뒤 668년(문무왕 8) 김유신은 삼국통일의 공로로 그 위 벼슬인 태대각간(太大角干)이 되었다.

대간(臺諫) : 고려시대 시정을 논하고 일반 백성들의 풍속을 교정하며 모든 관리들을 규찰·탄핵하던 어사대(御史臺)의 관리들과 중서문하성(中書門下省)의 3품 이하의 관원인 낭사(郎舍)들을 일컫는 말이다.

대감(大監) : 신라시대에 6정(六停)과 9서당(九誓幢)에 소속되어 장군을 보좌하던 무관이다. 549년(진흥왕10)에 처음 두었다.

대광(大匡) : 태봉과 고려 초기의 관계(官階)이다. 고려 초 문·무신이 모두 관계가 같아 대광을 썼는데, 995년(성종 14) 문·무신으로 나누어 무신은 그대로 대광이라 하고, 문신은 개부의동삼사(開府儀同三司)로 고쳐 문신의 품계(品階)로 사용하였다.

대나마(大奈麻) : 신라의 17관등(十七官等) 가운데 제10등이다. 대나마는 중대나마(重大奈麻)에서 9중대나마(九重大奈麻)까지 9등급으로 다시 나눈다. 5두품(五頭品)이 올라갈 수 있는 최고의 관등으로, 공복(公服)의 색은 청색이다.

대보(大輔) : 신라 초기의 최고 관직으로 뒤의 재상과 같은 직무를 맡아보았다. 제2대 남해왕 때 석탈해(昔脫解)가 최초로 대보가 되어 중대한 국사(國事)를 맡아 처리하였는데, 뒤에 새로운 관제가 확립되면서 없어졌다.

대사(大舍) : 신라의 17관등(十七官等) 가운데 제12등이다. 4두품(四頭品)이 올라갈 수 있는 최고의 관등이며, 황색 공복을 입었다.

대사간(大司諫) : 조선시대 간쟁·논박을 맡았던 사간원(司諫院)의 으뜸벼슬이다. 정3품으로 정원 1명을 두었다. 연산군은 대사간 등 간관의 간언을 듣기 싫어하여 사간원을 폐지하고, 이 벼슬을 없애기도 하였으나 중종반정 뒤 옛 제도로 복귀하였다.

대사성(大司成) : 조선시대 성균관(成均館)의 으뜸 벼슬인 정3품의 당상관(堂上官) 관직이다. 유학과 문묘(文廟)의 관리에 관한 일을 담당하였다.

대사헌(大司憲) : 조선시대 사헌부(司憲府)의 장관이다. 대헌(大憲)이라고도 하며, 종2품이다. 시정(時政)에 대한 탄핵, 백관에 대한 규찰, 풍속 교정, 억울한 누명의 해원(解寃), 참람허위(僭濫虛僞) 금지 등의 임무를 맡았다.

대아찬(大阿飡) : 신라의 17관등(十七官等) 가운데 제5등이다. 제1등 이벌찬(伊伐飡)으로부터 대아찬까지는 진골(眞骨) 이상인 자만이 받을 수 있고 중요 국사에 참여할 수 있었다. 공복(公服)은 자줏빛이었다.

대장군(大將軍) : 고려시대 종3품 무관직이다. 중앙군에서 상장군(上將軍) 다음가는 직위로, 2군(二軍) 6위(六衛) 8개 단위부대에 각 1인씩 배속되어 총 8인에 이르렀다. 각 군 · 위의 부지휘관 임무를 담당한 것으로 보인다. 이들은 상장군과 더불어 합의기관인 중방(重房)을 구성하였으며, 이로 인하여 무신의 권력집중이 이루어지게 되었다.

대장군(大將軍) : 신라시대 무관직의 으뜸 벼슬이다.

대제학(大提學) : 홍문관(弘文館) · 예문관(藝文館)의 정2품 벼슬이다. 고려시대에는 우문관(右文館)의 정2품, 집현관(集賢館)의 종2품 벼슬이었다. 원칙적으로는 문과 대과(大科) 급제자 중 임금의 특명을 받은 사람들이 공부하던 호당(湖堂) 출신만 가능하였다.

대학박사(大學博士) : 고려시대 국자감(國子監)의 교수직이다. 1063년(문종 17) 문종은 사학(私學)이 융성하고 관학(官學 : 국자감)이 부진하자 교관의 책임이라 책망하고 국자감의 질적 향상을 꾀하기 위하여 직제를 제정하였다.

도독(都督) : 주(州)를 담당했던 신라시대의 지방장관으로 왕으로부터 위임받은 행정권, 사법권, 징병권 등을 행사하였다. 이 제도는 중국에서 외지를 점령하면 도독을 두어 다스리게 한 데서 비롯되었으며, 국경 변방 통치를 위해 무관이 맡았다.

도독(都督) : 중국에서 군정(軍政)을 맡은 지방 관청이다. 도독주군사(都督州軍事)의 약칭으로 주(州)의 자사(刺使)가 겸임하였다. 3국(三國)의 위(魏)나라 문제(文帝) 때 군사권을 장악한 이후 당(唐)나라 때까지 군대의 실권을 장악하였다.

도독사(都督使) : 도독과 같다. → 도독

도병마사(都兵馬使) : 고려시대의 국방회의기구이다. 국가의 군기(軍機) 및 국방상 중요한 일을 의정하던 합의기관이다. 도병마사가 설치된 시기는 분명하지 않으며 1011년(현종 2)에 도병마녹사(都兵馬錄事)를 임명한 기록이 처음 나오므로 현종 초에는 도병마사가 설치된 것으로 보인다.

도사(都事) : 고려 · 조선시대에 중앙과 지방 관청에서 사무를 담당하던 관직이다. 고려시대에는 문종 때 상서도성(尙書都省)의 종7품 관직으로 2명을 두었으며, 조선 초기에는 관찰사(觀察使)와 함께 지방을 순력하고 규찰하는 임무를 담당하였다.

도순변사(都巡邊使) : 조선시대에 군무(軍務)를 총괄하기 위하여 중앙에서 파견한 국왕의 특사(特使)이다. 임진왜란 때 신립(申砬)이 삼도도순변사(三道都巡邊使)로 충주에서 왜군을 막다가 전사하였으며, 그 밖에는 별다른 기록이 없어 구체적인 직무는 알 수 없다.

도순찰사(都巡察使) : 조선시대 지방에서 변란이 일어났을 때 파견하는 임시 군관직이다. 1488년(성종 19)의 기록을 보면 구례(舊例)에 따라 지방으로 나가는 임금의 특사가 정2품의 재상일 때에는 도순찰사라는 이름으로 나갔으며, 전란이 있을 때인 만큼 군권(軍權)도 장악하였다.

도승지(都承旨) : 조선시대 승정원(承政院)의 6승지 중 수석 승지이다. 도령(都令)이라고도 하였다. 정3품 당상관(堂上官)이 맡았으며, 승정원의 6방(六房) 중 이방(吏房)의 사무를 관장하였다.

도원수(都元帥) : 고려 · 조선시대 전시에 군대를 통할한 임시 무관직이다. 고려 이후 내외의 전쟁 때 대개 문신의 최고관을 도원수로 임명, 임시로 군권(軍權)을 주어 군대를 통솔하게 하였다. 한 지방의 병권(兵權)을 맡은 장수를 도원수라 하기도 하였다.

도정(都正) : 조선시대 종친부(宗親府) · 돈령부(敦寧府) · 훈련원(訓練院)의 정3품 당상관(堂上官) 관직이다. 종친부와 돈령부에 각각 1명의 정원이 있었으며, 종실 · 왕친 · 외척에 관한 사무를 맡아보았다.

도체찰사(都體察使) : 고려 말기 · 조선 전기에 전시의 최고 군직(軍職)이다. 국가비상시 왕명에 따라 1개 도(道) 또는 몇 개 도의 군정과 민정을 총괄하였다. 고려 공민왕 때 처음으로 등장하였다. 1364년(공민왕 13) 최유(崔濡)가 원나라 군사 1만 명을 끌고 침입하였을 때 이순(李珣)이 도체찰사로 임명되었으며, 이후 왜구가 침입하였을 때도 현지에 도체찰사를 파견하였다.

도총관(都摠管) : 조선시대 5위도총부(五衛都摠府)에서 군무(軍務)를 총괄한 최고 군직이다. 처음에는 5위도총부에 10명의 도총관을 두었으나, 후에 5명으로 줄였다. 5위의 입직(入直)과 행순(行巡)을 감독 지휘하였으며, 임기는 1년이었다.

도총제사(都摠制使) : 고려 말기의 최고 군사지휘관이다. 1341년(공양왕 3) 전국의 군사권을 장악하는 군 통수기관으로 설치된 3군도총제부(三軍都摠制府)의 으뜸 벼슬로, 시중(侍中) 이상의 사람이 맡았다.

도평의사사(都評議使司) : 고려 후기의 최고 정무기관이다. 전기에 설치되었던 도병마사(都兵馬使)의 후신이며 도당(都堂)이라고도 한다. 도병마사는 989년(성종 8) 동서북면병마사(東西北面兵馬使)를 설치하고 중앙에서 이들을 지휘하기 위한 판사(判事)를 둔 데서 유래하며, 현종 초를 전후한 시기에 설치되었다.

도호(都護) : 전한(前漢)의 선제(宣帝) 때부터 당나라에 걸쳐서 변경의 여러 번족(蕃族)의 위무(慰撫)나 정벌의 일을 맡아보던 벼슬이다.

도호부사(都護府使) : 고려 · 조선시대의 지방관직이다. 도호부를 다스리는 으뜸 벼슬로, 고려시대에는 4품관 이상, 조선시대에는 종3품관이었다. 1894년(고종 31) 폐지되었다.

마축자장별감(馬畜滋長別監) : 1288년(충렬왕 14) 국영목장 진흥책의 일환으로 목장에서 키울 암말과 암소 · 소를 징발하기 위해 파견한 관리이다.

막리지(莫離支) : 고구려의 최고관직이다. 막리지의 실체에 대해서는 의견이 분분하다. 먼저, 막리지를 고구려 제1관등인 대대로(大對盧)와 같다고 보는 견해가 있는데, 3년마다 다수의 막리지 중에서 대대로가 선출된 것으로 본다. 또 다른 의견으로는 제2관등인 태대형(太大兄)으로 보는 견해가 있다.

만포첨사(滿浦僉使) : 만포진(滿浦鎭)의 첨절제사(僉節制使)를 가리킨다. 첨절제사는 조선시대 일선 진영(鎭營)을 관장하던 무관직으로, 절도사(節度使)의 아래 벼슬이다.

만호(萬戶) : 고려 · 조선시대의 무관직이다. 몽골식 명칭으로서 1281년(충렬왕 7) 고려와 원의 연합군에 의한 일본 정벌, 즉 동정(東征)을 할 때 중군(中軍) · 좌군(左軍) · 우군(右軍)에 3개의 만호를 두었다. 그 후 개경의 순군만호(巡軍萬戶)를 비롯하여 합포 · 전라 · 탐라 · 서경 등에 5개 만호가 증설되었다.

목사(牧使) : 고려 중엽 이후와 조선시대 관찰사 밑에서 목(牧)을 맡아 다스린 정3품 외직(外職) 문관이다. 목사는 신라 때의 군주(軍主)와 그 직위가 같으며, 보통 병권을 가졌다.

문복(門僕) : 고려시대 문하성(門下省)에 소속되어 있던 하급 관리로, 정원은 10인이다. 그 역할에 대해서는 정확히 알 수 없으나, 관직명의 뜻으로 보아 문하성의 여러 문을 수호하는 일을 맡고 있었던 것으로 추정된다.

문하시랑평장사(門下侍郎平章事) : 고려시대 중서문하성(中書門下省)의 정2품 관직이다. 문하시랑(門下侍郎) · 문하평장사(門下平章事)라고도 한다. 문하시중(門下侍中)의 다음 자리로 내사시랑평장사(內史侍郎平章事)와 같은 지위이다.

문하시중(門下侍中) : 고려시대의 최고 관직이다. 문하성의 장관으로, 수상직을 수행하였다.

밀직(密直) : 고려시대 밀직사(密直司)의 관직이다. 1275년(충렬왕 1) 추밀부사(樞密副使)를 고친 이름이다. 처음에는 종2품의 부사 4명을 두었다가 1311년(충선왕 3)에 부사의 품계를 정3품으로 낮추어 고려 말까지 이어졌다.

밀직사(密直司) : 고려시대 왕명의 출납, 궁중의 숙위(宿衛) · 군기(軍機) 등을 관장한 관청이다. 991년(성종 10) 중추원(中樞院)을 설치하여 숙위를 맡아보게 하다가, 1009년(목종 12) 중추원 · 은대(銀臺) · 남북원(南北院)을 폐하고 중대성(中臺省)으로 개편하였다.

방어사(防禦使) : 고려 · 조선시대의 지방 관직이다. 각도에 배속되어 요지(要地)를 지키는 병권을 가진 종2품의 벼슬로, 병마절도사(兵馬節度使) 다음의 직위이다. 방어사가 임명된 지역은 대체로 예성강(禮成江)과 원산만(元山灣) 이북이므로 국방과 아주 밀접한 관계가 있다.

별감(別監) : 고려시대의 관직이다. 특별한 임무를 띠고 지방에 파견한 것과 개경 · 지방의 각종 관청에 설치한 것 등의 두 종류가 있다.

별장(別將) : 고려시대 정7품의 무관직이다. 중앙군의 하급 장교로, 바로 위의 직위인 낭장(郎將)과 마찬가지로 2군(二軍) 6위(六衛)에 222명이 소속되었고, 그 밖에 도부외(都府外) 2인, 의장부(儀仗府) · 견예부(堅銳府)에 각 1인, 충용위(忠勇衛) 20인 등 총 246인이 있었다.

별장(別將) : 조선시대 지방의 산성 · 나루터 등의 수비를 맡은 종9품의 무관직이다. 포구 · 보(堡) · 소도(小島)를 비롯하여 파발마(擺撥馬)까지 관리하였으며, 정원은 각

지방 산성과 나루터별로 1명씩이다.

병마사(兵馬使) : 고려시대 중앙군의 지휘관이다. 병마사에는 중앙군의 전투동원을 위해 조직된 5군(五軍)의 지휘관인 중(中)·전(前)·후(後)·좌(左)·우군병마사(右軍兵馬使), 임시 부대의 지휘관인 행영병마사(行營兵馬使), 추가 파견 부대의 지휘관인 가발병마사(加發兵馬使) 등이 있었다. 이들은 비상시 군의 출동이 필요할 때 임명되었다. 이 제도는 북방 특수지역인 동계(東界)·북계(北界)의 양계(兩界)에서 군사·행정을 담당하는 기구로 두어졌다.

병부상서(兵部尙書) : 고려시대 정3품의 관직으로 군사에 관한 사무를 맡아본 병부(兵部)의 장관이다.

병부시랑(兵部侍郞) : 고려시대 무반 인사나 군사 업무 등을 담당한 병부(兵部)의 정4품 벼슬이다. 병부가 고려 말까지 몇 번의 관제 개혁 속에서 병관(兵官)·상서병부(尙書兵部)·총부(摠部)·군부사(軍簿司) 등으로 바뀌면서, 시랑도 총랑(摠郞)으로 명칭이 바뀌기도 하였다.

병정(兵正) : 고려시대에 주(州)·부(府)·군(郡)·현(縣)의 군사에 관한 일을 맡아보던 하급 관리로, 983년(성종 2)에 병부경(兵部卿)을 고친 것이다.

병조판서(兵曹判書) : 조선시대 군사 관계 업무를 총괄하던 병조의 우두머리 관직이다. 병조판서 아래에는 종2품인 참판(參判) 1인, 정3품인 참의(參議)와 참지(參知) 1인 등 4명의 당상관(堂上官)을 두었다. 그 아래에는 무선사(武選司)·승여사(乘輿司)·무비사(武備司)의 3개 사를 두어 일을 분담시켰다. 이 속사(屬司)에는 정5품의 정랑(正郞)과 좌랑(佐郞) 등을 4명씩 두어 일을 맡아보게 하였다.

봉조하(奉朝賀) : 조선시대 전직 관원을 예우하여 종2품의 관원이 퇴직한 뒤에 특별히 내린 벼슬이다. 종신토록 신분에 맞는 녹봉을 받으나 실무는 보지 않고 다만 국가의 의식이 있을 때에만 조복(朝服)을 입고 참여하였다.

부사(府使) : 고려시대 지방행정구역인 부(府)의 장관이다. 5품 이상으로 임명하고 정원은 1명이다. 도호부사(都護府使)의 줄임말이기도 하지만 도호부는 부와는 다른 행정구역이므로 엄밀하게 말하자면 지사부(知事府)의 장관이다.

부사(副使) : 고려시대의 관직이다. 중추원(中樞院)에 속한 정3품, 3사(三司)에 속한 종4품 벼슬로, 사(使)의 다음이다.

부원수(副元帥) : 고려·조선시대 전시(戰時)에 임명하는 임시 벼슬이다. 도원수(都元帥)·상원수(上元帥) 또는 원수(元帥)에 버금가는 군대의 통솔자이다.

부윤(府尹) : 조선시대 지방관청인 부(府)의 우두머리이다. 종2품 문관의 외관직(外官職)으로, 관찰사(觀察使)와 동격이다.

부장(部將) : 조선시대 5위제(五衛制)하의 각 부(部)를 통솔하는 무반 종6품 관직이다. 이들은 각기 자기 소속 부의 병종(兵種)이 수행하는 입직(入直)·행순(行巡)·시위 등의 책임을 졌으며, 전투·훈련 등 때에도 각 부의 병종을 지휘·감독하였다.

부제학(副提學) : 조선시대에 홍문관(弘文館)에 둔 정3품 관직이다. 제학(提學)의 아래, 직제학(直提學)의 윗 벼슬이다. 궁중의 경서(經書) 및 사적(史籍)을 관리하며, 문서를 처리하고 왕의 자문에 응하기도 하였다. 때로는 경연관(經筵官)을 겸임하였다.

부직(副直) : 고려시대 사선서(司膳署)·사설서(司設署)·사온서(司倍署)·전악서(典樂署) 등에 딸린 8품 또는 9품 벼슬로 직장(直長)의 다음이다.

사관(史官) : 역사의 기록을 담당하여 역사의 초고(草稿)를 쓰던 관원이다. 삼국시대에도 역사가 편찬되었으므로 사관이 있었겠지만 명확한 기록은 찾아볼 수 없다. 고려 때는 국초에 왕의 언행·정치·백관의 행적 등 모든 시정(時政)을 기록하는 관아로 사관(史館)을 설치하였다.

사직(司直) : 조선시대의 5위(五衛)에 속하였던 정5품의 무관직이다. 공신과 공신의 적장자손(嫡長子孫)을 후대하고, 또한 대기문관(待機文官)에게 봉급을 급여하기 위해 임명한 관직으로 실무는 없었다.

사천대박사(司天大博士) : 사천박사로, 처음에는 천문박사(天文博士)라 하였다. → 천문박사

산원(散員) : 고려시대의 중앙군인 2군(二軍) 6위(六衛)의 정8품 무관직이다. 산원은 응양군(鷹揚軍)에 3명을 배치한 것 외에는 각 영(營)마다 5명씩 두어 전체 223명을 설치하였다. 이로 보아 200명 단위부대에 속하였으며 그 지휘관인 낭장(郎將)과 부지휘관인 별장(別將)의 보좌관이었던 것으로 추정된다.

삼군도총제부(三軍都摠制府) : 고려 말·조선 초의 군통솔기관이다. 고려는 건국 이래 중·전·후·좌·우의 5군(五軍) 제도를 두어 전국의 군을 이에 예속시켰으나 1391년(공양왕 3) 전·후 2군을 없애고 삼군도총제부를 두었다.

삼군도총제사(三軍都摠制使) : 도총제사와 동일하다. → 도총제사

삼군부(三軍府) : 조선 초기 군무(軍務)를 관장하던 관청이다. 고려 말 이성계가 병권을 장악하기 위하여 설치한 삼군총제부(三軍摠制府)를 1393년(태조 2) 의흥삼군부(義興三軍府)로 개칭하여 설치하고, 종래의 10위군(十衛軍)을 중·좌·우군의 3군으로 나누어 귀속시켰다.

삼중대광(三重大匡) : 고려 시대에 둔 정1품의 문관 품계이다. 1308년(충렬왕 34)에 정1품으로 정하고, 1356년(공민왕 5)에 없앴다가 다시 1362년에 정1품 하(下)로 고치고, 1369년에 종1품 상(上)으로 고쳤다.

상대등(上大等) : 신라의 최고 관직이다. 상대등은 국사를 관장하고 귀족·백관회의인 화백(和白)을 주재(主宰)하며 귀족연합의 대변자이기도 하였다.

상서(尙書) : 고려시대의 상서6부(尙書六部)의 정3품 관직이다. 재상에 들지 못하였기 때문에 국사를 의결하지는 못하였으나 8좌(八座)의 하나가 되어 같은 3품 중에서도 재상으로 올라가는 우위직이었다. 6부의 업무를 국왕에게 직접 아뢰는 일을 하였다.

상원수(上元帥) : 고려시대 무관직이다. 원수는 원래 상설관이 아니고 군대가 동원될 때

이를 지휘하기 위해서 동원된 통수직(統帥職)이었다. 그런데 고려 말 왜구가 창궐하여 전국적으로 군대를 상주시킬 필요가 있게 되자, 각지에 원수를 파견하여 거의 상설관화되었다. 각 도에 파견된 원수의 수는 정해져 있지 않았으나, 점차 늘어나 명령계통이 서지 않는 문제가 발생하기도 하였다.

상장군(上將軍) : 고려 때 중앙군 최고 사령관의 관직명으로 품계는 무반의 최고 품계인 정3품이다. 2군(二軍) 6위(六衛)에 1인씩 8명이 기본 편제이며, 각 군의 대장군(大將軍)과 함께 중방(重房)을 구성하였다.

서경유수(西京留守) : 서경에 상주하는 행정장관으로 종2품의 관직이다. 경관(京官)이 겸직하는 것이 통례였으나 공민왕 이후로는 겸직을 허용하지 않았다.

서북면도순검사(西北面都巡檢使) : 고려시대에 지방에 임시로 파견하던 무관이다. 1009년(목종 12) 강조(康兆)가 서북면도순검사(西北面都巡檢使)가 되어 서경에 파견되었다.

서장관(書狀官) : 조선시대 중국에 보내던 사행(使行) 가운데 기록관으로, 외교문서에 관한 직무를 분담하였던 정관(正官)이다. 서장관은 정사(正使)·부사(副使)와 함께 3사(三使)라 하여 외교 실무에서 큰 역할을 하였다.

서학박사(書學博士) : 서학교육(書學教育)을 담당하던 관직이다. 930년(태조 13) 왕이 서경에 행차하여 학교를 창시하고 수재(秀才) 정악(廷鶚)을 서학박사로 삼아 따로 학원을 창립하여 6부의 생도를 모아 교수하게 하였다는 기록으로 미루어볼 때, 개경의 경학(京學)에도 서학박사가 있었을 것으로 짐작된다.

선조성(宣詔省) : 발해의 3성(三省) 가운데 정책 교서의 심사 발표에 관한 일을 맡아보던 관청으로, 으뜸 벼슬은 좌상(左相)이다.

선혜당상(宣惠堂上) : 선혜청(宣惠廳)의 제조(提調)이다. 선혜청은 1608년(광해군 즉위년) 대동법(大同法)이 선혜법(宣惠法)이란 이름으로 경기도에 처음으로 시행되면서 이를 관리하기 위해 설치한 관서이다.

소감(少監) : 신라시대의 무관 관직이다. 소감에는 대감(大監)의 자제나 같은 부(部)의 친밀한 관계에 있는 사람이 임명되었던 것으로 짐작된다. 평상시에는 편제상으로만 존재하다가 비상시에 군부대에 배속되었다는 견해와 그 반대 의견이 있다.

소수(小守) : 신라시대 외관직(外官職)의 하나로 제수(制守)라고도 한다. 모두 85인이었으며, 관등은 당(幢 : 吉士 혹은 吉次. 신라시대 17관등 중의 제14등)에서부터 대나마(大奈麻)까지로 하였다.

수군처치사(水軍處置使) 수령(守令) : 고려·조선시대에 주(州)·부(府)·군(郡)·현(縣)에 파견된 지방관이다. 수령은 문반의 관로(官路)로서 문반은 반드시 지방관을 거친 뒤에 경관(京官)에 임명되었다. 지방관은 경관을 겸직하고 부임하였다

수령(守令) : 고려·조선시대에 주(州)·부(府)·군(郡)·현(縣)에 파견된 지방관이다. 수령은 문반의 관로(官路)로서 문반은 반드시 지방관을 거친 뒤에 경관(京官)에 임명되었다. 지방관은 경관을 겸직하고 부임하였다.

수문하시중(守門下侍中) : 고려시대의 관직으로, 중서문하성(中書門下省)의 종1품 재신(宰臣)이다. 1356년(공민왕 5) 첨의부(僉議府)를 중서문하성과 상서성(尙書省)으로 분리할 때, 좌(左)·우정승(右政丞)을 문하시중(門下侍中)과 수문하시중으로 고쳤는데, 1362년(공민왕 11)에는 다시 첨의좌정승(僉議左政丞)·첨의우정승(僉議右政丞)으로 환원하였다.

수사(水使) : 수군절도사(水軍節度使)를 가리킨다. 조선시대 각 도 수군을 총지휘하기 위하여 두었던 정3품 외관직(外官職) 무관이다.

수시중(守侍中) : 고려시대 문하부(門下府)의 으뜸 벼슬이다. 1356년(공민왕 5)에 우의정(右議政)을 고친 것으로, 그 후 우정승(右政丞)·우시중(右侍中)으로 고치고 창왕 때 다시 이 이름으로 고쳤다.

수신사(修信使) : 개항 이후 일본에 파견한 외교사절이다. 조선시대에 일본에 파견한 사절인 통신사(通信使)를 근대적 의미에서 고쳐 부른 것이다. 통신사가 주는 입장에서의 외교사절이라면 수신사는 받는 입장에서의 외교사절이라고 할 수 있다.

수태사(守太師) : 고려시대 왕자·부마·비부(妃父) 등의 종실과 공신 및 고위 관원에게 내린 벼슬의 하나이다. 태보(太保)·태부(太傅)와 함께 3사(三師)라 불렸고 이 가운데 가장 높은 벼슬이다.

순변사(巡邊使) : 조선시대 변방의 군사와 정무를 돌아보고 조사하기 위해 임금의 명을 받아 파견된 특사이다. 주로 공문 등을 전달하는 우역(郵驛)이나 지방민들의 생활상, 그리고 농사의 잘되고 못된 형편을 살피는 농형(農形)과 변방의 군정실태 등 변방의 전체적인 상황을 살피는 일을 맡아보았다.

순찰사(巡察使) : 조선시대의 무관직이다. 전시에 두었던 권설직(權設職 : 임시직)으로 대개 지방의 병권을 가졌던 행정관이 이를 겸직하였다.

승선(承宣) : 고려와 조선시대에 왕명의 출납을 관장한 관직이다. 이들은 백관이 국왕에게 올리는 모든 문서를 접수·검토하여 왕에게 전달하고 왕명을 받아 하달하였으며, 이를 대변하기도 하였다. 따라서 이들을 임금의 몸이라 하여 용후(龍喉) 또는 후설직(喉舌職)이라고도 하였다.

승지(承旨) : 조선시대 승정원(承政院)에 두었던 정3품 관직이다. 1433년(세종 15) 승정원에 정3품 당상관(堂上官)의 도승지(都承旨)·좌승지(左承旨)·우승지(右承旨)·좌부승지(左副承旨)·우부승지(右副承旨)·동부승지(同副承旨) 등 6승지를 두어 왕명의 출납을 맡아보게 하였다.

시독(侍讀) : 경연(經筵)에서 글을 강의하는 벼슬 이름이다.

시랑(侍郞) : 신라의 관직이다. 747년(경덕왕 6) 당나라의 제도를 모방하여 집사부(執事部)의 전대등(典大等), 병부(兵部)의 대감(大監), 창부(倉部)의 경(卿)을 이 이름으로 고쳤다. 모두 각 부의 차관이며 관등으로는 제11등인 나마(奈麻)로부터 제6등인 아찬(阿飡)까지 5두품(五頭品)과 6두품(六頭品)의 신분층이 맡을 수 있는 벼슬이었다.

시중(侍中) : 고려시대 최고 정무기관인 중서문하성(中書門下省)의 수상직으로 종1품에 해당되었다. 신라 때는 747년(경덕왕 6) 집사성(執事省)의 중시(中侍)를 시중으로 고쳤고, 태봉 때는 광평성(廣評省)의 광치나(匡治奈)를 시중으로 개칭하였다. 고려는 이런 전통과 함께 982년(성종 1)에 당나라의 관제를 채용하여 내사문하성(內史門下省)을 설치하면서 처음 두었으며, 1061년(문종 15)에 중서문하성으로 개편할 때 정원과 품계를 정하였다.

아찬(阿飡) : 신라의 17관등(十七官等) 가운데 제6등으로, 6두품(六頭品) 신분층이 오를 수 있는 한계 관계이다. 아척간(阿尺干)이라고도 한다. 세분화하여 아찬부터 중아찬(重阿飡) · 3중아찬 · 4중아찬으로 올라가는데, 6두품 신분층은 중아찬으로 승급이 끝난다.

안렴사(按廉使) : 고려 지방행정구획인 5도(五道)의 장관이다. 안찰사(按察使)가 처음 기록에 나타난 것은 1037년(靖宗 3)이었다. 이후 1276년(충렬왕 2)에 안렴사로 개칭되었고, 충선왕 즉위 후 제찰사(提察使)로 바뀌었다가 다시 충숙왕 후년에 안렴사로 환원되는 과정을 밟았지만 제도로서는 고려 말까지 계속되었다.

어영대장(御營大將) : 어영청(御營廳)의 수장으로, 종2품이다. 어영청은 임진왜란 뒤 5위(五衛)에 대체되어 설치된 3군문(三軍門)의 하나이다.

역박사(曆博士) : 백제시대 음양도(陰陽道)의 전문학자이다. 553년(성왕 31) 일본이 역박사 등의 교대파견을 요청하여 복서(卜筮) 전문가로 역박사인 시덕(施德) 왕도량(王道良)을 파견하였으며 복서(卜書)도 전하였다.

염세별감(鹽稅別監) : 고려 후기 소금세[鹽稅]를 걷기 위해 임시로 파견한 관리로, 소금의 전매(專賣)를 실시한 충렬왕 때부터 파견되었다.

영건도감제조(營建都監提調) : 조선시대 국가적인 건축공사를 관장하던 임시관청인 영건도감의 최고 책임자로, 도제조(都提調) 밑에 있는 관직이다.

영부사(領府事) : 영중추부사(領中樞府事)를 가리킨다. 조선시대 중추부(中樞府)의 으뜸 벼슬로 정1품 무관에게 내려졌다.

영의정(領議政) : 조선시대 최고의 중앙 관직이다. 백관을 통솔하고 서정(庶政)을 총리한 최고행정기관인 의정부를 이끈 3의정(三議政)의 하나이다.

영장(營將) : 고려시대에 각 진(鎭)에 두어진 으뜸 벼슬이다. 조선시대의 영장은 진영장(鎭營將)이라고도 하는데, 5군영(五軍營)과 지방의 각 진영(鎭營)에 둔 최고 관직이다.

영중추(領中樞) : 영부사와 동일하다. → 영부사

오경박사(五經博士) : 백제시대에 5경(五經)에 통달한 사람에게 준 관직이다. 5경이란 일반적으로 『역경(易經)』 · 『서경(書經)』 · 『시경(詩經)』 · 『예기(禮記)』 · 『춘추(春秋)』를 가리킨다. 오경박사는 역박사(易博士) · 역박사(曆博士) · 의박사(醫博士) 등과 함께 일본에 초빙되어 일본의 문화발전에 기여하였고, 국내에서는 국학(國學) 등의 교육기관에서 교육을 담당한 것으로 짐작된다.

우보(右輔) : 고구려의 관직으로 우상(右相)이라고도 한다. 25년(대무신왕 8) 을두지(乙豆智)를 우보로 삼아 군사에 관한 정사를 맡겼다는 기사와 166년(신대왕 2)에 좌보(左輔)와 우보를 합쳐 국상(國相)으로 고쳤다는 기사로 보아, 대개 국가의 군국지사(軍國之事)를 담당하던 관직으로 여겨진다.

우보(右輔) : 백제시대 군대와 병마를 총관한 관직이다. 서열상으로는 좌보(左輔)의 다음이며, 임무는 군대와 국정에 관한 일이었다. 초기에는 좌보로 승진하거나 종신직이었으나, 왕권이 강화되면서 중간에 교체되기도 하였다. 260년(고이왕 27)에 폐지되었다.

우승(右丞) : 조선 초기의 종3품 관직이다. 조선 건국 초에 고려시대의 관제를 이어받아 전곡(錢穀)의 출납과 국가의 재정을 관장한 삼사(三司)에 속했던 관직으로, 정원은 1명이다.

우의정(右議政) : 조선시대 정1품 관직으로 우상(右相)·우정승(右政丞)·우대(右臺)·우합(右閤)·우규(右揆)·단규(端揆) 등이라고도 한다. 백관을 통솔하고 서정(庶政)을 총리한 최고행정기관인 의정부(議政府)를 이끈 3의정(議政)의 하나이다.

우찬성(右贊成) : 조선시대 의정부(議政府)에 속해 있던 종1품 벼슬이다. 태종 초 의정부 찬성사(議政府贊成事)의 약칭이자 조선시대 의정부 차관인 좌·우찬성의 통칭이기도 하다. 이상(貳相) 또는 이재(二宰)라고도 하였으며, 참찬(參贊)과 함께 의정(議政)을 보필하면서 의정부사와 대소 국정 논의에 참여하였다.

우포도대장(右捕盜大將) : 조선시대에 둔 우포도청(右捕盜廳)의 으뜸 벼슬이다. 종2품 무관으로 범죄자를 잡아 다스리는 일을 맡아보았다.

유격장군(遊擊將軍) : 고려시대 무산계(武散階)의 제13등급에 속하는 위계이다. 종5품 하(下) 무관의 품계로 995년(성종 14)에 정하였다.

유도대장(留都大將) : 임금이 서울을 떠나 거둥할 때, 도성 안을 지키던 대장이다.

유수(留守) : 고려·조선시대 수도 이외의 옛 도읍지나 국왕의 행궁이 있던 곳 및 군사적인 요지에 두었던 유수부(留守府)의 관직이다. 고려시대는 옛 왕경인 3경(三京)에다 유수부를 설치하고 유수관을 두었다. 조선시대에는 삼경제도를 벗어나 수도방위를 위한 행정적·군사적 중요 지역에 유수부를 두어 유수를 파견하였다.

육두품(六頭品) : 신라시대 골품제도의 신분계급이다. 6두품은 성골(聖骨)과 진골(眞骨) 다음가는 높은 계급으로, 최고의 신분층은 아니었지만 중앙귀족이었다. 법제적 제약에 대한 6두품의 불만을 무마하기 위해 제6관등인 아찬 위에 중아찬(重阿飡)에서 4중아찬(四重阿飡)까지의 중위제(重位制)를 두기도 하였다.

의박사(醫博士) : 백제에서 질병 치료 등의 일을 맡았던 벼슬 이름이다. 오늘날의 의사처럼 각종 질병을 치료하는 일을 맡았으며, 6세기 중엽에는 백제의 16관등(十六官等) 중 제6등인 나솔(奈率) 관등을 받은 사람이 있을 정도로 지위가 높았다.

의정부총리대신(議政府總理大臣) : 개화기의 최고위관직으로, 국정을 총괄하는 내각의 수반이다. 내각총리대신(內閣總理大臣)이라고도 부른다. 1880년(고종 17) 12월 군국기무(軍國機務)를 총괄하는 통리기무아문(統理機務衙門)이 설치되자, 그 장(長)으로 신설되었다. 그 뒤 폐지되었다가, 1894년 갑오경장으로 관제가 대폭 개편될 때 의정부의 장으로 다시 설치되었다.

의학박사(醫學博士) : 신라 · 고려시대에 의학교육을 담당한 관직으로 692년(효소왕 1)에 처음으로 2명을 두었다. 『본초경(本草經)』 · 『소문경(素問經)』 · 『갑을경(甲乙經)』 · 『침경(針經)』 · 『맥경(脈經)』 · 『명당경(明堂經)』 · 『난경(難經)』 등을 교수하였다.

이벌찬(伊伐飡) : 각간과 같다. → 각간

이부상서(吏部尙書) : 이부의 상서이다. 상서는 고려시대의 상서6부(尙書六部)의 정3품 관직으로, 소속 부(部)의 업무를 국왕에게 직접 아뢰는 일을 하였다. 재상에 들지 못하였기 때문에 국사를 의결하지는 못하였으나 8좌(八座)의 하나가 되어 같은 3품 중에서도 재상으로 올라가는 우위직이었다.

이서(吏胥) : 관아에 속하여 말단 행정 실무에 종사하던 구실아치이다. 고려시대에는 중앙의 각 관아에 속한 말단 행정 요원만을 가리켰으나, 조선시대에는 경향(京鄕)의 모든 이직(吏職) 관리를 뜻하였다.

이조정랑(吏曹正郞) : 이조에 속한 정5품 관직이다. 정랑은 6조(六曹)의 실무를 관장하여 청요직(淸要職)으로 간주되었으며, 특히 이조 · 병조(兵曹)의 정랑은 인사행정을 담당하여 전랑(銓郞)이라고 하였다. 3사(三司) 관직의 임명동의권인 통청권(通淸權)과 자신의 후임자를 추천할 수 있는 재량권이 있어 권한이 막강했으며, 이로 인해 붕당의 폐단을 낳기도 하였다.

이조참판(吏曹參判) : 이조에 속한 종2품 벼슬로, 이조 판서의 아래이다.

이조판서(吏曹判書) : 고려 · 조선시대에 문선(文選) · 훈봉(勳封) · 고과(考課)의 일을 총관한 이조의 장관이다. 고려시대에는 1389년(공양왕 1) 전리사(典理司)를 이조로 고치고 그 장관으로 정3품 판서를 두었다. 조선시대에도 이를 계승하여 역시 정3품의 이조전서(吏曹典書)를 두었으나 1405년(태종 5) 6조(六曹)의 권한이 강화되면서 전서가 정2품 판서로 바뀌어, 이후 이조판서는 6조의 수석장관으로 자리를 잡았다.

이찬(伊飡) : 신라의 17관등(十七官等) 가운데 제2등이다. 이척찬(伊尺飡)이라고도 하는데, 진골(眞骨) 신분층이 차지할 수 있는 관등이지만, 태종무열왕 이전에는 성골(聖骨) 출신도 있었던 것으로 보인다. 자색(紫色) 공복(公服)을 입었다.

이척찬(伊尺飡) : 이찬과 같다. → 이찬

일길찬(一吉飡) : 신라의 17관등(十七官等) 가운데 제7등이다. 일길간(一吉干) · 을길간(乙吉干)이라고도 한다. 진골(眞骨)과 6두품(六頭品)이 오를 수 있었으며, 비색(緋色) 공복(公服)을 입었다.

자사(刺史) : 한나라 때 군(郡) · 국(國)을 감독하기 위하여 각 주(州)에 둔 검찰관이다. 행정장관이 아니므로 일정한 위치 없이 항상 관내를 이동하였다. 처음에는 직위가 군의 태수(太守)보다 낮았으나 점차 지위가 높아져 한 주의 장관으로서 군사·민정을 관장하는 군벌(軍閥)로 발전하였다. 당·송나라를 거쳐 명나라 때 폐지되었으나, 후에 지주의 존칭으로 쓰였다.

잡찬(匝飡) : 신라의 17관등(十七官等) 가운데 제3등으로, 진골(眞骨)만이 오를 수 있었다. 자색(紫色) 공복(公服)을 입었다.

장군(將軍) : 고려시대 정4품 무관직이다. 중앙군에서 세 번째 서열에 해당되는 계급이다. 1,000명 단위 부대인 2군(二軍) 6위(六衛) 각 영(領)에 1인씩 편성되어 부대장이 되었다. 그러나 2군 6위에 소속된 45인 이외에도 충용위(忠勇衛)에 4인이 더 있어 총 49인이다. 이들의 합의기관으로는 장군방(將軍房)이 있었는데, 때로는 상장군(上將軍)·대장군(大將軍)의 합의기구인 중방(重房)과 대립되는 일도 있었다.

장령(掌令) : 고려와 조선시대에 감찰(監察) 업무를 담당하던 관직이다. 고려시대에는 시정(時政)의 득실을 논하고 백관을 규찰(糾察)하며, 사회풍속을 바로잡는 일을 맡아보던 사헌부(司憲府)와 이를 개칭한 감찰사(監察司)의 종4품 벼슬로, 충렬왕 때 처음 두었다.

전권대신(全權大臣) : 청나라 때 나라를 대표하는 권한을 위임받아 파견하던 외교 사절이다.

전리(電吏) : 고려시대 잡류직(雜類職)에 속한 이속(吏屬)의 하나이다.『고려사』백관지에 따르면 중서문하성(中書門下省)에 180명이 배속되어 잡역(雜役)에 종사하였는데, 그 임무는 중서문하성과 여러 관청과의 연락관계를 맡았을 것으로 추측된다.

절도사(節度使) : 고려·조선시대의 외관직(外官職)이다. 고려시대에는 995년(성종 14) 지방행정구역을 12주(十二州)로 나누고 주 장관으로 절도사를 두었으며, 조선시대에는 병마절도사(兵馬節度使)와 수군절도사(水軍節度使)로 나누어 각 주진(主鎭)을 관장하였다.

절제사(節制使) : 고려·조선시대의 무관직이다. 고려시대에는 1389년(공양왕 1) 무관의 원수(元帥)를 절제사로 고쳐 외직(外職)으로 나갈 때는 주(州)·부(府)의 장관직을 겸직하게 하였다. 조선시대에는 병마(兵馬)·수군(水軍)으로 구분하여 정3품관으로 임용하고, 각 지방의 거진(巨鎭)을 지휘하였다.

정당성(政堂省) : 발해의 3성(三省) 가운데 하나로, 선조성(宣詔省)과 중대성(中臺省)을 거느리면서 국왕의 정령(政令)을 집행하는 관청이다.

정사(正使) : 조선시대 외국으로 파견하는 사신 가운데 우두머리로, 상사(上使)라고도 한다. 외국으로 파견하는 사신에는 정사·부사(副使)·서장관(書狀官)이 있는데, 이를 3사(三使)라 하고 그 임무를 분담시켰다.

정언(正言) : 고려·조선시대 봉박(封駁)과 간쟁을 담당한 관직이다. 고려시대에는 국가 행정을 총관하는 중서문하성(中書門下省)에서 조칙(詔勅)을 심의하고 왕에게 간하여 잘못을 바로잡게 하는 간쟁을 맡아보던 낭사(郎舍)로, 1116년(예종 11) 종6

품의 좌습유(左拾遺)·우습유(右拾遺)를 좌정언(左正言)·우정언(右正言)으로 개칭하고 각 1명씩을 두었다.

제감(弟監) : 신라의 관직이다. 589년(진평왕 11) 병부(兵部)에 둔 관직으로, 관등은 나마(奈麻 : 11관등)에서 사지(舍知 : 13관등)까지였으며, 정원은 2명을 두었다. 무열왕 때에는 대사(大舍), 경덕왕 때에는 낭중(郎中)으로 바꾸었다가 혜공왕 때 다시 대사로 고쳤다.

조방장(助防將) : 조선 후기 제주 지역에서 주장(主將)을 도와 적의 침입을 방어한 종9품 관직이다. 조선 전기 방호소의 책임자는 여수(旅帥)였으며, 변란이 생길 경우 영군관이 파견되어 방어에 임하였다. 그러나 17세기 후반에는 각 방호소에 성을 쌓았으며, 조방장을 파견하여 방어에 대비하였다.

조부령(調府令) : 신라시대 조부의 장관이다.

종사(從事) : 조선시대 파진군(破陣軍)의 종8품 군직이다. 1477년(성종 8) 화포(火砲)를 사용하는 특수부대인 파진군의 창설과 함께 설치되었으며, 신분상으로는 대부분 천인이었다. 이들은 변방에 외적의 침입이 있으면 화포를 가지고 출병하였으며, 근무일수 909일마다 1계급씩 진급하여 정6품에 이르면 퇴관하였다.

좌군(左軍) : 고려시대 기본 군대편성인 5군(五軍) 가운데 하나이다. 5군은 중·전·후·좌·우군을 가리킨다. 1391년(공양왕 3) 전·후군을 없애고 중·좌·우 3군(三軍)으로 개편하였다.

좌수사(左水使) : 조선시대에 둔 좌수영(左水營)의 우두머리로 품계는 정3품이다.

좌장(左將) : 백제시대에 내외의 군사(軍事)를 관장하던 무관 벼슬이다.

좌중찬(左中贊) : 고려시대 백규서무(百揆庶務)와 간쟁봉박(諫諍封駁)을 관장하던 첨의부에 속한 종1품 벼슬로 뒤에 첨의좌시중(僉議左侍中)으로 고쳤다.

좌찬성(左贊成) : → 우찬성

좌평(佐平) : 백제의 16관등(十六官等) 가운데 제1품으로, 좌평(左平)·좌솔(左率)로도 기록되어 있다.

주금사(呪禁師) : 고려시대에 전의시(典醫寺)에 속하여 주문으로 질병을 치료하는 일을 맡아보던 관직이다.

주사(舟師) : 조선시대 함경도와 평안도의 큰 고을에 둔 향리직이다. 서울의 서리와 동급의 신분으로 함경도와 평안도 지방의 토관(土官)들 밑에서 지방행정업무와 군사업무를 담당하였다.

주사대장(舟師大將) : 조선시대 주교사(舟橋司)에 속하여 임금이 거둥할 때 한강에 부교(浮橋) 놓는 일을 맡아보던 임시 벼슬이다.

중군(中軍) : 고려시대 기본 군대편성의 하나이다. 고려 군대의 기본편성은 중·전·후·좌·우군의 5군(五軍)이었는데, 중군은 그 가운데서 중앙에 위치한 부대이다. 그러나 이 5군은 평상시의 군대조직이라기 보다는 전투에 동원하기 위한 편제의 하나로 이해되고 있다. 1391년(공양왕 3) 전·후군을 없애고 중·좌·우 3군(三軍)으로 개편하여 삼군도총제부(三軍都摠制府)라 하였다.

중대성(中臺省) : 발해시대의 중앙관서이다. 선조성(宣詔省)·정당성(政堂省)과 더불어 3성(省)의 하나이다. 당나라의 중서성(中書省)과 동일하게 조령(詔令)의 기초를 주관하는 정무를 맡았다. 장관은 우상(右相)이다.

중랑장(中郎將) : 고려시대의 정5품 무관직이다. 중앙군에서 장군(將軍) 다음가는 계급이다. 2군(二軍) 6위(六衛)에는 장군 밑에 각기 두 사람의 중랑장이 있는데 이들은 장군의 보좌관이었던 듯하다.

중서령(中書令) : 고려시대의 관직이다. 서무(庶務)를 총괄하고, 간쟁을 담당한 중서문하성(中書門下省)의 으뜸벼슬로, 종1품관이었다.

지도첨의(知都僉議) : 지도첨의사(知都僉議事)와 같다. 지도첨의사는 고려시대 도첨의부(都僉議府)의 종2품 벼슬이다. 1362년(공민왕 11)에 지문하성사(知門下省事)를 고쳐서 일컫다가, 이 임금 1369년에 지문하부사(知門下府事)로 고쳤다.

지병마사(知兵馬事) : 고려시대 동북면과 서북면의 병마사 아래에 두었던 3품 무관직이다.

지사(知事) : 고려시대의 중앙관직으로 대개 으뜸벼슬인 판사(判事) 바로 아래 벼슬이다.

지중추(知中樞) : 고려시대 중추원에 속한 종2품 벼슬이다. 1095년(헌종 1)에 지추밀원사(知樞密院事)로 고쳤다.

지중추부사(知中樞府事) : 지중추와 같다. →지중추

직제학(直提學) : 고려·조선시대의 관직이다. 고려시대는 예문관(藝文館)·보문각(寶文閣)·우문관(右文館)·진현관(進賢館) 등에 딸려 있던 정4품 벼슬이었다.

진강후(晉康侯) : 고려의 무신 최충헌과 그 아들 최우(崔瑀)가 받은 봉작(封爵)이다. 1206년(희종 2) 최충헌은 진강후에 책봉되고 '식읍 3천호, 식실 3백호(食邑三千戶 食實三百戶)'를 수여받았다.

진사(進士) : 고려에서 958년(광종 9) 과거제도를 시행하면서 1차 시험에 합격한 자를 상공(上貢 : 중앙)진사·향공(鄕貢 : 지방)진사·빈공(賓貢 : 외국인)진사라 하였고, 2차 시험인 국자감시(國子監試)에 합격한 자를 진사라 하였다. 이들의 시험과목은 시(詩)·부(賦)·송(頌) 및 시무책(時務策) 등이었다.

진총융사(摠戎使) : 조선시대 총융청(摠戎廳)의 으뜸 벼슬로, 종2품의 무관 벼슬이다.

집의(執義) : 조선시대 정사를 비판하고 관리들을 규찰하며, 풍속을 바로잡던 사헌부 소속의 종3품 관직이다. 1401년(태종 1) 관제를 개혁하면서 기존의 종3품 중승(中丞)이 집의로 개칭된 것이다.

찬성사(贊成事) : 고려 후기 문하부(門下府)의 정2품 관직이다. 시랑찬성사(侍郎贊成事)와 찬성사의 상하 구분이 있으나 둘을 합하여 찬성사라 부르는 것이 보통이다.

참군(參軍) : 고려시대 개성부(開城府)에 속한 정7품 벼슬이다. 1356년(공민왕 5)에 기실참군(記室參軍)을 고친 것이다.

참찬(參贊) : 조선시대 의정부(議政府) 소속의 정2품 관직이다. 1415년(태종 15) 의정부 기능을 약화시키기 위해 관제 개편한 종2품의 의정부찬성사(議政府贊成事)가 좌 · 우참찬으로 분리되었고, 그 가운데 우참찬을 참찬으로 개칭한 것이다.

참판(參判) : 조선시대 6조(六曹)에 속해 있던 종2품의 관직으로, 아경(亞卿)이라고도 한다. 1432년(세종 14)에 설치한 각 조의 차관으로, 예하 주요기관의 제조(提調)를 겸하였다. 1894년(고종 31)의 갑오개혁 이후에는 협판(協辦)이라 하였다.

창의사(倡義使) : 나라에 큰 난리가 일어났을 때에 의병을 일으킨 사람에게 주던 임시 벼슬이다.

채청사(採靑使) : 조선 전기 연산군 때 아름다운 처녀를 구하려고 전국에 보낸 벼슬아치이다.

채홍준사(採紅駿使) : 조선 전기 연산군이 미녀와 준마(駿馬)를 궁중에 모아들이기 위해 지방에 파견하였던 벼슬아치이다. 양가의 미혼처녀들도 많이 징발되었으며, 특히 제주도는 좋은 말과 미녀가 많은 곳으로 꼽혔다. 이때 뽑혀온 처녀의 수는 거의 1만명에 이르렀다 한다. 중종반정으로 연산군이 폐위됨에 따라 폐지되었다.

천문박사(天文博士) : 신라시대 누각전(漏刻典)에 소속된 천문기술 관직이다. 718년(성덕왕 17) 천체의 운행과 시간측정 및 물시계 관리하는 일을 맡아서 하는 누각을 처음 만들었다. 그리고 이를 관리할 관청인 누각전을 설치하고 누각박사(漏刻博士) 6명과 사(史) 1명을 두었다. 749년(경덕왕 8) 누각전에 천문박사 1명을 추가로 두었다.

천총(千摠) : 조선 후기 각 군영에 소속되었던 정3품 무관직이다. 이들은 각 군영대장의 중군(中軍) 밑에 있었던 지휘관으로 영(營) 밑의 부(部)를 지휘하였다.

첨사(僉使) : 조선시대 각 진영(鎭營)에 속한 종3품의 무관으로, 첨절제사(僉節制使)와 동첨절제사(同僉節制使)의 약칭이다. 첨절제사는 조선시대 일선 진영을 관장하던 종3품 무관직으로 절도사(節度使) 아래의 벼슬이다. 동첨절제사는 종4품으로 절도사 · 첨절제사 다음이며, 군수(郡守) 등의 수령이 겸직하였다.

첨의시중(僉議侍中) : 고려 후기 최고 관직이다. 1275년(충렬왕 1) 원나라의 정치 간섭으로 중서문하성(中書門下省)과 상서성(尙書省)을 병합하여 첨의부(僉議府)로 낮추어 부르게 되었고, 장관직도 첨의중찬(僉議中贊)으로 바뀌었다. 1356년(공민왕 5)에는 반원운동의 일환으로 관제가 복구되면서 중서문하성이 부활되고, 1362년(공민왕 11)에 다시 도첨의부(都僉議府)로 바뀌면서 첨의정승(僉議政丞)으로 되었다가 다음해에 첨의시중으로 고쳤다.

첨의중찬(僉議中贊) : 첨의시중의 전신이다. → 첨의시중

첨지(僉知) : 첨지중추부사(僉知中樞府事)를 가리킨다. 조선시대 왕명의 출납, 병기(兵器) · 군정(軍政) · 숙위 등의 일을 맡아보던 중추원(中樞院)에 속하는 정3품 무관이다.

초토사(招討使) : 조선시대 전란이나 내란이 일어난 지방에 파견한 임시 무관직이다. 정3품 당상관(堂上官) 이상의 문관이나 무관이 임면되었다. 초토사는 그 지역의 정

규군과 의병을 규합하여 난을 일으킨 무리를 토벌하였다.

총병관(摠兵官) : 원래 출정하는 장수의 관명이었는데, 군무가 복잡해짐에 따라 한 지방의 진수(鎭戍)를 맡는 장수의 관명이 되었다.

총융사(摠戎使) : 조선시대 총융청(摠戎廳)의 으뜸 벼슬로, 종2품의 무관 벼슬이다.

추밀원부사(樞密院副使) : 고려시대 추밀원에 속한 정3품 벼슬로, 1095년(헌종 1)에 중추원부사(中樞院副使)를 고친 것이다.

춘신사(春信使) : 조선시대 봄에 후금(後金)에 보내던 사신이다. 1627년(인조 5) 정묘호란의 화의 결과 조선은 후금과 형제국의 맹약을 맺고 매년 봄 · 가을에, 그들의 수도 심양(瀋陽 : 선양)에 사신을 보내어 조공을 바쳐 왔다.

태대각간(太大角干) : 비상설(非常設)의 신라 최고 관등(官等)이다. 신라의 17관등(十七官等) 가운데 가장 높은 계급은 각간이었으나 660년(무열왕 7) 백제를 멸하는 데 공을 세운 김유신에게 기존 관등(官等) 위에 대각간의 벼슬을 주었고, 668년(문무왕 8)에는 고구려를 멸하는 데 공을 세웠다 해서 김유신에게 다시 태대각간의 벼슬을 내렸다.

태수(太守) : 신라시대 각 고을의 으뜸 벼슬이다. 제6등 중아찬(重阿湌)에서 제13등 사지(舍知)까지가 임명될 수 있었다.

통신사(通信使) : 조선시대 조선에서 일본에 파견되었던 공식적인 외교사절이다. 1404년(태종 4) 조선과 일본 사이에 교린관계가 성립되자, 조선국왕과 막부(幕府)의 쇼군[將軍]은 각기 양국의 최고 통치권자로서 외교적인 현안을 해결하기 위하여 사절을 각각 파견하였다.

판삼사사(判三司事) : 고려시대 삼사(三司)의 으뜸 벼슬이다. 품계는 종1품으로 재신(宰臣)이 겸하였다.

판서(判書) : 고려 · 조선시대 중앙행정관서의 장관이다. 고려시대에는 1275년(충렬왕 1) 설정한 정3품관으로, 중앙행정관서의 장관이었다. 조선시대에도 6조(六曹)의 장관을 판서라 하였다.

판윤(判尹) : 조선시대 지방관청인 부(府)의 으뜸벼슬이다. 종2품 문관의 외관직(外官職)으로, 관찰사(觀察使)와 동격이다.

판중추(判中樞) : 판중추부사와 같다. → 판중추부사

판중추부사(判中樞府事) : 조선시대 중추부의 으뜸 벼슬이다. 1466년(세조 12)에 판중추원사(判中樞院事)를 고친 것으로 종1품 벼슬이며, 관찰사(觀察使)나 병마절도사(兵馬節度使)를 겸하기도 하였다.

팔도도통사(八道都統使) : 고려 1388년(우왕 14) 요동을 정벌하기 위하여 당시 문하시중(門下侍中)이었던 최영에게 8도의 병력을 총 지휘할 수 있는 권한을 부여하였던 최고의 임시 무관 벼슬이다.

패륵(貝勒) : 청나라 때 만주인 종실(宗室)과 몽골의 외번(外藩)들에게 봉해진 작위(爵

位) 가운데 하나이다.

평장사(平章事) : 고려시대의 정2품 관직이다. 982년(성종 1) 내사문하성(內史門下省)에 내사시랑(內史侍郞)평장사 · 문하시랑평장사(門下侍郞平章事)를 둔 이래 1061년(문종 15)과 1356년(공민왕 5) 중서문하성(中書門下省)에 중서시랑평장사(中書侍郞平章事) · 문하시랑평장사 · 중서평장사(中書平章事) · 문하평장사(門下平章事)를 두었는데 모두 정2품관이었으며 정원은 각각 1명씩이었다.

하대부(下大夫) : 품계가 낮은 대부를 가리킨다. 조선시대에는 정3품 당하관(堂下官) 품계인 통훈대부(通訓大夫)부터 종4품 조봉대부(朝奉大夫)까지를 지칭하였다.

학무아문(學務衙門) : 개화기에 교육을 관장하던 관청으로 1894년(고종 31) 갑오개혁 때 군국기무처(軍國機務處)의 개혁안에 따라, 의정부(議政府) 아래에 둔 8아문 가운데 하나이다. 기존의 예조(禮曹) 업무 일부와 관상감(觀象監) · 육영공원(育英公院) · 사역원(司譯院)의 업무, 그리고 교육과 학무(學務) 행정을 관리하였다.

한림학사(翰林學士) : 고려시대 학사원(學士院) · 한림원(翰林院)에 속한 정4품 벼슬로, 임금의 조서를 짓는 일을 맡아보았다.

해도원수(海道元帥) : 고려시대 왜구의 침입으로 인하여 전란이 발생하였을 때 임금의 특명을 받고 연해제도(沿海諸道)에 파견되어 군사를 총괄 지휘하던 임시 무관직이다.

행성승상(行城丞相) : 원나라 중앙 행정 업무를 담당하던 중서성(中書省)의 지방파견 기관이었던 행중서성(行中書省)의 승상(丞相)이다. 원나라에는 중국 전체에 지방행정기관으로서 행중서성이 설치되었는데, 이의 최고 책임자로서 승상이 임명되었다.

향도관(嚮導官) : 군사를 인솔하고 갈 때 길을 인도하던 벼슬아치이다.

현감(縣監) : 지방행정관서인 현(縣)에 둔 우두머리로 수령(守令)으로 총칭된 지방관의 하나이다.

현령(縣令) : 신라시대의 지방관직으로, 현(縣)의 장관이다. 선저지(先沮知 : 造位, 제17등) 이상 사찬(沙湌 : 제8등)까지의 관등을 가진 자로 보임하였다. 『삼국사기』 직관지에는 군 태수(太守)와 현령의 중간에 위치하는 소수(少守 : 制守)가 등장하는데, 이 역시 현의 장관으로 생각된다. 이로 미루어 신라통일기에는 현을 크기에 따라 양분하여, 큰 현의 장관을 소수, 작은 현의 장관을 현령이라 하였던 것으로 짐작된다.

호부상서(戶部尙書) : 고려시대 호부(戶部)의 장관이다.

호장(戶長) : 고려시대 향직(鄕職)의 우두머리로, 부호장과 더불어 호장층을 형성하여 해당 고을의 모든 향리들이 수행하던 말단 실무행정을 총괄하였다. 신라 말 · 고려 초에 지방의 성주나 호족들에게 호장 · 부호장의 향직을 주면서 탄생하였다. 이들은 지방자치의 성과를 많이 거두었다.

훈련대장(訓鍊大將) : 조선시대에 훈련도감의 으뜸 벼슬로, 품계는 종2품이었다.

|관청명|

감영(監營) : 조선시대 각 도의 관찰사(觀察使)가 거처하는 관청이다. 전국에 감영은 모두 8곳이 있었으며, 17세기 초에 이르면 감영 장소가 고정되게 된다.

경시서(京市署) : 고려 · 조선시대에 시전(市廛)을 관리 · 감독하거나 국역(國役)의 부과 등을 맡아보던 관청이다. 이 밖에 도량형기(度量衡器)를 단속하고, 물가를 억제하는 등 일반 시장의 행정사무도 담당하였으며, 저화(楮貨)의 유통 촉진에도 힘썼다.

공무아문(工務衙門) : 1894년(고종 31) 갑오개혁에 따라 설치된 중앙행정관서이다. 조선 전기부터 있던 공조(工曹)의 기능을 흡수하여 확대 · 개편하였다. 직제는 칙임관(勅任官)인 대신(大臣) · 협판(協辦) 각 1명과 그 아래에 총무국(總務局) · 역체국(驛遞局) · 전신국(電信局) · 철도국(鐵道國) · 광산국(鑛山局) · 등장국(燈椿局 : 등대관리) · 건축국(建築局) · 회계국(會計局) 등 8개 국으로 구성되었다.

공부(工部) : → 공조

공조(工曹) : 고려 · 조선시대 산림 · 소택(沼澤) · 공장(工匠) · 건축 · 도요공(陶窯工) · 야금(冶金) 등에 관한 일을 맡아본 중앙관청이다. 고려 초에는 공관(工官)이라 하다가 995년(성종 14) 상서공부(尙書工部)로 개칭하였으며, 1275년(충렬왕 1) 폐지하였다가 1298년 공조(工曹)를 설치하였다.

교정청(校正廳) : 조선시대 서적편찬 시 교정 · 보완을 위해 설치하였던 임시기구이다. 1470년(성종 1) 『경국대전』을 최종검토하기 위하여 처음 설치되었다. 교정관으로는 정찬손(鄭昌孫) · 신숙주(申叔舟) · 한명회(韓明澮) · 구치관(具致寬) · 최항(崔恒) 등이 임명되었다. 이들에 의해 교정이 행해진 뒤 1471년 『경국대전』 초간본이 반포되었다.

국자감(國子監) : 고려시대 국가에서 필요한 인재를 양성하기 위한 최고의 교육기관이다. 국자감은 국립대학에 해당하는 교육기관인데, 창설 연대가 분명하지 않다. 992년(성종 11)에 국자감을 창건하라는 성종의 지시가 전하고 있지만, 이를 근거로 992년에 국자감이 처음 설립되었다고 단정하기는 어렵다.

국학(國學) : 신라의 최고 교육기관이다. 예부(禮部)에 속한 교육기관으로, 『삼국사기』에 따르면 682년(신문왕 2)에 설치했다고 한다. 경덕왕 때 이름을 대학감(大學監)으로 고쳤다가 혜공왕 때 국학으로 되돌렸다. 소속 관직으로는 경(卿), 박사(博士), 조교(助教), 대사(大舍), 사(史) 등이 있었다.

군무아문(軍務衙門) : 1894년(고종 31) 관제개혁에 따라 설치된 병조(兵曹)의 후신으로, 군사에 관한 사무를 통할한 관청이다. 병조를 비롯한 연무공원(鍊武公院) · 총어영(摠禦營) · 통위영(統衛營) · 장위영(壯衛營) · 경리청(經理廳) · 호위청(扈衛廳) · 훈련원(訓鍊院) · 군직청(軍職廳) · 용호영(龍虎營) · 기기국(器機局) · 선전관청(宣傳官廳)이 관장하던 업무를 포함하여 전국의 육해군을 통할하였다.

금살도감(禁殺都監) : 고려시대에 우마(牛馬)의 도살을 금하기 위해 두었던 임시 관청이다. 1362년(공민왕 11) 1월 정세운(鄭世雲)·안우(安祐) 등이 홍건적을 대파하고 개경을 수복하였을 때, 홍건적에 의해 거의 멸살된 소와 말의 보존과 이의 번식을 위하여 금살도감을 설치하였다.

내금위(內禁衛) : 조선시대 왕의 측근에서 호위를 맡은 군대이다. 선조 이후에는 내삼청(內三廳)·금군청(禁軍廳)·용호영(龍虎營) 등에 귀속되어 왕의 친병(親兵) 구실을 하였다. 병력은 성종 때까지는 100~200명으로 변동이 심하였으나, 『경국대전』 완성 이후에는 190명으로 고정되었다.

내무아문(內務衙門) : 1894년(고종 31) 갑오개혁 때 설치된 중앙내무행정 관청이다. 1894년 6월 군국기무처(軍國機務處)의 의안에 따라 궁내부(宮內府)와 의정부(議政府)로 나누고 의정부 아래 내무(內務)·외무(外務)·탁지(度支)·법무(法務)·학무(學務)·공무(工務)·군무(軍務)·농상아문(農商衙門) 등 8개 아문을 설치하였다. 그중 내무아문은 지방행정을 총괄하는 부서로서 이조(吏曹)·제중원(濟衆院)·내무부(內務府)의 직무를 포함하였다.

내사문하성(內史門下省) : 고려시대의 최고 중앙의정기관(議政機關)으로 내사성(內史省)과 문하성(門下省)을 합한 명칭이다. 982년(성종 1)에 내의성(內議省)을 고친 이름으로, 종1품 내사령(內史令)이 관장하였다.

내아문(內衙門) : 통리내무아문(統理內務衙門)을 말한다. 1882년(고종 19) 청나라의 총리각국사무아문(總理各國事務衙門)을 모방하여 설치한 관청이다. 백성의 편익을 도모하는 편민(便民), 나라를 이롭게 하는 이국(利國)에 관한 사무를 맡아보았다. 1882년 12월 통리군국사무아문(統理軍國事務衙門)으로 개칭하였다.

농무도감(農務都監) : 고려시대에 일본정벌에 필요한 군량미를 확보할 목적으로 1277년(충렬왕 3)에 설치한 관청이다. 원나라는 일본정벌 계획을 세우고, 그 준비책으로 1270년부터 고려에서 둔전책(屯田策)을 실시하였고, 1271년 지방 여러 도(道)에 농무별감(農務別監)을 파송하였다. 그 주요임무는 농우(農牛)·농기구(農器具) 등을 징발하여 원나라 둔전에 공급해 주는 일이었다.

누각전(漏刻典) : 신라시대 물시계에 관한 일을 맡은 관청이다. 718년(성덕왕 17) 독립된 기구로 설치하면서 관원으로 박사(博士) 6명, 사(史) 1명을 두었다.

도방(都房) : 고려시대 무신집권기 무신집정의 사병집단으로, 1179년(명종 9) 집권한 경대승(慶大升)이 처음 조직하였다. 도방이 생기기 이전에도 이미 유력한 무장들은 제각기 사병을 소유하고 있었다. 사료에서 문객(門客)·가동(家僮)이나 악소(惡小)·사사(死士)·용사(勇士)·장사(壯士)로 표현된 사람들이 바로 사병이었다.

법무아문(法務衙門) : 개화기 의정부(議政府)에 속한 사법 관청이다. 1894년(고종 31) 개혁관제를 처음 실시하면서 형조(刑曹)를 대신하여 둔 것이다. 사법행정(司法行政)·사면(赦免)·복권(復權) 및 재판소를 관할하였다.

별무반(別武班) : 고려 숙종 때 여진을 정벌하기 위해 편성되었다가 여진과의 강화가 성립되면서 해체된 군사조직이다. 별무반은 기병인 신기군(神騎軍)과 보병인 신보군(神步軍), 승병(僧兵)으로 구성된 항마군(降魔軍), 그리고 도탕(跳盪)·경궁(梗弓)·정노(精弩)·발화군(發火軍) 등의 특수군으로 구성되었다.

별효사(別驍士) : 조선 후기 총리영(摠理營)에 둔 군사이다. 1802년(순조 2) 장용위(壯勇衛)를 없애고, 화성(華城)에 총리영을 설치하면서 200명을 두었다.

병부(兵部) : 신라·고려시대에 군사에 관한 사무를 관장한 관청이다. 신라시대의 병부는 중앙행정관청인 13부 가운데 하나로, 군사업무를 총괄하였다. 고려시대에 병부는 무선(武選 : 무신들의 인사)·군무(軍務)·의위(儀衛)·우역(郵驛) 등의 일을 맡아보았다.

병영(兵營) : 조선시대의 영문(營門)이다. 지방에 주둔한 병마절도사(兵馬節度使)가 있던 곳으로 이곳에서 첨절제사(僉節制使)·동첨절제사(同僉節制使)·절제도위(節制都尉) 등을 지휘하며 방위임무를 수행하였다. 이 밖에 병사(兵舍)를 병영이라고도 하였고, 병마절도사가 있던 고을을 병영도(兵營道)라고 하였다.

병조(兵曹) : 고려·조선시대의 관청이다. 1298년(충렬왕 24) 관제(官制)를 개혁하고 6조(六曹)를 둘 때, 병부(兵部)의 후신인 군부사(軍簿司)를 고친 이름이다. 조선시대에는 국방을 총괄한 중앙기관으로 6조의 하나였으며, 군무(軍務)·의위(儀衛)·무선(武選)·우역(郵驛)·병기(兵器) 및 서울의 성문 경비, 궁궐의 열쇠 관리 등의 일을 맡아보았다.

보문각(寶文閣) : 고려시대 경연(經筵)과 장서(藏書)를 맡아보던 관청이다. 1116년(예종 11) 예종이 궁궐 안에 설치한 청연각(請讌閣)이 궁중에 있기 때문에 학자들의 출입과 숙직이 불편하다 하여 같은 해 11월 따로 설치한 것이다.

비변사(備邊司) : 조선시대 군국기무(軍國機務)를 관장한 문무합의기구(文武合議機構)이다. 1865년(고종 2) 흥선대원군이 집정하면서 의정부(議政府)와 비변사(備邊司)의 한계를 규정하여 국정 의결권을 의정부에 이관하면서 그 기능이 약화되었다. 이후 3군부(三軍府) 제도를 부활시켜 군무를 처리하게 함으로써 폐지되었다.

사간원(司諫院) : 조선시대 국왕에 대한 간쟁과 봉박(封駁)을 담당하였던 관청이다. 간원(諫院)·미원(薇院)이라고도 한다. 사헌부(司憲府)와 함께 대간(臺諫), 홍문관(弘文館)·사헌부와 함께 3사(三司), 형조(刑曹)·사헌부와 함께 3성(三省)이라 하였다.

사헌부(司憲府) : 고려·조선시대의 관청이다. 시정(時政)을 논의하고, 백관을 규찰하며, 기강과 풍속을 바로잡고, 억울한 일을 없애주는 일 등을 맡아보았다. 통일신라에서 사정부(司正府), 발해에서 중정대(中正臺)라 하던 것을 고려 초기에는 사헌대(司憲臺)라 하였다가 어사대(御史臺)·금오대(金吾臺)·감찰사(監察司)로 개칭되어 1298년(충렬왕 24) 사헌부라는 명칭을 사용하였다.

삼별초(三別抄) : 고려 무신정권 때의 특수군대이다. 1219년(고종 6) 최충헌의 정권을 계승한 최우(崔瑀)가 방도(防盜) 등 치안유지를 위해 설치한 야별초(夜別抄)에서 비롯되었다.

삼사(三司) : 호부(戶部)와 함께 고려시대 국가재정의 중추적 기능을 담당했던 중앙 기구로, 조선왕조 건국 이후에도 삼사의 정치적 위상과 기능은 그대로 계승되었다. 그러나 1405년(태종 5) 태종이 6조(六曹)의 기능을 강화시키기 위해 사평부(司平府)를 호조(戶曹)에 병합시키면서 폐지되었다.

상평청(常平廳) : 1457년(세조 3)에 설치되어 물가조절 업무를 관장한 관청이다. 그러나 업무는 전국적으로 미치지 못하고 한성 등의 도시에 국한되었다. 이후 여러 가지 폐단이 발생하여 1626년(인조 4) 진휼청(賑恤廳)과 함께 선혜청(宣惠廳)에 귀속되었다.

성균관(成均館) : 고려 말·조선시대 최고의 교육기관이다. 한국 최고의 학부기관으로서 '성균'이라는 명칭이 처음 사용된 것은 고려시대로, 1289년(충렬왕 15)에 국자감(國子監)의 명칭을 '성균'이라는 말로 바꾸면서부터이다. 1308년(충선왕 1년)에 성균관으로 개칭되었고, 공민왕 때 국자감으로 명칭이 바뀌었다가, 1362년(공민왕 11)에 다시 성균관이라는 이름을 찾았다.

수서원(修書院) : 고려시대 서경에 설치한 도서관이다. 990년(성종 9) 유생들의 강학(講學)에 편의를 제공하기 위해 설치한 학술진흥기관으로, 개경의 비서원(秘書院)과 함께 개설되어 유생으로 하여금 사서(史書)를 등사(謄寫)하게 하여 소장하였다.

숙위소(宿衛所) : 1777년(정조 1) 대전(大殿)을 숙위하는 금군(禁軍)의 신변숙위 실수를 염려하여 건양문(建陽門) 동쪽에 따로 둔 임금의 호위소이다.

시위부(侍衛府) : 신라시대에 왕궁을 호위한 무관청(武官廳)으로 651년(진덕여왕 5) 설치하였다. 『당서(唐書)』에 의하면 "왕성을 호위하는 군사가 3,000명이 있다"고 한다.

신기군(神騎軍) : 고려시대 신보군(神步軍)·항마군(降魔軍)과 더불어 별무반(別武班)을 이룬 기병부대(騎兵部隊)이다. 1104년(숙종 9)에 설치되었다. 특수군대의 하나로 문무산관(文武散官)으로부터 서리(胥吏)·상인·복례(僕隷) 및 주부군현(州府郡縣)에 있는 사람에 이르기까지 말을 가진 자는 이에 소속되었다.

신보군(神步軍) : 고려시대의 특별부대로 1104년(숙종 9) 판동북면행영병마사(判東北面行營兵馬使) 임간(林幹)과 추밀원사(樞密院使) 윤관(尹瓘)이 잇달아 여진 정벌에 실패한 후 윤관이 왕에게 건의하여 특별히 조직 편성한 별무반(別武班)의 하나이다. 20세 이상 된 과거를 보지 않은 자로 구성된 보병이다.

쌍성총관부(雙城摠管府) : 고려시대에 원나라가 화주(和州)에 둔 통치기구이다. 1356년(공민왕 5) 추밀원부사(樞密院副使) 유인우(柳仁雨)를 동북면병마사(東北面兵馬使)에 임명하여 이 지역을 공략하게 하였는데 천호(千戶) 이자춘(李子春)의 협력으로 탈환하여 쌍성총관부를 폐지하고 화주목(和州牧)을 설치하였다.

안동도호부(安東都護府) : 고구려 멸망 후, 당나라가 고구려의 옛 땅에 둔 최고 군정기관(軍政機關)이다. 668년(문무왕 8) 당나라 군사가 고구려를 멸망시킨 뒤 그 영토를 9

도독부(九都督府) · 42주(四十二州) · 100현(百縣)으로 나누고, 이를 관장하기 위하여 평양에 안동도호부를 설치하여 당나라 장수 설인귀(薛仁貴)를 도호부사로 삼아 동치하도록 하였다.

야별초(夜別抄) : 고려 고종 때의 집권자 최우(崔瑀)가 도성(都城) 안에 도둑이 많아 이를 막기 위하여 설치한 것이다. 점차 기능과 권한이 확대되고 인원도 많아져, 이를 좌 · 우별초로 나누어 편성하였다. 도둑잡기뿐만 아니라, 몽골의 침입이 있자 몽골군과도 싸워 공을 세웠다. 또한 몽골군과 싸울 때 포로가 되었다가 탈출하여 온 자들을 모아 또하나의 별초로 신의군(神義軍)을 조직하고, 이를 좌 · 우별초와 합하여 3별초(三別抄)라 하였다.

양현고(養賢庫) : 고려시대의 장학재단이다. 1119년(예종 14) 사학(私學)의 융성으로 위축된 관학(官學)의 진흥을 위하여 설치하였다. 예종은 이전의 국자감(國子監)을 국학으로 고치면서 일대 개혁을 단행하였다. 많은 학생을 수용할 수 있는 학사(學舍)를 신축함과 동시에 학생의 교육 및 국학의 재정적 뒷받침을 위하여 국학 안에 양현고를 설치하여, 당시의 유학생 60명과 무학생(武學生) 17명의 뒷바라지를 하게 하였다.

어사대(御史臺) : 고려시대에 시정(時政)의 잘잘못을 논의하고 풍속을 교정하며 백관을 규찰하고 탄핵하는 일을 맡은 관청이다. 국초에 설치한 사헌대(司憲臺)를 995년(성종 14)에 개편한 것이다. 1014년(현종 5)에 김훈(金訓) 등이 무신난을 일으키자 금오대(金吾臺)로 고쳤다가 그 뒤 어사대 · 사헌대로 바꾸었고, 1023년에 다시 어사대로 개칭하였다.

예부(禮部) : 신라시대에 외교와 의례를 맡아보던 관서로, 586년(진평왕 8)에 설치되었다.

예조(禮曹) : 고려 · 조선시대에 존속하였던 관청으로 예의 · 제향(祭享) · 조회(朝會) · 교빙(交聘) · 학교 · 과거에 관한 일을 관장하였다.

외무아문(外務衙門) : 개화기에 외국과의 교섭과 통상 등의 사무를 총괄하던 중앙행정 부서이다. 외교적인 사무를 비롯해 각국의 공법(公法) 및 사법 심사, 통상 및 항해, 외국공문 번역 업무를 담당하였다. 총무국(總務局) · 교섭국(交涉局) · 통상국(通商局) · 번역국(飜譯局) · 기록국(記錄局) · 회계국(會計局) 등 6국을 두었다.

외아문(外衙門) : 통리교섭통상사무아문(統理交涉通商事務衙門)을 말한다. → 통리교섭아문

용호군(龍虎軍) : 고려시대 중앙군인 2군(二軍) 가운데 하나로, 견룡군(牽龍軍)이라고도 한다. 친위군(親衛軍) · 시위군(侍衛軍) 성격을 가진 부대로, 응양군(鷹揚軍)과 함께 2군을 이루었다. 6위(六衛)보다 상위이며 2령(領)으로 구성되어 있다.

응방(鷹坊) : 고려 · 조선시대에 매의 사냥과 사육을 위해 두었던 관청이다. 응방 제도는 몽골이 조공품(朝貢品)으로 요구하는 해동청(海東靑 : 사냥매)을 잡고 길러서 몽골에 보내기 위해 설치하였다.

응양군(鷹揚軍) : 고려 2군(二軍)의 하나로, 공학군(控鶴軍)이라고도 한다. 목종 때 설치

되어, 근장(近仗)·친종(親從)이라 하여 친위군(親衛軍)의 임무를 맡았다. 지휘관인 상장군(上將軍)은 군부전서(軍簿典書)를 겸하여 반주(班主)라 하였다. 가장 상위인 부대지만, 규모는 가장 작아 1령(領) 1,000명으로 조직되었다.

의금부(義禁府) : 조선시대의 사법(司法)기관으로 금오(金吾)·왕부(王府)·조옥(詔獄)이라고도 한다.

의정부(議政府) : 조선시대 최고의 행정기관으로, 백관을 통솔하고 서정(庶政)을 총리하였다. 도당(都堂)·황각(黃閣)이라고도 한다. 국초에는 고려의 제도를 그대로 계승하여 국가최고 회의기관이었다.

이방부(理方府) : 신라시대 형률(刑律)에 관한 사무를 맡아본 관청이다. 651년(진덕여왕 5)에 설치되었다.

이부(吏部) : 고려 후기에 법률·소송·형벌·감옥 등에 관한 일을 맡아 보던 관청이다. 고려 건국 당시 의형대(義刑臺)로 처음 설치하였다가 형관(刑官)으로 고치고 995년(성종 14) 다시 상서형부(尙書刑部)로 바꾸었다.

이조(吏曹) : 고려·조선시대의 중앙행정 기구인 6조(六曹) 가운데 하나이다. 고려는 국초에 선관(選官)이라 하여 문관(文官)의 선임(選任)·공훈(功勳)·봉작(封爵) 등의 일을 총괄하게 하였다가 995년(성종 14) 상서이부(尙書吏部)로 개편하였다.

익위사(翊衛司) : 조선시대 동궁의 시위(侍衛)를 맡아본 관청이다. 계방(桂坊)이라고도 한다. 병조(兵曹)의 속아문(屬衙門)으로, 세종 때에 설치하였다.

장악원(掌樂院) : 조선시대 궁중에서 연주하는 음악과 무용에 관한 일을 담당한 관청이다. 조선 건국 후 궁중의 음악활동은 고려의 전통을 이은 전악서(典樂署)·아악서(雅樂署)·관습도감(慣習都監)과 조선 초 새로 설치된 악학(樂學)에서 담당하다가, 1457년(세조 3) 전악서와 아악서를 장악서(掌樂署)로, 악학과 관습도감을 악학도감(樂學都監)으로 개편하였다.

전함조성도감(鈿函造成都監) : 1272년(원종 13)에 설치한 임시 관청이다. 전함도감(鈿函都監)이라고도 한다. 고려대장경(高麗大藏經)의 간행에 따라 경책(經册)을 담을 나전으로 만든 상자가 많이 필요해지고 또한 원나라가 요청해오자 설치되었다.

정동중서성(征東中書省) : 고려 후기 원나라가 일본 원정을 위해 고려에 설치한 전방사령부이다. 정식 명칭은 정동행중서성(征東行中書省)으로 '정동'은 일본정벌을 뜻하고, '행중서성'은 중앙정부의 중서성(中書省)의 지방파견기관을 뜻하는 것이다. 보통 정동행성으로 불리며 기능은 이후 바뀌었으나 명칭은 고려 말까지 그대로 존속하였다.

정동행성이문소(征東行省理問所) : 정동중서성과 같다. → 정동중서성

정방(政房) : 고려 무신정권기에 최우(崔瑀)가 자신의 집에 설치하여 인사행정을 취급한 기관이다. 정방은 최우 때 설치되었지만 이미 최충헌 때부터 교정도감(敎定都監)을 설치해 문무백관의 인사행정을 마음대로 하였다. 정방은 교정도감의 인사행정 기능을 분리하여 설치한 것이다.

조부(調府) : 신라시대에 공물과 부역을 담당하던 관청이다. 진평왕 이전에는 공물과 부역을 품주(稟主)가 담당하였으므로 조부가 품주에서 분리되어 나왔다고 보는가 하면, 중국에는 조부라는 관청이 없고 다만 공물과 부역을 담당한 관청 이름으로 대부시(大府寺)가 있었다는 사실에 주목하여 신라가 후주(後周)의 제도를 본받아 독창적으로 조부를 설치하였다고 보기도 한다.

주자소(鑄字所) : 조선시대 활자의 주조를 담당하던 관청이다. 조선시대 인쇄 업무를 담당하기 위해 1403년(태종 3) 설치하여 승정원(承政院)에 소속시키고, 예문관대제학(藝文館大提學) 이직(李稷)·총제(摠制) 민무질(閔無疾)·지신사(知申事) 박석명(朴錫命)·우대언(右大言) 이응(李膺) 등으로 하여금 활자를 만들도록 하였다.

주전관(鑄錢官) : 1097년(숙종 2) 설치된 화폐 주조를 담당하던 관청이다. 이때부터 주전의 통용을 추진하는 한편, 1101년(숙종 6)에는 주전도감(鑄錢都監)을 설치하여 은 1근으로 은병(銀甁)을 만들어 유통시켰다.

중방(重房) : 고려시대 최고위 무신 합좌기구이다. 고려 중앙군인 2군(二軍) 6위(六衛)의 정·부지휘관인 상장군(上將軍)과 대장군(大將軍) 총 16명의 합좌기구로, 기록상으로는 1167년(의종 21)에 처음 등장하지만 대략 현종조에 완성된 것으로 생각된다.

중추부(中樞府) : 조선 전기 왕명의 출납, 병기(兵器)·군정(軍政)·숙위 등의 일을 맡아 본 관청으로 1392년(태조 1)에 설치되었다.

중추원(中樞院) : 고려시대 왕명 출납·궁궐·숙위(宿衛)·군국기무(軍國機務) 등의 정무를 담당한 중앙 관청으로, 추밀원(樞密院) 또는 밀직사(密直司)로 불리기도 하였다.

진무영(鎭撫營) : 조선시대에 해상경비의 임무를 맡았던 군영이다. 1700년(숙종 26) 강화부(江華府)에 그 본영을 설치하고, 1779년(정조 3) 통어영(統禦營)을 병합하였다가 1789년(정조 13) 다시 분리하였다.

집현전(集賢殿) : 고려·조선 전기에 궁중에 설치한 학문 연구기관이다. 1392년(태조 1) 7월에 제정된 관제에 따르면 고려의 제도를 도습하여 보문각(寶文閣)·수문전(修文殿)·집현전(集賢殿)이 그대로 존치되어 있었으나, 세종이 즉위하자 집현전을 확대하여 실제의 연구 기관으로 개편하였다.

창부(倉部) : 신라시대에 재정 업무를 맡았던 중앙 부서이다. 651년(진덕여왕 5) 집사부(執事部)가 설치될 때 품주(稟主)에서 분리·독립되어, 30명의 관원을 두었다.

청연각(淸讌閣) : 고려 예종 때 문신들과 더불어 유학을 강론하고 문예와 예악으로써 유학을 진흥시키기 위하여 설치된 일종의 궁중 도서관이다. 그러나 청연각이 대궐 안에 있어서 학사들의 숙직·일직 및 출입이 불편하였으므로 따로 보문각(寶文閣)을 마련하고, 다시 홍루(紅樓) 아래편의 남랑(南廊)을 보수하여 학사들이 모여 회강(會講)하는 곳으로 삼았다. 따라서 청연각은 주로 경연의 장소로만 사용되었다.

총융청(摠戎廳) : 1624년(인조 2) 서울의 외곽인 경기 일대의 경비를 위해 서울 사직동(社稷洞) 북쪽에 설치하였던 조선시대의 군영이다.

태학(太學) : 372년(소수림왕 2) 중앙에 설치된 고구려의 국립학교로, 한국역사상 학교 교육의 시초이다. 태학은 유교적 정치이념에 충실한 인재를 양성하여 중앙집권적 정치제도에 적합한 관리를 양성하였다. 상류계급의 자제들만이 입학할 수 있는 귀족학교였으며, 태학에서 교육을 담당한 교수는 소형(小兄) 이상의 관등을 가진 사람이 태학박사(太學博士)로 임명되었다. 고려시대에는 국자감(國子監)의 한 분과로 인종 때 설치하였다.

통리교섭아문(統理交涉衙門) : 통리교섭통상사무아문(統理交涉通商事務衙門)을 말한다. 조선 말기 외교와 통상사무를 관장한 관청으로, 1882년(고종 19) 청나라 제도를 모방하여 설치한 통리아문(統理衙門)을 확충 개편한 것이다. 1884년 갑신정변으로 많은 관원이 살해당하고 청나라 세력이 제거되자, 1885년 그 기능이 의정부(議政府)로 이관되었다.

학무아문(學務衙門) : 개화기에 교육을 관장하던 관청으로 1894년(고종 31) 갑오개혁 때 군국기무처(軍國機務處)의 개혁안에 따라, 의정부(議政府) 아래에 둔 8아문 가운데 하나이다. 기존의 예조(禮曹) 업무 일부와 관상감(觀象監)·육영공원(育英公院)·사역원(司譯院)의 업무, 그리고 교육과 학무(學務) 행정을 관리하였다.

형부(刑部) : 고려시대의 관청으로 6부(六部)의 하나이며 법률·소송·형옥(刑獄)에 관한 일을 관장하였다.

형조(刑曹) : 고려·조선시대 법률·사송(詞訟)·형옥(刑獄)·노예에 관한 일을 맡아본 중앙관청이다.

호당(湖當) : 조선 전기에 과거에 급제하여 벼슬길에 나선 젊고 유능한 문신들을 위한 수양·연구 시설이다. 1426년(세종 8)에 집현전 대제학 변계량(卞季良)이 세종의 명을 받아 재주와 덕행이 뛰어난 문신을 선정하여 장의사(藏義寺)에서 사가독서(賜暇讀書)를 하게 한 데에서 비롯되었다.

호부(戶部) : 고려·조선시대에 호구(戶口)·공부(貢賦)·전토 및 식량과 기타 재화·경제에 관한 정무(政務)를 맡아보던 중앙관청이다.

호조(戶曹) : 고려·조선시대에 호구(戶口)·공부(貢賦)·전토 및 식량과 기타 재화·경제에 관한 정무를 맡아보던 중앙관청이다.

홍문관(弘文館) : 조선시대에 궁중의 경서(經書)·사적(史籍)의 관리, 문한(文翰)의 처리 및 왕의 자문에 응하는 일을 맡아보던 관청이다. 옥당(玉堂)·옥서(玉署)·영각(瀛閣)이라고도 하며, 사헌부(司憲府)·사간원(司諫院)과 더불어 이른바 언론3사(言論三司)라고 한다.

화통도감(火㷁都監) : 고려시대에 화약 및 화기(火器)의 제조를 맡아보던 임시관청이다. 1377년(우왕 3) 최무선(崔茂宣)의 건의에 따라 화약 및 화기의 제조를 담당하는 화통도감을 설치하였다.

훈련도감(訓鍊都監) : 조선시대에 수도의 수비를 맡아보던 군영으로, 훈국(訓局)이라고도 한다. 명나라 군대 절강병(浙江兵)의 훈련법을 습득하기 위해 조직되었다. 처음에는 낙상지(駱尙志)의 지휘 아래 절강병으로부터 창 · 검 · 낭선(筤筅) 등의 기술을 배우게 하다가 뒤에 훈련도감을 설치하였다.

훈련원(訓鍊院) : 조선시대에 병사의 무과 시험, 무예의 연습, 병서(兵書)의 강습을 맡아보던 관청이다. 처음에는 훈련관(訓鍊觀)이라 하다가 1467년(세조 13) 훈련원으로 개칭하였다. 1907년(융희 1) 일본에 의해 강제로 폐지되었다.

영인

중등교과 동국사략

中等教科 東國史略自序

曩予、傭譯于學部、歷史之編輯爲數部、毋苦體制不立、使閱者臨卷迷茫悔愧孰甚、今日本人林泰輔史學家也、尤致力於我國、著有鮮朝史七冊自三國以至本朝、皆確有証據、又各分門別類、令人一讀瞭然、實不可以外人歧視之也、玆又譯之、嗚呼居其國而不能其史、至令他人代庖而不自羞、是固何哉、或曰日人多才有此精鑿、豈其然歟、此不知者之言也、向者羅麗濟時豈不曰日人野狉而我固文明者耶、迺自衣服車馬宮室、以至文章制度各般技藝、莫不師我則我、式至于今誇耀我者、行莫非我出耶、且以近世言之、壬辰之變、干戈滿地八路盡陷、國勢危如一髮、尙有沙也可其人、以部下三千歸義於我、奔走疆場八載宣勞爲我藎臣(沙也可日本將軍、壬辰亂、即以部下來降曰、處在東夷久慕韓國文化、今秀吉妄動干戈心竊非之、願以部下爲藎人、賜姓名曰金忠善、到處討賊大獲勝捷、有文集三卷行于世、皆慷慨悲憤有古烈丈夫氣、李适亂、以老將亦率兵勤王年八十卒、其後裔審衍今居大邱者尤多)當其時也、豈不知我疲弊衰微而然歟、實慕我文物典章、勝於彼故也、然則我固可曰文明勝、而未備者惟戰具耳、奈之何今則幷我文物而亦盡輸於人、無復奮日面目、乃令人謂我狉野、猶

不及前時日本、而日本之文明則大勝於我之舊日、嗟乎嗟乎是誠何哉、且夫日本則馳名天下、世人比之於英德等國、乃我則不免爲波蘭爲埃及爲印度、同居一洲同生一世、一則龍驤虎賁睥睨寰宇、一則龜縮雌伏羞見他人其得其失其榮其辱固何如哉、乃猶枝心尙存頑陋成習、頓不自悟久而益迷、政治敗腐人民魚肉、紀綱頹弛國脉已喪、時事不可復言、乃惟學問一途或可爲桑榆之望、而尙拘墟膠固動多忌諱、不但各國治亂興衰之蹟無以窺見、而乃至本國之史乘亦令不敢出以示人、輒曰史者國亡然後方可下筆有非其國人所敢言者、嗚呼若果然則、日本二千五百年來、一姓傳至神器不移、如以我規之、其國史竟無出世之日、非秪此已也、近年各國未來史迭出並擧(向年有日俄戰爭未來記、又有日美戰爭未來記各國人又推測本邦及他各國事情、編成未來記)莫不以聘其智洩其秘爲能事、照人肺腑傾人陰邪、懲前毖後以保其國家、至於我韓國事蹟、無論東洋之人知其梗槪、乃歐巴各史家莫不載諸藍本(西人以藍皮記事、比如東洋竹帛)以示國人、雖我極諱極微之事、莫不指的宣露小不藏匿、皆以捨短取長爲事、乃我則自蔽其目自錮其心、幷其自國史而亦

不知、乃向他人而徵我譜系、恥孰甚焉辱亦何如、昔建文帝子髫齡被幽、五十年後赦出、鬚髮盡白而牛馬不辨、問其由、曰天日不見何況其他、至今五百載聞者皆悲（明燕王棣擧兵廢建文自立爲帝是爲永樂、幽建文之子時年三歲其後閱三帝五十年而見釋）試敢問我諸君子、其與此帝子之不辨牛馬有異同耶、世界五洲知其名者幾輩、五洲尙不知奚知其有邦國及强弱之殊勢、且無論外國之如何、乃祖國之現今成何地位、亦不一番推思、人民塗炭而不念矯捄、國權已墜而不念恢復、惟對人則尙以三四千年前陳腐古譚、作爲正論確義、又不知古聖之遺訓深意、輒曰不在其位不謀其政、燕雀處堂棟梁盡焚、魚鱉泣釜刀俎已設、嗟呼々々將何面目處此世界、向人作何語耶、自作孽誰復憐之、環顧國內滔々皆是、緬蘇難作（緬蘇丹、昔普國(今德國)宰相、距今百一年前、普國爲法皇拿破崙所敗割半國予之、又法兵來戍者十萬、核賦貢具普人皆支給國幾亡矣、緬蘇丹乃任賢使能、修軍政、興學校、其後國民皆有敵愾之心、距今三十七年前庚午大破法國擒拿破崙第三帝入其都城得償金二十億）魯連已死、誰有其志我安適歸、且所恨者人孰無子、黃髮未燥呱々在抱者、來日便作何狀、我輩元是無良雖曰應有今日、可忍令童稚無知驅入於黑暗網羅之中做人奴隷可乎、仰天一歎涕淚自橫而不能已也、玆告我國內諸

公之爲人父兄者曰、自今請將通鑑史略等古書東之高閣、使挾册童子一讀我韓史然後、又讀萬國史以廣見聞而認情形、尤致力於兵刑農工等實踐事業、無怠無荒儘心做去則安知不幾年而我又不能復我舊日文化、儼然作獨立國面目耶、然後啞聾老年家、高臥北窓聽其子孫如何、如又曰必待世革而後史作云爾、則所不敢荅而試問此時固何時

丙午五月十三日玄采自序于篩洞精舍

東國史略卷一目錄

太古史

檀君朝鮮

箕王歷代

三韓建國

政治及風化

上古史

三國分立

三國中世

敎法文學及技藝等

產業

風俗

東國史略卷一

漢水 玄采 譯述

太古史

檀君朝鮮

檀君始建國

檀君의名은王儉이니我東方에、처음으로國家를建立ᄒᆞ신王이라祖는桓因이오父、雄이太白山(寧邊妙香山)檀木下에서王을誕生ᄒᆞ미聖德이有ᄒᆞᆫ지라國人이推戴ᄒᆞ야王을삼으니即今과相距가四千二百三十九年前(光武十年計下倣此)이오이다

國號朝鮮

國號를建ᄒᆞ야曰、朝鮮이라ᄒᆞ니此는國境이東方에在ᄒᆞ미朝日이出ᄒᆞ면萬物이鮮明ᄒᆞ다、ᄒᆞᆷ이오平壤에立都ᄒᆞ고非西岬의女를立ᄒᆞ야后를封ᄒᆞ고國界를定ᄒᆞ니東은大海오西는支那盛京省과黃海를連ᄒᆞ고南은鳥嶺이오北은支那黑龍江省을接ᄒᆞ고

人民으로、ᄒᆞ야곰髮을編ᄒᆞ야首를盖ᄒᆞ며江華摩尼山에幸行ᄒᆞ야天

遷都九月山

에祭ᄒᆞ고王子三人을命ᄒᆞ야城을築ᄒᆞ니、곳三郞城이오文化九月山에遷都ᄒᆞ고太子扶婁를支那의夏禹氏塗山會에遣ᄒᆞ야各國과玉帛으로相見ᄒᆞ고

其後에子孫이千餘年을傳ᄒᆞ다가箕子가東來ᄒᆞᆫ後、其位를遜ᄒᆞ고扶餘에遷都ᄒᆞ니檀君陵이即今江東郡에在ᄒᆞ오이다

箕王歷代

太祖文聖王東來

太祖文聖王의姓은子오名은胥餘니支那商王紂의叔父라紂가無道ᄒᆞ야周武王의滅ᄒᆞᆫ비、되거ᄂᆞᆯ王이我國에避來ᄒᆞ니從者가五千人이오詩、書、禮와醫、巫、陰陽、卜筮와百工技藝가、다從來ᄒᆞ거ᄂᆞᆯ國人이立ᄒᆞ야王을삼으니今을距ᄒᆞ기三千二十八年前이오이다

都平壤

平壤에都ᄒᆞ고八條敎를頒ᄒᆞ고王受兢으로、써士師를拜ᄒᆞ니受兢은德行이有ᄒᆞᆫ人이라國人이其政治에化ᄒᆞ야風俗이純美ᄒᆞ더라井田制를定ᄒᆞ고王이在位ᄒᆞᆫ지四十年에崩ᄒᆞ니壽가九十三이오이다

其後莊惠王松과敬老王洵을經ᄒᆞ고恭貞王伯에至ᄒᆞ야는官制를改

[官改制] [置衛軍] [鑄子母錢]

호고公服을定호며文武王椿은律、度、衡을定호고寅月로써歲首를作호고侍衛軍을置호니士卒이七千餘人이오

太原王孔과敬昌王莊을經호야興平王捉은子母錢을鑄호고哲威王調는馬를大畜호고宣惠王索은親히農務를勸호고民間聰俊을擇호야六藝를習호고直言磬을懸호야寃枉을伸케호고

[置水師] [通商齊魯]

誼讓王師는土木을大興호야百姓이困苦호고文惠王炎과盛德王越과悼懷王職과文烈王優와昌國王睦을經호고武成王平은年幼흔故로太后가政事를聽호고水師를置호고舟楫을造호며

貞敬王闕은商民을支那의齊、魯兩國에遣호야魚、塩、銅、鐵로써米穀을貿호며樂成王懷를經호고孝宗王存은鮮于益을齊國에遣호야桓公姜小白의政治를觀호고犯贓律을立호며齊國使臣公孫恪을禮待호고鮮卑(西伯里)의酋長、吉利都頭를賞賜호고

[惑方士]

天老王孝는方士伯一淸의게惑호야求仙臺를紇骨山(成川)에建호고迎仙樂을奏호고太淸觀을造호고修道王襄은諫臣冉西赤을流호고神

山을築호고大船數十을鬱陵島에遣호야神仙을求호고

徽襄王退는伯一淸을誅호니百姓이相賀호고奉日王叅의時는公孫康이王의幼弱흠을乘호야王의叔父靜을殺호더니後에、또王을別宮에幽호거놀王이憂忿호야崩호니下大夫南宮齊成이德昌王勤을奉立호야公孫康을誅호고賢良을進호고奸邪를退호니朝野가頌德호고

[日本蝦夷人入貢] [東胡入寇]

嘉聖王朔、時에는日本蝦夷島人이入貢호고英傑王藜는守令의貪賂흔者를烹호고支那西北界의東胡가入寇호거놀王이精兵三千을率호고往伐호야斬首가千餘에拓地가千里오

[王避入江華]

逸聖王岡을經호고濟世王混은人民의潛商을禁호야邊警이不生호고靖國王璧을經호고導國王澄은宇和冲이反호야北鄙三十六郡을陷호거놀王이江華에避入호얏다가二年後에京城을收復호고

赫聖王騭은州郡의吏民善惡을察호고燕國과通好호고和羅王謂을經호야說文王賀、時에는燕國의秦介가遼西(其時에遼西는我의疆土라)를入寇호거놀

秦介入寇

衛文言으로、ᄒᆞ야곰三萬兵을埋伏ᄒᆞ얏다가燕軍을大破ᄒᆞ고
慶順王華、時에ᄂᆞᆫ北胡酋長、厄尼車吉이馬二百匹을來獻ᄒᆞ고伐燕ᄒᆞ기ᄅᆞᆯ請ᄒᆞ거ᄂᆞᆯ一萬兵을發ᄒᆞ야燕의上谷城을攻拔ᄒᆞ더니其後에和親ᄒᆞ고

遣使如周

嘉德王詡ᄂᆞᆫ燕王噲의無道ᄒᆞᆷ을聞ᄒᆞ고往伐코자ᄒᆞ다가大夫禮의諫을從ᄒᆞ야動兵치아니ᄒᆞ고三老王煜은王霖을周國에遣ᄒᆞ야問答이如流ᄒᆞ고顯文王釋은賢良士、二百餘人을選ᄒᆞ고檀君廟에祭ᄒᆞ고章平王潤은北胡의不朝ᄒᆞᆷ을怒ᄒᆞ야親征ᄒᆞ다가大敗ᄒᆞ야自此로北胡의輕侮ᄅᆞᆯ受ᄒᆞ고宗統王否ᄂᆞᆫ法律이深刻ᄒᆞᆫ人을用ᄒᆞ야盜賊을捕ᄒᆞ고

衛滿叛

哀王準은役夫ᄅᆞᆯ秦에遣ᄒᆞ야長城을築ᄒᆞ니此ᄂᆞᆫ其强暴ᄒᆞᆷ을畏ᄒᆞᆷ이오漢沛公의使臣이來ᄒᆞ야救援을請ᄒᆞ거ᄂᆞᆯ兵萬人을發ᄒᆞ야往赴ᄒᆞ고燕國降人衛滿으로ᄡᅥ西鄙ᄅᆞᆯ守ᄒᆞ얏더니滿이叛ᄒᆞ야京師ᄅᆞᆯ襲ᄒᆞᄂᆞᆫ지라王이金馬郡(今益山)에出奔ᄒᆞ야國號ᄅᆞᆯ改ᄒᆞ야曰、馬韓이라、ᄒᆞ니

歷世가四十一이오歷年이九百二十九年이오距今二千百十年前이오이다

衛滿竊據

衛滿은平壤을竊據ᄒᆞ야其傍小邑을服屬ᄒᆞ더니其孫右渠에至ᄒᆞ야ᄂᆞᆫ支那漢武帝劉徹의게滅ᄒᆞᆫ빈되니歷年이八十七年이오이다

三韓의建國

朝鮮南部(以漢江南)에馬韓、辰韓、弁韓이有ᄒᆞ야此ᄅᆞᆯ謂ᄒᆞ되三韓이라稱ᄒᆞ니

馬韓

馬韓은西部에在ᄒᆞ니北은黃海에接ᄒᆞ고南은日本에臨ᄒᆞ고西ᄂᆞᆫ海에枕ᄒᆞ니凡五十餘國에大者ᄂᆞᆫ萬餘家오小者ᄂᆞᆫ數千家라摠이十餘萬戶니今의京畿、忠淸、全羅三道의地오哀王準이數千人을率ᄒᆞ고來居ᄒᆞ더니

其子武康王卓브터統ᄒᆞ야相承ᄒᆞ기二百餘年이、되니即安王龕과惠王寔과明王武와孝王亨과襄王燮과元王勳과稽王貞을經ᄒᆞ고王學에至ᄒᆞ야百濟의滅ᄒᆞᆫ빈되얏ᄂᆞᆫ이다

辰韓 辰韓은馬韓東에在ᄒᆞ니北은濊國(江原道)과接ᄒᆞ고南은弁韓과隣ᄒᆞ야
十二國이有ᄒᆞ니今慶尙道오當時에支那人이秦의苦役을避ᄒᆞ야馬
韓에來ᄒᆞ거ᄂᆞᆯ馬韓이東界의地로割予ᄒᆞ니곳十二國中의一이오因
ᄒᆞ야또名曰秦韓이라ᄒᆞ고恒常馬韓의節制ᄅᆞᆯ受ᄒᆞ야自立지못ᄒᆞ고
其王된者ᄂᆞᆫ다馬韓人이오三韓中에智識이더욱開發ᄒᆞ고鐵貨로造
ᄒᆞ야濊國과馬韓及日本으로더브러貿易ᄒᆞ얏ᄂᆞ니라

弁韓 弁韓은辰韓南에在ᄒᆞ니또ᄒᆞᆫ十二國이오今慶尙道의南邊이라辰韓
과雜居ᄒᆞ얏ᄂᆞ니라

政 治 及 風 化

太古時에ᄂᆞᆫ朝鮮의境域이廣大치못ᄒᆞ니部落이各分ᄒᆞ야往來가不
便ᄒᆞ더니箕王이東來ᄒᆞᆫ後로專혀支那의政治ᄅᆞᆯ依倣ᄒᆞ나高句麗以
下ᄂᆞᆫ習俗을因襲ᄒᆞᆫ者가多ᄒᆞ얏ᄂᆞ니라

高句麗 高句麗地(平安道咸鏡道地)ᄂᆞᆫ大山과深谷이多ᄒᆞᆫ故로田業이小ᄒᆞ고力作으로自
資ᄒᆞ야飮食에節ᄒᆞ며風俗이潔淨을喜ᄒᆞ나暮夜에ᄂᆞᆫ男女가群聚ᄒᆞ

야倡樂을爲ᄒᆞ고鬼神을好ᄒᆞ며

濊 濊(今江原道春川)ᄂᆞᆫ高句麗同種이라言語와法俗이相類ᄒᆞ고麻로種ᄒᆞ고蠶을
養ᄒᆞ며山川에各其界限이有ᄒᆞ야干涉지아니ᄒᆞ고同姓이婚嫁치아
니ᄒᆞ며忌諱가多ᄒᆞ야疾病死亡에家宅을徙ᄒᆞ며

東沃沮 東北沃沮(今咸鏡道)ᄂᆞᆫ土地가肥美ᄒᆞ야五穀이宜ᄒᆞ며人民의性質이强勇ᄒᆞ
야不屈ᄒᆞ며

馬韓風俗 馬韓人은田蠶을知ᄒᆞ고城郭이無ᄒᆞ며草屋土室에居ᄒᆞ고行者가路
로讓ᄒᆞ고歌舞로喜ᄒᆞ며葬에ᄂᆞᆫ大鳥羽로用ᄒᆞ니其意가死者의神魂
으로ᄒᆞ야곰飛揚ᄒᆞ라ᄒᆞᆷ이오

弁韓辰韓風俗 弁韓과辰韓人은風俗이槪同ᄒᆞ며城郭
衣服이다同ᄒᆞ고言語와居處가相似ᄒᆞ며오직弁韓人은體格이長大
ᄒᆞ고毛髮이美好ᄒᆞ고衣服이淸潔ᄒᆞ니

大抵古朝鮮의地ᄂᆞᆫ部落이多ᄒᆞ얏스나其後高句麗가더욱張大ᄒᆞ야
高氏七百餘年社稷을立ᄒᆞ얏ᄂᆞ니라

上 古 史

新羅
太祖朴赫居世

三國의 分立

支那의漢國이朝鮮의地를分ᄒᆞ야郡縣을作ᄒᆞ더니未幾에新羅、高句麗、百濟三國이並起ᄒᆞ야鼎足의勢를成ᄒᆞ니其中에先立ᄒᆞᆫ者ᄂᆞᆫ新羅라新羅ᄂᆞᆫ古來辰韓地니朝鮮及秦漢의遺民이東海濱山谷中에分居ᄒᆞ니、곳六部라其中高墟部의長、蘇伐公이一嬰兒를養ᄒᆞ미爲人이聰睿ᄒᆞ거ᄂᆞᆯ六部人이推戴ᄒᆞ야王을삼으니即朴赫居世오新羅太祖라距今一千九百六十三年前이오이다

王이六部에巡行ᄒᆞ야農桑을勸督ᄒᆞ고城郭과宮室을築ᄒᆞ고弁韓國이來降ᄒᆞ고東沃沮ᄂᆞᆫ良馬를獻ᄒᆞ얏ᄂᆞ이다

王이崩ᄒᆞ고太子南解가立ᄒᆞ니、ᄯᅩᄒᆞᆫ仁慈ᄒᆞ고長女로써昔脫解의게妻ᄒᆞ·더니王이病篤時에太子儒理와其婿昔脫解의게謂曰、朕이死ᄒᆞᆫ後에朴、昔二姓이年齒의次序로嗣位ᄒᆞ라ᄒᆞ거ᄂᆞᆯ儒理가王의命을從ᄒᆞ야脫解의게位를讓ᄒᆞ다가不得已ᄒᆞ야先立ᄒᆞ더니臨崩에臣僚로戒ᄒᆞ야曰、脫解ᄂᆞᆫ功名이素著ᄒᆞ야朕의二子가不及ᄒᆞᆯ지라諸公은脫

昔氏承主統
儒理定官制 國號鷄林
高句麗東明聖王
國號高句麗

解를奉戴ᄒᆞ라ᄒᆞ니昔氏가비로소其統을承ᄒᆞ얏ᄂᆞ이다

儒理王時에ᄂᆞᆫ六部의名과官制를定ᄒᆞ며國號를鷄林이라ᄒᆞ고婆娑王은兵革을鍊ᄒᆞ고城壘를繕ᄒᆞ며農業을勸ᄒᆞ고恭儉을尙ᄒᆞ니百濟等諸國이다畏服ᄒᆞ고

逸聖王은政事堂을置ᄒᆞ고金銀과珠玉을用치、아니ᄒᆞ며先王의遺法을行ᄒᆞ니如此히賢君이相繼ᄒᆞ야國本이鞏固ᄒᆞ얏ᄂᆞ이다

新羅太祖가立ᄒᆞᆫ지二十一年에高句麗東明聖王高朱蒙이立ᄒᆞ니高句麗ᄂᆞᆫ古朝鮮의地라其北에扶餘國이有ᄒᆞ니朱蒙은扶餘王金蛙의子라骨表가奇偉ᄒᆞ더니朱蒙의諸兄이朱蒙을忌ᄒᆞ야殺코자ᄒᆞ거ᄂᆞᆯ朱蒙이恐ᄒᆞ야卒本扶餘(平安道成川)에至ᄒᆞ야沸流江上에國都를定ᄒᆞ고國號를高句麗라ᄒᆞ고高로써氏를稱ᄒᆞ니距今一千九百四十三年前이오이다

朱蒙이立國ᄒᆞᆫ後에四方에來附者가多ᄒᆞ거ᄂᆞᆯ、이에發兵ᄒᆞ야北沃沮를滅ᄒᆞ고琉璃王은鮮卑(西伯里)를降ᄒᆞ고漢의王莽을伐ᄒᆞ고太武神王

溫祚居慰禮城

百濟

王者禪位之始

은扶餘王을攻殺ᄒ고漢의樂浪을取ᄒ고疆域을開拓ᄒ야威勢가더욱强盛ᄒ고

慕本王은暴戾ᄒ야國事를不恤ᄒ고諫臣을殺ᄒ다가其臣杜魯의弑ᄒᆞᆫ빈되고琉璃王의孫宮을立ᄒ니此ᄂᆞᆫ太祖王이라賢良을用ᄒ고馬韓과鮮卑로더브러漢을伐ᄒ더니其弟遂成의게傳位ᄒ니王者의禪位가此에셔始ᄒ얏ᄂᆞ이다

百濟王高溫祚ᄂᆞᆫ高句麗東明聖王高朱蒙의子라初에朱蒙이卒本扶餘에至ᄒ야其王의女를娶ᄒ야二子를生ᄒ니長은沸流오次ᄂᆞᆫ溫祚라然이나朱蒙이北扶餘에在ᄒᆞᆯ時에所生ᄒᆞᆫ子類利로써太子를삼으니二子가見害ᄒᆞᆯ가恐ᄒ야烏干、馬黎等十人으로더브러南行ᄒᆞᆯ새沸流ᄂᆞᆫ彌鄒忽今仁川에居ᄒ고溫祚ᄂᆞᆫ河南慰禮城忠淸道稷山又曰京畿道廣州南漢山城에居ᄒ야國號를十濟라稱ᄒ거ᄂᆞᆯ馬韓王이其東北百里地를割予ᄒ얏ᄂᆞ이다

後에沸流가死ᄒ고其臣이다慰禮로歸ᄒ거ᄂᆞᆯ이에國號를百濟라ᄒ

溫祚即王位

徙都漢山

馬韓亡

니其系가高句麗와同ᄒ고扶餘에出ᄒᆞᆷ으로氏를扶餘라ᄒ고王位에即ᄒ니高句麗보다後ᄒ기二十年이오距今一千九百二十四年前이오이다

時에樂浪과靺鞨羅、貊、濟三國間에在ᄒᆞᆫ國이라이屢次來侵ᄒ거ᄂᆞᆯ이에漢山廣州南漢山城에遷都ᄒ야慰禮民을移殖ᄒ고城闕을立ᄒ고馬韓에遣使ᄒ야疆域을定ᄒ니北은浿水黃海道平山猪灘에至ᄒ고南은熊川忠淸道公州에限ᄒ고西ᄂᆞᆫ大海오東은走壤春川에極ᄒ고政事에用力ᄒ야王이即位ᄒᆞᆫ지二十七年에馬韓을滅ᄒ얏ᄂᆞ이다

其後多婁王과己婁王을歷ᄒ고蓋婁王에至ᄒ야ᄂᆞᆫ淫樂이甚ᄒ고國內의飢民이高句麗에流亡ᄒ며또靺鞨과樂浪이侵寇ᄒ야國勢가岌業ᄒ고高句麗ᄂᆞᆫ다시强盛ᄒ야四隣을並呑ᄒᆞᆯ勢가有ᄒ니

此時에三國은다創業ᄒᆞᆫ國이라各其疆土를開拓고자ᄒ야互相侵奪ᄒ다가畢竟疲弊ᄒᄂᆞᆫ디至ᄒ고오작百濟ᄂᆞᆫ多婁王時에數次新羅邊境을侵擾ᄒᆞᆯᄲᅮᆫ이오이다

三國의中世

新羅 / 金氏始嗣位 / 中世君王留心農事 / 百濟 / 古爾王定官職服色等制度

新羅ᄂᆞᆫ阿達羅王이崩ᄒᆞ고國人이脫解王의孫、伐休를立ᄒᆞ니王이聽明ᄒᆞ야人의邪正을知ᄒᆞᄂᆞᆫ지라世人이稱曰聖王이라、ᄒᆞ고助賁王에至ᄒᆞ야ᄂᆞᆫ骨伐國(慶尙道永川郡)王이來降ᄒᆞ고甘文國(慶尙道開寧)을討破ᄒᆞ야郡縣을作ᄒᆞ고沾解王은河梁伐(慶尙道尙州)을滅ᄒᆞ고南堂에셔聽政ᄒᆞ얏ᄂᆞ이다

王이崩ᄒᆞ고國人이助賁王의婿金味鄒를立ᄒᆞ니新羅에金氏가、비로소王ᄒᆞ얏고自此로王統이久히金氏의게歸ᄒᆞ며王이親히政刑을視ᄒᆞ고貧窮을賑恤ᄒᆞ고臣民의勞를念ᄒᆞ야宮室을不建ᄒᆞ며

儒禮王과基臨王은、다助賁의後裔로嗣位ᄒᆞ얏고奈解의孫、訖解가嗣位ᄒᆞ다가崩ᄒᆞ니自此로昔氏의統이絶ᄒᆞ고大抵新羅의中世ᄂᆞᆫ諸王이農事에留心ᄒᆞ야國力을養ᄒᆞ얏ᄂᆞ이다

百濟ᄂᆞᆫ肖古王以後에或新羅의侵伐도有ᄒᆞ고、또靺鞨이來襲ᄒᆞ야事ᄒᆡ戰鬪에從事ᄒᆞ고古爾王은田獵을耽ᄒᆞ고、또官職과服色等을制定ᄒᆞ며責稽王은貊(今江原道春川)兵의게被害ᄒᆞ고汾西王은樂浪太守刺客의게

高句麗 / 賑貸法 / 東川王移都平壤

被殺ᄒᆞ고比流王時ᄂᆞᆫ飢饉이荐至ᄒᆞ야民生이困苦ᄒᆞ고契王과近肖古王은安靜ᄒᆞᆫ日이無ᄒᆞ얏ᄂᆞ이다

高句麗ᄂᆞᆫ次大王遂成이右輔高福章과太祖王의子를盡殺ᄒᆞ거ᄂᆞᆯ明臨答夫가王을弑ᄒᆞ고王의弟、伯固를立ᄒᆞ니曰新大王이오

王의子、故國川王은處士乙巴素를聘用ᄒᆞᆯ셔大臣과宗戚의忌嫉을不顧ᄒᆞ고政事를委任ᄒᆞ야國政이修擧ᄒᆞ고、또田獵ᄒᆞ다가人民의衣食이困苦ᄒᆞᆷ을見ᄒᆞ고賑貸法을立ᄒᆞ며

王이崩ᄒᆞ거ᄂᆞᆯ王后于氏가發喪치、아니ᄒᆞ고王弟延優를立ᄒᆞ야山上王이、되니此ᄂᆞᆫ后가延優로、더브러有私ᄒᆞᆷ이라王弟發岐가支那의遼東太守公孫度의게請兵ᄒᆞ야延優를伐ᄒᆞ다가死ᄒᆞ고王이于氏를立ᄒᆞ야后를、삼으니時에乙巴素가、비록相位에在ᄒᆞ나能히匡救치、못ᄒᆞ고

東川王은支那의魏國과戰ᄒᆞ다가大敗ᄒᆞ야城을平壤에築ᄒᆞ고移都ᄒᆞ니距今ᄒᆞ기一千六百五十年前이오王이如此히衰危ᄒᆞ얏스나崩

高句麗始侵百濟

時에國人이其德을追慕ᄒᆞ야哀傷ᄒᆞ고近臣은自殺ᄒᆞᆫ者도有ᄒᆞ며再傳ᄒᆞ야西川王時에ᄂᆞᆫ肅愼氏(滿洲吉林省)가來寇ᄒᆞ거ᄂᆞᆯ王이其弟達賈로、ᄒᆞ야곰伐ᄒᆞ야酋長을殺ᄒᆞ니諸部가震慴ᄒᆞ고子、烽上王은叔父達固와弟、咄固를殺ᄒᆞ며年穀이不登ᄒᆞ야黎民이失所ᄒᆞ되不顧ᄒᆞ고宮室을大修ᄒᆞ야人民이困苦ᄒᆞ거ᄂᆞᆯ國相倉助利가王을廢ᄒᆞ얏ᄂᆞ이다

初에王이咄固를殺ᄒᆞᆯ時에其子乙弗이遁逃ᄒᆞ더니至是에國人이迎立ᄒᆞ니此ᄂᆞᆫ美川王이오王이崩ᄒᆞ고故國原王이嗣位ᄒᆞ미邊境이더욱多事ᄒᆞ야爭亂이不息ᄒᆞ얏ᄂᆞ이다

三國爭亂과新羅興隆

高句麗ᄂᆞᆫ故國原王末年에至ᄒᆞ야、비로소百濟를侵伐ᄒᆞ니百濟近肖古王이、또ᄒᆞᆫ精兵을出ᄒᆞ야戰ᄒᆞᆯ새故國原王이、맛참ᄂᆡ流矢에中ᄒᆞ야崩ᄒᆞ니自此로兩國이仇怨을成ᄒᆞ야彼此攻伐ᄒᆞᆯ새廣開土王은水軍을親率ᄒᆞ고百濟諸城을攻陷ᄒᆞ니百濟阿莘王이兵馬를大徵ᄒᆞ나應募者ㅣ少ᄒᆞ고新羅에奔ᄒᆞᄂᆞᆫ者가多ᄒᆞᆫ지라

百濟文周王徙都熊津

如此히兩國이相爭ᄒᆞ기五十餘年에不解ᄒᆞ야百濟蓋鹵王은魏에遣使ᄒᆞ야高句麗를共伐코자、ᄒᆞ얏고高句麗長壽王은浮屠道琳으로、ᄒᆞ야곰百濟王을勸ᄒᆞ야宮室과樓閣을壯麗케、ᄒᆞ야國力이疲弊ᄒᆞᆫ지라長壽王이、곳往伐ᄒᆞ야城을拔ᄒᆞ고百濟王을殺ᄒᆞ니王의太子文周王이熊津(公州)에遷都ᄒᆞ더니其臣解仇가政事를專擅ᄒᆞ다가王의出獵을乘ᄒᆞ야弒ᄒᆞ거ᄂᆞᆯ太子三斤이立ᄒᆞ야解仇를殺ᄒᆞ고東城王에至ᄒᆞ야ᄂᆞᆫ、더욱微弱ᄒᆞ고高句麗와戰ᄒᆞᆫ後로、브터文咨王이、또來侵ᄒᆞᄂᆞᆫ지라然이나王은臨流閣을起ᄒᆞ고、또池를穿ᄒᆞ고囿를置ᄒᆞ고宮門을閉ᄒᆞ야諫者를拒ᄒᆞ더니畢竟其臣苩加의게被弒ᄒᆞ니太子武寧王이立ᄒᆞ야苩加를誅ᄒᆞ고

自此로聖王時에至ᄒᆞ기、ᄭᆞ지高句麗의文咨、安藏、陽原、諸王과戰ᄒᆞᆯ새聖王이新羅와合兵ᄒᆞ야高句麗를伐코자ᄒᆞ나新羅眞興王이不從ᄒᆞ고、도로혀高句麗와通ᄒᆞ거ᄂᆞᆯ聖王이怒ᄒᆞ야新羅를伐ᄒᆞ다가大敗ᄒᆞ야匹馬도返者가無ᄒᆞ얏ᄂᆞ이다

新羅는脫解王時에屢次百濟多婁王의侵伐ᄒᆞᆷ비되고其後伐休王브터味鄒王時에至ᄒᆞ기ᄭᆞ지邊境의爭鬪이有ᄒᆞ나其高句麗에는大抵結好로爲主ᄒᆞ야奈勿王은質子實聖을送ᄒᆞ니故로高句麗廣開土王이日本兵을擊ᄒᆞ야新羅를救ᄒᆞ더니

其後實聖이回國ᄒᆞ야王이되미向者奈勿王이自己를外國에遣質ᄒᆞᆷ을怨ᄒᆞ야奈勿의子訥祇를殺코자ᄒᆞ다가도로혀訥祇의게被弑ᄒᆞ고訥祇가立ᄒᆞ니此時에新羅는高句麗의邊將을殺ᄒᆞ고ᄯᅩ百濟를救ᄒᆞᆷ故로彼此失和ᄒᆞ고

炤智王時에至ᄒᆞ야는高句麗의長壽王과文咨王이屢次北邊을侵ᄒᆞ거늘新羅王이百濟와合ᄒᆞ야高句麗를破ᄒᆞ고ᄯᅩ百濟에高句麗가入寇ᄒᆞ면新羅가ᄯᅩᄒᆞᆫ救援ᄒᆞ나然ᄒᆞ나眞興王이百濟聖王의請을不從ᄒᆞᆫ後브터國交가絶ᄒᆞ야眞平王과善德王時에도戰爭이不息ᄒᆞ니

大抵當時三國이干戈를交ᄒᆞ야民命을傷ᄒᆞ고國力을費ᄒᆞ얏스나오작疆土를爭奪ᄒᆞᆯᄲᅮᆫ이오是非曲直이無ᄒᆞ얏ᄂᆞ이다

新羅文化過出二國 智證王時謚法 法興王建年號 眞興王三改年號 眞平王改元 女子承王統之始 善德改元 眞德改元

三國의爭亂이如此ᄒᆞ나新羅는專혀戰爭에用力지아니ᄒᆞ고內治에留心ᄒᆞ야文化의進步가二國보다過出ᄒᆞ고智證王時에비로소諡法이有ᄒᆞ얏고

法興王은律令을頒行ᄒᆞ고官制를定ᄒᆞ며年號를建ᄒᆞ야曰建元이라ᄒᆞ고眞興王은百般制度에可觀ᄒᆞᆯ者가多ᄒᆞ며年號를三次改ᄒᆞ니曰開國曰鴻濟曰大昌이오眞平王은改元曰建福이오官制가益備ᄒᆞ고紀綱이愈整ᄒᆞ더니王이崩ᄒᆞᆫ後에善德眞德二女主가相繼ᄒᆞ니善德은眞平王의長女라此는女子가王統을承ᄒᆞ는始오改元曰仁平이오眞德王도ᄯᅩ眞平王의女弟國飯의女니改元曰太和오時에百濟의攻擊을屢遭ᄒᆞ나오히려挫折치아니ᄒᆞ고武烈王에至ᄒᆞ야는國運이더욱隆盛ᄒᆞ니大抵眞平王以來로支那의隋唐二國에遣使ᄒᆞ야其權心을結ᄒᆞ야高句麗와百濟의侵凌을防禦코자ᄒᆞ니此가곳隋唐으로ᄒᆞ야곰二國에用兵ᄒᆞ는先導가되얏ᄂᆞ이다

隋唐의來寇

煬廣來寇

隋文帝楊堅時에高句麗嬰陽王이靺鞨兵을率ᄒᆞ고遼西(滿洲盛京省)를伐ᄒᆞ니此時遼水以東은高句麗의地라楊堅이大怒ᄒᆞ야漢王諒等으로ᄒᆞ야곰拒戰ᄒᆞ다가潦水가大至ᄒᆞ야還軍ᄒᆞ고王도ᄯᅩᄒᆞᆫ兵連禍結ᄒᆞᆯ가慮ᄒᆞ야和親ᄒᆞ더니

堅의子煬帝廣이距今一千二百九十五年前에大兵一百三十萬을發ᄒᆞ야親히來寇ᄒᆞ야遼東城(滿洲盛京省遼陽州)을圍ᄒᆞ고諸軍을鴨綠水西에會ᄒᆞ거ᄂᆞᆯ嬰陽王이大臣乙支文德으로ᄒᆞ야곰詐降ᄒᆞ야虛實을探ᄒᆞ니大將于仲文이執고자ᄒᆞ다가不果ᄒᆞ고大將宇文述等으로더브러追來ᄒᆞᄂᆞᆫ지라文德이佯敗ᄒᆞ야薩水(今安州清川江)에誘至ᄒᆞ니平壤과相距ㅣ三十里라

隋軍潰走

文德이다시詐降ᄒᆞ니文述等이平壤城의險固ᄒᆞᆷ을見ᄒᆞ고곳還軍ᄒᆞ거ᄂᆞᆯ文德이々에出軍ᄒᆞ야四面으로抄擊ᄒᆞ다가薩水에至ᄒᆞ야ᄂᆞᆫ其半渡를乘ᄒᆞ야尾擊ᄒᆞ니諸軍이다潰散ᄒᆞ야一日夜에鴨綠水에至ᄒᆞ니凡四百五十里라

隋帝廣再寇高句麗

先是에隋將來護兒ᄂᆞᆫ別로히江淮水軍을率ᄒᆞ고浿水를渡ᄒᆞ야平壤에至ᄒᆞ다가高句麗의敗ᄒᆞᆫ빈되더니述等의敗ᄒᆞᆷ을聞ᄒᆞ고ᄯᅩᄒᆞᆫ班師ᄒᆞ니初에隋軍이遼에至ᄒᆞᆫ者ㅣ一百萬五千에生還者가僅히二千七百人이오資儲와器械가失亡蕩盡ᄒᆞ고明年에隋帝廣이다시遼東城을攻ᄒᆞ다가力盡ᄒᆞ야拔치못ᄒᆞ더니楊玄感의叛ᄒᆞᆷ을聞ᄒᆞ고還軍ᄒᆞ얏ᄂᆞ이다

唐帝世民寇高句麗

嬰陽王이崩ᄒᆞ고異母弟榮留王이立ᄒᆞ니時에隋가亡ᄒᆞ고唐이代ᄒᆞ거ᄂᆞᆯ王이使臣을遣ᄒᆞ야結和ᄒᆞ얏스나太宗李世民이陰히攻取ᄒᆞᆯ心이有ᄒᆞ다가會에泉蓋(音合)蘇文이王을弑ᄒᆞ고王의姪藏을立ᄒᆞ니此ᄂᆞᆫ寶藏王이라蓋蘇文이國事를專擅ᄒᆞ야唐의使臣이新羅에往ᄒᆞᄂᆞᆫ者를執囚ᄒᆞᆫ디唐帝世民이距今一千二百六十二年前에諸軍을自率ᄒᆞ고新羅、百濟와奚(內蒙古東南境)契丹(支那直隷省東境)으로ᄒᆞ야곰高句麗를寇ᄒᆞ고大摠管李世勣等은遼水를渡ᄒᆞ고大摠管張亮等은舟師로海를渡ᄒᆞ야卑河城(滿洲盛京省海城縣中에在ᄒᆞ다)을襲陷ᄒᆞ고

世民이、또親히遼西、白巖(滿洲盛京省遼陽州)二城을拔ᄒᆞ고、또進ᄒᆞ야安平(盛京省蓋平州)을攻ᄒᆞ니高句麗北部의高延壽와南部의高惠眞이來救ᄒᆞᆯ새、또靺鞨외衆을合ᄒᆞ니陣勢가四十里에亘ᄒᆞᆫ지라世民이望見ᄒᆞ고大懼ᄒᆞ더니戰ᄒᆞᆫ지多月에高延壽等이敗ᄒᆞ얏ᄂᆞ이다

然ᄒᆞ나安市城主楊萬春은守城ᄒᆞ기善ᄒᆞ니世民이力盡ᄒᆞ야、맛ᄎᆞᆷᄂᆡ拔치、못ᄒᆞ고、또世民의目을射中ᄒᆞ니世民이臥床에在ᄒᆞ야班師ᄒᆞᆯ새其初出時에ᄂᆞᆫ兵士가十萬이오馬가萬匹이러니其還軍ᄒᆞ야ᄂᆞᆫ僅히千餘人이오馬의死者가、또ᄒᆞᆫ十에七八이、되얏ᄂᆞ이다

世民이敗歸ᄒᆞᆫ後로蓋蘇文이、더욱唐을傲視ᄒᆞ니唐이屢次偏師ᄅᆞᆯ遣ᄒᆞ야疆域을侵犯ᄒᆞ고、또大木을伐ᄒᆞ야船艦을造ᄒᆞ니此ᄂᆞᆫ前日陸軍이得志치、못ᄒᆞ미水路로並攻코자、ᄒᆞᆷ이라然이나世民이殂ᄒᆞ야其事가中止ᄒᆞ얏ᄂᆞ이다

百濟와高句麗의滅亡

百濟ᄂᆞᆫ威德王、惠王、法王이、다德政으로人心을維持ᄒᆞ더니武王에至

ᄒᆞ야ᄂᆞᆫ驕慢ᄒᆞ야新羅ᄅᆞᆯ侵伐ᄒᆞ기虛日이無ᄒᆞ거ᄂᆞᆯ唐이使臣을遣ᄒᆞ야戢兵ᄒᆞ라、ᄒᆞ나不從ᄒᆞ고、더욱怠傲ᄒᆞ야其慾을逞ᄒᆞ며

義慈王은驕奢ᄒᆞ야國事ᄅᆞᆯ不恤ᄒᆞ고、또新羅邊境을侵擾ᄒᆞ며、또高句麗ᄅᆞᆯ結ᄒᆞ야新羅의去唐ᄒᆞᄂᆞᆫ路ᄅᆞᆯ絕ᄒᆞ니新羅武烈王이金仁問을唐에遣ᄒᆞ야百濟ᄅᆞᆯ共伐코자、ᄒᆞ더니

義慈王二十年、距今一千二百四十七年前에唐高宗李治가蘇定方을命ᄒᆞ야水陸軍을率ᄒᆞ고萊州로、브터海ᄅᆞᆯ濟ᄒᆞ야來伐ᄒᆞ고武烈王이또太子法敏과大將金庾信等으로、ᄒᆞ야곰聲援이、되게ᄒᆞ니百濟將軍階伯이拒戰ᄒᆞ다가不克ᄒᆞ야死ᄒᆞᄂᆞᆫ지라唐兵이新羅兵과合ᄒᆞ야都城을圍ᄒᆞ거ᄂᆞᆯ百濟가衆을擧ᄒᆞ야戰ᄒᆞ나唐兵이益進ᄒᆞᄂᆞᆫ지라王이、이에定方의게降ᄒᆞ니定方이王의以下八十餘人을執ᄒᆞ야其國에送ᄒᆞ고百濟가亡ᄒᆞ니凡五部、三十七郡二百城에七十六萬戶라

唐이其地ᄅᆞᆯ五都督府에分置ᄒᆞ야各州縣을統轄ᄒᆞ고百濟人을擢ᄒᆞ야都督、刺史、縣令을拜ᄒᆞ고劉仁願이此ᄅᆞᆯ專管ᄒᆞ니百濟가始祖王溫

福信等起兵迎王子于日本

祚로、브터至是ᄒᆞ기三十王、六百七十八年에亡ᄒᆞ얏ᄂᆞ이다

其後에宗室福信等이浮屠道琛等과謀ᄒᆞ야周留城(全州西境)을據ᄒᆞ야起兵ᄒᆞ니時에王의子扶餘豊이日本에爲質ᄒᆞ얏거ᄂᆞᆯ迎入ᄒᆞ야王을삼고唐將劉仁軌를熊津城(公州)에圍ᄒᆞ더니會에豊이福信을惡ᄒᆞ야斬ᄒᆞ고高句麗와日本에請兵ᄒᆞ나羅、唐의兵이攻ᄒᆞ기益急ᄒᆞᄂᆞᆫ지라豊이逃亡ᄒᆞ야高句麗에奔ᄒᆞ니劉仁軌가仁願을代ᄒᆞ야其地를治ᄒᆞ고唐이新羅로、더브러同盟ᄒᆞ야和親을講ᄒᆞ나其地가漸々新羅의並呑ᄒᆞᆫ바、되고百濟가遂絶ᄒᆞ얏ᄂᆞ이다

唐帝李治攻高句麗

唐高宗李治가、이믜百濟를滅ᄒᆞ고高句麗寶藏王二十年에、또契丹과大將蘇定方等으로、ᄒᆞ야곰分道ᄒᆞ야高句麗를攻ᄒᆞ니新羅ㅣ또ᄒᆞᆫ來會ᄒᆞ야軍糧을平壤城에輸送ᄒᆞ더라然이나風雪이寒冱ᄒᆞ거ᄂᆞᆯ唐軍이引還ᄒᆞ얏다가後五年에泉蓋蘇文이死ᄒᆞ고其子男生이代位ᄒᆞ야弟男建과爭權ᄒᆞ더니

男生이國內城(平安道義州)으로、써唐에降ᄒᆞ니唐이鄕導官을拜ᄒᆞ야李世勣軍

寶藏王降于唐

을從케ᄒᆞ고、또新羅兵과劉仁願等으로、ᄒᆞ야곰勣의命을遵케、ᄒᆞ니勣이扶餘(滿洲盛京省內)諸城을拔ᄒᆞ고諸道兵이、다鴨綠柵에會至ᄒᆞ야麗兵을破ᄒᆞ고平壤城을圍ᄒᆞᆫ지月餘에王이力盡ᄒᆞ야降ᄒᆞ니唐이、이에王을赦ᄒᆞ고安東都護府를平壤에置ᄒᆞ고薛仁貴로、ᄒᆞ야곰都護를拜ᄒᆞ니仁貴ᄂᆞᆫ元來我國人이라朝廷의用人이不公ᄒᆞᆫ故로唐에歸ᄒᆞ얏ᄂᆞ이다」

高句麗五部、百七十六城에六十九萬戶를分ᄒᆞ야九都督府、四十二州百縣을定ᄒᆞ니高句麗가東明聖王브터至是ᄒᆞ기凡二十八王、七百五年이오距今一千二百三十九年前이오이다

高句麗ᄂᆞᆫ國力이强盛ᄒᆞ나然ᄒᆞ나上下가一致ᄒᆞᆫ時에ᄂᆞᆫ唐太宗世民의神武로도、오히려敗還ᄒᆞ더니畢竟骨肉이相爭ᄒᆞ고衆情이携貳ᄒᆞ다가亡ᄒᆞ니其原因은驕奢侮慢ᄒᆞ야鄰國의好誼를失ᄒᆞᆫ緣故오이다

駕洛과任那及耽羅

駕洛國號伽耶

三國이鼎立ᄒᆞᆯ時、距今一千八百六十五年前에南方에一國이有ᄒᆞ니日、駕洛이라其國에初王은金首露니國號ᄂᆞᆫ伽耶(今慶尙道金海)오後에金官이

五伽耶

라 改ᄒᆞ고 其外五人이 各其五伽耶의 王이 되니 곳 阿羅伽耶(慶尚道咸安) 古寧伽耶(咸昌) 星山伽耶(星州) 大伽耶(高靈) 小伽耶(固城)라 其地가 新羅西南에 在ᄒᆞ니 總稱駕洛國이오

首露王이 城郭을 築ᄒᆞ고 宮室을 營ᄒᆞ며 新羅의 南方을 襲ᄒᆞ고 王이 또 事理에 明透ᄒᆞ야 隣國의 爭詰을 一言에 決ᄒᆞ며 其後王居登은 新羅와 和親ᄒᆞ야 其救援을 賴ᄒᆞ고

駕洛降于新羅

坐知王은 傭女를 娶ᄒᆞ야 其黨을 寵任ᄒᆞ다가 國이 大亂ᄒᆞ거ᄂᆞᆯ 이에 其女를 擯斥ᄒᆞ니 時에 新羅가 王을 伐코자 ᄒᆞ다가 其悔悟ᄒᆞᆷ을 見ᄒᆞ고 中止ᄒᆞ며 仇衡王은 新羅와 結婚ᄒᆞ나 新羅의 怒를 觸ᄒᆞ야 北境의 患이 不息ᄒᆞ다가 距今一千三百七十五年前에 至ᄒᆞ야 新羅에 降ᄒᆞ니 法興王이 客禮로 써 待ᄒᆞ고 其國으로 써 金官國을 ᄉᆞᆷ으니 駕洛이 十王四百九十年에 亡ᄒᆞ얏ᄂᆞ이다

大伽耶又曰任那

大伽耶ᄂᆞᆫ 又曰任那니 距今一千三百四十四年前에 新羅眞興王이 其地를 滅ᄒᆞ야 大伽耶郡을 置ᄒᆞ니 大伽耶가 昔日에 蘇那曷叱知를 日本

에 遣ᄒᆞ야 和親을 結ᄒᆞ고 또 王子阿羅斯等이 日本에 往ᄒᆞ고 其國에 南伽耶(小伽耶)等七國이 屬ᄒᆞ니 總稱任那라

大抵駕洛과 任那ᄂᆞᆫ 一部落이라 國力이 微弱ᄒᆞ야 新羅 百濟及日本의 牽制를 受ᄒᆞ얏ᄂᆞ이다

耽羅

耽羅ᄂᆞᆫ 南海中에 在ᄒᆞ니 今濟州島라 相傳ᄒᆞ되 良乙那 高乙那 夫乙那 三神人이 有ᄒᆞ야 遊獵으로 爲生ᄒᆞ더니 日本國이 女子三人과 駒犢과 五穀의 種을 送ᄒᆞ야 三人이 各其一女를 娶ᄒᆞ고 五穀을 播ᄒᆞ고 駒犢을 牧ᄒᆞ야 富庶에 至ᄒᆞ얏다 ᄒᆞ고

百濟文周王時에 方物을 獻ᄒᆞ니 王이 喜ᄒᆞ야 官爵을 授ᄒᆞ더니 百濟가 亡ᄒᆞᆫ 後에 其主徒冬音律이 新羅에 降ᄒᆞ야 屬國이 되고 高麗가 新羅를 代ᄒᆞᆫ 後에 또 服從ᄒᆞ다가 其後에 其版圖에 入ᄒᆞ얏ᄂᆞ이다

支那와 日本의 關係

高句麗ᄂᆞᆫ 支那와 關係가 甚多ᄒᆞ야 薩水以南은 距今一千八百六十三年前 漢光武劉秀時에 屬ᄒᆞ얏고 高句麗가 三面이 다 漢과 諸城이 相接

高句麗之日本關係

ᄒᆞᆫ故로彼此相戰ᄒᆞ야勝敗도有ᄒᆞ얏고山上王時에ᄂᆞᆫ漢이亡ᄒᆞ야三國時가되얏고東川王時에ᄂᆞᆫ魏의明帝曹丕가樂浪、帶方等을다奪據ᄒᆞ더니王末年에至ᄒᆞ야魏帝曹芳이毋丘儉等으로ᄒᆞ야곰來寇ᄒᆞ거ᄂᆞᆯ王이迎戰ᄒᆞ야丘儉을破ᄒᆞ다가도로혀敗ᄒᆞ야南沃沮(滿洲盛京省海城縣)로奔ᄒᆞ더니時에東部人紐由ㅣ魏軍에詐降ᄒᆞ야其將의胸을刺ᄒᆞ니王이其時를乘ᄒᆞ야國을恢復ᄒᆞ얏ᄂᆞ이다

然이나丸都城(平安道寧遠郡劒山)은喪亂을經ᄒᆞ야可居치못ᄒᆞᆯ지라다시平壤에城을築ᄒᆞ야遷都ᄒᆞ고其後樂浪、帶方等이다시高句麗와百濟에屬ᄒᆞ고

ᄯᅩ關係가有ᄒᆞᆫ國은日本이라距今一千五百年前頃高句麗廣開土王時에ᄂᆞᆫ新羅와百濟를救코자ᄒᆞ야日本과戰ᄒᆞ얏고長壽王은日本에使臣을遣ᄒᆞ나國書가傲慢ᄒᆞ다ᄒᆞ야絶好ᄒᆞ더니後에다시使聘을通ᄒᆞ고寶藏王은聘好가屢有ᄒᆞ나國境이北方에在ᄒᆞ야日本과相距가遠ᄒᆞᆫ故로關係도ᄯᅩᄒᆞᆫ少ᄒᆞ야百濟、新羅와不同ᄒᆞ얏ᄂᆞ이다

百濟近肖古王始通日本

百濟ᄂᆞᆫ距今一千五百五十年前近肖古王時브터日本과通好ᄒᆞ고阿莘王은太子腆支를遣ᄒᆞ더니王이崩ᄒᆞᆯ時에腆支가오히려不還ᄒᆞᆫ지라太子의仲弟訓解가國政을攝ᄒᆞ야太子를待ᄒᆞ더니季弟碟禮가訓解를殺ᄒᆞ고自立ᄒᆞ거ᄂᆞᆯ腆支가其訃를聞ᄒᆞ고痛哭ᄒᆞ니日本이兵으로써腆支를送ᄒᆞ야百濟에歸ᄒᆞ거ᄂᆞᆯ國人이碟禮를殺ᄒᆞ고腆支를迎立ᄒᆞ고

其後蓋鹵王은女를日本에送ᄒᆞ야婚娶를結ᄒᆞ고武寧王以後ᄂᆞᆫ諸博士를數遣ᄒᆞ고武王은其太子豐을日本에遣ᄒᆞ얏다가義慈王이唐의게被擄ᄒᆞᆫ後福信等이豐을迎入ᄒᆞ야王을ᄉᆞᆷ앗고

日本使漂着耽羅

百濟가亡ᄒᆞᆫ後明年에日本使臣津守吉祥이唐으로브터還ᄒᆞ다가暴風을遇ᄒᆞ야耽羅에漂着ᄒᆞ니耽羅王이悅ᄒᆞ야其子阿波岐를日本에遣ᄒᆞ고其後四十年間에屢次方物을送ᄒᆞ얏ᄂᆞ이다

耽羅送方物于日本

新羅ᄂᆞᆫ建國ᄒᆞᆫ以來로日本과交通이開ᄒᆞ야彼此移住ᄒᆞ니距今一千八百八十年前에瓠公은日本人으로新羅의臣이되고迎烏細烏ᄂᆞᆫ新

日本神功后犯新羅

新羅聘使于日本

羅人으로日本의臣이되고、또邊郡의戰爭이多ᄒᆞ며其後日本神功后가來犯ᄒᆞ거ᄂᆞᆯ王이其弟未斯欣으로、써遣質ᄒᆞ더니後에使者朴堤上을遣ᄒᆞ야未斯欣을脫還ᄒᆞ고

慈悲王은日本을拒코자ᄒᆞ야高句麗에救援을請ᄒᆞ다가既而오疑ᄒᆞ야其兵을殺ᄒᆞ니高句麗長壽王이來伐ᄒᆞᄂᆞᆫ지라王이任那의게救援을請ᄒᆞ얏고眞興王은任那를滅ᄒᆞ야日本과釁端을開ᄒᆞ고眞德女主ᄂᆞᆫ金春秋를日本에遣ᄒᆞ며

時에新羅가强盛ᄒᆞ야唐兵으로、더브러百濟를並呑코자、ᄒᆞ거ᄂᆞᆯ日本이百濟를救ᄒᆞ야用兵ᄒᆞ다가畢竟和親ᄒᆞ고新羅가統一ᄒᆞᆫ後에使聘이常通ᄒᆞ며景德王과恭惠王時에ᄂᆞᆫ使節의來往이絕ᄒᆞ얏ᄂᆞ이다

新羅의統一

新羅가唐과併力ᄒᆞ야百濟、高句麗를滅ᄒᆞ미唐이其地에都督等官을置ᄒᆞ더니既而오新羅ㅣ漸々百濟의地를取ᄒᆞ고、또高句麗의叛衆을納ᄒᆞ니唐이屢次責ᄒᆞ나新羅ㅣ또ᄒᆞᆫ服從치、아니ᄒᆞ니

金庾信人和

金良相弑王自立

唐主가怒ᄒᆞ야劉仁軌로、ᄒᆞ야곰來寇ᄒᆞ거ᄂᆞᆯ王이佯히謝過ᄒᆞ나、然ᄒᆞ나、맛ᄎᆞᆷ니高句麗南境々지州郡을置ᄒᆞ니此ᄂᆞᆫ武烈王과文武王時에金庾信의功이居多ᄒᆞ야畢竟統一의業을成ᄒᆞ얏ᄂᆞ이다

高句麗와百濟가新羅보다先亡ᄒᆞᆷ은何故오此ᄂᆞᆫ無他오新羅ᄂᆞᆫ人和를得ᄒᆞᆷ이라君이仁ᄒᆞ야民을愛ᄒᆞ고臣은國事에盡忠ᄒᆞ며其法이戰死人을厚葬ᄒᆞᆯ뿐、아니라爵賞이一族에及ᄒᆞᄂᆞᆫ故로人이、다忠誠ᄒᆞ고節義를崇尙ᄒᆞ야臨戰에死로、써自期ᄒᆞ니麗濟人의能及ᄒᆞᆯ빈、아니오이다

新羅의衰亡

景德王이崩ᄒᆞ고子恭惠王이立ᄒᆞ니時에叛者가更起ᄒᆞᄂᆞᆫ지라上大等(官名)金良相等이叛賊을討ᄒᆞ고、다시王을弑ᄒᆞ야自立ᄒᆞ니此ᄂᆞᆫ宣德王이오其後ᄂᆞᆫ金敬信이嗣立ᄒᆞ니此ᄂᆞᆫ元聖王이다時에蝗旱이太甚ᄒᆞ야人民이聊生키難ᄒᆞ고憲德王은哀莊王을弑ᄒᆞ고自立ᄒᆞ며後에興德王이繼立ᄒᆞ야窮民을恤ᄒᆞ고孝行을奬勵ᄒᆞ더니其崩ᄒᆞᆫ後

金明弑王自立

에는堂弟均貞과憲貞의子悌隆이王位를爭ᄒᆞᆯᄉᆡ金陽이均貞의子、祐徵等으로、더브러均貞을奉ᄒᆞ야王을삼앗더니悌隆의黨、金明이均貞을殺ᄒᆞ고悌隆을立ᄒᆞ니此는僖康王이러라

이에祐徵이禍를懼ᄒᆞ야淸海鎭(全羅道莞島)大使張保皐의게依ᄒᆞ니金陽도、또ᄒᆞᆫ淸海鎭에入ᄒᆞ야祐徵과擧事코자、ᄒᆞ다가旣而오金明이王을弑ᄒᆞ고自立ᄒᆞ는지라

陽이此事를聞ᄒᆞ고祐徵으로、더브러淸海鎭에셔起兵ᄒᆞ니張保皐가兵五千을其友鄭年의게予ᄒᆞ야陽을助ᄒᆞ거늘陽이晝夜兼行ᄒᆞ야達伐丘(慶尙道大丘)에至ᄒᆞ니金明이拒戰ᄒᆞ거늘一戰에大克ᄒᆞ야明을斬ᄒᆞ니此는閔哀王이오祐徵을立ᄒᆞ니此는神武王이라國勢가危ᄒᆞ얏다가、다시興ᄒᆞ고

文聖、憲安、景文、憲康諸王時에는叛者가屢起ᄒᆞ거늘、다誅ᄒᆞ얏스나大抵當時의君臣은優遊玩愒ᄒᆞ야琴瑟과詩賦로、써互相稱譽ᄒᆞ고戒懼가無ᄒᆞᆫ지라外面은晏然ᄒᆞ나內部는、다腐敗ᄒᆞ얏고

新羅衰亂之極

王建卽位

甄萱弑景哀王立敬順王

定康王은女弟眞聖王의게傳位ᄒᆞ니眞聖이淫穢ᄒᆞᆫ行이有ᄒᆞ고佞幸이得志ᄒᆞ야紀綱이敗壞ᄒᆞ며謗議者를下獄ᄒᆞ야盜賊이蜂起ᄒᆞ고州郡은貢賦를不納ᄒᆞ니國用이窘絀ᄒᆞ야新羅의衰亂이此에極ᄒᆞ고孝恭王時에至ᄒᆞ야는疆場이日蹙ᄒᆞ고景明王元年、距今九百八十九年前에는高麗의王建이弓裔를代ᄒᆞ야王位에卽ᄒᆞ니國勢가益盛ᄒᆞ는지라王이使臣을遣ᄒᆞ야聘問에對等禮를用ᄒᆞ고

景哀王時에는後百濟의甄萱이猝然이王都에入ᄒᆞ거늘王이鮑石亭에셔遊宴ᄒᆞ다가倉卒間에王이夫人으로、더브러城南離宮에避匿ᄒᆞ고侍從臣僚와宮人伶官이、다陷沒ᄒᆞ며萱이王을索出ᄒᆞ야强히自盡케、ᄒᆞ고王后를淫辱ᄒᆞ고王의族弟金傅를立ᄒᆞ고王의弟孝廉과宰臣景英을擄ᄒᆞ고子女百工과兵仗珍寶를取ᄒᆞ야歸ᄒᆞ거늘

高麗王이此를聞ᄒᆞ고使臣을遣ᄒᆞ야吊ᄒᆞ고金傅가卽位ᄒᆞ니此는敬順王이라王이四方의土地가盡削ᄒᆞ고國勢가微弱ᄒᆞ야自立지、못ᄒᆞᆯ을見ᄒᆞ고高麗에降코자ᄒᆞ니王의子ㅣ獨히不可ᄒᆞ야曰、忠臣과義士

敬順王降高麗新羅亡

를集合ᄒᆞ야死로、ᄡᅥ守ᄒᆞ라、ᄒᆞ거ᄂᆞᆯ王이不聽ᄒᆞ고高麗의게書를送ᄒᆞ야請降ᄒᆞᆫᄃᆡ

高麗王이降書를受ᄒᆞ고使臣을遣ᄒᆞ거ᄂᆞᆯ王이百僚를率ᄒᆞ고王都에셔發ᄒᆞ니香車와寶馬가三十里에連亘ᄒᆞ얏더라開京松都에入ᄒᆞ니高麗王이郊外에出迎ᄒᆞ고長女樂浪公主로、ᄡᅥ妻ᄒᆞ고新羅國으로、ᄡᅥ慶州郡을作ᄒᆞ고食邑을賜ᄒᆞ니新羅가太祖朴赫居世브터至此ᄒᆞ기朴氏ᄂᆞᆫ十王이오昔氏ᄂᆞᆫ八王이오金氏ᄂᆞᆫ三十八王이니合五十六王、凡九百九十二年에亡ᄒᆞ고

文武王時에高句麗와百濟를滅ᄒᆞ고統一ᄒᆞᆫ後가二百六十八年이오新羅에셔其世代를三에分ᄒᆞ니太祖브터眞德女主ᄭᆞ지二十八王은上代라、ᄒᆞ고武烈王브터惠恭王ᄭᆞ지八王은中代라、ᄒᆞ고宣德王브터敬順王ᄭᆞ지二十王은下代라、ᄒᆞ니國運의昇降과政治의盛衰가大畧如此ᄒᆞ오이다

泰封及後百濟

弓裔

弓裔建國號曰泰封紀元設百官

眞聖女主時를當ᄒᆞ야群雄이四方에起ᄒᆞᆯᄉᆡ其最大ᄒᆞᆫ者ᄂᆞᆫ弓裔와甄萱이니弓裔ᄂᆞᆫ憲康王의庶子라膽氣가有ᄒᆞ고國家의衰亂을乘ᄒᆞ야北原江原道原州의賊梁吉의게投ᄒᆞ야土地를略取ᄒᆞ더니後에將軍이라自稱ᄒᆞ고軍聲이甚盛ᄒᆞᆫ지라、이에內外官職을設ᄒᆞ고王建과及其父隆을用ᄒᆞ더니眞聖女主四年、距今一千十六年前에王을稱ᄒᆞ고國號ᄂᆞᆫ泰封이라、ᄒᆞ고元을紀ᄒᆞ고百官을設ᄒᆞ고鐵原江原道在에定都ᄒᆞ니諸州가望風ᄒᆞ야來降ᄒᆞ고士馬가漸々强ᄒᆞ고土地가廣ᄒᆞ야全國三分의二를有ᄒᆞ고

弓裔가自稱曰、彌勒佛이라、ᄒᆞ고頭에金幘을戴ᄒᆞ고身에ᄂᆞᆫ方袍를披ᄒᆞ며出時에ᄂᆞᆫ童男女가幡盖와香火를奉ᄒᆞ야前導ᄒᆞ고僧徒二百餘名은梵唄로後에隨ᄒᆞ며、ᄯᅩ經文二十餘卷을述ᄒᆞ니、다妖妄ᄒᆞᆫ語오妻康氏의諫ᄒᆞᆷ을憎ᄒᆞ야虐殺ᄒᆞ고驕暴가日甚ᄒᆞ며

王建이初에ᄂᆞᆫ弓裔의信用ᄒᆞᆫ빈、되야諸州를得ᄒᆞ고官이百僚의上이라、비록禍를懼ᄒᆞ야高位를不樂ᄒᆞ나、오작其臣이建을推戴ᄒᆞ야王을

泰封亡

ᄉᆞᆷ고國號ᄂᆞᆫ高麗라稱ᄒᆞ니裔가變을聞ᄒᆞ고驚駭ᄒᆞ야釜壤(江原道平康)에出走ᄒᆞ다가民人의게被害ᄒᆞ니裔가稱王ᄒᆞᆫ지十七年에亡ᄒᆞ얏ᄂᆞ이다」

甄萱

甄萱은尙州農家子라志氣가倜儻ᄒᆞ고智略이有ᄒᆞ더니新羅末에盜賊이蜂起ᄒᆞ거ᄂᆞᆯ萱이亡命徒를嘯聚ᄒᆞ야旬月間에衆이五千이라武珍州(全羅道光州)를襲取ᄒᆞ고自立ᄒᆞ야王이되니是ᄂᆞᆫ眞聖女主五年이니距今一千十五年前이라

甄萱稱後百濟

萱이國號를後百濟라稱ᄒᆞ고官職을設ᄒᆞ고支那의吳、越과後唐에使聘을通ᄒᆞ고、또高麗에結好ᄒᆞ더니萱이新羅를攻ᄒᆞᆯ時에新羅ㅣ高麗의게乞援ᄒᆞ야萱을拒ᄒᆞ니自此로釁隙이成ᄒᆞ얏스나맛참ᄂᆡ質을交換ᄒᆞ야乞和ᄒᆞ더니萱의外甥眞虎가高麗에爲質ᄒᆞ얏다가病死ᄒᆞᆫ지라萱이其被殺ᄒᆞᆫ가疑ᄒᆞ야高麗의質子王信을殺ᄒᆞ고屢次高麗를侵伐ᄒᆞ고、또新羅高鬱府(慶尙道永川)를襲ᄒᆞ고猝然히王都에入ᄒᆞ야景哀王을弑ᄒᆞ고金傅를立ᄒᆞᄂᆞᆫ지라

甄萱屢侵高麗

高麗王이新羅를救코자ᄒᆞ야親히精騎를率ᄒᆞ고萱을公山(慶尙道慶山)桐藪에서伐ᄒᆞ다가敗績ᄒᆞ야大將申崇謙과金樂이死ᄒᆞ더라其後에萱이書를送ᄒᆞ야請和ᄒᆞ거ᄂᆞᆯ麗王이回報ᄒᆞ야其背約ᄒᆞᆷ과弑王ᄒᆞᆫ罪를責ᄒᆞ니萱이、또高麗를侵ᄒᆞᄂᆞᆫ지라高麗의將帥가或降或死ᄒᆞ더니其古昌郡(慶尙道安東)을圍ᄒᆞᆯ時에ᄂᆞᆫ麗王이庾黔弼의計를用ᄒᆞ야萱을大破ᄒᆞ니自此로郡縣이高麗에降ᄒᆞᄂᆞᆫ者ㅣ益多ᄒᆞ얏ᄂᆞ이다

後百濟亡

萱이初에第四子金剛을愛ᄒᆞ야位를傳ᄒᆞ니長子神劒이萱을金山寺(全羅道金溝)에幽ᄒᆞ고金剛을殺ᄒᆞ고自立ᄒᆞ거ᄂᆞᆯ萱이潛逃ᄒᆞ야高麗에至ᄒᆞ니王이厚禮로待ᄒᆞ야號曰尙父라ᄒᆞ고食邑을賜ᄒᆞ니萱이屢次神劒을討伐ᄒᆞ라ᄒᆞᄂᆞᆫ지라王이、이에大軍을發ᄒᆞ야進攻ᄒᆞᆯ시一善(慶尙道善山)에至ᄒᆞ야神劒을大破ᄒᆞ고其黨與를誅ᄒᆞ고神劒은歸命ᄒᆞᆫ故로不殺ᄒᆞ고後百濟가亡ᄒᆞ니甄萱이立國ᄒᆞᆫ지四十五年이오新羅가亡ᄒᆞᆫ後、一年이오이다

渤海

新羅가統一ᄒᆞᆫ後에北方에一國이有ᄒᆞ니曰渤海라渤海ᄂᆞᆫ本來粟末

大祚榮稱震國王始稱渤海

靺鞨(靺鞨은粟末河에居ᄒᆞ니今松花江이라)이니高句麗의北에在ᄒᆞ야上古初브터屢次三國을侵伐ᄒᆞ더니高句麗가亡ᄒᆞᆫ後브터餘衆이稍々히歸附ᄒᆞ야其地를並ᄒᆞ고距今一千一百九十三年前에至ᄒᆞ야ᄂᆞᆫ其君長大祚榮이震國王이라稱ᄒᆞ고國勢가益盛ᄒᆞ다가

其後에祚榮이渤海王이되니自此로靺鞨의號를去ᄒᆞ고專혀渤海라稱ᄒᆞ며其後王武藝와益秀ᄂᆞᆫ境宇를益拓ᄒᆞ니其地가南은新羅와接ᄒᆞ고東은海에窮ᄒᆞ며西ᄂᆞᆫ契丹에隣ᄒᆞ야五京、十五府、六十二州가有ᄒᆞ니即今日의平安、咸鏡道西境과滿洲의盛京、吉林兩省을並有ᄒᆞ고」

渤海官制

諸生을支那唐國에遣ᄒᆞ야文物과制度를學ᄒᆞ며政府ᄂᆞᆫ大概唐制를依仿ᄒᆞ야宣詔省과中臺省과政堂省과左右相과左右平章等이有ᄒᆞ고武官은左右衛大將軍等이有ᄒᆞ고服章은紫緋와淺緋、綠緋及牙笏、金銀魚의制가有ᄒᆞ고

遣聘日本 契丹阿保機始興

武藝王은距今一千一百七十九年前에率遠將軍高仁義를日本에遣ᄒᆞ야彼此聘使가不絕ᄒᆞ더니時에契丹太祖阿保機가西北方(支那直隷省及蒙古東部)

에셔興ᄒᆞ야自稱天皇王이라、ᄒᆞ고新羅神德時에四方을並呑ᄒᆞᆯ시新羅景哀王時에ᄂᆞᆫ扶餘城을拔ᄒᆞ고忽汗城(滿洲吉林省)을圍ᄒᆞ거ᄂᆞᆯ渤海王大諲譔이降ᄒᆞ니阿保機가渤海를改ᄒᆞ야東丹國이라稱ᄒᆞ고其子突欲으로ᄡᅥ人皇王이라ᄒᆞ야此를鎮定ᄒᆞ니

渤海亡

大祚榮이稱王ᄒᆞᆫ지十四王、二百十四年에亡ᄒᆞ고其太子光大顯과將軍申德等이餘衆을率ᄒᆞ고高麗에奔ᄒᆞᆫ者ㅣ前後에數萬戶가、되얏ᄂᆞ이다

制度

三國郡縣制 高句麗官制

政治ᄂᆞᆫ三國이、다郡縣制오高句麗ᄂᆞᆫ琉璃王二十二年、距今一千九百二年前에大輔와左右輔等官이有ᄒᆞ야政事를掌ᄒᆞ더니太祖王은左右輔를改ᄒᆞ야國相이라稱ᄒᆞ고其後ᄂᆞᆫ、또莫離支라改稱ᄒᆞ니此等이、다國政을執ᄒᆞ얏고

國都ᄂᆞᆫ內、東、西、南、北五部를置ᄒᆞ니此ᄂᆞᆫ太古의制오州縣은六十에分ᄒᆞ고其大城에ᄂᆞᆫ傉佐가有ᄒᆞ야曹事를分掌ᄒᆞ며

百濟官制定

百濟ᄂᆞᆫ右輔와左將이有ᄒᆞ야兵事ᄅᆞᆯ掌ᄒᆞ더니古爾王二十七年距今
一千六百四十三年前에官制ᄅᆞᆯ大定ᄒᆞ고佐平六人을置ᄒᆞ야宣納과
庫藏과禮儀와宿衛와刑獄과兵馬ᄅᆞᆯ掌ᄒᆞ고王이國內에巡行ᄒᆞᆯ時ᄂᆞᆫ
王族이國政을任ᄒᆞ기ᄂᆞᆫ高句麗와百濟가皆同ᄒᆞ고

新羅官等十七設

新羅ᄂᆞᆫ儒理王九年距今一千八百七十三年前에비로소官制十七等
을設ᄒᆞ야伊伐飡과伊尺飡匝飡等이有ᄒᆞ더니後에ᄯᅩ太大角干과大
角干과上大等의位ᄅᆞᆯ設ᄒᆞ고
職制ᄂᆞᆫ大輔가有ᄒᆞ야軍國政事ᄅᆞᆯ掌ᄒᆞ더니法興王과眞平王以後에
分掌ᄒᆞᄂᆞᆫ制가漸備ᄒᆞ야兵部調部倉部禮部等諸官을設ᄒᆞ얏고

地方政治

地方政治ᄂᆞᆫ州郡縣을分ᄒᆞ야州主(後改總管又日都督)와軍主와縣令을置ᄒᆞ고王
이國內에巡撫ᄒᆞ며ᄯᅩ使臣을遣ᄒᆞ야百姓疾苦ᄅᆞᆯ問ᄒᆞ고
統一ᄒᆞᆫ後에ᄂᆞᆫ其舊法을遵行ᄒᆞᄂᆞᆫ中더욱潤飾ᄒᆞ고景德王十五年距
今一千一百五十年前에비로소九州ᄅᆞᆯ置ᄒᆞ고郡縣의名을改ᄒᆞ야郡
에ᄂᆞᆫ太守가有ᄒᆞ고縣에ᄂᆞᆫ小守가有ᄒᆞ며ᄯᅩ浿江以南은九州에不入

ᄒᆞ고執事와侍郞等을別置ᄒᆞ야鎭撫ᄒᆞᆯ새此ᄂᆞᆫ政府의直轄이오

官爵制限

官爵을授ᄒᆞ기ᄂᆞᆫ制限이有ᄒᆞ야大阿飡以上은眞骨의게授ᄒᆞ니卽王
族이오州主軍主等도宗戚을用ᄒᆞ더가眞興王時ᄂᆞᆫ美男子ᄅᆞᆯ粧飾ᄒᆞ

花郞

야號曰花郞이라ᄒᆞ고其徒가道義로ᄡᅥ相磨ᄒᆞ며或歌舞로相悅ᄒᆞ야
其人의譽望이多ᄒᆞᆫ者ᄅᆞᆯ擇用ᄒᆞ되其骨品으로用人ᄒᆞᆷ은依舊ᄒᆞᆫ지라
故로才智人士가他國에奔ᄒᆞ야功業을建ᄒᆞᆫ者가多ᄒᆞ고其後에ᄂᆞᆫ射

讀書出身科始定

로ᄡᅥ人을選ᄒᆞ며元聖王四年距今一千一百十九年前에ᄂᆞᆫ비로소讀
書로出身ᄒᆞᄂᆞᆫ科ᄅᆞᆯ定ᄒᆞ니然ᄒᆞ나唐에遊學ᄒᆞᆫ者ᄂᆞᆫ곳出身케ᄒᆞ고

百官俸祿

百官俸祿은百濟高句麗ᄂᆞᆫ勳勞로ᄡᅥ食邑을賜ᄒᆞ고新羅ᄂᆞᆫ文武王이
金庾信의게田五百結을賜ᄒᆞ고其後에功의多少ᄅᆞᆯ因ᄒᆞ야歲俸租等
이有ᄒᆞ고神文王時距今一千二百二十年前에ᄂᆞᆫ文武官僚의게田을
賜ᄒᆞ고神武王時에ᄂᆞᆫ張保皐의食實封이二千戶오敬順王이高麗에
降ᄒᆞᆫ時에ᄂᆞᆫ食邑이八千戶에歲祿이一千碩이오

兵馬政

內外兵馬ᄂᆞᆫ三國이다重視ᄒᆞ야初에ᄂᆞᆫ一等官이掌ᄒᆞ고王이或親臨

兵法

ᄒᆞ야閱兵ᄒᆞ고新羅ᄂᆞᆫ慈悲王이左右將軍을置ᄒᆞ더니法興王이兵部를置ᄒᆞ고眞平王이侍衛府를設ᄒᆞᆫ後에야制度가尤備ᄒᆞ고

凡軍號ᄂᆞᆫ二十三이有ᄒᆞ야此를統率ᄒᆞᆫ者ᄂᆞᆫ將軍과大監과弟監과少監幢主等이오人民을徵集ᄒᆞ야邊境을守ᄒᆞ기ᄂᆞᆫ三年으로爲期ᄒᆞ고萬一國家에多故ᄒᆞ면代가無ᄒᆞ야六年에歸ᄒᆞ며

統一後에도兵備를不懈ᄒᆞ야文武王時에ᄂᆞᆫ薛守眞이六陣法을進ᄒᆞ고景恭王時에ᄂᆞᆫ金巖이浿口를鎭撫ᄒᆞᆯ셰또ᄒᆞᆫ此를敎ᄒᆞ고元聖王時에ᄂᆞᆫ武烏가兵法十五卷을獻ᄒᆞ고

兵器

兵器ᄂᆞᆫ弓、箭、刀、劍、槊、槍、戟、鉞、砲、弩、楛矢、砲車、抛石、金甲、雕斧、金鬃鐙、明光鎧、盾、的、鼓吹、鐵蒺藜等이有ᄒᆞ고

百濟ᄂᆞᆫ旗幟가黃色이오高句麗ᄂᆞᆫ黑旗或赤旗오新羅ᄂᆞᆫ衿色으로隊伍를分ᄒᆞ니衿은徽織이오其形은半月을象ᄒᆞ고三國이鼎立ᄒᆞᆫ時에ᄂᆞᆫ

城柵

城을築ᄒᆞ고柵을立ᄒᆞᆯ셰其中高句麗東川王은距今一千六百六十年前에平壤城을築ᄒᆞ니周ᄂᆞᆫ二萬四千五百三十九尺에高가十三尺이

오外城은石築의周가八千二百尺이오土築은二萬二百尺이니並히高가三十二尺이오

또築留王은距今一千二百七十五年前에長城을築ᄒᆞᆯ셰北은扶餘城東南으로브터起ᄒᆞ고西南은海에至ᄒᆞ기ᄭᆞ지千餘里라凡十六年에畢ᄒᆞ니其功의宏大ᄒᆞᆷ을可知오高句麗、百濟가亡ᄒᆞ고新羅가統一ᄒᆞᆫ後에ᄂᆞᆫ敵國의患이少ᄒᆞᆫ故로功費가不多ᄒᆞ고、오작憲德王十七年、距今一千八十一年前에浿江의長城三百里를築ᄒᆞ고

高句麗律令頒

刑制ᄂᆞᆫ高句麗小獸林王三年、距今一千五百三十三年前에、비로소律令을頒行ᄒᆞ니反逆者ᄂᆞᆫ火灼ᄒᆞᆫ後、斬首ᄒᆞ고家를籍沒ᄒᆞ며戰敗와殺人과行刼者를斬ᄒᆞ고盜物者ᄂᆞᆫ其十倍를償ᄒᆞ고身은沒入ᄒᆞ야奴婢가、되고

百濟ᄂᆞᆫ腰斬과妻子를殺ᄒᆞᄂᆞᆫ等刑이有ᄒᆞ나叛逆者ᄂᆞᆫ其家를籍沒ᄒᆞ고殺人者ᄂᆞᆫ奴婢되기三度오官人의受賄와、밋盜賊은其三倍를徵出ᄒᆞ야終身禁錮ᄒᆞ니其法이高句麗보다稍寬ᄒᆞ고

新羅始頒律令

新羅ᄂᆞᆫ法興王七年、距今一千三百八十六年前에、비로소律令을頒行ᄒᆞ고武烈王은此ᄅᆞᆯ叅酌ᄒᆞ야理方府의格式六十餘條ᄅᆞᆯ定ᄒᆞ나然ᄒᆞ나或은九族을夷ᄒᆞ고遠方에謫ᄒᆞᄂᆞᆫ等刑이有ᄒᆞ며、오작王이因徒ᄅᆞᆯ親錄ᄒᆞ야輕罪ᄂᆞᆫ原宥ᄒᆞᄂᆞᆫ者ㅣ屢次오、ᄯᅩ太子ᄅᆞᆯ立ᄒᆞᆯ時와大祭가有ᄒᆞ면大赦ᄒᆞ고

置律令典博士

統一後에ᄂᆞᆫ孝昭王이律令典博士六人을置ᄒᆞ야法律이頗히發達ᄒᆞ얏고弓裔가稱王時ᄂᆞᆫ、더욱殘酷ᄒᆞ야鐵椎로打殺ᄒᆞᆷ과婦女ᄂᆞᆫ下處ᄅᆞᆯ燒殺ᄒᆞᄂᆞᆫ者도有ᄒᆞ고

租稅

租稅ᄂᆞᆫ高句麗에ᄂᆞᆫ每人의稅가布五疋、穀五石이오遊民은三年一次、稅ᄅᆞᆯ出ᄒᆞ되十人이共히細布一疋이오租ᄂᆞᆫ每戶一碩이오其次ᄂᆞᆫ七斗或五斗ᄅᆞᆯ出ᄒᆞ며

新羅ᄂᆞᆫ眞平王六年、距今一千三百二十二年前에調府令一員을置ᄒᆞ야貢賦ᄅᆞᆯ掌ᄒᆞ니其徵歛法이田一負(一百尺이一負라)브터租三升을納ᄒᆞ고弓裔泰封時에ᄂᆞᆫ田一頃(百畝가一頃이오一畝ᄂᆞᆫ百步오一步ᄂᆞᆫ六尺이라)브터租稅六碩을取ᄒᆞ고置

驛戶브터絲三束을賦ᄒᆞ야百姓이耕織을廢ᄒᆞ고流亡이多ᄒᆞ니新羅制가此에比ᄒᆞ면稍寬ᄒᆞ고

此外宮室을修ᄒᆞ거나城郭을築ᄒᆞᄂᆞᆫ等事에ᄂᆞᆫ國內男女ᄅᆞᆯ徵發ᄒᆞ야使役ᄒᆞ기ᄂᆞᆫ三國이皆同ᄒᆞ고

高句麗尺諸種制度

度、量、衡의制ᄂᆞᆫ未詳ᄒᆞ나、오작高句麗尺은現今과槪同ᄒᆞ고其他新羅의慈悲王이京都의坊名을定ᄒᆞᆷ과炤智王이四方의郵驛을置ᄒᆞᆷ과官道ᄅᆞᆯ修ᄒᆞᆷ과法興王이外方官吏가家眷을挈ᄒᆞ고赴任ᄒᆞᆷ을許ᄒᆞᆷ과眞德女主가賀正禮ᄅᆞᆯ定ᄒᆞᆷ과文武王이百官과州郡에銅印을頒ᄒᆞᆷ과哀莊王이公式二十餘條ᄅᆞᆯ頒行ᄒᆞᆷ은、다政治에用力ᄒᆞ고國家制度ᄅᆞᆯ定ᄒᆞᆷ이오이다

敎法、文學과技藝等

儒敎傳于平壤

高句麗立大學

敎法은三國에儒敎、佛敎及道敎니儒敎ᄂᆞᆫ箕王이平壤에傳ᄒᆞ얏스나國內에頒布치、못ᄒᆞ고千年後、高句麗가비로소行ᄒᆞ야小獸林王二年、距今一千五百三十四年前에大學을立ᄒᆞ얏스나此年에支那의秦王

佛教傳來始於高句麗

符堅이浮屠順道와佛像、佛經等을送來ᄒᆞ거ᄂᆞᆯ王이其書로、써子弟를教ᄒᆞ니佛教의傳來ᄒᆞᆷ이此에서始ᄒᆞ더니故國壤王은佛을崇奉ᄒᆞ야福을求ᄒᆞ다가其後에惠亮、惠灌等名僧이出ᄒᆞ며其教가益行ᄒᆞ얏고」榮留王七年、距今一千二百八十二年前에唐高祖李淵이道士를命ᄒᆞ야天尊像과道法으로、써來ᄒᆞ야老子를講ᄒᆞ라、ᄒᆞ거ᄂᆞᆯ王이國人을率ᄒᆞ야此를聽ᄒᆞ고明年에唐에遣人ᄒᆞ야佛、老法을學ᄒᆞ고其後에子弟를遣ᄒᆞ야國學에入ᄒᆞ니、이에儒、佛、仙三教가並行ᄒᆞᆫ지라

儒佛仙三教並行

然이나道教ᄂᆞᆫ二教보다廣布치、못ᄒᆞ더니淵盖蘇文이道教가不行ᄒᆞᆷ을憂ᄒᆞ야唐에遣使ᄒᆞ야道教를求ᄒᆞ니此ᄂᆞᆫ三教가鼎足갓치立케、ᄒᆞᆷ이라唐太宗李世民이道士叔達等八人을遣來ᄒᆞ야其教를行ᄒᆞ얏고」

博士及論語千字文遣于日本

百濟의儒教ᄂᆞᆫ近肖古王二十九年、距今一千五百三十二年前에高興으로、써博士를拜ᄒᆞ고其後에、또博士王仁으로、ᄒᆞ야곰論語와千字文(魏鍾繇撰)을齎ᄒᆞ고日本에遣ᄒᆞ니日本의文化가自此로始行ᄒᆞ고其後武寧王과聖王時、距今一千三百六十餘年前에ᄂᆞᆫ五經博士를置ᄒᆞ고枕

五經博士

流王元年、距今一千五百二十二年前에ᄂᆞᆫ胡僧摩羅難陀가晋으로、브터至ᄒᆞ니宮內에迎入ᄒᆞ야禮敬ᄒᆞ고明年에ᄂᆞᆫ漢山에寺를建ᄒᆞ고僧을度ᄒᆞ니佛法이此時에始ᄒᆞ얏고

佛像經論送于日本

또聖王은使臣을支那梁國에遣ᄒᆞ야涅槃經의義를請ᄒᆞ고、또釋迦佛의金銅像과幡盖、經論을日本에送ᄒᆞ야曰、諸法中에、가장勝ᄒᆞ야周公과孔子도、오히려知치、못ᄒᆞ얏다ᄒᆞ고威德王도、또ᄒᆞᆫ經像과禪師를日本에送ᄒᆞ기屢次오法王은殺生을禁ᄒᆞ고佛教를奬勵ᄒᆞ야儒教보다十倍가、되고道教ᄂᆞᆫ僅히不絶ᄒᆞᆯ뿐이오

新羅佛教

新羅ᄂᆞᆫ本來秦漢의流亡ᄒᆞᆫ人民이라儒教ᄂᆞᆫ自然傳ᄒᆞ얏거니와佛教ᄂᆞᆫ訥祇王時、距今一千四百八十餘年前에沙門墨胡子가高句麗로、브터至ᄒᆞ야王女의病을爲ᄒᆞ야祈禱ᄒᆞ고炤智王時에ᄂᆞᆫ阿道라、ᄒᆞᄂᆞᆫ者ㅣ來ᄒᆞ야內殿에서焚修僧이有ᄒᆞ고法興王은、크게此를闡明ᄒᆞ야羣臣의諫言을不聽ᄒᆞ고屠殺을禁ᄒᆞ며

眞興王初、距今一千三百六十餘年前에ᄂᆞᆫ高句麗를擊ᄒᆞ다가法師惠

八關法

興王創興輪寺 王后亦爲尼

元曉義相道詵

世外敎

新羅始立國學

亮으로、써 歸ᄒᆞ야 僧統을、合고 百座의 講會와 八關法(即不殺生、不偸盜、不淫泆、不妄語、不飮酒、不坐高大床、不着香華、不自樂觀聽、關은 閉니 八罪를 禁閉홈이라)을 設ᄒᆞ며、또 僧 覺德을 梁에 遣ᄒᆞ야 佛의 舍利를 求來ᄒᆞ니 此後브터 陳、隋에 往ᄒᆞ야 法을 求ᄒᆞᆫ 者가 多ᄒᆞ고 王이 末年에ᄂᆞᆫ 髮을 削ᄒᆞ고 僧衣를 被ᄒᆞ고 自號曰 法雲이라、ᄒᆞ고 王后도 尼가、되야 永興寺에 住ᄒᆞ니 佛敎의 隆盛이 日甚ᄒᆞ고

善德女主ᄂᆞᆫ、더욱 此를 奬勵ᄒᆞ고 文武王은 人이 貨財와 田土로、써 佛寺에 施홈을 不禁ᄒᆞ고

統一後에ᄂᆞᆫ 國王이 往々히 此를 尊信ᄒᆞ야 元曉(新羅人이오 薛聰의 父)와 義相(元曉와 同時人이오 北漢山負兒岳下에 義相臺가 有ᄒᆞ다)과 道詵(新羅末人이니 距今一千年前) 等 名僧이 有ᄒᆞ얏고

當時에 佛敎ᄂᆞᆫ 世外敎라、ᄒᆞ야 有志者ᄂᆞᆫ 儒道를 學ᄒᆞ다가 神文王二年、距今一千二百二十三年前에、비로소 國學을 立ᄒᆞ고 後에 孔子及諸弟子의 像을 唐國으로 求來ᄒᆞ야 安置ᄒᆞ고 景德、景文二王은 太學에 來ᄒᆞ야 講說을 聽ᄒᆞ고、또 子弟를 唐에 遣ᄒᆞ야 留學ᄒᆞ니 儒敎가、또ᄒᆞᆫ 盛ᄒᆞ고、오작 道敎ᄂᆞᆫ 勢力이 甚微ᄒᆞ얏ᄂᆞ이다

高句麗歷史 大學博士

學術傳日本者多

高句麗의 文學은 小獸林王이 大學을 立ᄒᆞ야 子弟를 敎ᄒᆞ고、또 律令이 發達ᄒᆞ며 歷史ᄂᆞᆫ 國初브터 文字를 用ᄒᆞ야 時事를 記ᄒᆞ니 凡一百卷이라 留記라 名ᄒᆞ더니 嬰陽王十一年、距今一千三百五年前에 大學博士 李文眞으로、ᄒᆞ야곰 新集五卷을 刪修ᄒᆞ고、또 廣開土王碑文과 乙支文德이 隋將의게 遺ᄒᆞᆫ 詩를 見ᄒᆞ면 當時의 文과 詩를 可知ᄒᆞ겟고(文德詩에 曰 神策究天文이오 妙算窮地理라 戰勝功既高ᄒᆞ니 知足願云止라ᄒᆞ니 東方詩文이 此에서 始ᄒᆞ다)

大抵 高句麗ᄂᆞᆫ、비록 常賤의 家라도 街衢에 大屋을 作ᄒᆞ야 名曰 局堂이라ᄒᆞ고 子弟의 未婚者를 遣ᄒᆞ야 讀書ᄒᆞ고 射를 習ᄒᆞ얏ᄂᆞ이다

百濟ᄂᆞᆫ 古爾王時에 文督이라、ᄒᆞᄂᆞᆫ 官이 有ᄒᆞ니 此ᄂᆞᆫ 文官이라 然이나 其初ᄂᆞᆫ 文字로、써 記事치、아니ᄒᆞᆫ 故로 記錄이 甚備치、못ᄒᆞ더니 近肖古王二十九年以後、距今一千五百二十年前頃에 學術이 日本에 傳ᄒᆞᆫ 者가 多ᄒᆞ고、또 百濟記、百濟新撰、百濟本記等冊을 著ᄒᆞ얏ᄉᆞ나 高句麗와 百濟의 文學이 新羅에 比ᄒᆞ면 不及ᄒᆞᆯ 者ㅣ 多ᄒᆞ오이다

新羅ᄂᆞᆫ 開國ᄒᆞᆫ 後、三百年을 經ᄒᆞ야 沾解王時、距今一千六百年前에 僅

新羅文學　吏讀作　崔致遠著書

히夫道라ᄒᆞᄂᆞᆫ人이書算에工ᄒᆞ고其後三百年을經ᄒᆞ고眞興王六年、距今一千三百六十年前에至ᄒᆞ야大阿飡金居柒夫等이國史를修ᄒᆞ니此時브터文學이蔚然이興ᄒᆞ야佛敎와共히隆盛ᄒᆞ고其後子弟가唐에往ᄒᆞᆫ後로風敎가復燦ᄒᆞ야博覽多藝ᄒᆞᆫ士가多ᄒᆞ얏ᄂᆞ이다

大抵神文王이國學을立ᄒᆞ고景德王이諸博士를置ᄒᆞᆷ은다一統ᄒᆞᆫ後오神文王時、距今一千二百十年前에ᄂᆞᆫ薛聰이博學으로屬文ᄒᆞ기善ᄒᆞ고方言으로文字를作ᄒᆞ야九經을解ᄒᆞ야後生을訓導ᄒᆞ니其文學의進步를助ᄒᆞ기甚大ᄒᆞ고또官府令牒에用ᄒᆞᄂᆞᆫ文字를作ᄒᆞ야後世에서此를名ᄒᆞ야曰吏讀(音두)라ᄒᆞ니此ᄂᆞᆫ專혀吏胥의用에供코자ᄒᆞᆷ이오吏讀ᄂᆞᆫ漢字를假ᄒᆞ야本國聲音을寫ᄒᆞᆷ이니官府命令과人民의게告示等에此를揷入ᄒᆞ야用ᄒᆞ고

此外에任强首와崔致遠이(新羅憲康王時人이니距今一千餘年前)은다文學으로當世에聞ᄒᆞᆫ서致遠은唐에留學ᄒᆞ야官이侍御史內供奉이、되며文名이天下에震動ᄒᆞ며唐人이其才學을稱頌ᄒᆞ고其著述ᄒᆞᆫ書ᄂᆞᆫ帝王年代曆이有ᄒᆞ고、또

身讀書科　天文曆法　漏刻　醫術醫博士

唐書藝文志에致遠의四六集一卷과桂苑筆耕二十卷을載ᄒᆞ니其著書의多ᄒᆞᆷ이、곳上古世에第一이오이다

元聖王三年、距今一千一百十八年前에讀書出身科를定ᄒᆞ니春秋左氏傳과禮記、文選을讀ᄒᆞ며兼히論語、孝經에明ᄒᆞᆫ者ᄂᆞᆫ上이、되고五經、三史와諸子等을通ᄒᆞᆫ者ᄂᆞᆫ超擢ᄒᆞ야大官을拜ᄒᆞ니當時學者의用力ᄒᆞᆷ이此等典籍으로爲主ᄒᆞ얏ᄂᆞ이다

新羅의善德女主ᄂᆞᆫ瞻星臺를作ᄒᆞ고百濟ᄂᆞᆫ曆博士王保孫과天文、曆法等書를日本에送ᄒᆞ고其後新羅末에ᄂᆞᆫ天文博士(景德王八年、距今一千一百五十七年前)司天大博士(惠恭王十五年、距今一千一百二十七年前)를置ᄒᆞ얏ᄂᆞ이다

新羅聖德王十七年、距今一千一百八十八年前에비로소漏刻을置ᄒᆞ고景德王은其官員을增ᄒᆞ며

醫術은新羅의醫人金波鎭、漢紀武(實聖王時人이니距今一千五百四十年前)와高句麗의毛治(寶藏王時人이니距今一千二百五十年前)가、다有名ᄒᆞᆫ人으로日本에遣ᄒᆞ고、또百濟聖王은醫博士와採藥師와呪禁師等이有ᄒᆞ니此人等은、다高官이라當時其術業을

新羅歌樂之始

尊尙홈을可知오、또高句麗西川王時에ᄂᆞᆫ温泉에浴ᄒᆞ야疾病을療治ᄒᆞᄂᆞᆫ法이有ᄒᆞ얏ᄂᆞ이다

新羅가統一ᄒᆞᆫ後、孝昭王元年、距今一千二百十四年前에國內에巡行ᄒᆞ야鰥寡、孤、獨을存問ᄒᆞ고民俗이歡樂홈으로、써兜率歌를製ᄒᆞ니此ᄂᆞᆫ歌樂의始오其後에會樂、辛熱樂、枝兒樂、思內樂、美知樂等이有ᄒᆞ고眞興王時、距今一千三百五十餘年前에ᄂᆞᆫ玉寶高라ᄒᆞᄂᆞᆫ人이地理山雲上院에入ᄒᆞ야琴을學ᄒᆞ고新調三十曲을製ᄒᆞ며其弟子가、다山에入ᄒᆞ야不出ᄒᆞ거ᄂᆞᆯ王이其道가不傳홀가恐ᄒᆞ야人을遣ᄒᆞ야其秘曲을學ᄒᆞ더니後에琴業ᄒᆞᄂᆞᆫ者ㅣ製曲이多ᄒᆞ야音曲이二調가有ᄒᆞ니一은平調오一은羽調니共히一百八十七曲이오

伽倻琴

또伽倻의樂師于勒과尼文等은國亂홈을知ᄒᆞ고樂器를携ᄒᆞ고山에入ᄒᆞ거ᄂᆞᆯ眞興王이法知、階古、萬德三人으로、ᄒᆞ야곰其樂을學ᄒᆞ니三人이、이에于勒의十二曲을傳ᄒᆞ고、또節略ᄒᆞ야五曲이、되니名曰加耶琴이오

東國史 高句麗 百濟樂

高句麗에서ᄂᆞᆫ支那晋國이七絃琴을送來ᄒᆞ얏스나(距今一千六百年前)彈琴法을不知ᄒᆞ더니國相王山岳(眞興王時人이니距今一千三百五十年前)이其製를改ᄒᆞ고、또百餘曲을製ᄒᆞ야奏홀時에玄鶴이來舞ᄒᆞᄂᆞᆫ지라、다시名曰、玄鶴琴이라、ᄒᆞ고其後新羅에出軍홀時에도歌舞ᄒᆞ야樂을興ᄒᆞ니日本에서도高句麗로브터傳ᄒᆞᆫ樂을奏ᄒᆞ고百濟도樂人을日本에遣ᄒᆞ얏고

樂器

樂器ᄂᆞᆫ玄琴、加耶琴、琵琶、大笒、中笒、小笒、拍板、大鼓(羅)五絃琴、篳篥、簫鼓、銅鏤鍾(麗)鼓角、箜篌、竽箎、笛、瑟(濟)等이有ᄒᆞ고高句麗ᄂᆞᆫ蘆를吹ᄒᆞ야曲을和ᄒᆞᄂᆞᆫ者가有ᄒᆞ고

書法

書法은新羅僧金生(元聖王時人이니距今一千百餘年前)이第一이、되니隷、行、草가、다入神ᄒᆞ고其書ᄒᆞᆫ中、昌林寺碑ᄂᆞᆫ元國趙孟頫가評ᄒᆞ야曰、字畫이、다典型이有ᄒᆞ야唐人名刻이라도遠過치、못ᄒᆞᆫ다ᄒᆞ고

繪畫

繪畫ᄂᆞᆫ僧率居(眞興王時人이니距今一千三百餘年前)가老松과佛像을畫ᄒᆞ니世人이神畫라稱ᄒᆞ고百濟ᄂᆞᆫ使臣을梁國에遣ᄒᆞ야畫師를請ᄒᆞ고高句麗의僧曇徵等은日本에往ᄒᆞ야畫를敎授ᄒᆞ얏고

建築 城郭을築ᄒᆞ고佛寺를建ᄒᆞᄂᆞᆫ事에ᄂᆞᆫ三國이、다用力ᄒᆞ나、오작百濟의辰斯王과蓋鹵王、東城王、武王은宮室과樓閣、臺榭를起ᄒᆞ기極히壯麗ᄒᆞ고新羅의眞德女主의瞻星臺ᄂᆞᆫ石을界ᄒᆞ야、成ᄒᆞ매上은方ᄒᆞ고下가圓ᄒᆞ며高가數丈이오景文王(距今一千四十年前)의皇龍寺塔은九層이오高가二十二丈이니其術이、다極히工巧ᄒᆞ고

陶器 陶器ᄂᆞᆫ太古時에新羅太子天日槍(未詳)이日本에往ᄒᆞᆫ時에陶人이有ᄒᆞ고百濟蓋鹵王時、距今一千四百五十年前에陶匠高貴가、또其法을日本人의게傳授ᄒᆞ얏스나、아직設彩法을不知ᄒᆞ니大抵日本古時墳墓、로셔掘出ᄒᆞᆫ朝鮮土器가、곳此오

鑄造 鑄造術은三國時에新羅眞興王이丈六佛像을皇龍寺에鑄ᄒᆞ니銅이三萬五千七斤이오鍍金이百二兩이오百濟의聖王、威德王은佛像과鑪工、盤工을日本에送ᄒᆞ니其術이極히發達ᄒᆞ고新羅ᄂᆞᆫ統一後에屢次大鍾을鑄ᄒᆞ니皇龍寺의鍾은長이一丈三寸에厚가九寸이라重은四十九萬七千五百八十一斤이오其他金銅佛像과鼎、鏡과鏤金器의

製作이有ᄒᆞ며

彫刻 新羅智證王은木으로、써獅子形을造ᄒᆞ야戰船에載ᄒᆞ고百濟의威德王은佛工과寺工을日本에遣ᄒᆞ니、다彫刻이奇妙ᄒᆞ고至於新羅가唐國에遣ᄒᆞᆫ萬佛山은沈檀과珠玉으로彫刻ᄒᆞ매無數ᄒᆞᆫ佛像과樓閣臺殿等이有ᄒᆞ고、또紫金鍾閣이有ᄒᆞ니關捩를設ᄒᆞ야鐸을發ᄒᆞ매、더욱精巧ᄒᆞ고

機織 機織의業은絹帛、靑布、細布、綜布、金總布、綾羅錦紬、魚牙紬、朝霞紬、霞錦이、다佳品이오、또新羅眞德女主가太平頌을自製ᄒᆞ매錦을織ᄒᆞ야紋을成ᄒᆞ며

惠恭王時、距今一千一百六十年前에ᄂᆞᆫ五彩氍毹의方寸內에歌舞妓樂과列國山川이有ᄒᆞ니此等物은巧麗ᄒᆞ기一時에冠絶ᄒᆞ고

布帛 新羅의布帛은一尋으로、써一匹이라、ᄒᆞ고文武王時、距今一千一百六十年前에ᄂᆞᆫ長이七步오廣이二尺을一匹이라、ᄒᆞ며

諸種工藝 또新羅의造船匠과高句麗의革工과百濟의冶工、造瓦工、鞍工等이、다

其法을日本에傳ᄒᆞ고、또百濟ᄂᆞᆫ漆을善用ᄒᆞ야其製作ᄒᆞᆫ金髹鎧가、더욱著名ᄒᆞ며其他錦、綺、毛、麻、漆、鐵、鍮、瓦器、榻、皮等을董率ᄒᆞᄂᆞᆫ各官員이有ᄒᆞ야各事를掌ᄒᆞ고衣服에ᄂᆞᆫ罽、繡、錦羅、草羅等에金銀珠玉을飾ᄒᆞ니其時各種工藝가盛ᄒᆞᆷ을可知ᄒᆞ겟ᄂᆞ이다

產業

農業

農業은三國政府가、다勸奬ᄒᆞ나新羅ᄂᆞᆫ、더욱留心ᄒᆞ야農事에有害ᄒᆞᆫ者ᄂᆞᆫ極히除袪ᄒᆞ며智證王二年、距今一千四百五年前에牛耕法을用ᄒᆞ고百濟ᄂᆞᆫ多婁王六年、距今一千八百七十三年前에國南州郡에令ᄒᆞ야稻田을始作ᄒᆞ니此二國은水陸에、다種植ᄒᆞᆯ식

稻田

百濟ᄂᆞᆫ恒常水旱의患이有ᄒᆞ니此ᄂᆞᆫ地勢가使然ᄒᆞᆷ이오耕作法도、또ᄒᆞᆫ新羅를不及ᄒᆞ고高句麗ᄂᆞᆫ百濟보다또下가되며

紡績

麻를績ᄒᆞᆫ事ᄂᆞᆫ新羅儒理王十三年、距今一千八百七十年前에六部女子를二에分ᄒᆞ야、王女二人으로、ᄒᆞ야곰部內女子를率ᄒᆞ야績麻ᄒᆞᆫ功을考ᄒᆞ고

蠶桑

蠶桑은新羅와百濟가、다勸奬ᄒᆞ야機績의業이稍히進步ᄒᆞ나其旺盛ᄒᆞᆷ은不至ᄒᆞ며

茶

茶ᄂᆞᆫ新羅善德女主時、距今一千二百六十年前에有ᄒᆞ얏고興德王三年、距今一千七十八年前에大廉을唐에遣ᄒᆞ야茶子를得來ᄒᆞ니王이智異山(慶尙道)에種ᄒᆞ야漸々行世ᄒᆞ고

畜牧

新羅의高貴ᄒᆞᆫ人은牛、馬、猪等을海島山中에畜牧ᄒᆞ야食ᄒᆞᆯ時에ᄂᆞᆫ射殺ᄒᆞ고其他에도牧畜을行ᄒᆞᆫ者가多ᄒᆞ며

田獵

高句麗、百濟의君王은田獵을耽ᄒᆞᆫ者ㅣ多ᄒᆞ니大抵古時브터田獵으로獸類를捕獲ᄒᆞ야肉을食ᄒᆞ고皮를衣ᄒᆞᆫ故로餘風이尙存ᄒᆞ나佛敎를行ᄒᆞᆫ後로ᄂᆞᆫ百濟의法王은殺生을禁ᄒᆞ고民家에養ᄒᆞᄂᆞᆫ鷹鷂ᄭᆞ지放遣ᄒᆞ며、또漁獵의具를禁ᄒᆞ야此業이幾分이나衰ᄒᆞ얏고

商業

商業은新羅基臨王時、距今千六百年前에穀으로써綿을買ᄒᆞᆫ者가有ᄒᆞ더니太宗王時、距今一千二百三十年前에ᄂᆞᆫ國內가太平ᄒᆞ고年歲가豐登ᄒᆞ야京城에서ᄂᆞᆫ布一疋의直가租三十碩或五十碩이되고泰

貨幣

封弓裔時에ᄂᆞᆫ饑疫이大行ᄒᆞ야細布一疋에米五升과換ᄒᆞ얏고
貨幣ᄂᆞᆫ太古時에辰韓은鐵貨를作ᄒᆞ야交易ᄒᆞ고中古에至ᄒᆞ기ᄭᆞ지
專혀貨幣가無치아니ᄒᆞ나오작流通이甚廣치아니ᄒᆞ얏고
新羅ᄂᆞᆫ炤智王時距今一千四百年間에ᄂᆞᆫ市肆를置ᄒᆞ야四方의貨를
通ᄒᆞ고智證王時距今一千三百九十年間에ᄂᆞᆫ京都에東市를開ᄒᆞ고
典監을置ᄒᆞ얏스나其貿販者ᄂᆞᆫ大都婦女가多ᄒᆞᆫ지라아직發達을不
見ᄒᆞ얏ᄂᆞ이다

風俗

上世의風俗은三國이各々不同ᄒᆞᆫ處가有ᄒᆞ나大抵支那를仿ᄒᆞᆫ者가
多ᄒᆞ니

父子兄弟關係

其俗이子가된者ᄂᆞᆫ父의命을必從ᄒᆞᆯ지라故로高句麗瑠璃王이太子
解明의게劍을賜ᄒᆞ야自殺케ᄒᆞᆷ과太武神王의太子好童이王后의讒
을被ᄒᆞ야伏劒ᄒᆞᆫ事가有ᄒᆞ얏고
ᄯᅩ兄弟叔姪間에猜忌爭奪ᄒᆞᄂᆞᆫ習이有ᄒᆞ야始祖東明聖王이扶餘를

去ᄒᆞᆯ時에兄弟의忌嫉ᄒᆞᆫ바되얏고太武神王은其從祖와祖父扶餘王
帶素를殺ᄒᆞ고次大王은其兄太祖王의禪을受ᄒᆞ나오히려其子莫勤
莫德을殺ᄒᆞ고西川王은其弟逸友와勃素를殺ᄒᆞ고烽上王은其叔父
安國君을殺ᄒᆞ고ᄯᅩ其弟咄固를殺ᄒᆞ니此ᄂᆞᆫ다猜忌의所致오
ᄯᅩ淵蓋蘇文의子男生男建等兄弟가爭權ᄒᆞ다가男建이其兄의子獻
忠을殺ᄒᆞ니其倫常의乖亂이ᄯᅩᄒᆞᆫ極ᄒᆞ얏고

爲父母割髀肉

新羅ᄂᆞᆫ孝悌를賞ᄒᆞ고耆老를問ᄒᆞ며鰥寡孤獨을撫恤ᄒᆞᆯᄉᆡ景德王은
向德이父母의飢ᄒᆞᆷ을因ᄒᆞ야髀肉을割食ᄒᆞᆫ故로租三百斛과宅一區
를賞ᄒᆞ며並히立石ᄒᆞ야事를記ᄒᆞ고文武王時에ᄂᆞᆫ沙飡如冬이雷에
震死ᄒᆞᆷ을見ᄒᆞ고人이謂ᄒᆞ되其母를毆ᄒᆞᆫ罪라ᄒᆞ니其事가正理ᄂᆞᆫ아
니로되政府에서風化에用心ᄒᆞᆷ을可知오
僖康王과神武王은叔姪이爭鬪ᄒᆞ얏스나高句麗에至ᄒᆞ야ᄂᆞᆫ君臣間
에君을弑ᄒᆞᆫ者ㅣ不少ᄒᆞ고節死ᄒᆞᆫ者도多ᄒᆞ며三國中에新羅가此事
ㅣ少ᄒᆞ고

奴婢

罪가有ᄒᆞᆫ者ᄂᆞᆫ奴婢에沒ᄒᆞᆷ은太古브터有ᄒᆞ야三國時ᄭᆞ지行ᄒᆞ되高句麗에ᄂᆞᆫ守墓ᄒᆞᆫ人民은轉賣ᄒᆞᄂᆞᆫ俗이有ᄒᆞ거ᄂᆞᆯ廣開土王이此를禁ᄒᆞ고新羅에셔도米穀을貸與ᄒᆞ얏다가償還치못ᄒᆞᆫ者ᄂᆞᆫ奴婢로使役ᄒᆞ니此를見ᄒᆞ면罪人이아니라도奴婢가되얏고大抵奴婢ᄂᆞᆫ卑賤ᄒᆞ야齊民에齒치못ᄒᆞ며또人民이自賣ᄒᆞ야奴婢가되ᄂᆞᆫ者ᄂᆞᆫ더욱羞恥가되ᄂᆞ이다

高句麗婚姻

高句麗의婚姻은大抵男女가相悅ᄒᆞᆫ後에行ᄒᆞᄂᆞ니其禮가男家ᄂᆞᆫ猪酒를送ᄒᆞᆯᄲᅮᆫ이오財聘을不用ᄒᆞ고萬一財貨를受ᄒᆞ면人이鄙視ᄒᆞ야曰此ᄂᆞᆫ婢子를賣ᄒᆞᆫ다ᄒᆞ며

國王은數婦를並娶ᄒᆞ야其初에ᄂᆞᆫ甚히差等이無ᄒᆞ더니後에正后의次에小后와夫人이有ᄒᆞ고또正夫人、中夫人、小夫人等의別이有ᄒᆞ며或은王이民間의女를通ᄒᆞ고또兄王의后를立ᄒᆞ야王后된者도有ᄒᆞ고

百濟도또ᄒᆞᆫ其王이臣下의妻를奪ᄒᆞ며或은其孕婦를弟의게予ᄒᆞᆫ者

도有ᄒᆞ니其禮節이敗壞ᄒᆞ기如此ᄒᆞ며

第一骨不娶第二骨女

新羅ᄂᆞᆫ王族을第一骨이라ᄒᆞ고其次貴族은第二骨이라ᄒᆞ니第一骨은다其同族中에셔兄弟의女와姑、姨、從姊妹ᄭᆞ지聘娶ᄒᆞ고第二骨의女ᄂᆞᆫ不娶ᄒᆞ며或娶ᄒᆞᆯ지라도妾媵에不過ᄒᆞ고大抵媒妁을俟ᄒᆞ야婚娶ᄒᆞᆷ은常例로되或男女가相悅ᄒᆞ야夫婦된者도有ᄒᆞ고

婚禮漸備

統一ᄒᆞᆫ後에ᄂᆞᆫ其禮가漸備ᄒᆞ야神文王이一吉飡金欽運의女를納ᄒᆞᆯᄉᆡ몬져宰臣을遣ᄒᆞ야聘請ᄒᆞᆫ後또幣帛十五輿와米酒醬具百三十五輿와租百五十車를賜ᄒᆞ고、또大臣을遣ᄒᆞ야金氏를冊封ᄒᆞᆯᄉᆡ大臣等이各其其妻와貴婦六十人을率ᄒᆞ야迎來ᄒᆞ니左右侍從이甚盛ᄒᆞ고

王后諱同姓

昭聖王과哀莊王은王后의立ᄒᆞᆷ을他國에頒告ᄒᆞᆯᄉᆡ同姓됨을諱ᄒᆞ얏고景文王은憲安王의女를納ᄒᆞ야寧花夫人이라ᄒᆞ고其弟ᄂᆞᆫ次后라ᄒᆞ야姊妹를並納ᄒᆞ얏고

祭天及山川神

天과山川神에祭ᄒᆞᆷ은高句麗、百濟가、다古來브터行ᄒᆞ나高句麗ᄂᆞᆫ最盛ᄒᆞ야天ᄭᅴ郊祭ᄒᆞᆯ時에ᄂᆞᆫ豕를犧牲으로供ᄒᆞ고、또國社及箕子神에

新羅不祀天地

도祭ᄒ고三月三日에樂浪丘에會獵ᄒ야天과山川神에祭ᄒ며
百濟의始祖는親히天地에祭ᄒ더니自此로每歲四仲朔에王이天과
五帝의게祭ᄒ고
新羅는正月十五日에糯飯으로、써烏의게祭ᄒ니此는炤智王時에烏
가書를銜來ᄒ미王이禍를免ᄒᆫ지라（王后가僧과通ᄒ야王을弑코자ᄒ더니烏書를見ᄒ고僧을射殺ᄒᆷ이라）故로祭
ᄒᆷ이오、또鬼神을崇ᄒ야凡山川大處에는祭ᄒ야大、中、小祀의別이有
ᄒ고宣德王은社稷壇을立ᄒ나然ᄒ나百濟、高句麗와갓치天地에祭
ᄒᆷ은無ᄒ고

高句麗喪禮

高句麗의喪禮는死者를屋內에殯ᄒ얏다가三年後에야吉日을擇ᄒ
야葬ᄒᆯᄉᆡ鼓舞樂을作ᄒ고葬이訖ᄒ면死者의服玩과車馬를墓側에

殉死

置ᄒ야會葬人이、다取去ᄒ고、또殉死ᄒ는風이行ᄒ야東川王이崩ᄒᆯ
時에는墓에至ᄒ야自殺ᄒᆫ者가多ᄒ며

廣開土王建碑

또國王과國相의墓에는守墓、民家를置ᄒ고墓上에石碑를建ᄒ니此
는初世、에無ᄒᆫ者오廣開土王時에、비로소上祖와先王을爲ᄒ야宏大

ᄒᆫ碑를建ᄒ얏고

新羅時殉死

新羅는王이崩ᄒ면男女各五人이殉死ᄒ더니智證王時에禁ᄒ고、또

喪服法

喪服法을制定ᄒ니大抵다素服이오或哭泣、或歌舞도有ᄒ며陵墓에

新羅始行火葬

守戶를置ᄒ고碑를立ᄒ기高句麗와無異ᄒ고文武王은佛氏의說을
從ᄒ야遺詔로火葬ᄒ니距今一千二百二十年前이오孝成王과宣德
王은、다柩를燒ᄒ고骨을東海에散ᄒ니此는喪制가大變ᄒᆷ이오
百濟는王者骸骨이라도或地上에露置ᄒ더니蓋鹵王이高句麗의浮
屠道琳의說을聞ᄒ고石槨을造ᄒ야父王의骨을葬ᄒ고大抵百濟와
新羅에서는死亡者를忌ᄒ야父母、兄弟、夫婦라도臨視치、아니ᄒ고他
人으로、ᄒ야곰臨葬ᄒ며

國王立廟

三國의王이其父祖를爲ᄒ야廟를立ᄒ되高句麗王은往々히卒本에

新羅五廟

去ᄒ야始祖에祀ᄒ고新羅는王이即位後、二三年에太祖에祀ᄒ야、곳
舊例가、되며炤智王은神宮을奈乙（太祖初生地）에置ᄒ야恒常神宮에祀ᄒ
고惠恭王은、비로소味鄒王과武烈王과文武王을祀ᄒ니大抵味鄒王

은金氏의始祖오武烈과文武는百濟와高句麗를平훈大功德이有훈故로不遷호는位가되고

衣服制度

衣服制度는百濟는古爾王時、距今一千六百四十年前에官制를定호야六品以上은紫服이오十一品以上은緋服이오十六品以上은靑服이오王은紫大袖袍와靑錦袴와素皮帶、烏革履오庶人은緋、紫衣를服지、못호고婦人의衣는袍와如호나袖가微大호고

新羅公服

新羅는法興王七年、距今一千三百八十六年前에百官의公服을制定호야太大角干으로、브터大阿飡ᄭ지는紫衣오阿飡브터級飡ᄭ지는緋衣오大奈麻、奈麻는靑衣오大舍브터先沮知ᄭ지는黃衣를着호고

新羅冠

冠은伊飡、匝飡은錦冠이오其外는緋冠과組纓이니此는眞德、女主時、

新羅從唐制改冠服

距今一千二百五十七年前에唐制를從호야冠服을改호고其後婦人의衣服도改호얏고

百濟

百濟는王은烏羅冠에金花로飾호고六品以上은銀花로飾호며

高句麗衣制

高句麗는筒袖에大口袴오白韋帶、黃革履오王은五彩를服호고庶人

은褐衣오婦人은裙襦에襈을加호고

高句麗冠

高句麗는王은白羅冠에金으로飾호고貴人은紫羅를用호고其次는緋羅를用호고二鳥羽를揷호고金銀을飾호며庶人은弁을戴호고婦人은首에巾幗을加호며臂에釧을繫호고

婦人編髮

百濟婦人은髮에編호야首後에盤호니未嫁에는一道를垂호야飾호고旣嫁훈者는兩道에分호며新羅는粉黛를施치、아니호고、또훈辮髮로、써頭邊에繞호고、다시雜綵와珠로、써飾호미其髮이甚히長美호야四五尺에至호니

以上은、大抵三國時에行호얏스나眞德女主以來에는面目을一變호야眞骨브터平人ᄭ지는幞巾、表衣、內衣、半臂、袴、腰帶、表裳、內裳이오男女와尊卑의等級을因호야一樣이、아니러니興德王時에異物과珍奇를崇尙호고土産을嫌忌호다가尊卑의差別이漸々壞호는지라、다시嚴禁호고

新羅車馬制度

新羅人은道路에行훌時에男子는車와馬를乘호되婦人은專혀馬를

乘ᄒᆞ고眞骨브터平人ᄭᆞ지車材、褥子、坐子、前後幰絡網(以上은車에用ᄒᆞᄂᆞᆫ者)과鞍橋、坐子、障泥、銜、鐙(以上은馬에用ᄒᆞᄂᆞᆫ者)等에男女尊卑의別을定ᄒᆞ고

食物 食物은大抵穀類니碓、杵、碾、磑로ᄡᅥ精鑿케ᄒᆞ고牛、馬、雞、猪、魚等을用ᄒᆞ며高句麗ᄂᆞᆫ善釀이多ᄒᆞ고百濟ᄂᆞᆫ釀酒工仁番을日本에遣ᄒᆞᆫ時도有ᄒᆞ고、또蜂蜜과牛乳를用ᄒᆞ며

新羅屋舍制度 新羅ᄂᆞᆫ屋舍의制度가有ᄒᆞ야眞骨은室의長廣이二十四尺이오六品은二十一尺이오五品은十八尺이오四品브터百姓ᄭᆞ지ᄂᆞᆫ十五尺에毋過ᄒᆞ고唐瓦를覆ᄒᆞ며飛檐을施치못ᄒᆞ고金、銀、鍮石、白蠟等과並히五采로飾지못ᄒᆞ고階石을不磨ᄒᆞ며簾緣에錦罽、繡綾을禁ᄒᆞ고其他垣墻門廡等ᄭᆞ지其大小精粗가、다尊卑貴賤의秩序를從ᄒᆞ야犯치못ᄒᆞ니此ᄂᆞᆫ、다統一ᄒᆞᆫ後事오

雜技 此時代에行ᄒᆞᄂᆞᆫ雜技ᄂᆞᆫ卜筮、觀相(濟)、圍碁、投壺(麗濟)、蹴鞠(羅麗)、樗蒲、握槊、弄珠(濟)等이有ᄒᆞ고其中卜筮、圍碁等이尤盛ᄒᆞ얏ᄂᆞ니이다

物產略表

地名 \ 種類	動物類	植物類	礦物類	工藝類
京畿	牛皮、牛骨、	人參、	銀、鐵、	絲、茵、席、
忠淸	牛皮、牛骨、	人參、綿、	鐵、砂金、銀、	苧、吐紬、紙、
全羅	牛皮、牛骨、馬皮、鹿皮、蜂蜜、干鮑、	天草、甘海苔、米、麥、人參、	鐵、錫、砂金、銀、	木綿、苧、扇子、團扇、簾、磁器、紙
慶尙	牛皮、牛骨、豹皮、馬皮、鹿皮、蜂蜜、鰱鯖、	米、麥、甘海苔、天草、人參、綿	砂金、鐵、銅、水晶、	絲、紬、木綿、麻布、蓙、扇子、團扇、磁器
江原	牛皮、牛骨、虎豹皮、熊膽、獐麝香、蜂蜜	人參、綿、	砂金、鐵、硫黃、鉛、	
咸鏡	熊膽、豹皮、獐麝香、大口魚、明太、牛皮、牛骨、	昆布、人參、	砂金、銀、鐵、鉛、銅、	
平安	蜂蜜、麝香、牛皮、牛骨、羚羊、	人參、	鐵、綠礬、	紬、絲、麻
黃海	牛皮、牛骨、蜂蜜、	人參、綿、	鐵、	絲、

歷代一覽

新羅

王號	姓氏	名字	父及行	母	在位年數	年齡	后妃
赫居世居西干	朴		蘇伐公養子		六十	七十三	閼英夫人
南解次次雄			赫居世嫡子	閼英夫人	二十		雲帝夫人
儒理尼師今			南解太子	雲帝夫人	三十三		日知葛文王女

脫解尼師今（一云吐解）	昔		多婆那國王	女國王女	二十三	八十五	阿孝夫人南解長女
婆娑尼師今	朴		儒理二子		三十二		史省夫人金氏許婁葛文王女
祇摩尼師今（一云祇味）			婆娑嫡子	史省夫人金氏	二十二		愛禮夫人金氏葛文王摩帝女
逸聖尼師今			儒理長子		二十		朴氏支所禮王女
阿達羅尼師今			逸聖長子	朴氏	三十		內禮夫人朴氏祇摩女
伐休尼師今（一作發暉）	昔		仇鄒（脫解子）	只珍內禮夫人金氏	十二		
奈解尼師今			伊買（伐休二子）	內禮夫人	三十四		昔氏骨正女
助賁尼師今（一作諸賁）			骨正長子（伐休太子）	玉帽夫人金氏仇道葛文王女	十七		阿爾兮夫人昔氏奈解女
沾解尼師今			骨正二子	同上	十五		
味鄒尼師今（一云味照）	金		仇道（金閼智五世孫）	朴氏葛文王伊柒女	二十二		光明夫人昔氏助賁女
儒禮尼師今	昔		助賁長子	朴氏葛文王奈音女	十四		
基臨尼師今（一作基丘）			乞淑（助賁子）		十二		
訖解尼師今			于老（奈解子）	命元夫人助賁女	四十六		
奈勿尼師今（一云那密）	金		末仇（味鄒弟）	休禮夫人金氏	四十六		金氏味鄒女
實聖尼師今			大西知（金閼智裔孫）	伊利夫人昔氏阿干登保女	十五		金氏味鄒女

訥祇麻立干			奈勿	保反夫人金氏味鄒女	四十一		金氏實聖女
慈悲麻立干			訥祇長子	金氏實聖女	二十二		金氏舒弗邯未斯欣女
炤智麻立干（一云毗處）			慈悲長子	金氏	二十一		善兮夫人伊伐飡乃宿女
智證王		智大路或云智度路又云智哲老	習寶（奈勿曾孫）	鳥生夫人金氏訥祇女	十四	七十九	延帝夫人朴氏伊飡登欣女
法興王		原宗	智證王長子	延帝夫人朴氏	二十六		保刀夫人朴氏
眞興王		彡麥宗或作深麥夫	立宗（法興王弟）	夫人金氏法興王女	三十六	四十三	思道夫人朴氏
眞智王		金輪一云舍輪	眞興王次子	思道夫人	三		知道夫人
眞平王		伯淨	銅輪（眞興王太子）	萬呼夫人金氏立宗女	五十三		摩耶夫人金氏葛文王福勝女
善德女主		德曼	眞平王長女	摩耶夫人金氏	十五		
眞德女主		勝曼	國飯（眞平王母弟）	月明夫人朴氏	七		
太宗武烈王		春秋	文興王（眞知王子）	文貞太后金氏眞平王女	七	五十九	文明王后金氏角飡舒玄女
文武王		法敏	太宗元子	文明王后金氏	二十		慈儀王后波珍飡善品女

神文王		政明字日炤	文武王子	慈儀王后	十一		金氏一吉飡欽運女
孝昭王		理洪	神文王元子	神穆王后金氏	十	十六	
聖德王		隆基後改興光	神文王次子	同上	三十五		金氏蘇判元泰女
孝成王		承慶	聖德王二子	炤德王后	五		朴氏
景德王		憲英	聖德王三子	同上	二十四		伊飡順貞女
惠恭王		乾運	景德王嫡子	滿月夫人金氏舒弗邯義忠女	十五	二十二	新寶王后伊飡維誠女
宣德王		良相	開聖王孝芳（奈勿九世孫）	貞懿太后金氏聖德王女	五		具足夫人角干良品女
元聖王		敬信	明德大王孝讓（奈勿十一世孫）	昭文太后朴氏	十四		金氏角干神述女
昭聖王 或云昭成		俊邕	惠忠大王仁謙（元聖王太子）	聖穆王后金氏稱申氏	一		桂花夫人金氏稱叔氏大阿飡叔明女
哀莊王		重熙初名淸明	昭聖王	桂花夫人金氏	九	二十二	朴氏
憲德王		彥昇	仁謙	聖穆王后金氏	十七		貴勝夫人貞氏角干禮英女
興德王		景徽初名秀宗	仁謙	同上	十		章和夫人金氏昭聖王女

僖康王		悌隆一云悌顒	翼成大王憲貞（元聖王孫）	順成太后朴氏	二		文穆夫人葛文王忠恭女
閔哀王		明	宣康大王忠恭（元聖王孫）	宣懿太后朴氏	一		允容王后
神武王		祐徵	成德大王均貞（元聖王孫）	憲穆太后朴氏	七月		
文聖王		慶膺	神武王太子	貞繼夫人	十八		朴氏
憲安王		誼靖一云祐靖	均貞	昭明夫人宣康王女	四		
景文王		膺廉一作凝廉	懿恭大王啓明（僖康王子）	光懿王太后朴氏	十四		文懿王妃金氏憲安王女
憲康王		晸	景文王太子	文懿王后金氏	十一		懿明夫人
定康王		晃	景文王二子		一		
眞聖女主		曼	景文王		十		
孝恭王		嶢	憲康王庶子	義明王太后金氏	十五		伊飡文謙女
神德王	朴	景暉	宣聖大王乂兼（阿達羅遠孫）	貞和王后	五		義成王后金氏憲康王女
景明王		昇英	神德王太子	義成王后金氏	七		

景哀王		魏膺	神德王子	同上	三		
敬順王 一云孝哀	金	傅	神興大王〔文聖王裔孫〕孝宗子	桂娥太后	九		
高句麗							
東明聖王	高	朱蒙 一云鄒牟	扶餘王金蛙	柳花	十八	四十	卒本扶餘王女
瑠璃明王		類利 或云孺留	東明王元子	禮氏 扶餘人	三十六		多勿侯松讓女
大武神王 或云大解朱留王		無恤	瑠璃王三子	松氏	二十六	四十一	
閔中王		解邑朱	瑠璃王子		四		
慕本王		解憂 一云解愛婁	大武神王元子		五		扶餘人
太祖王 或云國祖王		宮 又於漱	再思〔瑠璃王子〕子	扶餘人	九十三	百十九	
次大王		遂成	再思	同上	十九	九十五	
新大王		伯固 一作句固	再思		十四	九十一	

故國川王 或云國襄		男武 或云伊夷謨	新大王二子		十八		于氏 提那部素女
山上王		延優 一云位宮	新大王		三十		前后于氏
東川王 或云東襄		憂位居 初名郊彘	山上王太子	小后 酒桶村女	二十一		
中川王 或云中壤		然弗	東川王太子		二十二		椽氏
西川王 或云西壤		藥盧	中川王二子		二十二		于氏 西部大使者漱女
烽上王 一云雉葛		相夫 或云歃矢婁	西川王太子		八		
美川王		乙弗 或云憂弗	咄固〔烽上王弟〕		三十一		
故國原王 一云國岡上王		釗 初名斯由	美川王太子	周氏	四十		
小獸林王 一云小解朱留王		丘夫	故國原王		十三		
故國壤王		伊連 或云於只支	故國原王		八		
廣開土王		談德	故國壤王元子		二十二		

長壽王		巨連	廣開土王元子		七十八	九十八	
文咨明王 一云明治好王		羅雲	助多〔長壽王子〕		二十八		
安藏王		興安	文咨明王長子		十二		
安原王		寶延	文咨明王		十四		
陽原王 或云陽崗上好王		平成	安原王長子		十四		
平原王 或云平崗上好王		陽成	陽原王長子		三十一		
嬰陽王 一云平陽		元 一云大元	平原王長子		二十八		
榮留王		建武 一云成	平原王		二十四		
寶藏王		臧	大陽〔榮留王弟〕		二十七		
百濟							
温祚王	扶餘		朱蒙王二子	卒本扶餘王女	四十四		
多婁王			温祚王元子		四十九		
已婁王			多婁王元子		五十一		
蓋婁王			已婁王子		三十八		

肖古王 一云素古			蓋婁王		四十八		
仇首王 或云貴須			肖古王元子		二十		
古爾王			蓋婁王次子		五十二		
責稽王			古爾王		十二		夫人寶菓 帶方王女
汾西王			責稽王長子		六		
比流王			仇首王二子		四十		
契王			汾西王長子		二		
近肖古王			比流王二子		二十九		
近仇首王 一云吉須			近肖古王太子		九		
枕流王			近仇首王元子	阿亦夫人	一		
辰斯王			近仇首王仲子		七		
阿莘王 或作阿芳			枕流王元子		十三		
腆支王 或云腆支		映	阿莘王元子		十五		八須夫人
久爾辛王			腆支王長子	八須夫人	七		

毗有王		久爾辛長子	二十八		
蓋鹵王 或云近蓋婁	慶司後改餘慶	毗有王長子	二十		
文周王 或作汶洲		毗有王次子	二		
三斤王 或云壬乞		文周王長子	二	十五	
東城王	牟大一云末多或作摩牟	昆支二子 〔昆有王子〕	二十二		新羅伊伐飡比智女
武寧王	斯摩或云餘隆	蓋鹵王	二十二		
聖王	明穠	武寧王	三十一		
威德王	昌	聖王元子	四十四		
惠王	季明	威德王二子	一		
法王	宣或云孝順	惠王長子	一		
武王	璋	法王	四十一		
義慈王	義慈	武王元子	二十		

歷代王都表

建都年代	都名	今名	年數
○朝鮮箕子	平壤又王儉	平安道平壤府	九百餘
○朝鮮衛滿	同		八十七
○高句麗東明王元	卒本扶餘	平安道成川府	三十九
瑠璃王廿二	國內尉那巖	義州	二百六
山上王十三	丸都又安寸忽	寧遠郡劒山	三十八
東川王廿一	平壤		九十一
故國原王十二	丸都		一
同 十三	平壤東黃城	平壤木覓山	八十四
長壽王十五	平壤		百五十九
平原王廿八	長安		八十三
同	平壤		
			合計七百五
○百濟温祚王元	河南慰禮	忠淸道稷山郡	十三
同 十四	漢山	廣州	三百七十五

近肖古王 廿六	北漢山	楊州	百四
文周王 元	熊津	公州	六十三
聖王 十六	泗沘又南扶餘	扶餘郡	百二十三
			合計六百七十八
○新羅朴赫居世 元	辰韓	慶尙道慶州	九百九十二

東國史略卷二目錄

中古史

康兆亂及契丹關係

女眞役

李資謙及妙清變

鄭李의兇逆

崔氏專權

蒙古入寇及日本役

元室의專制

辛氏의兇逆及繼位

北元及明의關係

東國史略卷二

漢水 玄采 譯述

一, 中古史

高麗太祖創業及成宗의政治

王建即位 建國號曰高麗 建元天授 都松岳

高麗太祖王建이弓裔의將이되야諸州를征伐ᄒᆞ고威德이日盛ᄒᆞ니人心이自然服從ᄒᆞ고裔는無道ᄒᆞ기日甚ᄒᆞᆫ지라이에新羅景明王元年(距今九百八十九年前 光武十年計下仿此)에建의騎將洪儒、裴玄慶、申崇謙、卜智謙等이建의私邸에詣ᄒᆞ야推戴코자ᄒᆞ거ᄂᆞᆯ建이不從ᄒᆞ얏더니夫人柳氏가急히甲으로써建의身에被ᄒᆞ고諸將이擁出ᄒᆞ야王位에即ᄒᆞ고國號를高麗라ᄒᆞ고建元曰天授라ᄒᆞ고諸臣의功을論賞ᄒᆞ고明年에松岳(京畿道開城府)府에定都ᄒᆞ야宮闕을創ᄒᆞ고三省、六官、九寺를置ᄒᆞ고市廛을立ᄒᆞ고坊里를辨ᄒᆞ고五部를分ᄒᆞ고六衛를置ᄒᆞ고祖考를追謚ᄒᆞ니建國의基礎가略定ᄒᆞ얏ᄂᆞ이다

建國基礎略定

新羅降

時에弓裔는死ᄒᆞ고新羅도더욱微弱ᄒᆞ야드듸여來降ᄒᆞ니此는太祖가即位ᄒᆞᆫ지十八年이오距今九百七十二年이라先是에後百濟甄萱이新羅京都에入ᄒᆞ야羅王을弑ᄒᆞ거ᄂᆞᆯ王이聞ᄒᆞ고萱을擊ᄒᆞ다가大敗ᄒᆞ더니其後屢戰ᄒᆞ야運州(今忠淸道洪州)에서庾黔弼이萱을敗ᄒᆞ니自此로熊津以北諸城이歸附ᄒᆞ고萱도ᄯᅩᄒᆞᆫ來奔ᄒᆞ거ᄂᆞᆯ王이親히萱의子神劒이囚父ᄒᆞᆫ罪를討ᄒᆞ야此를平定ᄒᆞ니이에海內에다시王命을抗ᄒᆞᆯ者ㅣ無ᄒᆞ얏ᄂᆞ이다

平後百濟

政誡及百僚誡

王이이에臣子의게節義를勵ᄒᆞᆯ셔政誡一卷과百僚誡八篇을製ᄒᆞ야中外에頒示ᄒᆞ고ᄯᅩ州와府의號를改ᄒᆞ고功臣閣을建ᄒᆞ야三韓功臣을東西壁에畵ᄒᆞ고ᄯᅩ大匡朴述熙의게訓要十篇을授ᄒᆞᆯ셔書中에言ᄒᆞ되國을有ᄒᆞᆷ이佛力이라ᄒᆞ야佛事를言ᄒᆞ기尤多ᄒᆞ니故로後世諸王의崇佛이此에서啓ᄒᆞᆷ이오王의氣度가雄深寬厚ᄒᆞ야濟世ᄒᆞᄂᆞᆫ局量이有ᄒᆞ니五百年基業을開ᄒᆞᆷ이偶然ᄒᆞᆫ事가아니오이다

訓要

子惠宗은大匡王規가誣告ᄒᆞ되王의二弟堯와昭가謀逆ᄒᆞᆫ다ᄒᆞ거ᄂᆞᆯ

王이其弟의寃枉을知ᄒᆞ고待遇ᄒᆞ기益篤ᄒᆞ며規가、또王을弑코자、ᄒᆞ거ᄂᆞᆯ王이潛히移居ᄒᆞ야禍ᄅᆞᆯ免ᄒᆞ얏스나自此로疑忌心이多ᄒᆞ야中外가憂懼ᄒᆞ고

惠宗以後四世僅保成業

定宗은早히內亂을定ᄒᆞ야宗社가搖動치、아니ᄒᆞ고光宗은建元曰、光德이라、ᄒᆞ고初政이可觀ᄒᆞᆯ者ㅣ有ᄒᆞ나科擧法을立ᄒᆞ야後生의競進ᄒᆞᄂᆞᆫ風氣ᄅᆞᆯ開ᄒᆞ고奢侈가漸行ᄒᆞ며其末年에ᄂᆞᆫ讒言을信ᄒᆞ야勳臣과宿將을誅鋤ᄒᆞ니

故로景宗이即位時에ᄂᆞᆫ舊臣의存者가僅히四十餘人이라、이에讒書ᄅᆞᆯ焚ᄒᆞ야無辜ᄅᆞᆯ放ᄒᆞ고淹滯ᄅᆞᆯ拔ᄒᆞ고租、調ᄅᆞᆯ減ᄒᆞ니中外가大悅ᄒᆞ나然ᄒᆞ나晩年에ᄂᆞᆫ耽樂으로爲事ᄒᆞ고莊士ᄅᆞᆯ遠ᄒᆞ고小人을近ᄒᆞ니政敎가、또ᄒᆞᆫ衰ᄒᆞᆫ지라大抵惠宗以後로至此凡四世에百事가草創ᄒᆞ고君王이、또往々히失德ᄒᆞ야僅히成業을保守ᄒᆞᆯ뿐이오이다

成宗諸政

成宗은即位後에官制ᄅᆞᆯ定ᄒᆞ고言路ᄅᆞᆯ開ᄒᆞ며十二牧을置ᄒᆞ고三省、六曹、七寺ᄅᆞᆯ定ᄒᆞ고孝子ᄅᆞᆯ旌ᄒᆞ고賢才ᄅᆞᆯ問ᄒᆞ고守令을勵ᄒᆞ며州縣

에ᄂᆞᆫ學舍ᄅᆞᆯ營ᄒᆞ고田莊을給ᄒᆞ야文學을奬勵ᄒᆞ고宗廟와社稷을立ᄒᆞ고十道ᄅᆞᆯ定ᄒᆞ고十二軍을置ᄒᆞ야百般의法度、政治가蔚然히可觀ᄒᆞᆯ者ㅣ有ᄒᆞ니太祖의業이至是에完備ᄒᆞ얏고

崔承老上疏 徐熙斥割地論

또崔承老ᄂᆞᆫ上疏가數千言에祖宗의美惡과時君의得失을論ᄒᆞ기抗直剴切ᄒᆞ고徐熙ᄂᆞᆫ契丹이入寇時에割地ᄒᆞᄂᆞᆫ言을論斥ᄒᆞ고虜營에使ᄒᆞ야抗禮、爭辯ᄒᆞ니、다當時의賢人이오成宗의治ᄅᆞᆯ輔翼ᄒᆞ얏ᄂᆞ이다

康兆의亂及契丹關係

穆宗母后攝政

成宗이崩ᄒᆞ고穆宗이即位ᄒᆞ미母千秋太后가攝政ᄒᆞᆯ싀后ㅣ其外族金致陽과通ᄒᆞ야閤門通事舍人을拜ᄒᆞ야國政을秉케ᄒᆞ고后ᄂᆞᆫ中間에用事ᄒᆞ야親黨이幷히執權ᄒᆞ니時에王은嗣子가無ᄒᆞ고太祖의諸孫은、다亡ᄒᆞ며、오작大良君詢이有ᄒᆞ거ᄂᆞᆯ后가此ᄅᆞᆯ忌ᄒᆞ야出家케、ᄒᆞ고致陽의게私生子ᄅᆞᆯ立고자、ᄒᆞ더니王의有疾ᄒᆞᆷ을見ᄒᆞ고其謀가益急ᄒᆞᄂᆞᆫ지라王이蔡忠順等을召ᄒᆞ야皇甫兪義로、ᄒᆞ야곰詢을迎ᄒᆞ고

康兆徵

康兆弑穆宗

契丹遣槖駝

西北面都巡檢使康兆를徵召ᄒᆞ야入衛케、ᄒᆞ니
時에中外가洶々ᄒᆞ야王이已崩ᄒᆞ얏다、ᄒᆞ거ᄂᆞᆯ兆가擧兵ᄒᆞ야國難을
靖코자ᄒᆞᆯ새甲卒五千을率ᄒᆞ고平州(黃海道平山郡)에至ᄒᆞ얏다가王의未崩홈
을聞ᄒᆞ고大驚ᄒᆞ더라然이나其勢가中止키難ᄒᆞ야、드듸여王을廢ᄒᆞ
고大良君을迎入코자ᄒᆞᆯ새時에皇甫兪義가、이믜大良君을奉至ᄒᆞ야
即位ᄒᆞ니此ᄂᆞᆫ顯宗이라兆ㅣ곳穆宗을廢ᄒᆞ고致陽父子를斬ᄒᆞ고太
后及其黨을流ᄒᆞ더니、맛참ᄂᆡ穆宗을弑ᄒᆞ니臣民이痛忿ᄒᆞ나然ᄒᆞ나
顯宗은此를不知ᄒᆞ고兆로써吏部尙書叅知政事를拜ᄒᆞ고、오작燃燈
八關會(八關은佛家八戒)에汲々ᄒᆞ더니契丹의聖宗이此事를聞ᄒᆞ고興兵、來寇
ᄒᆞ야問罪ᄒᆞ얏ᄂᆞ이다
契丹은太祖時에使臣을遣ᄒᆞ야結好ᄒᆞᆯ새槖駝五十疋을送ᄒᆞ거ᄂᆞᆯ太
祖가謂ᄒᆞ되契丹이渤海를無故히滅홈이無道ᄒᆞ다、ᄒᆞ야其使를海島
에流ᄒᆞ고槖駝ᄂᆞᆫ萬夫橋下에繫ᄒᆞ야餓死ᄒᆞ니自此로釁隙이開ᄒᆞ더
니

契丹蕭遜寧來寇

割西京以北予契丹

契丹問康兆罪

成宗十二年、距今九百十四年前에契丹東京(滿洲盛京省遼陽州瀋陽)留守蕭遜寧이來
寇ᄒᆞ니此ᄂᆞᆫ高麗가其疆界를侵蝕ᄒᆞᆫ다、홈이라王이朴良柔、徐熙、崔亮
等을遣ᄒᆞ야防禦ᄒᆞ고王이、ᄯᅩ親히西京(平安道平壤)에幸ᄒᆞ야將且安北府(平安道安州)
에、進次코자ᄒᆞᆯ새時에、遜寧의兵勢가盛ᄒᆞ야高麗의先鋒을獲ᄒᆞᄂᆞᆫ
지라
朝廷이西京以北을割予코자、ᄒᆞ거ᄂᆞᆯ熙가極諫ᄒᆞ고契丹營에至ᄒᆞ야
遜寧과抗禮、不屈ᄒᆞ고、맛참ᄂᆡ和議를定ᄒᆞ고罷兵ᄒᆞ니當時에萬一、熙
가無ᄒᆞ면西京以北이高麗의有ᄒᆞᆫ비、아니오이다
穆宗이康兆의게被弑ᄒᆞᆫ後、顯宗元年、距今八百九十七年前에契丹主
聖宗이步騎四十萬을率ᄒᆞ고號曰、義軍天兵이라康兆의罪를問ᄒᆞᆫ다
稱ᄒᆞ고鴨綠江을渡ᄒᆞ야興化鎭(平安道義州屬縣)을圍ᄒᆞ거ᄂᆞᆯ顯宗이康兆와安
紹光을命ᄒᆞ야防禦ᄒᆞ라、ᄒᆞ니康兆가通州(平安道宣川)에出兵ᄒᆞ다가丹兵의
게被殺ᄒᆞ고丹兵이西京을進攻ᄒᆞ거ᄂᆞᆯ王이中郞將智蔡文을遣ᄒᆞ야
救援ᄒᆞ라、ᄒᆞ니

顯宗南奔

蔡文이至ᄒᆞ야降者를誅ᄒᆞ고門을閉ᄒᆞ고固守ᄒᆞ다가奔還ᄒᆞ야西京의敗報를奏ᄒᆞᄂᆞᆫ지라姜邯贊이王을勸ᄒᆞ야南幸ᄒᆞ니時에丹兵이西京을攻ᄒᆞ다가拔치못ᄒᆞ고他道로京城에進入ᄒᆞ야宮廟를燒ᄒᆞ고民屋을다蕩盡ᄒᆞᄂᆞᆫ지라王이河拱辰을丹營에遣ᄒᆞ야請和ᄒᆞ고ᄯᅩ드ᄃᆡ여羅州로奔ᄒᆞ니契丹主ㅣ其難追홈을聞ᄒᆞ고ᄯᅩ楊規等의게屢敗ᄒᆞᆫ지라이에鴨綠江을渡ᄒᆞ야回去ᄒᆞ고

契丹又入寇

王도ᄯᅩᄒᆞᆫ還都ᄒᆞ야使臣을契丹에送ᄒᆞ야班師ᄒᆞᆫ厚意를謝ᄒᆞ니契丹이王의親朝를求ᄒᆞ거ᄂᆞᆯ王이不從ᄒᆞᆫᄃᆡ契丹이興化、通州、龍州(平安道龍川)鐵州(平安道鐵山)等六城을索ᄒᆞ고、ᄯᅩ通州等을攻ᄒᆞᄂᆞᆫ지라、이에郭元을宋에遣ᄒᆞ야乞援ᄒᆞ더니後에契丹의蕭遜寧이、ᄯᅩ入寇ᄒᆞ거ᄂᆞᆯ姜邯贊과姜民瞻이出禦ᄒᆞ야興化鎭에셔其兵을大破ᄒᆞ고、ᄯᅩ龜州에셔其回軍을奮擊ᄒᆞ야駝馬、甲仗을獲ᄒᆞ기無算이오契丹의回軍이僅히數千이、되니契丹과交戰ᄒᆞᆫ以來로如此히勝捷은無ᄒᆞ얏스나、맛참ᄂᆡ對敵지、못홈을知ᄒᆞ고使臣을遣ᄒᆞ야請和ᄒᆞ얏ᄂᆞ이다

遣使請和

北境置關防

德宗時에ᄂᆞᆫ契丹에內亂이有ᄒᆞ거ᄂᆞᆯ和親을絶ᄒᆞ고北境에關防을置ᄒᆞᆯᄉᆡ鴨綠江의入海處브터靜邊(咸鏡道高原)和州(咸鏡道永興)에至ᄒᆞ니延袤가千餘里오其制가石으로、써城ᄒᆞ니高厚가各二十五尺이라靖宗初에契丹이其築城홈을責ᄒᆞ다가、맛참ᄂᆡ聘好가如舊ᄒᆞ얏ᄂᆞ이다

文宗留心政治

文宗은此를繼ᄒᆞ야政治에留心ᄒᆞ고節儉을崇ᄒᆞ며刑獄을審ᄒᆞ고崔齊顔、崔冲으로、더브러時政得失을論ᄒᆞ고軍務를籌畫ᄒᆞ고官吏의勤慢을按驗ᄒᆞ고百姓의疾苦를問ᄒᆞ야國이富ᄒᆞ고時가太平ᄒᆞ며

與宋絶五十年

時에支那宋仁宗趙禎이當國ᄒᆞᆫᄃᆡ英賢이輩出ᄒᆞᄂᆞᆫ지라王이慕仰ᄒᆞ나然ᄒᆞ나顯宗時에契丹과和好ᄒᆞᆫ後브터宋과絶ᄒᆞᆫ지五十年이오及其契丹이國號를改ᄒᆞ야遼라稱ᄒᆞᆫ後에高麗가、이에遼、宋間에、다和好ᄒᆞ고其後에宋이女眞으로、더브러遼를攻滅ᄒᆞ니女眞이、더욱隆盛ᄒᆞ야北方에셔稱雄ᄒᆞ얏ᄂᆞ이라

契丹改國號爲遼

女眞의役

女眞은高麗東北에在ᄒᆞ니今咸鏡道東北境及滿洲의吉林、黑龍二省

東女眞 西女眞

地오、곳靺鞨의遺種이니其黑龍江東에居흔者는東女眞이오其西에居흔者는西女眞이라、흐며成宗時距今九百二十年間以來로或方物을獻흐며或邊境을侵擾흐다가文宗時에는其部族이內附흐는者ㅣ多흐고肅宗時、距今八百十年頃에는東女眞의酋長盈歌와烏雅東이相繼흐야最强흐나高麗는其祖宗의所出이라、흐야臣屬흐기甚謹흐더니偶然히其內亂으로騎兵을發흐야定州(咸鏡道德源)關外에至흐거늘邊吏가謀叛흔다稱흐고朝廷에報흐니、이에林幹等으로、흐야곰伐흐다가大敗흐거늘、또尹瓘을命흐야伐흐다가、또敗흔지라王이忿怒흐야誓書를作흐고擧兵코자、흐다가崩흐고

盈歌 烏雅東

尹瓘吳延寵討女眞

睿宗이立흐야政治를勵흐고考課를行흐고直言을求흐며、또先王의遺志를紹흐야即位흔지翌年、距今八百年前에尹瓘으로、써元帥를拜흐고吳延寵으로、써副元帥를拜흐야兵十七萬을率흐고討伐大破흐니、斬首흐기五千級이라、이에地界를畫定흐야英州(吉州)福州(端川)雄州(吉州內)吉州、咸州(咸興)와、밋公嶮鎭(會寧이니俱在咸鏡道內)에城흐고碑를公嶮에立흐고、또宣州

北界九城

(德源)及通泰와平戎에城흐고號曰北界九城이라南界民을徙흐야、다高句麗舊地를復흐얏느이다

九城還女眞

女眞이其巢穴을失흐고報復고자、흐야連年히來爭흐거늘尹瓘、吳延寵이、크게攻破흐고高麗兵도喪失이頗多흐며、또九城이遙遠흐야屢次、起兵흐미中外가騷然흐고女眞도、또흔兵事를厭苦흐야和親을請흐거늘、이에戰具와資粮을內地에輸入흐고其城을撤흐고九城으로、써女眞의게還흐얏더니

女眞阿骨打立改國號曰金

其後女眞은烏雅東의弟阿骨打가立흐니沈勇흐고、또兵事를曉흐야國勢가日强흐다가睿宗十年、距今七百九十二年에國號를改흐야日金이라、흐고皇帝를稱흐나然흐나其志가遠大흐야高麗에求和흐거늘高麗ㅣ金、遼兩國에、다修好흐야釁隙이不生흐고

睿宗偃武修文

王이初에는境域을開拓코자、흐다가、漸々、用兵키難흠을知흐고武備를偃흐고文事를修흐며孤老를恤養흐고學校를建興흐고儒臣과六藝를講論흐야淸平의治를成흐니時에宋徽宗趙佶이王의게大晟樂

宋與金共滅遼

을送ᄒᆞ거ᄂᆞᆯ王이李資諒을遣ᄒᆞ야謝禮ᄒᆞ얏더니徽宗佶이金의土地가高麗와接홈으로ᄡᅥ資諒을諭ᄒᆞ야招引ᄒᆞ라ᄒᆞᄂᆞᆫ지라資諒이金의强狡홈을言ᄒᆞ고還ᄒᆞ얏더니

會에ᄯᅩ宋國醫師가高麗에來ᄒᆞ거ᄂᆞᆯ王이ᄯᅩ金의可交치못홈을言ᄒᆞ나然ᄒᆞ나徽宗佶이不聽ᄒᆞ고海路로從ᄒᆞ야金과約ᄒᆞ야遼ᄅᆞᆯ攻滅ᄒᆞ다가後에ᄂᆞᆫ徽宗佶과欽宗桓이金의게被擄ᄒᆞ고金의國勢가日盛ᄒᆞᄂᆞᆫ지라宋이高麗ᄅᆞᆯ勸ᄒᆞ야興兵ᄒᆞ야金을伐ᄒᆞ라ᄒᆞ고ᄯᅩ楊應誠을遣ᄒᆞ야徽欽二帝ᄅᆞᆯ迎코자ᄒᆞ거ᄂᆞᆯ高麗ㅣ다不從ᄒᆞ얏ᄂᆞ이다

睿宗不從宋請

李資謙及妙淸의變

李資謙立仁宗

睿宗이崩ᄒᆞᆫ後太子楷가年幼ᄒᆞᆫ지라王의諸弟가覬覦ᄒᆞ거ᄂᆞᆯ李資謙이太子ᄅᆞᆯ奉立ᄒᆞ니此ᄂᆞᆫ仁宗이오資謙은仁宗의外祖라睿宗末年距今七百八十餘年頃브터肆橫ᄒᆞ더니至是ᄒᆞ야中書令이되야더욱用事ᄒᆯ시附己치아니ᄒᆞᄂᆞᆫ者ᄂᆞᆫ流竄ᄒᆞ야權勢가一國에震動ᄒᆞ고ᄯᅩ其女ᄅᆞᆯ王ᄭᅴ納ᄒᆞ야族屬이다要職에居ᄒᆞ니一時의名臣도或傾心

詔附ᄒᆞ야其第에就ᄒᆞ야執事ᄒᆞᄂᆞᆫ者도有ᄒᆞ며資謙이ᄯᅩ軍國事ᄅᆞᆯ知코자ᄒᆞ야王ᄭᅴ請ᄒᆞ되其第에幸ᄒᆞ야授冊ᄒᆞ라ᄒᆞ거ᄂᆞᆯ王이頗히憎厭ᄒᆞ더니

金粲等欲除資謙

會에內侍祇候金粲과錄事安甫鱗等이王의意ᄅᆞᆯ知ᄒᆞ고同知樞密院事智祿延과謀ᄒᆞ야資謙을除코자ᄒᆯ시時에拓俊京이資謙의게附ᄒᆞ야門下侍郞平章事가되고其弟俊臣이더욱用事ᄒᆞᄂᆞᆫ지라이에兵士ᄅᆞᆯ率ᄒᆞ고宮에入ᄒᆞ야俊臣을殺ᄒᆞ니

資謙과俊京等이大懼ᄒᆞ야宰樞와百僚ᄅᆞᆯ其第에會ᄒᆞ고俊京은軍卒을召集ᄒᆞ야宮門을破ᄒᆞ고火ᄅᆞᆯ縱ᄒᆞ니須臾에內寢에及ᄒᆞᄂᆞᆫ지라王이近臣十餘人을率ᄒᆞ고山呼亭에至ᄒᆞ야ᄂᆞᆫ被害ᄒᆯ가恐ᄒᆞ야資謙의게禪位코자ᄒᆞᆫᄃᆡ平章事李壽ㅣ大言으로折責ᄒᆞ야事止ᄒᆞ얏ᄂᆞ이다

資謙遷王于己第

資謙이이에王을己第에遷ᄒᆞ니左右가다其黨이라王은飮食과動靜을自由치못ᄒᆞ야鬱々無聊ᄒᆞ며資謙이ᄯᅩ毒藥을進ᄒᆞ나王后가詐히地에蹶ᄒᆞ야其藥을覆ᄒᆞ야禍ᄅᆞᆯ免ᄒᆞ더니旣而오俊京이資謙과有隙

流資謙子鑑光
流俊京
陰陽禍福說
妙淸白壽翰惑衆

ᄒᆞ거ᄂᆞᆯ王이內醫崔思全으로、ᄒᆞ야곰俊京의게密諭ᄒᆞ야王室에効力ᄒᆞ라、ᄒᆞ얏더니

既而오資謙이擧兵ᄒᆞ야犯闕ᄒᆞ거ᄂᆞᆯ俊京이王을奉出ᄒᆞ야資謙의黨을擊ᄒᆞ고資謙을靈光郡에流ᄒᆞ고其子孫과黨與ᄅᆞᆯ遠地에流配ᄒᆞ더니既而오俊京이、또ᄒᆞᆫ功을恃ᄒᆞ고漸々跋扈ᄒᆞ거ᄂᆞᆯ因ᄒᆞ야前罪ᄅᆞᆯ責ᄒᆞ야巖墮島(靈光郡)에流ᄒᆞ니、이에李氏의亂이全히鎭靜ᄒᆞ나然ᄒᆞ나王이、또妙淸과白壽翰等의陰陽禍福說에惑ᄒᆞ야、다시西京의變을致ᄒᆞ얏ᄂᆞ이다

陰陽禍福의說은新羅僧、道詵이其端을開ᄒᆞ야肅宗이南京(即漢陽)을建ᄒᆞ고睿宗이龍堰의新宮을創ᄒᆞ얏스나其害가、오히려小ᄒᆞ더니妙淸에至ᄒᆞ야ᄂᆞᆫ其禍가尤甚ᄒᆞ니

妙淸은西京僧이라日者白壽翰이妙淸을師事ᄒᆞ야二人이陰陽秘術로써衆을惑ᄒᆞ고鄭知常이、또ᄒᆞᆫ其說을信ᄒᆞ더니妙淸等이上言ᄒᆞ야日、西京의林原驛은陰陽家의大華勢라此에建都ᄒᆞ면天下ᄅᆞᆯ幷呑ᄒᆞ

大華宮
妙淸反據西京
金富軾征西京

야金國도來降ᄒᆞᆫ다ᄒᆞ거ᄂᆞᆯ

이에大華宮을林原에營ᄒᆞ고王이屢次西京에幸ᄒᆞ니妙淸、白壽翰等이大餠中에熟油ᄅᆞᆯ盛ᄒᆞ야大同江에沈ᄒᆞ니油가漸出ᄒᆞ야水面에浮ᄒᆞ미五色雲과如ᄒᆞᆫ지라、이에神龍이涎을吐ᄒᆞ얏다、ᄒᆞ고百官의表賀ᄅᆞᆯ請ᄒᆞ거ᄂᆞᆯ王이此ᄅᆞᆯ驗視ᄒᆞ야其詐ᄅᆞᆯ知ᄒᆞ나、오히려妙淸을信ᄒᆞᆷ이不衰ᄒᆞ야任元凱와林完等이誅ᄒᆞ기ᄅᆞᆯ請ᄒᆞ되不許ᄒᆞ고

妙淸이、또王의西幸을請ᄒᆞ야謀逆고자ᄒᆞ거ᄂᆞᆯ王이不聽ᄒᆞ더니十三年、距今七百七十二年前에妙淸等이柳旵、趙匡等과西京을據ᄒᆞ야叛ᄒᆞᆯ시留守의員僚及兵馬使ᄅᆞᆯ囚ᄒᆞ고兵으로、써岊嶺(黃海道鳳山)의道ᄅᆞᆯ斷ᄒᆞ고諸城兵을徵發ᄒᆞ고國號ᄅᆞᆯ天爲라、ᄒᆞ고元을建ᄒᆞ거ᄂᆞᆯ

朝廷이、이에平章事金富軾等을令ᄒᆞ야征伐ᄒᆞ라、ᄒᆞ니富軾이發軍時에近臣金安、鄭知常、白壽翰等을斬ᄒᆞ고成州(平安道成川)漣州(平安道价川)ᄅᆞᆯ經ᄒᆞ야安北府에抵ᄒᆞ고僚椽을西京에遣ᄒᆞ야曉諭ᄒᆞ니趙匡이、이에妙淸과柳旵을斬ᄒᆞ야尹瞻等으로、ᄒᆞ야곰朝廷에獻ᄒᆞ거ᄂᆞᆯ朝廷이、도로혀瞻

西京平

陰陽禍福說尙不湮滅

等을下獄ᄒ니匡이聞ᄒ고、다시叛ᄒᄂ시라富軾이力을盡ᄒ야攻ᄒ지彌年에破ᄒ야匡等을殺ᄒ니西京이始平ᄒ얏ᄂ이다

王의性이慈愛ᄒ나優柔、不斷ᄒ야前에ᄂ李資謙의亂이有ᄒ고後에ᄂ妙淸의禍를招ᄒ얏스되、오작學을好ᄒ고師를禮ᄒ며節儉을崇ᄒ고宴遊를節ᄒ며官寺를減ᄒ고宋、金兩國의交誼를不失ᄒ故로邊境이久히無事ᄒ얏ᄂ이다

陰陽禍福의說을因ᄒ야西京의變을經ᄒ얏스나其說이、맛참ᄂ湮滅치、아니ᄒ야毅宗、高宗、恭愍王、恭讓王에至ᄒ기ᄭ지往々히術士를信用ᄒ니此ᄂ其人心에浸染ᄒ緣故오이다

鄭李의兇逆

仁宗末年、距今七百六十餘年頃에任后가次子를愛ᄒ야太子를易코자、ᄒ거ᄂᆯ侍讀鄭襲明이盡心、調護ᄒ야太子晛이被廢치、아니ᄒ고位를繼ᄒ니此ᄂ毅宗이라時에襲明이承宣으로仁宗의顧托을受ᄒ言屢히匡救ᄒ니王이初에ᄂ襲明을憚ᄒ야放肆치、못ᄒ더니後에讒야

鄭襲明仰藥死

宦官朝官自此始

鄭仲夫作亂

을信ᄒ야其職을罷ᄒ니襲明이仰藥ᄒ야死ᄒᄂ지라

王이自此로荒淫을縱ᄒ야臺省諫官의言을不聽ᄒ고宦官鄭誠으로權知閤門祗候를任ᄒ야縉紳을鉗制ᄒ니宦官의朝官됨이此에서始ᄒ얏고

王이、또大內東에離宮을建ᄒ야池臺와亭榭를搆ᄒ고名花、怪石을聚ᄒ야侈麗ᄒ기極ᄒ고嬖幸諸臣과詩賦을唱和ᄒ야日夜로酣歌流連ᄒ고、또道敎와佛敎를崇奉ᄒ야齋醮와遊幸의費가甚多ᄒ지라佞幸이人民을剝割ᄒ야此를供給ᄒ되廷臣이諫ᄒᄂ者ㅣ無ᄒ고群臣이每物을見ᄒ면祥瑞라稱ᄒ고正朝에ᄂ王이親히臣僚의賀表를代作ᄒ고

林宗植、韓賴의徒가、또文藻詞華로써詔佞ᄒ야人을傲視ᄒ고武士를凌虐ᄒᆯ시王이幸行時에飮食을不予ᄒ야往々히凍死者가有ᄒ더니毅宗二十四年、距今七百三十七年前에大將軍鄭仲夫等이不軌를懷ᄒ야王이普賢院에幸行時를當ᄒ야散員李義方、李高等으로、더브러

者皆殺戴文冠

作亂홈식몬저林宗植과李復基、韓賴等을殺호고凡文冠을戴혼者는
老幼를無論호고다殺호니屍積호기山과如호거늘王이懼호야仲夫
를召호야亂을戢호라혼딕仲夫ㅣ不答호고王으로써宮에還호얏다
가다시巨濟(慶尙道)에放호고

王의弟晧를迎立호니此는明宗이라金國에遣使호야前王이疾로써
讓位홈을報혼딕金世宗이其簒立홈을疑호야詢問使를遣來호야詰
問호더라

金甫當起兵

時에東北面兵馬使金甫當이起兵호야仲夫와義方을討호
야前王을復位혼다호고張純錫、柳寅俊은南路兵馬使라巨濟에至호
야前王을奉호야慶州에出居호더니安北都護府에서甫當이被執호
야鞫殺홀식甫當이臨死에曰文臣이다其謀에與호얏다호거늘이에
크게朝臣을殺호니前日에免禍혼者ㅣ至是호야皆死호고

李義旼弑毅宗

또將軍李義旼은仲夫의命을受호고慶州에如호야王의脊骨을拉弑
호야坤元寺北淵中에投호니大抵仲夫의亂이庚寅에作호고甫當의

庚癸亂

兵은癸巳에起혼故로此를謂호되庚癸亂이오文臣의厄이此와如혼

者ㅣ未有호고其後三京、四都護、八牧으로브터郡縣、舘驛지并히武
人을用호니大抵毅宗이奢侈를喜호야美術의發達이此時로써第一
이라稱호나然호나其末路의悲慘혼禍가如此호얏느이다

趙位寵起兵

其後또西京留守趙位寵이起兵호야仲夫와義方을討코자홀식東北
西界에傳檄호니岊嶺以北四十餘城이다應호거늘平章事尹鱗瞻으
로써三軍을率호고西京을往攻호니鱗瞻이岊嶺에至호야敗還호고
西兵이京都를向호눈지라義方이怒호야進兵擊破호고乘時호야大
同江에至호다가도로혀西兵의게敗호고다시鱗瞻으로호야곰西京
을攻圍혼지彌年에位寵이食盡호야金에遣使호야岊嶺北四十餘城
으로內屬혼다稱호고并히救援을請호니金主가不許호고使臣을執

尹鱗瞻斬位寵

送호거늘鱗瞻等이드딕여西京을攻破호야位寵을斬호얏느이다.

先是에義方은鄭仲夫子筠의게被殺호고仲夫는門下侍中이되야더
옥跋扈호고家僮과門客이다勢力을依호야恣横호고筠과宋有仁等
이表裏로用事호야凶悪無道혼지라將軍慶大升이討코자호나力弱

武臣同修國史

崔忠獻殺義旼

崔忠獻幽明宗

호야發치못호더니會에筠이公主를尙코자호니王이憂호논지라大升이夜에入宮호야筠을直廬에서斬호고또仲夫와有仁等을捕殺호얏느이다

然이나王은柔弱호야燕安을喜호고遊戲를事호야政事에留意치아니호고奔競이成風호야賄賂가公行호며宦官이威福을擅弄호야朝廷을濁亂호기毅宗時보다尤甚호고또武臣의意를從호야上將軍崔世輔로써國史를同修케호야弑逆호罪를掩호고또李義旼이作亂홀가恐호야重權을故予호니義旼이더욱貪虐호고其諸子도또橫暴호논지라이에將軍崔忠獻이義旼을殺호야三族을滅호고其奴隷와黨附者를盡誅호니自此로崔氏의威權이日盛호고王室은益衰호얏느이다

崔氏의專權

崔忠獻이李義旼을誅호後에杜景升等을流호며明宗을昌樂宮에幽호고其弟旼을迎立호니此는神宗이오距今七百九年前이라忠獻의

都房

弟忠粹가또호橫恣호야其女로써太子의게配코자호거늘忠獻이勸止호다가드듸여治兵相攻호야忠粹를殺호고忠獻이三重大匡守太尉上柱國이되고

忠獻이이믜怨家가多호미變이有홀가恐호야文武士와밋軍卒中의勇力者로호야곰家에直宿호니號曰都房이오出入時에合番擁衛호기戰陣에赴홈과如호며政柄을專執호야賄賂를招納호고官爵을鬻賣호니一時의名流琴儀李奎報李公老崔滋等이다靡然히從호고神宗이崩호고子熙宗이立호야는忠獻으로써守太師門下侍郞同中書門下平章事를拜호니其擁立호功을賞홈이오臣禮로待치아니호고號曰恩門相國이라호고晋康侯를封호니忠獻이冊使及諸臣을其第에宴홀시帷幕花果聲伎의盛홈이三韓以來人臣家에未有호겟고王이忠獻을因호야立호미其制禦를受호야虛位를擁홀뿐이라外面은禮遇가甚重호나其實은堪耐치못호거늘內侍王濬明等이王을爲호야僧兵으로써忠獻을殺코자호다가事가敗호니忠獻이王을怨호

崔忠獻立四王廢二王

蒙古來寇

야江華(京畿道)에廢黜ᄒᆞ고太子ᄂᆞᆫ仁川(京畿道)에放ᄒᆞ고明宗의子貞을迎立ᄒᆞ니此ᄂᆞᆫ康宗이오未幾에康宗이崩ᄒᆞ거ᄂᆞᆯ忠獻이高宗을迎立ᄒᆞ얏ᄂᆞ이다

時에忠獻이專國ᄒᆞᆫ지久ᄒᆞ미荒淫不道ᄒᆞ야國事ᄅᆞᆯ不恤ᄒᆞ고契丹兵이至ᄒᆞ나侮玩ᄒᆞ야設備치아니ᄒᆞᄂᆞᆫ지라故로賊勢가益盛ᄒᆞ고忠獻이初에軍伍出身으로國權을執ᄒᆞ야朝紳을磔戮ᄒᆞ고生靈을毒痛ᄒᆞ기鄭仲夫李義方보다甚ᄒᆞᆫ지라곳擁立ᄒᆞᆫ王이四人이오廢王ᄒᆞ기二次라然이나康兆와仲夫와如케弑君은無ᄒᆞ고

忠獻이死ᄒᆞᆫ後에其子瑀가繼位ᄒᆞ야忠獻의占奪ᄒᆞᆫ公私田土ᄅᆞᆯ各其其主의게還ᄒᆞ고寒士ᄅᆞᆯ拔擢ᄒᆞ야人望을收ᄒᆞ며드듸여叅知政事兵部尙書가되야또政房을私第에置ᄒᆞ고文士ᄅᆞᆯ選ᄒᆞ야此에屬ᄒᆞ니號曰必闍赤(蒙古官名이니高麗에서도用ᄒᆞᆷ이라)이오

先是에高麗ㅣ蒙古와結好ᄒᆞ더니其後蒙古ㅣ大擧來寇ᄒᆞ거ᄂᆞᆯ瑀ㅣ王을江華에脅遷ᄒᆞ니時에昇平ᄒᆞᆫ지久ᄒᆞᆫ지라人情이本土ᄅᆞᆯ樂ᄒᆞ야

誅崔竩

遷徙키ᄅᆞᆯ不喜ᄒᆞ나瑀ᄅᆞᆯ畏ᄒᆞ야言者가無ᄒᆞ거ᄂᆞᆯ獨히夜別抄指諭金世冲이瑀ᄅᆞᆯ責ᄒᆞᆫ대瑀ㅣ世冲을斬ᄒᆞ고時에國家ㅣ多難ᄒᆞ거ᄂᆞᆯ瑀ᄂᆞᆫ오작燕樂을恣ᄒᆞ야王과宰樞ᄅᆞᆯ宴ᄒᆞᆯ서器皿餽饎과絃歌皷吹가極盛ᄒᆞ고

瑀의子沆이此ᄅᆞᆯ繼ᄒᆞ야樞密院副使가되얏다가다시門下侍中에進ᄒᆞ야또ᄒᆞᆫ生殺을專ᄒᆞᆯ서私憾이有ᄒᆞᆫ者ᄂᆞᆫ亂黨이라誣告ᄒᆞ며蒙古가遣使ᄒᆞ야王을京都에迎還ᄒᆞ라ᄒᆞ나沆이不聽ᄒᆞ니人이沆의誤國ᄒᆞᆷ을憂ᄒᆞ더니蒙古가果然來寇ᄒᆞ야州郡이거의屠滅ᄒᆞ고

沆이臨死에其子竩ᄅᆞᆯ宣仁烈과柳能의게屬ᄒᆞ야家業을承케ᄒᆞ니竩가年少暗劣ᄒᆞ야賢士ᄅᆞᆯ禮遇치아니ᄒᆞ고庸隷와輕躁ᄒᆞᆫ徒ᄅᆞᆯ親信ᄒᆞ며또大司成柳璥과別將金仁俊等과相惡ᄒᆞ더니璥과仁俊이都領郞將林衍等과謀ᄒᆞ야竩ᄅᆞᆯ誅ᄒᆞ고政을王씌還ᄒᆞ니大抵王이在位ᄒᆞᆫ지久ᄒᆞ나權臣의制禦ᄒᆞᆫᄇᆡ되야自由치못ᄒᆞ다가至是ᄒᆞ야群臣을宴ᄒᆞᆯ서極히懽喜ᄒᆞ얏ᄂᆞ이다

與蒙古修好　任用金仁俊　殺金仁俊　林衍廢立

先是에崔氏가專權ᄒᆞ야王이還都치못케ᄒᆞ고、또講和치아니ᄒᆞᆫ故로蒙古兵이屢次來寇ᄒᆞ다가竩가誅ᄒᆞᆫ後에야비로소修好ᄒᆞ고王이崩ᄒᆞ매太子倎〻이蒙古로브터還ᄒᆞ야即位ᄒᆞ니此ᄂᆞᆫ元宗이오이다

이에崔氏의四世盤踞ᄒᆞ던禍가息ᄒᆞ고金仁俊은有功ᄒᆞ야侍中을拜ᄒᆞ고海陽侯를封ᄒᆞ니自此로其家臣과諸子가聚斂을事ᄒᆞ고怙勢橫恣ᄒᆞ더니時에林衍이仁俊과有隙ᄒᆞ고、또王이仁俊을惡ᄒᆞ야衍으로、ᄒᆞ야곰仁俊을殺ᄒᆞ고其諸子와黨與를、다斬ᄒᆞ얏ᄂᆞ이다

林衍이仁俊을誅ᄒᆞ고勢力이朝野에傾ᄒᆞ나、오히려宦官金鏡、崔瑥等이其害를已ᄒᆞᆯ가懼ᄒᆞ야斬ᄒᆞ고侍中李藏用을逼迫ᄒᆞ야强히王의弟安慶公淐를立ᄒᆞ고王을逼ᄒᆞ야別宮에遷ᄒᆞ니時에太子諶이蒙古로、브터還ᄒᆞ다가聞變ᄒᆞ고、다시蒙古로還ᄒᆞ니蒙古ㅣ黑的을遣ᄒᆞ야廢立ᄒᆞᆫ事를責ᄒᆞ거ᄂᆞᆯ衍이懼ᄒᆞ야所答을不知ᄒᆞ더니旣而오王이蒙古에如ᄒᆞ니衍이其廢立事를泄ᄒᆞᆯ가恐ᄒᆞ야其子惟幹으로、ᄒᆞ야곰從ᄒᆞ나然이나蒙古가、다其實을知ᄒᆞᄂᆞᆫ지라衍이憂悶ᄒᆞ야背에疽發ᄒᆞ야死ᄒᆞ고

三別抄

밋王이還國ᄒᆞᆯ석、몬져上將軍鄭子琠를遣ᄒᆞ야國人의게喩ᄒᆞ야舊京에都ᄒᆞ라、ᄒᆞ니衍의子惟茂ㅣ不聽ᄒᆞᄂᆞᆫ지라洪文系等이三別抄(左右別抄及神義軍)로、더브러惟茂를斬ᄒᆞ니國人이大悅ᄒᆞ고舊京에復都ᄒᆞ니三別抄ᄂᆞᆫ元來城內에巡行ᄒᆞ야亂暴를禁ᄒᆞᄂᆞᆫ者라然이나崔瑀時브터權臣의爪牙가、되야金俊이崔竩를誅ᄒᆞᆯ時와林衍이金俊을誅ᄒᆞᆷ과洪文系가林惟茂를誅ᄒᆞᆯ時에、다其力을賴ᄒᆞ더니

至是ᄒᆞ야將軍裵仲孫、盧永禧等이、또三別抄를率ᄒᆞ고江都(江華)를據ᄒᆞ야叛ᄒᆞ거ᄂᆞᆯ樞密院副使金方慶이往討ᄒᆞ니賊이珍島(全羅道)에逃入ᄒᆞ야形勢가甚盛ᄒᆞᄂᆞᆫ지라方慶이、다시蒙古元帥忻都等으로、더브러併力ᄒᆞ야賊을大破ᄒᆞ니賊將金通精이餘黨을率ᄒᆞ고耽羅에竄入ᄒᆞ야險阻를恃ᄒᆞ고、더욱猖獗ᄒᆞ야屢次濱海地를寇ᄒᆞ거ᄂᆞᆯ方慶이、맛참ᄂᆡ討平ᄒᆞ니、이에崔忠獻이擅權ᄒᆞᆫ以來凡八十年間에國王은、ᄒᆞᆫ갓虛位를擁ᄒᆞ다가、이에비로소王權이復古ᄒᆞ얏ᄂᆞ이다

大抵鄭、李의兇逆과崔氏及金、林二氏의橫恣ᄒᆞᆷ이、다武臣跋扈의所致

成吉思汗即帝位 / 金山金始二王子稱大遼 / 二王子來寇

오今에此禍를除홈이、또혼蒙古의力이라、이에內憂가僅祛호나外患이益熾호야王室이其權을不保호고、맛참닉蒙古의專制를受호얏누이다

蒙古의入寇及日本의役

蒙古는支那北部에셔起호니熙宗二年、距今七百一年前에太祖鐵木眞이斡難河(外蒙古北境)上에셔帝位에卽호니號曰成吉思汗이라勢力이四方에伸張호더니高宗三年、距今六百九十一年前에契丹의殘孽、金山、金始二王子가舊遼를恢復고자、호야河朔民을脅호야大遼라稱호거놀蒙古ㅣ往伐호니二王子가、이에東으로向호야兵九萬을領호고鴨綠江을渡호야義州、朔州等을破호고西京에至호야大同江을濟호고、다시西海道로、브터進호야長湍、原州、忠州、溟州(江原道江陵)를侵호고、또轉호야咸州(咸鏡道咸興)에入호야女眞地에至호니兵勢가復振호는지라다시長驅호야高州(咸鏡道高原)和州(咸鏡道永興)를寇호고豫州(咸鏡道德源)를陷호니其初에는兵馬使金就礪等이此를破호얏스나當時에驍勇혼兵士는崔忠

蒙古來援 / 與蒙古講和 / 蒙使被害於金 / 撒禮塔入寇

獻父子가占有호고官軍이、다羸老호야戰爭에不堪호니賊勢가益熾호더니五年에至호야蒙古元帥哈眞이東眞(時에金의蒲鮮萬奴가遼東을據호야號曰東眞이라)과合호야來援호거놀元帥趙沖、金就礪ㅣ蒙古、東眞兵을合호야此를討平호고自此로蒙古와講好호야其使臣이來호면、곳國讎이라稱호고物貨를予호더니

其後蒙使著古與가還國홀時에金人의게被害호거놀蒙古人이謂호되高麗가使臣을殺호얏다、호고撒禮塔으로、호야곰入寇호야鐵州를屠호고龜州를圍호는지라兵馬使朴犀와分道將軍金慶孫이此를討破호고蒙古ㅣ、또平州(平山)로、브터京城에至호고、다시忠州、淸州를向호니所過에、다殘滅호는지라、이에厚히土物을贈予호고、또使臣을遣호야其無他홈을辨明호나然호나崔瑀는王을江華에脅遷호야其亂을避호니蒙古가、더욱來侵호는지라、이에族子永寧公綧으로써王子라稱호고蒙古에遣質호고

其後蒙古가、또遣兵호야王의還都홈을逼迫호나瑀의子沆과竩가相

雙城摠管

蒙古忽必烈立

繼ᄒᆞ야執權ᄒᆞ미出陸키를不肯ᄒᆞ야蒙古元帥乜窟과車羅大等이屢次迫脅ᄒᆞ나畢竟다不聽ᄒᆞ니、이에人民이被殺ᄒᆞᆫ者ㅣ勝計키難ᄒᆞᆫ지라

趙暉等이、드듸여和州永興以北의地로、써蒙古에附ᄒᆞ니蒙古ㅣ和州에雙城摠管을置ᄒᆞ더니、밋竩가誅ᄒᆞ미太子倎을蒙古에遣ᄒᆞ야朝見ᄒᆞᆯᄉᆡ고江華城을壞ᄒᆞ더니高宗이崩ᄒᆞᆫ後에太子ㅣ還ᄒᆞ야即位ᄒᆞ니此ᄂᆞᆫ元宗이라是歲、距今六百四十七年前에蒙古世祖忽必烈이立ᄒᆞ니自後로蒙古의壓制를受ᄒᆞ고憸邪ᄒᆞᆫ徒가、또ᄒᆞᆫ其間에往來ᄒᆞ야蒙古의命으로土物을徵索ᄒᆞ야己欲을逞ᄒᆞ며或蒙主를勸ᄒᆞ야日本을伐ᄒᆞ기를求ᄒᆞᆫ者도有ᄒᆞ고高麗ᄂᆞᆫ自此로蒙古의命을從ᄒᆞ야船을造ᄒᆞ고兵을調ᄒᆞ야日本役에頗히用力ᄒᆞ얏ᄂᆞ이다

日本은高麗初브터通商往來ᄒᆞᆯᄲᅮᆫ이오使聘이無ᄒᆞ더니高宗、元宗時에日本의邊民이州縣을侵掠ᄒᆞ거ᄂᆞᆯ、이에使臣을遣ᄒᆞ야修好ᄒᆞ고邊寇를禁ᄒᆞ라、ᄒᆞ나其患이、오히려不已ᄒᆞᄂᆞᆫ지라元宗八年、距今六百四

蒙古遣使日本未達而還

潘阜使日本

蒙古改號元

忻都洪茶丘攻日本

十年前에蒙古ㅣ兵部侍郞黑的等으로國信使를拜ᄒᆞ야日本에遣ᄒᆞᆯᄉᆡ王이樞密院副使宋君斐로、써嚮導官을拜ᄒᆞ니黑的이巨濟島에至ᄒᆞ다가風濤를畏ᄒᆞ야引還ᄒᆞᆯᄉᆡ宋君斐ᄂᆞᆫ黑的을從ᄒᆞ야蒙古에至ᄒᆞ야海濤危險ᄒᆞᆫ事를言ᄒᆞ니蒙古ㅣ、다시黑的을遣ᄒᆞ야王으로、ᄒᆞ야곰日本을勸ᄒᆞ야入朝케、ᄒᆞ라ᄒᆞ거ᄂᆞᆯ王이、이에起居舍人潘阜로、ᄒᆞ야곰蒙古의書와、밋高麗의國書를齎ᄒᆞ고日本에遣ᄒᆞ나、다其意를達치、못ᄒᆞᆫ지라、이에蒙古가高麗로、ᄒᆞ야곰軍備를益修케、ᄒᆞ더니既而오蒙古가國號를改ᄒᆞ야日元이라、ᄒᆞ고國勢가日盛ᄒᆞ더니

元宗十五年에元이都元帥忻都와右副元帥洪茶丘等으로、ᄒᆞ야곰日本을擊ᄒᆞ라、ᄒᆞ고高麗ᄂᆞᆫ都督使金方慶、樞密院副使金侁、上將軍金文庇로、써助戰ᄒᆞ니蒙、漢軍이二萬五千이오高麗兵이八千이오戰艦이九百이라合浦昌原馬山浦에서發ᄒᆞ야日本對馬島、壹岐及肥前、筑後의沿海를伐ᄒᆞ다가大風雨를遭ᄒᆞ야班師ᄒᆞ고金侁은溺死ᄒᆞ얏ᄂᆞ이다

時에元宗이崩ᄒᆞ고太子昛가立ᄒᆞ니此ᄂᆞᆫ忠烈王이라王이太子時브

征東行中書省 忻都洪茶丘等再伐日本

터元國에如ᄒᆞ야元의女를娶ᄒᆞ고其後屢次元國에往ᄒᆞ야其意를承迎ᄒᆞ며船을造ᄒᆞ고兵을發ᄒᆞ야日本을伐코자ᄒᆞ니時에元이々의宋을滅ᄒᆞ미乘勢ᄒᆞ야四方을幷呑코자ᄒᆞ야高麗地에征東行中書省을置ᄒᆞ고王으로ᄒᆞ야곰軍務를興ᄒᆞ며征東元帥忻都와右丞洪茶丘等을命ᄒᆞ야蒙、漢及高麗軍四萬과戰艦九百隻을率ᄒᆞ고合浦에서發ᄒᆞᆯ서高麗의僉議中贊金方慶이從ᄒᆞ고

元의右丞范文虎ᄂᆞᆫ別로히江南兵十餘萬과戰艦五百艘를率ᄒᆞ고江南(支那江蘇省)에서發ᄒᆞ니全軍이十四萬餘人이라日本海에入ᄒᆞ야攻戰ᄒᆞ기甚力ᄒᆞ더니會에颶風이大起ᄒᆞ야戰艦이覆沒ᄒᆞ고餘軍이遁還ᄒᆞ니此ᄂᆞᆫ忠烈王七年、距今六百二十六年前이오이다

元室의專制

高宗、元宗時에ᄂᆞᆫ距今六百七十六年前브터六百三十六年前々지凡四十年間에元이高麗를侵虐ᄒᆞ기尤甚ᄒᆞ니和州에ᄂᆞᆫ이믜雙城總管을置ᄒᆞ고元宗時에崔坦이西京(平壤)으로ᄡᅥ元에附ᄒᆞ고其兵을請ᄒᆞ야

東寧府 高麗北部爲元有 哈丹來寇 忠烈王避入江都 吉思變舊俗

鎭撫ᄒᆞ라ᄒᆞ니元이々에西京을內屬고자ᄒᆞ야號曰東寧府라ᄒᆞ고慈悲嶺(平安道)을畫ᄒᆞ야界ᄒᆞ니自此로高麗北部가全혀元의게屬ᄒᆞ고元이또達魯花赤을高麗에遣ᄒᆞ야國政을聽斷ᄒᆞ야軍粮을徵索ᄒᆞ며婦女를求去ᄒᆞ기不已ᄒᆞ고忠烈王은屢次元에來往ᄒᆞ고、또鷹坊을置ᄒᆞ야畋獵을事ᄒᆞ더니、밋元의叛賊哈丹이來寇ᄒᆞᆯ서鐵嶺을踰ᄒᆞ야交州道楊根(京畿道)을陷ᄒᆞ거ᄂᆞᆯ王이江都(江華)에避入ᄒᆞ야元에乞師ᄒᆞ니元이那蠻歹大王과薛闍干等을遣ᄒᆞᄂᆞᆫ지라、곳元과合力ᄒᆞ야哈丹을破ᄒᆞ고王이太子謜의게傳位ᄒᆞ니此ᄂᆞᆫ忠宣王이오忠宣王이即位ᄒᆞᆫ지未幾에元成宗鐵木耳가謂ᄒᆞ되忠宣이舊章을改ᄒᆞ얏다ᄒᆞ야忠烈王으로ᄒᆞ야곰復位ᄒᆞ니王이、또群小를狎昵ᄒᆞ야宴樂을耽ᄒᆞ고政事를不恤ᄒᆞᄂᆞᆫ지라元이濶里吉思로ᄡᅥ征東行省平章政事를拜ᄒᆞ야麗政을觀케ᄒᆞ니吉思ㅣ舊俗을變ᄒᆞ다가人民과輯和치못ᄒᆞ야罷歸ᄒᆞ고時에前王忠宣은元에在ᄒᆞᆫ지라吳祁、石天補、宋璘等이王의父子를交搆ᄒᆞ거ᄂᆞᆯ左中贊洪子藩等이吳祁를執ᄒᆞ야元에送ᄒᆞ나然ᄒᆞ나王은

忠宣王流吐蕃

오히려前王의還國을沮ᄒᆞ며、또薊國大長公主(忠宣后의)로、써瑞興侯琠의게改嫁케、ᄒᆞ고時에元成宗이殂ᄒᆞ거ᄂᆞᆯ前王이成宗의姪愛育黎拔力八達과謀ᄒᆞ야武宗海山을立ᄒᆞ고自此로愛育黎拔力八達의意ᄅᆞᆯ隨ᄒᆞ야王을慶壽寺에遷ᄒᆞ고王의親信을罷免ᄒᆞ고瑞興侯琠等을誅ᄒᆞ니王은拱手ᄒᆞᆯᄲᅮᆫ이오國政이前王의게盡歸ᄒᆞ더니既而오王이崩ᄒᆞ고前王이元으로、브터歸ᄒᆞ야即位ᄒᆞ니即忠宣王이라忠宣王이太子時브터元에在ᄒᆞ야朝事ᄅᆞᆯ參預ᄒᆞ얏스나即位後、本國에在ᄒᆞᆷ을不喜ᄒᆞ야數年後에、곳忠肅王의게傳位ᄒᆞ고、또延安君暠로써其太子라、ᄒᆞ고恒常燕京에淹留ᄒᆞ야名儒學士로、더브러交遊ᄒᆞ더니

時에元仁宗愛育黎拔力、八達이殂ᄒᆞ고英宗碩德八剌이立ᄒᆞᆫ後에忠宣王이宦官伯顏禿古思(高麗人이元에仕ᄒᆞᆫ者)의譖을被ᄒᆞ야吐蕃思吉(支那西藏)에流ᄒᆞᄂᆞᆫ지라崔誠之、李齊賢等이百般請求ᄒᆞ야朶思麻(西藏)에量移ᄒᆞ니吐蕃에在ᄒᆞᆫ지四年이오泰定帝也孫鐵木兒가立ᄒᆞᆫ後、燕邸에歸ᄒᆞ야崩ᄒᆞ얏ᄂᆞ이다

忠宣王이吐蕃에在ᄒᆞᆫ時에忠肅王이贅成事權漢功等이上王時브터貪權、納賂ᄒᆞᆫ罪ᄅᆞᆯ元에告ᄒᆞ야漢功等을杖流ᄒᆞᆫ지라故로漢功等이王을怨ᄒᆞ야元에上書ᄒᆞ야王을廢ᄒᆞ고忠宣王太子暠ᄅᆞᆯ立코자、ᄒᆞ고柳淸臣等은、또征東行省을立ᄒᆞ고國號ᄅᆞᆯ罷ᄒᆞ야內地와如케ᄒᆞ기ᄅᆞᆯ請ᄒᆞ다가不果ᄒᆞ얏ᄂᆞ이다

然이나王은忽々、不樂ᄒᆞ야太子禎의게傳位ᄒᆞ니此ᄂᆞᆫ忠惠王이오王이、또遊畋을好ᄒᆞᄂᆞᆫ지라元主가、또忠肅王으로、ᄒᆞ야곰復位케、ᄒᆞ나然ᄒᆞ나自是로王이政事에倦ᄒᆞ야郊外에出舍ᄒᆞ고嬖幸朴靑等의게國事ᄅᆞᆯ委任ᄒᆞ며忠惠王은向者元에至ᄒᆞ야丞相燕帖木兒와親ᄒᆞ더니時에太保伯顏이燕帖木兒의專權ᄒᆞᆷ을惡ᄒᆞ야王ᄭᆞ지薄待ᄒᆞ다가燕帖木兒가死ᄒᆞᆫ後忠肅王이崩ᄒᆞᆫ時에至ᄒᆞ야忠惠王이即位코자ᄒᆞ나伯顏이沮止ᄒᆞ고忠宣王太子暠ᄅᆞᆯ立코자、ᄒᆞᄂᆞᆫ지라

暠가、이에政丞曹頔等과謀ᄒᆞ야王宮을襲ᄒᆞ다가敗ᄒᆞ야被殺ᄒᆞ니故로忠惠王이即位ᄒᆞ더니王이、또荒淫無道ᄒᆞ야群少가還志ᄒᆞ고忠直

忠惠王流揭陽縣崩 **元政亂豪傑四起** **破婆娑府**

人士를斥逐ᄒᆞᄂᆞᆫ지라元이大卿朶赤으로、ᄒᆞ야곰王을縛歸ᄒᆞ야揭陽縣(支那廣東省潮州)에流ᄒᆞ니一人도從者ㅣ無ᄒᆞ고艱楚가萬狀이라岳陽縣(支那湖南省岳州)에至ᄒᆞ야崩ᄒᆞ나國人이悲哀ᄒᆞᄂᆞᆫ者ㅣ無ᄒᆞ얏ᄂᆞ이다

忠穆과忠定은、다幼冲에嗣位ᄒᆞ야國后가專政ᄒᆞ고康允忠、辛裔、田淑蒙、鄭思度等이用事ᄒᆞ며忠定이、또狂惑、無道ᄒᆞ거ᄂᆞᆯ此를廢ᄒᆞ고忠惠의母弟顓을立ᄒᆞ니此ᄂᆞᆫ恭愍王이라

恭愍王이距今五百五十五年前에即位ᄒᆞ야政事에留心ᄒᆞ고時에元의政治가衰亂ᄒᆞ야豪傑이四方에起ᄒᆞ거ᄂᆞᆯ丞相脫々이高郵를征ᄒᆞᆯᄉᆡ王이丞相柳濯과廉悌臣으로、ᄒᆞ야곰軍士二千餘人을率ᄒᆞ야助戰ᄒᆞ나然ᄒᆞ나王은元國에屈치、아니ᄒᆞ고時에奇轍、盧頙、權謙等이、다元室과連姻ᄒᆞ야聲勢가相應ᄒᆞ고本國을陵轢ᄒᆞ야叛逆을謀ᄒᆞ거ᄂᆞᆯ王이、다誅殺ᄒᆞ고、征東行省理問所를罷ᄒᆞ고舊官制를復ᄒᆞ고

印璫、姜仲卿으로、써西北面兵馬使를拜ᄒᆞ야西北界를討ᄒᆞ라、ᄒᆞ니璫이鴨綠江을渡ᄒᆞ야婆娑府(滿州盛京省奉天府)를攻破ᄒᆞ고柳仁雨ᄂᆞᆫ東北兵馬使

陷雙城收復咸州以北 **紅頭軍入寇** **恭愍王南幸鄭世雲等平紅賊** **金鏞殺鄭世雲**

를拜ᄒᆞ야雙城을陷ᄒᆞ고咸州以北諸鎭을收復ᄒᆞ니元이斷事官撒迪罕을送ᄒᆞ야責ᄒᆞ거ᄂᆞᆯ、이에印璫을斬ᄒᆞ야謝過ᄒᆞ니此ᄂᆞᆫ元의衰亂을乘ᄒᆞ야國權을恢復고자、ᄒᆞ다가不成ᄒᆞᆷ이오、또其衰亂의餘波가高麗의게毒害ᄒᆞᆷ이多ᄒᆞ오이다

紅頭軍(劉福通이起兵ᄒᆞᆯ시紅巾을頭에裹ᄒᆞᆫ故라)이元에셔起ᄒᆞᆯ時에兵勢가大振ᄒᆞ야、드ᄃᆡ여鴨綠江을渡ᄒᆞ야義、靜、麟(平安道義州에屬ᄒᆞᆫ諸州)諸、州를陷ᄒᆞ거ᄂᆞᆯ西北面副元帥安祐와上將軍李芳實等이擊走ᄒᆞ얏더니其後軍師潘誠、沙劉、關先生等이十餘萬衆을率ᄒᆞ고、또朔州와泥城(平安道昌城)을寇ᄒᆞ고岊嶺의柵을破ᄒᆞᄂᆞᆫ지라王이太后를奉ᄒᆞ고南幸ᄒᆞ야福州(慶尙道安東)로、브터尙州에至ᄒᆞ니敵軍이、드ᄃᆡ여京城을陷ᄒᆞ거ᄂᆞᆯ摠兵官鄭世雲이安祐、李芳實、金得培等諸將을率ᄒᆞ고京城을圍ᄒᆞ야沙劉、關先生等을斬ᄒᆞ고京城을收復ᄒᆞ얏ᄂᆞ이다

然이나平章事金鏞이世雲을妬忌ᄒᆞ고、또安祐等이有功ᄒᆞ믜寵이有ᄒᆞᆯ가恐ᄒᆞ야矯旨로安祐를命ᄒᆞ야世雲을殺ᄒᆞ라、ᄒᆞ고、또祐와芳實、得

誅金鏞

元益衰小關係漸

培를殺ᄒᆞ얏ᄂᆞ이다

時에國家의禍가邊境의侵擾뿐아니라元의納哈出이、또ᄒᆞᆫ瀋陽(滿洲盛京省奉天府)을據有ᄒᆞ고行省丞相이라稱ᄒᆞ고北邊을寇ᄒᆞᄂᆞᆫ지라我 太祖高皇帝께서此를擊破ᄒᆞ셧ᄂᆞ이다

先是에崔濡가本國에得罪ᄒᆞ고元에奔ᄒᆞ야丞相搠思監과宦官朴不花를謟事ᄒᆞ고金鏞으로內應을삼아王을搆害ᄒᆞ고德興君塔思帖木兒(忠宣王庶子)를立ᄒᆞ고자ᄒᆞ더니會에王이尙州로브터歸ᄒᆞ야城南興王寺行宮에在ᄒᆞ거ᄂᆞᆯ金鏞이其黨을遣ᄒᆞ야行宮을圍ᄒᆞᄂᆞᆫ지라密直使崔瑩과副使禹磾와知都僉議安遇慶等이京城으로브터行宮에詣ᄒᆞ야賊을討平ᄒᆞ고鏞을誅ᄒᆞ얏ᄂᆞ이다

然이나元은德興君으로써王이라ᄒᆞ고崔濡ㅣ兵一萬五千을率ᄒᆞ고來ᄒᆞ거ᄂᆞᆯ崔瑩、安遇慶等이、또擊破ᄒᆞ더니搠思監과朴不花가竄流ᄒᆞᆫ後에元이崔濡를執送ᄒᆞ거ᄂᆞᆯ、곳誅ᄒᆞ얏ᄂᆞ이다

後에元이益衰ᄒᆞ야高麗와關係가漸小ᄒᆞ고明太祖朱元璋이燕京에

入ᄒᆞ니元主ㅣ北走ᄒᆞ야高麗가自此로元의壓制를免ᄒᆞ니忠烈王으로브터元의羈絆되기百餘年이라國王은元의女를娶ᄒᆞ야往來가不絕ᄒᆞ고或은燕京에久留ᄒᆞ야一國의政敎、號令과王位廢立ᄭᆞ지、다其命을從ᄒᆞ고憸邪의徒가、또其間에往來ᄒᆞ야子가其父를訴ᄒᆞ고臣이其君을譖ᄒᆞ야安靜ᄒᆞᆫ日이無ᄒᆞ니此를謂ᄒᆞ되元室專制時代라ᄒᆞᄂᆞ이다

辛氏의兇逆及繼位

遍照爲師傳授國政

遍照改姓名曰辛旽

恭愍王이在位ᄒᆞᆫ지久ᄒᆞ미世臣、大家의欺蔽가多ᄒᆞᆷ을惡ᄒᆞ야僧遍照를擢用ᄒᆞ야師傅라稱ᄒᆞ니此ᄂᆞᆫ其爲人이聰慧辯給ᄒᆞᆷ이오國政으로써委ᄒᆞ니遍照가用事ᄒᆞᆫ지三旬에勳舊大臣을讒毁ᄒᆞ야李公遂、慶千興等을罷ᄒᆞ고許猷、邊光秀、洪仁桂等을流ᄒᆞ며凡自己에不附ᄒᆞᄂᆞᆫ者ᄂᆞᆫ、다中傷ᄒᆞ야虐焰이甚熾ᄒᆞ고

遍照ㅣ、또姓名을改ᄒᆞ야曰、辛旽이라、ᄒᆞ고三重大匡、領都僉議를拜ᄒᆞ거ᄂᆞᆯ諫官鄭樞와李存吾等이斥逐ᄒᆞ기를請ᄒᆞᆫ디王이大怒ᄒᆞ야樞、存

誅辛旽

吾를貶ᄒᆞ니自此로宰臣과臺諫이、다旽의게附ᄒᆞ야內外諸權이旽의게歸ᄒᆞ니旽이驕傲가日甚ᄒᆞ고王이其第에步往ᄒᆞ야旽과幷跪ᄒᆞ야君臣의禮가無ᄒᆞ며出入時에ᄂᆞᆫ儀衛가乘輿와同ᄒᆞ고

時에主이無嗣ᄒᆞ거ᄂᆞᆯ旽이王을說ᄒᆞ야文殊會를屢設ᄒᆞ야得子ᄒᆞ기를求ᄒᆞ더라旽이初時에ᄂᆞᆫ頭陀의行爲로王의信用이、되더니後에ᄂᆞᆫ妾을多蓄ᄒᆞ야淫恣가日甚ᄒᆞ고、또威福을行ᄒᆞ야恩讐를必報ᄒᆞ고世家大族을誅殺ᄒᆞ니黨與가朝廷에布滿ᄒᆞᆫ지라

然이나王의性이猜忌ᄒᆞ야腹心大臣이라도其權이盛ᄒᆞ면、반다시殺ᄒᆞ거ᄂᆞᆯ旽이王의忌ᄒᆞᆷ을恐ᄒᆞ야王을弑코자、ᄒᆞ다가事가漏洩ᄒᆞ니王이、々에旽을水原에流ᄒᆞ다가既而오誅ᄒᆞ고其黨을滅ᄒᆞ고慶千興等을召還ᄒᆞ얏㊀ᄂᆞ이다

先是에王이王后魯國公主가崩ᄒᆞᆫ後브터哀傷ᄒᆞ야疾病이、되고公主를爲ᄒᆞ야影殿을起ᄒᆞ니壯麗가無比오、또少年韓安、洪倫等을寵愛ᄒᆞ며、또倫等으로、ᄒᆞ야곰諸妃를汚ᄒᆞ야其生子ᄒᆞ기를冀ᄒᆞ더니、밋益妃

恭愍王被弑

가有娠ᄒᆞ믹其私通者를殺ᄒᆞ야滅口코자ᄒᆞᆯ셔宦官崔萬生의게漏洩ᄒᆞ다가、도로혀萬生及倫等의게被弑ᄒᆞ얏ᄂᆞ이다

李仁任立禑

辛旽이誅ᄒᆞᆯ時에王이其子牟尼奴를取ᄒᆞ야宮中에入ᄒᆞ고守侍中李仁任의게屬ᄒᆞ고且曰、朕이旽家에至ᄒᆞ얏다가其婢를幸ᄒᆞ야生ᄒᆞᆫ者라、ᄒᆞ고賜名曰禑라、ᄒᆞ고江寧府院大君을封ᄒᆞ고白文寶、田祿生等으로、써師傅를삼더니、밋王이遇弑ᄒᆞ믹李仁任이百官을率ᄒᆞ고禑를立ᄒᆞ얏ᄂᆞ이다

王禑荒淫縱恣

禑가初時에ᄂᆞᆫ頗히向學ᄒᆞ더니稍長에遊戲를事ᄒᆞ야白君寧等이諫ᄒᆞ되不納ᄒᆞ고人의婦女를奪ᄒᆞ며出遊ᄒᆞ기無常이오畋獵에荒ᄒᆞ야狂惑이日甚ᄒᆞ니時에饑饉이荐至ᄒᆞ고倭寇가不絕ᄒᆞ거ᄂᆞᆯ、오히려宴樂을恣ᄒᆞ야諸妃의供給이豐侈ᄒᆞᆫ지라倉庫가枯竭ᄒᆞ야三年貢物을豫收ᄒᆞ나、오히려不足ᄒᆞ거ᄂᆞᆯ別로히徵斂을加ᄒᆞ야其荒淫縱恣가勝記키難ᄒᆞ얏ᄂᆞ이다

初에李仁任이禑를援立ᄒᆞᆫ後로親黨이中外에布列ᄒᆞ야威福을擅ᄒᆞ

明立鐵嶺衛

ᄂᆞᆫ지라崔瑩이我　太祖로、더브러其所爲를憤怒ᄒᆞ야仁任을除ᄒᆞ고瑩은門下侍中이、되고太祖ᄂᆞᆫ守門下侍中이、되시더니、밋明國이鐵嶺衛를立ᄒᆞᆯ時(鐵嶺以北을管ᄒᆞᆫ이니即盛京省鐵嶺縣이라)에禑ㅣ崔瑩의言을納ᄒᆞ야曹敏修와我太祖로、ᄒᆞ야곰遼東을攻케、ᄒᆞ야諸軍이、々의鴨綠江을渡ᄒᆞ더니

流崔瑩 放禑

我　太祖씌서諸元帥로、더브러京師에回軍ᄒᆞ사明國을攻伐ᄒᆞᆷ이不可ᄒᆞᆷ을論ᄒᆞ시고、또崔瑩을黜ᄒᆞ라、ᄒᆞ신ᄃᆡ禑ㅣ不納ᄒᆞᄂᆞᆫ지라、이에城을圍ᄒᆞ고郭忠輔等이瑩을索出ᄒᆞ야高峯縣(京畿道交河)에流ᄒᆞ고既而오王禑를江華에放ᄒᆞ얏ᄂᆞ이다

이에　太祖씌서曹敏修와議ᄒᆞ야王氏의後를立고자、ᄒᆞ시더니敏修ㅣ李仁任의薦拔ᄒᆞᆫ恩을思ᄒᆞ야判三司事李穡과謀ᄒᆞ야禑의子昌을立ᄒᆞ니昌은仁任의族、李氏의出이러라昌이即位後에諫官이上疏ᄒᆞ야曹敏修를流ᄒᆞ고李仁任의子孫을禁錮ᄒᆞ고崔瑩을斬ᄒᆞ얏ᄂᆞ이다

遷禑 放昌

時에禑ᄂᆞᆫ廢居ᄒᆞ야陰히郭忠輔로、ᄒᆞ야곰　太祖를害코자ᄒᆞ거ᄂᆞᆯ忠輔ㅣ도로혀　太祖씌告ᄒᆞᄂᆞᆫ지라、이에禑를江陵(江原道)에遷ᄒᆞ고昌은

江華에放ᄒᆞ야庶人을、삼으니王禑가即位時브터至是凡十四年이라辛氏가異姓으로王位를繼ᄒᆞ얏스나恭愍王이禑로써己子라、ᄒᆞ야一時의臣民이、다奉立ᄒᆞ니、또ᄒᆞᆫ尋常簒竊과不同ᄒᆞ더라然이나荒淫縱恣ᄒᆞ야高麗國祚를蹷케、ᄒᆞᆷ은其罪가甚大ᄒᆞᆫ지라恭讓王이立ᄒᆞ야禑昌이、다誅ᄒᆞ얏스니、엇지當然ᄒᆞᆫ事가、아니리오

北元及明의關係

元順宗北走 明太祖即帝位

恭愍王十七年、距今五百三十九年前에支那ᄂᆞᆫ元의順宗妥歡帖睦爾가北走ᄒᆞ야上都開平府(支那直隷省宣化府)에如ᄒᆞ고明太祖朱元璋이帝位를代ᄒᆞ고遣使ᄒᆞ야來告ᄒᆞ거ᄂᆞᆯ王이明에使臣을遣ᄒᆞ야登極을賀ᄒᆞ고、또東寧府(元宗時에元이平壤을內屬ᄒᆞ야東寧府라ᄒᆞᆫ이라)를擊ᄒᆞ야北元을絕ᄒᆞ고明이、또冠服、樂器、書籍을送來ᄒᆞ고幷히科擧의程式을遣ᄒᆞ거ᄂᆞᆯ高麗ㅣ服色을易ᄒᆞ고子弟를遣ᄒᆞ야入學ᄒᆞ고三年一聘의約을從ᄒᆞ더니

絕北元

밋恭愍王이被弑ᄒᆞ고王禑가立ᄒᆞ미李仁任이專國ᄒᆞ야明을絕코자ᄒᆞ니此ᄂᆞᆫ明이先王의被弑ᄒᆞᆫ故를問ᄒᆞ면自已가被罪ᄒᆞᆯ가恐ᄒᆞᆷ이라、

金義殺明使

이에北元과和親ᄒᆞ야其禍를緩코자ᄒᆞ야金義로ᄒᆞ야곰明使蔡斌等을途에서殺ᄒᆞ고義가北元에奔ᄒᆞ며

또北元에遣使ᄒᆞ야先王의喪을告ᄒᆞ고北元의使가來케ᄒᆞ야李仁任과池奫이迎迓ᄒᆞ거ᄂᆞᆯ金九容、李崇仁、鄭道傳、鄭夢周等이極爭ᄒᆞ야其使를慰還ᄒᆞ얏ᄂᆞ이다

明索歲貢

初에北元이恭愍王의崩ᄒᆞᆷ을聞ᄒᆞ고瀋陽王의孫脫々不花를納立코자ᄒᆞ다가禑가卽位ᄒᆞ미使臣을元에遣ᄒᆞ야謝ᄒᆞ더니既而오國論이又變ᄒᆞ야明國에遣使ᄒᆞ니明이使者를殺ᄒᆞᆷ과、또多詐ᄒᆞᆷ을責ᄒᆞ며每歲에金百斤、銀萬兩、良馬百匹、細布一萬匹을徵索ᄒᆞᄂᆞᆫ지라、이에使臣을遣ᄒᆞ야前日明使를殺ᄒᆞᆷ이本國의指使가、아니라ᄒᆞ고、또歲送物이數次로되其數가減少ᄒᆞᆷ을責ᄒᆞᄂᆞᆫ지라、이에馬五千匹、金五百斤、銀五百兩、布五萬疋을送ᄒᆞ고

明帝가、또高麗ㅣ北元에附ᄒᆞᆷ을疑ᄒᆞ거ᄂᆞᆯ鄭夢周를遣ᄒᆞ야其怒를解ᄒᆞ고歲送物은良馬五十匹로定ᄒᆞ고、또明이價銀을送來ᄒᆞ야馬를買

鐵嶺以北疆界紛議

去ᄒᆞ더니其後高麗의所送馬가駑下ᄒᆞ고、또鐵嶺以北은本來元에屬ᄒᆞᆫ故로此를遼東에屬ᄒᆞᆫ다ᄒᆞ거ᄂᆞᆯ

攻遼

이에禑ㅣ崔瑩과議ᄒᆞ야五道의城을修ᄒᆞ고諸元帥를西北에遣ᄒᆞ야防備ᄒᆞ고明에遣使ᄒᆞ야鐵嶺以北、公嶮鎭에至ᄒᆞ기ᄭᆞ지高麗의疆界로定코자ᄒᆞᆯ시時에遼東이鐵嶺衛를立ᄒᆞ거ᄂᆞᆯ、이에崔瑩이禑를勸ᄒᆞ야遼東을攻케ᄒᆞ니我　太祖ᄭᅴ서諫ᄒᆞ되不納ᄒᆞ고禑가平壤에進次ᄒᆞ야崔瑩으로、ᄡᅥ八道都統使를拜ᄒᆞ고曹敏修로左軍을將ᄒᆞ고我太祖ᄭᅴ서ᄂᆞᆫ右軍을將ᄒᆞ시니左右軍이三萬八千餘人이라平壤에서發ᄒᆞ야鴨綠江을渡ᄒᆞ고威化島(鴨綠江中)에至ᄒᆞ니大雨가滂沱ᄒᆞ야亡卒이多ᄒᆞ거ᄂᆞᆯ左右軍將이上書ᄒᆞ야班師키를請ᄒᆞ니禑가不聽ᄒᆞᄂᆞᆫ지라

我太祖回軍

이에　太祖ᄭᅴ서諸元帥로、더브러回軍ᄒᆞ시니禑ㅣ急히京城으로還ᄒᆞ거ᄂᆞᆯ　太祖ᄭᅴ서京城에至ᄒᆞ야禑를廢ᄒᆞ고昌을立ᄒᆞ며

明罷鐵嶺衛

明은鐵嶺北疆界事가高麗의言이有理ᄒᆞ다、ᄒᆞ야鐵嶺衛를罷ᄒᆞ거ᄂᆞᆯ高麗ㅣ使臣을遣ᄒᆞ야禑가遜位ᄒᆞᆷ과、밋崔瑩의攻遼ᄒᆞᆫ罪로誅ᄒᆞᆷ을言ᄒᆞ얏더니

明이答ᄒᆞ되恭愍王이被弑後에異姓이繼位ᄒᆞᆷ이三韓世守ᄒᆞᄂᆞᆫ良謀가아니라ᄒᆞᄂᆞᆫ지라이에 太祖ᄭᅴ서ᄯᅩ昌을廢ᄒᆞ고恭讓王을立ᄒᆞ시더니後에尹彝와李初等이明에至ᄒᆞ야言ᄒᆞ되 太祖ᄭᅴ서其姻親을立ᄒᆞ고ᄯᅩ明을攻코자ᄒᆞᆫ다ᄒᆞ나然ᄒᆞ나明이其誣妄ᄒᆞᆷ을知ᄒᆞ고彝初等을罪ᄒᆞ얏ᄂᆞ이다

倭寇

日本이蒙古役以來로交通이杜絕ᄒᆞ더니忠定王二年距今五百五十七年前에至ᄒᆞ야固城(慶尙道)竹林(在慶尙道巨濟)을寇ᄒᆞᆫ後로브터屢次邊境을侵掠ᄒᆞ니此ᄂᆞᆫ日本海賊이라總稱倭賊이오

(日本無賴徒侵高麗及元濱海) 此時日本은南北兩朝가幷立ᄒᆞ야戰爭이不已ᄒᆞ니故로日本鎭西郡의無賴徒가高麗及元의濱海를侵掠ᄒᆞ나其實은日廷이不知ᄒᆞᆷ이오ᄯᅩ能히禁止ᄒᆞᆯ力이無ᄒᆞ더라恭愍王初에內府少尹金暉南으로ᄒᆞ야곰防禦케ᄒᆞ니暉南이拒敵지못ᄒᆞ고西江(松都西江)으로走來ᄒᆞ야이에都城이戒嚴ᄒᆞ고人民이荷擔ᄒᆞ며自此로連年히其禍를被ᄒᆞᄂᆞᆫ지라諸

將을命ᄒᆞ야拒禦ᄒᆞ라ᄒᆞ고王은오작土木을事事ᄒᆞ니이에庶政이廢弛ᄒᆞ고倉廩이空竭ᄒᆞ며兵甲이羸敗ᄒᆞ야戰守의備가無ᄒᆞ고諸軍은觀望ᄒᆞ야進拒ᄒᆞᄂᆞᆫ者ㅣ無ᄒᆞᆫ지라

(遣金逸于日本) 恭愍王이々에金逸等을日本에遣ᄒᆞ야海賊을禁ᄒᆞ라ᄒᆞᆫ디將軍足利義滿이答ᄒᆞ야曰日本에南北兩朝가幷立ᄒᆞ야紛亂이不止ᄒᆞ미此를禁止치못ᄒᆞᆫ다ᄒᆞ니王이ᄯᅩ諸將의屢敗ᄒᆞᆷ을忿ᄒᆞ야親히五軍을率ᄒᆞ고出ᄒᆞ얏다가敗ᄒᆞ더니王禑初에判典客寺事羅興儒로ᄡᅥ通信使를拜ᄒᆞ야日本에遣ᄒᆞ야海寇를禁ᄒᆞ라ᄒᆞᆫ디義滿이其陰謀가有ᄒᆞᆫ가疑ᄒᆞ야下獄ᄒᆞ더니會에高麗僧良柔가日本에在ᄒᆞ야其謀者가아님을證明ᄒᆞ니이에興儒가還ᄒᆞ얏ᄂᆞ이다

(藤原經光居順天) 時에日本人藤原經光이라ᄒᆞᄂᆞᆫ者ㅣ高麗에來ᄒᆞ야順天(全羅道)에居ᄒᆞ거ᄂᆞᆯ全羅道元帥金先致가殺코자ᄒᆞ니經光이其衆을率還ᄒᆞ고自此로더욱激怒ᄒᆞ야入寇ᄒᆞᆯ時에婦女와嬰孩를屠殺無遺ᄒᆞ니全羅와楊廣의濱海ᄒᆞᆫ州郡이蕭然히空虛ᄒᆞᄂᆞᆫ지라

遣鄭夢周于日本

王이趙思敏、睦忠等諸將으로、ᄒᆞ야곰往禦ᄒᆞ나其毒害가日甚ᄒᆞ고、또江都를掠ᄒᆞ니京城이大震ᄒᆞ고崔瑩과我 太祖ᄭᅴ셔屢次戰破ᄒᆞ시나其患이、오히려不已ᄒᆞᄂᆞᆫ지라、이에大司成鄭夢周를日本에遣ᄒᆞ야和親을成ᄒᆞ고海賊을禁ᄒᆞ라、ᄒᆞᆯ셰夢周ㅣ極히隣交의利害를說ᄒᆞ니鎭西探題(官名)今川貞世가夢周를厚待ᄒᆞ고其俘虜를還ᄒᆞ고僧信弘을遣ᄒᆞ야賊을捕ᄒᆞ나制禦ᄒᆞᆯ力이無ᄒᆞᆫ지라

然이나日本이當時에侵掠ᄒᆞᆫ處ᄂᆞᆫ、오작西南境이오東北邊은被害處가少ᄒᆞ거ᄂᆞᆯ、이에東江(京畿道豐德)西江에鎭을置ᄒᆞ고屯戍를設ᄒᆞ니西路捍禦가稍密ᄒᆞ거ᄂᆞᆯ倭賊이、다시江陵、洪川、淮陽(江原道)境에셔跳梁ᄒᆞ다가、또進ᄒᆞ야咸州、洪原、北靑(咸鏡道)을屠ᄒᆞ니諸將이、다戰敗ᄒᆞ고時에倭患이日甚ᄒᆞ나朝廷은方略이無ᄒᆞ고、오작中外佛寺에鎭兵ᄒᆞᄂᆞᆫ法席을設ᄒᆞ다가、밋我 太祖ᄭᅴ셔倭寇를大破ᄒᆞ신後에야賊勢가稍衰ᄒᆞ얏ᄂᆞ이다

然ᄒᆞ나其後慶尙道、全羅道等地가倭寇의巢窟이、되야侵犯ᄒᆞ기不已

朴葳討對馬島

ᄒᆞᄂᆞᆫ지라、이에海道元帥鄭地가上書ᄒᆞ야壹岐와對馬兩島를滅ᄒᆞ야永히邊患을除코자、ᄒᆞ거ᄂᆞᆯ王昌時에至ᄒᆞ야慶尙道元帥朴葳로、ᄒᆞ야곰戰船一百隻을率ᄒᆞ고對馬島를伐ᄒᆞ니此ᄂᆞᆫ鄭地의策을用ᄒᆞᆷ이오、大抵倭寇의及ᄒᆞᆫ處ᄂᆞᆫ南邊州縣이尤甚ᄒᆞ야人煙이斷絶ᄒᆞ고西ᄂᆞᆫ海西、浿江브터東北은洪原、北靑境ᄭᆞ지其禍를被ᄒᆞ야殆히高麗全土를蹂躪ᄒᆞ니高麗의衰亡原因을擧ᄒᆞ면倭寇가其一이、되얏ᄂᆞ이다

高麗滅亡

社稷將亡

王禑가荒淫狂妄ᄒᆞ야人君의德이無ᄒᆞ고倭寇ᄂᆞᆫ、더욱强梁ᄒᆞᄆᆡ國力이疲弊ᄒᆞ야社稷이將亡ᄒᆞᆯ지라然이나、또遼東을征코자、ᄒᆞ야大軍을發ᄒᆞ다가我 太祖ᄭᅴ셔回軍ᄒᆞ신後로天下의人心이盡去ᄒᆞᆫ지라禑가、이에江華에廢居ᄒᆞ야 太祖를害코자、ᄒᆞ거ᄂᆞᆯ 太祖ᄭᅴ셔沈德符、池湧奇、鄭夢周、偰長壽、成石璘、趙浚、朴葳、鄭道傳等과議ᄒᆞ야禑를遷ᄒᆞ고昌을廢ᄒᆞ고、다시神宗의遠孫瑤를立ᄒᆞ니此ᄂᆞᆫ恭讓王이라國勢가至此ᄒᆞᄆᆡ、다시恢復ᄒᆞᆯ道가無ᄒᆞ더니

九臣廢王昌立恭讓王

黨派分行彈劾

王이、또懦柔ᄒᆞ야、오작涕泣ᄒᆞᆯᄲᅮᆫ이오即位初에諫官의言으로曹敏修를廢ᄒᆞ야庶人을삼고李崇仁等을流ᄒᆞ고禑、昌을誅ᄒᆞ니辛、王兩氏가更迭ᄒᆞᆯ際에黨派가互分ᄒᆞ야羣臣이相爭ᄒᆞ고或時弊를論ᄒᆞ며政法、을議ᄒᆞ고彈劾이頻行ᄒᆞ야獄禍가蔓延ᄒᆞ야將相大臣을或流、或殺ᄒᆞ되王은오작佛을奉ᄒᆞ야善行을修ᄒᆞ나難局에處ᄒᆞ기不易ᄒᆞ야府庫가空ᄒᆞ고政事가紊ᄒᆞᆫ지라

立三軍都摠制府

이에三軍都摠制府를立ᄒᆞ야中外軍事를統케ᄒᆞ고我　太祖로、ᄡᅥ都摠制使를拜ᄒᆞ고裴克廉은中軍摠制使오趙浚은右軍摠制使오鄭道傳은左軍摠制使라王이深히　太祖ᄭᅴ依賴ᄒᆞ거ᄂᆞᆯ　太祖ᄭᅴ셔疾로、ᄡᅥ辭職ᄒᆞ시나文武大權이、이믜　太祖ᄭᅴ歸ᄒᆞ야威望이日盛ᄒᆞ시ᄂᆞᆫ지라

趙英珪殺鄭夢周

이에鄭道傳、南誾、趙浚、尹紹宗等이推戴ᄒᆞᆯ意가有ᄒᆞ나獨히鄭夢周가忠義로、ᄡᅥ自奮ᄒᆞ야丞相이、된後에尹紹宗、南誾、鄭道傳等을黜ᄒᆞ고　太祖를害코자、ᄒᆞ거ᄂᆞᆯ　太宗ᄭᅴ오셔趙英珪로、ᄒᆞ야곰路에셔夢周를

高麗亡

擊殺ᄒᆞ고司憲府와都評議使司ㅣ또上疏ᄒᆞ야夢周의黨與長壽、李茂、禹玄寶等數十人을流ᄒᆞ야王氏에志ᄒᆞᄂᆞᆫ者를盡去ᄒᆞ고、이에守門下侍中裴克廉等이王太后의敎로、ᄡᅥ王을廢ᄒᆞ야原州에放ᄒᆞ고高麗가亡ᄒᆞ니大抵太祖가新羅敬順王의降을受ᄒᆞᆫ時브터至今ᄭᆞ지王氏가三十二王、四百四十二年이오禑、昌二世를合ᄒᆞ야凡四百七十五年이오이다

大抵高麗士大夫間에辨論彈劾이盛行ᄒᆞ야進退黜陟이此時에甚ᄒᆞᆫ者가無ᄒᆞ니此ᄂᆞᆫ當時에宋學이行ᄒᆞ야學者ㅣ宋時風習에浸染ᄒᆞᆫ故오이다

制度

官制

官制ᄂᆞᆫ太祖初에新羅와泰封의制를叅用ᄒᆞ고、또三省、六官、九寺、六衛를置ᄒᆞ니此ᄂᆞᆫ唐制를倣ᄒᆞᆷ이오成宗은制作이一新ᄒᆞ야官에常守가、有ᄒᆞ고位에定員이有ᄒᆞ야制度가大備ᄒᆞ니、곳內史門下省、御事都省、

六部

三司、中樞院、吏部、兵部、戶部、刑部、禮部、工部、御史臺、國子監等이라後에

悉改官制之似元者

文宗、睿宗이稍히增損ᄒᆞ나大抵成宗의舊制를循ᄒᆞ며其貴賤을辨ᄒᆞ고勞能을叙ᄒᆞᄂᆞᆫ데ᄂᆞᆫ品、爵、勳、階四等이有ᄒᆞ야秩序가、더욱整然ᄒᆞ얏ᄂᆞ이다

忠烈王時에官制ᄂᆞᆫ元과擬似ᄒᆞᆫ者를改ᄒᆞ고忠宣王은父子가紛更ᄒᆞ야官制가紊亂ᄒᆞ고僉議、密直等이都評議司에서國政을參與ᄒᆞᆫ者ㅣ六七十人이라六部ᄂᆞᆫ虛設이、되고政令이不擧ᄒᆞ고恭愍王은二十年間에官制를改ᄒᆞ기四次라舊制와新制의煩弊가極甚ᄒᆞ얏ᄂᆞ이다

地方政治

地方政治ᄂᆞᆫ太祖二十三年에、비로소諸州、府、郡、縣의名을改ᄒᆞ고成宗은十道로分ᄒᆞ야州、縣을定ᄒᆞ고十二州節度使를設ᄒᆞ고守令을置ᄒᆞ나當時組織은民政과軍務를二에分치못ᄒᆞ얏ᄂᆞ이다

顯宗은節度使를廢ᄒᆞ고五都護와七十五道의按撫使를置ᄒᆞ얏다가既而오按撫使를廢ᄒᆞ고四都護와八牧을置ᄒᆞ고自後ᄂᆞᆫ據히四京、八牧、十五府에一百二十九郡、三百三十五縣、二十九鎭이、되얏ᄂᆞ이다

文宗時에ᄂᆞᆫ西京、東京、南京留守、副留守等을置ᄒᆞ고大中都護府、大都

督府、諸牧、防禦鎭、知州郡에ᄂᆞᆫ使、副使等이有ᄒᆞ고諸縣에ᄂᆞᆫ縣令이오諸鎭에ᄂᆞᆫ鎭將이오其他兵馬使、按撫使、按廉使、勸農使等이有ᄒᆞ야軍務를治ᄒᆞ고人民疾苦와守令殿最를察ᄒᆞ나然ᄒᆞ나或京城에留ᄒᆞ야遙히領轄ᄒᆞ고或他官이兼任ᄒᆞ얏ᄂᆞ이다

鄕職

鄕職은戶長、副戶長、兵正、副兵正等官이有ᄒᆞ야顯宗時에其制가頗定ᄒᆞ얏고、또太祖가新羅의降을受ᄒᆞᆫ後、慶州에審官을置ᄒᆞ고副戶長以下官職을設ᄒᆞ얏더니忠肅王時에此輩가公田을廣占ᄒᆞ야民戶를匿ᄒᆞᄂᆞᆫ지라、이에此를罷ᄒᆞ고

兵制

六衛

兵制ᄂᆞᆫ六衛를置ᄒᆞ니衛에ᄂᆞᆫ上將軍、大將軍이有ᄒᆞ야諸領을統ᄒᆞ고領에ᄂᆞᆫ將軍이有ᄒᆞ야軍을統ᄒᆞ니一領에各千人이오都府를立ᄒᆞ고六衛를合ᄒᆞ니四十二都府、四萬二千人이되고、또鷹揚、龍虎二軍을置ᄒᆞ야各其上將軍、大將軍이有ᄒᆞ니六衛上에在ᄒᆞ야相統치、아니ᄒᆞ고、또互相牽制ᄒᆞ야國家藩屛이、되얏ᄂᆞ이다

肅宗時에女眞이搆釁ᄒᆞ거ᄂᆞᆯ因ᄒᆞ야鍊兵ᄒᆞᆯ시別武班을置ᄒᆞ야文武

重房

都房

六衛耗損 都房益盛

散官、吏胥、商賈、僕隷、僧徒ᄭᆞ지隷屬ᄒᆞ고凡馬가有ᄒᆞᆫ者ᄂᆞᆫ神騎라、ᄒᆞ고無ᄒᆞᆫ者ᄂᆞᆫ神步、跳盪等軍이라稱ᄒᆞ더니

毅宗時에ᄂᆞᆫ二軍及六衛의諸將軍이同會ᄒᆞ야議事ᄒᆞ니號曰重房이라向者相統치아니ᄒᆞᆫ者ᄅᆞᆯ合ᄒᆞ야權力이集一케ᄒᆞ니自此로武臣이强ᄒᆞ다가上將軍鄭仲夫、李義旼亂에重房의權이益重ᄒᆞ고

崔忠獻이執柄時에ᄂᆞᆫ文武官吏와閑良軍人中에勇力이有ᄒᆞᆫ者ᄅᆞᆯ招致ᄒᆞ야其家에直宿ᄒᆞ니號曰都房이라獷勇ᄒᆞᆫ士가、다忠獻父子의占領ᄒᆞᆫ비되야契丹入寇時에鄭叔瞻이五軍을率ᄒᆞ고出禦ᄒᆞᆫ다稱ᄒᆞ나其實은、다老羸ᄲᅮᆫ이오、ᄯᅩ趙冲이契丹을破ᄒᆞᆯ時에도忠獻이忌嫉ᄒᆞ야其功을不錄ᄒᆞ니自此로六衛의士ㅣ漸々耗損ᄒᆞ고都房의兵力은益盛ᄒᆞ더니

其後金仁俊、林衍이衆怒ᄅᆞᆯ因ᄒᆞ야崔氏ᄅᆞᆯ誅ᄒᆞ얏스나王室이自討치못ᄒᆞᆫ故로一權臣을除ᄒᆞ면、ᄯᅩ一權臣이生ᄒᆞ다가、밋元宗이復位ᄒᆞᆯ時에元의兵力을藉ᄒᆞ야林衍을除ᄒᆞᆫ後에야權臣의禍가僅息ᄒᆞ얏스나

三軍都摠制府

州縣軍

水軍

三別抄의亂이起ᄒᆞ고、ᄯᅩ屢次變亂을經ᄒᆞᆫ뫼府衛兵도、더욱其額이未充ᄒᆞ야王宮의護衛가、더욱薄ᄒᆞ얏ᄂᆞ이다

恭愍王後에ᄂᆞᆫ諸道에、다元帥가有ᄒᆞ고、ᄯᅩ都元帥、上元帥、副元帥、知兵馬使、節度使等이有ᄒᆞ야號令이多門에出ᄒᆞᆫ뫼軍政을統一치못ᄒᆞ고王室도總攬權이無ᄒᆞ나、오히려牽制ᄒᆞᄂᆞᆫ비有ᄒᆞ더니恭讓王에至ᄒᆞ야三軍都摠制府ᄅᆞᆯ立ᄒᆞ고諸元帥印章을收ᄒᆞ야我 太祖로ᄡᅥ三軍都摠制使ᄅᆞᆯ拜ᄒᆞ야自此로兵權이歸一ᄒᆞ고六衛의名이廢ᄒᆞ야、맛참ᄂᆡ國家가亡ᄒᆞ얏ᄂᆞ이다

州縣軍이各處에散在ᄒᆞᆫ者ᄂᆞᆫ兩界、六道의名稱이有ᄒᆞ야錯雜ᄒᆞ나、다六衛에屬ᄒᆞ고

水軍은太祖時에整理ᄒᆞ야諸島의利ᄅᆞᆯ收ᄒᆞ고顯宗은戈船을造ᄒᆞ야鎭溟口에泊ᄒᆞ야東北海賊을禦ᄒᆞ고元宗은戰艦兵糧都監을置ᄒᆞ야蒙古가日本을伐ᄒᆞᆯ時에ᄂᆞᆫ其戰艦은高麗에서辦出ᄒᆞ얏ᄂᆞ이다

王禑ᄂᆞᆫ京畿左右道의軍人을簽ᄒᆞ야騎船軍이라、ᄒᆞ야東西江에倭寇

로防ᄒᆞ고恭讓王은朴麟祐로,써楊廣左右道水軍都萬戶를拜ᄒᆞ얏고」

屯田

屯田은顯宗時,距今八百九十年間에嘉州(平安道嘉山)에設ᄒᆞᆫ後,各道에仿行ᄒᆞ더니恭愍王時에權家의占奪ᄒᆞᆫ빈,되야軍需에資用치,못ᄒᆞ얏ᄂᆞ이다

武學

武學은甚히完全치,못ᄒᆞ야靖宗時에謂ᄒᆞ되金海兵書ᄂᆞᆫ武略要訣이라,ᄒᆞ야各一本式,沿邊州鎭에賜ᄒᆞ고睿宗時에ᄂᆞᆫ武學生十七人을置ᄒᆞ더니仁宗은其有名,無實홈으로罷ᄒᆞ고

其後恭愍王初에李穡이武科를設코자,ᄒᆞ다가不行ᄒᆞ고恭讓王時에,비로소武科를設ᄒᆞ야兵書와武藝에精通ᄒᆞᆫ者를取ᄒᆞ얏ᄂᆞ이다

兵器

當時에兵器ᄂᆞᆫ弓,弩,刀,劍等이오朴元綽이라,ᄒᆞᄂᆞᆫ人이,더욱兵器에用心ᄒᆞ고德宗時에ᄂᆞᆫ繡質弩를作ᄒᆞ고,또八牛弩와二十四般兵器를邊城에置ᄒᆞ기를請ᄒᆞ고靖宗時에ᄂᆞᆫ繡質九弓弩를造ᄒᆞ미極히神巧ᄒᆞᆫ지라此를東西邊鎭에置ᄒᆞ얏ᄂᆞ이다

後弓弩의用이益盛ᄒᆞ야文宗時에도弩手箭六萬隻과車弩箭三萬

隻을西北路에送ᄒᆞ고,또屢次繡質九弓弩로,써射를習ᄒᆞ니其箭에ᄂᆞᆫ大羽箭,柳葉箭,片箭等이有ᄒᆞ고其中片箭이,더욱長技오이다

石砲

朴元綽이,또德宗時에雷騰石砲를作ᄒᆞ얏스나此ᄂᆞᆫ上古制와如히機를用ᄒᆞ야石을發ᄒᆞ고仁宗時에金富軾이西京을攻홀時에火具五百餘石을作ᄒᆞ고趙彦의製ᄒᆞᆫ石砲로,써投放ᄒᆞ미其焰이電과如ᄒᆞ고其火ᄂᆞᆫ輪과同ᄒᆞ야火氣가益盛ᄒᆞ얏ᄂᆞ이다

火砲

火藥을用ᄒᆞ기ᄂᆞᆫ王禑時에崔茂宣이元國焰焇匠李元의게學ᄒᆞ야火砲를造홀ᄉᆡ火㷁都監을置ᄒᆞ니倭寇의船을焚홈이自此로始ᄒᆞ얏ᄂᆞ이다

牧馬

牧馬ᄂᆞᆫ軍事에緊要ᄒᆞᆫ지라諸牧塲을龍驤,隴西以下十餘處에置ᄒᆞ고毅宗은畜馬料式을定ᄒᆞ야牧馬에用意ᄒᆞ다가後에,또馬를諸島에放홀ᄉᆡ耽羅ᄂᆞᆫ,더욱蕃息ᄒᆞ더니

밋元이高麗를壓制홀時에ᄂᆞᆫ耽羅가元에屬ᄒᆞ고,또國家가多故ᄒᆞ야馬畜이闕乏ᄒᆞ거ᄂᆞᆯ忠烈王이馬畜滋長別監을置ᄒᆞ얏스나,其蕃息이

刑法

鄭夢周撰新律

十分充滿치못ᄒᆞ야其後ᄂᆞᆫ百官及僧徒의게戰馬ᄅᆞᆯ出케ᄒᆞ얏ᄂᆞ이다」

高麗의政治가大抵唐의制度ᄅᆞᆯ本ᄒᆞᆯᄉᆡ刑法은더욱倣行ᄒᆞᆫ者가多ᄒᆞ야獄官令及名例衛禁以下十二律이有ᄒᆞ고其刑法은笞、杖、徒、流、死가有ᄒᆞ며此에附ᄒᆞᆫ者ᄂᆞᆫ다減贖當免法이有ᄒᆞ고

凡刑律이唐律은五百條어ᄂᆞᆯ高麗ᄂᆞᆫ六十九條오此外에別로히獄官令二條ᄅᆞᆯ附ᄒᆞᆯ뿐이라其煩劇을刪ᄒᆞ고簡易ᄅᆞᆯ取ᄒᆞ야時宜에斟酌ᄒᆞ얏스나其條目이未詳ᄒᆞ야取捨의當否ᄅᆞᆯ論斷키難ᄒᆞ니其流刑中二千里、三千里라云ᄒᆞᆷ은高麗地方이狹少ᄒᆞ니此ᄂᆞᆫ行치못ᄒᆞᆯ事라其虛文을可知오

其後또法綱이漸弛ᄒᆞ야弊端이益甚ᄒᆞᆯᄉᆡ王禑時에ᄂᆞᆫ元國의至正條格을遵케ᄒᆞ고典法司ᄂᆞᆫ또明律及議刑易覽을斟酌更定코자ᄒᆞ며鄭夢周가明律及至正條格과本朝法令을取ᄒᆞ야斟酌刪定ᄒᆞ얏스나是年에社稷이亡ᄒᆞ야此ᄅᆞᆯ用치못ᄒᆞ얏ᄂᆞ이다

大抵高麗의法律이唐을倣ᄒᆞ얏스나太祖가佛敎ᄅᆞᆯ好ᄒᆞ야慈悲로써

爲本ᄒᆞᄂᆞᆫ故로往々히惡을寬恕ᄒᆞ고暴ᄅᆞᆯ惠宥ᄒᆞ야紀綱이不振ᄒᆞ고武臣이跋扈ᄒᆞ야明宗、高宗以來에ᄂᆞᆫ權臣이繼起ᄒᆞ야被告ᄒᆞᆫ者ᄅᆞᆯ其罪ᄅᆞᆯ不問ᄒᆞ고、곳水中에投ᄒᆞ야刑政이大壞ᄒᆞ나然ᄒᆞ나當時에條目이甚히簡疎ᄒᆞ야人이自意로法을行ᄒᆞ야寬嚴이大異ᄒᆞ얏ᄂᆞ이다訴

民事訴訟

民事訴訟은大抵私田의爭과良賤의訟이라其守令及按廉使의게祿ᄒᆞ고或京官에越告ᄒᆞ며或有司에訴치아니ᄒᆞ고直히大內와都堂에達ᄒᆞᄂᆞᆫ者ᄅᆞᆯ禁ᄒᆞ얏ᄂᆞ이다

田地種類

租稅ᄂᆞᆫ當時에田地의種類ᄅᆞᆯ擧ᄒᆞ면功蔭田、口分田、公廨田、永業田、科田等名目이有ᄒᆞ니此ᄅᆞᆯ謂ᄒᆞ되田柴科라官人의게授ᄒᆞ얏다가身歿ᄒᆞ면公에納ᄒᆞᄂᆞᆫ者ᄅᆞᆯ公田이라ᄒᆞ야租稅ᄅᆞᆯ官에不納ᄒᆞ고臣民의

公田 私田

私有ᄒᆞᆫ者ᄂᆞᆫ私田이라ᄒᆞᄂᆞ이다

量田步法

田地ᄅᆞᆯ量ᄒᆞᆷ은一丈을把라ᄒᆞ고十把ᄅᆞᆯ束이라ᄒᆞ고十束을負라ᄒᆞ고百負ᄅᆞᆯ結이라ᄒᆞ니此ᄂᆞᆫ新羅以來舊制오文宗二十三年、距今八百三十八年前에量田步法을定ᄒᆞ니

田一結은方三十三步오二結은方四十七步오三結은方五十七步三分이오四結은方六十五步오五結은方七十三步八分이오田六結은方八十步八分이오七結은方八十七步四分이오八結은方九十步七分이오九結은方九十九步오十結은方百四步三分이니

此時에六寸을一分이라ᄒᆞ고十分을一尺이라ᄒᆞ고六尺을一步라ᄒᆞ고百步로一結이라ᄒᆞ며(步와負는音이相同) 然이나負束의稱이맛참ᄂᆡ廢치아니ᄒᆞ고明宗時에또ᄒᆞᆫ其數를用ᄒᆞ며

田地等級

또田地의等級을定ᄒᆞᆯ시不易ᄒᆞᆫ地를上田이라ᄒᆞ고一易ᄒᆞᆫ地는中田이오再易ᄒᆞᆫ地는下田이라ᄒᆞ니不易ᄒᆞᆫ山田一結과一易田二結과再易田三結은幷히平田一結과相準ᄒᆞ고

米粟量法

米粟을量ᄒᆞᆷ은十勺이一合이오十合이一升이오十升이一斗오十五斗는小斛이오二十斗는大斛이라ᄒᆞ고靖宗時에는每年春秋에公私의秤、斛、斗、升에平木、長木으로、ᄡᅥ平校ᄒᆞ고文宗七年、距今八百五十四年前에官斛法을定ᄒᆞ니

米斛은一尺二寸이오稗租斛은一尺四寸五分이오末醬斛은一尺三寸九分이오大小豆斛은一尺九分이니此四種은長、廣、高가皆同ᄒᆞ고

恭愍王時에諸道鄕吏가收租ᄒᆞᆯ시私히大斗를作ᄒᆞ야剩量ᄒᆞ는지라이에州郡官으로、ᄒᆞ야곰中外公私間에斗斛이同케、ᄒᆞ얏ᄂᆞ이다

衡

衡은斤、兩、目、刀、錢、分等의稱이有ᄒᆞ고顯宗이權衡을定ᄒᆞ얏스나其制가不詳ᄒᆞ더니忠烈王이元의秤制를從ᄒᆞ고

租稅

租稅制는大略二種에別ᄒᆞ니太祖가泰封의苛政을除ᄒᆞ야新羅制를復ᄒᆞᆯ시田一負브터租三升을收ᄒᆞ고成宗은公田의租는四分에一을取ᄒᆞ고水旱田을因ᄒᆞ야等級이有ᄒᆞ더니

一般人民所收租稅

王禑時에趙浚의議로公私租를收ᄒᆞᆯ시一結에米二十斗로定ᄒᆞ야民生을厚케、ᄒᆞ고恭讓王은水田一結에糙米三十斗오旱田에는雜穀三十斗오

貢賦

또貢賦라홈은各種物品을貢홈이라光宗時、距今九百四十年頃에其額을定ᄒᆞ얏스나其多小를不知ᄒᆞ더니其後牛皮、筋、骨、中布、純布、綿紬等을平布로折ᄒᆞ야受ᄒᆞ고、또其多少를酌定ᄒᆞ나恒常橫歛이多ᄒᆞ며宣宗時、距今八百十餘年前에ᄂᆞᆫ雜稅라云ᄒᆞᄂᆞᆫ者ㅣ有ᄒᆞ야栗、柏에大木은三升이오中、小木은二升一升이오其他漆及麻田等에稅가有ᄒᆞ얏고忠惠王時에ᄂᆞᆫ山稅가有ᄒᆞ야松子를獻ᄒᆞ더니其後에山澤稅를收ᄒᆞ기漸重ᄒᆞ다가恭愍王이輕減ᄒᆞ얏ᄂᆞ이다

徭役

徭役은凡民이年十六을丁이라ᄒᆞ야國役에服ᄒᆞ다가六十에免役ᄒᆞ니此等은다州郡에서每年에戶口를計ᄒᆞᆯᄉᆡ良民、賤民의生口、戶籍을分製ᄒᆞ야戶部에貢ᄒᆞᆫ後、其戶籍을依ᄒᆞ야使役ᄒᆞ되人口多少를分ᄒᆞ야九等으로賦役을定ᄒᆞ더니王禑時에外方民도京中法을從ᄒᆞ야大、中、小三等에分ᄒᆞ야中戶ᄂᆞᆫ二로、써一이라ᄒᆞ고小戶ᄂᆞᆫ三으로、써一이라ᄒᆞ니

以上租稅、貢賦、徭役은、곳唐의租、庸、調의類니田地와人身과家屋으로

塩稅

서出ᄒᆞᆫ者오其他塩稅等은國家用度에最大ᄒᆞᆫ者로되忠烈王時에비로소塩稅別監을諸道에遣ᄒᆞ고忠宣王은政府에서鹽倉을建置ᄒᆞ야人民으로、ᄒᆞ야곰官司에來ᄒᆞ야布로、써鹽을換ᄒᆞ고私히販賣者ᄂᆞᆫ嚴罰ᄒᆞ니當時에諸道塩價의歲入이布가四萬疋이오恭愍王時에ᄂᆞᆫ塩戶가散亡ᄒᆞᆫ지라人民이租稅를納ᄒᆞᆯ뿐이오塩을受치、못ᄒᆞ기十年이、되얏ᄂᆞ이다

臨時科歛

高麗에서大事가有ᄒᆞ야用度가不足ᄒᆞ면金、銀、布、帛、米、豆等을群臣과人民의게臨時科歛ᄒᆞ야費用을支辦ᄒᆞᆫ者가有ᄒᆞ니元의壓制를受ᄒᆞᆫ以來로國贐을助ᄒᆞ며軍粮을充ᄒᆞ기屢次에、다民의게取ᄒᆞ기無已ᄒᆞ되、오작即位와、밋幸行時에水、旱、霜、蟲等을因ᄒᆞ야租稅를減ᄒᆞ고徭役

租稅減免

을蠲ᄒᆞ기屢度라故로人民도息肩ᄒᆞᆫ日이有ᄒᆞ얏ᄂᆞ이다

祿俸

祿俸은種々ᄒᆞᆫ制度가有ᄒᆞ야文武百官으로브터府兵、閑人ᄭᆞ지科를隨ᄒᆞ야墾田을授ᄒᆞ고、또採樵地를給ᄒᆞ니此를謂ᄒᆞ되田柴科라太祖

田柴科

時에ᄂᆞᆫ田을分ᄒᆞᆯᄉᆡ官階를不論ᄒᆞ고人의性行善惡과功勞大小를視

호야給予호더니景宗은現職과散官各品의田柴科를立호고、또人品으로、써定호다가
穆宗、文宗은十八科를定호니制度가大備호야其田柴를其身이歿호後、納官호고、오작府兵은六十에還納호고七十以後에는口分田五結을給호고、또軍人戰死者의妻와밋五品以上의遺女未嫁者는五結、或八結을給호얏느니다

公蔭田柴

此外에、또公蔭田柴는子孫及壻、姪、養子々지傳호고、또公廨田柴는州、縣、府、郡、館、驛等의職分田이、되니

以上은、다土地로、써予호者오此外에米、粟으로、써予호는者ㅣ有호니

祿俸

此는、곳祿俸이라文宗時、距今八百五十年에其法이大備호고仁宗이다시定호니內에는后妃、公主、宗室、百官브터外에는三京、州、府、縣々지、다祿이有호야多者는三四百石브터小者는四五石에至호고

國初田數

田柴科의制가太祖브터始호야數世後에漸備호니此는國初의田數가大約八十萬結이라此로、써給호더니其後에收授法이漸壞호고據

奪의風이大行호야已仕와已嫁人도、오히려閑人의田을食호며行伍에不入혼者도軍田을冒食호고父는其子의게私授호야子가納官치、아니호니故로虛實이相蒙호야或三百結을受혼者ㅣ其實은立錐地가無호더니

恭讓王初六道墾田數

恭讓王初에趙浚等이建議호야私田을革고자、홀시巨室과世族이、다不願호니時에六道의墾田數가五十萬結뿐이라此로、써上供及祿俸軍料等을定호더니既而오革命이、되야十分整頓치、못호얏느이다

祿俸은文宗時에歲入米、粟、麥이摠히十三萬九千七百餘石이라科를隨호야給호고西京官祿은西京의大倉과西海道의稅糧으로、써給호고外官祿은左倉及外邑으로서給호더니高宗、元宗以後에는倉廩이虛竭호야祿을須키難혼지라、드듸여畿縣에셔祿科田을給호야補充호고恭愍王以後는倭寇를因호야漕運을通치、못호미宰相의俸도僅히數斛이오七品以下는、다만布를給호얏느이다

學制

學制는新羅가亡키前에太祖ㅣ西京에서學校를創置호고延鶚으로、

써書學博士를拜ᄒ고別로히學院을創ᄒ고六部生徒를聚ᄒ야敎授ᄒ고兼히醫、卜二業을置ᄒ고成宗은經學、醫學博士各一員을二十牧에置ᄒ고國子監을創ᄒ야田庄을給ᄒ고修書院(書籍을藏ᄒ야今圖書館과如ᄒ者라)을設ᄒ야學問을奬勵ᄒ나然ᄒ나、오히려甚盛치、못ᄒ더니文宗時에十二徒(見下)가興ᄒ後、私學이最盛ᄒ고睿宗은國學에養賢庫를立ᄒ야士子를養ᄒ시學舍를廣設ᄒ고儒學六十人과武學十七人을置ᄒ고名儒를選ᄒ야學官博士라、ᄒ고仁宗에至ᄒ야ᄂ學式을定ᄒ니

國子學生三百人、大學生三百人、四門學生三百人이오凡雜路及工、商、樂名等賤事者와大小功親에犯嫁者와家道不正者와惡逆에犯ᄒ者와賤鄕部曲人等子孫及自身有罪者ᄂ入學을不許ᄒ고

또國子學中에律學、書學、算學은八品以下子孫及庶人과七品以上子의情願者를許入ᄒ고

國子學과大學과四門學에、다博士와助敎를置ᄒ고經을分ᄒ야敎授

ᄒ고律書及算學은、다만博士를置ᄒ니凡經書ᄂ周易、書傳、周禮、儀禮、禮記、毛詩、春秋、孝經、論語、等과算術及時務策을習ᄒ고暇時ᄂ書를習ᄒ고

諸州立學

仁宗은、또諸州에下詔ᄒ야學을立ᄒ야學生을置ᄒ니此ᄂ成宗時에博士를十二牧에置ᄒ얏스나學校가未立ᄒ故오其後國學生徒가二百人에不過ᄒ니此ᄂ費用을省홈이오元宗은東西學堂을置ᄒ고各其別監을差ᄒ야敎導ᄒ얏고

贍學錢

忠烈王은當時儒士가、오작科文을習ᄒ고經史를通ᄒ者ㅣ小ᄒ다、ᄒ야崔雍等七人으로、써經史敎授를拜ᄒ고、또國學에大成殿을新建ᄒ니時에安裕가建議ᄒ야國學의贍學錢(今의學校寄本金과同이라)을置ᄒ고、또書籍을支那國江南에購來ᄒ야諸事가頗備ᄒ고諸生이受業ᄒᄂ者ㅣ數百이오

忠宣王은、또博士柳衍을江南에遣ᄒ야經籍一萬八千卷을購來ᄒ고元이、또宋秘閣의所藏書籍四千三百七十一冊을送來ᄒ고恭愍王時

科擧

에는國學과十二徒東西學堂을葺治ᄒᆞ고其他中外學校를修理ᄒᆞ고
李穡이大司成을兼ᄒᆞ니學徒가漸漸衆多ᄒᆞ고
恭讓王도또ᄒᆞᆫ儒學教授官을京中五部及各道에置ᄒᆞ야學業을奬勵ᄒᆞ니大抵十二徒는本來私學이로되此時에는國學과東西學堂이幷立ᄒᆞ야凡科擧를應ᄒᆞ는者는몬저徒中에隷ᄒᆞ야學ᄒᆞ미政府에셔此를鄭重히待遇ᄒᆞ얏ᄂᆞ이다

科擧로써士子를選ᄒᆞᆷ은光宗九年距今九百四十九年前에支那後周人雙冀의言을用ᄒᆞ야始設ᄒᆞ얏ᄉᆞ니其法이唐制를用ᄒᆞ야科目은製述(即進士)明經의兩業이有ᄒᆞ고其他醫、卜、地理、律、書、算、三禮、三傳이니各其其業으로試取ᄒᆞ야出身을賜ᄒᆞ고비록名卿大夫라도다科目으로브터進ᄒᆞ니其法이親試、覆試、監試、封彌、殿試、朔試等名이有ᄒᆞ니光宗時브터恭讓王時ᄭᆞ지進士가大約六千人이오明經이四百四十人이오醫、卜과明法、明書、算、三禮、三傳等은穆宗時ᄭᆞ지五六人乃至二三十人뿐이오

科擧外에遺逸賢良의薦이有ᄒᆞ고또門蔭、南班、雜路의選叙、陞遷의途가有ᄒᆞ나其初는銓選法이頗正ᄒᆞ더니高宗時에崔瑀가政房을私第에置ᄒᆞᆫ後브터賄賂가行ᄒᆞ야銓選이壞ᄒᆞ고忠烈王以後에는國用이不足ᄒᆞ야人이銀과粟을納ᄒᆞ야拜官케ᄒᆞᆯ새所納의多少를隨ᄒᆞ야次第를定ᄒᆞ니此는衰季의亂政이오

黑冊粉紅

또科目의紊亂이益甚ᄒᆞ야黑冊과粉紅의誚이有ᄒᆞ니黑冊이라ᄒᆞᆷ은忠肅王時에批目이下ᄒᆞᆯ時에用事者가塗抹撰改ᄒᆞ야朱墨을分辨키難ᄒᆞᆫ지라故로曰黑冊政事라ᄒᆞ니黑冊은即兒童이習字ᄒᆞ는帖이오粉紅이라ᄒᆞᆷ은王禑時에勢家의幼稚兒童이登科ᄒᆞ미時人이謂曰粉紅이라ᄒᆞ니其兒童이粉紅衣를着ᄒᆞᆫ故라高麗의業이此에셔衰ᄒᆞ얏ᄂᆞ이다

職限

科擧로人을登庸ᄒᆞᆷ이上文과如ᄒᆞ나其所取는다士大夫의子라其身이微賤ᄒᆞᆫ者는叅與치못ᄒᆞ고또宦職에限이有ᄒᆞ야電吏、杖首、門僕等의子孫은製述、明經業에登ᄒᆞᆫ者ㅣ五品을爲限ᄒᆞ고醫、卜、地理、算術의

業은七品이爲限이오或大小功親에嫁ᄒᆞ야生ᄒᆞᆫ子와工商樂人의子ᄂᆞᆫ功이有ᄒᆞ야도、다만物을賜ᄒᆞ고仕路에禁ᄒᆞ니其制가時를因ᄒᆞ야不同ᄒᆞ나然이나寒微者ᄂᆞᆫ榮達路壅塞ᄒᆞ얏ᄂᆞ에이다

高麗五百年의制度를通觀ᄒᆞ면其初에ᄂᆞᆫ唐制를倣ᄒᆞᆫ者ㅣ十에七八이오忠烈王以後ᄂᆞᆫ或元의制度를據ᄒᆞᆫ者ㅣ有ᄒᆞ니其間에得失利害가不無ᄒᆞ나然이나高麗가唐制를依倣ᄒᆞᆫ者ᄂᆞᆫ大抵舊法을因襲ᄒᆞᆯᄲᅮᆫ이오이다

敎法

儒學 儒學이其初에ᄂᆞᆫ甚盛치、아니ᄒᆞ더니成宗十一年、距今九百十五年前에至ᄒᆞ야孜々히周公、孔子의敎를興ᄒᆞ고父慈子孝、兄友弟恭의遺風을識코자ᄒᆞ야經學博士를十二牧에置ᄒᆞ고文宗時에ᄂᆞᆫ崔冲이九齋를作ᄒᆞ야諸生을敎育ᄒᆞ니其徒中에隷ᄒᆞᆫ者를謂ᄒᆞ되崔公徒라、ᄒᆞ고

十二徒 其他儒臣이徒를立ᄒᆞᆫ者ㅣ凡十一이라世人이謂ᄒᆞ되十二徒라稱ᄒᆞ고其中趙冲의徒가最盛ᄒᆞ야謂ᄒᆞ되海東孔子라、ᄒᆞ고王이、또國子監

에詣ᄒᆞ야孔子像에再拜ᄒᆞ고稱曰百王師라、ᄒᆞ고睿宗은學生을宋에遣ᄒᆞ고、또淸讌閣、寶文閣에서學士로、더브러經籍을講論ᄒᆞ고學校를設ᄒᆞ고生員을置ᄒᆞ야禮樂으로、써風俗을成ᄒᆞ고

禁老莊學 仁宗은諸生의老、莊學을禁ᄒᆞ고戶部尙書로、ᄒᆞ야곰五典으로、써人民을敎ᄒᆞ고閭里童稚의게ᄂᆞᆫ論語와孝經을分賜ᄒᆞ고儒臣은經을講論ᄒᆞ니此ᄂᆞᆫ儒學이最盛ᄒᆞᆫ時오其後에ᄂᆞᆫ學問이不行ᄒᆞᆷ은、아니로되、다詞賦와文章業에不過ᄒᆞ더니忠烈王時에安裕가忠君、孝親과兄友、弟恭의道를講ᄒᆞ고

忠烈王이、또大成殿을作ᄒᆞ야儒學이再興ᄒᆞ나然ᄒᆞ나程、朱를學ᄒᆞᄂᆞᆫ者ㅣ未有ᄒᆞ더니忠肅王時에白頤正이元에如ᄒᆞ야程、朱學을治ᄒᆞ고.

性理學始行 歸國ᄒᆞ거ᄂᆞᆯ李齊賢、朴忠佐ㅣ從學ᄒᆞ고、또權溥가建白ᄒᆞ야朱子의四書集註를刊行ᄒᆞ고禹倬은程氏易傳에明ᄒᆞ야生徒를敎授ᄒᆞ니性理學이始行ᄒᆞ고其後에李穡、尹澤、權近、李仁復의徒ㅣ輩出ᄒᆞᆯ새李穡은大司成으로生員을增置ᄒᆞ고、또金九容、鄭夢周、朴尙衷、朴宜中、李崇仁

等이學官을兼ᄒᆞ야學者ㅣ坌集ᄒᆞ미性理學이益盛ᄒᆞ고其中에道德과學問이一代에冠冕되기ᄂᆞᆫ李穡鄭夢周오夢周의理論이더욱人意에超出ᄒᆞ니諸儒가歎服ᄒᆞ고

儒學著書

또其忠義大節이當時의風氣를勵ᄒᆞ기尤大ᄒᆞ고、오작可惜ᄒᆞᆫ者ᄂᆞᆫ當時에儒學으로著書가僅히尹彦頤의易解와權近의入學圖說、五經淺見錄에不過ᄒᆞ얏ᄂᆞ이다

釋奠

國學에서ᄂᆞᆫ文宣王廟를立ᄒᆞ고每年春秋二仲朔、上丁日에釋奠을行ᄒᆞ고顔回以下七十二人과左丘明以下二十三人을配享ᄒᆞ고本國人中配享ᄒᆞᆫ者ᄂᆞᆫ、오작新羅의崔致遠、薛聰兩人ᄲᅮᆫ이오其儀節은國王이親祀ᄒᆞ고祭酒司業、博士가獻官이되고

諸州縣에도地方長官이主가되야釋奠을行ᄒᆞ고儒學으로ᄡᅥ國敎를作ᄒᆞ야尊崇ᄒᆞ얏ᄂᆞ이다

佛敎

佛敎ᄂᆞᆫ太祖가甚히信奉ᄒᆞ야即位初에天竺國法師摩睺羅와陸哩縛日羅ㅣ來ᄒᆞ거ᄂᆞᆯ王이儀節을備ᄒᆞ야迎接ᄒᆞ고또國을有ᄒᆞᆷ이佛氏力

이라ᄒᆞ야其訓要를述ᄒᆞᄂᆞᆫ데도佛事를頌ᄒᆞᆫ者ㅣ多ᄒᆞ고燃燈에八關說(八關은佛家齋戒)이有ᄒᆞ고成宗은僧徒로ᄡᅥ國師、王師라ᄒᆞ고德宗은菩薩戒를受ᄒᆞ고其後諸王도道場을設ᄒᆞ고寺院에幸ᄒᆞᆷ과僧의게施飯ᄒᆞᄂᆞᆫ事가極多ᄒᆞ고、또仁宗은妙清、白壽翰의言을聽ᄒᆞ야灌頂道場을常安殿에設ᄒᆞ더니元宗이即位時에도灌頂禮를行ᄒᆞ고忠宣王은灌頂道場을設ᄒᆞ고

禪宗之始

成宗은沙門三十餘人을宋杭州(支那浙江省)에遣ᄒᆞ야永明寺智覺禪師의게受學ᄒᆞ야宗鏡錄을領歸ᄒᆞ니此ᄂᆞᆫ禪宗의始오、또文宗이其子煦와窺를祝髮ᄒᆞ야僧이되더니煦가聰慧ᄒᆞ야、비로쇼華嚴을業ᄒᆞ고、또儒術을涉獵ᄒᆞ다가潛히宋에入ᄒᆞ야法을求ᄒᆞ더니、밋還國ᄒᆞ미釋典經書를遼東에購ᄒᆞ야刊行ᄒᆞ야天台宗을創ᄒᆞ고其歿에大覺國師를贈ᄒᆞ니、이에佛敎가、더욱興隆ᄒᆞ고

創天台宗

分佛敎爲敎宗禪宗

其後王子의僧된者ㅣ歷代의恒例가、되니當時에行ᄒᆞᄂᆞᆫ佛敎ᄂᆞᆫ敎宗天台宗 禪宗(慈恩宗、曹溪宗의別이有ᄒᆞ더라)이有ᄒᆞ나敎宗은禪宗을不及ᄒᆞ고

程朱學隆興

高麗一代에는佛教가尤盛혼世러니恭讓王時(距今五百十六七年頃)에宋儒의程、朱學이盛行ᄒ야士大夫間에往々히佛氏를排斥ᄒ는者ㅣ蹶起ᄒ다가畢竟近世初(本國初)에서는佛教를一掃ᄒ얏ᄂ이다

高麗末에佛教가衰頹홀뿐아니라朝廷士大夫의風習과喪祭禮ᄭ지盡變ᄒ야其影響의及홈이極大ᄒ얏ᄂ이다

道教

道教는睿宗時(距今八百年前)에元始天尊像을玉燭亭에置ᄒ고每月에醮祭ᄒ며毅宗은僧道數百人을集ᄒ야恒常齋醮ᄒ미糜費가極多ᄒ니其道가大行치는아니ᄒ나또혼甚盛ᄒ얏ᄂ이다

文學과技藝

文學

文學은光宗九年(距今九百四十九年前)에雙冀의議를用ᄒ야科擧로取士혼後로文風이漸興ᄒ나浮華가盛ᄒ야實德이衰ᄒ고成宗은學校를建ᄒ고書院을置ᄒ더니顯宗이南幸혼後로大振치못ᄒ고文宗時에崔冲이斯文을興起ᄒ야其學이九經、三史에또詩、禮를習ᄒ야科擧를應ᄒ는者ㅣ다徒中에隷ᄒ니이에文學이蔚然히興ᄒ고

文學蔚興

文運一大災厄

또仁宗、肅宗、睿宗은群臣會宴에詩를賦ᄒ고毅宗은其風이益盛ᄒ야輕躁浮薄혼金敦中、韓賴等과唱和酣飮ᄒ다가武將의忿怒를招ᄒ야王을弑ᄒ고文冠을戴혼者는盡殺ᄒ니文學浮華의獘가如此ᄒ미곳文運의一大災厄이오

其後李奎報、琴儀、李公老、兪升旦等은詩를善ᄒ고文에工혼者라然이나當時學者는大抵僧徒를從ᄒ야章句를習ᄒ니其風俗을可知오忠烈、忠宣은다文學을好홀셔忠宣은燕京에서萬卷堂을搆ᄒ고閻復、姚燧、趙孟頫、虞集等으로더브러書史를考究ᄒ미李齊賢이其間에서周旋홀셔文名이最盛ᄒ고

忠惠王은擧子로ᄒ야곰律詩一百首를誦ᄒ고小學五聲字韻을通혼者로赴試케ᄒ나然ᄒ나忠穆王은李、杜詩를觀코자ᄒ니侍臣이其政治에無補ᄒ다ᄒ야進納지아니ᄒ얏스니然則當時에詩賦를鄙視홈도可知오恭愍王以後는學士가相繼輩出ᄒ미其中鄭道傳、尹紹宗、權近等은더욱錚々혼人이라文章과制作이可觀홀者가甚多ᄒ니其盛

홈이中葉以前에及홀빈아니라

然이나高麗一代에著述에用心ᄒᆞ야一部書籍을完成ᄒᆞᆫ者ᄂᆞᆫ僅히數十種에不過ᄒᆞ야歷史에ᄂᆞᆫ金富軾의三國史記가著名ᄒᆞ나오히려自國을貶侮ᄒᆞ야卑陋ᄒᆞᆫ識을難免이오詩文은或温雅、或豪健ᄒᆞ야各其長短이有ᄒᆞ나李奎報、李崇仁、李穡、鄭夢周等의集이더욱後世에行ᄒᆞ얏ᄂᆞᆫ이다

歷史

詩文

書籍印行

高麗藏經本

書籍을印行ᄒᆞ기ᄂᆞᆫ成宗時、距今九百十餘年前에大藏經을刊刻ᄒᆞᆯ서宋本及契丹本을求ᄒᆞ야校合ᄒᆞ니後世에서此를高麗本이라稱ᄒᆞ며現今藏經刊本이此보다善ᄒᆞᆫ者가未有ᄒᆞ고其後靖宗時ᄂᆞᆫ崔顥等이兩漢及唐書를刊行ᄒᆞ고、또秘書省에서禮記와毛詩의正義를新刊ᄒᆞ얏스나盛行치못ᄒᆞ고

文宗時에ᄂᆞᆫ西京留守가言ᄒᆞ되進士、明經等의就業ᄒᆞᆯ書籍이다傳寫ᄒᆞᆫ者라文字가乖錯ᄒᆞ다ᄒᆞ거ᄂᆞᆯ이에秘閣의九經、漢、晋、唐書와論語、孝經과子、史、諸家文集과醫、卜、地理、律、算等諸書를印刷ᄒᆞ야各一本式、諸

學院에置ᄒᆞ고其後에ᄂᆞᆫ屢次諸州縣에서醫書、歷史等을雕印ᄒᆞ고、또宣宗時에ᄂᆞᆫ書籍四千卷을遼、宋과日本에購來ᄒᆞ야刊行ᄒᆞ얏스나此ᄂᆞᆫ다官府에서出ᄒᆞᆫ者오民間에서ᄂᆞᆫ刊行홈이無ᄒᆞ고、또支那書籍을飜刻ᄒᆞᆯᄲᅮᆫ이오明宗은崔惟淸의所撰李翰林集注及柳文事實을覽ᄒᆞ고嘉賞ᄒᆞ야板에鏤ᄒᆞ니此가本國人이編輯ᄒᆞᆫ者를刊行ᄒᆞᆫ始初오

活字印板

天文曆象

曆法

活字印板은此보다稍後ᄒᆞ나恭讓王時、距今五百十六七年頃에書籍院을置ᄒᆞ고鑄字로써書籍을印行ᄒᆞ얏고

天文曆象은賤技라ᄒᆞ야學者ㅣ少ᄒᆞ더니元宗時에天文을知ᄒᆞᄂᆞᆫ者ㅣ大學博士를拜ᄒᆞ니人이다嘲笑ᄒᆞᄂᆞᆫ지라故로其術이進步치못ᄒᆞ고

曆法은唐의宣明曆을用ᄒᆞ야高麗初브터百年을逾ᄒᆞ미其術이已差ᄒᆞ얏고唐에서ᄂᆞᆫ屢次曆法을改ᄒᆞ얏거ᄂᆞᆯ高麗ᄂᆞᆫ其舊를循行ᄒᆞ다가文宗時에曆을撰ᄒᆞᄂᆞᆫ者ㅣ多ᄒᆞ니、곳十精曆太史金成澤과七曜曆李仁顯과見行曆韓爲行과遁甲曆梁元虎과太一曆金正이라其法이甚詳치못ᄒᆞ나其大體에

는發明혼者가多ᄒ고

醫術 醫術은太祖初에西京에學校를創立ᄒ야醫、卜二業을置ᄒ고成宗은醫學博士各一人을十二牧에置ᄒ야儒學과同히奬勵ᄒ나然ᄒ나當時에士庶人의病者는醫를不見ᄒ고藥도、또ᄒ無ᄒ야死者가多ᄒ더니文宗時에醫藥을宋에求ᄒ고肅宗時에宋이神醫普救方을遣來ᄒ고、또宋醫官牟介等이醫生을敎訓ᄒ고睿宗時에太子ㅣ宋에致書ᄒ야大方脈、瘡腫科等醫를求ᄒ니宋이楊宗立等七人을送來ᄒ야當時

宋醫來自 醫術이、다宋으로서傳來ᄒ얏고

仁宗은試選式을定ᄒ실서醫業은素問經、甲乙經等을用ᄒ야上古書籍과甚異치、아니ᄒ고僅히一二三種을增ᄒ얏고忠烈王時、距今六百十餘年前에는元世祖忽必烈이醫官을求ᄒ거는薛景成이往ᄒ야効驗이有ᄒ지라賞賜가甚厚ᄒ니其術의精ᄒ을可知오恭讓王末에는醫業人의厚祿高官이多ᄒ얏고

音樂 音樂은雅樂、唐樂、俗樂三種을雜用ᄒ니成宗時는郊、社、宗廟에雅樂을

用ᄒ고睿宗은宋徽宗이送ᄒ大晟樂을太廟에薦ᄒ고九室登歌의樂章을新製ᄒ더니明宗時에는樂工이逃竄ᄒ야樂이錯亂ᄒ고恭愍王은屢次樂章을制ᄒ고明太祖가、또編鐘、編磬을送ᄒ니、이에太常樂工을遣ᄒ야習樂ᄒ실서大抵宋、明으로서來ᄒ者를、다雅樂이라、ᄒ고

唐樂 唐樂은睿宗以前、距今八百年前에支那로서傳ᄒ者라然ᄒ나本國에서도改正ᄒ얏고其中北暴、東頑의詞가有ᄒ니北은契丹이오東은日本을謂ᄒ이라其曲이史傳에見ᄒ者는獻仙桃、壽延長、五羊仙、抛球樂等이니凡四十餘曲이오

俗樂 俗樂은卽本國樂이니其曲이動々、西京、大同江、五冠山 松都在 等二十四曲이오、또三國의俗樂도有ᄒ나、다俚語를用ᄒ니高麗音樂을知코자ᄒ면此三者에不外ᄒ고

樂器 大抵唐樂과俗樂에는舞隊는皂彩이오樂官은朱衣오妓는丹粧이오其樂器는雅樂에는鐘、磬、琴、瑟、簫、笛、笙、鼓等을用ᄒ고唐樂에는方響、洞

簫、笛、牙箏、大箏、敎坊鼓를用ᄒᆞ고俗樂에ᄂᆞᆫ玄琴、伽倻琴、大琴、牙拍、無㝵、舞鼓、嵇琴、中笒을用ᄒᆞ고觱篥、琵琶、杖鼓、拍等은唐樂、俗樂에共用ᄒᆞ고

書法

書法에精ᄒᆞᆫ者ㅣ歷代에不乏ᄒᆞ나睿宗時에ᄂᆞᆫ洪灌이新羅金生의體를倣ᄒᆞ고高宗時에郭預ᄂᆞᆫ書法이瘦勁ᄒᆞ야一家를成ᄒᆞ미當世人이翕然히仿行ᄒᆞ얏고其他姚克一、文公裕、文克謙과僧坦然、靈業과李知命、奇洪壽、韓脩、柳公權은다一代名手오恭愍王은書畫가다入妙ᄒᆞ얏ᄂᆞ이다

圖畫

仁宗時에李寧이李俊異를從ᄒᆞ야畫法을學ᄒᆞ고宋에往ᄒᆞ니徽宗이王可訓、陳德之、田宗仁、趙守宗으로ᄒᆞ야곰寧의畫法을學케ᄒᆞ니其妙手를可知ᄒᆞᆯ지라毅宗이寧으로ᄒᆞ야곰內閣의繪事를主掌ᄒᆞ고寧의子光弼이또ᄒᆞᆫ名畫로明宗의寵愛를受ᄒᆞ고

明宗이또ᄒᆞᆫ畫圖에精ᄒᆞ고더욱山水에妙ᄒᆞ며李光弼及高惟訪으로、더브러繪畫를爲事ᄒᆞ고政務를不顧ᄒᆞ며또謂曰光弼은三韓圖畫中絕筆이라國家에光榮이有ᄒᆞ다ᄒᆞ니其愛賞을可知오또當時功臣은

堂을建ᄒᆞ야其形을壁上에圖ᄒᆞ고또國學壁上及文宣王廟左右廊에七十二賢과二十三賢을畫ᄒᆞᆫ等事가有ᄒᆞ니繪畫의緊홈을可知오

毅宗時、距今七百五十年頃에亭閣을起ᄒᆞ니金碧이鮮明ᄒᆞ고恭愍王時에ᄂᆞᆫ元의梓人元世를濟州로서召來ᄒᆞ야影殿을營建ᄒᆞ니다當時

建築

建築中에가장壯麗ᄒᆞᆫ者오또金、銀、鍮、銅으로써殿宇門戶를飾ᄒᆞ고또器皿을作ᄒᆞ며

또紫霞盃와五色琉璃盞과金磁器가極히精好ᄒᆞ니紫霞盃ᄂᆞᆫ玉色玻璃라此를造ᄒᆞᆫ者ㅣ多ᄒᆞ고또螺鈿器ᄂᆞᆫ文宗時브터有ᄒᆞ나元宗時에ᄂᆞᆫ鈿函造成都監을置ᄒᆞ고其他筆、墨、紙等은더욱精良ᄒᆞ야外國人이稱賞ᄒᆞ얏ᄂᆞ이다

產業

農業

農學을勸獎ᄒᆞ기ᄂᆞᆫ太祖以來로다用力ᄒᆞᆯ셔或兵器를收ᄒᆞ야農器를作ᄒᆞ고兵亂及飢饉時에ᄂᆞᆫ種子及農糧을人民의게給予ᄒᆞ며或官牛를借ᄒᆞ야農耕을助ᄒᆞ니其初에ᄂᆞᆫ地方官으로ᄒᆞ야곰勸農使를兼ᄒᆞ

墾田制

더니後에ᄂᆞᆫ輸粮、勸農、農務都監等官을設ᄒᆞ고
또光宗時、距今九百四十年頃에ᄂᆞᆫ墾田式을定ᄒᆞ야陳田을耕墾ᄒᆞᆫ人은其私田에ᄂᆞᆫ初年秋收ᄂᆞᆫ全혀給予ᄒᆞ고二年에야비로소田主와分半ᄒᆞ며公田에ᄂᆞᆫ三年을全給ᄒᆞ고四年에야租稅ᄅᆞᆯ納ᄒᆞ고睿宗時에ᄂᆞᆫ三年以上陳田을耕墾ᄒᆞ야收租ᄒᆞᆫ것은兩年을佃主의게全給ᄒᆞ고三年에田主와分半ᄒᆞ며其他一年陳、二年陳이다規法이有ᄒᆞ야勸奬으로爲主ᄒᆞ얏ᄂᆞ이다

水車

恭愍王時、距今五百五十年頃에白文寶가支那法을仿行ᄒᆞ야水車ᄅᆞᆯ造ᄒᆞ야灌漑에用ᄒᆞ니此亦農務上一進步오

蠶桑

蚕桑은顯宗時、距今八百八十年頃에諸道州縣으로、ᄒᆞ야곰每年에桑苗ᄅᆞᆯ分給ᄒᆞ니丁戶에ᄂᆞᆫ二十根이오白丁은十五根이라田頭에種케ᄒᆞ고仁宗、明宗、恭愍王은桑、栗、漆、楮、麻、栢、梨、棗、菓木等을栽케、ᄒᆞ고

木綿

木綿은王禑時、距今五百三十年頃에文益漸이元에使ᄒᆞ얏다가木綿의種子ᄅᆞᆯ携歸ᄒᆞ니其舅鄭天益이此ᄅᆞᆯ種ᄒᆞ야後에漸々蕃殖ᄒᆞ고取

子車와繅絲車ᄂᆞᆫ、다天益이創始ᄒᆞ고

商業

商業은穆宗時、距今九百年頃에京市署가有ᄒᆞ야市廛을句檢ᄒᆞ고肅宗은鑄錢官을設ᄒᆞ야貨幣ᄅᆞᆯ通ᄒᆞ고、또謂ᄒᆞ되四民의專業이邦本이어ᄂᆞᆯ西京은商業을不知ᄒᆞᆫ다ᄒᆞ야、이에留守官으로、ᄒᆞ야곰每日市肆ᄅᆞᆯ監視ᄒᆞ야商賈가懋遷의利ᄅᆞᆯ得케、ᄒᆞ고
또京城에ᄂᆞᆫ左右監務ᄅᆞᆯ置ᄒᆞ고街衢兩傍에各店鋪ᄅᆞᆯ置ᄒᆞ며州縣에命ᄒᆞ야米穀을出ᄒᆞ고酒食店을開ᄒᆞ고貿易을許ᄒᆞ며王禑時에ᄂᆞᆫ京城의物價가騰貴ᄒᆞ야商賈가利ᄅᆞᆯ爭ᄒᆞ거ᄂᆞᆯ京市署로、ᄒᆞ야곰物價ᄅᆞᆯ評定ᄒᆞᆯ새印記ᄅᆞᆯ給ᄒᆞ야無ᄒᆞᆫ者ᄂᆞᆫ殺ᄒᆞ고恭讓王時에ᄂᆞᆫ紗、羅、綾、緞、綃子、綿、布等으로브터其長、短、輕、重을隨ᄒᆞ야稅ᄅᆞᆯ徵ᄒᆞ고

貨幣沿革

또商業의盛衰ᄂᆞᆫ貨幣流通에驗ᄒᆞᆯ者라今에其沿革을考ᄒᆞ니高麗初에貨幣制가無ᄒᆞ고、오작麁布ᄅᆞᆯ用ᄒᆞ다가成宗時、距今九百二十年頃

鐵錢用

에비로소鐵錢을用ᄒᆞ고穆宗은麁布ᄅᆞᆯ禁ᄒᆞ야專혀錢을用케、ᄒᆞ나當時人民은此가不便타ᄒᆞ야、오작茶、酒、食味等飮食店에서使用ᄒᆞᆯ뿐이

鑄錢貨及銀瓶

오其他交易은土物을用ᄒᆞ고肅宗은鑄錢官을立ᄒᆞ야錢貨(海東通寶)及銀瓶(銀一斤을造ᄒᆞᆫ서本國地形을像ᄒᆞ야俗云濶口라)을鑄ᄒᆞ고各處에店舖를開ᄒᆞ야用錢ᄒᆞᄂᆞᆫ利益을知케ᄒᆞ고

忠烈王時에ᄂᆞᆫ碎銀을用ᄒᆞ고또元으로브터來ᄒᆞᆫ至元寶鈔와中統寶鈔를頒行ᄒᆞ고忠惠王은新小銀瓶을用ᄒᆞ야五綜布十五疋을當케ᄒᆞ고舊瓶을禁ᄒᆞ더니恭愍王時에ᄂᆞᆫ銀瓶도日變ᄒᆞ야銅이되고麻縷도日麁ᄒᆞ야布를成치못ᄒᆞ고其後에銅錢(三韓重寶、三韓通寶、東國通寶、東國重寶等數種이라)이또行ᄒᆞ더니恭讓王時에ᄂᆞᆫ銅錢、銀瓶이俱廢ᄒᆞ고오작五綜布를用ᄒᆞ니其布가益麤ᄒᆞ야甚히不便ᄒᆞᆫ지라議者ㅣ言ᄒᆞ되麁布를禁ᄒᆞ고楮幣를造ᄒᆞ야五綜布와兼行ᄒᆞ라ᄒᆞ다가畢竟不行ᄒᆞ얏ᄂᆞ이다

物價以米爲主

以上의歷代情狀을察ᄒᆞ니通貨의良要된者ㅣ貨幣와布縷에不在ᄒᆞ고米、粟에在ᄒᆞᆫ지라故로當時物價라云ᄒᆞᄂᆞᆫ者ㅣ專혀米로써計ᄒᆞ야米의分、合、聚、散에便키를爲主ᄒᆞ고布縷에關係가小ᄒᆞ며外國과貿易은甚微ᄒᆞ야一定ᄒᆞᆫ條規가無ᄒᆞ나오작國使來往에土物을齎ᄒᆞ야貿

外國貿易

易ᄒᆞ기ᄂᆞᆫ宋、遼、金、元及日本이皆然ᄒᆞ고商民의私相往來도亦有ᄒᆞ얏ᄂᆞ이다

風俗

當時에士民은階級이甚多ᄒᆞ야士人은望族으로써相高ᄒᆞᆯ시柳、崔、金、李四姓을貴族이라稱ᄒᆞ고其微賤ᄒᆞᆫ者ᄂᆞᆫ榮達치못ᄒᆞ며宦官과奴隸를輕視ᄒᆞ야宦官은宮中에使役ᄒᆞ고官職에叅치못ᄒᆞ더니毅宗時에

宦官始用事

비로소用事ᄒᆞᆯ시齊國公主ㅣ數人을元에送ᄒᆞ야恩寵을受ᄒᆞ니人々이歆慕ᄒᆞ야父兄이子弟를宮ᄒᆞᄂᆞᆫ者ㅣ有ᄒᆞ고또或忿怨ᄒᆞ야自己의勢를割ᄒᆞᆫ者도有ᄒᆞ니伯顏禿古思와方臣祐、李大順、高龍普等은元에在ᄒᆞ야威福을擅ᄒᆞ고、도로혀其君을讒ᄒᆞ야禍를構ᄒᆞᆫ者도有ᄒᆞ고

奴婢

奴婢ᄂᆞᆫ年代를隨ᄒᆞ야蕃盛ᄒᆞ니士族家에서世々로使役ᄒᆞᄂᆞᆫ者ᄂᆞᆫ私奴婢라ᄒᆞ고官衙州郡에서使役ᄒᆞᄂᆞᆫ者ᄂᆞᆫ公奴婢라ᄒᆞ야奴婢가良人과通婚치못ᄒᆞ고八世中에奴婢가有ᄒᆞᆫ者ᄂᆞᆫ筮仕치못ᄒᆞ야大功이有ᄒᆞ야도錢帛을予ᄒᆞᆯ뿐이오官爵은不授ᄒᆞ더니高宗時에ᄂᆞᆫ崔沆이人

奴隷拜叅自此始

奴隷價

心을收拾고자、ᄒᆞ야家奴李公柱로、ᄡᅥ別將을、삼고聶長壽로、ᄡᅥ校尉를、
삼고崔竩ᄂᆞᆫ、또公柱로、ᄡᅥ郞將을、삼으니奴隷의拜叅이自此로始ᄒᆞᆫ지
라然이나忠烈王時에ᄂᆞᆫ元國使臣이王을勸ᄒᆞ야奴隷法을改革ᄒᆞ되
父母中、一人이良人이면許良ᄒᆞ라、ᄒᆞ거ᄂᆞᆯ王이其不便ᄒᆞᆷ을言ᄒᆞ야事
가中止ᄒᆞ니其舊俗을變키難ᄒᆞᆷ이如此ᄒᆞᆫ지라

大抵奴婢中에種類가有ᄒᆞ야投屬ᄒᆞᆫ者와先王賜予ᄒᆞᆫ者와人이貿易
ᄒᆞᆫ者ᄂᆞᆫ財物과同ᄒᆞ야賣買ᄒᆞ더니成宗時에ᄂᆞᆫ其値가奴年十五브터
六十以下ᄂᆞᆫ布百疋이오十五以下、六十以上은五十疋이오婢年十五
以上、五十以下ᄂᆞᆫ百二十疋이오恭讓王時에ᄂᆞᆫ或牛馬와相換ᄒᆞᆯᄉᆡ奴
婢二三口에馬一匹을當ᄒᆞ고、또權家、或佛宇、神祠에施納ᄒᆞ며其待遇
가極히殘酷ᄒᆞ야病이有ᄒᆞ야도醫治치、아니ᄒᆞ고死後에ᄂᆞᆫ或不葬ᄒᆞ
야群狗의食이된者도有ᄒᆞ며

光宗時에ᄂᆞᆫ奴婢를按檢ᄒᆞ야其背主와凌上의風을禁ᄒᆞ며神宗時에
ᄂᆞᆫ奴婢가相聚ᄒᆞ야各其々主를殺ᄒᆞ고賤籍을焚코자、ᄒᆞ니其束縛을

尊老恤疾

繼嗣法

國王配偶

脫코자、ᄒᆞᆷ은人情에固然ᄒᆞᆫ비라然이나高麗史에曰東國에奴婢法이
內外를嚴ᄒᆞ며貴賤을別ᄒᆞᆯ지라禮義가此에서由ᄒᆞᆫ다、ᄒᆞ야古代브터
習慣이、되야學士大夫라도誹論ᄒᆞᄂᆞᆫ者ㅣ無ᄒᆞ얏이ᄂᆞ다

老者를尊ᄒᆞ고篤疾을恤ᄒᆞᆷ을政府에서用意ᄒᆞ야男女年八十以上及
篤疾者ᄂᆞᆫ酒食、茶菓、布帛等을賜ᄒᆞ고或毬庭에饗ᄒᆞ며或侍丁을給ᄒᆞ
고或租를賜ᄒᆞ니此ᄂᆞᆫ、다淳厚ᄒᆞᆫ風俗이오이다

繼嗣法은靖宗時에人民이立嗣時를當ᄒᆞ야嫡子가無ᄒᆞ면嫡孫이오
嫡孫이無ᄒᆞ면同母弟오同母弟가無ᄒᆞ면庶孫을立ᄒᆞ고、또萬一男孫
이無ᄒᆞ면女孫을立ᄒᆞ며文宗時ᄂᆞᆫ人後가、된者ㅣ兄弟의子가無ᄒᆞ면
他人의三歲前棄兒를收養케、ᄒᆞ되萬一、子孫及兄弟의子가有ᄒᆞᆫ者가
異姓을收養ᄒᆞ거나、또伯叔及孫子行을養子ᄒᆞᄂᆞᆫ者를禁ᄒᆞ얏ᄂᆞ이다

國王의配偶ᄂᆞᆫ王后外에夫人、貴妃、淑妃等이有ᄒᆞ더니靖宗以後에ᄂᆞᆫ
宮主、院主、翁主의稱呼가有ᄒᆞ고大抵王族은至貴ᄒᆞ니、羣下와交配치、
못ᄒᆞᆫ다、ᄒᆞ야王氏가自相通配ᄒᆞᆯᄉᆡ其最惟ᄒᆞᆫ者ᄂᆞᆫ姑、姨、妹의近屬이王

后된者ㅣ有ᄒᆞ야光宗의大穆后와德宗의敬成后와文宗의仁平后ᄂᆞᆫ、다姊妹라然이나此ᄅᆞᆯ諱ᄒᆞ야外家姓을稱ᄒᆞ더니元의壓制ᄅᆞᆯ受ᄒᆞᆫ後에ᄂᆞᆫ元室의女ᄅᆞᆯ娶ᄒᆞ고忠宣王은名族十五家ᄅᆞᆯ簡ᄒᆞ야王室과通婚키ᄅᆞᆯ定ᄒᆞ고宗親文武의同姓婚娶ᄅᆞᆯ禁ᄒᆞ고先是肅宗時에功親의婚嫁ᄅᆞᆯ禁ᄒᆞ고毅宗은堂姑、從姊妹、堂姪、女兄、孫女의相婚을禁ᄒᆞ니同姓婚娶ᄅᆞᆯ禁ᄒᆞᆷ이此에서始ᄒᆞ얏ᄂᆞ이다

（姑姊妹近屬爲王后）（禁娶同姓）

國王外에ᄂᆞᆫ、다一夫一婦오子가無ᄒᆞ야도蓄妾ᄒᆞᄂᆞᆫ者ㅣ小ᄒᆞ며、또男子가無故히棄妻ᄒᆞᄂᆞᆫ者ᄅᆞᆯ罰ᄒᆞ고妻妾이擅히改嫁者ᄂᆞᆫ流罪或徒罪오士夫家婦女ᄂᆞᆫ再嫁가甚少ᄒᆞ얏ᄂᆞ이다

（國王外蓄妾者小）

當時에官妓가頗衆ᄒᆞ미上流社會人이往々히此ᄅᆞᆯ寵ᄒᆞ고王禑時에ᄂᆞᆫ妓가翁主된者도有ᄒᆞ고、또忠惠王은庶母ᄅᆞᆯ烝ᄒᆞ고臣下의妻ᄅᆞᆯ通ᄒᆞ며恭愍王은近臣으로、ᄒᆞ야곰諸妃ᄅᆞᆯ淫汚ᄒᆞ고王禑ᄂᆞᆫ人의妻妾을奸ᄒᆞ야淫褻과非禮가忍言키難ᄒᆞ나然ᄒᆞ나中葉以來로外寇ᄅᆞᆯ當ᄒᆞ야婦女가身을殺ᄒᆞ야도不汚ᄒᆞᆫ者가衆ᄒᆞ니其守節貞正ᄒᆞᆷ을可知오

（官妓）

婚姻禮ᄂᆞᆫ忠烈王時에太子謜이元의晋王女ᄅᆞᆯ娶ᄒᆞᆯ시白馬八十一匹로納幣ᄒᆞ고元太后及晋王의게各白馬八十一匹을送ᄒᆞ고王禑가安淑老의女ᄅᆞᆯ娶ᄒᆞᆯ時에ᄂᆞᆫ幣布가七千五百疋이오白金이一千五百兩이오他物이稱是ᄒᆞ니其隆盛을可知오

（婚姻禮幣）

國家祭祀ᄂᆞᆫ大、中、小의別이有ᄒᆞ야圜丘、方澤、社稷、太廟、別廟、景靈殿、諸陵을大祀라、ᄒᆞ고先農、先蚕、文宣王廟ᄂᆞᆫ中祀라、ᄒᆞ고風、雨、雷、星等을小祀라、ᄒᆞ며

（祭祀分大中小）

天、地、社稷의祀禮ᄂᆞᆫ成宗時에至ᄒᆞ야圜丘에서祭天ᄒᆞ야穀을祈ᄒᆞ고太祖로配ᄒᆞ며、또社稷을立ᄒᆞ야其儀가詳密ᄒᆞ고顯宗은、비로소地祇와方澤에祀ᄒᆞ고

（祀天地社稷）

其他國家故事ᄂᆞᆫ天、地、山、川을闕庭에서祭醮ᄒᆞ며文宗은親히毬庭에서醮ᄒᆞ고其他祈雨、祈雪、禳災ᄂᆞᆫ歷代가、다行ᄒᆞ고

王者喪禮ᄂᆞᆫ唐와風俗을仿ᄒᆞ고一定ᄒᆞᆫ儀節이無ᄒᆞ야臨時、行事ᄒᆞ고、오작太祖ᄂᆞᆫ園陵制度에漢、魏故事ᄅᆞᆯ從ᄒᆞ고

（王者喪禮）

喪服

喪服은五服制度가有ᄒᆞ야三年喪을服ᄒᆞ더니景、順、肅、睿、仁諸王은、다遺詔ᄅᆞᆯ下ᄒᆞ야日로ᄡᅥ月을易ᄒᆞ고明宗이崩時에ᄂᆞᆫ宗室、百官及士庶人이、다三日、服喪ᄒᆞ고、오작葬禮都監이服ᄒᆞ기葬日ᄭᆞ지至ᄒᆞ고神宗崩時ᄂᆞᆫ二十六日을減ᄒᆞ야十四日로定ᄒᆞ고成宗은六品以下가父母喪에百日後에出仕케ᄒᆞ고忠烈王은士卒이遭喪ᄒᆞᆫ지五十日에從軍케、ᄒᆞ더니

恭愍王六年、距今五百五十年前에李穡等이上請ᄒᆞ야三年喪을行케ᄒᆞ나大抵百官이百日에釋服ᄒᆞ기ᄂᆞᆫ如舊ᄒᆞ며恭讓王은服制ᄅᆞᆯ更定ᄒᆞᆯ식父母喪은二十八月에、비로소吉服을着ᄒᆞ고三年內에娶婦와宴飮을不許ᄒᆞ고、오작軍官은三年喪을除ᄒᆞ얏ᄂᆞ이다

高麗一代의三年喪은其制ᄅᆞᆯ立ᄒᆞᆯᄲᅮᆫ이오喪禮의厚ᄒᆞᆷ은大臣喪에往々히官으로ᄡᅥ其葬을治ᄒᆞ고諡號ᄅᆞᆯ賜ᄒᆞ며、또賻儀가多ᄒᆞ니、곳穆宗의內史令徐熙ᄂᆞᆫ布千疋、牟麥三百石、米五百石等이오高宗時崔瑀의妻ᄂᆞᆫ金、銀、錦繡로、ᄡᅥ龕室을飾ᄒᆞ고王后王氏가崩時에ᄂᆞᆫ崔瑀가棺槨

葬禮奢侈

을獻ᄒᆞᆯ식金箔으로飾ᄒᆞ니當時葬禮의奢侈ᄅᆞᆯ可知오仁宗時에ᄂᆞᆫ父母喪에遊蕩ᄒᆞ고遺骨을寺宇에置ᄒᆞ얏다가屢年에始葬ᄒᆞ며恭讓王時ᄂᆞᆫ火葬이盛行ᄒᆞ니當時에佛敎가隆盛ᄒᆞᆫ所致오이다

衣服制

開剃辮髮從元俗

衣服은高麗初에新羅制ᄅᆞᆯ循行ᄒᆞ더니光宗時에、비로소百官公服을定ᄒᆞ야尊卑上下의等威가明ᄒᆞ고毅宗은祖宗의憲章과唐制ᄅᆞᆯ采ᄒᆞ야古今禮ᄅᆞᆯ詳定ᄒᆞᆯ식王의冕服과百官冠服ᄭᆞ지盡備ᄒᆞ더니忠烈王은開剃、辮髮로元俗을從ᄒᆞ야胡服을襲ᄒᆞ기、거의百年이오明이興ᄒᆞᆫ後、恭愍王과王后及羣臣이冕服、章服을始定ᄒᆞ야衣冠、文物이漸改ᄒᆞ고王禑에至ᄒᆞ야胡服을改革ᄒᆞ고

朝服

朝服은正朝及賀節日에國初에ᄂᆞᆫ王이柘黃袍ᄅᆞᆯ用ᄒᆞ더니毅宗은赭黃袍와梔黃衣ᄅᆞᆯ用ᄒᆞ고忠烈王이、다시黃袍ᄅᆞᆯ用ᄒᆞ며恭愍王時ᄂᆞᆫ象笏、紅鞓、皀鞓、緋羅ᄅᆞᆯ改ᄒᆞ야侍臣外、東西班五品以下ᄂᆞᆫ木笏、角帶、紬紵等朝服을用ᄒᆞ얏ᄂᆞ이다

公服

百官公服은光宗時에元尹以上은紫衫이오中壇卿以上은丹衫이오此外에緋衫、綠衫이오顯宗時에는紫、緋、綠、深青、天碧五等에定ᄒᆞ고

婦人頭髮服飾

婦人은鬌髻을右肩에垂ᄒᆞ고其餘는下에被ᄒᆞ는絳羅로、써結ᄒᆞ고其盛飾時에는袈裟는繒帛으로作ᄒᆞ야頭에蒙ᄒᆞ야面을掩ᄒᆞ고露衣와簷笠은士夫의妻ㅣ郊外服이、되고

飲食

飲食은軟炊ᄒᆞᆫ白粒에魚鮮을割ᄒᆞ야羹을作ᄒᆞ니此는當時普通食物이오貧民은橡、栗等을食ᄒᆞ고

禁宰牛馬

牛馬肉은屢次禁ᄒᆞ야甚至於宰牛者는殺人과同ᄒᆞ고恭愍王時에는禁殺都監을置ᄒᆞ니此는牛、馬가農事에有關ᄒᆞᆫ故오

家屋

家屋은太祖時道詵의秘記에云ᄒᆞ되山小地에는高樓를起ᄒᆞ고山多地에는平屋을作ᄒᆞᆯ지라萬一高屋을建ᄒᆞ면衰損을招ᄒᆞᆫ다ᄒᆞ니、이에此說을據ᄒᆞ야宮闕及民家에、다高屋을禁ᄒᆞ더니成宗時에는制限이無ᄒᆞ야財力이有ᄒᆞᆫ者는大屋을搆ᄒᆞ며忠烈王時는三層閣을作ᄒᆞ고忠惠王時에는申青이라、ᄒᆞ는人이大樓를起ᄒᆞ니壁에金畫오楹은朱

漆를用ᄒᆞ고大抵庭中에는磚石을敷ᄒᆞ고堂上에는席을設ᄒᆞ야升時에履를脫ᄒᆞᆷ을禮라、ᄒᆞ고

民屋은茅茨니瓦로覆ᄒᆞᆫ者ㅣ十에二三이오、또樺木皮로用ᄒᆞᆫ者도有ᄒᆞ고忠宣王時에는富人이宣義門內에瓦屋을造ᄒᆞ고、또五部民家ㅣ다瓦로用ᄒᆞ니其瓦屋의多ᄒᆞᆷ을可知오이다

歷代一覽

高麗

王號	姓氏	名 字	父及行	母	在位年數	年齡	后妃
太祖	王	建 字若天	金城太守隆長子	威肅王后韓氏	二十六 新羅亡後九	六十七	神惠王后柳氏三重大匡天弓女
惠宗		武 字承乾	太祖長子	莊和王后吳氏多憐君女	二	三十四	義和王后林氏大匡曦女
定宗		堯 字天義	太祖二子	神明王后劉氏贈太師內史令兢達女	四	二十七	文恭王后朴氏三重大匡英規女
光宗		昭 字日華	太祖三子	同上	二十六	五十一	大穆王后皇甫氏太祖女
景宗		伷 字長民	光宗長子	大穆王后皇甫氏	六	二十七	獻肅王后金氏新羅敬順王女
成宗		治 字溫古	戴宗(太祖七子)旭二子	宣義王后柳氏	十六	三十八	文德王后劉氏光宗女
穆宗		誦 字孝伸	景宗長子	獻哀王后皇甫氏戴宗女	十二	三十	宣正王后劉氏宗室弘德院君圭女
顯宗		詢 字安世	安宗(太祖子)郁子	孝肅王后皇甫氏	二十二	四十	元貞王后金氏成宗女
德宗		欽 字元良	顯宗長子	元成太后金氏	三	十九	敬成王后金氏顯宗女
靖宗		亨 字申炤	顯宗次子	同上	十二	三十二	容信王后韓氏贈門下侍中祚女

王號	姓氏	名 字	父及行	母	在位年數	年齡	后妃
文宗		徽初諱緒 字燭幽	顯宗三子	元惠太后金氏侍中殷傅女	三十七	六十五	仁平王后金氏顯宗女
順宗		勳初烋 字義恭	文宗長子	仁睿太后李氏中書令子淵女	四月	三十七	貞懿王后王氏宗室平壤公基女
宣宗		運初烝 字繼天	文宗次子	同上	十一	四十六	思肅太后李氏工部尙書碩女
獻宗		昱	宣宗元子	思肅太后李氏	一	十四	
肅宗		顒初熙 字天常	文宗三子	仁睿太后李氏	十	五十四	明懿太后柳氏門下侍中洪女
睿宗		俁 字世氏	肅宗長子	明懿太后柳氏	十七	四十五	敬和王后李氏宣宗女
仁宗		楷初構 字仁表	睿宗長子	順德王后李氏朝鮮國公資謙女	二十四	三十八	恭睿太后任氏中書令元厚女
毅宗		晛初徹 字日升	仁宗長子	恭睿太后任氏	二十四	四十七	莊敬王后金氏宗室江陵公溫女
明宗		晧初昕 字之旦	仁宗三子	同上	二十七	七十二	光靖太后金氏 同上
神宗		晫初旼 字至華	仁宗五子	同上	七	六十一	宣靖太后金氏 同上
熙宗		韺初悳 字不陂	神宗長子	宣靖太后金氏	七	五十七	成平王后任氏宗室寧仁侯稹女
康宗		祦初貞 字大華	明宗長子	光靖太后金氏	二	六十二	思平王后李氏義方女
高宗		瞮初皞 字大明又天佑	康宗長子	元德太后柳氏宗室信安侯珹女	四十六	六十八	安惠太后柳氏熙宗女
元宗		禃初倎 字日新	高宗長子	安惠太后柳氏	十五	五十六	順敬太后金氏莊翼公若先女

忠烈王	昛初諶	元宗長子	順敬太后金氏	三十四	七十三	齊國大長公主名忽都魯揭里迷失元世祖女
忠宣王	璋初源字仲昻蒙古諱益智禮普化	忠烈王長子	齊國大長公主	五	五十一	薊國大長公主寶塔實憐元晋王甘麻剌女
忠肅王	燾小字宜孝蒙古諱阿剌訥忒失里	忠宣王二子	懿妃也速眞蒙古女	十七 復位八	四十六	濮國長公主亦憐眞八剌元營王也先帖木兒女
忠惠王	禎蒙古諱普塔失里	忠肅王長子	明德太后洪氏府院君奎女	一 復位五	三十	德寧公主亦憐眞班元鎭西武靖王焦八女
忠穆王	昕蒙古諱八思麻朶兒只	忠惠王長子	德寧公主	四	十二	
忠定王	㫝蒙古諱迷思監朶兒只	忠惠王庶子	禧妃尹氏	三	十五	
恭愍王	顓初祺蒙古諱伯顔帖木兒	忠肅王次子	明德太后洪氏	二十三	四十五	徽懿魯國大長公主寶塔失里元宗室魏王女
王禑	小字牟尼奴	恭愍王	般若	十四	二十五	謹妃李氏判開城府事琳女
王昌		禑	謹妃李氏	一	十	
恭讓王	瑤	定原府院君鈞	福寧宮主李氏	三	五十	順妃盧氏昌城君禛女

高麗王都表

建都年代	都名	今名	年數
○高麗太祖十九	開州	京畿道開城府	二百九十六
高宗十九	江都	江華府	三十七
元宗十一	開城		二十
忠烈王十六	江都		二
同十八	開京	開城府	九十
王禑八	漢陽	漢城府	一
同九	松京	開城府	七
恭讓王二	漢陽		一
同三	松京		一
			合計四百五十六

東國史略卷三目錄

近世史

朝鮮記上

世祖靖難

東國史略卷三

漢水 玄采 譯述

近世史

朝鮮記上

太祖

太祖高皇帝께서 姓은 李氏오 諱는 旦이오 字는 君晋이오 初諱는 成桂오 字는 仲潔이오 號는 松軒이니 全州人이오 桓祖次子오 高麗忠肅王後四年距今五百七十二年前乙亥에 永興黑石里에서 誕降ᄒᆞ시고 在位七年이오 在上王位十年이오 壽가 七十四라

四祖世譜

四祖世譜

穆祖의 諱는 安社니 高麗에 仕ᄒᆞ야 知宜州가 되시고

翼祖의 諱는 行里니 德源東田社에서 誕降ᄒᆞ시고

度祖의 諱는 椿이니 咸興松頭里에서 誕降ᄒᆞ시고

桓祖의 諱는 子春이니 度祖의 第二子오 高麗에 仕ᄒᆞ야 榮祿大夫

判將作監事, 朔方道萬戶가 되셧ᄂᆞ이다

太祖威望

太祖高皇帝께서 天姿ㅣ 奇偉ᄒᆞ고 神采가 英發ᄒᆞ시며 더욱 射術에 長ᄒᆞ야 威望이 日著ᄒᆞ더니 時에 麗王禑가 狂暴ㅣ 日甚ᄒᆞ야 人의 婦女를 奪ᄒᆞ며 出遊ᄒᆞ기 無常이오 宴樂을 耽ᄒᆞ고 李仁任의 黨林堅味, 廉興邦等이 威福을 擅ᄒᆞ야 內政이 日亂ᄒᆞ고 倭寇는 强梁이 益甚ᄒᆞ야 八道가 다 其禍를 被ᄒᆞ니 國勢가 岌嶪ᄒᆞ거ᄂᆞᆯ

太祖破荒山倭寇

太祖께서 楊廣, 全羅, 慶尙道都巡察使贊成事가 되사 荒山(全羅道雲峯縣內)에서 倭寇를 大破ᄒᆞ시니 自此로 國力이 稍强ᄒᆞ고 其後威化島에서 回軍ᄒᆞ사 崔瑩을 流ᄒᆞ얏ᄂᆞ이다

距今五百十五年前壬申秋七月十六日丙申에 上이 裵克廉, 趙浚, 鄭道傳等諸臣의 推戴를 應ᄒᆞ야 松都壽昌宮에서 寶位에 登ᄒᆞ시니 春秋가 五十八이오 國號를 定ᄒᆞ야 曰朝鮮이라ᄒᆞ고 賢良과 遺逸을 擧ᄒᆞ야 直言을 求ᄒᆞ며 科擧考課法을 整頓ᄒᆞ고 國都를 漢陽에 定ᄒᆞ야 宗廟와 社稷을 建ᄒᆞ고 都城을 築ᄒᆞᆫ지 五年에 成ᄒᆞᆫ지라 곳 移都ᄒᆞ사 成均館과 文廟를 建ᄒᆞ고 鄭道傳, 河崙으로ᄒᆞ야곰 經國元典, 續典을 纂ᄒᆞ야 開國規

模를定ᄒᆞ고法度의制作을始ᄒᆞ나當時ᄂᆞᆫ草創ᄒᆞ야、오작端緒를開ᄒᆞᆯ
ᄲᅮᆫ이오其實은數世後에百度가整頓ᄒᆞ얏ᄂᆞ이다
또開國功臣、宗室益安大君芳毅(太祖第三子)와趙浚等三十九人을策ᄒᆞ고域
內를八道에分ᄒᆞ니曰京畿、忠淸、全羅、慶尙、江原、黃海、平安、咸吉이라ᄒᆞ
얏ᄂᆞ이다

鄭道傳亂

時에芳蕃(太祖第七子)芳碩(太祖第八子)은神德王后康氏의出이라神懿王后韓
氏가崩ᄒᆞ시고康氏가坤位에居ᄒᆞ시니鄭道傳과南誾等이芳碩의게
附ᄒᆞ야諸王子를謀害코자ᄒᆞ거ᄂᆞᆯ知安山郡事李叔蕃이率兵ᄒᆞ고來
ᄒᆞ야道傳、誾等을殺ᄒᆞ고芳蕃、芳碩이、또ᄒᆞᆫ遇害ᄒᆞ니此ᄂᆞᆫ其時 太宗
ᄭᅴ오서開國大業을輔成ᄒᆞ신故로諸臣等이芳碩을惡ᄒᆞ야擧義ᄒᆞᆷ이
라、이에 太祖ᄭᅴ서 定宗ᄭᅴ傳位ᄒᆞ시고上王이、되셧ᄂᆞ이다

太祖傳位定宗

罷功臣私兵

時에麗末의餘風을承ᄒᆞ야諸功臣이各其私兵을擁ᄒᆞ거ᄂᆞᆯ權近의議
를從ᄒᆞ야、다罷ᄒᆞ고上이在位ᄒᆞ신지二年에太宗ᄭᅴ傳位ᄒᆞ시고上王
ᄭᅴ서ᄂᆞᆫ 太宗八年에崩ᄒᆞ시니上謚曰康獻이라、ᄒᆞ얏ᄂᆞ이다

定宗傳位太宗

上王崩太宗治政

太宗ᄭᅴ서ᄂᆞᆫ申聞鼓를設ᄒᆞ야下情을通ᄒᆞ고八道州郡을定ᄒᆞ고號牌
를作ᄒᆞ야人民으로、ᄒᆞ야곰出入에佩持ᄒᆞ니此ᄂᆞᆫ戶口를明코자、ᄒᆞᆷ이
오此法이高麗恭讓王時에暫行ᄒᆞ얏ᄂᆞ이다

設敎寧府

禁婦女再嫁

外戚封君을罷ᄒᆞ고敎寧府를設ᄒᆞ야 太祖後가、아니면封君을不許
ᄒᆞ며婦女再嫁를禁ᄒᆞ고庶孼子孫이顯職에不叙ᄒᆞᄂᆞᆫ制를立ᄒᆞ고滯
獄을戒ᄒᆞ고武備를愼ᄒᆞ며農을勸ᄒᆞ고饑를賑ᄒᆞ야政治가漸々整頓
ᄒᆞ얏ᄂᆞ이다

奬勵學問

置鑄字所印行書籍

上이學問을奬勵ᄒᆞ사四學(中東南西)을置ᄒᆞ고親히文臣을試ᄒᆞ시고謁聖
科를設ᄒᆞ고卞季良은文衡을掌ᄒᆞ고、더욱後世에大業이、되ᄂᆞᆫ者ᄂᆞᆫ典
籍을廣傳ᄒᆞᆷ이라、ᄒᆞ야三年、距今五百四年前에鑄字所를置ᄒᆞ시고李
稷、朴錫命等으로、ᄒᆞ야곰銅製活字、數十萬을製ᄒᆞ야書籍을印行ᄒᆞ니
此ᄂᆞᆫ全혀朝鮮人의創意오他人을摸倣ᄒᆞᆷ이、아니오이다

焚讖書

또上古브터圖讖을信ᄒᆞᄂᆞᆫ風俗이有ᄒᆞ야李氏創業도種々ᄒᆞᆫ讖言이
有ᄒᆞ거ᄂᆞᆯ上이深惡ᄒᆞ사曰此ᄂᆞᆫ衆을惑ᄒᆞᆷ이라ᄒᆞ야、다焚ᄒᆞ시고、ᄯᅩ僧巫

의禱雨홈을禁호얏ᄂᆞ이다

上이東宮禔(太宗長子)가放縱홈으로,써廣州에放호야讓寧君이되고十八年에　世宗(太宗第三子)ᄭᅴ傳位호셧ᄂᆞ이다

位太宗傳世宗

世宗治蹟

世宗勵精文治

世宗ᄭᅴ서ᄂᆞᆫ賢明호사學을好호고,더욱文治에勵精호사經筵을開호야論思를容納호시고即位二年,距今四百八十七年前에集賢殿을建호야古今經籍을聚集호고學者로,호야곰典故를討論호야顧問을備호시고大提學卞季良으로,호야곰年少文臣의才行이有혼者의게長暇를予호야讀書케,호셧ᄂᆞ이다

賜文臣長暇讀書

長暇로讀書홈은　世祖時에罷호얏다가　成宗이復設호시고,또　世宗時에山寺에서讀書케,호시더니　成宗ᄭᅴ서ᄂᆞᆫ,다시龍山東湖勝地를擇호야書堂을建호니名曰湖堂이오文學士가往往히此에서出호니時人이榮華로知호얏ᄂᆞ이다

湖堂

建宗學定儀樂

宗學(宗親을敎호ᄂᆞᆫ宮이라)을建호고五禮儀를定호며朴堧을命호야定大業,保太平

發祥等樂을作호니堧의知樂홈은當世에無比오上이,또深히天文에用意호사天文曆象의學을用홀서鄭招와鄭麟趾等을命호야大小簡儀와渾儀와仰釜日晷와日星定時儀와自擊漏를製호고,또銅으로,써測雨器를製호야諸道에頒호야雨量을測호고曆官을摩尼山(江華)과白頭山과漢拏山(濟州)等에遣호야北極의高度를量호얏ᄂᆞ이다

製天文曆象諸器

官撰書籍

其官撰혼書籍은數十種이니即治平要覽等(明皇誡鑑、七政內外篇、龍飛御天歌、五禮儀、三綱行實、農事直說、經書音解、歷代兵要、絲綸全集、七政篹內外篇、曆象集、無冤錄、資治通鑑訓義、孝行錄)이有호고高麗史ᄂᆞᆫ　世宗이崩호신後,明年에成호얏스나其實은　世宗ᄭᅴ오서鄭麟趾로,호야곰編輯혼者니共히百三十九卷이라高麗五百年事蹟을粗知호겟ᄂᆞ이다

當時에文學과技術이如此히進步호미,이에文字를新製코자,호니大抵朝鮮은新羅薛聰이作혼吏讀(音斗)라,호ᄂᆞᆫ者ㅣ有호나此ᄂᆞᆫ不過漢文을依附호야用홀ᄲᅮᆫ이오,또古代의制作이라廣히當時用에適合지,못호거ᄂᆞᆯ　世宗二十八年,距今四百六十一年前에國文局을禁中에設호시고鄭麟趾,申叔舟,成三問等을命호야子母二十八字를作호고初,

禁中設國文局

政治
恤刑獄

租稅

中、終三聲을合ᄒᆞ야字ᄅᆞᆯ作ᄒᆞ니卽今時、國文이라其後 中宗(訓蒙字會ᄅᆞᆯ著ᄒᆞᆫ時)
브터 正宗(正音通釋을著ᄒᆞᆫ時)ᄭᆞ지ᄂᆞᆫ二十七字ᄅᆞᆯ用ᄒᆞ더니今世에ᄂᆞᆫ二十五字
ᄅᆞᆯ通用ᄒᆞ며時에明翰林學士黃瓚이遼東에謫在ᄒᆞ거ᄂᆞᆯ 世宗ᄭᅴ서
三問等을命ᄒᆞ사瓚을往見ᄒᆞ고音韻을質問ᄒᆞ기十三回가되니大抵
此國文은文字가巧妙ᄒᆞ야國家進步에、크게有力ᄒᆞ니實로世界文字
上에無前ᄒᆞᆫ特筆이오이다

政治上으로觀ᄒᆞ면、비로소百官의輪對ᄅᆞᆯ設ᄒᆞ고節義ᄅᆞᆯ奬ᄒᆞ고孝悌
ᄅᆞᆯ敎ᄒᆞ고賢才ᄅᆞᆯ搜訪ᄒᆞ고、더욱刑獄을恤ᄒᆞ야抱寃이無케、ᄒᆞ고笞背
法을除ᄒᆞ고崔致雲을命ᄒᆞ야無寃錄을注釋ᄒᆞ고律文을講解ᄒᆞ며其
中더욱盛德事ᄂᆞᆫ向時에ᄂᆞᆫ主人이奴婢ᄅᆞᆯ殺ᄒᆞ면是非ᄅᆞᆯ不問ᄒᆞ고、오
쟉主人만祖護ᄒᆞ더니 世宗ᄭᅴ서詔ᄒᆞ시되奴婢가、비록賤ᄒᆞ나天民
되기ᄂᆞᆫ他人과無異ᄒᆞ니決코無辜ᄅᆞᆯ濫殺치、못ᄒᆞᆫ다ᄒᆞ사深히此ᄅᆞᆯ戒
ᄒᆞ시니此ᄂᆞᆫ前古人君의不及ᄒᆞᆯ비오이다

租稅ᄂᆞᆫ國初에其數ᄅᆞᆯ定ᄒᆞ얏스나麗末雜亂ᄒᆞᆫ後ᄅᆞᆯ承ᄒᆞ야猝然히整

制頒祿式

頓치、못ᄒᆞ더니 世宗十九年、距今四百七十年前에諸臣으로、더브러
反復討論ᄒᆞ야此ᄅᆞᆯ定ᄒᆞ시니其法이慶尙、全羅、忠淸三道ᄂᆞᆫ上等이라
ᄒᆞ고、京畿、江原、黃海三道ᄂᆞᆫ中等이오咸吉(卽咸鏡)平安二道ᄂᆞᆫ下等이、되
고其三等道中에도、ᄯᅩ三等으로分ᄒᆞ얏ᄂᆞ이다

上等道上田一結에ᄂᆞᆫ二十斗오中田은十八斗오下田은十六斗
오中等道上田一結에ᄂᆞᆫ十八斗오中田은十六斗오下田은十四
斗오下等道上田一結에ᄂᆞᆫ十六斗오中田은十、四斗오下田은十
二斗오結은高麗時브터行ᄒᆞᆫ名稱이니一結은幅이五十八尺이
오長이三十五尺이니卽二千三十方尺(二畝廿四步餘)

二十六年에田制詳定所ᄅᆞᆯ置ᄒᆞ고晉陽大君(卽世祖)河演、朴從愚、鄭麟趾
로、ᄒᆞ야곰田을六等에分ᄒᆞ고年도六等에分ᄒᆞ야三十年에ᄂᆞᆫ八道田
品을改定ᄒᆞ셔大臣을遣ᄒᆞ야觀察ᄒᆞ고、ᄯᅩ勸農詔ᄅᆞᆯ下ᄒᆞ고農事直說
을撰ᄒᆞ야民政에用心ᄒᆞ시고、ᄯᅩ頒祿式을制ᄒᆞ니正一品브터從九品
ᄭᆞ지十八科에分ᄒᆞ야米、豆、麥、紬、布、楮貨等으로、ᄡᅥ春夏秋冬四季에給

定經濟大典基礎

予ᄒᆞ니此를謂ᄒᆞ되祿科오、또經國元典、續典의後를承ᄒᆞ야經濟六典을構成ᄒᆞ야他日經濟大典의完成ᄒᆞᆯ基礎를定ᄒᆞ얏ᄂᆞ이다

明國關係

또他國과關係ᄂᆞᆫ明國太祖朱元璋以來로使節이往來ᄒᆞᆯ식馬一萬匹을送ᄒᆞ며、또每歲에金銀器皿을遣ᄒᆞ다가 世宗十一年에至ᄒᆞ야ᄂᆞᆫ其歲送을免ᄒᆞ고

日本關係

日本에ᄂᆞᆫ麗末브터倭寇가邊境을侵擾ᄒᆞ거ᄂᆞᆯ 太祖ᄭᅴ서海港要害處에萬戶와水軍處置使를置ᄒᆞ야自此로倭患이稍衰ᄒᆞ더니六年에朴敦之를遣ᄒᆞ야修好ᄒᆞ고 太宗時에ᄂᆞᆫ日本足利義滿이書를遣來ᄒᆞ야大藏經을求去ᄒᆞ며自此로使節이往來ᄒᆞ나邊海의流賊은抄掠이全已치아니ᄒᆞ얏ᄂᆞ이다

또 太祖五年、距今五百十一年前에日本의一岐와對馬島를討ᄒᆞ고定宗元年에도對馬島를討ᄒᆞ얏고 世宗元年、距今五百六年前에ᄂᆞᆫ倭船이支那에向ᄒᆞᆫ다稱ᄒᆞ고黃海道에來ᄒᆞ야粮食을乞ᄒᆞ니時에太宗ᄭᅴ서禪位ᄒᆞ셧스나、오히려兵權을執ᄒᆞ신지라柳廷顯、朴訔、趙末

討對馬島

生、許稠等으로、더브러對馬島를殄滅코자、ᄒᆞ시니末生은兵曹判書라獨히此議를贊成ᄒᆞ야、이에柳廷顯、李從茂로、ᄒᆞ야곰兵船二百七十七隻에軍士一萬七千餘人을發ᄒᆞ야對馬島를討ᄒᆞ니島人이不意에攻擊을當ᄒᆞ야敗ᄒᆞ다가後에對馬主宗貞盛과、밋九州諸族이戮力拒戰ᄒᆞ야戰이遂止ᄒᆞ얏ᄂᆞ이다

定對馬島條約

然이나其後 世宗ᄭᅴ서媾和가得策이라、ᄒᆞ야二十五年에通信使卞仲文과書狀官申叔舟를遣ᄒᆞ시고、또李藝를對馬島에遣ᄒᆞ야宗貞盛과通交條約을定ᄒᆞ니其條約은慶尙道의三浦(熊川薺浦、東萊釜山、蔚山鹽浦)를開ᄒᆞ야宗貞盛이歲船五十隻을送來케、ᄒᆞ고或有事ᄒᆞ면別로히特送船을遣來ᄒᆞ며此外日本各國諸侯ㅣ或一二船을遣來코자ᄒᆞ면、반다시宗氏의文引을受ᄒᆞᆫ後、朝鮮이接待ᄒᆞᆫ다、ᄒᆞ야自此로宗氏가世世로朝鮮往復事를掌ᄒᆞ고交際가復古ᄒᆞ얏ᄂᆞ이다

北邊野人交涉

北邊野人의交涉은 世宗時에漸々頻繁ᄒᆞ니野人은女眞地의俗稱이오卽明의建州衛、毛憐衛니建州衛ᄂᆞᆫ平安道에界ᄒᆞ고毛憐衛ᄂᆞᆫ咸

置四郡

吉道에接ᄒᆞᆫ서初에建州衛의婆猪江(滿洲佟家江)野人이遼東을侵伐ᄒᆞ다가逃亡ᄒᆞ야朝鮮境에入ᄒᆞ거늘上이다捕ᄒᆞ야明國에送ᄒᆞ니自此로野人이忿怨ᄒᆞ야屢次邊境을寇ᄒᆞ더니十五年에野人李滿住ㅣ四百騎를率ᄒᆞ고入寇ᄒᆞ거늘崔潤德으로ᄡᅥ平安道都節制使를拜ᄒᆞ고吳明義는先鋒이되야滿住를伐ᄒᆞ니明義는延寵의後孫이러라滿住를進擊ᄒᆞ야勝捷ᄒᆞ고潤德이其功으로ᄡᅥ右議政을拜ᄒᆞ고既而오野人과和親ᄒᆞ더니十七年에또屢次閭延을寇ᄒᆞ니閭延은咸吉道에屬ᄒᆞᆫ지라上이다시此를平安道에屬ᄒᆞ고茂昌、虞芮、慈城과并히四郡을鴨綠江南에置ᄒᆞ야西北邊을防備ᄒᆞ얏ᄂᆞ이다

咸吉道는高麗時에女眞을伐ᄒᆞ야北界九城을築ᄒᆞ더니其遙遠ᄒᆞ야難守흠으로ᄡᅥ女眞의게還ᄒᆞ얏스나 太祖時에는豆滿江ᄭᆞ지奄有ᄒᆞ시고 太宗ᄭᅦ서는富寧以北을棄ᄒᆞ얏더니 世宗十六年에至ᄒᆞ야는羣議를排ᄒᆞ고金宗瑞를用ᄒᆞ야咸吉道觀察使를拜ᄒᆞ고北方의地를開拓ᄒᆞ야南方諸道民을移住케ᄒᆞ고十九年、距今四百七十年前에

設六鎭

北邊經略粗定

六鎭(慶興、會寧、鍾城、穩城、慶源、富寧)을設ᄒᆞ야其地를盡復ᄒᆞ고豆滿江을沿ᄒᆞ야長城을築ᄒᆞ고江內의地가城外에在ᄒᆞᆫ者를野人의게予ᄒᆞ니自此로咸吉道가永히朝鮮의有ᄒᆞᆫ빈、되야北邊의經略이粗定ᄒᆞ얏ᄂᆞ이다

上이內에는政治를整頓ᄒᆞ고學藝를興ᄒᆞ시며外에는明國을和親ᄒᆞ기益睦ᄒᆞ고日本에는一次討伐ᄒᆞ셧스나其後通交條約을定ᄒᆞ야和好를謀ᄒᆞ시고北邊에는地를開拓ᄒᆞ야防禦의策이定ᄒᆞ사在位三十二年間에成効가極多ᄒᆞ니世人이稱ᄒᆞ되海東堯舜이오其宰相은黃喜、許稠等이、다上의大業을輔佐ᄒᆞ얏ᄂᆞ이다

世祖靖難

世宗崩文宗立

文宗崩端宗立

世宗이崩ᄒᆞ시고 文宗이立ᄒᆞ시니寬仁孝友ᄒᆞ시고學을好ᄒᆞ며士를愛ᄒᆞ고東宮에在ᄒᆞ신지二十餘年에先王을翊贊ᄒᆞᆫ者ㅣ不少ᄒᆞ고即位ᄒᆞ사는言路를開ᄒᆞ고文武를愛養ᄒᆞ니臣民이、다屬望ᄒᆞ더니在位ᄒᆞ신지僅히二年에崩ᄒᆞ시고 端宗이繼位ᄒᆞ시니年이十二오時에宗室이強盛ᄒᆞᆫ지라故로 文宗ᄭᅦ서臨崩에特히領議政皇甫仁과

洪允成殺金宗瑞

世祖拜領議政兼內外兵馬都統使

世祖登寶位

成三問等謀復

右議政金宗瑞를命ᄒᆞ야幼主를輔ᄒᆞ라、ᄒᆞ시고成三問、朴彭年、河緯地、申叔舟、李塏、柳誠源等도、또ᄒᆞᆫ付託을承ᄒᆞ야左右協贊ᄒᆞ얏ᄂᆞ이다

時에世祖와安平大君瑢이다 端宗의叔父의親으로賓客의歸附者가多ᄒᆞ나瑢의게ᄂᆞᆫ文人才士ᄲᅮᆫ이오 世祖ᄭᅴ서ᄂᆞᆫ權擥과韓明澮를信任ᄒᆞ사撥亂ᄒᆞᆯ計畫이密勿ᄒᆞᆯ서金宗瑞를不殺ᄒᆞ면大事가不成ᄒᆞᆯ지라、이에宗瑞家에親至ᄒᆞ사洪允成으로、ᄒᆞ야곰椎殺ᄒᆞ시고、다시皇甫仁、趙克寬等數人을殺ᄒᆞ고、드듸여甫仁、宗瑞、瑢等의罪를告ᄒᆞ야左議政鄭麟趾의議로瑢을賜死ᄒᆞ고 世祖ᄭᅴ서領議政이되사內外兵馬都統使로軍國重事를兼ᄒᆞ시니 端宗ᄭᅴ서謂ᄒᆞ시되其功이周公과如ᄒᆞ다ᄒᆞ사詔書를下ᄒᆞ시고 世祖와鄭麟趾、韓明澮等三十六人의靖難功을錄ᄒᆞ시고 世祖ᄭᅴ서威權이日盛ᄒᆞ야、맛참ᄂᆡ 端宗三年、距今四百五十二年前에寶位에登ᄒᆞ시니大抵此事ᄂᆞᆫ權擥과鄭麟趾가贊成ᄒᆞᆷ이오이다

時에 端宗이上王이、되사壽康宮에處ᄒᆞ시니成三問이其父勝과朴

上王位不成死之

降封魯山

錦城大君謀復上王位死之

魯山君崩

復魯山位廟號端宗

世祖豪邁有雄圖

彭年、李塏、河緯地、柳誠源、金礩、兪應孚等으로、더브러上王을復位코자、ᄒᆞ다가計畫이未成ᄒᆞ고金礩의告變ᄒᆞᆫᄇᆡ、되야三問等六臣이被誅ᄒᆞ고三問의父勝이亦誅ᄒᆞ고其他連累ᄒᆞᆫ者ㅣ數十人이오이다

이에上王을降封ᄒᆞ야魯山君이라、ᄒᆞ고寧越江原道에處케、ᄒᆞ니時에錦城大君瑜世宗第六子가順興에謫居ᄒᆞ다가府使李甫欽과謀ᄒᆞ야魯山을迎入코자、ᄒᆞᆯ서畢竟謀洩ᄒᆞ야死ᄒᆞ고既而오魯山君이、또慘崩ᄒᆞ시더니其後二百餘年을經ᄒᆞ고 肅宗時에至ᄒᆞ야六臣의官爵을復ᄒᆞ고또魯山의位를復ᄒᆞ고廟號ᄂᆞᆫ端宗이오이다

世祖ᄭᅴ오서治國ᄒᆞ신事業은其北方四郡에人民이稀少ᄒᆞ미守備키難ᄒᆞᆷ을因ᄒᆞ야其民을撤ᄒᆞ고、또野人을撫恤ᄒᆞ야專혀和平으로爲主ᄒᆞ고上의天性이豪邁ᄒᆞ야經國雄圖가有ᄒᆞ시고、더욱射御에長ᄒᆞ며武學에用心ᄒᆞ야親히兵書五衛陣法、兵將說、兵法大旨、論將篇을撰ᄒᆞ고五衛都總府를立ᄒᆞ고專혀軍務를委ᄒᆞ야兵曹에隷屬치、아니ᄒᆞ고文武臣의俊異ᄒᆞᆫ者ᄂᆞᆫ不次擢用ᄒᆞ시고申叔舟로、ᄡᅥ黃海、平安兩道體察使를拜ᄒᆞ야北征

申叔舟征野人

ᄒᆞᆯ準備를作ᄒᆞ더니五年에毛憐衛의浪卜兒哈이會寧에在ᄒᆞ야邊將과忿爭ᄒᆞ거ᄂᆞᆯ、이에誘殺ᄒᆞ고、또邊釁을開ᄒᆞ야叔舟로、써江原、咸吉都體察使를拜ᄒᆞ야婆猪江의野人을征破ᄒᆞ얏ᄂᆞ이다

李施愛叛

十二年에吉州人、前會寧府使李施愛가其弟施合으로、더브러叛ᄒᆞ니咸興以北의州郡이守令을殺ᄒᆞ고互相響應ᄒᆞ야聲勢가甚熾ᄒᆞ거ᄂᆞᆯ이에龜城君浚으로、써四道(咸吉、江原、平安、黃海)都摠使를拜ᄒᆞ고許琮은節度使오康純、魚有沼、南怡等은大將이라數萬兵을率ᄒᆞ고進戰ᄒᆞ야洪原、北青에서賊兵을大破ᄒᆞ니施愛가力盡ᄒᆞ야野人의게奔ᄒᆞ거ᄂᆞᆯ野人이縛獻ᄒᆞ야軍前에斬ᄒᆞ니、이에賊黨이平ᄒᆞ얏ᄂᆞ이다

平李施愛

魚有沼等伐建州衛斬李滿住

時에明國建州衛李滿住가明을叛ᄒᆞ거ᄂᆞᆯ明이伐ᄒᆞ니朝鮮이、또夾擊ᄒᆞᆯ식魚有沼、南怡等이咸吉道로、브터直히建州衛를討ᄒᆞ야鴨綠江을渡ᄒᆞ야九獨府諸寨를破ᄒᆞ고李滿住及其子古納哈打肥剌等을斬ᄒᆞ니　世祖ᄭᅴ서如此히兵威를北邊에耀ᄒᆞ야　世宗의經略ᄒᆞ시든遺業을不墜ᄒᆞ얏ᄂᆞ이다

大典의制定

世祖文治

世祖ᄭᅴ서雄武ᄒᆞ실ᄲᅮᆫ아니라、또크게文治에有意ᄒᆞ야民政을察ᄒᆞ고刑獄을愼ᄒᆞ며量田을行ᄒᆞ고官制를改ᄒᆞ며暇時에ᄂᆞᆫ學을講ᄒᆞ고道를論ᄒᆞ며、더욱易理를通ᄒᆞ야親히周易口訣을作ᄒᆞ야諸儒로、ᄒᆞ야곰論難케、ᄒᆞ고圖書를刊行ᄒᆞ고學問을奬勵ᄒᆞ며

纂修經國大典

또太祖、世宗以來로經國元典과續典의編輯이完全치、못ᄒᆞᆫ지라、이에詳定局을開ᄒᆞ고崔恒、金國光、韓繼禧等으로、ᄒᆞ야곰會通을斟酌ᄒᆞ야萬世成法을作코자ᄒᆞ야、다시經國大典을纂修ᄒᆞ셧스나上이在位ᄒᆞ신지十三年에完成치못ᄒᆞ고崩ᄒᆞ셧ᄂᆞ이다

世祖傳位睿宗　經國大典成

世祖ᄭᅴ서臨崩에　睿宗ᄭᅴ傳位ᄒᆞ시니　睿宗元年에經國大典六卷이成ᄒᆞ고　睿宗이在位一年에崩ᄒᆞ실식時에兵曹判書南怡와領議政康純이柳子光의讒을被ᄒᆞ야誅死ᄒᆞ고吏曹正郞閔粹ᄂᆞᆫ　世祖實錄을修ᄒᆞᆯ식史草를改竄ᄒᆞᆷ으로、써被罪ᄒᆞ고大典이發布키前에　睿宗이崩ᄒᆞ시매嗣子가幼ᄒᆞᆫ지라貞熹王后(世祖后尹氏의)ᄭᅴ서　成宗을立ᄒᆞ

睿宗崩成宗立

頒經國大典于中外 / 頒大典續錄 五禮儀完成 / 吏典官制 東班西班 東班京職

시니 成宗은 世祖의孫이오 德宗의第二子라(德宗은成宗時追崇) 年幼ᄒᆞ
신故로王后씌서聽政ᄒᆞ시고七年에至ᄒᆞ야還政ᄒᆞ셧ᄂᆞ이다
成宗初에經國大典이告成ᄒᆞ얏스나疎漏處가多ᄒᆞ거늘、다시崔恒等
으로、ᄒᆞ야곰修正ᄒᆞ야中外에頒行ᄒᆞ니大典은即吏、戶、禮、兵、刑、工六典
이오大抵唐의六典과明의會典等을倣ᄒᆞ야斟酌損益ᄒᆞ야國俗에合
고자、ᄒᆞᆷ이라然이나、오히려未盡ᄒᆞᆫ지라李克增、魚世謙等을命ᄒᆞ야、다
시大典續錄一卷을撰ᄒᆞ야二十四年에頒行ᄒᆞ얏고
또五禮儀ᄂᆞᆫ 世宗世祖時에이믜撰修ᄒᆞ얏스나未備處가多ᄒᆞᆫ지라
申叔舟、姜希孟等을命ᄒᆞ야完成ᄒᆞ미朝鮮의制度文物이이에大備ᄒᆞ
니此ᄂᆞᆫ 太祖以來政法을集ᄒᆞ야大成ᄒᆞᆷ이라後世에서奉ᄒᆞ야圭臬
을作ᄒᆞᆷ이오朝鮮五百年政治의骨髓가되얏스니
吏典의官制ᄂᆞᆫ大體를分ᄒᆞ야東西兩班이되니東班은文官이오西班
은武職이라兩班에、또京官、外官의別이有ᄒᆞ니
東班의京官職은即中央政府의重要ᄒᆞᆫ者니其議政府ᄂᆞᆫ百官을總ᄒᆞ

東班外職 / 西班京職 / 西班外職

고庶政을平ᄒᆞ며陰陽을理ᄒᆞ고邦國을經ᄒᆞᄂᆞᆫ者오
義禁府ᄂᆞᆫ王命을奉ᄒᆞ야推鞫을掌ᄒᆞ고其次吏曹(官吏의選叙와勳封과考課를掌ᄒᆞ고)戶
曹(戶口租稅及財政을掌ᄒᆞ고)禮曹(禮樂과祭祀와宴享과朝聘과學校와科擧를掌ᄒᆞ고)兵曹(兵務를掌ᄒᆞ고)刑曹(法律과詞訟及奴婢를掌
ᄒᆞ고)工曹(山澤과工匠과營繕과陶冶를掌ᄒᆞᆷ이라)의六曹가有ᄒᆞ야各其行政一部를分掌ᄒᆞ니即
高麗의六部오其他司憲府(時政을論ᄒᆞ고百官을糾察ᄒᆞ며風俗을正ᄒᆞ고冤抑을伸ᄒᆞ고濫僞를禁ᄒᆞᆷ이라) 承政院(王命을出納이라)
司諫院은、다要職이오이다
東班의外職은即地方官이니八道에州、府、郡、縣의別이有ᄒᆞ고道에觀
察使(監司)가有ᄒᆞ고州府에府尹、牧使、都護府使가有ᄒᆞ고郡에ᄂᆞᆫ守오縣
에ᄂᆞᆫ令과監이有ᄒᆞ니觀察使ᄂᆞᆫ各道에一人ᄲᅮᆫ이오至於府尹以下ᄂᆞᆫ
地方區畫의多少를因ᄒᆞ야定數가無ᄒᆞᄂᆞ이다
西班의京職은其最高者ᄂᆞᆫ中樞府니中樞府ᄂᆞᆫ、오작文武堂上官中에
實職이無ᄒᆞᆫ人이라實權이無ᄒᆞ며五衛都摠府ᄂᆞᆫ即五衛(義興、龍驤、虎賁、忠佐、忠武)
의軍務를掌ᄒᆞ야全國兵이、다此에分屬ᄒᆞ고其次에ᄂᆞᆫ內禁衛(宿衛陪扈를掌ᄒᆞ고)
訓鍊院(軍士의試才와學藝를掌ᄒᆞ고)翊衛司(東宮陪衛를掌ᄒᆞᆷ이라)等이有ᄒᆞ고其外職은各道兵馬

戶典 禮典 兵典 刑典 工典 成宗用心風化

使以下諸官이有ᄒᆞ미其定員도、ᄯᅩᄒᆞᆫ一樣치아니ᄒᆞ오이다
東班과西班을同一케幷稱ᄒᆞ나西班의節度使以下ᄂᆞᆫ觀察使或牧使等의兼任ᄒᆞᆫ者ㅣ多ᄒᆞ니其實은西班이東班을不及ᄒᆞᆷ이오이다
戶典에ᄂᆞᆫ戶籍、量田、祿科、諸田(官屯田、院田、津夫田類) 職田、田宅、農桑、收稅等의規定이有ᄒᆞ고禮典에ᄂᆞᆫ科擧、儀章、學校(成均館、四學、司譯院) 喪服、儀注、婚嫁、官府文字의式이有ᄒᆞ고兵典에ᄂᆞᆫ武官의配置와武科、兵船、軍器、廐牧等事가有ᄒᆞ고刑典에ᄂᆞᆫ二十三目(決獄日限、四禁、推斷、禁刑、濫刑、僞造、恤囚、逃亡、白丁團聚、捕盜、贓盜、元惡鄕吏、銀錢代用、罪犯準計、告尊長、禁制、訴寃、停訟、賤妾、賤妻妾子女、公賤、私賤、賤娶婢産) 六十九條가有ᄒᆞ니其初ᄂᆞᆫ大明律을根本으로作ᄒᆞ고工典에ᄂᆞᆫ橋路、營繕、院宇、栽植、鐵塲이니凡官府에屬ᄒᆞᆫ百工이、다此에載ᄒᆞ얏스니以上은大典의槪畧이오當時의制度가具備ᄒᆞ얏ᄂᆞ이다
ᄯᅩ 成宗씌셔天性이聰明ᄒᆞ시고學을好ᄒᆞ며、더욱風化에用心ᄒᆞ사治民官吏ᄅᆞᆯ重視ᄒᆞ고臺諫을崇奬ᄒᆞ시며籍田을親耕ᄒᆞ시고王后가親蠶ᄒᆞ시며太學에幸ᄒᆞ시고(太學에幸ᄒᆞᆷ은太宗以來로行ᄒᆞ셧스나上에至ᄒᆞ야尤多ᄒᆞ고後世에成例가、됨이라)養老

衰極將盛時 成宗崩燕山立

宴을宮中에開ᄒᆞ고外邑諸臣을命ᄒᆞ야羣老ᄅᆞᆯ宴케、ᄒᆞ시고尊經閣을作ᄒᆞ고養賢庫ᄅᆞᆯ設ᄒᆞ고弘文館을開ᄒᆞ고湖堂을建ᄒᆞ고成均館과鄕學에田을賜ᄒᆞ고經史ᄅᆞᆯ印ᄒᆞ야諸道에頒行ᄒᆞ고學士ᄅᆞᆯ命ᄒᆞ야諸書(輿地勝覽、樂學軌範、東國通鑑、帝王明鑑、東文選、后妃明鑑)ᄅᆞᆯ編輯ᄒᆞ고學問을奬勵ᄒᆞ며、ᄯᅩ賢俊을登庸ᄒᆞ야士氣ᄅᆞᆯ振作ᄒᆞ시니故로一時에人材가輩出ᄒᆞ얏ᄂᆞ이다
이에文化가蔚然ᄒᆞ야洋洋히太平氣像이隆盛ᄒᆞᆫ運에達ᄒᆞ얏스나國初以來로贓吏ᄅᆞᆯ嚴治ᄒᆞ야子孫을禁錮ᄒᆞ더니 成宗時에ᄂᆞᆫ政事가寬厚ᄒᆞ야賄賂가漸行ᄒᆞ고上이、ᄯᅩ宗室과宴ᄒᆞ샤妓樂을備ᄒᆞ야後來에燕山의荒淫ᄒᆞᄂᆞᆫ習을開ᄒᆞ얏스니 成宗의在位二十五年間은盛極將衰ᄒᆞᄂᆞᆫ時오이다

士林의禍及外交

成宗씌셔崩ᄒᆞ시고燕山君이立ᄒᆞ니時ᄂᆞᆫ先王이人材ᄅᆞᆯ愛養ᄒᆞ고風節을激勵ᄒᆞᆫ後라英偉ᄒᆞᆫ士子ㅣ頗衆ᄒᆞ더니不幸히厄運을屢遭ᄒᆞ니其第一은卽戊午士禍오第二ᄂᆞᆫ甲子士禍오이다

戊午士禍는初에金馹孫이史官이되셔向者에李克墩이全羅監司時에先王喪을當ᄒᆞ야京師에進香ᄒᆞᆯ셔妓女를載行ᄒᆞᆷ과또 世祖時事를記ᄒᆞ다가其師金宗直의吊義帝文을錄ᄒᆞ얏더니其後克墩이堂上官이되야史草를見ᄒᆞ고大怒ᄒᆞ야此를擠排코자ᄒᆞᆯ셔時에柳子光이姦才가有ᄒᆞ야甚히克墩과締結ᄒᆞ고또尹弼商이力助ᄒᆞ야大獄을興ᄒᆞᆯ셔克墩等이誣ᄒᆞ되宗直의吊義帝文은 世祖를譏斥ᄒᆞ얏스니馹孫의惡은卽宗直의指誨라ᄒᆞ야宗直의門人及關係가有ᄒᆞᆫ者를一網打盡코자ᄒᆞ고時에燕山도또自謂ᄒᆞ되每事에自由치못ᄒᆞᆷ은學士輩의所爲라ᄒᆞ야子光等의計策을從ᄒᆞᆯ셔宗直은已死ᄒᆞᆫ지라곳棺을剖ᄒᆞ야屍를斬ᄒᆞ고馹孫及權景裕를殺ᄒᆞ고李穆、許磐等以下는다竄逐ᄒᆞ니知名人士가被罪ᄒᆞᆫ者ㅣ數十人(姜謙、表沿沫、洪瀚、鄭汝昌、茂豊副正總、姜景敘、李守恭、鄭希良、鄭承祖、李宗準、崔溥、李黿、金宏弼、曹偉、朴漢柱、任熙載、康伯珍、柳廷秀、李繼孟、姜渾等)이니其事가燕山四年戊午、距今四百九年前이라故로戊午士禍라ᄒᆞ고

戊午後數年에또甲子士禍가有ᄒᆞ니初에燕山의母尹氏(成后) 宗가驕恣

妬忌ᄒᆞ야不遜ᄒᆞᆫ事가多ᄒᆞᆫ지라 成宗셔서賜死ᄒᆞ시니燕山이母의非命으로死ᄒᆞᆷ을恨ᄒᆞ야十年(甲子)에追崇ᄒᆞ야王后라ᄒᆞ고또當時廢死時에參論ᄒᆞᆫ人을罪ᄒᆞᆯ셔尹弼商、李克均、成浚、李世佐、權柱、金宏弼、李胄等數十人을殺ᄒᆞ고韓致亨、韓明澮、鄭昌孫、魚世謙、沈澮、李坡、鄭汝昌、南孝溫等은已死ᄒᆞᆫ지라棺을剖ᄒᆞ야屍를斬ᄒᆞ고子弟와同族은幷히竄流徒配ᄒᆞ미慘酷暴戾ᄒᆞᆷ이無所不至ᄒᆞᆫ지라此는戊午禍보다더욱激烈ᄒᆞ니大抵燕山의此事는다任士洪等이引導ᄒᆞᆷ이오이다

燕山이淫虐ᄒᆞ야再次士禍를起ᄒᆞ미賢人君子가漸少ᄒᆞᆫ지라이에더욱驕恣ᄒᆞ야內宦金子猿이機密을專掌ᄒᆞ고諸惡을慫慂ᄒᆞ야諸道에妓樂을設ᄒᆞ고號曰運平이라三百人을擇ᄒᆞ야闕內에入ᄒᆞ며地科興淸(近入ᄒᆞᆫ者)天科興淸(經幸ᄒᆞᆫ者)等名目이有ᄒᆞ고또採紅駿使、採靑使를諸道에遣ᄒᆞ야美女와良馬를採ᄒᆞ고成均館은遊戲所가되고弘文館을罷ᄒᆞ고司諫院을革ᄒᆞ고經筵을廢ᄒᆞ고司僕寺와掌樂院을增ᄒᆞ고淫虐無道ᄒᆞ기日甚ᄒᆞ야宗社가將危ᄒᆞᆯ지라

燕山廢 中宗立

이에十二年、距今四百一年前에前吏曹叅判成希顔、知中樞朴元宗、吏曹判書柳順汀等이相謀ᄒᆞ고慈順太后尹氏(成宗繼后)의詔로王을廢ᄒᆞ야燕山君이라ᄒᆞ고喬桐에移ᄒᆞ고成宗次子晉城大君이即位ᄒᆞ시니即中宗이라、이에朴元宗、柳順汀、成希顔、柳子光(光은罪人이라然이나反正時에有功ᄒᆞ야叅勳ᄒᆞᆷ이라)等百餘人이靖國功臣이되얏ᄂᆞ이다

革燕山弊政

中宗께셔燕山의弊政을革ᄒᆞ고儒術을尙ᄒᆞ시며文治에專意ᄒᆞ야遺逸을搜訪ᄒᆞ고風化를振作ᄒᆞ시며初에 中宗이即位時에夫人愼氏로、ᄒᆞ야곰后를封ᄒᆞ셧더니向者其父守勤이權勢를憑藉ᄒᆞ고驕縱ᄒᆞᆫ지라朴元宗等이廢立時에守勤을殺ᄒᆞ고、이에後慮가有ᄒᆯ가恐ᄒᆞ야領相柳洵과右相金壽童等이上께白ᄒᆞ고愼氏를廢ᄒᆞ야私第에遜位ᄒᆞ니愼氏가坤位에在ᄒᆞᆫ지八日이라、다시章敬王后尹氏를立ᄒᆞ얏더니十年에尹氏가崩ᄒᆞ시거ᄂᆞᆯ金凈、朴祥等이上疏ᄒᆞ야廢后愼氏를復位ᄒᆞ야無辜히廢處ᄒᆞᆫ寃을伸ᄒᆞ쇼셔、ᄒᆞ거ᄂᆞᆯ大司諫李荇과大司憲權敏手等이此를排斥ᄒᆞ야邪論이라、ᄒᆞ고詔獄에致ᄒᆞ기를請ᄒᆞ다가領

金凈等請立廢后愼氏爭端漸開

議政柳洵과左議政鄭光弼等이救解ᄒᆞ나金凈等이、맛참ᄂᆡ貶謫ᄒᆞ야自此로廷議의爭端이開ᄒᆞ얏ᄂᆞ이다

大任趙光祖

時에 中宗이趙光祖를深히信任ᄒᆞ사至治의道를興ᄒᆞ야風俗을正ᄒᆞ고賢良科를設ᄒᆞ고鄕約法을行ᄒᆞ고小學의敎를興ᄒᆞ며金湜、金凈、李耔、金絿等諸賢을用ᄒᆞ실ᄉᆡ光祖ᄂᆞᆫ副提學으로大司憲에至ᄒᆞ더니會에前牧使金友曾이士林을誣毁ᄒᆞᆫ事로廷訊ᄒᆞ실ᄉᆡ光祖ㅣ友曾을窮治치、아니코자、ᄒᆞ얏더니矯激輕銳ᄒᆞᆫ徒가庶政을速改코자、ᄒᆞ야光祖等의依違因循ᄒᆞᆷ을彈劾ᄒᆞ얏ᄂᆞ이다

己卯士禍

南袞等讒趙光祖

時에禮判南袞과都總管沈貞等이淸議에不容ᄒᆞᆷ을怨ᄒᆞ야光祖等의隙을伺ᄒᆞᆯᄉᆡ光祖ㅣ、또上께請ᄒᆞ야靖國功臣의冒濫ᄒᆞᆫ者七十餘人을汰除코자、ᄒᆞ니上이初에ᄂᆞᆫ不聽ᄒᆞ시나諸臣의强請으로不得已、從ᄒᆞ시니南袞等이、이에種々ᄒᆞᆫ飛語로上心을動ᄒᆞ야曰、朝權과人心이、다趙氏에歸ᄒᆞ얏다、ᄒᆞ고又曰光祖等이互相朋比ᄒᆞ야國論이顚倒ᄒᆞ고朝政이日非ᄒᆞ다、ᄒᆞ고百方으로譏訴ᄒᆞ야光祖等을盡殺코자、ᄒᆞ니領

殺趙光祖

相鄭光弼과左相安塘等이極諫ᄒᆞ되不聽ᄒᆞ시고,곳光祖等을詔獄에下ᄒᆞ고光祖及金凈、金湜、金絿等數十人(尹自任、朴世熹、朴薰、奇遵、李長坤、金安國、金正國、韓忠、具壽福、金世弼、柳雲、柳庸謹、崔淑生、申鏛)을竄黜ᄒᆞᄂᆞᆫ지라,이에舘學諸生李若水、申命仁等一千餘人이上疏ᄒᆞ야其寃을訴ᄒᆞ니由是로讒口가益熾ᄒᆞ야鄭光弼、安塘도,또ᄒᆞᆫ罷官ᄒᆞ고南袞、李惟淸이左右相이,되고金銓은領相이,되야賢良科를罷ᄒᆞ고光祖ᄂᆞᆫ賜死ᄒᆞ고其餘ᄂᆞᆫ竄黜ᄒᆞ니此ᄂᆞᆫ己卯士禍오이다

自後로南袞、沈貞等이朝政을擅弄ᄒᆞᆯ시時에金安老ᄂᆞᆫ吏曹判書리政事를亂홈으로,써豐德에配ᄒᆞ얏더니南袞이死ᄒᆞᆫ後에鄭光弼이代ᄒᆞ야領相이,되니時에沈貞、李沆、金克愊等이用事ᄒᆞ거ᄂᆞᆯ安老가再用케를謀ᄒᆞ야東宮(仁宗)을保護ᄒᆞᆫ다名ᄒᆞ고召還을圖得ᄒᆞᆫ後,政事에參預ᄒᆞ야沈貞、李沆을殺ᄒᆞ고金克愊을斥ᄒᆞ니貞、沆、克愊은世人이稱ᄒᆞ되辛卯三姦이라,ᄒᆞ니此ᄂᆞᆫ 中宗二十六年辛卯이오이다

辛卯三姦

金安老가三姦을除ᄒᆞ얏스나爲人이奸邪狡猾ᄒᆞ고,ᄯᅩ文墨才가有ᄒᆞ야初에ᄂᆞᆫ李彦迪、朴紹等을逐ᄒᆞ고,ᄯᅩ鄭光弼을竄ᄒᆞ고其黨을引ᄒᆞ야

朝廷에布滿ᄒᆞ니許沆、蔡無擇等이鷹犬이,되야屢次大獄을興ᄒᆞ미宗親及公卿大臣을誅竄ᄒᆞ고生殺予奪을擅ᄒᆞ야勢焰이甚熾ᄒᆞᄂᆞᆫ지라叅判尹安仁(文定王后叔父)이文定王后(中宗繼后)ᄭᅴ告ᄒᆞ야上ᄭᅴ奏ᄒᆞ니上이,이에安仁으로,ᄒᆞ야곰安老等을殺ᄒᆞ라,ᄒᆞ시니安仁이大司憲梁淵과議ᄒᆞ야安老及沆、無擇을賜死ᄒᆞ니時ᄂᆞᆫ 中宗三十二年丁酉라故로丁酉三凶이라,ᄒᆞᄂᆞ이다

丁酉三凶

其後 中宗ᄭᅴ셔,크게悔悟ᄒᆞ사流配人을收叙ᄒᆞ고,ᄯᅩ遺逸數十人을擧ᄒᆞ얏스나政綱이,맛참ᄂᆡ振修치,못ᄒᆞ고在位三十九年에崩ᄒᆞ셧ᄂᆞ이다

中宗崩

中宗이崩ᄒᆞ신後에 仁宗이卽位ᄒᆞ사八月에崩ᄒᆞ시고明宗이立ᄒᆞ시니時年이十二라母后文定王后尹氏ᄭᅴ셔聽政ᄒᆞ시고尹元衡이當國ᄒᆞ니元衡은文定王后의弟라向者 仁宗時에工曹叅判을擢拜ᄒᆞ거ᄂᆞᆯ大諫宋麟壽等이論劾ᄒᆞ야其官資를奪ᄒᆞ더니至是ᄒᆞ야,다시國政을叅與ᄒᆞ얏ᄂᆞ이다

仁宗崩 明宗立 母后尹氏聽政 尹元衡當國

外戚專權始開

初에 太宗께서 外戚의 用事ᄒᆞᆷ을 防ᄒᆞ셧더니 其後 成宗이 立ᄒᆞ실 時에 貞熹王后ㅣ 聽政ᄒᆞ셧스나 外戚의 權이 不多ᄒᆞ다가 明宗이 立ᄒᆞ야ᄂᆞᆫ 母后와 外戚의 權이 盛ᄒᆞ얏ᄂᆞ이다

尹元衡 尹任의 軋轢

元衡의 兄 元老ᄂᆞᆫ 凶險ᄒᆞᆫ 人이라 左相 柳灌 等이 奏ᄒᆞ야 海南(全羅道)에 竄ᄒᆞ니 初에 元衡과 尹任(仁宗母后 章敬王后의 弟)이 中宗末年브터 黨與를 分ᄒᆞ야 互相傾軋ᄒᆞ니 時人이 謂ᄒᆞ되 大尹 小尹(尹任 尹元衡)이라ᄒᆞ더니 至是ᄒᆞ야 禮曹叅判 尹元衡이 其黨 鄭順朋(知中樞) 李芑(兵判) 林百齡(戶判) 許磁(工判) 等으로 더브러 刑判 尹任과 柳灌 柳仁淑(吏判) 等을 殺코자ᄒᆞ야 忠順堂(文定王后宮)에 詣告曰 尹任이 元來 異志가 有ᄒᆞ야 桂林君 瑠(成宗第三子 桂城君 恂의 養子)와 鳳城君 岏(中宗第八子) 兩人中 一人을 立고자ᄒᆞ고 灌과 仁淑도 ᄯᅩᄒᆞᆫ 形迹이 有ᄒᆞ다ᄒᆞ니 文定王后ㅣ 곳 任 等을 賜死ᄒᆞ얏ᄂᆞ이다

殺尹任等

ᄯᅩ 金明胤의 密啓를 因ᄒᆞ야 桂林君과 鳳城君을 殺ᄒᆞ고 ᄯᅩ 李德應을 鞫問ᄒᆞ야 李輝 羅淑을 誣告ᄒᆞ니 自此로 羅織과 構陷이 益甚ᄒᆞ야 一時 名士가 或 誅戮 或 竄配ᄒᆞ니 此가 乙巳(仁宗元年)브터 丁未(明宗二年)ᄭᆞ지 거의 百人

一時名士誅戮竄配

이라(權橃、李彥迪、白仁傑、鄭希登、朴光佑、金麟、宋希奎、柳希春、金鸞祥、李彥忱、閔起文、郭珣、李霖、李輝、鄭郁、李中悅、羅湜、羅淑、盧守愼等) 이에 元衡及李芑 鄭順朋 林百齡 金明胤 等이 다 錄勳ᄒᆞ니 人心이 忿恨ᄒᆞ나 然ᄒᆞ나 文定王后를 畏ᄒᆞ야 敢히 言ᄒᆞᆯ 者ㅣ 無ᄒᆞ더니 時에 明宗께서도 元衡의 威福을 畏ᄒᆞ다가 李樑을 擢用ᄒᆞ야 對敵게ᄒᆞ시니 樑이 ᄯᅩᄒᆞᆫ 權을 貪ᄒᆞ야 勢焰이 盛ᄒᆞ미 元衡을 傾ᄒᆞ고 士禍를 起ᄒᆞ거ᄂᆞᆯ 副提學 奇大恒의 言을 從ᄒᆞ야 樑을 竄逐ᄒᆞ고 元衡을 進ᄒᆞ야 相位에 登ᄒᆞ미 生殺予奪의 權을 秉ᄒᆞ기 二十年이러니 文宗王后가 崩ᄒᆞ신 後 其爵을 削ᄒᆞ고 田里에 放歸ᄒᆞ야 死ᄒᆞ얏ᄂᆞ이다

尹元衡秉權二十年

削奪李滉官爵

向者 乙巳難 時에 李滉도 ᄯᅩᄒᆞᆫ 官爵을 削奪ᄒᆞ니 李芑의 姪 元祿이 芑의게 力諫ᄒᆞ고 林百齡도 亦曰 李滉의 謹愼은 世人의 共知ᄒᆞᄂᆞᆫ 바라 此人을 罪ᄒᆞ면 前日 被罪人도 다 誣罔ᄒᆞ다 謂ᄒᆞ리라ᄒᆞ야 곳 職牒을 還授ᄒᆞ얏ᄂᆞ이다

李滉學問

李滉의 字ᄂᆞᆫ 景浩오 號ᄂᆞᆫ 退溪니 慶尙道 眞寶人이라 深히 性理學을 修ᄒᆞ야 躬行實踐ᄒᆞ야 程 朱의 神髓를 得ᄒᆞ니 곳 朝鮮 五百年에 第一 儒宗

道學隆盛

이라大抵程、朱學이高麗時브터行ᄒᆞ다가其末年에鄭夢周가道學과氣節로、써顯ᄒᆞ더니朝鮮에至ᄒᆞ야、더욱隆盛ᄒᆞᆯ식其尤著ᄒᆞᆫ人은金宏弼(寒暄堂)鄭汝昌(一蠹)趙光祖(靜菴)李彦迪(晦齋)李珥(栗谷)成渾(牛溪)等이오其中李滉은、더욱眞儒라稱ᄒᆞ며、이에場屋中人士가老、莊의語를用ᄒᆞ면斥黜ᄒᆞ고、또陸、王의言도不及ᄒᆞ야稍히程、朱意見과不同ᄒᆞ면、다排斥ᄒᆞ니此風은學問에極히狹隘ᄒᆞ나然ᄒᆞ나其學의隆盛이高麗時代에比ᄒᆞᆯ빈、아니오士禍도、또ᄒᆞᆫ此를因ᄒᆞ야屢起ᄒᆞ얏ᄂᆞ이다

排斥佛敎

麗末브터儒敎興隆時에佛敎의排斥이甚ᄒᆞ더니朝鮮初에도其風이有ᄒᆞ나其中오히려 世宗은內佛堂을創建ᄒᆞ시고 世祖ᄂᆞᆫ大藏經을印刷ᄒᆞ야圓覺寺를建ᄒᆞ시더니 成宗은大典中에度僧法을嚴케、ᄒᆞ야寺刹이空虛ᄒᆞᆫ者ㅣ多ᄒᆞ니、이에佛敎가政府及學者의排斥을因ᄒᆞ야、더욱衰頹ᄒᆞ다가 明宗時에僧普雨가宮中의信任를特ᄒᆞ고、크게佛敎를擴張ᄒᆞ야兩宗을立ᄒᆞ고禪科를設ᄒᆞ니館學儒生이上疏ᄒᆞ야普雨를誅코자、ᄒᆞ거ᄂᆞᆯ不聽ᄒᆞ얏더니諸生이館을空ᄒᆞ고去ᄒᆞᄂᆞᆫ지

라上이、이에承旨와史官을遣ᄒᆞ야招諭ᄒᆞ고普雨를濟州에竄ᄒᆞ얏다가殺ᄒᆞ고、또兩宗禪科를罷ᄒᆞ니佛敎의衰頹ᄒᆞᆷ을可知ᄒᆞ겟ᄂᆞ이다

明宗崩

既而오 明宗께서元衡이死ᄒᆞᆫ後에乙巳諸臣의寃枉ᄒᆞᆷ을知ᄒᆞ고盧守愼、柳希春等을伸雪코자、ᄒᆞ다가未幾에崩ᄒᆞ시니在位가二十二年이오上이病篤時에東宮은已薨ᄒᆞ야後嗣가不定ᄒᆞᆫ지라領相李浚慶이入侍ᄒᆞ되上이、이믜言치、못ᄒᆞ시거ᄂᆞᆯ仁順王后沈氏(明宗后)께서上意를傳ᄒᆞ시ᄂᆞᆫ지라浚慶이、이에德興君昭(中宗第七子)의第三子를迎ᄒᆞ야卽

宣祖立

位ᄒᆞ니卽 宣祖라仁順王太后께서同히聽政ᄒᆞ다가未幾에還政ᄒᆞ셧ᄂᆞ이다

朋黨之漸

後에李浚慶이卒ᄒᆞᆯ식遺疏를上ᄒᆞ야朝臣의朋黨의漸을言ᄒᆞᆫ되上이其疏를群下의게示ᄒᆞ야曰、誰가朋黨이뇨、ᄒᆞ시니自此로外議가洶々ᄒᆞ되浚慶이士林을禍ᄒᆞᆫ다、ᄒᆞ야官爵을追奪코자、ᄒᆞ더니數年後이에然東西黨論이起ᄒᆞ야互相排擠ᄒᆞ다가後日巨害를開ᄒᆞ얏ᄂᆞᆫ 다果

宣祖初政

宣祖께서卽位ᄒᆞ신後에李滉과李珥等을登庸ᄒᆞ야學을講ᄒᆞ고治를

北方關係

征野人

論ᄒᆞ며南袞의官爵을追奪ᄒᆞ고、또乙巳以來의寃枉을伸ᄒᆞ야官爵을復ᄒᆞ고、또擢用ᄒᆞ며尹元衡、李芑、鄭順朋、林百齡等의勳籍을削ᄒᆞ니如此히數十年의寃鬱을開ᄒᆞ야人心을慰藉ᄒᆞ얏스나弊政이刷新치못ᄒᆞ니此ᄂᆞᆫ士禍가屢起ᄒᆞ미一時人才를殺戮ᄒᆞᆫ故오이다

至於外交上에ᄂᆞᆫ顯著ᄒᆞᆫ功績을不見ᄒᆞ다가今에北方과關係가有ᄒᆞ니先是 成宗時에魚有沼로ᄡᅥ永安北道節度使를拜ᄒᆞ야防備ᄒᆞ다가 成宗十年、距今三百五十二年前에明國의言을從ᄒᆞ야建州衛野人을夾攻ᄒᆞᆯ시魚有沼ㅣ滿浦鎭(江界西、鴨綠江岸)에至ᄒᆞ야氷解ᄒᆞᆷ으로渡치、못ᄒᆞ고還ᄒᆞ거ᄂᆞᆯ上이有沼의罪를治ᄒᆞ고、다시左議政尹弼商으로、ᄒᆞ야곰野人을征ᄒᆞ야俘獲을明國에送ᄒᆞ고二十二年에ᄂᆞᆫ野人이永安道를寇ᄒᆞ야鎭將을殺ᄒᆞ거ᄂᆞᆯ觀察使許琮으로、ᄒᆞ야곰二萬兵을率ᄒᆞ고征討ᄒᆞ야大破ᄒᆞ고上이、또關防에留意ᄒᆞ야諸道城을築ᄒᆞ고兵을大閱ᄒᆞ야 世宗、世祖의遺型이存ᄒᆞ더니

中宗、明宗時에及ᄒᆞ야ᄂᆞᆫ野人이邊境에出沒ᄒᆞ니、곳發兵驅逐ᄒᆞ얏스

野人入寇陷慶源府

日本關係

나滿浦僉使沈思遜이野人을殺ᄒᆞᆯ時에ᄂᆞᆫ出師치못ᄒᆞ고 宣祖初에ᄂᆞᆫ野人의酋長尼湯介가六鎭에出沒ᄒᆞ거ᄂᆞᆯ上이官祿을予ᄒᆞ야接待가優厚ᄒᆞ더니十六年에至ᄒᆞ야ᄂᆞᆫ邊將의撫御가失宜ᄒᆞ니尼湯介ㅣ、드듸여鄰部의衆을率ᄒᆞ고入寇ᄒᆞ야慶源府(咸鏡道)를陷ᄒᆞᆫ지라、이에吳沄、朴宣으로、ᄡᅥ助防將을拜ᄒᆞ야勇士八千을率ᄒᆞ고赴援ᄒᆞᆯ시鄭彦信은都巡察使오李戩은南兵使라京畿以下五道兵을調發ᄒᆞ야往赴ᄒᆞ니時ᄂᆞᆫ昇平ᄒᆞᆫ지久ᄒᆞ다가猝然히此役이有ᄒᆞ미里巷의哭聲이相聞ᄒᆞ더니既而오穩城府使申砬이赴援ᄒᆞ야野人을大破ᄒᆞ고金義賢(富寧府使)申尚節(僉使)等으로、더브러豆滿江을渡ᄒᆞ야其部落을掩擊ᄒᆞ고還ᄒᆞ나然이나其後에도野人의患이不絕ᄒᆞ얏ᄂᆞ이다

日本에ᄂᆞᆫ 成宗ᄭᅴ셔申叔舟의遺言을從ᄒᆞ야日本과失和치、아니ᄒᆞᆯ셔李亨元等을命ᄒᆞ야書幣를對馬島에遣ᄒᆞ얏스나其後ᄂᆞᆫ遣使치、아니ᄒᆞ고、오작日本의使臣이至ᄒᆞ면接待ᄒᆞᆯ뿐、이러니

中宗五年庚午、距今三百九十六年前에對馬島主宗義盛이朝鮮에서

其使臣의 不受홈을 怒ᄒᆞ야 宗盛弘으로ᄒᆞ야곰 兵三百을 率ᄒᆞ고 三浦居留日本民과 合ᄒᆞ야 釜山과 薺浦를 寇ᄒᆞ야 釜山僉使李友曾을 殺ᄒᆞ고 薺浦僉使金世均을 執ᄒᆞ고 熊川、東萊를 圍ᄒᆞ야 熊川城을 陷ᄒᆞ니 事가 倉卒에 起ᄒᆞᆫ지라 朝廷이 大驚ᄒᆞ야 安潤德으로써 都體察使를 拜ᄒᆞ고 黃衡、柳聃年은 防禦使를 拜ᄒᆞ야 討平ᄒᆞ니 此를 謂ᄒᆞ되 三浦亂이오 又曰 庚午變이라ᄒᆞ고 自此로 對馬의 交가 絶ᄒᆞ더니

中宗七年에 다시 對馬島와 和親ᄒᆞ고 對馬島로셔 歲遣船五十隻을 減ᄒᆞ야 二十五隻이 되고 三浦에 居留民을 廢ᄒᆞ고 오작 倭館을 釜山에 造ᄒᆞ야 使臣接待所를 作ᄒᆞ얏스나 中宗末에ᄂᆞᆫ 西南沿海地에 侵掠이 尤甚ᄒᆞ거ᄂᆞᆯ 熊川海中에 加德、天城等鎭을 設ᄒᆞ고 時에 對馬人이 蛇梁(慶尙道)을 寇ᄒᆞ야 交通이 絶ᄒᆞ더니 明宗二年에 約條를 定ᄒᆞ얏ᄂᆞ이다

然이나 明宗十年에ᄂᆞᆫ 倭船七十餘隻이 全羅道를 寇ᄒᆞ야 達梁을 陷ᄒᆞ고 兵使元績과 長興府使韓蘊을 殺ᄒᆞ고 靈巖郡守李德堅을 虜ᄒᆞ고 殺掠이 甚多ᄒᆞᄂᆞᆫ지라 李浚慶으로써 都巡察使를 拜ᄒᆞ고 金景錫、南致

勤으로써 防禦使를 拜ᄒᆞ야 討伐홀시 全州府尹李潤慶이 力戰ᄒᆞ야 大破ᄒᆞ고 是年에 비로소 備邊司(又曰 備局)의 制를 定ᄒᆞ야 中外軍國機務를 摠領ᄒᆞ니 此ᄂᆞᆫ 邊警을 防備홈이오이다

備邊司의 名은 中宗時브터 始ᄒᆞ얏스나 職權의 重ᄒᆞ기ᄂᆞᆫ 此時에 始ᄒᆞ얏고 後에 專혀 國政을 掌ᄒᆞ야 議政府實權을 執ᄒᆞ얏ᄂᆞ이다

當時에 日本西南邊民이 支那沿海를 侵掠ᄒᆞ기 不絶ᄒᆞ고 其中 八幡旗를 樹ᄒᆞᆫ 船이 더욱 强梁ᄒᆞ니 全羅道의 寇賊이 다 此徒오 如此히 種種ᄒᆞᆫ 紛擾가 有ᄒᆞ나 朝鮮이 足利氏와ᄂᆞᆫ 交際가 不絶ᄒᆞ고 互相贈答ᄒᆞᄂᆞᆫ 禮가 有ᄒᆞ더니 足利氏가 衰ᄒᆞᆫ 後에 交通이 亦絶ᄒᆞ야 壬辰亂이 有ᄒᆞ얏ᄂᆞ이다

壬辰亂

宣祖初에 東人、西人의 論이 始起ᄒᆞ야 朋黨의 風이 行홀ᄲᅮᆫ 아니라 紀綱이 漸壞ᄒᆞ고 武備가 廢弛ᄒᆞ야 人民이 漸々怠惰ᄒᆞᄂᆞᆫ지라 成渾、李珥等이 屢次上疏ᄒᆞ야 時弊를 論ᄒᆞ고 珥ᄂᆞᆫ 또 兵十萬(都城二萬 諸道各一萬)을 養ᄒᆞ야 緩

豐臣秀吉遣宗義智欲假道朝鮮伐明國

黃允吉金誠一等聘日本

急을備코자ᄒᆞ거ᄂᆞᆯ柳成龍이言ᄒᆞ되大平時에聖學이先務오軍旅ᄂᆞᆫ不急ᄒᆞ다ᄒᆞ야其言을排斥ᄒᆞ니滿朝群僚가다附應ᄒᆞ야비록北邊의警報가時至ᄒᆞ나다目前에無事ᄒᆞᆷ을昵ᄒᆞ야兵事에留意치아니ᄒᆞ고時에ᄯᅩ忠直人士ㅣ退歸ᄒᆞ고仁嬪金氏가用事ᄒᆞᆯᄉᆡ領相李山海가其兄公諒으로더브러表裏相應ᄒᆞ니이에人心이大壞ᄒᆞ야遼東과日本에往投ᄒᆞᆫ者ㅣ多ᄒᆞ얏ᄂᆞ이다

日本은豐臣秀吉이國內를掃蕩ᄒᆞ고覇權을握ᄒᆞᆫ지라이에朝鮮에假道ᄒᆞ야明國을攻코자ᄒᆞᆯᄉᆡ　宣祖二十二年距今三百十八年前에宗義智를遣來ᄒᆞ야其事를請ᄒᆞᆯᄉᆡ義智가報聘使를邀ᄒᆞ야日本에共往코자ᄒᆞ거ᄂᆞᆯ朝議가紛然ᄒᆞ다가맛참ᄂᆡ李德馨柳成龍의議를從ᄒᆞ야二十三年에黃允吉로ᄡᅥ通信使를拜ᄒᆞ고金誠一로ᄡᅥ副使를拜ᄒᆞ고許筬은書狀官을差ᄒᆞ야義智로더브러日本에聘ᄒᆞ니秀吉이答書中에我를脅迫ᄒᆞ야明을伐코자ᄒᆞ거ᄂᆞᆯ二十四年에允吉等이還ᄒᆞᆯᄉᆡ允吉과筬等은皆曰秀吉의眼光이炯々ᄒᆞ고膽智가有ᄒᆞ니必然大擧入

通情狀于明

議防禦策

寇ᄒᆞᆫ다ᄒᆞ되誠一은獨曰彼가萬々코不來ᄒᆞ리니無慮ᄒᆞ다ᄒᆞ니議者ㅣ或은允吉을主ᄒᆞ고或은誠一을主ᄒᆞ니大抵誠一은東人이오允吉은西人이라故로各其々黨을護ᄒᆞᆷ이라上이誠一이善使ᄒᆞ얏다ᄒᆞ야官賚를陞ᄒᆞ고漸々防備를罷ᄒᆞ니軍官黃進이誠一의欺罔ᄒᆞᆫ罪를論ᄒᆞ야斬ᄒᆞ기를請ᄒᆞ얏ᄂᆞ이다

上이ᄯᅩ此狀을明國에通코자ᄒᆞ니大司憲尹斗壽ᄂᆞᆫ曰此事가明國에係ᄒᆞ니速히通知ᄒᆞᆷ이可타ᄒᆞ고領相李山海ᄂᆞᆫ曰此를告ᄒᆞ면日本과私通ᄒᆞᆷ과如ᄒᆞ니後日을竢ᄒᆞᆷ이可타ᄒᆞ거ᄂᆞᆯ柳成龍과金睟等은山海의言과如ᄒᆞ고 成龍이後에允吉의言을從ᄒᆞ다 黃廷彧 叅判 柳根朴東賢等은斗壽의言을從ᄒᆞᄂᆞᆫ지라上이이에韓應寅으로ᄒᆞ야곰明에通知ᄒᆞ얏ᄂᆞ이다

既而오朝廷이日本의動兵ᄒᆞᆷ을聞ᄒᆞ고大驚ᄒᆞ야防禦策을議ᄒᆞᆯᄉᆡ金睟李洸尹先覺으로ᄒᆞ야곰慶尙全羅忠淸監司를拜ᄒᆞ고李舜臣 井邑縣監 은左議政柳成龍의薦으로全羅左水使를拜ᄒᆞ야器械를備ᄒᆞ고城池를修ᄒᆞ며ᄯᅩ申砬과李鎰은當時武將中에重名이有ᄒᆞᆫ人이라各地에分

明國內情

遣ᄒᆞ야邊備ᄅᆞᆯ巡視ᄒᆞ나然ᄒᆞ나中外가安逸에狃ᄒᆞ고人民은勞役을憚ᄒᆞ야怨聲이滿道ᄒᆞ고郡邑은擧皆文具로、써罪ᄅᆞᆯ避ᄒᆞᆯᄲᅮᆫ이오이다」時에明神宗朱翊均이在位ᄒᆞᆫ지初에ᄂᆞᆫ張居正、戚繼光等이將相이되고邊事에極히留心ᄒᆞ더니後에漸々政事에怠ᄒᆞ고妃嬪을寵ᄒᆞ며宴遊ᄅᆞᆯ耽ᄒᆞ야君臣이否隔ᄒᆞ고紀綱이益壞ᄒᆞ더니會에明國人陳申은琉球에在ᄒᆞ고許儀後ᄂᆞᆫ日本薩摩에在ᄒᆞ야各其朝鮮事情을明에報ᄒᆞᆯ셰、이에明國이朝鮮을責ᄒᆞ되日本嚮導가되야來襲ᄒᆞᆫ다、ᄒᆞ거ᄂᆞᆯ韓應寅을遣ᄒᆞ야其誣ᄅᆞᆯ辨明ᄒᆞ고兵患의急ᄒᆞᆷ을通ᄒᆞ니明이深慮치、아니ᄒᆞ고、오작沿海ᄅᆞᆯ命ᄒᆞ야守備ᄅᆞᆯ嚴케、ᄒᆞ얏ᄂᆞ이다

行長清正等率兵渡海

秀吉이朝鮮에셔其言을不聽ᄒᆞᆷ을怒ᄒᆞ야　宣祖二十五年壬辰、距今三百十五年前에小西行長과加藤清正과黑田長政과島津義弘과小早川隆景等으로、ᄒᆞ야곰二十萬兵을率ᄒᆞ야海ᄅᆞᆯ渡ᄒᆞ고、또別로히九鬼嘉隆과藤堂高虎等은水軍九千餘人과戰船으로、써海上應援을備ᄒᆞ고行長等이釜山에上陸ᄒᆞ야釜山을攻ᄒᆞ니僉使鄭撥이戰船을沈

鄭撥戰死

ᄒᆞ고兵民을率ᄒᆞ야城堞을守ᄒᆞᆯ셰賊이圍城ᄒᆞ기百匝이오砲發이雨와如ᄒᆞᆫ지라撥이拒戰ᄒᆞ다가矢盡ᄒᆞ고中丸ᄒᆞ야死ᄒᆞ고賊이東萊ᄅᆞᆯ犯ᄒᆞ거ᄂᆞᆯ府使宋象賢이境內兵民을驅ᄒᆞ야防守ᄒᆞ다가半日에城陷ᄒᆞᄂᆞᆫ지라象賢이朝服으로椅子에坐ᄒᆞ야不動ᄒᆞ니賊이生執고자、ᄒᆞ거ᄂᆞᆯ象賢이靴尖으로拒踢ᄒᆞ다가、드듸여遇害ᄒᆞ니賊이其義ᄅᆞᆯ感動ᄒᆞ야南門外에葬ᄒᆞ얏ᄂᆞ이다

宋象賢遇害

行長清正長政三路入寇

賊이釜山으로、브터京城에至ᄒᆞᆯ셰凡三路라中路ᄂᆞᆫ釜山으로、브터鳥嶺을踰ᄒᆞ야忠州ᄅᆞᆯ經ᄒᆞ고京城에達ᄒᆞ니此ᄂᆞᆫ普通線路오東路ᄂᆞᆫ機張、蔚山으로、브터竹嶺을踰ᄒᆞ야忠州에셔中路軍과合ᄒᆞ고西路ᄂᆞᆫ金海로、브터秋風嶺을踰ᄒᆞ야清州、竹山으로、브터京城에達ᄒᆞᆯ셰行長은中路로進ᄒᆞ고清正은東路로進ᄒᆞ고長政은西路로進軍ᄒᆞᄂᆞᆫ지라」

三路防禦

이에邊報가日至ᄒᆞ니朝廷이急히李鎰로、써巡邊使을拜ᄒᆞ야中路에下ᄒᆞ고成應吉은左防禦使니東路로下ᄒᆞ고趙儆은右防禦使니西路로下ᄒᆞ고劉克良과邊璣ᄂᆞᆫ助防將이라竹嶺과鳥嶺을守ᄒᆞ고柳成龍

忠州路申砬死李鎰走

은都體察使오金應南은副使라諸將을檢督ᄒᆞ더니既而오急報가絡繹ᄒᆞ니都城이大震ᄒᆞᄂᆞᆫ지라이에申砬으로ᄡᅥ都巡邊使를拜ᄒᆞ고金汝岉은從事라重兵을引ᄒᆞ고鎰은其後에隨ᄒᆞ더니鎰이尙州에至ᄒᆞ야行長의게敗ᄒᆞ고忠州로還ᄒᆞ니時에申砬이忠州에至ᄒᆞ야鳥嶺을守코자ᄒᆞ다가鎰의敗報를聞ᄒᆞ고大懼ᄒᆞ야忠州로退ᄒᆞᆫ지라

時에賊將淸正은東路軍이라龍宮河를渡ᄒᆞ고行長은中路軍이니聞慶에서合ᄒᆞ야進兵ᄒᆞ거ᄂᆞᆯ申砬이鳥嶺에至ᄒᆞ야形勢를審ᄒᆞᆯᄉᆡ金汝岉이嶺을扼ᄒᆞ야賊을邀戰코자ᄒᆞᆫᄃᆡ砬이不可타ᄒᆞ야曰彼步我騎니廣野에서鐵騎로蹙ᄒᆞᆷ이可타ᄒᆞ고忠州에還入ᄒᆞ야背江ᄒᆞ고陣ᄒᆞ니此時賊은謂ᄒᆞ되鳥嶺이嶮峻ᄒᆞ미守兵이有ᄒᆞᆯ가恐ᄒᆞ야再三偵探ᄒᆞ다가兵이無ᄒᆞᆷ을知ᄒᆞ고忠州를進陷ᄒᆞ야死屍가蔽江ᄒᆞᄂᆞᆫ지라砬이汝岉으로더브러俱死ᄒᆞ고李鎰은走ᄒᆞ니大抵鳥嶺은天府의險阨이어ᄂᆞᆯ오히려守치아니ᄒᆞ야賊兵의跳梁이如此ᄒᆞ얏ᄂᆞ이다

上이諸道兵을徵ᄒᆞ야京城을入援ᄒᆞ라ᄒᆞ니臣僚中에或은勤王ᄒᆞᆫ다

分遣王子于諸道召勤王兵

宣祖播遷

上至開城

稱ᄒᆞ고兵을起ᄒᆞ야妻妾과同歸ᄒᆞᆫ者도有ᄒᆞ며或은成敗를觀望ᄒᆞ야京城에赴援치아니ᄒᆞᄂᆞᆫ지라都城人이오작申砬의捷報를竢ᄒᆞ다가砬의敗死ᄒᆞᆫ報가至ᄒᆞ고李鎰이ᄯᅩ啓陳ᄒᆞ되賊이朝夕間入京ᄒᆞᆫ다ᄒᆞ거ᄂᆞᆯ上이急히宗室大臣을召議ᄒᆞ시고各道에王子를分遣ᄒᆞ야勤王兵을召ᄒᆞᆯᄉᆡ臨海君珒長子을咸鏡道에遣ᄒᆞ고順和君玒第六子ᄂᆞᆫ江原道에遣ᄒᆞ고右相李陽元과都元帥金命元을留ᄒᆞ야京城을守케ᄒᆞ고上이光海君琿으로더브러宮門에出ᄒᆞ시니扈從臣僚ᄂᆞᆫ大臣李山海柳成龍尹斗壽와都承旨李恒福等以下百餘人이라時에陰雨가暗黑ᄒᆞ거ᄂᆞᆯ夜中에上途ᄒᆞᆯᄉᆡ雨가大下ᄒᆞ야困難을名狀키難ᄒᆞ더라上이이믜出宮ᄒᆞ시미亂民이몬져掌隷院과刑曹를焚ᄒᆞ니此ᄂᆞᆫ公私奴婢文書가在ᄒᆞᆫ故오ᄯᅩ宮省을焚ᄒᆞ고內帑庫를毁ᄒᆞ야金帛을掠取ᄒᆞ고宮室昌德昌慶景福을焚ᄒᆞ야歷代의寶器와文書가灰燼이되얏ᄂᆞ이다

上이開城에至ᄒᆞ시니大諫金瓚等이李山海와金公諒의罪를論ᄒᆞ야斬코자ᄒᆞ고ᄯᅩ仁嬪金氏를言ᄒᆞ거ᄂᆞᆯ上이山海를竄ᄒᆞ고柳成龍으로

써領相을拜ᄒᆞ고崔興源、尹斗壽로左右相을拜ᄒᆞ시니臺諫이、또成龍을劾ᄒᆞᄂᆞᆫ지라、이에成龍을罷ᄒᆞ고因ᄒᆞ야哀痛詔를下ᄒᆞ야八道義兵을召募ᄒᆞ실ᄉᆡ

時에金公諒이、오히려府中에在ᄒᆞ거ᄂᆞᆯ士民이相集ᄒᆞ야大呼喧擾ᄒᆞ고或은石을投ᄒᆞᄂᆞᆫ者ㅣ有ᄒᆞ거ᄂᆞᆯ公諒이곳逃亡ᄒᆞ니當時人心의離散이如此ᄒᆞ얏ᄂᆞ이다

三路敵兵皆入京城

行長과淸正等이忠州에서申砬을破ᄒᆞ고三路兵이、다京城으로向ᄒᆞ거ᄂᆞᆯ李陽元、金命元等이守城치못ᄒᆞᆷ을知ᄒᆞ고遁去ᄒᆞ니城中에一人도防禦ᄒᆞᆯ者ㅣ無ᄒᆞ고行長、淸正、長政等이相繼ᄒᆞ야京城에入ᄒᆞᄂᆞᆫ지라

上至平壤

時에上이開城에在ᄒᆞ사兵을遣ᄒᆞ야臨津을守ᄒᆞ더니京城이陷ᄒᆞᆷ을聞ᄒᆞ고急히發ᄒᆞ야平壤에至ᄒᆞ시고諸臣을召議ᄒᆞ니大憲李恒福이明에請援코자ᄒᆞᆫ디左相尹斗壽ㅣ曰、今에臨津을守ᄒᆞ미三南과北道兵이、또ᄒᆞᆫ來援ᄒᆞᆯ지라萬一明에請援ᄒᆞ얏다가其威力으로橫暴를加ᄒᆞ면、다시明兵의蹂躪을受ᄒᆞ리라、ᄒᆞ더니畢竟恒福의議를從ᄒᆞ야明國에請援ᄒᆞ얏ᄂᆞ이다

請援于明

劉克良戰死

時에金命元이臨津에至ᄒᆞ니上이韓應寅으로、ᄒᆞ야곰西界土兵을領ᄒᆞ야往會ᄒᆞ고、또申硈로、써大將을拜ᄒᆞ야臨津을守ᄒᆞ라、ᄒᆞ얏더니會에命元이諸將을津灘上에擺布ᄒᆞ야防備가漸完ᄒᆞᆫ지라賊兵이南岸에至ᄒᆞ야渡치못ᄒᆞᆫ지九日에忽然히退遁狀을示ᄒᆞ야我를誘ᄒᆞ거ᄂᆞᆯ硈이追코자、ᄒᆞ니副元帥劉克良이竹嶺으로、브터來ᄒᆞ야輕擧치、말나ᄒᆞᆫ디硈이軍心을沮ᄒᆞᆫ다、ᄒᆞ고斬코자、ᄒᆞᄂᆞᆫ지라克良이不得已ᄒᆞ야先渡ᄒᆞ니硈이大軍으로、써繼ᄒᆞ야軍渡가旣畢에賊의伏兵이發ᄒᆞ야硈을殺ᄒᆞ거ᄂᆞᆯ克良이事去ᄒᆞᆷ을知ᄒᆞ고下馬ᄒᆞ야地에坐ᄒᆞ야曰、此ᄂᆞᆫ吾의死所라、ᄒᆞ고賊을射ᄒᆞ다가矢盡ᄒᆞ야死ᄒᆞ니賊이、곳渡江ᄒᆞ야西ᄒᆞ얏ᄂᆞ이다

旣而오敵兵이、또大同江에進逼ᄒᆞ니鄭澈이平壤에出ᄒᆞᆫ議를主ᄒᆞ고諸臣도、또ᄒᆞᆫ北道로避往코자、ᄒᆞ고尹斗壽、柳成龍은平壤을守코자、ᄒᆞ

（上發平壤）

다가、드듸여北道로向홀셔尹斗壽、金命元、李元翼으로、호야곰平壤을守호고上이平壤에셔發호야肅川、安州로、브터寧邊에至호시니時에

（淸正入咸鏡道）

敵兵은京城을陷혼後、分路호야諸道롤略홀셔淸正이鐵嶺을踰호야咸鏡道에入호니上이其報롤聞호시고、다시路롤轉호야博川으로、브터義州로向호시고平壤은斗壽와命元等이守호더니行長等이王城灘의淺處로、브터大同江을涉호는지라斗壽等이軍器롤池中에沈호고逃亡호니、이에平壤도、또혼失守호얏느이다

（上至義州）

上이博川에至호사軍國事롤光海君의게委호야權宜로處事케、호시더니既而오平壤의敗報가至호니光海君은寧邊으로向호고上은龍川을過호사義州龍灣館에至호시니時에明의援軍이不至혼지라屢次遼東에遣使호야救援을請호얏느이다

時에明의紀綱이懈弛홀뿐、아니라寧夏（甘肅省內）前副總兵哱拜가叛호거늘總兵官李如松이陝西軍을率호고討伐호니西北邊이多事호더라然이나朝鮮의請援이甚切혼지라明廷諸臣의議論이不一호다가獨

（祖承訓李兵來援）

히兵部尙書石星이救援을主張호야副總兵祖承訓으로、써遼東兵五千을率호고郭夢徵、戴朝弁、史儒等과共히朝鮮을救호라、호니承訓은遼東의驍將이라北虜롤伐호야戰功이有호미甚히驕傲호더니會에平壤에在혼敵將行長이中和에往호야築城호미平壤에兵이小혼지라朝鮮斥候兵이承訓의게告호니承訓이、이에平壤을進攻홀셔風雨가晦暝혼지라戰혼지良久에史儒와戴朝弁은死호고承訓은遼東으로還호얏느이다

（祖承訓還遼東）

向者에勤王兵을召募코자、호야臨海君은咸鏡道에往호고順和君은江原道에在호다가敵軍의來홈을聞호고北道로轉向호더니會寧（咸鏡道）에至호야二大君과從臣黃廷彧、黃爀等數十人이、다淸正의게被執호얏느이다

（二王子見執）

如此히戰端이開혼後브터此時ᄭ지陸路兵은、다敗호얏스나、오작全羅左水使李舜臣은元均（慶尙右水使）李億祺（全羅右水使）等으로、더브러巨濟洋中에在호야魚泳潭（光陽縣監）은水路嚮導가、되고龜船으로、써敵水軍將脇

（李舜臣大破敵軍）

坂安治等을大破ᄒᆞ얏ᄂᆞ이다

時에賊兵이絡繹히海를渡ᄒᆞ니慶尙道左水使元均이舜臣의게請援ᄒᆞ거ᄂᆞᆯ舜臣이舟師로赴ᄒᆞᆯ새玉浦에至ᄒᆞ야賊船三十餘艘를大破ᄒᆞ고、또露梁에서其船을燒ᄒᆞ니賊이、다溺死ᄒᆞ고是戰에舜臣이左肩에中丸ᄒᆞ나、오히려終日督戰ᄒᆞ다가戰罷에、비로소刀尖으로其丸을挑出ᄒᆞ니軍中이始知ᄒᆞ얏ᄂᆞ이다

龜船

龜船은李舜臣의創造ᄒᆞᆫ者니其制가船上에板을鋪ᄒᆞ기龜背와如ᄒᆞ고上에十字細路가有ᄒᆞ야我人이通行케、ᄒᆞ고其餘ᄂᆞᆫ、다刀錐를列揷ᄒᆞ고前에ᄂᆞᆫ龍頭를作ᄒᆞ야其口가銃穴이、되고後ᄂᆞᆫ龜尾니尾下에銃穴이有ᄒᆞ고、또左右에各其銃穴六處가有ᄒᆞ고人이其底에藏ᄒᆞ야四面으로發砲ᄒᆞ니進退縱橫에捷速ᄒᆞ기飛鳥와如ᄒᆞ고

또李忠武公全書에記ᄒᆞᆫ바全羅左水營과統制營에存ᄒᆞᆫ二圖에云ᄒᆞ되保護甲板制가有ᄒᆞ니、곳鐵板으로、써船을包ᄒᆞᆷ이라西曆一千八百八十三年(距今二十四年)에英國海軍記錄에日高麗의戰船은鐵板으로、써船을包ᄒᆞ기龜甲과如ᄒᆞ야日本의木造兵船을破ᄒᆞ얏ᄉᆞ니世界의最古鐵甲船은實로朝鮮人이創造ᄒᆞ얏다、ᄒᆞᄂᆞ이다

三道兵潰

時에全羅巡察使李洸과防禦使郭嶸과慶尙巡察使金睟와忠淸巡察使尹國馨等의兵이八萬이라龍仁에至ᄒᆞ야光敎山에서朝食ᄒᆞᆯ새賊兵이驟至ᄒᆞ니忠淸兵이先潰ᄒᆞ고餘衆이從ᄒᆞ니洸等이本道로還ᄒᆞ얏ᄂᆞ이다

李舜臣이本營으로、브터進兵ᄒᆞ야唐浦에至ᄒᆞ니一賊將이大艦을乘ᄒᆞ고至ᄒᆞ거ᄂᆞᆯ箇箇으로、써射殺ᄒᆞ고、드듸여奮擊大破ᄒᆞ더니旣而오全羅右水使李億祺ㅣ舟師로、써來會ᄒᆞ야賊을唐項、永登浦等地에서擊ᄒᆞ야、다大捷ᄒᆞ니自此로軍聲이大振ᄒᆞ얏ᄂᆞ이다

各地義兵

또李廷馣의延安(黃海道)役과權慄의梨峙(全羅道珍山郡)及幸州(京畿道高陽縣)의役은다朝鮮軍의大捷ᄒᆞᆫ處오、또金時敏이晋州城을固守ᄒᆞ야敵將細川忠興과毛利秀元等을大破ᄒᆞ얏고其他各地에서義兵이起ᄒᆞ기ᄂᆞᆫ郭再佑、趙憲、鄭仁弘、金千鎰、高敬命、鄭文孚以下가、다一時名將이니高敬命

郭再祐

과金千鎰은湖南에서起兵ᄒᆞ고郭再祐、鄭仁弘은嶺南에서起兵ᄒᆞ고趙憲은湖西에서起兵ᄒᆞ니再祐ᄂᆞᆫ賊이渡海ᄒᆞᆯ時에家財를盡散ᄒᆞ야材武를結ᄒᆞ고兵을得ᄒᆞ기數千이라賊이嶺右에入ᄒᆞ거ᄂᆞᆯ再祐ㅣ江上에往來ᄒᆞ야東西剿擊ᄒᆞᆯᄉᆡ恒常小로ᄡᅥ衆을擊ᄒᆞ야應變이無窮이오紅衣를着ᄒᆞ고賊陣에出入ᄒᆞᆯᄉᆡ閃忽ᄒᆞ기飛鳥와如ᄒᆞ야丸이中치못ᄒᆞ니賊이謂ᄒᆞ되天降紅衣將軍이라ᄒᆞ고相戒ᄒᆞ야犯치못ᄒᆞ니由是로農作이如故ᄒᆞ얏ᄂᆞ이다

梨峴大捷

時에賊이錦山으로브터熊峙를踰ᄒᆞ야全州로入고자ᄒᆞ거ᄂᆞᆯ金堤郡守鄭湛이拒戰ᄒᆞ다가死ᄒᆞ니賊도ᄯᅩᄒᆞᆫ小却ᄒᆞ더니旣而오賊이ᄯᅩ大擧ᄒᆞ야梨峴을犯ᄒᆞᄂᆞᆫ지라全羅節制使權慄이督戰ᄒᆞᆯᄉᆡ同福縣監黃進이樹를依ᄒᆞ고賊을射ᄒᆞ니百發百中이라戰ᄒᆞ기日昃에賊兵이大潰ᄒᆞ야伏尸가蔽野ᄒᆞ고流血이成川ᄒᆞ고是日에進이中丸ᄒᆞ야戰이小沮ᄒᆞ나慄이益兵ᄒᆞ야大捷ᄒᆞ니此를謂ᄒᆞ되梨峴大捷이라ᄒᆞᄂᆞ이다

幸州大捷

權慄이ᄯᅩ萬餘兵을率ᄒᆞ고陽川江을渡ᄒᆞ야高陽幸州에陣ᄒᆞ니倡義使金千鎰이江華로브터海岸에出陣ᄒᆞ고其他各軍이遙々히應援ᄒᆞ더니時에西北의賊이다京城에聚集ᄒᆞ야形勢가益熾ᄒᆞ고全羅道兵이來ᄒᆞᆷ을聞ᄒᆞ고賊이左右翼을分ᄒᆞ야進ᄒᆞ거ᄂᆞᆯ慄이諸將을會ᄒᆞ야曰賊鋒이甚銳ᄒᆞ니勢가拒敵지못ᄒᆞᆯ지라오작一死로報國ᄒᆞᆫ다ᄒᆞ고我軍을督ᄒᆞ야死戰ᄒᆞᆯᄉᆡ慄이親히水漿을持ᄒᆞ고軍士의渴ᄒᆞᆫ者를就飮ᄒᆞ고卯時브터酉時ᄭᆞ지戰ᄒᆞᆯᄉᆡ賊이三戰에다不利ᄒᆞᆫ지라葦蘆로ᄡᅥ我의城柵을燒ᄒᆞ거ᄂᆞᆯ城中이水로ᄡᅥ灌ᄒᆞ고慄이ᄯᅩ諸將을督ᄒᆞ야冒刃搏戰ᄒᆞ니賊이大敗ᄒᆞ야積屍가山積ᄒᆞ더라方戰ᄒᆞᆯ時에弓矢가盡ᄒᆞ더니忠淸水使丁傑이弓矢二船을送ᄒᆞ야軍中이賴用ᄒᆞ니此戰을謂ᄒᆞ되幸州大捷이오이다

時에賊이크게舟師를發ᄒᆞ야湖南을向ᄒᆞ거ᄂᆞᆯ李舜臣이李億祺로더브러固城海로進ᄒᆞ다가賊을見乃梁에서遇ᄒᆞ니海港이淺隘ᄒᆞ야用武치못ᄒᆞᆯ지라大洋에誘至코자ᄒᆞᆯᄉᆡ諸將으로ᄒᆞ야곰佯敗ᄒᆞ니賊이

七大洋
前島山
兵閑捷
靈

及憲百
圭義僧
趙

果然乘勝來追ᄒᆞ야閑山島前洋에至ᄒᆞ거ᄂᆞᆯ舜臣이回軍ᄒᆞ야賊船七十餘艘ᄅᆞᆯ鏖殺ᄒᆞ니腥血이漲海ᄒᆞ고、또賊의援兵을安骨浦에서破ᄒᆞ야其船四十을燒ᄒᆞ니是日에賊兵의死者ㅣ九千人이오이다

賊이、々에敗衆을率ᄒᆞ고、錦山을退保ᄒᆞ거ᄂᆞᆯ招討使高敬命이其兵七千과防禦使郭嶸으로、더브러往擊ᄒᆞ다가不克ᄒᆞ야、다賊의게死ᄒᆞ고敬命의子從厚ㅣ、또赴死ᄒᆞ얏ᄂᆞ이다

義兵將趙憲이義僧靈圭로、더브러錦山의賊을攻ᄒᆞᆯ시初에憲이募兵千六百人을得ᄒᆞ고靈圭ㅣ僧軍으로、써來會ᄒᆞ야淸州에進ᄒᆞ더니旣而오憲이錦山의賊이盛ᄒᆞᆷ을聞ᄒᆞ고急擊코자、ᄒᆞ니全羅監司許頊과忠淸監司權慄이、다勸止ᄒᆞ거ᄂᆞᆯ憲이怒ᄒᆞ야兵七百餘人을選ᄒᆞ야錦山으로向ᄒᆞ니靈圭ㅣ爭ᄒᆞ야曰、官軍이繼援ᄒᆞᆫ後에可入ᄒᆞ리라、ᄒᆞ거ᄂᆞᆯ憲이泣曰、君父가安在오主辱臣死가正히此時라成敗利鈍을知ᄒᆞᆯ비、아니라ᄒᆞ고鼓行ᄒᆞ야前ᄒᆞ니靈圭ㅣ曰、我公으로、ᄒᆞ야곰獨死치、못ᄒᆞᆫ다、ᄒᆞ고、곳陣을合ᄒᆞ야錦山城外에抵ᄒᆞ니賊이憲軍의無繼ᄒᆞᆷ을知

朴晉飛
擊震天
雷

ᄒᆞ고兵을盡ᄒᆞ야出擊ᄒᆞ거ᄂᆞᆯ憲이下令曰、今日은오작一死ᄲᅮᆫ이라ᄒᆞ니將士가、다諾ᄒᆞ더라戰ᄒᆞ기良久에矢가盡ᄒᆞ고賊이急擊ᄒᆞ거ᄂᆞᆯ憲이幕中에坐ᄒᆞ야不動ᄒᆞ고鳴鼓、督戰ᄒᆞ기如前ᄒᆞ니將士ㅣ空拳으로相搏ᄒᆞ야一人도離次ᄒᆞᆫ者ㅣ無ᄒᆞ고、다憲으로、더브러死ᄒᆞ니時에賊이、비록憲을敗ᄒᆞ얏스나死傷이亦多ᄒᆞ고、또官軍이繼至ᄒᆞᆯ가恐ᄒᆞ야傍邑屯兵을撤還ᄒᆞ니湖南이、다시完全ᄒᆞ얏ᄂᆞ이다

또慶尙兵馬節度使朴晉은安康縣에屯ᄒᆞ야慶州에在ᄒᆞᆫ賊을窺ᄒᆞᆯ시晉이一砲ᄅᆞᆯ自製ᄒᆞ니名曰、飛擊震天雷라夜에城外로從ᄒᆞ야賊陣에投入ᄒᆞ니賊이其制ᄅᆞᆯ不曉ᄒᆞ고聚觀ᄒᆞ더니旣而오砲가中에서發ᄒᆞ야聲이天地ᄅᆞᆯ動ᄒᆞ고鐵片이星碎ᄒᆞ야仆斃ᄒᆞᆫ者ㅣ二十餘人이라賊이驚懼ᄒᆞ야明日에城을棄ᄒᆞ고走ᄒᆞ거ᄂᆞᆯ晉이慶州에入ᄒᆞ야穀萬餘石을得ᄒᆞ니大抵鐵砲ᄂᆞᆫ高麗時ᄇᆞ터有ᄒᆞ얏스나近世로言ᄒᆞ면此壬辰亂時에此砲가有ᄒᆞ니、곳世界에首出ᄒᆞᆫ砲라李舜臣의龜船과同히千古에創有ᄒᆞᆫ바오이다

李廷馣固守延安

또賊將甲斐、豐臣、長政等이延安을攻ᄒᆞ거ᄂᆞᆯ招討使李廷馣이慷慨히衆의게誓ᄒᆞ고城을固守ᄒᆞᆯᄉᆡ賊이晝夜來攻ᄒᆞ야飛丸이雨와如ᄒᆞ거ᄂᆞᆯ廷馣이守陴者로、ᄒᆞ야곰應戰치、아니ᄒᆞ고賊의攀城ᄒᆞ기ᄅᆞᆯ俟ᄒᆞ야賊을射ᄒᆞ니百發百中이오賊이草柴로、ᄡᅥ塹을塡ᄒᆞ고登城코자、ᄒᆞ거ᄂᆞᆯ炬火ᄅᆞᆯ擲ᄒᆞ야焚燒ᄒᆞ야相持ᄒᆞᆫ지四日에賊이百計로攻ᄒᆞ다가力盡ᄒᆞ야積屍ᄅᆞᆯ焚ᄒᆞ고退ᄒᆞᄂᆞᆫ지라廷馣이出兵、追擊ᄒᆞ야斬獲이甚多ᄒᆞ니當時海西一道가、다賊의게陷ᄒᆞ되獨히延安이保全ᄒᆞᆫ지라故로西으로ᄂᆞᆫ行在에達ᄒᆞ고南은湖西ᄅᆞᆯ通ᄒᆞ야聲聞이不絕ᄒᆞ얏ᄂᆞ이다

賊이、또晋州ᄅᆞᆯ圍ᄒᆞᆯᄉᆡ兵이數萬이오城兵은僅히三千이라牧使金時敏이旗幟ᄅᆞᆯ多張ᄒᆞ야疑兵을作ᄒᆞ고火具、弓、弩、砲、石等으로拒戰ᄒᆞᆫ지五日에奇計로防禦ᄒᆞ니賊이解圍ᄒᆞ야去ᄒᆞ고

鄭文孚大破賊兵

北道評事鄭文孚ᄂᆞᆫ吉州에서賊兵을大破ᄒᆞ다初에北人鞠世弼이鏡城에서叛ᄒᆞ니北界諸城이響應ᄒᆞᄂᆞᆫ지라鏡城人이文孚ᄅᆞᆯ推ᄒᆞ야義兵將을삼거ᄂᆞᆯ文孚ㅣ이에姜文佑로、더브러世弼을誘執ᄒᆞ고因ᄒᆞ야

世弼로、ᄒᆞ야곰領兵ᄒᆞ기如舊ᄒᆞ고南北州에傳檄ᄒᆞ야三千餘人을得ᄒᆞ더니至是ᄒᆞ야將且賊을進擊ᄒᆞᆯᄉᆡ世弼을斬ᄒᆞ야諸軍의게徇ᄒᆞ고會寧人이、또ᄒᆞᆫ鞠景仁을斬ᄒᆞ야自効ᄒᆞ니景仁은向者에二王子ᄅᆞᆯ執ᄒᆞ야賊의게降ᄒᆞᆫ者라、이에文孚ㅣ明川에進兵ᄒᆞ야其城을恢復ᄒᆞ니淸正이吉州에서此ᄅᆞᆯ聞ᄒᆞ고出兵四掠ᄒᆞ거ᄂᆞᆯ文孚ㅣ其歸路ᄅᆞᆯ邀擊ᄒᆞ야六百級을斬ᄒᆞ고吉州ᄅᆞᆯ進圍ᄒᆞ니時에慶源府使吳應台가起兵ᄒᆞᆯᄉᆡ會寧人吳允迪、吳遼禮、申世俊等이、다白衣로從軍ᄒᆞ얏ᄂᆞ이다

時에淸正은鄭文孚의게困ᄒᆞᆫ빈、되야吉州ᄅᆞᆯ棄ᄒᆞ고遁去ᄒᆞ야平秀家로、더브러南下ᄒᆞ거ᄂᆞᆯ文孚ㅣ六鎭을循行ᄒᆞ야叛衆을招撫ᄒᆞ니北道가復完ᄒᆞ얏ᄂᆞ이다

晋州陷敗

賊이晋州ᄅᆞᆯ陷ᄒᆞ거ᄂᆞᆯ倡義使金千鎰等이戰死ᄒᆞ다初에千鎰이義兵數千을率ᄒᆞ고水原에進駐ᄒᆞ다가賊이海上에退屯ᄒᆞ거ᄂᆞᆯ千鎰等이다시南下ᄒᆞ야晋州ᄅᆞᆯ守ᄒᆞ고拒戰ᄒᆞᆫ지九日에大小凡百餘合이라賊을殺ᄒᆞ기甚多ᄒᆞ더니畢竟衆寡가不敵ᄒᆞ야城이陷ᄒᆞᄂᆞᆫ지라千鎰이

義兵理由

兵使崔慶會와黃進及復讐將高從厚等으로더브러北向再拜ᄒᆞ고投江ᄒᆞ야死ᄒᆞ고金海府使李宗仁과巨濟縣令金俊民等이또ᄒᆞᆫ從死ᄒᆞ고城中士女가江에奔投ᄒᆞ야死者ㅣ七萬이라賊亂이起ᄒᆞᆫ以來에昭敗ᄒᆞᆫ慘酷이如此ᄒᆞᆫ者ㅣ未有ᄒᆞ며賊이晋州를據ᄒᆞ니時에官妓論介가賊將과矗石樓에遊宴ᄒᆞ다가賊將을抱ᄒᆞ고江中에投死ᄒᆞ얏ᄂᆞ이다

또儒生金德齡은光州에서起兵ᄒᆞᆯᄉᆡ德齡이神力이有ᄒᆞ야勇捷ᄒᆞ기飛鳥와如ᄒᆞ고兵亂以來에義兵數百屯이다敗ᄒᆞᄂᆞᆫ지라德齡이壯士崔騁齡等으로더브러五千餘人을募得ᄒᆞ야指揮部畫ᄒᆞ더니後에姦臣의게被誣ᄒᆞ야寃死ᄒᆞ니至今ᄭᆞ지世人이忿恨ᄒᆞᄂᆞ이다

大抵朝鮮이 太宗、世宗以來로敎育이行ᄒᆞ야人材가無ᄒᆞᆷ이아니오또忠君、愛國ᄒᆞᄂᆞᆫ人士가無ᄒᆞᆷ도아니라然이나오직紀綱이頹廢ᄒᆞ고軍政이懈弛ᄒᆞ야人民이다文弱에流ᄒᆞᆫ지라故로其初에敵兵이破竹ᄒᆞᄂᆞᆫ勢로平壤ᄭᆞ지至ᄒᆞ더니及其曠日持久ᄒᆞᆫ後에義兵이各處에서

祖承訓敗報至明廷大驚

募遊說士沈惟敬應命

沈惟敬會行長議和

蜂起ᄒᆞ나此ᄂᆞᆫ全혀儒生의唱導라軍事上의知識은乏ᄒᆞ되敵愾心은甚優ᄒᆞ오이다

向者에明國이祖承訓의敗報를聞ᄒᆞ고大驚ᄒᆞ야重賞을懸ᄒᆞ되朝鮮을恢復ᄒᆞᄂᆞᆫ者ㅣ有ᄒᆞ면銀一萬兩에伯爵을封ᄒᆞ야世襲케ᄒᆞᆫ다ᄒᆞ나應者가無ᄒᆞ고石星은初에救援을主ᄒᆞ다가至是ᄒᆞ야ᄂᆞᆫ計策이無ᄒᆞᆫ지라乃曰寧夏가未平ᄒᆞ미此를置ᄒᆞ고倭에專事ᄒᆞᆷ이完策이아니라ᄒᆞ고이에遊說로兵을緩ᄒᆞᆯ者를求ᄒᆞ거ᄂᆞᆯ沈惟敬이應募ᄒᆞ니惟敬은市井無賴輩오時에沈嘉旺이日本으로브터逃歸ᄒᆞ야其情形을知ᄒᆞᄂᆞᆫ지라惟敬이이에嘉旺의게就問ᄒᆞ고星을說ᄒᆞ니星이大喜ᄒᆞ야惟敬으로ᄡᅥ神機三營遊擊將軍을拜ᄒᆞ고平壤에來ᄒᆞ야行長을說케ᄒᆞ얏ᄂᆞ이다

惟敬이이에行長의게金幣을路遺ᄒᆞ고封貢의議와和好의便을言ᄒᆞ니行長曰萬一和好코자ᄒᆞᆯ진ᄃᆡ朝鮮의五道를割ᄒᆞ야日本에予ᄒᆞ고또明國이使者를日本에遣ᄒᆞ라ᄒᆞ거ᄂᆞᆯ惟敬이이에約ᄒᆞ되本國에歸

宋應昌拜經畧

李如松拜東征提督

三脇軍渡鴨江

ᄒᆞ야五十日內에定ᄒᆞᆫ다、ᄒᆞ고平壤西北에木標ᄅᆞᆯ立ᄒᆞ야日本人은外에出치、못ᄒᆞ고朝鮮人도內에入지、아니ᄒᆞᆫ다、ᄒᆞ얏ᄂᆞ이다

明이、비록惟敬을遣ᄒᆞ얏스나援兵을出ᄒᆞᆯ意가無ᄒᆞ고向者上이平壤을去ᄒᆞ실時에李德馨을遼東에遣ᄒᆞ야遊擊將軍史遊等이來ᄒᆞ더니上이義州에至ᄒᆞ사ᄂᆞᆫ、또鄭崑壽ᄅᆞᆯ明에遣ᄒᆞ야大兵을請ᄒᆞ얏더니崑壽ㅣ明에至ᄒᆞ야兵部에呈文ᄒᆞ고因ᄒᆞ야門外에서立哭ᄒᆞ기累日이라石星이感動、出涕ᄒᆞ야曰、秦庭七日의哭이此에逾치、못ᄒᆞ다、ᄒᆞ고明帝의게朝鮮이明을代ᄒᆞ야受兵ᄒᆞᆫ狀을言ᄒᆞ고、이에宋應昌으로、써經略을拜ᄒᆞ고時에寧夏가平ᄒᆞ미李如松이還ᄒᆞᆫ지라、다시如松으로東征提督을拜ᄒᆞ니如松은成樑의子오其先은朝鮮咸鏡道人이러라初에應昌이遼東에至ᄒᆞ미朝鮮이連次、告急ᄒᆞ나如松이不至ᄒᆞᆷ으로、써進軍치、아니、ᄒᆞ다가如松이至ᄒᆞᆫ後에其軍을分ᄒᆞ야三脇이、되고副總兵楊元、李如栢、張世爵은大將이라兵士四萬三千餘人으로鴨綠江을渡ᄒᆞ야

宣祖二十六年癸巳、距今三百十四年前에如松이平壤에進軍ᄒᆞ니朝鮮의都元帥도兵을率ᄒᆞ고從ᄒᆞ얏ᄂᆞ이다

沈惟敬來往

李如松圍平壤急

行長遁京城

先是에行長等이沈惟敬의違期ᄒᆞᆷ을見ᄒᆞ고疑怪ᄒᆞ야攻城의具ᄅᆞᆯ大修ᄒᆞ더니既而오惟敬이至ᄒᆞ야明이和親을許ᄒᆞᆷ과、또質子ᄅᆞᆯ遣ᄒᆞᆫ다、ᄒᆞ고、또明으로、브터使者ᄅᆞᆯ遣ᄒᆞᆫ다、ᄒᆞ며惟敬이遼東에還至ᄒᆞ거ᄂᆞᆯ如松이惟敬을斬코자、ᄒᆞ니叅軍李應軾이獻策ᄒᆞ야曰、惟敬을藉ᄒᆞ야倭ᄅᆞᆯ給ᄒᆞ고因ᄒᆞ야倭ᄅᆞᆯ掩襲ᄒᆞᆷ이可타、ᄒᆞᄂᆞᆫ지라、이에惟敬을軍中에拘留ᄒᆞ니講和事가遂絕ᄒᆞ얏ᄂᆞ이다

然이나行長이降人金順良等四十餘人으로、써間諜을作ᄒᆞ야各地情形을報ᄒᆞ더니兵事가宣露ᄒᆞᆯ가慮ᄒᆞ야順良等을殺ᄒᆞᆫ後로明軍이至ᄒᆞ야도不知ᄒᆞ고、오작和議ᄅᆞᆯ恃ᄒᆞ야明國使者가來ᄒᆞᆫ다、ᄒᆞ고時에、또行長의軍은一萬五千뿐、이오明兵은此보다數倍라如松이、곳平壤을圍ᄒᆞ야攻擊이急ᄒᆞ니行長이外郭을棄ᄒᆞ고內城에入ᄒᆞ야死傷이益多ᄒᆞ고援軍도不至ᄒᆞᄂᆞᆫ지라行長等이抗拒치、못ᄒᆞ고夜半에大同江을渡ᄒᆞ야京城으로遁ᄒᆞ얏ᄂᆞ이다

李如松碧蹄館敗績

如松이、이에平壤에入ᄒᆞ야自此로輕敵의心이有ᄒᆞᆫ지라開城에至ᄒᆞ야南兵을留ᄒᆞ고親히碧蹄館(坡州南)에進ᄒᆞ야敵將小早川隆景과立花宗茂等으로、더브러戰ᄒᆞ다가大敗ᄒᆞ야退軍코자、ᄒᆞ거ᄂᆞᆯ柳成龍、兪泓等이論爭ᄒᆞ나如松이、맛참ᄂᆡ懼ᄒᆞ야開城에還ᄒᆞ고、또北退코자、ᄒᆞ더니會에流言이有ᄒᆞ야日、淸正이咸鏡道로、브터陽德、孟山을踰ᄒᆞ야平壤을襲ᄒᆞᆫ다、ᄒᆞ니如松이、이에王必迪을留ᄒᆞ야開城을守ᄒᆞ고平壤으로回ᄒᆞ더니後에權慄의幸州大捷을聞ᄒᆞ고其回軍홈을悔ᄒᆞ얏ᄂᆞ이다

和議更興

初에宋應昌、李如松이講和ᄅᆞᆯ不喜ᄒᆞ야惟敬을斬코자、ᄒᆞ고平壤戰捷後에、더욱驕慢ᄒᆞ다가碧蹄館敗衄에、크게氣奪ᄒᆞ야惟敬으로、ᄡᅥ議和코자、ᄒᆞ고賊兵은平壤에서敗ᄒᆞᆫ後、粮食이缺乏ᄒᆞ고軍氣가沮喪ᄒᆞ야講和說이更起ᄒᆞᄂᆞᆫ지라石田三成等이沈惟敬의言으로、ᄡᅥ秀吉의게報ᄒᆞ니秀吉도、또ᄒᆞᆫ粮乏홈을憂ᄒᆞ야和親코자、ᄒᆞᆯᄉᆡ京城及各地에駐在ᄒᆞᆫ諸將을命ᄒᆞ야急히慶尙道南邊으로退軍ᄒᆞ라、ᄒᆞ거ᄂᆞᆯ李如松이、

敵軍退走慶尙道

이에京城에直入ᄒᆞ니柳成龍이如松을勸ᄒᆞ야敵兵을追ᄒᆞ라、ᄒᆞᆫᄃᆡ如松이追意가無ᄒᆞ다가、밋日兵의遠去홈을聞ᄒᆞ고、비로소聞慶ᄭᆞ지追至ᄒᆞ다가還軍ᄒᆞ고賊兵은蔚山西生浦로、브터東萊、熊川、巨濟ᄭᆞ지凡十八屯을設ᄒᆞ고城을築ᄒᆞ고塹을掘ᄒᆞ고朝鮮人民으로、ᄡᅥ其間에耕種ᄒᆞ야久留ᄒᆞᆯ策으로還渡치아니、ᄒᆞ얏ᄂᆞ이다

定約七條

既而오明의沈惟敬、徐一貫、謝用梓가講和使로日本의名護屋에至ᄒᆞ니秀吉이三成、行長等으로、ᄒᆞ야곰和約條項七條ᄅᆞᆯ定ᄒᆞ야惟敬의게付ᄒᆞ고內藤如安으로、ᄒᆞ야곰共히明國에如ᄒᆞ야其議ᄅᆞᆯ訂結케、ᄒᆞ고朝鮮二王子及黃廷彧等을還ᄒᆞ얏ᄂᆞ이다

上不喜和議

時에上이京城의收復홈을見ᄒᆞ시고平壤으로京城에還ᄒᆞ시니明이薊遼總督顧養謙으로、ᄡᅥ朝鮮事ᄅᆞᆯ治理케、ᄒᆞ고宋應昌、李如松을召還ᄒᆞ고、오작劉綎이兵萬餘ᄅᆞᆯ率ᄒᆞ고屯駐ᄒᆞ니時에上이和議ᄅᆞᆯ不喜ᄒᆞ야明에遣使ᄒᆞ야和議의可恃치、못홈을言ᄒᆞᆫᄃᆡ明이叅將胡澤을遣來ᄒᆞ야其事ᄅᆞᆯ辨明ᄒᆞᆯᄉᆡ李廷馣、成渾、柳成龍等은和議ᄅᆞᆯ主ᄒᆞ고柳永慶、

李爾瞻、鄭仁弘은此를排斥ᄒᆞ야互相爭論ᄒᆞ나然ᄒᆞ나和議가愈成ᄒᆞ야明이李宗誠과楊方亨으로、써正、副使를拜ᄒᆞ야惟敬과同히日本에往ᄒᆞ니宗誠이恇怯ᄒᆞ야釜山에서逍回ᄒᆞᄂᆞᆫ지라明이、다시楊方亨으로、써正使를拜ᄒᆞ고惟敬은副使가、되니朝鮮은不得已ᄒᆞ야教寧都正黃愼으로、써正使를拜ᄒᆞ야隨行ᄒᆞ니、이에清正、行長等이先後、撤兵ᄒᆞ얏ᄂᆞ이다

秀吉延見明使

秀吉이明使楊方亨等을大坂에서延見ᄒᆞᆯ서明國誥命中에言ᄒᆞ되汝秀吉을封ᄒᆞ야日本國王을삼고、또地를割ᄒᆞ고女를納ᄒᆞ라、ᄒᆞ얏거ᄂᆞᆯ秀吉이其前後가異ᄒᆞᆷ을怒ᄒᆞ고、또朝鮮은二王子가還ᄒᆞ얏거ᄂᆞᆯ王子가來謝치、아니ᄒᆞ고卑官을遣ᄒᆞ얏다、ᄒᆞ야黃愼을責ᄒᆞ니和議가幾成ᄒᆞ다가復敗ᄒᆞᆫ지라大抵此事ᄂᆞᆫ惟敬과行長이苟且히成事코자、ᄒᆞ야使節의往復이歲月을空費ᄒᆞᆫ기四年이라彼此事情이齟齬ᄒᆞ야、맛참니和議가不成ᄒᆞ고時에上은黃愼의使命이不成ᄒᆞᆷ을喜ᄒᆞ셧ᄂᆞ이다

和議敗

和議가既敗ᄒᆞ미、이에 宣祖三十年丁酉、距今三百十年前에日本이、

日本再入寇

다시清正等으로、ᄒᆞ야곰軍士十四萬餘人을發ᄒᆞ야入寇ᄒᆞ거ᄂᆞᆯ上이急히明國에通知ᄒᆞ니明이邢玠로、써總督을拜ᄒᆞ고楊鎬ᄂᆞᆫ經略이、되고麻貴ᄂᆞᆫ總兵官이오楊元、吳惟忠、牛伯英、陳愚衷等을率ᄒᆞ고朝鮮에來援ᄒᆞ니時에朝鮮은復讐軍을創置ᄒᆞ고兵士를八道에募集ᄒᆞᆯ서成允門、權應銖ᄂᆞᆫ慶州에在ᄒᆞ고金應瑞ᄂᆞᆫ宜寧에在ᄒᆞ고元均은舟師를率ᄒᆞ고閑山島에屯ᄒᆞᆯ서元均이向者에李舜臣을誣陷ᄒᆞ고統制使를代任ᄒᆞ야舜臣의約束을變ᄒᆞ니軍卒이怨忿ᄒᆞ야號令이不行ᄒᆞ다가賊將藤堂高虎와脇坂安治等의게敗死ᄒᆞ얏ᄂᆞ이다

明邢玠楊鎬救朝鮮

元均敗死

南原陷

大抵此時에賊軍의進路ᄂᆞᆫ前役과大異ᄒᆞ야浮田秀家와毛利秀元은行長、清正으로、써先鋒을삼고路를分ᄒᆞ야慶尙道南邊으로、브터全羅道南原을圍ᄒᆞ야水陸兩軍이相合케、ᄒᆞ니南原은明의副總兵楊元과朝鮮의李福男(全羅兵使)吳應鼎(順天府使)任鉉(南原府使)金敬老(助防將)申浩(別將)等이防守ᄒᆞᄂᆞᆫ지라敵軍이進攻ᄒᆞ야城을陷ᄒᆞ니楊元은僅免ᄒᆞ고福男、應鼎等이皆死ᄒᆞ니時에陳愚衷은全州에在ᄒᆞ야楊元이告急ᄒᆞ되出援치

全州亦陷

敵軍大敗於素沙坪

敵兵退駐慶尙道南邊

楊鎬還京城

아니、ᄒᆞ다가南原의敗ᄒᆞᆷ을聞ᄒᆞ고大懼ᄒᆞ야走ᄒᆞ니全州가亦陷ᄒᆞᆫ지라自此로京畿가大震ᄒᆞ야都民이分散ᄒᆞ고明軍은京城을退守ᄒᆞ야漢江의險을依ᄒᆞ니時에楊鎬ᄂᆞᆫ平壤에留ᄒᆞ야進兵치아니、ᄒᆞ다가至是ᄒᆞ야、비로소京城에入ᄒᆞ야副總兵解生、牛伯英、楊登山等으로、ᄒᆞ야곰稷山(忠淸道)을守ᄒᆞ니黑田長政等이來攻ᄒᆞ다가素沙坪에서大敗ᄒᆞ얏ᄂᆞ이다

先是에秀吉이明兵의强ᄒᆞᆷ을畏ᄒᆞ고、또天氣가漸寒ᄒᆞᆫ지라、이에其兵으로、ᄒᆞ야곰慶尙道南邊으로退ᄒᆞᆯ새淸正은蔚山에屯ᄒᆞ고行長은順天에屯ᄒᆞ고島津義弘은泗川에屯ᄒᆞ니首尾가六七百里海岸에沿ᄒᆞ얏더라、이에明兵이、더욱得勢ᄒᆞ야邢玠ᄂᆞᆫ京城에、留ᄒᆞ고楊鎬、麻貴ᄂᆞᆫ三路兵四萬餘人을率ᄒᆞ고南行ᄒᆞᆯ새都元帥權慄이從ᄒᆞ야慶州에會ᄒᆞ고、드듸여蔚山을攻ᄒᆞ니時에蔚山은淸正의屯駐ᄒᆞᆫ處라城中에粮食이乏ᄒᆞ야窮困이益甚ᄒᆞ더니翌年에黑田長政等이來援ᄒᆞ니楊鎬等이、이에解圍ᄒᆞ고京城으로還ᄒᆞ얏ᄂᆞ이다

楊鎬罷職

萬世德分兵四路

泗川敗績

秀吉死

時에明國贊畫主事丁應泰가明帝의게劾奏ᄒᆞ야楊鎬의二十餘罪를論ᄒᆞ야楊鎬가罷職ᄒᆞ고應泰가、또朝鮮이楊鎬를救ᄒᆞᆷ을怒ᄒᆞ야明帝의게誣告ᄒᆞ되朝鮮이日本과交通ᄒᆞ얏다、ᄒᆞ니上이屢次使臣을遣ᄒᆞ야其誣를辨明ᄒᆞ얏ᄂᆞ이다

楊鎬가罷ᄒᆞᆫ後에萬世德이代來ᄒᆞ니兵이十萬이라四路에分ᄒᆞ야麻貴ᄂᆞᆫ東路를主ᄒᆞ야淸正을當ᄒᆞ고董一元은中路를主ᄒᆞ야義弘을當ᄒᆞ고劉綎은西路를主ᄒᆞ야行長을當ᄒᆞ고陳璘은水路를主ᄒᆞ야應接을備ᄒᆞ고朝鮮의諸道防禦使ᄂᆞᆫ、다明軍을從ᄒᆞ더니既而오麻貴ᄂᆞᆫ淸正을不克ᄒᆞ고劉綎은行長과僞和ᄒᆞ야行長을擒코자、ᄒᆞ다가不成ᄒᆞ고董一元은泗川賊寨를攻ᄒᆞ다가義弘의게敗ᄒᆞ야晋州로奔還ᄒᆞ니自此로明人이義弘을忌憚ᄒᆞ야使臣을遣ᄒᆞ야和議를講ᄒᆞ얏ᄂᆞ이다」

然이나此時에秀吉이已死ᄒᆞ고其遺言으로回軍ᄒᆞ니、이에賊軍이漸次로撤還ᄒᆞᆯ새明兵이泗川의敗ᄒᆞᆷ을懲戒ᄒᆞ야出師치、아니ᄒᆞ고、오작陳璘은此를聞ᄒᆞ고喜ᄒᆞ다가既而오和議가變ᄒᆞ거ᄂᆞᆯ李舜臣이鄧子

東國史略卷三　近世史　朝鮮記上　壬辰亂　六十三

龍으로、더브러行長과義弘等의歸師를邀擊ᄒᆞ니大抵舜臣은向者元均의敗ᄒᆞᆫ後로、다시續制使가、되야珍島에서管正陰을殺ᄒᆞ고、또能히寡로、써衆을破ᄒᆞ더니此時에敵兵을露梁에서大破ᄒᆞ다가畢竟다戰死ᄒᆞ얏ᄂᆞ이다

李舜臣戰死

其後에日本德川家康이賊의諸軍을命ᄒᆞ야班師ᄒᆞ고翼年브터宗義智로、ᄒᆞ야곰講和ᄒᆞᆯ시家康이豐臣秀吉을代ᄒᆞ야覇府를開ᄒᆞᆯ時에ᄂᆞᆫ義智가求和ᄒᆞ기益切ᄒᆞ고又曰許和치아니ᄒᆞ면다시兵禍가有ᄒᆞ다、ᄒᆞ니　宣祖三十七年甲辰、距今三百三年前에僧、唯政을日本에遣ᄒᆞ야情狀을探ᄒᆞᆯ시唯政이被擄男女三千餘人을索還ᄒᆞ얏스나和議ᄂᆞᆫ、오히려不諧ᄒᆞ더니밋柳永慶이領相이、되야犯陵賊(壬辰에成宗、中宗의陵을發掘ᄒᆞᆫ이라)을送來ᄒᆞ야斬ᄒᆞᆫ後、和議가始成ᄒᆞ야三十九年丙午、距今三百一年前에僉知呂祐吉로、써回答使(通信使를嫌ᄒᆞ야改稱ᄒᆞᆷ이라)를拜ᄒᆞ야日本에遣ᄒᆞ야和議가始成ᄒᆞ고至於通商約은光海元年己酉、距今二百九十八年前에至ᄒᆞ야始定ᄒᆞ니此를云ᄒᆞ되己酉約條라、ᄒᆞᄂᆞ이다

日本德川家康班師

家康欲講和

和議始成

己酉約條

東國史略卷三　近世史　朝鮮記上　壬辰亂　六十四

時에朝鮮이日本에對ᄒᆞ야怨恨이既甚ᄒᆞ미復讐ᄒᆞᆯ念이甚切ᄒᆞ나氣力이無ᄒᆞ야擧事치、못ᄒᆞ고秀吉이壬辰年에入寇ᄒᆞᆫ故로壬辰亂이라、ᄒᆞ고戰爭이起ᄒᆞᆫ지前後八年間에八道가其蹂躪을被ᄒᆞ니大抵朝鮮이開國以來로　成宗時ᄭᆞ지百年間은漸漸進步ᄒᆞ더니其後、百年間은紀綱과風俗이次第로敗壞ᄒᆞ고、또此大亂을當ᄒᆞ미饑饉과癘疫이行ᄒᆞ야餓莩가滿路ᄒᆞ니實로無前ᄒᆞᆫ大慘禍오明은數十萬兵을喪ᄒᆞ고數百萬餉을費ᄒᆞ얏스나、맛참ᄂᆡ勝算이無ᄒᆞ고、다만朝鮮을爲ᄒᆞ야勞力ᄒᆞᆷ이、또ᄒᆞᆫ大ᄒᆞ다謂ᄒᆞᆯ지라自此로敵兵이撤回ᄒᆞᆫ後　宣祖三十三年ᄭᆞ지明軍이駐在ᄒᆞ야往往히威暴를加ᄒᆞ고、또粮食을供給ᄒᆞᆷ에困難ᄒᆞ야頗히厭苦ᄒᆞ나然ᄒᆞ나壬辰救援의恩을感激ᄒᆞ야明이亡ᄒᆞᆫ後ᄭᆞ지不忘ᄒᆞ얏ᄂᆞ이다

大抵秀吉이無名ᄒᆞᆫ師를興ᄒᆞ야隣國을蹂躪ᄒᆞ야百年、不解의寃讐를結ᄒᆞ고至於明國은朝鮮을救ᄒᆞ다가畢竟國民이俱困ᄒᆞ야不幾年에國이亡ᄒᆞ얏ᄂᆞ이다

本朝一覽

朝鮮

太祖高皇帝	李旦字君晉初諱成桂字仲潔號松軒	桓祖三子	懿惠王后崔氏靖孝公閑奇女	七	七十四	神懿高皇后韓氏安川府院君卿女神德高皇后康氏象山府院君允成女
定宗	曔初芳果字光遠	太祖次子	神懿皇后韓氏	二	六十三	定安王后金氏月城府院君天瑞女
太宗	芳遠字遺德	太祖五子	同上	十八	五十六	元敬王后閔氏驪興府院君霽女
世宗	祹字元正	太宗三子	元敬王后閔氏	三十二	五十四	昭憲王后沈氏青川府院君溫女
文宗	珦字輝之	世宗長子	昭憲王后沈氏	二	三十九	顯德王后權氏花山府院君專女
端宗	弘暐	文宗	顯德王后權氏	三	十七	定順王后宋氏礪良府院君玹壽女
世祖	瑈字粹之	世宗次子	昭憲王后沈氏	十三	五十二	貞熹王后尹氏坡平府院君璠女
德宗	暲初崇字原明	世祖長子	貞熹王后尹氏		二十	昭惠王后韓氏西原府院君確女
睿宗	晄字明照初字平甫	世祖次子	貞熹王后尹氏	一	二十	章順王后韓氏上黨府院君明澮女安順王后韓氏清川府院君伯倫女
成宗	娎	德宗次子	昭惠王后韓氏	二十五	三十八	恭惠王后韓氏上黨府院君明澮女貞顯王后尹氏鈴原府院君壕女
燕山君	㦕	成宗長子	廢妃尹氏	十一		夫人居昌愼氏領議政承善女

中宗	懌字樂天	成宗	貞顯王后尹氏	三十九	五十七	端敬王后愼氏益昌府院君守勤女章敬王后尹氏坡原府院君汝弼女文定王后尹氏坡山府院君之任女
仁宗	峼	中宗長子	章敬王后尹氏	一	三十一	仁聖王后朴氏錦城府院君墉女
明宗	峘字對陽	中宗次子	文定王后尹氏	二十二	三十四	仁順王后沈氏青陽府院君鋼女
宣祖	昖初鈞	德興大院君(中宗子)三子	河東府大夫人鄭氏贈領議政正虎女	四十一	五十七	懿仁王后朴氏潘城府院君應順女仁穆王后金氏延興府院君悌男女
光海君	琿	宣祖二子	恭嬪金氏	十四		夫人文化柳氏判尹自新女
元宗	琈	宣祖五子	仁嬪金氏		四十	仁獻王后具氏綾安府院君思孟女
仁祖	倧字和伯號松窓	元宗長子	仁獻王后具氏	二十七	五十五	仁烈王后韓氏西平府院君浚謙女莊烈王后趙氏漢原府院君昌遠女
孝宗	淏字靜淵號竹梧	仁祖次子	仁烈王后韓氏	十	四十一	仁宣王后張氏新豐府院君維女
顯宗	棩字景直	孝宗	仁宣王后張氏	十五	三十四	明聖王后金氏清風府院君佑明女
肅宗	焞字明普	顯宗	明聖王后金氏	四十六	六十	仁敬王后金氏光城府院君萬基女仁顯王后閔氏驪陽府院君維重女仁元王后金氏慶恩府院君柱臣女
景宗	昀字輝瑞	肅宗長子	大嬪張氏贈領議政烱女	四	三十七	端懿王后沈氏青恩府院君浩女宣懿王后魚氏咸原府院君有龜女

英祖	吟字光叔號養性軒	肅宗四子	淑嬪崔氏贈領議政孝元女	五十二	八十三	貞聖王后徐氏達城府院君宗悌女 貞純王后金氏鰲興府院君漢耈女
眞宗	緈字聖敬	英祖長子	靖嬪李氏		十	孝純王后趙氏豐陵府院君文命女
莊祖	愃字允寬號毅齋	英祖二子	暎嬪李氏		二十八	獻敬懿皇后洪氏永豐府院君鳳漢女
正祖	祘字亨運號弘齋	莊祖二子	獻敬懿皇后洪氏	二十四	四十九	孝懿宣皇后金氏淸原府院君時默女
純祖	玜字公寶號純齋	正祖二子	綏妃朴氏忠獻公準源女	三十四	四十五	純元肅皇后金氏永安府院君祖淳女
文祖	旲字德寅號敬軒	純祖子	純元肅皇后金氏		二十二	神貞翼皇后趙氏豐恩府院君萬永女
憲宗	奐字文應號元軒	文祖子	神貞翼皇后趙氏	十五	二十三	孝顯王后金氏永興府院君祖根女 孝定王后洪氏益豐府院君在龍女
哲宗	昪字道升號大勇齋	全溪大院君壙(莊祖孫)三子	龍城府大夫人廉氏贈領議政成化女	十四	三十三	哲仁王后金氏永恩府院君汶根女
今上大皇帝	㷩初載晃字聖臨號誠軒	興宣大院君昰應(莊祖曾孫)二子	驪興府大夫人閔氏留守致久女			明成皇后閔氏驪城府院君致祿女

東國史略卷四目錄

近世史

朝鮮記下

滿洲入寇及講和

東國史略卷四

漢水 玄采 譯述

近世史

朝鮮記下

滿洲入寇及講和

宣祖崩光海立

宣祖씌서在位四十一年에崩ᄒᆞ시고第二子光海君琿이即位ᄒᆞ니此人은 宣祖씌서도其善終치못ᄒᆞᆷ을知ᄒᆞ섯고時에 宣祖씌서遺詔를下코자ᄒᆞ야大臣을召ᄒᆞ시니李元翼、李德馨、李恒福等이入ᄒᆞᆫ디이믜崩ᄒᆞ섯고此時光海ᄂᆞᆫ東宮이되얏스나上이元來不喜ᄒᆞ시고、또晩年에永昌大君璜가生ᄒᆞᆫ故로柳永慶은此를援立코자ᄒᆞ고、또李爾瞻、鄭仁弘은已가擯斥됨으로 宣祖씌挾憾ᄒᆞ다가李山海와謀ᄒᆞ야位를光海의게傳코자ᄒᆞ거ᄂᆞᆯ上이怒ᄒᆞ야、곳竄逐ᄒᆞ섯더니旣而오上이暴崩ᄒᆞ야爾瞻과仁弘이配所에往키前에赦ᄒᆞ니外間에言ᄒᆞ되上이

遇毒ᄒᆞ얏다、ᄒᆞᄂᆞ이다

滿洲愛新覺羅氏

光海君時에滿洲의關係가益繁ᄒᆞ니先是滿洲에서愛親覺羅氏(一曰愛新覺羅)가興ᄒᆞ미太祖弩爾哈赤等이漸漸强盛ᄒᆞ야諸部落을幷呑ᄒᆞ고壬辰亂初에使臣을朝鮮에遣來ᄒᆞ야救援ᄒᆞᆯ意를告ᄒᆞ거ᄂᆞᆯ 宣祖씌서其後害가有ᄒᆞᆯ가恐ᄒᆞ야柳成龍으로、ᄒᆞ야곰邊將의게喩ᄒᆞ야婉辭로謝遣ᄒᆞ얏ᄂᆞ이다

明楊鎬伐滿洲

姜弘立助明伐滿洲敗績

其後弩爾哈赤이、더욱强盛ᄒᆞ야光海八年、距今二百九十一年前에帝位에即ᄒᆞ고漸漸明의邊境을犯ᄒᆞ거ᄂᆞᆯ十一年에明神宗이遼東經略楊鎬로、ᄒᆞ야곰兵士二十四萬을瀋陽(奉天省奉天府)에集ᄒᆞ고路를分ᄒᆞ야滿洲를伐ᄒᆞᆯ식朝鮮에請兵ᄒᆞ니光海가叅判姜弘立으로、써五道(平安、黃海、京畿、忠清、全羅)都元帥를拜ᄒᆞ고平安兵使金景瑞ᄂᆞᆫ副元帥를拜ᄒᆞ야兵士二萬餘人을率ᄒᆞ고往援ᄒᆞ더니旣而오明北路軍이、다敗績ᄒᆞ고寬甸으로、브터進ᄒᆞ야明南路將劉綎、喬一琦와合ᄒᆞ고弘立과景瑞等도、또ᄒᆞᆫ富察野(滿洲興京南)에서滿洲兵의게敗ᄒᆞ야劉綎、喬一琦及金應河(宣川郡守)吳稷(右先

姜弘立降滿洲

鋒等은戰死ᄒᆞ고弘立과景瑞ᄂᆞᆫ滿洲에降ᄒᆞ니大抵此事ᄂᆞᆫ弘立이臨
發時에光海의密旨로勢를觀ᄒᆞ야向背를定ᄒᆞᆫ故오이다
또滿洲에서ᄂᆞᆫ屢次降將을我의게遣ᄒᆞ야和好를請ᄒᆞ니明이謂ᄒᆞ되
朝鮮이滿洲를通ᄒᆞ얏다ᄒᆞᄂᆞᆫ지라이에使臣을遣ᄒᆞ야辨明ᄒᆞ고또滿
洲에ᄂᆞᆫ全혀講和홈은아니로되其怒를觸ᄒᆞᆯ가恐ᄒᆞ야瀋陽과遼陽을
攻陷時에도明을助치아니ᄒᆞ고오작依違優柔ᄒᆞᆫ政策으로明國과滿
洲間에立ᄒᆞ얏ᄂᆞ이다

光海失政失德

또光海君은初에其兄臨海君珒을排擠ᄒᆞ고卽位ᄒᆞ니大抵珒은狂悖
ᄒᆞᆫ故로廢ᄒᆞ얏스나光海도또ᄒᆞᆫ失政과失德이甚多ᄒᆞ얏ᄂᆞ이다
光海가卽位初에珒을殺코자ᄒᆞ야不軌를圖ᄒᆞᆫ다稱ᄒᆞ고喬桐에流ᄒᆞ
니鄭仁弘、李爾瞻은珒을殺코자ᄒᆞ고李元翼、李恒福은全恩說을主張
ᄒᆞ더니畢竟元翼等은護逆ᄒᆞᆫ다ᄒᆞ야被罪ᄒᆞ고珒은賜死ᄒᆞ며、또李爾
瞻은永昌大君璜가仁穆太后金氏(宣祖繼后璜의母后오)側에在홈을忌ᄒᆞ야殺코
자ᄒᆞᆯ식朴應犀로ᄒᆞ야곰告變ᄒᆞ야曰、延興府院君金悌男(仁穆后父)이永昌

殺永昌大君璜

大君을擁立코자ᄒᆞᆫ다ᄒᆞ니璜ᄂᆞᆫ 宣祖씌서鍾愛ᄒᆞ신바오、일즉七臣
(柳永慶、韓應寅、申欽、許筬、朴東亮、徐渻、韓浚謙)의게托ᄒᆞ신지라、이에光海가悌男을捕殺ᄒᆞ고璜
ᄂᆞᆫ江華에放ᄒᆞ얏다가殺ᄒᆞ니時年이七歲오七臣以下에連累者가甚
ᄒᆞ얏ᄂᆞ이다多

幽太后于西宮

李爾瞻이、또仁穆太后를廢코자ᄒᆞ거ᄂᆞᆯ奇自獻(相頣)李恒福、鄭弘翼等이
極諫ᄒᆞᄂᆞᆫ지라、이에爾瞻이羣臣과宗室一千餘人을誘ᄒᆞ야各其意見
을陳ᄒᆞ라ᄒᆞ니諸人이爾瞻을畏ᄒᆞ야廢黜을主ᄒᆞ며或不從ᄒᆞᄂᆞᆫ者도
有ᄒᆞᆫ지라、이에奇自獻、李恒福等을遠竄ᄒᆞ고太后의尊號를削ᄒᆞ야西
宮에幽ᄒᆞ고、또害코자ᄒᆞ거ᄂᆞᆯ后ㅣ僅免ᄒᆞ고其他大獄을興ᄒᆞ기屢次
오誅竄이日多ᄒᆞ며、또風水의說을信ᄒᆞ야土木을興ᄒᆞ고官職을除拜
ᄒᆞᆯ서銀의多少를視ᄒᆞ야高下官을予ᄒᆞ니、이에賄賂가盛行ᄒᆞ고尙宮
金氏가用事ᄒᆞ야宮禁이不嚴ᄒᆞ고僥倖의路를大開ᄒᆞ얏ᄂᆞ이다

朝廷日亂

時에李爾瞻이國權을竊弄ᄒᆞ고大北、小北二黨이相爭ᄒᆞ야朝政이日
亂ᄒᆞ거ᄂᆞᆯ尹善道等이爾瞻을論劾ᄒᆞ나光海가不聽ᄒᆞ고、더욱昏亂無

李貴等擧義廢光海

仁祖立

廢立理由

道ᄒᆞ얏ᄂᆞ이다
이에李貴、申景禛、沈器遠、金自點等이相謀ᄒᆞ야金瑬로써大將을삼고義兵을擧ᄒᆞᆯ식光海의弟定遠君(元宗)의子(仁祖)를推戴코자ᄒᆞ다가事가漏洩ᄒᆞ야告變ᄒᆞᄂᆞᆫ者ㅣ有ᄒᆞᆫ지라金自點이賄賂로써金尙宮을結ᄒᆞ니光海가、이에金尙宮의言을從ᄒᆞ야變報를不納ᄒᆞ거ᄂᆞᆯ、곳義兵을擧ᄒᆞ야宮에入ᄒᆞ니光海ᄂᆞᆫ驚走ᄒᆞ고朝官과衛士도、또ᄒᆞᆫ逃散ᄒᆞᄂᆞᆫ지라李貴等이光海를擁至ᄒᆞ야寶璽를仁穆太后ᄭᅴ納ᄒᆞ니后ㅣ其三十六罪를數ᄒᆞ야光海를殺코자ᄒᆞ다가不果ᄒᆞ고、다시后의命으로 仁祖를立ᄒᆞ니時ᄂᆞᆫ光海十五年이오이다
仁祖ᄭᅴ셔即位ᄒᆞ사光海를江華에放ᄒᆞ고前朝의寃枉을伸雪ᄒᆞ고李爾瞻、鄭仁弘等數十人을誅戮ᄒᆞ고其他、竄逐과削黜이數百人이오이다
大抵光海가壬辰亂後를當ᄒᆞ야諸政을革新치、아니ᄒᆞ고政事가腐敗ᄒᆞ야畢竟廢立에至ᄒᆞ얏고、또西人은北人의隙을乘ᄒᆞ야勢을挽回ᄒᆞᆯ

錄靖社功

李适反

仁祖播越公州

셔李貴等이初에ᄂᆞᆫ宗社를安ᄒᆞ고民生을救ᄒᆞᆫ다言ᄒᆞ다가功業이旣成ᄒᆞᆫ後에ᄂᆞᆫ罪人의家財와器服을籍沒ᄒᆞ야各其分給ᄒᆞ니此ㅣ엇지罪過가、아니리오故로李瀣ᄂᆞᆫ此義擧에與ᄒᆞ얏스나深히愧悔ᄒᆞ야終身自廢ᄒᆞ얏ᄂᆞ이다
또擧義當時의部分과規畫은、다李适의功이라然이나金瑬等五十人은靖社功臣에錄ᄒᆞ고金自點、沈器遠은一等이、되거ᄂᆞᆯ、오작李适은二等에入ᄒᆞ니适이自此로不平ᄒᆞ다가時에北邊의憂가有ᄒᆞᆫ지라、이에張晩으로、써都元帥를拜ᄒᆞ야府를平壤에開ᄒᆞ고李适은平安兵使、兼副元帥로寧邊에屯케ᄒᆞ니适이、더욱怏々ᄒᆞ야陰히異謀를蓄ᄒᆞ다가仁祖二年甲子、距今二百八十三年前에、드듸여部下兵一萬二千餘人과降倭一百三十人을率ᄒᆞ고南向ᄒᆞᆯ식韓明璉(龜城府使)等이從ᄒᆞ고張晩은、비록元帥로되兵力이微弱ᄒᆞ야能히拒禦치、못ᄒᆞ얏ᄂᆞ이다
이에賊軍이益進ᄒᆞ야碧蹄(坡州南)에至ᄒᆞ니 仁祖ᄭᅴ셔公州(忠淸道)로播越ᄒᆞ시고适等이京城을據有ᄒᆞ더니旣而오張晩이鄭忠信(安州防禦使)、李曙

适等逃

上還京城

滿洲太宗立

滿洲阿敏等來寇

京畿監司等과協力ᄒᆞ야适兵을鞍嶺京城北에서大破ᄒᆞ니适、明璉等이逃ᄒᆞ야利川에至ᄒᆞ거ᄂᆞᆯ部將奇益獻等이适、明璉을殺ᄒᆞ야其首를行在에獻ᄒᆞ니、이에上이京城에還ᄒᆞ시고明璉의子潤等은滿洲로逃亡ᄒᆞ얏ᄂᆞ이다

滿洲ᄂᆞᆫ 仁祖四年에太祖愛親覺羅弩爾哈赤이殂ᄒᆞ고子皇太極이立ᄒᆞ니此ᄂᆞᆫ太宗이라太宗이韓潤의言을從ᄒᆞ야貝勒宗室爵號阿敏과濟爾哈朗等으로、ᄒᆞ야곰朝鮮及毛文龍을圖謀ᄒᆞ라、ᄒᆞ니文龍은明의總兵이라先是에鎭營을椵島在平安道鐵山에設ᄒᆞ고義州、鐵山及身彌島在平安道宣川南에往來ᄒᆞ야朝鮮과犄角의勢를成ᄒᆞ야滿洲를牽制ᄒᆞ더니五年에阿敏等이兵三萬餘를率ᄒᆞ고鴨綠江을渡ᄒᆞ야義州府尹李莞을殺ᄒᆞ고、또分兵ᄒᆞ야鐵山을搗ᄒᆞ고毛文龍을椵島에逐ᄒᆞ고、또郭山、定州를攻ᄒᆞ야朴有健郭山郡守金搢定州牧使을擒ᄒᆞ고奇協宣川府使을斬ᄒᆞ고長驅ᄒᆞ야淸川江을渡ᄒᆞ야安州를圍ᄒᆞ니牧使金浚과兵使南以興以下의死者가甚多ᄒᆞ얏ᄂᆞ이다

上播越江華

上이張晩으로、ᄡᅥ都元帥를拜ᄒᆞ야防禦ᄒᆞ라、ᄒᆞ시니晩이平山에至ᄒᆞ니平安監司尹暄이安州의陷城ᄒᆞᆷ을聞ᄒᆞ고平壤을棄ᄒᆞ고遁ᄒᆞᄂᆞᆫ지라、이에滿朝가大震ᄒᆞ거ᄂᆞᆯ上이金尙容으로、ᄡᅥ留都大將을拜ᄒᆞ야京城을守케、ᄒᆞ고領議政尹昉과右議政吳允謙等으로、더브러廟社主를奉ᄒᆞ고江華로播遷ᄒᆞ셧ᄂᆞ이다

平壤이失守ᄒᆞ니城中、官民이、다逃亡ᄒᆞᄂᆞᆫ지라阿敏이、드ᄃᆡ여大同江을渡ᄒᆞ야中和에屯ᄒᆞ고七條를述ᄒᆞ야朝鮮이滿洲를害ᄒᆞᆫ다責ᄒᆞ더니時에京城은人民이潰散ᄒᆞ고金尙容은御庫及諸倉庾에放火ᄒᆞ고江華로遁ᄒᆞ니阿敏이京城에入ᄒᆞ고자、ᄒᆞ다가諸貝勒이不從ᄒᆞ야平山에駐屯ᄒᆞ고副將劉興祚로、ᄒᆞ야곰江華에抵ᄒᆞ야和議를言ᄒᆞ니上이不得已ᄒᆞ야宗室原昌令義信으로、ᄡᅥ御弟라稱ᄒᆞ고興祚로、더브러平山에至ᄒᆞ야方物을賂ᄒᆞ고和親을求ᄒᆞ얏더니貝勒岳託이阿敏의게謂曰、朝鮮王과盟誓ᄒᆞᆫ後、班師ᄒᆞᆷ이可타ᄒᆞ고、이에原昌令을留ᄒᆞ고劉興祚로、ᄒᆞ야곰、다시江華에至ᄒᆞ거ᄂᆞᆯ上이、이에壇을築ᄒᆞ고白馬와黑

與滿洲盟爲兄弟國

牛를宰ᄒᆞ야天의祭ᄒᆞ고滿洲兄弟國이라盟ᄒᆞ고滿洲軍이回홀ᄉᆡ阿敏은自己가與盟치아니ᄒᆞ얏다ᄒᆞ야縱掠ᄒᆞ고還ᄒᆞ다가平壤에至ᄒᆞ야또原昌令과同盟ᄒᆞ고兵을義州及鎭江(滿洲九連城)에留ᄒᆞ고其餘ᄂᆞᆫ回홀ᄉᆡ朝鮮이原昌令으로ᄒᆞ야곰阿敏을從ᄒᆞ야滿洲에往ᄒᆞ고上이비로소京城에還ᄒᆞ셧ᄂᆞ이다

上還京城

後에上이使臣을滿洲에遣ᄒᆞ야義州의鎭兵을撤ᄒᆞ라ᄒᆞ시니이에滿洲ㅣ其兵을撤ᄒᆞ고義州를我의게還ᄒᆞ니時에使臣金尙憲은北京에在ᄒᆞ다가本國의難을聞ᄒᆞ고救援을請ᄒᆞ니明이遼東巡撫袁崇煥으로ᄒᆞ야곰出兵ᄒᆞ라ᄒᆞ나事가不及ᄒᆞ고旣而오日本도德川家康이使臣을遣ᄒᆞ야朝鮮을救ᄒᆞᆫ다ᄒᆞ거ᄂᆞᆯ또ᄒᆞᆫ辭謝不受ᄒᆞ얏ᄂᆞ이다

自此로朝鮮이滿洲의壓制를被ᄒᆞ야滿洲가明國을伐홀時ᄂᆞᆫ兵船을徵ᄒᆞ고또兄弟盟을變ᄒᆞ야上下國의約을結코자ᄒᆞ고歲幣를索ᄒᆞ기多ᄒᆞ니朝鮮이忿恨ᄒᆞ야或滿洲를伐코자ᄒᆞᄂᆞᆫ事가有ᄒᆞ야平和가將破ᄒᆞ얏ᄂᆞ이다

滿洲蒙古諸貝勒欲上尊號於滿洲太宗皇太極

拒絶滿洲使臣及其書

會에滿洲에서ᄂᆞᆫ滿洲蒙古의諸貝勒이太宗을勸ᄒᆞ야尊號를稱ᄒᆞ라ᄒᆞ고 仁祖十四年丙子距今二百七十一年前에또戶部承政瑪福塔(馬夫達) 承政英俄爾岱(龍骨大)로ᄒᆞ야곰王后韓氏喪에來吊홀ᄉᆡ滿洲八和碩貝勒과蒙古四十九貝勒이我의게致書ᄒᆞ야我를勸ᄒᆞ되皇太極의게尊號를勸進ᄒᆞ라ᄒᆞ거ᄂᆞᆯ上이其使를不見ᄒᆞ시고또貝勒의書를不納ᄒᆞ며掌令洪翼漢及館學儒生이上疏ᄒᆞ야其使를斬ᄒᆞ고其書를焚ᄒᆞ소서ᄒᆞ니英俄爾岱가其形勢의危險홈을見ᄒᆞ고急히民家馬를奪騎ᄒᆞ고遁去ᄒᆞ거ᄂᆞᆯ上이人을追遣ᄒᆞ야答書를與ᄒᆞ고또八道에下諭ᄒᆞ야滿洲를斥絶ᄒᆞ얏더니

滿洲太宗卽帝位國號曰淸

英俄爾岱가其下諭書를奪還ᄒᆞ야太宗皇太極의게獻ᄒᆞ니太宗이諸貝勒大臣과會議ᄒᆞᆫ대衆이다朝鮮의決意를知ᄒᆞ고朝鮮을攻코자ᄒᆞ며時에太宗은寬溫仁聖皇帝尊號를受ᄒᆞ고國號ᄂᆞᆫ淸이라ᄒᆞ고諸貝勒과大臣이三跪九叩頭禮를行ᄒᆞ더니會에朝鮮使臣羅德憲(春信使)李廓(回啓使)이瀋陽에在ᄒᆞ야賀班에不叅ᄒᆞ얏더니淸人이德憲을萬毆으

淸太宗入寇

로毆辱ᄒᆞ되畢竟不從ᄒᆞᄂᆞᆫ지라太宗曰此ᄂᆞᆫ我로、ᄒᆞ야곰使臣을殺ᄒᆞ고盟誓를背ᄒᆞ얏다ᄂᆞᆫ名을負코자、ᄒᆞᆷ이라ᄒᆞ고、곳赦還ᄒᆞᆯᄉᆡ書를予ᄒᆞ야其不當ᄒᆞᆷ을責ᄒᆞ고且曰悔罪ᄒᆞ거든子弟를送質ᄒᆞ라不然ᄒᆞ면大軍을擧ᄒᆞ야刻日、臨境ᄒᆞᆫ다、ᄒᆞᄂᆞᆫ지라

然이나朝鮮이其言을不聽ᄒᆞᆯᄲᅮᆫ、아니라羅德憲、李廓等이滿洲의書를受還ᄒᆞ얏다、ᄒᆞ야竄配ᄒᆞ고獨히吏曹判書崔鳴吉이和議를唱ᄒᆞ니副校理吳達濟와校理尹集이上疏ᄒᆞ야其非를痛論ᄒᆞ야滿洲를排斥ᄒᆞᄂᆞᆫ氣焰이朝野에震動ᄒᆞ얏ᄂᆞ이다

이에淸太宗이禮親王代善과睿親王多爾衮과豫親王多鐸과貝勒岳託과豪格杜度等을率ᄒᆞ고軍士十萬을發ᄒᆞ야來寇ᄒᆞᆯᄉᆡ豫親王多鐸을命ᄒᆞ야前鋒瑪福塔으로、ᄒᆞ야곰直히京城을搗ᄒᆞ라、ᄒᆞ니義州府尹林慶業이白馬山城을築ᄒᆞ야防守ᄒᆞᄂᆞᆫ지라瑪福塔이其有備ᄒᆞᆷ을知ᄒᆞ고他路로從ᄒᆞ야十餘日間에京城에達ᄒᆞ니吏判崔鳴吉과同中樞李景稷이城外에出迎ᄒᆞ야興兵ᄒᆞᆫ故를問ᄒᆞ고宴을設ᄒᆞ야犒師ᄒᆞ니

仁祖幸南漢山城

此ᄂᆞᆫ、곳緩兵ᄒᆞᄂᆞᆫ計라上이其間을乘ᄒᆞ야尹昉、金尙容으로、ᄒᆞ야곰廟社主를奉ᄒᆞ고、또嬪宮及王子(鳳林 麟坪)를護衛ᄒᆞ야江華로避入ᄒᆞ고旣而오上이、또ᄒᆞᆫ江華로播遷코자、ᄒᆞ시다가淸의前鋒이已逼ᄒᆞᄂᆞᆫ지라、이에急히南漢山城(京畿道廣州)에入ᄒᆞ사諸道에下詔ᄒᆞ야勤王兵을募ᄒᆞ고、또明國에告急ᄒᆞ고城을固守ᄒᆞ야外援을待코자、ᄒᆞᆯᄉᆡ淸太宗이、곳先鋒의後를隨ᄒᆞ야大臣譚泰等으로、ᄒᆞ야곰京城에入ᄒᆞ니城兵이拒敵지、못ᄒᆞᄂᆞᆫ지라、드ᄃᆡ여漢江을渡ᄒᆞ야翼年丁丑、距今二百七十一年前에南漢山城을圍ᄒᆞ얏ᄂᆞ이다

淸兵圍南漢山城

時에明國은流賊에困苦ᄒᆞ야朝鮮을救援ᄒᆞᆯ力이無ᄒᆞ고僅히登、萊總兵陳洪範으로、ᄒᆞ야곰舟師를率ᄒᆞ고來救ᄒᆞ나風勢가不利ᄒᆞ야發船치、못ᄒᆞ고諸道監司와兵使ᄂᆞᆫ坐視ᄒᆞ고其進ᄒᆞᄂᆞᆫ者ᄂᆞᆫ、또敗ᄒᆞ야忠淸監司鄭世規ᄂᆞᆫ衿川(廣州)에서全軍이陷沒ᄒᆞ고慶尙左兵使許完과右兵使閔栐은雙嶺(廣州)에서敗死ᄒᆞ고全羅兵使金俊龍은光敎山(廣州西南)에서戰ᄒᆞ야淸將額駙揚古里를殺ᄒᆞ얏스나、또ᄒᆞᆫ潰散ᄒᆞ고平安監司洪命

諸道軍皆敗績

江華陷城

者ᄂᆞᆫ金化(江原道)에서戰死ᄒᆞ고副元帥申景禛은鐵瓮(平安道)에서被擒ᄒᆞ고時에南漢山城은糧食이缺乏ᄒᆞ고士卒이飢凍ᄒᆞ야重圍中에陷ᄒᆞᆫ지四十餘日이니其慘狀은忍言키難ᄒᆞᆫ지라

이에上이洪瑞鳳等을遣ᄒᆞ야和好ᄅᆞᆯ請ᄒᆞ니淸太宗이上의親히莅盟ᄒᆞ시기ᄅᆞᆯ求ᄒᆞ고또敗盟大臣二三人을縛送ᄒᆞ라ᄒᆞ더라

先是江華에嬪宮과王子外에羣臣의妻子가避亂ᄒᆞᆫ者ㅣ多ᄒᆞ고判尹金慶徵은檢察使가되고李敏求ᄂᆞᆫ副檢察이오留守張紳은舟師大將으로防守ᄒᆞ얏더니淸太宗이八旗軍으로ᄒᆞ야곰小船八十隻을造ᄒᆞ야睿親王多爾袞을命ᄒᆞ야江華ᄅᆞᆯ攻ᄒᆞ니時에金慶徵은險阻ᄅᆞᆯ恃ᄒᆞ고設備치아니ᄒᆞ며幷히酒에沈酣ᄒᆞ니淸兵이渡海時에軍이不戰ᄒᆞ고自潰ᄒᆞᄂᆞᆫ지라慶徵、敏求、紳等이다小船을乘ᄒᆞ고逃亡ᄒᆞ니嬪宮及王子와群臣의妻子가俘獲된者ㅣ二百餘人이오大臣金尙容以下의死者가甚多ᄒᆞ얏ᄂᆞ이다

時에南漢城中에서ᄂᆞᆫ江華의陷城ᄒᆞᆷ을聞ᄒᆞ고다喪膽ᄒᆞ며上이또大

仁祖講和

事가去ᄒᆞᆷ을知ᄒᆞ시고金瑬와崔鳴吉等의言을從ᄒᆞ야漢江東岸三田渡에出ᄒᆞ야淸太宗을見ᄒᆞ고和親을成ᄒᆞ니淸太宗이이에東宮及鳳林大君을留質ᄒᆞ고江華의俘獲을盡還ᄒᆞ고諸道兵을收ᄒᆞ야瀋陽(今滿洲奉天府盛京省)으로班師ᄒᆞ니上이京城에還ᄒᆞ샤張紳、金慶徵을誅ᄒᆞ시고또斥和首謀臣洪翼漢及尹集、吳達濟三人을瀋陽에送ᄒᆞ니淸人이此三臣의不服ᄒᆞᆷ을惡ᄒᆞ야殺ᄒᆞ니此ᄂᆞᆫ곳我國에有名ᄒᆞᆫ三學士오時에都事吳邦彦은三學士와同히斥和ᄒᆞ다가事去ᄒᆞᆷ을見ᄒᆞ고江에投死ᄒᆞ니大抵邦彦의祖應鼎은壬辰亂에戰死ᄒᆞ고父穆은滿洲戰에死ᄒᆞ야一門三世가다國事에死ᄒᆞ얏ᄂᆞ이다

三學士 (斥和臣殺于瀋陽)

大抵滿洲의前後戰事가僅히二箇月에其事가結ᄒᆞ니當時에朝鮮은壬辰亂後ᄅᆞᆯ承ᄒᆞ고明國도또ᄒᆞᆫ衰弱ᄒᆞ야救援ᄒᆞᆯ力이無ᄒᆞᆯ뿐아니라淸太宗의用兵ᄒᆞᆷ이神速ᄒᆞᆫ故오이다

受淸曆

朝鮮이自此로淸國曆制ᄅᆞᆯ受ᄒᆞ야每歲에使臣을遣ᄒᆞ고方物을送ᄒᆞᆯ셰其力이對敵키難ᄒᆞ야外面은服從ᄒᆞ나然이나淸國은胡夷라ᄒᆞ야

不服淸國

助淸伐明

復助淸伐明

心內에悅從치아니ᄒᆞ고、또事勢에不得已ᄒᆞ야淸을助ᄒᆞ야明을伐ᄒᆞ나大抵明은壬辰救援以來로其恩을感激ᄒᆞᆫ지라今에淸兵을從往ᄒᆞ나其實은百方으로沮害ᄒᆞ고初에淸太宗이還軍時에貝子碩託과明國降將孔有德、耿仲明等을命ᄒᆞ야椵島를攻케ᄒᆞ고、또朝鮮에兵士를徵ᄒᆞ니上이不得已ᄒᆞ야平安兵使柳琳으로、써首將을拜ᄒᆞ고義州府尹林慶業으로副將을拜ᄒᆞ야戰船을率ᄒᆞ고淸軍을助ᄒᆞᆯᄉᆡ慶業이此事를將ᄒᆞ야椵島都督沈世魁의게密報ᄒᆞ니故로其城이陷ᄒᆞ야도島中에免者가多ᄒᆞ얏ᄂᆞ이다

其後에淸이、또明의錦州衛를攻ᄒᆞᆯᄉᆡ上이平安兵使林慶業으로、ᄒᆞ야곰舟師上將을拜ᄒᆞ고黃海兵使李浣은副將이、되야戰船百二十隻과兵六千과貢米一萬包를運輸ᄒᆞ고、또戰事를助ᄒᆞ라、ᄒᆞ니慶業等이石城島에至ᄒᆞ야飄風ᄒᆞ얏다稱ᄒᆞ고密히三船을登州에送ᄒᆞ야消息을明國에通ᄒᆞ더니及其遼東灣에入ᄒᆞ야ᄂᆞᆫ明船과遇ᄒᆞᆫ지라慶業이不得已ᄒᆞ야矢에ᄂᆞᆫ鏃을去ᄒᆞ고砲에ᄂᆞᆫ丸을不用ᄒᆞ야兩軍의死傷이無

淸太宗殂世祖立

淸世祖遷都北京

仁祖崩孝宗立

孝宗欲伐淸

ᄒᆞ고明毅宗이密旨로褒勉ᄒᆞ얏ᄂᆞ이다

先是에朝鮮의海路가阻絶ᄒᆞ야明과不通ᄒᆞ더니領相崔鳴吉이林慶業과密謀ᄒᆞ야僧、獨步로、ᄒᆞ야곰明國에遣ᄒᆞ야其情悃을達ᄒᆞ얏더니淸人이其事를知ᄒᆞ고鳴吉과慶業을執送ᄒᆞ라、ᄒᆞ거ᄂᆞᆯ、이에鳴吉은瀋陽에往ᄒᆞ야被幽ᄒᆞ고慶業은中途에서逃亡ᄒᆞ야、또明國으로往ᄒᆞ고其他黃一皓、崔一孝等은다當時의朝鮮人士로國事를爲ᄒᆞ야盡力ᄒᆞ얏ᄂᆞ이다

然이나淸國은太宗이殂ᄒᆞ고世祖福臨이即位ᄒᆞ미勢力이益盛ᄒᆞ야北京을平定ᄒᆞ고其地에遷都ᄒᆞ거ᄂᆞᆯ上이使臣을遣ᄒᆞ야致賀ᄒᆞ니淸이、이에東宮及鳳林大君과拘囚ᄒᆞᆫ大臣金尙憲、李敬輿、李明漢、崔鳴吉等을放還ᄒᆞ더라然이나東宮은還來後에薨ᄒᆞ거ᄂᆞᆯ 孝宗이東宮이되사고上이在位二十七年에崩ᄒᆞ시니 孝宗이即位ᄒᆞ섯ᄂᆞ이다

孝宗께서瀋陽에留質ᄒᆞ신지라淸國의屈辱됨을深耻ᄒᆞ사即位後에雪耻코자、ᄒᆞ실ᄉᆡ日本의釁이有ᄒᆞ다稱ᄒᆞ시고城池를修ᄒᆞ고器械를

上深信宋時烈及李浣

整ᄒ야密히計畫ᄒ시더니金自點이清國에漏洩ᄒ니清國이使臣을遣ᄒ야詰責ᄒ고領相李景奭을義州에竄ᄒ나然ᄒ나　孝宗께서ᄂᆞᆫ志氣가挫折지、아니ᄒ시고宋時烈、宋浚吉等이、또ᄒᆞᆫ用兵ᄒ기ᄅᆞᆯ勸ᄒ거ᄂᆞᆯ上이深히時烈及李浣을信任ᄒ야時烈의게ᄂᆞᆫ貂裘ᄅᆞᆯ賜ᄒ고浣의게ᄂᆞᆫ御甲冑ᄅᆞᆯ賜ᄒ야北伐時에供用케、ᄒ시고

또浣으로、써訓鍊大將을拜ᄒ야軍士ᄅᆞᆯ大閱ᄒ기屢次오戎服의衣袖가長濶ᄒ다ᄒ야狹少케、ᄒ고僧은米三石을出ᄒ고公卿브터庶士의徭役이無ᄒᆞᆫ者ᄂᆞᆫ布一疋을出ᄒ야養兵資ᄅᆞᆯ借ᄒ고內廐에良馬ᄅᆞᆯ養ᄒ니名曰伐大驄이오革射ᄅᆞᆯ改ᄒ야騎射라、ᄒ고禁軍을增ᄒ고百方으로清國을伐코자、ᄒ시니士人中에도上의北伐코자、ᄒ심을聞ᄒ고庄土ᄅᆞᆯ賣ᄒ고戰馬ᄅᆞᆯ具ᄒ고戎服을備ᄒ야從軍코자、ᄒᄂᆞᆫ者가不少ᄒ더니不幸히上이在位十年에崩ᄒ사實行ᄒ심을不見ᄒ얏고、또此時에清國은世祖가在位ᄒ며國勢가日盛ᄒ니朝鮮의力으로復讎키難ᄒᆯ지라然이나後世에서上의大志가未就ᄒᆷ을痛惜ᄒᄂᆞ이다

助清伐羅禪

孝宗이如此히清國의怨讐ᄅᆞᆯ報復고자、ᄒ시나、또ᄒᆞᆫ清國의言을從ᄒ야五年에虞候邊岌으로、ᄒ야곰羅禪을黑龍江邊에서伐ᄒ고九年에도、또ᄒᆞᆫ北虞候申瀏로、ᄒ야곰羅禪을伐ᄒ니羅禪은卽露西亞라十數年前브터黑龍江에出沒ᄒ거ᄂᆞᆯ今에兩次往伐ᄒ야露將壽道磐을殺ᄒ니如此히清國을爲ᄒ야竭力ᄒ나其實은、다外面뿐이오心服은、아니오이다

孝宗崩顯宗立

明國傾覆

孝宗이崩ᄒ시고　顯宗이卽位ᄒ산지二年、距今二百三十一年前에永明王이被擒ᄒ야明國社稷이全혀傾覆ᄒ나然ᄒ나朝鮮이明을慕ᄒ고清을惡ᄒᄂᆞᆫ心이消滅치、아니ᄒ야　顯宗께서도恒常兵備에留意ᄒ야　孝宗의遺緖ᄅᆞᆯ紹ᄒ시나篤厚仁恕ᄒ신性質로大爲치、못ᄒ시고、밋吳三桂가雲南에서起兵ᄒ야中原이騷擾ᄒᆯ時에도羅碩佐ㅣ上疏ᄒ되義旅ᄅᆞᆯ驅ᄒ야三桂로、더브러合ᄒ야壬辰恩을報ᄒ고丙子恥ᄅᆞᆯ雪ᄒ소서ᄒ나畢竟、不果ᄒ얏ᄂᆞ이다

北伐議不行

肅宗께서ᄂᆞᆫ卽位初에尹鐫이北伐ᄒᆯ議ᄅᆞᆯ唱ᄒ나領相許積이後害ᄅᆞᆯ

清國送米賑濟饑饉

虔ᄒᆞ야不行ᄒᆞ고三十年甲申、距今二百三年前에ᄂᆞᆫ明毅宗의殉社稷ᄒᆞᆫ周甲이라、이에禁苑中에서祭ᄒᆞ고大報壇을設ᄒᆞ야神宗의게祀ᄒᆞ고時에饑饉이相繼ᄒᆞ고朋黨의爭鬩이日甚ᄒᆞ야外征의議가自止ᄒᆞ고其饑饉時에ᄂᆞᆫ清國康熙帝玄曄이米數萬石을轉運ᄒᆞ야頗히恤隣ᄒᆞᄂᆞᆫ誼ᄅᆞᆯ示ᄒᆞ나　英祖、正祖時ᄭᆞ지도、오히려心服지아니ᄒᆞ고、오직表面으로服從ᄒᆞ니朝鮮人이明、清二代間에用心홈을可知ᄒᆞᆯ것ᄂᆞ이다

文化及黨爭

黨爭起於書院

日本亂과滿洲戰이有ᄒᆞᆫ時에黨派分爭이漸盛ᄒᆞ니大抵黨派의爭은書院에서起홈이오書院이라、홈은先儒遺跡에就ᄒᆞ야祭ᄒᆞᆫ셔其徒中名望이有ᄒᆞᆫ人士ᄅᆞᆯ選ᄒᆞ야其事ᄅᆞᆯ主ᄒᆞ고暇日에ᄂᆞᆫ經典을研究ᄒᆞ고道義ᄅᆞᆯ講習ᄒᆞ더니後에、드듸여朝政을議論ᄒᆞ야凡政府의除拜가衆望에不合ᄒᆞ면、곳議論이沸騰ᄒᆞ니此ᄅᆞᆯ謂ᄒᆞ되清議오大臣과宗戚도또ᄒᆞᆫ此清議ᄅᆞᆯ畏ᄒᆞ야節操ᄅᆞᆯ磨勵ᄒᆞ더니後에ᄂᆞᆫ私怨으로、ᄡᅥ互相攻

擊ᄒᆞ야黨派의紛爭이、되얏ᄂᆞ이다

禁書院疊設毁祠院

向者　中宗時에豐基(慶尙道)郡守周世鵬이先儒安裕(高麗人)故居에白雲洞書院을建ᄒᆞ더니其後、漸々衰替ᄒᆞᄂᆞᆫ지라　明宗五年、距今三百五十七年前에李滉이監司沈通源의게言ᄒᆞ야朝廷으로서扁額을賜ᄒᆞ야曰、書院이라ᄒᆞ고、또三大全等을頒降ᄒᆞ니此ᄂᆞᆫ書院의始오其後漸々各道에興ᄒᆞ다가　肅宗時에至ᄒᆞ야ᄂᆞᆫ、더욱衆多ᄒᆞ야在位四十六年間에創立ᄒᆞᆫ者ㅣ百五十餘가되니、곳慶尙道에在ᄒᆞᆫ者ㅣ七十餘라孝宗、顯宗、肅宗、以來로屢次書院의疊設홈을禁ᄒᆞ다가　英祖十七年、距今一百六十六年前에ᄂᆞᆫ祠院(鄕賢을祠ᄒᆞᄂᆞᆫ處니後에至ᄒᆞ야書院이、되다)三百餘處ᄅᆞᆯ毁撤ᄒᆞ나然ᄒᆞ나當時의風氣가全혀抑壓지、아니ᄒᆞ고其書院의勃興을隨ᄒᆞ야學問과議論이共히盛ᄒᆞ얏ᄂᆞ이다

許浚醫術

宣祖時에許浚이醫術에有名ᄒᆞ야其著ᄒᆞᆫ바東醫寶鑑이支那及日本에서도、다翻刻ᄒᆞ니、곳世上에有益ᄒᆞᆫ書오

韓濩書法

韓濩(號石峯)의書法은明國王世貞이評ᄒᆞ야曰、渴驥가泉에奔ᄒᆞ고怒猊

曆法

鄭斗源進西洋書籍及器械

가石을扶홈과如ᄒᆞ다ᄒᆞ니、곳五百年의第一手오
曆法은　世宗ᄭᅴ서天文曆象의學을好ᄒᆞ사舊法을講習ᄒᆞ시고　仁祖時에ᄂᆞᆫ鄭斗源이明國으로、브터回홀ᄉᆡ西洋人陸約翰(利瑪竇의友人)의贈予ᄒᆞᆫ바治曆緣起一卷、天文略一卷、利瑪竇天文書一卷과幷히自鳴鍾等을進ᄒᆞ고斗源이、또此外에西洋火砲及地圖職方外記、西洋風俗記等數卷을携歸ᄒᆞ고二十二年、距今二百六十三年前에ᄂᆞᆫ觀象監提調金堉이燕京에使ᄒᆞ얏다가西洋人湯若望의時憲曆이前代보다過出홈을聞ᄒᆞ고其諸書를購歸ᄒᆞ야其法을行코자、홀ᄉᆡ觀象監官金尙範等이極力講究ᄒᆞ야十年을經ᄒᆞ고　孝宗四年、距今二百五十四年前에

始行時憲曆

金堉의議가始行ᄒᆞ니、이에歐洲天學이始傳ᄒᆞ야舊法이漸變ᄒᆞ고其後　肅宗、英祖間에曆法을改修ᄒᆞ다가近世에至ᄒᆞ야ᄂᆞᆫ甚히變更치아니、ᄒᆞ얏ᄂᆞ이다

貨幣

貨幣ᄂᆞᆫ朝鮮初　太宗時에楮貨를作ᄒᆞ고　世祖時ᄂᆞᆫ箭貨를作ᄒᆞ나、甚히通行치、못ᄒᆞ고、또朝鮮通寶라、ᄒᆞᄂᆞᆫ錢貨ᄂᆞᆫ其鑄造ᄒᆞᆫ時代가未詳

ᄒᆞ나李睟光의言을據ᄒᆞ니國初鑄造라云ᄒᆞ얏고大抵通貨의主要가、되기ᄂᆞᆫ粟、布에無過ᄒᆞ고　宣祖、光海時에鑄錢의議가起ᄒᆞ나不行ᄒᆞ고　仁祖十一年、距今二百七十四年前에戶判金起宗의言을從ᄒᆞ야

常平通寶

常平通寶를鑄ᄒᆞ얏스나異論이有ᄒᆞ야罷ᄒᆞ되常平通寶가實로此에서起源ᄒᆞ얏고

其後金堉이燕京으로、브터還ᄒᆞ야錢貨用키를請ᄒᆞ야　孝宗二年、距今二百五十六年前에訓鍊都監에서鑄錢ᄒᆞ야西路及其他地方에行ᄒᆞ다가七年에至ᄒᆞ야、또罷ᄒᆞ고、오직開城近方에行ᄒᆞ더니　肅宗四年、距今二百二十九年前에至ᄒᆞ야領相許積과左相權大運의議를從ᄒᆞ야平安道監營과兵營에서鑄錢ᄒᆞ고、또私鑄를嚴禁ᄒᆞ며自後로工曹、開城府、常平廳、訓鍊都監、摠戎廳等諸官廳에命ᄒᆞ야連續히鑄造ᄒᆞ

人民知錢之便利

고人民도、또ᄒᆞᆫ其便利홈을知ᄒᆞ야四方에流通ᄒᆞ야今日ᄭᆞ지至ᄒᆞ얏ᄂᆞ이다

大抵鑄錢의原料ᄂᆞᆫ銅과錫을用ᄒᆞ미銅은日本에購ᄒᆞ고錫은燕京에

禁採掘礦山

買來ᄒᆞ나往々히不足홈으로異論이屢起ᄒᆞᄂᆞᆫ지라,이에此를斷然히行치,못ᄒᆞ고,ᄯᅩ貿易의制限을據ᄒᆞ야濫鑄의患이無케,ᄒᆞ얏ᄂᆞ이다

世宗時에金銀은本國所産이,아니라,ᄒᆞ야明의徵索ᄒᆞᄂᆞᆫ弊를防塞ᄒᆞ고自此로內地에金銀採掘을禁ᄒᆞ더니其後光海時에銀을採ᄒᆞ되甚多치,아니ᄒᆞ고　英祖時에도,ᄯᅩᄒᆞᆫ禁ᄒᆞ며,ᄯᅩ吹鍊法이不精ᄒᆞ야,드듸여廢ᄒᆞ니大抵礦山을開ᄒᆞ면他國의覬覦를招ᄒᆞᆫ다,ᄒᆞ야恒常禁制ᄒᆞ얏고至於鑄錢의原料도,ᄯᅩᄒᆞᆫ他國에資ᄒᆞ얏ᄂᆞ이다

朝鮮에書院이勃興ᄒᆞᄂᆞᆫ듸로人智가進步ᄒᆞ더니,이에嫉妬褊陋ᄒᆞᆫ性質이並起ᄒᆞ고黨派가分ᄒᆞ야互相爭鬩ᄒᆞ니此ᄂᆞᆫ自然ᄒᆞᆫ勢라

黨派之始東人西人

黨派의名目이分ᄒᆞ기ᄂᆞᆫ　宣祖八年乙亥,距今三百三十二年前에東人,西人의論이起ᄒᆞ니初에舍人沈義謙이進士金孝元의權門出入홈을鄙視ᄒᆞ고,孝元은義謙이外戚(明宗后仁順王后弟)됨으로可用치,못ᄒᆞ리라,ᄒᆞ야自此로兩家의朋儕가互相排斥ᄒᆞ니大抵義謙은貞洞(西)에居ᄒᆞ고孝元은駱山下(東)에居ᄒᆞᆫ故로東人,西人이라云ᄒᆞᄂᆞᆫ지라李珥가兩間을

調劑ᄒᆞ야鎭定코자,ᄒᆞᆯᄉᆡ上씌告ᄒᆞ야二人을外補ᄒᆞ얏스나時論이,더욱不諧ᄒᆞ고珥도,ᄯᅩᄒᆞᆫ鄕里에歸ᄒᆞ니,이에士類가中分ᄒᆞ야東西指目中에不入ᄒᆞᆫ者ㅣ無ᄒᆞ얏ᄂᆞ이다

南人北人

初에西人이勢力을得ᄒᆞ니即朴淳은領相이오李珥ᄂᆞᆫ兵判及吏判이라頗히中立을唱ᄒᆞ나其實은西人을助ᄒᆞ더니其終에ᄂᆞᆫ東人이最盛ᄒᆞ니時에鄭汝立은李珥를師事ᄒᆞ야西人이,되다가後에東人에入ᄒᆞ야叛逆으로誅ᄒᆞ니東人의勢가稍减ᄒᆞ고其後東人이,ᄯᅩ分ᄒᆞ야南人北人이,되고互相軋轢ᄒᆞ다가壬辰亂이止ᄒᆞ고外患이漸弛ᄒᆞᆫ後에ᄂᆞᆫ

大北小北

紛爭이益甚ᄒᆞ더니柳成龍(南)이罷職ᄒᆞᆫ後에北人(大北小北)이愈盛ᄒᆞ다가ᄯᅩ分ᄒᆞ야大北,小北이,되고成渾(西)과鄭澈(西)은崔永慶(北)을寃殺ᄒᆞ얏다,ᄒᆞ야其官爵을奪ᄒᆞᆫ지라,이에謗言이大起ᄒᆞ고擧朝가紛紜ᄒᆞ며鄭仁弘(大北)柳永慶(小北)等이,다시用事ᄒᆞ야私黨의紛爭이汲々ᄒᆞ얏ᄂᆞ이다

中北肉北骨北

光海時에ᄂᆞᆫ李爾瞻이國柄을執ᄒᆞ야大北의巨魁로私黨을廣植ᄒᆞ고小北의黨朴承宗,柳希奮等과相爭ᄒᆞ야大北을分ᄒᆞ야中北,肉北,骨北

淸西功西 老西少西

淸南濁南

이、되고小北을分ᄒᆞ야淸小北、濁小北이、되니大抵李珥가卒ᄒᆞᆫ後、光海末々지凡四十年間에多少變動이有ᄒᆞ나東人이勢力을占ᄒᆞᆫ時에도西人은 仁祖를助ᄒᆞ야反正ᄒᆞᆫ功으로、비로쇼得志ᄒᆞ더니、이에西人도分ᄒᆞ야淸西、功西가、되다가、또分ᄒᆞ야老西、少西가、되얏ᄂᆞ이다

孝宗後ᄂᆞᆫ西人과南人의紛爭이最盛ᄒᆞ더니 孝宗이崩ᄒᆞᆯ時에或은慈懿太后(仁祖繼后趙氏)服制와或은寧陵(孝宗)遷奉事에朝臣과儒生의議論이紛紜ᄒᆞ기不已ᄒᆞ니此ᄂᆞᆫ、다南人이西人宋時烈等과反對ᄒᆞᆯ뿐이오이다

肅宗初에至ᄒᆞ야宋時烈을竄配ᄒᆞᆫ後에許積이領相이、되더니既而오權大運、許穆이左右相이、되니南人이、크게得志ᄒᆞ거ᄂᆞᆯ柳命天이論劾ᄒᆞ되李沃이時烈을諂事ᄒᆞ얏다、ᄒᆞ야沃을竄配ᄒᆞᆫ後로、브터角立互爭ᄒᆞ야、드듸여淸南、濁南의目이有ᄒᆞ니淸南이라、ᄒᆞᆷ은左相權大運以下의議論이峻激ᄒᆞᆫ者오濁南이라、ᄒᆞᆷ은領相許積以下의溫和說을主ᄒᆞᄂᆞᆫ者러니、밋權大運等이時烈을殺코자ᄒᆞᆯ時에許積과閔熙等이不聽ᄒᆞ니、이에淸南의徒許穆이許積을去ᄒᆞᆫ後에야其所欲을成ᄒᆞᆫ다、ᄒᆞ고

庚申大黜陟

上疏ᄒᆞ야積의專權、植黨ᄒᆞᆷ과貴戚을締結ᄒᆞ야誤國、害民ᄒᆞᆫ罪를論ᄒᆞ니上이謂ᄒᆞ되此ᄂᆞᆫ權、李의指嗾라、ᄒᆞ야權大運、李沃、李鳳徵等을遠竄ᄒᆞ고、더욱許積을優待ᄒᆞ시더니後에其專橫이甚ᄒᆞᆷ과黨與가熾盛ᄒᆞᆷ을惡ᄒᆞ야積의辭職을許ᄒᆞ시고李元禎、尹鑴、閔宗道、吳挺緯等을遠竄ᄒᆞ고漸々西人을引用ᄒᆞ야金壽恒이領相이、되니南人의勢力이、비로쇼衰ᄒᆞ얏ᄂᆞ이다

先是麟坪大君㴭(仁祖第三子)의子福昌君楨과福善君枏이南人을交結ᄒᆞ고宮女를奸ᄒᆞ다가竄配ᄒᆞ더니未幾에赦還ᄒᆞ니許積의子堅이、또楨、枏等을通ᄒᆞ야不軌를謀ᄒᆞ다가至是ᄒᆞ야事가漏洩ᄒᆞᆫ지라楨、枏及堅等을殺ᄒᆞ니、이에許積、尹鑴等도誅殺의禍를罹ᄒᆞ고金錫冑、金益勳等數人은保社勳을錄ᄒᆞ야西人이大用ᄒᆞ니閔鼎重、金錫冑ᄂᆞᆫ左右相이、되고淸南、濁南은其身을容치、못ᄒᆞ니此ᄂᆞᆫ 肅宗六年、庚申、距今二百二十七年前의大黜陟이라云ᄒᆞᄂᆞ이다

西人이南人을代ᄒᆞᆫ後에宋時烈을竄謫中으로召入ᄒᆞ니名望이一世

를傾ᄒᆞ야實로國家大老라然이나其議論이衆心에不厭ᄒᆞ니年少輩가漸々携貳ᄒᆞᄂᆞᆫ者ㅣ有ᄒᆞ고初에金益勳이右相金錫冑의意를承ᄒᆞ야金煥으로ᄒᆞ야곰許璽許瑛의變을告ᄒᆞ미事가頗히疑訝ᄒᆞ더니趙持謙、韓泰東等이益勳의罪를請ᄒᆞ고宋時烈은益勳을伸救ᄒᆞ야持謙泰東等과角立ᄒᆞᆫ지라이에金錫冑ㅣ持謙과泰東의職을罷ᄒᆞ고또吳道一과朴泰維를遠邑에遷ᄒᆞ니時에時烈은致仕ᄒᆞ야奉朝賀가되고太祖ᄭᅴ上諡ᄒᆞᆯ議를上ᄒᆞᆯᄉᆡ朴世采가몬져反對ᄒᆞ니大抵世采와尹拯은初에時烈門에遊ᄒᆞ다가拯의父宣擧ㅣ禮를論ᄒᆞᆯᄉᆡ時烈이不從ᄒᆞᆫ지라故로拯이世采와合ᄒᆞ야時烈을反對ᄒᆞ고時烈도또ᄒᆞᆫ鄕里에歸ᄒᆞ니自此로朝論이分ᄒᆞ야時烈을主ᄒᆞᄂᆞᆫ者ᄂᆞᆫ老論이오尹拯、朴世采를主ᄒᆞᄂᆞᆫ者ᄂᆞᆫ少論이되얏ᄂᆞ이다

然이나要路에居ᄒᆞᆫ者ᄂᆞᆫ다西人이오 肅宗이昭儀張氏를寵ᄒᆞ고또東平君杭(仁祖子崇善君澂의子)을愛ᄒᆞ시기過度ᄒᆞᆫ지라朴世采(吏判)南九萬(領相)呂聖齊(右相)等이諫ᄒᆞ다가九萬聖齊ᄂᆞᆫ遠竄ᄒᆞ고張氏가 景宗을生ᄒᆞ미곳東

宮을封ᄒᆞ니南龍翼(吏判)柳尙運(戶判)尹趾完(兵判)崔奎瑞(大諫)金壽興(領相)等이其早封ᄒᆞᆷ을諫ᄒᆞᆫᄃᆡ上이不聽ᄒᆞ시고張氏ᄂᆞᆫ禧嬪을封ᄒᆞ시ᄂᆞᆫ지라宋時烈이上疏ᄒᆞ야東宮封ᄒᆞᆷ을論ᄒᆞ니上이其名號가已定ᄒᆞᆫ後陳疏ᄒᆞᆷ을怒ᄒᆞ시거ᄂᆞᆯ李玄紀、南致薰、尹彬等이乘時ᄒᆞ야激勸ᄒᆞ니이에時烈은濟州에竄ᄒᆞ고金壽興은罷職ᄒᆞ고睦來善、金德遠이左右相이되야自此로南人이다시大用ᄒᆞ고吳道一、洪致祥、李師命、李翊、金益勳、李頤命、金萬重、南龍翼、閔鼎重等이或罷或竄ᄒᆞ고金壽恒은謫所에賜死ᄒᆞ니이에西人의勢力이盡去ᄒᆞ얏ᄂᆞ이다

肅宗ᄭᅴ서張氏를寵ᄒᆞ시고東宮을封ᄒᆞ신後王后閔氏를廢ᄒᆞ니領相權大運、睦來善、金德遠以下二十人이다諫ᄒᆞ고李宇鼎、李萬元、姜銑、李混等은竄黜을被ᄒᆞ니時에西人은散地에處ᄒᆞ다가閔后의廢ᄒᆞᆷ을聞ᄒᆞ고吳斗寅、朴泰輔、李世華等八十餘人이上疏諫諍ᄒᆞᆫᄃᆡ上이怒ᄒᆞ야斗寅、泰輔、世華等을親鞫ᄒᆞ실ᄉᆡ疏草ᄂᆞᆫ泰輔의所作이라鞫問을受ᄒᆞ나悲憤慷慨ᄒᆞ야더욱不可ᄒᆞᆷ을陳ᄒᆞ니上이愈怒ᄒᆞ야刑訊이極嚴ᄒᆞ

殺朴泰輔

나泰輔가少屈치아니、ᄒᆞᄂᆞᆫ지라斗寅과共히竄謫ᄒᆞ다가路에서死ᄒᆞ고其他、上疏ᄒᆞᆫ者ᄂᆞᆫ、다斥罷ᄒᆞ고上이閔氏를廢ᄒᆞ야庶人을、삼고張氏로써后位에登ᄒᆞ얏ᄂᆞ이다

殺宋時烈

先是에宋時烈이上意를忤ᄒᆞᆫ後로、브터南人의攻擊이益甚ᄒᆞ야屢次殺ᄒᆞ기를請ᄒᆞ더니至是에賜死ᄒᆞ고閔黯、李壽徵、李玄紀及許積、吳挺昌等은官爵을復ᄒᆞ고金錫冑等의保社勳을削ᄒᆞ니大抵廢后와東宮을封ᄒᆞᆫ事에南人이被罪ᄒᆞᆫ者ㅣ不無ᄒᆞ나然ᄒᆞ나此를因ᄒᆞ야西人領袖를鏖ᄒᆞ고、크게勢力이伸張ᄒᆞ얏ᄂᆞ이다

南九萬爲領相

自後五六年은南人이專혀國政을掌ᄒᆞ더니上이漸々廢后事를後悔ᄒᆞ야南人의擧動을不喜ᄒᆞ고會에西人金春澤、韓重爀等이廢后를復立코자、ᄒᆞ다가事洩ᄒᆞᆫ지라右相閔黯이大獄을興ᄒᆞ야反對徒를除코자、ᄒᆞ얏더니上이黯等을罷ᄒᆞ고南九萬少論으로、써領相을拜ᄒᆞ고其他申汝哲、尹趾完、柳尙運等을任用ᄒᆞ고、드듸여廢后閔氏의位를復ᄒᆞ고張氏의璽綬를收ᄒᆞ야禧嬪舊爵을賜ᄒᆞ시고、또宋時烈、金壽恒의官爵

改南人政

을追復ᄒᆞ고吳斗寅、朴泰輔의秩을贈ᄒᆞ고權大運、睦來善、金德遠等을竄黜ᄒᆞ고閔黯、李義徵을殺ᄒᆞ야南人의政을改ᄒᆞ얏ᄂᆞ이다

時에禧嬪張氏의弟張希載가向日禧嬪의게書를通ᄒᆞᆯ시其言에廢后閔氏씌干涉이有ᄒᆞ거ᄂᆞᆯ、이에鞫問ᄒᆞ니時論이、다希載를殺코자、ᄒᆞ거ᄂᆞᆯ南九萬、尹趾完이謂ᄒᆞ되禍가東宮에及ᄒᆞᆫ다ᄒᆞ야其罪를宥코자、ᄒᆞ더니後에希載의奴ㅣ巫蠱事를告ᄒᆞ거ᄂᆞᆯ九萬이、또窮治치、아니코자ᄒᆞ야希載를遠配ᄒᆞ얏더니其後王后閔氏가崩ᄒᆞ신後에禧嬪의巫蠱事가、또發覺ᄒᆞᄂᆞᆫ지라、이에上이禧嬪을賜死ᄒᆞ고、또希載와其他關係가有ᄒᆞᆫ宮人과巫女를誅ᄒᆞ고其族黨을遠竄ᄒᆞ시니時ᄂᆞᆫ老論이秉權ᄒᆞ얏ᄂᆞ이다

이에張氏를寬恕코자、ᄒᆞ든人을罪ᄒᆞᆯ시領相崔錫鼎을斥退ᄒᆞ고南九萬、柳尙運等도攻擊을被ᄒᆞ야、맛참ᄂᆡ竄黜ᄒᆞ더니既而오林溥及李潛이上疏ᄒᆞ야東宮에不利ᄒᆞᆷ을言ᄒᆞ니此ᄂᆞᆫ老論을禍코자、ᄒᆞᆷ이라、다鞫問ᄒᆞ야死ᄒᆞ나然ᄒᆞ나崔錫鼎은、다시入ᄒᆞ야領相이、되야久히國政을

東宮代理

肅宗崩 景宗立

執ᄒᆞ다가、맛참ᄂᆡ威權을弄ᄒᆞ고黨與ᄅᆞᆯ樹ᄒᆞ야彈劾을被ᄒᆞ고李畬가代ᄒᆞ야領相이、되고四十三年에ᄂᆞᆫ上이東宮으로、ᄒᆞ야곰政事ᄅᆞᆯ代理케、ᄒᆞ시니領樞尹趾完이力爭ᄒᆞ고、또左相李頤命의獨對ᄒᆞᆷ을論ᄒᆞ나上이、다不納ᄒᆞ시고尹趾完을斥罷ᄒᆞ고李頤命、趙泰采等을信任ᄒᆞ야其權이畢竟老論의게歸ᄒᆞ고上이在位四十六年에崩ᄒᆞ시니 景宗이嗣位ᄒᆞ셧ᄂᆞ이다

肅宗씌서政治에用心ᄒᆞ시나當時ᄂᆞᆫ禮儀의末節에拘泥ᄒᆞ야種々ᄒᆞᆫ議論이朝野에喧騰ᄒᆞ다가朋黨의爭이益甚ᄒᆞ야其初에ᄂᆞᆫ西人과南人이軋轢이最甚ᄒᆞ야黨人이一次政權을握ᄒᆞ다가數年後에ᄂᆞᆫ、또反對黨이執柄ᄒᆞ야更迭이、더욱速ᄒᆞ、더니南九萬이領相이、된後로、브터二十餘年間은西人이恒常要地에居ᄒᆞ야老、少論의紛爭으로歲月을空過ᄒᆞ얏ᄂᆞ이다

景宗이即位ᄒᆞ시나趙重遇等이上疏ᄒᆞ야禧嬪의名號ᄅᆞᆯ正코자、ᄒᆞ고尹志述은李頤命의撰進ᄒᆞᆫ 肅宗誌文에闕漏가有ᄒᆞ다、ᄒᆞ고朝論이

延礽君封東宮 東宮聽政

壬寅獄

紛然ᄒᆞ더니時에上이有病ᄒᆞ야王子誕生키ᄅᆞᆯ望ᄒᆞ시더니正言李廷熽의上疏ᄅᆞᆯ因ᄒᆞ야領相金昌集、左相李健命、判中樞趙泰采等과議ᄒᆞ야御弟延礽君(英祖)으로東宮을封ᄒᆞ고、또執義趙聖復의上疏ᄅᆞᆯ因ᄒᆞ야東宮으로、ᄒᆞ야곰聽政케ᄒᆞ니、이에少論黨이反對ᄒᆞᆯ시司直柳鳳輝가東宮、封ᄒᆞᆷ을斥論ᄒᆞ고右相趙泰耇ᄂᆞᆫ代理ᄅᆞᆯ誹論ᄒᆞ며崔錫鼎(左贊)、趙泰億(叅戶)、李光佐(司直)、朴泰恒(副司直)等도相繼論爭ᄒᆞ며至於承旨金一鏡은金昌集을論斥ᄒᆞ기最甚ᄒᆞ거ᄂᆞᆯ 景宗이、드ᄃᆡ여金昌集、李健命、趙泰采、李頤命(領中樞)等을遠竄ᄒᆞ고趙泰耇ᄂᆞᆫ領相을拜ᄒᆞ고崔奎瑞、崔錫鼎은左右相을拜ᄒᆞ얏ᄂᆞ이다

時에宮人과宦官이東宮을謀害코자、ᄒᆞ다가不果ᄒᆞ더니睦虎龍이、또上變ᄒᆞ되李頤命을推戴ᄒᆞᆫ다、ᄒᆞ거ᄂᆞᆯ、이에李頤命、金昌集、李健命、趙泰采가謀逆ᄒᆞ얏다、ᄒᆞ야殺ᄒᆞ고白望、鄭麟重、金龍澤、李天紀等數十人을誅竄ᄒᆞ고其他、連累로被罪ᄒᆞᆫ者ㅣ甚多ᄒᆞ니此ᄅᆞᆯ謂ᄒᆞ되壬寅獄이오、이·에睦虎龍은扶社勳에錄ᄒᆞ고少論이要路에居ᄒᆞ야老論을攻擊ᄒᆞ

景宗崩英祖立

야其黨을竄逐ᄒᆞ고其施設을改ᄒᆞ얏ᄂᆞ이다

景宗이在位四年에崩ᄒᆞ시고東宮이即位ᄒᆞ시니、곳 英祖라卽位初에柳鳳輝、李光佐、趙泰億으로政丞을拜ᄒᆞ셧더니幼學李義淵等이上疏ᄒᆞ야盛히少論을攻擊ᄒᆞ고少論은、또老論을排斥ᄒᆞ나上이深히黨派의弊를察ᄒᆞ야李義淵及金一鏡은兩黨中에偏執이最甚ᄒᆞᆫ故로鞫問ᄒᆞ실ᄉᆡ一鏡이睦虎龍과同情의迹이有ᄒᆞᆫ지라、드ᄃᆡ여虎龍을鞫ᄒᆞ다가徑斃ᄒᆞ거ᄂᆞᆯ上이、々에一鏡을刑ᄒᆞ고、또其黨李天海、尹就商、李師尙을殺ᄒᆞ시고柳鳳輝、李光佐、趙泰億等을竄黜ᄒᆞ고金昌集、李頤命、李健命、趙泰采의官을復ᄒᆞ고其他、壬寅獄에寃死ᄒᆞᆫ人은爵秩을贈ᄒᆞ고鄭澔、閔鎭遠、李觀命을拜相ᄒᆞ야、크게老論을用ᄒᆞ더니旣而오、다시李光佐、趙泰億을拜相ᄒᆞ고鄭澔、閔鎭遠을黜ᄒᆞ시더니四年、距今一百七十九年前에金一鏡의餘黨李麟佐가忠淸道에서擧兵ᄒᆞ야宗室密豊君坦을推戴ᄒᆞᆫ다、ᄒᆞ고鄭希亮은慶尙道에、서起兵ᄒᆞ야此로援ᄒᆞ고平安兵使李思晟과禁軍別將南泰徵等이表裏로應ᄒᆞᆯᄉᆡ忠淸兵使李鳳祥

用老論

李麟佐擧兵

과營將南延年을襲殺ᄒᆞ고北上ᄒᆞ야安城에至ᄒᆞ거ᄂᆞᆯ兵判吳命恒으로、써都巡撫使를拜ᄒᆞ야討平ᄒᆞ얏ᄂᆞ이다

後에東宮의巫蠱事를因ᄒᆞ야李麟佐의餘黨鄭思孝等을誅ᄒᆞ고、또李光佐를罷ᄒᆞ고趙泰耉、柳鳳輝等官爵을追奪ᄒᆞ고三十一年에ᄂᆞᆫ尹就商의子、尹志와李夏徵等이謀逆ᄒᆞ거ᄂᆞᆯ誅ᄒᆞ니凡 景宗以來數十年間에黨爭이連綿、不絕ᄒᆞ얏ᄂᆞ이다

禁士人論朝政及上疏

自此로士人이朝政을議論ᄒᆞᄂᆞᆫ者를禁ᄒᆞᆯᄉᆡ風化에關ᄒᆞᆫ者와、밋先師事에關係가、아닌者를禁ᄒᆞ고、또老、少論의紛爭을調停ᄒᆞ나其實効가無ᄒᆞ고、오작政治와學問上에可觀ᄒᆞᆯ者ㅣ有ᄒᆞ얏ᄂᆞ이다

英祖政治

英祖ㅣ셔서賢明ᄒᆞ사節儉을尙ᄒᆞ고奢侈를禁ᄒᆞ며農桑을勸ᄒᆞ고田租를減ᄒᆞ고松林濫伐을禁ᄒᆞ고均役法을行ᄒᆞ고奴婢의貢을罷ᄒᆞ고巫覡淫祠를禁ᄒᆞ고學問을勸ᄒᆞ고節義를勵ᄒᆞ고忠良科를設ᄒᆞ고、더욱刑獄에留心ᄒᆞ야壓膝과剪刀、周牢、烙刑、刺字、亂杖、亂問等酷法을除ᄒᆞ고全家徙邊을改ᄒᆞ야杖、徒가、되고申聞鼓法을復設ᄒᆞ야人民의寃枉

法典纂輯

大典通編

英祖正祖時纂輯書籍

이無케ᄒ얏ᄂ이다

正祖ᄭᅴ서ᄂ 英祖의孫으로卽位ᄒ사農事를勸ᄒ고饑荒을賑ᄒ며忠臣子孫을錄用ᄒ고、또欽恤典則을作ᄒ야刑具制에、더욱留意ᄒ시고、또經國大典은 世祖時에已定ᄒ얏스나因革과損益이有ᄒ고 成宗은續錄이有ᄒ고 中宗은後續錄이有ᄒ고 肅宗은受教輯錄과典錄通考가有ᄒ나、다各々一書가、되야不便ᄒ지라、이에 英祖ᄭᅴ서ᄂ金在魯等을命ᄒ야續大典等을撰ᄒ더니、또原典과續典의篇帙이異ᄒ지라故로 正祖ᄭᅴ서、다시金致仁等을命ᄒ야統히一篇을作ᄒ고、또增補ᄒ야大典通編이、되니自此로頗히面目이一變ᄒ얏ᄂ이다

英祖、正祖ᄭᅴ서、다學問을好ᄒ사儒臣으로、ᄒ야곰諸書를纂輯ᄒ고英祖ᄂ肅廟寶鑑、祖鑑、小學訓義、春官志、續兵將圖說、續五禮儀、續五禮儀補、喪禮補編、國朝樂章、勘亂錄、闡義昭鑑、同諺解、文獻備考、皇華集、續光國志、慶錄等을纂ᄒ시고 正祖ᄂ兵學通、明義錄、明義錄諺解、續明義錄、續明義錄諺解、國朝寶鑑、奎章閣志、秋官志、典律通編、日省錄、日得錄、羹墻錄、文苑黼黻、同文彙攷、奎章全韻、尊周彙編、決訟類抄、武藝圖譜通志、樂通、朱書百選、協吉通義等이有ᄒ다 또自撰이甚多ᄒ니大抵儒生과

朝鮮第二回振興

英祖封東宮

學士의編著가此時로、써最盛ᄒ다稱ᄒ고、또朝鮮의文化ᄂ 成宗時에至ᄒ야極히發達ᄒ고其後衰運에趨ᄒ다가日本入寇及滿洲入寇흠을被ᄒ後로、더욱萎微、不振ᄒ더니 肅宗時에漸々回復ᄒ고 英祖、正祖時에至ᄒ야、다시隆盛ᄒ域에致ᄒ니此ᄂ實로第二回振興이오이다

英祖ᄭᅴ서在位ᄒ신지五十二年에崩ᄒ시니李氏歷代以來로踐祚ᄒ시기最長이오諸大君이、다早卒흠으로、써 正祖ᄭᅴ서 莊祖皇帝追崇英祖子의第二子로서東宮을封ᄒ시니東宮이甚히聰明ᄒ신지라

英祖ᄭᅴ서甚히愛撫ᄒ사謂ᄒ야曰、今日時勢ᄂ恰然히北宋時와如ᄒ야熙豊의黨이伺隙ᄒᄂ니汝가警戒ᄒ라、ᄒ시나然이나一面에ᄂ黨派의軋轢이甚ᄒ고一面에ᄂ文化의進步가日盛ᄒ야果然北宋과髣髴ᄒ지라然이나其黨派의紛爭으로慘酷殘虐흠은宋보다尤甚ᄒ얏ᄂ이다

英祖ᄭᅴ서東宮으로、ᄒ야곰聽政케、ᄒ실ᄉᆡ左相洪麟漢이沮害ᄒ니麟

東宮聽政

漢은鳳漢(東宮外祖)의弟라然이나貪暴、無識흠으로、써東宮씌서鄙視ᄒᆞ얏더니故로東宮을怨望ᄒᆞᆯ식時에鄭厚謙(英祖外孫이오日城尉致達의子)이宮中에在ᄒᆞ야威福을擅ᄒᆞ거ᄂᆞᆯ麟漢이厚謙을締結ᄒᆞ야東宮을傾危코자ᄒᆞ나謀가不行ᄒᆞ고東宮이聽政ᄒᆞ시니、또沈翔雲이麟漢、厚謙等의게附ᄒᆞ야東宮의羽翼을網打코자、ᄒᆞ다가翔雲이竄逐을被ᄒᆞ고東宮이即位ᄒᆞ시니곳 正祖皇帝오이다

正祖皇帝立

正祖씌서即位後에洪麟漢과鄭厚謙을殺ᄒᆞ시고其黨洪相簡、洪啓能을誅竄ᄒᆞ시고、또上이東宮에在ᄒᆞ실時에恐動과危逼이日甚ᄒᆞ거ᄂᆞᆯ宮僚洪國榮과李鎭衡等이百方으로保護ᄒᆞᆫ지라、이에別로히宿衛所ᄅᆞᆯ設ᄒᆞ고洪國榮으로、써大將을拜ᄒᆞ야禁旅ᄅᆞᆯ率ᄒᆞ고直宿케、ᄒᆞ시며幷히政權을附予ᄒᆞ시니此ᄂᆞᆫ世道의始初오이다

洪國榮拜大將世道始初

大抵世道라、흠은我國俗語니、곳政權을握ᄒᆞᆫ다、흠이오凡臣僚及民間情狀을聽흠이니大抵人主가直히庶政을接ᄒᆞ면君權이凌夷ᄒᆞᆯ가恐ᄒᆞ야、이에世道ᄅᆞᆯ置ᄒᆞ야申奏케、흠이라故로其人이卑官散職이라도

實權을執ᄒᆞ면宰相以下가、다其人의命을聽ᄒᆞ고軍國機務와百官狀奏도、다世道의게先咨ᄒᆞᆫ後。上씌奏ᄒᆞ고上이、또ᄒᆞᆫ世道人의게諮問ᄒᆞ야決ᄒᆞᄂᆞᆫ故로其威福과與奪이此人의게在ᄒᆞ니、곳一國을擧ᄒᆞ야世道ᄅᆞᆯ奉事ᄒᆞ기神明과如ᄒᆞ더니洪國榮이世道ᄅᆞᆯ秉ᄒᆞᆫ後、權勢ᄅᆞᆯ擅ᄒᆞ기鄭厚謙보다甚ᄒᆞᆫ지라故로世人이大厚謙이라稱ᄒᆞ다가旣而오國榮이廢黜ᄒᆞ고其後에、드ᄃᆡ여外戚이世道ᄅᆞᆯ執ᄒᆞ얏ᄂᆞ이다

洪國榮廢黜

正祖時에ᄂᆞᆫ前朝餘風을承ᄒᆞ야老論이恒常勢力을得ᄒᆞ얏스나其先賢을追崇ᄒᆞ고致祭及贈官흠은黨派ᄅᆞᆯ不問ᄒᆞ니時에上이寢室에題ᄒᆞ시되蕩々平々室이라、ᄒᆞ시니此ᄂᆞᆫ人才ᄅᆞᆯ拔用ᄒᆞ며、또保合과調停을務흠이라然이나其幾가、오히려不祛ᄒᆞ니大抵黨派의爭이 宣祖以來로斷絶치、아니ᄒᆞ고因ᄒᆞ야大臣의更迭이頻繁ᄒᆞᆫ故로政治實權이吏胥에在ᄒᆞ야操縱과伸縮이其手에出ᄒᆞ고賄賂盜竊이、또行ᄒᆞ야弊害가頗多ᄒᆞ더니外戚이世道ᄅᆞᆯ執ᄒᆞᆫ後로弊害가更加ᄒᆞ얏ᄂᆞ이다

政治實權常在吏胥

然이나時에、또書院과黨派의害가幷行ᄒᆞ더니、밋興宣大院君이執權

時를當ᄒᆞ야ᄂᆞᆫ大北은已盡ᄒᆞ얏스나、오히려老論、少論、南人、少北四黨이有ᄒᆞᆫ中에老論이最盛ᄒᆞ고其次ᄂᆞᆫ少論과南人이오小北은微弱ᄒᆞ더니大院君이書院을毁撤ᄒᆞ고儒生을逐ᄒᆞ며用人ᄒᆞ기黨派를不拘ᄒᆞ니自此로舊來黨派名目이太半이나減ᄒᆞ얏ᄂᆞ이다

大院君用人不拘黨派

外戚及宗親의秉權

太宗ᄭᅴ서深히外戚의患을慮ᄒᆞ야豫防이甚ᄒᆞ시더니其後 明宗이幼冲ᄒᆞ심으로母后가一次聽政ᄒᆞ야外戚의秉權ᄒᆞᆫ者ㅣ有ᄒᆞ나其後에ᄂᆞᆫ鉅害가不多ᄒᆞ얏고 英祖晩年에戚臣의執權을警戒ᄒᆞ얏스나當時에오히려其漸이有ᄒᆞ고其後 正祖가在位ᄒᆞ신지二十四年에崩ᄒᆞ시고 純祖ᄭᅴ서卽位ᄒᆞ시니年이十一이라知事金祖淳이 正祖의遺詔를受ᄒᆞ야幼主를輔ᄒᆞᆯ새貞純王后金氏(英祖后)ᄭᅴ서聽政ᄒᆞ시더니既而오祖淳의女ㅣ王后가되시고貞純王后ᄭᅴ서ᄂᆞᆫ數年後에歸政ᄒᆞ셧스나自此로外戚이漸々用事ᄒᆞ얏ᄂᆞ이다

正祖崩純祖立

先是에 莊祖의子恩彦君裀이金龜柱의誣毁를因ᄒᆞ야死ᄒᆞᆫ지라其

後龜柱를逆律로追施ᄒᆞ미徵討와誅殺이行ᄒᆞ고、또距今九十六年前에關西賊、洪景來가黨을聚集ᄒᆞ야定州城을據ᄒᆞ고四面으로刼掠ᄒᆞ거ᄂᆞᆯ、이에李堯憲으로、써巡撫使를拜ᄒᆞ야征討ᄒᆞ니賊勢가甚히猖獗ᄒᆞ야逾年에僅히平定ᄒᆞ니此ᄂᆞᆫ、다外戚朋黨의弊로由ᄒᆞᆷ이오이다

東宮代理

純祖二十七年에上이東宮을命ᄒᆞ야政事를代理케、ᄒᆞ시니東宮이仁明ᄒᆞ시고學을好ᄒᆞ야賢君이라稱ᄒᆞ더니四年에薨ᄒᆞ시거ᄂᆞᆯ上이不得已다시聽政ᄒᆞ시다가上이崩ᄒᆞ시니、이에 憲宗(純祖의孫이오東宮의子라)이卽位ᄒᆞ사東宮을追尊ᄒᆞ야 翼宗이라、ᄒᆞ시고母后趙氏ᄭᅴ서皇太后가되시니時ᄂᆞᆫ純祖三十四年이오이다

純祖崩憲宗立

憲宗ᄭᅴ서卽位時에年이八歲라純元王后金氏(純祖后)ᄭᅴ서、또ᄒᆞᆫ聽政ᄒᆞ신지六年에撤簾ᄒᆞ시나然이나政權이恒常母后와外戚에在ᄒᆞ고

純元皇后聽政

憲宗ᄭᅴ서在位十五年에崩ᄒᆞ시니壽가僅히二十三이라嗣續이無ᄒᆞ거ᄂᆞᆯ純元皇太后ᄭᅴ서大臣을會ᄒᆞ야繼統을議ᄒᆞ실새領相鄭元容이全溪君壙(英祖의孫恩彦君裀의子)의第三子를迎立고자、ᄒᆞ고左相權敦仁은都正

憲宗崩

李夏銓을立고자ᄒᆞ야議論이不決ᄒᆞ더니旣而오元容이純元皇太后의內旨를奉ᄒᆞ야 哲宗을江華로셔迎入ᄒᆞ야立ᄒᆞ니時에全溪君은已卒ᄒᆞ고家가甚貧ᄒᆞ야親히田을耕ᄒᆞ고屨를織ᄒᆞ다가元容이來迎홈을見ᄒᆞ고擧家가驚懼ᄒᆞ야敢히上途치못ᄒᆞ거늘元容이皇太后의旨意를懇諭ᄒᆞ야迎入ᄒᆞ니此는 哲宗이오이다

哲宗立

哲宗이卽位ᄒᆞ사全溪君을追封ᄒᆞ야大院君이라ᄒᆞ시고金汶根의女ㅣ后가되시고汶根은永恩府院君이되야大政을協贊ᄒᆞ고純元皇太后ᄭᅴ셔聽政ᄒᆞ실ᄉᆡ萬機를汶根의게決ᄒᆞ니이에汶根의姪炳國은訓鍊大將이오炳學은大提學이오炳冀는左贊成이오外姪南秉哲은承旨라金氏의權이內外를傾ᄒᆞ고南氏도또ᄒᆞᆫ權이有ᄒᆞ더니旣而오炳冀가秉哲로ᄡᅥ全羅監司를拜ᄒᆞ니此는兩間에嫌忌가有홈이라然이나秉哲이다시入ᄒᆞ야直提學이되믹諸金氏와不和ᄒᆞ나오직汶根이世道의主人이된故로 哲宗의世가終토록金氏가政權을執ᄒᆞ고秉哲도또ᄒᆞᆫ榮位를不失ᄒᆞ얏ᄂᆞ이다

金氏權傾內外

諸金氏爭辨東宮未定

哲宗ᄭᅴ셔五男六女를生ᄒᆞ시나다早卒ᄒᆞ고오직一女뿐이라(朴泳孝의게嫁ᄒᆞ다)宗族中에賢者를擇ᄒᆞ야東宮을封코자ᄒᆞᆯᄉᆡ諸金氏가爭辨ᄒᆞ야議論이不決ᄒᆞ더니會에人이謀反ᄒᆞᆫ다稱ᄒᆞᄂᆞᆫ者ㅣ有ᄒᆞ야其事가李夏銓의게連累ᄒᆞᆫ지라이에首謀者ᄂᆞᆫ車裂ᄒᆞ고夏銓은賜死ᄒᆞ니大抵夏銓은向者權敦仁이迎立코자ᄒᆞᆫ故로事가蔓延ᄒᆞ야此에及홈이오世人이冤枉ᄒᆞ다稱ᄒᆞᄂᆞ이다

支那國難影響

時에支那에셔ᄂᆞᆫ英佛이聯合ᄒᆞ야北京을攻ᄒᆞ니淸兵이大敗ᄒᆞ야文宗弈詝가熱河로逃亡ᄒᆞ니朝鮮이此事를聞ᄒᆞ고大驚ᄒᆞ야或은上疏ᄒᆞ되隣國의兵亂과西敎信徒의異圖와佛兵의來襲等이目下憂患이니速히此事를講究홈이可타ᄒᆞ더니旣而오露國이滿洲東部數千里地를割取ᄒᆞ니이에朝鮮으로브터豆滿江을隔ᄒᆞ야境土가相接ᄒᆞᆫ지라自此로外戚大臣等이크게恐懼ᄒᆞ야곳侵掠을被ᄒᆞᆯ가慮ᄒᆞ나然이나權勢의爭奪은依然ᄒᆞ얏ᄂᆞ이다

哲宗崩

哲宗이在位ᄒᆞ신지十四年에崩ᄒᆞ시고嗣子가無ᄒᆞᆫ지라이에神貞翼

今上即位承翼祖皇統

神貞皇后垂簾

皇后趙氏(文祖翼皇帝의后)ᄭᅴ셔諸大臣과會議ᄒᆞ사興宣君(昰應)의第二子로迎立ᄒᆞ사 翼祖의皇統을承케ᄒᆞ시니、곳今 大皇帝陛下시라 神貞翼皇后ᄭᅴ셔玉座後에垂簾ᄒᆞ시고國政을同聽ᄒᆞ시니上의時年이十二오距今四十四年前、癸亥오이다

待大院君以不臣禮

大院君協贊大政

上이即位ᄒᆞ시니趙后(神貞翼皇后)ᄂᆞᆫ大王太后가、되시고洪后ᄂᆞᆫ王太后가되시고金后ᄂᆞᆫ太后오、이에興宣君을封ᄒᆞ야大院君이라、ᄒᆞ고母夫人閔氏ᄂᆞᆫ府大夫人이오興宣君邸ᄂᆞᆫ號曰雲峴宮이오翼皇后ᄭᅴ셔下詔ᄒᆞ사大院君을不臣禮로待ᄒᆞ고上이每月初에一次雲峴宮에往覲ᄒᆞ신다ᄒᆞ니此ᄂᆞᆫ政事에干預치、아니케ᄒᆞᆷ이라既而오趙斗淳이駁論ᄒᆞ야、다시趙后詔命을下ᄒᆞ야曰、嗣王이年幼ᄒᆞ고國事가多艱ᄒᆞ나大院君이大政을協贊ᄒᆞ고其儀節은諸大臣과同ᄒᆞ나、오작上前에趨拜와稱名이無케、ᄒᆞ라ᄒᆞ고、또命ᄒᆞ야百官有司로、ᄒᆞ야곰大院君의指揮를聽ᄒᆞ라ᄒᆞ고、또三軍營의兵勇을選ᄒᆞ야護衛ᄒᆞ며籃輿를乘ᄒᆞ고闕門에入케ᄒᆞ니、이에政權이全혀大院君의게歸ᄒᆞ야金氏의權이漸替ᄒᆞ

宗室許赴科及干涉朝政

얏ᄂᆞ이다

또朝鮮은古來브터宗室이科擧에赴치、못ᄒᆞ고、또朝政을干涉지、못ᄒᆞᄂᆞᆫ지라然이나向者 世祖ᄭᅴ셔即位前에領議政이、되셧고其後에ᄂᆞᆫ龜城君浚(世宗孫)이將相을兼ᄒᆞ얏스나浚이誅ᄒᆞᆫ後에防禁이益密ᄒᆞ더니大院君에至ᄒᆞ야實로破格이、되얏ᄂᆞ이다

大行黜陟

大院君이政權을握ᄒᆞ민大히朝官을變更ᄒᆞᆯ셰趙斗淳으로領議政을拜ᄒᆞ고金炳學은右議政이오李宜翼、鄭基世、金世均은吏、兵、戶(三曹)判書가、되고李升輔ᄂᆞᆫ宣惠堂上이오李景夏ᄂᆞᆫ訓鍊大將이오李漳濂은禁衛大將이오李景宇ᄂᆞᆫ御營大將이오李邦鉉은總戎使오申命純은右捕盜大將이、되얏ᄂᆞ이다

重建景福宮

大院君이新事業을立고자、ᄒᆞ야景福宮을重建ᄒᆞ니景福宮은 太祖時에營建ᄒᆞᆫ者오壬辰亂에灰燼이、되얏더니 憲宗이重建코자、ᄒᆞ다가工費가巨大ᄒᆞᆫ지라、이에內帑을私蓄ᄒᆞ야數百萬兩에及ᄒᆞ더니至是에大院君이其志를成코자、ᄒᆞ야重修ᄒᆞᄂᆞᆫ令을下ᄒᆞᆯ셰田一結에錢

移御新宮

制度大改革

一百文을飮ᄒᆞ니名曰結頭錢이오李景夏로營建都監提調를拜ᄒᆞ야其事를董ᄒᆞ나然ᄒᆞ나新宮이未成에財力이已乏ᄒᆞᆫ지라이에人民으로ᄒᆞ야곰錢을納ᄒᆞ니名曰願納이라ᄒᆞ고맛참ᄂᆡ新宮이成ᄒᆞ거ᄂᆞᆯ다시六曹衙門及諸官舍를修ᄒᆞ고　大皇帝ᄭᅴ셔即位ᄒᆞ신지四年에移御ᄒᆞ섯ᄂᆞ이다

大院君이이에國政을一新코자ᄒᆞ야크게制度를改ᄒᆞᆯᄉᆡ備邊司를廢ᄒᆞ고三軍府를設ᄒᆞ야現任將相으로ᄒᆞ야곰兼任케ᄒᆞ고江華府를陞ᄒᆞ야鎭撫營이라ᄒᆞ고壯勇을募ᄒᆞ야別驍士라ᄒᆞ야其營에屬ᄒᆞ고咸鏡道北邊에茂山厚州等四郡을置ᄒᆞ고人民을徙ᄒᆞ야開拓ᄒᆞ고또武臣의乘轎를禁ᄒᆞ야公私出入에다馬를乘ᄒᆞ며또滿洲로셔馬匹을購來ᄒᆞ야富民으로ᄒᆞ야곰一二匹式畜케ᄒᆞ고大典會通을修ᄒᆞ야　正祖以來의敎式을補輯ᄒᆞ고春官通考千餘卷을校正ᄒᆞ야本朝故事를撰集ᄒᆞ고衣服의制를改ᄒᆞ고官妓娼妓의風俗을矯正ᄒᆞ얏ᄂᆞ이다

毁書院逐院儒

大院君이貧困中에셔長ᄒᆞ야閭巷事情을通ᄒᆞᄂᆞᆫ지라書院의弊가多

ᄒᆞ고儒生이跋扈强梁ᄒᆞ야人民을侵虐ᄒᆞ거ᄂᆞᆯ곳下令ᄒᆞ야各道書院을毁ᄒᆞ고院儒를逐ᄒᆞᆯᄉᆡ不從者ᄂᆞᆫ殺ᄒᆞᆫ다ᄒᆞ니士族等이大驚ᄒᆞ야闕門에詣ᄒᆞ야呼籲ᄒᆞᄂᆞᆫ者ㅣ數萬人이되고

既而오또諫ᄒᆞᄂᆞᆫ者ㅣ有ᄒᆞ야曰先賢의祀를尊崇ᄒᆞ야士氣를培養ᄒᆞᆯ지라書院毁撤令을收回ᄒᆞ라ᄒᆞᆫᄃᆡ大院君이大怒曰民人의게害되ᄂᆞᆫ事ᄂᆞᆫ비록先儒가復生ᄒᆞ야도吾ㅣ容恕치아니ᄒᆞᆯ것거든況書院은先儒를祀ᄒᆞᆫ다稱ᄒᆞ고盜賊의淵藪가된者니엇지容留ᄒᆞ리오ᄒᆞ고드ᄃᆡ여刑曹及漢城府의兵卒을令ᄒᆞ야闕門에集ᄒᆞᆫ儒生을江外에驅逐ᄒᆞ고各道書院一千餘處를一時에毁撤ᄒᆞ고또密使를八道에發遣ᄒᆞ야士族의虐民者ᄂᆞᆫ其身을罪ᄒᆞ고其産을籍沒ᄒᆞ니이에士族과儒生의跋扈ᄒᆞᄂᆞᆫ氣習이一變ᄒᆞ고또當時에老論少論南人少北四黨이有ᄒᆞ나大院君의用人ᄒᆞᆷ이黨派를不拘ᄒᆞ야四黨의名은有ᄒᆞ되其實은舊習이太半이나變ᄒᆞ얏ᄂᆞ이다

用人不拘黨派

또其他元來에忠勳人子孫의身布를免除ᄒᆞ든法을廢ᄒᆞ야다納布케

고、또八道監司를命야士族외租稅欠缺을徵케、고地方官吏의賄賂를禁셔其甚者鐘路에서决杖니大抵大院君의行政이瑕와瑜가相叅야得失이居半이오其剛毅果决故로嚴厲가亦甚고顧忌가少無지라故로令이行고禁면止셔此獨히內政에만然뿐、아니라外國에對야도亦然얏니이다

歐米及淸日의關係

天主敎傳來原因

朝鮮이歐、米各國과關係가生事를言면其初에天主敎의傳播라、이에其敎徒를殺戮기屢次오至於歐、米人과交戰도、다大院君의决心이오이다

朝鮮의天主敎가其始未詳나大抵、支那明末에西人利瑪竇等이支那에入際에朝鮮使臣이支那로、브터還야盛히西人의學術、工藝를稱道야上疏지라其根源이此에서起얏니이다

其後 正祖時에李家煥、李承薰、丁若鍾等은、다一時名儒로、다만其敎에染얏다、야坐死고丁若鏞은若鍾의𢙣라被謫、不服다가康

津에竄니若鏞은聰悟가絶人야九流百家에無所不通이오經濟學에尤深야本朝五百年來에第一名儒라、니이다

禁使臣購西書 焚西書

自此로西敎가漸行더니 正祖十年、距今一百二十一年前에西敎의害를受가恐야燕京에往使臣을申飭야其書를不購케고十五年에西書를焚고西敎를奉者或刑、或喩야禁制얏고

鋤治西敎徒

純祖元年、距今一百六年前에其敎가、크게滋蔓지라、이에盡力鋤治야諸道로、야곰每月에登聞케、셔時에黃嗣永이라、는人이其敎를深信야淸國蘇州人周文謨를邀入거늘其外國力을假야謀逆다稱고文謨를斬니大抵、此等은、다支那로브터再傳고歐洲宣敎師가朝鮮에入은其後 憲宗時오이다

佛國宣敎師始入京城

憲宗初、距今七十二年前以來로佛國天主敎의僧侶三人이義州地方으로서京城에竊入야宣敎에從事고、또朝鮮少年三人을支那澳門에遣야留學게、니信徒가漸盛지라朝廷이、크게憎惡야五年、距今六十八年前에佛國僧侶三人과信徒百五十餘人을殺나

大殺敎徒數百

然ᄒᆞ나其後에敎師等이오히려千辛萬苦를犯ᄒᆞ고來ᄒᆞ야傳敎ᄒᆞᄂᆞᆫ者ㅣ不絶ᄒᆞ고向者澳門에留學ᄒᆞ든崔某ᄂᆞᆫ 憲宗末에回來ᄒᆞ야國文으로써數種敎書를飜譯ᄒᆞ야印刷頒布ᄒᆞ고 哲宗時에ᄂᆞᆫ더옥增加ᄒᆞ야二萬人에達ᄒᆞ얏ᄂᆞ니라

大殺敎徒數千人

今皇帝陛下時에ᄂᆞᆫ宮內乳母朴氏와承旨南鍾三과洪鳳周李身逵等이天主敎를尊信ᄒᆞᆫ지라鍾三은佛國敎師張敬一等을其家에延至ᄒᆞ더니會에露國軍艦一隻이元山에來ᄒᆞ야通商을求ᄒᆞ거ᄂᆞᆯ鍾三等이好機가至ᄒᆞ얏다ᄒᆞ고大院君ᄭᅴ言ᄒᆞ되英佛을結ᄒᆞ야露國을防禦ᄒᆞ소셔ᄒᆞ니大院君이佯히許諾ᄒᆞ고心腹을遣ᄒᆞ야其情을探知ᄒᆞᆫ다가外國人의藏匿ᄒᆞᆷ을知ᄒᆞ고곳左捕廳에命ᄒᆞ야鍾三鳳周身逵等과밋佛人을捕ᄒᆞ야虐殺ᄒᆞ고또國內信徒數千人을捕戮ᄒᆞ얏ᄂᆞ니라

佛艦來寇

距今四十二年前丙寅에佛國人(릐데루)가逃難ᄒᆞ야忠淸道內浦로셔英國船을乘ᄒᆞ고淸國芝罘를經ᄒᆞ야天津에在ᄒᆞᆫ佛國水師提督盧淸의게告ᄒᆞ니盧淸ㅣ이에支那에駐劄ᄒᆞᆫ代理公使(뻬로비)의命으로軍

艦七隻에陸戰隊六百人을率ᄒᆞ고來犯ᄒᆞ야江華島를陷ᄒᆞ니留守李寅夔와通津府使李公濂은棄城ᄒᆞ야走ᄒᆞ고前判書李是遠은飮藥ᄒᆞ야死ᄒᆞ니이에朝野가大震ᄒᆞᄂᆞᆫ지라

佛軍敗走

大院君이八道에傳檄ᄒᆞ야兵勇을徵ᄒᆞ고李景夏로巡撫使를拜ᄒᆞ야府를京城에開ᄒᆞ고몬져中軍李元熙와千摠梁憲洙等을遣ᄒᆞ야防禦ᄒᆞᆯ시時에佛軍이江都本營을據ᄒᆞ고每日遊兵을出ᄒᆞ야各地方을抄掠ᄒᆞ거ᄂᆞᆯ憲洙가江界精砲五千을率ᄒᆞ고鼎足山城(江華)에셔佛兵을奮擊大破ᄒᆞ니佛兵의死傷이過半이라佛將이大沮ᄒᆞ야곳城을焚ᄒᆞ고支那로走ᄒᆞ얏ᄂᆞ니라

立斥和碑于鍾路

大院君이이에一石碑를鍾路에立ᄒᆞ야曰洋夷가侵犯에非戰則和니主和면賣國이라ᄒᆞ니此ᄂᆞᆫ永히洋人과勿和ᄒᆞᆫ意오또墨工을命ᄒᆞ야墨面에以上十二字를印記ᄒᆞ고더옥武備를修ᄒᆞ고巨砲를製ᄒᆞ고砲臺를沿海各處에築ᄒᆞ더니其後壬午軍變後에毁撤ᄒᆞ얏ᄂᆞ니라

後에獨佛米三國人이共謀ᄒᆞ야牙山灣으로上陸ᄒᆞ야德山(忠淸道)의大

獨佛米三國人發掘墓所

院君先墓를發掘ᄒ다가未果ᄒ고去ᄒ니自此로大院君이더욱西敎徒를憎惡ᄒ야其徒를益殺ᄒ고또佛國이來寇ᄒᆫ後二年戊辰에米國船一隻이平壤大同江에至ᄒ거ᄂᆞᆯ土人이掩擊ᄒ야其船을焚ᄒ고船手를殺ᄒ니時에米國은이믜日本과條約을結ᄒ얏고後에또朝鮮을開化ᄒ다ᄂᆞᆫ議論이漸盛ᄒ다가드듸여支那駐剳公使魯와및亞細亞艦隊司令長官路子周로ᄒ야곰軍艦五隻을率ᄒ고日本長崎(此時長崎ᄂᆞᆫ米艦隊根據地라)에셔發ᄒ야江華에入ᄒ야測量船이漢江에溯至ᄒ니此ᄂᆞᆫ貿易條約을結코자ᄒᆷ이라大院君이鎭撫中軍魚在淵을命ᄒ야廣城津에셔大破ᄒ고또其二艦을破ᄒ얏스나畢竟美兵의襲擊을被ᄒ야我軍이潰散ᄒᄂᆞᆫ지라在淵이數十人을殺ᄒ고死ᄒ니時에美艦의兵力이微少ᄒ야進犯치못ᄒᆫ지라條約을商議치못ᄒ고支那芝罘로班師ᄒ니此ᄂᆞᆫ八年辛未距今三十六年前이오이다

砲擊米艦

誅戮西敎徒爲二十餘萬人

大院君이再次佛米二國軍艦을擯斥ᄒ고自此로歐米外國을侮ᄒ기尤甚ᄒ고또西敎徒를殺ᄒ니其政權을執ᄒᆫ지十年間에西敎人의死

者가二十餘萬人이라ᄒᄂᆞᆫ이다

閔氏爲后

大院君의勢力이內外에震動ᄒ기十年이되더니其後에閔氏와軋轢이生ᄒ니初에　陛下即位三年距今四十一年前에后를立코자ᄒ실새府大夫人의弟閔升鎬가其族閔(致祿)의게出繼ᄒ니(致祿)의女ㅣ書史를通ᄒ야聲譽가有ᄒ시거ᄂᆞᆯ大院君이神貞皇后ᄭᅴ薦ᄒ야閔氏를迎入ᄒ니卽明成皇后오父親을追封ᄒ야驪興府院君이오其後六七年에政事가紊亂ᄒ야人民의怨이多ᄒᆫ지라이에閔升鎬趙寧夏等이上ᄭᅴ親政ᄒ심을奏請ᄒ더니會에崔益鉉等이大院君의失政ᄒᆫ事를痛論ᄒ거ᄂᆞᆯ大院君이怒ᄒ야右議政朴珪壽와議論ᄒ니珪壽ㅣ또ᄒᆫ還政ᄒᆷ을勸ᄒᄂᆞᆫ지라大院君이怒ᄒ야德山에往居ᄒ거ᄂᆞᆯ上이곳迎入ᄒ시나政權은이믜閔氏의게歸ᄒ야大院君의勢力이全去ᄒ고또日本關係도大院君의失勢ᄒᆷ을因ᄒ야비로소條約을結ᄒ얏ᄂᆞᆫ이다

大院君失勢

日本이距今三百年前에德川家康이執政初브터朝鮮과久히使聘을通ᄒ더니및日本이歐米諸國과講和ᄒᆫ後에ᄂᆞᆫ朝鮮이日本을疑ᄒ야

交聘始絕

交聘의儀가始絕ᄒᆞ다가日本이維新初에宗重正으로、ᄒᆞ야곰國書를持ᄒᆞ고朝鮮에來ᄒᆞ야舊好를修코자、ᄒᆞ거ᄂᆞᆯ時에大院君이其書辭와印章이前과不同홈을責ᄒᆞ야不受ᄒᆞ고(前時ᄂᆞᆫ關白이書契로써我禮曹判書와往復ᄒᆞ더니今에ᄂᆞᆫ日本이言ᄒᆞ되王政이復古되얏다、ᄒᆞ고宗重正이持來ᄒᆞᆫ書中에日本皇帝及勅書等句가有ᄒᆞᆫ지라故로大院君이前日書契와갓치修來ᄒᆞ라ᄒᆞ야不受ᄒᆞᆷ이라)其後에、또遣使ᄒᆞ야對馬島의貿易船을罷ᄒᆞ고官吏를釜山에駐劄ᄒᆞ더니大院君이又言ᄒᆞ되釜山에在ᄒᆞᆫ日本官吏의服裝이前과異ᄒᆞ니此ᄂᆞᆫ夷狄의게受制홈이라、ᄒᆞ고(時에日本官吏가洋服을着ᄒᆞᆷ이라)더욱輕侮ᄒᆞ며、또八道에布告ᄒᆞ야日本을絕ᄒᆞᆫ다、ᄒᆞ니自後로日本이言ᄒᆞ되朝鮮에用兵치、아니ᄒᆞ면此事를分辨치、못ᄒᆞ리라、ᄒᆞ야所謂征韓論이紛々ᄒᆞ다가畢竟出兵치、못ᄒᆞ얏ᄂᆞ이다

大院君이、이의失勢ᄒᆞ고閔奎鎬와閔泳翊이相繼ᄒᆞ야執政ᄒᆞ미東萊府使로、ᄒᆞ야곰修好ᄒᆞᆯ意로日本에致ᄒᆞ더니既而오慶尙、忠淸、全羅三道儒生의上疏를因ᄒᆞ야、다시大院君을請ᄒᆞ야執權케、ᄒᆞ나大院君의勢가不張ᄒᆞ야前日과、갓치日本을排斥지는、아니ᄒᆞ나此를因ᄒᆞ야條

砲擊日本兵艦

約이未成ᄒᆞ얏ᄂᆞ이다

大皇帝十三年丙子、距今三十一年前에日本의軍艦雲揚號가支那로브터還ᄒᆞ다가漢江口에碇泊ᄒᆞ고艦長井上良馨이端艇을乘ᄒᆞ고漢江을溯上ᄒᆞ거ᄂᆞᆯ江華島의守兵이砲擊ᄒᆞ니日兵이應戰ᄒᆞ야永宗島砲臺를拔ᄒᆞ고其城을焚ᄒᆞ고還去ᄒᆞ더니、이에日本이黑田淸隆으로써全權大使를拜ᄒᆞ고井上馨은副使가、되야我國에來ᄒᆞ야前日에國書를拒絕홈과、또雲揚號砲擊事를詰問ᄒᆞ거ᄂᆞᆯ、이에判中樞府事申櫶과都總府副總管尹滋承으로、ᄒᆞ야곰此事를議ᄒᆞ라、ᄒᆞ니大院君이修好說을力斥ᄒᆞᆯ셔領議政李最應과左議政金炳國과知中樞府事洪淳穆等이다其言을從ᄒᆞ고獨히右議政朴珪壽와譯官吳慶錫二人이羣議를排斥ᄒᆞ고盛히通交의利益을言ᄒᆞᄂᆞᆫ지라、이에上이日本의要請을從ᄒᆞ야修好條規十二條를締結ᄒᆞ얏ᄂᆞ이다

結日本修好條規十二條

朝鮮이久히淸國의壓制를受ᄒᆞ야頗히屬國禮를執ᄒᆞᄂᆞᆫ지라故로向者、佛國宣教師를殺ᄒᆞᆯ時에佛國이淸國을向ᄒᆞ야詰責ᄒᆞ니時에淸國

支那公告列國謂朝鮮非其屬國

은騷亂이相繼ᄒᆞ야國步가艱難ᄒᆞᆫ지라、이에答ᄒᆞ되朝鮮은淸國屬國이、아니라ᄒᆞ고其後、米國의軍艦을砲擊ᄒᆞᆯ時에도米國에、또ᄒᆞᆫ淸國에問罪ᄒᆞ니淸國이、또答ᄒᆞ되朝鮮의宣戰과媾和權은朝鮮이自行ᄒᆞᆫ다ᄒᆞ야、이에淸國이歐米各邦에對ᄒᆞ야朝鮮이淸國屬國아님을公言ᄒᆞ고其後淸國이日本에對ᄒᆞ야言ᄒᆞ기도、또ᄒᆞᆫ米國과如ᄒᆞ더니至是ᄒᆞ야日本이海外各國과修好條約을結ᄒᆞᆯ새朝鮮이獨立됨을世界에公言ᄒᆞ얏ᄂᆞ이다

開元山仁川兩港

自後로條約을依ᄒᆞ야釜山外에(釜山은三百年前브터開港地)元山、仁川二港을開ᄒᆞ고修信使金弘集을日本에遣ᄒᆞ야隣交를修ᄒᆞ니日本이花房義質로써公使를拜ᄒᆞ야來ᄒᆞ미交際가漸密ᄒᆞ고、또日本의陸軍中尉堀本禮造를聘來ᄒᆞ야衛兵으로、ᄒᆞ야곰訓練을受ᄒᆞ고金玉均、徐光範을日本에遣ᄒᆞ야其學藝와施政을觀察ᄒᆞ얏ᄂᆞ이다

遣徐光範金玉均于日本察其學藝及施政

然이나在朝人士가日本을嫌忌ᄒᆞ야李萬孫、崔益鉉、洪在鶴等이、더욱痛論ᄒᆞ고、또大院君은失權ᄒᆞᆫ後에恒常開化黨을不喜ᄒᆞ더니會에外

戚의施政이貪暴ᄒᆞᆫ지라人民이、다시大院君의復政키를望ᄒᆞ얏ᄂᆞ이다

壬午軍變

十九年、距今二十五年前壬午에兵卒의粮食을不給ᄒᆞᆫ지屢月이라、이에兵卒이作亂ᄒᆞᆯ새李最應、閔謙鎬、金輔鉉等諸大官을殺ᄒᆞ고、드듸여宮闕을犯ᄒᆞ야王后를弑ᄒᆞ니王后씌서、이믜變服ᄒᆞ고忠州로播遷ᄒᆞ거ᄂᆞᆯ亂兵이、다시日本公使館을襲擊ᄒᆞ니公使花房義質이仁川으로逃亡ᄒᆞ다가、또亂兵의襲擊을遇ᄒᆞ고月尾島에出ᄒᆞ야英國測量船을乘ᄒᆞ고長崎에往ᄒᆞ니日本이兵艦數隻으로義質을護衛ᄒᆞ야、다시朝鮮에來ᄒᆞ야詰問ᄒᆞ거ᄂᆞᆯ李裕元、金弘集으로、ᄒᆞ야곰義質과談辦ᄒᆞᆯ새會에大院君이淸國에被執ᄒᆞ고朝議가忽變ᄒᆞ야畢竟規約六條와修好續約二條를定ᄒᆞ고償金十五萬元을出ᄒᆞ고亂黨을誅ᄒᆞ고修信使朴泳孝를遣ᄒᆞ야、다시修好ᄒᆞ니大抵、此亂에大院君이關係가有ᄒᆞ다ᄒᆞᆫ故로淸國에護送ᄒᆞ고此亂을謂ᄒᆞ되壬午軍變이라、ᄒᆞᄂᆞ이다

襲擊日本公使館

亂初에大院君이軍國大小機務를決ᄒᆞ야威權이復盛ᄒᆞ더니時에魚

魚允中借清兵

允中이清國에在ᄒᆞ다가其兵力을借ᄒᆞ야內亂을靖ᄒᆞ얏ᄂᆞ이다

護送大院君

先是에清國이朝鮮事에注目ᄒᆞ다가亂興ᄒᆞᆫ後로브터政權이다시大院君의게歸ᄒᆞᆷ을見ᄒᆞ고、곳馬建忠、丁汝昌、吳長慶等으로、ᄒᆞ야곰率兵、ᄒᆞ고朝鮮에至ᄒᆞ야大院君을護送ᄒᆞ야直隸保定府에安置ᄒᆞ고、더욱內治와外交를干涉ᄒᆞ야朝鮮을壓制ᄒᆞ니此ᄂᆞᆫ向日에朝鮮이自主國이라ᄒᆞᆷ을悔ᄒᆞ야舊權을回復코자ᄒᆞᆷ이오이다

聽李鴻章言

이에閔台鎬、閔泳翊等이當局ᄒᆞ고統理衙門을新設ᄒᆞ야內外가、되니內衙門에ᄂᆞᆫ獨國人穆麟德으로、ᄡᅥ顧問官을作ᄒᆞ고外衙門에ᄂᆞᆫ清人馬建常을聘ᄒᆞ니此ᄂᆞᆫ、다李鴻章의言을聽ᄒᆞᆷ이오吳長慶과袁世凱諸將은兵士三千을率ᄒᆞ고京城內外에駐屯ᄒᆞ더니後에、다其職을去ᄒᆞ니內政이稍히羈絆을脫ᄒᆞ나兵權及外交ᄂᆞᆫ清國이依然히執ᄒᆞ얏ᄂᆞ이다

守舊黨獨立黨

壬午軍變後로國勢가、다시一變ᄒᆞ야守舊黨과獨立黨二者가有ᄒᆞ니守舊黨은清國에親附코자、ᄒᆞ야滿朝人士가太半이나屬ᄒᆞ고獨立黨

은日本과條約을締結코자、ᄒᆞᆷ이라、이에朴泳孝、金玉均、徐光範、洪英植等이日本에往ᄒᆞ야文物의進步와世界의大勢를觀ᄒᆞ고其清國의干涉이過度ᄒᆞᆷ을怒ᄒᆞ야日本을賴ᄒᆞ야朝鮮의獨立을鞏固코자、ᄒᆞᆯ시玉均과泳孝等이回國ᄒᆞ야屢次時政을痛論ᄒᆞ다가其言이不行ᄒᆞᄂᆞᆫ지라

金玉均亂

이에徐光範、洪英植及徐載弼、邊燧、申福模等이二十一年甲申、距今二十三年前에郵政局의祝宴을因ᄒᆞ야刺客으로、ᄒᆞ야곰守舊黨閔泳翊을刺傷ᄒᆞ고亂이起ᄒᆞᆫ지라玉均、泳孝가直히宮에入ᄒᆞ야奏ᄒᆞ되清兵이起亂ᄒᆞ야閔氏를殺ᄒᆞᆫ다、ᄒᆞ고因ᄒᆞ야日本公舘에求救ᄒᆞ니日使竹添進一郞이兵一中隊를率ᄒᆞ고至ᄒᆞ야上을逼ᄒᆞ야景祐宮에播遷ᄒᆞ고日兵이護衛ᄒᆞ며、또閔泳穆、閔台鎬、韓圭稷、尹泰駿、李祖淵、趙寧夏等을殺ᄒᆞ니此ᄂᆞᆫ、다守舊黨이라、이에官職의重要ᄒᆞᆫ者ᄂᆞᆫ獨立黨이任ᄒᆞ니大抵、此黨의言은內治를修整ᄒᆞ고獨立國、體面을保有코자、ᄒᆞᆫ다稱ᄒᆞ얏ᄂᆞ이다

日兵來衛播遷景祐宮

清兵入宮

然이나此時形勢가크게變ᄒᆞᄂᆞᆫ지라、이에朴泳孝ᄂᆞᆫ江華에退ᄒᆞ야日本에救援을求코자ᄒᆞ고金玉均等은速히還宮ᄒᆞ시기ᄅᆞᆯ請ᄒᆞ야議論이不一ᄒᆞ다가還宮ᄒᆞ신後에清國兵營軍司馬袁世凱가率兵ᄒᆞ고宮中에入ᄒᆞ니門內의朝鮮兵이크게響應ᄒᆞ야共히日兵을攻擊ᄒᆞᄂᆞᆫ지라日兵이抵當치、못ᄒᆞ야仁川으로逃亡ᄒᆞ고朴泳敎(泳孝兄)와洪英植은北門으로逃亡ᄒᆞ다가清兵의게被殺ᄒᆞ니自此로領議政以下諸官이다시守舊黨이라、곳閔應植、閔泳煥、閔泳駿等이오玉均、泳孝等은다日本에逃亡ᄒᆞ니此ᄅᆞᆯ謂ᄒᆞ되甲申金玉均亂이라、ᄒᆞᄂᆞ이다

金玉均朴泳孝逃往日本

이에此亂이日本의敎唆이라、ᄒᆞ야徐相雨로、ᄡᅥ全權大臣을拜ᄒᆞ야日本에問罪코자、ᄒᆞᆯ시日本이、이믜外務卿井上馨으로、ᄒᆞ야곰全權大使ᄅᆞᆯ拜ᄒᆞ야來詰ᄒᆞ거ᄂᆞᆯ、이에左議政金弘集으로、ᄒᆞ야곰談判ᄒᆞ야償金十三萬兩을出ᄒᆞ야和議ᄅᆞᆯ成ᄒᆞ고修信使徐相雨와副使穆麟德을日本에遣ᄒᆞ고日本이、ᄯᅩ謂ᄒᆞ되清兵이此亂에京城居留ᄒᆞᆫ日本人民과婦女ᄅᆞᆯ殘害ᄒᆞ얏다、ᄒᆞ야伊藤博文으로、ᄒᆞ야곰天津에往ᄒᆞ야談辦ᄒᆞ

日本和議成

고、맛참ᄂᆡ清、日兩國이京城의駐兵을撤回ᄒᆞ고將來朝鮮에有事ᄒᆞ야兩國中에出兵ᄒᆞ거든彼此行文ᄒᆞ야知照ᄒᆞᆫ다、ᄒᆞ니此ᄂᆞᆫ、곳天津條約이오即二十二年乙酉、距今二十二年前이오이다

天津條約成

自後로清國은兵士ᄅᆞᆯ撤還ᄒᆞ나袁世凱가朝鮮通商事務全權委員이되야京城에留ᄒᆞᆯ시陰히內治와外交ᄅᆞᆯ干涉ᄒᆞ기前日과無異ᄒᆞ고、ᄯᅩ當時ᄂᆞᆫ兩次內亂의後오兼히凶歉과疾疫이相繼ᄒᆞ야盜賊이白晝橫行ᄒᆞ고亂民이四方에蜂起ᄒᆞ며政權은再次外戚에歸ᄒᆞ미彼此權勢ᄅᆞᆯ爭ᄒᆞ고私利ᄅᆞᆯ圖ᄒᆞ야國勢가、더욱不振ᄒᆞ얏ᄂᆞ이다

此時ᄅᆞᆯ當ᄒᆞ야清、日兩國外에、ᄯᅩ英、露各國外交上에種々ᄒᆞᆫ問題가有ᄒᆞ니英國은二十年癸未、距今二十四年前에、이믜條約을結ᄒᆞ얏스나其後、中央亞細亞境界事로紛議가出ᄒᆞᆫ後브터英、露兩國이將且干戈로相交ᄒᆞ더니二十二年乙酉、距今二十二年前에英國이露國에對ᄒᆞ야攻守上에關係가有ᄒᆞᆫ지라、이에突然히艦隊ᄅᆞᆯ派遣ᄒᆞ야巨文島ᄅᆞᆯ占領ᄒᆞ고砲臺ᄅᆞᆯ築ᄒᆞ니巨文島ᄂᆞᆫ、곳三山의島라三山이相抱ᄒᆞ고其

英占巨文島

英還巨文島

間에一港이有ᄒᆞ니全羅道興陽縣에屬ᄒᆞ고南海의要地오이다
此時朝鮮은一言을不發ᄒᆞ고、오작露國이清國을向ᄒᆞ야其許可與否를問ᄒᆞ니清國이丁汝昌으로、ᄒᆞ야곰軍艦三隻을率ᄒᆞ고日本長崎에至ᄒᆞ야英國艦隊司令長官을見ᄒᆞ고其不法을詰責ᄒᆞ니英國이其言을從ᄒᆞ야其島를棄ᄒᆞ거ᄂᆞᆯ清國이、또露國을向ᄒᆞ야他日、巨文島를占領치、못ᄒᆞᆷ을約ᄒᆞ고誓約으로써英國에示ᄒᆞ고因ᄒᆞ야二十四年丁亥距今二十年前에英國이、맛참ᄂᆡ巨文島占領을罷ᄒᆞ야朝鮮에還ᄒᆞ얏ᄂᆞ이다

露國定條約

露國은　哲宗十一年庚申、距今四十七年前에英、佛同盟軍이清國을逼迫ᄒᆞᆯ時를當ᄒᆞ야滿洲數千里地를清國에割取ᄒᆞ니自此로境土가朝鮮과相接ᄒᆞ더니其後에朝鮮에來ᄒᆞ야通商을求ᄒᆞ다가不成ᄒᆞ고맛清國李鴻章이穆麟德을薦ᄒᆞ야朝鮮顧問官이、될時에ᄂᆞᆫ穆麟德이露國을倚ᄒᆞ야用事코자ᄒᆞ니、이에露國이駐清公使韋貝로、써全權委員을拜ᄒᆞ야朝鮮에來ᄒᆞ야通商條約을定ᄒᆞ니此ᄂᆞᆫ二十一年甲申、距

今二十三年前이오、이에韋貝가駐韓公使로京城에來駐ᄒᆞ얏ᄂᆞ이다

創親露議

金玉均亂後로政權이守舊黨의게歸ᄒᆞ얏스나外國에遊ᄒᆞ든者ㅣ議論ᄒᆞ야曰、清國을依恃치、못ᄒᆞᆯ거시오日本은怨이有ᄒᆞ나露國과親好ᄒᆞᆷ이可타ᄒᆞ야、이에露國과結好코자、ᄒᆞ고二十二年乙酉에ᄂᆞᆫ大院君이清國으로、브터還ᄒᆞ얏ᄂᆞ이다

定露國陸路通商條約

時에露國이漸々勢力을伸張ᄒᆞ야公使韋貝ᄂᆞᆫ陸路貿易을開코자、ᄒᆞ며穆麟德이、또ᄒᆞᆫ幇助ᄒᆞ더니清國李鴻章이、其利害를論ᄒᆞ고、또麟德을清國에召還ᄒᆞ야其議가不成ᄒᆞ고、다시米人茶爾가來ᄒᆞ니此亦鴻章의薦擧라然이나此二人이清國을爲ᄒᆞᆫ事가無ᄒᆞ고茶爾ᄂᆞᆫ京城에至ᄒᆞ야、곳清、韓論을著ᄒᆞ야清廷의施設과袁世凱의行爲를誹斥ᄒᆞ고또朝鮮의獨立이露國을依ᄒᆞᆷ이可타、ᄒᆞ니韋貝가此機를乘ᄒᆞ야二十五年戊子、距今十九年前에露國과陸路通商條約을請ᄒᆞ야明年에慶興(咸鏡道)市를開ᄒᆞ얏ᄂᆞ이다

此外亞米利駕와獨逸과伊太利、佛蘭西等各國도、다漸次로條約을締

結米獨伊佛條約

結ᄒᆞ니

如此히內外가多端ᄒᆞ나外戚이久히政權을執ᄒᆞ고時에朴泳孝、金玉均等은日本에在ᄒᆞ더니三十一年甲午、距今十三年前에刺客李逸稙洪鍾宇等이玉均等을殺코자ᄒᆞᆯ새泳孝는免ᄒᆞ고玉均은鍾宇의게被誘ᄒᆞ야上海에서見殺ᄒᆞ니、이에淸國이軍艦威遠號로ᄡᅥ其屍를送還ᄒᆞ거ᄂᆞᆯ、곳支解ᄒᆞ야四方에梟示ᄒᆞ얏ᄂᆞ이다

東學黨亂起

此時를當ᄒᆞ야全羅道에東學黨의亂이起ᄒᆞ니東學黨은四十年前브터一派가團結ᄒᆞ더니今에至ᄒᆞ야ᄂᆞᆫ國政이日非ᄒᆞ고貪官汚吏가專橫ᄒᆞ며外勢가、ᄯᅩ侵入ᄒᆞᄂᆞᆫ지라、이에크게擧事코자、ᄒᆞ니亂民이附和ᄒᆞ야形勢가、더욱盛ᄒᆞ거ᄂᆞᆯ洪啓薰으로、ᄒᆞ야곰兩湖招討使를拜ᄒᆞ야討伐ᄒᆞ다가不克ᄒᆞ고全州가陷沒ᄒᆞᄂᆞᆫ지라、이에袁世凱와議ᄒᆞ야淸

請援于淸國

國援兵을求ᄒᆞ고、ᄯᅩ一面은、더욱發兵ᄒᆞ야巡邊使李元會로、ᄒᆞ야곰忠淸道에往ᄒᆞ야東學黨의北上을備케、ᄒᆞ더니時에李鴻章이世凱의請

淸兵上陸牙山

을從ᄒᆞ야提督葉志超、聶士成으로、ᄒᆞ야곰率兵ᄒᆞ고牙山에上陸ᄒᆞ고

聲言ᄒᆞ야曰、屬國朝鮮에內亂이有ᄒᆞ미其請을從ᄒᆞ야動兵ᄒᆞᆫ다、ᄒᆞ고日本에此意를通知ᄒᆞ얏ᄂᆞ이다

日本亦出兵

이에日本이答ᄒᆞ되朝鮮이淸의屬國이아니라、ᄒᆞ고日本이、ᄯᅩᄒᆞᆫ朝鮮에出兵ᄒᆞ니時에東學黨이淸日大兵의至ᄒᆞᆷ을聞ᄒᆞ고、크게恐懼ᄒᆞ야潰散ᄒᆞ고全州가回復ᄒᆞ얏ᄉᆞ나大抵東學黨의起ᄒᆞᆷ은弊政의緣故라萬一其弊政을革新치、아니ᄒᆞ면禍亂이不絶ᄒᆞᆯ지라、이에日本이淸國을勸ᄒᆞ야朝鮮의內政을改革코자、ᄒᆞ니淸國이不聽ᄒᆞ거ᄂᆞᆯ日本公使大鳥圭介가改革案五條를朝鮮에勸告ᄒᆞ니朝廷의議論이紛紜ᄒᆞ더니旣而오陛下ᄭᅴ서校正廳을宮中에設ᄒᆞ시고領議政沈舜澤과左議政趙秉世等으로、ᄡᅥ總裁를拜ᄒᆞ고堂上十數人을置ᄒᆞ고外戚諸臣을罷職ᄒᆞ야改革의端緖가始開ᄒᆞ더니然이나李鴻章、袁世凱가從中指示ᄒᆞᆷ을因ᄒᆞ야局面이猝變ᄒᆞ고日兵의撤回키를求ᄒᆞ니、이에日本이獨力으로

日兵闌入宮中

扶持ᄒᆞᆯ策을決ᄒᆞ고直히兵力으로宮內에闌入ᄒᆞ고大鳥圭介가日本의本意를奏達ᄒᆞ니袁世凱가形勢의漸非ᄒᆞᆷ을知ᄒᆞ고本國으로逃回

設軍國機務所

ᄒᆞ고外戚도、다逃亡ᄒᆞ거늘、이에大院君이內外政務를掌管ᄒᆞᆯᄉᆡ軍國機務所를設ᄒᆞ고右議政金弘集은總裁가、되야弊政改革에從事ᄒᆞ고、또日本兵은牙山에在ᄒᆞᆫ淸兵을攻코자、ᄒᆞ야旅團長大島義昌이出兵ᄒᆞ얏ᄂᆞ이다

淸日兩國宣戰

時에淸國은軍艦을牙山에送ᄒᆞ야豐島附近에셔日艦과開戰ᄒᆞ고兩國이共히宣戰書를公布ᄒᆞᆯᄉᆡ淸國은、이믜提督衛汝貴와左寶貴等으로、ᄒᆞ야곰北方에進兵ᄒᆞ야平壤을占領ᄒᆞ고大同江의險要를扼ᄒᆞ야陣ᄒᆞᄆᆡ防禦가嚴ᄒᆞ고、또牙山의敗將葉志超가來會ᄒᆞ며日本은山縣有朋이征淸第一軍司令官이、되야野津道貫과大島義昌等으로、ᄒᆞ야곰平壤을攻陷ᄒᆞ고、또日本艦隊ᄂᆞᆫ淸國艦隊를海洋島附近에셔破ᄒᆞ야海陸이相應ᄒᆞᆯᄉᆡ第一軍은鴨綠江을渡ᄒᆞ야九連、鳳凰等諸城을拔ᄒᆞ고大山巖은第二軍을率ᄒᆞ고遼東花園口에셔上陸ᄒᆞ야旅順口를陷ᄒᆞ고兩軍이協力ᄒᆞ야牛莊、田庄臺를進取ᄒᆞ고、또別로히海陸으로幷히威海衛를攻陷ᄒᆞ야淸國北洋艦隊를殲滅ᄒᆞ고全軍이將且直隸

日兵陷平壤

淸日議和

省을搗코자ᄒᆞ니、이에淸國이李鴻章을日本에遣ᄒᆞ야議和ᄒᆞ얏ᄂᆞ이다

定新官制

先是에朝鮮이軍國機務所를設ᄒᆞ고新官制를定ᄒᆞ야議政府以下에內務、外務、軍務、法務、農商務、學務、工務七衙門을設ᄒᆞ고金弘集은議政府總理大臣을任ᄒᆞ고、또日本에ᄂᆞᆫ淸國을對ᄒᆞ야攻守相助의盟을約ᄒᆞ얏ᄉᆞ나平壤兵은、이믜淸軍에屬ᄒᆞ고此外에、또淸兵과通欵ᄒᆞᄂᆞᆫ者ㅣ多ᄒᆞ야淸、日兩國의平壤勝敗로向背를定코자、ᄒᆞ야新官制가名만有ᄒᆞ고其實이無ᄒᆞ며時에東學黨이、다시蜂起ᄒᆞ야日兵을攘斥ᄒᆞᆫ다、ᄒᆞ고朝廷은平壤이陷落ᄒᆞᆫ後에도朋黨의軋轢과弊政이未革、ᄒᆞ얏ᄂᆞ이다

罷大院君執政

이에日本이內務大臣井上馨으로、써全權公使를拜ᄒᆞ야大鳥圭介를代ᄒᆞ니井上馨이京城에至ᄒᆞ야上께奏ᄒᆞ야大院君의執政ᄒᆞᆷ을罷ᄒᆞ고改革二十條를告ᄒᆞ니時에外戚이、오히려用事ᄒᆞ다가、다辭退ᄒᆞ고井上馨의言을從ᄒᆞ야冬至日에獨立基礎를建ᄒᆞᆷ과、밋改革新政等事를宗廟에誓告ᄒᆞ시고朴泳孝ᄂᆞᆫ內務大臣으로總理大臣이、되더니旣

淸日兩國定媾和條約定朝鮮獨立

而오朴泳孝와金弘集의兩派가有ᄒᆞ고、또前日外戚의紛爭이有ᄒᆞ야內政이擾攘ᄒᆞᆷ이積年宿弊를容易히革除치못ᄒᆞ깃고時에淸、日兩國은、이믜媾和約條를定ᄒᆞᆷ이其第一條가、곳淸國이朝鮮의獨立을確認ᄒᆞᆫ다、ᄒᆞ야自此로朝鮮이全혀淸國의羈絆을脫ᄒᆞ고獨立國이되니此는三十二年乙未、距今十二年前이오이다

附甲午後十年記事

日、淸戰爭은全혀韓國獨立을扶植고자、ᄒᆞᆷ이라故로韓國이、또日本의義를感動ᄒᆞ더니意外에干涉이過度ᄒᆞ고勸告가刻厲ᄒᆞ야井上馨이政務干涉과其他制度法律等을一時幷行ᄒᆞ니此는韓人의憾情을招ᄒᆞ는者라、이에排日黨이露公使韋貝와相通ᄒᆞ더니既而오三浦梧樓가來ᄒᆞ야、또乙未八月의事變이有ᄒᆞᆫ지라自此로韓廷의怨이益甚ᄒᆞ고日本이一大汚辱을自取ᄒᆞ얏ᄂᆞ이다

이에排日黨領袖李範晋이露使韋貝와謀ᄒᆞ야上이露館에播遷ᄒᆞ시고誅戮을大行ᄒᆞᆫ後、一切權力이、다韋貝의게歸ᄒᆞ고日本이露國壓制

를被ᄒᆞ얏ᄂᆞ이다

其後、露新帝尼古喇第二(即今俄皇)戴冠式에日本이山縣有朋을露都에遣ᄒᆞ야日、露協商이成ᄒᆞ니此는日本이戰爭을避코자、ᄒᆞᆷ이오自此로露使가、몬저日本軍制를廢ᄒᆞ고英人柏卓安의財政顧問을解雇ᄒᆞ고財政經濟機關을掌握고자、ᄒᆞ더니既而오露國을憎惡ᄒᆞ는米國派가出ᄒᆞ고、또獨立協會가生ᄒᆞ니此는自主獨立과愛國、忠君으로主義를定ᄒᆞ고法令、軍隊、財政을自國이管理ᄒᆞᆫ다ᄒᆞ야、가장中外의同情을惹起ᄒᆞ니、이에露國이、다시韓廷을迫脅지、못ᄒᆞ고馬之允이代來ᄒᆞ야全혀退步를爲主ᄒᆞ고別로히淸國을向ᄒᆞ야方略을講求ᄒᆞᆯ시

向者日、淸戰爭에露國이遼東半島事에叅預ᄒᆞᆫ後、旅順、大連灣을租借ᄒᆞ고東淸鐵道를敷設ᄒᆞ더니、또北淸擾亂(淸國團匪事)을乘ᄒᆞ야滿洲諸要地에出兵、占據ᄒᆞ다가、또露國이獨히淸國과交涉ᄒᆞ야滿洲의鐵道、礦山及土地獨占權을得고자、ᄒᆞ는지라、이에日、英、米三國과伊、奧、獨이、다淸國에言ᄒᆞ야其約을破ᄒᆞ라、ᄒᆞ고日本은、또戰鬪準備를調查ᄒᆞ니露國

이恐ᄒᆞ야急히條約을撤回ᄒᆞᄂᆞᆫ지라

其後、壬寅에日、英兩國이同盟을成ᄒᆞ야時局이一變ᄒᆞ니其約은、곳淸韓兩國의獨立을認ᄒᆞ야全然히侵略지、아니ᄒᆞᆫ다、ᄒᆞᆷ이오此는露國이滿洲에서自由妄動치못ᄒᆞ게、ᄒᆞᆷ이라然이나露國이佛國과同盟ᄒᆞ고淸國을向ᄒᆞ야言ᄒᆞ되滿洲의露兵은十八個月間에撤退ᄒᆞᆫ다、ᄒᆞ더니其後、其兵을北韓境上에移住ᄒᆞ고旅順要塞을築造ᄒᆞ며、더욱滿、韓境上을威壓ᄒᆞ고、또急히亞歷諳厚로、써露領東亞細亞太守를拜ᄒᆞ고極東의露國行政、外交와太平洋艦隊及其他、軍隊總.指揮權을予ᄒᆞ고、더욱滿、韓境上에增兵ᄒᆞ다가癸卯九月後는敢히韓國主權을侵害ᄒᆞ야龍巖浦問題가起ᄒᆞ며鴨綠江上에警報가頻傳ᄒᆞᄂᆞᆫ지라、이에日、米兩國이韓廷을向ᄒᆞ야鴨綠江開放을要求ᄒᆞ고滿洲問題가漸大ᄒᆞ야日本公使栗野는露廷에提議ᄒᆞ야日淸、韓兩國獨立과領土를保全ᄒᆞ고淸、韓兩國의各國商工業을均等케、ᄒᆞ고露國은日本이韓國에서優越ᄒᆞᆫ利益을承認ᄒᆞ고日本은露國이滿洲에서鐵道經營에特殊ᄒᆞᆫ利益

을承認ᄒᆞ고韓國의改革事로助言과助力은日本이事權ᄒᆞᆫ다、ᄒᆞ얏더니露廷이抗拒ᄒᆞ야曰、滿洲沿岸은全혀日本과無關ᄒᆞ고韓國에서도日本이軍略上으로使用치、못ᄒᆞᆫ다、ᄒᆞᄂᆞᆫ지라

時에日本이一方은露國과交涉ᄒᆞ고一方은淸國을向ᄒᆞ야滿洲開放條約을定ᄒᆞ얏더니露國이太平洋艦隊로旅順口에서示威ᄒᆞ며陸軍은南滿洲에集合ᄒᆞ야滿、韓境上에서戰備를修ᄒᆞ니大抵、此事가相持ᄒᆞ기年餘에光武七年癸卯十二月十二日에至ᄒᆞ야는回答曰、日本이滿洲에ᄂᆞᆫ關係가無ᄒᆞ고日、露協商은、오직韓國에在ᄒᆞᆫ다、ᄒᆞ니此는其慾이滿洲를併呑ᄒᆞ야各國의權利와特權을奪코자、ᄒᆞᆷ이라、이에日本이十二月末브터戰備를修ᄒᆞ고翼年二月五日에動兵令을傳ᄒᆞ고外相小村壽太郞이露國公使詹齊人을謝絶ᄒᆞ야日、露의.國交가從此斷絶ᄒᆞ니日本艦隊ᄂᆞᆫ二月八日에旅順口外에서露國艦隊를砲擊ᄒᆞ고二月十日에日帝의宣戰書가發ᄒᆞ니大抵日、露危局의大槪가如此ᄒᆞ얏ᄂᆞᆫ이다

光武十年六月十日初版
隆熙元年十一月二十四日再版
隆熙二年七月十日三版
隆熙二年七月十五日發行

半洋裝 定價金新貨一圜
洋裝 定價金新貨一圜二十錢

著作及版權所有

編輯及發行者 北署桂洞 玄采

印刷所 京城明治町三丁目 日韓印刷株式會社

發行所

皇城中署罷朝橋越邊中央書館 朱翰榮
皇城南署大廣橋滙東書館 高裕相
皇城中署承洞耶穌敎書肆 鄭允洙
皇城南署尙洞博文書館 盧益亨
皇城中署鐘路古今書海館 金寅珪
皇城南署銅峴博聞書館 玄檍
皇城中署寺洞英林書觀

平安北道宣川邑川邊中央書館支店新民書會 安濬
皇城中署鐘路大東書市 金基鉉
皇城中署布屛下廣學書舖 金相萬
皇城西署松橋廣華書館 崔昌漢
平安南道平壤貫洞耶穌敎書院 · 鄭益魯
皇城北署安峴大韓書林